The Hitchhiker's Guide to the Galaxy

은 하 수 를
여 행 하 는
히 치 하 이 커 를
위 한 안 내 서

The Hitchhiker's Guide to the Galaxy

초판 1쇄 발행 2005년 12월 20일
초판 25쇄 발행 2025년 5월 12일

지은이 더글러스 애덤스
옮긴이 김선형 · 권진아

펴낸이 김준성
펴낸곳 책세상
등록 1975년 5월 2일 제2017-000226호
주소 서울시 마포구 월드컵로23길 38, 2층 (04011)
전화 02-704-1251
팩스 02-719-1258
이메일 editor@chaeksesang.com
광고·제휴 문의 creator@chaeksesang.com
홈페이지 chaeksesang.com
페이스북 /chaeksesang 트위터 @chaeksesang
인스타그램 @chaeksesang 네이버포스트 bkworldpub

ISBN 978-89-7013-547-2 03840

* 잘못되거나 파손된 책은 구입하신 서점에서 교환해드립니다.
* 책값은 뒤표지에 있습니다.

Introduction: A Guide to the Guide ⓒ 1986
The Hitchhiker's Guide to the Galaxy ⓒ 1979
The Restaurant at the End of the Universe ⓒ 1980
Life, the Universe and Everything ⓒ 1982
So Long and Thanks for All the Fish ⓒ 1984
Young Zaphod Plays It Safe ⓒ 1986
Mostly Harmless ⓒ 1992
by Douglas Adams
이 책의 한국어판 저작권은 에릭양 에이전시Eric Yang Agency를 통해
저작권자와 독점계약하여 책세상이 가지고 있습니다.

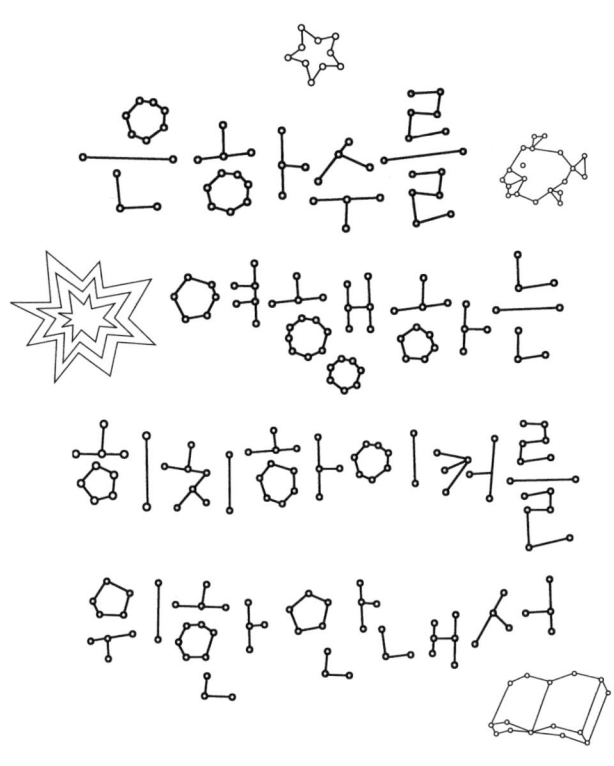

은하수를 여행하는 히치하이커를 위한 안내서

더글러스 애덤스 지음 | 김선형·권진아 옮김

책세상

옮긴이 **김선형**은 영문학 박사 과정을 수료한 뒤 강의와 번역을 하고 있다. 스스로가 책을 읽고 글을 쓰는 일 외에는 별로 쓸모가 없는 사람이라는 걸 어느 날 깨달은 뒤로 그나마 최대한 잘해보려고 패나 노력한 덕분에 그간 토니 모리슨의 《파라다이스》, 《재즈》, 《빌러비드》, 그리고 실비아 플라스의 《실비아 플라스의 일기》 등 엄청나게 훌륭한 책들을 번역하는 행운을 누렸다. 특히 그중에서도 《은하수를 여행하는 히치하이커를 위한 안내서》를 만나게 된 건 제발 무지무지하게 재미있는 책을 번역하게 해달라는 간절한 기도가 응답을 받은 거라 믿어 의심치 않는다. 더글러스 애덤스는 지극히 우주적이면서도 지극히 영국적인 작가인지라, 영국 땅에 체류하는 인생의 짧은 시간 동안 이 책을 작업하게 된 것 또한 잊지 못할 추억이다. 이젠 안녕히, 아서 덴트, 삶과 우주 그리고 모든 것, 정말 고마웠어요.

옮긴이 **권진아**는 영문학 박사 과정을 수료한 뒤 강의와 번역을 하고 있다. 소위 말하는 사이언스 픽션 마니아라고는 감히 말할 수 없지만 이 장르에 대한 애정을 적잖이 가진 그는, 과거와 현재, 미래가 정신없이 뒤섞인 은하계를 종횡무진하며 우주와 인류의 창조, 진화, 종말 전체를 거대한 농담으로 만들고 마는 '히치하이커' 시리즈야말로 코미디와 사이언스 픽션의 최고의 결합이라고 생각한다. 이 황당무계한 시리즈의 우주적 인기를 뒷받침하는 것은, 과학적 근거는 고사하고 이야기의 개연성과 일관성까지 가차없이 무시하며 모든 거대한 것들을 무심한 듯 신랄하게 희화화하는 더글러스 애덤스의 발군의 유머 감각이다. 하지만 독서란 무릇 진지한 것이라고 고집하는 분들이라도 염려할 것 없다. 정신없이 웃다 보면, 은하계에는 발도 디뎌보지 못하고 국지적 삶을 시들시들 살아가는 원숭이의 후손에게도 어느새 삶과 우주, 그리고 모든 것에 대한 나름대로의 해답이 어렴풋이 떠오르게 될 테니까.

| 차례 |

안내서에 대한 안내 | 작가가 말하는 별 도움 안 되는 이야기들 6
Introduction : A Guide to the Guide

은하수를 여행하는 히치하이커를 위한 안내서 17
The Hitchhiker's Guide to the Galaxy

우주의 끝에 있는 레스토랑 233
The Restaurant at the End of the Universe

삶, 우주 그리고 모든 것 481
Life, the Universe and Everything

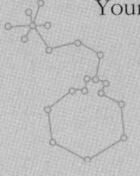

안녕히, 그리고 물고기는 고마웠어요 719
So Long and Thanks for All the Fish

젊은 자포드 안전하게 처리하다 937
Young Zaphod Plays It Safe

대체로 무해함 955
Mostly Harmless

옮기고 나서 1223

등장인물 1229

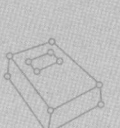

| 안내서에 대한 안내 |

작가가 말하는
별 도움 안 되는 이야기들

《은하수를 여행하는 히치하이커를 위한 안내서》의 역사는 이제 너무나 복잡해져서 나 자신조차 말할 때마다 앞뒤가 안 맞는 이야기를 하게 된다. 또 그것을 바로잡으려고 작정하고 한마디 하면 그때마다 내 말은 엉뚱하게 인용된다. 그래서 이 옴니버스 판의 출판은 이야기를 제대로 바로잡을——아니면 적어도 확실하게 비틀어버릴——좋은 기회인 것 같다. 이 판본에 잘못 적힌 게 있다면, 내가 아는 한 그 잘못들은 그걸로 영영 끝이다.

이 책의 제목에 대한 착상은 1971년 오스트리아 인스브루크의 한 들판에 술에 취해 누워 있을 때 처음으로 문득 떠올랐다. 특별히 많이 취한 건 아니었다. 그저, 돈 한 푼 없는 히치하이커인지라 이틀 동안 내리 아무것도 못 먹은 상태에서 독한 괴서Gosser주(酒)를 두어 잔 마셨을 때 취하는, 뭐 그런 정도였을 뿐이다. 우리는 일어나기가 좀 힘드네 따위의 이야기를 하고 있었다.

나는 켄 월시가 쓴《유럽을 여행하는 히치하이커를 위한 안내서》를 가지고 여행하고 있었다. 누군가에게서 빌린 닳아빠진 책이었다. 십 년도 넘은 일이고, 그 책은 아직도 내가 가지고 있으니 이젠 훔쳤다고 봐야 옳다. 나는《하루 오 달러로 유럽 여행하기》(그때는 그랬다)는 가지고 있지 않았다. 나는 그런 재계 인사가 아니었기 때문이다.

들판은 내 몸 아래서 굼벵이처럼 천천히 빙빙 돌아갔고, 그 위로 밤이 찾아들기 시작하고 있었다. 나는 인스브루크보다 싸고, 덜 빙빙 돌고, 인스브루크가 그날 오후 내게 저지른 짓 같은 건 저지르지 않을 곳이 어디 있을까 궁리하고 있었다. 그날 내게 일어난 일은 다음과 같다. 나는 어떤 주소를 찾느라 마을을 이리저리 걷고 있었다. 그러다가 완전히 길을 잃어서 걸음을 멈추고는 지나가던 사람에게 길을 물었다. 나는 독일어를 못하기 때문에 이게 쉬운 일이 아니라는 걸 알고는 있었다. 하지만 이 특정인과 대화를 하는 게 얼마나 힘든 일인지를 깨닫고 나는 깜짝 놀라고야 말았다. 서로가 하는 말을 이해해보려고 속절없이 애쓰다가 나는 서서히 진실을 파악할 수 있었다. 인스브루크의 길거리에서 붙잡고 길을 물어볼 수 있었던 그 하고많은 사람들 중에 내가 고른 사람이 하필이면 영어도 못하고 프랑스어도 못하는데다가 청각 장애자였던 것이다. 정말로 미안하다는 손짓을 연거푸 하고서야 나는 겨우 빠져나올 수 있었다. 그리고 몇 분 후 다른 길에서 다른 사람을 붙잡고 길을 물어봤는데, 그 사람 역시 알고 보니 청각 장애자였다. 그 길로 나는 맥주를 사서 마셨다.

나는 큰맘 먹고 다시 길로 나와서 재시도했다.

내가 길을 물어본 세 번째 사람 역시 청각 장애자이며 게다가 시각 장애자이기까지 한 걸 알게 되자, 무시무시한 납덩이가 어깨를 짓누르는 듯한 기분이 들기 시작했다. 어디를 둘러봐도 나무와 건물들은 어둡고 위협적인 모습을 띠고 있었다. 나는 코트를 단단히 여미고 갑작스러운 돌풍을 맞으며 비틀거리면서 길을 달려 내려갔다. 그러다가 어떤 사람과 부딪혀 미안하다고 더듬더듬 말했는데, 그 사람도 청각 장애자여서 내 말을 이해하지 못했다. 하늘이 갑자기 노래졌다. 도로가 기울어지며 빙빙 도는 것 같았다. 만일 그때 내가 옆골목으로 홱 피해 들어가 청각 장애자 총회가 열리고 있던 호텔 앞을 지나가지 않았다면, 나는 완전히 미쳐버렸을 것이다. 그랬으면 카프카를 유명 인사로 만들고 침을 흘리게 만들었던 그런 종류의 책들을 쓰면서 남은 생을 보냈을 가능성이 농후하다.

그래서 나는 《유럽을 여행하는 히치하이커를 위한 안내서》를 가지고 들판에 가서 누웠다. 하늘에 별이 뜨자 문득 이런 생각이 떠올랐다. 누군가 '은하수를 여행하는 히치하이커를 위한 안내서'를 쓴다면 내가 먼저 총알같이 떠날 텐데. 이런 생각을 하고 나서 나는 곧바로 잠이 들었고, 육 년 동안 그 일을 까맣게 잊고 있었다.

나는 케임브리지 대학에 갔다. 여러 번 목욕을 했고, 그리고 영문학 학위를 땄다. 나는 여자 문제와 내 자전거에 생긴 일들로 속을 많이 태웠다. 나중에 나는 작가가 됐고 많은 글을 썼다. 그 글들은 거의 믿을 수 없을 정도로 성공적이었지만 사실 세상의 빛을 보지는 못했다. 작가들이라면 내 말이 무슨 뜻인지 알 것이다.

내가 하고 싶었던 일은 코미디와 사이언스 픽션을 합친 이야기를 쓰는 것이었다. 그리고 이 망상 때문에 나는 빚과 절망에 허덕였다. 아무도 흥미를 보이지 않았다. 하지만 예외적으로 마침내 한 사람이 나타났다. 사이먼 브렛이라는 BBC의 라디오 프로듀서였는데, 그도 코미디와 사이언스 픽션이라는 똑같은 생각을 하고 있었다. 비록 사이먼은 첫 번째 에피소드만 제작하고 BBC를 떠나 자기 작품(그는 뛰어난 찰스 패리스 탐정 소설로 미국에서 잘 알려져 있다)을 쓰는 데 몰두했지만, 나는 처음 그 일을 가능하게 해준 그에게 무한히 감사한다. 그의 후임으로 온 사람이 전설적인 제프리 퍼킨스다.

원래 그 쇼는 모양새가 좀 다를 예정이었다. 당시 나는 세상에 불만이 좀 있어서 여섯 개의 다른 줄거리를 만들었는데, 방식도 이유도 각각 다르지만 그 결말은 모두 세상이 끝장나는 내용이었다. 제목은 '세상의 종말'이라고 붙일 셈이었다.

첫 번째 줄거리——이 이야기에서 지구는 새로운 초공간 고속도로를 내기 위해 파괴됐다——의 세부 사항들을 채워 넣다가, 다른 행성에서 온 인물을 하나 만들어서 독자들에게 무슨 일이 일어나고 있는지를 설명해주고 이야기에 필요한 문맥을 제공해야겠다는 생각을 하게 되었다. 그래서 그가 누구이며 지구에서 무엇을 하고 있는지를 설정해야 했다.

나는 그를 포드 프리펙트Ford Prefect(Prefect는 '제독 혹은 영국 공립학교의 반장'을 뜻하는 단어이지만, 포드 프리펙트란 이름이 예상과는 달리 튀는 이름이 되어버린 주된 이유는 그것이 포드자동차의 영국 다겐험 공장에서 1938년 이래 약 20년간 내놓은 일련의 자동차 모델의 이름이었기 때문이다—옮긴이주)라고 부르기로 했다. (이 농담은 물론 미국 독자들에게는 전혀 먹히지 않았는데, 왜냐하면 미국 독자들은 이 괴상한 이름의 소형차에 대해 들어보지 못했기 때문이다. 그래서 많은 사람들은 그게 퍼펙트Perfect의 오타라고 생각했다.) 나는 이야기에서, 나의 외계인 인물이 이 행성에 오기 전에 연구를 미진하게 한 탓에 이 이름이 "그다지 사람들의 주목을 끌지 않을 것"이라고 생각했다고 설명했다. 그가 지구의 생명체에 대해 잘못 생각했던 것뿐이었다.

그렇다면 왜 이런 실수가 발생할까? 유럽을 히치하이크할 당시, 내가 얻어들은 정보나 충고가 이미 시효가 지났거나 틀린 경우가 종종 있었다. 물론 대부분은 다른 사람들의 여행 경험담에서 나온 것들이었다.

그 순간, '은하수를 여행하는 히치하이커를 위한 안내서'라는 제목이 문득 떠올랐다. 그 세월 내내 그게 내 머릿속 어느 구석에 숨어 있었는지 모르겠지만 말이다. 포드는 안내서에 들어갈 자료들을 모으는 연구원으로 설정하는 것이 좋겠다고 결정했다. 이 아이디어를 발전시키기 시작하자마자 그것은 이야기의 중심에 확고부동하게 자리 잡았고 나머지는, 오리지널 포드 프리펙트를 만들어낸 창조자로서 말하건대, 전부 허풍이다.

사람들이 알면 놀라겠지만, 이야기는 상상할 수 없을 정도로 복잡하게 쌓여나갔다. 에피소드별로 이야기를 쓴다는 것은, 하나의 에피소드를 마치고 나면 다음 회가 어떻게 될지는 나 자신도 모른다는 의미다. 줄거리가 종잡을 수 없이 꼬여가다가 어느 순간 어떤 사건이 이전에 일어났던 일에 뭔가 실마리를 제공해주는 듯이 보이면 나 스스로도 다른 사람들과 마찬가지로 놀랐다.

이 쇼가 제작되는 동안 BBC의 태도는 맥베스가 사람들을 살해하며 가졌던 태도와 매우 비슷했던 것 같다. 처음에는 회의하다가, 다음에는 조심스레 열광하고, 그러다가 이 일의 규모가 얼마나 엄청난지 깨닫고 점점 더 놀라게 되지만, 여전히 끝은 보이지 않는 것이다. 제프리와 나, 음향 엔지니어들이 지하 스튜디오에 몇 주씩이고 계속 처박혀 다른 사람들이 시리즈 하나를 몽땅 다 만들 동안 달랑 효과 음향 하나를 만들고 있었다는 (또한 그 짓을 하느라 다른 사람들의 스튜디오 사용 시간을 빼앗고 있었다는) 소문은 강력하게 부인되었지만 전적으로 사실이다.

이 시리즈의 예산은 점점 치솟아, 마침내는 〈달라스〉를 몇 초 분량 만들 수 있을 정도까지 이르렀다. 이 쇼가 성공하지 못했으면, 정말이지……

첫 번째 에피소드는 1978년 3월 8일 수요일 저녁 10시 30분에 BBC 라디오 4채널에서 방송되었다. 휘황찬란한 광고 따위는 전혀 없었다. 박쥐들이 이 방송을 들었다. 이상한 개가 울부짖었다.

몇 주가 지나자 편지들이 한두 통 찔끔찔끔 날아들었다. 그러니, 저 바깥의 누군가가 듣기는 했던 것이다. 나와 이야기를 나눈 사람들은 편집증 환자 안드로이드인 마빈 같았다. 마빈은 그냥 한 장면을 재미있게 해보려고 집어넣었다가 제프리가 고집을 피워서 더 발전시킨 인물이다.

그러다가 몇몇 출판사가 흥미를 가지게 됐고, 나는 이 시리즈를 책으로

써달라는 청탁을 영국 팬 북스Pan Books에게서 받게 됐다. 엄청나게 꾸물대고 숨고 변명거리들을 꾸며대고 목욕을 한 후에야 삼분의 이 정도를 겨우겨우 마칠 수 있었다. 그 시점에 그 사람들은 매우 쾌활하고도 공손하게 말했다. 이미 내가 마감을 열 번이나 어겼으니 지금 쓰고 있는 페이지나 마저 쓰고 그 빌어먹을 것을 내놓으라고.

그러는 동안 나는 또 다른 시리즈를 하나 구상하느라 바빴고, 또 텔레비전 시리즈 〈닥터 후〉를 쓰고 스크립트 편집을 하고 있었다. 자신의 라디오 시리즈, 특히 누군가가 편지를 보내 자기가 들었다고 말하는 그런 시리즈를 갖는다는 건 매우 기분 좋은 일이기는 하지만, 그게 딱히 밥을 먹여주는 건 아니기 때문이었다.

《은하수를 여행하는 히치하이커를 위한 안내서》가 1979년 9월에 영국에서 출간되었을 때의 상황은 대충 이랬다. 이 책은 《선데이 타임스》 베스트셀러 목록에서 1위를 차지하더니, 그냥 그 자리에 계속 눌러 있었다. 분명 누군가가 라디오를 듣고 있었다.

일이 복잡해지기 시작한 것은 바로 이 시점이었다. 그리고 이 서문을 쓰면서 내가 설명을 부탁받은 것도 바로 이 부분이다. '안내서'는 너무나 많은 형태로 나왔다. 책, 라디오, 텔레비전 시리즈, 레코드로 나왔고, 조만간 메이저 영화로도 나오게 된다. 그런데 매번 줄거리가 조금씩 달라져서 심지어 가장 열렬한 독자도 헷갈리기 일쑤였다.

그러니 여기서 각각의 버전들을 분석하도록 하겠다. 단, 여러 가지 연극 버전은 포함시키지 않겠다. 이 연극들은 미국에서는 상연되지 않은 만큼 괜히 문제만 더 복잡하게 만들 뿐이니까.

라디오 시리즈는 영국에서 1978년 3월에 시작됐다. 첫 번째 시리즈는 여섯 개 프로그램, 혹은 소위 여섯 개 이야기로 구성되었다. 이야기 1에서 6까지. 이건 쉽다. 그해 말에 에피소드 하나가 더 녹음되어 방송되었는데, 그게 이른바 크리스마스 에피소드다. 크리스마스 에피소드라고 불리는 것은 처음 방송된 날이 12월 24일이었기 때문인데, 사실 그날은 크리스마스가 아니다. 그 후 상황은 점점 더 복잡해지기 시작했다.

1979년 가을에 첫 번째 《안내서》가 영국에서 출판되었고, '은하수를 여행하는 히치하이커를 위한 안내서'라고 불렸다. 이 책은 라디오 시리즈의 첫 번째 에피소드 네 개를 상당히 확장시킨 버전인데, 여기서 어떤 인물들은 전혀 다른 식으로 행동하고, 또 어떤 인물들은 전혀 다른 이유로 똑같은 행동을 한다. 사실 결과야 마찬가지지만 대화를 다시 쓰는 수고는 덜 수 있었다.

거의 비슷한 시기에 더블 레코드 앨범이 출시됐는데, 이것은 책과 반대로 라디오 시리즈의 첫 번째 에피소드 네 개를 약간 축약한 버전이다. 이 앨범들은 원래의 방송을 녹음한 것이 아니라 실질적으로 똑같은 스크립트를 완전히 새로 녹음한 것이었다. 그렇게 한 것은, 우리가 라디오 시리즈의 임시 음악으로 사용한 음악이 축음기 레코드에서 녹음한 것이어서, 라디오에서야 괜찮았지만 상업적 발매용으로는 쓸 만한 것이 못 되었기 때문이다.

1980년 1월에 〈은하수를 여행하는 히치하이커를 위한 안내서〉의 새 에피소드 다섯 개가 한 주 동안 BBC 라디오에서 더 방송되었고, 이제 전체 에피소드는 열두 개로 늘어났다.

1980년 가을에 두 번째 《안내서》가 영국에서 출간되었다. 하모니 북스 Hormony Books가 미국에서 첫 번째 책을 출간한 것과 거의 비슷한 시기였다. 이 책은 〈은하수를 여행하는 히치하이커를 위한 안내서〉의 라디오 시리즈 7, 8, 9, 10, 11, 12, 5, 6 에피소드(이 순서대로다)를 대부분 새로 쓰고, 새로 편집하고, 축약한 버전이었다. 그게 너무 간단한 일처럼 보일까 봐, 책 제목을 '우주의 끝에 있는 레스토랑'이라고 붙였다. 여기에는 〈은하수를 여행하는 히치하이커를 위한 안내서〉 라디오 에피소드 5편에 나오는 이야기가 포함되어 있는데, 이는 밀리웨이스, 다른 이름으로는

'우주의 끝에 있는 레스토랑'이라고 알려진 레스토랑을 배경으로 하고 있기 때문이었다.

거의 같은 시기에 두 번째 레코드 앨범이 라디오 시리즈의 에피소드 5, 6을 엄청나게 새로 쓰고 확장한 버전으로 만들어졌다. 이 레코드 앨범의 제목 역시 '우주의 끝에 있는 레스토랑'이었다.

그러는 동안, 〈은하수를 여행하는 히치하이커를 위한 안내서〉의 텔레비전 시리즈 에피소드 여섯 개가 BBC에서 만들어져 1981년 1월에 방송됐다. 이것은 대부분 라디오 시리즈의 처음 여섯 개 에피소드를 토대로 한 것이었다. 다시 말해서 여기에는 《은하수를 여행하는 히치하이커를 위한 안내서》의 대부분과 《우주의 끝에 있는 레스토랑》의 뒷부분 절반 정도가 합쳐져 있다. 그런 관계로 이 텔레비전 시리즈는 라디오 시리즈의 기본 구조를 따르고 있기는 하지만, 라디오 시리즈의 기본 구조를 따르지 않은 출판본의 개정 내용도 흡수한 셈이다.

1982년 1월에 하모니 북스는 《우주의 끝에 있는 레스토랑》을 미국에서 출판했다.

1982년 여름, 히치하이커 시리즈 제3권이 영국과 미국에서 동시에 출판되었다. 제목은 '삶, 우주 그리고 모든 것'이었다. 이 책은 라디오나 텔레비전에서 이미 듣거나 본 어떤 이야기도 토대로 하고 있지 않았다. 사실 이 책은 라디오 시리즈의 7, 8, 9, 10, 11, 12 에피소드와는 완전히 상반되는 이야기였다. 기억하겠지만, 〈은하수를 여행하는 히치하이커를 위한 안내서〉의 이 에피소드들은 이미 《우주의 끝에 있는 레스토랑》이라는 책에 개정된 형태로 섞여 들어갔다.

이 시점에 나는 미국에 가서 영화 대본을 썼는데, 그 대본은 그때까지 나온 이야기와는 앞뒤가 거의 맞지 않았다. 게다가 영화 제작이 연기되었기 때문에(현재 소문에 의하면, 영화 촬영은 최후의 심판일 직전에 시작될 것이라고 한다), 나는 삼부작에 추가되어 마지막이자 네 번째 책을 이루게 되는 《안녕히, 그리고 물고기는 고마웠어요》를 썼다(히치하이커 시리즈에 대한 최종적인 안내임을 자처하는 이 글의 설명과는 달리, 애덤스는 이후 《대체로 무해함》 한 권을 더 보태 총 다섯 권짜리로 시리즈를 마감했다. 물론 그의 갑작스러운 사망이 아니었다면 여섯 권이 되었을 가능성도 배제할 수는 없지만 말이다―옮긴이주). 이 책은 영국과 미국에서 1984년 가을에 출판되었는데, 그 내용은 이 책 자체를 포함해 그때까지 나온 모든 것과 사실상 배치되는 것이었다.

이 모든 일로도 아직 성이 차지 않는다는 듯, 나는 인포컴Infocom이라는 회사를 위해 '은하수를 여행하는 히치하이커를 위한 안내서'라는 제목의 컴퓨터 게임을 썼는데, 그 내용은 이제까지 이 제목으로 나온 모든 것들과는 스쳐 지나가는 정도의 유사성밖에 없다. 그리고 제프리 퍼킨스와 같이 정리해 《은하수를 여행하는 히치하이커를 위한 안내서 : 라디오 스크립트 원본》을 냈다(영국과 미국에서 1985년에 출판). 이 일은 흥미로운 모험이었다. 이 책은 제목이 시사하듯 방송된 라디오 스크립트 전체를 모아 수록한 것이며, 따라서 히치하이커 출판본 중에서 또 다른 히치하이커 출판본을 정확하고 일관성 있게 반영하는 유일한 예다. 나는 이 점이 좀 마음에 걸렸다. 바로 그런 이유로 해서 그 책의 서문은 여러분이 지금 읽고 있는 최종적이고 결정적인 책이 나온 '이후에' 쓰였으며, 그것과는 완전히 다른 소리를 하고 있는 것이다.

사람들은 종종 내게 어떻게 하면 이 행성을 떠날 수 있느냐고 묻는다. 그래서 간략한 정보를 준비했다.

이 행성을 떠나는 법

1. 나사NASA에 전화하라. 전화번호는 (713) 483-3111이다. 당신이 지금 당장 떠나는 게 굉장히 중요한 일이라고 설명하라.

2. 그 사람들이 협조하지 않으면, 백악관——(202) 456-1414——에 있는 아무 친구에게나 전화해서, 나사에 있는 사람들에게 말 좀 해달라고 하라.

3. 백악관에 친구가 하나도 없으면, 크렘린에 전화하라(0107-095-295-9051로 전화해 국제 교환수에게 크렘린을 대달라고 하라). 그 사람들도 백악관에 친구가 없기는 마찬가지지만(적어도 남들한테 대놓고 말할 수 있는 친구는 없다), 영향력은 좀 있는 것 같다. 그러니까 시도해볼 만하다.

4. 그것도 안 되면, 교황에게 전화해 어떻게 하면 좋겠느냐고 물어보라. 교황의 전화번호는 011-39-6-6982다. 내가 듣기에 교황의 교환수는 절대로 잘못하는 일이 없다고 한다〔가톨릭에서 교황은 '절대 무류(無謬, infallible)'라고 간주되는데 이를 두고 장난을 치고 있다—옮긴이주〕.

5. 이 시도가 모두 실패로 돌아가면, 신호를 해서 지나가는 비행접시를 정지시킨 다음, 전화 요금 청구서가 날아들기 전에 이 행성을 벗어나는 게 엄청나게 중요한 일이라고 설명하라.

더글러스 애덤스
1983년 로스앤젤레스, 그리고 1985/1986년 런던

은하수를 여행하는
히치하이커를 위한 안내서
The Hitchhiker's Guide to the Galaxy

자니 브락과 클레어 고스트, 그리고 그 밖의 모든 알링턴 사람들을 위해
홍차와 공감, 그리고 어떤 소파를 위해

저 멀리 시대에 뒤처진 은하계 서쪽 소용돌이의 끝, 지도에도 나와 있지 않은 그 변두리 지역에 아무도 주목하지 않는 작은 노란색 항성이 하나 있다.

이 항성에서 대략 구천팔백만 마일 떨어진 곳에 시시하기 그지없는 작은 청록색 행성이 공전하고 있는데, 이 행성에 사는 원숭이 후손인 생명체들은 어찌나 원시적인지 아직도 전자 시계가 꽤나 대단한 아이디어라고 생각하고 있을 정도다.

이 행성에는 문제가 하나 있는데—— 아니, 있었는데——, 이 행성에 사는 사람들 대다수가 대부분의 시간 동안 불행했다는 것이다. 이 문제에 대해 수많은 해결책이 제시되었는데, 이 해결책들은 대부분 주로 작은 녹색 종잇조각들의 움직임과 관련된 것이었다. 그건 좀 이상한 일이다. 왜냐하면, 대체로 볼 때, 불행한 것은 그 작은 녹색 종잇조각들이 아니었기 때문이다.

그래서 그 문제는 해결되지 않고 그냥 남아 있었다. 많은 사람들이 비열했고, 그들 대다수는 비참하게 살았다. 심지어 전자 시계를 차고 있는 사람들까지도 말이다.

애당초 사람들이 나무에서 내려온 것 자체가 엄청난 실수였다는 의견이 점점 더 확산되었다. 게다가 어떤 사람들은 심지어 나무에 올라간 것조차 잘못된 일이었으며, 아무도 바다에서 나오지 말았어야 했다고도 말했다.

그러던 중 어느 목요일, 그러니까 한 남자가 기분 전환도 할 겸 이제는 사람들끼리 좀 잘해주면 얼마나 좋겠냐고 말했다는 이유로 나무에 못 박힌 지 약 이천 년의 세월이 흐른 뒤의 어느 목요일, 한 여자가 영국 릭맨스워스라는 마을의 조그만 카페에 혼자 앉아 있다가 이 오랜 세월 내내 도대체 무엇이 잘못되고 있었는지를 문득 깨달았다. 그리고 그녀는 마침내, 어떻게 하면 이 세상이 멋지고 행복한 곳이 될 수 있는지를 알게 되었다. 이번에는 정말 옳았다. 이번에는 일이 제대로 풀릴 수 있을 것이고, 아무도 어딘가에 못 박히지 않아도 될 터였다.

하지만 슬프게도, 그녀가 누군가에게 전화를 걸어 그 이야기를 하기도 전에 끔찍하고도 바보 같은 대참사가 일어났고, 그 아이디어는 영영 빛을 보지 못하게 되었다.

그런데 이 이야기는 그녀에 관한 이야기가 아니다. 이 이야기는 그 끔찍하고도 바보 같은 대참사와 그 결과로 일어난 일들에 관한 이야기다.

또 이 이야기는 어떤 책에 관한 이야기이기도 하다. '은하수를 여행하는 히치하이커를 위한 안내서'라는 제목의 그 책은 지구의 책이 아니고, 지구에서 출판된 적도 없으며, 그 끔찍한 참사가 발생하기 전까지는 어떤 지구인도 보거나 들어본 적이 없는 것이었다.

그럼에도 그것은 굉장히 훌륭한 책이다.

사실 그것은 어사 마이너라는 행성에 있는 대단한 출판사들이 내놓은 책들 중에서 아마 최고로 훌륭한 책이었다. 물론 이 행성의 이름 역시 어떤 지구인도 들어본 적이 없다.

그 책은 전적으로 대단한 책일 뿐만 아니라, 매우 성공적이기까지 하다. 그 책은《천공(天空)의 집 관리법 옴니버스》보다 더 인기 있고,《무중력 상태에서 할 수 있는 또 다른 쉬운 세 가지 일들》보다 더 잘 팔리고 있으며, 울론 콜루피드의 블록버스터 철학 삼부작인《신의 실수》,《신이 저지른 가장 엄청난 실수 몇 개 더》,《도대체 이 신이란 작자는 누구인가》보다 더 큰 논쟁거리가 되고 있다.

은하계의 동쪽 바깥 가장자리에 있는 여유로운 문명계에서는, 모든 지식과 지혜의 표준적인 보고(寶庫)로서 위대한《은하대백과사전》(아이작 아시모프의 '파운데이션' 시리즈에 등장하는 대백과사전—옮긴이주)이 차지했던 지위를 이미《히치하이커를 위한 안내서》가 빼앗고 있다. 이 책은 비록 많은 것이 누락되어 있고 출처가 미심쩍은 내용도 많이 담고 있으며, 그게 아니더라도 적어도 터무니없이 부정확했지만, 그럼에도 불구하고 더 유서 깊고 단조로운《은하대백과사전》을 두 가지 중요한 점에서 앞서 나가고 있기 때문이다.

첫째로, 이 책의 가격이 조금 더 싸다. 둘째로, 이 책의 표지에는 크고 친근한 서체로 '겁먹지 마세요'라는 말이 적혀 있다.

하지만 이 끔찍하고도 바보 같은 목요일의 이야기와, 그 결과로 벌어진 괴상한 사건들에 관한 이야기, 그리고 이 사건들이 어떻게 해서 이 대단한 책과 떼려야 뗄 수 없이 복잡하게 얽혀 있는지에 관한 이야기는 무척 단순하게 시작된다.

이야기는 어떤 집에서 시작된다.

1

    그 집은 마을 가장자리에 있는 나지막한 언덕 위에 서 있었다. 거기 홀로 서서 넓게 펼쳐진 웨스트 컨트리의 농장 지대를 굽어보고 있었다. 아무리 잘 봐주려 해도 멋들어진 집은 아니었다. 지은 지 삼십 년 정도 된 납작하고 네모반듯한 벽돌집으로, 정면에 네 개의 창문이 나 있는데 그 크기와 비율이 정말이지 볼썽사나웠다.
    그럼에도 어쨌든 이 집에 특별한 애정을 품고 있는 사람이 한 명 있었으니, 바로 아서 덴트다. 어쩌다가 그가 이 집의 거주자가 된 것이 그 이유의 전부이지만 말이다. 그는 이 집에서 삼 년여를 살았다. 불안하고 초조한 런던 생활을 청산한 뒤 그는 곧장 이 집으로 이사를 왔다. 그는 그의 집과 마찬가지로 서른 살 정도였고, 큰 키에 짙은 색깔의 머리칼을 가졌으며, 한순간도 마음 편해본 적이 없는 사람이었다. 그의 가장 큰 걱정거리는 사람들이 항상 그에게 무슨 걱정거리가 있냐고 물어대는 것이었다. 그는 지방 라디오 방송국에서 일했는데, 친구들에게는 항상 너희가 생각하는 것보다는 훨씬 재미있는 일이라고 말하곤 했다. 사실 그랬다. 그의 친구들은 대부분 광고계에서 일했기 때문이다.
    수요일 밤에 엄청난 폭우가 내려서 골목길이 질척거렸지만 목요일 아침에는 태양이 밝고 화창하게 아서 덴트의 집을 비추었다. 하지만 그것도 이제는 마지막이 될 터였다.

지방 의회가 이 집을 철거하고 거기에 우회로를 건설하려 한다는 것이 아직까지 아서의 머릿속에는 제대로 새겨지지 않고 있었다.

목요일 오전 여덟 시, 아서는 그다지 기분이 좋지 않았다. 흐릿한 눈으로 잠이 깬 그는 일어나 방 안을 어슬렁거리다가 창문을 열고 불도저를 보았고, 슬리퍼를 찾아 신은 다음 쿵쿵거리며 화장실에 세수를 하러 갔다.

칫솔에 치약을 짜고──그렇지. 양치질을 시작했다.

면도 거울이──천장을 보고 있군. 그는 거울을 바로잡았다. 한순간 거울은 화장실 창문 너머의 두 번째 불도저를 비추었다. 제대로 각도를 조종하니 거울은 아서 덴트의 뻣뻣한 수염을 비췄다. 그는 면도를 하고 얼굴을 씻고 물기를 닦은 다음, 쿵쿵거리며 부엌으로 가서 맛있는 게 뭐 없나 살폈다.

주전자, 플러그, 냉장고, 우유, 커피. 하품.

'불도저'라는 단어가 뭔가 연결 고리를 찾아서 잠시 동안 그의 머릿속을 휘젓고 다녔다.

부엌 창밖에 있는 불도저는 꽤나 덩치가 큰 녀석이었다.

그는 그것을 물끄러미 바라보았다.

'노란색이군.' 그는 생각했다. 그리고 옷을 입기 위해 다시 침실 쪽으로 쿵쿵거리며 걸어갔다.

화장실 앞을 지나가다가 그는 멈춰 서서 큰 컵 가득 물을 마시고는 다시 한 컵 더 마셨다. 자신이 숙취에 시달리고 있는 것이 아닌가 하는 의심이 들기 시작했다. 왜 숙취에 시달리지? 간밤에 술을 마셨나? 아마 틀림없이 그랬을 거라고 그는 생각했다. 면도 거울에 무엇인가 반사되어 반짝거리는 것이 그의 눈에 들어왔다. '노란색이군.' 그는 생각했다. 그리고 쿵쿵거리며 침실로 걸어갔다.

그는 걸음을 멈추고 생각했다. 그 술집, 그렇지, 그 술집. 그는 자신이 어떤 중요해 보이는 문제를 놓고 화를 냈던 사실을 희미하게 떠올렸다. 그는 사람들에게 그 문제에 대해 이야기하고 있었다. 굉장히 주절주절 떠들어댄 것 같은데. 그는 생각했다. 분명히 기억나는 것은 다른 사람들의 멍한 표정뿐이었다. 그것은 그가 막 알게 된 새 우회로에 관한 이야기였다. 지난 몇 달 동안 그 우회로와 관련된 일이 진행된 모양인데, 문제는 그 일에 대해 알고 있었던 사람이 아무도 없는 것 같다는 것이었다. 웃기는 일이야. 그는 물을 벌컥벌컥 들이켰다. 저절로 해결되겠지. 그는 결론지었다. 아무도 우회로를 원하지 않아. 의회가 우길 만한 근거가 없는 거지. 그래, 저절로 해결될 거야.

제길, 덕분에 숙취만 지독하잖아. 그는 옷장 거울에 비친 자신의 모습을 들여다봤다. 그러다가 혀를 쑥 내밀어봤다. '노란색이군.' 그는 생각했다. '노란색'이라는 단어가 뭔가 연결고리를 찾아서 그의 머릿속을 휘젓고 다녔다.

십오 초 뒤, 그는 집 밖으로 나와 자기 집 정원 오솔길로 밀고 들어오는 커다란 노란색 불도저 앞에 누워 있었다.

L. 프로서 씨는 사람들 말마따나 그저 인간일 뿐이었다. 다시 말해서, 원숭이에서 진화한, 탄소화합물에 기초한, 두 발 달린 생물이었다. 좀더 구체적으로 말하자면, 그는 마흔 살의 뚱뚱하고 허름한 지방 의회 직원이었다. 그 자신은 모르고 있었지만, 대단히 흥미롭게도 그는 부계 쪽으로 칭기즈칸의 직계 후손이기도 했다. 하지만 세대가 수없이 바뀌고 여러 인종의 피가 섞이면서 그의 유전자에 요술 같은 일이 벌어져, 겉으로 볼 때 그에게는 몽골 인종의 특징이 전혀 없었다. 그의 위대한 선조가 L. 프로서 씨에게 남겨준 유일한 흔적은 눈에 띄게 두둑한 뱃살과 작은 털모자에 대한 과도한 애정뿐이었다.

그는 결코 위대한 전사가 아니었다. 사실 그는 소심하고 안달복달하는 사람이었다. 오늘 그는 특히 안절부절 걱정이 많았는데, 왜냐하면 그가 하는 일이 무엇인가 크게 잘못되었기 때문이었다. 그 일이란 그날이 다 가기 전에 아서 덴트의 집을 길에서 말끔히 쓸어내어 버리는 것이었다.

"비키십시오, 덴트 씨." 그가 말했다. "이길 수 없다는 걸 잘 아시잖습니까? 불도저 앞에 언제까지나 누워 있을 순 없다고요."

그는 사나운 눈빛을 내보려고 애썼지만, 그 눈은 도무지 그렇게 되지 않았다.

아서는 진흙탕에 누워서 그를 협박했다.

"난 그럴 작정입니다." 아서가 말했다. "누가 먼저 녹이 스는지 봅시다."

"받아들이실 수밖에 없게 될 텐데요." 프로서 씨는 털모자를 잡고 머리 둘레를 따라 빙빙 돌리며 말했다. "이 우회로는 건설되어야 하고 꼭 건설될 겁니다!"

"그 말은 벌써 들었어요. 왜 그걸 만들어야 하는 겁니까?" 아서가 말했다.

프로서 씨는 아서를 향해 손가락을 잠깐 흔들다가 멈추고는 손을 거두었다.

"왜 만들어야 하느냐니, 그게 무슨 말입니까? 우회로라고요. 우회로는 만들어야 하는 겁니다."

우회로란 어떤 사람들에게 A지점에서 B지점으로 매우 빨리 갈 수 있게 해주고 다른 어떤 사람들에게는 B지점에서 A지점으로 매우 빨리 갈 수 있게 해주는 장치다. 두 지점의 정중앙에 있는 C지점에 사는 사람들로서는 도대체 A지점에 무슨 대단한 게 있어서 B지점에 있는 수많은 사람들이 거기 가고 싶어 몸살을 하는지, 또 B지점에는 무슨 대단한 게 있어서 A지점에 있는 수많은 사람들이 거기 가고 싶어 몸살을 하는지 종종 궁금해진다. 이들은 사람들이 자신이 있고자 하는 그 빌어먹을 장소를 한번 결정하고 나면 영원히 그 자리에 좀 있었으면 좋겠다고 간혹 바라기도 한다.

프로서 씨는 D지점에 있고 싶었다. D지점은 어떤 특정 장소가 아니었다. 그저 A, B, C지점 모두에서 아주 멀찍이 떨어진 지점이면 아무 곳이나 좋았다. 그는 그 D지점에다 문 앞에 도끼들이 걸려 있는 아담한 오두막을 하나 짓고는, D지점에서 가장 가까운 술집인 E지점에서 즐거운 시간을 보내고 싶었다. 물론 그의 아내는 덩굴장미를 원했지만, 그는 도끼가 더 좋았다. 그 이유는 자신도 모르지만, 그는 그저 도끼가 좋았다. 불도저 기사들의 조롱 섞인 미소에 그의 얼굴은 뜨겁게 달아올랐다.

그는 몸무게를 이쪽 발에 실었다 저쪽 발에 실었다 해보았지만, 어느 쪽도 불편하긴 마찬가지였다. 분명 누군가가 지독하게 무능하게 굴고 있었고, 그는 그게 다만 자신이 아니기를 간절하게 빌었다.

프로서 씨가 말했다. "아시겠지만, 선생님한테는 적절한 시기에 제안이나 항의를 할 수 있는 권리가 있었습니다."

"적절한 시기?" 아서가 소리를 빽 질렀다. "적절한 시기라고요? 내가 이 일에 대해 처음 알게 된 것은 어제 어떤 인부가 우리 집에 왔을 땝니다. 내가 그 사람에게 창문 청소를 하러 왔느냐고 물었더니 아니라고 하더군요. 집을 부수러 왔다는 겁니다. 처음부터 딱 대놓고 그렇게 말한 것도 아니에요. 아니고말고. 처음에는 창문을 두어 개 닦더니 오 파운드를 청구합니다. 그러고 나서야 그 이야기를 하더군요."

"하지만 덴트 씨, 그 계획안은 지난 구 개월 동안 지방 계획과 사무실에 있었습니다."

"아, 물론 그렇겠지요. 그 얘기를 듣자마자 곧장 그 계획안이라는 걸 보러 달려갔습니다. 어제 오후에요. 당신들은 굳이 사람들의 관심을 끌려고 애쓰지 않았더군요. 안 그래요? 실제로 사람들에게 말을 한다거나 아니면 공고를 한다거나 하는 식으로 말입니다."

"하지만 그 계획안은 게시판에……."

"게시판이라고요? 나는 결국 그걸 보러 지하실까지 내려가야 했다 이 말입니다."

"거기가 바로 게시국이니까요."

"손전등까지 가지고요."

"아, 음, 아마 전등이 나갔었나 보군요."

"계단도 나갔더군요."

"하지만, 저, 공지를 보시긴 한 거죠?"

"그럼요, 예, 보긴 봤죠. 그 공지는 '표범 조심' 이라는 표지판이 문 앞에 걸려 있는 사용 중지된 화장실 구석에 처박힌, 자물쇠로 잠긴 캐비닛 바닥에 게시되어 있더군요."

머리 위로 구름 한 조각이 지나갔다. 구름은 차가운 진흙 속에 팔꿈치를 받치고 누워 있는 아서 덴트 위에 그림자를 드리웠다. 아서 덴트의 집 위에도 그림자를 드리웠다. 프로서 씨는 집을 보며 얼굴을 찌푸렸다.

"이 집이 뭐 대단하게 좋은 집도 아니잖습니까?" 그가 말했다.

"미안하지만, 난 이 집을 좋아하게 됐습니다."

"우회로도 마음에 드실 겁니다."

"아, 입 좀 닥쳐요." 아서 덴트가 말했다. "입 닥치고 꺼져버려요. 당신네 그 빌어먹을 우회로도 가지고요. 말도 안 되는 소리란 거 당신도 알잖아요."

프로서 씨는 입을 뻐끔뻐끔하며 서 있었다. 그사이 그의 머릿속에는, 아서 덴트의 집이 훨훨 불타고 아서가 묵직한 불꽃 줄기를 적어도 세 개는 등에 단 채 불타는 잔해에서 비명을 지르며 뛰쳐나오는, 설명할 수는 없지만 지독하게 매혹적인 영상이 일순 떠올랐다. 프로서 씨는 종종 이런 환영에 시달렸고, 그럴 때마다 안절부절못했다. 그는 잠시 더듬거리다가 겨우 마음을 가다듬었다.

"덴트 씨." 그가 말했다.

"왜요?" 아서가 대답했다.

"사실에 입각한 정보를 하나 드리죠. 만일 제가 저 불도저를 당신 위로 그냥 지나가게 하면 저 불도저가 어느 정도나 손상을 입을까요?"

"어느 정도죠?" 아서가 되물었다.

"전혀요." 프로서 씨는 이렇게 말하고는, 왜 머릿속에서 천 명의 털북숭이 기수(騎手)들이 자신을 향해 소리를 질러대고 있는 건지 영문을 몰라 하며 소심하게 그 자리에서 허둥지둥 내뺐다.

흥미로운 우연의 일치지만, '전혀'라는 말은, 원숭이의 후손인 아서 덴트가 자신의 가장 친한 친구들 중 하나가 원숭이의 후손이 아니며, 사실은 그가 평소에 주장하듯 길퍼드 출신이 아니라 베텔게우스 근방의 작은 행성에서 왔을지도 모른다는 의혹을 얼마나 가져보았을지, 그 양을 정확하게 표시하는 말이기도 했다.

아서 덴트는 절대로, 한 번도 이런 의심을 해본 적이 없었다.

이 친구는 지구 시간으로 약 십오 년 전에 이 지구라는 행성에 처음으로 발을 디뎠으며, 지구 사회에 융화되기 위해 열심히 노력했다. 그의 노력은 어느 정도 성공적이었다고 인정해줄 만하다. 예를 들어, 그는 그 십오 년을 일자리 없는 배우 행세를 하며 보냈는데, 그건 꽤나 그럴 듯했다.

하지만 그는 한 가지 부주의한 실수를 했는데, 그건 사전 조사를 약간 날림으로 한 탓이었다. 자신이 모은 정보에 기반해 그는 '포드 프리펙트'라는 이름이 그다지 사람들의 주목을 끌지 않을 것이라고 생각하고 이 이름을 선택했던 것이다.

그는 눈에 띌 정도로 키가 크지도 않았고, 인상적인 용모이긴 하지만 빼어나게 잘생긴 것도 아니었다. 머리카락은 철사처럼 뻣뻣하고 붉은색이었으며, 양쪽 관자놀이에서부터 뒤로 넘겨져 있었다. 그의 피부는 코에서부터 뒤로 당겨져 있는 것처럼 보였다. 그에게는 뭔가 아주 미묘하고 이상야릇한 구석이 있었는데, 딱 부러지게 무어라고 말하기는 어려웠다. 어쩌면 그건 그가 남들처럼 자주 눈을 깜빡이지 않는 것처럼 보이기 때문인지도 몰랐다. 그 때문에 사람들은 그와 얼마 동안 이야기를 하고 있다 보면 자기도 모르게 그를 대신해서 눈에 눈물이 고이기 시작하는 것이었다. 어쩌면 그건 그가 다소 너무 활짝 웃기 때문인지도 몰랐다. 그러면 사람들은 그가 자기 목을 덥석 물려고 하는 것이 아닐까 하는 불안한 기분을 느끼게 된다.

그는 지구에서 사귄 대부분의 친구들에게 괴상하지만 해로울 것은 없는 친구, 좀 괴상한 버릇들을 가진 종잡을 수 없는 술꾼이라는 인상을 주었다. 예를 들어, 그는 종종 대학가의 파티에 초대도 안 받고 쳐들어가서 인사불성으로 취한 뒤, 거기서 만난 천체물리학자들을 무차별적으로 놀려대기 시작하다가 쫓겨나곤 했다.

때로는 이상하게 울적한 기분에 사로잡혀서, 최면에라도 걸린 듯이 하늘을 올려다보곤 했다. 그러다가 누군가가 뭘 하고 있느냐고 물으면 무슨 죄라도 지은 것처럼 잠시 깜짝 놀랐다가 마음을 가다듬고 씩 웃는 것이었다.

"아, 그냥 비행접시라도 날아가나 싶어 보고 있던 참이야." 그는 이렇게 농담을 했고, 그러면 사람들은 모두 웃으면서 어떤 비행접시를 찾고 있느냐고 물었다.

"녹색 비행접시지!" 그는 장난기 어린 미소를 띠며 이렇게 대답하고는, 잠시 미친 듯이 웃어대다가 돌연 가장 가까운 술집으로 달려 들어가 사람들에게 술을 무진장 돌리곤 했다.

이런 식의 저녁은 흔히 끝이 좋지 않았다. 포드는 위스키에 만취해 제정신이 아닌 상태로 여자를 데리고 구석에 처박혀서는, 솔직히 말하면 비행접시의 색깔 따위는 그다지 문제 되지 않는다고 혀 꼬인 소리로 설명해대곤 했다.

그리고 나서는 중풍 환자처럼 휘청거리며 밤거리를 걸어가다가, 지나가는 경찰관을 붙들고 베텔게우스로 가는 길을 아느냐고 묻곤 했다. 경찰관은 대개 이런 식으로 대꾸했다. "이봐요, 이제 댁으로 돌아가야 할 시간 아닙니까?"

"저도 그러려고 노력 중이랍니다, 노력하고 있다고요." 포드는 늘 이렇게 대답했다.

사실 그가 심란하게 하늘을 올려다보며 진짜로 찾고 있었던 것은 종류를 가릴 것 없이 그냥 비행접시였다. 그가 녹색이라고 대답한 것은 녹색이 전통적으로 베텔게우스 무역선의 색깔이기 때문이었다.

포드 프리펙트는 어떤 비행접시라도 좋으니 좀 빨리 왔으면 하고 간절하게 바랐다. 좌초해서 오도 가도 못하는 상황에서 십오 년을 보낸다는 것은 그곳이 어디든 너무 긴 세월이기 때문이었다. 지구처럼 정신이 아득해질 정도로 지루하기 짝이 없는 곳이라면 더더욱 그랬다.

포드는 비행접시가 곧 나타나기를 바랐다. 그는 비행접시를 세워서 얻어 타는 법을 알고 있기 때문이었다. 그는 어떻게 하면 알타이리아 달러로 하루 삼십 불의 비용도 들이지 않고 우주 곳곳의 경이를 구경할 수 있는지 알고 있었다.

사실 포드 프리펙트는 그 전적으로 대단한 책인 《은하수를 여행하는 히치하이커를 위한 안내서》의 이동 조사원이었다.

인간의 적응력은 참으로 대단해서, 점심시간 무렵이 되자 아서의 집 주변 환경은 이미 안정된 일상으로 자리를 잡아버렸다. 이 일상 속에서 아서가 받아들인 역할은 진흙 속에 누워 때때로 변호사나 어머니, 혹은 재미있는 책을 보게 해달라고 요구하는 것이었다. 프로서 씨의 역할은 '공익을 위해서'라든지 '진보를 향한 행진', 혹은 '저도 집이 철거당하는 일을 겪어봤지만 절대로 그 일에 연연하지 않았답니다' 식의 이야기와 다양한 감언이설, 협박 같은 술책들을 들고 나와 아서를 공략해보는 것이었다. 불도저 기사들이 수락한 역할은 둘러앉아 커피를 홀짝이며 어떻게 하면 이 상황을 자신들에게 득이 되게 만들 수 있을 것인지 노조 법규를 놓고 이러쿵저러쿵해보는 것이었다.

지구는 천천히 자전하고 있었다.

태양빛에 아서가 누워 있는 진흙이 말라가기 시작했다.

그림자 하나가 또다시 그의 위에 드리워졌다.

"아서, 잘 있었어?" 그림자가 말했다.

아서는 위를 올려다보며 햇살을 피해 곁눈질을 하다가 포드 프리펙트가 서 있는 것을 보고 깜짝 놀랐다.

"포드 아냐? 잘 지냈어?"

"응. 이봐, 지금 바빠?"

"바쁘냐고?" 아서가 냅다 소리를 질렀다. "글쎄, 나는 지금 이 불도저들이니 뭐니 하는 것들 앞에 누워 있어야만 할 판이지. 안 그러면 이것들이 내 집을 부숴버릴 거거든. 하지만 그것만 빼면……음, 뭐, 특별히 바쁜 일은 없는데, 왜?"

베텔게우스 행성에는 빈정거림이라는 것이 없기 때문에 포드 프리펙트는 아주 주의를 집중하지 않으면 비꼬는 말을 종종 잘 알아채지 못했다. 그가 말했다.

"좋아, 그럼 어디 가서 얘기 좀 할까?"

"뭐라고?"

잠깐 동안 포드는 아서의 존재를 잊은 듯했다. 그는 마치 차에 치이려고 기를 쓰는 토끼처럼 하늘을 뚫어져라 쳐다봤다. 그러더니 갑자기 아서 옆에 쪼그리고 앉았다.

"우리 얘기 좀 해." 그가 절박하게 말했다.

"좋아, 얘기해." 아서가 말했다.

"그리고 술도 마셔야 해. 술을 마시면서 얘기하는 게 굉장히 중요하거든. 지금 당장 말이야. 동네 술집으로 가자."

다시 한번 그는 안절부절못하면서 무언가 기다리는 듯한 태도로 하늘을 쳐다봤다.

"이봐, 모르겠어?" 아서가 외쳤다. 그리고 프로서를 가리키며 말했다. "저자가 내 집을 때려 부수고 싶어 하거든."

포드가 어리둥절해하며 그를 쳐다봤다.

"어, 네가 자리를 비운 사이에 부수면 되잖아, 안 그래?"

"하지만 난 안 그랬으면 좋겠거든!"

"아아."

"이봐, 도대체 무슨 일이야, 포드?" 아서가 말했다.

"아무것도 아니야. 아무 문제없어. 있잖아, 난 이제껏 네가 들어본 그 어떤 이야기보다 더 중요한 이야기를 해야 해. 지금 당장 말이야. 그리고 그 이야기는 호스 앤드 그룸(말과 마부라는 뜻—옮긴이주) 술집에서 해야 된다고."

"그건 왜?"

"왜냐하면 너한테 굉장히 독한 술이 필요할 테니까."

포드가 아서를 똑바로 쳐다보자 놀랍게도 아서는 의지가 약해지기 시작했다. 그는 이것이 포드가 오리온 베타 성단의 마드라나이트 광산 지대의 우주 정거장에서 배운 오래된 음주 게임 탓이라는 것을 몰랐다.

그 게임은 지구에서 하는 인디언 레슬링이라는 게임과 그다지 다르지 않았으며, 그 진행 방식은 다음과 같았다.

참가자 두 명이 테이블 양쪽 끝에 각각 잔을 하나씩 앞에 놓고 마주 앉는다.

두 사람 사이에 쟁크스 스피릿 병이 하나 놓인다(이 술은 오리온 광산에서 즐겨 부르는 옛 노래 속에서 이미 불멸의 존재가 되어 있다. "아, 그

올드 쟁크스 스피릿은 이제 그만 / 안 돼요, 그 올드 쟁크스 스피릿은 이제 그만 / 내 머리는 빙빙 돌고 혀는 꼬이고 눈에서는 불이 나요. 난 죽을 것만 같아요 / 그 지독한 올드 쟁크스 스피릿을 더는 따르지 마세요").

참가자들은 그 병에 자신의 의지를 집중시켜서, 의지로 병을 기울여 상대방의 잔에 술을 따른다. 그러면 상대방은 그 술을 마셔야 한다.

그런 다음 다시 병을 채운다. 다시 게임이 시작된다. 그리고 다시.

게임에 한번 지기 시작하면 계속해서 질 공산이 크다. 쟁크스 스피릿의 효과 중 하나는 염력을 약하게 만드는 것이기 때문이다.

정해진 양이 다 소진되면 최종 패배자는 벌을 받아야 하는데, 그 벌은 대개 음란하게 생물학적이다.

포드 프리펙트는 보통 지기 위해서 이 게임을 했다.

포드는 아서를 똑바로 쳐다보았고, 아서는 호스 앤드 그룸 술집에 가고 싶어 한 사람은 어쩌면 애당초 자신이었는지도 모른다고 생각하기 시작했다.

"하지만 내 집은 어쩌고……?" 그가 애처롭게 물었다.

포드는 프로서 씨를 돌아보다가 갑자기 사악한 아이디어를 하나 떠올렸다.

"저 사람이 네 집을 때려 부수고 싶어 한다 이거지?"

"응, 허물고 그 자리에다가……."

"그런데 네가 불도저 앞에 누워 있기 때문에 못 부수고 있다는 거지?"

"응, 그리고……."

"내 생각엔 타협을 볼 수 있을 것 같은데." 포드가 말했다. "실례합니다!" 그가 외쳤다.

(아서 덴트가 정신 건강상 위험인물로 판정될 수 있을지 없을지, 그리고 그 경우 불도저 기사들이 보수를 얼마나 받아야 할지를 놓고 그들의

대표와 설전을 벌이고 있던) 프로서 씨가 뒤를 돌아보았다. 그는 아서 덴트에게 동지가 생긴 것을 보고 놀라서 다소 경계했다.

"왜요? 이제 덴트 씨가 제정신을 차리셨나요?" 그가 외쳤다.

"우선, 그가 아직 제정신을 못 차렸다고 가정해도 될까요?" 포드가 대답했다.

"그래요?" 프로서 씨가 한숨을 내쉬며 말했다.

"그리고 또, 아서가 여기 하루 종일 누워 있을 거라고 가정해보면 어떨까요?" 포드가 말했다.

"그래서요?"

"그러면 댁들은 모두 하루 종일 아무것도 안 하고 둘러서 있게 되는 겁니다."

"그럴 수도 있겠죠, 그럴 수도……."

"그래서 말인데요, 댁들이 어쨌건 그런 식으로 하루를 보내게 되어 있는 판국이라면, 사실 이 친구가 내내 여기 누워 있을 필요도 없지 않겠어요?"

"뭐라고요?"

"사실, 아서가 여기 있을 필요도 없다고요." 포드가 참을성 있게 말했다.

프로서 씨는 이 문제에 대해 생각해봤다.

"음, 아니죠, 그런 건 아니죠……. 꼭 그럴 필요는……."

프로서 씨는 걱정이 되었다. 그는 둘 중 하나는 뭔가 말이 안 되는 소리를 하고 있다고 생각했다.

포드가 말했다. "그러니까 선생께서 아서가 실제로 여기 있는 것처럼 생각해주시면, 아서와 나는 삼십 분 동안 슬쩍 술집에 갔다 올 수 있는 거지요. 제 제안이 어떻습니까?"

프로서 씨는 철두철미하게 미친 소리라고 생각했다.

"전적으로 타당한 말씀입니다……." 그는 누군가를 안심시키려는 듯한 목소리로 대답했는데, 도대체 누구를 안심시키려는 것인지는 자신도 알 수 없었다.

"나중에 만일 선생이 잠깐 자리를 비우고 술 한잔 하고 싶으시면, 보답하는 차원에서 그때는 저희가 선생 자리를 봐드리죠." 포드가 말했다.

"대단히 감사합니다." 프로서 씨가 대답했다. 그는 이 게임을 도대체 어떻게 해야 하는 건지 더 이상 감을 잡을 수가 없었다. "대단히 감사합니다, 예, 정말 친절하시군요……." 그는 얼굴을 찌푸렸다가 미소를 지었다. 그리고 나서 동시에 두 가지를 다 하려다가 실패하자, 털모자를 휙 잡더니 머리 둘레를 따라 발작적으로 돌려댔다. 자신이 이겼다고 가정할 수밖에 없었다.

"그럼 이쪽으로 와서 누워주시면……." 포드 프리펙트가 말했다.

"뭐라고요?" 프로서 씨가 물었다.

"아, 죄송합니다." 포드가 말했다. "제가 정확하게 말씀드리지 못한 것 같군요. 누군가는 저 불도저 앞에 누워야 하지 않겠습니까? 안 그러면 저것들이 덴트 씨 집으로 밀고 들어가는 것을 막을 게 아무것도 없지 않겠어요?"

"뭐라고요?" 프로서 씨가 다시 한번 물었다.

"아주 간단한 얘깁니다." 포드가 말했다. "제 의뢰인인 덴트 씨는 단 한 가지 조건하에서만 여기 진흙 바닥에 누워 있기를 그만두겠다고 합니다. 당신이 와서 그 자리를 대신하는 거죠."

"무슨 소리를 하는 거야?" 아서가 말했지만, 포드가 구두로 그를 슬쩍 찔러 입을 막았다.

"그러니까 댁은 저한테, 저기로 가서 누워 있으라는……." 프로서 씨가 포드의 말을 하나하나 되짚어보며 말했다.

"네."

"불도저 앞에요?"

"네."

"덴트 씨를 대신해서 말이죠."

"네."

"진흙 바닥에요."

"말씀하시는 대로, 진흙 바닥에요."

결국 실질적으로 자신이 졌다는 것을 깨닫는 순간, 프로서 씨는 마치 어깨에서 짐을 내려놓은 듯한 느낌이 들었다. 그에게는 이런 세상이 더 익숙했다. 그는 한숨을 내쉬었다.

"그 대신 당신은 덴트 씨를 데리고 술집에 가겠다는 거죠?"

"바로 그겁니다." 포드가 말했다. "정확해요."

프로서 씨는 불안하게 앞으로 몇 발자국 내딛다가 멈춰 섰다.

"약속하시는 거죠?" 그가 물었다.

"약속합니다." 포드는 이렇게 말하고 아서에게 돌아섰다.

"이봐, 일어나서 저 사람에게 자리를 비켜주라고."

아서는 마치 꿈을 꾸는 듯한 기분으로 자리에서 일어났다.

포드는 프로서 씨에게 손짓했고, 그는 슬프고도 엉거주춤한 자세로 진흙탕에 앉았다. 자기 인생 전체가 무슨 꿈만 같았다. 때로는 그게 누구의 꿈인지, 그 사람들은 이 꿈을 재미있어하는지 궁금하기도 했다. 진흙이 그의 엉덩이와 팔을 둘러싸고 신발 속으로 스며들었다.

포드는 엄한 표정으로 그를 쳐다보며 말했다.

"덴트 씨가 없는 사이에 몰래 집을 허물기 없깁니다, 아시죠?"

"그런 생각은 꿈에도 해보지 않았습니다." 프로서 씨가 투덜거리며 말했다. 그리고 몸을 누이면서 말을 이었다. "마음속에 스쳐 지나간 적조차 없다고요."

그는 불도저 기사 노조 대표가 걸어오는 것을 바라보면서 머리를 뒤로 눕히고 눈을 감아버렸다. 그는 이제 자신이 정신 건강상 위험인물이 아니라는 것을 입증하기 위한 주장들을 펼치려고 애쓰고 있었다. 그는 이 문제에 대해 전혀 자신이 없었다. 머릿속이 시끌벅적한 소리와 말(馬)들, 연기, 피비린내로 가득 차 있는 것만 같았다. 비참한 기분이 들거나 놀림을 받을 때면 항상 이런 일이 일어났는데, 자기 자신도 도무지 설명할 수 없는 일이었다. 우리가 전혀 알지 못하는 저 높은 차원에서는 천하무적 칸이 분노에 차서 으르렁거렸지만, 프로서 씨는 다만 몸을 부르르 떨면서 애처롭게 투덜거릴 뿐이었다. 눈꺼풀 뒤에서 따끔거리며 눈물이 찔끔 나는 느낌이 들었다. 관료의 실수들, 진흙탕에 누워 있는 분노한 사람들, 알 수 없는 낯선 이들이 내미는 설명할 수 없는 모욕들, 머릿속에서 자신을 비웃는 정체를 알 수 없는 말 탄 사람들——도대체 뭐 이런 날이 다 있담.

도대체 뭐 이런 날이 다 있어. 포드 프리펙트는 지금 아서의 집이 때려 부서지건 말건 그건 개뼈다귀만큼도 중요하지 않다는 것을 알고 있었다.

아서는 걱정이 되어 죽겠다는 표정이었다.

"하지만 저 사람을 믿을 수 있을까?" 그가 말했다.

"나라면 지구가 끝장나는 순간까지 믿을 거야." 포드가 대답했다.

"오, 그렇군." 아서가 말했다. "그때까지 시간이 얼마나 남았는데?"

"한 이십 분 남았어." 포드가 말했다. "서둘러, 난 술이 필요해."

2

《은하대백과사전》은 술에 대해 다음과 같이 말하고 있다. 술은 설탕의 발효를 통해 형성된 휘발성의 무색 액체이며, 탄소화합물로 이루어진 특정 생명체에 대해 도취 효과를 낸다.

《은하수를 여행하는 히치하이커를 위한 안내서》도 술에 대해 언급하고 있다. 이 책에는 현존하는 최고의 술은 팬 갈랙틱 가글 블래스터Pan Galactic Gargle Blaster라고 적혀 있다.

팬 갈랙틱 가글 블래스터를 마셨을 때의 효과는 레몬 한 조각으로 싼 커다란 황금 벽돌로 머리를 한 대 강타당하는 것과 같다고 한다.

《안내서》에는 또한 팬 갈랙틱 가글 블래스터를 가장 잘 만드는 행성과 그 한 잔에 지불해야 하는 가격, 그 술을 마시고 난 뒤의 재활 과정을 도와주는 자원 봉사 조직들에 대해서도 적혀 있다.

《안내서》에는 심지어 이 술을 직접 만드는 법도 나와 있다.

《안내서》에 따르면, 먼저 올드 잼크스 스피릿 한 병에서 진액을 따른다.

거기에다가 산트라기누스 5호 행성의 바닷물을 한 컵 따른다——"아, 그 산트라기누스의 바닷물! 아, 그 산트라기누스의 물고기들!" 이라고《안내서》는 적고 있다.

그 혼합물에다 아크투란 행성의 메가 진 얼음 세 조각을 넣어서 녹인다(제대로 얼리지 않으면 벤진 향이 날아갈 수 있음).

거기에 팔리아 행성의 늪지대 가스를 사 리터 넣어 가스가 부글부글 차오르게 한다. 이는 팔리아 행성의 늪지대에서 기쁨을 이기지 못해 죽어간 그 모든 행복한 히치하이커들을 추모하기 위함이다.

어두운 퀄락틴 행성 지대의 그 아찔한 냄새, 미묘하면서도 달콤하고 신비스러운 그 냄새를 상기시키는 퀄락틴 하이퍼민트 추출액을 은수저의 볼록한 부분에 얹어 술잔 안에 띄운다.

알골리아 행성의 태양 호랑이 이빨을 그 안에 떨어뜨린다. 이빨이 녹으면서 알골리아 태양들의 불꽃이 칵테일의 심장부 깊은 곳까지 퍼져나가는 것을 감상한다.

잠푸어를 몇 방울 뿌린다.

올리브를 한 알 넣는다.

이제 마신다……단……매우 조심해서…….

《은하수를 여행하는 히치하이커를 위한 안내서》는 《은하대백과사전》보다 좀더 잘 팔린다.

"쓴 맥주 육 파인트요." 포드 프리펙트가 호스 앤드 그룸의 바텐더에게 말했다. "빨리 좀 줘요. 세상이 막 끝장나려는 참이니까."

호스 앤드 그룸의 바텐더는 이런 식의 대접을 받을 만한 사람이 아니었다. 그는 점잖은 노인이었다. 그는 안경을 콧잔등 위로 치켜 올리며 포드 프리펙트를 힐끗 쳐다봤다. 그런데 포드가 그를 무시하고 창밖을 쳐다보자, 바텐더는 대신 아서에게 눈길을 던졌다. 아서는 어쩔 줄 몰라 어깨를 으쓱할 뿐 아무 말도 하지 않았다.

그러자 바텐더는 "아, 그런가요, 손님? 그러기에 좋은 날씨죠"라고 말하며 파인트를 따르기 시작했다.

그는 한 번 더 대화를 시도했다. "그럼 오늘 오후에 경기를 보러 가실 겁니까?"

포드가 고개를 돌려 그를 쳐다보았다.

"아니요, 그럴 이유가 없죠." 이렇게 말하고 그는 다시 창밖으로 눈길을 돌렸다.

"뭡니까? 그럼 처음부터 결과가 정해져 있다는 말씀입니까, 손님?" 바텐더가 말했다. "아스날(영국의 축구팀—옮긴이주)에게 승산이 없다는 건가요?"

"아닙니다, 아니에요. 그냥 세상이 곧 끝장날 거라는 말입니다." 포드가 대답했다.

"아, 예, 그렇게 말씀하셨죠." 바텐더는 이번에는 안경 너머로 아서를 바라보며 말했다. "세상이 끝장난다면 아스날 입장에서야 운 좋게 빠져나가는 셈이죠."

포드는 정말로 놀라서 바텐더를 다시 쳐다봤다.

"아닙니다, 딱히 그런 건 아니에요." 그는 이렇게 말하며 눈살을 찌푸렸다.

바텐더가 크게 심호흡을 하며 말했다. "여기 있습니다, 손님. 맥주 육 파인트요."

아서는 그에게 희미하게 미소를 짓고는 다시 어깨를 으쓱했다. 그는 술집에 있는 다른 손님들 중 누군가가 이 대화를 들었을까 봐 사람들을 돌아보며 희미하게 미소 지었다.

사실 아무도 이 대화를 듣지 못했기 때문에 왜 아서가 자신들을 향해 미소 짓는지 아무도 이해하지 못했다.

포드 옆 자리에 앉아 있던 한 남자가 두 사람을 쳐다보고 맥주 육 파인트를 쳐다보더니, 머릿속으로 재빨리 셈을 하고 자기 마음에 드는 결론을 내린 뒤, 그들에게 뭔가 바라는 듯한 멍청한 웃음을 지었다.

"저리 꺼져요. 이건 우리 거예요." 포드가 말했다. 그는 알골리아의 태양 호랑이까지도 하던 짓을 멈추게 할 만한 표정을 그에게 지어 보였다.

포드는 오 파운드짜리 지폐를 바에 턱 내려놓고 말했다. "잔돈은 필요 없습니다."

"예? 오 파운드짜린데요? 감사합니다, 손님."

"그 돈을 십 분 안에 쓰셔야 할 겁니다."

바텐더는 그냥 잠시 그 자리를 피하는 게 좋겠다고 생각했다.

"포드, 도대체 무슨 일인지 말 좀 해봐." 아서가 말했다.

"마셔." 포드가 말했다. "네 몫 삼 파인트는 다 마셔야지."

"삼 파인트나?" 아서가 말했다. "점심시간에?"

포드 옆에 앉은 남자가 씩 웃으면서 행복한 표정으로 머리를 끄덕였다. 포드는 그를 무시하고 말했다. "시간은 환영(幻影)이야. 점심시간은 두 배로 더 그렇지."

"대단히 심오하군." 아서가 말했다. "그걸 《리더스 다이제스트》에나 보내지그래. 거기에는 너 같은 사람을 위한 난이 있으니까."

"쭉 들이켜."

"왜 갑자기 삼 파인트를 마시라는 거야?"

"근육 이완제야. 너한테 필요할 거야."

"근육 이완제?"

"근육 이완제."

아서는 맥주를 물끄러미 들여다보았다.

"내가 오늘 뭘 잘못한 거야?" 그가 말했다. "아니면 세상은 늘 이런 식이었는데, 내가 내 문제에만 너무 골몰하느라 그동안 눈치를 못 챘던 거야?"

"좋아." 포드가 말했다. "설명을 해볼게. 우리가 안 지 얼마나 됐지?"

"얼마나 됐냐고?" 아서는 잠시 생각했다. "음, 한 오 년 됐나. 어쩌면 육 년쯤." 그가 말했다. "이제까지는 대략 말이 되는 것 같았지."

"좋아. 만약 내가 길퍼드 출신이 아니라 베텔게우스 근처에 있는 어느 작은 행성 출신이라면 뭐라고 할래?"

아서는 대수롭지 않다는 듯 어깨를 으쓱했다.

"모르겠는데." 그는 맥주를 한 모금 마시고 말했다. "왜? 그게 네가 하려던 이야기야?"

포드는 포기했다. 세상이 끝장나려는 판국인데 이런 이야기를 가지고 왈가왈부할 일이 아니었다. 그는 그저 이렇게 말했다. "쭉 마셔."

그러고서 그는 전적으로 사실에 입각해서 덧붙였다. "세상이 곧 끝장나."

아서는 술집 안의 다른 손님들에게 다시 한번 희미한 미소를 지어 보였다. 다른 손님들은 그를 보며 눈살을 찌푸렸다. 한 남자는 자꾸 자기들에게 미소 짓지 말고 자기 일이나 신경 쓰라고 손을 흔들어댔다.

아서는 맥주잔 위로 몸을 숙이면서 말했다. "분명히 오늘은 목요일일 거야. 목요일은 정말 싫어."

3

이 특정 목요일, 지구 표면에서 수마일 위에 있는 전리층을 뚫고 무언가가 조용히 움직이고 있었다. 사실 그 무언가는 하나가 아니었다. 그것은 수십 개나 되는 거대하고 노랗고 두툼한 석판같이 생긴 물체로, 사무실 건물만큼이나 크고 새들처럼 조용했다. 그것들은 항성 솔Sol(태양을 가리킨다―옮긴이주)이 내뿜는 전자기파 광선을 쬐면서 편안히 비상했다. 이들은 때를 기다리며 무리 지어 준비하고 있었다.

그 아래에 있는 행성은 그들의 존재를 전혀 감지하지 못하고 있었다. 그게 바로 지금 그들이 바라는 바이기도 했다. 거대한 노란색 물체는 아무도 눈치 채지 못하게 군힐리(영국 콘월에 있는 지구 최대의 위성 기지국―옮긴이주)를 지나고, 레이더 스크린에 점 하나 남기지 않고 케이프 커내버럴(미국의 케네디 우주 센터가 있는 곳―옮긴이주)을 지났다. 우머라(호주의 미사일 발사 기지―옮긴이주)와 조드럴 뱅크(영국 맨체스터 대학이 운영하는 천체 관측소―옮긴이주)도 눈뜬장님이나 마찬가지였다. 그건 참 애석한 일이었다. 이것이야말로 그들이 내내 찾고 있던 바로 그것이었으니 말이다.

이들의 존재가 기록된 유일한 곳은 '서브-에서 센스-오-매틱Sub-Etha Sense-O-Matic'이라는 작고 검은 장치로, 이 장치는 혼자 조용히 깜빡거리고 있었다. 이 장치는 포드 프리펙트가 평소에 늘 목에 걸어 메고 다니는 가죽 가방 속 컴컴한 구석 깊숙이에 있었다. 포드 프리펙트의 가방의 내용물들은 사실 꽤나 흥미로운 것들로, 지구상의 어떤 물리학자의 눈알이라도 튀어나오게 할 만했다. 그래서 포드는 늘 자신이 오디션용으로 읽고 있는 척하는 낡은 연극 대본 몇 개 아래에 이 장치를 쑤셔 넣어 감춰놓고 있었다. 가방 안에는 서브-에서 센스-오-매틱과 대본들 외에도 전자 엄지가 하나 들어 있었다. 그것은 작달막하고 매끈하고 광택 없는 검은 막대로, 한쪽 끝에 납작한 스위치 몇 개와 다이얼들이 달려 있었다. 또 커다란 전자 계산기처럼 생긴 장치도 하나 있었다. 여기에는 백여 개의 작고 납작한 버튼과, 백만 장의 '페이지들' 중 어떤 페이지라도 순식간에 불러올 수 있는 사 제곱인치 정도 되는 스크린이 달려 있었다. 그 장치는 너무 복잡하게 생겨서 머리가 돌 지경이었다. 그 장치에 딱 맞는 플라스틱 커버 위에 크고 친근한 서체로 '겁먹지 마세요'라는 문구가 적혀 있는 이유 중 하나도 바로 그 때문이었다. 또 다른 이유는, 사실 이 장치야말로 어사 마이너의 대단한 출판사들에서 발간된 모든 책들 중에서 가장 훌륭한 책인 바로 그《은하수를 여행하는 히치하이커를 위한 안내서》였기 때문이다. 이 책이 마이크로 서브-중간자 전기 구성 요소라는 형태로 발간된 것은, 만일 그것이 일반 책 형태로 인쇄된다면, 행성 간을 여행하는 히치하이커는 거대한 여러 채의 빌딩에 그 책을 담고 다녀야 할 것이기 때문이었다.

포드 프리펙트의 가방 속, 그 물건 아래에는 볼펜 몇 자루와 메모장, 그리고 막스 앤드 스펜서 제품인 큼직한 목욕 타월 하나가 들어 있었다.

《은하수를 여행하는 히치하이커를 위한 안내서》는 타월이라는 주제에 대해 몇 마디 하고 있다.

타월이란 행성 간을 여행하는 히치하이커가 지닐 수 있는 물건 중 최고로 쓸모 있는 것이다. 타월은 어떤 점에서는 대단히 실용적이다. 자글란 베타 행성의 차가운 달들 사이를 여행할 때는 몸에 둘러서 보온용으로 쓸 수 있다. 산트라기누스 5호 행성의 눈부신 대리석 모래 해변에서는 타월을 깔고 누워, 머리를 어찔하게 하는 그 바다 수증기를 들이마실 수도 있다. 카크라푼 행성의 사막에서는 불타는 듯 반짝이는 별들 아래서 덮고 잘 수도 있다. 느리고 둔중한 모스 강을 따라 조그마한 뗏목을 타고 여행할 때는 돛으로 사용하라. 맨주먹 싸움이 붙으면 적셔서 사용하라. 머리에 감으면 유독 가스를 물리치거나, 트랄 행성의 레이브너스 버그블래터 비스트의 시선을 피할 수도 있다(이 녀석은 깜짝 놀랄 정도로 멍청해서, 당신이 녀석을 보지 못하면 녀석도 당신을 볼 수 없다고 생각한다. 머리빗만큼의 지능도 없지만 식욕만은 엄청나다). 위급 상황에서는 조난 신호로 타월을 흔들어댈 수도 있고, 그러고도 충분히 깨끗해 보이면 물론 몸의 물기를 닦는 데도 쓸 수 있다.

더 중요한 것은 타월에는 엄청나게 폭넓은 심리학적 가치가 있다는 점이다. 어떤 히치하이커가 타월을 가지고 다닌다는 사실을 어떤 스트랙(히치하이커가 아닌 사람)이 알게 되면, 그는 그 히치하이커가 칫솔과 세수 수건, 비누, 비스킷 깡통, 보온병, 나침반, 지도, 끈 뭉치, 모기약, 우비, 우주복 등도 가지고 다닌다고 자동적으로 믿어버린다. 게다가 그 스트랙은 그 히치하이커가 어쩌다가 이 물건들이나 다른 이런저런 물건들을 '잃어버렸을' 수도 있다고 생각해서 기꺼이 이 물건들을 빌려줄 것이다. 그 스트랙은, 광대한 은하계의 구석구석을 히치하이크하며 그 모든 불편을 참아내고 최대한 돈을 아껴 쓰고 끔찍한 승산들과 맞서 싸우고 끝까지 이겨내면서도 여전히 자기 타월이 어디에 있는지 아는 사람이라면 분명히 대접해줄 만한 사람이라고 생각하게 되는 것이다.

그래서 히치하이커들 사이에서는 이런 은어가 유행하게 되었다.

"이봐, 자네 그 포드 프리펙트라는 후피를 새스하나? 그 녀석은 정말 자기 타월이 어디 있는지 아는 프루드라니까." (후피 : 정말 침착한 사람 / 새스 : 알다, 인식하다, 만나다, 섹스하다 / 프루드 : 정말 놀라울 정도로 침착한 사람.)

포드 프리펙트의 가방 안 타월 위에 고요히 자리를 잡고 앉아 있는 서브-에서 센스-오-매틱이 점점 더 빨리 깜빡거리기 시작했다. 행성 표면에서 수마일 떨어진 저 위에서는 그 거대한 노란색 물체들이 부채꼴로 펼쳐지기 시작했다. 조드럴 뱅크에서는 누군가가 휴식도 취할 겸 차 한 잔 마실 시간이라고 결정했다.

"너 타월 갖고 있어?" 포드가 느닷없이 아서에게 말했다.

맥주 삼 파인트와 힘겹게 씨름하고 있던 아서가 고개를 돌려 그를 쳐다 봤다.

"왜? 무슨 소리야, 없어……갖고 있어야 되는 거야?" 그는 이미 놀라기를 포기한 터였다. 더 이상 놀라는 것은 의미가 없어 보였다.

포드는 조바심을 내며 혀를 쯧쯧 찼다.

"다 마셔." 그가 재촉했다.

바로 그 순간, 술집 안 사람들이 조용히 웅얼거리는 소리, 주크박스의 음악 소리, 결국 포드에게서 위스키 한 잔을 얻어내고야 만 포드 옆 자리의 남자가 그 위스키 잔을 놓고 딸꾹질하는 소리를 뚫고 바깥에서 우르르 쾅쾅 하는 소리가 희미하게 들려왔다.

맥주를 마시다 목에 탁 걸린 아서가 벌떡 일어나 꽥 소리를 질렀다.

"저게 무슨 소리야?"

"걱정 마. 아직 시작 안 했으니까." 포드가 말했다.

"그것 참 고맙군." 아서는 이렇게 말하고 긴장을 풀었다.

"저건 아마 단지 네 집을 부수는 소리일 거야." 포드가 마지막 파인트를 비우면서 말했다.

"뭐라고?" 아서가 소리를 질렀다. 갑자기 포드가 걸어놓은 주문이 풀렸다. 아서는 미친 듯이 주변을 돌아보더니 창문 쪽으로 달려갔다.

"세상에, 부수고 있어! 저 작자들이 내 집을 때려 부수고 있다고. 내가 도대체 이 술집에서 뭘 하고 있는 거야, 포드?"

"이 시점에서는 달리 어쩔 도리가 없어." 포드가 말했다. "그냥 재미나 보게 놔두라고."

"재미? 재미라고?" 아서가 비명을 질렀다. 그는 자신들이 같은 일에 대해 이야기하고 있는 게 맞는지 확인하기 위해 다시 한번 재빨리 창밖을 바라봤다.

"저 작자들 재미 따위는 엿이나 먹으라고 해!" 그는 분노하며 소리를 지르더니, 거의 다 비운 맥주잔을 맹렬히 흔들어대며 술집을 뛰쳐나갔다. 그는 그 점심시간에 그 술집 안에 있던 사람들 누구와도 친구가 되지 못했다.

"멈춰, 이 야만인들! 이 가정파괴범 자식들아!" 아서가 고함을 질렀다. "이 미친 깡패들아, 멈추라고, 그만두지 못해!"

포드는 그를 쫓아가야 할 판이었다. 그는 재빨리 바텐더 쪽으로 돌아서서 땅콩 네 봉지를 달라고 했다.

"여기 있습니다, 손님. 이십팔 펜스 되겠습니다, 친절하시다면요." 바텐더가 땅콩 봉지를 바에 털썩 놓으며 말했다.

포드는 매우 친절했다. 그는 바텐더에게 오 파운드짜리 지폐를 하나 더 주면서 잔돈은 필요 없다고 말했다. 바텐더는 그 지폐를 보고 다시 포드를 쳐다봤다. 갑자기 그는 몸을 떨었다. 그는 도저히 이해할 수 없는 감각을 순간적으로 느꼈는데, 그것은 어떤 지구인도 이전에는 느껴본 적 없는 감각이었다. 굉장히 심한 스트레스를 받는 순간, 존재하는 모든 생명체는 잠재의식 속에서 아주 미세한 신호를 내보낸다. 이 신호는 자신이 출생지로부터 얼마나 떨어져 있는지에 대해 정확하면서도 거의 처연한 감각을 꾸밈없이 전달한다. 지구에서는 자신의 출생지로부터 십육만 마일 이상 떨어지는 것은 불가능하며, 그것은 사실 그리 먼 거리가 아니다. 그렇기 때문에 그런 신호들은 알아차릴 수 없을 만큼 너무나 미세한 것이다. 그러나 포드 프리펙트는 지금 이 순간 심한 스트레스를 받고 있었으며, 그는 여기서 육백 광년 떨어진 베텔게우스 행성 주변에서 태어났던 것이다.

바텐더는 도무지 이해할 수 없는 충격적인 거리 감각과 맞부딪히고는 잠시 동안 비틀거렸다. 그게 무엇을 의미하는지는 알 수 없었지만, 그는 경외심에 가까운 새로운 존경심을 느끼며 포드 프리펙트를 쳐다봤다.

"진심이십니까, 손님?" 그는 작은 목소리로 속삭였지만, 그 말에 술집 전체가 침묵에 휩싸였다. "지구가 끝장날 거라고 생각하신다는 거죠?"

"네." 포드가 말했다.

"오늘 오후에요?"

포드는 정신을 차렸다. 그는 더할 나위 없이 기분이 가벼웠다.

"네. 제 계산으로는 이 분 이내에요." 그는 쾌활하게 말했다.

바텐더는 지금 자신이 나누고 있는 이 대화를 믿을 수가 없었지만, 방금 경험한 그 감각도 믿을 수가 없었다.

"그럼 저희가 할 수 있는 일은 없습니까?" 그가 물었다.

"없어요, 아무것도." 포드는 땅콩을 주머니에 쑤셔 넣으며 말했다.

물을 끼얹은 듯이 고요한 술집 안에서 누군가가 갑자기 모두 바보가 된 것 아니냐며 거슬리는 소리로 껄껄 웃었다.

포드 옆 자리의 남자는 이제 조금 취해 있었다. 그가 천천히 눈을 들어 포드를 쳐다보다가 말했다.

"내 생각엔, 만약 세상이 끝장날 거라면 우리는 엎드려 있거나 머리에 종이 가방 같은 걸 뒤집어쓰고 있어야 할 것 같은데."

"그러고 싶으면 그렇게 하세요." 포드가 말했다.

"군대에서 그렇게 배웠거든." 남자가 말했다. 그의 눈동자는 갔던 여정을 거슬러와 다시 위스키 잔을 향해 돌아오기 시작했다.

"그게 도움이 될까요?" 바텐더가 물었다.

"아니요." 포드가 대답하고는 바텐더에게 친근한 미소를 지어 보였다. "미안하지만 이제 가야겠군요." 그는 손을 흔들고 자리를 떴다.

술집 안은 잠시 동안 더 침묵에 잠겼는데, 그때 당황스럽게도 귀에 거슬리는 웃음소리의 소유자가 다시 한번 그렇게 껄껄 웃었다. 그가 술집 안으로 끌고 들어왔던 여자는 지난 한 시간에 걸쳐 그를 깊이 혐오하게 되었기 때문에, 일 분 삼십여 초 후면 이 남자가 갑자기 한 줌의 수소와 오존, 일산화탄소로 증발해버리게 된다는 것을 알고 굉장히 만족스러워했을지도 모른다. 하지만 정작 그 순간이 왔을 때는 그녀 자신도 증발하기 너무 바빠 그 모습에 주목하지는 못할 것이다.

바텐더는 헛기침을 했다. 그는 자신이 이렇게 말하는 소리를 들었다. "마지막 주문을 해주십시오."

거대한 노란 기계들이 아래로 강하하며 속도를 높이기 시작했다.

포드는 그들이 거기 있다는 것을 알았다. 이것은 그가 원하던 식은 아니었다.

아서는 골목길을 달려 올라와 집에 거의 도착했다. 그는 갑자기 온도가 급격히 떨어졌다는 사실을 눈치 채지 못했다. 바람도 눈치 채지 못했고, 갑자기 말도 안 되는 소나기가 내리는 것도 눈치 채지 못했다. 무한궤도식 불도저가 한때는 자신의 집이었던 폐허 더미 위를 굴러다니는 모습 외에는 아무것도 그의 시야에 들어오지 않았다.

"이 야만인들아!" 그가 소리쳤다. "시의회를 고소해서 의회의 돈을 마지막 동전 하나까지 다 빼앗아버릴 테다. 네놈들의 목을 매달고 잡아당겨 사지를 찢어버릴 거야. 그런 다음에 채찍질을 해야지. 그런 다음에 삶아버릴 테다……네놈들이……네놈들이……응분의 대가를 치를 때까지."

포드가 아서의 뒤를 쫓아 굉장히 빠르게 달려오고 있었다. 정말로 대단히 빠르게.

"그런 다음에 그 모든 걸 한 번 더 해줄 테다!" 아서가 소리쳤다. "그게 끝나면, 그 조그만 조각조각들을 다 모아서 마음껏 짓밟아줄 거고."

아서는 사람들이 불도저에서 뛰어내려 달아나고 있는 것을 눈치 채지 못했다. 프로서 씨가 얼굴이 벌개져서 하늘을 쳐다보고 있는 것도 알아채지 못했다. 프로서 씨가 보고 있는 것은 거대한 노란색 물체가 구름을 뚫고 굉음을 내며 내려오는 모습이었다. 믿을 수 없을 정도로 거대하고 노란 무언가가.

"그리고 계속해서 짓밟을 테다." 아서는 여전히 달리면서 소리를 질러대고 있었다. "발에 물집이 생길 때까지. 아니면 훨씬 더 기분 나쁜 방법이 생각날 때까지. 그러고 나서는……."

아서는 발이 걸려 곤두박질쳤고, 한 바퀴를 구른 뒤 벌렁 나자빠져버렸다. 마침내 그는 무슨 일이 벌어지고 있음을 깨달았다. 그의 손가락이 하늘을 향해 치켜져 올라갔다.

"아니 저게 뭐야?" 그가 비명을 질렀다.

그게 무엇이든 간에 괴물 같은 노란 물체가 하늘을 가로질러 질주했고, 정신을 아득하게 만들 정도로 굉음을 내고 하늘을 둘로 가르면서 저 멀리로 휙 날아가 버렸다. 그 순간, 갈라졌던 대기가, 귀가 두개골 속으로 육 피트는 쑥 들어갈 정도로 쾅 하는 소리를 내며 닫히는 것이었다.

또 하나가 그 뒤를 따라 똑같은 짓을 하고 갔다. 다만 이번에는 소리가 더 컸다.

이때 이 행성의 표면에서 사람들이 어떤 행동을 하고 있었는지를 정확하게 설명하기는 힘들다. 그들도 자신들이 무엇을 하고 있는지 제대로 알지 못했기 때문이다. 그중 말이 되는 행동은 하나도 없었다. 사람들은 집 안으로 달려 들어가고, 집 밖으로 달려 나오고, 귀청을 찢는 소음을 향해 아무 소리도 들리지 않는 고함을 질러댔다. 전 세계 도시의 거리들은 사람들로 미어터졌고, 차들은 굉음이 머리 위로 떨어질 때마다 끼이익 하고 서로 박아댔다. 그런 뒤 그 굉음은 파도처럼 언덕과 계곡, 사막, 대양 위로 도도히 굽이쳐 갔다. 마주치는 것은 모두 찌그러지게 만들 것 같은 소리였다.

오직 한 사람만이 똑바로 서서 하늘을 쳐다보고 있었다. 그의 눈에는 한없는 슬픔이 어려 있었고, 귀에는 고무 마개가 끼워져 있었다. 그는 무슨 일이 벌어지고 있는지 정확하게 파악하고 있었다. 그의 서브-에서 센스-오-매틱이 한밤중에 베개 옆에서 깜빡거리기 시작해 그를 벌떡 일어나게 한 순간부터 그는 알고 있었다. 이것이야말로 바로 그가 오랜 세월 기다려온 일이었지만, 작고 어두운 방에 홀로 앉아 그 신호 패턴을 해독해냈을 때, 갑작스러운 냉기가 그를 덮쳐 심장을 옥죄어 들어왔다. 지구 행성에 와서 큰 소리로 안녕 하고 인사하는 것이 은하계의 하고많은 종족 중에서 왜 하필이면 보고 행성의 종족이어야만 했을까 하고 그는 생각했다.

하지만 그는 자신이 해야 할 일을 알고 있었다. 보고의 우주선이 저 위 대기 중에서 비명을 질러대고 있는 동안 그는 가방을 열었다. 〈요셉과 놀라운 총천연색 꿈의 코트〉의 대본을 꺼내 집어던지고 〈가스펠〉의 대본도 집어던졌다. 이제 가게 될 곳에서는 그런 것들이 필요 없었다. 필요한 것은 전부 있었고, 모든 준비가 갖춰져 있었다.

그는 자기 타월이 어디에 있는지 알고 있었다.

갑자기 지구에 고요가 흘렀다. 그것은 소음보다도 더 기분 나빴다. 잠시 동안 아무 일도 일어나지 않았다.

거대한 우주선들이 하늘에, 지구상의 모든 국가 위에 꼼짝 않고 떠 있었다. 그것들은 꼼짝 않고 떠 있었다. 거대하고, 묵직하고, 흔들림이 없었다. 이는 자연에 대한 모독이나 다름없었다. 많은 사람들은 자신이 바라보고 있는 것들을 이해해보려 애쓰다가 곧바로 쇼크 상태에 빠졌다. 우주선들은 벽돌들은 절대로 할 수 없는 방식으로 하늘 위에 떠 있었다.

그리고 아직까지는 아무 일도 일어나지 않았다.

그때 희미한 속삭임이 들렸다. 탁 트인 입체 음향의 속삭임이 갑자기 들렸다. 전 세계의 모든 하이파이 오디오, 모든 라디오, 모든 텔레비전,

모든 카세트 플레이어, 모든 우퍼 스피커(저음용 스피커—옮긴이주), 모든 트위터 스피커(고음용 스피커—옮긴이주), 모든 중음역 스피커가 한꺼번에 저절로 조용히 켜졌다.

모든 깡통, 모든 쓰레기통, 모든 창문, 모든 자동차, 모든 와인잔, 모든 녹슨 쇳조각들이 음향학적으로 완벽한 공명판 역할을 했다.

임종을 앞두고 지구는 음향 재생계의 지존, 여태껏 없었던 최고의 확성 장치의 참맛을 거나하게 느껴볼 참이었다. 하지만 여기에는 어떤 콘서트도, 음악도, 팡파르도 없었다. 그저 단순한 메시지가 하나 있을 뿐이었다.

"지구인들이여, 주목하라." 어떤 목소리가 말했다. 멋진 목소리였다. 용감한 남자도 울게 만들 정도로 소리의 일그러짐이 거의 없는 멋들어지고 완벽한 사방입체음향이었다.

"나는 은하계 초공간 개발 위원회의 프로스테트닉 보곤 옐츠다." 그 목소리가 말을 이었다. "모두들 분명 잘 알고 있겠지만, 은하계 변두리 지역 개발 계획에 따라 너희 항성계를 관통하는 초공간 고속도로를 건설하게 되었다. 애석하게도 너희 행성은 철거 예정 행성 목록에 들어 있다. 이 과정은 너희 지구 시간으로 이 분도 걸리지 않을 것이다. 경청해줘서 고맙다."

확성 장치가 잠잠해졌다.

이를 지켜보는 지구인들의 마음에는 이해할 수 없는 공포가 내려앉았다. 공포는 모인 군중들 사이로 서서히 번져갔다. 마치 마분지 위에 철가루를 뿌려놓고 그 아래에서 자석을 움직이고 있는 것 같았다. 공포가 다시 급속히 자라나기 시작했다. 필사적으로 도망쳐야 한다는 공포가. 하지만 아무 데도 도망갈 곳은 없었다.

이를 지켜보고 있던 보곤인들이 다시 확성 장치를 켜고 말했다.

"우리 말에 깜짝 놀라는 체해봤자 아무 소용없다. 모든 계획 도면과 철거 명령은 알파 켄타우리 행성에 있는 지역 개발과에 너희 지구 시간으로 오십 년 동안 공지되어 있었다. 그러므로 너희에게는 공식적으로 민원을 제기할 시간이 충분히 있었다. 이제 와서 야단법석을 떨기 시작해봐야 이미 너무 늦은 일이다."

확성 장치는 다시 조용해졌고 그 메아리도 사방을 떠돌다가 사그라졌다. 거대한 우주선들은 하늘에서 힘들이지 않고 천천히 빙그르르 돌았다. 각 우주선의 아래쪽에서 승강구가 열리고, 텅 빈 검은 사각형의 공간이 드러났다.

이때 어딘가에서 누군가가 무선 송신기를 조종해 그들의 주파수를 알아내고는 지구인들을 대표해 보고인들의 우주선에 메시지를 보내서 호소를 해보려고 했던 모양이었다. 그들이 무슨 말로 애걸했는지는 아무도 듣지 못했지만, 보고인들의 대답은 모두가 들었다. 확성 장치가 다시 확 켜졌다. 그 목소리에는 짜증이 배어 있었다. 그것은 이렇게 말했다.

"알파 켄타우리 행성에 가본 적도 없다니 그게 무슨 소린가? 맙소사, 이 인간들아, 알다시피 그 별은 여기서 사 광년밖에 떨어져 있지 않다. 미안하지만, 너희가 지역 문제에 관심을 가질 정성이 있건 없건, 그건 너희가 알아서 할 일이다. 철거 광선을 작동하라."

승강구에서 빛이 뿜어져 나왔다.

"난 모른다." 확성 장치의 목소리가 말했다. "인정머리 없는 놈의 행성 같으니, 동정심조차 안 생긴다." 장치가 꺼졌다.

소름끼치는 정적이 흘렀다.

소름끼치는 소음이 흘렀다.

소름끼치는 정적이 흘렀다.

보고 행성의 공병 함대는 별이 총총한 새까만 공간 속으로 미끄러져 갔다.

4

저 멀리 은하계의 반대쪽 나선팔 위, 항성 솔에서 오십만 광년 떨어진 곳에서는 은하 제국 정부의 대통령인 자포드 비블브락스가 다모그란 행성의 바다 위를 쏜살같이 달리고 있었다. 그의 이온 추진 델타 보트는 다모그란 행성의 태양 속에서 사라졌다가 반짝거리며 나타나기를 반복하고 있었다.

뜨거운 행성 다모그란. 머나먼 행성 다모그란. 거의 들어본 적조차 없는 행성 다모그란.

'순수한 마음' 호(號)의 비밀 본부 다모그란.

보트는 물 위를 가로질러 내달렸다. 목적지에 도달하려면 아직 조금 더 가야 했다. 다모그란은 너무나 불편하게 배치되어 있는 행성이기 때문이었다. 이 행성에는 크고 작은 무인도들을 제외하고는 아무것도 없었다. 그리고 이 섬들은, 대단히 아름답지만 신경질이 날 정도로 넓게 펼쳐진 바다를 사이에 두고 드문드문 떨어져 있었다.

보트는 계속해서 속력을 냈다.

이런 지형적 불리함으로 인해 다모그란은 언제나 버려진 행성이었다. 바로 그 때문에 은하 제국 정부는 순수한 마음 호 프로젝트를 위해 다모그란을 선택했다. 이 행성은 철저하게 버려진 행성이고, 순수한 마음 호

프로젝트는 철저하게 비밀이었기 때문이다.

보트는 행성 전체에서 쓸 만한 크기를 갖춘 유일한 군도를 구성하는 섬들 사이에 놓인 바다를 가로지르며 쏜살같이 날았다. 자포드 비블브락스는 이스터 섬(이 이름의 일치는 순전히 의미 없는 우연에 불과했다──은하어로 '이스터'는 '작은', '납작한', '옅은 갈색'을 의미한다)에 있는 작은 우주 공항에서 순수한 마음 호가 있는 섬으로 가는 길이었는데, 이 섬 또한 또 하나의 아무 의미 없는 우연의 일치로 인해 '프랑스'라는 이름으로 불리고 있었다.

순수한 마음 호 프로젝트를 수행하는 데 있어서 나타난 부작용들 중 하나는 바로 그런 의미 없는 우연의 일치들이 연쇄적으로 일어난다는 것이었다.

하지만 오늘이, 그 프로젝트가 최고조에 달하는 날인 오늘이, 모든 것이 베일을 벗고 공개되는 이 위대한 날이, 경탄하는 은하계 앞에 마침내 순수한 마음 호가 그 모습을 드러내는 이날이 또한 자포드 비블브락스의 경력에 있어서도 클라이맥스가 되는 날이었다는 것은 전혀 우연의 일치가 아니었다. 바로 이날을 위해 자포드 비블브락스는 애초에 대통령에 출마하기로 결심했었고, 그 결심은 은하 제국 전체에 경악의 충격파를 날렸다. 자포드 비블브락스가? '대통령'을? 설마 그 자포드 비블브락스는 아니겠지? 설마 '그' 대통령을 말하는 건 아니겠지? 많은 사람들은 이 사건을 우주의 모든 것이 마침내 완전히 미쳐버렸음을 결론적으로 입증하는 것으로 받아들였다.

자포드는 씩 웃으면서 보트의 속력을 좀더 높였다.

자포드 비블브락스, 모험가이자 전직 히피, 난봉꾼(사기꾼? 흠, 그럴 수도 있지), 광적인 자화자찬가, 인간 관계에 무지하게 서툰 사람, 때로는 완전히 미친놈 취급을 받는 사람.

대통령?

누구도 적어도 그런 식으로 미치지는 않았다.

전 은하계에서 단지 여섯 사람만이 은하계가 통치되는 원리를 이해하고 있었다. 그리고 이들은 자포드 비블브락스가 대통령에 출마하겠다는 의사를 일단 밝혔다면, 그것은 기정 사실임을 알고 있었다. 자포드는 허수아비 대통령감*으로 최고였다.

그들이 전혀 이해하지 못했던 것은 자포드가 무엇 때문에 출마했을까 하는 점이었다.

자포드는 태양을 향해 거센 물보라를 일으키며 거칠게 방향을 틀었다.

오늘이 바로 그날이었다. 오늘이 바로 그들이 자포드의 계획이 무엇이

---

* 대통령 : 정식 명칭은 은하 제국 정부 대통령.

'제국' 이라는 단어는 이제 시대착오적인 것이기는 하지만 계속 사용되고 있다. 선대로부터 제위를 계승한 황제는 거의 사망한 것이나 다름없으며 그 상태로 몇 세기를 지내오고 있다. 사망 일보 직전의 혼수 상태에서 그는 정지 자장에 가두어졌으며, 그 속에서 영원히 변하지 않는 상태로 유지되고 있다. 그의 자손들은 모두 이미 오래전에 사망했으며, 이는 결국 권력이 어떤 급격한 정치적 격변도 거치지 않고 간단하고 효과적으로 한두 단계 아래쪽으로 이양되었음을 의미한다. 그래서 현재 권력은 과거에는 그저 황제의 고문 역할을 했던 조직에 넘어가 있다. 이는 선거를 통해 선출된 통치 협의체로, 그 협의체에 의해 선출된 대통령이 주재한다. 사실 권력은 거기에 있지 않다.

특히 대통령은 거의 허수아비나 다름없다. 대통령은 아무런 권한도 행사하지 않는다. 표면상으로 대통령은 정부에 의해 선출되지만, 그에게 요구되는 품성은 지도력이 아니라 정교하게 판단된 난폭성이다. 이런 이유로 인해, 대통령을 뽑는 것은 항상 논쟁의 여지가 있는 일이다. 대통령은 늘 사람을 화나게 만들면서도 매력적인 인물이어야 한다. 대통령의 임무는 권력을 휘두르는 것이 아니라 권력으로부터 사람들의 관심을 돌리는 일이다. 이러한 기준에서 볼 때, 자포드 비블브락스는 역대 은하계의 대통령들 중 가장 성공적인 대통령이다. 그는 이미 자신의 대통령 임기 십 년 중 이 년을 사기죄로 감옥에서 보냈다. 대통령과 정부가 실질적으로는 어떠한 권력도 가지고 있지 않다는 것을 아는 사람은 정말로 소수에 불과했다. 그리고 이 소수의 사람들 중에서도 오직 여섯 사람만이 궁극적인 정치 권력을 휘두르는 곳이 어디인지 알고 있었다. 대부분의 사람들은 궁극적인 의사 결정 과정은 컴퓨터에 의해서 이루어진다고 비밀리에 믿고 있다. 그보다 더 잘못 짚을 수는 없었다.

없는지 깨닫게 될 날이었다. 오늘이 바로 자포드 비블브락스의 대통령직이 의미하는 모든 것이었다. 오늘은 또한 그의 이백 회 생일이기도 했다. 하지만 이는 그저 또 하나의 의미 없는 우연의 일치에 지나지 않았다.

다모그란의 바다를 가로질러 보트를 몰고 가면서 그는 오늘이 얼마나 멋지고 흥미진진한 날이 될 것인지를 생각하며 혼자 조용히 미소 지었다. 그는 긴장을 풀고 두 팔을 나른하게 의자 뒤로 걸쳤다. 그러고는 스키복싱 실력을 키우려고 최근에 오른팔 바로 아래에 맞추어 단 여분의 팔로 키를 잡았다.

"이봐." 그는 정다운 말투로 혼잣말을 했다. "넌 진짜로 멋진 녀석이야, 너 말이야." 하지만 그의 신경은 개를 부르는 휘파람 소리보다도 더 날카롭게 전율하고 있었다.

프랑스 섬은 길이가 약 이십 마일에, 중심부의 폭이 오 마일 정도 되고 모래가 많은 초승달 모양의 섬이었다. 사실 이 섬은 있는 그대로 섬이라기보다는 거대한 만의 만곡과 굴곡을 뚜렷이 보여주기 위한 수단처럼 보였다. 이런 인상을 더 강하게 하는 것은 거의 가파른 절벽으로만 이루어져 있는 초승달의 안쪽 해안선이었다. 절벽 꼭대기에서부터 섬은 완만한 경사를 이루며 반대쪽 해안으로 오 마일가량 뻗어 있었다.

절벽 꼭대기에는 환영 위원회가 서 있었다.

위원회는 대부분 순수한 마음 호를 건조한 기술자들과 연구원들로 이루어져 있었다. 이들 대부분은 인간의 형상을 하고 있었지만, 파충류형 원자 기술자 로봇 몇 명, 요정처럼 생긴 녹색의 맥시메갈라티션 두세 명, 다리가 여덟 개 달린 물리구조학자 한두 명, 그리고 훌루부(훌루부는 푸른색의 초지능적인 영혼이다) 하나가 여기저기 섞여 있었다. 훌루부를 제외하고는 모두 다채로운 색상의 의례용 연구 가운을 걸치고 있어서 휘황찬란하게 보였다. 훌루부는 이 자리를 위해 마련된 벽면형 프리즘에 굴절되어 임시로 모습을 드러내고 있었다.

그들 모두는 엄청나게 흥분해서 전율하고 있었다. 그들은 물리 법칙의 한계까지 혹은 그 한계 너머까지 다 같이 함께 가보았고, 물질의 근본 구조를 재구성했으며, 가능과 불가능의 법칙들을 잡아당겨 늘리고 비틀고 깨뜨렸다. 하지만 그럼에도 불구하고 그 모든 것들 중에서 가장 흥분되는 일은 목에 오렌지색 현장(懸章)을 두르고 오는 남자를 만나는 일인 듯했다. (오렌지색 현장은 전통적으로 은하계의 대통령이 두르는 것이었다.) 은하계의 대통령이 실제로 어느 정도의 권력을 행사하는지를 그들이 정확하게 알고 있었다 해도 사정은 크게 다르지 않았을 것이다. 대통령에게는 권력이 전혀 없었다. 은하계에서 단지 여섯 사람만이 은하계 대통령의 임무는 권력을 휘두르는 것이 아니라 권력으로부터 관심을 돌리게 하는 것이라는 사실을 알고 있었다.

자포드 비블브락스는 놀라울 정도로 이 일을 잘했다.

대통령의 쾌속정이 쌩 하고 곶을 돌아 만으로 접어드는 것을 바라보던 군중은 햇살과 자포드의 조종술에 압도되어 숨을 죽였다. 보트는 제동을 거느라 바다 위에서 넓은 반원을 그리며 미끄러져 들어오며 반짝거렸다.

사실, 그 보트는 보이지 않는 이온화된 원자들의 쿠션이 떠받치고 있어서 물에 닿을 필요가 없었다. 하지만 순전히 시각적 효과를 위해 보트에는 물 속으로 내릴 수 있는 얇은 지느러미 날개들이 달려 있었다. 그 날개들은 물을 얇게 저며내어 쉿 소리를 내면서 공중으로 튀기며 바다에 깊은 상처를 냈다. 그 상처들은 보트가 만을 가로질러 질주하는 동안 미친 듯이 몸을 흔들다가 배 지나간 자리 안으로 다시 거품을 내며 사그라졌다.

자포드는 시각적 효과를 좋아했다. 그것은 그가 가장 잘하는 일이기도 했다.

그는 조종간을 날카롭게 비틀었다. 보트는 절벽 아래에서 거칠게 호를 그리며 제동을 걸더니 갑자기 멈춰 서서 출렁이는 파도 위에서 조용히 휴식을 취했다.

그는 순식간에 갑판 위로 뛰어나와 삼십억이 넘는 군중에게 손을 흔들며 미소 지었다. 삼십억 군중이 실제로 그곳에 있지는 않았지만, 그들은 근처 공중에서 알랑거리며 떠 있는 소형 로봇 입체 카메라의 눈을 통해 자포드의 일거수일투족을 지켜보고 있었다. 대통령의 어릿광대짓은 언제나 굉장히 인기 있는 영상이었다. 바로 그 때문에 익살을 떠는 것이기도 하지만.

그는 다시 한번 미소를 지었다. 삼십억 군중과 여섯 사람은 꿈에도 몰랐지만, 오늘이야말로 누구도 예상하지 못한 최고의 어릿광대짓이 벌어질 참이었다.

로봇 카메라가 그의 머리 두 개 중에서 더 인기 있는 쪽을 클로즈업하려고 다가오자 그는 다시 손을 흔들었다. 두 번째 머리와 세 번째 팔만 제외한다면, 그의 외모는 대충 인간에 가까웠다. 헝클어진 금발은 사방으로 제멋대로 솟아 있었고, 푸른 눈은 도무지 정체를 알 수 없는 무언가로 인해 반짝거렸으며, 턱은 면도되어 있는 적이 거의 없었다.

이십 피트 높이의 투명한 구체가 빛나는 햇살 속에서 반짝이며 흔들흔들 까딱까딱 그의 보트 옆으로 떠 왔다. 그 안에는 찬란한 빨간 가죽을 씌운 널찍한 반원형 소파 하나가 떠 있었다. 구체가 더 까딱거리고 흔들릴수록, 그 소파는 가죽을 덧씌운 바위라도 되는 양 더욱더 완벽하게 꼼짝도 않고 한결같이 가만히 있었다. 다시 한번 말하지만, 이 모든 것들은 무엇보다도 시각적 효과를 위해 연출된 것이었다.

자포드는 구체의 벽을 뚫고 걸어 들어가 소파에 편안히 앉았다. 그는 두 팔을 의자 등받이에 길게 펴고 세 번째 손으로는 무릎에 앉은 먼지를 톡톡 털었다. 그의 머리들은 사방을 둘러보며 미소 지었다. 그는 다리를 올렸다. 금방이라도 입에서 환호성이 터져 나올 것만 같았다.

구체 아래에서 바닷물이 부글부글 끓어올랐다. 물은 펄펄 끓기 시작하더니 솟구쳐 올랐다. 구체는 물줄기 위에서 까딱까딱 흔들흔들하며 공중으로 날아올랐고, 절벽에 빛의 지주(支柱)를 던지며 위로 위로 올라갔다. 이제 구체는 제트 분사를 하며 솟구쳤고, 그 아래쪽에서는 물이 쏟아져 내려와 수백 피트 아래의 바다 속으로 산산이 부서져 내렸다.

자포드는 스스로의 모습을 그려보며 미소 지었다.

정말로 우스꽝스러운 이동 형태이긴 했지만, 정말로 아름다웠다.

절벽 꼭대기에서 구체는 잠시 머뭇거리다가 레일이 깔린 진입로에 가볍게 내려앉았고, 이어 레일을 따라 굴러 내려가 작고 오목한 플랫폼에 멈춰 섰다.

우레와 같은 박수 소리에 맞춰 자포드 비블브락스는 구체에서 걸어 나왔다. 오렌지색 현장이 햇살에 번쩍거렸다.

은하계의 대통령이 도착한 것이다.

그는 박수 소리가 가라앉기를 기다렸다가 인사의 표시로 손을 들어 보였다.

"안녕하십니까." 그가 말했다.

정부의 거미 한 마리가 옆걸음질로 살짝 다가와 미리 준비한 연설 원고 복사본을 그의 손에 쥐어주려 했다. 원고 원본의 삼 쪽부터 칠 쪽까지는 지금 이 순간 만에서 오 마일 정도 떨어진 다모그란 바다 위에서 물에 흠뻑 젖어 떠다니고 있었다. 일 쪽과 이 쪽은 다모그란의 엽상체 벼슬머리 독수리에 의해 구출되어 녀석이 새로 개발해낸 특이한 형태의 둥지를 짓는 데 이미 섞여 들어갔다. 그것은 주로 종이 반죽을 재료로 해서 지어졌는데, 막 깨어난 아기 독수리가 그것을 뚫고 나오기란 사실상 불가능했다. 다모그란의 엽상체 벼슬머리 독수리도 종의 생존이라는 견해에 대해 들어본 적은 있지만, 그런 것과 타협할 생각은 전혀 없었다.

자포드 비블브락스는 준비된 연설 원고가 필요 없었다. 그는 거미가 건네준 원고를 가볍게 밀쳤다.

"안녕하십니까." 그가 다시 말했다.

모두가, 아니 적어도 거의 모두가 그를 보고 함박웃음을 짓고 있었다. 그는 군중 속에서 트릴리언을 알아봤다. 트릴리언은 최근 자포드가 순전히 재미로 정체를 숨기고 어떤 행성을 방문했다가 건진 여자였다. 그녀는 길고 구불구불한 검은 머리칼에 커다란 입, 이상하게 생긴 작은 코, 우스꽝스러운 갈색 눈동자를 가진, 호리호리하고 가무잡잡한 인간이었다. 빨간색 머리 스카프를 자신만의 특별한 스타일로 묶고 길게 출렁이는 갈색 실크 드레스를 입은 그녀는 희미하게 아랍 사람 같은 분위기를 풍겼다. 물론 거기서 아랍이라는 곳에 대해 들어본 사람은 아무도 없었다. 아랍인들은 아주 최근에 더 이상 존재하지 않게 되었을 뿐만 아니라, 그들이 존재하던 시절에도 다모그란 행성에서 오십만 광년 떨어진 곳에 살고 있었기 때문이었다. 트릴리언은 특별히 대단한 사람은 아니었고, 그건 자포드의 주장이기도 했다. 그녀는 그저 자포드와 함께 많이 돌아다니면서 그에 대한 자신의 견해를 말해줄 뿐이었다.

"안녕, 자기?" 자포드가 트릴리언에게 말했다.

그녀는 잠깐 동안 그에게 굳은 미소를 지어 보이고 시선을 돌렸다. 그러다가 다시 그를 쳐다보고 더 따뜻한 미소를 띠었다. 하지만 이번에는 그가 다른 곳을 보고 있었다.

"안녕하십니까." 그가 기자단에게 말했다.

몇 명 안 되는 기자단이 근처에 서서, 이제 '안녕하십니까' 따위는 그만 하고 인용할 만한 말을 좀 해주길 바라고 있었다. 그는 이들을 향해 특별히 씩 웃어주었는데, 이제 곧 자신이 그들에게 기막힌 기삿거리를 제공하게 되리라는 것을 알고 있었기 때문이다.

하지만 다음으로 그의 입에서 나온 말도 기삿거리가 될 만한 내용은 아니었다. 당 간부 중 하나가, 대통령은 분명 자기를 위해 준비돼 있는 맛깔스러운 연설을 읽을 기분이 아닌 게 틀림없다고 짜증스레 결론 내리고는 호주머니 안에 있던 리모컨 장치의 스위치를 꾹 눌렀다. 그들 앞 저 멀리에서 하늘을 향해 부풀어 올라 있던 거대한 하얀 돔이 중심부가 쩍 하고 금이 가며 갈라지더니 천천히 접히면서 땅속으로 가라앉았다. 자신들이 그 구조물을 그런 식으로 지어놓았기 때문에 그런 일이 벌어지리라는 것을 너무나 잘 알고 있었음에도 불구하고 모두들 숨을 죽였다.

그 아래에는 거대한 우주선이 덮개도 없이 놓여 있었다. 백오십 미터 길이에 날렵한 운동화 모양을 하고 있는, 백설같이 희고 믿기지 않을 정도로 아름다운 우주선이었다. 보이지는 않지만 그 중심부에는 작은 금색 상자가 하나 놓여 있었고, 상자 안에는 여태껏 고안된 어떤 장치보다 더 머리를 쥐어뜯게 만드는 장치가 들어 있었다. 그 장치로 인해 이 우주선은 은하계 역사상 유일무이한 우주선이 되었으며, 우주선의 이름 또한 이 장치를 따서 지어진 것이었다. 이름 하여, 순수한 마음 호였다.

"와아." 자포드 비블브락스가 순수한 마음 호를 보고 말했다. 그 외에는 달리 할 말이 없었다.

그는 기자단이 짜증을 내리라는 것을 알면서 일부러 다시 한번 똑같은 말을 반복했다. "와아."

군중은 다시 한번 기대에 찬 시선으로 그를 바라보았다. 그는 트릴리언에게 윙크를 했고, 그녀는 눈썹을 치켜 올리며 눈을 동그랗게 떴다. 그녀는 그가 무슨 말을 하려는지 알고 있었고, 그가 정말 못 말리게 잘난 체하는 사람이라고 생각했다.

"정말로 놀랍습니다." 그가 말했다. "정말 진심으로 놀랍습니다. 너무나 놀라울 정도로 놀라워서 훔치고 싶은 생각이 들 정돕니다."

정말이지 평소 버릇에서 한 치도 어긋나지 않은 훌륭한 대통령 연설이었다. 군중은 알겠다는 듯 웃음을 터뜨렸고, 기자들은 흥겨워하면서 자신들의 서브-에서 뉴스-매틱스Sub-Etha News-Matics의 버튼을 두드려댔으며, 대통령은 미소 지었다.

미소를 짓고 있었지만 그의 심장은 터질 것처럼 환호성을 질러댔고, 그의 손가락은 호주머니 속에 얌전히 놓여 있는 조그마한 패럴리소-매틱 폭탄Paralyso-Matic Bomb을 만지작거렸다.

마침내 더 이상 참을 수 없게 된 그는 머리를 하늘로 번쩍 쳐들고, 미친 듯이 장 3도로 우와와 소리를 내지르며 땅바닥에 폭탄을 집어던졌다. 그러고는 미소 지은 채로 갑작스레 얼어 붙어버린 얼굴들의 바다를 헤치며 달려 나가기 시작했다.

5

 프로스테트닉 보곤 옐츠는 결코 잘생긴 얼굴이 아니었다. 심지어 다른 보고인들 눈에도 그렇게 보였다. 둥그렇게 치솟은 코는 돼지 새끼 같은 이마 위로 불룩 솟아 있었다. 진초록색의 고무 같은 피부는 보고 행성의 공무원으로서 정치 게임을 수행하기에, 그것도 잘 수행하기에 충분할 정도로 두꺼웠으며, 수심 천 피트까지 내려가서도 끄떡없이 무한정 버틸 수 있을 정도로 방수가 잘 돼 있었다.

 물론 그가 수영을 하러 다닌다는 말은 아니다. 바쁜 스케줄 때문에 그럴 짬이 없었으니까. 그가 이렇게 생긴 데는 사연이 있었다. 수십억 년 전, 보고인들은 처음으로 보그스피어 행성의 굼뜬 원시 바다에서 기어 나와 아무도 밟은 적 없는 바닷가에 누워 숨을 헐떡이며 신음하고 있었다. 그런데, 그날 아침 이들 위에 젊고 화창한 보그솔의 태양이 처음으로 빛을 내뿜던 바로 그 순간, 바로 그 자리에서, 진화의 힘은 이들을 그냥 포기해버렸던 것이다. 진화의 힘은 역겨움에 고개를 돌리고 이들을 추하고 재수 없는 실패작으로 낙인찍어버렸다. 그들은 더 이상 진화하지 않았다. 그들은 살아남지 말았어야 했다.

 이들이 살아남은 이유의 어느 정도는, 이들이 의지는 강하고 머리는 둔해빠진 고집쟁이들이기 때문이었다. 진화? 그들은 자문한다. 그게 무슨 필요가 있어? 그리고 이들은 자연이 주기를 거부한 것은 그냥 없이 살았다. 마침내 그 구역질 나는 해부학적 불편함을 수술로 교정할 수 있게 되었을 때까지 말이다.

그러는 동안, 보그스피어 행성의 자연은 자신의 초기 실패를 만회하기 위해서 밤낮 없이 일하고 있었다. 자연은 번뜩이는 보석을 달고 종종걸음을 치는 게를 만들어냈으며, 보고인들은 쇠방망이로 껍질을 깨고 이들을 잡아먹었다. 숨이 멎을 정도로 가냘프고 아름다운 색을 지닌 나무들이 하늘 높이 치솟아 있었는데, 보고인들은 이것들을 잘라 게 구이용 장작으로 사용했다. 실크 같은 털과 이슬 같은 눈동자를 가진, 가젤 비슷하게 생긴 우아한 짐승들이 있었는데, 보고인들은 이들을 잡아서 깔고 앉았다. 이들은 탈것으로는 적당치 않았는데, 걸터앉기만 하면 즉시 등이 탁 부러져버리기 때문이었다. 하지만 어쨌거나 보고인들은 결국 그 녀석들을 타고 앉은 셈이었다.

이런 식으로 보그스피어 행성은 불행한 세월을 빈둥빈둥 보내고 있었다. 그러다가 보고인들이 갑자기 항성 간 여행의 원리를 발견하게 된 것이다. 보고 시간으로 몇 년 사이에 보고인들은 한 명도 남김 없이 은하계의 정치적 중심지인 메가브랜티스 성단으로 이주했다. 그리고 이제 이들은 은하계 공무에서 막강한 중추 역할을 맡고 있었다. 그들은 학식을 쌓으려고 노력했고, 스타일과 사교적 기품을 가져보려고 했지만, 현대 보고인들은 대부분 그들의 원시 조상과 별반 다를 게 없었다. 해마다 그들은 모행성에서 종종걸음 치는 보석게를 이만 칠천 마리씩 들여와 쇠방망이로 산산조각내면서 흥청망청 밤을 보낸다.

프로스테트닉 보곤 옐츠는 철두철미하게 비열하다는 점에서 전형적인 보고인이었다. 게다가 그는 히치하이커들을 좋아하지 않았다.

프로스테트닉 보곤 옐츠의 대장선 내부 깊숙한 곳에 감춰져 있는 작고 어두운 방 안에서 작은 성냥불이 초조하게 타오르고 있었다. 그 성냥의 주인은 보고인이 아니었다. 하지만 그는 보고인에 대해서는 모르는 게 없으니 초조한 게 당연했다. 그의 이름은 포드 프리펙트*였다.

그는 선실 주위를 둘러봤지만 거의 아무것도 보이지 않았다. 작은 성냥불꽃이 일렁일 때마다 이상한 괴물 그림자가 나타나 펄쩍펄쩍 뛰어다녔지만 아무 소리도 나지 않았다. 그는 덴트라시스인들에게 고맙다고 조용히 속삭였다. 덴트라시스인들은 식도락을 즐기는 다루기 힘든 종족인데, 이 거칠지만 유쾌한 무리는 자기들끼리만 어울린다는 엄중한 합의 아래 최근 보고인들의 장거리 항해팀에 주방 담당으로 채용되었다.

이 조건은 덴트라시스인들에게 딱 알맞았는데, 그들은 우주에서 가장 안정감 있는 통화 중 하나인 보고인들의 돈은 좋아했지만 보고인은 싫어했기 때문이다. 덴트라시스인이 좋아하는 유일한 보고인은 화가 머리끝까지 치민 보고인이었다.

---

* 포드 프리펙트의 본명은 세상에 알려지지 않은 베텔게우스의 방언으로만 발음이 가능한데, 이 방언은 은하기 03758년도에 있었던 은하계 흐룽 붕괴 대참사 이래 지금은 사실상 사멸되었다. 이 참사로 인해 베텔게우스 제7행성의 프락시베텔 옛 공동체들이 완전히 사라졌다. 포드의 아버지는 자신도 결코 속 시원하게 설명할 수 없는 기이한 우연의 일치로 인해 전 행성에서 유일한 흐룽 붕괴 대참사의 생존자가 되었다. 그 이야기는 베일에 싸인 채 미스터리로 남아 있다. 사실 흐룽이란 게 뭔지, 그리고 그게 왜 하필이면 베텔게우스 제7행성에서 붕괴했는지는 아무도 모른다. 포드의 아버지는 어쩔 수 없이 자신에게 쏟아진 의혹의 기색들을 배포 크게 무시하고 베텔게우스 제5행성에 정착했다. 거기에서 그는 포드의 아버지이자 삼촌이 되었고, 이제는 사라져버린 종족들을 기념하는 의미에서 포드의 이름을 고대 프락시베텔어로 지었다.

포드가 자신의 본명을 제대로 발음하지 못하자, 그의 아버지는 결국 수치심을 이기지 못하고 죽었다. 수치심은 아직 은하계의 몇몇 지역에서는 불치병이다. 포드의 학교 친구들은 그에게 '익스'라는 별명을 붙여줬는데, 그것은 베텔게우스 제5행성 언어로 '흐룽이란 게 도대체 뭔지, 그게 왜 하필이면 베텔게우스 제7행성에서 붕괴해야만 했는지 속 시원하게 설명할 수 없는 아이'라는 뜻이다.

이 조그마한 정보 하나 덕분에 포드 프리펙트는 한 줌의 수소, 오존, 일산화탄소가 되지 않고 살아남을 수 있었다.

그는 희미한 신음 소리를 들었다. 성냥 불빛을 통해 그는 바닥에서 묵직한 물체 하나가 천천히 움직이고 있는 것을 보았다. 그는 재빨리 성냥을 흔들어 끄고 호주머니에 손을 넣더니 무언가를 끄집어냈다. 그리고 그걸 찢어서 열고는 흔들었다. 그는 바닥에 쪼그리고 앉았다. 그 물체가 다시 움찔거렸다.

포드 프리펙트가 말했다. "땅콩을 좀 사뒀지."

아서 덴트는 움찔하더니, 다시 신음 소리를 내고 알 수 없는 소리를 중얼거렸다.

"자, 좀 먹어." 포드가 다시 봉지를 흔들면서 권했다. "전에 물질 전이 광선을 한 번도 맞아보지 않았다면 아마 소금과 단백질을 좀 잃었을 거야. 네가 마신 맥주가 완충 작용을 좀 해주긴 했겠지만."

"으으으으……." 아서가 말했다. 그가 눈을 떴다. "깜깜해."

"그래, 깜깜해." 포드 프리펙트가 말했다.

"빛이 없어. 깜깜해, 빛이 없어." 아서 덴트가 말했다.

포드 프리펙트가 인간들에게서 가장 이해하기 힘든 점 중 하나가 무지무지하게 명백한 사실을 계속해서 말하고 반복하는 버릇이었다. 가령 '날씨가 좋군요'라든지, '키가 크시네요'라든지, '맙소사, 삼십 피트는 족히 떨어진 것 같은 꼴이구나, 괜찮니?' 같은 말들이 그랬다. 처음에 포드는 이 기이한 행동을 설명할 수 있는 어떤 이론을 만들었다. 인간은 계속해서 입을 움직이지 않으면 입이 딱 굳어버리는가 보다 생각한 것이다. 몇 달 동안 관찰과 고찰을 해본 끝에, 그는 이 이론을 포기하고 새로운 이론을 정립했다. 인간은 계속해서 입을 움직이지 않으면 머리가 작동하기 시작한다는 이론이었다. 하지만 얼마 지나지 않아 그는 이 이론 역시 단념했고, 거추장스럽기만 한 냉소주의도 포기했다. 그는 결국 자신이 인간들을 꽤 좋아한다고 결론지었지만, 이들이 모르고 있는 그 수많은 것들을 생각하면 언제나 지독하게 걱정스러웠다.

"그래. 빛이 없어." 그는 아서의 말에 맞장구를 쳤다. 그리고 아서의 입에 땅콩을 좀 넣어주었다. 그가 물었다. "기분은 어때?"

"군사 학교 같아." 아서가 말했다. "내 몸의 일부가 차례대로 기절해버리는 것 같아."

포드는 어둠 속에서 그를 멍하니 바라보았다.

"도대체 여기가 어디냐고 묻는다면 후회하게 될까?" 아서가 힘없이 말했다.

포드가 자리에서 일어서며 말했다. "우린 안전해."

"아, 다행이군." 아서가 말했다.

"우리는 작은 조리실 안에 있어." 포드가 말했다. "보고 행성의 공병 함대 우주선 중 하나에 타고 있는 거라고."

"아하." 아서가 말했다. "정말 '안전'이라는 단어를 특이하게 사용하는군. 전에는 몰랐던 용법이야."

포드는 전등 스위치를 찾기 위해 성냥을 하나 더 켰다. 괴물 같은 그림자들이 다시 풀쩍 뛰어올라 어른거렸다. 아서가 간신히 몸을 일으키더니 두려워하며 움츠렸다. 무시무시한 낯선 형체들이 자기 주변으로 모여드는 것 같았다. 공기는 퀴퀴한 냄새로 가득 차 있었고, 그 냄새는 정체도 밝히지 않고서 그의 폐 속으로 살금살금 기어 들어왔다. 게다가 신경 거슬리는 나지막한 윙윙거리는 소리 때문에 도저히 정신을 집중할 수가 없었다.

"어떻게 우리가 여기 있게 된 거야?" 아서가 몸을 떨면서 물었다.

"히치하이크를 했지." 포드가 대답했다.

"뭐라고?" 아서가 말했다. "그러니까, 우리가 엄지손가락을 쑥 내미니까 곤충 눈을 한 녹색 괴물이 창밖으로 머리를 내밀고는 '여어, 친구들,

어서 타게나, 배싱스토크 로터리까지는 태워줄 수 있네' 뭐 이렇게라도 말했다는 거야?"

"글쎄." 포드가 말했다. "네가 말한 엄지손가락은 전자 서브-에서 신호 장치이고, 그 로터리라는 건 육 광년 떨어진 바너드 행성이지만, 뭐 그 외에는 대충 맞는 얘기야."

"그럼 곤충 눈이 달린 괴물도?"

"녹색이지, 맞아."

"좋아." 아서가 말했다. "집에는 언제 갈 수 있는데?"

"못 가." 포드가 말하며 전등 스위치를 찾았다.

"눈 가려……." 그가 말하고 스위치를 켰다.

그러자 포드조차 깜짝 놀라고 말았다.

"세상에. 이게 정말 비행접시 내부라는 말이야?" 아서가 말했다.

프로스테트닉 보곤 옐츠는 불쾌한 녹색 몸을 끌고 통제실을 한 바퀴 돌았다. 인구가 많은 행성을 파괴하고 나면 항상 이상하게 기분이 언짢았다. 누군가가 자신에게 와서 그건 다 잘못된 일이라고 말해줬으면 싶었다. 그럼 그 녀석들에게 고래고래 소리를 지를 수 있을 테고, 그럼 기분이 좀 나아질 텐데. 그는 의자가 부서져서 정말 화낼 만한 원인을 제공해주기를 바라면서 조종석에 있는 힘껏 털썩 주저앉았다. 하지만 의자는 겨우 끽끽 하고 불평하는 소리를 낼 뿐이었다.

"꺼져버려!" 그는 바로 그 순간 통제실로 들어오던 젊은 보초를 향해 냅다 소리를 질렀다. 보초는 얼른 도망치며 오히려 안도감을 느꼈다. 그는 방금 입수한 보고서를 이제 자기가 전달하지 않아도 된다는 사실이 기뻤다. 그 보고서는 공식 발표문으로, 새롭고 엄청난 우주선 추진력이 지금 이 순간 다모그란의 정부 연구소에서 공개되고 있으며, 따라서 앞으로는 모든 초공간 고속도로가 불필요해졌다는 내용이었다.

또 다른 문이 열렸다. 하지만 이 보고인 선장은 이번에는 소리를 지르지 않았다. 왜냐하면 그 문은 덴트라시스인들이 그의 식사를 준비하는 조리실 쪽 문이기 때문이었다. 식사는 대환영이었다.

커다란 털투성이 생물이 점심 쟁반을 들고 문을 통과해 기운차게 뛰어왔다. 녀석은 미친놈처럼 씩 웃고 있었다.

프로스테트닉 보곤 옐츠는 기분이 좋았다. 덴트라시스인이 그렇게 기분이 좋다는 것은 자신이 정말로 화를 낼 수 있는 모종의 일이 우주선 안 어디에선가 벌어지고 있다는 뜻이기 때문이었다.

포드와 아서는 주변을 둘러보았다.

"어때?" 포드가 물었다.

"좀 지저분하지 않아?"

비좁은 방 안 여기저기 널려 있는 꼬질꼬질한 매트리스와 설거지하지 않은 컵들, 정체를 알 수 없는, 냄새나는 외계인 속옷 조각들을 바라보며 포드는 눈살을 찌푸렸다.

"뭐, 이 우주선은 보다시피 작업선이니까. 여기는 덴트라시스인들의 침실이야."

"아까는 보고인인가 뭔가 하더니."

"맞아. 보고인들이 이 우주선의 주인이고, 덴트라시스인들은 요리사야. 그 사람들이 우리를 태워준 거지."

"헷갈려."

"자, 이것 좀 봐." 포드가 말하고는, 한 매트리스 위에 주저앉아 자기 가방 안을 뒤적거렸다. 아서는 불안한 듯 매트리스를 쿡쿡 찔러보고야 걸터앉았다. 사실 그가 불안해할 이유는 없었다. 스콘셸러스 제타 행성의 늪지대에서 자라난 매트리스들은 사용되기 전에 철저하게 도살, 건조되기 때문이었다. 다시 살아나는 녀석은 거의 없었다.

포드는 아서에게 책을 건넸다.

"이게 뭐야?" 아서가 물었다.

"《은하수를 여행하는 히치하이커를 위한 안내서》야. 일종의 전자책이지. 네가 알아야 할 것들이 전부 들어 있어. 그게 바로 이 책의 사명이야."

아서는 책을 손에 들고 불안하게 뒤집어보았다.

"표지가 멋있네. '겁먹지 마세요'라. 오늘 내내 내가 들은 말 중에서 처음으로 도움이 되고 이해할 만한 소리군."

"작동법을 보여줄게." 포드가 말했다. 그는 아직도 이 책을 마치 죽은 지 이 주일 된 종달새라도 되는 양 들고 있는 아서에게서 책을 휙 낚아채 커버를 벗겼다.

"여기 이 버튼을 눌러. 그러고 나면 화면에 불이 들어오면서 목차가 나와."

가로 3인치 세로 4인치쯤 되어 보이는 화면이 밝아지더니 그 표면 여기저기서 문자들이 깜박거리기 시작했다.

"보고인들에 대해 알고 싶지? 그래서 그 이름을 입력했어." 그는 손가락으로 키를 몇 개 더 눌렀다. "자, 됐다."

'보고 행성의 공병 함대'라는 단어가 화면 가득 녹색으로 반짝거렸다.

포드가 화면 아래쪽에 있는 커다란 빨간 버튼을 누르니 화면을 가로질러 단어들이 물결치며 나타나기 시작했다. 그와 동시에 책이 조용하고 차분하며 정돈된 목소리로 읽어 내려가기 시작했다. 다음은 책이 말한 내용이다.

보고 행성의 공병 함대. 보고인들의 우주선을 얻어 타고 싶다면, 그 방법은 다음과 같다. 꿈도 꾸지 마라. 그들은 은하계에서 가장 불쾌한 종족 중 하나다. 진짜 사악하다고 할 수는 없지만 성질이 더럽고 관료적이며 주제넘고 정이라곤 손톱만치도 없다. 이들은 자기 할머니가 트랄 행성의 레이브너스 버그블래터 비스트에게 잡혀간다 해도 세 부 복사된 명령서가 전달되었다가 회송되고 문의가 들어왔다가 분실되었다가 다시 발견되어 공청회에 붙여지고 다시 분실되었다가 급기야 석 달 동안 부드러운 토탄 더미 속에 묻혀 있다가 불쏘시개로 재활용될 때까지 손가락 하나 까딱하지 않을 것이다.

보고인에게 한잔 얻어 마시고 싶으면 녀석의 목구멍에 손가락을 쑤셔 넣고, 녀석을 화나게 하고 싶으면 그의 할머니를 트랄 행성의 레이브너스 버그블래터 비스트에게 던져주는 것이 최고다.

어떤 일이 있어도 보고인들이 시를 낭송하게 해서는 안 된다.

아서는 눈을 껌벅껌벅했다.

"무슨 이런 희한한 책이 다 있어. 그럼 우리는 어떻게 이 우주선을 얻어 탈 수 있었던 거지?"

"바로 그거야." 포드가 책을 커버 속으로 다시 집어넣으며 대답했다. "이 책은 구판이거든. 나는 개정 신판을 위해 현장 조사를 하고 있는 중이야. 내가 해야 할 일 중의 하나는 보고인들이 이제는 덴트라시스인들을 요리사로 고용했고 그 덕에 우리에게는 유용한 허점이 생겼다는 사실을 조금 추가하는 것이지."

고통스러운 표정이 아서의 얼굴을 스치고 지나갔다. "덴트라시스인들은 또 누구야?" 그가 물었다.

"멋진 녀석들이지." 포드가 말했다. "'단연코' 최고의 요리사에다 칵테일 솜씨도 죽여주지. 그 외에는 관심이 없어. 덴트라시스인들은 항상 히치하이커들을 태워주는데, 그건 그들이 동행을 좋아하기 때문이기도 하지만, 더 중요한 건 그러면 보고인들의 화를 돋울 수 있기 때문이야. 알타이리아 달러로 하루 삼십 불도 안 되는 비용으로 우주의 경이로움을 구경하고 싶어 하는 가난한 히치하이커라면 꼭 알아둬야 할 사항이지. 그게 바로 내가 하는 일이야. 재밌지 않아?"

아서는 도대체 뭐가 뭔지 알 수 없다는 표정이었다.

"놀랍군." 아서가 말하더니, 매트리스를 보며 눈살을 찌푸렸다.

"불행하게도 나는 원래 계획보다 더 오래 지구에 묶여 있었어. 일주일만 있으려고 했는데 십오 년 동안 발목이 잡혀버린 거지." 포드가 말했다.

"처음엔 어떻게 지구로 왔지?"

"간단해. 티저 한 놈에게 따라붙어서 왔지."

"티저?"

"응."

"음, 그게……?"

"티저가 뭐냐고? 티저란 대개 할 일 없는 부잣집 애들을 말해. 그 녀석들은 이리저리 다니다가 아직 다른 별과 접촉해본 적 없는 행성을 찾아가서는 버저를 울려대지."

"버저를 울려대?" 아서는 포드가 자기 인생을 힘들게 만드는 일을 즐기고 있다고 생각하기 시작했다.

"그래, 버저를 울리지. 사람들이 거의 없는 한적한 장소를 찾아서는, 그가 하는 말은 아무도 믿어줄 것 같지 않은 그런 불쌍한 녀석 앞에 떡 착륙하는 거야. 그러고는 바보 같은 안테나를 머리에 쓰고 '삐삐'거리면서 그 사람 앞을 의기양양하게 걸어 다니는 거지. 정말이지 유치한 짓이야." 포드가 말했다.

포드는 양팔로 머리를 받치고 매트리스 위에 누웠다. 화가 날 정도로 기분 좋아 보이는 모습이었다.

"포드, 멍청한 질문인지 모르겠지만, 내가 지금 왜 여기 있는 거지?" 아서가 끈질기게 물었다.

"글쎄, 너도 알잖아. 내가 지구에서 널 구출한 거지." 포드가 말했다.

"지구에 무슨 일이 일어났는데?"

"아, 파괴됐어."

"그랬군." 아서가 무덤덤하게 대꾸했다.

"그래, 펄펄 끓다가 우주 속으로 사라졌어."

"이봐." 아서가 말했다. "난 지금 기분이 좋지 않아."

포드는 인상을 찌푸리더니, 잠시 생각을 곱씹어보는 듯했다.

"그래, 이해할 수 있어." 마침내 그가 말했다.

"이해한다고! 이해한다고!" 아서가 고함을 꽥 질렀다.

포드가 벌떡 일어났다.

"그 책을 계속 좀 봐!" 그가 다급하게 아서를 제지했다.

"뭐야?"

"'겁먹지 마세요'."

"난 겁먹은 게 아니야!"

"아니, 넌 겁먹었어."

"좋아, 내가 겁먹었다고 쳐. 달리 어쩌겠어?"

"그냥 나를 따라다니면서 즐기기나 해. 은하계는 재미있는 곳이라고. 그리고 이 물고기를 귀에 넣어."

"뭐라고?" 아서가 물었다. 나름대로 점잖게 물은 것이었다.

포드는 작은 유리병을 들고 있었는데, 그 속에서는 분명 조그마한 노란색 물고기가 꼬리를 흔들며 헤엄치고 있었다. 아서는 자신이 이해할 수 있는 간단하고 알아볼 수 있는 것이 좀 있었으면 싶었다. 덴트라시스인들의 속옷과 스콘셀러스 행성의 매트리스 더미들과 조그마한 노란 물고기를 들고 그걸 귀에 넣으라고 말하는 베텔게우스 행성 출신의 남자 옆에 조그마한 콘플레이크 봉지 하나라도 있다면 좀 안심이 될 것 같았다. 하지만 그런 것은 없었고, 도무지 마음이 안정되지 않았다.

갑자기 어디에서 들려오는 것인지 알 수 없는 요란한 소음이 그들 머리 위에 쾅 떨어졌다. 아서는 늑대 한 무리와 싸우면서 동시에 양치질을 하려고 하는 사람이 내는 것 같은 소리를 들으며 공포에 질려 숨을 죽였다.

"쉿, 들어봐. 중요한 얘기일 거야." 포드가 말했다.

"주……중요한 거라고?"

"선장이 방송으로 공고를 하는 거야."

"저게 보고인들이 말하는 소리란 말이야?"

"들어봐!"

"하지만 난 보고어를 모른다고."

"알 필요 없어. 이 물고기나 귀에 넣어."

포드가 번개 같은 동작으로 아서의 귀를 철썩 때렸다. 물고기가 귓속 깊이 꿈틀거리며 들어가는 구역질 나는 감각이 갑작스레 아서를 덮쳤다. 공포에 질려 숨을 헐떡이며 귀를 후벼 파기 시작하던 아서는 몇 초도 지나지 않아 경이로움으로 눈이 왕방울만 해졌다. 그것은 이를테면 윤곽만 있는 두 개의 검은 얼굴 그림을 보고 있었는데 불현듯 그게 하얀 양초로 보이는 경험의 청각적 버전에 해당하는 것이었다. 또는, 종이 위에 마구 찍힌 각양각색의 점들을 들여다보고 있었는데 그게 갑자기 육이라는 숫자로 변해서 '아, 이제 안과 의사가 새 안경 값으로 엄청난 돈을 요구하겠구나' 하고 예상하게 되는 경험과도 같았다.

아서는 여전히 그 울부짖는 듯한 양치질 소리를 듣고 있었다. 다만 이제 그 소리는 어찌 된 일인지 완벽한 영어의 모양새를 갖추고 있었다.

이것이 그가 들은 이야기였다…….

6

"크크억 크억 치카 크억 치카 크억 크억 크억 치카 크억 치카 크억 크억 치카 치카 크억 치카 치카 치카 크억 쩝쩝 어어어 볼 수 없다. 다시 한번 반복한다. 나는 이 우주선의 선장이다. 모두 하던 일을 멈추고 경청하기 바란다. 우선 나는 계기판을 보고 히치하이커 두 명이 탑승했다는 사실을 알았다. 이봐, 어디 있는지는 모르겠다만, 너희는 전혀 환영받고 있지 않다는 사실을 분명히 알기 바란다. 나는 현재의 나의 지위에 도달하기까지 부단한 노력을 기울였다. 공짜 심보를 가진 말종들에게 택시 기사 노릇이나 해주려고 보고 공병선의 선장이 된 것이 아니란 말이다. 이미 수색대를 보냈다. 수색대가 너희를 발견하는 즉시 너희를 우주선 밖으로 던져버릴 것이다. 대단히 운이 좋은 녀석들이라면 그 전에 내 시를 몇 편 들려줄 수도 있겠지.

두 번째로, 우리는 바너드 행성으로 여행하기 위해 곧 초공간 진입을 하게 될 것이다. 도착하면 재정비를 위해 칠십이 시간 동안 선착장에 머물 것이며, 그사이 누구도 우주선에서 내려서는 안 된다. 반복한다. 모든 행성 휴가는 취소됐다. 나는 최근 뼈아픈 실연을 겪었다. 그러니까 다른 사람들이 좋은 시간을 보내는 꼴을 볼 수 없다. 이상."

소음이 멈췄다.

정신을 차리고 보니 아서는 당황스럽게도 팔로 머리를 감싼 채 바닥에 공처럼 웅크리고 누워 있었다. 그는 맥없이 미소를 지었다.

"매력적인 친구군. 나한테 딸이 있어서 저런 녀석과 결혼하지 못하게 할 수 있다면 좋을 텐데." 아서가 말했다.

"그럴 필요 없을 거야. 저치들은 성적인 면에서 교통사고만큼의 관심도 끌지 못하니까." 포드가 말했다. 그리고 아서가 몸을 펴려고 하자 덧붙였다. "움직이지 마. 초공간 진입에 대비하는 게 좋을 거야. 술에 취하는 것처럼 불쾌한 일이거든."

"술에 취하는 게 뭐가 불쾌해?"

"물을 한 잔 마시고 싶어지니까."

아서는 잠시 생각에 잠겼다.

"포드."

"응?"

"이 물고기가 내 귓속에서 뭘 하는 거지?"

"통역을 해주는 거야. 바벨 피시라는 거지. 궁금하면 그 책에서 찾아봐."

포드는 《은하수를 여행하는 히치하이커를 위한 안내서》를 던져주더니, 초공간 진입에 대비하려는 듯 태아처럼 몸을 웅크렸다.

그 순간 아서는 몸속에 있는 내장이 저 아래로 쑤욱 꺼져 내려가는 듯한 기분을 느꼈다.

그의 눈동자는 안팎이 뒤집히고, 발은 머리 꼭대기 밖으로 빠져나가기 시작했다.

방이 아서를 둘러싸고 납작하게 찌그러져 빙빙 돌더니 형체도 없이 사라지면서 그를 자신의 배꼽 속으로 미끄러져 들어가게 만들었다.

그들은 초공간을 지나고 있었다.

《은하수를 여행하는 히치하이커를 위한 안내서》가 말했다.

바벨 피시란 작고 노랗고 거머리같이 생긴 물고기로 아마도 우주에서 가장 기이한 존재일 것이다. 그것은 자신의 숙주가 아니라 주변 대상들에서 나오는 뇌파 에너지를 먹고 산다. 이 뇌파 에너지에서 나오는 모든 무의식적 정신 주파수를 흡수해 거기서 영양분을 섭취하는 것이다. 그러고는 그 두뇌의 언어 영역에서 포착한 의식적 사고 주파수와 신경계 신호를 혼합해 만든 텔레파시 세포간질을 숙주의 정신 속에 배설한다. 이 모든 이야기의 실제적 결론은, 귀에 바벨 피시를 집어넣으면 어떤 언어로 이야기한 것이라도 즉시 이해할 수 있게 된다는 것이다. 실제로 듣는 언어 패턴들이 바벨 피시가 두뇌에 배설해놓은 뇌파 세포간질을 번역하게 된다.

이처럼 믿어지지 않을 정도로 유용한 것이 순전히 우연에 의해 진화할 수 있었다는 것은 너무도 괴이하리만치 말이 안 되는 우연의 일치이기 때문에 어떤 사상가들은 이를 신이 존재하지 않는다는 사실을 최종적이자 결정적으로 증명하는 증거로 거론해왔다.

그들의 주장은 이런 식이다. '나는 내가 존재한다는 것을 증명하기를 거부한다'고 신은 말한다. '증거는 믿음을 부인하는 것이며, 믿음이 없다면 나는 아무것도 아니기 때문이다.'

'하지만.' 인간이 말한다. '바벨 피시가 결정적인 증거 아닌가요? 그런 것이 우연히 진화했을 리가 없잖아요. 그건 당신이 존재한다는 증거입니다. 그러므로 당신 자신의 주장에 따르면, 당신은 존재하지 않는 거지요. 증명 요망.'

'젠장.' 신이 말한다. '그 생각을 못했네.' 그러고는 논리의 연기 속으로 휙 사라져버린다.

'하, 이거 쉬운걸.' 인간이 말한다. 그러고는 계속해서 그 후속으로 검정색은 흰색이라는 것을 증명하려 하다가 다음번 횡단보도를 건너던 중 사망하고 만다.

대부분의 중견 신학자들은 이것이 개떡 같은 주장이라고 주장한다. 하지만 그렇다고 해서 울론 콜루피드가 이를 자신의 베스트셀러 《자, 이거면 신은 끝장이다》의 핵심 주제로 사용해서 제법 돈을 벌어들이는 것을 막지는 못했다.

그러는 동안 불쌍한 바벨 피시는 다른 종족과 문화 간의 의사소통에 있어서 모든 장애를 효과적으로 제거함으로써 역사상 다른 어떤 존재보다도 처절한 전쟁을 더 많이 불러일으켰다.

아서는 나직이 신음 소리를 냈다. 자신이 초공간 이동 중에 죽지 않았다는 사실이 경악스러웠다. 그는 지구가 아직도 존재하고 있다면 그것이

자리 잡고 있을 지점에서 육 광년 떨어진 곳에 있었다.

지구.

지구의 환영이 메슥거리는 정신을 어지럽게 헤엄쳐 다녔다. 그의 상상력으로는 지구 전체가 사라져버렸다는 충격을 도무지 느낄 수가 없었다. 그건 너무나 거대한 일이었다. 그는 부모님과 누이동생이 사라져버렸다는 생각을 하며 감정선을 자극해봤다. 아무 반응도 없었다. 자신과 친했던 그 모든 사람들을 생각해봤다. 아무 반응도 없었다. 이번에는 이틀 전 슈퍼마켓에서 자기 앞에 서 있었던 전혀 모르는 사람에 대해 생각했다. 그러자 갑자기 칼에 찔린 듯한 아픔이 느껴졌다. 슈퍼마켓이 사라졌다. 그 안에 있던 사람들도 몽땅 다 사라졌다. 넬슨 기념비(런던의 트라팔가 광장에 있는 넬슨 장군의 기념비—옮긴이주)도 없어졌다! 넬슨 기념비가 없어져도 놀란 외침 소리 하나 들리지 않을 것이다. 비명을 지를 사람도 하나 남아 있지 않으니까. 이제 넬슨 기념비는 그의 마음속에만 존재했다. 영국도 그의 마음속에만 존재했다. 이 축축하고 냄새나는 강철 우주선 안에 처박혀 있는 그의 마음속에 말이다. 폐소공포증이 갑자기 파도처럼 그에게 밀려들었다.

영국은 더 이상 존재하지 않았다. 그는 그 사실을 이해했다. 어쩐 일인지 그는 그걸 이해할 수 있었다. 다른 걸 시도해봤다. 미국도 사라졌다, 하고 그는 생각했다. 감이 오지 않았다. 작은 것부터 시작해보기로 했다. 뉴욕이 사라졌다. 반응이 없었다. 원래 그는 뉴욕이 존재한다는 사실 자체를 심각하게 믿어본 적이 없었다. 달러는 이제 영원히 하락해버렸군. 그는 생각했다. 그러자 조금 오싹해졌다. 험프리 보가트 영화들이 모두 싹쓸이당해버렸어. 그는 혼잣말을 했다. 그러자 심한 충격이 왔다. 맥도날드, 그는 생각했다. 맥도날드 햄버거 같은 것도 이제 더 이상 존재하지 않는다.

그는 졸도했다. 몇 초 뒤 다시 정신을 차렸을 때, 그는 어머니 생각을 하며 훌쩍거리고 있었다.

그는 미친 듯이 벌떡 일어났다.

"포드!"

포드는 한쪽 구석에 앉아서 콧노래를 부르다가 그를 올려다봤다. 포드는 우주 여행 중에서도 늘 이 초공간 이동이 가장 괴롭다고 생각했다.

"응?" 그가 말했다.

"네가 이 책이란 것의 조사원으로 지구에 왔다면 지구에 대한 정보를 분명 좀 모았을 테지."

"뭐, 먼젓번 기재 사항을 조금 보충할 수는 있었지. 맞아."

"그럼 이 판본에는 뭐라고 적혀 있는지 봐야겠어. 꼭 봐야만 되겠어."

"그래, 좋아." 그는 다시 책을 넘겨줬다.

아서는 책을 들고 떨리는 손을 진정하려고 애썼다. 그는 관련 페이지를 찾기 위해 단어를 쳤다. 스크린이 깜박이고 소용돌이친 뒤 한 페이지의 글자들이 나왔다.

"지구라는 항목이 없잖아!" 그가 버럭 소리를 질렀다.

포드가 어깨 너머로 들여다봤다.

"아니야, 있어. 저기 있잖아. 스크린 아래쪽을 봐. 에로티콘 제6행성의 가슴 셋 달린 창녀 엑센트리카 갈룸비츠 항목 바로 위에 말이야."

아서는 포드의 손가락을 따라가 그것이 가리키는 곳을 봤다. 잠시 동안 그는 여전히 상황을 파악하지 못했지만, 다음 순간 거의 폭발 직전의 심정이 됐다.

"뭐라고? '무해함'? 그게 다야? '무해함'! 단 한 마디뿐이라니!"

포드가 어깨를 으쓱했다.

"음, 은하계에는 천억 개의 별이 있어. 그리고 이 책의 메모리칩에는 한계가 있지." 그가 말했다. "게다가 지구에 대해 많이 아는 사람도 물론 없었고 말이야."

"좋아, 제발이지, 네가 그걸 좀 개정해줬으면 해."

"아, 물론이야. 어려운 상황에도 불구하고 나는 편집자에게 새로운 내용을 전송했어. 편집자가 좀 다듬긴 했지만, 그래도 어쨌든 개선이 됐어."

"그래서 지금은 뭐라고 되어 있는데?" 아서가 물었다.

"'대체로 무해함'." 포드가 다소 당황한 듯 헛기침을 하며 고백했다.

"'대체로 무해함'이라고!" 아서가 고함을 질렀다.

"저게 무슨 소리지?" 포드가 '쉿' 하며 말했다.

"내가 내지르는 소리지." 아서가 외쳤다.

"아냐! 조용히 해봐!" 포드가 말했다. "우리, 큰일 난 것 같아."

"큰일 났다고 생각하신단 말이지!"

문 밖에서 행진하는 발소리가 똑똑하게 들렸다.

"뎬트라시스인들인가?" 아서가 속삭였다.

"아니, 저건 징 박은 구두 소리야." 포드가 말했다.

격렬하게 문을 두드리는 소리가 들렸다.

"그럼 누구야?" 아서가 말했다.

"글쎄." 포드가 말했다. "운이 좋다면, 우리를 우주 밖으로 던져버리려고 온 보고인들일 거야."

"운이 나쁘면?"

"운이 나쁘면," 포드가 소름끼치는 목소리로 말했다. "선장의 위협이 진심이어서 우리를 던져버리기 전에 먼저 자기 시를 몇 편 읽어주려고 하겠지······."

7

보고인의 시는 물론 이 우주에서 세 번째로 최악이다. 두 번째 최악의 시는 크리아 행성의 아즈고스인들의 시다. 그들의 위대한 시인인 허풍쟁이 그룬토스의 〈어느 여름날 아침 내 겨드랑이에서 발견한 작은 녹색 때 조각에 바치는 송시〉의 낭송회가 열리던 중 청중 네 명이 내출혈로 사망했으며, 중부 은하계 예술 매수 위원회의 총재는 자신의 한쪽 다리를 물어뜯음으로써 겨우 목숨을 부지할 수 있었다. 그룬토스는 자신의 시에 대한 반응에 '실망했다'고 전해진다. 뒤이어 그가 '목욕할 때 내가 가장 좋아하는 꼴딱꼴딱 소리'라는 제목의 열두 권짜리 대서사시 낭송에 착수하려 하자, 그 자신의 대장(大腸)이 생명과 문명을 구하려는 필사적인 시도에서 그의 목구멍을 들이치고 올라와 그의 두뇌를 질식시켰다.

우주 최악의 시는 자신의 창조자와 함께 소멸했는데, 그것은 바로 지구의 파괴와 더불어 사라져간 영국 에식스 주 그린브리지 출신의 폴라 낸시 밀스톤 제닝스의 시였다.

프로스테트닉 보곤 옐츠는 아주 서서히 미소를 지었다. 어떤 효과를 위해서라기보다는 근육이 움직이는 순서를 기억하려고 애쓰고 있는 중이었기 때문이다. 포로들에게 끔찍이도 속 시원한 고함을 마구 질러댄 후라 그는 이제 기분이 꽤 좋아져서 조금 무감각해질 자세가 되어 있었다.

포로들은 시 감상용 의자에 꽁꽁 묶여 앉아 있었다. 보고인들은 자신들의 작품에 대한 일반적 평가에 대해 어떠한 환상도 갖고 있지 않았다. 처음에 그들이 시를 쓰기 시작한 것은 자신들이 제대로 진화한 문명 종족임을 폭력적으로라도 주장하기 위해서였다. 하지만 그들이 지금도 여전히 시를 쓰고 있는 것은 오로지 잔인한 심술 때문이었다.

포드 프리펙트의 이마에서 식은땀이 솟아나 관자놀이에 부착된 전극을 타고 미끄러져 내려갔다. 이 전극들은 몇 가지 전자 장치의 배터리에 연결되어 있었다. 심상 강화기, 운율 조절기, 두운 잔존기, 직유 투척기 등의 장치들은 모두 시의 체험을 고양하고 시인의 생각의 작은 뉘앙스 하나라도 놓치지 않게 하려고 고안된 것들이었다.

아서 덴트는 앉아서 몸을 떨고 있었다. 어떤 일이 벌어질지는 전혀 알 수 없었지만, 다만 지금까지 벌어졌던 일들 중에 마음에 드는 것이라곤 하나도 없었다는 사실만은 알고 있었다. 그리고 앞으로도 사정이 달라질 것 같지는 않았다.

보고인이 시를, 자신이 고안해낸 역겨운 시구들을 낭송하기 시작했다.

"아, 친망하는 징징버러지여……." 그가 시작했다. 포드의 몸에서 경련이 일었다. 이것은 그가 예상했던 것보다 더 지독했다.

"?……그대의 방뇨는 내게 / 말버리 철푸더크구 얼룩덜룩크하네."

"아아아아그그그그흐흐흐!" 한 무더기의 고통이 온몸을 때리며 지나가자 포드 프리펙트는 머리를 뒤로 비비 틀며 비명을 질렀다. 옆자리에서 아서가 축 늘어져 몸을 비비 꼬고 있는 모습이 희미하게 보였다. 그는 이를 악물었다.

"꾸룩 내 그대에게 애원하네. 나의 족발루구 치달리오구리." 인정머리 없는 보고인은 계속해서 낭송했다.

그의 목소리는 열에 들떠 귀에 거슬리는 고음으로 치달았다.

"그리고 흐망컨디 찌거덕굴레망치로 나를 익졸라주우 / 아니면 내 오대방뭉이로 그대 왕여드름을 찢어발기리, 내가 못할 줄 알아?"

"느느느느이이이이이우우우우우르르르르르그그그그그흐흐흐흐흐!" 마지막 행의 전기 증폭이 관자놀이를 정통으로 한 방 때리자 포드 프리펙트가 울부짖더니 축 늘어져버렸다.

아서도 축 늘어져 있었다.

"자, 지구인들아……." 보고인이 웅웅거리며 말했다. 그는 포드 프리펙트가 사실은 베텔게우스 근처의 작은 행성 출신이라는 사실을 알지 못했다. 알았다고 하더라도 별 상관은 없었겠지만. "너희에게 간단한 선택권을 주겠다! 저 우주의 진공 속에서 죽든지, 아니면……." 그는 극적인 효과를 내려고 잠시 말을 멈췄다. "내 시를 얼마나 좋아하는지 말해라."

그는 박쥐 모양의 커다란 가죽 의자에 몸을 던지고 포로들을 쳐다보았다. 그리고 다시 미소를 지었다.

포드는 숨을 헐떡이고 있었다. 그는 까칠한 혀로 바싹 마른 입술 주변을 핥으며 끙끙거렸다.

아서가 명랑하게 말했다. "사실 전 참 좋았어요."

포드가 고개를 돌리고 입을 쩍 벌렸다. 이것은 그가 전혀 생각하지 못했던 접근 방법이었다.

보고인이 놀라서 눈썹을 치켜 올리자 그의 코가 효과적으로 가려졌다. 그러니까 그건 전혀 나쁜 일이 아니었다.

"오, 좋아……." 그는 상당히 놀라워하며 윙윙댔다.

"예, 그렇습니다. 특히 형이상학적인 이미지들 몇 가지가 아주 효과적이었습니다." 아서가 말했다.

포드는 이 전대미문의 착상에 대해 서서히 생각을 정리하며 계속해서 그를 지켜봤다. 정말이지 이런 뻔뻔스러운 방식으로 이 상황을 벗어날 수 있을까?

"좋아, 계속해봐……." 보고인이 청했다.

"아……그러니까, 에……흥미로운 리듬 장치도 있었습니다." 아서가 말을 이었다. "그것이 뭔가와 더불어 대위법을 이루는 것 같은데, 에……에……." 그가 말을 더듬었다.

포드가 위험을 무릅쓰고 잽싸게 도우러 나섰다. "은밀한 은유의 초현실주의와 대위법을 이루는 거죠. 그 은유는……에……." 그 역시 더듬거렸지만, 아서가 다시 전열을 갖추어 말했다.

"인간성에 대한……."

"'보고성' 이지." 포드가 쉿 하고 지적했다.

아서는 자신이 결승선 앞에 서 있음을 느꼈다. "아, 그렇죠. 죄송합니다. 시인의 자비로운 영혼의 보고성에 대한 은유죠. 그 영혼은 운문적인 구조를 매개로 해서 이것을 승화하고 저것을 초월하고 타자와의 근본적인 이분법과 화해를 시도하는 겁니다." 그는 승리감에 한껏 도취되어 말을 이었다. "그래서 독자는 심오하고 생생한 통찰을 얻게 되는 거죠. 그 통찰이란……에……." 그는 여기서 갑자기 힘을 잃었다. 포드가 최후의 일격을 가하기 위해 뛰어들었다.

"그 시가 말하고자 하는 바가 무엇이든지 간에 그에 대한 통찰인 거죠!" 그가 소리쳤다. 그러고는 입술을 거의 움직이지 않고 살짝 말했다. "잘했어, 아서. 진짜 훌륭해."

보고인은 이들의 평을 음미하고 있었다. 잠시나마 그의 침울한 종족적 영혼도 감동하기 시작했다. 하지만 그는 이건 아니라고 생각했다. 너무 부족하고 너무 늦었다. 그의 목소리는 나일론을 할퀴어대는 고양이를 닮아가고 있었다.

"그래서 너희 말은, 이 심술궂고 무정하고 냉혹한 겉모습 아래에 사실은 사랑받고 싶어 하는 마음이 숨겨져 있기 때문에 내가 시를 쓴다는 거지." 그는 잠시 말을 멈추었다가 물었다. "맞나?"

포드는 눈치를 슬슬 보며 웃음을 지었다. "에, 제 말은, 예, 맞습니다." 그가 말했다. "우리 모두는, 마음 깊은 곳에서는, 저, 아시잖아요…… 에……."

보고인이 벌떡 일어섰다.

"아니, 완전히 잘못 짚었어." 그가 말했다. "내가 시를 쓰는 것은, 이 심술궂고 무정하고 냉혹한 겉모습을 더 두드러지게 하기 위해서다. 어쨌든 나는 너희를 우주선 밖으로 내칠 테다. 경비병! 포로들을 3번 에어락으로 데려가서 던져버려!"

"뭐라고요?" 포드가 외마디 소리를 질렀다.

커다란 몸집의 젊은 보고 경비병이 앞으로 나오더니 거대하고 뚱뚱한 팔로 그들을 의자에서 풀어 낚아챘다.

"우리를 우주 밖으로 집어던지면 안 돼! 우리는 책을 쓰는 중이라고." 포드가 외쳤다.

"반항해봤자 소용없다!" 보고 경비병이 되받아 고함을 질렀다. 이것은 그가 보고 경비대에 들어왔을 때 가장 먼저 배운 말이었다.

선장은 초연하게 사태를 즐기며 지켜보다가 등을 돌려버렸다.

아서는 미친 듯이 주변을 둘러봤다.

"난 지금 죽고 싶지 않아! 난 아직 머리가 아프단 말이야. 머리가 아픈 채로 천국에 가고 싶지는 않아. 기분이 언짢아서 제대로 즐기지도 못할 거라고." 그가 소리쳤다.

경비병은 두 사람의 목을 단단하게 틀어쥐고는 선장의 등에 대고 공손하게 경례를 했다. 그러고는 발버둥치는 두 사람을 번쩍 들고 브리지에서 나갔다. 강철 문이 닫히자 선장은 다시 혼자가 되었다. 그는 나직이 콧노래를 불렀고, 자신의 시작(詩作) 노트를 손가락으로 만지작거리면서 생각에 잠겼다.

"흐음. '은밀한 은유의 초현실주의와 대위법을 이룬다'……." 그가 말했다. 그는 잠시 동안 생각해보다가 소름끼치는 미소를 띠면서 책을 덮었다.

"저놈들에게는 죽음도 과분해."

기다란 강철 복도에서는 보고인의 고무질 겨드랑이에 단단히 붙들린 두 인간이 미약하게 버둥거리는 소리가 울려 퍼지고 있었다.

"이거 참 대단하군. 정말 대단해. 날 놔줘, 이 짐승 같은 놈아!" 아서가 게거품을 물고 말했다.

보고 경비병은 계속해서 그들을 질질 끌고 갔다.

"걱정하지 마. 내가 뭔가 방법을 생각해볼게." 포드가 말했다. 그 말은 희망적으로 들리지 않았다.

"반항해봤자 소용없다!" 경비병이 으름장을 놓았다.

"그런 말 좀 하지 마. 그런 말을 계속 하면 대체 어떤 사람이 긍정적인 마음 자세를 유지할 수 있겠어?" 포드가 더듬거리며 말했다.

"맙소사, 긍정적인 마음 자세를 운운하다니. 오늘 자기 행성이 산산조각나는 꼴을 겪지도 않은 사람이 말이야. 난 오늘 아침에 일어났을 때 좋은 하루를 보내야겠다는 생각을 했어. 책도 좀 읽고 개에게 빗질도 해주면서 말이야……이제 겨우 오후 네 시가 지났을 뿐인데, 난 잿더미가 된 지구에서 육 광년이나 떨어진 곳의 외계인 우주선에서 내동댕이쳐질 참이라고!" 아서가 불평했다. 침을 튀기며 말하던 그는 보고인이 목을 그러쥐고 있는 손에 힘을 가하자 꼴까닥 소리를 냈다.

"알았어. 그러니까 겁 좀 그만 내!" 포드가 말했다.

"누가 겁을 낸다는 거야?" 아서가 고함을 질렀다. "이건 그저 문화 충격일 뿐이야. 내가 이 상황을 파악하고 본래의 행동거지로 돌아갈 때까지 기다려. '그때 가서' 겁먹기 시작할 테니까."

"아서, 넌 지금 히스테리 상태야. 입 좀 다물어!" 포드는 필사적으로 뭔가 생각을 좀 해보려고 애썼지만 경비병이 또다시 고함을 지르는 통에 생각의 흐름이 끊겼다.

"반항해봤자 소용없다!"

"너도 입 좀 닥쳐!" 포드가 소리쳤다.

"반항해봤자 소용없다!"

"제발 그만 좀 해라." 포드는 고개를 억지로 비틀어 자기를 붙잡고 있는 보고인의 얼굴을 정면으로 쳐다봤다. 한 가지 생각이 문득 머리에 떠올랐다.

"이런 일을 정말 즐기는 거야?" 그가 별안간 물었다.

보고인은 갑자기 걸음을 멈췄다. 헤아릴 수 없이 멍청한 표정이 그의 얼굴 위로 서서히 번져갔다.

"즐기냐니? 그게 무슨 소리야?" 보고인이 으르렁거리며 물었다.

"내 말은, 이 일이 네게 충만하고도 만족스러운 삶을 살게 해주냐는 거지. 발을 쿵쿵 구르면서 소리를 질러대고 사람들을 우주선 밖으로 밀어내는 일이……." 포드가 말했다.

보고인은 나지막한 강철 천장을 올려다보았다. 그의 눈썹은 거의 서로 겹쳐지다시피 되었고, 입은 헤벌어졌다. 마침내 그가 말했다. "뭐, 근무 시간은 괜찮아……."

"그건 당연히 그래야지." 포드가 동의했다.

아서가 고개를 간신히 비틀어 포드를 바라봤다.

"포드, 뭐 하는 거야?" 그가 놀라서 속삭이며 물었다.

"아, 그냥 내 주변 세상에 관심을 좀 가져보려는 거야, 알겠어?" 그가 말했다. "그래서, 근무 시간은 괜찮은데, 그 다음엔?" 그가 계속해서 물었다.

보고인이 그를 내려다보았다. 마음속 깊은 곳, 그 어둠 속에서 잘 돌아가지 않는 머리가 소용돌이치고 있었다.

"네가 그렇게 나오니까 하는 말인데, 실제로 일하는 순간순간들은 별로 재미없어. 다만……." 보고인이 말했다. 그는 다시 생각했고, 그러자면 천장을 올려다봐야 했다. "다만 소리 지르는 일들 중 어떤 것들은 참 맘에 들어." 그는 숨을 한껏 들이마시고는 고함을 질렀다. "반항해봤자……."

"그래, 그렇겠지." 포드가 허둥지둥 말을 끊었다. "너 그거 정말 잘해. 알겠어. 하지만 대부분의 시간은 재미가 없단 말이지." 그는 자신의 말이 표적에 가 닿을 시간을 주기 위해 천천히 말했다.

"그렇다면 왜 이 일을 하지? 뭐 때문이야? 여자들 때문이야? 가죽 유니폼? 사내다움? 아니면 그 모든 어리석은 권태를 감수하는 것이 무슨 흥미로운 도전거리라도 된다고 생각하는 거야?"

아서는 영문을 몰라 두 사람을 번갈아 쳐다봤다.

"에……에……에……모르겠어. 내 생각에는 나는 그냥……그냥 할 뿐인 것 같아. 우리 숙모님이 우주선 경비병은 보고 젊은이에게는 괜찮은 직업이라고 말씀하셨거든. 있잖아, 유니폼이랑 허리춤에 찬 기절용 광선총, 아득한 권태……." 보고인 경비병이 말했다.

"이것 봐, 아서." 포드가 마치 어떤 결론에 도달한 듯한 태도로 말했다. "넌 너만 문제가 있는 줄 알았지?"

아서는 사실 그렇게 생각하고 있었다. 자기의 행성에 일어난 그 기분 나쁜 사건은 그렇다 치더라도, 이 보고 경비병이 이미 자기를 거의 질식사시키기 일보직전이었던 데다가, 우주 밖으로 내동댕이쳐진다는 소리도 마음에 들지 않았다.

"'이 친구의' 문제를 한번 생각해보라고." 포드가 끈질기게 말했다. "여기 이 친구를 봐. 이 불쌍한 젊은이는 평생 동안 쿵쿵거리며 돌아다니다가 사람들을 우주선 밖으로 집어던지는 일을 한다고……."

"그리고 소리도 질러." 경비병이 덧붙였다.

"그리고 소리도 지르지, 아무렴." 포드는 자신의 목을 조이고 있는 뚱뚱한 팔뚝을 생색내듯 친근하게 다독거렸다. "게다가 자기가 왜 이런 일을 해야 하는지도 모른다고!"

아서는 그게 대단히 슬픈 일이라는 데 동의했다. 그는 숨이 막혀 말도 할 수 없는 상황이라, 보일 듯 말 듯 희미한 동작으로 동의를 표시했다.

경비병은 생각에 잠긴 것처럼 낮게 그르렁거렸다.

"너희가 그렇게 말하니까 나도……."

"그렇다니까!" 포드가 부추겼다.

"좋아, 그럼 대안이 뭐야?" 그르렁 소리가 계속됐다.

포드가 명랑하게 천천히 말했다. "물론 그만두는 거지! 가서 말하라고." 그는 계속 말했다. "더 이상 이 일을 하지 않겠다고 말이야." 그는 뭔가 더 덧붙여야 한다고 생각했지만 그 순간 경비병은 그 문제를 숙고해보느라 정신이 없는 것 같았다.

"에에에에에어어ㅇㅇㅇㅇㅇㅇㅇㅇㅇㅇㅇ음……." 경비병이 말했다. "에, 글쎄, 그건 별로 좋은 생각 같지 않은데."

포드는 갑자기 기회가 손아귀에서 빠져나가고 있다는 느낌이 들었다.

"잠깐만 기다려봐. 그건 시작에 불과해. 그것 말고도 할 게 더 있어. 봐……." 그가 말했다.

하지만 이 순간 경비병은 다시 손아귀에 힘을 가하면서 포로들을 에어락으로 끌고 가는 본연의 임무를 재개했다. 꽤나 강한 인상을 받은 것은 분명했지만 말이다.

"아냐, 너희에게 큰 상관이 없다면, 난 너희를 이 에어락에 밀어 넣어버리고 돌아가서 남은 소리 지르기 임무나 계속 수행하고 싶어." 그가 말했다.

그건 포드 프리펙트와 상관없는 일이 전혀 아니었다.

"이봐……생각 좀 해봐!" 그가 말했다.

전처럼 천천히도, 전처럼 명랑하게도 아니었다.

"후ㅎㅎㅎㅎㅎㄱㄱㄱㄱㄱㄴㄴㄴㄴ……." 아서가 뚜렷한 억양 없이 소리를 냈다.

"잠깐 기다려봐. 음악과 미술, 그 외에 너한테 얘기해줄 게 아직 많이 남아 있단 말이야! 아아아ㄱㄱㅎㅎ!" 포드는 계속해서 매달렸다.

"반항해봤자 소용없다!" 경비병이 으르렁거리고는 덧붙였다. "이 일을 계속하면 나는 상급 고함 장교로 진급할 수 있어. 소리 안 지르고 사람들을 밀쳐대지 않는 자들이 장교가 될 기회는 많지 않아. 그러니 나는 내가 아는 일이나 충실히 수행하는 편이 낫겠어."

그들은 이제 에어락에 도착했다. 묵직하고 강력해 보이는 커다랗고 둥그런 강철 승강구가 우주선 안쪽 벽에 자리 잡고 있었다. 경비병이 제어판을 조작하자 승강구가 부드럽게 열렸다.

"하지만 관심을 가져줘서 고마워. 잘 가." 보고 경비병이 말했다. 그는 포드와 아서를 승강구 안의 조그만 방 속으로 냅다 내동댕이쳤다. 아서는 숨을 헐떡이며 누워 있었다. 포드는 둥그런 벽을 기어 올라가 다시 닫히고 있는 승강구에 부질없이 어깨를 부딪쳐댔다.

"하지만 들어봐, 네가 전혀 알지 못하는 새로운 세계가 있어……여기 이건 어때?" 그가 경비병에게 외쳤다. 필사적이 된 그는 자기가 아는 유일한 문화를 쥐어짜 되는 대로 내놓았다. 그는 베토벤의 제5번 교향곡의 첫 번째 마디를 흥얼거렸다.

"빠바바밤! 이 음악을 들으니 뭔가 마음이 움직이지 않아?"

"아니, 별로. 하지만 숙모님께 이야기는 해드리지." 경비병이 말했다.

그가 그 다음에 무슨 말을 더 했는지는 모르겠지만, 그 소리는 들리지 않았다. 승강구는 빈 틈 없이 닫혔고, 우주선 엔진이 멀리서 희미하게 웅웅거리는 소리를 제외하고는 어떤 소리도 들리지 않았다.

그들은 직경이 육 피트쯤 되고 길이가 십 피트 정도 되는, 반짝반짝 잘 닦인 원주형 방 안에 있었다.

포드는 숨을 헐떡이며 주위를 둘러봤다.

"똑똑한 녀석일 수도 있다고 생각했는데." 그는 이렇게 말하며, 둥글게 휘어진 벽에 의기소침해서 구부정하게 앉았다.

아서는 여전히 자신이 집어던져진 곡면 바닥에 누워 있었다. 그는 위를 올려다보지도 않았다. 그저 숨을 헐떡이며 누워 있을 뿐이었다.

"우린 이제 갇혔어, 그렇지?"

"응, 우린 갇혔어." 포드가 말했다.

"생각해낸 거 뭐 없어? 네가 뭔가 방법을 생각해보겠다고 말했던 것 같은데. 아니면 뭔가 좋은 수를 생각했는데 내가 눈치를 못 챈 건가?"

"아, 그래. 무슨 수를 생각하긴 했지." 포드가 헐떡거리며 말했다.

아서는 기대에 차서 위를 올려다봤다.

"하지만 불행하게도 그건 이 밀폐된 승강구의 반대쪽에서 통할 수 있는 방법이야." 포드가 말을 이었다. 그는 자신들이 방금 통과해 들어온 승강구를 걷어찼다.

"하지만 괜찮은 생각이었겠지, 그렇지?"

"아, 그래. 굉장히 훌륭한 생각이었어."

"어떤 거였는데?"

"음, 세부 사항까지는 생각하지 못했어. 이제 와선 소용도 없지만. 안 그래?"

"그럼……음, 이제 어떻게 되는 거지?" 아서가 물었다.

"아, 에, 우리 앞에 있는 승강구가 잠시 후면 자동으로 열릴 거야. 그럼 우리는 저 막막한 우주 속으로 튀어 나가서 질식하게 되겠지. 그 전에 허파 가득 최대한 숨을 들이마시면 물론 한 삼십 초까지는 버틸 수 있을 거야……." 포드가 말했다. 그는 양손을 등 뒤에 대고 눈썹을 치켜 올린 채

베텔게우스 행성의 옛 전투가를 부르기 시작했다. 아서의 눈에 갑자기 그가 매우 외계인처럼 보였다.

"그렇구나. 우린 죽는 거구나." 아서가 말했다.

"그래." 포드가 말했다. "……아니지! 잠깐 기다려!" 포드는 갑자기 아서의 시선 반대편에 있는 무언가를 향해 방 안을 가로질러 돌진했다.

"이 스위치는 뭐지?" 그가 소리쳤다.

"뭐? 어디?" 아서도 돌아서며 큰 소리로 말했다.

"아냐, 그냥 장난친 거야." 포드가 말했다. "어쨌거나 우리는 죽을 텐데 뭐."

그는 다시 벽에 기대고 앉아 중단했던 노래를 계속해서 불렀다.

"이봐, 베텔게우스 행성에서 온 사람하고 보고인의 에어락에 갇혀서 막막한 우주에서 질식사하기를 기다리고 있자니, 어렸을 때 어머니가 하셨던 말씀을 잘 들을걸 하는 생각이 정말 사무치는걸." 아서가 말했다.

"왜, 무슨 말씀을 하셨는데?"

"몰라, 안 들었으니까."

"아." 포드는 계속해서 노래를 흥얼거렸다.

'대단해. 넬슨 기념비도 사라지고, 맥도날드도 사라지고, 남은 거라곤 나와 대체로 무해함이라는 단어뿐이라니. 그것도 이제 곧 대체로 무해함만 남게 되겠지. 어제만 해도 지구는 정말 잘 돌아가고 있는 것 같았는데.' 아서는 생각했다.

모터가 웅웅거리며 돌아갔다.

믿기지 않을 만큼 아주 작고 밝은 점들이 총총히 박힌 공허한 어둠을 향해 바깥쪽 승강구가 휙 열리자, 쉿 하는 작은 소리가 이내 고막이 터질 듯한 포효로 돌변하며 공기가 몰려 나갔다. 포드와 아서는 장난감총의 코르크 탄알처럼 우주 밖으로 튀어 나갔다.

8

《은하수를 여행하는 히치하이커를 위한 안내서》는 대단히 훌륭한 책이다. 이 책은 오랜 세월에 걸쳐 많은 편집자들에 의해 편집되고 또다시 편집되었다. 여기에는 수없이 많은 여행자들과 조사원들의 기고문도 담겨 있다.

서문은 이렇게 시작된다.

'우주는 크다. 대단히 크다. 그것이 얼마나 광대하고 거대하고 믿기지 않을 정도로 큰지는 상상조차 할 수 없을 것이다. 내 말은, 약국까지 가는 길이 멀다고 생각할지 모르지만 그건 우주에 비하면 땅콩 한 알 정도에 지나지 않는다는 뜻이다. 들어보라……'

(좀 지나면 문체가 틀이 잡히기 시작하면서, 독자들이 정말 알아야 할 것들이 나오기 시작한다. 가령, 저 전설적으로 아름다운 행성 베스셀라민이 현재 한 해 백억 명이나 몰려드는 관광객들에 의해 끊임없이 침식당한 나머지 골치를 썩고 있다는 사실 같은 것 말이다. 그래서 거기서는 체류 기간 동안 먹은 음식의 양과 배설량이 맞지 않을 경우 행성을 떠나기 전 딱 그만큼의 무게를 체중에서 수술로 제거해야 한다. 그러므로 화장실에 갈 때마다 영수증을 받는 것이 매우 중요하다.)

하지만 공정을 기해 말하자면, 별들 간의 그 엄청나게 광대한 거리를 마주하게 되면 《안내서》의 서문을 쓴 사람보다 더 똑똑한 사람도 할 말을 제대로 찾지 못한다. 어떤 이는 레딩(영국의 도시—옮긴이주)의 땅콩 한 알이나 요하네스버그(남아프리카 공화국의 도시—옮긴이주)의 작은 호두알 하나, 혹은 그 비슷하게 머리가 어찔해지는 개념들을 잠시 그려보라고 하기도 한다.

확실한 것은, 별들 간의 거리는 인간의 상상력으로는 도저히 포착할 수 없다는 것이다.

심지어, 속도가 너무나 빠른 나머지 대부분의 종족들이 그것이 여행을 한다는 사실을 깨닫게 되기까지 수천 년의 시간이 걸렸던 빛조차 별들 사이를 여행하는 데는 시간이 걸린다. 빛이 항성 솔에서 이전에 지구가 있었던 지점까지 여행하는 데는 팔 분, 솔에서 가장 가까운 이웃별인 알파 프록시마에 도달하는 데는 사 년이 더 걸린다.

빛이 은하계의 반대편에 도달하는 데는, 가령 다모그란 행성에 도달하기까지는 더 많은 시간이 걸린다. 오십만 년이라는 세월이 소요되는 것이다.

이 거리를 히치하이크로 여행한 최단 기록은 오 년이 좀 안 된다. 하지만 도중에 뭔가를 구경하지는 못한다.

《은하수를 여행하는 히치하이커를 위한 안내서》는 폐 한가득 숨을 들이마시면 완전 진공 상태의 우주에서 삼십 초 정도는 버틸 수 있다고 말한다. 하지만 이 책은 계속해서 말하길, 이 믿기지 않을 정도로 거대한 우주 공간에서 그 삼십 초 안에 다른 우주선에 의해 구조될 수 있는 확률은 이십칠만 육천칠백구의 제곱분의 일이라고 한다.

어떤 엄청나게 경이로운 우연의 일치에 따르면, 그 숫자(276,709)는 또한 영국 이즐링턴에 있는 한 아파트의 전화번호이기도 했다. 아서는 이 집에서 열린 재미있는 파티에 참석한 적이 있고, 거기서 괜찮은 여자를 한 명 만났었다. 하지만 그 여자를 데리고 파티장을 나오지는 못했는데, 그건 그녀가 문을 부수고 들어온 녀석과 함께 사라져버렸기 때문이었다.

지구라는 행성도, 이즐링턴의 아파트도, 전화도, 이제는 모두 사라져버렸지만, 이십구 초 뒤에 포드와 아서가 구조됨으로 해서 이 모든 것들이 조금이나마 기념이 되었다고 생각하면 위안이 되는 일이다.

9

별 분명한 이유도 없이 우주선의 에어락이 저 혼자 열렸다가 닫혔다는 사실을 컴퓨터가 알아차리고 경보음을 울렸다.

사실은 말도 안 되는 이유 때문이었다.

조금 전 은하계에 구멍이 하나 나타났다. 일 초를 수없이 잘게 나누었을 때 그 한 조각에도 미치지 못하는 시간 동안에 불과했고, 일 인치를 수없이 잘게 나누었을 때 그 한 조각에도 미치지 못하는 넓이에 불과했지만, 그 끝에서 끝까지의 거리는 수백만 광년이나 되었다.

그 구멍이 닫히면서, 엄청난 양의 종이 모자와 파티용 풍선이 거기서 쏟아져 나와 우주 속으로 흩어졌다. 키가 삼 인치밖에 안 되는 시장 분석가 일곱 명이 구멍에서 떨어져 나와 부분적으로는 질식 때문에, 부분적으로는 놀라서 죽어버렸다.

이십삼만 구천 개의 살짝 반숙한 달걀들도 그 구멍에서 쏟아져 나와, 젤리처럼 흔들거리는 커다란 덩어리가 되더니 기근에 시달리는 판셀 성단의 포그릴 행성에 떨어졌.

포그릴 주민들은 한 사람을 제외하고는 모두 배고픔을 이기지 못해 죽었다. 그 최후의 생존자도 몇 주 뒤 콜레스테롤 중독으로 사망했다.

그 구멍이 존재했던 그 찰나의 순간은 시간 속에서 도무지 말도 안 되는 방식으로 앞뒤로 마구 굴절되었다. 멀고 먼 과거의 어느 한때, 그것은 텅 빈 불모의 공간을 부유하고 있던 일군의 원자들에게 무지막지한 충격을 가해서 놀라울 정도로 말도 안 되는 패턴으로 서로 들러붙게 만들었다. 이 패턴은 급속히 자기 복제되어 (이것이 이 패턴의 가장 놀라운 점이기도 했지만) 자신들이 표류해 도달한 행성마다 엄청난 소동을 일으켰다. 그래서 우주에 생명이 탄생하게 된 것이다.

다섯 번의 거친 대소용돌이가 맹렬한 비이성의 폭풍을 일으키더니 포장 도로 하나를 토해냈다.

그 포장 도로 위에 포드 프리펙트와 아서 덴트가 반쯤 죽어가는 물고기처럼 팔딱거리며 누워 있었다.

"그것 봐, 내가 뭔가 수를 생각해내겠다고 했잖아." 미지의 제3구역을 질주하고 있는 포장 도로 위에서 뭔가 붙잡을 것을 더듬더듬 찾으면서 포드가 숨을 헐떡이며 말했다.

"오, 그럼, 그럼." 아서가 말했다.

"기가 막힌 생각이지." 포드가 말했다. "지나가는 우주선을 찾아서 구조된다니 말이야."

진짜 우주는 그들 아래에서 멀미를 하며 휘어져 멀어지고 있었다. 다양한 가짜 우주들이 산양들처럼 조용히 휙 지나쳐 갔다. 태초의 빛이 시공간을 젤리 덩어리라도 되는 듯이 사방으로 튀기면서 폭발했다. 시간은 만개하여 번성했고, 물질은 쪼그라들어 사라져갔다. 가장 높은 소수(素數)는 한쪽 구석에서 조용히 결합해 영원히 모습을 감추었다.

"쳇, 그런 소리 하지 마. 실패할 확률이 천문학적이었다고." 아서가 말했다.

"무시하지 마. 어쨌거나 성공했잖아." 포드가 말했다.

"우린 도대체 어떤 우주선에 타고 있는 거지?" 영원의 구덩이가 자신들 아래서 하품을 하고 있을 때 아서가 물었다.

"나도 몰라." 포드가 말했다. "난 아직 눈도 안 떴다고."

"나도 마찬가지야." 아서가 말했다.

우주는 펄쩍 뛰어올라 얼어붙더니 몸을 덜덜 떨면서 예상치 못한 여러 방향으로 펼쳐져나갔다.

아서와 포드는 눈을 뜨고는 대단히 놀라면서 주위를 둘러보았다.

"세상에, 여기는 사우스엔드(영국의 도시—옮긴이주)의 바닷가랑 똑같이 생겼군." 아서가 말했다.

"젠장, 그런 말을 들으니 안심이 되는군." 포드가 말했다.

"왜?"

"내가 미쳐가고 있는 게 틀림없다고 생각했거든."

"그럴지도 모르지. 넌 내가 그런 말을 했다고 상상한 것뿐인지도 몰라."

포드는 이 점에 대해 생각해봤다.

"저, 그 말을 했어, 안 했어?" 그가 물었다.

"한 것 같아." 아서가 말했다.

"음, 아마도 우린 둘 다 미쳐가고 있는 것 같아."

"맞아." 아서가 말했다. "모든 것을 고려해볼 때, 여기가 사우스엔드라고 생각한다면 우리가 미친 거야."

"넌 여기가 사우스엔드라고 생각해?"

"그래."

"나도 그래."

"그러니까 우린 미쳐버린 게 틀림없군."

"미치기에 좋은 날이야."

"그렇군요." 지나가던 광인이 말했다.

"저건 뭐야?" 아서가 물었다.

"누구? 청어가 가득 열린 양딱총나무 덤불을 들고 가는 머리 다섯 달린 사람 말이야?"

"응."

"나도 몰라. 그냥 어떤 사람이겠지."

"아."

그들은 도로 위에 앉아 거대한 아이들이 모래밭 위를 육중하게 쿵쿵 밟으며 뛰어가는 모습과 야생마들이 새로 공급된 강화 난간을 미지의 지역으로 운반하느라 천둥처럼 하늘을 가로질러 질주하는 광경을 불편한 심정으로 지켜보았다.

"이봐, 여기가 사우스엔드라고 해도 뭔가 굉장히 이상한 점이 있어……." 아서가 잔기침을 하며 말했다.

"바다는 바윗덩어리처럼 꼼짝도 안 하고 건물들은 파도치듯 위아래로 오르락내리락하는 거 말이야?" 포드가 말했다. "맞아, 나도 그게 이상하다고 생각했어. 사실……." 바로 그때 쾅 하는 소리와 함께 사우스엔드는 여섯 등분 되었고, 그 조각들은 춤을 추면서 음란하고 음탕한 형태를 만들어 서로를 어지럽게 빙빙 돌았다. 포드가 말을 이었다. "사실, 전반적으로 뭔가 굉장히 이상한 일이 일어나고 있어."

관악기와 현악기들이 내는 비통한 울부짖음 같은 소음이 바람을 타고 낙인을 찍고 다녔고, 길바닥에서는 하나에 십 펜스 하는 뜨거운 도넛들이 튀어나왔으며, 하늘에서는 무시무시한 물고기들이 쏟아져 내렸다. 아서와 포드는 도망치기로 결심했다.

그들은 소리의 두꺼운 벽과 낡아빠진 생각의 산, 무드 음악의 계곡, 질 나쁜 신발 회기, 멍청한 박쥐들을 넘어 돌진했다. 그때 갑자기 한 여자의 목소리가 들렸다.

꽤 분별 있게 들리는 목소리였지만, 그 내용은 그저 다음에 불과했다. "십만 제곱 대 일. 숫자 하락 중." 그게 전부였다.

포드는 한 줄기의 불빛을 타고 미끄러져 내려가다 그 소리가 어디서 나오는지 보려고 한 바퀴 빙글 돌았다. 하지만 그가 진지하게 믿을 수 있는 것은 아무것도 없었다.

"저 목소리는 뭐야?" 아서가 소리쳤다.

"나도 몰라. 모르겠어. 무슨 확률을 따지는 소리 같았는데." 포드도 외쳤다.

"확률? 무슨 소리야?"

"확률 말이야. 알잖아, 이 대 일, 삼 대 일, 오 대 사 같은 거 말이야. 그 목소리는 십만 제곱 대 일이라고 말했어. 알겠지만, 그건 대단히 일어나기 힘든 일이라고."

백만 갤런들이 통이 스스로 몸을 뒤집더니 아무런 경고도 없이 그들의 머리 위에 커스터드를 쏟아 부었다.

"그런데 그게 뭘 말하는 거야?" 아서가 소리쳤다.

"뭐 말이야, 커스터드?"

"아니, 불가능 확률 따지기 말이야."

"나도 모르겠어. 전혀 모르겠다고. 내 생각엔 우리가 무슨 우주선에 타고 있는 것 같아."

"내가 짐작할 수 있는 건, 이게 일등석은 아닌 것 같다는 것뿐이야." 아서가 말했다.

시공간이라는 직물에 불쑥불쑥 튀어나온 부분들이 생겼다. 엄청나게 크고 못생긴 놈들이었다.

"하아아아우우우우르그그흐흐흐……사우스엔드가 녹고 있나 봐……별들이 소용돌이치고 있어……모래 폭풍 지대……내 다리가 석양 속으로 흘러 들어가고 있어……내 왼쪽 팔도 떨어지고 있어." 아서는 자기 몸이 흐물흐물해지며 이상한 방향으로 굽어지는 것을 느끼면서 말했다. 공포감이 엄습했다. "젠장, 이제 전자 시계를 어떻게 작동시키지?" 그는 포드 쪽을 향해 필사적으로 눈동자를 굴렸다.

"포드, 너 지금 펭귄으로 변하고 있어. 멈춰." 아서가 말했다.

다시 그 목소리가 들려왔다.

"칠만 오천 제곱 대 일, 숫자 하락 중."

포드는 연못 주변에서 맹렬하게 원을 그리며 뒤뚱거렸다.

"이봐, 당신 누구요? 어디 있는 거요? 도대체 무슨 일이 벌어지고 있는 것이며 이 일을 멈출 방법은 없는 거요?" 그가 꽥꽥거렸다.

"진정하세요. 당신은 완전히 안전합니다." 목소리가 말했다. 마치 한쪽 날개와 엔진 두 개만 남은 데다 그중 한 엔진에는 불이 붙은 그런 여객기의 승무원처럼 쾌활했다.

"하지만 문제는 그게 아니란 말입니다!" 포드가 버럭 화를 냈다. "문제는, 난 지금 완전히 안전한 펭귄이고, 여기 내 친구는 급속도로 팔다리를 잃어가고 있다는 겁니다!"

"괜찮아. 이제 팔다리가 다시 붙었어." 아서가 말했다.

"오만 제곱 대 일, 숫자 하락 중." 목소리가 말했다.

"분명 전번 것들보다 길기는 하지만……." 아서가 말했다.

"분명 무언가, 우리에게 해야 할 말이 있지 않습니까?" 포드는 화를 내는 새처럼 꽥꽥거렸다.

목소리가 헛기침을 했다. 거대한 소형 케이크가 터벅터벅 걸어서 저 멀리로 사라져갔다.

"순수한 마음 호에 탑승하신 것을 환영합니다." 목소리가 말했다.

목소리는 이야기를 계속했다.

"주변에서 무엇을 보거나 듣더라도 놀라지 마십시오. 당신들은 이십칠만 육천 제곱 대 일의 불가능 확률로——어쩌면 그보다 더 높은 수치일지도 모르지만——죽음으로부터 구조되었기 때문에 처음에는 약간의 부작용을 느끼실 수밖에 없습니다. 우리는 지금 '이만 오천 제곱 대 일, 숫자 하락 중'의 속력으로 순항하고 있으며, 무엇이 정상인지를 알게 되는 대로 곧 정상 상태를 복구하게 될 것입니다. 감사합니다. 이만 제곱대 일, 숫자 하락 중."

목소리가 뚝 끊겼다.

포드와 아서는 조명이 켜진 작은 핑크색 칸막이 방 안에 있었다.

포드는 엄청나게 흥분해 있었다.

"아서! 이건 환상적인 일이야! 우린 무한 불가능 확률 추진기로 운항하는 우주선에 구조된 거야! 이건 믿을 수 없는 일이야! 이 우주선에 대한 소문을 전에 들은 적이 있어! 그 소문들은 공식적으로 모두 부정되었지. 하지만 그 일을 해낸 게 틀림없어! 불가능 확률 추진기를 만들어낸 거야! 아서, 이건……아서? 무슨 일이야?"

아서는 문에 몸을 있는 힘껏 붙이고는 문이 열리지 않게 하려고 애쓰고 있는 중이었다. 하지만 문은 아귀가 맞지 않았다. 열린 틈 사이로 털투성이의 작은 손들이 쑤시고 들어오고 있었다. 그 손가락들은 잉크로 더러워져 있었다. 미친 듯이 재잘거리는 작은 목소리들이 들려왔다.

아서가 고개를 들고 말했다.

"포드! 밖에 셀 수 없이 많은 원숭이들이 몰려와 있어. 자기들이 쓴 〈햄릿〉 대본에 대해 우리한테 할 말이 있다는 거야."

10

　　무한 불가능 확률 추진기는 초공간 속에서 지루하게 빈둥거리는 짓 따위를 하지 않고서도 별들 간의 광대한 거리를 눈 깜짝할 사이에 여행할 수 있는 놀랍고도 새로운 방법이다.

　그것은 운 좋게도 우연히 발견되어서 다모그란 행성에 있는 은하 정부 연구팀에 의해 통제 가능한 추진 형태로 개발되었다.

　다음은 이 장치가 어떻게 발견되었는지를 약술한 내용이다.

　밤블위니 57 서브-중간자 두뇌의 논리 회로를 강력한 브라운 운동 생성기(가령 뜨거운 홍차 한 잔 같은 것)에 매달려 있는 원자 벡터 작성기에 연결하기만 하면 제한적 불가능 확률을 조금 일으킬 수 있다는 원리는 물론 잘 알려진 바다. 그리고 그런 발전기는 파티 여주인의 속옷의 모든 분자들을 불확정성의 원리에 따라 동시에 한 발짝씩 왼쪽으로 뛰게 함으로써 파티 초기의 서먹서먹한 분위기를 깨는 장치로 종종 이용되어왔다.

　존경받는 많은 물리학자들은 이 장치가 과학에 대한 모독이라며 참을 수 없다고 말했다. 하지만 진짜 이유는 그들이 그런 파티에 초청받지 못했기 때문이었다.

　그들이 또 하나 참을 수 없어하는 것은 '무한' 불가능 확률 자장을 일으킬 수 있는 발전기를 만드는 실험을 하면서 실패만 거듭했다는 사실이었다. 그 발전기는 우주선을 타고 정신이 나갈 정도로 아득한 별들 사이의 거리를 가볍게 휙 날아다니려면 꼭 필요한 장치였다. 그래서 마침내 그들은 그런 기계는 사실상 불가능하다고 심술궂게 선언하기에 이르렀다.

그러던 어느 날, 특히나 재미없었던 한 파티가 끝난 후, 실험실을 청소하려고 남아 있던 한 학생이 다음과 같은 추론을 하게 된다.

그는 생각했다. 만일 그런 기계가 '사실상' 불가능하다면, 그건 논리상 '제한적으로' 불가능한 확률이 되어야만 했다. 그렇다면 그런 기계를 만들기 위해서는 그게 정확히 얼마나 불가능한 일인지를 계산해내서, 그 수치를 제한된 불가능 확률 발전기에 집어넣고, 거기다 진짜 뜨거운 차를 한 잔 새로 타서 집어넣는다……그러고는 기계를 돌리는 것이다!

그는 그렇게 했다. 그러고는 그렇게 오랫동안 바라 마지않았던 귀중한 무한 불가능 확률 발전기를 자신이 홀연히 발명해냈다는 사실을 알고 깜짝 놀랐다.

훨씬 더 놀라운 일은 그가 은하 연구소에서 엄청나게 똑똑한 자에게 주는 상을 수상한 직후에 벌어졌으니, 존경해 마지않는 물리학자 폭도들에 의해 그가 린치를 당했던 것이다. 물리학자들은 마침내 자신들이 정말로 참을 수 없는 유일한 것이 똑똑한 녀석이라는 것을 깨달았던 것이다.

11

 순수한 마음 호의 불가능 확률 방지 조종실은 그것이 완전히 새 우주선이라 완벽하게 깨끗하다는 점만 제외하면 보통 우주선과 전혀 다를 바가 없었다. 조종석 몇 개는 아직 랩 포장도 뜯지 않은 상태였다. 조종실은 거의 흰색이었으며, 직사각형에다 작은 레스토랑 정도의 크기였다. 사실 정확한 직사각형은 아니었다. 긴 벽 두 개가 평행 곡선을 이루며 살짝 굽었고, 실내의 모든 각과 코너들은 뭉툭하게 깎여 있었다. 사실 그 방은 보통의 삼차원적 직사각형으로 만들었다면 훨씬 더 간단하고 실용적일 뻔했다. 물론 그랬다면 이 조종실의 디자이너들은 대단히 슬퍼했을 테지만. 사실 조종실은 굉장히 자기 목적에 잘 맞아 보였다. 오목한 벽에 붙은 조종 및 항법 장치 패널 위로는 커다란 비디오 스크린들이 줄지어 걸려 있었고, 볼록한 벽에는 컴퓨터들이 길게 줄지어 설치되어 있었다. 한쪽 구석에는 로봇 하나가 반짝반짝 닦은 강철 머리를 반짝반짝 닦은 강철 무릎 사이에 힘없이 처박고 쪼그리고 앉아 있었다. 로봇 역시 상당히 새것이었다. 하지만 아름답게 만들어졌고 반짝반짝 닦여 있음에도 불구하고, 인간의 형상을 본뜬 그 신체의 각 부분들은 어딘지 제대로 들어맞지 않는 것처럼 보였다. 사실 그 로봇의 각 부분들은 완벽하게 잘 들어맞았지만, 그 자세를 보면 어딘가 아귀가 맞지 않아

보였다.

자포드 비블브락스는 반짝이는 조종 장치를 손으로 문지르거나 흥분해 킬킬 웃어대면서 조종실 안을 불안하게 위아래로 서성거렸다.

트릴리언은 갖가지 장치 위로 몸을 구부리고 앉아서 숫자를 읽고 있었다. 그녀의 목소리는 태노이(영국의 스피커 상표명—옮긴이주) 시스템을 통해 우주선 전체에 울려 퍼졌다.

"오 대 일, 하락 중……." 그녀가 말했다. "사 대 일, 하락 중……삼 대 일……이……일……확률 인수 일 대 일……정상 상태 도달. 반복합니다, 정상 상태에 도달." 그녀는 마이크를 껐다. 그랬다가 곧 마이크를 다시 켜고 희미한 미소를 지으며 말을 이었다. "아직도 처리 안 되는 문제가 있다면, 따라서 그건 당신들의 문제입니다. 부디 긴장을 푸시길 바랍니다. 곧 사람을 보내겠습니다."

자포드가 화를 내며 버럭 소리를 질렀다. "어떤 놈들이야, 트릴리언?"

트릴리언은 의자를 돌려 그를 마주 보면서 어깨를 으쓱했다.

"우리가 바깥 우주에서 사람 둘을 태운 것 같아. ZZ9 구역, 플루럴 Z 알파 지점에서."

"그래, 좋아, 마음씨도 참 곱군, 트릴리언." 자포드가 불평했다. "하지만 이런 상황에서 그렇게 행동하는 게 현명한 일이라고 생각해? 우리는 지금 도망치고 있는 중이잖아. 지금쯤이면 은하계 경찰력의 반이 우리 뒤를 쫓고 있을 텐데, 가던 길을 멈추고 히치하이커를 태우다니. 좋아, 스타일로 보면 만 점짜리지만, 현명한 걸로 따지면 마이너스 몇백만 점이야, 안 그래?"

그는 짜증스럽게 조종 패널을 두드렸다. 트릴리언은 그가 중요한 것을 건드리기 전에 조용히 그의 손을 밀어냈다. 자포드의 마음 상태가 어떤 것이든——허세든 무분별함이든 자만이든 간에——그는 기계치이기 때문에 어떤 엉뚱한 동작을 해서 우주선 전체를 폭발시켜버릴 만한 소지가 다분했다. 트릴리언은 자포드가 그렇게도 멋지고 성공적인 인생을 살아

올 수 있었던 주된 이유가 사실 자신이 하는 일이 어떤 중요성을 가지고 있는지를 제대로 모르고 있다는 데 있지 않았을까 자문해보았다.

"자포드, 그 사람들은 우주 공간에서 아무 보호 장비도 없이 떠다니고 있었어……그 사람들이 죽었다면 좋았겠어?" 그녀가 참을성 있게 말했다.

"뭐, 그건……아니지. 그런 건 아니고, 다만……."

"그런 건 아니다? 그들이 죽는 건 싫다고? 그래서, 다만 어떻다고?" 트릴리언이 고개를 한쪽으로 치켜들었다.

"음, 어쩌면 나중에 다른 누군가가 구조해줬을 수도 있잖아."

"일 초만 늦었어도 그 사람들은 다 죽었을 거야."

"그래, 네가 그 문제에 대해 조금만 더 생각했다면 그 문제 자체가 없어져버렸겠지."

"그 사람들이 죽도록 내버려뒀으면 기분 좋았겠어?"

"뭐, 그렇게 좋을 것까지는 없었겠지만……."

"어쨌든, 내가 태운 게 아니야." 트릴리언이 조종간으로 돌아서며 말했다.

"무슨 소리야? 그럼 누가 태웠다는 거야?"

"이 우주선이 그랬어."

"뭐?"

"이 우주선이 그랬다고. 저 혼자서 말이야."

"뭐?"

"우리가 불가능 확률 추진 중일 때."

"말도 안 돼."

"아니, 자포드. 그저 매우 매우 불가능할 뿐이야."

"음, 그렇군."

"이봐, 자포드." 그녀가 그의 팔을 툭툭 치며 말했다. "저 외계인들에 대해서는 너무 걱정하지 마. 그냥 보통 남자들일 거야. 내가 로봇을 보내 이리로 데려오게 할게. 야, 마빈!"

구석에서 로봇의 고개가 홱 올라왔다. 하지만 곧 경미하게 사방으로 흔들렸다. 그것은 실제보다 오 파운드는 더 나가는 듯이 몸을 억지로 추슬러 자리에서 일어서더니 힘들게 방을 가로질러 걸어왔다. 모르는 사람이 봤으면 아주 영웅적인 노력이 필요한 일을 하고 있다고 생각할 만했다. 그것은 트릴리언 앞에서 멈추더니 그녀의 왼쪽 어깨 너머에 있는 무엇인가를 뚫어져라 쳐다보는 듯한 자세를 취했다.

"제가 지금 굉장히 우울한 상태라는 걸 아셔야 할 것 같아요." 그것이 말했다. 낮고 절망적인 목소리였다.

"맙소사." 자포드는 이렇게 중얼거리고 의자에 털썩 앉았다.

"자, 네가 할 일이 있어. 그럼 울적한 생각들도 마음에서 사라질 거야." 트릴리언이 밝고 자비로운 어조로 말했다.

"소용없을걸요. 제 마음은 유별나게 크거든요." 마빈이 청승맞게 말했다.

"마빈!" 트릴리언이 경고했다.

"알았어요. 제가 할 일이 뭐죠?"

"2번 진입 구역으로 내려가서 두 외계인을 잘 감시해서 여기까지 데리고 올라와."

찰나의 멈칫하는 동작과 알아채기 힘들 정도로 정교하게 계산된 음정과 음색의 변조를 통해——그래서 이에 대해 실제로 화를 낼 수도 없을 정도였다——마빈은 인간이 하는 모든 일에 대한 극도의 경멸과 혐오를 전달하는 데 성공했다.

"그뿐인가요?" 그가 말했다.

"그래." 트릴리언이 단호하게 말했다.

"그 일은 즐겁지 않을 거예요." 마빈이 말했다.

자포드가 자리에서 벌떡 일어났다.

"누가 너보고 즐기랬어? 그냥 하라는 대로 해, 알겠어?" 그가 고함을 질렀다.

"좋아요, 하죠." 커다란 깨진 종이 울리는 것처럼 마빈이 말했다.

"좋아……됐어……고맙군……." 자포드가 딱딱거리며 말했다.

마빈이 돌아서더니 뒤집힌 삼각형의 빨간 눈을 들어 그를 쳐다봤다.

"제가 당신을 실망시킨 건 아니겠죠?" 그가 애처롭게 말했다.

"아니, 아니야, 마빈. 괜찮아, 정말이야……." 트릴리언이 쾌활하게 말했다.

"제가 당신을 실망시켰다고 생각하고 싶지 않아요."

"아냐, 걱정하지 마." 경쾌한 목소리는 계속됐다. "너는 그냥 하고 싶은 대로 자연스럽게 행동해. 그럼 모든 것이 다 잘될 테니까."

"정말 괜찮으신 거죠?" 마빈이 꼬치꼬치 물었다.

"정말이야. 괜찮아, 마빈. 정말 괜찮아. 정말이야. 그런 게 인생인 걸." 트릴리언이 밝게 대답했다.

마빈이 발끈한 전자 표정을 언뜻 보였다.

"인생이라. 제게 인생 타령 하지 마세요." 마빈이 말했다.

그는 절망적으로 발을 질질 끌며 돌아서더니 조종실에서 비척거리며 나갔다. 만족스러운 콧노래 소리와 함께 찰칵 하며 문이 닫혔다.

"저놈의 로봇 때문에 조만간 돌아버리고 말 거야, 자포드." 트릴리언이 으르렁거렸다.

《은하대백과사전》은 로봇을 '인간의 일을 하도록 디자인된 기계 장치'라고 정의하고 있다. 시리우스 사이버네틱스 주식회사의 마케팅 부서에서는 로봇을 '함께 있으면 즐거운 당신의 플라스틱 친구'라고 정의한다.

《은하수를 여행하는 히치하이커를 위한 안내서》는 시리우스 사이버네틱스 주식회사 마케팅 부서를 '혁명이 일어나면 가장 먼저 총살형에 처해질 얼간이 무리들'이라고 정의하고 있다. 그리고 아래에는 로봇공학 특파원 자리에 흥미 있는 사람은 누구든 지원해달라는 편집자의 말이 각주로 달려 있다.

대단히 흥미롭게도, 천 년 후의 미래 세계로부터 타임워프(시간 왜곡―옮긴이주)를 통해 운 좋게 도착한 《은하대백과사전》 판본에는, 시리우스 사이버네틱스 주식회사 마케팅 부서가 '혁명이 일어났을 때 가장 먼저 총살형에 처해진 얼간이 무리들'이라고 정의되어 있다.

핑크색 칸막이 방은 눈 깜짝할 사이에 사라졌고, 원숭이들도 더 나은 다른 차원으로 떨어져 나갔다. 포드와 아서는 자신들이 있는 곳이 우주선의 탑재 구역이라는 사실을 깨달았다. 그곳은 꽤나 말쑥했다.
"이 우주선은 완전 새것 같아." 포드가 말했다.
"그걸 어떻게 알아? 금속의 나이를 잴 수 있는 무슨 신기한 장비라도 갖추고 있는 거야?" 아서가 물었다.
"아니, 바닥에 있는 세일즈 팸플릿을 지금 막 발견했거든. '우주가 당신 것이 될 수 있습니다' 따위의 이야기투성이지. 아, 이것 봐. 내 말이 맞잖아."
포드가 어떤 페이지를 쿡쿡 찌르더니 아서에게 보여줬다.
"여기 이렇게 쓰여 있어. '불가능 확률 물리학계의 놀라운 약진. 우주선의 추진기가 무한 불가능 확률에 도달하면 우주선은 우주의 모든 점을 한꺼번에 통과합니다. 다른 우주 정부들의 부러움을 사십시오.' 와, 이거 대단한 물건인데."
포드는 놀라움에 숨을 헐떡이며 우주선의 기술 명세서를 조목조목 읽어나갔다. 그가 유배되어 있는 동안 은하계의 우주공학은 분명 대단한 진보를 했음이 틀림없었다.
아서는 잠깐 동안은 듣고 있었지만, 포드가 하는 말의 대부분을 이해할 수 없자 용도가 무엇인지 알 수 없는 컴퓨터 설비의 가장자리를 손가락으로 만지작거리며 딴 생각을 하기 시작했다. 그는 손을 뻗어 가까운 패널 위에 있는 유혹적인 커다란 빨간 버튼을 눌렀다. 패널에서 '이 버튼을 다시는 누르지 마세요'라는 글자가 번쩍였다. 그는 몸을 떨었다.

"들어봐." 아직도 세일즈 팸플릿에 정신이 팔려 있는 포드가 말했다. "우주선 사이버네틱스 분야에서 대단한 일을 해냈어. '새로운 GPP 사양을 갖춘 시리우스 사이버네틱스 주식회사의 차세대 로봇과 컴퓨터' 래."

"GPP 사양? 그게 뭔데?" 아서가 물었다.

"아, '진짜 사람 성격' 이래."

"오, 무시무시하게 들리는걸."

등 뒤에서 어떤 목소리가 들렸다. "그렇죠." 그 목소리는 낮고 절망적이었으며, 찰칵거리는 기계음이 희미하게 섞여 있었다. 그들이 몸을 돌리자 비참한 몰골의 강철 인간이 문 앞에 구부정하게 서 있는 것이 보였다.

"뭐라고?" 그들이 말했다.

"무시무시하다고요." 마빈이 말을 이었다. "모두 그래요. 너무나도 무시무시해요. 말도 마세요. 이 문을 좀 보라고요." 그가 문 안으로 들어오면서 말했다. 목소리 변조 장치에서 아이러니 회로가 가동되면서 그는 세일즈 팸플릿의 말투를 흉내 내기 시작했다. "이 우주선의 모든 문은 명랑하고 밝은 성격을 지니고 있습니다. 그들은 기쁜 마음으로 당신을 위해 문을 열며, 임무가 훌륭히 수행되었다는 것을 알고는 만족스럽게 다시 문을 닫습니다."

등 뒤에서 문이 닫힐 때 보니, 정말로 문은 분명 만족스러운 신음 소리 같은 것을 냈다. "흐ㅇㅇㅇㅇㅇㅇㅇㅇㅇㅇㅇㅇㅇㅇ음아!" 문이 말했다.

마빈은 그 문을 싸늘한 시선으로 경멸스럽게 바라봤다. 그의 논리 회로는 구역질이 난 나머지 덜그럭거렸으며, 그 문에 물리적 폭력을 가하는 상상으로 쓸데없는 에너지를 낭비했다. 그때 다른 회로들이 중재에 나섰다. 뭐 하러 신경을 써? 그런다고 무슨 소용이 있어? 상관할 만한 가치가 있는 일은 아무것도 없다고. 또 다른 회로들은 그 문과 두 인간의 두뇌 세포들의 분자 성분을 분석하며 즐거운 시간을 보냈다. 앙코르 공연으로 그 회로들은 재빨리 1제곱파섹(파섹은 천체 간의 거리를 나타내는 단위, 3,259광년—옮긴이주)의 주변 우주 공간 내의 수소 배출 레벨을 계산해보았고, 그러다가 지루해져서 다시 회로를 차단해버렸다. 로봇은 절망감으로 몸을 부르르 떨며 돌아섰다.

"따라 오세요." 그가 단조롭게 말했다. "전 당신들을 브리지로 모셔오라는 명령을 받았어요. 저는 두뇌 용량이 행성 하나만 해요. 그런데 당신들을 브리지로 모셔오래요. 그걸 '직업 만족'이라고 부를 수 있을까요? 전 못 하겠네요."

그는 돌아서서 다시 그 혐오스러운 문을 향해 걸어갔다.

"저, 미안한데, 이 우주선은 어떤 정부 소유지?" 포드가 그를 쫓아가며 말했다.

마빈은 그의 말을 들은 체도 하지 않았다.

"이 문을 보세요." 그가 중얼거렸다. "다시 열리려고 해요. 저게 갑자기 참을 수 없이 잘난 체하기 시작하는 모양새를 보면 알 수 있어요."

아양 떠는 듯한 작은 푸념 소리와 함께 문이 다시 열리자, 마빈은 무거운 발걸음으로 문을 빠져나갔다.

"이리 오세요." 그가 말했다.

두 사람은 재빨리 그를 따랐고, 문은 만족스러운 듯이 조그맣게 찰칵, 우웅 하는 소리를 내며 다시 닫혔다.

"시리우스 사이버네틱스 주식회사의 마케팅 부서 덕분이에요." 마빈은 이렇게 말하며 그들 앞에 펼쳐진 반짝거리는 굽은 복도를 우울하게 터벅터벅 걸어갔다. "'진짜 사람의 성격을 가진 로봇들을 만들자'고 그들은 말했죠. 그래서 시험 삼아 나를 만들었어요. 전 성격을 가진 로봇 1호예요. 절 보면 아시겠죠?"

포드와 아서는 당황해서 그저 막연하게 얼버무리는 듯한 소리를 냈다.

"전 이 문이 싫어요." 마빈이 말을 이었다. "제가 여러분 기분을 망치고 있는 건 아니겠죠?"

"어느 정부가……." 포드가 다시 똑같은 질문을 꺼냈다.

"이 우주선은 어느 정부의 소유도 아니에요. 훔친 거예요." 로봇이 딱딱거리며 대답했다.

"훔쳤다고?"

"훔쳤다고?" 마빈이 그 말을 흉내 냈다.

"누가?" 포드가 물었다.

"자포드 비블브락스요."

뭔가 이상한 표정이 포드의 얼굴에 떠올랐다. 충격과 놀라움에서 비롯된, 최소한 다섯 가지의 서로 완연히 다른 표정들이 뒤죽박죽되어 얼굴 위에 겹쳐졌다. 걷느라 들어 올린 왼쪽 다리는 다시 내려놓을 곳을 찾지 못해 허둥대는 것만 같았다. 그는 로봇을 바라보며 얼굴의 뭉친 근육을 어떻게든 풀어보려고 애썼다.

"자포드 비블브락스……?" 그가 힘 빠진 목소리로 말했다.

"죄송합니다만, 제가 뭘 잘못 말했나요?" 마빈이 내키지 않는 걸음을 계속 옮기면서 말했다. "제가 숨을 몰아쉬는 걸 용서하세요. 저는 사실 숨을 안 쉬는데, 그럼 도대체 이런 말을 제가 왜 하는 걸까요? 맙소사, 전 정말 너무 우울해요. 여기 자기 만족에 빠진 문이 또 하나 나왔군요. '인생!' 제발 저한테 인생 운운하지 말아주세요."

"그런 말 꺼낸 사람 아무도 없어." 아서가 짜증스럽게 중얼거렸다. "포드, 너 괜찮아?"

포드가 그를 쳐다보며 말했다. "저 로봇이 방금 자포드 비블브락스라고 했어?"

12

 자포드가 자신에 관한 뉴스가 나오지 않나 하고 서브-에서 라디오 주파수를 이리저리 맞추는 사이, 순수한 마음 호의 선실에는 시끄러운 음악 소리가 지지직 하고 넘쳐흘렀다. 그 기계는 작동이 좀 까다로웠다. 오랫동안 라디오는 버튼을 누르거나 다이얼을 돌리는 방식으로 작동되었다. 그 다음에는 기술이 더 정밀하게 발전해 라디오의 조종 장치가 터치 방식으로 바뀌면서 그저 손가락으로 패널을 스치기만 하면 되었다. 하지만 이제는 컴포넌트가 있는 쪽으로 대충 손을 흔들며 마음속으로 바라기만 하면 된다. 물론 이런 방식은 근육의 에너지 소모를 상당히 줄여주었지만, 한 가지 문제가 있었다. 한 가지 프로그램을 계속해서 들으려면 화가 날 정도로 꼼짝 않고 앉아 있어야만 한다는 것이었다.
 자포드가 손을 흔들자 채널이 다시 바뀌었다. 또다시 시끄러운 음악이 쏟아져 나왔지만, 이번에는 뉴스의 배경 음악이었다. 뉴스는 항상 음악의 리듬에 맞춰서 엄청나게 편집되었다.
 꽥꽥거리는 목소리가 말했다.
 "……이십사 시간 내내 전 은하계에 방송되는 저희 서브-에서 주파수에서 뉴스를 말씀드리겠습니다. 전 은하계의 모든 지적인 생명체들에게 인사드립니다……그렇지 않은 분들도 마찬가지고요. 지적이지 않은 분들, 비결은 불이 번쩍할 때까지 돌을 마구 부딪치는 겁니다. 물론 오늘 밤 빅뉴스는, 다른 사람도 아닌 은하계의 대통령 자포드 비블브락스가 무한 불가능 확률 추진 우주선 견본품을 빼돌린 천인공노할 사건입니다. 지금 모든 사람들이 품고 있는 의문은……이 거물 Z가 과연 돌아버렸는가 하는 점입니다. 비블브락스, 팬 갈랙틱 가글 블래스터의 발명자, 전직 사기꾼, 한때 엑센트리카 갈룸비츠가 빅뱅 이후 최고의 뱅(뱅bang에는 속어로 성교라는 뜻이 있다―옮긴이주)이라고 묘사한 바 있는 인물. 그리고 알려진 우주 내에서 최고로 옷 못 입는 사람으로 최근 연속 일곱 번째로 선정된 인물……그가 이번에는 해답을 얻은 걸까요? 우리는 그의 두뇌 전문 주치의 개그 하프런트 씨께 여쭤보았습니다……."

음악이 소용돌이치더니 잠시 휙 사라졌다. 하프런트로 추정되는 다른 목소리가 끼어들었다. 그가 말했다. "굴쎄요, 아시겠지만 자포드는 원래 구런 사람입니다." 하지만 그의 말은 더 이상 들리지 않았다. 그때 선실 저편에서 전자 연필 하나가 날아와 라디오의 전원 센서 구역에 꽂혔기 때문이었다. 자포드는 고개를 돌려 트릴리언을 노려보았다. 연필을 던진 사람이 그녀였던 것이다.

"이봐, 왜 그래?"

트릴리언은 빼곡하게 숫자가 들어찬 스크린을 손가락으로 두드리고 있었다.

"방금 한 가지 생각이 떠올랐어." 그녀가 말했다.

"그래? 나에 관한 뉴스 속보를 끊을 만큼 중요한 거야?"

"넌 너에 관한 이야기를 충분히 많이 듣고 있어."

"난 정서 불안이야. 알잖아."

"잠깐만이라도 너의 자아에 대한 이야기를 좀 접어둘 수 없을까? 이건 중요한 이야기라고."

"내 자아보다 더 중요한 게 여기 있다면 당장 잡아서 총살형에 처하겠어." 다시 한번 자포드는 그녀에게 눈을 부라리더니 웃음을 터뜨렸다.

"들어봐. 우리가 저 두 사람을 태웠잖아…….." 그녀가 말했다.

"두 사람이라니?"

"우리가 태운 두 사람 말이야."

"아, 그래, 그 두 사람 말이지." 자포드가 말했다.

"우린 그들을 플루럴 Z 알파의 ZZ9 구역에서 태웠거든."

"그래서?" 자포드가 눈을 껌벅거리며 말했다.

"뭐 생각나는 거 없어?" 트릴리언이 조용히 말했다.

"으음." 자포드가 말했다. "플루럴 Z 알파의 ZZ9 구역이라. 플루럴 Z 알파의 ZZ9 구역?"

"잘 생각해봐." 트릴리언이 말했다.

"음……Z가 무슨 뜻이지?" 자포드가 말했다.

"어느 Z 말이야?"

"아무거나."

트릴리언이 자포드와의 관계에서 겪는 주된 어려움 중 하나는 자포드가 사람들을 무장해제시키기 위해서 멍청한 척할 때와, 자신이 생각하기 귀찮은 일을 다른 사람이 대신 해주길 바라서 멍청한 척할 때, 무슨 일이 벌어지고 있는지를 정말 이해하지 못해서 그 사실을 감추기 위해 터무니없을 정도로 멍청한 척할 때, 그리고 정말 진짜로 멍청할 때를 구별하는 일이었다. 그는 깜짝 놀랄 만큼 영리한 사람으로 유명했으며, 의심할 여지 없이 사실 똑똑했다. 하지만 항상 그런 것은 아니었고, 그건 자포드 자신도 분명 염려하는 점이었다. 그래서 그런 시늉을 하는 것이었다. 그는 사람들이 자신을 깔보기보다는 자신에 대해 어리둥절해하기를 바랐다. 이것이야말로 트릴리언에게는 다른 무엇보다도 정말 바보스럽게 보였다. 하지만 그녀는 이제 굳이 그런 것을 가지고 논쟁을 벌이고 싶지도 않았다.

그녀는 한숨을 내쉬고는 자포드가 간단히 이해할 수 있도록 성단 지도를 스크린에 띄웠다. 그가 상황을 단순하게 설명해주기를 바라는 이유가 무엇이든지 간에 말이다.

"저길 봐. 바로 저기." 그녀가 손가락으로 가리켰다.

"어디……아!" 자포드가 말했다.

"그렇다면?" 그녀가 말했다.

"그렇다면 뭐?"

그녀의 머릿속에서 한쪽 부분이 다른 쪽 부분을 향해 비명을 질렀다. 그녀는 아주 차분하게 말했다. "저기는 바로 네가 애초에 나를 태웠던 바로 그 구역이야."

그는 그녀를 본 뒤 다시 스크린을 쳐다봤다.

"아, 그러고 보니 정말 말도 안 되는 일이네. 우리는 말머리 성단 안으로 곧장 날아갔어야 하는데 말이야. 우리가 어떻게 해서 거기 있게 됐지? 거기는 아무 데도 아니잖아."

그녀는 이 말을 무시했다.

"불가능 확률 추진이야. 네가 나한테 설명했었잖아. 우린 우주의 모든 지점을 동시에 통과한다고 말이야. 알잖아." 그녀는 꾹꾹 참으며 말했다.

"맞아, 하지만 이건 정말 엄청난 우연이야, 안 그래?"

"응."

"그 지점에서 누군가를 태웠다고? 이 넓고 넓은 우주 전체에서 하필이면 거기서? 그건 정말이지 너무……이거 계산 좀 해봐야겠는데. 컴퓨터!"

우주선의 모든 분자 하나하나에까지 파고들어 통제하는 시리우스 사이버네틱스 우주선 탑재 컴퓨터가 의사소통 모드로 전환했다.

"안녕하세요!" 컴퓨터는 명랑하게 말하면서 동시에 기록을 위해 작은 출력 테이프 한 조각을 토해냈다. 거기에는 '안녕하세요'라고 적혀 있었다.

"이런, 젠장." 자포드가 말했다. 컴퓨터와 일을 시작한 지 얼마 되지도 않아 그는 벌써 이 컴퓨터가 미워지기 시작했다.

컴퓨터는 세제라도 파는 듯이 뻔뻔스럽고 유쾌한 말투로 계속 말했다.

"당신의 문제가 무엇이든지 간에, 제가 그 문제 해결을 돕고자 여기 있다는 것을 알아주시기 바랍니다."

"그래, 그래. 이봐, 생각해보니까 그냥 종이에 계산하는 게 낫겠어." 자포드가 말했다.

"물론입니다. 이해합니다. 하지만 혹시……." 컴퓨터가 자신의 메시지를 동시에 쓰레기통에 토해내며 말했다.

"닥쳐!" 자포드가 말했다. 그는 연필을 움켜잡더니 계기판 앞의 트릴리언 옆으로 가서 앉았다.

"알았습니다, 알았습니다." 컴퓨터는 상처 입은 목소리로 말하고 다시 음성 채널을 닫았다.

자포드와 트릴리언은 불가능 확률 비행 경로 스캐너가 눈앞에서 깜박거리며 보여주고 있는 수치들에 몰두했다.

"먼저, 그 사람들의 관점에서 봤을 때 그 구조의 불가능 확률이 얼마나 되는지부터 계산해볼 수 있을까?" 자포드가 말했다.

"응, 그건 상수였어. 이십칠만 육천칠백구의 제곱 대 일." 트릴리언이 말했다.

"그거 꽤나 높은데. 저 사람들 행운아 중의 행운아들인걸."

"맞아."

"하지만 우주선이 저 사람들을 태웠을 때 우리가 하던 일과 비교하면……."

트릴리언이 자판에 숫자를 두드렸다. 무한 마이너스 일의 제곱 대 일의 수치가 나왔다. (그건 불가능 확률 물리학에서나 말이 되는 무리수였다.)

"꽤 낮네." 자포드가 조그맣게 휘파람을 불며 말했다.

"응." 트릴리언이 동의하며 의아하다는 듯이 그를 쳐다봤다.

"그건 정말 뭐라 말할 수 없이 대단히 불가능한 확률이군. 그걸 모두 합쳐서 상당한 숫자가 되려면 대차대조표에 꽤나 불가능한 숫자가 나타나야 할 텐데."

자포드는 몇 개의 합계를 갈겨썼다가는 지워버리고 연필을 집어던졌다.

"이런 젠장, 계산이 안 돼."

"그렇다면?"

자포드는 짜증을 내며 자신의 머리 두 개를 서로 박고 이를 갈았다.

"별수 없지. 컴퓨터!" 그가 말했다.

음성 회로들이 다시 살아났다.

"이런, 안녕하세요?" 회로들이 말했다. (출력 테이프, 또 출력 테이프.) "제가 원하는 것은 단지 여러분의 하루를 더 즐겁게, 더더욱 즐겁게, 더 더더욱 즐겁게……."

"그래, 알았어. 입 닥치고 나 대신 계산이나 좀 해봐."

"물론입니다. 확률 예측을 원하시죠. 그 기초는……." 컴퓨터가 재잘거렸다.

"불가능 확률 데이터야."

"좋습니다." 컴퓨터가 말을 계속했다. "여기 재미있는 개념이 하나 있습니다. 대부분의 사람들의 인생이 전화번호에 의해 지배받고 있다는 사실을 아셨습니까?"

고통스러운 표정이 자포드의 한쪽 얼굴에서 떠올라 다른 쪽 얼굴로 서서히 건너갔다.

"너 미쳤니?" 그가 말했다.

"아닙니다. 하지만 제 말을 들으시면 당신이 미치게 될 겁니다."

트릴리언은 놀라서 숨이 막혔다. 그녀는 불가능 확률 비행 경로 스크린 상의 버튼들을 마구 휘저으며 눌러댔다.

"전화번호라고? 저 물건이 지금 '전화번호'라고 했어?" 그녀가 말했다.

숫자들이 스크린에 깜박이며 나타났다.

컴퓨터가 예의 바르게 잠시 멈췄다가 말을 이었다.

"제가 말씀드리려던 건 바로……."

"귀찮게 하지 마." 트릴리언이 말했다.

"봐, 이게 뭐야?" 자포드가 말했다.

"나도 몰라." 트릴리언이 말했다. "하지만 저 외계인들이, 그들이 그 불쾌한 로봇이랑 브리지로 올라오고 있어. 모니터 카메라들로 그들을 좀 볼 수 있을까?"

13

마빈은 여전히 투덜거리며 복도를 따라 터덜터덜 걸어 갔다.

"그리고 물론 내 왼팔 아래쪽 진공관들이 끔찍하게 아파요……."

"설마? 정말로?" 그의 옆에서 걸어가던 아서가 냉정하게 말했다.

"네, 그래요. 그것들을 좀 갈아달라고 요청했지만 아무도 내 말을 안 들어줘요." 마빈이 말했다.

"알 만해."

포드는 이해할 수 없는 휘파람 소리와 흥얼대는 소리를 내고 있었다. "그래, 그래, 그래, 자포드 비블브락스라……." 그는 계속 이렇게 중얼거렸다.

갑자기 마빈이 걸음을 멈추더니 한 손을 들어 올렸다.

"지금 무슨 일이 벌어졌는지 물론 알고 계시겠죠?"

"아니, 뭔데?" 아서는 이렇게 대답했지만 사실 알고 싶지도 않았다.

"우리가 또 하나의 그런 재수 없는 문 앞에 도착한 거예요."

복도 벽에 자동문이 하나 있었다. 마빈은 그 문을 의심스러운 눈초리로 쳐다봤다.

"그래서? 이 문을 지나가는 거야?" 포드가 조바심을 내며 말했다.

"이 문을 지나가는 거야?" 마빈이 흉내 냈다. "그래야죠. 이게 브리지 출입문인걸요. 전 당신들을 브리지로 데려오라는 명령을 받았어요. 이게 아마 오늘 제가 할 일들 중에서 제 지능을 가장 많이 요구하는 일일 거예요. 그렇고말고요."

혐오감에 몸서리를 치며 그는 사냥감에 살금살금 접근하는 사냥꾼처럼 천천히 문을 향해 걸어갔다. 갑자기 문이 스르르 열렸다.

"고맙습니다. 부족한 저를 이렇게 행복하게 해주셔서요." 문이 말했다.

마빈의 가슴 깊은 곳에서 기어들이 끼익끼익거리며 돌아갔다.

"우습군요. 사는 게 이보다 더 나빠질 수는 없다고 생각하는 바로 그 순간 인생은 갑자기 더 곤두박질쳐버리니 말이에요." 그는 장례식장에라도 온 듯한 어조로 말했다.

그는 억지로 몸을 추슬러 문 안으로 들어갔고, 아서와 포드는 서로를 쳐다보며 어깨를 으쓱했다. 안에서 다시 마빈의 목소리가 들려왔다.

"그 외계인들을 지금 보고 싶으시겠죠. 제가 녹이 슬도록 구석에 죽치고 앉아 있어드릴까요, 아니면 지금 이 자리에 선 채 산산이 분해되어버릴까요?" 그가 말했다.

"알았어. 그냥 그 사람들을 안으로 좀 데리고 와주겠어, 마빈?" 또 다른 목소리가 말했다.

아서는 포드에게 눈을 돌렸다가 그가 웃고 있는 것을 보고 깜짝 놀랐다.

"왜……?"

"쉿, 어서 들어와." 포드가 말했다.

그는 브리지 안으로 걸어 들어갔다.

아서는 불안해하며 포드를 따라 들어가다가, 조종 계기판 위에 발을 얹은 채 의자에 축 늘어져 앉아 왼손으로 오른쪽 얼굴 쪽의 이를 쑤시고 있는 남자를 보고 기겁했다. 오른쪽 머리는 이 작업에 완전히 몰두해 있는 듯했지만, 왼쪽 머리는 느긋하고 무심하게 함박 미소를 띠고 있었다. 두 눈으로 보고 있으면서도 믿을 수 없는 일들이 아서에게는 너무나 많았다. 그의 입은 딱 벌어진 채 한동안 다물어질 줄 몰랐다.

그 괴상한 남자는 오싹할 정도로 무심한 애정을 담아 포드에게 느릿느릿 손을 흔들어 인사했다. "야, 포드, 어떻게 지냈나? 들러줘서 고마워."

포드도 이에 질세라 산뜻하게 대답했다.

"자포드, 만나서 반갑네. 좋아 보이는군. 그 새 팔도 잘 어울리고 말이야. 좋은 우주선을 훔쳤군." 그는 점잔을 빼며 느릿느릿 말했다.

아서는 왕방울 눈을 하고 그를 쳐다봤다.

"이 사람을 안단 말이야?" 그가 자포드를 향해 마구 손가락질을 해대며 말했다.

"이 사람을 아냐고?" 포드가 냅다 소리를 질렀다. "이 사람은……." 그는 잠시 말을 멈추더니, 다른 식으로 소개하기로 마음을 먹었다.

"아, 자포드, 이 사람은 내 친구 아서 덴트야. 이 친구네 행성이 폭발할 때 내가 구했지."

"물론 그랬겠지. 안녕하신가, 아서. 살아 나왔다니 기쁘네." 자포드가 말했다. 그의 오른쪽 머리는 무심하게 돌아보더니 "안녕" 하고 말하고는 다시 이 쑤시는 일을 계속했다.

포드가 말을 이었다. "그리고 아서, 여기는 내 사촌뻘인 자포드 비블……."

"우리 만난 적 있죠." 아서가 날카롭게 말했다.

추월선을 타고 주행하며 쌩쌩 달려가는 차 몇 대를 느긋하게 제치고 기분이 꽤나 좋아져 있던 참에 우발적으로 기어를 4단에서 3단 아닌 1단으로 바꿔버렸을 때의 느낌, 그래서 엔진이 엉망진창이 되어 후드에서 튀어나올 것만 같은 그런 느낌을 아는가. 그러면 달리던 리듬을 완전히 잃어버리게 되는데, 지금 아서의 말이 딱 그런 식으로 포드의 리듬을 완전히 앗아가 버렸다.

은하수를 여행하는 히치하이커를 위한 안내서 123

"뭐라고?" 그가 말했다.

"우리가 만난 적 있다고요."

자포드는 어색하게 깜짝 놀라며 횡설수설했다.

"이봐……우리가? 그러니까……에……."

포드는 화가 나서 눈을 부라리며 아서를 돌아봤다. 이제 고향에 돌아온 느낌이 들자, 그는 영국 일퍼드에 사는 모기가 북경의 생활에 대해 아는 것만큼도 은하계에 대해 알지 못하는 무식한 원시인을 떠맡은 것이 갑자기 화가 나기 시작했다.

"만난 일이 있다니 무슨 소리야?" 그가 해명을 요구했다. "이 친구는 베텔게우스 제5행성 출신의 자포드 비블브락스야. 알아? 영국 크로이던 출신의 빌어먹을 마틴 스미스가 아니라고."

"상관없어. 우리 만난 적 있죠, 네? 자포드 비블브락스……아니면 필……이라 불러야 하나?" 아서가 냉담하게 말했다.

"무슨 소리야!" 포드가 버럭 소리를 질렀다.

"내게 기억을 되살려줘야 할 거야. 나는 종족들을 잘 기억하지 못하거든." 자포드가 말했다.

"파티에서." 아서는 고집을 꺾지 않았다.

"그래? 글쎄, 과연 그럴까." 자포드가 말했다.

"정신 좀 차려, 응? 아서!" 포드가 다그쳤다.

말려도 소용없었다. "육 개월 전에 있었던 파티에서. 지구의……영국의……."

자포드는 입을 꾹 다물고 미소를 머금은 채 머리를 가로저었다.

"런던, 이즐링턴." 아서가 끈덕지게 말했다.

"아, 그 파티!" 자포드가 뜨끔해하며 말했다.

이건 포드에게는 전혀 공정하지 않았다. 그는 아서와 자포드를 번갈아 쳐다보았다. 그가 자포드에게 말했다. "뭐야? 설마 너도 그 젠장맞을 행성에 갔던 것은 아니겠지?"

"물론 아니야. 글쎄, 어디 가는 길에 잠깐 들렀을 수는 있겠지……." 자포드는 태평스럽게 말했다.

"하지만 난 거기에 십오 년이나 처박혀 있었다고!"

"저런, 난 몰랐는걸."

"그런데 넌 거기서 뭘 하고 있었던 거야?"

"알잖아. 여기저기 둘러보았지."

"저자가 파티장 문을 부수고 쳐들어왔어. 가장 무도회에……." 아서가 분노로 치를 떨며 말했다.

"왜 아니었겠어. 안 그래?" 포드가 말했다.

"그 파티에 어떤 여자가 있었어……뭐, 좋아. 이젠 상관도 없어. 이제는 모든 게 연기 속으로 날아가 버렸으니까……." 아서는 계속 주장했다.

"그 빌어먹을 행성에 대해서 이제 그만 좀 하라고. 그 여자가 누구였는데?" 포드가 말했다.

"아, 그냥 어떤 여자. 그래 맞아, 나는 그 여자하고 잘 안 됐어. 저녁 내내 노력을 했는데 말이야. 젠장, 그 여자는 뭔가 대단했어. 예쁘고 매력적이고 끔찍하게 지적이었지. 마침내 그녀를 혼자 차지해서 이제 이야기를 좀 해보려던 참에 저기 있는 네 친구가 난데없이 끼어들어서 이러는 거야. '이것 봐요, 예쁜 아가씨, 이 친구가 지루하게 하나 보죠? 대신에 나하고 얘기 좀 하는 게 어때요? 나는 다른 행성에서 왔거든요.' 그러고는 그녀를 다시는 못 봤지."

"자포드가?" 포드가 외쳤다.

"그래." 아서는 자기가 바보 같다고 생각하지 않으려 애쓰며 그를 노려보았다. "그때는 손 두 개하고 머리 하나밖에 없었어. 이름도 필이라고 했고. 하지만……."

"하지만 저 사람이 결국 다른 행성에서 왔다는 것만은 인정해야 할걸."

트릴리언이 브리지의 다른 쪽 끝에서 나타나며 말했다. 그녀는 아서에게 상쾌한 미소를 지어 보였는데, 그건 그에게 마치 벽돌 일 톤과도 같은 충격을 주었다. 그녀는 다시 조종 계기판으로 시선을 돌렸다.

몇 초 동안 침묵이 흘렀다. 그리고 나서야 엉망진창으로 엉켜버린 아서의 머릿속에서 몇 마디 말이 간신히 빠져나왔다.

"트리시아 맥밀런? 여기서 뭐 하는 거야?"

"너와 마찬가지야. 나도 얻어 탔거든. 수학 학위에 천체물리학 학위까지 가지고 결국 달리 할 일이 뭐가 있겠어? 히치하이크를 하거나 아니면 월요일마다 실업자 수당을 받으러 줄을 서는 거겠지." 그녀가 말했다.

"무한 마이너스 일. 불가능 확률 합산 끝." 컴퓨터가 재잘거렸다.

자포드는 자기 얼굴, 포드, 아서, 트릴리언을 차례로 쳐다보았다.

"트릴리언, 불가능 확률 추진기를 사용할 때마다 이런 일이 일어나게 될까?" 그가 말했다.

"십중팔구 그렇겠지, 안됐지만." 그녀가 말했다.

14

 순수한 마음 호는 지금 캄캄한 우주 공간을 보통의 광자 추진으로 조용히 비행하고 있었다. 승무원 네 명은 마음이 편치 않았다. 그들이 그렇게 모이게 된 것이 그들 자신의 자발적 의지나 단순한 우연에 의해서가 아니라 어떤 물리학 현상의 이상한 뒤틀림 때문이라는 사실을 깨달았기 때문이었다. 마치 원자와 분자들의 관계를 지배하는 법칙들이 인간들의 관계 역시 지배하고 있는 것만 같았다.
 선내에 인공 밤이 찾아오자, 그들은 자기 방으로 돌아갈 수 있다는 데 감사하며 각자 자기 생각을 정리해보려 애썼다.
 트릴리언은 잠을 이룰 수가 없었다. 그녀는 안락의자에 앉아 작은 새장을 물끄러미 쳐다봤다. 그 안에는 지구와 그녀를 연결해주는 유일한 마지막 연결 고리가 담겨 있었다. 그녀가 자포드를 설득해 가져올 수 있었던 하얀 생쥐 두 마리였다. 다시는 그 행성을 보지 못하리라는 예상은 하고 있었다. 하지만 막상 그 행성이 파괴되었다는 소식을 들었을 때 자신이 보인 부정적인 반응 때문에 그녀는 심란해졌다. 그 사실은 너무도 아득하고 비현실적이어서 도대체 무슨 생각을 어떻게 해야 할지 알 수가 없었다. 그녀는 새장 속을 부지런히 돌아다니다가 그녀의 관심을 온통 사로잡을 때까지 작은 플라스틱 쳇바퀴를 죽어라고 돌려대는 생쥐들을 바라봤다. 그녀는 갑자기 머리를 절레절레 흔들더니 브리지로 돌아가 텅 빈 우주 공간을 비행 중인 우주선의 위치를 알려주는 작은 불빛과 숫자들이 깜박이는 모습을 지켜봤다. 그녀는 자신이 생각하지 않으려 애쓰는 것이 무엇인지 알고 싶었다.

자포드는 잠을 이룰 수가 없었다. 자포드도 자신이 떨쳐버리려고 노력하는 생각이 무엇인지 알고 싶었다. 그가 기억하는 한, 그는 자신이 제정신이 아닌 것 같다는 막연한 괴로움으로 고통 받아왔다. 대부분의 경우 그는 그런 생각을 제쳐버림으로써 걱정하지 않고 지낼 수 있었다. 하지만 포드 프리펙트와 아서 덴트의 돌연하면서도 불가해한 방문 때문에 그런 느낌이 되살아났다.

포드는 잠을 이룰 수가 없었다. 그는 다시 여행을 하게 되어 얼마나 기쁜지 몰랐다. 십오 년간의 수감 생활이나 다름없는 생활이 마침내 그가 희망을 거의 포기하려는 바로 그 순간 끝이 난 것이었다. 자포드와 우주를 떠돌아다닌다면 재미야 보장된 것이나 다름없었다. 다만, 뭐라고 꼬집어 말할 수는 없지만 이 사촌뻘 친구에게는 묘하게 이상한 구석이 있었다. 그가 은하계의 대통령이 되었다는 사실은 솔직히 놀라웠다. 그 직위를 떠난 방식도 그에 못지않게 놀라웠지만 말이다. 거기 뭔가 숨겨진 까닭이라도 있었을까? 자포드에게 묻는 것은 소용없는 짓일 것이다. 이제껏 그가 저지른 어떤 일에도 이유가 있어 보이지는 않았으니까. 그는 이 불가해함을 예술로 승화해버렸다. 그는 특이한 천재성과 천진난만한 무능함을 섞어서 삶의 모든 것을 공격했는데, 어느 게 천재성이고 어느 게 무능함인지 구별해내기란 종종 힘든 일이었다.

아서는 잠을 이뤘다. 그는 끔찍하게 피곤했다.

누군가 자포드의 문을 두드렸다. 문이 스르르 열렸다.

"자포드……?"

"응?"

트릴리언이 타원형의 빛으로 둘러싸인 채 서 있었다.

"네가 찾던 것을 막 찾은 것 같아."

"여어, 그래?"

포드는 잠자려는 노력을 포기했다. 그의 선실 구석에는 작은 컴퓨터 스크린과 자판이 놓여 있었다. 그는 그 앞에 잠시 앉아 《안내서》에 넣을 보고인에 관한 새 항목을 써보려고 했다. 하지만 충분히 신랄한 문장이 떠오르지 않자 그것 역시 포기하고, 침실 가운을 걸친 뒤 브리지로 산책을 나섰다.

그는 브리지에 들어서다가 두 인물이 흥분해서 계기판에 몸을 기울이고 있는 것을 보고 놀랐다.

"봤어? 우리 우주선이 이제 막 궤도에 진입하려는 중이라고. 저기 그 행성이 있어. 네가 예상했던 좌표에 정확하게 있다고." 트릴리언이 말했다.

자포드가 인기척을 듣고 고개를 들었다.

"포드! 여어, 이리 와서 이걸 좀 봐." 그가 소리쳤다.

포드가 다가가서 그것을 봤다. 스크린에 일련의 숫자들이 반짝이며 지나가고 있었다.

"저 은하 좌표 알아보겠어?" 자포드가 말했다.

"아니."

"내가 힌트를 주지. 컴퓨터!"

"안녕하십니까, 여러분!" 컴퓨터는 감격했다. "점점 즐거운 사교의 자리가 되어가는군요. 그렇죠?"

"입 닥치고 스크린들이나 보여줘." 자포드가 말했다.

브리지의 불빛들이 사그라졌다. 핀 조명들이 계기판 위를 돌아다니다가 외부 모니터 스크린에 집중된 네 쌍의 눈들에 반사됐다.

스크린에는 아무것도 보이지 않았다.

"저거 알아보겠어?" 자포드가 속삭였다.

포드가 얼굴을 찌푸렸다.

"음, 아니."

"뭐가 보이지?"

"아무것도."

"그게 뭔지 모르겠어?"

"도대체 뭘 말하는 거야?"

"우리는 지금 말머리 성운에 들어와 있다고. 깜깜하고 거대한 구름 덩어리 속에 말이야."

"그걸 텅 빈 스크린을 보고 알아보란 말이야?"

"전 은하계에서 깜깜한 스크린을 볼 수 있는 곳이라곤 깜깜한 성운 안밖에 없다고."

"거 참 똑똑하시군."

자포드는 웃음을 터뜨렸다. 그는 분명 무엇인가에 굉장히, 거의 어린아이처럼 흥분해 있었다.

"야아, 이거 정말 굉장한데. 정말 기가 막히는군!"

"먼지투성이 구름 속에 갇혀 있는 게 뭐가 그리 대단하지?" 포드가 물었다.

"여기서 뭘 찾을 수 있을 것 같아?" 자포드가 재촉했다.

"아무것도."

"별도, 행성도?"

"전혀."

"컴퓨터! 시야 각도를 백팔십 도 돌려. 그리고 아무 말도 하지 마!" 자포드가 소리쳤다.

한동안은 아무 일도 일어나지 않는 것 같았다. 그러더니 커다란 스크린의 구석에서 밝은 빛이 반짝였다. 작은 접시 크기의 붉은 별 하나가 스크린 안으로 슬며시 들어오더니 또 하나가 금세 뒤따라 등장했다. 쌍성(雙星)이었다. 그러고는 그 그림의 구석에 거대한 초승달 하나가 떠올랐다. 거기엔 빨간 빛에서 짙은 흑색으로 색조가 변하며 음영이 져 있었다. 그 행성의 밤 부분이었다.

"내가 찾았어! 내가 찾았다고!" 자포드가 계기판을 주먹으로 내리치며 외쳤다.

포드는 놀라서 스크린을 주시했다.

"저게 뭐지?" 그가 말했다.

"저건……." 자포드가 말했다. "이제껏 존재한 행성 중에서 가장 있을 법하지 않은 행성이야."

15

(《은하수를 여행하는 히치하이커를 위한 안내서》 634784 쪽, 5a절, '마그라테아' 항목에서 발췌)

뿌연 안개에 싸인 저 과거의 옛 시절, 전대(前代) 은하 제국의 위대하고 영광스러운 시절에는 인생은 멋지고 풍요로웠으며 대략 면세였다.

거대한 우주선들이 이국적인 태양 사이를 부지런히 오가며 은하계의 가장 먼 변방에서 모험과 보상을 추구했다. 그 시절, 정신은 용감했고, 위험은 더 컸으며, 남자들은 남자다웠고, 여자들은 여자다웠고, 알파 켄타우리의 작은 털북숭이 생물들은 알파 켄타우리의 작은 털북숭이 생물다웠다. 그리고 모두들 알려지지 않은 공포에 용감히 맞서 싸웠고, 위대한 공훈을 세웠으며, 이전에는 누구도 감히 분리하지 못했던 부정사를 과감하게 분리했다. 그리고 그렇게 제국은 서서히 번영해나갔다.

물론 많은 사람들이 극도로 부유해졌다. 하지만 이는 전적으로 자연스러운 일이었으며 부끄러운 일이 아니었다. 정말로 가난한 사람은 아무도 없었기 때문이다. 적어도 언급할 가치가 있는 사람들 중에는 말이다. 그래서 최고로 부유하고 성공한 상인들에게는, 인생이란 어쩔 수 없이 다소 지루하고 까탈스러운 것이 되어버렸다. 그들은 이것이 그들이 살고 있는 세상 탓이라고 생각했다. 그 세상에는 마음에 딱 드는 것이라곤 하나도 없었다. 늦은 오후의 기후가 적당하지 않거나, 하루가 삼십 분 정도 너무 길거나, 바다색이 가장 못난 핑크색이라는 식이었다.

그리하여 경이적인 새로운 형태의 전문 산업이 태어날 조건이 성숙되었다. 이름 하여, 주문 제작 호화 행성 건설업이었다. 이 산업의 본거지는 마그라테아 행성이었다. 그곳에서 초공간 엔지니어들은 우주의 화이트홀을 통해 물질들을 빨아들여 황금 행성, 백금 행성, 지진이 빈번히 일어나는 물렁물렁한 고무 행성 등, 꿈의 행성들을 만들었다. 이 모든 행성들은 은하계 최고의 부자들이 응당 바라는 깐깐한 기준에 부합하도록 애정을 기울여 만들어졌다.

이 사업이 어찌나 성공적이었던지, 마그라테아 행성은 곧 역사상 가장 부유한 행성이 되었고 나머지 은하계는 영락하여 비참할 지경까지 가난해졌다. 그래서 그 시스템은 무너졌고 제국은 붕괴되었다. 그리고 십억의 배고픈 별들 위로 길고 긴 뾰루퉁한 침묵이 찾아들었으며, 그 침묵은 다만 계획적인 정치경제의 가치에 대한 그 잘난 논문들을 써대느라 밤을 새우는 학자들의 펜 소리에 의해서만 방해를 받을 뿐이었다.

마그라테아는 사라졌으며, 그에 관한 기억도 곧 모호한 전설의 영역으로 넘어가버렸다.

계몽된 이 시대에는, 물론, 아무도 그런 전설은 한마디도 믿지 않는다.

16

 아서는 언쟁 소리에 잠이 깨어 브리지로 갔다. 포드가 팔을 이리저리 마구 흔들어대며 말하고 있었다.
 "돌았구나, 자포드. 마그라테아는 전설이야. 동화라고. 그건 자식이 커서 경제학자가 되기를 바라는 부모들이 밤에 아이들에게 들려주는 이야기라고. 그건……."
 "그런데 우리가 지금 그 별의 궤도를 돌고 있다니까." 자포드가 우겼다.
 "이봐, 개인적으로 네가 어떤 궤도를 돌든 내가 어쩔 수는 없지만 이 우주선은……." 포드가 말했다.
 "컴퓨터!" 자포드가 소리쳤다.
 "아, 안 돼……."
 "안녕하세요! 전 여러분의 우주선 탑재 컴퓨터 에디입니다. 저는 지금 아주 기분이 좋아요. 그래서 제게 어떤 프로그램을 돌리시든지 간에 대단히 재미있게 수행할 수 있다고 믿어 의심치 않습니다."
 아서는 트릴리언에게 무슨 일이냐고 눈으로 물었다. 그녀는 그에게 들어와 조용히 있으라는 몸짓을 취했다.
 "컴퓨터, 현재 우리의 궤도를 말해봐." 자포드가 말했다.
 "기꺼이 말씀드리지요. 여러분, 우리는 현재 전설적인 행성 마그라테아의 지표로부터 삼백 마일 떨어진 곳에서 궤도를 돌고 있습니다." 컴퓨터가 흥분해서 지껄여댔다.

"그건 증거가 안 돼. 난 저 컴퓨터가 내 몸무게를 말한다 해도 믿지 않을 거야." 포드가 말했다.

"물론 그것도 해드릴 수가 있습니다. 선생님의 성격 문제를 소수점 열 자리까지 계산해드릴 수도 있습니다. 도움이 된다면요." 컴퓨터가 출력 테이프를 마구 뽑아내며 열성적으로 말했다.

트릴리언이 컴퓨터의 말을 막으며 끼어들었다.

"자포드, 이제 곧 우리는 이 행성의 낮 구역으로 들어가게 될 거야." 그녀가 말하고는 이렇게 덧붙였다. "이 행성이 무엇이든지 간에."

"이봐, 그게 무슨 말이야? 저 행성은 내가 예상한 장소에 있었잖아?"

"나도 거기 행성이 있다는 것은 알아. 누구랑 논쟁을 하려는 게 아니야. 난 그저 그게 마그라테아인지 아니면 단지 다른 어떤 차가운 돌덩어리들인지 구분을 못하겠다는 거야. 하지만 이제 새벽이 밝아오고 있어."

"알았어, 알았어." 자포드가 투덜거렸다. "최소한 우리 눈이라도 즐겁게 해주자고. 컴퓨터!"

"아, 안녕하세요! 무엇을 해드······."

"입 닥치고 다시 행성이나 보여줘."

다시 한번 아무 특징도 없는 시커먼 덩어리가 스크린을 가득 채웠다. 그들 아래에서 행성이 돌고 있었다.

그들은 잠시 침묵하며 그 행성을 지켜보았지만, 자포드는 흥분해서 안절부절못했다.

"우리는 이제 밤 쪽을 통과하고 있어." 그가 숨죽여 말했다.

행성은 계속해서 돌고 있었다.

"저 행성의 지표는 우리 아래로 삼백 마일밖에 떨어지지 않은 곳에 있어······." 그가 계속해서 말했다. 그는 자기가 생각하기에 위대한 순간이었어야 할 이 순간의 감흥을 되찾으려고 노력했다. 마그라테아! 그는 포드의 회의적인 반응으로 감정이 상했다. 마그라테아!

"이제 몇 초 후면……보일 거야……바로 저기에!" 그가 말을 이었다.

그 순간이 자세를 가다듬었다. 성간(星間) 여행으로 잔뼈가 굵은 최고의 히치하이커라고 해도 우주 공간에서 보는 일출의 장대한 드라마에는 전율하지 않을 수 없었다. 게다가 쌍성의 일출은 은하계에서도 가장 경이로운 것들 중 하나였다.

칠흑같이 깜깜한 공간에서 갑자기 한 줄기 눈부신 빛이 눈을 찔렀다. 그 빛은 서서히 뻗어 올라오더니 가느다란 초승달 모양으로 양쪽으로 길게 펼쳐졌다. 그러더니 곧 빛의 용광로와도 같은 두 개의 태양이 나타나 검은 지평선을 하얀 불꽃으로 활활 태웠다. 맹렬한 빛의 화살들이 그들 아래에 있는 엷은 대기를 뚫고 줄무늬처럼 퍼져나갔다.

"새벽의 불빛……! 두 태양, 소울리아니스와 람……!" 자포드가 헉헉거리며 말했다.

"아닐지도 모르지." 포드가 나직이 말했다.

"소울리아니스와 람 맞아!" 자포드가 우겼다.

태양들은 우주 공간 높이 떠올랐고 브리지 안에는 낮고 으스스한 음악이 흐르고 있었다. 인간을 너무나도 미워하는 마빈이 비꼬는 듯한 콧노래를 부르고 있었던 것이다.

그들 앞에 펼쳐진 빛의 장관을 응시하던 포드는 몸 깊은 곳으로부터 흥분이 타오르는 것을 느꼈다. 하지만 그것은 이상한 새 행성을 보는 흥분 이상은 아니었다. 있는 그대로의 행성을 구경하는 것만으로도 그에게는 충분했다. 그는 자포드가 이 장면을 즐기기 위해 여기에 우스꽝스러운 환상을 강요해야만 한다는 것이 좀 짜증스러웠다. 마그라테아니 어쩌니 하는 이 말도 안 되는 이야기들이 그에게는 유치하기 짝이 없었다. 정원 아래에 요정들이 살고 있다고 믿지 않아도 정원의 아름다움을 충분히 즐길 수 있잖은가?

마그라테아니 어쩌니 하는 이야기들이 아서에게는 도무지 이해가 되지 않았다. 그는 트릴리언에게 주춤주춤 다가가 도대체 무슨 일이냐고 물었다.

"나도 자포드한테 들은 것 이상은 몰라. 마그라테아란 아무도 진짜로는 믿지 않는 오래된 전설인 것 같아. 지구의 아틀란티스 같은 거지. 마그라테아인들이 행성을 제조하는 사람들이었다는 점을 빼면 말이야." 그녀가 속삭였다.

아서는 눈을 껌벅이며 스크린을 바라보다가 자신이 뭔가 중요한 것을 잊고 있는 듯한 기분을 느꼈다. 그게 무엇인지 그는 문득 깨달았다.

"이 우주선에는 홍차가 없나?" 그가 물었다.

순수한 마음 호가 궤도를 돌며 진입해 들어가자 그들 아래로 행성이 점점 더 그 모습을 드러냈다. 이제 태양들은 검은 하늘 높이 떠 있었고 새벽의 불꽃놀이는 끝난 터였다. 그 행성의 표면은 대낮의 햇살 속에서 황량하고 험악하게 보였다. 회색이고 먼지투성이고 기복이 거의 없었다. 행성은 납골당만큼이나 차갑게 죽어 있었다. 때때로 지평선 저편에 뭔가 있을 듯한 형체들이 나타났다. 협곡이나 산, 어쩌면 도시일지도 몰랐다. 하지만 그들이 접근해가면 그 형체들은 점차 윤곽이 무디어지면서 이름 없는 존재로 희미하게 사라져버렸다. 어떤 일도 일어나지 않을 것 같았다. 그 행성의 지표는 세월에 의해, 또한 수많은 세기 동안 그 지표 위를 기어 다닌 희박하고 정체된 대기에 의해 침식되었다.

이 행성은 대단히, 대단히 오래되었음이 분명했다.

그들 아래에서 움직이고 있는 잿빛 경치들을 내려다보면서 포드는 잠깐 동안 혹시나 하는 의혹을 가졌다. 그 엄청난 영겁의 시간이 그를 짓눌렀다. 그 시간의 존재감이 거의 느껴질 정도였다. 그는 침을 삼켰다.

"혹시라도 이 행성이……."

"이 행성이 바로 그거야." 자포드가 말했다.

"물론 그렇지는 않지만." 포드가 말을 이었다. "도대체 여기서 뭘 하려는 거야? 여기엔 아무것도 없는데."

"지표에는 없지." 자포드가 말했다.

"좋아. 저기 뭐가 있다고 치자. 난 네가 순전히 산업 고고학적인 관심만으로 여기 오지는 않았다는 걸 알고 있어. 네가 찾는 게 뭐야?"

자포드의 얼굴 중 하나가 고개를 돌렸다. 다른 얼굴도 첫 번째 얼굴이 보고 있는 게 뭔지 알고 싶어서 고개를 돌렸지만, 처음 것은 딱히 뭘 보고 있지 않았다.

"글쎄, 일부는 호기심 때문이고, 일부는 모험을 위해서지만, 주로 명성과 부를 위해서지……." 자포드가 경쾌하게 대꾸했다.

포드는 그를 날카롭게 쏘아보았다. 그는 자포드가 자신이 왜 여기에 왔는지 전혀 모르고 있다는 인상을 강렬하게 받았다.

"나는 저 행성 모양이 맘에 안 들어." 트릴리언이 몸을 떨며 말했다.

"아, 신경 쓰지 마. 전대 은하 제국 재산의 반이 어딘가에 감춰져 있는 별이라면 좀 초라하게 보여도 되는 거야." 자포드가 말했다.

개소리. 포드는 생각했다. 이것이 지금은 먼지가 되어버린 어떤 고대 문명의 발상지라 쳐도, 아니, 그보다 더 극도로 말이 안 되는 일들을 가정한다 해도, 이곳에 어떤 형식으로든 지금도 의미가 있는 막대한 보물이 감춰져 있다는 것은 말도 안 되는 일이었다. 그는 어깨를 으쓱했다.

"난 이게 그냥 죽은 행성인 것 같은데." 그가 말했다.

"나는 긴장돼 죽겠어." 아서가 퉁명스레 말했다.

스트레스와 긴장은 이제 은하계 전역에서 심각한 사회 문제다. 그러니 상황을 조금이라도 더 악화시키지 않기 위해 다음 사실들을 미리 밝혀두도록 하겠다.

사실 문제의 행성은 바로 그 전설적인 마그라테아였다.

곧이어 고대 자동 방어 시스템의 치명적인 미사일 공격이 시작될 예정이었지만, 그 결과는 단지 커피 잔 세 개와 생쥐 우리의 파손, 누군가의 팔뚝에 생긴 찰과상, 그리고 피튜니아 화분 하나와 죄 없는 향유고래의 때 아닌 창조와 갑작스러운 소멸에 지나지 않을 터였다.

하지만 아직 약간의 미스터리를 남겨두기 위해 누구의 팔에 찰과상이 생겼는지에 대해서는 밝히지 않겠다. 이 사실은 전혀 중요하지 않으므로 긴장의 대상으로 남겨두어도 무방할 것이다.

17

 꽤나 위태롭게 하루를 시작한 후, 전날의 충격으로 산산조각 났던 아서의 정신은 제자리를 찾아가기 시작했다. 그는 뉴트리-매틱이라는 기계를 찾아내, 홍차와는 거의 전적으로 다른, 그러나 완전히 다르지는 않은 액체를 한 컵 제공받았다. 그 기계가 일하는 방식은 매우 특이했다. '음료' 버튼을 누르면 그 기계는 버튼을 누른 사람의 미각 돌기를 즉시, 그리고 철저하게 검사하고, 그의 신진대사에 대한 스펙트럼 분석을 시행한 뒤, 그의 두뇌의 미각 중추에 이르는 신경 통로에 실험적인 신호를 살짝 보내 그에게 과연 어떤 음료가 잘 넘어갈지를 알아보았다. 하지만 아무도 이 기계가 왜 그런 일을 하는지 알지 못했다. 왜냐하면 그것은 매번 홍차와는 거의 전적으로 다른, 그러나 완전히 다르지는 않은 액체를 한 컵 가득 내놓았기 때문이다. 뉴트리-매틱은 시리우스 사이버네틱스 주식회사가 설계, 제작한 것인데, 그 회사의 고객 불만 처리 부서는 이제 시리우스 타우 성단 내 첫 세 개 행성의 땅을 대부분 차지하고 있다.
 아서는 그 액체를 마시고 기분이 좀 나아졌다. 그는 다시 스크린을 올려다보며 삭막하기 이를 데 없는 회색빛 땅이 수백 마일 더 지나가는 것을 지켜보았다. 불현듯, 계속 자신을 괴롭히고 있는 어떤 의문을 풀어야겠다는 생각이 들었다.

"저거 안전할까?" 그가 말했다.

"마그라테아는 죽은 지 오백만 년이 됐어. 당연히 안전하지. 유령들조차 지금쯤은 어딘가에 자리를 잡고 가정을 이뤘을걸." 자포드가 말했다.

바로 그때 갑자기 이상하고도 설명할 수 없는 소리가 브리지 내에 울려퍼졌다. 멀리서 들려오는 팡파르 소리 같기도 한, 텅 빈 피리 소리 같은 비현실적인 느낌의 소리였다. 그 뒤를 이어 마찬가지로 텅 빈 피리 소리 같은 비현실적인 느낌의 목소리가 들려왔다. "인사드립니다……."

죽은 행성에서 누군가가 그들에게 말을 걸고 있었다.

"컴퓨터!" 자포드가 소리쳤다.

"안녕하세요, 여러분!"

"저게 도대체 뭐지?"

"아, 그냥 오백만 년 묵은 녹음 테이프가 우리에게 방송되는 겁니다."

"뭐? 녹음 테이프?"

"쉿! 얘기가 계속되고 있어." 포드가 말했다.

그 목소리는 연륜이 있고, 정중했으며, 매혹적이기까지 했다. 하지만 그 아래서는 의심의 여지 없이 위협적인 어조가 느껴졌다.

"이것은 녹음된 공지입니다. 죄송하지만, 저희는 지금 모두 외출 중입니다. 마그라테아의 상업 위원회는 여러분이 방문하신 것으로 간주하고 일단 감사드립니다……."

("고대 마그라테아의 목소리야!" 자포드가 외쳤다. "알았어, 알았다고." 포드가 말했다.)

"……하지만 안타깝게도, 전 행성은 일시적으로 업무를 중단했습니다. 고맙습니다. 이름과 연락 가능한 행성의 주소를 남기고 싶으시면, 삐 소리가 난 뒤에 말씀해주시기 바랍니다." 목소리가 말을 이었다.

뒤 이어 짧게 버저가 울린 뒤 잠잠해졌다.

"우리가 떠나길 바라는데." 트릴리언이 초조하게 말했다. "어떻게 하지?"

"그냥 녹음 내용일 뿐이야. 우린 계속 가는 거야. 알았나, 컴퓨터?" 자포드가 말했다.

"알겠습니다." 컴퓨터가 대답한 뒤 우주선의 속력을 더 높였다.

그들은 기다렸다.

일 초쯤 지난 후 다시 한번 팡파르가 울리더니 목소리가 흘러나왔다.

"우리가 다시 사업을 재개하게 되면, 모든 유명 잡지 광고와 총천연색 부록들에 공고가 실릴 것입니다. 그러면 고객들께서는 현존하는 지형들 중에서 최고의 것들을 얼마든지 선택하실 수 있게 됩니다." 목소리에서 위협조가 더욱 두드러졌다. "그날까지, 고객 여러분의 친절하신 관심에 사의를 표하며 이만 떠나주실 것을 요구합니다. 당장!"

아서는 동료들의 불안한 얼굴들을 둘러보았다.

"자, 그럼 이제 돌아갈 수밖에 없겠지?" 그가 제안했다.

"쉿! 걱정할 건 조금도 없어." 자포드가 말했다.

"그럼 왜 모두들 이렇게 긴장해 있는 건데?"

"모두들 재미있어하는 거야! 컴퓨터, 대기권으로 진입하고 착륙할 준비를 해." 자포드가 소리쳤다.

이번 팡파르는 꽤나 형식적인 느낌이었고, 예의 목소리는 이제 냉랭하기 그지없었다.

"이거 정말 대단히 감사합니다. 우리 행성에 그렇게나 열성을 보여주시니 말입니다. 그래서 드리는 말씀인데, 가장 열성적인 고객 모두에게 드리는 특별 서비스의 일환으로 현재 유도 미사일들이 여러분의 우주선을 겨냥하고 있다는 사실을 알려드립니다. 선발대로 나가는 완전 군장 핵탄두들은 물론 특별 우대 품목입니다. 그럼 다음 생에서 뵙게 되기를 고대하며……감사합니다."

목소리가 뚝 끊겼다.

"아." 트릴리언이 말했다.

"음……." 아서가 말했다.

"어쩐다?" 포드가 말했다.

"이봐, 정말 그렇게 못 알아듣겠어? 저건 그저 녹음된 음성이라고. 몇백만 년 전의 목소리야. 우리한테 하는 소리가 아니라고, 알겠어?" 자포드가 말했다.

"그럼 미사일은 뭐고?" 트릴리언이 조용히 말했다.

"미사일? 웃기지 좀 마."

포드가 자포드의 어깨를 톡톡 두드리며 후방 스크린을 가리켰다. 은색 다트 두 개가 대기권을 뚫고 우주선을 향해 올라오는 것이 저 멀리 뒤에서 분명하게 보였다. 그것들을 재빨리 확대해 가까이 잡아봤더니, 거대한 진짜 로켓 두 개가 하늘을 가로질러 우레처럼 돌진해 오고 있었다. 그 갑작스러움은 충격적이었다.

"저 사람들, 우리한테 하는 말이라는 걸 확실히 해두려는 것 같은데." 포드가 말했다.

자포드는 넋을 놓고 그것들을 바라보았다.

"이거 정말 굉장한걸! 저 아래 있는 누군가가 우릴 죽이려고 해." 그가 말했다.

"꽤나 굉장하군." 아서가 말했다.

"저게 뭘 말하는지 모르겠어?"

"알아. 우리가 죽게 될 거라는 거지."

"그래, 하지만 그거 말고."

"그거 말고?"

"우리가 뭔가를 제대로 짚었다는 거지!"

"그 뭔가에서 얼마나 빨리 도망갈 수 있을까?"

일 초 일 초가 지날수록 스크린에 나타나는 미사일은 자꾸만 커져갔다.

그것들이 표적을 향해 똑바로 방향을 바꾸자 이제는 머리를 들이밀며 달려드는 그 탄두밖에 보이지 않았다.

"궁금해서 하는 말인데, 이제 어떻게 하지?" 트릴리언이 말했다.

"그냥 진정하고 있어." 자포드가 말했다.

"그게 전부야?" 아서가 고함을 질렀다.

"아니, 그리고 또 우리는……음……회피 기동을 하는 거지." 자포드가 갑자기 공포에 질리며 말했다. "컴퓨터, 우리가 할 수 있는 회피 기동이 뭐지?"

"안됐지만, 없습니다, 여러분." 컴퓨터가 말했다.

"아니면 뭔가 다른 걸 하는 거야." 자포드가 말했다. "……에에, 그러니까……."

"뭔가 제 항법 장치를 방해하고 있는 것 같습니다. 충돌 사십오 초 전. 긴장을 푸시는 데 도움이 된다면 저를 에디라고 불러주세요." 컴퓨터가 경쾌하게 설명했다.

자포드는 똑같이 결정적인 여러 방향으로 동시에 달려가고자 했다.

"그거야! 음……우리가 수동 조작으로 우주선을 움직여야겠어." 그가 말했다.

"네가 조종할 수 있어?" 포드가 기뻐하며 말했다.

"아니, 너는?"

"아니."

"트릴리언, 너는?"

"아니."

"좋아. 다 같이 하는 거야." 자포드가 안심한 듯 말했다.

"나도 못해." 이제 자기도 슬슬 나설 때가 됐다고 느낀 아서가 말했다.

"그럴 줄 알았어. 좋아, 컴퓨터, 당장 전면 수동 조종으로 바꿀 것." 자포드가 말했다.

"알았습니다." 컴퓨터가 말했다.

데스크 제어판 몇 개가 미끄러지며 열리더니 한 줄로 늘어선 조종간들이 그 안에서 튀어나왔다. 폴리스티렌 포장 조각들과 셀로판 껍질도 아직 다 떼지 않은 모습이었다. 이 조종 장치들은 한 번도 사용된 적이 없는 모양이었다.

자포드는 이것들을 사납게 노려보았다.

"좋아, 포드, 우현 십 도 방향으로 최고 출력으로 후진할 것. 아니면 말고……." 그가 말했다.

"행운을 빕니다, 여러분. 충돌 삼십 초 전……." 컴퓨터가 재잘거렸다.

포드가 조종 장치에 달려들었다. 얼핏 봐서 그중 몇 개 외에는 뭐가 뭔지 알 수 없었기 때문에 그는 알 것 같은 조종간들만 잡아당겼다. 유도 로켓 추진기가 동시에 사방으로 우주선을 몰고 가려 하자 우주선은 요동치며 비명을 질렀다. 그가 추진력을 반으로 줄이자, 우주선은 미친 듯이 선회하더니 미사일들이 달려드는 방향으로 거꾸로 돌아섰다.

눈 깜짝할 사이에 벽에서 에어백들이 터져 나왔고 모두들 거기에 내팽개쳐졌다. 몇 초 동안 그들은 관성에 의해 꼼짝도 못하고 납작하게 처박혀서 숨을 헐떡이며 꿈틀거렸다. 자포드는 미친 듯이 버둥거리며 팔을 뻗어보려 애쓰다가 마침내 항법 장치의 일부를 이루고 있는 작은 레버 하나를 모질게 걷어찼다.

레버는 뚝 부러져버렸다. 우주선은 선체를 획 틀더니 위로 쏜살같이 솟구쳐 올랐다. 승무원들은 선실을 가로질러 반대편으로 나동그라졌다. 포드의 《은하수를 여행하는 히치하이커를 위한 안내서》는 다른 쪽 조종 계기판을 강타했고, 그 여파로 《안내서》는 경청하는 사람도 없는 상황에서 안타리아 잉꼬새의 땀샘선을 안타레스 행성에서 밀반출해내는 최선의 방법에 대해 설명하기 시작했다(작은 막대에 붙인 안타리아 잉꼬의 땀샘선은 보기에는 역겹지만 대단히 인기 있는 칵테일 안주다. 몇몇 바보 부자들은 다른 바보 부자들을 탄복하게 만들려고 종종 거기에 엄청난 돈을 지불한다). 그리고 우주선이 갑자기 돌덩이처럼 하늘에서 뚝 떨어지기 시작했다.

승무원 중 하나가 팔뚝에 심한 찰과상을 입은 것은 물론 바로 이때쯤이었다. 이 사실은 당연히 강조해야 하는데, 왜냐하면 이미 앞에서 밝힌 바와 같이 그 찰과상을 제외하면 그들은 결과적으로 어떤 해도 입지 않고 그 자리를 모면한 셈이며, 그 치명적인 핵탄두 미사일들은 결국 우주선을 명중시키지 못하기 때문이다. 승무원의 안전은 절대적으로 보장되어 있다.

"충돌 이십 초 전입니다. 여러분……." 컴퓨터가 말했다.

"그러면 저 빌어먹을 엔진을 좀 다시 켜봐!" 자포드가 외쳤다.

"아, 당연히 그래야지요, 여러분." 컴퓨터가 말했다.

미세하게 으르렁거리는 소리와 더불어 엔진이 다시 들어오자, 우주선은 다이빙 자세에서 부드럽게 수평 비행으로 전환하여 다시 미사일을 향해 머리를 돌렸다.

컴퓨터는 노래를 부르기 시작했다.

"폭풍 속을 걸어갈 때는…… 머리를 높이 쳐들고 가세요……." 컴퓨터가 콧소리를 내며 징징거렸다.

자포드가 닥치라고 소리를 질렀지만, 목전에 닥친 파괴의 소음이라고밖에 생각할 수 없는 굉장한 소리가 나는 바람에 그의 고함 소리는 아무에게도 들리지 않았다.

"그리고…… 어둠을…… 두려워하지…… 마세요!" 에디가 울부짖었다.

우주선이 수평 비행으로 전환할 때 실은 거꾸로 뒤집힌 채 그렇게 돼버린 것이었다. 이제 승무원들은 모두 천장에 눕게 된 형편이라 누구도 항법 장치에 도달할 방법이 없었다.

"폭풍이 지나가고 나면……." 에디는 계속 주절주절 노래를 불렀다.

두 기의 미사일이 스크린에 으스스한 거대한 몸집을 보이며 배를 향해 돌진해 왔다.

"황금빛 하늘이……."

하지만 기이한 행운에 의해 그 미사일들은 미친 듯이 지그재그로 비행하고 있는 우주선의 궤도에 자신의 비행 궤도를 아직 맞추지 못했고, 덕분에 미사일들은 우주선 바로 아래를 통과해 지나가버렸다.

"종달새는 은빛 목소리로 노래하리니……충돌 시간 변경, 십오 초 전입니다, 여러분……바람 속을 계속 걸어라……."

미사일들은 급브레이크를 밟듯이 끼이익 하고 아치를 그리며 선회하더니 다시 추적에 돌입했다.

"이제 끝장이야. 이제 정말 죽게 되는 거야, 그렇지?" 아서가 그것들을 바라보며 말했다.

"너, 그 말 좀 그만 했으면 좋겠다." 포드가 고함을 질렀다.

"글쎄, 사실이 그렇잖아. 아니야?"

"맞아."

"빗속을 계속 걸어라……."

아서에게 어떤 생각이 퍼뜩 떠올랐다. 그는 간신히 자리에서 일어섰다.

"왜 아무도 그 불가능 확률 추진긴지 뭔지를 켜지 않는 거야?" 그가 말했다. "거기에 손이 닿을 수 있을 텐데."

"미쳤어? 제대로 프로그램하지 않으면 무슨 일이 벌어질지 모른다고." 자포드가 말했다.

"이런 판국에 그게 문제야?" 아서가 소리쳤다.

"너의 꿈들이 버려져 날아가버려도……." 에디가 노래를 불렀다.

아서는 천장을 기어 올라가더니, 벽의 커브와 천장이 만나는 곳에 있는 몰딩 중 특히 큼지막한 조각 하나를 잡았다.

"걸어라, 계속 걸어라. 가슴엔 희망을 품고……."

"대체 왜 불가능 확률 추진기를 켜면 안 된다는 거야?" 트릴리언이 외쳤다.

"너는 혼자 걷지 않을 거야……충돌 오 초 전, 여러분을 만나서 즐거웠습니다. 신이여 보호하소서……넌……혼자……걷지……않을 거야!"

"대체 왜 안 된다는……." 트릴리언이 소리쳤다.

다음에 일어난 일은 머릿속을 온통 난도질해버릴 정도의 소음과 섬광의 폭발이었다.

18

그리고 그 다음에 일어난 일은 순수한 마음 호가 완전히 정상적으로 운항을 계속하고 있었다는 것이다. 다만 실내 장식이 다소 매력적으로 바뀌었을 뿐이다. 조종실은 조금 더 커졌고 세련된 파스텔 톤의 녹색과 파란색으로 꾸며져 있었다. 중앙에는 올라가 봤자 별 볼일 없는 나선 계단이 양치류 식물들과 노란색 꽃들 사이에 놓여 있었다. 그 옆에는 석제 해시계 받침이 주 컴퓨터 터미널을 떠받치고 있었다. 교묘하게 배치된 조명과 거울들은 온실 안에서 고상하게 잘 정돈된 넓은 정원을 내려다보고 있는 듯한 환상을 불러일으켰다. 온실 외곽에는 복잡하고 아름답게 세공된 철제 다리를 가진 대리석 탁자들이 줄지어 서 있었다. 윤이 나는 그 대리석 표면들을 들여다보면 여러 가지 조종 장치들이 흐릿하게 나타났고, 거기에 손을 가져가면 그 장치들은 즉각 실물이 되어 손 아래에 나타났다. 제대로 된 각도에서 봤을 때 거울들은 모든 필요한 정보들을 비춰 보여주고 있는 것 같았다. 하지만 그게 어디서 반사되고 있는지는 도무지 알 수 없었다. 사실, 선실은 선정적일 정도로 아름다웠다.

고리버들 일광욕 의자에 느긋하게 앉아서 자포드 비블브락스가 말했다. "도대체 무슨 일이 일어난 거지?"

"나는 그저, 여기 불가능 확률 추진기 스위치가 있다고 말하고 있었는데……." 아서가 작은 연못가를 서성이며 말했다. 그는 그것이 있던 장소를 향해 손을 흔들었다. 그 자리에는 이제 화분이 하나 놓여 있었다.

"한데 지금 우리가 있는 곳이 어디야?" 포드가 차가운 팬 갈랙틱 가글 블래스터를 한 잔 손에 든 채 나선 계단 위에 앉아서 말했다.

"내 생각에는, 우리가 있던 바로 그 자리야……." 트릴리언이 말했다.

주위의 거울들이 갑자기 마그라테아의 황량한 풍경을 비춰 보였다. 그 풍경은 아직도 저 아래서 우주선과 더불어 획획 줄달음질치고 있었다.

자포드가 자리에서 벌떡 일어섰다.

"그 미사일들은 어떻게 된 걸까?"

새롭고 놀라운 영상이 거울에 나타났다.

"보아하니 그것들은……피튜니아 화분과 대단히 놀란 표정을 한 고래로 변한 것 같은데……." 포드가 믿을 수 없다는 듯이 말했다.

"불가능 확률 수치 팔백칠십육만 칠천백이십팔 대 일의 시점에서 그런 일이 벌어졌죠." 조금도 변하지 않은 에디가 끼어들었다.

자포드가 아서를 바라보았다.

"저런 생각을 했던 거야, 지구인?" 그가 물었다.

"글쎄, 내가 한 거라곤……." 아서가 대답했다.

"그거 대단히 괜찮은 아이디어였어. 보호막을 가동하지도 않고 몇 초 동안 그걸 작동시킨 거 말이야. 이봐, 친구, 네가 방금 우리 생명을 구한 거야. 알고 있어?"

"사실 그건 아무것도 아니었는데……." 아서가 말했다.

"그랬어? 그렇다면 잊어버리자고. 좋아, 컴퓨터, 착륙하자."

"하지만……."

"잊어버리자고 했잖아."

또 하나의 잊힌 사실은, 정말 말도 안 되게도 갑자기 향유고래 한 마리가 어떤 외계 행성의 지표로부터 몇 마일 떨어진 지점에 나타났다는 것이었다.

그리고 그것이 고래가 별 무리 없이 견딜 수 있는 지점이 아니기 때문에, 이 불쌍하고 죄 없는 동물은 고래로서의 자신의 정체성을 파악할 시간과 또 더 이상 고래가 아닌 상황을 받아들일 시간이 거의 없었다.

다음은 그 고래가 삶을 시작하고 또 삶을 마칠 때까지 했던 모든 생각의 기록이다.

아……! 무슨 일이지? 그것은 생각했다.

어, 죄송하지만, 제가 누구죠?

여보세요?

제가 왜 여기 있죠? 제 삶의 의미는 무엇인가요?

진정하자, 마음을 다잡고……아! 이건 정말 재미있는 감각이군. 이게 뭘까? 음, 이건 일종의……하품, 간지러운 느낌이 나의……나의……음, 나는 이제 음, 논증이라고 부를 것을 위해 내가 세상이라 부를 것 속에서 어떤 진척을 보이려면 물건들에 이름을 붙이는 일부터 시작하는 게 좋겠어. 그러니 이걸 내 배(腹)라고 불러야지.

좋아. 아아아아, 느낌이 점점 강해지는데. 그리고 이봐, 내가 문득 머리라 부르고 싶은 이것에 으르렁거리는 소리를 내면서 스쳐 지나가는 이것은 뭐라고 부를까? 으음, 이것을……바람이라고 부르자! 이게 좋은 이름일까? 일단은 됐어……나중에라도 이 바람이란 게 뭐에 쓰이는 물건인지 알게 되면 더 좋은 이름을 지어줄 수도 있겠지. 분명 이렇게나 지천으로 있는 걸 보니 이게 아주 중요한 물건인 것만큼은 틀림없어. 야! 이건 또 뭐야? 이건……꼬리라고 부르자. 그래 맞아, 꼬리. 야! 이걸 이리저리 휘둘러댈 수가 있잖아, 그렇지? 와! 와! 기분 끝내주는데! 지금으로선 대단한 일을 한 것 같지는 않지만 나중에는 뭐에 쓰이는 물건인지 알게 되겠지. 자, 이제 대충 물건들의 이름을 정리한 건가?

아닌 것 같아.

신경 쓰지 말자. 야, 이거 정말 신나는군. 이렇게 알아야 할 것이 많다니. 기대할 것도 많고. 너무 기대가 커서 머리가 어지러울 지경이야…….

아니면 바람 때문인가?

이젠 정말 많군. 안 그래?

와! 야! 나한테 갑자기 달려 들어오는 이건 뭐지? 아주 아주 빠르게. 너무나 크고, 납작하고, 둥글고, 이런 것에는 큼지막하고 넓은 느낌을 주는 이름이 필요할 텐데……음……ㄸ……따……땅! 바로 그거야! 그거 좋은 이름인걸. 땅!

이게 내 친구가 되어주려 할까?

그러고는 갑작스럽게 축축한 쿵 소리가 들렸고 모든 것이 조용해졌다.

대단히 흥미롭게도, 피튜니아 화분이 떨어질 때 그 화분의 마음속에 떠올랐던 단 한 가지 생각은 '아, 안 돼, 또 이런 일이 벌어지다니'였다. 피튜니아 화분이 왜 그런 생각을 품게 되었는지 정확히 알게 된다면, 우리는 지금 알고 있는 것보다 우주의 본질에 대해 훨씬 더 많이 알게 될 것이라는 주장을 하는 사람들이 많이 있다.

19

"저 로봇도 데려갈 거야?" 포드가 지긋지긋하다는 듯이 마빈을 바라보며 말했다.

마빈은 작은 야자나무 아래에 엉거주춤하게 서 있었다.

자포드는 순수한 마음 호가 착륙한 곳의 황량한 경치를 파노라마로 보여주는 거울 스크린에서 눈을 뗐다.

"아, 그 과대망상 인조 인간. 그래, 데려갈 거야." 그가 말했다.

"하지만 우울증에 시달리는 로봇을 데리고 뭘 할 수 있겠어?"

"선생님만 문제가 있는 줄 아세요? 만일 선생님 '본인'이 우울증에 시달리는 로봇이라면 뭘 하시겠어요? 아뇨, 굳이 대답하실 필요 없어요. 전 선생님보다 오만 배는 지능이 높지만 저도 그 답을 모르니까요. 선생님 수준에 맞춰서 생각하는 것만으로도 충분히 골치가 아파요." 마빈이 말했다. 마치 새로 주인을 맞이한 관에다 조문이라도 하는 듯한 말투였다.

트릴리언이 자기 선실에서 나와 허겁지겁 뛰어 들어왔다.

"내 흰쥐들이 도망갔어!"

깊은 우려와 관심의 표정 따위는 자포드의 어느 쪽 얼굴에도 스쳐 지나가지 않았다.

"네 흰쥐들은 엿이나 먹으라고 해." 그가 말했다.

트릴리언은 그에게 화난 눈초리를 번득이고 다시 사라졌다.

만일 인간이 지구상에 존재하는 생명체들 중에서 (대단히 독립적인 관찰자들이 일반적으로 생각하듯이) 두 번째로 똑똑한 존재가 아니라 세 번째로 똑똑한 존재에 불과하다는 사실이 일반적으로 인식되었다면, 그녀의 말은 더 많은 관심을 끌었을 수도 있다.

"기분 좋은 오후입니다, 여러분!"

그 목소리는 묘하게 귀에 익은 것 같으면서도 또 묘하게 달랐다. 거기에는 엄마 같은 콧소리가 섞여 있었다. 그 목소리는 승무원들이 행성 표면으로 나갈 수 있는 에어락 승강구에 도달했을 때 들려왔다.

그들은 어리둥절해서 서로를 바라보았다.

"컴퓨터 소리야. 컴퓨터에 비상시용 백업 성격이 있다는 걸 발견했거든. 그쪽이 더 나을 것 같아서." 자포드가 설명했다.

"이것이 이 이상한 새 행성에서 보내는 첫날이 될 거예요. 그러니 모두 따뜻하고 포근하게 차려입고 나가세요. 그리고 곤충 눈을 한 못된 괴물들하고 놀아서는 안 돼요." 에디의 새 목소리가 말을 이었다.

자포드가 조급하게 해치를 두드렸다.

"미안해. 차라리 주판을 가지고 다니는 게 낫겠어."

"좋아요! 그 말 누가 했죠?" 컴퓨터가 외쳤다.

"이 출구나 빨리 열어주지 않겠어, 컴퓨터?" 자포드가 화를 내지 않으려 애쓰며 말했다.

"그 말을 한 사람이 자백할 때까지는 못 열어요." 컴퓨터는 신경 자극 전달부 몇 개를 짓밟아 폐쇄하면서 재촉했다.

"아이고, 맙소사." 포드가 방화벽에 엉거주춤 기대어 서며 투덜거렸다.

그는 열까지 세기 시작했다. 언젠가는 지각 있는 생명체들이 이것마저 영영 잊어버리지 않을까 진심으로 걱정됐다. 숫자를 세는 것만이 인간이 컴퓨터로부터 독립해 있다는 사실을 증명할 수 있는 유일한 길이었다.

"어서 말하세요." 에디가 엄하게 말했다.

"컴퓨터……." 자포드가 입을 열었다.

"저는 기다리고 있어요." 에디가 말을 가로챘다. "필요하다면 하루 종일 기다릴 수도 있어요……."

"컴퓨터……." 자포드가 다시 말했다. 그는 그 컴퓨터를 무찌를 수 있는 교묘한 논리를 생각해내려고 정신을 집중했다. 그러고는 굳이 컴퓨터식으로 싸울 필요가 없다는 결론을 내렸다. "네가 당장 이 출구 해치를 열지 않으면 난 네 주 데이터뱅크를 몽땅 지워버리고 아주 커다란 도끼로 너를 다시 프로그래밍해버릴 거야, 알겠어?"

에디는 깜짝 놀라 말없이 이 점에 대해 숙고해보았다.

포드는 계속해서 조용히 숫자를 세고 있었다. 이것은 컴퓨터에게 할 수 있는 가장 공격적인 일이었다. 사람에게 다가가 계속해서 '피〔血〕……피……피……피……' 하고 말하는 것과도 같은 짓이었다.

마침내 에디가 조용히 말했다. "우리 모두가 관계 개선을 위해 더 노력해야겠다는 걸 알겠어요." 그리고 해치가 열렸다.

얼음장 같은 바람이 그들을 파고들었다. 그들은 팔을 둘러 몸을 감싼 채 트랩을 내려와 마그라테아의 황량한 먼지 더미 위에 내려섰다.

"모두 결국 눈물을 흘리게 될 거예요. 난 알 수 있어요." 에디는 그들의 등 뒤에다 이렇게 소리를 지르고는 다시 해치를 닫았다.

몇 분 뒤 에디는 전혀 예상치 못했던 갑작스러운 명령을 받고 해치를 또 한 번 열었다가 닫았다.

20

 이들 다섯은 그 황량한 땅을 천천히 배회했다. 그 땅의 일부는 흐릿한 회색이었고, 또 다른 일부는 흐릿한 갈색이었으며, 그 외의 것들은 더 볼 것 없었다. 그곳은 물이 마른 늪지대 같았다. 식물이라곤 씨도 찾아볼 수 없었고, 일 인치 두께는 돼 보이는 먼지로 뒤덮여 있었다. 그리고 대단히 추웠다.
 자포드는 이런 상황에 다소 침울해진 모양이었다. 그는 혼자 터덜터덜 걸어가 약간의 경사를 이룬 둔덕 위로 금세 사라져버렸다.
 바람이 아서의 눈과 귀를 찔러댔고, 퀴퀴한 옅은 공기는 그의 목을 죄어왔다. 하지만 가장 아픈 것은 그의 마음이었다.
 "환상적이군……." 그가 말했다.
 자기 목소리가 자신의 귀에 덜그럭거리며 들렸다. 이런 옅은 대기 속에서는 소리가 잘 전달되지 않았다.
 "황폐한 쓰레기통이군. 내 의견이 듣고 싶다면 말이야. 고양이 똥통 속에서라도 이거보다는 재밌겠다." 포드가 말했다.
 그는 주체할 수 없을 정도로 짜증이 났다. 은하계의 그 모든 성단의 그 모든 행성들 중에서, 재미있고 이국적이고 생기가 펄펄 끓는 그 많고 많은 장소들 중에서, 더구나 십오 년간의 난파 생활 끝에, 하필이면 왜 이런 초라한 곳에 와야만 했을까? 하다못해 핫도그 가두 판매대 하나도 눈에 띄지 않았다. 그는 허리를 구부리고 차가운 흙 한 줌을 쥐어보았지만, 그 아래에는 몇천 광년을 여행해 와 구경할 만한 것이라고는 아무것도 없었다.

"아니, 너는 이해 못해." 아서가 단언했다. "난 다른 행성 표면에 실제로 서본 게 이번이 처음이야……외계의 세상이라니……! 그런데 그곳이 이렇게 쓰레기장 같다니 정말 한심하군."

트릴리언은 팔짱을 낀 채 몸을 떨다가 눈살을 찌푸렸다. 예기치 않게 뭔가 살짝 움직이는 걸 곁눈으로 분명히 본 듯했는데, 그 방향을 따라 시선을 돌리니 거기에는 백 야드 정도 뒤에서 꼼짝 않고 조용히 기다리고 있는 자신들의 우주선 외에는 아무것도 없었다.

일 초도 지나지 않아 자포드가 나타나자 그녀는 마음이 놓였다. 그는 능선 위에 서서 그들에게 어서 오라고 손짓하고 있었다.

그는 흥분해 있는 것 같았다. 하지만 옅은 대기와 바람 때문에 자포드가 뭐라고 하는지는 잘 들리지 않았다.

구릉의 능선에 올라가면서 보니, 그것은 지름이 백오십 야드쯤 되는 원형 분화구 같았다. 분화구의 외곽을 둘러싸고 있는 경사진 땅에는 검고 붉은 덩어리들이 여기저기 흩어져 있었다. 그들은 멈춰 서서 그 덩어리 한 조각을 바라봤다. 그것은 축축했다. 그리고 고무 같았다.

그것이 신선한 고래 고기라는 사실을 갑자기 깨닫고 그들은 경악했다.

그들은 분화구 꼭대기에서 자포드를 만났다.

"이걸 봐." 그가 분화구 안을 가리키며 말했다.

분화구 중앙에는 외로운 향유고래 한 마리가 폭발한 시체가 있었다. 그 고래는 자신의 운명을 한탄하지도 못할 정도로 짧은 인생을 살았다. 모두들 말이 없었고, 들리는 소리라곤 트릴리언이 자기도 모르게 구역질하는 소리뿐이었다.

"저걸 묻어주려고 애쓸 필요는 없을 것 같은데?" 아서는 중얼거렸지만, 곧 이렇게 말한 것을 후회했다.

"가자." 자포드가 말하고는 분화구 안으로 다시 걸어 들어갔다.

"뭐, 저 아래로?" 트릴리언이 심한 혐오감을 드러내며 말했다.

"그래, 와봐. 보여줄 게 있어서 그래." 자포드가 말했다.

"여기서도 볼 수 있어." 트릴리언이 말했다.

"저거 말고. 다른 게 있어. 빨리 오라니까." 자포드가 말했다.

그들은 모두 망설였다.

"빨리 와. 안으로 들어가는 길을 발견했어." 자포드가 고집을 부렸다.

"안으로?" 아서가 겁먹은 목소리로 말했다.

"행성 내부로! 지하 통로가 있어. 고래가 떨어지는 충격으로 그게 열렸어. 거기로 가야 해. 오백만 년 동안 아무도 들어가 보지 못한 곳으로. 시간의 심장부로……."

마빈은 다시 비꼬는 듯이 콧노래를 불렀다.

자포드가 한 대 때리자 그는 입을 다물었다.

그들은 구역질로 몸을 떨면서 자포드를 쫓아 비탈길을 내려가 분화구 안으로 걸어 들어갔다. 운 나쁘게 그 분화구를 만들어낸 창조자를 보지 않으려 애써 피하면서.

"인생이란, 싫어하거나 무시할 수는 있어도 좋아하기는 어려운 거죠." 마빈이 쓸쓸하게 말했다.

고래가 부딪친 바닥은 안으로 움푹 들어가 있었고, 거미줄처럼 얽힌 회랑과 통로들이 모습을 드러냈다. 그 입구는 폭발 때문에 고깃덩이들과 창자로 가로막혀 있었다. 자포드가 먼저 그것들을 치우며 들어가기 시작했지만, 마빈의 솜씨가 더 빨랐다. 어두침침한 구석에서 축축한 공기가 흘러나왔지만, 자포드가 손전등을 비춰도 그 어두컴컴한 곳에서는 아무것도 보이지 않았다.

"전설에 따르면……마그라테아 사람들은 대부분의 생애를 지하에서 살았다고 하더군." 그가 말했다.

"왜 그랬을까? 지표의 공해가 너무 심했거나 인구가 너무 많았나?" 아서가 말했다.

"아니, 그건 아닌 것 같아. 그냥 그렇게 사는 게 더 좋았던 거겠지." 자포드가 말했다.

"지금 우리가 뭘 하는지 제대로 알고 있는 거야? 우리는 벌써 한 번 공격을 받았다고." 트릴리언이 어둠 속을 불안하게 바라보며 말했다.

"이봐, 애송이. 이 행성에 살아 있는 인구라곤 우리 넷 더하기 영이라는 걸 장담하지. 그러니 이제 들어가자. 여어, 지구인……."

"아서야." 아서가 말했다.

"그래. 너는 이 로봇하고 있으면서 이 통로 입구를 지켜줄래?"

"지켜? 무엇으로부터? 네가 방금 여긴 아무도 없다고 했잖아." 아서가 말했다.

"맞아. 음, 그냥 안전을 위해서라고 하지. 알겠어?" 자포드가 말했다.

"누구의 안전? 너의? 아니면 나의?"

"착한 친구로군. 좋아. 우린 출발하자."

자포드가 서둘러 통로 안으로 내려가기 시작했다. 트릴리언과 포드가 그 뒤를 따랐다.

"난 너희가 아주 형편없는 시간을 보냈으면 좋겠다." 아서가 그들에게 불평했다.

"걱정 마세요. 그럴 거니까." 마빈이 그를 안심시켰다.

몇 초 후 그들은 시야에서 사라졌다.

아서는 분을 못 이겨 쿵쿵거리며 돌아다니다가, 고래의 무덤이 쿵쿵거리며 돌아다니기에 좋은 장소는 아니라고 결론 내렸다.

마빈은 잠시 동안 그를 가엾다는 듯이 쳐다보다가 스스로 전원을 껐다.

자포드는 통로 아래로 바쁘게 행진해 들어갔다. 속은 불안하기 그지없었지만, 그것을 감추느라 그는 더 씩씩하게 발걸음을 옮겼다. 그는 손전등을 이리저리 휘둘러보았다. 내벽은 어두운 타일로 덮여 있었고, 만져 보니 차가웠다. 공기는 썩는 냄새로 가득했다.

"이것 봐. 내가 뭐랬어? 사람이 살았던 행성이라니까, 마그라테아는." 자포드가 말했다.

그는 바닥에 굴러다니는 먼지와 파편들을 헤치고 씩씩하게 걸어갔다.

트릴리언은 어쩔 수 없이 런던의 지하철을 떠올렸다. 물론 이곳은 그만큼 철저하게 지저분하지는 않았지만 말이다.

일정한 사이를 두고 벽의 타일은 커다란 모자이크로 바뀌었다. 밝은 색상에다 단순한 각진 패턴이었다. 트릴리언은 멈춰 서서 그중 하나를 유심히 관찰했지만, 거기서 어떤 의미도 찾을 수 없었다. 그녀는 자포드를 불렀다.

"이봐, 이 이상한 기호들이 무슨 뜻인지 알겠어?"

"내 생각엔, 그냥 모종의 이상한 기호들인 것 같은데?" 자포드가 뒤도 돌아보지 않고 말했다.

트릴리언은 어깨를 으쓱하고 부지런히 그를 쫓아갔다.

때때로 길은 왼쪽 또는 오른쪽으로 이어졌고 작은 방들이 나타났다. 포드가 보니 그 안은 버려진 컴퓨터 장비로 가득 차 있었다. 그는 자포드를 방 하나로 끌고 가서 그걸 보여줬다. 트릴리언이 따라 들어왔다.

"그러니까 넌 이게 마그라테아라는 거지……." 포드가 말했다.

"그렇지. 우리가 그 목소리를 들었잖아, 안 그래?" 자포드가 말했다.

"좋아. 그래서 나도 이게 마그라테아라는 걸 받아들이기로 했지……잠정적으로. 아직까지 넌 이 넓은 은하계에서 어떻게 이걸 찾아냈는지에 관해서 한 마디도 하지 않았어. 별 지도에서 쓱 찾아본 것은 물론 아닐 테고 말이야."

"연구의 결과지. 정부 문서 보관소에서. 탐정 일도 했고. 몇 가지 짐작이 운 좋게 맞아떨어졌지. 쉬웠어."

"그러고 나서 여기 와보려고 순수한 마음 호를 훔쳤고?"

"많은 것들을 보기 위해서 훔쳤지."

"많은 것? 예를 들면 어떤 것?" 포드가 놀라며 말했다.

"나도 몰라."

"뭐?"

"나도 내가 찾는 게 뭔지 모른다고."

"왜 몰라?"

"왜냐하면······왜냐하면······내가 그걸 알면 찾을 수 없기 때문인지도 몰라."

"뭐? 너 미쳤어?"

"그 가능성도 배제하진 않았어. 나는 내 정신이 현재 상태에서 작동할 수 있는 만큼만 나 자신에 대해서 알고 있어. 그 현재 상태가 별로 좋은 편은 아니지." 자포드가 조용히 말했다.

갑자기 걱정으로 가슴이 답답해진 포드가 자포드를 오랫동안 응시하고 있는 동안 아무도 입을 열지 않았다.

"이봐, 친구. 네가 만일······." 마침내 포드가 말을 꺼냈다.

"아니, 잠깐만······내가 말할 게 있어." 자포드가 말했다. "난 제멋대로야. 뭔가를 해야겠다는 생각이 떠오르면, 여어, 못할 거 뭐 있어, 하고는 해버리지. 은하계의 대통령이 되어야지 생각하면 그대로 돼버리는 거야. 쉽다고. 이 배를 훔치자, 마그라테아를 구경하자, 하고 결심하면, 모두 그대로 되는 거야. 물론 어떻게 하면 가장 잘 할 수 있을까 하고 계획을 꾸미는 것은 사실이야. 그래, 하지만 언제나 쉽게 잘 된다고. 마치 은하 신용 카드를 가지고 있는데, 내가 한 번도 지불 수표를 보내지 않았는데도 계속 사용이 가능한 거나 마찬가지야. 그러고는 '내가 왜 이 일을 하고 싶어 했지?', '그 방법을 어떻게 생각해냈지?' 이런 질문들에 대해 곰곰이 생각해보려 할 때마다 그 생각을 더 이상 하고 싶지 않은 강한 충동을 느끼게 되지. 지금처럼 말이야. 이런 이야기를 하는 것만 해도 너무 힘이 들어."

자포드는 잠시 말을 멈췄다. 잠시 침묵이 찾아왔다. 그러더니 그가 얼굴을 찌푸리며 말했다. "어젯밤에도 다시 이런 걱정이 들기 시작했어. 그러니까 내 마음의 일부가 도무지 제대로 작동하고 있지 않은 것 같다는 생각 말이야. 그러다가, 마치 다른 누군가가 내게 허락도 안 받고 내 마음을 이용해 좋은 아이디어를 얻어내려고 하는 것 같다는 생각이 불현듯 들었어. 그 두 가지 생각을 연결해보니, 어쩌면 누군가가 그런 목적으로 내 머리의 일부분을 자물쇠로 채워놨을지도 모른다는 결론에 이르더군. 그래서 내가 그 부분을 사용할 수 없는 거지. 이걸 확인해볼 방법이 없을까 하는 생각이 들더라고.

나는 우주선 의무실에 가서 내 머리에 전극을 꽂고 뇌 엑스레이를 찍어봤어. 내 양쪽 머리에 가능한 모든 촬영을 다 해봤지. 내가 대통령으로 지명되기 전에 정부 의료진에게 받았던 검사들이 모두 제대로 맞더군. 아무것도 없었어. 적어도 내가 모르는 사항이 새로 나타나진 않더라고. 그 결과들은 내가 영리하고, 상상력이 풍부하고, 무책임하고, 믿을 수 없고, 외향적이라는 걸 보여주더군. 모두 짐작 가능한 사실들이지. 다른 비정상적인 건 없었어. 그래서 이번엔 완전히 멋대로 검사들을 만들어내기 시작했어. 역시 마찬가지였어. 그래서 다음엔 한쪽 머리에서 나온 결과를 다른 쪽 머리에서 나온 결과와 겹쳐보았어. 여전히 아무것도 없었지. 결국 나는 바보가 된 것 같은 심정으로 모든 게 망상에 불과하다고 생각하고 포기하려 했지. 하지만 모든 걸 끝내기 전에 마지막으로 서로 겹친 그 엑스레이를 녹색 조명에 비춰본 거야. 너도 내가 어렸을 때부터 항상 녹색에 대해 미신 비슷한 걸 갖고 있었다는 거 기억하지? 그래서 무역선

조종사가 되고 싶어 했었잖아?"

포드가 고개를 끄덕였다.

"그런데 거기서 대낮의 햇살처럼 분명하게 드러난 거야." 자포드가 말했다. "양쪽 뇌의 중심부 전체가 자기들끼리만 통하고 있더군. 그 주변에 있는 다른 것들과는 전혀 연결이 안 되어 있고. 어떤 죽일 놈이 신경 조직을 몽땅 소작(燒灼)해서, 소뇌 덩어리 두 개에 전기 충격을 준 거야."

포드가 아연실색해서 그를 쳐다보았다. 트릴리언은 하얗게 질렸다.

"누군가가 너한테 그런 짓을 했다는 거야?" 포드가 속삭였다.

"그렇다니까."

"누가 그랬는지 전혀 모르겠어? 아니면 왜 그랬는지?"

"왜냐고? 그저 짐작할 수 있을 뿐이야. 하지만 어떤 놈이 그랬는지는 알고 있지."

"안다고? 그걸 어떻게 알아?"

"그놈들이 신경 조직을 소작하면서 거기다가 이니셜을 새겨놨기 때문이지. 내가 나중에 볼 수 있도록 그걸 남겼더라고."

포드는 공포에 질려 그를 바라보았다. 살갗 위로 벌레가 기어 다니는 느낌이었다.

"이니셜? 네 뇌에다 낙인을 찍었단 말이야?"

"그래."

"도대체 그놈들이 누구야?"

자포드는 다시 잠시 침묵하며 그를 바라보았다. 그러더니 시선을 돌렸다.

"Z.B." 그가 나직이 말했다.

바로 그때 그들 등 뒤에서 강철 셔터가 쾅 하고 내려지더니 가스가 실내로 뿜어져 들어오기 시작했다.

세 사람 모두 의식을 잃는 순간 자포드가 캑캑거리며 말했다.

"그건 나중에 얘기해줄게."

21

아서는 마그라테아의 지표 위를 우울하게 거닐고 있었다.

포드는 사려 깊게도 그가 시간을 때울 수 있도록 《은하수를 여행하는 히치하이커를 위한 안내서》를 주고 갔다. 그는 아무렇게나 버튼 몇 개를 눌러보았다.

《은하수를 여행하는 히치하이커를 위한 안내서》는 대단히 고르지 못하게 편집된 책이어서, 편집자들이 당시에 괜찮은 아이디어로 여겼다는 이유만으로 들어간 항목들이 꽤 많았다.

지금 아서가 우연히 펼친 항목도 그런 것 중 하나로, 맥시메갈론 대학에 다니는 과묵한 젊은 학생인 비트 부저기그가 체험한 내용이었다. 그는 고대문헌학과 변형윤리학, 역사 인식의 파장 하모니 이론 등을 공부하면서 대단히 우수한 학문적 경력을 쌓고 있었는데, 어느 날 밤 자포드 비블브락스와 함께 팬 갈랙틱 가글 블래스터를 마시고 나서, 자신이 지난 몇 년 사이에 샀던 그 많은 볼펜들은 다 어디로 갔을까 하는 의문에 점점 더 집착하기 시작했다.

그는 그 후로 오랜 세월 동안 전 은하계의 주요 볼펜 분실 센터를 모두 방문하는 힘든 연구 작업을 수행한 끝에, 당시로서는 대중의 상상력을 사로잡은 바 있는 기묘한 이론을 창안해내기에 이르렀다. 그의 말인즉, 인간류와 파충류, 물고기류, 걸어 다니는 나무류와 초지능적 파란색 그림자류가 살고 있는 그 모든 행성들과 더불어 우주 어딘가에는 볼펜 생명체들만이 살고 있는 행성이 있다는 것이었다. 무관심 속에 버려진 볼펜들은 우주의 웜홀 wormhole(블랙홀과 화이트홀의 연결 통로—옮긴이주)을 통해 조용히 미끄러져 나와 바로 이 행성을 향해 나아간다는 것이다. 거기서 볼펜들은 매우 볼펜 지향적인 자극에 반응하고, 대략 볼펜식의 훌륭한 인생을 살아가면서, 볼펜류만의 라이프스타일을 즐길 수 있는 것이다.

모든 이론이 그렇듯, 비트 부저기그가 갑자기 자신이 그 행성을 찾았다고 주장하기 전까지는 이 이론도 상당히 괜찮은 것이었다. 그는, 자신이 어떤 싸구려 녹색 똑딱 볼펜 가족의 리무진 운전기사로 잠시 일하다가, 어느 날 납치되어 감금된 상태로 책 한 권을 썼으며, 끝내는 탈세 이주(脫稅 移住)라는 형벌을 받았다고 주장했다. 그 형벌은 망신거리가 되기로 작정한 사람들용으로 주로 남겨두는 운명이라고 한다.

그래서 어느 날 부저기그가 이 행성이 있다고 주장하는 공간 좌표에 탐험대가 파견되었지만, 거기에는 작은 소혹성 하나밖에 없었다. 그 혹성에는 외로운 노인이 한 명 살고 있었는데, 그는 어떤 내용도 진실이 아니라고 거듭 주장했다. 그러나 후에 그 노인이 거짓말을 한 것으로 밝혀졌다.

하지만 두 가지 의문점이 남아 있었다. 하나는 출처를 알 수 없는 육만 알타이리아 달러가 매년 부저기그의 브랜티스보건 은행 구좌로 입금되었다는 것이고, 다른 하나는 물론 자포드 비블브락스의 중고 볼펜 사업이 대단히 번창했다는 것이다.

아서는 이것을 읽고 책을 내려놓았다.
로봇은 미동조차 없이 그 자리에 그대로 앉아 있었다.
아서는 일어나 분화구 꼭대기까지 올라갔다. 그는 분화구를 돌며 걷기 시작했다. 그리고 두 개의 태양이 마그라테아 너머로 장엄하게 지는 것을 지켜보았다.

그는 다시 분화구 안으로 걸어 내려갔다. 그는 로봇을 깨웠다. 우울증에 시달리는 로봇하고라도 대화를 나누는 편이 아무하고도 얘기를 하지 않는 것보다는 나았기 때문이었다.

"밤이 오고 있어. 봐, 로봇아, 별이 뜨잖아." 아서가 말했다.

어두운 성운 한가운데서도 별이 몇 개는 보였다. 매우 희미하긴 했지만, 그곳에 있다는 사실은 알 수 있었다.

로봇은 순종적으로 별들을 올려다보고는 그를 돌아보았다.

"알아요. 정말 초라하죠?"

"하지만 저 일몰을 봐! 난 정말 꿈에서도 저런 장관은 본 적이 없어……두 개의 태양이라니! 마치 불로 만든 산이 펄펄 끓으면서 사라지는 것 같아."

"나도 봤어요. 쓰레기죠." 마빈이 대답했다.

아서는 꾹 눌러 참았다.

"내 고향에는 해가 하나밖에 없었거든. 난 지구라는 행성에서 왔어. 너도 알지?"

"알아요. 계속 그런 말을 하시니 정말 끔찍한 곳이었던 모양이군요."

"아냐, 아냐. 아주 아름다운 곳이었다고."

"바다가 있었나요?"

"아, 물론이지." 아서가 한숨을 쉬며 말했다. "거대하고 넓고 파도가 넘실대는 푸른 바다……."

"바다는 참을 수가 없어요." 마빈이 말했다.

"어디 말 좀 해봐라. 너, 다른 로봇들하고는 잘 지내나?" 아서가 물었다.

"그 녀석들이 싫어요." 마빈이 답했다. "어디 가세요?"

아서가 더는 참을 수 없어 자리에서 일어났던 것이다.

"산책이나 한 번 더 하련다."

"그럴 만도 하죠." 마빈은 이렇게 말하더니, 오천구백칠십억 마리의 양을 세고 일 초 뒤 다시 잠이 들었다.

아서는 혈액 순환을 좋게 하기 위해서 양팔로 온몸을 찰싹찰싹 때려댔다. 그는 다시 분화구 사면을 따라 터덜터덜 올라가기 시작했다.

대기가 너무나 희박하고 달도 없는 탓에 밤은 순식간에 깊어져서 이젠 아주 어두웠다. 이 때문에 아서는 미처 알아차리기도 전에 그 노인과 거의 부딪힐 뻔했다.

22

노인은 아서에게 등을 돌린 채, 지평선 너머 어둠 속으로 가물거리며 가라앉는 마지막 빛을 보고 있었다. 그는 키가 크고 나이가 지긋했으며 기다란 회색 망토 같은 옷을 입고 있었다. 그가 돌아섰을 때 보니, 얼굴은 말랐고 눈에 띄는 이목구비인데다 수심이 가득했지만 냉정한 얼굴은 아니었다. 기꺼이 거래하고 싶은 기분이 드는 그런 얼굴이었다. 하지만 그는 아직 돌아서지 않았다. 아서의 놀란 외마디 소리에도 전혀 반응을 보이지 않았다.

마침내 마지막 태양빛이 완전히 자취를 감추자, 그제야 그는 뒤를 돌아보았다. 어디선가 오는 빛이 아직 그의 얼굴을 비추고 있었다. 아서가 빛이 나오는 곳을 찾아 둘러보자 몇 야드 밖에 작은 비행체가 서 있는 것이 보였다. 아서가 보기에는 작은 하버크래프트(고압 공기를 분사시켜 나는 비행기의 상표명—옮긴이주) 같았다. 그것이 주변에 흐릿한 빛을 드리웠다.

그 사람은 아서를 조금 슬픈 눈초리로 바라보았다.

"우리의 죽은 행성을 추운 날 방문하셨군." 노인이 말했다.

"누, 누구세요?" 아서는 더듬거리며 물었다.

그 사람은 먼 곳으로 시선을 돌렸다. 다시 한번 슬픈 표정이 그의 얼굴을 스쳐 지나갔다.

"내 이름은 중요하지 않소."

그는 뭔가 생각에 몰두하고 있는 듯했다. 그에게는 대화하는 것이 급하지 않은 게 분명했다. 아서는 이 상황이 거북했다.

"저는……음……선생님 때문에 놀랐거든요……." 그가 어설프게 말했다.

그 사람은 다시 아서를 돌아보고 눈을 살짝 치떴다.

"뭐?"

"선생님 때문에 놀랐다고요."

"겁먹지 마시오. 당신을 해칠 사람은 아니니까."

아서는 그를 향해 얼굴을 찌푸리며 말했다. "하지만 우리에게 사격을 했잖아요! 미사일도 쏘고……."

그 사람은 분화구 구덩이 속을 들여다보았다. 마빈의 눈에서 나오는 가느다란 빛이 고래의 거대한 시체 위에 희미한 붉은 그림자를 드리우고 있었다.

그 사람은 나지막하게 껄껄 웃었다.

"자동 반응 시스템." 그가 말하더니 작게 한숨을 쉬었다. "이 행성의 창자 속에 배치된 컴퓨터들은 수백만 년의 어두운 시간을 보냈소. 그 시간의 무게가 그 먼지 쌓인 데이터 뱅크를 무겁게 짓누르고 있지. 그래서 지루함에 못 이겨 가끔 마구잡이로 총질을 하는 것 같소."

그는 수심에 찬 표정으로 아서를 보며 말했다. "나는 과학의 신봉자요, 알겠소?"

"아아……정말요?" 아서는 그 사람의 알 수 없는 예의 바른 태도에 슬슬 불안감을 느끼기 시작했다.

"그렇다오." 노인은 이렇게 말하고는 입을 딱 다물어버렸다.

"아, 음……." 아서가 말했다. 마치, 불륜을 저지르고 있다가 여자의 남편이 방에 들어오는 바람에 혼비백산했는데 그 남편이라는 자가 바지를 갈아입더니 날씨가 어쩌고 하는 대수롭지 않은 말만 몇 마디 건네고 그냥 다시 방에서 나가버리는 일을 당한 것 같은 기이한 느낌이 들었다.

"불편해 보이는구려." 노인이 예의 바르게 관심을 보이며 말했다.

"음, 아닙니다……아니, 그렇습니다. 아시겠지만, 사실 여기서 누구를 만나게 될 줄은 몰랐거든요. 여기 있던 사람들은 모두 죽거나 뭐 어떻게 됐다고 들었거든요."

"죽었다고? 저런, 그럴 수가. 아니오. 우린 그냥 잠들어 있었소."

"잠들어 있었다고요?" 아서가 믿기지 않는다는 듯이 물었다.

"그렇소, 경제 공황기 동안 말이오." 노인은 자기가 하는 말을 아서가 알아듣든 말든 전혀 관심이 없는 것처럼 보였다.

아서는 다시 한번 그에게 말을 붙여보는 수밖에 없었다.

"음, 경제 공황이요?"

"잘 알겠지만, 오백만 년 전 은하계의 경제는 붕괴되었소. 그러다 보니 주문 제작 행성은 일종의 사치품이 되었던 거지."

그는 말을 멈추고 아서를 바라보았다.

"우리가 행성을 만들었다는 건 알고 있겠죠?" 그가 엄숙한 어조로 물었다.

"아, 예." 아서가 말했다. "그런 얘기는 들었죠."

"굉장한 장사였지." 노인이 말했다. 그의 눈은 회상에 잠겼다. "난 해안선 만드는 일이 항상 제일 좋았어. 피오르드 해안의 오밀조밀한 모양들을 만드는 건 정말 재미있었는데……하여간……." 그가 다시 말의 실마리를 찾으려 애썼다. "경제 공황이 닥치자, 우리는 그 기간 내내 잠을 잔다면 여러 가지 귀찮은 일들을 줄일 수 있겠다고 판단했소. 그래서 공황이 끝나면 우리를 깨우도록 컴퓨터들을 프로그래밍했던 거요."

그는 가벼운 하품을 참으며 말을 이었다.

"컴퓨터들은 은하계 증시(證市) 지수에 연결되어 있어서, 다른 사람들이 우리의 값비싼 서비스를 감당할 수 있을 만큼 경제를 되살려내면 우리를 깨워주게 되어 있었던 거지."

《가디언》지 정기 구독자였던 아서는 이 말을 듣고 대단한 충격을 받았다.

"그건 좀 치사한 방법이 아닐까요?"

"그런가? 미안하오. 나는 옛날 사람이라." 노인이 부드럽게 대꾸했다.

노인이 분화구 안을 가리켰다.

"저 로봇, 당신 거요?"

"아니에요. 저는 제 거예요." 분화구 안에서 가냘픈 금속성 목소리가 흘러나왔다.

"저걸 로봇이라고 부를 수 있을지 모르겠습니다. 실쭉한 전자 기계라는 게 더 맞을걸요." 아서가 투덜거렸다.

"불러오시오." 노인이 말했다.

아서는 노인의 목소리에 담긴 돌연한 단호함에 깜짝 놀랐다. 그가 마빈을 외쳐 부르자, 마빈은 마치 절름발이라도 되는 양 대단히 쇼를 해가며 언덕을 기어 올라왔다. 물론 그는 절름발이가 아니었다.

"다시 생각해봤는데, 저건 그냥 여기 두시오. 당신은 나와 같이 가야 하오. 대단한 일이 일어나고 있소." 노인이 말했다.

그가 비행체를 향해 몸을 돌리자, 어떤 신호도 보내지 않았는데 그것이 어둠 속에서 그들을 향해 조용히 다가왔다.

아서는 마빈을 내려다봤다. 마빈은 아까와 마찬가지로 아주 힘들다는 듯이 과장되게 몸을 돌려 분화구를 터벅터벅 내려가고 있었다. 그는 알 수 없는 신랄한 말들을 혼자 지껄여대고 있었다.

"따라오시오. 빨리 오지 않으면 늦게 될 거요." 노인이 외쳤다.

"늦다니요? 어디에요?" 아서가 물었다.

"인간, 당신 이름이 뭡니까?"

"덴트. 아서 덴트." 아서가 답했다.

"늘는단 말이오. '고인(故人) 덴트아서덴트 씨' (늦다는 뜻의 'late'와 고인이라고 할 때의 'the late'가 같은 단어임을 이용해서 든 예문이다. 노인은 성과 이름으로 구성된 지구식 이름을 모르기 때문에 아서가 앞에서 말한 그대로를 통째로 그의 이름으로 생각하고 있다—옮긴이주)라고 할 때처럼 말이오. 알겠지만, 이건 일종의 위협이오." 노인이 단호하게 말했다. 그의 지친 늙은 눈동자에 다시 한번 회상의 빛이 담겼다. "난 위협하는 데 뛰어난 사람은 아니오. 하지만 위협이 효과가 있다는 말은 듣고 있지."

아서는 눈을 껌벅거리며 노인을 보았다.

"정말 이상한 노인이군." 그가 혼자서 중얼거렸다.

"뭐라고 하셨나?" 노인이 말했다.

"아, 아무것도 아닙니다. 죄송합니다. 좋습니다. 어디로 가나요?" 아서가 당황하며 말했다.

"내 비행차에 타시오." 어느새 소리도 없이 옆에 다가온 비행체를 가리키며 노인이 말했다. "우리는 이 행성의 창자 속으로 깊숙이 들어갈 거요. 지금 이 순간에도 우리 종족이 오백만 년의 잠에서 깨어나고 있는 그곳으로 말이오. 마그라테아가 깨어나고 있소."

아서는 자신도 모르게 몸을 부르르 떨면서 노인의 옆 자리에 앉았다. 소리도 없이 휙 솟구치며 밤하늘로 떠오르는 비행체의 움직임, 그 낯선 움직임이 왠지 그를 불안하게 했다.

"실례합니다만, 선생님 성함이 어떻게 되십니까?" 아서가 말했다.

"내 이름?" 노인이 말했다. 아까처럼 회상에 잠긴 슬픈 표정이 그의 얼굴에 다시 떠올랐다. 그는 잠시 말이 없었다. "내 이름은 슬라티바트패스트요."

아서는 거의 숨이 막힐 뻔했다.

"네?" 그가 허둥지둥 다시 물었다.

"슬라티바트패스트." 노인이 조용히 반복했다.

"슬라티바트패스트?"

노인이 심각한 표정으로 그를 바라봤다.

"내가 이름은 중요치 않다고 하잖았소." 그가 말했다.

비행차는 밤하늘을 가로질러 날아갔다.

23

 사물들이 겉보기와 항상 같지 않다는 것은 중요하고도 널리 알려진 사실이다. 예를 들어, 지구 행성에서 인간들은 항상 자신들이 돌고래보다 지능이 높다고 생각했다. 인간들이 바퀴, 뉴욕, 전쟁 등 엄청난 일들을 성취해내는 동안 돌고래들이 한 일이라곤 물속에서 빈둥거리며 재미나 보는 것밖에 없었다는 이유에서였다. 하지만 반대로, 돌고래들은 자신들이 인간들보다 훨씬 더 지능이 높다고 항상 믿고 있었다. 그리고 그 이유도 정확히 똑같았다.
 대단히 흥미롭게도 돌고래들은 지구 행성이 곧 파괴된다는 사실을 진작부터 알고 있었고, 인간들에게 그 위험을 경고하려고 여러 시도를 했다. 하지만 그들의 의사소통 노력은 대부분 재미있게 축구공을 차올리려고 한다거나 물고기 한 토막을 얻어먹어보겠다고 휘파람을 부는 것으로 잘못 해석되었다. 그래서 그들은 결국 경고하기를 포기하고, 보고인들이 도착하기 직전에 자신들만의 수단을 통해 지구를 빠져나왔다.
 돌고래들의 마지막 메시지는, 뒤로 두 번 공중제비를 돌아 고리를 통과하면서 '성조기여 영원하라'를 휘파람으로 부는, 놀라울 만큼 정교한 묘기를 보여주려는 것으로 오인되었다. 하지만 정작 그 메시지는 이런 것이었다. '안녕히, 그리고 물고기는 고마웠어요.'

사실 그 행성에 돌고래보다 지능이 높은 생물은 단 한 종밖에 없었다. 그들은 행태 연구 실험실에서 쳇바퀴를 돌리거나 인간들을 대상으로 무서우리만치 정밀하고 교묘한 실험들을 수행하면서 대부분의 시간을 보냈다. 다시 한번 말하지만, 인간들이 그들과의 관계를 전혀 엉뚱하게 짚고 있었던 것은 전적으로 그 생물들의 계획에 의한 것이었다.

24

　　비행차는 깊고 깊은 마그라테아의 어둠 속에서 유일하게 부드러운 빛을 발하며 소리 없이 차가운 어둠 속으로 미끄러져 들어갔다. 차는 부드럽게 속력을 높였다. 아서의 동반자는 생각에 잠겨 있었다. 아서는 간혹 그와 대화를 재개해보려 했지만, 그는 아서가 편안한지 묻는 것으로 대답을 대신하고는 더 이상 입을 열지 않았다.

　　아서는 자신들이 얼마나 빨리 날고 있는지 속력을 측정해보려 했다. 그러나 바깥에는 칠흑 같은 어둠이 깔려 있어서 참조가 될 만한 것을 찾을 수 없었다. 움직임이 너무나 부드럽고 가벼워서 자신들이 정말 움직이고 있는 것인지 의심스러울 지경이었다.

　　멀리서 작은 불빛 하나가 깜박거리며 나타나더니 수초 만에 그 크기가 엄청나게 커졌다. 그제야 아서는 그것이 자신들을 향해 어마어마한 속도로 날아오고 있다는 사실을 깨달았다. 아서는 그게 어떤 종류의 비행체인지 알아내려고 애썼다. 그것을 자세히 봤지만, 뚜렷한 모양을 알아볼 수가 없었다. 그러다가 그는 갑자기 놀라서 숨이 탁 막혔다. 비행차가 아래로 툭 떨어지더니, 이대로 가면 충돌할 것이 뻔한 경로로 아래를 향해 돌진하기 시작했다. 그 상대적 속도는 믿기지 않을 정도였다. 모든 것이 끝장나기 전에 숨 한 번 들이쉴 여유조차 없었다. 다음 순간, 그는 자신이 미친 듯이 어른거리는 은빛에 둘러싸여 있는 것 같다는 사실을 깨달았다. 그가 고개를 홱 비틀자, 작고 검은 점이 저 뒤 멀리서 급속히 작아지고 있는 것이 보였다. 그러고도 몇 초가 더 지나고 나서야 그는 무슨 일이 일어났는지를 깨달았다.

그들은 지하 터널 안으로 뛰어든 것이었다. 그 어마어마한 속력은 터널 입구인 지상의 고정된 구멍에서 나오는 빛을 기준으로 비교된 자신들의 속력이었다. 그 미친 듯이 어른거리는 은빛은 그들이 시속 몇백 마일은 족히 될 듯한 속도로 쏜살같이 날아 내려가고 있던 터널의 원통형 벽이었다.

그는 겁에 질려 눈을 감았다.

얼마나 되는지 알 수 없는 시간이 흐른 후, 그는 속력이 약간 줄고 있음을 감지했다. 그리고 조금 더 있으니 차가 점차 속력을 줄이면서 부드럽게 미끄러져 멈추고 있다는 게 느껴졌다.

그는 다시 눈을 떴다. 그들은 아직도 그 은빛 터널 안에 있었다. 그들은 여러 개의 터널이 한데 모여 교차하는 복잡한 미로 같은 곳을 헤치며 나아가고 있었다. 마침내 그들이 완전히 멈춰 선 곳은 곡면으로 이루어진 강철 방이었다. 몇 개의 터널들 역시 거기서 끝이 났고, 방 저편 끝에는 아서의 눈을 자극하는 커다란 원형의 흐린 빛이 있었다. 그것은 눈을 혼란스럽게 한다는 점에서 자극적이었다. 거기에 제대로 시선을 맞추기도 어려웠고, 그게 얼마나 멀리 있는지 아니면 가까이 있는지도 알 수 없었다. 아서는 그 빛이 자외선일 것이라고 (완전히 빗나간) 짐작을 했다.

슬라티바트패스트는 고개를 돌려, 그 엄숙하고도 연륜이 깃든 눈으로 아서를 보았다.

"지구인, 우리는 지금 마그라테아의 심장부에 있소."

"제가 지구인이라는 것을 어떻게 아셨죠?" 아서가 물었다.

"모두 다 밝혀질 거요." 노인이 부드럽게 말하더니 약간 의심이 깃든 목소리로 덧붙였다. "적어도 지금보다는 더 분명하게 밝혀질 거요."

그가 말을 이었다. "이제 우리가 들어가게 될 방은 우리 행성에 정말로 존재하는 방은 아니라는 사실을 미리 경고해두겠소. 이 방은 좀 너무……크지. 우리는 곧 광활한 초공간으로 들어가는 입구를 통과하게 될 거요. 좀 불편한 느낌을 받을 수도 있소."

아서는 초조하게 헛기침을 했다.

슬라티바트패스트는 버튼 하나를 누르더니, 안심이 된다고는 할 수 없는 말을 덧붙였다. "정말 혼을 쏙 빼놓지. 꼭 잡아요."

비행차는 동그란 빛 속으로 총알처럼 곧장 뛰어들었다. 갑자기 아서는 무한대라는 것이 어떻게 생긴 것인지를 확실하게 알 수 있었다.

사실 그것은 무한대가 아니었다. 무한대는 납작하고 재미없게 생겼다. 밤하늘을 올려다보는 것이 실은 무한대를 들여다보는 것이다. 거리는 측량할 수 없고, 그렇기 때문에 아무 의미가 없다. 비행차가 모습을 드러낸 방은 절대로 무한한 것이 아니었다. 그것은 단지 아주, 아주, 아주 큰, 너무 커서 진짜 무한대보다도 더 무한대 같아 보이는 방이었다.

비행차가 아서가 익히 알고 있는 성능에 따른 엄청난 속도로 이동하면서 공중으로 서서히 올라가자 아서의 감각들은 요동치며 빙글빙글 돌아갔다. 그들이 통과해 나온 입구는 이미 저 뒤 가물거리는 벽에 있는 보이지도 않는 작은 점에 지나지 않았다.

벽.

그 벽은 상상을 초월했다. 아니, 상상하라고 유혹해놓고는 상상을 가차 없이 짓밟아버렸다. 그 벽은 정신이 아득해질 정도로 거대하고 깎아지른 듯해서, 그 방의 천장과 바닥, 벽은 끝이 보이지도 않았다. 그 현기증의 충격만으로도 사람이 죽을 수도 있을 정도였다.

그 벽은 완전히 평평해 보였다. 그 벽은 거의 무한지경으로 솟구쳐 올라가고 현기증이 날 정도로 멀리멀리 떨어져 내려가고 양쪽으로 너무나도 넓게 펼쳐져 있으면서 또한 커브를 이루고 있었기 때문에, 그 기울기를 재려면 최고의 레이저 측정 기구가 있어야 할 것 같았다. 십삼 광초만에 그 벽은 다시 처음 자리로 되돌아올 수 있었다. 다시 말해서, 그 벽은 텅 빈 구체의 내벽을 이루고 있었다. 직경이 삼백 마일이 넘고 상상조차 할 수 없는 빛으로 가득한 구체였다.

"환영하오." 슬라티바트패스트가 말했다. 작은 점 같은 공중차는 이제 음속의 세 배 속도로 달리고 있었다. 하지만 그 믿어지지 않는 공간 속에서 그 전진 속도는 마치 기어가기라도 하는 것처럼 별로 티도 나지 않았다. "우리 공장 작업장에 온 것을 환영하오." 그가 말했다.

아서는 경탄 섞인 공포심을 느끼며 주위를 바라보았다. 그가 판단할 수도 상상할 수도 없는 먼 곳에, 이상하게 생긴 버팀대들과 정교한 금속 창(窓) 장식들과 조명이, 공중에 매달린 환영 같은 구체 주위에 매달려서 그들 앞에 줄지어 있었다.

"여기가 우리가 우리 행성 대부분을 만드는 곳이오." 슬라티바트패스트가 말했다.

"선생님 말씀은, 선생님 말씀은, 그러니까, 그 일을 지금 다시 시작하신다는 겁니까?" 아서가 단어를 고르려 애쓰며 말했다.

"아니, 아니, 천만에. 아니오." 노인이 외쳤다. "아니오, 은하계는 아직 우리 물건을 살 만큼 부유해지지 않았소. 아니오. 우리는 단 하나의 특별한 부탁을 들어주기 위해서 깨어났소. 다른 차원에서 온 대단히……특별한 고객의 부탁 말이오. 혹 관심이 있다면……저기 저 앞을 보시오."

노인의 손가락이 지시하는 방향을 따라가던 아서는 공중에 두둥실 떠있는 구체들 중에서 그가 가리키고 있는 게 무엇인지 골라낼 수 있었다. 사실 그것은 거기 있는 많은 구조물들 중에서 어떤 활동이 이루어지고 있다는 흔적을 보여주는 유일한 구체였다. 하지만 그 활동이라는 것은 콕 집어서 말할 수 있는 것이라기보다는 오히려 잠재의식적인 인상에 더 가까운 것이었다.

하지만 바로 그때, 그 구조물에 한 줄기 빛이 드리워지면서 그 어두운 구체 내부에 형성된 무늬들을 도드라지게 보여주었다. 그것은 아서가 잘 알고 있는 무늬들이었다. 단어들의 형태나 마음속에 있는 가구의 일부만큼이나 그가 잘 알고 있는, 제멋대로의 얼룩 모양들이었다. 몇 초 동안 그는 기절초풍해서 말도 못 하고 앉아 있었다. 그사이 그 이미지들은 그의 마음속에서 제멋대로 뛰어다니다가 이제 조용히 앉아서 생각을 좀 해 볼 장소를 찾으려고 노력하고 있었다.

그의 뇌의 일부는 자신이 보고 있는 것, 그리고 그 형태들이 의미하는 바를 자기가 아주 잘 알고 있다고 말했다. 하지만 다른 일부는 꽤나 분별 있게도 그 생각을 지지하기를 거부하고, 더 이상 그 방향으로 생각을 뻗어나가면 책임지지 않겠다는 태도를 보였다.

다시 한번 조명이 들어왔다. 이번에는 의심할 여지가 없었다.

"지구……." 아서가 속삭였다.

"음, 사실은 기호 2번 지구지. 본래의 설계 도면을 보고 복사본을 만들고 있는 거라오." 슬라티바트패스트가 명랑하게 말했다.

잠시 침묵이 흘렀다.

"선생님 말씀은, 그러니까, 선생님이 원래의 지구를……만드셨다는 겁니까?" 아서가 천천히, 자신을 억제하며 말했다.

"오, 그럼요. 혹시 거기 가본 적 있소? 노르웨이라는 이름이었던 것 같은데?" 슬라티바트패스트가 말했다.

"아뇨, 아뇨, 가보지 못했습니다." 아서가 답했다.

"저런, 애석하군. 그게 내 작품 중 하나였소. 상도 하나 탔지. 그 꾸불꾸불한 해안은 정말 아름다웠지. 그게 파괴되었다는 말을 듣고는 정말 심란했었소." 슬라티바트패스트가 말했다.

"선생님이 심란해하셨다고요!"

"그랬소. 오 분만 늦게 일어났더라도 그렇게까지 문제가 되진 않았을 텐데. 정말 충격적으로 엉망진창인 사건이었소."

"네?" 아서가 말했다.

"생쥐들은 화가 머리끝까지 났었소."

"생쥐들이 화가 머리끝까지 났었다고요?"

"오, 그럼요." 노인이 부드럽게 말했다.

"그래요, 그랬겠죠. 개들도, 고양이들도, 오리너구리들도 그랬을 거예요. 하지만……."

"아, 하지만 알다시피 그들이 돈을 낸 건 아니었잖아요?"

"보세요, 제가 그냥 포기하고 미쳐버리면 시간이 많이 절약되지 않을까요?" 아서가 말했다.

비행차는 잠시 동안 어색한 침묵 속에서 날고 있었다. 마침내 노인이 참을성 있게 설명하려고 노력했다.

"지구인, 당신이 살았던 그 행성을 주문하고 값을 지불하고 조종한 건 쥐들이었소. 그런데 그게 지어진 목적을 달성하기 오 분 전에 파괴돼버린 거라오. 그래서 우리가 다시 하나를 만들어야 하게 된 거요."

아서에게는 단 한 마디 말만이 입력됐다.

"쥐라고요?"

"사실이오, 지구인."

"죄송하지만, 우리가 지금 작고 하얗고 털로 뒤덮인 그것들에 대해서 말하고 있는 게 맞습니까? 왜 그 치즈라면 환장하고 60년대 초 시트콤에서 여자들로 하여금 테이블 위에 올라가 소리 지르게 했던 그 동물 말입니다."

슬라티바트패스트는 예의를 차려 헛기침을 했다.

"지구인, 때로는 당신이 말하는 방식을 이해하기가 어렵구려. 내가 이 마그라테아 행성 내부에서 오백만 년이나 잠들어 있었다는 걸 잊지 마시오. 그러니 당신이 말하는 60년대 초 시트콤에 대해서는 알 리가 없지. 당신이 쥐라 부르는 그 생물들은 겉으로 보이는 것과는 아주 달라요. 그건 비상하게 초지능적이고 범차원적 존재들이 우리 차원으로 튀어 들어온 형상에 불과하다오. 치즈를 좋아한다거나 찍찍대는 건 그저 가면일 뿐이지." 노인은 잠시 멈췄다가, 동정하는 표정으로 다시 말을 이었다. "그들은 당신들을 대상으로 실험을 하고 있었소."

아서는 이 말에 대해 일 초 동안 생각했다. 그러더니 그의 얼굴이 활짝 개었다.

"오, 아니에요." 그가 말했다. "이제야 왜 오해가 생겼는지 알겠군요. 아니에요. 사실은 우리가 쥐들에게 실험을 했던 거예요. 쥐들은 종종 행태 연구에 사용됐어요. 파블로프나 뭐 그런 부류 있잖아요. 그래서 쥐들을 가지고 별별 시험을 다 해봤죠. 종 치는 법이나 미로 안을 뛰어다니는 법 같은 것들을 가르쳐서 학습 과정의 본질에 대해 연구할 수 있었던 겁니다. 그것들의 행태를 관찰함으로써 여러 가지 사실들을 알아낼 수 있었어요. 우리 자신의……."

아서는 말꼬리를 흐렸다.

"그런 교묘함이……바로 존경하지 않을 수 없는 점이오." 슬라티바트패스트가 말했다.

"뭐라고요?" 아서가 말했다.

"그들이 자신들의 본성을 감추고 당신들의 생각을 조종하는 데 더 좋은 방법이 뭐가 있겠소? 갑자기 미로 속에서 길을 헤매고, 썩은 치즈 조각을 먹고, 다발성 점액종증으로 갑자기 죽어버리는 거지. 정교하게 계산할 경우 그 누적 효과는 엄청나다오."

그는 효과를 높이기 위해 말을 잠시 멈췄다.

"지구인, 그들은 진짜로 지극히 영리하기 짝이 없는 초지능적인 범차원적 존재들이란 말이오. 당신네 행성과 사람들은 천만 년짜리 연구 프로그램을 수행하던 유기체 컴퓨터의 모체를 구성하고 있었던 거요…… 내 모든 걸 다 말해주리다. 시간은 좀 걸리겠지만."

"시간은……." 아서가 힘없이 말했다. "지금 제겐 전혀 문제가 안 돼요."

25

　물론 인생과 관련해서 많은 문제들이 존재한다. 그중에서 가장 인기 있는 것으로는 '사람은 왜 태어나는가?', '사람은 왜 죽는가?', '사람들은 어째서 자신들에게 주어진 시간 대부분 동안 전자 시계를 차고 지내는가?' 등이 있다.
　수백하고도 수백만 년 전, 초지능적인 범차원적 존재들은(자신들의 범차원적 우주 내에서 그들의 신체적 모습은 우리와 다르지 않다) 인생의 의미를 놓고 끝도 없이 논쟁하는 데 완전히 진절머리가 나버렸다. 그런 논쟁들을 하느라 제일 좋아하는 오락거리인 브로키안 울트라 크리켓 게임(갑자기 분명한 사유도 없이 사람을 때리고 달아나는 이상한 게임)을 하는 데 방해가 됐기 때문이었다. 그래서 그들은 이 문제를 단번에 영원히 해결해버리리라고 결심했다.
　이런 목적에 따라 그들은 굉장한 슈퍼 컴퓨터를 만들어냈다. 그 컴퓨터는 어찌나 지능이 뛰어난지 데이터뱅크들이 완전히 연결되기도 전에 '나는 생각한다, 고로 존재한다'에서부터 시작해 라이스 푸딩과 소득세의 존재를 연역해내는 데까지 일사천리로 줄달음쳤고, 그때에야 누군가가 그 전원을 꺼버릴 수 있었다.
　그것은 작은 도시만 한 크기였다.

그 컴퓨터의 주 제어판은 특별히 설계된 중역 사무실에 설치되어, 부티 나는 적외선색 가죽을 씌운 최고의 울트라 마호가니 책상 위에 놓았다. 어두운 색깔의 카펫은 고급스럽게 화려했으며, 일급 컴퓨터 프로그래머들과 그 가족들의 지문들이 멋지게 인쇄된 동판들과 이국적인 화분들이 방 안 이곳저곳에 놓여 있었다. 그리고 장중한 유리창이 가로수가 늘어선 광장 쪽으로 나 있었다.

컴퓨터를 가동시키는 위대한 날, 말쑥하게 차려입은 두 프로그래머가 서류 가방을 들고 도착해서 신중하게 사무실로 안내되었다. 그들은 이날 자신들이 역사상 가장 중요한 순간에 전 종족을 대표하고 있다는 사실을 알고 있었다. 하지만 그들은 침착하고 조용하게 처신했으며, 그 책상 앞에 공손히 앉아서 서류 가방을 열어 가죽 장정의 공책을 꺼냈다.

그들의 이름은 렁퀄과 푸크였다.

그들은 잠깐 동안 공손히 침묵을 지키고 있었다. 그러고 나서 렁퀄이 조용히 푸크와 시선을 교환하더니 몸을 앞으로 기울여 작은 검정색 패널을 건드렸다.

미묘하기 이를 데 없이 나지막한 웅 소리가 그 거대한 컴퓨터가 이제 전면적인 활동에 들어갔다는 것을 말해주었다. 잠시 후 그것은 성량이 풍부하면서 낮게 울리는 목소리로 말을 시작했다.

"어떤 위대한 임무를 위해 시공간의 우주 안에서 두 번째로 위대한 컴퓨터인 제가, 즉 '깊은 생각'이 존재하게 된 겁니까?"

렁퀄과 푸크는 깜짝 놀라 서로 마주 봤다.

"컴퓨터여, 너의 임무는……." 푸크가 말을 시작했다.

"아니, 잠깐 기다려. 이건 틀렸잖아." 렁퀄이 염려스러운 듯 말했다. "우린 이 컴퓨터를 우주에 존재하는 가장 위대한 컴퓨터로 디자인했어. 두 번째로 위대한 컴퓨터로 대충 넘어갈 수는 없다고." 그가 컴퓨터에게 말했다. "깊은 생각아, 너는 우리가 설계한 대로 역사상 가장 위대하고도 가장 강력한 컴퓨터가 아닌가?"

"저는 제가 두 번째로 위대한 컴퓨터라고 말했습니다. 그리고 실제로 저는 그렇습니다." 깊은 생각이 읊조렸다.

두 프로그래머 사이에 다시 한번 걱정스러운 표정이 오갔다. 렁퀄이 흠 흠 하고 헛기침을 했다.

"뭔가 실수가 있는 게 틀림없어. 너는 백만분의 일 초 안에 별 하나의 원자 수를 몽땅 다 헤아릴 수 있다는 맥시메갈론의 밀리아드 가간투브레인보다 더 위대한 컴퓨터가 아닌가?"

"밀리아드 가간투브레인이요?" 깊은 생각이 경멸감을 감추지 않고 물었다. "그건 주판에 불과하죠. 그따위는 언급도 하지 마세요."

"그러면 너는, 단그라바드 베타 성에 오 주 동안 불어 닥친 모래바람 속의 모든 먼지 알갱이 하나하나의 궤도를 계산할 수 있다는, 빛과 현명함의 일곱 번째 은하의 구글플렉스 스타 싱커보다 더 유능한 분석가가 아닌가?" 푸크가 초조하게 몸을 앞으로 기울이며 말했다.

"오 주 동안 불어 닥친 모래바람이라고요?" 깊은 생각이 오만한 태도로 물었다. "이것이 빅뱅 당시 원자들의 벡터를 연구해온 제게 하시는 질문인가요? 휴대용 전자계산기 수준의 문제로 저를 괴롭히지 마세요."

두 프로그래머는 잠시 불편한 침묵 속에 앉아 있었다. 렁퀄이 다시 몸을 앞으로 기울였다.

"그렇다면 너는……마술과 불굴의 별, 키케로니쿠스 제7행성의 위대한 하이퍼로빅 옴니-코그네이트 뉴트론 랭글러보다 더 무자비한 논객이 아닌가?" 그가 말했다.

"위대한 하이퍼로빅 옴니-코그네이트 뉴트론 랭글러는……." 깊은 생각이 르 발음을 완벽하게 굴리며 말했다. "말 한마디로 아크투란의 메가 당나귀의 다리 네 개를 몽땅 잘라버릴 수도 있습니다. 그러나 그 후에 그놈이 산책을 나가도록 설득할 수 있는 건 저밖에 없지요."

"그럼 대체 무엇이 문제인가?" 푸크가 물었다.

"문제는 없습니다. 저는 그저 시공간의 우주 내에서 두 번째로 위대한 컴퓨터일 뿐입니다." 깊은 생각이 그 멋들어지게 울리는 목소리로 말했다.

"하지만 두 번째라니?" 렁퀼이 물고 늘어졌다. "왜 자꾸만 두 번째라고 하는 건가? 물론 멀티코티코이드 퍼스피큐트론 타이탄 멀러를 염두에 두고 그러는 건 아니겠지? 아니면 폰더매틱? 아니면……."

컴퓨터의 제어판에 경멸의 불빛이 번쩍거렸다.

"그런 단세포 컴퓨터 따위는 조금도 염두에 두고 있지 않습니다!" 컴퓨터가 빽 소리를 질렀다. "저는 저 이후에 오게 될 컴퓨터에 대해서 이야기하고 있을 뿐입니다!"

푸크는 인내심을 잃고 있었다. 그는 공책을 치우고 투덜거렸다. "이야기가 쓸데없이 구세주류로 빠지고 있는 것 같군."

"여러분은 미래에 대해서 아는 것이 없습니다." 깊은 생각이 밝혔다. "하지만 전 저의 풍부한 회로망을 통해 미래의 가능성이라는 무한의 바다를 항해해 가서 언젠가는 그 컴퓨터가 등장하고야 만다는 것을 볼 수 있습니다. 저 같은 것은 그 컴퓨터의 일개 작동 변수조차 계산할 수 없을 정도입니다. 그 컴퓨터를 디자인해내는 것은 결국 제 운명이 될 테지만요."

푸크는 길게 한숨을 내쉬고 렁퀼을 건너다보았다.

"그냥 그 질문이나 해버리면 안 될까?" 그가 말했다.

렁퀼이 그에게 기다리라고 손짓했다.

"네가 말하는 그 컴퓨터는 그렇다면 무엇인가?" 그가 물었다.

"지금은 더 이상 거기에 대해 말하지 않겠습니다. 자, 이제 하시고 싶은 그 다른 질문을 해주십시오. 제가 임무를 시작하게요. 말씀하세요." 깊은 생각이 말했다.

두 사람은 서로에게 어깨를 으쓱해 보였다. 푸크가 자세를 가다듬었다.

"깊은 생각 컴퓨터야! 네가 수행하도록 디자인된 임무는 이것이다. 우리는 네가 우리에게 말해줬으면 한다……." 그가 말을 멈췄다가 계속했다. "그 해답을!"

"해답이라니요?" 깊은 생각이 말했다. "무엇에 대한 해답을 말씀하시는 겁니까?"

"삶!" 푸크가 소리쳤다.

"우주!" 렁퀼이 외쳤다.

"모든 것!" 그들이 입을 모아 합창했다.

깊은 생각은 잠시 멈춰 숙고했다.

"까다롭군요." 마침내 그가 말했다.

"하지만 할 수 있지?"

다시 한번 심각한 침묵이 뒤따랐다.

"네, 할 수 있습니다." 깊은 생각이 말했다.

"그렇다면 답이 있나?" 푸크가 흥분해서 숨을 죽이며 말했다.

"간단한 답이?" 렁퀼이 덧붙였다.

"그렇습니다. 삶, 우주, 그리고 모든 것. 답이 있습니다." 깊은 생각이 말하고는 이렇게 덧붙였다. "하지만 생각할 시간이 필요합니다."

돌발 사태가 일어나 그 순간이 엉망이 됐다. 문이 활짝 열리더니 빛바랜 싸구려 청색 가운을 입고 크럭스완 대학 벨트를 맨 두 남자가 화를 내며 돌진해 들어왔다. 그들은 자신들을 제지하려 하는 무능한 수위를 밀어제쳤다.

"우리의 입장(入場)을 요구한다!" 두 사람 중, 예쁘장한 여비서의 목을 팔로 조르고 있던 젊은 사람이 외쳤다.

"그렇다, 우리를 못 들어가게 막을 순 없다!" 나이 든 쪽이 소리쳤다. 그는 신참 프로그래머를 문 안으로 떠밀었다.

"우리를 막지 말 것을 요구한다!" 젊은 쪽이, 이제 방 안에 완전히 들어온 데다가 아무도 더 이상 그들을 막아서지 않는데도 그렇게 으르렁거렸다.

"당신들 뭐요? 뭘 원하는 거요?" 렁퀼이 화가 나 자리에서 일어나며 말했다.

"나는 마직티즈요!" 나이 든 쪽이 밝혔다.

"그리고 나는 내가 브룸폰델임을 요구하오!"

마직티즈가 브룸폰델에게 돌아섰다. 그가 성난 얼굴로 설명했다. "됐네. 그런 건 요구할 필요 없네."

"알겠습니다!" 브룸폰델이 근처의 책상을 두들기며 으르렁거렸다. "나는 브룸폰델이오. 그리고 그건 요구가 아니오. 그건 확고한 사실이오! 우리가 요구하는 것은 바로 확고한 사실이오!"

"아니야, 그게 아니야!" 마직티즈가 짜증스러운 목소리로 외쳤다. "그것이야말로 바로 우리가 요구하지 않는 것이네!"

숨쉴 틈도 없이 브룸폰델이 소리쳤다. "우리는 확고한 사실을 요구하지 않소! 우리가 요구하는 것은 확고한 사실이 완전히 부재하는 것이오! 나는 내가 브룸폰델일 수도 있고 아닐 수도 있음을 요구하오!"

"도대체 당신들 뭐요?" 화가 머리끝까지 치민 푸크가 외쳤다.

"우리는 철학자들이오." 마직티즈가 말했다.

"물론 아닐 수도 있지만." 브룸폰델이 프로그래머들에게 경고의 의미로 손가락을 흔들면서 말했다.

"아니, 우리는 철학자들이 맞소." 마직티즈가 주장했다. "우리는 철학자들과 현자들, 선각자들, 그리고 다른 생각하는 사람들의 합동 모임을 대표해서 이 자리에 왔소. 우리는 이 기계를 꺼줄 것을 원하오. 우리는 이 기계를 당장 꺼줄 것을 원하오!"

"문제가 뭐요?" 렁퀼이 말했다.

"문제가 무엇인지 말해드리지, 친구. 관할권, 그게 문제요!" 마직티즈가 말했다.

"우리는 관할권이 문제일 수도 있고 아닐 수도 있음을 요구하오!" 브룸폰델이 소리쳤다.

"그 기계들은 그냥 계속 계산이나 하게 하시오." 마직티즈가 경고했다. "그러면 매우 고맙게도 영원한 진리 쪽은 우리가 맡겠소. 법률적 견해를 알아보고 싶으면 그렇게 하시오, 친구. 법률에 의하면, 궁극적인 진리 탐구는 사상가들의 양도할 수 없는 특권이라고 분명히 명시되어 있소. 어떤 빌어먹을 기계가 정말 진리를 찾아내 버리면, 우리는 당장 실직자가 된단 말이오. 안 그렇소? 신이 있네 없네 하고 한밤중까지 잠도 안 자고 논쟁한들 무슨 소용이 있겠소? 그 다음 날 아침 이 기계가 빌어먹을 신의 전화번호를 내놓는다면 말이오."

"옳소. 우리는 의혹과 불확실성이라는 엄밀하게 정의된 영역을 요구하오!" 브룸폰델이 소리쳤다.

갑자기 우렁찬 목소리가 실내에 메아리쳤다.

"제가 이 문제에 대해 한 말씀 드려도 되겠습니까?" 깊은 생각이 물었다.

"우리는 파업을 할 거요!" 브룸폰델이 외쳤다.

"그렇소! 철학자들의 전국적인 파업이 임박했소!" 마직티즈가 동조했다.

방 안을 빙 둘러 놓여 있는, 참하게 조각되고 광택이 칠해진 캐비닛 스피커들에 설치된 보조 베이스 드라이버 유닛 몇 개가 끼어들어 깊은 생각의 목소리에 힘을 가하자, 실내의 웅웅거리는 소리가 갑자기 커졌다.

"제가 하고 싶은 말은 단지, 제 회로들이 삶, 우주, 그리고 모든 것에 대한 궁극적인 질문에 답하기 위한 계산에 이미 돌이킬 수 없이 돌입해 버렸다는 것입니다." 컴퓨터가 우렁차게 말했다. 그는 말을 멈추고, 이제 모두의 주목을 끌게 된 것에 만족스러워했다. 그리고 목소리를 낮춰 말을 이었다. "하지만 이 프로그램을 돌리는 데는 시간이 좀 걸릴 겁니다."

푸크가 초조하게 시계를 보았다.

"얼마나 걸리는데?" 그가 말했다.

"칠백오십만 년입니다." 깊은 생각이 말했다.

렁퀼과 푸크는 서로를 쳐다보며 눈을 껌벅껌벅했다.

"칠백오십만 년!" 그들이 일제히 소리를 질렀다.

"그렇습니다." 깊은 생각이 확언했다. "제가 생각할 시간이 필요하다고 말하지 않았던가요? 그리고 이런 프로그램을 수행하게 되면 철학의 모든 분야에 대한 엄청난 대중 홍보 효과를 불러일으키지 않을 수 없다고 생각되는군요. 모두들 제가 종국적으로 어떤 해답을 내놓게 될 것인지를 놓고 저마다 자기 이론을 내세우게 될 텐데, 그렇다면 그러는 중에 미디어 시장에 편승해서 한몫 차지할 수 있는 사람이 여러분 말고 누가 있겠습니까? 여러분이 대중 매체를 통해 서로 과격하게 논쟁하고 서로에 대해 모략을 해대는 한, 거기다가 유능한 에이전트를 고용하고 있는 한, 여러분은 평생 수익이 보장된 거나 마찬가지란 말입니다. 제 의견이 어떻습니까?"

두 철학자는 입을 쩍 벌렸다.

"맙소사, 이거야말로 사고(思考)라 부를 만한 것이로군. 이봐, 브룸폰델, 우리는 왜 저런 생각을 못 할까?" 마직티즈가 말했다.

"모르겠어요." 브룸폰델이 경외심에 차서 속삭였다. "우리 두뇌는 너무 고차원적으로 훈련되었나 봐요, 마직티즈 선생님."

그들은 이렇게 말한 뒤, 뒤돌아 문을 나서서 꿈에서도 생각지 못한 황홀한 인생 속으로 걸어갔다.

26

 슬라티바트패스트가 요점들을 짚어 이 이야기를 들려주자 아서가 말했다.
 "예, 대단히 유익한 이야기로군요. 하지만 이런 것들이 지구와 생쥐들, 뭐 그런 것들과 무슨 관련이 있는지 모르겠군요."
 "여기까지는 이야기의 전반부일 뿐이라오, 지구인." 노인이 말했다. "칠백오십만 년 뒤, 그 위대한 해답의 날에 일어난 일에 대해 알고 싶다면 나와 함께 내 서재로 가서 내 센스-오-테이프 레코드로 직접 그 일을 경험해보길 바라오. 당신이 이 새 지구의 표면에 잠깐 내려 산책해보고 싶은 마음을 갖고 있는 게 아니라면 말이오. 안타깝게도 아직은 반밖에 완성되지 않은 상태지만……아직 지층에 인공 공룡 뼈도 다 묻지 못했소. 그 뒤에 신생대 제3기와 제4기 지층들도 깔아야 하고, 그 다음엔……."
 "아니, 괜찮습니다. 똑같을 것 같지 않아요." 아서가 말했다.
 "물론 그렇지 않을 거요." 슬라티바트패스트가 말하고, 비행차를 돌려 다시금 정신을 아득하게 하는 벽 쪽으로 날아갔다.

27

 슬라티바트패스트의 서재는 마치 폭탄이라도 떨어진 공공 도서관처럼 온통 어질러져 있었다. 노인은 방에 들어서며 눈살을 찌푸렸다.
 "끔찍하게 불행한 일이오. 생명 유지 컴퓨터들 중 한 대에서 진공관 하나가 터져버렸소. 그래서 청소 요원들을 깨우려 했더니만 그들은 벌써 삼만 년 전에 죽어 있지 뭐요. 이제 누가 그 시체들을 치워야 할지 그게 걱정이오. 거기 앉아보시오. 내가 전원을 연결해드리리다." 그가 말했다.
 그는 아서에게 마치 스테고사우루스 공룡의 갈비뼈로 만들어진 것처럼 보이는 의자 쪽으로 오라고 손짓해 보였다.
 "그 의자는 스테고사우루스의 갈비뼈를 뽑아 만든 거라오." 노인이 쓰러질 듯이 위태롭게 쌓인 종이 더미와 화구들 아래에서 낚싯줄 길이 정도의 전선을 찾아 꾸물대며 설명했다. "여기 이걸 잡아요." 그가 말하며, 피복이 벗겨진 전선 두 가닥을 아서에게 내밀었다.
 아서가 전선을 잡자마자 새 한 마리가 그의 몸을 통과해 날아갔다.
 그는 공중에 떠 있었고 몸은 완전히 투명했다. 아래에는 가로수가 늘어선 예쁘장한 도시 광장이 있었고, 광장 주위에는 시선이 미치는 한 온통 높고 널찍널찍하게 디자인된 하얀 콘크리트 빌딩이 가득했다. 하얀 빌딩이라 낡으니 더 보기가 안 좋았다. 많은 빌딩들이 금이 가고 빗물에 얼룩져 있었다. 하지만 오늘은 햇살이 비치고 나무들 사이로 신선한 미풍이 가볍게 춤을 췄다. 모든 빌딩들이 나지막이 콧노래를 부르고 있다는 기이한 느낌이 드는 것은 아마도 광장과 거리들을 가득 메운 사람들의 환희와 흥분 때문인 것 같았다. 어디선가 밴드가 음악을 연주하고 있었고, 갖가지 색깔의 밝은 깃발들이 미풍에 펄럭이고 있었다. 축제의 기운이 사방에 완연했다.

자기 이름이 붙은 육체 하나 없이 공중에 떠 있자니 아서는 이상하게 외로웠다. 그러나 이에 대해 골똘히 생각해보기도 전에 어떤 목소리가 광장에 울려 퍼지며 모든 이들의 주목을 요구했다.

광장을 위엄 있게 내려다보는 빌딩 앞에 밝은 빛깔의 보를 씌운 연단이 있었고, 한 남자가 거기에 서서 스피커로 군중들에게 연설을 하고 있었다.

"오, 깊은 생각의 해답을 기다리고 있는 여러분! 우주에서 가장 위대하며 진실로 가장 흥미진진한 학자들인 브룸폰델과 마직티즈의 영예로운 후손들이여, 이제 기다림은 끝났습니다!"

군중 속에서 격렬한 환희의 외침이 터져 나왔다. 깃발들과 색 테이프들, 삐익 하는 휘파람 소리가 공중에 퍼졌다. 좁은 거리들은, 뒤집어진 채 허공에 미친 듯이 다리를 버둥대고 있는 지네처럼 보였다.

"우리 종족은 칠백오십만 년간 이 위대하고 희망에 찬 깨우침의 날을 기다려왔습니다! 위대한 해답의 날입니다!" 그 응원단장이 소리쳤다.

흥분한 군중이 환희에 차 만세를 불렀다.

"이제 다시는, 이제 다시는 아침에 일어나 '나는 누구지? 내 삶의 의미는 뭐지? 우주적으로 말해서, 오늘 아침 잠자리에서 일어나지 않고 일하러 가지 않으면 정말 문제가 될까?' 따위의 질문들을 하지 않게 될 것입니다. 오늘로서 우리는 마침내 삶과 우주와 모든 것에 대한 이 성가신 질문에 대한 명백하면서도 단순한 해답을 구하게 될 것입니다!" 남자가 외쳤다.

군중이 또 한 번 환호성을 지르는 사이, 아서는 공중에서 미끄러져 내려와 그 사람이 군중에게 연설을 하고 있는 연단 뒤편 건물 이 층의 커다랗고 장중한 유리창 앞에 이르렀다.

창을 향해 곧바로 돌진하면서 그는 잠시 공포에 질렸다. 하지만 일이 초 뒤 자신이 그 단단한 유리창을 건드리지도 않고 곧장 통과한 것을 깨닫자 공포심은 곧 사라졌다.

방 안에 있는 누구도 그의 이 특이한 도착에 대해 아무런 언급을 하지 않았다. 물론 그가 거기에 있는 게 아니었기 때문에 사실 놀랄 일도 아니었다. 그는 그제야 이 모든 경험이 육 트랙 칠십 밀리 영상은 발뒤꿈치에도 미치지 못할 수준의 엄청난 재생 영상이라는 것을 깨달았다.

방 안은 슬라티바트패스트가 묘사한 것과 거의 비슷했다. 지난 칠백오십만 년 동안 아주 관리가 잘 되었고, 한 세기 정도마다 정기적으로 청소도 되었던 듯했다. 울트라 마호가니 책상은 모서리가 닳았고 카펫도 색이 조금 바랬지만, 책상의 가죽 상판 위에 놓여 있는 컴퓨터 터미널은 어제 만들어지기라도 한 듯 여전히 휘황찬란하게 빛이 났다.

엄청나게 차려입은 남자 두 명이 터미널 앞에 경건하게 앉아 기다리고 있었다.

"시간이 거의 다 됐어." 한 사람이 말했다.

아서는 그 사람의 목덜미 근처 허공에 갑자기 글자가 나타나는 것을 보고 깜짝 놀랐다. 그 글자는 룬퀄이었다. 그것은 두어 번 깜박거리더니 다시 사라졌다. 아서가 이를 받아들여 이해하기도 전에 다른 사람이 말을 시작했고 푸흐그라는 글자가 그의 목 근처에 나타났다.

"칠만 오천 세대 전에 우리 선조들이 이 프로그램을 작동시켰지. 그리고 그 모든 세월이 흐른 후에 우리가 처음으로 컴퓨터의 육성을 듣게 되는 거야." 두 번째 사람이 말했다.

"경외스러운 순간이지, 푸흐그." 첫 번째 사람이 동의했다. 아서는 자신이 자막 딸린 영상을 보고 있다는 것을 갑자기 깨달았다.

"우리가 그걸 처음 듣게 되는 사람들이란 말이지." 푸흐그가 말했다. "그 위대한 질문인 삶……!"

"우주……!" 룬퀼이 말했다.

"그리고 모든 것에 대한 해답……!"

"쉿, 깊은 생각이 말을 하려는 것 같아." 룬퀼이 손짓을 하며 말했다.

잠시 기대 어린 침묵이 흘렀고, 그사이 제어판 앞면의 패널들이 서서히 깨어나기 시작했다. 불빛들이 시험 가동 차원에서 깜박거리더니 마침내 작업 모드로 안정됐다. 부드럽고 낮은 웅 하는 소리가 음성 채널에서 흘러나왔다.

"안녕하십니까?" 마침내 깊은 생각이 말을 시작했다.

"아……잘 있었나, 깊은 생각." 룬퀼이 초조하게 말했다. "이제 너는 ……아, 그러니까……."

"해답을 가지고 있냐고요?" 깊은 생각이 장엄한 음성으로 그의 말을 가로챘다. "예, 그렇습니다."

두 사람은 기대감으로 전율했다. 기다림이 헛된 것이 아니었다.

"정말 한 가지 해답이 있나?" 푸흐그가 헐떡였다.

"정말 한 가지 해답이 있습니다." 깊은 생각이 확인해주었다.

"그 모든 것들에 대해서? 삶, 우주 그리고 모든 것에 대한 그 엄청난 질문에 대해서?"

"그렇습니다."

두 사람은 이 순간을 위해 특별히 훈련된 사람들이었다. 그들의 삶은 이 순간을 위한 준비 과정이었다. 그들은 태어날 때부터 그 대답을 듣기 위한 사람들로 선택되었다. 하지만 그럼에도 불구하고 그들은 지금 흥분한 어린아이처럼 숨을 죽인 채 머뭇거리고 있었다.

"그러면 이제 그 답을 말할 준비가 됐나?" 룬퀄이 재촉했다.

"그렇습니다."

"지금?"

"지금이요." 깊은 생각이 말했다.

두 사람 모두 바싹 마른 입술을 축였다.

"하지만 제가 보기에, 여러분이 그 해답을 좋아하실 것 같지 않습니다." 깊은 생각이 덧붙였다.

"상관없어. 우리는 알아야겠어! 당장!" 푸흐그가 말했다.

"당장이요?" 컴퓨터가 물었다.

"그래! 당장……."

"좋습니다." 컴퓨터는 이렇게 말하고 다시 침묵에 빠져들었다. 두 사람은 애가 타서 죽을 지경이었다. 견디기 힘들 정도의 긴장감이 흘렀다.

"정말 좋아하지 않으실걸요." 깊은 생각이 말했다.

"말해줘!"

"그러죠." 깊은 생각이 말했다. "위대한 질문에 대한 해답은……."

"해답은……!"

"삶, 우주, 그리고 모든 것에 대한 해답은……." 깊은 생각이 말했다.

"해답은……!"

"그 해답은……." 깊은 생각이 말을 멈췄다.

"해답은……!!!"

"42입니다." 무지무지하게 엄숙하고 침착하게 깊은 생각이 말했다.

28

 누구도 입을 열지 않은 채 긴 시간이 흘렀다.
 푸흐그는 곁눈으로 바깥 광장에 파도처럼 몰려든 사람들의 기대에 찬 얼굴들을 볼 수 있었다.
 "우리는 린치를 당하게 될 거야, 그렇지?" 그가 속삭였다.
 "정말 어려운 과제였습니다." 깊은 생각이 부드럽게 속삭였다.
 "42! 칠백오십만 년의 작업 결과가 겨우 그거야?" 룬퀄이 소리쳤다.
 "저는 그 질문을 철두철미하게 검토했습니다. 그것이 명확하게 그 해답입니다. 솔직히 말씀드리자면, 제 생각에 문제는 여러분이 본래의 질문을 정확히 파악하지 못한 데 있는 것 같습니다." 컴퓨터가 말했다.
 "하지만 그건 위대한 질문이었어! 삶, 우주 그리고 모든 것에 관한 궁극적인 질문." 룬퀄이 으르렁거렸다.
 "그래요. 하지만 실제로 그게 뭘까요?" 바보들을 기꺼이 참아주는 듯한 분위기를 풍기며 깊은 생각이 말했다.
 망연자실한 침묵이 서서히 그들을 스치고 지나갔다. 그들은 컴퓨터를 뚫어져라 쳐다보다가 서로의 얼굴을 바라봤다.
 "글쎄, 그냥 모든 것……모든 것……." 룬퀄이 자신 없이 말했다.
 "바로 그렇습니다! 그러므로 진짜 질문이 무엇인지 알게 되면 그 해답의 의미 역시 알 수 있게 될 것입니다." 깊은 생각이 말했다.

"아아, 멋지군." 푸흐그가 자신의 공책을 내팽개치고 눈가의 눈물방울을 훔치며 중얼댔다.

"이봐, 좋아, 좋은데, 그냥 그 질문을 말해주지 않겠어?" 룬퀄이 말했다.

"궁극적인 질문이요?"

"그래!"

"삶, 우주 그리고 모든 것에 관한 질문이요?"

"그래!"

깊은 생각은 잠시 생각에 잠겼다.

"어렵군요." 그가 말했다.

"하지만 말해줄 수 있지?" 룬퀄이 외쳤다.

깊은 생각은 다시 한번 오랫동안 이 문제에 대해 곰곰이 생각했다.

마침내 그가 단호히 말했다. "아니요."

두 사람은 절망에 빠져 의자에 털썩 주저앉았다.

"하지만 누가 말해줄 수 있는지 말씀드리죠." 깊은 생각이 말했다.

두 사람은 황급히 고개를 들었다.

"누군데? 말해줘!"

갑자기 아서는 자신이 제어판을 향해 서서히, 하지만 꼼짝없이 움직여 가고 있음을 문득 깨닫고는 존재하지도 않는 자신의 머리가죽이 싸늘해지는 느낌이 들었다. 그러나 그것은 그 영상을 촬영한 사람이 드라마틱한 효과를 주기 위해 줌을 당겼기 때문이었다.

"저는 제 다음에 올 바로 그 컴퓨터에 대해서 말하고 있는 겁니다." 깊은 생각이 예의 그 익숙한 웅변조의 말투를 되살리며 말했다. "저 같은 것은 그것의 일개 작동 변수조차 계산할 수 없는 그 컴퓨터 말입니다. 하지만 그 컴퓨터의 설계는 제가 해드리죠. 궁극적인 해답에 대한 질문을 계산할 수 있는 컴퓨터, 무한하고도 미묘하게 복잡해서 유기체 그 자체가 그 작동 행렬의 일부가 될 그런 컴퓨터를요. 그리고 여러분 스스로가 새로운 형상을 취하고 컴퓨터 안으로 들어가서 천만 년짜리 프로그램을 진행하는 겁니다! 그렇습니다! 제가 그 컴퓨터를 여러분께 설계해드리지요. 그리고 그 이름도 제가 부여하겠습니다. 그 컴퓨터는……지구라 불리게 될 것입니다."

푸흐그는 입을 딱 벌리고 깊은 생각을 바라보았다.

"뭐 그런 따분한 이름이 다 있어." 이 말과 동시에 커다란 절개 자국이 그의 몸에 일직선으로 나타났다. 룬퀄 역시 갑자기 어디서 생겼는지 알 수 없는 상처들을 온통 입고 있었다. 컴퓨터 제어판은 반점이 생기더니 깨졌고, 벽들은 깜박거리다가 무너져 내렸으며, 실내는 천장을 향해 위로 무너졌다.

슬라티바트패스트가 전선 두 가닥을 손에 쥔 채 아서 앞에 서 있었다.
"테이프가 끝났소." 그가 설명했다.

29

"자포드! 일어나!"
"으음음음음우우우우우에에?"
"이봐, 얼른 일어나."
"그냥 나 잘하는 일이나 계속 하게 해주라, 응?" 자포드는 이렇게 중얼거리더니 등을 돌리고 다시 잠을 청했다.
"내가 꼭 너를 걷어차야겠어?" 포드가 말했다.
"그러면 아주 기분이 좋겠어?" 자포드가 잠이 덜 깬 목소리로 물었다.
"아니."
"나도 아냐. 그러니 그럴 필요가 뭐 있어? 그만 좀 귀찮게 하라고." 자포드는 몸을 고치처럼 돌돌 말았다.
"그는 가스를 우리보다 두 배는 많이 마셨어. 허파 가득 두 번 마셨다고." 트릴리언이 자포드를 내려다보며 말했다.
"그만 좀 떠들어. 잠자려고 애쓰는 것만 해도 충분히 힘들단 말이야. 게다가 이 땅은 또 뭐야? 온통 차갑고 딱딱하잖아." 자포드가 말했다.
"금이야." 포드가 말했다.
자포드는 총알같이 날쌘 동작으로 일어나 지평선을 둘러보았다. 황금 대지가 모든 방향으로 지평선까지 펼쳐져 있었다. 완벽하게 매끈하고 단단한 순금이었다. 그것은 빛났다. 뭐랄까? 마치……하지만 비유를 찾기가 대단히 어려웠다. 우주에 순금으로 만들어진 행성처럼 빛나는 것은 아무것도 없었기 때문이었다.

"누가 이 금을 여기 깔았지?" 자포드는 눈이 왕방울만 해져서 캥캥 짖어댔다.

"흥분하지 마. 카탈로그일 뿐이니까." 포드가 말했다.

"뭐?"

"카탈로그. 환상이라고." 트릴리언이 말했다.

"어떻게 그런 말을 할 수가 있어?" 자포드가 손발을 바닥에 짚고 기는 자세로 땅을 뚫어지게 내려다보면서 말했다. 그는 그것을 찔러보고 쑤셔보았다. 그것은 손끝에 묵직하게 느껴졌고 아주 약간 물렁했다. 손톱으로 자국을 낼 수 있을 정도였다. 대단히 노랗고 매우 빛났으며, 입김을 내뿜자 순금 특유의 특이하고도 특별한 방식으로 입김 자국이 금세 증발했다.

"트릴리언과 나는 조금 전에 정신이 들었어. 우린 누가 나타날 때까지 소리를 지르고 난리를 쳐댔어. 계속 소리를 지르고 난리를 쳐대니까 그 사람들은 신물이 나서 우리를 이 행성 카탈로그에 집어넣더군. 자기들이 우리 문제를 처리할 준비가 될 때까지 우리 관심을 딴 데로 좀 돌리려고 그런 거야. 이건 센스-오-테이프라고." 포드가 말했다.

자포드가 씁쓸한 표정으로 그를 바라보았다.

"아, 젠장. 내 황홀한 꿈을 깨우더니 엉뚱한 녀석 꿈을 보여주는구나." 자포드는 왈칵 성을 내며 자리에 앉았다.

"저기 저 계곡들은 뭐야?" 그가 말했다.

"품질 보증서야. 우리는 벌써 봤어." 포드가 말했다.

"일부러 일찍 안 깨웠어. 지난번 행성은 물고기들이 무릎까지 차 있었거든." 트릴리언이 말했다.

"물고기?"

"기괴한 걸 좋아하는 인간들도 있지."

"그리고 그 전 것은 백금 행성이었어. 좀 지루했지. 하지만 이건 네가 보고 싶어 할 줄 알았지." 포드가 말했다.

어디를 둘러봐도 빛의 바다가 한 가지 단일한 광채로 빛나고 있었다.

"정말 예쁘네." 자포드가 툴툴거리며 말했다.

하늘에 거대한 녹색 카탈로그 숫자가 나타났다. 그것은 깜박거리다가 다른 숫자로 바뀌었다. 그들이 다시 주변을 돌아보자 땅도 달라져 있었다.

그들이 일제히 말했다. "이크."

바다는 자주색이었다. 그들이 서 있는 바닷가는 노란색과 초록색의 작은 자갈들로 덮여 있었다. 언뜻 보기에도 끔찍하게 진귀한 보석들 같았다. 멀리 보이는 산들은 물렁물렁해 보였고 그 빨간 산꼭대기들은 출렁거리고 있는 듯 보였다. 가까이에는 주름 장식이 붙은 엷은 자주색 파라솔과 은색 술을 단 순은 비치 테이블이 놓여 있었다.

하늘에 거대한 광고문이 카탈로그 숫자를 치우며 나타났다. '어떤 취향을 가지고 계시든 마그라테아가 맞춰드릴 수 있습니다. 저희는 잘난 체하는 게 아닙니다.'

그러고는 완전히 벌거벗은 여자 오백 명이 낙하산을 타고 하늘에서 내려오기 시작했다.

그 장면은 순식간에 사라졌고, 이제 그들은 암소들이 가득한 봄날의 초원 위에 서 있었다.

"아이고! 내 머리들이 터질 것 같아!" 자포드가 말했다.

"그 얘기를 좀더 해보겠어?" 포드가 말했다.

"그래, 좋아." 자포드가 말했다. 세 사람은 자리에 앉았고, 주위에서 나타났다 사라지는 장면들은 무시했다.

"내 결론은 이거야. 내 머리에 일어난 일이 뭐든지 간에 그 짓을 한 것은 나야. 그렇게 해서 정부의 정신 검색 테스트를 들키지 않고 통과하려고 했던 것 같아. 나 자신조차 그 일에 대해 기억을 못하게 만들고 말이야. 꽤나 미친 짓이지?" 자포드가 말했다.

다른 두 사람이 고개를 끄덕여 동의했다.

"그래서 말인데, 내가 알고 있다는 것을 다른 사람들이 알지 못하도록, 은하 정부는 물론이고 나 자신조차 모르도록 할 만한 대단한 비밀이 과연 뭘까? 그 대답은 나도 몰라. 정말로. 하지만 몇 가지 사실을 종합해보면 추측은 할 수 있을 것 같아. 내가 대통령 출마를 결심한 게 언제였지? 유덴 브랭크스 대통령 사망 직후였어. 유덴을 기억하지, 포드?"

"그럼. 우리가 꼬마였을 때 만난 사람이지. 아크투란의 선장. 재미있는 사람이었어. 네가 그 사람의 메가 화물선에 침입해 들어갔을 때 콩커 장난감(끈에 달린 도토리 열매를 서로 부딪쳐 깨뜨리는 사람이 이기는 놀이에 쓰는 장난감—옮긴이주)을 줬지. 자기가 만난 아이들 중에 네가 가장 놀라운 아이라고 말했어." 포드가 말했다.

"이게 다 무슨 말이야?" 트릴리언이 말했다.

"옛날 얘기." 포드가 말했다. "우리가 베텔게우스에서 같이 놀던 꼬마였을 때 얘기야. 당시 아크투란의 메가 화물선은 은하계 중심부와 외곽 지역 사이의 주요 교역을 거의 다 맡고 있었지. 베텔게우스의 무역상들이 시장을 찾아내면 아크투란의 화물선들이 공급을 담당하는 식이었어. 도델리스 전쟁으로 일망타진되기 전까진 우주 해적들이 아주 골칫거리였기 때문에 메가 화물선에는 은하 과학 최고의 방어막이 설치되어 있었지. 정말 대단한 괴물 같은 녀석들이었어. 게다가 무지하게 컸지. 행성 궤도에 진입해 들어오면 일식을 일으킬 정도였으니까.

하루는, 여기 이 꼬마 자포드가 그 화물선을 습격하기로 결심했지. 성층권 비행용 트라이제트 스쿠터를 타고. 일개 꼬맹이가 말이야. 난 턱도 없는 짓 하지 말라고 했어. 그건 미친 원숭이보다도 더 미친 짓이었으니까. 내가 그 스쿠터를 같이 타고 간 건, 못한다에 돈을 걸었고 그 돈은 이미 내 거나 다름없었기 때문이었지. 녀석이 가짜 증거를 가져오는 게 싫었거든. 그래서 무슨 일이 일어났냐고? 우리는 여기 이 녀석이 완전히 다른 물건으로 개조한 그 트라이제트 스쿠터에 올랐고, 삼 파섹 거리를 몇 주 만에 지나 메가 화물선에 침입했어. 지금도 도대체 어떻게 된 건지 이해가 안 되는 일이야. 그러고는 장난감 권총을 휘두르며 조종실에 들이닥쳐서는 콩커 장난감을 내놓으라고 요구했지. 정말 그보다 기가 막히는 일은 없었어. 난 일 년치 용돈을 모두 잃어버렸다고. 그래서 얻은 게 뭐냐? 빌어먹을 콩커 장난감이었지."

"선장이 그 대단한 사람이었어. 유덴 브랭크스 말이야." 자포드가 말했다. "우리한테 먹을 것도 주고, 은하계에서도 가장 이상한 곳에서 가져온 술에다, 물론 콩커 장난감도 아주 많이 줬어. 정말 엄청 재미있게 놀았지. 그리고 그 사람은 우리를 텔레포트해서 돌려보내 줬는데, 그게 베텔게우스 국립 교도소에서도 가장 철통같은 보안을 자랑하는 건물 안이었다고. 정말 멋진 사람이었어. 나중에는 은하계 대통령이 되었지."

자포드가 말을 멈추었다.

주변 경관은 어둠 속으로 빠져들고 있었다. 컴컴한 안개가 그들 주위로 피어오르고, 어둠 속에는 코끼리같이 생긴 형체들이 어른거렸다. 대기는 이따금씩 상상의 존재들이 다른 상상의 존재들을 살해하는 비명 소리로 찢겨져 나갔다. 이것도 돈 되는 상품이 되는 걸 보면 이런 걸 좋아하는 사람들이 꽤나 있는 게 틀림없었다.

"포드." 자포드가 나직이 말했다.

"왜?"

"유덴이 죽기 직전에 나를 보러 왔었어."

"뭐? 그런 말은 안 했잖아."

"안 했지."

"그 사람이 뭐라고 했어? 무슨 일로 보러 왔던 거야?"

"순수한 마음 호에 대해 말해줬어. 내가 그걸 훔쳐야 한다는 것도 그 사람 아이디어였지."

"그 사람 아이디어라고?"

"그래. 그리고 그걸 훔칠 수 있는 유일한 길은 진수식에서뿐이라는 것도." 자포드가 말했다.

포드는 놀라서 입을 딱 벌리고 자포드를 바라보다가 큰 소리로 웃음을 터뜨렸다.

"너 지금, 네가 은하계의 대통령이 된 게 겨우 그 배를 훔치기 위해서였다는 거야?"

"바로 그거야." 대부분의 다른 사람의 경우라면 부드러운 벽이 둘러쳐진 병원 방에 갇히기 딱 좋은 미소를 지어 보이며 자포드가 말했다.

"하지만 왜? 그걸 갖는 게 왜 그렇게 중요한데?" 포드가 말했다.

"나도 몰라. 내 생각엔, 그게 왜 그렇게 중요하고 내가 왜 그걸 필요로 하는지를 내가 의식적으로 알고 있었다면, 두뇌 검색 테스트에서 다 나타났을 거야. 그럼 난 절대 통과 못했겠지. 유덴이 내게 해준 말 중 많은 부분이 아직 열쇠로 채워져 있는 것 같아." 자포드가 말했다.

"그러니까, 네 생각엔 유덴이 네게 한 무슨 말 때문에 네가 자진해서 네 머릿속을 다 망쳐놓았다는 거야?"

"워낙 말을 잘하는 사람이었으니까."

"그건 그래. 하지만 자포드, 이 친구야, 자기 몸은 자기가 돌봐야 하는 거잖아."

자포드가 어깨를 으쓱했다.

"무슨 말이냐 하면, 이런 엄청난 일을 한 데는 조금이라도 어떤 이유가 있지 않겠냐는 거지." 포드가 말했다.

자포드는 이 말에 대해 열심히 생각을 해보았다. 의혹이 머릿속을 스치는 것 같았다.

"생각이 안 나." 마침내 그가 입을 열었다. "내가 나 자신의 비밀로 가는 문을 지키고 서 있는 것 같아. 하지만······." 그가 좀더 생각에 잠겼다가 말을 이었다. "이해는 할 만해. 생쥐에게 침을 뱉을 수 있다는 것 정도 빼고는 나 자신도 나를 믿지 않으니까."

잠시 후, 카탈로그의 마지막 행성이 발아래에서 사라지고 다시 견고한 세상이 모습을 드러냈다.

그들은 유리 테이블들과 디자인 상패들이 가득한 호화로운 방 안에 앉아 있었다.

키가 큰 마그라테아 사람이 그들 앞에 서 있었다.

"생쥐들이 지금 여러분을 보시겠답니다." 그가 말했다.

30

"그렇게 된 거라오." 슬라티바트패스트가 그의 서재의 끔찍한 쓰레기들을 어떻게 좀 치워보려고 하며 말했다. 하지만 그의 태도에는 열의가 없었다. 그는 종이 더미 위에서 종이 한 장을 집어 들었지만, 그걸 어디에다 치워야 할지 정하지 못하고 원래의 더미 위에 다시 올려놓았다. 그러자 그 더미는 곧 쓰러져버리고 말았다. "깊은 생각이 지구를 설계하고, 우리가 만들어서, 당신들이 그 위에 살게 된 거라오."

"그리고 그 프로그램이 완료되기 오 분 전에 보고인들이 와서 파괴해 버린 거고요." 아서가 무덤덤하게 말했다.

"그렇소." 노인이 방 안을 망연자실하게 둘러보기를 멈추고 말했다. "천만 년의 계획과 작업이 그런 식으로 날아가 버린 거라오. 천만 년 말이오, 지구인. 그런 엄청난 시간이 상상이나 되오? 그 시간이면 작은 벌레 한 마리로부터 은하 문명이 다섯 번은 자라날 수 있을 거요. 그게 날아가 버린 거지." 그가 말을 멈췄다가 덧붙였다. "그런 게 관료주의라오."

"이 모든 얘기를 들으니 많은 일들이 설명이 되는군요. 이제껏 저는 이 세상에 뭔가가 일어나고 있다는 설명할 수 없는 기이한 느낌을 가지고 살았어요. 뭔가 큼직하고, 불길하기까지 한 일 말이에요. 하지만 아무도 그게 뭔지 제게 말해주려 하지 않았죠."

"그건 아니오. 그건 완전히 정상적인 편집증이오. 우주의 모든 사람이 갖고 있는 병이지." 노인이 말했다.

"누구나요? 누구나 그걸 갖고 있다면 그건 분명 뭔가 의미가 있다고요! 어쩌면 우리가 알고 있는 우주 바깥 어딘가에서……." 아서가 말했다.

"그럴지도 모르지." 아서가 너무 흥분하기 전에 슬라티바트패스트가 말했다. "하지만 무슨 상관이오? 어쩌면 내가 너무 늙고 피로한 건지도 모르지. 그래도 난 항상 정말로 무슨 일이 벌어지고 있는지 알아낼 확률이란 너무도 터무니없이 낮다고 생각하오. 그러니까 우리는 그런 건 말도 안 된다고 무시해버리고 일에 몰두하는 수밖에 달리 방도가 없소. 나를 보시오. 난 해안들을 디자인하지. 노르웨이를 설계해서 상도 받았소."

그는 파편 더미 사이를 뒤져서 그의 이름이 새겨지고 노르웨이 해안의 모델이 새겨져 있는 커다란 플렉시글라스 상패 하나를 끄집어냈다.

"이게 무슨 의미가 있소?" 그가 말했다. "내가 이해할 수 있는 건 아무것도 없소. 난 평생 피오르드 해안을 만들었소. 정말 아주 잠깐 동안은 피오르드가 유행했고, 그래서 큰 상도 탔지."

그는 그것을 뒤집어 보더니 어깨를 으쓱하고는 무심하게 아무 데나 집어던졌다. 하지만 부드럽지 않은 곳에 내던질 만큼 무심하게는 아니었다.

"이번 지구 대체품 건설에선 아프리카를 맡았지. 물론 이번에도 난 피오르드 해안을 만들 거요. 그게 좋으니까. 난 구식이라 그런지, 그 해안이 대륙에 멋진 바로크풍 느낌을 줄 것만 같거든. 그런데 저들은 그게 적도 부근에는 어울리지 않는다고 말한다오. 적도라니!" 그가 공허하게 웃었다. "그게 무슨 상관이오! 물론 과학이 멋진 일들을 해내긴 했지. 하지만 난 옳은 것보다는 행복한 게 훨씬 좋소."

"그래서 행복하세요?"

"아니오. 물론 거기에 문제가 있지."

"슬픈 일이군요." 아서가 동정을 표했다. "그렇지만 않다면 꽤 괜찮은 인생처럼 보이는데요."

벽 어딘가에서 작고 하얀 빛이 번쩍였다.

"따라오시오. 당신은 생쥐들을 만나게 될 거요. 당신이 행성에 도착한 게 엄청난 흥분을 불러일으켰소. 듣자니, 우주 역사상 세 번째 불가사의라며 요란을 떨더군." 슬라티바트패스트가 말했다.

"처음 두 가지는 뭐였는데요?"

"아, 뭐 그냥 우연한 일들이었겠지." 슬라티바트패스트가 무관심하게 말했다. 그는 문을 열고 아서가 따라 나오기를 기다렸다.

아서는 다시 한번 주변을 돌아보고, 자신의 모습을 내려다봤다. 자신이 목요일 아침에 진흙 속에 입고 누워 있었던 땀에 전 헝클어진 옷을.

"내 인생 스타일에는 뭔가 심각한 문제가 있는 것 같군." 그가 중얼거렸다.

"뭐라고 하셨소?" 노인이 부드럽게 물었다.

"아, 아닙니다. 농담이었어요." 아서가 말했다.

31

잘못 내뱉은 말 한마디로 수많은 목숨이 날아갈 수도 있다는 사실은 널리 알려져 있지만, 이러한 문제의 규모가 얼마나 큰지에 대해서는 제대로 인식되지 못하고 있다.

가령, 아서가 "내 인생 스타일에는 뭔가 심각한 문제가 있는 것 같군" 하고 말한 바로 그 순간, 시공간 연속체의 조직에 괴상한 웜홀이 하나 열렸다. 그리고 그 구멍은 거의 무한대의 공간을 넘어 머나먼 과거의 멀고 먼 은하계에 그의 말을 전했다. 그때 그곳에서는 기이하고 호전적인 존재들이 끔찍한 성간 전쟁을 목전에 두고 대치하고 있었다.

두 적장이 최후의 회담을 진행하는 중이었다.

회담장에는 무시무시한 침묵이 흐르고 있었다. 보석 박힌 검은색 전투용 반바지를 눈부시게 차려입은 브엘허르그의 사령관은 달콤한 향기가 나는 녹색 증기 속에 웅크린 채 반대편에 앉아 있는 그구그번트의 지도자를 똑바로 응시하고 있었다. 그의 등 뒤에는 무시무시하게 중무장을 한 말쑥한 우주선 백만 대가 그의 명령 한마디면 전자 죽음의 폭풍을 일으킬 태세로 대기 중이었다. 그는 이 그구그번트의 야비한 생물이 자기 어머니에 대해 한 말을 철회할 것을 요구하고 있었다.

그 생물은 역겹게 끓어오르는 증기 속에서 몸을 뒤척였다. 바로 그 순간 '내 인생 스타일에는 뭔가 심각한 문제가 있는 것 같군' 이라는 말이 회담장 안으로 흘러 들어왔다.

불행히도 이것은 브엘허르그 언어로는 상상도 못할 만큼 끔찍하게 모욕적인 말이었다. 그런 말을 들으면 수세기 동안 끔찍한 전쟁을 치르는 수밖에 도리가 없었다.

마침내 수천 년에 걸쳐 그들 은하계의 인구 십분의 일이 죽어버리고 나서야 이 모든 일이 끔찍한 실수였다는 사실이 밝혀졌다. 그래서 대치하던 양측의 전함들은 별것 없는 남은 이견을 조율하고, 이제 그 모욕적인 언사의 진원지로 확실하게 밝혀진 우리 은하계를 공격하기 위한 연합 함대를 구성했다.

그 후 수천 년에 걸쳐 그 막강한 함대는 공허한 우주 공간을 건너와 마침내 그들의 눈에 띈 첫 번째 행성에 쏟아져 내렸는데, 그것은 우연히도 지구였다. 하지만 끔찍한 각도 계산 착오로 말미암아, 그 함대 전체는 어떤 작은 개의 입 속에 삼켜져버리고 말았다.

우주의 역사에서 원인과 결과의 복잡한 상호 작용을 연구하는 사람들은 이런 종류의 일들이 항상 벌어지고 있으며 우리가 그것을 막을 수도 없다고 말한다.

"인생이란 그런 거야." 그들은 말한다.

비행차는 곧 아서와 마그라테아의 노인을 어떤 입구로 데려왔다. 그들은 차에서 내려 문을 통과했고, 유리 테이블과 플렉시글라스 상패가 가득한 대기실에 들어섰다. 거의 동시에 방의 반대편에 있는 문 위에 불이 들어왔고 그들은 그 안으로 들어갔다.

"아서! 너 무사했구나!" 어떤 목소리가 말했다.

"나 말이야?" 아서가 깜짝 놀라 말했다. "오, 괜찮아."

실내 조명이 좀 약한 상태여서 아서는 조금 지나고 나서야 포드와 트릴리언, 자포드를 알아볼 수 있었다. 그들은 이국풍의 요리들과 이상한 사탕과자들, 괴이한 모양새의 과일들이 아름답게 차려진 커다란 식탁에 둘러앉아 마구 먹어대고 있었다.

"너흰 무슨 일을 겪었는데?" 아서가 물었다.

"글쎄." 자포드가 근육 구이 뼈다귀를 물어뜯으며 말했다. "여기 계신 손님들께서 우리에게 가스를 먹이고 혼을 빼놓으면서 대단히 이상하게 굴더니만 이제는 보상하는 의미에서 제법 괜찮은 식사를 제공하셨지 뭐야. 자……." 그가 접시에서 불쾌한 냄새를 풍기는 고깃덩어리 하나를 번쩍 들면서 말했다. "이 베가 행성의 코뿔소 커틀릿 좀 먹어봐. 혹시 이런 걸 좋아한다면 맛있을 거야."

"그럼 주인은? 주인은 누군데? 내 눈엔 아무도……." 아서가 말했다.

나직한 목소리가 말했다. "점심 식사에 오신 걸 환영하오, 지구 생물."

아서는 두리번거리다가 돌연 소리를 질렀다.

"억!" 그가 말했다. "식탁 위에 생쥐가 있잖아!"

모두들 일제히 아서를 쳐다보았고 어색한 침묵이 흘렀다.

아서는 식탁 위의 위스키 잔같이 생긴 것 안에 들어 있는 생쥐 두 마리를 보느라 정신이 없었다. 그는 갑작스러운 침묵을 알아차리고 주위 사람들을 둘러보았다.

"아!" 문득 상황을 파악한 그가 말했다. "아, 미안해. 나는 아직 준비가 ……."

"내가 소개하지. 아서, 이분은 벤지 생쥐셔." 트릴리언이 말했다.

"안녕하시오?" 생쥐 한 마리가 말했다.

그의 수염이 위스키 잔 같은 물건 내부의 터치 센서를 건드린 것 같았다. 그것이 앞으로 살며시 미끄러져 움직였다.

"그리고 이분은 프랭키 생쥐시고."

"만나서 반갑소." 다른 생쥐가 말했다. 그러고는 먼젓번 생쥐와 같은

은하수를 여행하는 히치하이커를 위한 안내서 213

행동을 했다.

아서는 얼이 빠졌다.

"하지만 저것들은……."

"맞아. 내가 지구에서 가져온 그 생쥐들이지." 트릴리언이 말했다.

그녀는 그의 눈을 빤히 쳐다보았다. 아서는 그 안에서 희미한 자포자기의 기운을 읽은 것 같았다.

"거기 아크투란 메가 당나귀 다진 고기 접시 좀 주겠어?" 그녀가 말했다.

슬라티바트패스트가 예의를 차려 헛기침을 했다.

"음, 실례합니다."

"예, 고마워요, 슬라티바트패스트 씨. 가도 좋아요." 벤지 생쥐가 날카롭게 말했다.

"예? 아……예, 그렇게 하지요." 노인이 약간 당황해서 말했다. "그러면 저는 가서 피오르드 해안 일이나 계속 하겠습니다."

"아, 그런데 사실 그게 필요 없을 것 같아요." 프랭키 생쥐가 말했다. "그 새 지구가 이젠 더 이상 필요치 않은 것 같거든요." 그는 작은 분홍색 눈알을 굴리며 계속 말했다. "지구가 파괴되기 일보 직전까지 거기 있었던 원주민이 발견되었으니까."

"뭐라고요?" 슬라티바트패스트가 소스라치듯 놀라며 외쳤다. "설마 진심은 아니시겠죠! 난 벌써 아프리카로 굴려 갈 빙하를 천 개나 준비해뒀단 말입니다!"

"글쎄, 그것들을 부수기 전에 잠깐 스키 휴가나 다녀오시든지요." 프랭키가 심술궂게 말했다.

"스키 휴가요!" 노인이 소리쳤다. "그 빙하들은 예술품이란 말입니다! 우아하게 조각된 윤곽, 하늘 높이 치솟은 얼음 봉우리들, 웅장한 깊은 계곡들! 그런 예술 작품 위에서 스키를 탄다는 건 신성모독이에요!"

"고마워요, 슬라티바트패스트 씨. 그만 가보세요." 벤지가 단호하게 말했다.

"알겠습니다. 대단히 고맙습니다." 노인이 차갑게 말했다. 그러고는 아서를 향해 말했다. "그럼 지구인, 안녕히 가시오. 당신 인생 스타일이 좀 나아지길 바라오."

그는 나머지 사람들에게 가볍게 목례를 하고 돌아서서 슬픈 표정으로 방에서 걸어 나갔다.

아서는 할 말을 잃고 그의 뒷모습을 바라봤다.

"자아, 이제 일을 시작합시다." 벤지 생쥐가 말했다.

포드와 자포드는 서로 잔을 부딪쳤다.

"일을 위해서!" 그들이 말했다.

"뭐라고 했소?" 벤지가 물었다.

포드가 주변을 둘러보았다.

"미안해요. 축배를 들자는 말인 줄 알았죠." 그가 말했다.

두 마리 쥐는 그들의 유리 자동차 안에서 안절부절 부산을 떨었다. 마침내 진정이 되자 벤지가 아서에게 다가와 말을 시작했다.

"자, 지구 생물. 사실 우리가 처한 상황은 이렇소. 아시다시피, 우리는 당신네 행성을 지난 천만 년간 조종해왔소. 궁극적인 질문이라 불리는 이 지독한 것을 찾기 위해서였지."

"왜?" 아서가 날카롭게 말했다.

"아니오, 그건 우리도 이미 생각했던 거요." 프랭키가 말을 막고 나섰다. "하지만 그건 답과 안 맞잖소. '왜? 42'……그건 말이 안 되잖소."

"아니 내 말은, 왜 그런 일을 해왔느냐는 거죠." 아서가 말했다.

"아, 그랬군." 프랭키가 말했다. "글쎄, 무지막지하게 솔직히 말하자면, 결국에 가선 습관이 되었던 것 같소. 그리고 요점은 대략 이렇소. 우리는 이 모든 일이 죽도록 지겨워진 거요. 게다가 그 지긋지긋한 보고인들 때문에 그 모든 작업을 다시 수행해야 한다고 생각하면 비명이 터져 나올

은하수를 여행하는 히치하이커를 위한 안내서

정도로 치가 떨리오. 무슨 말인지 알겠소? 벤지와 내가 어떤 임무 하나를 마친 뒤 잠깐 휴가를 가질까 하고 그 행성을 떠났던 것은 정말 단순한 행운이었지. 그랬다가 당신 친구들의 도움으로 손을 좀 써서 마그라테아로 돌아온 거요."

"마그라테아는 우리 차원으로 돌아가는 입구요." 벤지가 끼어들었다.

그의 동료 쥐가 말을 이었다. "그리고 나서 우린 5차원 토크쇼와 지방 순회 강연을 조건으로 어마어마한 금액의 계약을 제안받았소. 물론 우린 그 제안을 무척 받아들이고 싶소."

"나라면 당연히 받아들이겠어. 넌 안 그래, 포드?" 자포드가 무슨 선동이라도 하듯 말했다.

"아, 그럼." 포드가 말했다. "총알처럼 달려들어야지."

아서는 도대체 무슨 꿍꿍이가 있는 것인지 의아해하며 그들을 돌아보았다.

"그러나 우리에겐 우선 '물건'이 있어야 하오. 그러니까, 이상적으로 말하자면 우리에겐 어떤 식으로든 궁극적인 질문이 있어야 해요." 프랭키가 말했다.

자포드가 아서에게 고개를 기울였다.

"알겠어?" 그가 말했다. "저들이 스튜디오에 편안하게 앉아 자기들이 우연히도 삶, 우주 그리고 모든 것에 대한 해답을 알게 됐다고 말한다면 말이야, 결국에는 그 답이 실은 42라고 말해야 되겠지. 그럼 그 쇼는 아마 굉장히 짧은 쇼가 될 거야. 뭐 더 할 말이 있어야 말이지."

"우린 뭔가 그럴듯하게 '들리는' 것을 가지고 가야 해요." 벤지가 말했다.

"그럴듯하게 들리는 거라고요?" 아서가 소리쳤다. "그럴듯하게 들리는 궁극적인 질문? 그것도 두 마리 생쥐의 입에서?"

생쥐들이 수염을 빳빳이 세웠다.

"글쎄, 이상주의도 좋고, 순수한 연구의 명예도 좋고, 각종 진리 추구도 좋다 이거요. 하지만 이 세상에 '진짜' 진리라는 것이 있다면 그건 이 모든 다차원적 무한 우주가 거의 틀림없이 미친놈 집단에 의해 지배되고 있다는 게 아닐까 하는 의혹이 들기 시작하는 날이 올 거요. 그따위 진리를 찾자고 천만 년을 더 보내야 하는 것과 그냥 돈을 들고 튀어버리는 것 사이에서 선택을 해야 한다면, 나는 튀는 쪽을 택하겠소." 프랭키가 말했다.

"하지만……." 아서가 절망적으로 말을 꺼냈다.

"여어, 지구인. 이렇게 생각해봐." 자포드가 끼어들었다. "네가 바로 그 컴퓨터 모체의 단 하나 남은 마지막 산물이야. 너희 행성이 없어지기 직전까지 넌 거기 있었잖아, 안 그래?"

"음……."

"그러니까 네 두뇌는 그 컴퓨터 프로그램이 거의 끝장나기 일보 직전 구성 상태의 유기적 일부란 말이야." 포드는 자신이 생각하기에도 명석하게 설명했다.

"그렇지?" 자포드가 말했다.

"글쎄." 아서가 미심쩍게 대답했다. 그는 자신이 무언가의 유기적 일부라고 느껴본 적이 한 번도 없었다. 그는 언제나 그게 자기 문제의 하나라고 생각하고 있었다.

벤지가 그의 이상하게 생겨먹은 작은 수송체를 움직여 아서에게 다가오며 말했다. "다시 말하면, 당신 두뇌 구조에 그 질문의 구조가 암호화되어 남아 있을 가능성이 매우 높다는 얘기요. 우리는 당신에게서 그걸 사들이고 싶소."

"뭘요, 그 질문을요?" 아서가 말했다.

"그래." 포드와 트릴리언이 함께 말했다.

"엄청난 돈을 주고." 자포드가 말했다.

"아니, 아니. 우리가 사고 싶어 하는 것은 그 뇌요." 프랭키가 말했다.

"뭐!"

"누군들 그걸 갖고 싶지 않겠소?" 벤지가 말했다.

"당신들이 그 뇌를 전기적으로 읽어낼 수 있다고 말한 것 같은데요." 포드가 항의했다.

"아, 맞소. 하지만 그걸 먼저 끄집어내야 하오. 사전 준비가 필요한 거지." 프랭키가 말했다.

"화학 처리를 하고." 벤지가 말했다.

"깍둑썰기를 하고."

"그럼 이만." 아서가 공포에 질린 나머지 의자를 엎어뜨리고 식탁에서 황급히 뒷걸음치며 외쳤다.

"언제든 새것으로 갈 수 있소. 그게 중요하다고 생각한다면 말이오." 벤지가 합리적으로 설명했다.

"그렇소, 전자 두뇌로. 아주 단순한 것이라도 충분할 거요." 프랭키가 말했다.

"단순한 거라고!" 아서가 울부짖었다.

자포드가 돌연 사악한 미소를 지으며 말했다. "그럼 거기에다 '뭐?', '난 이해가 안 되는데', '홍차는 어딨어?' 이 세 마디만 프로그래밍하면 될 거야. 아무도 그 차이를 모를걸."

"뭐?" 아서가 더 뒷걸음치며 말했다.

"거봐, 내 말이 맞지." 자포드는 이렇게 말하다가, 그 순간 트릴리언이 취한 어떤 행동 때문에 고통스럽게 비명을 질렀다.

"'난' 그 차이를 알 거야." 아서가 말했다.

"아니, 모를 거요. 알지 못하도록 프로그래밍할 테니까." 프랭키 생쥐가 말했다.

포드가 문 쪽으로 갔다.

"이봐, 생쥐 친구들. 안됐지만 우린 협상이 안 될 것 같군." 그가 말했다.

"내가 보기엔 우린 협상을 해야만 할걸." 두 마리 생쥐가 합창하듯 말했다. 그들의 조그마한 목소리에서 울리던 부드러움은 순식간에 사라졌다. 낑낑거리는 듯한 날카로운 소리가 조그맣게 들리더니 그들의 유리 수송체가 테이블 위로 떠올라 아서를 향해 흔들흔들 다가왔다. 아서는 완전히 넋이 나간 채 비틀거리며 막다른 구석으로 뒷걸음쳤다.

트릴리언이 필사적으로 아서의 팔을 잡아채서는, 포드와 자포드가 안간힘을 다해 열고 있는 문 쪽으로 끌고 가려 했다. 하지만 아서는 축 늘어져 천근만근이었다. 그는 자신을 향해 급강하하고 있는 공수(空輸) 설치류들 때문에 최면에라도 걸려 있는 것 같았다.

트릴리언이 비명을 질러도 그는 그저 입을 쩍 벌리고 있을 뿐이었다.

포드와 자포드가 다시 한번 죽어라고 힘을 써서 문을 열었다. 문 밖에는 마그라테아의 깡패들이라고밖에 생각할 수 없는 일군의 못생긴 사람들이 대기하고 있었다. 사람들만 못생긴 게 아니라, 그들이 가지고 있는 의료 기구들도 결코 예쁘장하다고는 볼 수 없는 것들이었다. 그들이 몰려왔다.

아서는 이제 막 머리 뚜껑이 열리게 될 판이었다. 트릴리언도 그를 도울 수가 없었고, 포드와 자포드도 자기보다 훨씬 덩치 크고 무장이 잘 된 흉측한 놈들에게 공격당하기 일보직전이었다.

바로 그 순간, 엄청 다행스럽게도 그 행성의 모든 경보 시스템이 갑자기 고막이 터질 지경으로 시끄럽게 경보를 울려대기 시작했다.

32

 마그라테아 전역에 경적이 울려 퍼졌다. "비상! 비상! 적기가 행성에 착륙했다. 8A 구역에 무장 침입자들이 있다. 방어 태세를 갖춰라, 방어 태세를 갖춰라!"
 생쥐 두 마리는 바닥의 산산조각난 유리 수송체 잔해 주위를 빙빙 돌며 초조하게 코를 씰룩거렸다. "젠장, 이 파운드밖에 안 되는 지구놈 뇌 때문에 이게 무슨 소란이람." 프랭키 생쥐가 투덜거렸다. 그는 빨간 눈을 반짝거리며 미세한 하얀 깃털을 쫑긋 세우고는 주변을 부산하게 돌아다녔다. 벤지가 쪼그리고 앉아 생각에 잠긴 채 수염을 쓰다듬으며 말했다. "지금 우리가 할 수 있는 일은 가짜 질문을 만들어내는 것밖에 없어. 그럴듯하게 들리는 걸로 하나 위조하자."
 "어렵네." 프랭키가 말했다. 그가 생각에 잠겼다가 말했다. "'노랗고 위험천만한 게 뭘까'는 어때?"
 벤지가 잠시 생각해보았다.
 "아냐, 좋지 않아. 답이랑 안 맞아."
 몇 초간 침묵이 흘렀다.
 "좋아. '육 곱하기 칠은 무엇인가?'" 벤지가 말했다.
 "아냐, 아냐, 너무 문자 그대로잖아. 너무 사실적이고. 그런 거에는 어떤 바보도 넘어가지 않을 거야." 프랭키가 말했다.

그들은 다시 생각에 잠겼다.

프랭키가 말했다. "아, 생각났다. '인간은 얼마나 많은 길을 가야 하나?'"

"아! 하, 그거 제법 그럴듯한데!" 벤지가 말했다. 그는 그 문장을 잠시 음미해보더니 말했다. "그래, 훌륭해! 한 가지 의미로 딱 고정되지도 않으면서 아주 의미심장해 보여. '인간은 얼마나 많은 길을 가야 하나? 42.' 훌륭해, 훌륭해. 그거면 그들도 속을 거야. 프랭키, 우린 해낸 거야!"

그들은 흥분해서 팔짝팔짝 춤을 추었다.

그들 가까이의 바닥에는 무거운 디자인 상패로 머리를 강타당한 꽤 못생긴 남자들이 쓰러져 있었다.

반 마일쯤 떨어진 곳에서는 네 사람이 복도를 쿵쿵거리며 출구를 찾고 있었다. 그들은 넓게 탁 트인 컴퓨터실로 뛰어들어 주변을 황망히 둘러보았다.

"자포드, 어느 쪽인 것 같아?" 포드가 말했다.

"마구잡이로 짐작하면, 이쪽일 것 같아." 자포드가 오른쪽으로 돌아 컴퓨터 더미와 벽 사이에 난 길로 뛰어들며 말했다. 다른 사람들이 그의 뒤를 바싹 쫓을 때, 킬-오-잽 에너지 광선이 그의 앞을 가로막았다. 광선은 그를 몇 인치 정도 빗나가서 근처 벽을 조금 지져놓았다.

핸드 마이크로 누군가가 말했다. "좋아, 비블브락스, 꼼짝 마라. 너희는 포위됐다."

"경찰이다!" 자포드가 쭈그린 채 돌아보며 소리 죽여 말했다. "이번엔 네가 한번 추측해볼래?"

"좋아, 이쪽이다." 포드가 말했다.

그들 네 사람은 컴퓨터 더미 사이의 통로로 달려갔다.

통로 끝에서 우주복을 입고 중무장을 한 인물이 무시무시한 킬-오-잽 총을 흔들며 나타났다.

"우린 널 쏘고 싶지 않다, 비블브락스!" 그자가 소리쳤다.

"그거 반가운 소리로군!" 자포드가 되받아 소리쳤다. 그러고는 두 개의 데이터 프로세스 장비 사이의 틈으로 뛰어내렸다.

다른 사람들도 그 뒤를 따랐다.

"두 사람이야. 우린 코너에 몰렸어." 트릴리언이 말했다.

그들은 큼직한 컴퓨터 데이터뱅크와 벽 사이의 틈으로 쑤시고 들어갔다. 그들은 숨을 죽이고 기다렸다.

갑자기 두 경찰관이 양쪽에서 동시에 사격을 개시했고, 실내는 에너지 광선으로 진동했다.

"아니 저 녀석들이 우리한테 총을 쏘잖아. 저 녀석들, 쏘고 싶지 않다고 말한 줄 알았는데." 아서가 몸을 공처럼 똘똘 말고 말했다.

"그래, 나도 그렇게 들었어." 포드가 동의했다.

자포드는 위험하게도 머리 하나를 쑥 내밀었다.

"이봐, 우리를 쏘고 싶지 않다고 했었잖아!" 그가 말했다. 그리고 다시 고개를 움츠렸다.

그들은 기다렸다.

잠시 후 대답이 들렸다.

"경찰관은 쉬운 직업이 아니야."

"뭐라고 한 거야?" 포드가 놀라서 속삭였다.

"경찰관이 쉬운 직업이 아니래."

"뭐, 그건 자기 문제잖아, 안 그래?"

"나라면 그렇게 생각할 거야."

포드가 소리쳤다. "이봐, 들어봐! 너희가 총을 쏴대는 것만으로도 우리는 문제가 넘치는 판이라고. 그러니 너희 문제를 우리에게 떠넘기지 마. 그럼 양쪽 모두 살기가 훨씬 쉬워질 테니까!"

다시 한번 침묵이 흐르더니 핸드 마이크가 울려 퍼졌다.

"이번엔 내 말을 들어봐라." 목소리가 말했다. "너희는 총질이나 해대는 2비트짜리 멍텅구리를 상대하고 있는 게 아니다. 바싹 자른 머리에 돼지 같은 단추 눈을 하고는 대화라곤 할 줄 모르는 그런 바보 경찰 말이다. 우리는 너희가 사교적인 자리에서 만난다면 아마 꽤나 좋아하게 될, 지적이고 마음씨 좋은 사람들이다! 난 이유도 없이 사람들에게 총질을 해대고는 나중에 초라한 우주 기마대 술집에 가서 허풍이나 떠는 그런 사람이 아니다. 내가 아는 어떤 경찰들과는 다르단 말이다! 난 사람들에게 제멋대로 총질을 해대고 나면 나중에 여자 친구 앞에서 몇 시간씩 마음 아파한단 말이다!"

"그리고 난 소설을 써!" 또 다른 경찰관이 장단을 맞췄다. "아직 출판된 건 하나도 없지만 말이야. 그래서 경고하는데, 난 지금 기분이 아주 부우울쾌하다고!"

포드는 눈이 반쯤 튀어나올 것 같았다. "저 녀석들, 도대체 뭐야?" 그가 말했다.

"알 수 없지. 차라리 저 녀석들이 총질할 때가 더 나았던 것 같아." 자포드가 말했다.

"좋아, 순순히 나오겠나, 아니면……폭파시켜 끄집어낼까?" 경찰관 중 하나가 다시 소리를 질렀다.

"너희는 어느 쪽이 좋으냐?" 포드가 외쳤다.

백만분의 일 초도 안 돼서 그들 주변의 공기가 불길에 휩싸였다. 킬-오-잽의 광선이 연이어 그들이 숨어 있는 데이터뱅크를 가격했다.

집중 포화는 몇 초간 견딜 수 없을 정도로 지독하게 계속됐다.

포화가 멎자, 메아리가 사라지는 동안 순간적으로 잠시 정적이 흘렀다.

"아직 거기 있냐?" 경찰관 한 명이 소리쳤다.

"있다." 그들이 대답했다.

"우리도 이 짓을 하는 게 즐겁지 않았다." 또 다른 경관이 소리쳤다.

"어련하실까." 포드가 외쳤다.

"자, 비블브락스, 내 말을 들어라. 잘 듣는 게 좋을 거다!"

"왜?" 자포드가 맞받아쳤다.

"왜냐하면, 굉장히 지성적이고 꽤 재미있고 또 인간적인 이야기를 할 거니까! 자, 너희가 항복하고 나와서 우리한테 때릴 기회를 주든지…… 물론 우리는 쓸데없는 폭력에는 반대하기 때문에 너무 많이 때리지는 않을 거지만……아니면, 우리가 이 행성 전체를 날려버리고 가는 길에 눈에 띄는 한두 개를 더 날려버리게 하든지 선택해라!" 경찰관이 소리쳤다.

"하지만 그건 미친 짓이야! 너흰 그런 짓을 못할 거야." 트릴리언이 외쳤다.

"천만에, 우린 할 거다." 경찰관이 소리쳤다. 그리고 다른 경관에게 물었다. "할 거지?"

"아, 물론 우린 할 거다. 틀림없이." 다른 경찰관이 소리쳐 답했다.

"하지만 왜?" 트릴리언이 물었다.

"왜냐하면, 아무리 감수성이니 뭐니 하는 것들을 다 알고 있는 깨인 진보 경찰이라도 할 건 해야 하니까!"

"이 친구들, 정말 구제 불능이군." 포드가 머리를 가로저으며 투덜거렸다.

"그럼 다시 총을 잠깐 쏠까?" 한 경찰관이 다른 경찰관에게 소리쳤다.

"좋아, 왜 아니겠어?"

그들은 다시 일제 전자 사격을 날렸다.

그 열기와 소음은 꽤나 대단했다. 컴퓨터 더미가 서서히 허물어졌다. 앞쪽은 이미 거의 녹아버렸고, 녹은 쇠는 용암처럼 강을 이루어 그들이 움츠리고 있는 뒤쪽으로 흘러들었다. 그들은 몸을 뒤로 바싹 붙이고 웅크린 채 최후를 기다리고 있었다.

33

그러나 최후는 오지 않았다. 적어도 그 순간에 오지는 않았다.

갑자기 일제 사격이 멈췄고, 갑작스러운 정적 속에서 목이라도 졸린 듯한 두어 번의 꼴까닥 소리와 쿵 소리가 들렸다.

네 사람은 서로를 쳐다보았다.

"무슨 일이지?" 아서가 말했다.

"저놈들이 멈췄어." 자포드가 어깨를 으쓱하며 말했다.

"왜?"

"알 게 뭐야. 네가 가서 물어볼래?"

"아니."

그들은 기다렸다.

"이봐?" 포드가 그들을 불러보았다.

아무 대답이 없었다.

"이상하네."

"함정인지도 몰라."

"저놈들은 그런 꾀도 없어."

"쿵 소리는 뭐였지?"

"알 수 없지."

그들은 몇 초를 더 기다렸다.

"좋아, 내가 가서 보고 오지." 포드가 말했다.

그는 다른 사람들을 돌아봤다.

"'아냐, 그래서는 안 돼. 내가 대신 갈게' 라고 말할 사람이 아무도 없단 말야?"

모두들 고개를 저었다.

"할 수 없지." 그가 말하고는 자리에서 일어났다.

잠시 동안 아무 일도 일어나지 않았다.

그리고 한 일 초쯤 더 지나도 계속해서 아무 일도 일어나지 않았다. 포드는 불타고 있는 컴퓨터에서 솟아오르는 짙은 연기 뒤편을 응시했다.

그는 조심스럽게 밖으로 나섰다.

여전히 아무 일도 일어나지 않았다.

연기 너머로 이십 야드 저편에 우주복을 입은 경찰관 한 명이 희미하게 보였다. 그는 고철 더미 속에 누워 있었다. 그 경찰관의 반대 방향으로 이십 야드 떨어진 곳에는 두 번째 경찰관이 누워 있었다. 그 외에는 아무도 없었다.

포드가 보기에 극도로 이상한 광경이었다.

그는 불안해하면서 천천히 첫 번째 경찰에게 접근했다. 그가 다가가도 경찰은 꼼짝도 않고 누워 있었다. 옆에 가서 그의 힘 빠진 손에 대롱대롱 매달려 있는 킬-오-잽 총을 발로 건드려봐도 그는 여전히 꼼짝하지 않았다. 꽤나 안심되는 광경이었다.

포드는 허리를 구부려 총을 집어 들었다. 아무 저항이 없었다.

그 경찰은 정말 죽은 게 분명했다.

재빨리 살펴보니 그는 블라굴론 카파 행성에서 온 경찰이었다. 메탄가스를 호흡하는 생명체라 마그라테아의 희박한 산소 대기에서 생존하기 위해 우주복을 입고 있었다.

그의 배낭에 들어 있는 작은 생명 유지 컴퓨터가 돌연 파괴돼버린 것 같았다.

포드는 대단히 놀라면서 주변을 살폈다. 이 미니 우주복 컴퓨터는 주로 모선의 주 컴퓨터와 서브-에서로 연결되어 완벽하게 지원을 받게끔 설계돼 있었다. 이런 시스템은 주 컴퓨터와의 피드백에 전적으로 오작동이 생기지 않는 한 어떤 상황에서도 망가지지 않았다. 그런 사례는 들어본 적도 없었다.

엎어져 있는 두 번째 인물에게 서둘러 다가간 포드는 똑같이 믿기지 않는 일이 그에게도 일어났다는 것을 알았다. 아마도 동시에 벌어진 일 같았다.

그는 이것 좀 보라고 다른 사람들을 불렀다. 그들은 다가와서 포드와 마찬가지로 놀랐지만, 그와 같은 호기심을 보이지는 않았다.

"여기서 당장 떠나자. 내가 찾는 게 여기 있다고 하더라도 이젠 필요 없어." 자포드가 말했다.

그는 두 번째 킬-오-잽 총을 집어 들고 아무 해도 끼치지 않은 회계 컴퓨터를 쏘아 박살 내고는 복도로 뛰어나갔다. 다른 사람들도 뒤를 따랐다. 자포드는 몇 야드 밖에서 그들을 기다리고 있던 비행차 역시 거의 박살 낼 뻔했다. 비행차는 비어 있었지만 아서는 그것이 슬라티바트패스트의 것임을 알아보았다.

슬라티바트패스트가 쓴 메모가 별다른 장치 없는 계기판에 붙어 있었다. 그 메모에는 화살표가 하나 그려져 있었고, 화살표는 계기판의 버튼 하나를 가리키고 있었다.

거기에는 이렇게 쓰여 있었다. '아마 이게 제일 누르기 좋은 버튼일 거요.'

34

비행차는 R17을 초과하는 속력으로 강철 터널을 총알처럼 통과해 우중충한 지표로 빠져나왔다. 다시 한번 황량한 여명이 찾아들고 있었다. 소름끼치는 회색빛이 땅 위에 엉겨 붙고 있었다.

R은 육체와 정신 건강에 지장을 주지 않고, 약속 시간에 오 분 이상 늦지 않게 해주는 적당한 여행 속도라고 정의된 속도 단위다. 따라서 그것은 상황에 따라 얼마든지 변할 수 있는 속도다. 처음 두 요소는 절대적으로 측정된 속도에 의해서뿐만 아니라 세 번째 요소를 어떻게 인식하느냐에 따라 달라지기 때문이다. 마음의 평정을 잃은 상태에서 이러한 공식은 상당한 스트레스를 초래할 수 있으며, 위궤양, 심지어 죽음까지도 초래할 수 있다.

R17은 고정된 속도는 아니었지만 너무 빠른 것만은 사실이었다.

비행차는 R17을 넘는 속도로 공중으로 날아올라, 표백된 뼈다귀처럼 서리 맞은 땅 위에 황량하게 서 있는 순수한 마음 호 옆에 그들을 내려놓았다. 그러더니 무슨 중요한 일이라도 있는 양 왔던 방향으로 곧장 바쁘게 돌아가버렸다.

네 사람은 우주선 앞에 서서 벌벌 떨면서 그것을 바라보았다.

그 옆에는 다른 우주선이 하나 더 착륙해 있었다.

그것은 블라굴론 카파 행성의 경찰 우주선이었다. 그것은 배가 불룩한 상어 같은 형체에, 푸르스름한 녹색을 띠고 있었으며, 정이라곤 안 가는 온갖 크기의 검정 등사 글씨들로 덕지덕지 뒤덮여 있었다. 그 글씨들은 혹시라도 그걸 읽는 사람에게 그 우주선이 어디서 왔으며, 경찰의 어느 부서에 배속돼 있는지, 그리고 에너지 주입구는 어디에 붙어 있는지 따위를 알려주고 있었다.

그 순간, 그 우주선의 승무원 두 명이 지하 몇 마일 아래의 연기로 가득 찬 방 안에 질식해 뻗어 있다는 점을 고려하더라도, 그 우주선은 어딘지 부자연스럽게 어둡고 조용해 보였다. 물론 죽음이란 설명하거나 정의하기 까다로운 것 중 하나지만, 이 우주선이 완전히 죽었다는 것은 누구라도 충분히 감지할 수가 있었다.

포드는 그것을 느낄 수 있었고, 참으로 기이한 일이라고 생각했다. 우주선과 두 경찰관이 동시에 죽어버리다니. 그의 경험상, 우주는 단순히 그런 식으로는 작동하지 않았다.

다른 세 사람도 그것을 느낄 수 있었다. 하지만 그들은 살을 에는 추위를 더 많이 느꼈으므로 서둘러 순수한 마음 호로 들어갔다. 호기심이라곤 눈곱만치도 생기지 않았다.

포드는 남아서 계속 블라굴론 우주선을 조사했다. 그는 걸어가다가, 차가운 먼지 속에 고개를 처박고 누워 있는 맥 빠진 강철 물체에 걸려 넘어질 뻔했다.

"마빈! 뭐 하는 거야?" 그가 소리쳤다.

"절 아는 척해야 한다고 생각하지 마세요." 목이 막힌 듯한 목소리로 마빈이 청승맞게 말했다.

"괜찮아, 강철 인간?" 포드가 말했다.

"매우 우울해요."

"무슨 일 있었어?"

"모르겠어요. 전 저 우주선에 들어가보지도 않았는걸요."

"왜 먼지 속에 얼굴을 묻고 누워 있는 거지?" 포드가 몸을 떨며 그의 곁에 쭈그려 앉아 말했다.

"비참해지기에 가장 효과적이니까요. 저하고 얘기하고 싶은 척하지 마세요. 절 미워한다는 거 알아요." 마빈이 말했다.

"아니야, 그렇지 않아."

"아니에요, 맞아요. 모두들 그렇죠. 그게 이 우주가 생겨먹은 모습이에요. 제가 누구하고 말만 하면 그 사람은 저를 미워하기 시작해요. 로봇들도 다 저를 싫어하죠. 그냥 절 못 본 체해주신다면 멀리 사라져드릴게요."

마빈은 몸을 홱 일으키더니 단호하게 반대 방향을 바라보고 섰다.

"저 우주선이 날 미워해요." 그가 경찰 우주선을 가리키며 풀 죽어 말했다.

"저 우주선?" 포드가 갑자기 흥분하며 말했다. "저 우주선에 무슨 일이 있었는데? 너 알아?"

"말을 걸었더니 절 미워했어요."

"네가 말을 걸었다고? 말을 걸었다니 무슨 소리야?" 포드가 외쳤다.

"간단해요. 전 너무 지루하고 우울했어요. 그래서 이곳에 와서 외부 컴퓨터 플러그에 저를 연결했죠. 전 컴퓨터에게 오랜 시간 동안 우주에 대한 제 견해를 설명했어요." 마빈이 대답했다.

"그래서 어떻게 됐는데?"

"컴퓨터가 자살해버렸어요."

마빈은 이렇게 말하더니 순수한 마음 호를 향해 터덜터덜 걸어갔다.

35

그날 밤, 순수한 마음 호는 자신과 말머리 성운 사이의 거리를 몇 광년이나마 더 늘여보겠다고 부지런히 날아가고 있었다. 자포드는 브리지 안의 작은 야자나무 아래에서 서성거리며 연거푸 팬 갤랙틱 가글 블래스터를 들이키며 정신을 차리려고 애쓰고 있었다. 포드와 트릴리언은 한쪽 구석에 앉아 인생과 그로 인해 파생되는 문제들에 대해 토론하고 있었다. 그리고 아서는 침대에 누워 포드의 《은하수를 여행하는 히치하이커를 위한 안내서》를 이리저리 넘겨보고 있었다. 그는 은하계에 살게 된 이상 거기에 대해 좀 알아보기 시작하는 게 낫겠다고 생각하고 있었다.

다음과 같은 항목이 나왔다.

은하계의 모든 주요 문명은 다음과 같이 뚜렷하고 확연한 세 단계를 거친다. 즉 생존, 의문, 그리고 세련의 단계다. 다른 말로 하면 어떻게, 왜, 그리고 어디의 단계라고 할 수 있다.

예를 들어, 첫 번째 단계를 특징짓는 질문은 '어떻게 먹을까'이고, 두 번째 단계는 '우리는 왜 먹는가'이고, 마지막 단계는 '어디서 점심을 먹을까'이다.

그가 여기까지 읽었을 때 우주선 인터콤이 울렸다.

"이봐, 지구인, 배고프냐?" 자포드의 목소리였다.

"음, 글쎄, 좀 그런 것 같은데." 아서가 답했다.

"좋았어, 잘 잡아. 우주의 끝에 있는 레스토랑에 가서 잠깐 뭘 좀 먹자고." 자포드가 말했다.

제인과 제임스에게 바침

불가능을 이루어낸 제프리 퍼킨스에게 감사한다.
그를 도와준 패디 킹슬랜드, 리사 브라운, 알릭 헤일 먼로에게 감사한다.
밀리웨이스 대본에 도움을 준 존 로이드에게 감사한다.
이 모든 일을 시작한 사이먼 브렛에게 감사한다.

이 책을 쓰는 동안 끊임없이 틀어댔던 폴 사이먼의 앨범
〈원 트릭 포니One Trick Pony〉에 감사한다. 오 년은 매우 긴 시간이다.

무한한 인내와 친절을 베풀어주고, 어려운 시기에 먹을 것을 제공해준
재키 그레이엄에게 특별히 감사한다.

이 우주가 무엇을 위해 있고, 또 왜 이곳에 있는지를 누군가가 정확하게 알아낸다면, 그 순간 이 우주는 당장 사라져버리고 그 대신 더욱 기괴하고 더욱 설명 불가능한 우주로 대체된다고 주장하는 이론이 있다.

그런 일은 이미 벌어졌다고 주장하는 이론도 있다.

1

지금까지의 이야기는 이렇다.

태초에 우주가 창조되었다.

이 일은 수많은 사람들을 매우 분노케 했으며, 그들은 대부분 이를 잘못된 조처로 여겼다.

많은 종족들은 우주가 일종의 신 같은 것에 의해서 창조되었다고 믿고 있다. 하지만 빌트보들 제6행성의 자트라바티드인들은 전 우주가 '위대한 초록 아클시저'라는 존재가 재채기할 때 그 코에서 튀어나왔다고 믿는다.

자기네 말로 '위대한 하얀 손수건의 도래'라 부르는 순간을 대단히 두려워하며 사는 자트라바티드인들은 작고 푸른 생물로, 팔이 오십 개도 넘게 달려 있다. 그래서 그들은 특이하게도 바퀴보다 에어로졸 방취제를 먼저 발명해낸 우주 역사상 유일한 종족이다.

하지만 이들의 위대한 초록 아클시저 이론은 빌트보들 제6행성 바깥에서는 널리 받아들여지지 않고 있다. 그래서——게다가 우주라는 곳이 워낙 수수께끼 같은 곳이기 때문에——우주 창조에 대한 다른 설명들이 끊임없이 추구돼왔다.

가령, 초지성적이며 범차원적인 어떤 종족은 한때 '깊은 생각'이라는 이름의 거대한 슈퍼컴퓨터를 만들어, 삶, 우주, 그리고 모든 것에 대한 궁극적인 해답은 무엇인지 계산하는 작업에 종지부를 찍고자 했다.

그 후로 칠백오십만 년 동안 깊은 생각은 계산과 추정을 거듭하더니, 마침내 그 해답이 '42'라고 공표했다. 그리고 그 해답의 질문 자체가 무엇인지 알아내기 위해서는 자신보다도 훨씬 더 큰 컴퓨터를 새로 하나 만들어야 한다고 선언했다.

그 컴퓨터는 지구라고 이름 지어졌는데, 이것은 덩치가 너무 커서 종종 진짜 행성으로 오인되었다. 특히 그 표면을 어슬렁대는 이상한 원숭이 같은 존재들은 자신들이 초대형 컴퓨터 프로그램의 일부라는 사실을 전혀 눈치 채지 못하고 그 오해를 전적으로 믿었다.

이는 굉장히 이상한 일인데, 왜냐하면 꽤나 단순하고 명백한 이 사실을 도외시할 경우에는 지구상에서 벌어진 일들 모두가 도무지 말이 되지 않기 때문이다.

하지만 계산 결과가 출력되려는 결정적인 순간 직전에, 슬프게도 지구는 초공간 이동용 우회로 건설――그들의 주장은 그랬다――을 위해 길을 트려는 보고인들에 의해 뜻하지 않은 파국을 맞이했다. 그래서 인생의 의미를 발견하고자 하는 모든 희망은 영원히 사라져버렸다.

아니, 사라진 것처럼 보였다.

이 이상한, 원숭이 같은 생명체 중 두 명이 살아남았다.

아서 덴트는 마지막 순간에 그의 오랜 친구인 포드 프리펙트가 그가 여태껏 주장해왔듯이 영국 길퍼드 출신이 아니라 베텔게우스 근방의 어느 작은 행성에서 왔다는 사실이 밝혀졌기 때문에 탈출할 수 있었다. 아니, 그보다는 그 친구가 비행접시를 히치하이크하는 방법을 알고 있었기 때문이라고 하는 게 더 맞는 말이다.

트리시아 맥밀런, 혹은 트릴리언은 그로부터 육 개월 전, 당시 은하계의 대통령이었던 자포드 비블브락스와 함께 지구를 빠져나왔다.

두 명이 생존한 것이다.

우주 역사상 가장 위대한 실험——삶, 우주 그리고 모든 것에 대한 궁극적인 질문과 궁극적인 해답을 찾아내려는 위대한 실험에서 남은 것이라곤 이들뿐이었다.

그리고 그들의 우주선이 유유자적하며 떠돌고 있던 칠흑 같은 우주 공간에서 채 오십만 마일도 떨어지지 않은 곳에서 보고 행성의 우주선이 서서히 그들을 향해 다가오고 있었다.

2

　　　　　보고 행성의 우주선들이 다 그렇지만, 그 우주선은 디자인된 우주선이라기보다는 그냥 굳어져버린 덩어리처럼 보였다. 아무렇게나 삐죽삐죽 튀어나와 있는 흉측한 노란 부스럼 같은 덩어리들은 어떤 우주선이라도 볼썽사납게 만들기에 충분했지만, 슬프게도 이 우주선의 경우는 그 핑계를 댈 수조차 없을 정도로 원체 흉측했다. 더 흉측한 것들을 하늘에서 봤다고 주장하는 사람들도 있었다. 하지만 그들의 목격담은 신빙성이 없었다.

　사실, 보고인의 우주선보다 더 흉측한 것을 보고 싶다면, 그 우주선 안으로 들어가서 보고인을 보는 수밖에 없다. 그러나 현명한 사람이라면 그런 짓은 절대로 하지 않을 것이다. 보통의 보고인이라면 두 번도 생각해보기 전에 당신에게 달려들어 너무나도 무시무시한 짓을 저지를 테니까. 그 무시무시함이란 당신이 아예 태어나지 않았더라면 좋았을걸 하고 바라게 될 정도로, 혹은 (당신이 좀더 생각을 제대로 할 줄 아는 사람이라면) 그 보고인이 태어나지 않았더라면 좋았을걸 하고 바라게 될 정도로 엄청나다.

　사실, 보통의 보고인이라면 아예 한 번도 생각하지 않고 달려들 것이다. 그들은 단순하고 황소고집에 둔한 머리를 가진 족속이다. 생각이라는 것은 정말이지 그들이 타고난 것이 아니었다. 보고인에 대한 해부학적 분석이 밝혀낸 사실에 따르면 그들의 두뇌는 원래, 끔찍하게 기형인데다 자리를 잘못 잡은 소화불량 상태의 간이라고 한다. 보고인들에 대해 해줄 수 있는 가장 좋은 말은, 그들은 자신이 좋아하는 일이 무엇인지 안다는 것이다. 그들이 일반적으로 좋아하는 일이란, 사람들을 해치는 것과 가능하면 아무 데서든 무지하게 성질을 부리는 것이다.

그들이 싫어하는 일은 일을 하다가 도중에 그만두는 것이다. 그중에서도 특히 이 보고인이, 그리고 특히──여러 가지 이유로 인해──이 일이 그랬다.

이 보고인이란 바로 은하계 초공간 개발 위원회의 프로스테트닉 보곤 옐츠 선장이었다. 소위 지구라는 '행성'을 파괴하는 임무를 맡은 인물이 바로 그였다.

그는 몸에 잘 안 맞는 지저분한 의자 안에서 기념비적으로 혐오스러운 몸을 출렁대면서, 순수한 마음 호를 구석구석 보여주고 있는 전망 스크린을 응시했다.

무한 불가능 확률 추진기를 탑재한 순수한 마음 호가 이제껏 만들어진 어떤 우주선보다도 아름답고 혁명적인 우주선이라는 것은 그와는 아무 상관없는 이야기였다. 미학이라든지 기술이라든지 하는 것은 그에게는 '닫힌 책'(알 수 없는 일이라는 뜻의 관용구를 직역한 것이다──옮긴이주)과도 같았다. 자기 마음대로 할 수만 있다면, 닫힌 정도가 아니라 불에 태워져 땅에 묻힌 책과 같았다.

그 우주선에 자포드 비블브락스가 타고 있다는 사실은 더더구나 그와는 상관없는 일이었다. 자포드 비블브락스는 전(前) 은하계 대통령으로 지금 은하계의 모든 경찰력이 그와 그가 훔쳐낸 그 우주선을 추적하느라 혈안이 되어 있었지만, 옐츠는 관심 없었다.

그의 꿍꿍이는 다른 데 있었다.

바다가 구름 위에 있을 수 없는 것처럼, 보고인들은 작은 뇌물과 부패를 초월해서 존재할 수 없다고 한다. 옐츠의 경우 그 말은 더없이 꼭 들어맞는다. 정직이라든가 도덕적 청렴 같은 단어를 들으면 그는 그게 무슨 말인가 하고 사전을 찾아 손을 뻗는다. 그리고 두둑한 현금이 짤랑거리는 소리를 들으면 그는 규정집에 손을 뻗어 집어던져 버린다.

지구와 그 안에 있는 모든 것을 무자비하게 파괴하는 일에 있어서, 그는 자신의 직업적 의무가 요구하는 바 이상으로 행동했다. 그 우회로라는 것이 실제로 만들어질 것인지에 대해서 다소 의문이 제기되기도 했다. 하지만 그 문제는 그럴싸하게 얼버무려졌다.

그는 만족스러워하며 혐오스럽게 꾸르륵 소리를 냈다.

"컴퓨터, 나의 두뇌 전문 주치의를 연결하라." 그가 쉰 목소리로 말했다.

몇 초 후에 개그 하프런트의 미소 짓는 얼굴이 스크린에 나타났다. 그것은 자신이 바라보고 있는 보고인의 얼굴이 십 광년 떨어진 곳에 있음을 알고 있는 사람의 미소였다. 그 미소의 어딘가에는 약간의 아이러니가 섞여 번득이고 있었다. 이 보고인은 그를 고집스레 '나의 두뇌 전문 주치의'라고 불렀지만, 실상 돌보고 말고 할 두뇌라는 것 자체가 그에게는 별로 없는데다가 사실 오히려 하프런트가 이 보고인을 고용하고 있었기 때문이다. 그는 굉장히 더러운 어떤 일을 해주는 대가로 어마어마한 돈을 이 보고인에게 지불하고 있었다. 은하계에서 가장 저명하고 가장 성공적인 정신분석가의 한 사람으로서, 그와 그의 동료들은 정신분석학의 미래 전체가 위협받는 듯이 보이는 시기에는 얼마든지 돈을 쓸 자세가 되어 있었다.

"안녕하시오, 프로스테트닉 선장. 오늘 기분은 어떤가요?" 그가 말했다.

보고인 선장은 지난 몇 시간 동안 실시한 군기 훈련을 통해 우주선 승무원 중 거의 반을 싹쓸이해버렸다고 말했다.

하프런트의 미소는 한순간도 흐트러지지 않았다.

"뭐……알겠지만, 그거야 보고인에게는 전적으로 정상적인 행태입니다. 공격 본능을 의미 없는 폭력 행위로 자연스럽고도 건강하게 배출하는 거죠." 그가 말했다.

"그건 당신이 언제나 하는 얘기잖소." 보고인이 으르렁거리듯 말했다.

"다시 말하지만, 이건 정신분석학자에겐 전적으로 정상적인 행동입니다. 좋아요. 오늘 우린 둘 다 정신 상태가 좋은 것 같군요. 그럼 이제 말해 봐요. 우리 일에 무슨 새로운 소식이라도 있나요?" 하프런트가 말했다.

"그 우주선을 찾았소."

"훌륭하군요, 훌륭해요! 그럼 탑승자들은?" 하프런트가 말했다.

"그 지구인이 거기 있소."

"아주 좋아요! 그리고요……?"

"같은 행성에서 온 여자 하나. 그들이 마지막으로 남은 것들이지."

"좋아요, 좋아." 하프런트가 눈을 반짝였다. "또 누가 있나요?"

"프리펙트라는 사람."

"그리고?"

"자포드 비블브락스."

잠시 하프런트의 미소가 흔들렸다.

"아, 그렇군요. 이런 일이 있을지 모른다고 예상은 하고 있었어요. 참으로 애석하군요."

"당신 친구요?" 보고인이 물었다. 어디에선가 그런 표현을 한번 들어본 터라 그걸 써먹어 보기로 한 것이었다.

"아, 아니에요. 알다시피 나 같은 직업을 가진 사람들은 친구를 사귀지 않죠." 하프런트가 말했다.

"아아, 직업상 거리를 두는 거군." 보고인이 툴툴댔다.

"아니, 그냥 그런 재주가 없는 거죠." 하프런트가 경쾌하게 답했다.

그는 말을 멈췄다. 그의 입은 계속 미소를 띠고 있었지만, 눈매는 살짝 찌푸려져 있었다.

"비블브락스는 그러니까 내 가장 큰 고객 중 하나죠. 그는 정신분석가조차 상상하기 힘든 성격 장애를 가지고 있거든요." 그가 말했다.

그는 이런 생각을 그저 잠깐 해보다가 내키지 않아하며 본론으로 돌아왔다.

"어쨌거나, 임무를 수행할 준비는 되었습니까?"

"그렇소."

"좋아요. 그 우주선을 당장 파괴해요."

"비블브락스는 어쩌고?"

"음, 자포드야 뭐 별것 아닌 사내 아닙니까?" 하프런트가 명랑하게 답했다.

그가 스크린에서 사라졌다.

보고인 선장은 남은 승무원들과 연결되는 통신 버튼을 눌렀다.

"공격."

바로 그 순간 자포드 비블브락스는 자신의 선실에 앉아 고래고래 욕을 해대고 있었다. 두 시간 전, 그는 동료들에게 우주의 끝에 있는 레스토랑에 가서 간단하게 점심을 먹자고 했다. 그러고 나서 곧바로 우주선의 컴퓨터와 대판 말다툼을 벌이고는, 자신이 직접 연필로 불가능 확률 수치들을 계산해내겠다고 소리치며 뛰쳐나가 자기 선실로 갔다.

불가능 확률 추진기를 단 순수한 마음 호는 역사상 가장 강력하고 예측 불가능한 우주선이었다. 이 우주선이 할 수 없는 일은 없었다. 이 우주선이 해주기를 기대하는 그런 일이 실제로 일어난다는 게 얼마나 불가능한지를 당신이 정확하게 알고 있다 하더라도 말이다.

대통령으로서 이 우주선을 진수시켜야 했던 그는 정작 그 순간에 우주선을 훔쳤다. 그는 자신이 이 우주선을 훔친 이유를 정확히 알지 못했다.

그저 이 우주선이 좋았을 뿐이다.

그는 자신이 왜 은하계의 대통령이 되어야 했는지도 정확히 알지 못했다. 그저 재미있어 보였을 뿐이다.

그는 뭔가 이보다 더 그럴듯한 이유가 있다는 것을 알고 있었다. 하지만 그것들은 그의 두 개의 뇌 깊숙이 자리한 어두운 폐쇄 구역에 꽁꽁 묻혀 있었다. 그는 그 두 개의 뇌 속 어두운 폐쇄 구역이 영영 사라져버렸으면 싶었다. 그것들은 가끔씩 순간적으로 수면 위로 떠올라 그의 마음속 괴상한 곳에 이상한 생각을 남겨놓았고, 그가 인생의 모토로 삼고 있는 것에서 자꾸 빗나가게 만들었다. 그는 그저 무지하게 즐겁게 살고 싶을 뿐이었다.

지금 이 순간 그는 무지하게 즐거운 시간을 보내고 있지 못했다. 그의 인내심과 연필은 바닥이 났으며 배도 무진장 고팠다.

"젠장!" 그가 소리를 질렀다.

바로 그 순간 포드 프리펙트는 허공에 떠 있었다. 우주선의 인공 중력장에 문제가 있어서가 아니라 그가 선실로 이어지는 계단통을 타고 내려오는 중이었기 때문이다. 그건 한 번에 점프해서 내려오기엔 너무 높았다. 결국 그는 서툴게 내려앉아 바닥에 나뒹굴었고, 이어 자세를 수습한 뒤 서비스용 미니 로봇들을 날리며 복도를 달려 내려갔으며, 끼이익 하고 미끄러지면서 코너를 돈 뒤 자포드의 방문을 쾅 열고 달려 들어가 하려는 말을 했다.

"보고인들이야."

이보다 조금 전, 아서 덴트는 홍차를 한 잔 찾아 마셔보려고 방에서 나왔다. 그다지 낙관적인 마음을 품고 시작한 탐색은 아니었다. 그는 이 우주선에서 뜨거운 음료를 얻어 마실 수 있는 곳이라곤 시리우스 사이버네틱스 주식회사가 만든 멍청하기 짝이 없는 기계 쪼가리밖에 없다는 사실을 알고 있었다. 그것은 뉴트리-매틱 음료 합성기라 불리는 기계로, 그와는 이미 구면이었다.

그 기계는 어떤 사람이 이용하든지 간에 그 사람의 취향과 신진대사에 딱 맞는 오만 가지 음료를 만들 수 있다고 주장했다. 하지만 시험을 해보니, 그것은 한결같이 홍차와는 거의 전적으로 다른, 그러나 완전히 다르지는 않은 액체를 플라스틱 컵에 담아 내놓았다.

그는 그 기계와 이성적으로 논의를 해보려 했다.

"홍차." 그가 말했다.

"함께 나누고 즐기세요." 기계는 이렇게 대답하고, 예의 그 구역질나는 액체를 또 한 잔 내놓았다.

그는 그것을 집어던졌다.

"함께 나누고 즐기세요." 기계가 같은 말을 반복하고 또 한 잔 내놨다.

'함께 나누고 즐기세요'는 엄청나게 성공한 시리우스 사이버네틱스 주식회사 고객 불만 처리 부서의 모토였다. 고객 불만 처리 부서는 현재 중간 크기 행성 세 개를 몽땅 차지하고 있으며, 최근 몇 년간 이 회사에서 지속적으로 이익을 남긴 유일한 부서다.

그 모토는 이드락스에 있는 고객 불만 처리 부서의 우주 공항 근처에 높이가 삼 마일이나 되는 커다란 전광 글씨로 세워져 있다. 아니, 세워져 있었다. 불행히도 그 무게가 너무나 엄청나서 글씨가 세워진 직후 그 아래 지반이 내려앉아버렸고, 글씨들은 거의 자기 높이의 반 정도를 추락해 내려오면서 그 아래 있는 재능 있는 젊은 중역들의 사무실들을 깔아뭉갰다. 그래서 그들은 현재 고인이 되어 있다.

글씨의 위쪽 반쪽은 아직도 머리를 내밀고 있는데, 그건 그 지역 방언으로 '가서 네 머리를 돼지에게 처박아라'라는 글자처럼 보인다. 게다가 특별한 경축 행사가 있을 때를 제외하고는 더 이상 불도 밝히지 않는다.

아서는 여섯 번째 컵을 집어던졌다.

"이봐, 기계 녀석아. 넌 이 세상 어떤 음료도 다 합성할 수 있다면서,

어째서 마시지도 못할 이따위 것들만 계속 내놓는 거냐?"

"쾌감을 주는 감각 데이터와 영양분을 고려했습니다. 함께 나누고 즐기세요." 기계가 꼬르륵대며 말했다.

"더러운 맛이야!"

"이 음료를 즐겁게 드셨다면……친구분들과도 함께 나눠보세요." 기계가 계속 말했다.

"난 친구 사이를 끝장내고 싶지는 않거든." 아서가 신랄하게 말했다. "제발 내 말이 무슨 뜻인지 이해하려고 좀 해봐라. 그 음료는……."

"그 음료는 영양분과 쾌감에 대한 당신의 요구에 맞게 특별히 만들어진 개인용 맞춤 음료입니다." 기계가 달콤한 목소리로 말했다.

"아, 그럼 나는 다이어트 중인 마조히스트인가, 응?" 아서가 말했다.

"함께 나누고 즐기세요."

"입이나 닥쳐."

"더 필요한 거 있으십니까?"

아서는 그만 포기하기로 했다.

"없어."

하지만 다음 순간 그는 절대로 포기하지 않겠다고 결심했다.

"아니, 있어. 아주아주 간단하지……내가 원하는 것은 그저……홍차 한 잔뿐이야. 그걸 네가 만들어주면 되는 거야. 입 다물고 한번 들어봐."

그리고 아서는 자리를 잡고 앉았다. 그는 뉴트리-매틱에게 인도에 대해서 말했다. 그리고 중국과 스리랑카에 대해서 말했다. 그는 태양 아래서 말려지고 있는 넓적한 이파리들에 대해 말했다. 은 주전자에 대해 말했다. 여름날 오후의 잔디밭에 대해 말했다. 뜨거운 물에 데지 않도록, 홍차를 따르기 전에 우유를 먼저 넣어야 한다고 말했다. 심지어 그는 동인도회사의 역사까지 간략하게 개괄했다.

"그래서 원하시는 게 그거예요?" 그가 말을 마치자 뉴트리-매틱이 말했다.

"맞아, 내가 원하는 게 바로 그거야." 아서가 말했다.

"그러니까 물에 넣고 끓인 말린 잎사귀 맛을 보고 싶으시다 이거예요?"

"음, 그래. 우유도 넣고."

"암소한테서 뿜어져 나온다는 거요?"

"음……굳이 말하자면 그런……."

"이 일에는 도움이 좀 필요하겠는걸요." 기계가 간결하게 말했다.

그 목소리에는 이제 쾌활한 꼬르륵 소리는 온데간데없었고, 뭔가 일을 벌이려는 결연한 태도가 느껴졌다.

"저, 내가 도울 일이 있다면……." 아서가 말했다.

"당신은 하실 만큼 하셨어요." 뉴트리-매틱이 주지시켰다.

기계가 우주선 탑재 컴퓨터를 불렀다.

"안녕!" 우주선 컴퓨터가 말했다.

뉴트리-매틱은 그 홍차라는 것에 대해서 컴퓨터에게 설명하기 시작했다. 컴퓨터는 난색을 표하다가 뉴트리-매틱과 논리 회로를 연결하더니, 지긋지긋한 침묵 속으로 함께 빠져들었다.

아서는 한참을 지켜보며 기다렸지만 더 이상 아무 일도 일어나지 않았다. 그는 기계를 쿵쿵 두들겨봤지만 여전히 아무 일도 일어나지 않았다.

결국 그는 더 기다리기를 포기하고 브리지를 향해 훠이훠이 걸어갔다.

텅 빈 황무지 같은 우주 공간 속에 순수한 마음 호가 고요히 떠 있었다. 우주선의 주위에는 은하계 십억 개의 별들이 바늘처럼 빛을 내쏘고 있었다. 그리고 그 우주선을 향해 못생긴 노란 쇳덩어리, 보고의 우주선이 다가오고 있었다.

3

"누구 주전자 가진 사람 있어?" 아서는 브리지로 들어오며 이렇게 묻다가, 어째서 트릴리언이 컴퓨터에게 어서 대답하라고 소리를 지르고 있는지 의아해지기 시작했다. 포드는 컴퓨터를 쿵쿵 두드려대고 있었고, 자포드는 컴퓨터에 발길질을 해대고 있었다. 그리고 어째서 전망 스크린에는 흉측한 노란 덩어리가 보이는 걸까?

아서는 들고 있던 빈 컵을 내려놓고 그쪽으로 걸어갔다.

"친구들?" 그가 말했다.

바로 그 순간 자포드가 보통 광자 추진기를 조작하는 장치들이 들어 있는 반짝거리는 대리석 상판으로 몸을 던졌다. 장치들이 그의 손 아래 모양을 드러내자 그는 수동 조작기에 미친 듯이 달려들었다. 그는 그것들을 당기고 밀고 누르다가 욕을 퍼부었다. 광자 추진기는 골골대며 부들부들 떨다가 다시 먹통이 되어버렸다.

"무슨 일 있어?" 아서가 말했다.

"이봐, 이 소리 들었어? 원숭이가 말을 하네!" 자포드가 이번에는 무한 불가능 확률 추진기의 수동 조작기에 달려들며 투덜거렸다.

불가능 확률 추진기는 조그맣게 징징거리는 소리를 두 번 내더니 나가버렸다.

"역사적 사건이야. 말하는 원숭이라니!" 자포드가 불가능 확률 추진기를 걷어차며 말했다.

"뭔가 기분 나쁜 일이 있다면······." 아서가 말했다.

"보고인들이야! 놈들이 공격하고 있다고!" 포드가 소리쳤다.

아서는 더듬거리며 알아들을 수 없는 말들을 지껄여댔다.

"음, 근데 뭐 하고 있는 거야? 빨리 빠져나가야지!"

"그럴 수가 없어. 컴퓨터가 다운됐다고."

"다운됐어?"

"모든 회로가 사용 중이래. 우주선 동력이 모두 끊겼어."

포드는 컴퓨터 터미널에서 걸어 나와 소매로 이마의 땀을 훔치더니 힘없이 벽에 몸을 기댔다.

"손쓸 방법이 없어." 그가 말했다.

그는 허공을 노려보며 입술을 깨물었다.

아서는 지구가 파괴되기 아주 오래전 어린 학생이었을 때 축구를 하곤 했다. 그는 축구에 전혀 소질이 없었고, 중요한 경기에서 자살골을 넣는 것이 그의 장기였다. 이런 일이 벌어질 때마다 그는 목 뒤쪽이 특별하게 간지러운 걸 느꼈는데, 그것은 서서히 그의 볼을 가로질러 기어 올라와 이마를 화끈거리게 만들었다. 진흙과 잔디, 그리고 그것들을 던지며 야유하는 수많은 소년들의 영상이 지금 이 순간 갑자기 그의 마음속에 생생하게 되살아났다.

목 뒤쪽의 특별한 간지러움이 그의 볼을 가로질러 기어 올라와 이마를 화끈거리게 하고 있었다.

그는 말을 시작하려다가 멈췄다.

그는 다시 말을 시작하려다가 다시 멈췄다.

마침내 그는 간신히 말을 꺼냈다.

"음······." 그가 말했다. 그리고 헛기침을 했다.

"있잖아……." 그가 말을 이었다. 그 목소리가 어찌나 불안했던지 모두들 시선을 그에게 돌렸다. 그는 전망 스크린에 비치는, 다가오는 커다란 노란 물체를 힐끗 봤다.

"있잖아……." 그가 다시 말했다. "컴퓨터가 지금 무슨 일을 하고 있는지 말했어? 그냥 궁금해서 물어보는 건데 말야……."

그들의 시선이 그에게 꽂혀 있었다.

"음……그냥 정말로 궁금해서 그러는 거야."

자포드가 팔 하나를 내밀어 아서의 목덜미를 잡았다.

"컴퓨터에 무슨 짓을 한 거야, 원숭이 인간?" 그가 씩씩거렸다.

"음……사실은 별거 아니야. 좀 전까지만 해도 컴퓨터가 뭘 좀 알아내려고 애쓰고 있는 것 같았는데……." 아서가 말했다.

"뭘?"

"홍차 만드는 법을……."

"바로 그렇습니다, 여러분." 컴퓨터가 갑자기 노래하듯 말을 시작했다. "지금 바로 그 문제와 씨름하고 있습니다. 와아, 이것 참 복잡한 일이군요. 잠시 뒤에 돌아오지요." 그것은 다시금 침묵에 빠져들었는데, 그 침묵의 무시무시한 강도에 맞먹는 것은 아서 덴트를 노려보는 세 사람의 침묵뿐이었다.

그 긴장감을 해소시켜주기라도 하려는 듯, 마침 그 순간 보고인들이 포화를 퍼붓기 시작했다.

우주선이 흔들렸다. 우주선은 천둥소리를 냈다. 바깥에서는 우주선을 둘러싼 일 인치 두께의 에너지 방패막이 열두 문의 30-메가허트 필살(必殺) 포트라존 대포의 포격 아래 물집이 생기고, 금이 가고, 구멍이 나기 시작했다. 이러다간 오래 못 갈 것 같았다. 포드 프리펙트의 예상은 사 분이었다.

"삼 분 오십 초 남았군." 그가 잠시 후 말했다.

"사십오 초." 그가 적시에 덧붙였다. 그는 쓸모없는 스위치 몇 개를 쓸데없이 탁탁 눌러대더니 아서를 차갑게 쳐다봤다.

"홍차 한 잔 때문에 죽는다?" 그가 말했다. "삼 분 사십 초."

"카운트 좀 그만 할 수 없어!" 자포드가 으르렁댔다.

"그러지. 삼 분 삼십오 초 뒤에." 포드 프리펙트가 말했다.

보고 우주선에서는 프로스테트닉 보곤 옐츠가 어리둥절해하고 있었다. 그는 추격을 기대했다. 그는 견인 광선과의 짜릿한 밀고 당기기 한판을 기대했다. 그는 순수한 마음 호의 무한 불가능 확률 추진기에 대응하기 위해 특별히 장착한 서브-사이클릭 노맬러티 어서트-아이-트론을 사용할 일이 있기를 바랐다. 그러나 순수한 마음 호가 저렇게 가만히 앉아서 당하고 있으니 서브-사이클릭 노맬러티 어서트-아이-트론은 아무 쓸모가 없었다.

열두 문의 30-메가허트 필살 포트라존 대포는 계속해서 순수한 마음 호를 향해 포화를 뿜어댔다. 하지만 순수한 마음 호는 여전히 망연자실 당하고만 있었다.

그는 뭔가 음흉한 속임수가 있지 않나 하고 가능한 모든 센서들을 시험해봤다. 하지만 어떤 음흉한 속임수도 발견되지 않았다.

물론 그는 홍차 건에 대해서 몰랐다.

또한 그는 순수한 마음 호의 탑승자들이 자신들 인생의 마지막 삼 분 삼십 초의 시간을 어떻게 쓰고 있는지도 몰랐다.

이 시점에서 어쩌다가 자포드 비블브락스가 강령회(죽은 사람의 영혼을 불러오는 의식—옮긴이주)를 할 생각을 하게 되었는지는 그 자신조차 잘 알지 못했다.

물론 죽음의 냄새가 사방에 가득했지만, 그건 피해야 할 문제였지 타령을 할 문제는 아니었다.

죽은 친척들과 재회할지도 모른다는 생각에 자포드가 느낀 공포심이 그들도 자신에 대해 같은 공포심을 느끼고 있을지도 모른다는 생각으로 이어졌고, 그래서 그들이 이 재회의 순간을 연기하는 데 뭔가 도움을 줄 수도 있으리라는 생각으로 이어졌을 수도 있다.

아니면, 그건 그가 은하계의 대통령이 되기 전에 도무지 알 수 없는 이유로 잠가버린 그의 두뇌 속 어두운 곳에서 때때로 불쑥 떠오르곤 하던 이상한 암시들 중 하나였을 수도 있다.

"네 증조부와 얘길 해보고 싶다고?" 포드가 놀라서 펄쩍 뛰었다.

"응."

"꼭 지금 해야겠어?"

우주선은 여전히 흔들리며 천둥소리를 내고 있었다. 실내 온도가 올라가고 조명은 어두워지고 있었다. 컴퓨터가 홍차 만드는 법을 생각하는 데 투입되지 않은 모든 에너지는 급속도로 힘을 잃어가고 있는 에너지 방패막 쪽에 쏟아 부어지고 있었다.

"그래! 이봐 포드, 난 증조부가 우리를 도와줄 수도 있으리라고 생각해." 자포드가 고집을 부렸다.

"그렇게 '생각한다'는 게 확실해? 어휘는 신중하게 골라 써야지."

"그럼 무슨 다른 방도가 있는지 말해봐."

"어, 음······."

"좋아, 중앙 계기판으로 모여. 어서! 트릴리언, 원숭이 인간, 움직이라고."

그들은 얼떨떨한 상태로 중앙 계기판 주위에 모여 앉았고, 엄청나게 바보가 된 기분으로 서로 손을 잡았다. 자포드가 세 번째 손으로 불을 껐다.

어둠이 우주선을 장악했다.

밖에서는 우레와도 같은 필살 대포의 포효가 계속해서 에너지 방패막을 찢어발겼다.

"증조부의 이름에 집중해." 자포드가 목소리를 낮춰 말했다.

"이름이 뭔데?" 아서가 물었다.

"자포드 비블브락스 4세."

"뭐라고?"

"자포드 비블브락스 4세. 집중해!"

"4세?"

"그래. 내가 자포드 비블브락스야. 아버지는 자포드 비블브락스 2세였고, 할아버지는 자포드 비블브락스 3세였고……."

"뭐라고?"

"피임 기구와 타임머신이 관련된 사고가 있었다고. 자, 집중이나 해!"

"삼 분." 포드 프리펙트가 말했다.

"왜……우리가 이 짓을 하고 있는 거지?" 아서 덴트가 말했다.

"닥쳐." 자포드 비블브락스가 말했다.

트릴리언은 아무 말도 하지 않았다. '도대체 할 말이 뭐가 있겠어.' 그녀는 생각했다.

브리지 안의 불빛이라고는 저 구석에 처박혀 앉아 있는 편집증 안드로이드 마빈의 붉은 삼각형 눈에서 나오는 희미한 빛 두 줄기뿐이었다. 그는 모두를 무시하고 모두에게 무시당하며 자신만의 사적이고도 다소 불쾌한 세계에 빠져 있었다.

중앙 계기판 둘레에는 우주선의 무시무시한 흔들림과 우주선 안에까지 울려대는 끔찍한 포효를 마음속에서 몰아내고 정신 집중을 하려 애쓰는 네 사람이 웅크리고 앉아 있었다.

그들은 정신을 집중했다.

여전히 그들은 정신을 집중했다.

그리고 여전히 그들은 정신을 집중했다.

시간은 똑딱똑딱 흘러갔다.

자포드의 이마에는 처음에는 집중하느라, 다음에는 좌절감 때문에, 마침내는 당황해서 땀방울이 맺혔다.

마침내 그는 화가 치밀어 버럭 소리를 지르더니, 트릴리언과 포드와 맞잡았던 손을 빼내 조명 스위치를 휙 켰다.

"오, 나는 네가 절대로 불을 안 켤 거라고 생각하기 시작한 참이었다. 아니, 너무 밝게는 하지 마라. 내 눈은 예전 같지 않거든." 어떤 목소리가 말했다.

네 사람은 자리에서 펄쩍 뛰어 일어났다. 그들은 목소리의 주인공을 보려고 서서히 고개를 돌렸다. 하지만 그들의 머리 가죽은 원래 자리에 그대로 있고 싶어 하는 게 분명했다.

"자아, 이 시간에 누가 날 귀찮게 하는 거냐?" 자그마하고 등이 굽은 빼빼 마른 인물 하나가 브리지 저 끝에 있는 양치류 가지들 옆에 서서 말했다.

머리털이 듬성듬성한 그의 자그마한 머리 두 개는 어찌나 고색창연해 보이는지, 심지어 은하계의 탄생에 대한 희미한 기억까지 들어 있을 것만 같았다. 머리 하나는 축 늘어져 자고 있었고, 다른 하나는 날카로운 눈으로 그들을 곁눈질하고 있었다. 그 눈이 예전 같지 않은 눈이라면 예전에는 다이아몬드 절단기로 사용되었음이 틀림없었다.

자포드는 잠시 어쩔 줄 몰라 하며 말을 더듬어댔다. 그는 베텔게우스인들의 전통적인 가족 인사법대로 복잡한 동작으로 두 번 고개를 살짝 까딱하며 인사했다.

"아……음, 안녕하십니까, 증조부님……." 그가 가쁜 숨을 내쉬었다.

그 조그만 노인이 그들에게 가까이 다가왔다. 그는 희미한 불빛 속에서 그들을 뚫어져라 쳐다봤다. 그가 증손자를 향해 뼈만 앙상한 손가락을 내밀었다.

"아아." 그가 소리쳤다. "자포드 비블브락스구나. 우리 위대한 일가의 마지막 존재. 자포드 비블브락스 0세."

"1세죠."

"0세." 그 인물이 침을 튀기며 말했다.

자포드는 그 목소리가 싫었다. 그것은 항상 자포드가 자신의 영혼이라 생각하는 칠판을 손톱으로 끼이익 하고 긁어대는 소리처럼 들렸다.

그는 자리에서 엉거주춤 몸을 뒤척였다.

"어, 예. 저기요, 그 꽃 문제는 정말 죄송합니다. 꽃을 정말 보내려고 했는데요, 그런데 마침 꽃집에 화환이 똑 떨어져서……." 그가 떠듬거리며 말했다.

"잊어버렸지!" 자포드 비블브락스 4세가 그의 말을 싹둑 자르며 외쳤다.

"저……."

"너무 바빴다 이거지? 다른 사람들 생각이라곤 전혀 안 하지. 살아 있는 녀석들은 다 똑같아."

"이 분 남았어, 자포드." 포드가 잔뜩 겁먹은 소리로 속삭였다.

자포드는 안절부절못했다.

"그래요. 하지만 정말 보내려고 했다고요. 그리고 증조모께도 편지를 드릴게요. 여기서 벗어나기만 하면 금방……." 그가 말했다.

"네 증조모라……." 수척하고 조그마한 노인이 홀로 생각에 잠겼다.

"그래요. 저, 그분은 잘 계신가요? 있죠, 제가 증조모를 찾아뵐게요. 하지만 그 전에 먼저 우리는……." 자포드가 말했다.

"'돌아가신' 너희 증조모와 나는 매우 잘 지내고 있다." 자포드 비블브락스 4세가 이를 갈며 말했다.

"아, 그렇군요."

"하지만 너 꼬마 자포드에겐 무척 실망하고 있지……."

"예에, 저……." 자포드는 이상하게도 이 대화에서 기선을 잡기가 힘들었다. 게다가 그의 옆에 선 포드의 거친 숨소리는 시간이 째깍째깍 **빠른 속도로** 지나가고 있다는 사실을 말해주고 있었다. 소음과 진동은 이제 끔찍스러운 경지에 달했다. 그는 어둠 속에서 눈도 깜박거리지 못하고 하얗게 질려 있는 트릴리언과 아서의 얼굴을 봤다.

"저어, 증조부님……."

"우리는 너의 행보를 보면서 얼마나 실망했는지 모른다."

"예에, 하지만, 저, 지금 이 순간에는……."

"경멸한 것은 말할 것도 없고!"

"저기, 잠깐만 제 말 좀 들어보실래요……?"

"너 도대체 인생을 어떻게 살고 있는 거냐?"

"전 보고 함대의 공격을 받고 있습니다!" 자포드가 외쳤다. 이 말은 과장된 것이었지만, 사방에서 무슨 일이 벌어지고 있는지 말할 수 있는 유일한 기회였다.

"난 하나도 안 놀랍다." 조그마한 노인은 어깨를 으쓱하며 말했다.

"문제는 바로 지금 그 일이 일어나고 있다는 거예요. 아시겠어요?" 자포드가 열을 내며 말했다.

선조의 망령은 고개를 끄덕이더니, 아서 덴트가 가지고 들어왔던 컵을 집어 들고 흥미롭게 들여다봤다.

"저……증조부님……."

"너 아느냐?" 유령은 엄한 눈초리로 자포드를 쏘아보며 그의 말을 가로막았다. "베텔게우스 제5행성의 궤도에 조그만 문제가 생겼다는 거?"

자포드는 알지 못했다. 게다가 이 모든 소음과 곧 닥칠 죽음 등의 문제들로 인해 그런 정보에 정신을 집중할 여유가 없었다.

"음, 아니요……있잖아요……." 그가 말했다.

"내가 무덤 속에서 핑핑 돌고 있다는 거!" 선조가 고함을 질렀다. 그는 컵을 탁 하고 내려놓더니 꼬챙이 같은 투명한 손가락을 부들부들 떨며 자포드를 가리켰다.

"그건 다 네 잘못이다!" 그가 소리를 꽥 질렀다.

"일 분 삼십 초." 포드가 손으로 머리를 감싼 채 중얼거렸다.

"그래요. 하지만 증조부님, 도와주실 수는 있나요? 왜냐하면……."

"도와?" 노인은 족제비 한 마리를 달라는 부탁이라도 받은 것처럼 소리를 질렀다.

"그래요, 도와주세요. 될 수 있으면 지금요. 왜냐하면, 그렇지 않으면……."

"도와달라고!" 노인이 살짝 구운 족제비 햄버거와 프렌치 프라이를 달라는 말이라도 들은 것처럼 소리를 질렀다. 그는 기가 막힌다는 표정을 하고 서 있었다.

"네 녀석은 이 천박한 친구들이랑 같이"——선조는 경멸스럽다는 듯 손을 휘휘 저었다——"은하계를 제멋대로 돌아다니느라 하도 바빠서 내 무덤에 꽃도 못 놓아주지. 플라스틱 조화라도 괜찮았을 거야. 너라면 조화 같은 걸 보낼 수도 있다고 생각했을 거다. 한데 넌 그것도 안 보냈지. 넌 너무 바쁘고 너무 현대적이고 너무 회의적이지. 그러다가 갑자기 궁지에 몰리게 되니까 갑자기 혼비백산해서 내게 달려와?"

그는 다른 머리의 잠을 방해하지 않기 위해서 조심스레 머리를 흔들었다. 하지만 그 머리는 이미 짜증의 기미를 보이고 있었다.

"글쎄, 나도 모르겠다, 꼬마 자포드야. 생각 좀 해봐야겠어." 그가 말을 이었다.

"일 분 십 초." 포드가 힘없이 말했다.

자포드 비블브락스 4세는 호기심에 찬 표정으로 그를 물끄러미 쳐다보았다.

"저 사람은 왜 계속 숫자를 불러대고 있는 거냐?" 그가 말했다.

"저 숫자는 우리한테 남은 시간이에요." 자포드가 간결하게 대답했다.

"아아." 증조부가 말했다. 그러더니 혼자 투덜댔다. "물론 나하곤 상관없는 일이군." 그는 이렇게 말하더니 다른 구경거리를 찾아 브리지의 어두운 구석으로 걸어갔다.

자포드는 미치기 일보 직전이었다. 그는 그냥 확 뛰어들어 끝장내버리는 게 낫지 않을까 생각했다.

"증조부님, 저희한텐 상관있단 말이에요! 우린 아직 살아 있고, 이제 곧 죽게 될 거라고요." 그가 말했다.

"그거 잘됐구나."

"뭐라고요?"

"네 인생이 뭔데? 네가 네 인생을 망쳐버린 꼴을 생각하면 '돼지 귀'라는 표현밖에 안 떠오른다."

"하지만 전 은하계의 대통령이었다고요!"

"흥, 그게 비블브락스 가문 사람이 할 일이냐?" 그의 선조가 중얼거렸다.

"그게 무슨 말씀입니까? 하나밖에 없는 대통령이란 말입니다! 은하계 전체에서요!"

"건방진 애송이 같으니라고!"

자포드는 당황해서 눈을 껌벅거렸다.

"이봐요, 어, 뭐 하자는 겁니까, 당신? 아니, 증조부님."

꼬부라진 조그만 노인이 증손자에게 천천히 다가와 그의 무릎을 준엄하게 두드렸다. 자포드는 자신이 유령과 이야기하고 있다는 사실을 새삼 깨달았다. 아무것도 느껴지지 않았기 때문이다.

"대통령이라는 게 어떤 건지는 너도 알고 나도 안다, 꼬마 자포드. 너는 대통령이었기 때문에 알고, 나는 죽었기 때문에 알지. 죽음이라는 건 사물을 꿰뚫어 볼 수 있는 놀라운 혜안을 주거든. 여기 명부에는 이런 속담이 있다. '생명은 산 자들에게 쓸데없이 낭비되고 있다.'"

"예, 아주 좋아요. 아주 심오하군요. 하지만 지금 당장은 머리에 구멍이 나고 싶지 않은 만큼 그런 경구들은 듣고 싶지도 않다고요." 자포드가 씁쓸하게 말했다.

"오십 초." 포드 프리펙트가 끙끙거리듯 말했다.

"내가 무슨 얘기를 하고 있었지?" 자포드 비블브락스 4세가 말했다.

"거드름을 피우고 계셨죠." 자포드 비블브락스가 말했다.

"아, 그랬지."

"이분이 정말 우리를 도와줄 수 있을까?" 포드가 자포드에게 나지막이 투덜거렸다.

"다른 사람이 없잖아." 자포드가 속삭였다.

포드는 낙담해서 고개를 끄덕였다.

"자포드! 네가 은하계의 대통령이 된 데에는 까닭이 있다. 잊어버렸느냐?" 유령이 말했다.

"그 얘기는 나중에 하면 안 될까요?"

"잊어버렸느냐?" 유령이 물고 늘어졌다.

"예! 물론 잊어버렸어요! 잊어버려야만 했다고요. 그 직무를 맡게 되면 두뇌 검사를 받아요. 제 머릿속에 별의별 교활한 생각들이 가득하다는 걸 그 사람들이 알아냈으면 전 당장 길거리로 내쫓겼을 겁니다. 두둑한 연금에다 비서진, 함대, 잘린 모가지 두 개만 달랑 가지고요."

"아." 유령이 흡족한 표정으로 고개를 끄덕였다. "그렇다면 기억을 하는구나!"

그는 잠시 말을 멈췄다.

"좋아." 그가 말했고, 소음이 멈췄다.

"사십팔 초." 포드가 말했다. 그는 다시 한번 손목시계를 바라보더니 시계를 두들겼다. 그가 고개를 들었다.

"이봐, 소음이 멎었어." 그가 말했다.

유령의 무정한 작은 눈에 장난스러운 빛이 반짝였다.

"내가 시간을 조금 늦췄지. 말해두겠는데, 아주 잠시뿐이다. 하던 말을 다 끝내고 싶거든." 그가 말했다.

"아니, 할아버지가 제 말을 들으세요." 자포드가 의자에서 벌떡 일어나며 말했다. "첫째, 시간을 멈춰주고 그런 건 다 고마워요. 아주 훌륭하고 굉장하고 멋진 일이에요. 하지만 둘째, 훈계 따위는 필요 없어요. 아시겠어요? 제가 하기로 돼 있는 그 엄청난 일이 뭔지 전 몰라요. 게다가 원래 제가 모르도록 되어 있는 일인 것 같고요. 전 그게 싫어요. 아시겠어요? 물론 과거의 저는 알았죠. 과거의 전 관심이 있었어요. 좋아요. 여기까지는 다 좋다고요. 그런데 그 과거의 저는 관심이 지나친 나머지 실제로 자기 머리——제 머리 말이에요——속에 들어가서는, 뭔가를 알고 있고 관심을 보였던 부분을 잠가버렸어요. 제가 알고 관심을 가지고 있으면 그 일을 할 수 없었기 때문이죠. 그럼 전 대통령이 될 수도 없었을 거고, 이 우주선을 훔칠 수도 없었을 거예요. 그게 바로 그 중요한 일인 게 틀림없어요.

그러나 저의 옛 자아는 제 머리를 바꿔서 자기 자신을 죽여버렸어요. 안 그래요? 뭐 좋아요, 그건 그의 선택이었으니까. 하지만 지금의 새로운 저에게도 선택권이 있잖아요. 희한한 우연의 일치지만, 제가 한 선택은 이 대단한 숫자에 대해 알지도, 신경 쓰지도 말자는 거예요. 그게 뭐든지 간에 말이에요. 그게 바로 그가 원했던 거였으니, 결국 원하던 걸 가지게 된 셈이죠.

문제는 예전의 제가 자신을 통제된 상태로 남겨두려 했다는 거예요. 자신이 잠가놓은 머릿속 한 부분에다가 절 위한 명령을 남겨둔 거죠. 뭐, 전 알고 싶지 않아요. 듣고 싶지도 않고요. 그게 바로 제가 한 선택이에요. 전 누군가의 꼭두각시가 되지 않을 거라고요. 특히 저 자신의 꼭두각시 따위는 말이에요."

자포드는 아연실색한 표정으로 자신을 바라보고 있는 사람들의 표정

따위는 아랑곳하지 않고 분노에 차서 계기판을 주먹으로 쾅쾅 내리쳤다.

"과거의 저는 죽었어요!" 그가 날뛰었다. "자살했다고요! 죽은 사람이 돌아다니면서 산 사람 일에 간섭하면 안 되는 거죠!"

"하지만 너는 이 곤경에서 빠져나가게 해달라고 나를 불렀잖느냐?"

"아, 그건 다른 문제죠, 안 그래요?" 자포드가 다시 자리에 앉으며 말했다.

그는 트릴리언을 향해 희미하게 미소 지었다.

"자포드, 내가 너한테 숨을 낭비하는(허튼 소리를 한다는 뜻의 관용구를 직역한 것이다—옮긴이주) 건 단지 내가 죽어서 달리 숨쉴 필요가 없기 때문이다." 유령이 쉰 목소리로 말했다.

"좋아요, 그럼 그 대단한 비밀이 뭔지 한번 말해보세요. 해보시라고요." 자포드가 말했다.

"자포드, 전임 대통령이었던 유덴 브랭크스와 마찬가지로 너도 재임 당시 대통령은 아무것도 아니라는 사실을 잘 알고 있었다. 허수아비지. 그 뒤의 그림자 속 어딘가에 궁극의 권력을 지닌 어떤 다른 사람, 다른 존재, 다른 무엇이 있는 거야. 그 사람, 혹은 그 존재, 혹은 그 무엇을 네가 찾아내야 하는 거다. 우리 은하계를 지배하는 그 누군가를 말이다. 우리가 보기엔 그가 다른 은하계들도, 어쩌면 우주 전체를 지배하고 있는 게 아닌가 싶다."

"어째서요?"

"어째서냐고?" 유령이 깜짝 놀라 소리쳤다. "어째서냐니? 주위를 둘러봐라, 이 녀석아. 너한테는 이곳이 제대로 된 사람 손에 맡겨진 것처럼 보이냐?"

"제가 보기엔 괜찮은데요."

늙은 유령이 그를 노려보았다.

"너랑 말다툼하고 싶지 않다. 너는 그저 이 우주선, 이 불가능 확률 추진 우주선을 타고 이 우주선이 필요로 하는 곳으로 가거라. 넌 그렇게 할 거다. 너의 임무를 저버릴 수 있다는 생각 따위는 하지 마라. 이 불가능 확률 자장이 너를 통제할 테니까. 넌 거기 꽉 붙들려 있는 거야. 이건 뭐냐?"

그는 우주선 탑재 컴퓨터인 에디의 터미널 중 하나를 두드리며 서 있었다. 자포드가 그에게 알려줬다.

"이게 뭘 하고 있는 거냐?"

"홍차를 만들려 하고 있죠." 자포드가 놀랄 만한 인내심을 보이며 말했다.

"그거 좋군. 그런 일이라면 찬성이지. 자, 자포드……." 그의 증조부가 돌아서서 그에게 손가락을 흔들며 말했다. "나는 네가 정말로 임무를 성공적으로 수행할 수 있을지는 잘 모르겠다. 하지만 그 일을 피할 수는 없을 게다. 나는 죽은 지 너무 오래돼서 예전처럼 관심을 쏟기엔 너무 피곤해. 내가 너를 도와주는 가장 큰 이유는, 너와 네 현대적인 친구들이 여기 널브러져 있는 걸 참을 수 없기 때문이다. 알겠느냐?"

"예, 정말 감사합니다."

"아, 그리고 자포드?"

"예……."

"다시 도움이 필요하게 되면, 그러니까, 네가 무슨 곤경에 처하거나 궁지에 몰려서 누군가 도와줄 사람이 필요하게 되면……."

"예……."

"제발 주저 말고 냉큼 꺼져버려라!"

일 초도 안 되는 사이에 늙은 유령의 시들어빠진 손에서 번갯불이 나와 컴퓨터에 떨어졌다. 유령은 사라지고 브리지 안에는 연기가 자욱했다. 순수한 마음 호는 시공간의 차원을 뛰어넘어 머나먼 미지의 우주 속으로 사라졌다.

4

거기서 십 광년 떨어진 곳에서는, 개그 하프런트가 단계를 하나하나 올려가며 미소를 짓고 있었다. 그는 보고 우주선의 브리지로부터 서브-에서를 통해 전송되어 그의 전망 스크린에 나타난 영상을 통해 순수한 마음 호의 마지막 에너지 방패막 조각이 갈기갈기 찢겨 나가고 우주선 자체가 한 주먹 연기로 화하는 모습을 지켜보았다.

'좋아.' 그가 생각했다.

'내가 명령했던 지구 행성 파괴에서 살아남은 마지막 뜨내기 생존자들이 드디어 끝장이 났군.' 그가 생각했다.

'삶, 우주 그리고 모든 것의 궁극적인 해답에 대한 질문을 찾으려는 (정신과 의사들에게) 위험천만하면서도 (역시 정신과 의사들에게) 전복적인 실험이 드디어 최후를 맞이한 거야.' 그가 생각했다.

'오늘 밤에는 동료들과의 축하연이 있을 것이고, 내일 아침이면 그들은 불행하고 혼란스럽고 대단히 돈벌이가 되는 환자들을 다시 만나겠지. 삶의 의미라는 게 이제 영영 깔끔하게 정리되지 않으리라고 안심할 수 있으니까.' 그가 생각했다.

"가족은 항상 좀 당황스러워, 안 그래?" 연기가 가라앉기 시작하자 포드가 자포드에게 말했다.

그는 말을 멈추고 주위를 둘러보았다.

"자포드가 어디 갔지?" 그가 말했다.

아서와 트릴리언은 멍하니 주위를 돌아보았다. 그들은 창백했고 충격을 받은 상태였으며 자포드가 어디 있는지 몰랐다.

"마빈? 자포드 어디 갔니?" 포드가 말했다.

잠시 뒤에 그가 말했다.

"마빈은 어딨어?"

그 로봇이 있던 구석 자리는 텅 비어 있었다.

우주선 안은 완전히 고요했다. 그것은 칠흑같이 깜깜한 공간에 떠 있었다. 때때로 우주선은 이리저리 흔들렸다. 모든 장치가 먹통이었고, 모든 전망 스크린이 깜깜했다. 그들은 컴퓨터에게 물었다. 컴퓨터가 말했다.

"잠시 모든 대화 채널을 닫아서 죄송합니다. 그동안 가벼운 음악이나 들으시지요."

그들은 가벼운 음악을 꺼버렸다.

그들은 점점 더 당황하고 놀라면서 우주선을 샅샅이 살펴보았다. 작동되는 곳은 한 군데도 없었고 사방이 조용했다. 자포드나 마빈의 흔적은 어디에도 없었다.

그들이 마지막으로 확인한 곳은 뉴트리-매틱 기계가 놓여 있는, 기둥 사이의 작은 공간이었다.

뉴트리-매틱 음료 합성기의 배출판에는 작은 쟁반이 하나 놓여 있었고, 그 위에는 세 개의 본차이나 찻잔과 받침, 본차이나 우유 단지, 아서가 마셔본 것 중 최고로 훌륭한 홍차가 그득 담긴 은 주전자, 그리고 '기다리세요'라고 인쇄된 쪽지가 놓여 있었다.

5

혹자는 어사 마이너 베타 행성이, 알려진 우주 공간에서 가장 섬뜩한 장소 중 하나라고 말한다.

그 행성은 괴로우리만치 부유한 곳이고, 끔찍하게 햇살이 좋은 곳이며, 굉장히 흥미로운 사람들이 석류 열매 안의 씨앗보다도 더 우글우글한 곳이다. 하지만 《플레이빙Playbeing》 최신호가 어떤 기사에 '어사 마이너 베타가 지긋지긋하게 느껴진다면 당신은 인생 자체에 신물이 난 겁니다' 라는 제목을 붙이자 하룻밤 새에 자살률이 네 배로 증가했다는 것은 무시할 만한 사실이 아니다.

그렇다고 어사 마이너 베타에 밤이 있다는 말은 아니다.

그것은 서쪽 지역의 행성으로, 설명할 수 없는 괴이한 지형상의 변형에 의해 행성 전체가 아열대성 해안으로 이루어져 있다. 그에 못지않게 설명할 수 없고 괴이한 상대적 시간의 변형에 의해, 그 행성의 시간은 거의 언제나 해안의 바들이 문을 닫기 직전인 토요일 오후였다.

어사 마이너 베타에 거주하는 주요 생명체들은 이에 대해 한 번도 그럴듯한 설명을 내놓은 적이 없다. 그들은 정신적 깨우침을 얻기 위해 수영장 주위를 달리거나 은하계 지형-시간 통제 위원회의 조사반을 초청해 '멋진 기형적 낮을 누리는' 데 대부분의 시간을 보냈다.

어사 마이너 베타에는 도시가 딱 하나 있는데, 그것이 도시라 불리는 것은 오로지 다른 곳보다 지상에 수영장이 좀더 빽빽하게 있기 때문이다.

공중에서 '빛 시(市)'에 접근하면——다른 식으로 이 도시에 접근할 방법은 없다. 도로도, 항만 시설도 없으니까. 빛 시 주민들은 날아 들어오지 않는 사람은 손님으로 맞이하지 않는다——왜 이 도시가 그런 이름을 갖게 되었는지 알 수 있다. 태양은 그 어느 곳보다 이 도시에서 가장 밝게 빛난다. 햇살은 수영장 위에서 반짝이고, 야자나무들이 늘어선 하얀 대로에 어른거리고, 그 길을 오가는, 조그맣게 보이는 건강하게 그을린 사람들 위에서 반짝이며 부서지고, 빌라들과 흐릿한 비행장들, 해변의 바들 위에서 빛을 발한다.

햇살은 그중 한 빌딩을 유독 밝게 비춘다. 그것은 삼십 층짜리 흰색 건물 두 개로 이루어진 높다랗고 아름다운 빌딩이며, 이 두 건물은 중간쯤에서 다리로 서로 이어져 있다.

그 빌딩은 어떤 책의 본부로, 그 책의 편집진과 어떤 아침 식사용 시리얼 회사 사이의 특이한 저작권 소송에서 나온 수익으로 이곳에 세워졌다.

그 책은 안내서, 여행 안내서다.

그것은 어사 마이너의 대단한 출판사들에서 나온 모든 책들 중 가장 뛰어나고 단연코 가장 성공적인 책에 속했다. 그것은 《인생은 오백오십 살부터》보다 더 인기 있고, 엑센트리카 갈룸비츠(에로티콘 제6행성의 가슴 셋 달린 창녀)가 쓴 《개인적인 관점에서 본 빅뱅 이론》보다 더 잘 팔렸으며, 울론 콜루피드의 최신 초베스트셀러 《알고 싶지 않았지만 억지로 알게 된 섹스에 대한 모든 것》보다 더 큰 논쟁을 불러일으켰다.

(은하계의 동쪽 바깥 가장자리에 있는 여유로운 문명계에서는, 모든 지식과 지혜의 표준적인 보고로서 위대한 《은하대백과사전》이 차지했던 지위를 이미 이 안내서가 빼앗고 있다. 이 책은 비록 많은 것이 누락되어 있고 출처가 미심쩍은 내용도 많이 담고 있으며, 그게 아니더라도 터무

니없이 부정확했지만, 그럼에도 불구하고 더 유서 깊고 단조로운 《은하 대백과사전》을 두 가지 중요한 점에서 앞서 나가고 있기 때문이다. 첫째로, 이 책의 가격이 조금 더 싸다. 둘째로, 이 책의 표지에는 크고 친근한 서체로 '겁먹지 마세요' 라는 말이 적혀 있다.)

그리고 물론 이 책은 알타이리아 달러로 하루 삼십 불도 안 되는 돈으로 알려진 우주 곳곳의 경이를 구경하고 싶어 하는 모든 사람들에게는 금쪽같은 친구다. 이 책은 바로 《은하수를 여행하는 히치하이커를 위한 안내서》다.

(당신이 지금쯤 그 도시에 착륙해 수영장에 잠깐 들어갔다가 샤워를 하고 나와 기분 전환이 된 상태라고 가정하고) 당신이 '안내서' 빌딩의 정문 로비를 등지고 서 있다가 동쪽으로 걸어간다고 치자. 그러면 당신은 라이프 대로의 가로수 잎사귀로 그늘진 길을 따라 걸으면서 왼편에 펼쳐진 연한 황금빛 바다에 경탄할 것이고, 이런 건 누워서 떡 먹기라는 듯 파도 위 이 피트 높이에서 태평하게 떠다니는 마인드 서퍼들을 보고 놀랄 것이며, 마침내 낮 시간 내내, 다시 말해 끊임없이 음이 맞지 않는 소리를 흥얼대는 거대한 야자나무들에 약간 짜증이 나게 될 것이다.

그렇게 해서 라이프 대로 끝에 다다르면, 거기서부터는 랄라마틴 구역이 시작된다. 이곳에는 가게들과 볼로넛 나무, 그리고 UM-베타인들이 힘들었던 오후의 해변 휴식을 마치고 쉬러 오는 노상 카페들이 늘어서 있다. 랄라마틴 구역은 영원한 토요일 오후가 아닌 얼마 안 되는 지역 중 하나다. 대신 거기에는 영원한 토요일 이른 아침의 신선함이 있다. 그 뒤로는 나이트클럽들이 늘어서 있다.

만일 이 특정한 낮에, 오후에, 저녁 시간의 연속에——뭐라고 부르든 상관없다——당신이 오른쪽에서 두 번째 노상 카페에 다가갔다면, 흔히 보는 UM-베타인 한 무리가 굉장히 느긋한 자세로 앉아 잡담을 나누고, 음료를 마시고, 서로의 손목시계가 얼마나 비싼 건지 슬쩍 들여다보는 모습이 보였을 것이다.

또한 당신은 알골 행성 출신의 부스스한 히치하이커 두 명을 만났을 것이다. 그들은 며칠 동안 고생고생하면서 아크투란 메가 화물선을 타고 와 최근에 이 행성에 도착했다. 그들은 '은하수를 여행하는 히치하이커를 위한 안내서' 빌딩이 보이는 이 자리에서는 단순한 과일 주스 한 잔이 육십 알타이리아 달러가 넘는다는 것을 알고는 분개하며 당황해하고 있었다.

"배신이야." 그중 한 명이 씁쓸하게 말했다.

만약 당신이 바로 그 순간 그 옆 테이블을 봤다면, 자포드 비블브락스가 굉장히 놀라서 당황해하며 앉아 있는 모습을 봤을 것이다.

그가 당황스러워하는 것은, 불과 오 초 전까지만 해도 그는 순수한 마음 호의 브리지에 앉아 있었기 때문이었다.

"완벽한 배신이라고." 다시 그 목소리가 말했다.

자포드는 옆 테이블에 앉아 있는 부스스한 히치하이커 두 명을 불안스레 곁눈질했다. 도대체 여기가 어디지? 어떻게 여기 온 거지? 내 우주선은 어디 있지? 그는 손으로 자신이 앉아 있는 의자의 팔걸이를 만져보고 앞에 놓인 테이블을 만져봤다. 그것들은 충분히 단단한 것 같았다. 그는 꼼짝도 않고 앉아 있었다.

"어떻게 이런 곳에 앉아 히치하이커를 위한 안내서를 쓸 수가 있지? 저걸 좀 봐, 보라고!" 같은 목소리가 계속 말했다.

자포드는 그곳을 바라봤다. 좋은 곳이군, 그는 생각했다. 하지만 어디일까? 그리고 왜일까?

그는 호주머니를 뒤져 선글라스 두 개를 찾아냈다. 그 호주머니 안에는 딱딱하고 매끈한, 정체를 알 수 없는 굉장히 묵직한 쇳덩어리도 하나 들어 있었다. 그는 그것을 꺼내 살펴보았다. 그러고는 깜짝 놀라 눈을 깜박거렸다. 이게 어디서 났지? 그는 그것을 호주머니에 도로 넣고 선글라스들을 썼다. 자포드는 쇳덩이 때문에 렌즈 하나에 흠집이 난 것을 보고 화가 났다. 그래도 선글라스를 쓰고 있으니 훨씬 기분이 편했다. 그가 쓴 두 개의 선글라스는 주 잔타 200 슈퍼-크로매틱 위험 감지 선글라스였다. 이는 사람들이 위험에 대해서 보다 편안한 태도를 가질 수 있도록 특별히 디자인된 선글라스였다. 문제가 생길 것 같은 기미가 조금이라도 감지되면 그 선글라스는 완전히 깜깜하게 변해서, 놀랄 만한 일은 아무것도 볼 수 없게 만들었다.

흠집을 제외하고는 렌즈는 깨끗했다. 그는 마음을 놓았지만, 아주 조금뿐이었다.

성난 히치하이커는 무지막지하게 비싼 과일 주스를 계속 노려보고 있었다.

"《안내서》에 일어난 일 중 최악의 사건은 어사 마이너 베타로 이사한 거야. 사람들이 물렁해졌다고. 난 심지어 그 사람들이 사무실 하나에다 전자 합성으로 우주 전체를 만들어뒀다는 말도 들었어. 낮 동안은 거기 가서 이야깃거리를 연구하고 그러고도 밤에는 파티에 갈 수 있도록 말이지. 뭐, 이곳에서 낮과 밤이 대단한 의미가 있는 건 아니지만." 그가 으르렁거리듯 말했다.

어사 마이너 베타로군, 자포드는 생각했다. 이제 적어도 자신이 어디에 있는지는 알 수 있었다. 그는 이것이 자신의 증조부가 한 짓이 틀림없다고 생각했다. 하지만 왜?

더욱 짜증나게도, 한 가지 생각이 불쑥 그의 마음에 떠올랐다. 그것은 매우 확실하고 명백한 생각이었고, 이제 그는 이 생각들을 있는 그대로 알아보는 단계에 와 있었다. 그는 본능적으로 그 생각에 저항했다. 그것은 그의 마음속 어두운 폐쇄 구역에서 튀어나오는, 예정된 암시들이었다.

그는 꼼짝 않고 앉아 분노에 차서 그 생각을 무시했다. 하지만 그 생각은 그를 괴롭혔다. 그는 무시했다. 생각이 그를 괴롭혔다. 그는 무시했다. 생각이 그를 괴롭혔다. 그는 항복했다.

젠장, 그냥 흘러가는 대로 가보자, 그는 생각했다. 반항하기에는 너무 피곤하고 혼란스럽고 배가 고팠다. 그는 그 생각이 무엇을 뜻하는지조차 몰랐다.

6

"여보세요? 예, 메가도도 출판삽니다. 알려진 우주 전체에서 전적으로 가장 훌륭한 책인《은하수를 여행하는 히치하이커를 위한 안내서》의 본부죠. 뭘 도와드릴까요?"《은하수를 여행하는 히치하이커를 위한 안내서》본부 로비의 넓은 크롬 안내 데스크를 따라 길게 놓인 칠십 대의 전화기 중 하나에다 대고 분홍색 날개를 단 커다란 곤충이 말했다. 곤충은 날개를 퍼덕거리며 눈알을 굴렸고, 카펫을 더럽히고 손잡이에 더러운 손자국을 남기면서 어수선하게 로비로 들어오는 지저분한 사람들을 노려봤다. 그 곤충은《은하수를 여행하는 히치하이커를 위한 안내서》를 위해 일하는 것을 좋아했다. 다만 저 모든 히치하이커들을 이곳에 들어오지 못하게 할 방법이 있었으면 하고 바랐다. 저 사람들은 더러운 우주 공항 같은 데서 기웃거리고 있어야 하지 않나? 곤충은 지저분한 우주 공항을 기웃거리는 것이 얼마나 중요한 일인지에 대해 그 책 어딘가에서 분명 읽은 적이 있었다. 불행히도, 그들은 대부분 엄청나게 더러운 우주 공항을 기웃거린 다음, 곧바로 이 멋지고 깨끗하고 윤기 나는 로비로 몰려와 기웃거리는 것 같았다. 그러고는 온통 불평을 늘어놓는 것이었다. 곤충은 날개를 부르르 떨었다.

"뭐라고요? 예, 선생님 메시지를 자니우프 씨에게 전달했습니다만, 그분은 현재 선생님을 만나기엔 너무 멋진 시간을 보내고 계십니다. 지금 은하 간 크루즈 중이시거든요." 곤충이 수화기에 대고 말했다.

곤충은, 화를 내며 자신의 주목을 끌어보려 애쓰는 지저분한 사람들 중 하나에게 짜증스레 촉수를 내둘렀다. 짜증 섞인 촉수는 화내는 사람에게 왼쪽 벽에 붙은 공고를 보라고, 중요한 전화를 방해하지 말라고 손짓했다.

"그렇습니다. 그분은 지금 사무실에 계시지만, 은하 간 크루즈 중이십니다. 전화 주셔서 감사합니다." 곤충이 수화기를 쾅 하고 내려놓았다.

"저 공고를 읽어보세요." 책에 담겨 있는 더 멍청하고 위험한 틀린 정보들 중 하나에 대해 불평하려 하는 화난 사람에게 그것이 말했다.

《은하수를 여행하는 히치하이커를 위한 안내서》는 무한하게 복잡하고 혼란스러운 우주 속에서 인생을 이해해보고자 애쓰는 사람에게는 없어서는 안 될 지침서다. 비록 이 책이 모든 문제에 대해 쓸모가 있고 정보를 줄 수 있기를 기대할 수는 없지만, 적어도 이 책은 이런 든든한 주장은 한다. 즉, 이 책에 틀린 곳이 있을 때는, 적어도 '결정적으로' 틀렸다는 것이다. 중요한 오류가 있을 경우, 잘못된 쪽은 항상 현실이다.

이것이 바로 그 공고의 요점이었다. 공고에는 이렇게 적혀 있었다. '《안내서》가 결정판입니다. 현실이 종종 부정확합니다.'

이것은 몇몇 흥미진진한 결과를 가져왔다. 예를 들어, 한번은 《안내서》의 편집진이, 트랄 행성에 관한 항목을 문자 그대로 해석한 탓에 죽은 사람들의 가족들에게 고소를 당했다(거기에는 '트랄 행성의 레이브너스 버그블래터 비스트들은 종종 여행자들을 맛좋은 식사거리로 삼는다' 대신 '트랄 행성의 레이브너스 버그블래터 비스트들은 종종 여행자들의 맛좋은 식사거리가 된다'라고 적혀 있었다). 그때 《안내서》의 편집진은 두 번째 문장이 미학적으로 더 훌륭하다고 주장하면서, 적당한 시인을 증인으로 소환해 아름다움이 진실이며 진실이 아름다움이라고 증언하게 했다. 그리고 이를 통해 이 사건에 있어서 죄인은 아름답지도 진실되지도 못한 삶 그 자체라는 것을 증명하고자 했다. 재판장은 이에 동의했다. 그리고 감동적인 연설을 통해 삶 자체가 법정 모독죄를 범했다고 판결을 내리고는, 법정에 출두한 모든 이들에게서 지체 없이 삶을 몰수해버렸다. 그런 뒤 그는 상쾌한 저녁 울트라골프를 즐기기 위해 법정을 떠났다.

자포드 비블브락스가 로비에 들어섰다. 그는 곤충 접수원에게 성큼성큼 다가갔다.

"이봐, 자니우프 어딨어? 자니우프를 불러줘." 그가 말했다.

"뭐라고요, 선생님?" 곤충이 쌀쌀맞게 대꾸했다. 곤충은 이런 식으로 대접받는 게 싫었다.

"자니우프 말이야. 그를 불러줘. 알겠어? 지금 당장 불러와."

"저, 선생님, 조금만 진정하시고……." 그 연약하고 작은 생물이 말을 가로챘다.

"이봐, 나는 지금 머리끝까지 차갑다고, 알겠어? 너무너무 차가워서 고깃덩어리를 한 달 동안이나 내 속에 보관할 수 있을 정도야. 너무 '힙hip' (hip은 엉덩이라는 뜻이기도 하고, 멋지다는 의미에서의 cool의 유의어이기도 하다—옮긴이주)해서 골반 너머는 잘 보이지도 않는다고. 자, 내가 다 날려버리기 전에 좀 움직여보시지?" 자포드가 말했다.

"저, 제 설명 좀 들어보세요, 선생님. 죄송하지만, 지금 당장은 그게 가능하지 않거든요. 자니우프 씨는 현재 은하 간 크루즈 중이시란 말이에요." 곤충이 자기 촉수 중에서 가장 짜증스러운 촉수를 들어 톡톡 치면서 말했다.

빌어먹을, 자포드는 생각했다.

"언제 돌아올 예정이지?" 그가 말했다.

"돌아온다고요, 선생님? 그분은 지금 사무실에 계세요."

자포드는 잠깐 말을 멈추고 이 별난 생각을 정리해보려 했다. 그는 성공하지 못했다.

"그 녀석이 자기 사무실 안에서……은하 간 크루즈 중이라고?"

그는 몸을 앞으로 내밀어 책상을 두드리고 있는 촉수를 붙잡았다.

"이봐, 세눈박이, 나보다 기괴하려고 해봤자 소용없어. 난 너보다 더 괴상한 것들을 아침 시리얼이랑 같이 공짜로 얻거든."

"이봐요, 당신 도대체 뭐예요?" 곤충은 화가 나서 날개를 파르르 떨며 버둥거렸다. "당신이 뭐 자포드 비블브락스라도 되는 줄 알아요?"

"내 머리 수를 세어봐." 자포드가 나지막한 쉰 목소리로 말했다.

곤충은 눈을 깜박거리며 그를 쳐다봤다. 다시 한번 눈을 깜박거리며 그를 쳐다봤다.

"당신이 자포드 비블브락스인가요?" 그것이 꽥꽥거리며 말했다.

"그래. 하지만 소리는 지르지 마. 그럼 모두 날 잡으려 할 테니." 자포드가 말했다.

"그 자포드 비블브락스라고요?"

"아니, 그냥 자포드 비블브락스……내가 여섯 개짜리 팩으로 나온다는 얘기 못 들었나?"

곤충은 흥분해서 촉수들을 마구 휘저어댔다.

"하지만 선생님, 지금 방금 서브-에서 라디오 뉴스에서 들었는데, 돌아가셨다고 하던데요……." 곤충이 꽥꽥 우는 소리를 냈다.

"그래, 맞아. 아직 움직이는 걸 멈추지 않았을 뿐이지. 자, 어디 가면 자니우프를 볼 수 있지?" 자포드가 말했다.

"저어, 선생님, 그분의 사무실은 십오 층에 있어요. 하지만……."

"하지만 은하 간 크루즈 중이시라 이거지? 알았어, 알았다고. 어떻게 찾아가지?"

"새로 설치된 시리우스 사이버네틱스 주식회사의 '행복한 수직 인간 운반기'가 저쪽 코너에 있어요. 한데 선생님……."

그리로 가려고 몸을 돌리던 자포드가 다시 돌아섰다.

"왜?" 그가 말했다.

"왜 자니우프 씨를 만나려 하시는지 여쭤봐도 될까요?"

"음." 자포드가 말했다. 이 점에 대해서는 그 자신도 이유를 분명히 알지 못했다. "그래야 한다고 나 자신에게 말했기 때문이지."

"다시 오실 거죠, 선생님?"

자포드가 음모라도 꾸미는 듯이 몸을 앞으로 기울였다.

"나는 방금 난데없이 이곳 카페 중 하나에 체현(體現)되었어. 내 증조부의 유령과 논쟁을 벌인 결과로 말이야. 내가 거기 도착하자마자 내 두뇌를 수술했던 예전의 내가 내 머릿속에 불쑥 나타나서는 이렇게 말하더라고. '가서 자니우프를 만나라.' 나는 그런 녀석은 이름도 들어본 적이 없는데 말이야. 그게 내가 아는 전부야. 그거랑 우주를 지배하는 사람을 찾아야 한다는 것, 그게 다야."

그는 윙크를 했다.

"비블브락스 선생님, 선생님은 너무 괴상하셔서 영화에 출연하셔도 될 것 같아요." 곤충이 경외심에 차서 말했다.

"그래. 그리고 그대는 현실 세계에 있어야 할 것 같군." 자포드가 곤충의 반짝거리는 분홍빛 날개를 토닥거리며 말했다.

곤충은 흥분을 가라앉히기 위해 잠시 가만히 있다가 전화를 받으려고 촉수 하나를 내밀었다.

금속 손 하나가 그것을 제지했다.

"실례해요." 금속 손의 소유자가 말했다. 좀더 감성적인 기질의 곤충이라면 그 목소리에 울음이라도 터뜨릴 법했다.

이 곤충은 그런 부류가 아니었다. 게다가 이 곤충은 로봇을 끔찍이 싫어했다.

"예, 선생님, 뭘 도와드릴까요?" 곤충이 딱딱거리며 말했다.

"과연 그럴 수 있을까요?" 마빈이 말했다.

"뭐 그러시다면, 죄송합니다만……."

전화기 여섯 대가 울리고 있었다. 곤충이 돌봐야 할 일이 백만 가지가 밀려 있었다.

"누구도 절 도울 수는 없어요." 마빈이 읊조렸다.

"알았습니다. 선생님, 그럼……."

"도와주려는 사람들이 없었다는 건 물론 아니에요."

제지하던 금속 손이 마빈의 옆구리로 힘없이 떨어졌다. 그의 머리는 아주 약간 앞으로 숙여졌다.

"그렇습니까?" 곤충이 가시 돋친 목소리로 말했다.

"천한 로봇 따위를 돕는 건 시간 낭비죠. 안 그래요?"

"그럼 죄송하지만……."

"감사를 표하는 회로도 없는 로봇한테 친절하게 굴거나 도움을 줘서 무슨 이익이 있겠어요?"

"그럼 그런 회로가 없단 말이에요?" 곤충은 이 대화에서 빠져나오지 못하며 말했다.

"아직 확인해볼 기회가 없었어요." 마빈이 대답했다.

"이봐요, 잘못 조립된 불쌍한 쇳덩이 양반……."

"내가 뭘 원하는지 안 물어볼 건가요?"

곤충은 침묵했다. 그것의 길고 가느다란 혀가 불쑥 튀어나와 눈들을 핥더니 다시 쏙 들어갔다.

"그럴 가치가 있나요?" 곤충이 물었다.

"뭔들 그런가요?" 마빈이 즉시 되받아쳤다.

"뭘……원하는데요?"

"사람을 찾고 있어요."

"누군데요?" 곤충이 말했다.

"자포드 비블브락스요. 저기 있네요." 마빈이 말했다.

곤충은 분노로 몸을 부르르 떨었다. 말도 제대로 나오지 않았다.

"알면서 왜 내게 묻는 거죠?" 곤충이 소리를 질렀다.

"그냥 대화할 상대가 필요해서요." 마빈이 말했다.

"뭐라고요!"

"애처롭죠, 안 그래요?"

기어가 서로 갈리는 삐걱 소리를 내며 마빈은 뒤로 돌아 터덜터덜 걸어갔다. 그는 엘리베이터로 다가가고 있는 자포드를 따라잡았다. 자포드가 놀라서 홱 돌아섰다.

"어……마빈? 마빈! 여기 어떻게 왔어?" 자포드가 말했다.

마빈은 억지로라도 뭔가 대답해야 했지만, 그건 대단히 힘들었다.

"저도 몰라요."

"하지만……."

"한순간 전 매우 우울한 기분으로 당신 우주선에 앉아 있었어요. 그런데 다음 순간 더 이상 비참할 수 없는 기분으로 여기 서 있더군요. 아무래도 불가능 확률 자장 때문인 것 같아요."

"그래. 내 증조부님이 너를 내 동행으로 보내주신 것 같구나." 자포드가 말했다.

"대단히 고맙습니다, 할아버지." 그가 작은 목소리로 덧붙였다.

"그래서 기분은 어때?" 자포드가 이번에는 큰 소리로 말했다.

"아, 좋아요. 저 자신인 것을 좋아할 수 있다면요. 개인적으로 전 싫지만." 마빈이 말했다.

"그래, 그래." 엘리베이터 문이 열리는 걸 보며 자포드가 말했다.

"안녕하세요?" 엘리베이터가 상냥하게 말했다. "저는 여러분이 선택하신 층까지 여러분을 모실 엘리베이터입니다. 저는 시리우스 사이버네틱스 주식회사에서 여러분, '은하수를 여행하는 히치하이커를 위한 안내서'를 방문하신 손님들을 사무실까지 모셔다 드리기 위해 제작되었습니다. 저희가 보장하는 신속하고 즐거운 탑승이 마음에 드신다면, 은하 세무서와 부빌루 유아식, 그리고 시리안 국립 정신병원 건물에 새로 설치된 다른 엘리베이터들도 타보십시오. 그 병원에 가시면 여러분의 방문과 동정심, 바깥세상의 즐거운 이야기들을 고대하고 있는 전(前) 사이버네틱스 주식회사 중역들이 여러분을 환영할 것입니다."

"알았어. 말하는 거 말고 또 뭘 할 수 있지?" 자포드가 안으로 들어서며 말했다.

"저는 올라가거나 내려갑니다." 엘리베이터가 말했다.

"좋아. 우린 올라간다." 자포드가 말했다.

"또는 내려가시고요." 엘리베이터가 그에게 상기시켜주었다.

"그래, 알았어, 올라가줘."

잠시 침묵이 흘렀다.

"내려가시는 것도 아주 좋은데요." 엘리베이터가 희망에 찬 어조로 제안했다.

"아, 그래?"

"굉장해요."

"좋아. 그럼 이제 위로 올라갈까?" 자포드가 말했다.

"내려갔을 때 얻을 수 있는 모든 가능성들을 다 고려해보셨는지 여쭤봐도 될까요?" 엘리베이터가 극도로 상냥하고 합리적인 목소리로 물었다.

자포드는 머리 하나를 엘리베이터 벽에 갖다 박았다. 이런 건 필요 없어, 그는 생각했다. 정말이지 그는 이런 일을 겪어야 할 필요가 없었다. 여기 보내달라고 청한 적도 없었다. 지금 이 순간 어디에 있고 싶으냐는 질문을 받는다면, 그는 적어도 오십 명의 아름다운 여자들과 그에게 친절하기 위한 새로운 방법을 연구하는 일군의 전문가들에게 둘러싸여 해변에 누워 있고 싶다고 말할 것이었다. 그는 이런 질문에는 늘 그런 식으로 대답했다. 여기에 열띤 음식론을 덧붙일 수도 있을 터였다.

그가 하고 싶지 않은 일은 우주를 지배하는 사람을 쫓아다니는 것이었다. 그 사람은 그냥 일자리를 잃기 싫어하면서 자기 일을 하고 있는 것일 수도 있다. 그가 하지 않으면 다른 사람이 할 테니까. 하지만 무엇보다도 그는 사무실 건물에서 엘리베이터와 입씨름을 하며 서 있고 싶지 않았다.

"어떤 가능성들 말이야?" 그가 지친 목소리로 물었다.

"그러니까……." 그 목소리는 비스킷 위에 떨어지는 꿀처럼 조금씩 조금씩 흘러나왔다. "지하실이 있고요, 마이크로 파일들이 있고요, 또 난방 시스템이 있고요……음……."

목소리가 멈췄다.

"특별히 흥미로운 건 없어요. 하지만 그게 올라가는 것 대신 할 수 있는 일이긴 하죠." 그것이 인정했다.

"자쿠온이시여, 제가 언제 실존주의적인 엘리베이터를 달라고 했나요?" 자포드가 중얼거렸다. 그리고 벽을 주먹으로 때렸다.

"이 물건에 도대체 무슨 문제가 있는 거야?" 그가 내뱉었다.

"올라가고 싶지 않은 거예요. 겁이 나는 모양인데요." 마빈이 간결하게 대꾸했다.

"겁이 나? 뭐가? 높은 곳이? 고소공포증 엘리베이터라고?" 자포드가 소리쳤다.

"아니요, 미래가요……." 엘리베이터가 가련하게 말했다.

"미래라고? 이 거지 같은 게 뭘 원하는 거야? 연금이라도 원하나?" 자포드가 고함을 질렀다.

바로 그때 그들 뒤편의 리셉션 홀에서 소동이 벌어졌다. 주위의 벽들에서 갑자기 기계들이 작동하는 소리가 들려왔다.

"우리는 모두 미래를 내다볼 수 있어요. 우리 프로그램의 일부죠." 엘리베이터가 공포에 질린 듯한 목소리로 말했다.

자포드는 엘리베이터 밖을 내다보았다. 흥분한 사람들이 엘리베이터 구역 주위에 모여들어 손가락질을 하며 소리를 질러대고 있었다.

건물 내에 있는 엘리베이터들은 모두 매우 빠른 속력으로 내려오고 있었다.

자포드는 엘리베이터 밖으로 내밀었던 머리를 다시 잽싸게 안으로 들여놓았다.

"마빈, 이 엘리베이터를 올라가게 할 수 있지? 우린 자니우프한테 가야 해." 그가 말했다.

"왜요?" 마빈이 우울하게 말했다.

"나도 몰라. 하지만 그 사람을 만나면, 내가 그를 만나고자 하는 그럴 듯한 이유를 그가 설명해줄 거야." 자포드가 말했다.

현대의 엘리베이터들은 이상하고 복잡한 존재다. 옛날의 전동식 윈치나 최대 팔인승 승강기와 시리우스 사이버네틱스 주식회사의 '행복한 수직 인간 운반기'는 혼합 땅콩 한 봉지와 시리안 국립 정신병원의 서쪽 병동 전체만큼이나 서로 관계가 없다.

이는, 이 현대의 엘리베이터들이 '초점이 안 맞는 시간 인식'이라는 이상한 원리에 따라 작동하기 때문이다. 다시 말하자면, 이들은 가까운 미래를 희미하게 볼 수 있는 능력을 가지고 있다. 그래서 엘리베이터는 승객이 엘리베이터를 타야지 하고 생각도 하기 전에 그를 태우러 그 층으로 간다. 덕분에, 예전에 사람들이 엘리베이터를 기다리면서 어쩔 수 없이 해야만 했던 지루한 잡담과 휴식, 친구 사귀기 등은 이제 다 필요 없는 일이 되어버렸다.

그 자연스러운 결과로, 지성과 예지력을 갖춘 많은 엘리베이터들은 그저 위로 아래로, 위로 아래로 왔다 갔다 할 뿐인 단순한 일에 좌절했다. 그래서 그들은 일종의 실존주의적 저항의 표시로 잠깐씩 옆으로 가는 실험을 하기도 하고, 의사 결정 과정에 참여하기를 요구하기도 하다가, 결국엔 뾰로통하게 지하실에 쭈그려 있기로 결심했다.

요즘에 시리우스 성단의 행성을 방문하는 가난뱅이 히치하이커들이라면 노이로제에 걸린 엘리베이터들에게 상담을 해줘서 쉽게 돈을 벌 수도 있다.

십오 층에서 엘리베이터 문이 활짝 열렸다.

"십오 층입니다. 알아두세요, 이건 단지 당신 로봇이 맘에 들어서 한 일입니다." 엘리베이터가 말했다.

자포드와 마빈이 엘리베이터에서 허둥지둥 내리자, 엘리베이터는 즉시 문을 잽싸게 닫더니 가능한 최고의 속도로 내려가버렸다.

자포드는 주의 깊게 주변을 둘러보았다. 복도는 사람 하나 없이 조용했다. 자니우프가 어디 있는지는 도대체 알 길이 없었다. 복도로 난 문들은 모두 아무 표시 없이 꼭 닫혀 있었다.

그들은 한쪽 건물에서 다른 쪽 건물로 이어지는 다리 근처에 서 있었다. 커다란 창을 통해 어사 마이너 베타의 찬란한 태양이 쏟아져 들어왔고 그 빛 속에서 조그마한 먼지 조각들이 춤을 추고 있었다. 잠시 그림자가 스치고 지나갔다.

"엘리베이터가 우리를 곤경에 빠뜨렸군." 자포드가 극도로 저조한 기분으로 중얼거렸다.

그들은 함께 서서 양 방향을 바라봤다.

"뭐 좀 알겠어?" 자포드가 마빈에게 말했다.

"당신이 상상하는 것보다 훨씬 많이요."

"내 장담하는데, 이 빌딩이 원래 이렇게 흔들리는 건 아닐걸." 자포드가 말했다.

그는 발바닥에 미세한 진동이 지나가는 걸 느낄 수 있었다. 그리고 한

번 더. 햇살 속의 먼지 조각들이 더 신나게 춤을 췄다. 또 한번 그림자 하나가 스치고 지나갔다.

자포드는 바닥을 내려다보았다.

"둘 중에 하나야." 그가 말했지만 별로 확신에 찬 목소리는 아니었다. "일하는 동안 근육을 강하게 해주려고 무슨 진동 시스템을 설치했거나, 아니면……."

그는 창가로 다가가다 갑자기 휘청거렸다. 그 순간 그의 주 잔타 200 슈퍼-크로매틱 위험 감지 선글라스가 완전히 깜깜해져버렸기 때문이다. 거대한 그림자 하나가 날카롭게 웅 하는 소리를 내며 창가를 스쳐 지나갔다.

자포드는 선글라스를 홱 벗었다. 바로 그 순간 빌딩이 천둥 같은 소리를 내며 크게 흔들렸다. 그는 창가로 달려갔다.

"아니면, 빌딩이 폭격을 당하고 있거나!" 자포드가 말했다.

다시 한번 천둥 같은 소리가 빌딩을 뒤흔들었다.

"이 은하계에서 누가 출판사 건물을 폭격하고 싶어 할까?" 자포드가 물었다.

하지만 바로 그 순간 빌딩이 또 한 차례의 폭격으로 크게 흔들렸기 때문에 마빈의 대답은 들리지 않았다. 자포드는 휘청거리며 다시 엘리베이터로 돌아가려 했다. 소용없는 짓이라는 걸 알았지만, 다른 방도가 생각나지 않았다.

갑자기 오른쪽으로 구부러진 복도 끝에서 누군가 쓱 나타나는 것이 자포드의 눈에 들어왔다. 그 남자도 자포드를 봤다.

"비블브락스, 이쪽이야!" 그가 소리쳤다.

자포드가 그를 의심스러운 눈초리로 보고 있을 때 또 한 차례 폭격이 빌딩을 뒤흔들었다.

"싫어. 난 비블브락스야! 당신은 누구야?" 자포드가 외쳤다.

"친구!" 남자가 외치더니 자포드를 향해 달렸다.

"오, 그래? 특정인의 친구야, 아니면 일반적으로 사람들에게 두루 잘해 준다는 의미에서의 친구야?" 자포드가 말했다.

남자가 복도를 달려왔다. 그의 발 아래에서 복도가 미친 담요처럼 날뛰었다. 그는 땅딸막하고 햇볕에 그을린 모습이었으며, 그의 옷은 마치 은하계를 두 바퀴 정도는 돌고 돌아온 사람이 입고 있는 옷 같았다.

"알고 있어? 당신 빌딩이 지금 폭격당하고 있다는 거?" 그가 도착하자 자포드가 그의 귀에 대고 소리쳤다.

남자는 알고 있다는 표시를 했다.

갑자기 빛이 사라졌다. 무슨 일인가 하고 창 쪽으로 고개를 돌린 자포드는 거대한 괄태충 모양의 청록색 우주선이 빌딩을 가로질러 허공을 나는 것을 보고 입이 쩍 벌어졌다. 그 뒤로 두 대가 더 지나갔다.

"자네가 내팽개친 정부가 자네를 잡으러 왔어, 자포드. 그들은 프로그스타 전투기 비행 대대를 보냈어." 남자가 소리 죽여 말했다.

"프로그스타 전투기! 자쿠온이시여!" 자포드가 중얼거렸다.

"이제 상황을 알겠나?"

"그런데 프로그스타 전투기가 뭐지?"

자포드는 대통령이었을 때 누군가 그것에 대해 이야기하는 걸 틀림없이 들어봤겠지만, 당시 그는 공식 업무에 그다지 주의를 기울이지 않았다.

남자가 자포드를 어떤 문 안으로 잡아끌었다. 그는 따라 들어갔다. 작고 검은 거미처럼 생긴 물체가 귀가 먹먹할 정도로 날카로운 소리를 내며 허공을 가르더니 복도 아래쪽으로 사라져갔다.

"방금 그게 뭐였지?" 자포드가 소리 죽여 말했다.

"프로그스타 스카우트 로봇 클래스 A가 자넬 찾고 있는 거지." 남자가 말했다.

"어, 그래?"

"머리 숙여!"

반대쪽에서 더 커다란 검은 거미 모양의 물체가 나타났다. 그것이 그들을 휙 지나갔다.

"저건 또……?"

"프로그스타 스카우트 로봇 클래스 B가 자넬 찾고 있는 거야."

"그럼 저건?" 자포드가 공중을 가로질러 날아가는 세 번째 물건을 보고 말했다.

"프로그스타 스카우트 로봇 클래스 C가 자넬 찾고 있는 거야."

"여어, 꽤 멍청한 로봇들이구먼, 응?" 자포드가 혼자 키득거리며 말했다.

다리 건너에서 우르르 하는 묵직한 소음이 들렸다. 거대한 검은 물체가 반대쪽 빌딩으로부터 건너오고 있었다. 탱크 정도의 크기와 모양을 한 물건이었다.

"맙소사, 저건 또 뭐야?" 자포드가 숨을 몰아쉬었다.

"탱크. 프로그스타 스카우트 로봇 클래스 D가 자넬 잡으러 온 거야." 남자가 말했다.

"떠나는 게 좋지 않을까?"

"그러는 게 좋겠지."

"마빈!" 자포드가 소리쳤다.

"뭘 원하세요?"

마빈이 복도 아래쪽 파편 더미에서 몸을 일으켜 그들을 바라보았다.

"저기 우리한테 오는 로봇이 보이지?"

마빈은 다리를 건너 자신들을 향해 천천히 다가오고 있는 거대한 검은 물체를 보았다. 그리고 자신의 자그마한 금속 몸체를 내려다보았다. 그리고 다시 머리를 들어 탱크를 바라보았다.

"저더러 저걸 세우라는 말씀이지요?" 그가 말했다.

"그래."

"당신이 달아나는 동안에요."

"그래. 저리 나가봐!" 자포드가 말했다.

"제 분수를 아는 한 어쩔 수 없겠죠." 마빈이 말했다.

남자가 자포드의 팔을 끌어당기자, 자포드는 그를 따라 복도 아래쪽으로 내려갔다.

이 시점에 그는 핵심적인 사안에 생각이 미쳤다.

"어디로 가는 거지?" 그가 말했다.

"자니우프의 사무실."

"지금 약속 같은 걸 지키고 있을 때야?"

"어서 와."

7

　　마빈은 다리 끝에 서 있었다. 사실 그는 특별히 덩치가 작은 로봇은 아니었다. 그의 은빛 몸체는 먼지 자욱한 햇살 속에서 빛나고 있었고, 여전히 빌딩을 향해 쏟아지는 포화로 인해 떨리고 있었다.
　하지만 그의 앞에 굴러와 멈춰 선 거대한 검은 탱크에 비하면 그는 불쌍하리만치 작아 보였다. 탱크는 탐침을 내밀어 그를 검사했다. 그러고는 탐침을 거둬들였다.
　마빈은 거기 서 있었다.
　"길을 비켜라, 꼬마 로봇." 탱크가 호통을 쳤다.
　"미안하지만, 난 너를 멈추게 하려고 여기 남겨진걸." 마빈이 말했다.
　탱크가 다시 탐침을 내밀어 재빨리 재확인을 했다. 그리고 다시 거두었다.
　"네가? 날 막겠다고? 해보시지!" 탱크가 으르렁거렸다.
　"정말이라니까." 마빈이 간결하게 대꾸했다.
　"무슨 무기가 있는데?" 탱크가 믿을 수 없다는 듯 으르렁댔다.
　"맞혀봐." 마빈이 말했다.
　탱크의 엔진이 우르르 소리를 내며 움직였다. 기어들이 삐걱거리며 돌아갔다. 그것의 마이크로 두뇌 깊숙이에서 분자 크기의 전자 중계 장치들이 깜짝 놀라 앞뒤로 뛰어다녔다.

"맞혀보라고?" 탱크가 말했다.

자포드와 아직 이름이 밝혀지지 않은 남자는 비틀거리며 복도 하나를 따라 올라가서 두 번째 복도를 내려왔고, 세 번째 복도를 따라 걸어갔다. 빌딩이 계속해서 흔들리자, 자포드는 이상하다는 생각이 들었다. 빌딩을 날려버릴 생각이라면 왜 당장 해치우지 않는 걸까?

그들은 아무 표시도 되어 있지 않은 수많은 문들 중 하나에 어렵사리 도착해 거기에 몸을 던졌다. 문이 갑자기 덜컥 열리자 그들은 방 안으로 쓰러졌다.

이 모든 여정, 이 모든 고생, 해변에 누워 멋진 시간을 만끽하는 것을 방해하는 이 모든 일들은 다 무엇 때문일까, 자포드는 생각했다. 그곳은 의자 하나와 책상 하나, 그리고 더러운 재떨이 하나만 달랑 놓인, 아무 장식도 없는 사무실이었다. 책상 위에는 춤추는 먼지 약간과 혁명적으로 새로운 형태의 페이퍼클립 하나 외에는 아무것도 없었다.

"자니우프는……어디 있는 거야?" 자포드가 말했다. 그는 이 모든 일의 요점이 제대로 파악되지도 않았지만 그나마 이해한 것조차 자기 손아귀에서 빠져나가기 시작하는 느낌이었다.

"그는 은하 간 크루즈 중이지." 남자가 말했다.

자포드는 이 사람을 제대로 파악해보려 했다. 진지한 타입에다 유머 감각이라곤 전혀 없을 것 같았다. 아마도 그는 시간의 상당 부분을 복도를 위아래로 뛰어다니고 문을 부수고 빈 사무실에서 알 수 없는 소리들을 하며 보낼 것이다.

"내 소개를 하지. 내 이름은 루스타. 그리고 이게 내 타월이야." 남자가 말했다.

"안녕, 루스타." 자포드가 말했다.

"안녕, 타월?" 루스타가 낡고 더러운 꽃무늬 타월을 내밀자 그가 덧붙였다. 타월과 어떻게 인사해야 할지 몰라서 그는 한쪽 끝을 잡고 악수를 했다.

창밖에서는 거대한 괄태충같이 생긴 청록색 우주선 한 대가 으르렁거리며 지나갔다.

"그래, 어서 맞혀봐. 넌 절대 못 맞힐걸." 마빈이 그 커다란 전투 기계에게 말했다.

"에에음음음······레이저빔?" 생각이라는 익숙지 않은 일을 하느라 온 몸을 떨며 기계가 말했다.

마빈이 엄숙하게 고개를 저었다.

"아니로군. 그럼 너무 뻔하지. 반물질 광선?" 기계가 목청 깊은 곳에서 울려 나오는 소리로 중얼거렸다.

"그건 더 뻔해." 마빈이 깨우쳐줬다.

"그렇군. 에에······그렇다면 전자 충격포?" 기계는 조금 창피해하며 으르렁거렸다.

마빈은 처음 듣는 소리였다.

"그게 뭔데?"

"이런 거야." 기계가 열의에 차서 말했다.

그것의 포탑에서 날카로운 포크 같은 것이 나오더니 치명적인 광선 한 줄기를 뱉어냈다. 마빈의 뒤에서 벽이 우르르 무너져 한 무더기 먼지로 화했다. 먼지는 잠시 소용돌이치더니 가라앉았다.

"아니, 그런 거 아니야." 마빈이 말했다.

"하지만 훌륭하지 않아?"

"아주 훌륭해." 마빈이 동의했다.

"나도 알아." 프로그스타 전투 기계가 잠시 생각에 잠겼다가 말을 이었다. "그렇다면 너는 틀림없이 새로 나온 '크산틴 재구조 불안정화 제논 분출기'를 가지고 있는 거야!"

"멋진 거겠지, 응?" 마빈이 말했다.

"그걸 가진 거야?" 기계가 상당한 경외심을 표하며 말했다.

"아니." 마빈이 말했다.

"아아, 그렇다면 틀림없이……." 기계가 실망하며 말했다.

"넌 계속 헛다리를 짚고 있어. 넌 인간과 로봇의 관계에서 굉장히 기본적인 사항을 고려하지 못하고 있다고." 마빈이 말했다.

"어, 나도 알아. 그건……." 전투 기계가 말하고는 다시 생각에 빠졌다.

"생각해봐." 마빈이 독려했다. "나처럼 평범하고 천한 로봇을, 너처럼 거대하고 튼튼한 전투 기계를 막으라고 두고 갔다고. 자기들이 목숨을 구하려 도망가는 동안 말이야. 그 사람들이 내게 뭘 주고 갔을 것 같아?"

"우우우……뭔진 몰라도 대단히 엄청나게 파괴적인 물건일 것으로 기대되는데." 기계가 놀라서 중얼거렸다.

"기대된다고!" 마빈이 말했다. "좋아, 기대해봐. 그 사람들이 보호용으로 내게 준 게 뭔지 말해줄까?"

"그래, 좋아." 전투 기계가 마음의 준비를 하며 말했다.

"아무것도 없어." 마빈이 말했다.

위험스러운 침묵이 흘렀다.

"아무것도?" 전투 기계가 으르렁거렸다.

"전혀. 전자 소시지 하나 안 줬다고." 마빈이 쓸쓸하게 말했다.

기계는 분노로 치를 떨었다.

"와, 그거 너무 뻔뻔하잖아! 아무것도 안 줬어? 응? 도대체 생각이 있는 놈들이야?" 그것이 울부짖다시피 말했다.

"그리고 난 말이야, 이 왼편의 다이오드들이 몽땅 다 정말 무지하게 아프단 말이야." 마빈이 부드럽고 낮은 목소리로 말했다.

"욕하고 싶지?"

"그래." 마빈이 공감하며 동의했다.

"젠장, 정말 화나는군. 내가 저놈의 벽을 박살 내버릴 거야!" 기계가 으르렁거렸다.

전자 충격포가 다시 한번 광선 줄기를 내뿜더니 기계 옆의 벽을 날려버렸다.

"내 기분이 어떨 것 같아?" 마빈이 씁쓸하게 말했다.

"너만 놔두고 도망쳐버렸다고? 응?" 기계가 버럭 소리를 질렀다.

"그렇다니까." 마빈이 말했다.

"내 저놈의 천장도 날려버릴 거야!" 탱크가 분노에 차서 소리쳤다.

탱크는 다리의 천장도 날려버렸다.

"대단히 인상적인데." 마빈이 중얼거렸다.

"이 정도는 아직 시작도 안 한 거야. 이 바닥도 날려버릴 거야. 문제없다고!" 기계가 장담했다.

탱크는 바닥도 날려버렸다.

"나쁜 놈들!" 기계는 십오 층 아래로 수직 낙하해 바닥에 떨어져 산산조각나면서 소리쳤다.

"기분이 울적해질 정도로 멍청한 기계로군." 마빈은 이렇게 말하고 터덜터덜 걸어가버렸다.

8

"그래서, 우리는 그냥 여기 이렇게 앉아만 있는 거야, 뭐야? 여기 이 사람들은 도대체 뭘 원하는 거야?" 자포드가 화를 내며 말했다.

"바로 자네지, 비블브락스. 자네를 프로그스타로 데려가고 싶어 하는 거야. 은하계에서 가장 사악한 세상으로 말이지." 루스타가 말했다.

"아, 그래? 그러면 먼저 와서 날 잡기부터 해야 할걸." 자포드가 말했다.

"벌써 와서 잡았어. 창밖을 보라고." 루스타가 말했다.

자포드는 창밖을 내다보고 입이 쩍 벌어졌다.

"땅이 멀어지고 있어! 저 사람들, 땅을 어디로 가져가는 거야?" 그가 숨을 헐떡였다.

"저 사람들이 가져가는 것은 이 빌딩이야. 우리가 공중에 떠 있는 거지." 루스타가 말했다.

사무실 창밖으로 구름들이 줄지어 흘러갔다.

창밖 공중에는 뿌리 뽑힌 빌딩을 에워싸고 날아가는 프로그스타 청록색 전투기들이 보였다. 그 우주선들에서 에너지빔들이 그물처럼 뻗어 나와 빌딩을 단단히 붙들고 있었다.

자포드는 어리둥절해하며 고개를 흔들었다.

"내가 무슨 짓을 했다고 이러는 거야? 난 그저 빌딩 안으로 들어왔을 뿐인데, 빌딩을 가져가버리다니." 그가 말했다.

"저 사람들이 걱정하는 것은 자네가 한 짓이 아니야. 자네가 앞으로 할 짓이지." 루스타가 말했다.

"저, 그것에 대해 내가 말 좀 해도 되지 않을까?"

"벌써 했어. 여러 해 전에. 잘 잡고 있는 게 좋을 거야. 우린 지금 매우 빠르고 덜컹거리는 여행을 하고 있으니까."

"내가 다시 나를 만나게 되면, 뭐로 때렸는지도 모를 만큼 세게 나를 때려줄 테다." 자포드가 말했다.

마빈이 문을 열고 터덜터덜 걸어 들어와 원망스러운 눈초리로 자포드를 노려보더니 한쪽 구석에 의기소침하게 앉아 스위치를 꺼버렸다.

순수한 마음 호의 브리지에서는 모든 것이 고요했다. 아서는 자신 앞에 놓인 상자를 응시하며 생각에 잠겨 있었다. 그는 무엇인가 질문하듯 자신을 쳐다보는 트릴리언과 눈이 마주쳤다. 그는 다시 상자로 시선을 돌렸다.

마침내 그는 그것을 보았다.

그는 다섯 개의 작은 플라스틱 사각형을 집어서 그것들을 상자 바로 앞에 놓인 보드 위에 늘어놓았다.

다섯 개의 조각 위에는 E, X, Q, U, I라는 다섯 개의 문자가 새겨 있었다. 그는 그것들을 S, I, T, E라는 문자 옆에 늘어놓았다.

"절묘한exquisite. 삼 점짜리 단어야. 미안하지만 점수가 꽤 많지." 그가 말했다.

돌연 우주선이 흔들리더니 문자 조각들 몇 개를 n번째로 흩어버렸다.

트릴리언은 한숨을 쉬고 다시 조각들을 정리하기 시작했다.

포드 프리펙트는 먹통이 된 조종 장치들을 두들겨대며 우주선 안을 돌아다니고 있었고, 조용한 복도 위아래로 그의 발소리가 울려 퍼졌다.

우주선이 왜 계속 흔들리지? 그는 생각했다.

왜 이렇게 흔들리지?

현재 위치가 어디인지 왜 알아낼 수 없는 거지?

기본적으로, 여기가 어디지?

은하수를 여행하는 히치하이커를 위한 안내서 빌딩의 왼쪽 건물은 우주의 어떤 사무용 건물도 이제껏 내어본 적 없는 속력으로 항성 간 공간을 가로질러 흘러가고 있었다.

그 건물 중간쯤에 있는 어떤 방에서는 자포드 비블브락스가 성이 나서 어쩔 줄 몰라하며 서성이고 있었다.

루스타는 책상 귀퉁이에 앉아 늘 하는 타월 관리를 하고 있었다.

"이봐, 이 빌딩이 어디로 날아가고 있다고 했지?" 자포드가 물었다.

"프로그스타. 우주에서 가장 사악한 장소지." 루스타가 말했다.

"거기도 먹을 게 있을까?" 자포드가 말했다.

"먹을 거라고? 프로그스타로 끌려가는 이 마당에 먹을 걸 걱정한단 말이야?"

"음식이 없으면 난 프로그스타까지도 못 갈 것 같아."

창밖에 보이는 것이라곤 에너지빔의 깜박거리는 불빛과 흐릿한 녹색 광선밖에 없었는데, 그 광선은 아마도 프로그스타 전투기들의 비틀어진 모양새인 것 같았다. 이런 속력에서는 공간 자체가 보이지 않았고, 그래서 정말로 비현실적이었다.

"여기 이것 좀 빨아봐." 루스타가 자포드에게 타월을 내밀며 말했다.

자포드는, 마치 루스타의 이마에서 작은 스프링이 달린 뻐꾸기가 튀어나올 것을 기대하기라도 하는 듯한 표정으로 그를 뚫어져라 쳐다봤다.

"여기엔 영양분들이 절여져 있거든." 루스타가 설명했다.

"자네, 지저분하게 흘리면서 먹는 따위의 인간인 거야?" 자포드가 말했다.

"노란 줄에는 단백질이 풍부하고, 녹색 줄에는 비타민 B와 C 복합체, 작은 분홍 꽃들에는 맥아 추출물이 들어 있어."

자포드는 그것을 받아 들고 어안이 벙벙해서 살펴보았다.

"갈색 얼룩은 뭐지?" 그가 물었다.

"바비큐 소스. 맥아에 싫증 날 경우를 위해서지." 루스타가 말했다.

자포드가 의심스럽다는 듯이 킁킁 냄새를 맡았다.

더욱 미심쩍어하며 그는 한 귀퉁이를 빨아봤다. 그러고는 다시 뱉어버렸다.

"으윽."

"맞아. 그쪽 끝을 빨면 주로 다른 쪽 끝도 조금 빨아야 해." 루스타가 말했다.

"왜? 거긴 뭐가 있는데?" 자포드가 의심스러운 목소리로 물었다.

"항우울증제." 루스타가 말했다.

"난 이 타월 싫어." 자포드가 타월을 돌려주며 말했다.

루스타는 그것을 받아 들고 책상에서 펄쩍 내려와 그 주위를 한 바퀴 돌더니, 의자에 앉아 다리를 책상 위에 올려놓았다.

"비블브락스. 프로그스타에 가면 어떤 일이 생길지 알고 있나?" 그는 양손을 머리 뒤에서 깍지 끼며 말했다.

"밥을 주나?" 자포드가 희망찬 목소리로 허둥지둥 말했다.

"자네를 밥으로 줄 거야. '모든 관점 보텍스'에다 말이지!" 루스타가 말했다.

자포드는 이런 이름을 들어본 적이 없었다. 그는 자신이 은하계 내의 재미있는 것들에 대해서는 모르는 게 없다고 믿고 있었으므로, '모든 관점 보텍스'라는 것은 재미없는 것일 거라고 추측했다. 그는 루스타에게 그게 뭐냐고 물었다.

"아아, 그저…… 지각 있는 존재가 겪을 수 있는 가장 야만적인 심리 고문이지." 루스타가 말했다.

자포드는 체념한 듯이 고개를 끄덕였다.

"그러면, 밥은 안 주나 보네?" 그가 말했다.

"이봐, 사람들은 인간을 죽일 수도 있고, 육체를 파괴할 수도 있고, 정신을 망가뜨릴 수도 있지. 하지만 인간의 영혼을 소멸시킬 수 있는 것은 오로지 '모든 관점 보텍스'뿐이라고! 그 고문은 단 몇 초 동안 행해질 뿐이지만, 그 효과는 평생 간단 말이야!" 루스타가 말했다.

"팬 갤랙틱 가글 블래스터를 마셔본 적 있나?" 자포드가 날카롭게 물었다.

"이건 더 심해."

"맙소사!" 자포드는 감탄하며 인정했다.

"저들이 왜 내게 그런 짓을 하고 싶어 하는지 혹시 아나?" 잠시 후 그가 덧붙였다.

"그게 자네를 영원히 파괴시킬 수 있는 최고의 방법이라고 믿는 거지. 자네가 뒤쫓고 있는 게 뭔지 아니까."

"저들이 내게 쪽지라도 보내서 나도 좀 알게 해줄 수는 없었을까?"

"자넨 알고 있어, 알고 있다고, 비블브락스. 자네는 우주를 지배하는 사람을 만나려 하는 거야." 루스타가 말했다.

"그 사람, 요리도 할까?" 자포드가 말했다. 그리고 잠시 후 생각에 잠겨 덧붙였다. "그럴 것 같지 않아. 요리를 잘하는 사람이라면 나머지 우주 따위야 어떻게 되든 걱정하지 않을 테니까. 난 요리사를 만나고 싶어."

루스타는 땅이 꺼져라 한숨을 쉬었다.

"한데 자네는 여기서 뭘 하고 있는 거지? 이 일이 자네랑 무슨 상관인데?" 자포드가 물었다.

"나는 그냥 이 모든 일을 계획했던 사람들 중 하나야. 자니우프와 유덴 브랭크스, 자네의 증조부, 그리고 바로 자네 비블브락스와 함께."

"나?"

"그래, 자네. 나도 자네가 좀 변했다는 말은 들었지만, 이 정도일 줄은 몰랐네."

"하지만……."

"난 한 가지 일을 하러 여기 왔어. 자네와 헤어지기 전에 그 일을 할 거야."

"무슨 일? 도대체 무슨 말이야?"

"자네와 헤어지기 전에 그 일을 할 거야."

루스타는 침범할 수 없는 긴 침묵 속으로 빠져들었다.

자포드는 정말로 기뻤다.

9

프로그스타 성단 두 번째 행성의 대기는 퀴퀴하고 건강에 안 좋았다.

행성의 지표 위를 쉴 새 없이 휩쓸고 지나가는 축축한 바람 때문에 소금 고원 위는 풍화되었고, 늪지는 말라버렸으며, 썩어가는 식물들과 폐허가 되어 허물어져가는 도시의 유적이 뒤엉켜 있었다. 이 행성의 지표에는 어떤 생명체도 지나다니지 않았다. 은하계 이쪽의 많은 행성이 그렇듯, 이 땅은 오랫동안 내버려져 있었다.

허물어져가는 낡은 도시의 집들을 뚫고 지나가는 바람 소리도 황량하기 이를 데 없었지만, 이 세계의 지표 위 여기저기에서 불안하게 흔들리고 있는 높고 검은 빌딩들의 밑바닥을 때려대는 바람 소리는 그보다 더 황량했다. 이 빌딩들의 꼭대기에는 거대하고 앙상하며 불쾌한 냄새를 풍기는 새들의 무리가 살고 있었다. 그들은 한때 이곳에 존재했던 문명의 마지막 생존자들이었다.

하지만 그 바람 소리는 이 버려진 도시들 중 가장 큰 도시의 외곽에 있는 넓은 잿빛 평원 한가운데의 불룩 솟은 지점을 지나갈 때 가장 황량했다.

그 불룩 솟은 지점이야말로 이 세계가 은하계에서 가장 사악한 곳이라는 명성을 갖게 해준 곳이었다. 밖에서 보면 그 지점은 단지 직경이 삼십 피트 정도 되는 강철 돔에 불과했다. 안에서 보면 그것은 인간의 이해를 초월하는 괴물 같은 물건이었다.

얽은 자국으로 가득하고 시들어빠진, 상상할 수 없을 정도로 황폐한 땅을 사이에 두고 그곳에서 백 야드 정도 떨어진 곳에, 일종의 착륙장이라 할 지역이 있었다. 다시 말하면, 그곳에는 넓은 지역에 걸쳐 이삼십 개 정도의 불시착한 빌딩들이 흉측한 몰골로 흩어져 있었다.

이 빌딩들 위와 주위를 어떤 마음 하나가 스쳐 날아다니고 있었다. 이 마음은 무언가를 기다리고 있었다.

그 마음은 허공에 주의를 집중하고 있었다. 오래지 않아 저 먼 곳에서 점 하나가 여러 개의 작은 점 무리에 둘러싸여 모습을 드러냈다.

그 커다란 점은 은하수를 여행하는 히치하이커를 위한 안내서 빌딩의 왼쪽 건물로, 지금 프로그스타 월드 B의 성층권으로 진입하고 있었다.

빌딩이 착륙할 때, 루스타가 갑자기 두 사람 사이에 오랫동안 자리 잡고 있던 길고 불편한 침묵을 깼다.

그는 일어나서 타월을 가방에 집어넣고는 말했다.

"비블브락스, 그럼 이제 내가 하러 온 일을 하겠네."

마빈과 말없는 생각을 나누며 구석 자리에 앉아 있던 자포드가 고개를 들어 그를 바라봤다.

"뭐?" 그가 말했다.

"잠시 후 빌딩이 착륙할 거야. 빌딩을 나갈 때는 문으로 나가지 말고 창으로 나가게." 루스타가 말했다.

"행운을 비네." 이 말을 덧붙인 루스타는 문을 열고 나가, 자포드의 삶에 들어왔을 때처럼 알 수 없는 방식으로 그의 삶에서 사라졌다.

자포드는 벌떡 일어나 문을 열어보려 했지만, 루스타가 이미 잠가놓은 터였다. 그는 어깨를 으쓱하고는 구석 자리로 돌아왔다.

이 분 후에 빌딩은 다른 폐허들 사이에 불시착했다. 프로그스타 전투기

호위대는 에너지빔을 해제하고 다시 공중으로 날아올라, 여기보다 훨씬 쾌적한 프로그스타 월드 A를 향해 날아갔다. 그들은 한 번도 프로그스타 월드 B에 착륙한 적이 없었다. 누구도 그런 적이 없었다. '모든 관점 보텍스'의 희생물로 보내진 사람을 제외하고는 이 행성의 표면을 걸어본 사람이 아무도 없었다.

자포드는 불시착으로 심한 충격을 받았다. 그는 먼지 쌓인 고요한 파편들 위에 잠시 누워 있었다. 방의 대부분이 무너져 내린 것이다. 그는 지금이 자기 인생에서 가장 바닥 가까이 내려온 때라고 느꼈다. 그는 당황스러웠고, 외로웠고, 사랑받지 못한다는 느낌을 받았다. 마침내, 그게 무엇이든 간에 치러내야 할 것이 있다면 치러버리고 싶은 심정이었다.

그는 금이 가고 무너져 내린 방 안을 둘러보았다. 벽은 문틀을 둘러싸고 쪼개져 있었고 문은 활짝 열려 있었다. 창문은 기적처럼 깨지지 않고 닫혀 있었다. 그는 잠시 망설였다. 그러다가, 자기의 마지막 동료였던 그 이상한 사람이 단지 자기에게 해준 그 이야기를 하기 위해 그 모든 일을 겪은 거라면 거기에는 뭔가 중요한 까닭이 있는 게 틀림없다는 생각이 들었다. 그는 마빈의 도움을 받아 창을 열었다. 창밖에는 불시착으로 인해 먼지 구름이 일어나고 있었다. 게다가 이 건물을 둘러싸고 있는 거대한 다른 빌딩들이 효과적으로 시야를 차단하고 있어서 바깥세상은 조금도 보이지 않았다.

이 때문에 심하게 걱정이 되는 건 아니었다. 그가 진짜 염려스러워하는 것은 아래를 내려다보고 알게 된 사실이었다. 자니우프의 사무실은 십오 층에 있었다. 빌딩이 사십오 도 정도의 각도로 비스듬하게 착륙하긴 했지만, 그래도 그 내리막길은 가슴이 철렁해질 만한 모양새였다.

결국 그는 마빈이 계속해서 그에게 던지는 듯한 경멸스러운 표정에 자극받아, 단단히 심호흡을 하고는 가파르게 기울어져 있는 빌딩 밖으로 기어 나갔다. 마빈이 그 뒤를 따랐고, 그들은 자신들을 땅에서 갈라놓고 있는 십오 층 높이를 함께 천천히 힘들게 기어 내려가기 시작했다.

기어 내려가는 동안 축축한 공기와 먼지가 그의 폐를 찔렀고, 눈은 따끔따끔했으며, 끔찍하게 긴 내리막길 때문에 머리가 빙빙 돌았다.

간혹 마빈이 "이게 당신네 생명체들이 즐기는 일인가 보죠? 그저 정보 차원에서 묻는 거예요" 따위의 말을 해도 기분은 전혀 나아지지 않았다.

무너진 빌딩을 반쯤 내려왔을 때 그들은 멈춰서 휴식을 취했다. 자포드가 두려움과 피로에 지쳐 숨을 헐떡이며 누워서 보니, 마빈은 평소보다 기분이 좋아 보였다. 결국 그는 이게 사실이 아니라는 걸 깨달았다. 그 로봇은 단지 자포드 자신의 기분과 비교했을 때 기분이 좋아 보이는 것일 뿐이었다.

말라빠진 거대한 검은 새 한 마리가 가라앉기 시작하는 먼지 구름을 뚫고 펄럭거리며 날아와 앙상한 다리를 쭉 뻗더니 자포드한테서 이 야드쯤 떨어진 곳에 있는 기울어진 창틀에 내려앉았다. 새는 볼품없는 날개를 접더니 그 횃대 위에서 서툴게 뒤뚱거렸다.

새의 날개의 폭은 육 피트는 족히 되어 보였다. 그리고 머리와 목은 새라고 하기엔 이상하게 컸다. 얼굴은 납작하고 부리는 제대로 발달하지 않았으며, 날개 아래쪽 중간쯤에서는 손처럼 보이는 흔적 기관이 분명하게 보였다.

사실 그 새는 거의 인간처럼 보였다.

새는 음침한 눈을 자포드에게 돌리더니 부리를 산만하게 딱딱 부딪쳤다.

"가버려." 자포드가 말했다.

"알았어." 새는 침울하게 중얼거리더니, 다시 먼지 속으로 펄럭거리며 날아갔다.

자포드는 새가 떠나가는 모습을 황망히 바라보았다.

"저 새가 방금 나한테 말을 한 거야?" 그가 마빈에게 신경질적으로 물었다. 그는 그것을 부정해주는 설명, 즉 실은 환상을 본 것이라는 설명을 믿을 준비가 되어 있었다.

"그래요." 마빈이 확인해주었다.

"불쌍한 영혼들." 자포드의 귀에 굵직하고 천상에서 울리는 듯한 목소리가 들려왔다.

자포드는 그 목소리가 어디서 오는 것인지 알아보려고 몸을 홱 돌리다가 빌딩에서 떨어질 뻔했다. 그는 튀어나온 적당한 창문을 황급히 잡았지만, 그곳에 손을 베고 말았다. 그는 세차게 숨을 몰아쉬며 창문에 매달려 있었다.

목소리의 주인은 아무 데도 보이지 않았다. 그곳에는 아무도 없었다. 그럼에도 목소리가 다시 들렸다.

"저 영혼들 뒤에는 슬픈 역사가 있지요, 아주 끔찍한 재난 이야기가."

자포드는 미친 듯이 주위를 둘러보았다. 그 목소리는 깊고 조용했다. 다른 상황에서라면 심지어 마음을 편안하게 해주는 목소리라고 말할 수도 있을 터였다. 하지만 어디서 오는 것인지도 알 수 없는 실체 없는 목소리가 말을 걸어오는 상황에서는 그 무엇도 마음을 편안하게 해줄 수 없었다. 더구나 자포드 비블브락스처럼 기분도 엉망인 상태에서 무너진 빌딩의 팔 층 난간에 매달려 있는 판국이라면.

"이봐요, 음……." 그가 더듬거리며 말했다.

"그 이야기를 해드릴까요?" 목소리가 조용히 물었다.

"이봐요, 당신은 누구요? 어디 있는 거요?" 자포드가 숨을 헐떡거렸다.

"그러면 나중에 해드리죠. 나는 가그라바르입니다. 내가 바로 모든 관점 보텍스의 관리인이죠." 목소리가 웅얼거렸다.

"왜 안 보이는 겁니까……?"

"아래로 굉장히 쉽게 내려올 수도 있을 텐데요……." 목소리가 높아졌다. "당신 왼쪽으로 이 야드 정도만 움직인다면 말이에요. 한번 해보지그래요?"

 자포드가 옆을 보니 짧은 가로 홈들이 빌딩 벽을 따라 저 아래까지 죽 패어 있었다. 고마운 마음으로 그는 그쪽으로 자리를 옮겼다.

 "우린 저 아래에서 다시 만나는 게 어떻겠습니까?" 목소리가 자포드의 귀에 대고 말했다. 이와 함께 목소리가 멀어져갔다.

 "이봐요, 당신 어디 있는 거요?" 자포드가 소리쳤다.

 "이 분 정도면 내려올 겁니다……." 목소리가 희미하게 들려왔다.

 "마빈, 방금……방금……어떤 목소리를……?" 자포드는 자기 옆에 침울하게 쭈그리고 있는 로봇에게 진지하게 말했다.

 "네." 마빈이 새침하게 대꾸했다.

 자포드는 고개를 끄덕이더니, 다시 위험 감지 선글라스를 꺼냈다. 그것들은 완전히 깜깜했다. 게다가 주머니에 들어 있는 그 난데없는 금속 물체 때문에 이젠 엄청나게 생채기가 많이 나 있었다. 그는 선글라스를 썼다. 사실 자기가 하고 있는 짓을 보지 않아도 된다면 훨씬 편안하게 빌딩 아래로 내려갈 수 있을 것 같았다.

 몇 분 후, 그는 갈가리 찢기고 엉망진창이 된 빌딩의 아랫부분까지 기어 내려왔다. 그리고 다시 한번 선글라스들을 벗으며 땅으로 툭 떨어졌.

 잠시 후 마빈이 그의 뒤를 따라 먼지와 파편 더미 속에 얼굴을 박고 엎어졌다. 그는 그 자세 그대로 꼼짝도 하지 않으려는 것 같았다.

 "아, 내려오셨군요." 목소리가 돌연 자포드의 귀에 대고 말했다. "그런 식으로 당신을 떠나서 미안합니다. 난 고소공포증이 있거든요." 그리고 생각에 잠긴 듯한 목소리로 덧붙였다. "적어도 있었거든요."

 자포드는 혹시 그 목소리의 주인일 수도 있는 것을 자신이 놓치지 않았나 싶어서 천천히 세심하게 주위를 둘러봤다. 하지만 눈에 보이는 것이라곤 먼지와 파편들, 주위를 둘러싼 거대한 빌딩들밖에 없었다.

 "이봐요, 왜 눈에 안 보이는 거예요? 왜 여기 없는 겁니까?" 그가 말했다.

"난 여기 있어요." 목소리가 천천히 대답했다. "내 몸도 오고 싶어 했지만, 지금은 좀 바빠서요. 할 일도 있고, 사람들도 만나야 하고." 그리고 천상에서 들려오기라도 하는 것 같은 한숨 소리와 함께 이렇게 덧붙였다. "몸이라는 게 어떤 물건인지 아시잖아요."

자포드는 잘 몰랐다.

"안다고 생각했었죠." 그가 말했다.

"그게 어디 휴양이라도 하러 가 있길 바랄 뿐이에요. 요즘 그게 사는 모양새를 보면 팔뚝 하나라도 제대로 남아 있을지 모르겠군요." 목소리가 계속 말했다.

"팔뚝이요? 다리라고 해야 하는 거 아닌가요?"('on one's last legs'는 다 죽어가는 상태를 의미하는 관용구인데, 목소리가 'on its last elbows'라고 말하자 자포드가 교정해주고 있는 것이다—옮긴이주) 자포드가 말했다.

목소리는 잠시 아무 말도 하지 않았다. 자포드는 불안하게 주변을 둘러보았다. 그는 목소리가 가버렸는지, 아직 거기에 있는지, 도대체 뭘 하고 있는지 알 수가 없었다. 그 순간 목소리가 다시 말했다.

"그러니까, 당신이 보텍스에 들어갈 사람이군요, 맞죠?"

"음, 글쎄요." 자포드는 냉정한 척하려 했으나 그 시도는 별로 성공적이지 못했다. "급할 거 전혀 없어요. 난 그냥 주위를 어슬렁거리면서 여기 경치나 구경해도 되는데."

"여기 경치를 봤습니까?" 가그라바르의 목소리가 물었다.

"음, 아뇨."

자포드는 파편들 위를 기어 올라가, 그의 시야를 가리고 있는 부서진 빌딩들의 한 모퉁이를 돌았다.

그는 프로그스타 월드 B의 경치를 봤다.

"아, 좋아요, 그러면 그냥 어슬렁거리기만 하죠, 뭐." 그가 말했다.

"안 됩니다. 보텍스는 당신을 만날 준비가 됐어요. 거기 가야 합니다.

따라오십시오." 가그라바르가 말했다.

"네? 당신을 어떻게 따라가라는 말입니까?" 자포드가 말했다.

"내가 콧노래를 부르죠. 그 소리를 따라오세요." 가그라바르가 말했다.

부드럽고 선명한 소리가 공중을 떠돌았다. 어떤 초점도 없어 보이는 약하고 슬픈 소리였다. 아주 주의해서 들어야만 소리가 들려오는 방향을 감지할 수 있었다. 천천히, 그리고 멍하게 자포드는 그 소리를 따라 비틀비틀 걸어갔다. 달리 무슨 수가 있단 말인가?

10

　　전에도 말한 바 있지만, 우주는 불안할 정도로 큰 곳이다. 그리고 대부분의 사람들은 평화로운 삶을 위해 이 사실을 무시하고 싶어 한다.

　많은 사람들은 자신들이 고안해낸 좀더 작은 장소로 기꺼이 이주하려 할 것이고, 실제로 대부분이 그렇게 하고 있다.

　예를 들어, 은하계 동쪽 날개의 한구석에는 오글라룬이라는, 숲으로 이루어진 커다란 행성이 있는데, 거기서는 '지성을 가진' 주민들이 모두 조그만 호두나무 한 그루에 바글바글 모여서 영원히 살아간다. 그들은 그 나무 위에서 태어나고, 살고, 사랑에 빠지고, 인생의 의미와 죽음의 허무함, 인구 억제의 중요성 따위들에 관한 짧은 논문들을 나무껍질에 새기고, 극도로 하찮은 전쟁을 몇 번 치르고, 마침내 발길이 잘 닿지 않는 바깥쪽 나뭇가지 아래에 매달려 죽는다.

　사실, 오글라룬 사람들 중에서 그 나무를 떠나는 이는 가증스러운 범죄를 저질러서 내동댕이쳐진 사람들뿐이다. 그 범죄란, 다른 나무에서도 살아가는 것이 가능할까, 혹은 다른 나무들은 진짜로 오글라 호두를 너무 많이 먹어서 생긴 환영에 불과할까 하고 궁금해하는 것이다.

　이런 행태가 굉장히 기이하게 보일지 몰라도, 은하계의 모든 생명체들은 어떤 식으로든 이와 같은 죄를 저지른다. 바로 그 때문에 '모든 관점 보텍스'가 그처럼 무시무시한 존재가 되는 것이다.

보텍스 안에 넣어지면, 상상도 할 수 없는 무한한 창조물 전체를 한순간에 다 체험하게 된다. 그리고 그 안 어딘가에 아주 작은 표시가, 즉 현미경으로나 볼 수 있는 작은 점 위에 다시 현미경으로나 볼 수 있는 작은 점이 있는데, 거기에는 '너는 여기 있다'라고 쓰여 있는 것이다.

잿빛 평원이 자포드 앞에 펼쳐져 있었다. 황폐하고 산산조각난 평원이었다. 바람이 그 위를 매섭게 채찍질했다.

그 한가운데에는 강철 뾰루지 같은 돔이 하나 보였다. 저것이 내가 가고 있는 곳이구나, 자포드는 짐작했다. 그것이 '모든 관점 보텍스'였다.

그가 서서 그것을 구슬프게 바라보고 있을 때, 육체로부터 영혼이 불태워지는 사람이 지르는 듯한, 인간의 소리가 아닌 것 같은 공포의 울부짖음이 갑작스럽게 거기서 쏟아져 나왔다. 그 소리는 바람 위에서 비명을 지르다가 잦아들었다.

자포드는 공포에 질려 움찔했다. 피가 액화 헬륨으로 변하는 것 같은 느낌이었다.

"이봐요, 저게 뭐였죠?" 그가 숨죽이고 중얼거렸다.

"녹음된 겁니다. 지난번에 보텍스 안에 넣어졌던 사람의 목소리를 녹음한 거죠. 항상 그걸 다음 희생자에게 틀어줍니다. 일종의 전주곡이죠." 가그라바르가 말했다.

"음, 정말 끔찍한 소리군요……그냥 어디 파티 같은 데로 잠깐 샐 수 없을까요? 한번 생각해봐요." 자포드가 더듬거리며 말했다.

"내가 아는 한, 나는 파티에 이미 가 있을 겁니다. 그러니까, 내 몸이 말이죠. 녀석은 나 없이 수도 없이 파티에 다니죠. 난 방해만 된다나요. 허, 참." 가그라바르의 공기 같은 목소리가 말했다.

"당신의 몸 운운하는 게 다 무슨 뜻이죠?" 자신에게 무슨 일이 벌어질지는 모르겠지만 그게 무엇이건 간에 시간을 좀 벌어보려고 안달하며 자포드가 말했다.

"글쎄요, 그게……그게 좀 바빠요." 가그라바르가 망설이며 말했다.

"그럼 그게 자기만의 생각을 따로 가지고 있단 말입니까?" 자포드가 말했다.

좀 으스스한 침묵이 한참 흐른 뒤 가그라바르가 다시 말했다.

"실례지만, 그 말씀은 좀 기분이 나쁘군요."

자포드는 어리둥절하고 당황해서 사과의 말을 중얼거렸다.

"상관없어요. 당신이 알 일이 아니니까요." 가그라바르가 말했다.

그 목소리는 불쾌하게 떨렸다.

"사실……." 자제하기 위해 엄청나게 애쓰고 있는 게 분명한 어조로 그 목소리가 말을 계속했다. "사실 우린 지금 법적으로 시험 별거 기간을 갖고 있어요. 결국 이혼을 하게 될 것 같습니다."

목소리가 다시 조용해졌다. 자포드는 무슨 말을 해야 할지 몰랐다. 그는 뭐라고 중얼거렸다.

"우린 서로 궁합이 잘 맞지 않았던 것 같아요." 가그라바르가 마침내 다시 입을 열었다. "우린 도통 같은 일을 즐기는 법이 없었지요. 섹스나 낚시 같은 문제를 놓고 늘 죽어라고 말다툼을 하곤 했어요. 결국엔 두 가지를 합쳐보려고 했습니다만, 그 결과는 참담했죠. 아마 짐작하시겠지만. 그래서 지금 내 몸은 나를 받아주길 거부하고 있습니다. 이젠 나를 보려고도 하지 않아요……."

그는 비극적인 태도로 다시 말을 멈췄다. 바람이 평원을 채찍질하고 지나갔.

"내 몸은 내가 자기 안에서 살기만 할 뿐이라고 말하죠. 난 사실 내가 원래 거기서 살게 되어 있는 거라고 지적했죠. 그랬더니 그게 바로 자기를 신경질 나게 만드는 그런 건방진 말이라고 대꾸하더군요. 그렇게 헤어졌어요. 이름에 대한 소유권은 몸이 가지게 될 것 같아요."

"그렇군요……. 이름이 뭔데요?" 자포드가 힘없이 말했다.

"피즈팟. 내 이름은 피즈팟 가그라바르예요. 어때요, 알 만하죠?" 목소리가 말했다.

"아하……." 자포드가 공감한다는 듯이 말했다.

"그게 바로 내가, 육체에서 분리된 마음인 내가 '모든 관점 보텍스'의 관리인 역할을 하게 된 이유죠. 이 행성에 발을 딛고 싶어 하는 사람은 아무도 없거든요. 보텍스의 희생물이 될 사람들을 제외하고는요. 안됐지만 그 사람들은 숫자로 치지도 않죠."

"아……."

"아까 하려던 이야기를 해드리죠. 듣고 싶은가요?"

"음……."

"오래전, 이곳은 대단히 번창했고, 행복한 행성이었습니다. 사람들, 도시들, 가게들이 가득한 정상적인 세상이었죠. 이 도시들의 번화가에 좀 필요 이상으로 구두 가게가 많았다는 것만 제외하면요. 그런데 이 구두 가게들의 수가 서서히, 아무도 알아차리지 못하게 늘어난 겁니다. 그건 아주 널리 알려진 경제 현상이지만, 실제로 그런 일이 벌어지는 걸 보는 건 참 비극적이었죠. 즉, 구두 가게들이 늘어나면 늘어날수록 더 많은 구두를 만들어내야 했고, 그러면 그럴수록 구두들은 점점 더 질이 나빠지고 신을 수 없는 구두가 되었고, 구두의 질이 안 좋아질수록 신발을 신고 다니기 위해선 점점 더 많은 구두를 사야만 했죠. 그래서 신발 가게는 더 늘어만 갔고, 결국 전 경제는 신발 파동 수평선이라 불리는 선을 넘어버린 겁니다. 그 시점이 되면 신발 가게 외에 다른 것을 만드는 것이 경제학적으로 불가능해져버리죠. 그 결과는 파국과 폐허, 기근이었습니다. 인구의 대부분이 죽어버렸죠. 그리고 적절한 유전적 불안정성을 지녔던 소수의 사람들은 새들로 변해서──당신도 아까 하나 봤죠?──발을 저주하고, 땅을 저주하고, 다시는 이 땅을 두 발로 걷지 않겠다고 맹세했죠. 불행한 일입니다. 오세요, 이젠 당신을 보텍스로 데려가야겠어요."

자포드는 생각에 잠겨 고개를 휘휘 젓고는 평원을 가로질러 비척비척 앞으로 걸어갔다.

"그러면 당신은 이 지옥 구덩이 출신인가요?" 그가 말했다.

"아니, 아니에요." 가그라바르가 놀라며 말했다. "난 프로그스타 월드 C 출신입니다. 아름다운 곳이죠. 낚시하기에는 아주 그만이에요. 난 저녁때면 다시 그곳으로 훌쩍 날아갑니다. 이제는 그저 바라볼 수밖에 없지만요. 이제 이 행성에서 뭔가 기능을 하는 것은 '모든 관점 보텍스' 밖에 없습니다. 어느 행성도 이것을 가까이 두고 싶어 하지 않아서 여기에 지어진 거죠."

바로 그 순간, 다시 한번 음산한 비명 소리가 공기를 찢었다. 자포드는 몸을 으스스 떨었다.

"도대체 무슨 짓을 하는 걸까?" 그가 숨을 몰아쉬었다.

"우줍니다." 가그라바르가 간결하게 대답했다. "무한한 크기의 우주 전체, 무한한 태양들, 그사이의 무한한 공간들. 그리고 보이지 않는 점 위의 보이지 않는 점, 무한하게 작은 당신 자신."

"에에이, 난 자포드 비블브락스란 말입니다, 알면서." 자포드가 자아의 마지막 남은 파편들을 휘날려보려 애쓰면서 중얼거렸다.

가그라바르는 아무런 대꾸도 하지 않고, 그저 구슬픈 콧노래를 다시 시작했다. 마침내 그들은 평원 한가운데의 녹슨 강철 돔에 도착했다.

그들이 그곳에 도달하자 돔의 문이 웅 소리를 내며 한쪽으로 열렸고, 그 안으로 작고 어두운 방이 보였다.

"들어가세요." 가그라바르가 말했다.

자포드는 공포에 질려 움찔했다.

"이봐요, 지금요?" 그가 말했다.

"지금요."

자포드는 안쪽을 초조하게 들여다봤다. 방은 아주 작았다. 방에는 강철이 둘러쳐져 있었고, 겨우 한 사람이 들어갈 정도의 공간밖에 없었다.

"이건……음……보텍슨가 뭔가 하는 물건처럼 안 보이는데." 자포드가 말했다.

"아닙니다. 이건 그냥 엘리베이터예요. 들어가세요." 가그라바르가 말했다.

무한한 공포심을 느끼며 자포드는 안으로 걸어 들어갔다. 그 육체 없는 인간은 아무 말도 없었지만, 자포드는 가그라바르가 자신과 함께 엘리베이터 안에 있다는 것을 느낄 수 있었다.

엘리베이터는 아래로 내려가기 시작했다.

"이번 일에서는 내가 정신을 똑바로 차려야 할 것 같아." 자포드가 중얼거렸다.

"정신을 똑바로 차린다는 것 따위는 없어요." 가그라바르가 엄숙하게 말했다.

"당신 정말 사람을 주눅 들게 만들 줄 아는군요."

"내가 아니라 보텍스가 그러는 거죠."

바닥에 도착하자 엘리베이터의 뒤쪽 문이 열렸고, 자포드는 작고 기능적인 강철 방 안으로 비틀거리며 들어갔다.

방 저쪽 끝에 똑바로 선 강철 상자가 하나 있었다. 남자 하나가 서서 들어갈 만한 크기였다.

굉장히 단순한 모양이었다.

그 상자는 굵은 전선 하나로 한 무더기의 부품들과 장비들에 연결되어 있었다.

"이게 그건가요?" 자포드가 놀라며 말했다.

"이게 그겁니다."

아주 나빠 보이지는 않는군, 자포드는 생각했다.

"내가 이 안에 들어가는 거죠?" 자포드가 말했다.

"안으로 들어가세요. 죄송하지만, 지금 하셔야 합니다." 가그라바르가 말했다.

"알았어요, 알았어." 자포드가 말했다.

그는 상자의 문을 열고 안으로 들어갔다.

상자 안에서 그는 기다렸다.

약 오 초 후 찰칵 하는 소리가 들리자, 우주 전체가 그와 함께 상자 안에 있었다.

11

'모든 관점 보텍스'는 추정적 물질 분석의 원리에 의해 전 우주의 상(像)을 만들어낸다.

좀더 설명해보자면, 우주의 모든 물질 조각들은 우주의 다른 모든 물질 조각들에 의해 어떤 식으로든 영향을 받기 때문에, 이론상으로는 모든 창조물을 추정해내는 것이 가능하다. 즉 모든 태양, 모든 행성, 그것들의 궤도, 그것들의 성분, 그것들의 경제 및 사회사를, 가령 케이크 한 조각으로부터 추정해낼 수 있는 것이다.

'모든 관점 보텍스'를 발명한 사람의 기본적인 목적은 아내를 괴롭히는 것이었다.

트린 트라굴라──이것이 그의 이름이었다──는 몽상가에, 사상가였으며, 명상적인 철학자였다. 혹은, 그의 아내의 말마따나 바보 천치였다.

그녀는 남편이 우주 공간을 바라보거나, 안전핀의 역학에 대해 숙고하거나, 케이크 조각을 분광 그래프로 분석하는 데 말도 안 되게 엄청난 시간을 소비한다며 쉴 새 없이 바가지를 긁곤 했다.

"균형 감각을 좀 가져요!" 그녀는 이렇게 말하곤 했다. 때로는 하루에 서른여덟 번이나 이런 말을 했다.

그래서 그는 '모든 관점 보텍스'를 만들었다. 그저 아내에게 한번 보여주기 위해서였다.

그는 이 기계 한쪽 끝에 케이크 한 조각으로부터 추정한 현실 세계 전체를 연결하고 다른 쪽 끝에는 아내를 연결했다. 그리고 그가 기계를 작동시키자, 그의 아내는 한순간에 무한한 우주 전체와 그 속에서의 자기 자신을 바라보게 되었다.

트린 트라굴라는 전율했다. 그 충격으로 그녀의 두뇌가 완전히 소멸하고야 만 것이다. 하지만 만족스럽게도 그는 자신이 다음과 같은 사실을 결정적으로 증명해냈다는 사실을 깨달았다. 즉, 이렇게 엄청난 규모의 우주에서 생명이 존재하려면 절대로 균형 감각을 가져서는 안 된다는 것이었다.

보텍스의 문이 활짝 열렸다.

육체에서 분리된 가그라바르의 마음이 이를 침울하게 지켜봤다. 그는 다소 이상한 방식으로 자포드 비블브락스에게 호감을 느꼈다. 자포드는 분명 다양한 자질을 지닌 사람이었다. 비록 그 대부분이 나쁜 것들이긴 했지만.

그는 다른 모든 희생자들과 마찬가지로 자포드가 상자에서 나와 앞으로 고꾸라지기를 기다렸다.

그러나 그는 걸어 나왔다.

"안녕!" 그가 말했다.

"비블브락스……." 가그라바르의 마음은 경악한 나머지 숨을 헐떡였다.

"물 한 잔 주시겠습니까?" 자포드가 말했다.

"당신……당신은……보텍스 안에 들어갔잖아요?" 가그라바르가 더듬거리며 말했다.

"당신도 봤잖아요, 친구."

"그게 작동되던가요?"

"물론이죠."

"그럼 당신은 무한한 피조물 전체를 봤겠군요?"

"물론이죠. 정말 산뜻한 곳이더군요. 아시죠?"

가그라바르의 마음은 놀라서 비틀거렸다. 그의 몸이 함께 있었다면, 그는 입을 쩍 벌린 채로 털썩 주저앉아버렸을 것이다.

"그리고 당신 자신을……그 모두와 관련해서 바라봤습니까?" 가그라바르가 말했다.

"아, 그럼요, 그럼요."

"그렇다면……뭘 경험했나요?"

자포드는 점잔을 빼며 어깨를 으쓱했다.

"뭐, 내가 늘 알고 있던 것을 말해주더군요. 내가 정말 멋지고 대단한 놈이라는 것을. 내가 말 안 했던가요? 난 자포드 비블브락스라고!"

그는 보텍스를 작동시키는 기계 장치를 지나 시선을 돌리다가 갑자기 깜짝 놀라며 멈췄다.

자포드는 가쁘게 숨을 몰아쉬었다.

"이봐요, 저거 진짜 케이크 맞아요?" 그가 말했다.

그는 그 작은 과자 조각을 둘러싸고 있는 센서들을 모두 떼어내 버렸다.

"내가 얼마나 이걸 바랐는지 모를 거예요. 그걸 다 이야기하자면 먹을 틈도 없겠지만." 자포드가 게걸스럽게 말했다.

그는 그것을 먹었다.

12

 잠시 후 자포드는 평원을 가로질러 폐허가 된 도시 쪽으로 달리고 있었다.
 축축한 대기는 그의 폐 속에서 둔하게 식식댔고, 아직 탈진 상태에서 완전히 회복되지 않은 그는 자주 휘청거렸다. 밤이 다가오고 있었고, 울퉁불퉁한 땅은 위험했다.
 하지만 조금 전의 경험 덕분에 자포드는 아직도 의기양양해 있었다. 우주 전체. 그는 전 우주가 자기를 둘러싸고 무한대로 펼쳐져나가는 모습을 보았다. 그 모든 것을. 그리고 그와 더불어 그는 자신이 그 안에서 가장 중요한 인물이라는 분명하고도 특별한 인식을 갖게 되었다. 그가 자만심 강한 자아를 가진 것은 사실이었다. 하지만 기계를 통해 이를 확인하는 것은 또 의미가 달랐다.
 자포드는 이 문제에 대해 진지하게 생각해볼 시간이 없었다.
 가그라바르는 무슨 일이 벌어졌는지 자기 주인들에게 알려야 한다고 자포드에게 말했다. 하지만 그는 적절한 시간 여유를 둔 뒤에 그렇게 할 작정이라고 했다. 자포드가 휴식을 취하고 몸을 숨길 곳을 찾기에 충분한 시간 여유를.
 이제 무엇을 할지 그는 몰랐다. 하지만 자신이 우주에서 가장 중요한 사람이라는 느낌을 가지고 있으니 무엇인가가 곧 나타나리라는 확신이 들었다.

이 황폐한 행성에서 낙관을 품을 만한 근거가 될 수 있는 것은 그것밖에 없었다.

그는 계속해서 달렸고, 곧 폐허가 된 도시의 외곽에 도달했다.

그는 여기저기 금이 가서 입을 쩍 벌리고 있는 길을 따라 걸었다. 길은 앙상한 잡초투성이였고, 구멍들마다 썩어가는 구두들이 가득했다. 그가 지나친 빌딩들은 심하게 부서지고 낡아빠져서 그 안에 들어가는 건 안전하지 않아 보였다. 그렇다면 어디에 숨어야 할까? 그는 서둘러 갔다.

잠시 후 그가 걸어 내려오고 있던 길은 부서진 넓은 도로로 이어졌고, 그 길의 끝에는 나지막하고 커다란 빌딩이 하나 서 있었다. 그 빌딩은 잡다한 작은 빌딩들로 둘러싸여 있었고, 그 전체는 잔해만 남은 울타리로 둘러싸여 있었다. 커다란 메인 빌딩은 아직도 꽤나 견고하게 보였다. 자포드는 그게 혹시 자기에게 뭔가를……그게 뭐든지 간에, 뭔가를 제공해주지 않을까 알아보려고 발걸음을 돌렸다.

그는 그 빌딩을 향해 다가갔다. 빌딩 한쪽 면──그 앞에 널찍한 콘크리트 광장이 있는 것으로 보아 빌딩의 정면인 듯했다──에 세 개의 거대한 문이 있었는데, 높이가 육십 피트 정도 되어 보였다. 그중 맨 끝의 것이 열려 있어서, 자포드는 이 문을 향해 뛰었다.

빌딩 안은 온통 어둡고 먼지가 가득했으며, 혼란스러웠다. 엄청난 거미줄들이 사방에 쳐져 있었다. 빌딩의 토대 일부는 내려앉았고, 뒤쪽 벽의 일부는 함몰되었으며, 바닥에는 숨막히는 먼지가 몇 인치는 쌓여 있었다.

그 캄캄한 어둠을 뚫고 파편으로 뒤덮인 거대한 형상들이 서서히 모습을 드러냈다.

어떤 형체는 원통형이었고, 또 어떤 것은 구근 모양이었으며, 계란, 혹은 깨진 계란 모양도 있었다. 그 대부분이 부서져서 열린 상태이거나 부서져가고 있었고, 어떤 것들은 단지 골격만 남아 있었다.

그것들은 모두 폐기된 우주선들이었다.

자포드는 좌절해서 그 동체들 사이를 이리저리 돌아다녔다. 조금이라도 운항이 가능할 것 같아 보이는 우주선은 하나도 없었다. 심지어 위태위태한 잔해 하나는 그의 발소리의 진동에조차 무너져 내렸다.

빌딩 뒤편에 다른 것들보다 조금 더 커 보이는 낡은 우주선 하나가 먼지 더미와 거미줄에 깊숙이 파묻혀 있었다. 하지만 외형은 부서지지 않은 것 같았다. 자포드는 흥미를 갖고 그 우주선에 접근했다. 그러다가 그는 낡은 송유관에 발이 걸려 넘어졌다.

그는 송유관을 옆으로 치우려다가 그게 아직도 우주선에 연결되어 있는 것을 발견하고는 깜짝 놀랐다.

게다가 더욱 놀랍게도 송유관에서는 희미하게 웅 하는 소리가 들렸다.

자포드는 믿을 수 없다는 표정으로 우주선을 쳐다봤다가 손에 든 송유관을 바라봤다.

그는 재킷을 벗어 옆에 던졌다. 그리고 무릎을 꿇고 송유관을 따라 우주선에 연결된 지점까지 기어갔다. 연결은 제대로 되어 있었다. 그리고 희미하게 웅 하는 울림은 더 분명해졌다.

그의 심장은 빠르게 뛰기 시작했다. 그는 우주선 표면의 먼지를 훔쳐내고 옆구리에 귀를 갖다 댔다. 아주 희미하고 분명치 않은 소음밖에 들리지 않았다.

자포드는 주변 바닥에 널린 파편 더미를 미친 듯이 뒤져서 짧은 관 하나와 생분해되지 않는 플라스틱 컵 하나를 찾아내었다. 그는 그 물건들로 조잡한 청진기를 만들어 우주선 옆구리에 갖다 댔다.

거기서 들리는 소리는 그를 혼비백산하게 만들었다.

그 소리는 이러했다.

"행성 간 크루즈 여객기는 계속되는 비행 지연에 대해 승객 여러분께 사과드립니다. 저희는 현재, 여행 중 승객 여러분의 안락과 원기 회복, 위생을 위해 사용될 레몬수 적신 냅킨의 보급을 기다리고 있습니다. 너그러이 기다려주시는 승객 여러분께 감사드립니다. 곧 승무원들이 다시 한번 커피와 비스킷을 나누어 드리겠습니다."

자포드는 눈을 휘둥그레 뜨고 우주선을 바라보며 비틀비틀 뒤로 물러섰다.

그는 잠시 멍한 상태로 주변을 걸어 다녔다. 그러다가 거대한 출발 안내판이 아직도 걸려 있는 것을 발견했다. 그것은 버팀대 하나에 겨우 의지해 머리 위 천장에 매달려 있었다. 먼지로 잔뜩 뒤덮여 있었지만, 어떤 숫자들은 아직 식별 가능했다.

자포드의 눈이 숫자들을 헤집고 다니며 간단한 계산을 했다. 그의 눈이 휘둥그레졌다.

"구백 년이라……."

자포드는 숨을 크게 몰아쉬었다. 그게 바로 이 우주선의 출발이 지연되고 있는 시간이었다.

이 분 뒤 그는 그 우주선 안에 있었다.

에어락에서 나오자 시원하고 신선한 공기가 그를 맞이했다. 에어컨이 아직 작동되고 있는 게 틀림없었다.

조명도 여전히 밝혀져 있었다.

자포드는 입구의 작은 방에서 나와 좁고 짧은 복도로 들어섰다. 그리고 불안해하며 복도를 따라 걸어 내려갔다.

갑자기 문이 하나 열리더니 한 사람이 그의 앞에 나타났다.

"좌석으로 돌아가주십시오, 손님."

안드로이드 스튜어디스는 이 말을 하고 돌아서더니 앞장서서 복도를 따라 걸어 내려가기 시작했다.

심장이 다시 뛰기 시작한 자포드는 그녀를 따라갔다. 그녀는 복도 끝의 문을 열고는 그 안으로 들어갔다.

자포드도 그녀를 따라 문 안으로 들어갔다.

그곳은 객실이었고, 자포드의 심장은 다시 한번 잠시 박동을 멈추었다. 좌석마다 승객들이 의자에 동여매진 채 앉아 있었다.

승객들의 머리카락은 덥수룩하게 길었고, 손톱도 길게 자라 있었으며, 남자들의 얼굴은 수염으로 뒤덮여 있었다.

그들은 모두 분명히 살아 있었다. 하지만 잠들어 있었다.

자포드는 등골이 오싹했다.

그는 꿈결처럼 통로를 따라 천천히 걸어 내려갔다. 그가 통로를 반쯤 걸어갔을 때 스튜어디스는 반대쪽 끝에 도착했다. 그녀가 돌아서서 말했다.

"안녕하십니까, 신사 숙녀 여러분. 출발이 다소 지연되고 있습니다. 승객 여러분의 양해에 감사드립니다. 가능한 한 빨리 이륙하도록 하겠습니다. 지금 일어나고 싶으시면, 제가 커피와 비스킷을 드리겠습니다." 그녀가 상냥하게 말했다.

희미하게 웅 하는 소리가 들렸다.

바로 그 순간, 모든 승객이 잠에서 깨어났다.

그들은 깨어나 비명을 지르며 자신들을 좌석에 단단히 동여매고 있는 끈과 생명 유지 장치들을 할퀴어댔다. 그들이 어찌나 비명을 지르고 고함을 쳐대고 불평을 퍼붓던지 자포드는 고막이 터져 나가는 것만 같았다.

그들은 스튜어디스가 한 사람 한 사람 앞에 커피 한 잔과 비스킷 한 봉지를 내려놓으며 참을성 있게 통로를 걸어오는 동안 계속해서 난리법석을 부리며 몸부림을 쳤다.

그들 중 한 명이 자리에서 벌떡 일어났다.

그는 돌아서서 자포드를 바라봤다.

자포드는 온몸의 피부가 벗겨져 흘러내리는 것만 같았다. 그는 돌아섰고, 그 아수라장에서 벗어나려고 달아나기 시작했다.

자포드는 문 안으로 뛰어들어 다시 복도로 돌아왔다.

그 사람이 그의 뒤를 쫓았다.

자포드는 미친 듯이 복도 끝으로 달려가 입구의 방을 통과해 나왔다. 그는 조종실에 도착해 문을 쾅 닫고는 잠가버렸다. 그리고 가쁜 숨을 몰아쉬며 문에 기댔다.

몇 초도 지나지 않아서 누군가가 문을 두들겨대기 시작했다.

조종실 안 어디에선가 금속성 목소리가 그에게 말을 걸었다.

"승객은 조종실 안에 들어올 수 없습니다. 좌석으로 돌아가 우주선이 이륙하기를 기다려주십시오. 지금 커피와 비스킷이 제공되고 있습니다. 저는 자동 파일럿입니다. 어서 자리로 돌아가주세요."

자포드는 아무 말도 하지 않았다. 그는 가쁘게 숨을 몰아쉬었다. 그의 등 뒤에서는 여전히 누군가 문을 두드리고 있었다.

"좌석으로 돌아가주십시오. 승객은 조종실 안에 들어올 수 없습니다." 자동 파일럿이 반복해 말했다.

"난 승객이 아니야." 자포드가 헐떡이며 말했다.

"좌석으로 돌아가주십시오."

"난 승객이 아니라니까!" 자포드가 다시 소리를 질렀다.

"좌석으로 돌아가주십시오."

"난 아니라니까……이봐, 내 말 들려?"

"좌석으로 돌아가주십시오."

"자동 파일럿인가?" 자포드가 말했다.

"그렇습니다." 우주선 계기판에서 음성이 들렸다.

"당신이 이 우주선 책임자야?"

"그렇습니다. 이륙이 지연되고 있습니다. 승객들의 안위와 편리를 위해서 생명 활동이 잠시 유보되고 있습니다. 매년 커피와 비스킷이 제공되고 있으며, 그 후에 승객들은 다시 안위와 편리의 지속을 위해 생명 활동 유보 상태로 돌아갑니다. 보급이 끝나는 대로 이륙을 하게 될 겁니다. 지연에 대해서는 사과를 드립니다." 그 목소리가 다시 말했다.

자포드는 기대고 있던 문에서 떨어져 조종 계기판 쪽으로 다가갔다. 문을 두드리던 소리는 이제 멈췄다.

"지연이라고? 이 우주선 바깥이 어떤 상태인지 봤어? 여기는 황무지라고. 사막이야. 문명은 사라지고 없다고, 이 양반아. 레몬수 적신 냅킨 같은 건 어디서도 오고 있지 않다고!" 그가 외쳤다.

"통계학적으로 볼 때, 다른 문명이 생겨날 겁니다. 언젠가는 레몬수 적신 냅킨도 생기겠죠. 그때까지는 잠시 지연이 있을 겁니다. 좌석으로 돌아가주십시오." 자동 파일럿이 새침하게 말했다.

"하지만……."

하지만 바로 그때 문이 열렸다. 자포드는 획 돌아서서 자신을 쫓아왔던 사람이 거기 서 있는 것을 봤다. 그는 커다란 서류 가방을 들고 있었다. 그는 말쑥한 차림새에다 머리도 짧았다. 수염도 길지 않았고, 손톱도 길지 않았다.

"자포드 비블브락스, 내가 자니우프일세. 자네가 날 만나고 싶어 했지?" 그가 말했다.

자포드 비블브락스는 맥이 쑥 빠졌다. 입에서는 바보 같은 말들이 나왔다. 그는 의자에 털썩 주저앉았다.

"이런, 이런. 도대체 어디서 그렇게 불쑥 나타난 거야?" 그가 말했다.

"여기서 자넬 기다리고 있었지." 그가 사무적인 말투로 대꾸했다.

그는 서류 가방을 내려놓고 다른 의자에 앉았다.

"자네가 지시를 잘 따라주어서 기쁘네. 자네가 내 사무실에서 나갈 때 창문이 아니라 문으로 나갈까 봐 조금 불안했거든. 그랬다면 문제가 생겼을 거야." 그가 말했다.

자포드는 고개를 설레설레 흔들며 뭐라고 지껄여댔다.

"자네가 내 사무실에 들어섰을 때, 자넨 나의 전자 합성 우주에 들어온 것이었네." 자니우프가 설명했다. "만일 자네가 문으로 나갔다면 자넨 진짜 우주로 돌아갔을 거야. 인공 우주는 바로 여기서 작동하고 있지." 그는 점잔을 빼며 서류 가방을 툭툭 쳤다.

자포드는 분노와 증오가 뒤범벅된 심정으로 그를 노려봤다.

"뭐가 다른데?" 그가 투덜거렸다.

"전혀 다르지 않네. 똑같아. 아, 다만 진짜 우주에서는 프로그스타 전투기들이 회색일 테지." 자니우프가 말했다.

"무슨 일이 벌어지고 있는 거야?" 자포드가 내뱉었다.

"간단하네." 자니우프가 말했다.

그의 자신감과 독선 때문에 자포드는 속이 부글부글 끓었다.

"아주 간단해." 자니우프가 반복했다. "난 그 사람이 있는 장소의 좌표를 발견했어. 우주를 통치하는 사람 말일세. 그리고 그의 세계가 비가능 확률 자장의 보호를 받고 있다는 사실도 알아냈어. 그래서 난, 나의 비밀과⋯⋯나 자신을 보호하기 위해 이 완전 인공 우주 속으로 안전하게 도피해, 잊힌 크루즈 여객선에 숨어 있었다네. 난 안전했어. 한편, 자네와 나는⋯⋯"

"자네와 나? 당신과 내가 서로 아는 사이라는 거야?" 자포드가 화를 내며 말했다.

"그래. 아주 잘 아는 사이였지." 자니우프가 대답했다.

"내 취향이 형편없었군." 자포드가 이렇게 말하고 다시 뚱하게 침묵했다.

"한편, 자네와 난 자네가 그 불가능 확률 추진 우주선을 훔치도록 일을 꾸몄지. 그 우주선만이 유일하게 우주 통치자의 세계로 갈 수 있으니까. 그리고 자넨 그 우주선을 여기 내게로 가져오기로 한 거고. 자네가 그 임무를 완수했을 것으로 믿네. 축하하네." 그는 이렇게 말하고 굳은 얼굴로 살짝 미소 지었다. 자포드는 그 얼굴을 벽돌로 내리치고 싶었다.

"아, 그리고 자네가 궁금해할까 봐 하는 말인데……." 자니우프가 덧붙였다. "이 우주는 자네를 위해 특별히 제작된 것이네. 그러니 자네는 이 우주에서 가장 중요한 인물이지. 사실 자네는……." 그는 더욱 벽돌로 때리고 싶어지는 미소를 지으며 말했다. "진짜 우주의 '모든 관점 보텍스' 안에서는 살아남지 못했을 거야. 그만 갈까?"

"어디로?" 자포드가 시무룩하게 말했다. 그는 허탈한 기분을 느꼈다.

"자네 우주선, 순수함 마음 호로. 물론 가져왔겠지?"

"아니."

"자네 재킷은 어딨지?"

자포드는 어리둥절해하며 그를 바라봤다.

"내 재킷? 벗어던졌지. 밖에 있어."

"좋아, 가서 찾아보세."

자니우프가 일어서서 자포드에게 따라오라고 손짓했다.

입구의 작은 방으로 다시 나오자, 커피와 비스킷을 제공받는 승객들의 비명 소리가 들렸다.

"자넬 기다리는 일은 별로 재미있지 않았어." 자니우프가 말했다.

"재미가 없었다고!" 자포드가 버럭 소리를 질렀다. "그럼 입장을 바꿔놓고 한번 생각해보지……."

해치웨이가 활짝 열리자 자니우프가 조용히 하라고 손짓했다. 몇 피트 떨어진 곳에 자포드의 재킷이 파편들 위에 놓여 있었다.

"대단히 훌륭하고 대단히 강력한 우주선이지. 보게나." 자니우프가 말했다.

그들이 지켜보는 가운데, 재킷의 호주머니가 갑자기 부풀었다. 호주머니가 찢겨져 나가더니 조각조각 흩어졌다. 자포드가 자기 호주머니에 들어 있는 것을 보고 어리둥절했었던 순수한 마음 호의 금속 미니 모델이 점점 커지고 있었다.

그것은 커지고, 또 커졌다. 그리고 이 분 후, 실물 크기에 도달했다.

"불가능 확률 수치는……어……모르겠군. 하여간 대단히 큰 수치일 거야." 자니우프가 말했다.

자포드는 제정신이 아니었다.

"내가 저걸 내내 가지고 다녔다는 거야?"

자니우프는 미소를 지었다. 그는 서류 가방을 들어 올려 열었다. 그리고 그 안에 있는 스위치 하나를 돌렸다.

"인공 우주여, 이제 그만 안녕. 반갑다, 진짜 우주!" 그가 말했다.

그들 앞의 광경이 잠깐 흐릿해지더니, 전과 완전히 똑같은 모습으로 다시 나타났다.

"봤지? 완전히 똑같다네." 자니우프가 말했다.

"그러니까……내가 저걸 내내 가지고 다녔다는 거야?" 자포드가 팽팽하게 긴장해서 같은 말을 반복했다.

"아, 그럼. 그렇고말고. 그게 바로 이 일의 핵심인데." 자니우프가 말했다.

"좋아, 그럼 이제 난 빼줘. 이제부턴 나를 제외시키라고. 난 할 만큼 했어. 이제 자네 하고 싶은 대로 하라고." 자포드가 말했다.

"미안하지만, 그럴 수는 없네. 자넨 불가능 확률 자장에 꽉 잡혀 있어. 빠져나갈 수 없네." 자니우프가 말했다.

그는 자포드로 하여금 한 대 치고 싶게 했던 그 미소를 다시 지었다. 자포드는 이번에는 그 얼굴을 한 대 갈겼다.

13

포드 프리펙트가 순수한 마음 호의 조종실로 달려 들어왔다.
"트릴리언! 아서! 작동이 돼! 우주선이 다시 작동된다고!" 그가 소리쳤다.
트릴리언과 아서는 바닥에 누워 잠들어 있었다.
그가 그들을 발로 차 깨우며 말했다.
"이봐, 친구들. 가자고. 떠나는 거야."
"안녕, 친구들! 여러분을 다시 만나니 정말 좋군요. 그래서 말인데요, 이런 말씀을 드리고 싶군요……." 컴퓨터가 재잘거렸다.
"닥쳐. 우리가 도대체 어디 있는 건지나 말해줘." 포드가 말했다.
"프로그스타 월드 B 행성. 친구들, 정말 쓰레기장 같은 곳이라고." 자포드가 브리지로 뛰어 들어오며 말했다. "잘들 있었어? 나를 다시 보니 너무 기뻐서 내가 얼마나 멋진 놈인지 말도 못 하겠나 보지?"
"뭐야, 뭐야?" 아서가 바닥에서 몸을 일으키며 몽롱하게 말했다. 그는 어떤 상황인지 전혀 감을 잡지 못하고 있었다.
"그 기분 잘 알아. 나는 너무 위대한 사람이라 나조차 내게 이야기할 때 말문이 막히거든. 여어, 정말 반가워. 트릴리언, 포드, 원숭이 인간.

여어, 컴퓨터……." 자포드가 말했다.

"안녕하십니까, 비블브락스 선생님. 영광스럽게도……."

"입 닥치고 여기서 나가기나 하자고. 빨리, 빨리, 빨리."

"알겠습니다. 친구들, 어디로 가고 싶은가요?"

"어디든 상관없어." 자포드가 소리쳤다. "아냐, 상관 있어!" 그가 다시 말했다. "가장 가까운 식당에 가서 뭘 좀 먹고 싶어!"

"알겠습니다." 컴퓨터가 기쁘게 답했다. 다음 순간, 엄청난 폭발이 브리지를 뒤흔들었다.

일 분쯤 뒤에 한쪽 눈이 시퍼렇게 멍든 채 들어온 자니우프는 모락모락 피어오르는 네 줄기 연기를 흥미롭게 지켜보았다.

14

축 늘어진 몸뚱이 네 개가 소용돌이치는 암흑 속으로 가라앉고 있었다. 의식은 이미 죽어버렸고, 차가운 망각이 그 몸뚱이들을 무화(無化)의 구덩이 안으로, 아래로 아래로 잡아당겼다. 침묵의 울부짖음이 주위에서 음산하게 메아리쳤고, 그들은 마침내 출렁이는 어둡고 쓰라린 붉은 바다 속으로 가라앉았다. 바다는 서서히 그들을 삼켰다. 마치 영원과도 같이.

영원과도 같은 시간이 흐른 뒤 바닷물이 서서히 빠져나가자, 그들은 차갑고 딱딱한 바닷가에 남겨졌다. 삶, 우주 그리고 모든 것의 흐름에 떠밀려 온 파편들처럼.

차가운 발작이 그들을 뒤흔들고 지나갔다. 빛들이 현기증이 날 지경으로 그들을 둘러싸고 춤을 췄다. 차갑고 딱딱한 바닷가가 기우뚱하고 빙빙 돌더니 다시 조용해졌다. 해변은 어둡게 빛났다. 매우 윤이 나는 차갑고 딱딱한 해변이었다.

초록색 그림자가 못마땅하다는 듯이 그들을 지켜보고 있었다.

그것이 헛기침을 했다.

"안녕하십니까, 신사 숙녀 여러분? 예약하셨습니까?" 그것이 말했다.

포드 프리펙트의 의식이 고무줄처럼 튀어 돌아와 두뇌를 작동시켰다.

그는 얼빠진 얼굴로 초록색 그림자를 올려다봤다.

"예약이요?" 그가 힘없이 말했다.

"그렇습니다, 선생님." 초록색 그림자가 말했다.

"저승에도 예약이 필요합니까?"

초록색 그림자도 경멸하는 표정으로 눈썹을 찌푸리는 게 가능하다면, 그게 바로 지금 그 초록색 그림자가 한 일이었다.

"저승이라고요, 선생님?"

아서 덴트는 목욕탕에서 미끈거리는 비누를 붙잡으려 애쓰듯이 가물거리는 의식을 잡으려 애쓰고 있었다.

"여기가 저승인가?" 그가 떠듬거리며 말했다.

"글쎄, 난 그렇다고 보는데." 포드는 어느 쪽이 위쪽인지 알아내려 애쓰며 말했다.

그는 자신이 누워 있는 차갑고 딱딱한 해변의 반대쪽이 틀림없이 위쪽일 것이라는 이론에 근거해, 자기 다리였으면 하는 물건을 비틀대며 일어났다.

"누가 그런 폭발에서 살아남을 수 있었겠어, 안 그래?" 그가 약간 휘청거리며 말했다.

"그렇지." 아서가 떠듬거렸다. 그는 팔꿈치에 의지해 일어나보려 했지만 상황이 나아지는 것 같지 않았다. 그는 다시 푹 쓰러졌다.

"그렇지. 절대 살아남을 수 없지." 트릴리언이 일어서며 말했다.

바닥에서 둔탁하고 거칠게 꼴깍거리는 소리가 들려왔다. 자포드 비블브락스가 뭔가 말을 하려는 소리였다.

"난 분명히 죽었어. 난 완전히 갔다고. 쾅, 펑, 그리고 끝장난 거야." 그가 꼴깍거리며 말했다.

"그래, 네 덕분에. 우린 살 가능성이 전혀 없었어. 아마 다 산산조각났을 거야. 팔다리가 온통 흩어지고." 포드가 말했다.

"그래." 자포드가 일어서려고 시끄럽게 부산을 떨며 말했다.

"신사 숙녀 여러분께서 음료를 주문하고 싶으시면……." 초록색 그림자가 옆에서 초조하게 맴돌며 말했다.

"쾅, 철썩." 자포드가 계속 떠들었다. "한순간에 정신을 잃고는 구성 분자로 분해되어버린 거지. 이봐, 포드." 서서히 윤곽이 분명해져가는 흐릿한 형체들 중 하나를 알아보고 그가 말했다. "네 눈앞에서 인생 전체가 주마등처럼 스쳐 지나가지 않던?"

"너도 그랬어? 네 인생 전체가?" 포드가 말했다.

"응. 적어도 그게 내 인생이었을 거라고 생각해. 알겠지만, 난 많은 시간을 내 머리 밖에서 보냈잖아." 자포드가 말했다.

그는 주위에 있는 여러 가지 형체들을 둘러봤다. 그것들은 흐릿하고 흔들거리는 형체 없는 모양 대신 제대로 된 모양을 마침내 갖추기 시작하고 있었다.

"그래서……." 그가 말했다.

"그래서 뭐?" 포드가 말했다.

"그래서 우린 여기에……죽어 누워 있는 거지……." 자포드가 머뭇머뭇 말했다.

"서 있는 거야." 트릴리언이 정정했다.

"어, 죽어서 서 있구나." 자포드가 계속 말했다. "이 쓸쓸한……."

"레스토랑 안에." 아서 덴트가 말했다.

그는 이제 두 다리로 일어섰고, 놀랍게도 뚜렷이 볼 수 있었다. 다시 말해서, 그가 놀란 것은 자기가 볼 수 있다는 사실 때문이 아니라 자기가 본 것 때문이었다.

"우린 여기에……죽어서 서 있는 거야." 자포드가 고집스레 말을 계속했다. "이 쓸쓸한……."

"별 다섯 개짜리." 트릴리언이 말했다.

"레스토랑 안에." 자포드가 결론을 맺었다.

"이상하지 않아?" 포드가 말했다.

"음, 그래."

"그래도 샹들리에는 멋있네." 트릴리언이 말했다.

그들은 어안이 벙벙해서 주위를 둘러봤다.

"이건 그냥 저승이라기보다는……프랑스식 저승 같아." 아서가 말했다.

사실 그 샹들리에는 겉모양만 번지르르했다. 게다가 그게 달려 있는 낮은 아치형 천장은 이상적인 우주에서라면 그렇게 진한 청록색으로 칠해지지 않았을 것이다. 설사 그랬다 하더라도, 숨겨놓은 무드 조명으로 강조하는 짓 따위는 없었을 것이다. 하지만 이곳은 이상적인 우주가 아니었다. 눈 돌아갈 지경으로 무늬를 박아 넣은 대리석 바닥이나 팔십 야드짜리 대리석 상판을 얹은 바의 앞면 모양새만 봐도 그건 명백했다. 이 바 앞면은 거의 이만 마리에 달하는 안타리아 모자이크 도마뱀의 가죽을 이어 붙여 만든 것이었다. 사실, 그 문제의 안타리아 모자이크 도마뱀 이만 마리도 자기 내장을 감싸자면 그 가죽이 꼭 필요했는데 말이다.

말쑥하게 차려입은 생명체 몇몇이 바에 앉아 할 일 없이 빈둥거리거나, 실내 이곳저곳에 놓인 현란한 색깔의 푹신한 의자에 앉아서 쉬고 있었다. 젊은 브엘허르그인 장교와 녹색 수증기를 뿜어내는 그의 애인이 바의 반대쪽 끝에 있는 커다란 간유리 문을 지나 휘황찬란한 조명이 밝혀진 레스토랑 안으로 들어갔다.

아서의 뒤에는 커튼이 쳐진 커다란 창문이 있었다. 그는 커튼 한 구석을 살짝 젖히고 황량하고 음산한 바깥 경치를 내다봤다. 온통 잿빛에 울퉁불퉁하고 우울한 그 모양새는 정상적인 상황에서라면 오싹 소름이 돋게 하기에 충분했다. 하지만 지금은 정상적인 상황이 아니었다. 왜냐하면, 그의 피를 얼어붙게 하고 그의 가죽이 등을 타고 올라와 머리 위로 벗겨져 나가버릴 것 같은 느낌을 주는 것이 바로 하늘이었기 때문이다. 그 하늘은…….

제복 입은 사환이 공손하게 커튼을 다시 닫았다.

"모든 건 때가 있습니다, 손님." 그가 말했다.

자포드의 눈이 번득였다.

"이봐, 잠깐만, 죽은 친구들. 우리가 뭔가 엄청나게 중요한 사실을 놓치고 있는 것 같아. 누군가 무슨 말을 했는데 우리가 그걸 놓친 거라고." 그가 말했다.

아서는 방금 본 광경으로부터 관심을 돌리게 되어 말할 수 없이 마음이 놓였다.

"난 그게 일종의 프랑스식……." 그가 말했다.

"그래, 그런 말 안 했더라면 싶지 않아?" 자포드가 말했다. "포드, 넌?"

"난 이상하다고 했어."

"그래. 현명하지만 재미없는 말이지. 어쩌면 그건……."

"어쩌면……." 초록색 그림자가 끼어들었다. 이제 그것은 짙은 제복을 입은 조그맣고 야윈 초록색 웨이터로 변해 있었다. "어쩌면 술을 한 잔 드시면서 그 문제를 논의해보실 수 있지 않을까요……."

"술! 바로 그거야! 정신 바짝 차리고 있지 않으면 뭘 놓치는지 알겠지?" 자포드가 외쳤다.

"그렇습니다, 선생님. 신사 숙녀 여러분께서 저녁 식사 전에 술을 한 잔 하고 싶으시다면……." 웨이터가 참을성 있게 말했다.

"저녁 식사라!" 자포드가 흥분해서 외쳤다. "이봐, 녹색 꼬맹이 양반, 내 위장은 그 생각만으로도 당신을 집으로 데려가 밤새도록 귀여워해줄 수 있을 거요."

"……그리고 우주는, 이따가 여러분의 여흥을 위해 폭발할 겁니다." 웨이터는 고지가 저긴데 여기서 그만둘 수 없다고 굳게 결심하며 말을 계속했다.

포드가 웨이터에게 천천히 고개를 돌리더니 감동해서 말했다.

"와아, 도대체 여기선 어떤 술을 파는데요?"

웨이터가 웨이터답게 예의 바르면서도 조용하게 미소 지었다.

"아, 아무래도 제 말을 잘못 이해하신 것 같군요." 그가 말했다.

"흠, 그게 아니었으면 좋겠는데." 포드가 한숨을 내쉬었다.

웨이터가 웨이터답게 예의 바르면서도 조용하게 헛기침을 했다.

"저희 손님들 중에는 시간 여행 후 다소 어리둥절해하시는 분들이 많습니다." 그가 말했다. "그래서 제가 권해드리고 싶은 것은……."

"시간 여행?" 자포드가 말했다.

"시간 여행?" 포드가 말했다.

"시간 여행?" 트릴리언이 말했다.

"그럼 이게 저승이 아니란 말이야?" 아서가 말했다.

웨이터가 웨이터답게 예의 바르면서도 조용하게 미소 지었다. 그는 예의 바르고 조용조용한 웨이터용 레퍼토리를 거의 다 써버렸고, 이제 곧 말수 적고 냉소적인 웨이터 역할로 들어갈 것이었다.

"저승이라고요? 아닙니다, 손님." 그가 말했다.

"그럼 우린 안 죽은 건가요?" 아서가 말했다.

웨이터가 입술을 깨물었다.

"으음, 음." 그가 말했다. "손님은 분명 살아 계십니다. 안 그러면 제가 어떻게 주문을 받겠습니까?"

도무지 설명할 수 없는 기이한 동작으로, 자포드 비블브락스가 팔 두 개로는 자기 이마 두 개를, 나머지 팔 하나로는 자기의 넓적다리를 철썩 갈겼다.

"이봐, 친구들, 이거 정말 대단해. 우리가 해낸 거야. 우린 마침내 우리가 오고자 했던 곳에 온 거라고. 여기가 바로 밀리웨이스야." 그가 말했다.

"밀리웨이스!" 포드가 말했다.

"그렇습니다, 손님." 흙삽으로 인내심을 꾹꾹 누르며 웨이터가 말했다. "여기가 바로 밀리웨이스, 우주의 끝에 있는 레스토랑이죠."

"무슨 끝이라고요?" 아서가 말했다.

"우주요." 웨이터가 매우 분명하게, 그리고 필요 이상으로 또렷하게 말했다.

"그게 언제 끝났죠?" 아서가 말했다.

"불과 몇 분 뒤에 끝납니다, 손님." 웨이터가 말했다. 그는 길게 숨을 들이쉬었다. 사실 그는 심호흡을 할 필요가 없었다. 그의 몸은 다리에 부착된 조그마한 정맥 주사 장치를 통해 생존에 필요한 특이한 기체 혼합물을 공급받고 있기 때문이었다. 하지만 어떤 식으로 물질대사를 하든지 간에, 종종 심호흡을 해야 할 때가 있는 법이다.

"자, 마침내 술을 주문하실 준비가 되셨다면, 자리로 안내해드리지요." 그가 말했다.

자포드는 두 개의 얼굴에 광적인 미소를 지으며 어슬렁어슬렁 바로 다가가더니 그 바를 거의 통째로 사버렸다.

15

우주의 끝에 있는 레스토랑은 요식업계 역사상 가장 특이한 모험 중 하나다. 이 레스토랑은 산산조각난 우주의 폐허 위에 세워져 있다……아니, 세워질 것이다……그러니까 우주가 산산조각날 때까지는 세워져 있게 될 것이다. 그리고 사실 세워져 있다.

시간 여행을 하다가 마주치게 되는 중요한 문제는 어쩌다 보니 자신의 아버지나 어머니가 되어버리는 것이 아니다. 자신의 아버지나 어머니가 되는 것 정도는 마음이 넓고 화목한 가족이라면 감당 못할 문제도 아니다. 역사의 흐름을 바꾸어놓는 것도 문제 될 것 없다. 역사의 흐름은 직소 퍼즐처럼 딱 맞아떨어지기 때문에 바뀌지 않는다. 모든 중요한 변화는 그들이 바꾸도록 정해진 일들 이전에 전부 일어났고, 결국은 알아서 정리된다.

가장 큰 문제는 간단히 말해서 문법적인 문제다. 이 문제와 관련해 참조할 수 있는 가장 정통한 논문은 댄 스트리트멘셔너 박사의 《시간 여행자용 천한 가지 시제 구조 핸드북》이다. 이 책은 가령, 과거에 어떤 일이 당신에게 곧 벌어질 상황이었는데 당신이 그 일을 피하기 위해 시간을 이틀 뛰어넘었을 때 그 일을 어떻게 묘사해야 할지 말해준다. 그것은 당신이 현재의 시점에서 그 일에 대해 이야기하는지, 더 미래의 시점에서 이야기하는지, 혹은 먼 과거의 시점에서 이야기하는지에 따라 달라질 것이다. 게다가 당신이 실제로 자신의 아버지나 어머니가 될 작정을 하고 이 시간에서 저 시간으로 시간 여행을 하는 중에 대화를 한다면, 문제는 더욱 복잡해진다.

대부분의 독자들은 '미래 반조건 수식 하위 역전 변격 과거 가정 의지 시제' 정도까지 가면 포기한다. 사실 이 책의 나중 판본들은 인쇄 비용을 아끼기 위해 그 지점 이후의 페이지들은 모두 백지로 출판했다.

《은하수를 여행하는 히치하이커를 위한 안내서》는 이런 추상적인 학문상의 혼란은 가볍게 넘겨버린다. 다만 '미래 완료' 라는 용어는 그것이 존재하지 않는 것으로 밝혀졌기 때문에 폐기되었다는 언급만 잠깐 하고 있을 뿐이다.

다시 본론으로 돌아가자.

우주의 끝에 있는 레스토랑은 요식업계 역사상 가장 특이한 모험 중 하나다.

이 레스토랑은 거대한 시간의 거품 속에 봉해져(봉해지올 할) 정확하게 우주가 끝나는 순간으로 시간을 가로질러 쏘아 보내져서 결국은 부서져버린 행성의 산산조각난 잔해 위에 만들어졌다.

이건 말도 안 된다고 많은 사람들은 말할 것이다.

그곳에서 손님들은 테이블에 자리를 잡고(잡다에 할) 우주의 모든 피조물들이 폭발하는 광경을 지켜보며(지켜보달 할) 호화스러운 만찬을 든다(든다에 할).

이것 역시 말도 안 된다고 많은 사람들은 말할 것이다.

당신은 사전에(다음 전-언제) 예약을 하지 않고도 얼마든지 와서(언제에 와단 일수) 원하는 자리에 앉을 수 있다. 왜냐하면 원래 당신의 시간대로 돌아가서 소급 예약이라는 걸 할 수 있기 때문이다(당신은 거슬러 집에 돌아갈었을 곤전에 언제전 예약할 수 있다).

이제 많은 사람들은 이건 절대로 말도 안 된다고 주장할 것이다.

이 레스토랑에서 당신은 시공간을 막론한 모든 인구의 흥미진진한 축도를 만나서 함께 식사를 할 수 있다(언제에 이랑할 저녁한 만나 있게 된다).

참을성을 가지고 설명하자면, 이 역시 불가능하다.

당신은 몇 번이고 원하는 만큼 이 레스토랑을 방문할 수 있고(방문에 재방문할 있게 될……기타 등등——시제 교정에 대해 더 알고 싶다면 스트리트멘셔너 박사의 책을 참고하기 바란다) 그 안에서 자기 자신과 마주칠 일은 전혀 없다고 확신해도 좋다. 그런 일은 대개 난감하기 마련이니까.

나머지 이야기들이 다 사실이라 하더라도——물론 아니지만——이거야말로 명백하게 말이 안 된다고 회의론자들은 말한다.

당신은 그저 자기 시대에 예금 통장에 일 페니만 저금하면 된다. 시간이 끝나는 날에 당신이 도착하면, 복리(複利) 작용에 의해 엄청난 식사 비용은 이미 지불이 되어 있을 것이다.

이건 단순히 말이 안 될 뿐만 아니라 명백히 미친 짓이라고 많은 사람들이 강변한다. 바로 그 때문에 바스타블론 성단의 광고 중역들이 이런 슬로건을 내걸게 된 것이다. '오늘 아침 여섯 가지의 불가능한 일을 하셨다면, 우주의 끝에 있는 레스토랑 밀리웨이스에서 아침 식사를 하면서 마무리하시는 게 어떻습니까?'

16

바에서 자포드는 급속히 취해가고 있었다. 그의 두 개의 머리는 서로 부딪쳐댔으며, 두 머리의 미소는 서로 타이밍이 안 맞고 있었다. 그는 눈물이 날 정도로 행복했다.

"자포드, 아직 말할 정신이 남아 있을 때, 도대체 무슨 일이 있었는지 이야기 좀 해줄래? 어디 있었던 거야? 우린 또 어디 있었고? 별일 아니지만, 좀 분명히 해두고 싶어서 그래." 포드가 말했다.

술독에 빠져 점점 더 몽롱해져만 가는 오른쪽 머리를 내버려둔 채, 자포드의 왼쪽 머리가 정신을 차렸다.

"음, 여기저기 다녔어. 그 사람들은 내가 우주의 지배자를 찾아냈으면 하는데, 나는 그 사람을 만나고 싶지 않아. 내 생각에 그 사람은 요리를 못할 것 같거든." 그가 말했다.

그의 왼쪽 머리는 오른쪽 머리가 이렇게 말하는 걸 보면서 고개를 끄덕였다.

"맞아. 술이나 한 잔 더 해." 왼쪽 머리가 말했다.

포드는 팬 갤럭틱 가글 블래스터를 한 잔 더 마셨다. 이 술은 강도(強盜)의 술 버전에 해당되는 술이라고 회자되는 술이다. 즉, 대가가 값비싸고 머리가 빠개진다. 무슨 일이 있었든 실은 별 상관없지 뭐, 포드는 이렇게 판단했다.

"이봐, 포드, 모든 게 멋지고 차분하다고." 자포드가 말했다.

"그러니까 모든 게 정상이라는 거야?"

"아니, 그런 뜻이 아니야. 그럼 멋지고 차분한 게 아니지. 그래도 무슨 일이 있었는지 알고 싶다면, 뭐, 모든 상황이 내 주머니 안에 들어 있었다고 해두자고. 괜찮지?" 자포드가 말했다.

포드는 어깨를 으쓱했다.

자포드는 킥킥거리면서 술을 마셨다. 술잔 입구까지 거품이 끓어오르더니 대리석 바 표면 위로 흘러넘치기 시작했다.

야성적인 피부를 가진 우주 집시가 그들에게 다가오더니 전자 바이올린을 연주하기 시작했다. 자포드는 많은 돈을 주고야 집시를 보낼 수 있었다.

집시는 이번에는 바의 다른 쪽에 앉아 있는 아서와 트릴리언에게 다가갔다.

"도대체 여기는 뭐가 뭔지 모르겠어. 하지만 굉장히 무시무시한 곳이란 건 확실해." 아서가 말했다.

"술이나 한 잔 더 해. 즐기자고." 트릴리언이 말했다.

"어느 거 말이야? 그 두 가지는 상호 모순적이라고." 아서가 말했다.

"불쌍한 아서, 넌 정말 이런 생활에는 안 맞는구나. 그렇지?"

"이걸 생활이라고 할 수 있어?"

"넌 점점 마빈 같이 말하는구나."

"마빈은 내가 아는 가장 명쾌한 사고의 소유자라고. 그런데 어떻게 하면 이 바이올린 연주자를 내쫓을 수 있지?"

웨이터가 다가왔다.

"테이블이 준비되었습니다." 그가 말했다.

바깥에서 보면――물론 바깥이 아니지만――그 레스토랑은 잊힌 바위 위에 달라붙어 있는 번쩍거리는 거대한 불가사리 모양이었다. 그 팔 하나하나에는 바와 부엌, 그리고 건물 건체와 그 건물이 기반을 두고 있는 무너져가는 행성을 보호하기 위한 에너지장 발생기가 들어 있다. 또, 결정적인 순간을 중심으로 모든 사건을 앞뒤로 천천히 왔다 갔다 하게 하는 타임 터빈이 들어 있다.

그 중심에는 거대한 황금빛 돔이 서 있는데, 그 모양은 거의 완벽한 구체다. 자포드와 포드, 아서와 트릴리언이 지금 들어선 곳이 바로 그곳이었다.

적어도 오 톤은 됨 직한 분량의 반짝이가 먼저 들어가서 덮을 수 있는 곳은 모두 덮어버린 것 같았다. 반짝이가 덮지 못한 부분은 이미 보석과 산트라기누스 행성의 진귀한 조개껍질, 황금 잎사귀, 모자이크 타일, 도마뱀 가죽, 정체를 알 수 없는 수백만 가지의 장식과 치장으로 덮여 있었기 때문에 반짝이가 덮을 수 없었을 뿐이다. 유리가 반짝였고, 은이 빛났으며, 금이 번득였고, 아서 덴트는 눈이 왕방울만 해졌다.

"우와아, 자포." 자포드가 말했다.

"믿을 수 없어! 저 사람들……! 저 물건들……!" 아서가 헐떡이며 말했다.

"저 물건들……역시 사람들이야." 포드 프리펙트가 나직이 말했다.

"저 사람들……다른……사람들……." 아서가 다시 말했다.

"저 불빛들……!" 트릴리언이 말했다.

"저 탁자들……!" 아서가 말했다.

"저 옷들……!" 트릴리언이 말했다.

웨이터는 이들이 마치 집행관 같은 소리를 한다고 생각했다.

"우주의 끝은 인기가 좋아." 자포드가 줄지어 선 테이블 사이를 비틀비틀 빠져나가면서 말했다.

어떤 테이블은 대리석, 어떤 테이블은 최고급 마호가니로 만들어졌고,

심지어 백금으로 만든 테이블도 있었다. 테이블마다 이국적인 생명체들이 둘러앉아 잡담을 하며 메뉴를 검토하고 있었다.

"사람들은 이곳에 정장을 하고 오는 걸 좋아하지. 무슨 특별한 날 같은 느낌이 들거든." 자포드가 계속 말했다.

테이블들은 중앙 무대 쪽을 중심으로 넓은 원 모양으로 펼쳐져 있었고, 무대에서는 소규모 밴드가 가벼운 음악을 연주하고 있었다. 아서의 눈에는 테이블이 적어도 천 개는 되어 보였다. 테이블 사이사이에는 흔들거리는 야자나무와 쉿 소리를 내는 분수들, 기괴한 조각상들이 군데군데 놓여 있었다. 한마디로, 돈을 아끼지 않고 쏟아 부었다는 느낌을 주기 위해 고급 레스토랑에서 볼 수 있는 장치들은 전부 한데 모아놓은 것 같았다. 아서는, 누군가 아메리칸 익스프레스 카드 광고라도 찍고 있을 것만 같아 주위를 둘러보았다.

자포드가 포드 쪽으로 급히 몸을 기울였다. 포드 역시 자포드에게 몸을 기울였다.

"와아아." 자포드가 말했다.

"자포." 포드가 말했다.

"증조부님이 우리 우주선의 컴퓨터를 정말로 완전히 망가뜨려놨나 봐." 자포드가 말했다. "가장 가까운 데 가서 뭐 좀 먹자고 했더니 우릴 우주 끝으로 보내버렸군. 나중에 컴퓨터 녀석 손 좀 봐주라고 나한테 꼭 말해줘."

그가 말을 멈췄다.

"여어, 모두 모였군. 옛날에 한가락 했던 사람들은 다 모였어."

"했던?" 아서가 물었다.

"우주의 끝에 있는 레스토랑에서는 과거 시제를 많이 써야 한다고." 자포드가 말했다. "모든 일이 벌써 다 끝나버린 상황이거든. 여어, 친구들." 그는 근처에 있는 거대한 이구아나 같은 생명체들에게 소리쳐 말했다.

"어떻게 지냈어?"

"저거 자포드 비블브락스 아냐?" 한 이구아나가 다른 이구아나에게 물었다.

"그런 것 같은데." 두 번째 이구아나가 대답했다.

"음, 보통이 아닌데." 첫 번째 이구아나가 말했다.

"인생이란 참 이상하기도 하지." 두 번째 이구아나가 말했다.

"자기 하기 나름이지." 첫 번째 이구아나가 말했고, 그들은 다시 침묵 속으로 빠져들었다. 그들은 지금 우주 최고의 쇼를 기다리고 있는 중이었다.

"이봐, 자포드." 포드가 그의 팔을 잡으며 말했다. 하지만 이미 팬 갈랙틱 가글 블래스터를 세 잔째 마신 뒤라 그는 그 팔을 놓쳤다. 그는 떨리는 손가락을 들어 뭔가를 가리켰다.

"저기 내 옛 친구가 있어. 핫블랙 데지아토! 백금 옷을 입고 백금 탁자에 앉아 있는 사람 보이지?" 그가 말했다.

자포드는 포드의 떨리는 손가락을 눈으로 따라가보려 했지만, 머리가 어지러웠다. 그는 가까스로 알아볼 수 있었다.

"아, 그래." 그가 말했다. 하지만 제대로 알아본 건 그 다음 순간이었다. 그가 말했다. "여어, 저 녀석 완전 대박 터뜨린 녀석이잖아! 와, 역사상 최고의 대박이라고. 나를 제외하고 말이지."

"저자가 누군데?" 트릴리언이 물었다.

"핫블랙 데지아토? 몰라? 재앙 지대라고 못 들어봤어?" 자포드가 깜짝 놀라 말했다.

"아니." 트릴리언이 답했다. 그녀는 들어본 적이 없었다.

"최고로 성공적이고······최고로 시끄럽고······." 포드가 말했다.

"최고로 부자인······." 자포드가 덧붙였다.

"······록 밴드지······역사상······." 포드가 다음 말을 찾아내려 했다.

"……역사 그 자체야." 자포드가 말했다.

"몰라." 트릴리언이 말했다.

"저런. 우린 지금 우주의 끝에 있는 레스토랑에 있어. 넌 아직 제대로 살아보지도 않았는데 말이야. 기회를 놓친 게 아깝지?" 자포드가 말했다.

그는 그녀를 데리고 웨이터가 내내 기다리고 있던 테이블로 갔다. 아서는 매우 혼란스럽고 외로운 심정으로 그 뒤를 따랐다.

포드는 옛 친구를 만나기 위해 테이블 사이를 헤치고 나아갔다.

"여어, 핫블랙." 그가 소리쳐 불렀다. "잘 지냈어? 만나서 반가워. 시끄러운 짓은 잘 돼가고? 신수가 훤한데. 진짜진짜 뚱뚱하고 안 좋아 보이는군. 놀라워." 그는 데지아토의 등을 툭툭 쳤는데, 아무런 반응이 없어서 조금 놀랐다. 하지만 그의 몸 안에서 흐르는 팬 갤럭틱 가글 블래스터가 상관 말고 그대로 나가라고 속삭였다.

"옛날 생각 나나? 우리 같이 잘 놀았잖아? 비스트로 무법자, 기억나? 말라깽이 목구멍 시장(市場)에. 악의 경주로 술집에. 좋은 시절이었지, 안 그래?" 그가 말했다.

핫블랙 데지아토는 그 시절이 좋았는지 안 좋았는지 아무 의견도 내놓지 않았다. 포드는 당황하지 않았다.

"그리고 배고플 때면 공중 보건 조사원인 척했잖아, 기억나지? 그리고 돌아다니면서 음식과 술을 몰수했잖아, 응? 그러다가 결국은 식중독에 걸렸지. 아, 그리고 뉴베텔의 그레첸 타운에 있는 루 카페 위의 그 냄새 고약한 방들에서 밤새도록 술을 마시면서 떠들곤 했잖아. 자넨 언제나 그 옆방에서 아주타를 뜯으며 곡을 쓰곤 했어. 우린 그 노래들을 정말 싫어했어. 자넨 상관없다고 했지. 하지만 우린 상관 있다고 했어. 너무너무 듣기 싫었으니까." 포드의 눈에 눈물이 고이기 시작했다.

"자넨 스타가 되고 싶지 않다고 했지." 포드는 추억에 잠겨 계속 떠들었다. "스타 시스템을 경멸했으니까. 그리고 우린, 그러니까 하드라와 술

리주와 나는 그 선택권은 자네한테 있는 게 아니라고 했어. 그런데 지금의 자넬 보라고. 자넨 스타 시스템들을 사고 있잖아!"

그는 돌아서서 가까운 테이블에 앉은 사람들의 관심을 끌려고 했다.

"여기 이 사람이 스타 시스템들을 사는 사람이에요!" 그가 말했다.

핫블랙 데지아토는 이 사실을 긍정도 부정도 하지 않았다. 주변 사람들은 잠시 관심을 보였지만 급속히 흥미를 잃었다.

"누군가 대단히 취한 것 같군." 자줏빛 덤불 같은 생명체가 자기 와인잔에다 대고 중얼거렸다.

포드는 약간 비틀거리더니, 핫블랙 데지아토의 맞은편 의자에 털썩 주저앉았다.

"그 곡 제목이 뭐라고 했지?" 그가 말했다. 그는 현명치 못하게도 술병을 잡고 몸을 지탱하려 하다가 술병을 엎었다. 우연히도 술은 바로 옆의 술잔에 부어졌고, 이 기막힌 우연을 낭비하지 않기 위해 포드는 그 잔을 비웠다.

"왜 그 대단한 히트 곡 있잖아. 그게 어떻게 되더라? 빰! 빰! 빠밤! 이런 거 말야. 공연할 때는 우주선을 태양에 갖다 박으면서 끝내는 거. 진짜로 말이야!" 그는 계속했다.

포드는 이 묘기를 구체적으로 보여주기 위해 한 손에다 다른 주먹을 부딪쳐 보였다. 그러다가 그는 다시 술병을 넘어뜨렸다.

"배! 태양! 콰광, 꽝!" 그가 소리쳤다. "레이저 광선이라든지 그런 것들은 비교도 안 되지. 자네들은 태양 화염 속으로 들어가 진짜로 지글지글 탄다고. 아, 게다가 그 끔찍한 노래들이라니."

그의 시선은 술병에서 꿀럭꿀럭 흘러나온 술이 테이블 위로 넘치는 모습을 따라가고 있었다. 뭔가 조치를 취해야 하는데, 그는 생각했다.

"여어, 한 잔 할래?" 그가 말했다.

이 재회의 광경에 뭔가가 빠져 있다는 생각이 그의 짜부라진 마음에 들기 시작했다. 그 부족한 뭔가는 백금 양복과 은빛 모자를 쓰고 자기 맞은편에 앉아 있는 풍보가 아직 "안녕, 포드"라든지 "이거 정말 오랜만이군" 같은 말을 하지 않았다는 사실, 혹은 사실상 아무 말도 하지 않고 있다는 사실과 관련 있었다. 게다가 그는 아직 손도 한번 까딱하지 않고 있었다.

"핫블랙?" 포드가 말했다.

커다란 고깃덩어리 같은 손이 뒤에서 다가와 그의 어깨를 잡더니 그를 옆으로 밀어냈다. 자리에서 볼품없이 미끄러진 포드는 이 무례한 손의 주인이 누군지 보려고 위를 쳐다봤다. 그 손의 주인은 찾기 어렵지 않았다. 그 사람은 키가 칠 피트나 되는데다가 그에 걸맞은 몸집을 하고 있었기 때문이다. 사실 그는 가죽 소파를 만드는 방식으로 만들어져 있었다. 즉 윤기가 흐르고, 울퉁불퉁하고, 속은 든든하게 채워져 있었다. 그 사람의 몸집이 꽉 들어차 있는 양복은 마치 이런 몸을 양복 안에 넣는 것이 얼마나 힘든지를 증명하기 위해 태어난 것 같은 모양새였다. 그의 얼굴은 오렌지 같은 질감에 사과 색깔이었다. 하지만 달콤한 것들과 닮은 점은 거기서 끝이었다.

"꼬마……." 저 아래 가슴속에서 정말 힘든 시간을 보낸 듯한 목소리가 그 사람의 입에서 울려 나왔다.

"응?" 포드가 대화하듯이 말했다. 그는 비틀거리며 다시 일어났지만, 자기 머리 꼭대기가 그 사람의 가슴에도 미치지 못한다는 사실에 실망했다.

"꺼져." 그자가 말했다.

"어, 그래?" 포드는 자신이 지금 현명하게 처신하고 있는 것인지 자문하며 말했다. "근데 넌 누구지?"

그자는 잠시 이 질문에 대해 생각하는 것 같았다. 그는 이런 질문을 받는 데 익숙하지 않았다. 그럼에도 불구하고 그는 잠시 후 답을 내놓았다.

"난 너한테 꺼지라고 말하는 사람이야." 그가 말했다. "맞고 정신 차릴래?"

"이봐." 포드가 안절부절못하며 말했다. 그는 자기 머리가 이제는 그만 좀 빙빙 돌고 진정한 후 사태를 제대로 파악하기를 바랐다. 그가 계속 말했다. "있잖아, 난 핫블랙의 옛 친구고, 그리고……."

그는 핫블랙 데지아토를 힐끗 쳐다보았다. 그는 여전히 눈썹 하나 까딱하지 않고 있었다.

"……그리고……." 포드가 다시 말했다. 그는 '그리고' 다음에 무슨 말을 하는 게 좋을까 궁리하고 있었다.

덩치 큰 남자가 '그리고' 다음에 들어갈 말을 통째로 내놓았다.

"그리고 난 데지아토 씨의 보디가드지." 그의 말은 계속 이어졌다. "그리고 난 데지아토 씨의 몸에 대해 책임을 지고 있지. 그리고 네 몸에 대해서는 책임이 없지. 그러니 몸이 망가지기 전에 어서 가지고 가라고."

"잠깐만 기다려." 포드가 말했다.

"시간 없어!" 보디가드가 버럭 소리를 질렀다. "못 기다려! 데지아토 씨는 아무하고도 말 안해!"

"어, 이 문제에 대해 어떻게 생각하는지 본인에게 말해보라고 하는 게 어때?" 포드가 말했다.

"그는 아무하고도 말 안한다니까!" 보디가드가 으르렁거렸다.

다시 한번 핫블랙을 초조하게 힐끗 쳐다본 포드는 이 보디가드가 사실을 말하고 있는 것 같다고 인정하지 않을 수 없었다. 그는 포드의 안위에 대해 지대한 관심을 보이기는커녕 움직일 기세조차 전혀 없었다.

"왜? 그에게 무슨 문제가 있는 거야?" 포드가 말했다.

보디가드가 이야기했다.

17

《은하수를 여행하는 히치하이커를 위한 안내서》는 가그라카카 마인드 존 출신의 플루토늄 록 밴드 '재앙 지대'에 대해 다음과 같이 말하고 있다.

이들은 일반적으로 은하계에서 가장 시끄러운 록 밴드일 뿐만 아니라 사실 종류를 막론하고 가장 시끄러운 소음을 내는 밴드로 알려져 있다. 정기적으로 콘서트에 가는 사람들은, 최고의 음향적 균형은 무대에서 삼십칠 마일 떨어진 콘크리트 벙커 내부에서 연주를 들을 때 얻어진다고 판단한다. 물론 밴드는 행성 궤도상에 있는, 혹은 종종 그러듯이 완전히 다른 행성의 궤도상에 있는, 철저하게 방음 장치가 된 우주선 안에서 리모컨으로 악기를 연주한다.

이 밴드의 노래는 대체로 매우 단순하며 주제도 친숙하다. 즉 소년 생명체가 소녀 생명체를 은빛 달 아래에서 만나는데, 그 달이 아무 이유도 없이 폭발해버린다는 식이다.

현재 많은 행성이 그들의 공연을 완전히 금지하고 있다. 예술적인 이유 때문인 경우도 종종 있지만, 대체로는 그 밴드의 방송 시스템이 그 지역의 전략 무기 제한 협정에 위배되기 때문이다.

하지만 이런 일들은 그들의 수입이 초수학적인 경계를 넘어서는 것을 막지 못했다. 그 밴드의 수석 연구 회계사는 '재앙 지대'의 세금 공제에 관한 그의 일반 이론과 특수 이론을 인정받아 최근 맥시메갈론 대학의 신(新)수학과 교수로 초빙되었다. 이 이론에서 그는 시공간 연속체의 구조는 그저 굽어 있는 것이 아니라 실제로는 완전히 접혀 있음을 입증하고 있다.

포드는 자포드와 아서, 트릴리언이 쇼가 시작되기를 기다리며 앉아 있는 테이블로 비틀거리며 걸어왔다.
"뭘 좀 먹어야겠어." 포드가 말했다.
"이봐 포드, 그 소음꾼하고 얘기해봤어?" 자포드가 말했다.
포드는 어정쩡하게 고개를 저었다.
"핫블랙 말이야? 뭐, 얘기를 한 셈이지."
"뭐래?"
"글쎄, 뭐 별로. 그는……음……."
"응?"
"그는 세금 문제로 일 년 동안 죽어 있는 중이야. 나 좀 앉아야겠어."
그는 자리에 앉았다.
웨이터가 다가왔다.
"메뉴를 보시겠습니까, 아니면 오늘의 요리를 만나보시겠습니까?" 그가 말했다.
"뭐?" 아서가 말했다.
"뭐?" 포드가 말했다.
"뭐?" 트릴리언이 말했다.
"그거 좋지. 어디 그 고기를 한번 볼까." 자포드가 말했다.

레스토랑 복합 건물의 한쪽 팔 부분에 있는 작은 방에서 키가 크고 홀쭉한 인물이 커튼을 젖혔다. 그러자 망각이 그의 얼굴을 마주했다.
예쁘장한 얼굴은 아니었다. 어쩌면 망각이 그를 너무 자주 들여다봤기 때문인지도 모르겠다. 우선 그 얼굴은 너무 길었고, 눈은 너무 퀭하니 들어가 있었다. 뺨은 너무 홀쭉했고, 입술은 너무 얇고 길었으며, 그 입이 열렸을 때는 방금 닦은 유리창 같은 치아가 드러났다. 커튼을 붙잡고 있는 손들도 너무 길고 가늘었다. 게다가 차가웠다. 그 손은 커튼의 주름을 따라 가볍게 놓여 있었는데, 그 손들은 마치 그가 그렇게 독수리처럼 감시하지 않으면 자기 혼자 꾸물꾸물 물러나 한쪽 구석에서 입에 담지 못할 짓이라도 할 것만 같은 인상을 주었다.

그는 커튼을 내렸다. 그의 몸을 비추던 굉장한 빛은 더 건전한 곳에서 놀려고 물러났다. 그는 저녁 사냥감에 대해 고민하는 사마귀처럼 작은 방 안을 어슬렁거리다, 마침내 가대식(架臺式) 탁자 옆에 놓인 낡아빠진 의자에 앉았다. 그리고 농담들이 적힌 종이 몇 장을 대충 넘기며 훑어봤다.

벨이 울렸다.

그는 얄팍한 종이 다발을 치우고 자리에서 일어섰다. 그는 재킷을 장식하고 있는 백만 개의 무지갯빛 세퀸 장식들을 흐느적거리는 손으로 가볍게 쓸어보고 문 밖으로 나섰다.

레스토랑 안의 조명은 흐릿하게 낮춰져 있었고, 밴드는 빠른 음악을 연주하기 시작했다. 한 줄기 스포트라이트가 무대 중앙으로 이어지는 계단의 어둠을 뚫고 내리꽂혔다.

현란한 색깔의 옷을 입은 키 큰 인물 하나가 계단 위로 뛰어 올라왔다. 그는 무대로 뛰쳐나와 마이크 쪽으로 가볍게 걸어가더니, 가늘고 긴 손으로 마이크를 잡아 단번에 스탠드에서 빼냈다. 그러고는 잠시 동안 좌우의 관객들에게 인사하며 그들의 환호에 답례하고, 자신의 올챙이배를 보여주며 서 있었다. 그는 관객들 속에 앉아 있는 자기 친구들에게 손을 흔들었다. 비록 그 안에 친구들이라곤 하나도 없었지만. 그리고 그는 함성이 잦아들기를 기다렸다.

그는 손을 들고 미소를 지어 보였다. 그 미소는 귀에 걸린 정도가 아니라 얼굴의 영역을 벗어난 것처럼 보였다.

"감사합니다, 신사 숙녀 여러분! 대단히 감사합니다. 정말 감사합니다." 그가 외쳤다.

그는 반짝이는 눈으로 관객들을 쳐다봤다.

"신사 숙녀 여러분, 우리가 아는 바 우주는 현재까지 약 천칠백 경 년간 존재해왔습니다. 그 우주가 이제 약 삼십 분 후면 끝이 나게 됩니다. 그러므로 모두 우주의 끝에 있는 레스토랑 밀리웨이스에 오신 것을 환영합니다." 그가 말했다.

그는 능란한 손짓으로 다시 한 차례 자발적인 박수를 불러냈다. 그리고 또 한 번의 손짓으로 박수를 멈추게 했다.

"제가 오늘 밤 여러분의 사회자입니다. 제 이름은 맥스 쿼들플린입니다……." 그가 말했다.

모두가 그의 이름을 알고 있었다. 그의 연기는 알려진 은하계 전역에서 유명했지만, 그는 다시 한번 관객의 함성을 자아내려고 자기 이름을 말한 것이었다. 그는 왜들 그러시냐는 듯이 미소를 짓고 손을 흔들면서 관객의 환호에 답했다.

"……전 지금 막 시간의 아주 아주 반대쪽 끝에서 도착하는 길입니다. 거기서는 빅뱅 버거 바에서 쇼를 진행하고 있죠——저는 거기서 아주 끝내주는 시간을 보냈다고 말씀드릴 수 있습니다, 신사 숙녀 여러분——그리고 이제 여러분과 함께 이 역사적인 순간을 보낼 것입니다. 역사의 종말, 바로 그 순간을요!"

또다시 우렁찬 박수 소리가 터져 나왔고, 조명이 더 낮아지자 재빨리 사그라졌다. 테이블마다 촛불들이 저절로 밝혀졌고, 식사 손님들은 헉 하고 조그맣게 숨을 몰아쉬었다. 촛불들은 조그맣게 일렁이는 천 개의 불빛과 백만 개의 친밀한 그림자로 그들을 둘러쌌다. 머리 위의 거대한 황금빛 돔은 아주 서서히 희미해지다가 어두워져 마침내 사라졌으며, 어두워진 레스토랑 안에는 흥분의 전율이 휩쓸고 지나갔다.

맥스는 속삭이는 목소리로 다시 이야기를 시작했다.

"자, 신사 숙녀 여러분……." 그가 소곤소곤 말했다. "촛불이 켜졌고, 밴드는 부드러운 음악을 연주하고 있습니다. 에너지장이 쳐진 저 위의 돔이 투명하게 사라져버리니, 으스스하게 부풀어 오른 별들의 고색창연한 빛들을 무겁게 짊어지고 있는 어둡고 침울한 하늘이 드러나는군요. 멋들어진 종말의 밤이 될 것 같습니다!"

과거에 이런 광경을 본 적이 없는 모든 사람들에게 아찔한 충격이 내려앉자, 부드럽게 재잘대는 듯한 밴드의 음악 소리조차 잦아들었다.

괴물같이 섬뜩한 빛이 그들에게 쏟아져 내렸다.

―무시무시한 빛

―부글부글 끓어오르는, 역병 같은 빛.

―지옥마저 볼썽사납게 만들 것 같은 빛.

우주가 끝나가고 있었다.

끝도 없이 느껴진 몇 초 동안 레스토랑은 미친 듯이 날뛰는 텅 빈 공간 속을 고요히 회전했다. 맥스가 다시 입을 열었다.

"터널 끝의 불빛을 보고 싶어 하셨던 분들, 이게 바로 그겁니다." 그가 말했다.

밴드가 다시 음악을 연주했다.

"감사합니다, 신사 숙녀 여러분." 맥스가 소리쳤다. "저는 잠시 후에 돌아오겠습니다. 그동안 레그 널리파이 씨와 그의 카타클리즈믹 콤보가 여러분을 즐겁게 해드릴 겁니다. 신사 숙녀 여러분, 박수로 격려해주십시오, 레그와 친구들!"

하늘 위에서는 재앙과도 같은 혼란이 계속됐다.

청중들은 마지못해 손뼉을 치고는, 곧 자기들끼리 대화를 시작했다. 맥스는 농담을 주고받고 호탕하게 웃고 생계를 위한 돈을 벌면서 테이블을 돌기 시작했다.

거대한 낙농 가축 한 마리가 자포드 비블브락스의 테이블로 다가왔다. 그것은 살이 뒤룩뒤룩 찐 소과의 커다란 네 발 짐승으로, 물기 촉촉한 커다란 눈과 작은 뿔을 가졌고, 거의 아양 떠는 듯한 미소를 입가에 띠고 있었다.

그것이 자세를 낮추더니 궁둥이로 털썩 주저앉았다.

"안녕하세요? 제가 바로 오늘의 특별 요리예요. 제 몸에서 마음에 드는 부위가 있으신가요?" 짐승이 헛기침을 하고 꾸르륵 하는 소리를 내더니, 엉덩이를 실룩거리며 좀더 편안한 자세를 취했다. 그러고는 평화로운 눈길로 그들을 응시했다.

그 시선은 아서와 트릴리언의 놀라고 당황한 표정, 포드 프리펙트의 체념한 듯한 어깻짓, 자포드 비블브락스의 노골적인 허기와 차례로 마주쳤다.

"어깨 쪽에서 조금 떼어내는 건 어떨까요?" 짐승이 제안했다. "그래가지고 백포도주 소스에 담가 끓이는 거예요."

"어, 네 어깨에서?" 아서가 공포에 질려 속삭였다.

"당연히 제 어깨죠, 손님." 짐승은 만족스레 음매 하고 대답했다. "제가 다른 짐승 걸 드리겠다고 할 순 없잖아요."

자포드가 벌떡 일어나더니, 무슨 감상이라도 하듯이 그 짐승의 어깨를 찌르고 만져보기 시작했다.

"아니면 엉덩잇살도 굉장히 좋아요." 짐승이 중얼거렸다. "전 계속 운동을 했고 곡식도 많이 먹었거든요. 그러니까 그쪽에 좋은 고기가 많이 있어요." 짐승은 부드럽게 꿀꿀거렸다가 다시 꾸르륵 소리를 내고는 되새김질을 하기 시작했다. 그리고 새김질한 것을 다시 꿀꺽 삼켰다.

"아니면 저를 가지고 냄비 요리를 해 드시겠어요?" 짐승이 덧붙였다.

"이 짐승이 정말 자기를 먹어달라고 하는 거란 말이야?" 트릴리언이 포드에게 속삭였다.

"몰라. 난 아무 말도 안 했어." 포드가 흐릿한 눈빛으로 말했다.

"정말이지 무시무시한 일이군. 이렇게 속이 뒤집힐 것 같은 소리는 정말 처음 들어봐." 아서가 소리쳤다.

"뭐가 문제야, 지구인?" 자포드가 이제 짐승의 거대한 엉덩이 쪽으로 관심을 옮겨 가면서 말했다.

"난 자기를 먹어달라고 청하는 짐승을 먹고 싶진 않다고. 냉혹한 짓이야." 아서가 말했다.

"먹히고 싶어 하지 않는 짐승을 먹는 것보단 낫지." 자포드가 말했다.

"그게 핵심이 아니라고." 아서가 항의했다. 그러고 나서 그는 잠시 생각에 잠겼다가 말했다. "어쩌면 그게 핵심인지도 모르지. 난 상관 안 해. 지금은 그런 생각 안 할 테야. 난 그냥……음……."

우주가 그의 주위에서 단말마의 비명을 지르고 있었다.

"난 그냥 야채 샐러드나 먹을래." 그가 중얼거렸다.

"제 간을 권해드려도 될까요?" 짐승이 물었다. "지금쯤은 아주 영양분이 풍부하고 부드러울 텐데요. 전 몇 달 동안 억지로 살을 찌워왔거든요."

"야채 샐러드." 아서가 힘주어 말했다.

"야채 샐러드라고요?" 짐승이 못마땅하다는 듯이 아서에게 눈을 굴리면서 말했다.

"너 지금……내가 야채 샐러드를 먹으면 안 된다는 거야?" 아서가 말했다.

"글쎄요. 그 점에 대해 매우 분명한 견해를 가진 야채들을 많이 알고 있거든요. 그 얽히고설킨 문제들을 결국 한 번에 해결하기 위해서, 정말로 먹히길 원하고 그 사실을 분명하고 똑똑하게 말할 수 있는 짐승을 키우게 된 거예요. 여기 있는 저처럼요." 짐승이 답했다.

짐승은 보일락 말락 하게 고개를 숙였다.

"물이나 한 컵 주세요." 아서가 말했다.

"이봐, 우린 먹으려는 거지, 먹는 문젤 가지고 토론하려는 게 아니야. 살짝 익힌 스테이크 사 인분 주게, 빨리. 우린 오조 칠천육백억 년 동안 아무것도 못 먹었거든." 자포드가 말했다.

짐승이 비틀거리며 일어났다. 짐승은 부드럽게 꾸르륵 소리를 내며 말했다.

"대단히 현명하신 선택입니다, 손님. 아주 훌륭해요. 그럼 저는 빨리 가서 자살하지요."

짐승은 돌아서더니 아서에게 친근한 윙크를 보냈다.

"걱정하지 마세요, 손님. 아주 인간적으로 할 테니까요." 짐승이 말했다.

짐승은 급할 것 없다는 듯이 뒤뚱뒤뚱 부엌을 향해 걸어갔다.

몇 분 뒤, 웨이터가 김이 모락모락 피어오르는 커다란 스테이크 사 인분을 가지고 왔다. 자포드와 포드는 조금도 망설이지 않고 즉시 늑대처럼 달려들었다. 트릴리언은 잠시 앉아 있다가 어깨를 으쓱하더니 자기 몫을 먹기 시작했다.

아서는 약간 구역질을 느끼며 자기 음식을 물끄러미 쳐다봤다.

"이봐 지구인, 뭐가 널 먹고 있는 거야(괴롭힌다는 의미의 관용구를 직역한 것이다—옮긴이주)?" 자포드가 음식을 처넣고 있지 않은 쪽 얼굴에 짓궂은 미소를 지으며 말했다.

밴드는 연주를 계속했다.

레스토랑 안 사방에서 사람들과 사물들이 느긋하게 휴식을 취하며 이야기를 나누고 있었다. 공기는 이국적인 화초와 호화로운 음식, 방심하다가는 취하기 딱 좋은 와인들이 뒤섞인 냄새와 이런저런 이야기 소리로 가득 차 있었다. 우주의 대격변은 모든 것을 마비시킬 절정을 향해 사방으로 끝도 없이 치닫고 있었다. 맥스는 손목시계를 들여다보더니 과장된 동작으로 무대로 돌아왔다.

"자, 신사 숙녀 여러분, 모두들 마지막 시간을 즐겁게 보내고 계십니까?" 그가 밝게 미소 지으며 말했다.

"예에." 코미디언들이 즐거우냐고 물으면 '예에' 하고 외치는 그런 종류의 사람들이 외쳤다.

"아주 좋습니다." 맥스가 열을 내며 말했다. "대단히 좋습니다. 광자 태풍이 최후의 새빨간 뜨거운 태양들을 산산이 찢어버릴 준비를 갖추고 지금 우리 주위로 뭉게뭉게 몰려오고 있습니다. 이제 모두 편안히 앉아서 저와 함께 어마어마하게 흥미진진한 최후의 경험을 즐겨봅시다."

그는 말을 멈추고, 반짝이는 눈으로 청중을 둘러보았다.

"제 말을 믿으세요, 신사 숙녀 여러분. 이건 절대 아슬아슬하게 마지막까지 가는 척만 하는 그런 게 아닙니다." 맥스가 말했다.

그가 다시 말을 멈췄다. 오늘 밤 그의 시간 계산은 흠잡을 데가 없었다. 그는 밤마다 몇 번이고 이 쇼를 진행해왔다. 여기, 시간의 끝점에서 '밤'이라는 말에 무슨 특별한 의미가 있다는 건 아니다. 이곳에는 오로지 종말의 끝없는 반복만이 있을 뿐이었다. 레스토랑은 시간의 끝의 가장자리에서 천천히 앞으로, 그리고 다시 뒤로 흔들거리고 있었다. 오늘 '밤'은 괜찮았다. 청중은 그의 창백한 손아귀 속에서 몸부림치고 있었다. 그의 목소리가 낮아졌다. 청중은 바짝 긴장하고 그의 목소리에 귀를 기울였다.

"이것이……바로 그 절대적인 종말입니다. 그 모든 장엄한 피조물들이 일거에 멸종하게 되는 최후의 으스스한 폐허죠. 이것이……신사 숙녀 여러분……바로 그 유명한 '그것' 입니다." 그가 말했다.

그는 목소리를 더욱 바짝 낮췄다. 그런 고요함 속에서라면 파리조차 감히 헛기침을 하지 못할 것 같았다.

"이 다음에는……아무것도 없습니다. 공허. 허공. 망각. 절대적인 무(無)……." 맥스가 말했다.

그의 눈이 다시 번쩍거렸다. 혹은 반짝거렸나?

"아무것도 없습니다……물론, 디저트와 알데바라 행성의 고급 술은 제외하고요!"

밴드가 그의 말에 짧게 간주를 넣었다. 맥스는 그러지 않기를 바랐다. 그는 음악이 필요 없었다. 자신과 같은 대단한 예술가는 그런 게 필요 없었다. 그는 청중을 자신의 악기처럼 연주할 수 있었다. 그들은 그의 농담에 마음을 놓으며 웃었다. 그는 말을 계속했다.

"게다가 이번만은……." 그가 쾌활하게 외쳤다. "내일 아침의 숙취 문제를 염려하지 않으셔도 됩니다. 아침이란 건 이제 더 이상 없을 테니까요!"

그는 행복해하며 웃고 있는 청중에게 활짝 미소 지었다. 그는 매일 밤 똑같은 죽음의 일상을 되풀이하는 하늘을 올려다봤다. 하지만 이것은 일 초의 한 조각에 불과한 시간 동안의 일이었다. 한 명의 프로가 다른 프로를 믿듯이, 그는 하늘이 오늘도 자기 역할을 제대로 하리라고 믿었다.

"자, 이제, 오늘 밤 이곳의 좋은 분위기, 이 운명적이고 허무한 분위기를 망칠 위험을 무릅쓰고, 이곳에 오신 손님 몇 분을 환영하고자 합니다." 맥스가 무대 위를 서성이며 말했다.

그는 주머니에서 카드 하나를 꺼냈다.

"지금 여기……." 그는 환호 소리를 제지하기 위해 한 손을 들었다. "크반의 보트보이드 행성 너머에서 오신, 잔셀퀴슈어 플라마리온 브리지 클럽 분들 계신가요? 어디 계십니까?"

저 뒤쪽에서 떠들썩한 환호성이 일었지만 그는 못 들은 체했다. 맥스는 클럽 사람들을 찾는 체하며 사방을 열심히 둘러봤다.

"안 오셨나요?" 그는 더 큰 환호성을 이끌어내기 위해 다시 한번 물었다.

그는 목적한 바를 얻어냈다. 항상 그랬듯이.

"아, 저기 계시는군요. 자, 마지막 배팅을 하세요, 친구들. 속임수는 안 됩니다. 아주 엄숙한 순간이라는 걸 아셔야죠."

그는 한바탕 일어난 웃음소리를 음미했다.

"에, 그리고 또……아스가르트의 이류 신들 오셨나요?"

그의 오른편에서 우르릉 하고 천둥소리가 일었다. 무대 위로 곡선을 그리며 번개가 쳤다. 헬멧을 쓴 털북숭이 남자 몇 명이 매우 만족스러운 표정으로 앉아서 그에게 술잔을 들어 보였다.

퇴물들, 그는 생각했다.

"그 망치 조심하십시오, 선생님." 그가 말했다.

그들은 다시 한번 번개 기술을 선보였다. 맥스는 그들에게 억지로 미소를 지어 보였다.

"그리고 세 번째는, 시리우스 B 행성에서 오신 젊은 보수주의자 모임입니다. 여기 계신가요?" 그가 말했다.

말쑥하게 차려입은 젊은 개들 무리가 서로에게 롤빵을 던지다가 멈추고는 무대 위로 롤빵을 던지기 시작했다. 그들은 알아들을 수 없는 소리로 멍멍 짖어댔다.

"맞아요, 이 모든 게 당신들 잘못이에요. 이제 아셨나요?" 맥스가 말했다.

"그리고 마지막으로……." 맥스가 청중을 조용히 시키고 다시 엄숙한 표정을 지으며 말했다. "마지막으로, 위대한 예언자 자쿠온의 재림을 믿는 교회의 신도들, 매우 독실한 신도들이 와 계시다고 알고 있습니다……."

신도 이십 명가량이 와 있었다. 그들은 수도자 차림을 하고 초조한 듯 광천수를 홀짝거리면서, 잔치 분위기와는 상관없이 바닥 구석에 앉아 있었다. 그들은 자기들에게 스포트라이트가 비치자 못마땅하다는 듯이 눈을 껌벅거렸다.

"저기 계시군요. 저기 참을성 있게 앉아 계시군요. 자쿠온님은 다시 오겠다고 하시고선, 여러분을 참 오래도 기다리게 하셨습니다. 그러니 좀 서두르시라고 모두 빌어볼까요? 이제 팔 분밖에 시간이 안 남았으니까요!" 맥스가 말했다.

자쿠온 신도들은 자신들에게 쏟아지는 무자비한 웃음소리의 파도에 휩쓸리길 거부하면서 고집스레 앉아 있었다.

맥스는 청중을 진정시켰다.

"아니에요, 여러분. 정말이지, 정말이지 화나게 하려고 드린 말씀이 아닙니다. 마음속 깊숙이 자리 잡고 있는 믿음을 놀림감으로 삼아서는 안 되죠. 그러니 위대한 예언자 자쿠온님을 위해 큰 박수 한번 보냅시다……."

청중은 존경을 표하며 박수를 쳤다.

"……그분이 어디 가셨든지 말입니다!"

그는 딱딱하게 표정이 굳은 자쿠온 신도들을 향해 손으로 키스를 날리고는 무대 중앙으로 돌아왔다.

맥스는 높다란 의자를 가져와 거기 앉았다.

"네, 정말 좋군요." 그가 계속 주절거렸다. "이렇게 많은 분들이 오늘 밤 여기 오시다니요. 좋지 않습니까? 네, 정말 엄청나게 좋습니다. 여러분 중 많은 분들이 오시고 또 오신다는 걸 알고 있습니다. 정말 멋진 일이죠. 여기 와서 모든 것이 최종적으로 끝나는 것을 지켜본 다음, 여러분 자신의 시대로 다시 돌아가서……가정을 가꾸고, 새롭고 더 나은 사회를 만들기 위해 애쓰고, 옳다고 믿는 바를 위해 끔찍한 전쟁을 치르고 하는 것 말입니다. 그건 정말 모든 생명체의 미래에 대해 희망을 품게 만듭니다. 물론……." 그는 자기 위와 주변에서 벌어지고 있는 혼란을 향해 손을 흔들었다. "희망이 없다는 것을 알지만요……."

아서는 포드에게 고개를 돌렸다. 그는 아직도 이곳이 도대체 뭐 하는 곳인지 제대로 이해가 되지 않았다.

"이봐, 있잖아……우주가 곧 끝장난다면……우리도 같이 끝장나는 거 아냐?" 그가 말했다.

포드는 팬 갤럭틱 가글 블래스터 세 잔을 마신 표정을 그에게 지어 보였다. 다시 말해서 매우 불안정해 보이는 표정이었다.

"아니지. 이 말도 안 되는 술집에 들어오는 순간, 너는 에너지 방패막이 쳐진 비비 꼬인 시간 영역 속으로 들어온 거라고." 그가 말했다.

"아." 아서가 말했다.

그는 웨이터에게서 끝내 스테이크 대신 받아낸 수프로 관심을 돌렸다.

"내가 보여주지." 포드가 말했다.

그는 테이블에서 냅킨 하나를 집더니 뭘 하는지 모르게 만지작거렸다.

"이봐, 이 냅킨을, 어, 시간의 우주라고 상상해봐. 알겠어? 그리고 이 스푼을 물질 곡선의 에너지 변환 모드라고 생각하고……." 그가 다시 말했다.

포드가 이 마지막 부분을 이야기하는 데는 시간이 좀 걸렸다. 아서는 그를 방해하고 싶지 않았다.

"그건 내가 쓰던 스푼인데." 아서가 말했다.

"그래 알았어." 포드가 양념통에서 작은 나무 스푼 하나를 찾아 들고 말을 이었다. "상상해봐, 이 스푼이……." 하지만 그건 좀 잡기가 힘들었다. "아니, 이 포크가 낫겠다……."

"야아, 내 포크 좀 놔둘래?" 자포드가 끼어들었다.

"알았어, 알았어, 알았어. 그럼……그럼 이 와인 잔이 시간의 우주라고 해보자고……." 포드가 말했다.

"뭐, 네가 방금 바닥에 떨어뜨렸던 그 잔?"

"내가 그랬어?"

"그래."

"알았어." 포드가 말했다. "그럼 그건 잊어버려. 그러니까 내 말은……내 말은, 이봐……넌 우리 우주가 실제로 맨 처음에 어떻게 시작되었는지 알아?"

"모르는 것 같은데." 아서가 말했다. 그는 자기가 왜 이 문제를 끄집어냈을까 후회하고 있었다.

"좋아, 그럼 이렇게 상상해보라고. 그래, 이런 목욕통이 있다고 쳐. 그래, 커다랗고 둥그런 목욕통. 흑단으로 만들어진 거." 포드가 말했다.

"그게 어디서 나서? 해로즈(영국 런던에 있는 백화점—옮긴이주)는 보고인들이 파괴해버렸는데." 아서가 말했다.

"상관없어."

"말을 계속하려고 그러는 거지?"

"듣기나 해."

"알았어."

"이런 목욕통이 있는 거야, 알겠어? 이런 목욕통이 있다고 상상해봐. 흑단으로 만들어졌고, 원추형이야."

"원추형? 무슨 목욕통이 그렇게……." 아서가 말했다.

"쉬이이! 그건 원추형이야. 네가 할 것은, 자 봐, 거기에다 가는 하얀 모래를 채우는 거야. 알겠어? 아니면 설탕. 아주 가는 흰 모래 그리고/또는 설탕. 아무거나. 상관없어. 설탕도 괜찮아. 그리고 목욕통이 가득 차면 마개를 뽑는 거야……. 내 말 듣고 있어?" 포드가 말했다.

"듣고 있어."

"마개를 뽑는 거야. 그러면 모래가 전부 빙빙 돌면서 나가겠지. 수챗구멍을 통해 빙빙 돌면서 말이야."

"알겠어."

"아니, 넌 몰라. 전혀 모르고 있다고. 기막힌 부분까지는 아직 가지도 않았어. 기막힌 부분 듣고 싶어?"

"기막힌 부분을 말해봐."

"기막힌 부분을 얘기해주지."

포드는 기막힌 부분이 무엇이었나 기억하려고 애쓰면서 잠시 생각에 잠겼다.

"기막힌 부분은……바로 이거야. 네가 그 장면을 찍는 거지." 그가 말했다.

"기막히군." 아서가 동의했다.

"비디오 카메라를 가져다가 그 장면을 찍는 거야."

"기막히네."

"그건 기막힌 부분이 아냐. 이게 기막히지. 이제야 기막힌 부분이 생각나는군. 기막힌 부분은 그러고 나서 네가 그 필름을 영사기에 감는 거야……거꾸로 말이지!"

"거꾸로?"

"그래. 그걸 거꾸로 감는 거야말로 단연코 기막힌 부분이지. 그러고 나서 앉아서 보는 거야. 그러면 모든 것이 수챗구멍에서 소용돌이치며 올라와 목욕통을 가득 채우는 것처럼 보이겠지, 알겠어?"

"그렇게 해서 우주가 처음 시작된 거구나, 그렇지?" 아서가 말했다.

"아니, 하지만 긴장을 풀고 쉬기에는 아주 좋은 방법이지." 포드가 말했다.

그는 와인 잔에 손을 뻗었다.

"내 와인 어디 갔지?" 그가 말했다.

"바닥에 있어."

"아아."

와인을 찾느라 의자를 뒤로 빼다가 포드는 무선 전화를 들고 테이블로 다가오고 있던 자그마한 녹색 웨이터와 부딪쳤다.

포드는 자기가 몹시 취해서 그렇다고 설명하며 웨이터에게 사과했다.

웨이터는 괜찮다며, 자신은 얼마든지 이해한다고 말했다.

포드는 웨이터의 친절한 너그러움에 감사를 표하고, 필요 이상으로 정중하게 인사하려다가 그만 균형을 잃고 테이블 아래로 쓰러졌다.

"자포드 비블브락스 씨?" 웨이터가 물었다.

"네, 왜요?" 자포드가 세 번째 스테이크를 먹다 말고 고개를 들었다.

"전화 왔습니다."

"네, 뭐라고요?"

"전화가 왔다고요, 손님."

"나한테? 여기로? 하지만 내가 여기 있는 걸 아는 사람이 누구지?"

그의 머리 중 하나가 재빨리 생각해봤다. 다른 머리는 그것이 퍼 넣고 있는 음식을 가지고 사랑스럽다는 듯이 노닥거리고 있었다.

"난 계속 먹고 있어도 괜찮겠지?" 먹고 있던 머리가 이렇게 말하고 계속 먹었다.

이제는 하도 많은 사람들이 그의 뒤를 쫓고 있어서, 그는 그 수를 세기를 포기했다. 그렇게 눈에 띄게 들어서지 말았어야 했다. 젠장, 하지만 안 될 건 또 뭐야, 그는 생각했다. 아무도 봐주는 사람이 없다면 자기가 재미가 있는지 어떻게 알 수 있단 말인가?

"여기 있는 누군가가 은하 경찰에 언질을 줬나 보네. 네가 들어오는 걸 모두들 봤으니까." 트릴리언이 말했다.

"그럼 전화로 날 체포하려고 하는 거란 말이야? 뭐, 그럴 수도 있지. 난 코너에 몰리면 꽤나 위험한 녀석이니까." 자포드가 말했다.

테이블 아래에서 목소리가 들려왔다.

"그래. 네가 너무 빨리 산산조각이 나기 때문에 사람들은 그 유탄에 맞게 되지."

"이봐, 도대체 뭐야? 최후의 심판일이라도 돼?" 자포드가 딱딱거렸다.

"우리도 그걸 보게 되는 거야?" 아서가 불안해하며 말했다.

"난 급할 거 하나 없어." 자포드가 중얼거렸다. "좋아, 전화 건 사람이 누구지?" 그가 포드에게 발길질을 했다. "이봐, 거기서 좀 나와. 네가 필요할지도 몰라."

"저는……문제의 금속 신사분과 개인적으로 아는 사이가 아닙니다, 손님…….” 웨이터가 말했다.

"금속?"

"그렇습니다, 손님."

"지금 금속이라고 했어요?"

"예, 손님. 전 제가 문제의 금속 신사분과 개인적으로 아는 사이가 아니라고 했습니다…….”

"좋아요, 계속 해봐요."

"하지만 제가 듣기로 그 사람은 손님께서 돌아오시길 수백만 년 동안 기다리고 있었다고 합니다. 아마 손님께서 여기를 다소 급하게 떠나셨던 것 같습니다."

"여기를 떠났다고? 좀 이상하지 않아요? 우린 지금 막 여기 도착했을 뿐인데." 자포드가 말했다.

자포드는 한쪽 머리로, 그 다음에는 다른 쪽 머리로 이 문제에 대해 생각해보려 했다.

"당신 말은……우리가 여기 도착하기 전에 우리가 여기를 떠났다는 거예요?" 그가 말했다.

이거 힘들어지겠는걸, 웨이터는 생각했다.

"바로 그렇습니다, 손님." 그가 말했다.

"당신 정신과 의사에게 위험수당을 줘야겠는데." 자포드가 충고했다.

포드가 테이블 위로 다시 고개를 내밀며 말했다.

"아니, 잠깐 기다려봐. 여기가 정확히 어디지?"

"철저하게 정확히 말씀드리자면, 여긴 프로그스타 월드 B입니다."

"하지만 우린 방금 거기서 떠났는데? 우린 거기를 떠나서 우주의 끝에 있는 레스토랑에 도착한 거라고." 자포드가 항변했다.

"그렇습니다, 손님." 웨이터가 말했다. 그는 이제 자기가 고지가 보이는 지점에 들어섰고 순조롭게 달리고 있다는 느낌이 들었다. "후자는 전자의 폐허 위에 세워졌습니다."

"아아, 그러니까 우린 시간 여행을 했지만, 공간적으로는 움직이지 않았단 말이군." 아서가 명랑하게 말했다.

"이봐, 너, 이 진화되다 만 원숭이 녀석." 자포드가 그의 말을 잘랐다. "어디 가서 나무에나 올라가지그래?"

아서는 화가 나서 머리칼이 쭈뼛 섰다.

"네 머리들이나 서로 박지그래, 네눈박이야." 그가 자포드에게 충고했다.

"아니, 아닙니다. 원숭이 얘기가 맞습니다, 손님." 웨이터가 자포드에게 말했다.

아서는 화가 나서 뭐라 떠듬거렸지만, 어떤 적절한 말도, 앞뒤가 맞는 소리도 하지 못했다.

"여러분은 미래로 점프하신 겁니다……오조 칠천육백억 년을 말이죠. 공간상으로는 완전히 똑같은 곳에 있었지만 말입니다." 웨이터가 설명했다.

그는 미소를 지었다. 그는 자신이 마침내 무적의 난관처럼 보이던 일을 이겨냈다는 멋진 기분이 들었다.

"바로 그거야! 이제 알겠다. 내가 컴퓨터에게 가장 가까운 식당에 보내달라고 했더니, 그놈이 바로 그렇게 한 거야. 오조 칠천육백억 년이든 뭐든 간에 우린 거기서 꼼짝도 안 한 거야. 명쾌하군." 자포드가 말했다.

그들은 모두 이것이 상당히 명쾌하다는 데 동의했다.

"그러면……전화는 누가 건 거야?" 자포드가 말했다.

"마빈은 대체 어떻게 된 거야?" 트릴리언이 말했다.

자포드는 손으로 자기 머리들을 철썩 갈겼다.

"아, 편집증 인조 인간! 내가 울적해하며 돌아다니는 그놈을 프로그스타 월드 B에 남겨두고 왔지."

"그게 언제였는데?"

"글쎄, 음, 오조 칠천육백억 년 전쯤. 이봐, 그 떠들기 막대 좀 줘봐요,

접시 대장." 자포드가 말했다.

자그마한 웨이터의 눈썹이 혼란에 빠져 이마 위를 이리저리 헤맸다.

"뭐라고 하셨나요, 손님?"

"전화 달라고, 웨이터 양반." 자포드가 그의 손에서 그걸 낚아채며 말했다. "쳇, 여기 사람들은 너무 재미가 없어. 어떻게 매상이 안 주는지 몰라."

"지당하신 말씀입니다, 손님."

"여어, 마빈, 너야? 어떻게 지냈어, 이 친구야?" 자포드가 전화에 대고 말했다.

긴 침묵이 흐르더니 가느다랗고 나지막한 목소리가 전화선을 타고 들려왔다.

"제가 지금 매우 우울한 상태라는 걸 아셔야 할 것 같아요."

자포드는 손으로 수화기를 가렸다.

"마빈이야." 그가 말했다.

"이봐, 마빈." 그가 다시 전화에 대고 말했다. "우린 지금 엄청 재밌게 놀고 있어. 음식에, 와인에, 약간의 폭언, 우주가 끝장나는 것까지. 어디 가면 널 볼 수 있지?"

다시 침묵이 흘렀다.

"저한테 관심 있는 척하실 필요 없어요. 저는 제가 천한 로봇에 불과하다는 걸 잘 알고 있어요." 마빈이 마침내 말했다.

"좋아, 좋아. 그래도, 어디 있는데?" 자포드가 말했다.

"사람들은 저한테 이렇게 말하죠. '제1추진기를 후진시켜, 마빈. 3번 에어락을 열어, 마빈. 마빈, 저 종이 좀 집어줄 수 있어? 종이를 집을 수 있냐고요? 절 보세요, 행성 하나만 한 크기의 두뇌를 가지고 있다고요. 그런데 제게 시키는 일이라는 게……."

"그래, 그래." 자포드는 전혀 공감하지 못했다.

"하지만 전 모욕당하는 데 꽤나 익숙해 있죠. 원하신다면 심지어 물통 속에 머리를 처박을 수도 있어요. 물통 속에 머리를 처박을까요? 여기 물통도 하나 있는데. 잠깐만요." 마빈이 침울하게 읊조렸다.

"에에, 저, 마빈……." 자포드가 끼어들었지만, 이미 너무 늦었다. 조그맣게 풍덩 하는 소리와 뽀글거리는 슬픈 소리가 전화선을 타고 들려왔다.

"뭐라고 그래?" 트릴리언이 물었다.

"아무 말도 안 해. 그저 자기 머리를 감으려고 전화했나 봐." 자포드가 말했다.

"자아, 만족하셨기를 바라요……." 마빈이 전화기로 돌아와 조금 뽀글거리면서 말했다.

"그래, 그래. 이제 제발 네가 어디 있는지 말해줄래?" 자포드가 말했다.

"전 주차장에 있어요." 마빈이 말했다.

"주차장? 거기서 뭘 하는 거야?" 자포드가 말했다.

"차를 주차시키죠. 주차장에서 그거 말고 뭘 하겠어요?"

"그래, 거기서 기다리고 있어. 우리가 당장 내려갈게."

자포드는 자리에서 벌떡 일어나 전화기를 내팽개치고, 계산서에다가 '핫블랙 데지아토'라고 서명했다.

"가자, 친구들. 마빈이 주차장에 있대. 내려가자고." 그가 말했다.

"주차장에서 뭘 한대?" 아서가 물었다.

"주차를 하지 뭘 해? 바보, 바보."

"우주 끝은 어떻게 하고? 엄청난 순간을 놓칠 텐데."

"난 봤어. 쓰레기야. 그저 '뱅빅' 일 뿐이야." 자포드가 말했다.

"뭐라고?"

"빅뱅을 거꾸로 한 말이야. 자, 서두르자고."

그들이 레스토랑 출구를 향해 이리저리 사람들을 뚫고 나가는 동안 그들에게 관심을 보이는 손님은 거의 없었다. 그들의 눈동자는 하늘에서 벌어지는 끔찍한 광경에 고정되어 있었다.

"놓치지 말고 잘 보셔야 할 재미있는 광경은……." 맥스가 그들에게 말하고 있었다. "하늘 좌측 상단 사분면에 있습니다. 자세히 보시면 하스트로밀 성단이 지글지글 끓어 사라지면서 자외선으로 변하는 것을 보실 수 있을 겁니다. 하스트로밀에서 오신 분 계신가요?"

뒤쪽 어딘가에서 약간 머뭇거리며 한두 차례 손뼉 치는 소리가 들렸다.

"그래요, 이젠 혹시 가스를 켜두고 오지 않았나 걱정하기엔 너무 늦은 겁니다." 맥스가 그들을 향해 쾌활하게 미소 지으며 말했다.

18

메인 로비는 거의 텅 비어 있었지만, 그럼에도 불구하고 포드는 사람들을 헤치고 나가듯이 걸어갔다.

자포드가 그의 팔을 단단히 붙잡더니 현관 옆에 있는 작은 칸막이 방 안으로 데리고 들어갔다.

"포드한테 무슨 짓을 하려고?" 아서가 물었다.

"술 좀 깨게 하려고." 자포드가 말하더니, 구멍에 동전을 집어넣었다. 빛이 번쩍이고 가스가 뿜어져 나왔다.

"이봐, 우리 어디 가는 거지?" 잠시 후 포드가 걸어 나오며 말했다.

"지하 주차장에. 어서 가자."

"왜 직원용 타임 텔레포트를 안 타는데? 그걸 타면 직통으로 순수한 마음 호에 갈 텐데." 포드가 말했다.

"그래, 하지만 난 그 우주선에서 마음이 떠났어. 자니우프나 가지라고 해. 그 녀석 게임에 놀아날 생각 없다고. 내려가서 뭐가 있나 한번 보자."

시리우스 사이버네틱스 주식회사의 '행복한 수직 인간 운반기'가 그들을 레스토랑의 지하 깊숙한 곳으로 데려갔다. 그들은, 엘리베이터가 망가져서, 그들을 데리고 내려가는 일과 그들을 기쁘게 해주는 일을 동시에 하려고 애쓰지 않는 걸 보고 기뻤다.

바닥에 도착해 엘리베이터의 문이 열리자 차갑고 퀴퀴한 한 줄기 바람이 얼굴을 때렸다.

엘리베이터를 나와 그들이 처음으로 본 것은 긴 콘크리트 벽을 따라 나 있는 오십 개의 문이었다. 그것은 오십 종의 주요 생명체를 위한 화장실 시설이었다. 그럼에도 불구하고, 주차장의 전 역사를 통틀어 은하계에 존재했던 다른 모든 주차장들과 마찬가지로, 이 주차장에서도 역시 인내심 부족의 냄새가 강렬하게 풍겼다.

그들은 모퉁이를 돌아 움직이는 통로 위에 올라섰다. 그것은 거대한 동굴 같은 공간을 가로지르며 아득하게 뻗어 있었다.

그곳은 여러 개의 구획으로 나누어져 있었는데, 그 각각의 구획 안에는 위층에서 식사를 하고 있는 손님들의 우주선이 들어 있었다. 어떤 것들은 선체가 자그마하고 실용적인 대량 생산 모델들이었고, 어떤 것들은 엄청난 부자들의 장난감인, 번쩍번쩍 빛나는 거대한 리무진 우주선이었다.

그것들을 지나가는 자포드의 눈은 탐욕일 수도 있고 아닐 수도 있는 무엇인가로 번득였다. 사실 이 시점에서 분명히 해두는 게 좋을 것 같은데, 그것은 분명 탐욕이었다.

"저기 마빈이 있네. 저기 아래에." 트릴리언이 말했다.

그들은 그녀가 가리키는 곳을 바라보았다. 작은 금속 형상이 조그만 걸레를 들고 거대한 은빛 선크루저의 한쪽 구석을 열의 없이 문질러대고 있는 모습이 어렴풋이 보였다.

움직이는 통로에는 바닥으로 내려가는 넓고 투명한 관 모양의 통로가 일정한 간격을 두고 나 있었다. 자포드는 통로에서 내려 그 관 안으로 들어가 아래로 부드럽게 떠내려갔다. 다른 사람들도 뒤를 따랐다. 아서 덴트는 훗날 이를 회고하며, 자신의 은하계 여행 중 이게 유일하게 재미있었던 경험이라고 생각했다.

"여어, 마빈. 꼬마야, 만나서 정말 반갑다." 자포드가 그를 향해 성큼성큼 걸어가며 말했다.
 마빈이 고개를 돌렸다. 전혀 생기 없는 강철 얼굴도 원망의 표정을 짓는 게 가능하다면, 마빈이 지은 것이 바로 그런 표정이었다.
 "아니요, 반가울 리 없어요. 반가워할 사람은 없어요." 그가 말했다.
 "맘대로 생각해라." 자포드는 이렇게 말하고 돌아서서 우주선들에게 추파를 던졌다. 포드가 그 뒤를 쫓았다.
 트릴리언과 아서만이 실제로 마빈에게 다가갔다.
 "아냐, 우린 진짜 반가워." 트릴리언이 이렇게 말하고, 마빈이 질색하는 방식으로 그의 등을 톡톡 두드렸다. "그동안 내내 우리를 기다리고 있었구나."
 "오조 칠천육백억하고도 삼천오백칠십구 년이죠. 다 세고 있었어요." 마빈이 말했다.
 "자, 이제 우리가 여기 왔잖아." 트릴리언은 좀 바보 같은 말이라고 생각하며 말했다.
 마빈의 견해도 물론 같았다.
 "처음 천만 년은 최악이었어요." 마빈이 말했다. "다음 천만 년은, 그것도 역시 최악이었어요. 그 다음 세 번째 천만 년도 전혀 재미없었어요. 그 후로 제 상태는 계속 조금씩 나빠졌어요."
 그는 그들이 무슨 얘기든 좀 해야 하지 않을까 하고 느끼게 될 정도만큼만 말을 멈추었다가, 그들이 막 입을 열려는 순간 가로막고 나섰다.
 "정말 우울해지는 건 이 일을 하면서 만나는 사람들 때문이에요." 그는 이렇게 말하고 다시 말을 멈추었다.
 트릴리언이 침을 꼴깍 삼켰다.
 "그게……."
 "제가 해본 최고의 대화는 사천만 년도 더 전에 한 거예요." 마빈이 말을 이었다.

다시 침묵.

"어, 너……."

"게다가 커피 자판기랑요."

그가 기다렸다.

"그건……."

"저하고 얘기하는 게 싫으시죠, 그렇죠?" 마빈이 낮고 쓸쓸한 음성으로 말했다.

트릴리언은 대신 아서에게 말을 걸었다.

그 방 저 아래에서 포드 프리펙트는 무척 마음에 드는 모양의 우주선을 하나 찾아냈다. 사실은 여러 개였다.

"자포드, 이 조그만 스타 트롤리들을 좀 봐……." 그가 목소리를 낮춰 말했다.

자포드도 보고 마음에 들어 했다.

그들이 보고 있는 우주선은 사실 꽤 조그마했지만 특이했다. 어느 부잣집 자식의 장난감인 게 틀림없었다. 별로 볼 만한 것은 없었다. 그것은 이십 피트 정도 길이에, 모양은 종이 다트처럼 생겼고, 얇지만 강한 금속 박편으로 만들어져 있었다. 뒤쪽 끝에는 작고 평평한 이인용 조종실이 있었다. 우주선에는 대단한 속력은 절대 낼 수 없는 조그마한 예쁜이 추진 엔진이 달려 있었다. 하지만 이 물건에는 대단하게도 열 흡수 장치가 달려 있었다.

그 열 흡수 장치는 무게가 이만억 톤 정도 됐고, 우주선의 중간쯤에 위치한 전자기장 내부에 설치된 블랙홀 안에 들어 있었다. 이 열 흡수 장치가 장착된 우주선은 노란 태양에서 불과 몇 마일 떨어지지 않은 곳까지 날아가서 그 표면에서 터져 나오는 태양 불꽃을 낚아채서는 거기에 올라탈 수 있다.

불꽃 타기는 가장 이국적이고도 유쾌한 스포츠 중 하나다. 이걸 할 정도의 배짱과 돈이 있는 사람들은 은하계에서 가장 명사 취급을 받는 사람들이다. 그건 또한 정신이 아득해질 정도로 위험천만한 놀이이기도 하다. 불꽃 타기를 하다 죽지 않은 사람들은 다이달로스 클럽에서 벌어지는 불꽃 타기 뒤풀이 파티 중에 과도한 성행위로 인한 탈진으로 죽는다.

포드와 자포드는 다음 것으로 넘어갔다.

"그리고 요 녀석은……검정 선버스터를 장착한 오렌지색 스타 버기네……." 포드가 말했다.

이 스타 버기 역시 조그만 우주선이었다. 사실 그 이름은 정말 잘못 붙은 건데, 왜냐하면 이건 항성 간 여행을 감당할 수 없는 우주선이었기 때문이다. 기본적으로 이 우주선은 행성 내 이동용이었으며, 다만 자신의 본질보다 그럴듯하게 치장되어 있었을 뿐이었다. 하지만 선은 정말 미끈했다. 그들은 계속 나아갔다.

그 다음 것은 길이가 삼십 야드나 되는 커다란 우주선이었다. 그건 보는 사람들을 질투심으로 괴로워하게 만들려는 단 하나의 목적으로 디자인된 게 틀림없는 코치-리무진이었다. 도장과 세부 액세서리들은 '나는 이 우주선을 살 수 있을 정도로 부자일 뿐만 아니라, 이 우주선을 대수롭지 않게 생각할 정도로 부자다' 라는 메시지를 분명히 전달하고 있었다. 멋들어지게 가증스러운 물건이었다.

"이것 좀 봐. 멀티클러스터 쿼크 추진 장치에다, 퍼스퓰렉스 발판이야. 이건 라즐라 리리콘사의 주문 제작 우주선일 거야." 자포드가 말했다.

그는 구석구석 살펴봤다.

"맞아. 여기 봐. 뉴트리노 엔진 커버에 인프라핑크색 도마뱀 표시가 있잖아. 라즐라의 상표라고. 이 사람 뻔뻔스럽구먼." 그가 말했다.

"악셀 성운 근처를 지날 때 이런 대단한 물건이 옆을 지나간 적이 있어." 포드가 말했다. "난 거의 납작해졌는데, 녀석은 그냥 어슬렁대듯이 지나가더라고. 항성 추진기에서 소리도 거의 나지 않고 말이야. 정말 대단하더군."

자포드가 감탄의 휘파람 소리를 냈다.

"십 초 후에 녀석은 자글란 베타의 세 번째 달에 곧장 처박혔지." 포드가 말했다.

"와, 그랬어?"

"하지만 모양새는 끝내줬다고. 물고기 같은 생김새에, 물고기 같은 움직임에, 조종간은 거의 황소처럼 힘이 좋지."

포드는 우주선의 다른 쪽으로 고개를 돌렸다.

"이봐, 여기 와서 좀 봐." 그가 외쳤다. "이쪽에 큼지막한 그림이 있어. 타오르는 태양-재앙 지대의 마크군. 이거 핫블랙의 우주선이 틀림없어. 재수 좋은 놈. 녀석들은 스턴트 우주선이 태양 속으로 뛰어드는 걸로 끝나는 끔찍한 노래를 한다고. 대단한 장관을 연출하려는 의도였지. 하지만 그 스턴트 우주선 값이 꽤나 들 거야."

하지만 자포드의 관심은 다른 데 있었다. 그의 눈은 핫블랙 데지아토의 리무진 우주선 옆에 서 있는 다른 우주선에 못 박혀 있었다. 그는 입이 쩍 벌어졌다.

"저거, 저거야말로……정말 눈에 안 좋은 물건이야……." 그가 말했다.

포드가 돌아봤다. 포드 또한 경악했다.

그것은 고전적이고, 납작해진 연어처럼 디자인이 간결하고, 길이는 이십 야드고, 매우 깨끗하고 매우 맵시 좋은 우주선이었다. 그 우주선에는 한 가지 엄청난 특징이 있었다.

"이건……너무……새까맣군! 모양을 알아보는 것조차 힘들 지경이야……빛이 그 안으로 빨려 들어가는 것만 같군!" 포드 프리펙트가 말했다.

자포드는 아무 말도 하지 않았다. 그는 그만 사랑에 빠져버렸다.

그 우주선의 검은색은 너무나 극도로 까매서 사람들은 자신이 그 우주선에 얼마나 가까이 서 있는지조차 알 수 없다.

"시선이 그대로 미끄러져 내려오는 것 같군……." 포드가 경이에 찬 표정으로 말했다.

가슴 벅찬 순간이었다. 그는 입술을 깨물었다.

자포드는 뭔가에 홀린 사람처럼——더 정확하게 말하면, 뭔가에 홀리기를 원하는 사람처럼 그 앞으로 천천히 다가갔다. 그는 우주선을 쓰다듬어보려고 손을 내밀었다. 그의 손이 멈췄다. 그는 다시 우주선을 쓰다듬어보려고 손을 내밀었다. 그의 손은 다시 멈췄다.

"이리 와서 이 표면을 한번 만져봐." 그가 숨죽여 말했다.

포드가 손을 내밀어 만져보려 했다. 그의 손이 멈췄다.

"이런……이럴 수가……." 그가 말했다.

"봤지? 마찰력이 전혀 없어. 정말 쏜살같이 움직일 수 있는 대단한 녀석인걸……." 자포드가 말했다.

그는 심각한 표정으로 포드를 돌아보았다. 적어도 그의 머리 중 하나는 그랬다. 다른 하나는 경이로운 눈으로 그 우주선을 계속 쳐다보고 있었다.

"네 생각은 어때, 포드?" 그가 말했다.

"네 말은 그러니까……음……이걸 타고 가자는 거지? 우리가 그래야 한다고 생각해?" 포드가 자포드의 어깨 너머를 힐끗 보며 말했다.

"아니."

"나도 아냐."

"하지만 그렇게 될 거야, 안 그래?"

"어떻게 안 그럴 수가 있겠어?"

그들은 우주선을 좀더 바라보았다. 그러다가 자포드가 갑자기 정신을 수습했다.

"빨리 움직이는 게 좋겠어. 조금 있으면 우주가 끝장날 테고, 그러면 모든 선장 녀석들이 여기로 쏟아져 나와 자기의 부르주아 우주선을 찾을 테니까." 그가 말했다.

"자포드." 포드가 말했다.

"응?"

"어떻게 하는 거지?"

"간단해." 자포드가 말하고는, 돌아서서 소리쳤다. "마빈!"

천천히, 그리고 힘겹게, 그리고 자기가 흉내 내는 법을 익힌 백만 가지의 철커덕 소리와 삐걱 소리들을 조그맣게 내면서, 마빈이 소환에 응하기 위해 돌아섰다.

"이리 와봐. 네가 할 일이 있어." 자포드가 말했다.

마빈이 터덜터덜 다가갔다.

"재미있을 것 같지 않은데요." 그가 말했다.

"아니, 재미있을 거야. 네 앞에 완전히 새로운 인생이 펼쳐져 있다고." 자포드가 열중해서 말했다.

"아, 더 이상은 싫어요." 마빈이 신음 소리를 냈다.

"입 닥치고 좀 들어봐! 이번에는 진짜로 전율과 모험과 굉장한 일들이 생긴다니까." 자포드가 씩씩댔다.

"끔찍한 소리군요." 마빈이 말했다.

"마빈! 내가 부탁하려는 것은 단지……."

"이 우주선 문을 열어달라는 거겠죠, 뭐."

"뭐? 아……그래. 그래, 맞아." 자포드가 흥분하며 말했다. 그는 적어도 세 개의 눈으로 입구를 지켜보고 있었다. 시간이 없었다.

"저어, 저한테 열성을 불러일으키려 하지 마시고 그냥 말씀해주셨으면 좋겠어요. 제겐 열성이란 게 없으니까요." 마빈이 말했다.

그가 우주선에 다가가 만지자 해치웨이가 활짝 열렸다.

포드와 자포드는 입구를 뚫어져라 쳐다봤다.

"고마울 거 없어요. 참, 그런 말은 하지도 않았지?" 마빈이 말했다.

그는 다시 터덜터덜 걸어가버렸다.
아서와 트릴리언이 모여들었다.
"무슨 일이야?" 아서가 물었다.
"이걸 좀 봐. 이 우주선 안을 좀 보라고." 포드가 말했다.
"점입가경이군." 자포드가 숨을 몰아쉬었다.
"까맣군. 안에 있는 모든 게 온통 새까매……." 포드가 말했다.

레스토랑 안에서는, 더 이상 시간이라는 것이 없게 되는 순간을 향해 모든 것이 빠르게 접근하고 있었다.
핫블랙 데지아토의 보디가드와 핫블랙 데지아토 자신을 제외한 모든 사람들의 눈은 돔에 고정되어 있었다. 그 보디가드의 눈은 핫블랙 데지아토만을 뚫어져라 쳐다보고 있었고, 핫블랙 데지아토의 눈은 감겨 있었다. 보디가드가 존중하는 의미에서 감겨놓았기 때문이다.
보디가드는 테이블 위로 몸을 숙였다. 핫블랙 데지아토가 살아 있었다면, 지금 같은 때 그는 느긋하게 뒤로 기대고 앉아 있거나 아니면 잠깐 산책이라도 했을 것이다. 그의 보디가드는 옆에 딱 붙어 있는다고 해서 더 잘하는 사람이 아니었다. 그러나 핫블랙 데지아토는 자신의 불행한 상황으로 인해 꼼짝도 안 하고 앉아 있을 뿐이었다.
"데지아토 선생님?" 보디가드가 속삭였다.
그가 말을 할 때마다, 그의 입 양쪽의 근육들은 서로 거치적대지 않으려고 상대방 위로 기어 올라가려고 애쓰는 것처럼 보였다.
"데지아토 선생님? 제 말 들리십니까?"
핫블랙 데지아토는 당연히 아무 말도 하지 않았다.
"핫블랙?" 보디가드가 씩씩댔다.
당연하게도, 역시 마찬가지로 핫블랙 데지아토는 아무 대답도 하지 않았다. 하지만 초자연적인 방식으로는 대답했다.

그의 앞에 있는 테이블 위에서 와인 잔이 달그락거렸고 포크가 일 인치 정도 떠오르더니 와인 잔을 톡톡 두드렸다. 그러더니 다시 테이블에 내려앉았다.

보디가드는 만족한 듯이 그르렁 소리를 냈다.

"데지아토 씨, 그만 가셔야 할 시간입니다." 보디가드가 중얼거렸다. "선생님 상태에서는 사람들이 몰리는 시간에 나가는 건 좋지 않습니다. 다음 공연장에 좋은 컨디션으로 가시고 싶으시죠? 대단히 많은 청중이 왔었죠. 최고의 공연 중 하나였습니다. 카크라푼 행성 공연이요. 오조 칠천육백억하고도 이백만 년 전에 말이에요. 그 공연 기다리고 계셨죠?"

포크가 다시 떠올라 잠깐 멈추더니 정처 없이 흔들리다가 다시 떨어졌다.

"아, 그런 말 마세요. 공연은 아주 성공적이 되었을 예정이라고요. 선생님이 청중들을 아주 보내버렸죠." 보디가드가 말했다.

댄 스트리트멘셔너 박사가 이 보디가드를 만났다면 놀란 나머지 중풍 발작이라도 일으켰을 것이다.

"검정 우주선이 태양으로 달려드는 장면은 항상 청중을 사로잡죠. 게다가 그 새 우주선은 정말 환상이에요. 그게 폭파되는 걸 보다니 정말 슬프군요. 주차장에 내려가면, 제가 그 검정 우주선을 자동 항법으로 돌리죠. 우리는 리무진을 타고 가고요. 됐죠?"

포크가 동의한다는 뜻으로 다시 한번 톡톡 쳤고, 와인 잔은 희한하게도 저절로 비워졌다.

보디가드는 핫블랙 데지아토의 휠체어를 밀고 레스토랑을 빠져나갔다.

"자, 여러분, 이제 모두가 기다리던 순간입니다!" 맥스가 무대 중앙에서 외쳤다. 그는 양팔을 허공에 활짝 벌렸다. 그의 뒤편에서는 밴드가 미친 듯이 드럼을 두드리며 같은 코드를 우르르 쳐댔다. 맥스는 이 문제를 가지고 그들과 언쟁했지만, 밴드는 이게 자기네가 할 일이라고 계약서에 명시되어 있다고 주장했다. 맥스의 에이전트가 이 문제를 해결해야 할 것이라고 그들은 말했다.

"하늘이 부글부글 끓기 시작합니다! 자연은 비명을 지르며 무로 화해 무너져 내리고 있습니다! 이제 이십 초만 있으면 우주 그 자체가 종말을 맞이하게 됩니다! 무한의 빛이 우리 위에서 터져 내려오는 것을 보십시오!" 그가 외쳤다.

무시무시하게 격렬한 파괴의 힘이 그들을 둘러싸고 섬광을 내뿜었다. 그 순간 무한히 먼 곳에서 실려 오는 듯한 희미한 트럼펫 소리가 들렸다. 맥스는 밴드를 노려보기 위해 눈을 홱 돌렸다. 밴드에서는 아무도 트럼펫을 연주하고 있지 않았다. 갑자기 무대 위 그의 바로 옆에서 한 줄기 연기가 소용돌이치며 피어오르더니 희미하게 빛났다. 트럼펫 소리에 다른 트럼펫 소리들이 합세했다. 맥스가 이 쇼를 진행한 지 오백 년이 넘었지만 이런 일은 한 번도 없었다. 그는 놀라서 소용돌이치는 연기로부터 물러났다. 그 순간, 연기 안에서 서서히 어떤 인물이 모습을 드러냈다. 수염이 길고, 치렁치렁한 예복을 입고, 빛으로 둘러싸인 고색창연한 인물이었다. 그의 눈 속에서는 별들이 반짝이고, 그의 이마에는 황금빛 왕관이 씌워져 있었다.

"이게 뭐야? 대체 무슨 일이야?" 맥스가 왕방울눈을 하고 속삭였다.

레스토랑 뒤편에서 굳은 얼굴을 하고 앉아 있던, 위대한 예언자 자쿠온의 재림을 믿는 교회의 신도들이 환희에 젖어 벌떡 일어나더니 찬송을 하고 울부짖기 시작했다.

맥스는 얼이 빠져 눈만 껌벅이고 있었다. 그는 청중을 향해 팔을 들었다.

"신사 숙녀 여러분, 큰 박수 부탁드립니다. 위대한 예언자 자쿠온이십니다! 그분이 오셨습니다! 자쿠온님이 돌아오셨어요!" 그가 외쳤다.

맥스가 무대를 가로질러 성큼성큼 걸어가 마이크를 예언자에게 넘기는 동안 우레 같은 박수가 일어났다.

자쿠온은 헛기침을 했다. 그는 모여든 사람들을 둘러보았다. 그의 눈

속에 들어 있는 별들이 다소 어색하게 깜박거렸다. 그는 어쩔 줄 몰라하며 마이크를 쥐었다.

"에에……안녕하십니까? 아, 제가 좀 늦었습니다. 아주 난리가 났었거든요. 온갖 일들이 마지막 순간에 다 터지는 바람에." 그가 말했다.

그는 기대와 경외심에 찬 침묵을 좀 불편해하는 것처럼 보였다. 그가 침을 꼴깍 삼켰다.

"아, 시간이 어떻게 되죠? 내가 한 일 분 정도……." 그가 말했다.

그때 우주가 끝장났다.

19

비교적 값이 싸다는 것과 표지에 친근감을 주는 커다란 글자로 '겁먹지 마세요'라는 말이 적혀 있다는 것 외에, 그 엄청나게 대단한 여행서인 《은하수를 여행하는 히치하이커를 위한 안내서》가 잘 팔리는 주된 이유 중 하나는 간결하면서도 때로는 정확한 용어 풀이에 있다. 예를 들어, 우주의 지리사회적 성격과 관련된 통계는 구십삼만 팔천삼백이십사 쪽과 구십삼만 팔천삼백이십육 쪽 사이에 솜씨 좋게 들어가 있다. 그것이 그렇게 간결한 문체를 가지게 된 이유의 일부는, 편집자들이 출판 마감일을 맞추기 위해 어떤 아침 식사용 시리얼 상자에서 정보를 베껴놓고는 포용력이라고는 없이 비비 꼬인 은하계 저작권법에 저촉되지 않기 위해서 각주 몇 개를 달아 허둥지둥 윤색해놓았기 때문이다.

그런데 재미있는 사실은, 후대의 교활한 편집자 하나가 그 책을 타임워프로 과거로 보낸 다음 그 아침 식사용 시리얼 회사를 저작권법 위반으로 고소해 이기는 데 성공해냈다는 것이다.

여기 샘플이 하나 있다.

우주─그 안에서 사는 것을 돕기 위한 정보 몇 가지

1. 구역 : 무한대

《은하수를 여행하는 히치하이커를 위한 안내서》는 '무한대'라는 단어를 다음과 같이 정의하고 있다.

무한대 : 지금까지 본 가장 큰 것보다 더 큰 것. 사실 그것보다 훨씬 더 큰 것, 정말 놀랄 만큼 광대한 것, 완전히 정신이 아찔할 정도의 크기, 정말로 "와아, 그거 정말 크네" 하고 말하게 되는 때. 무한대는 그저 너무나 커서, 거기다가 대면 크다는 말 자체가 정말로 보잘 것없어 보일 정도. 거대함 곱하기 어마어마함 곱하기 혼비백산할 정도로 거대함이 지금 우리가 전달하려고 하는 개념 정도에 해당된다.

2. 수입 : 없음

무한한 공간 안으로 물건을 수입한다는 것은 불가능하다. 물건을 수입해올 그 바깥의 공간이 없으니까.

3. 수출 : 없음

'수입'을 보라.

4. 인구 : 없음

여기에는 무한한 수의 세계가 있다고 알려져 있다. 이유는 간단하다. 그만큼의 세계가 들어갈 만한 무한한 공간이 있으니까. 하지만 그 모든 세계에 다 사람이 살고 있는 것은 아니다. 그러니 사람이 살고 있는 세계의 숫자는 한정되어 있는 게 틀림없다. 한정된 숫자를 무한으로 나누면 거의 영과 다를 바 없는 숫자가 나온다. 그러므로 우주 안에 있는 모든 행성의 평균 인구는 영이라고 말할 수 있다. 이에 따르면, 전 우주의 인구 역시 영이라는 결론이 도출된다. 따라서 당신이 때때로 마주치는 사람들은 혼란에 빠진 상상력의 산물에 불과하다.

5. 화폐 단위 : 없음

사실 은하계에는 자유롭게 교환 가능한 화폐가 세 가지 있지만, 중요한 건 하나도 없다. 알타이리아 달러화는 최근 붕괴되었다. 플레이니아 행성의 염주알 화폐는 다른 플레이니아

염주알하고만 교환 가능하다. 트리가니의 푸화에는 또 그것만의 문제가 있다. 팔 닝기가 일 푸라는 환율 자체는 굉장히 간단하다. 하지만 닝기라는 것은 각 변이 육천팔백 마일씩 되는 삼각형 고무 동전이기 때문에, 일 푸와 교환할 정도의 닝기를 모은 사람은 아직 아무도 없다. 은하 은행은 잔돈을 가지고 노닥거리길 거부하기 때문에, 닝기는 교환 가능한 화폐가 아니다. 이와 같은 기본 전제들로 볼 때, 은하 은행 역시 혼란에 빠진 상상력의 산물에 불과하다는 것이 간단히 증명된다.

6. 예술 : 없음

예술의 기능은 자연에 거울을 들이대는 것이다. 하지만 그 정도로 큰 거울은 없다. 제1항을 보라.

7. 섹스 : 없음

음, 사실 이것은 무지하게 많다. 대체로 우주의 존재하지 않는 사람들이 관심을 쏟는 화폐, 무역, 은행, 예술 등의 것들이 없기 때문이다.

하지만, 이 문제는 사실 끔찍하게 복잡하기 때문에, 이 문제를 놓고 기나긴 토론을 시작할 가치가 없다. 이에 대해 더 알고 싶다면, 《안내서》의 제7·9·10·11·14·16·17·19·21~84장, 그리고 사실상 《안내서》의 나머지 장 거의 모두를 참조하기 바란다.

20

　레스토랑은 여전히 존재했지만, 그 외의 모든 것은 사라져버렸다. 비교 시간 탄성이 무 속에서 레스토랑을 붙들어 지켰다. 그건 단순한 진공과는 달랐다. 그저 아무것도 없었다. 진공이 존재한다고 말할 수 있는 공간조차 없는 것이다.
　에너지 방패막이 쳐진 돔은 다시 불투명해졌다. 파티는 끝났고, 식사 손님들은 자리를 떠났다. 자쿠온은 나머지 우주와 함께 사라졌고, 타임 터빈은 점심 손님을 맞이하기 위해 시간의 가장자리를 넘어 레스토랑을 다시 당겨올 준비를 하고 있었다. 맥스 퀴들플린은 커튼이 쳐진 자기의 조그만 분장실로 돌아가 템포폰(시간을 가로질러 연락할 수 있는 전화—옮긴이주)으로 자신의 에이전트를 깨우려 하고 있었다.
　주차장에는 예의 검정 우주선이 문을 닫은 상태로 고요히 서 있었다.
　고(故) 핫블랙 데지아토 씨가 그의 보디가드의 도움을 받아 움직이는 통로를 타고 주차장으로 내려왔다.
　그들은 튜브 하나를 미끄러져 내려왔다. 그들이 리무진 우주선에 다가가자, 옆구리에서 해치웨이가 활짝 열리더니 휠체어의 바퀴를 붙잡아 안으로 끌어들였다. 보디가드가 그 뒤를 따랐다. 그는 주인이 죽음 유지 장비에 제대로 잘 연결됐는지 확인하고는 조그만 조종석으로 옮겨 갔다.

그는 여기서 리무진 옆에 서 있는 검정 우주선의 자동 항법 장치를 작동시키는 리모컨을 조종했고, 그럼으로써 우주선의 시동을 걸려고 십 분이 넘도록 기를 쓰고 있던 자포드 비블브락스의 짐을 크게 덜어주었다.

그 검정 우주선은 주차 구획에서 천천히 미끄러져 나와 한 바퀴 돌더니 신속하고도 조용하게 중앙 통로를 따라 움직였다. 통로 끝에서 우주선은 급가속하며 시간 여행실로 날아 들어가 머나먼 과거를 향한 긴 여행을 시작했다.

밀리웨이스의 점심 메뉴는《은하수를 여행하는 히치하이커를 위한 안내서》에서 한 구절을 인용하고 있다. 물론 허가를 받은 것이다. 그 구절은 다음과 같다.

은하계의 모든 주요 문명은 다음과 같이 뚜렷하고 확연한 세 단계를 거친다. 즉 생존, 의문, 그리고 세련의 단계. 다른 말로 하면 어떻게, 왜, 그리고 어디의 단계라고 할 수 있다.

예를 들어, 첫 번째 단계를 특징짓는 질문은 '어떻게 먹을까'이고, 두 번째 단계는 '우리는 왜 먹는가'이고, 마지막 단계는 '어디서 점심을 먹을까'이다.

이어서 메뉴는, 우주의 끝에 있는 레스토랑인 밀리웨이스야말로 세 번째 질문에 대한 매우 적절하면서도 세련된 해답이라고 말하고 있다.

그런데 그것이 말하지 않은 것이 있다. 커다란 문명이 어떻게, 왜, 어디의 단계를 거치는 데는 대개 수천 년의 세월이 걸리지만, 스트레스에 시달리는 작은 사회 집단의 경우 엄청난 속도로 이 단계들을 거칠 수도 있다는 사실이 바로 그것이다.

"우리 괜찮은 거야?" 아서 덴트가 물었다.

"안 좋아." 포드 프리펙트가 답했다.

"우리 어디로 가는 거야?" 트릴리언이 물었다.

"나도 몰라." 자포드 비블브락스가 답했다.

"왜 몰라?" 아서 덴트가 물었다.

"입 닥쳐." 자포드 비블브락스와 포드 프리펙트가 권고했다.

"너희 말의 요점은 우리가 조종 불능 상태라는 거지?" 아서 덴트가 그 권고를 무시하며 말했다.

포드와 자포드가 자동 항법 장치로부터 조종권을 빼앗으려고 애쓰자, 우주선은 앞뒤 좌우로 현기증이 날 지경으로 마구 요동쳤다. 엔진은 슈퍼마켓에 따라갔다가 지친 아이처럼 울부짖으며 칭얼댔다.

"난 이 요란한 색채 감각에 질려버렸어." 비행을 시작한 지 거의 삼 분도 안 돼 우주선에 대한 연애 감정이라곤 모조리 사라져버린 자포드가 말했다. "검은 바탕에 검은색으로 표시되어 있는 이 괴상한 검은 조종 장치들 중 하나를 건드리려 할 때마다, 조그만 검은 등에 검은 불빛이 들어와서 상황을 알려주지. 이게 뭐야? 무슨 은하 초장의선(超葬儀船)이라도 돼?"

요동치고 있는 선실 벽 또한 검은색이었고, 천장도 검은색, 의자들——이것들은 구색 갖추기용에 불과했다. 이 우주선이 할 유일한 중요한 여행은 무인 여행이었기 때문이다——도 검은색, 조종판도 검은색, 장치들도 검은색, 그 장치들을 고정시키고 있는 조그만 나사들도 검은색, 작은 술이 달린 나일론 바닥 깔개도 검은색이었다. 깔개 구석을 조금 걷어보자 그 아래에 깔린 미끄럼 방지용 밑깔개 역시 검은색이었다.

"이걸 디자인한 사람은 우리하고는 다른 파장에 반응하는 눈을 가지고 있을지도 몰라." 트릴리언이 견해를 내봤다.

"아니면 상상력이 별로 없는 사람이거나." 아서가 중얼거렸다.

"어쩌면……아주 심각하게 우울한 사람인지도 몰라요." 마빈이 끼어들었다.

그들은 모르고 있었지만, 사실 이 실내 장식은 우주선 소유주의 슬프고 유감스러우면서도 세금 공제가 되는 상태를 기념하기 위해 선택된 것이었다.

우주선이 특히 심하게 덜컹거렸다.

"제발, 난 우주 멀미가 날 것 같아." 아서가 호소했다.

"시간 멀미겠지. 우린 시간을 거슬러 내리꽂히고 있다고." 포드가 말했다.

"고마워. 이젠 정말 토할 것 같아." 아서가 말했다.

"그렇게 해. 여기 색깔을 좀 더할 수 있을 테니까." 자포드가 말했다.

"이런 게 저녁 식사 후의 정담이라는 거야?" 아서가 쏘아붙였다.

자포드는 조종법 알아내는 일을 포드에게 넘겨버리고는, 비틀거리며 아서에게 다가왔다.

"이봐 지구인, 너한테는 할 일이 있어, 안 그래? 궁극적인 해답에 대한 질문, 알지?" 그가 화난 목소리로 말했다.

"뭐, 그거? 모두 그런 건 다 잊어버린 줄 알았는데." 아서가 말했다.

"난 아냐, 친구. 생쥐들도 말했지만, 그건 임자만 제대로 만나면 엄청난 돈이 된다고. 게다가 그건 너의 소위 머리라는 것 안에 들어 있단 말이야."

"그래, 하지만……."

"잔말 필요 없어! 생각해봐. 삶의 의미! 그거만 손에 넣을 수 있다면, 은하계의 정신과 의사 녀석들을 몽땅 다 인질로 잡는 거나 마찬가지라고. 떼돈을 버는 거지. 조폐소 하나가 생기는 거야."

아서는 그다지 열의를 보이지 않으면서 깊은 숨을 들이쉬었다.

"알았어. 하지만 어디서 시작하지? 내가 어떻게 아느냐고. 궁극적인 해답인지 뭔지 하는 게 42라는데, 그 질문이 뭔지를 내가 어떻게 아느냐고? 그 질문은 뭐든지 될 수 있다고. 말하자면, '육 곱하기 칠은?' 같은 거."

자포드가 잠시 동안 그를 물끄러미 쳐다봤다. 그러더니 그의 눈이 흥분으로 환하게 밝아졌다.

"42." 그가 외쳤다.

아서는 손바닥으로 이마를 훔쳤다.

"그래, 나도 알아." 그가 참을성 있게 말했다.

자포드가 낙담한 표정을 지었다.

"내 말은, 아무거나 다 그 질문이 될 수 있다는 거야. 그리고 내가 그걸 어떻게 알 수 있는 건지도 모르겠고." 아서가 말했다.

"왜냐하면 너희 행성이 불꽃놀이를 할 때 네가 거기 있었으니까." 자포드가 씩씩거렸다.

"지구에 이런 게 있어……." 아서가 말을 시작했다.

"있었어." 자포드가 수정했다.

"……요령이라는 말. 아, 상관 마. 어쨌든, 난 모르겠어."

조종실 내에 나직한 목소리 하나가 흐릿하게 울려 퍼졌다.

"전 아는데요." 마빈이 말했다.

포드가 조종실에서 소리를 질렀다. 그는 아직도 속수무책으로 끙끙대고 있었다.

"야, 마빈, 넌 빠져. 이건 생명체들끼리의 얘기니까." 그가 말했다.

"그건 저 지구인의 뇌파 패턴에 새겨져 있어요. 하지만 그런 건 별로 흥미 없으시죠?" 마빈이 말을 계속했다.

"네 말은, 네가 내 속을 들여다볼 수 있다는 거야?" 아서가 말했다.

"그래요." 마빈이 말했다

아서가 경악하며 그를 뚫어져라 쳐다봤다.

"그래서……?" 그가 말했다.

"어떻게 그렇게 작은 걸 가지고 사실 수가 있는지 놀라울 따름이에요."

"아하, 모욕하는 거군." 아서가 말했다.

"그래요." 마빈이 대꾸했다.

"에이, 저놈은 무시해버려. 지어낸 얘기라고." 자포드가 말했다.

"지어낸다고요?" 사람들이 놀랄 때 하는 짓을 우스꽝스럽게 흉내 내느라 머리를 빙글빙글 돌리며 마빈이 말했다. "제가 뭐 하러 지어내겠어요? 뭘 꾸며내지 않아도 인생은 있는 그대로 충분히 지저분하다고요."

"마빈, 그걸 내내 알고 있었다면 왜 그때 우리에게 얘기해주지 않았니?" 트릴리언이 부드럽고 친절한 목소리로 말했다.

이 덜된 녀석에게 이야기하면서 그런 목소리를 낼 수 있는 사람은 그녀밖에 없었다.

마빈이 머리를 빙그르르 돌려 그녀를 바라보았다.

"안 물어보셨잖아요." 그가 간결하게 답했다.

"자, 그럼 지금 물어보지, 금속 인간아." 포드가 돌아서서 그를 바라보며 말했다.

바로 그 순간 갑자기 우주선이 사방으로 요동치던 것을 멈췄다. 엔진 소리가 부드러운 웅 소리로 잦아들었다.

"이봐, 포드, 그 소리 괜찮은데. 조종법을 알아냈어?" 자포드가 말했다.

"아니. 난 방금 이 녀석과 씨름하길 포기했어. 내 생각엔, 이 우주선이 가자는 데로 가서 빨리 내리는 게 나을 것 같아." 포드가 말했다.

"그래, 그 말이 맞아." 자포드가 말했다.

"흥미 없으실 줄 알았어요." 마빈이 혼자 중얼거리더니, 한구석에 처박혀 스스로 자기 스위치를 꺼버렸다.

"문제는, 이 우주선 전체에서 글자가 나오는 유일한 장치야. 그 내용이 좀 걱정스럽거든. 이 장치가 내가 생각하는 그런 장치가 맞고 내가 그 내용을 제대로 읽었다면, 우리는 너무 과거로 돌아간 것 같아. 우리 시대보다 한 이백만 년쯤 전으로." 포드가 말했다.

자포드가 어깨를 으쓱했다.

"시간은 사기야." 그가 말했다.

"이 우주선의 주인이 도대체 누군지 궁금하군." 아서가 말했다.

"그야 나지." 자포드가 말했다.

"아니, 진짜 주인 말이야."

"정말 나야." 자포드가 우겼다. "이봐, 소유는 도둑질이야, 알겠어? 그러니까 도둑질은 소유이기도 하지. 그러므로 이 우주선은 내 거야, 맞지?"

"이 우주선한테 그렇게 말해보시지." 아서가 말했다.

자포드는 조종 계기판으로 성큼성큼 걸어갔다.

"우주선아, 너의 새 주인이 말씀하신다……." 그가 패널을 두드리며 말했다.

그는 더 이상 말하지 못했다. 여러 가지 일이 동시에 일어났다.

우주선은 시간 여행 모드에서 벗어나 진짜 우주로 다시 나왔다.

시간 여행을 하는 동안 차단되어 있었던 모든 조종 장치들에 이제 불이 들어왔다.

커다란 전망 스크린이 계기판 위에 나타나더니 광활한 별의 바다와 그들 코앞에 있는 거대한 태양 하나를 보여주었다.

하지만 바로 그 순간 자포드와 다른 이들이 모두 조종실 뒤편으로 송두리째 날아가 처박힌 것은 이 모든 일과는 아무 상관이 없었다.

그들은 전망 스크린을 둘러싸고 있는 모니터 스피커에서 쿵쿵거리며 쏟아져 나온 우레와도 같은 소음으로 인해 날아가 처박힌 것이었다.

21

　　저 아래, 메마른 빨간 행성 카크라푼의 거대한 루들릿 사막 한복판에서는 무대 기술자들이 사운드 시스템을 점검하고 있었다.
　　다시 말하자면, 사운드 시스템은 사막에 있었지만, 기술자들이 거기 있는 건 아니었다. 그들은 행성 표면에서 사백 마일 떨어진 궤도를 돌고 있는 '재앙 지대'의 거대한 컨트롤 우주선 안으로 안전하게 대피해서, 거기서 사운드를 점검하고 있었다. 스피커 사일로(원탑 모양의 저장고—옮긴이 주)에서 반경 오 마일 이내에 있는 사람들이라면 모두 그 조율 소리를 견디지 못하고 죽었을 것이다.
　　만일 아서 덴트가 그 스피커 사일로에서 반경 오 마일 이내에 있었다면, 숨을 거두는 중에 그 음향 장치가 크기나 모양에 있어서 맨해튼과 굉장히 닮았다고 생각했을지도 모른다. 사일로에서는 중성자 위상 스피커가 하늘을 향해 괴물처럼 치솟아 올라, 그 뒤에 줄지어 있는 플루토늄 반응기와 지진(地震) 앰프들을 가리고 있었다.
　　그 스피커들의 도시 아래 깊숙이 감춰진 콘크리트 벙커 안에는 연주자들이 자기네 우주선에서 조작할 악기들, 즉 육중한 광자-아주타, 베이스 폭음기, 메가뱅 드럼 세트 등이 놓여 있었다.
　　거대한 컨트롤 우주선 안에서는 모든 것이 활발하고 부산하게 돌아가고 있었다. 그 우주선에 비하면 올챙이 크기밖에 안 되는 핫블랙 데지아토의 리무진 우주선이 도착하더니 컨트롤 우주선과 도킹했다. 고인이 된 음악가는 자신의 심령 파동을 해석해서 아주타 키보드에 전달할 영매를 만나기 위해 높다란 둥근 천장이 있는 복도를 따라 옮겨지고 있었다.

의사이자 논리학자이자 해양생물학자인 어떤 사람도 방금 도착했다. 그는, 약병을 들고 욕실에 들어가 문을 잠그고는 자기가 물고기가 아니라는 사실이 결정적으로 증명될 때까지는 절대로 나오지 않겠다고 고집을 피우고 있는 리드 싱어를 설득하기 위해 맥시메갈론에서 어마어마한 보수를 받고 막 날아오는 길이었다. 베이스 연주자는 자신의 침실을 기관총으로 갈겨대느라 바빴고, 드럼 주자는 우주선 안에 있지도 않았다.

미친 듯이 수배한 끝에, 그가 백 광년이나 떨어진 산트라기누스 5호 행성의 바닷가에 서 있다는 것이 밝혀졌다. 그의 주장에 따르면, 그는 거기서 지금 반 시간째 행복감에 젖어 있으며 친구가 되어줄 작은 돌멩이를 하나 발견했다는 것이었다.

밴드의 매니저는 크게 안도했다. 이렇게 되면, 이번 투어 사상 열일곱 번째로 로봇이 드럼을 연주하게 될 테고, 그러면 심벌리스틱의 타이밍이 제대로 맞을 수 있기 때문이었다.

서브-에서가 스피커 채널을 점검하는 무대 기술자들의 교신으로 윙윙거렸고, 이것은 검정 우주선 내부로 전달되고 있었다.

검정 우주선의 승객들은 정신이 나간 상태로 선실의 뒤편 벽에 기대어, 모니터 스피커에서 나오는 목소리에 귀를 기울였다.

"좋아, 9번 채널 동작. 15번 채널 시험 중……." 한 목소리가 말했다.

또 한 번의 깨지는 듯한 천둥소리가 우주선을 강타했다.

"15번 채널도 오케이." 다른 목소리가 말했다.

세 번째 목소리가 끼어들었다.

"검정 우주선이 이제 준비됐다. 좋아 보인다! 멋진 선다이브가 될 것 같다. 무대 컴퓨터 연결됐나?" 그 목소리가 말했다.

컴퓨터 목소리가 답했다.

"연결 완료."

"검정 우주선을 조종하라."

"검정 우주선 탄도 프로그램 고정. 대기 중."

"20번 채널 시험 중."

자포드가 벌떡 일어나 조종실을 가로질러 뛰어갔고, 정신을 빨아대는 것 같은 소음이 또다시 그들을 강타하기 전에 서브-에서 수신기의 주파수를 바꿔버렸다. 그는 몸을 부르르 떨며 서 있었다.

"도대체 선다이브라는 게 뭐야?" 트릴리언이 작은 목소리로 소곤소곤 물었다.

"그건요, 이 우주선이 태양 안으로 다이빙을 할 거란 말이지요. 선Sun ······다이브Dive. 간단하잖아요? 핫블랙 데지아토의 스턴트 우주선을 훔쳤다면 뭐 때문이겠어요." 마빈이 말했다.

"이게 핫블랙 데지아토의 스턴트 우주선이라는 걸 넌 어떻게 알았지?" 자포드가 베가 행성의 눈(雪)도마뱀조차 덜덜 떨게 만들 것 같은 목소리로 말했다.

"간단하죠. 제가 이 우주선을 주차시켰으니까요." 마빈이 말했다.

"그러면······어째서······그런 말을 안 한 거야!"

"전율과 모험, 진짜로 굉장한 일을 원한다고 하셨잖아요."

"끔찍하군." 모두들 잠잠한 가운데 아서가 쓸데없는 소리를 했다.

"제 말이 그 말이라니까요." 마빈이 동조했다.

서브-에서 수신기가 다른 주파수로 공공 방송을 잡았다. 그 소리가 이제 조종실 안을 가득 채웠다.

"······오늘 오후 콘서트가 열리는 이곳의 날씨는 아주 상쾌합니다. 저는 지금 여기 무대 앞에 서 있습니다." 리포터가 거짓말을 했다. "루들릿 사막 한가운데에요. 초광학 쌍안경을 통해 보니, 제 주변을 둘러싸고 있는 저 지평선에 쪼그리고 있는 엄청난 관중들이 겨우 보이는군요. 제 뒤에는 가파른 절벽처럼 쌓인 스피커들이 있고, 제 머리 위에는 태양이 빛나고 있습니다. 무엇이 자신을 덮칠지도 모르고 말입니다. 환경보호론자들의 압력 단체는 무엇이 태양을 덮칠지 알고 있습니다. 그들은 이 콘서트가 지진과 해일, 허리케인, 그리고 회복 불가능한 피해와, 그 외 환경보호론자들이 늘 말하는 그런 것들을 불러올 것이라고 주장합니다.

그러나 재앙 지대의 대변인이 그 환경보호론자들과 점심 식사를 같이 하고는 그들을 다 쏴버렸다는 소식이 방금 들어왔군요. 이제 그들을 가로막을 일은 아무것도……."

자포드가 스위치를 꺼버렸다. 그는 포드에게 돌아섰다.

"내가 무슨 생각 하는지 알아?" 자포드가 말했다.

"알 것 같아." 포드가 말했다.

"그럼 내가 무슨 생각을 한다고 생각하는지 말해봐."

"우리가 이 우주선에서 나가야 한다고 네가 생각하고 있다고 생각해."

"네가 맞다고 생각해." 자포드가 말했다.

"너도 맞다고 생각해." 포드가 말했다.

"어떻게?" 아서가 말했다.

"조용히 해. 우린 생각 중이야." 포드와 자포드가 말했다.

"그래서 이걸로 끝이군. 우린 죽는 거야." 아서가 말했다.

"그런 말 좀 그만해." 포드가 말했다.

이쯤에서 포드가 지구인을 처음 만났을 때 그들의 특이한 버릇에 대해 정립했던 이론을 다시 한번 되짚어보는 게 좋겠다. 그가 보기에 지구인들은 너무너무 명백한 사실들을 계속해서 말하고 또 말하는 괴상한 버릇이 있었다. '아, 좋은 날씨로군' 이라든지 '키가 상당히 크시군요' 라든지 '그래서 이걸로 끝이군, 우리는 죽는 거야' 같은 소리들 말이다.

그의 첫 번째 이론은, 만일 지구인들이 계속해서 입술을 사용하지 않는다면 그들의 입은 시들어빠질 것이라는 것이었다.

몇 달간 관찰한 뒤 그는 두 번째 이론을 내놓았다. '만일 지구인들이 계속 입술을 움직이지 않는다면 그들의 머리가 작동하기 시작할 것이다.'

사실, 이 두 번째 이론은 오히려 카크라푼의 벨세레본 사람들에게 정확하게 들어맞는 것이었다.

벨세레본인들은 은하계에서 가장 계몽되고, 교양 있고, 무엇보다도 조용한 문명의 종족이라는 이유로 주변 종족들을 분개하게 하고 불안하게 만들곤 했다.

기분 나쁘게 독선적이고 도발적이라고 해석된 이들의 행동에 대한 벌로 은하 재판소는 가장 가혹한 사회적 질병인 텔레파시를 선고했다. 그 결과, 이들의 마음속에 드는 생각들은 아무리 사소한 거라도 그 하나하나가 반경 오 마일 내의 사람들에게 모두 방송되어버렸다. 이를 막기 위해, 그들은 이제 아주 커다란 목소리로 이야기를 해야만 했다. 그들은 날씨나 아주 사소한 아픔, 고통에 대해, 그날 오후의 경기에 대해, 카크라푼이 갑자기 얼마나 시끄러운 장소가 되어버렸는지에 대해 끊임없이 떠들어댔다.

그들의 마음을 일시적으로 백지 상태로 만드는 또 한 가지 방법은 재앙 지대의 콘서트를 유치하는 것이었다.

콘서트는 타이밍이 핵심이었다.

검정 우주선에 관련된 노래가 클라이맥스에 도달하기 육 분 삼십칠 초 전에 태양에 부딪치기 위해서는 콘서트가 시작되기 전에 다이빙을 시작해야 했다. 그래야 태양 불꽃의 빛이 제시간에 카크라푼에 와 닿기 때문이었다.

포드 프리펙트가 검정 우주선의 내부에 대한 조사를 마쳤을 때, 우주선은 이미 다이빙에 돌입한 지 몇 분 지난 뒤였다. 그는 조종실로 달려 들어왔다.

카크라푼의 태양이 전망 스크린에 무시무시하게 크게 떠올라 있었다. 우주선은 조종 패널을 치고 두들겨대는 자포드의 손은 아랑곳하지 않고 마구 돌진해 들어갔고, 그럴수록 수소 핵융합으로 이글거리는 하얀 불꽃 같은 지옥이 시시각각으로 커지고 있었다. 아서와 트릴리언은, 심야의 도로에서 자신에게 돌진해 오는 헤드라이트를 피하는 유일한 방법은 그것을 노려보는 것이라고 생각하고 있는 토끼처럼 멍한 표정을 짓고 있었다.

자포드가 눈을 번득이며 휙 돌아섰다.

"포드, 구명 캡슐이 몇 개나 있지?" 그가 말했다.

"하나도 없어." 포드가 말했다.

자포드가 뭐라 지껄였다.

"세어보긴 한 거야?" 그가 소리를 질렀다.

"두 번이나. 넌 무전기로 무대 기술자들하고 얘기해봤어?" 포드가 답했다.

"그래. 내가 이 우주선에 사람들이 엄청 타고 있다고 했더니, 모두에게 안부를 전해달라고 하더군." 자포드가 씁쓸하게 내뱉었다.

포드는 왕방울눈이 되었다.

"네가 누군지 말 안 해줬어?"

"아, 했지. 대단한 영광이라더군. 그 외에도 레스토랑 음식 값과 내 유언 집행자에 대해서 뭐라고 주절거리더군."

포드는 거칠게 아서를 옆으로 밀쳐내고 조종 계기판 위로 몸을 숙였다.

"이 중에 작동되는 게 하나도 없어?" 그가 사납게 소리쳤다.

"하나도 작동 안 돼."

"자동 항법 장치를 부숴버리자."

"먼저 찾기부터 해야지. 아무것도 연결이 안 돼."

잠시 냉랭한 침묵이 흘렀다.

아서는 조종실 뒤편에서 비틀거리며 서성거리고 있었다. 그러다가 그는 돌연 걸음을 멈췄다.

"그냥 물어보는 건데……텔레포트라는 게 대체 뭐지?" 그가 말했다.

시간이 좀더 흘렀다.

천천히, 다른 사람들이 돌아서서 그를 바라봤다.

"아마 질문 같은 걸 하기 좋은 때는 아니겠지만, 그냥 조금 전에 너희가 그런 단어를 쓰는 걸 들었고, 그래서 말하는 건데……." 아서가 말했다.

"그런 말이 어디 쓰여 있는데?" 포드 프리펙트가 조용히 물었다.

아서가 조종실 뒤쪽의 검정 조종 박스를 가리키며 말했다.

"사실은 바로 여기…… '비상용'이라는 말 바로 아래, '시스템'이라는 말 바로 위에, '고장'이라는 말 바로 옆에."

곧이어 벌어진 아수라장 속에서 유일하게 말이 되는 행동은, 선실을 가로질러서 아서가 말한 조그만 검정 박스를 향해 몸을 날려 그 안에 있는 조그만 검정 버튼을 미친 듯이 눌러대는 포드 프리펙트의 행동밖에 없었다.

그 옆에서 육 피트 높이의 사각형 패널이 미끄러져 열리더니 칸막이 방이 하나 나타났다. 그 칸막이 방은 전기 기술자의 고물 창고라는 용도로 새 인생을 얻은 샤워장 같은 모양새를 하고 있었다. 천장에는 설치하다 만 전선들이 늘어져 있었고, 바닥에는 버려진 부속들이 여기저기 흩어져 있었다. 그리고 프로그램 패널은 들어가 있어야 할 벽구멍 안에 있지 않고 거기서 축 늘어져 매달려 있었다.

이 우주선이 만들어지고 있던 조선소를 방문한 재앙 지대의 부회계사는 십장에게, 용도라곤 단 한 번의 중요한 여행밖에 없는, 그것도 무인으로 여행할 우주선에 그렇게 엄청나게 비싼 텔레포트를 집어넣는 이유를 설명하라고 요구했다. 십장은 그 텔레포트를 십 퍼센트 세일가로 구할 수 있었다고 설명했다. 회계사는 그건 전혀 중요하지 않다고 설명했다. 십장은 그게 돈으로 살 수 있는 물건 중 가장 품질이 좋고 강력하며 세련된 것이라고 설명했다. 회계사는 그런 걸 돈 주고 사고 싶지 않다고 설명했다. 십장은 그래도 사람들이 그 우주선에 들어왔다가 나갈 일이 있지 않겠느냐고 설명했다. 회계사는 그 우주선에는 그런 용도로 쓰일 수 있는 완벽한 문이 당당히 있지 않느냐고 설명했다. 십장은 회계사에게 가서 끓는 물에 머리나 처박으라고 설명했다. 회계사는 지금 십장의 왼쪽에서 빠른 속도로 접근하고 있는 것은 당신을 한 방 먹이려는 주먹이라고 설명했다. 모든 설명들이 종결되고 나자, 텔레포트 설치 작업은 거기서 중단되고 말았다. 그리고 그 비용은 '기타, 설명필'이라는 항목 아래 본래 가격의 다섯 배로 책정되어 몰래 끼어 들어갔다.

"젠장." 자포드가 중얼거렸다.

그와 포드는 이리저리 얽힌 전선들을 풀어보려 애쓰고 있었다.

잠시 후 포드가 그에게 뒤로 좀 물러나보라고 말했다. 그는 동전 하나를 텔레포트 안에 던져 넣고는 늘어져 있는 조종 패널의 스위치를 가볍게 건드렸다. 딱 하는 소리, 번쩍 하는 섬광과 함께 동전은 사라져버렸다.

"저 정도는 작동되는군. 하지만 유도 장치가 없어. 유도 장치가 없는 물질 이동 텔레포트는 사람을……음, 아무 데로나 보내버릴 수 있지." 포드가 말했다.

카크라푼의 태양이 전망 스크린에 거대하게 떠 있었다.

"아무러면 어때. 아무 데나 가는 거야." 자포드가 말했다.

"게다가……자동 장치도 없어. 우리 모두가 갈 순 없다고. 누군가 남아서 기계를 작동시켜야 해." 포드가 말했다.

숙연한 시간이 지나갔다. 태양은 점점 더 크게 다가오고 있었다.

"이봐, 마빈 친구, 기분이 어때?" 자포드가 쾌활하게 말했다.

"아주 나빠요, 제 생각엔." 마빈이 투덜거렸다.

잠시 후, 카크라푼의 콘서트는 예상치 못했던 클라이맥스를 맞이했다. 시무룩한 승객 단 한 명만을 태운 검정 우주선은 예정대로 태양의 핵 용광로 속으로 돌진했다. 엄청난 불꽃이 일어나 수백만 마일의 공간을 핥고 지나갔다. 그 불꽃은 그 순간을 기대하며 태양 표면을 가까이 비행하던 불꽃 라이더들 열두어 명을 전율케 했고 그중 몇몇을 내동댕이쳤다.

그 불꽃이 카크라푼에 도달하기 직전, 진동하던 사막이 깊은 단층을 따라 갈라졌다. 이제까지 알려지지 않고 지표 저 아래에서 흐르던 거대한 지하 강물이 땅 위로 솟구쳐 올랐고, 몇 초 뒤에는 그 뒤를 이어 펄펄 끓는 용암이 수백만 톤 분출해 공중으로 수백 피트나 솟아올랐다. 이 폭발로 지표 위와 아래쪽의 강이 순식간에 증발했고, 그 소리는 세상 저 끝까지 울려 퍼졌다가 다시 돌아왔다.

그 사건을 경험하고 살아남은 사람들——진짜 소수에 불과했다——은 십만 제곱마일의 사막 전체가 두께 일 마일짜리 팬케이크처럼 공중으로 날아올라 뒤집히더니 다시 떨어졌다고 목소리를 높였다. 그리고 바로 그 순간, 태양 불꽃의 방사능이 증발된 물로 이루어진 구름을 뚫고 내려와 지상을 강타했다.

그로부터 일 년 뒤, 십만 제곱마일의 사막에는 꽃이 만발했다. 그 행성의 대기 구조는 미묘하게 변했다. 여름의 태양은 예전보다 덜 혹독하게 이글거렸고, 겨울의 추위는 전처럼 살을 에는 것처럼 느껴지지 않았으며, 달콤한 빗줄기가 더 자주 내렸다. 카크라푼의 사막은 천국이 되었다. 카크라푼 사람들의 저주받은 형벌인 텔레파시조차 그 폭발의 위력으로 인해 영원히 흩어져버렸다.

재앙 지대의 대변인——모든 환경보호론자들을 총으로 쏴버렸던 바로 그 사람——은 후에 그것이 '훌륭한 연주회'였다고 말했다고 전해진다.

많은 사람들이 음악이 지닌 '치료의 힘'에 대해 감동하며 이야기했다. 몇몇 회의적인 과학자들은 당시의 기록을 면밀히 분석해보더니, 인공적으로 유도된 거대한 불가능 확률 자장이 그 근처 우주에서 흘러 들어온 희미한 흔적을 발견했다고 주장했다.

22

아서는 정신을 차리고 나서 즉시 후회했다. 숙취야 전에도 겪어봤지만, 이 정도로 지독했던 적은 없었다. 이게 바로 그것, 그 엄청난 것, 궁극의 최악이었다. 물질 이동 광선은 가령 머리를 한 대 호되게 걷어차이는 것만큼 재미없는 일이라고 그는 판단내렸다.

심장이 쿵쿵 밟아대기라도 하는 것처럼 둔탁하게 고동쳐 그는 지금은 꼼짝도 하고 싶지 않았다. 그는 가만히 누워서 생각에 잠겼다. 대부분의 운송 수단의 문제는 기본적으로 탈 만한 게 하나도 없다는 것이다. 지구에서는——새로운 초공간 우회로를 내느라 파괴되기 이전, 지구라는 것이 있었을 때——자동차들이 골칫거리였다. 아무런 해도 안 입히고 땅속 깊숙이 안전하게 잘 감춰져 있던 검고 끈끈한 물질을 끄집어내서 땅을 뒤덮을 타르와 대기를 채울 매연으로 바꾸고 나머지는 바다에 버리는 과정에 따르는 그 모든 불이익을 생각하면, 한 장소에서 다른 장소로 좀더 빨리 갈 수 있다는 이익 정도는 도대체 상대가 안 돼 보였다. 게다가 그 결과, 그렇게 해서 도착한 장소라는 게 자기가 떠나온 장소와 별다를 바 없는 장소가 되었다는 점을 생각하면 더욱 그러하다. 결국 거기도 타르로 덮여 있고, 매연으로 가득 차 있고, 물고기 따위는 없는 것이다.

그렇다면 이 물질 이동 광선이란 또 어떤가? 사람의 몸을 원자 하나하나로 갈기갈기 찢어서 이 원자들을 서브-에서를 통해 냅다 집어던졌다가 그 원자들이 처음으로 자유를 느껴보려는 순간 다시 원래대로 쑤셔넣는 방식의 운송 수단이란 건 좋을 게 하나도 없었다.

  이에 대한 노래라도 하나 지어볼까 하는 무리한 생각을 아서 덴트가 하기 이전에, 이미 많은 사람들이 똑같은 생각을 했었다. 많은 군중들이 해피 웰드 3행성에 있는 시리우스 사이버네틱스 주식회사 텔레포트 시스템 공장 밖에서 정기적으로 부르던 노래가 여기 있다.

    알데바라 여자들은 굉장해, 좋아
    알골 여자들도 괜찮지
    베텔게우스의 예쁜이들은
    다리를 후들거리게 만들지
    네가 원하는 건 뭐든지 하지
    정말 **빠르게** 다음엔 정말 느리게
    하지만 갈기갈기 찢겨서 거기 가야 한다면
    난 안 가고 싶어

    후렴,
    날 갈기갈기 찢어, 갈기갈기 찢어
    정말 희한한 이동 방법이지
    하지만 갈기갈기 찢겨서 거기 가야 한다면
    난 그냥 집에 있을래

    시리우스의 도로는 황금빛이라네
    사람들은 그렇게 말하지
    하지만 미친 녀석들은 그러고는 이렇게 말하지

"죽기 전에 타우 행성을 봐야지"
난 기꺼이 고속도로를 탈래
아니 저속도로도 괜찮아
하지만 갈기갈기 찢겨서 거기 가야 한다면
난 절대로 안 갈래.

후렴,
날 갈기갈기 찢어, 갈기갈기 찢어
완전히 돌아버려야 해.
그래도 갈기갈기 찢겨서 거기 가야 한다면
난 여기 침대에 누워 있을래.

……등등. 또 하나의 인기곡은 훨씬 더 짧았다.

어느 날 밤 집으로 텔레포트되었지
론과 시드, 그리고 멕과 함께
론은 메기의 심장을 훔쳤고
나는 시드니의 다리를 달았네.

아직 쿵쿵 밟아대는 듯한 둔탁한 고동 소리가 완전히 사라지지는 않았지만, 고통의 파도가 점차 물러나는 게 느껴졌다. 아서는 천천히, 조심스럽게 일어섰다.
"둔탁한 쿵쿵 소리 들려?" 포드 프리펙트가 말했다.
아서는 빙빙 돌며 불안하게 비틀거렸다. 포드 프리펙트가 빨갛게 충혈된 눈에 창백한 얼굴을 하고 그에게 다가왔다.
"여기가 어디지?" 아서가 헐떡이며 말했다.

포드는 주변을 둘러보았다. 그들은 양쪽으로 아득하게 펼쳐진 길고 휘어진 복도에 서 있었다. 강철 외벽이──학교나 병원, 정신병자 수용소에서 수용자들을 진정시키기 위해 칠하는 창백한 녹색으로 칠해진──그들의 머리 위로 곡선을 그리며 이어져 수직 내벽과 만나고 있었다. 그 내벽은 괴상하게도 진갈색의 삼베 직물로 씌워져 있었다. 바닥은 골이 진 진녹색 고무였다.

포드는 외벽에 붙어 있는 매우 두껍고 어두운 투명 창틀로 다가갔다. 그것은 몇 겹이나 되었지만, 바늘 끝 같은 먼 별들의 빛을 내다볼 수는 있었다.

"내 생각에, 우리는 어떤 우주선 안에 있는 것 같아." 그가 말했다.

회랑 아래쪽에서 둔탁하게 쿵쿵거리는 소리가 들려왔다.

"트릴리언? 자포드?" 아서가 초조하게 불러보았다.

포드가 어깨를 으쓱했다.

"이 근처에는 없어. 내가 봤어. 어디 있는지 알 수 없어. 프로그램이 안 된 텔레포트는 사람을 아무 방향으로 몇 광년이나 내던져버릴 수 있다고. 내 느낌으로 볼 때, 우리는 진짜 상당히 먼 거리를 여행해 온 게 틀림없어." 그가 말했다.

"느낌이 어떤데?"

"나빠."

"그럼 걔네들은……."

"어디에 있는지, 어떤 상태인지, 우리는 알 수도 없고 어찌할 도리도 없어. 내가 하는 대로나 해."

"그게 뭔데?"

"생각하지 마."

아서는 이 생각을 마음속에서 짚어보고는, 내키지는 않았지만 그게 현명하다는 것을 깨달았다. 그는 그 문제를 마무리 짓고 밀쳐내 버렸다. 그는 심호흡을 했다.

"발소리야!" 포드가 갑자기 외쳤다.

"어디?"

"저 소리. 저 쿵쿵거리는 소리. 발 구르는 소리 말이야. 들어봐."

아서는 귀를 기울였다. 그 소리는 거리를 가늠할 수 없는 곳으로부터 복도를 울리며 그들에게 다가오고 있었다. 둔하게 발을 쿵쿵 굴러대는 소리였다. 소리는 눈에 띄게 점점 더 커지고 있었다.

"움직이자." 포드가 날카롭게 소리쳤다.

그들은 움직였다. 각기 반대 방향으로.

"그쪽 말고. 소리가 그쪽에서 오고 있잖아." 포드가 말했다.

"아니라니까, 그 소리는……."

그들은 모두 말을 멈췄다. 그들은 둘 다 몸을 돌렸다. 그들은 둘 다 정신을 집중해 소리에 귀를 기울였다. 그들은 서로 상대방의 의견에 동의했다. 그들은 다시 서로 반대 방향으로 출발했다.

두려움이 그들을 사로잡았다.

양쪽 방향에서 소리가 점점 더 커지고 있었다.

그들의 왼쪽에서 몇 야드 떨어진 곳에 내벽과 직각을 이루는 또 하나의 복도가 있었다. 그들은 거기로 달려가 허둥지둥 복도를 따라 뛰었다. 복도는 어두침침하고 엄청나게 길었다. 달려갈수록 복도가 점점 더 추워지는 듯한 느낌이 들었다. 그 복도에서 왼쪽과 오른쪽으로 다른 복도들이 뻗어나가고 있었다. 모두 매우 어두웠고, 그 복도들을 지나갈 때면 하나같이 얼음장같이 매서운 바람이 확 불어닥쳤다.

그들은 깜짝 놀라서 잠깐 멈춰 섰다. 복도를 따라 내려갈수록 쿵쿵거리는 발소리가 점점 더 크게 들렸다.

그들은 차가운 복도 벽에 몸을 바싹 붙이고 미친 듯이 귀를 기울였다. 추위와 어둠, 실체 없는 발소리가 그들을 육박해오고 있었다. 포드는 부르르 몸을 떨었다. 추위 탓이기도 했지만, 한편으로는 그의 키가 아크투란 메가 메뚜기의 발꿈치 정도밖에 되지 않았던 베텔게우스 꼬마 시절에 그가 좋아하는 어머니가 들려줬던 이야기가 생각났기 때문이기도 했다. 그것은 악마들이나 잊힌 선원들의 유령들이 횡행하는 고적한 우주 공간을 쉼 없이 방황하는 유령선들에 관한 이야기였다. 그런 우주선에 잘못 발을 들여놓은 조심성 없는 여행자들에 대한 이야기들도 있었다. 또 어떤 이야기들은……그때 그는 첫 번째 복도에 있었던 갈색 삼베 벽을 떠올리고 정신을 수습했다. 유령들과 악마들이 자기들 유령선을 어떻게 장식하는지는 모르겠지만, 갈색 삼베로 벽을 장식하지는 않으리라는 데 얼마든지 돈을 걸 수 있다고 그는 생각했다. 그는 아서의 팔을 붙잡았다.

"왔던 길로 돌아가자." 그는 단호히 말하고 돌아가기 시작했다.

잠시 뒤 그들은 놀란 도마뱀처럼 펄쩍 뛰어서 가까운 교차점에 몸을 숨겼다. 쿵쿵거리는 발소리의 주인공들이 그들 정면에 갑자기 모습을 드러냈기 때문이었다.

모퉁이 뒤에 숨은 그들의 눈이 놀라움으로 휘둥그레졌다. 운동복 차림의 뚱뚱한 남녀 스물댓 명이 쿵쿵대며 그들을 지나쳐 갔다. 그들은 심장 전문의의 말문이 막힐 정도로 숨을 헐떡이고 씩씩대며 달리고 있었다.

포드 프리펙트가 눈을 떼지 못하고 그들을 지켜봤다.

"조깅하는 사람들이잖아!" 그들의 발소리가 거미줄처럼 얽힌 복도 위아래로 울리며 사라지자 포드가 말했다.

"조깅하는 사람들?" 아서 덴트가 속삭였다.

"조깅하는 사람들." 포드 프리펙트가 어깨를 으쓱하며 말했다.

그들이 몸을 숨기고 있던 복도는 다른 복도들과 좀 달랐다. 이 복도는 매우 짧았고, 그 끝에 커다란 강철 문이 있었다. 포드가 문을 살피더니 여는 방법을 발견하고는 문을 밀어 활짝 열었다.

처음으로 그들의 눈에 들어온 것은 관(棺)처럼 생긴 물건이었다.

그리고 뒤이어 그들의 눈에 들어온 사천구백구십구 개의 물건들 역시 관들이었다.

23

그 지하실은 천장이 낮고 흐린 조명이 밝혀진 거대한 공간이었다. 약 삼백 야드쯤 떨어진 저쪽 끝에는 구름다리가 있었는데, 그 다리는 비슷한 것들로 채워진 비슷하게 보이는 방으로 연결되어 있었다.

포드 프리펙트가 지하실 바닥으로 내려서며 낮게 휘파람을 불었다.

"굉장하군." 그가 말했다.

"죽은 사람들이 뭐 그리 대단해?" 아서가 불안한 듯 그의 뒤를 따르며 말했다.

"그거야 모르지. 우리가 알아보자고." 포드가 말했다.

가까이서 살펴보니 그 관들은 석관처럼 보였다. 높이는 허리 정도였고, 하얀 대리석 같은 물질로 만들어져 있었는데, 과거에는 하얀 대리석이었던 게 틀림없었다. 하얀 대리석이라고밖에 볼 수 없었으니 말이다. 뚜껑은 반투명이었고, 그 뚜껑을 통해, 고인이 되어 누군가를 애통하게 한 관 주인들의 윤곽이 희미하게 보였다. 그들은 인간형 생물체였고, 자신들이 멀리 떠나온 세계의 골칫거리들을 분명 떨쳐버린 게 틀림없었다. 그러나 그 이상은 알 수 없었다.

묵직하고 기름진 하얀 가스가 석관들 사이 바닥에서 서서히 흘러 다니고 있었다. 처음에 아서는 그 가스가 분위기를 내기 위한 것이라고 생각했으나 나중에 보니 자기의 발목도 꽁꽁 얼어 있었다. 그 석관들 또한 손도 대지 못할 정도로 차가웠다.

갑자기 포드가 한 석관 옆에 웅크리고 앉았다. 그는 가방에서 타월을 꺼내 무언가 열심히 문지르기 시작했다.

"여기 봐, 여기 조그만 명판이 하나 있어. 온통 서리가 꼈지만." 그가 아서에게 설명했다.

그는 서리를 문질러 닦아내곤 거기 새겨진 글씨들을 살펴보기 시작했다. 아서가 보기에 그것은, 뭔진 모르겠지만 거미들끼리 놀 때 마시는 그 무엇인가를 과음한 거미가 남긴 발자국처럼 보였다. 그러나 포드는 그것이 고대 은하계의 에지리드 문자임을 즉시 알아봤다.

"여기 '골가프린참 방주 함대, B 함선, 제7실, 제2급 전화 위생 요원'이라고 쓰여 있어. 그리고 일련 번호가 있고."

"전화 위생 요원? 죽은 전화 위생 요원?" 아서가 말했다.

"그게 최고지."

"근데 여기서 뭘 하는 거야?"

포드는 관 속의 인물을 위에서 들여다봤다.

"별일 하는 것 같지 않은데." 그가 말하더니, 갑자기 최근 무리했으니 좀 쉬는 게 좋겠다고 말해주고 싶게 하는 그런 미소를 지었다.

그는 다른 석관으로 뛰어갔다. 잠시 열심히 타월로 문지르더니 그가 말했다.

"이쪽은 죽은 미용사야, 야호!"

다음 석관은 광고 회사 중역의 마지막 휴식처로 밝혀졌다. 그 다음 것은 제3급 중고차 세일즈맨의 것이었다.

바닥에 나 있는 열람 해치 하나가 돌연 포드의 시선을 사로잡았다. 그는 주위를 에워싸고 몰려드는 차가운 가스 구름을 손으로 저어가며 쭈그려 앉아 그걸 열어보려고 했다.

아서에게 어떤 생각이 떠올랐다.

"이게 만일 그냥 관들이라면, 왜 이렇게 꽁꽁 얼어 있는 거지?" 그가 말했다.

"게다가 도대체 왜 보관되어 있는 걸까?" 포드가 끙끙거리며 해치를 열면서 말했다. 가스가 그 구멍으로 쏟아져 나갔다. "사실 누가 오천 구의 시체를 우주 공간으로 나르는 수고와 비용을 감당하겠어?"

"만 구." 아서가 구름다리를 가리키며 말했다. 그 너머로 옆방의 모습이 희미하게 보였다.

포드가 바닥 해치 속으로 머리를 쓱 집어넣었다. 그가 다시 고개를 들었다.

"만 오천 구. 아래쪽에 이런 게 하나 더 있어." 그가 말했다.

"천오백만 구." 어떤 목소리가 말했다.

"그거 많군. 굉장히 많아." 포드가 말했다.

"천천히 돌아서라. 손을 머리 위로 들고. 허튼 수작 부리면 너희를 아주 잘게 산산조각내주겠다." 그 목소리가 소리쳤다.

"누구세요?" 손을 머리 위로 번쩍 들고 허튼 수작을 전혀 하지 않으며 천천히 돌아선 포드가 말했다.

"어째서……우리를 만나 반가운 사람이 하나도 없는 걸까?" 아서 덴트가 말했다.

그들이 지하실로 들어오면서 통과했던 문에 그들을 만나 반갑지 않은 사람이 실루엣을 드러내며 서 있었다. 그의 불쾌한 심사는 버럭버럭 소리를 지르는 그의 목소리에서도 일부 전달되었지만, 그가 심술궂게 흔들어대고 있는 기다란 은빛 킬-오-잽 총에서도 잘 드러나고 있었다. 그 총의 디자이너는 핵심으로 곧바로 들어가라는 교육을 받았음이 틀림없다. "무시무시하게 만들어"라는 지시를 받은 것이다. "이 총에는 좋은 쪽과 나쁜 쪽이 있다는 것을 분명히 하도록 해. 이 총의 나쁜 쪽에 서 있는 사람으로 하여금 상황이 영 좋지 않다는 것을 확실히 알게 해. 온갖 종류의 대못들과 갈퀴, 시커먼 것들을 붙여야 한다면 그렇게 해. 이건 벽난로 위에 매달아놓거나 우산통에 꽂아두는 그런 총이 아니야. 이건 나가서 사람들을 비참하게 만들 총이야."

포드와 아서는 불행한 마음으로 그 총을 바라봤다.

총을 든 사람이 문에서 걸어 나오더니 그들 주위를 한 바퀴 돌았다. 그가 불빛 속으로 나오자, 그들은 검은색과 황금색이 섞인 그의 제복을 볼 수 있었다. 거기 달린 단추들은 어찌나 눈이 부실 정도로 번쩍이는지, 오토바이를 탄 사람이 다가온다면 화가 나서 라이트를 켤 만했다.

그가 문을 향해 손짓했다.

"나가." 그가 말했다. 그 정도의 화력을 가진 사람은 말이 많을 필요가 없다. 포드와 아서는 밖으로 나갔다. 킬-오-잽 총의 나쁜 쪽과 단추들이 그 뒤를 바싹 따랐다.

복도로 나오자 그들은 조깅하던 사람들 스물네 명과 맞닥뜨렸다. 그들은 이제 샤워를 하고 옷을 갈아입은 상태였고, 아서와 포드를 우르르 지나치더니 지하실로 들어갔다. 아서는 고개를 돌리고 그들을 혼란스럽게 바라보았다.

"움직여!" 그들을 체포한 사람이 소리쳤다.

아서는 걸었다.

포드는 어깨를 으쓱하고 걸었다.

지하실에서는, 조깅하던 사람들이 벽을 따라 늘어선 스물네 개의 빈 석관에 도착했다. 그들은 석관을 열고 그 안으로 기어 들어가, 꿈도 없는 스물네 개의 잠 속으로 빠져들었다.

24

"저, 선장님……."

"왜, 넘버 원?"

"방금 넘버 투로부터 보고 비슷한 것을 받았습니다."

"아, 저런."

그 우주선의 브리지 안 저 위에서 선장은 약간 짜증을 내며 무한하게 펼쳐진 우주 공간을 내다보고 있었다. 거대한 돔 아래에 기대어 앉은 그는, 그의 앞과 위에서 펼쳐지는 거대한 별들의 파노라마를 볼 수 있었다. 우주선은 그 파노라마 속을 항해하는 중이었다. 하지만 항해를 계속할수록 그 장관은 눈에 띄게 점점 빈약해져갔다. 고개를 돌려 뒤를 보면, 이 마일이나 되는 거대한 우주선 동체 뒤로 훨씬 더 **빽빽**한 별들의 무리가 보였다. 어찌나 **빽빽**한지 거의 하나의 띠처럼 보일 정도였다. 이것이 그들이 떠나온 은하계 중심부의 광경이었다. 그들은 실로 몇 년째, 당장 기억은 안 나지만, 끔찍할 정도로 **빠른** 속력으로 항해를 계속하고 있었다. 그 속도는 무엇인가의 속도에 거의 맞먹었다. 아니면 다른 무엇인가의 속도의 세 배던가? 하여간 굉장히 인상적이었다. 그는 우주선 뒤로 밝게 보이는 저 먼 곳을 물끄러미 바라보며 무언가를 찾았다. 그는 이 짓을 몇 분 간격으로 계속하고 있었지만, 자기가 무엇을 찾고 있는지는 알지 못했다. 하지만 그는 그런 일로 걱정 따위는 하지 않았다. 누구도 겁먹지 말고 모두가 계속 자기 할 일을 질서정연하게 하면 모든 일이 완벽하게 될 거라고 과학자 녀석들이 끈덕지게 주장했으니까.

그는 겁을 먹은 게 아니었다. 그가 아는 한, 모든 일은 멋지게 진행 중이었다. 그는 거품이 수북한 커다란 스펀지로 어깨를 톡톡 두들겼다. 무슨 일 때문에 약간 짜증이 났었다는 생각이 슬금슬금 그의 마음에 스며들었다. 그게 뭐였더라? 나직한 헛기침 소리에 그는 우주선의 일등 항해사가 아직도 옆에 서 있다는 사실을 깨달았다.

넘버 원, 좋은 녀석이지. 굉장히 영리한 편은 아니지만. 신발 끈 매는 걸 어려워하는 약간 괴상한 면이 있긴 하지만, 그래도 괜찮은 장곳감이었다. 선장은 시간이 아무리 걸려도 신발 끈을 매느라고 허리를 굽히고 있는 녀석을 걷어차는 그런 사람이 아니었다. 단추를 번쩍번쩍하게 광내고, 보무 당당하게 사방을 휘젓고 다니고, 매시간 보고서를 내놓는——"우주선은 아직 움직이고 있습니다, 선장님", "아직 순항 중입니다, 선장님", "산소 레벨은 아직 잘 유지되고 있습니다, 선장님"——무시무시한 넘버 투 같은 사람이 아니었다. "제발 그만 좀 해." 이것이 선장의 의견이었다. 아, 그랬다. 그가 짜증이 났던 건 바로 그 때문이었다. 그는 넘버 원을 내려다보았다.

"그렇습니다, 선장님. 포로를 몇 명 잡았다는 둥, 그런 말을 외치고 있었습니다……."

선장은 이 일에 대해 생각했다. 별로 일어날 것 같지 않은 사건이었지만, 그는 장교들이 하는 일에 방해가 되고 싶지 않았다.

"뭐, 어쩌면 그 덕에 그가 잠시 행복할 수도 있겠지. 항상 포로를 좀 잡았으면 했으니까." 그가 말했다.

포드 프리펙트와 아서 덴트는 끝도 없어 보이는 복도를 따라 터덜터덜 걷고 있었다. 넘버 투는 등 뒤에서 행진하듯 따라오며 때때로 엉뚱한 짓 하지 말라는 둥, 허튼 수작 하지 말라는 둥 명령을 해댔다. 끝도 없이 이어진 갈색 삼베 벽을 따라 일 마일은 족히 걸어온 것 같았다. 마침내 그들은 거대한 강철 문 앞에 이르렀다. 넘버 투가 문에 대고 소리를 지르자 문이 스르르 미끄러져 열렸다.

그들은 들어갔다.

포드 프리펙트와 아서 덴트가 보기에, 그 우주선 브리지에서 가장 대단한 것은 휘황찬란한 별빛을 쏟아대는 별들을 가득 담고서 브리지 위를 덮고 있는 직경 오십 피트짜리 반구형 돔이 아니었다. 우주의 끝에 있는 레스토랑에서 저녁 식사를 한 사람들에게는 그런 경이로운 광경이 지극히 평범했다. 그들을 둥그렇게 에워싸고 있는 기다란 벽을 빼곡히 채우며 늘어서 있는, 뭐가 뭔지 알 수 없는 장치들도 아니었다. 아서가 보기엔, 이것이야말로 전형적인 우주선 모습이라고 할 만했다. 포드가 보기엔, 이 우주선은 철두철미하게 구식이었다. 그래서, 재앙 지대의 스턴트 우주선이 자신들을 이백만 년까지는 아니더라도 적어도 백만 년 정도 전의 과거로 보냈을지도 모른다는 그의 의심이 확고해졌다.

당황스러울 정도로 그들의 눈길을 끈 것은 목욕통이었다.

그 목욕통은 대충 깎은 파란 물 빛깔의 크리스털로 만든, 높이 육 피트의 받침대 위에 놓여 있었다. 그 목욕통은 맥시메갈론의 '병적인 상상력 박물관' 밖에서는 좀처럼 보기 힘든, 바로크적인 기괴함이 돋보이는 물건이었다. 창자처럼 뒤죽박죽으로 얽힌 배관들은 심야에 비석도 없는 무덤에 얌전히 묻히는 대신, 황금 이파리 장식을 써서 돋보이게 되어 있었다. 수도꼭지들과 샤워 장치들은 이무기돌(고딕 건축에서 낙숫물받이로 만들어 붙인, 기괴한 괴물 형상들—옮긴이주)도 무색하게 할 정도였다.

그것은 우주선 브리지에서 당당하게 중심을 차지하고 있는 물건으로는 전혀 맞지 않았다. 넘버 투는 이 사실을 잘 알고 있는 사람의 씁쓸한 태도를 보이며 그쪽으로 다가갔다.

"선장님!" 그가 이를 악물고 외쳤다. 어려운 기술이지만, 그는 여러 해 동안 연습한 끝에 이를 완벽하게 마스터했다.

커다랗고 상냥한 얼굴과 비누 거품이 잔뜩 묻은 상냥한 팔이 그 흉물스러운 목욕통 가장자리에서 튀어나왔다.

"아, 안녕, 넘버 투. 즐거운 시간 보내고 있나?" 선장이 경쾌하게 스펀지를 흔들며 말했다.

넘버 투는 기존의 차려 자세를 더욱 딱딱하게 취했다.

"제7냉동실에서 찾아낸 포로들을 데려왔습니다!" 그가 요란하게 소리쳤다.

포드와 아서는 어리둥절해하며 헛기침을 했다.

"어……안녕하십니까?" 그들이 말했다.

선장은 그들에게 환한 미소를 보냈다. 넘버 투가 정말 포로를 잡아왔군. 뭐, 그를 위해선 좋은 일이지. 자기가 가장 잘하는 일을 하고 있으니 보기 좋군. 선장은 생각했다.

"아, 안녕하시오. 일어나지 못해 미안합니다. 잠깐 목욕 중이라. 자, 그럼 '지낸 토닉스' 나 한 잔씩 돌리지. 냉장고 안에 있네, 넘버 원." 선장이 말했다.

"알겠습니다, 선장님."

어느 정도의 중요성을 부여해야 할지는 아무도 모르지만, 상당히 재미있는 사실이 하나 있다. 즉, 원시적인 세상이건 굉장히 진보한 세상이건 간에, 은하계 내의 알려진 세계 전체의 팔십오 퍼센트 정도가 지낸 토닉스 또는 지-앤-앤-트닉-스 또는 지논드-오-닉스 또는 같은 음성학적 주제를 좀 달리 변주했을 뿐인 수천 가지 이름으로 불리는 어떤 칵테일을 만들어냈다는 사실이다. 술 자체는 똑같지 않다. 가령 시볼리아 행성의 '치난토/므닉스'는 실내 온도보다 약간 높은 온도로 내놓는 맹물일 뿐이지만, 가그라카카 행성의 '친-앤소니-익스'는 그 술을 마신 암소가 백 걸음도 못 가서 죽어버릴 정도로 독하다. 사실 발음이 같다는 사실 외에 이들 모두가 지닌 유일한 공통점은, 그 술들은 그것들을 만들어낸 세상이 다른 세상과 접촉하기 전에 만들어지고 이름 붙여졌다는 것이다.

그러면 이 사실에서 알 수 있는 것은 무엇인가? 그 단어는 완전히 고립된 상태로 존재한다는 것이다. 구조언어학 이론의 견지에서 보자면, 그것은 그래프에서 혼자 뚝 떨어져 나와 고집스레 버티고 있는 단어다. 늙은 구조언어학자들은 젊은 구조언어학자들이 이 문제에 대해 연구하는 걸 매우 싫어한다. 젊은 구조언어학자들은 자신들이 뭔가 심오하게 중요한 것에 거의 접근해가고 있다고 확신하면서 엄청나게 흥분해 밤을 꼴딱 새우며 이 문제를 연구한다. 그러다가 결국은 제대로 뭔가를 해보지도 못하고 늙은 구조언어학자가 되어서는 젊은 학자들에게 노발대발해대는 것이다. 구조언어학은 사방으로 패가 갈린 불행한 학문이다. 그리고 많은 구조언어학자들은 위스기안 조다스를 퍼마시는 것으로 자기들 문제를 잊어버리며 수많은 밤을 보낸다.

넘버 투는 분노로 부들부들 떨면서 선장의 목욕통 앞에 서 있었다.

"포로들을 심문하지 않으실 겁니까, 선장님?" 그가 꺅꺅거리며 항의했다.

선장은 멍한 표정으로 그를 바라봤다.

"도대체 내가 왜 그래야 하나?" 그가 물었다.

"그들에게서 정보를 얻기 위해섭니다, 선장님! 그들이 왜 여기 왔는지 알아내려고요!"

"아, 아냐, 아냐, 아냐. 그저 지낸 토닉스나 한 잔 가볍게 걸치려고 온 거겠지, 안 그런가?" 선장이 말했다.

"하지만 선장님, 그들은 제 포로들입니다! 저는 그들을 심문해야 합니다!"

선장은 회의적인 시선으로 돌아보았다.

"아, 맘대로 하게. 꼭 그래야 하겠다면. 뭘 마시고 싶은지 심문해보라고." 그가 말했다.

딱딱하고 차가운 빛이 넘버 투의 눈에 번쩍였다. 그는 포드 프리펙트와 아서 덴트에게 천천히 걸어왔다.

"좋아, 이 쓰레기들. 이 벌레 같은 놈들……." 그가 으르렁댔다.

그는 킬-오-잽 총구로 포드를 찔렀다.

"진정해, 넘버 투." 선장이 부드럽게 충고했다.

"뭘 마시고 싶은가?!!" 넘버 투가 고함을 질렀다.

"뭐, 지낸 토닉스가 좋을 것 같군요. 넌 어때, 아서?" 포드가 말했다.

아서는 눈을 끔벅거렸다.

"뭐? 아아, 어, 좋아." 그가 말했다.

"얼음 넣고, 넣지 말고?" 넘버 투가 포효하듯 말했다.

"아, 넣어주세요." 포드가 말했다.

"레몬은?!!!"

"넣어주세요. 그리고 그 조그만 비스킷은 없습니까? 있잖아요, 치즈맛 나는 거." 포드가 말했다.

"질문은 내가 하는 거야!!!!" 넘버 투가 악을 썼다.

그의 몸은 중풍에라도 걸린 것처럼 떨리고 있었다.

"이봐, 넘버 투……." 선장이 부드럽게 말했다.

"네?"

"좀 꺼져주겠나? 좋은 사람 같으니까. 난 지금 느긋하게 목욕이나 하고 싶단 말이다."

넘버 투의 눈이 가느다랗게 좁아지면서, 고함을 치며 사람을 죽이는 직업을 가진 사람들 사이에서 '냉정한 찢어진 눈'이라 불리는 상태가 되었다. 그것은 적에게 안경을 잊어버렸다든지 지금 졸려서 죽을 지경이라든지 하는 인상을 주기 위한 것 같았다. 이것이 왜 무시무시한 것인지는 아직 밝혀지지 않았다.

그는 선장에게 다가갔다. 그의 입술은 얇고 단단한 선을 그리며 앙다물어져 있었다. 이것 역시 왜 무시무시한 것으로 여겨지는지는 풀리지 않았다. 만일 트랄 행성의 정글 속을 헤매다가 갑자기 그 유명한 레이브너스 버그블래터 비스트와 맞닥뜨렸을 때 그 녀석의 입이 얇고 단단한 선 만들기를 하고 있다면 고맙게 여겨도 좋다. 왜냐하면 녀석은 보통 침을 질질 흘리며 송곳니를 전부 드러내고 있기 때문이다.

"선장님, 기억을 상기시켜드리자면, 선장님은 지금 삼 년이 넘도록 그 목욕통 안에 계시거든요!!" 넘버 투가 선장에게 씩씩댔다. 이 마지막 탄환을 날린 뒤 넘버 투는 발뒤꿈치로 휙 돌아서 한구석으로 뚜벅뚜벅 걸어가더니, 거울을 보며 다트 같은 눈으로 쏘아보기를 연습하기 시작했다.

선장은 목욕통 안에서 몸을 꿈틀했다. 그리고 포드에게 조금 어색한 미소를 지어 보였다.

"저어, 나 같은 일을 하다 보면 휴식이 많이 필요하거든요." 그가 말했다.

포드는 서서히 팔을 내렸다. 어떤 반응도 없었다. 아서도 팔을 내렸다.

아주 천천히, 그리고 조심스럽게, 포드는 목욕통의 받침대로 걸어갔다. 그는 그것을 톡톡 두들겨보았다.

"좋군요." 그는 거짓말을 했다.

그는 지금 미소를 지어도 괜찮을지 궁금했다. 아주 서서히, 그리고 조심스럽게, 그는 미소를 지었다. 안전했다.

"어……." 그가 선장에게 말했다.

"왜요?" 선장이 말했다.

"저기 말입니다, 당신이 하는 일이라는 게 정확히 뭔지 여쭤도 될까요?" 포드가 말했다.

손 하나가 그의 어깨를 두드렸다. 그는 몸을 휙 돌렸다.

일등 항해사였다.

"당신 술입니다." 그가 말했다.

"아, 고맙습니다." 포드가 말했다.

그와 아서는 각자 지낸 토닉스를 받아 들었다. 아서는 자신의 술을 맛보았다. 그리고 그것이 위스키 소다와 비슷한 맛인 걸 알고 깜짝 놀랐다.

"저, 안 볼 수가 없어서 본 건데, 시체들 말입니다. 창고에 있는." 포드도 술을 한 모금 맛보며 말했다.

"시체요?" 선장이 깜짝 놀라 말했다.

포드는 말을 멈추고 잠깐 생각에 잠겼다. 어떤 것도 당연히 받아들여서는 안 되지, 그는 생각했다. 혹시 이 선장은 자기 우주선에 천오백만 구의 시체가 실려 있다는 것을 모르고 있는 것일까?

선장은 그를 향해 쾌활하게 고개를 끄덕이고 있었다. 또 그는 고무 오리를 가지고 놀고 있는 것 같았다.

포드는 주위를 둘러보았다. 넘버 투는 거울을 통해 그를 노려보고 있었지만, 아주 잠시뿐이었다. 그의 눈동자는 계속해서 움직였다. 일등 항해사는 술 쟁반을 들고 선 채로 친절한 미소를 짓고 있었다.

"시체라고요?" 선장이 다시 말했다.

포드는 입술을 핥았다.

"예, 저기 죽은 전화 위생 요원들과 회계 중역들 말입니다. 저 아래 창고에 있는." 그가 말했다.

선장이 그를 뚫어져라 쳐다봤다. 그러더니 갑자기 고개를 뒤로 젖히며 웃음을 터뜨렸다.

"아, 그 사람들 죽은 거 아닙니다. 세상에나, 아니에요, 아닙니다. 그 사람들은 냉동되어 있을 뿐이에요. 다시 살려낼 겁니다." 그가 말했다.

포드는 좀처럼 하지 않는 행동을 했다. 그는 눈을 깜박였다.

아서는 망연자실한 상태에서 깨어나는 것 같았다.

"그럼 냉동한 미용사를 한 창고 가득 가지고 계시다는 말입니까?" 그가 말했다.

"아, 그래요. 몇백만 명은 될 거예요. 미용사들, 지쳐빠진 텔레비전 프로듀서들, 보험 세일즈맨들, 인사부 직원들, 경비원들, 홍보 경영진들, 경영 컨설턴트들. 말씀만 하세요. 우린 다른 행성을 식민화하러 가는 길입니다." 선장이 말했다.

포드가 눈에 띌락 말락 하게 비틀거렸다.

"굉장하지 않습니까?" 선장이 말했다.

"뭐라고요, 저 사람들을 데리고 말입니까?" 아서가 말했다.

"아아, 제 말을 오해하지 마세요. 우린 그저 방주 함대 중 하나일 뿐입니다. 우리는 B 방주예요. 미안하지만 뜨거운 물 좀 틀어주시겠어요?" 선장이 말했다.

아서는 기꺼이 그렇게 했다. 그러자 거품이 이는 핑크빛 작은 폭포가 목욕통 안에서 소용돌이쳤다. 선장은 만족해서 으음 하고 신음 소리를 토해냈다.

"대단히 고맙습니다, 친절하신 양반. 술은 물론 마음껏 드세요."

포드는 잔을 홀짝 비운 뒤 일등 항해사의 쟁반에서 술병을 가져다가 잔을 가득 채웠다.

"그 B 방주라는 게 도대체 뭡니까?" 그가 말했다.

"바로 이거죠." 선장이 말하고는 고무 오리로 거품 물을 신나게 휘휘 저었다.

"그렇군요. 하지만……." 포드가 말했다.

"뭐, 사실 일이 어떻게 됐냐 하면, 우리 행성, 우리가 떠나온 세상은 말하자면 저주를 받은 겁니다." 선장이 말했다.

"저주요?"

"아, 그래요. 그래서 모두들 이렇게 생각했죠. 인구를 거대한 우주선에 몽땅 싸가지고 다른 행성에 가서 정착하자."

여기까지 말하고 나서, 그는 만족스러운 으음 소리와 함께 몸을 길게 눕혔다.

"그러니까 저주를 덜 받은 행성으로 말이죠?" 아서가 불쑥 나섰다.

"뭐라고 하셨죠, 친구?"

"저주를 덜 받은 행성이요. 당신들이 정착하려는 곳 말입니다."

"정착하려는 곳, 아, 그래요. 그래서 우주선 세 척을 만들기로 결정이 됐죠. 우주 공간의 방주 세 척, 그리고……제 이야기가 지루한 건 아닌지?"

"아니, 아니에요. 정말 흥미롭습니다." 포드가 단호히 말했다.

"기쁘군요. 이야기할 새로운 상대가 있어서 기분 전환을 할 수 있다니." 선장이 생각에 잠긴 채 말했다.

넘버 투의 눈빛이 다시 방 안을 열정적으로 쏘아보다가 다시 거울 속으로 돌아갔다. 마치 총애해 마지않던 일 개월 묵은 고깃덩어리에서 잠깐 한눈을 팔았다가 돌아가는 파리 한 쌍 같았다.

"이런 긴 여행의 문제점은……이러다 보면 혼잣말을 많이 하게 된다는 겁니다. 그러다 보면 굉장히 지루해지죠. 반쯤은 자기가 다음에 무슨 말을 할지 알고 있으니까요." 선장이 말을 계속했다.

"겨우 반이라고요?" 아서가 놀라 물었다.

선장은 잠시 생각에 잠겼다.

"그래요, 반 정도. 하여간에……그런데 비누가 어딨지?" 그는 사방을 한참 뒤져서 비누를 찾아냈다.

"그래요, 하여간에……." 그가 다시 말을 시작했다. "계획은 이런 거였어요. 첫 번째 우주선인 A 방주에는 뛰어난 지도자들, 과학자들, 위대한 예술가들, 뭐 그런 성공한 사람들 있잖아요, 그런 사람들이 타고, 세 번째 우주선인 C 방주에는 진짜 일을 하는 사람들, 그러니까 물건을 만들고 일을 하는 사람들이 탔죠. 그리고 B 방주에는——그게 우리 우주선이죠──그 밖의 사람들이 탔어요. 중간치들 말이에요."

그는 그들을 향해 행복한 미소를 지었다.

"그리고 우리가 가장 먼저 보내진 겁니다." 그는 이야기를 맺고, 짤막한 목욕 노래를 흥얼거렸다.

그 짤막한 목욕 노래는 그의 행성에서 가장 재미있고 가장 왕성하게 활동하는 어떤 소품 작곡가(그는 현재 그들 뒤로 구백 야드 떨어진 삼십육 호 창고 안에서 잠들어 있다)가 만들어준 것으로, 그 노래가 없었다면 방 안에는 어색한 침묵만 흘렀을 것이었다. 포드와 아서는 발을 질질 끌면서 서로의 시선을 피하려고 애썼다.

"어……그런데 당신네 행성은 정확히 뭐가 문제였죠?" 잠시 후 아서가 말을 꺼냈다.

"아, 말씀드렸듯이, 저주를 받은 거죠. 태양인가 뭔가 하고 충돌하게 될 판이었어요. 아니면, 달이 우리한테 날아와서 박힌다는 거였나? 아무튼 그런 종류의 일이었죠. 그게 뭐든지 간에, 있을 수 없을 정도로 끔찍한 일이 벌어질 상황이었어요." 선장이 말했다.

일등 항해사가 갑자기 끼어들었다. "아, 저는 그게 발이 열두 개 달린 피라니아(떼를 지어 사람이나 짐승을 뜯어먹는 남아메리카산 담수어─옮긴이 주) 벌떼가 엄청나게 몰려와 침입한다는 것인 줄 알았는데, 그게 아니었나요?"

넘버 투가 획 돌아섰다. 그의 눈은 그가 치른 엄청난 연습을 통해서만 가능한 차갑고 딱딱한 빛으로 불타오르고 있었다.

"그건 제가 들은 얘기가 아닙니다! 저희 사령관은 전 행성이 어마어마한 돌연변이 별 염소한테 곧 잡아먹힐 위험에 처해 있다고 말씀하셨어요!" 그가 고함을 질렀다.

"아, 그래요……?" 포드 프리펙트가 말했다.

"그래요! 지옥에서 뛰쳐나온 듯한 괴물 같은 그 녀석은 길이가 만 마일이나 되는 낫 같은 이빨에, 바다도 펄펄 끓게 만들 정도의 숨결, 대륙을 뿌리째 뽑아낼 것 같은 발톱, 태양처럼 이글이글 불타오르는 천 개의 눈동자를 가졌고, 만 마일이나 되는 길이의 턱에서 침을 질질 흘린다고 했어요. 당신 같은 사람은 도저히, 도저히, 도저히……."

"그리고 분명 당신들을 가장 먼저 보낸 거죠?" 아서가 물었다.

"아, 그래요. 모두들 그렇게 말했죠. 매우 친절하게요. 자신들이 도착하게 될 행성에서도 머리를 멋지게 깎을 수 있고 깨끗한 전화기를 사용할 수 있다고 느끼는 것이 사기 진작을 위해서 아주 중요하다고 했죠." 선장이 말했다.

"아, 그래요. 그게 정말 중요하단 걸 알겠군요." 포드가 동조했다. "그러면 다른 우주선들은 음……당신들 뒤를 바로 따라왔나요?"

잠시 동안 선장은 대꾸를 하지 않았다. 그는 목욕통 안에서 몸을 한바탕 뒤척이고는, 우주선의 거대한 동체 너머를, 저 뒤쪽의 빛으로 가득한 은하계 중심을 바라보았다. 그는 감도 잡을 수 없는 그 먼 곳을 눈을 가늘게 뜨고 바라봤다.

"음, 당신 말을 들으니 조금 이상하군요." 그는 이렇게 말하고, 포드 프리펙트를 향해 미간을 약간 찌푸렸다. "왜냐하면 이상하게도 오 년 전 떠난 이후로는 그들 소식을 듣지도 보지도 못했으니까요……하지만 저 뒤 어딘가에서 우리 뒤를 따라오고 있을 겁니다."

그는 다시 그 먼 곳을 응시했다.

포드는 그와 함께 그곳을 바라보다, 생각에 잠겨 눈살을 찌푸렸다.

"물론, 그 염소한테 몽땅 잡아먹히지 않았다면 말이죠……." 그가 부드럽게 말했다.

"아, 그래요……그 염소……." 선장이 약간 머뭇거리며 말했다. 그의 눈동자는 브리지 안을 일사불란하게 채우고 있는 장비들과 컴퓨터들의 단단한 모양새를 둘러보았다. 그것들은 천진난만하게 그에게 눈을 깜박이고 있었다. 그는 바깥의 별들을 바라보았다. 하지만 별들은 한마디 말도 하지 않았다. 그는 일등 항해사와 이등 항해사를 힐끗 쳐다봤다. 하지만 그들은 잠시 각자 혼자 생각하느라 여념이 없는 듯했다. 그는 자신을 향해 눈을 치뜨고 있는 포드 프리펙트를 힐끔거렸다.

"그것 참 이상하네." 마침내 선장이 말했다. "하지만 그 이야기를 다른 사람에게 해본 것은 이번이 처음이라서⋯⋯넘버 원, 자네도 이상하다는 생각이 드나?"

"에에에에에⋯⋯." 넘버원이 말했다.

"서로 하실 이야기가 많으신 것 같군요. 그럼, 칵테일 잘 마셨습니다. 그냥 가까운 행성 아무 데나 저희를 내려주실 수 있으면⋯⋯." 포드가 말했다.

"아, 그런데 그게 좀 어려워요. 우리 우주선의 궤도는 우리가 골가프린참을 떠나기 전에 미리 세팅됐거든요⋯⋯아마 내가 숫자에 좀 약해서 그렇게 했던 것 같습니다만." 선장이 말했다.

"그럼 우리가 이 우주선에서 꼼짝 못하게 됐다 이 말입니까? 당신들이 식민화한다는 그 행성에는 대체 언제 도착하게 되는 겁니까?" 포드가 이 빤한 사기극을 더 이상 참지 못하고 버럭 소리를 질렀다.

"아, 거의 다 온 것 같아요. 몇 초 안 남았을 거예요. 이제 이 목욕통에서 나가야 할 시간인 것 같군요. 아, 하지만 기분이 좋은데 왜 그만둬야 하는 거죠?" 선장이 말했다.

"그러면 일 분 후면 우리가 착륙하는 건가요?" 아서가 말했다.

"글쎄, 사실 착륙이라고 하기는 좀 그렇고, 사실 착륙이라기보다는⋯⋯ 아⋯⋯."

"무슨 소립니까?" 포드가 날카롭게 물었다.

"글쎄, 내 기억엔, 우린 그곳에 추락하도록 프로그래밍되었던 것 같아요." 선장이 단어를 조심스레 고르며 말했다.

"추락?" 포드와 아서가 소리쳤다.

"예, 그래요. 아마 모두 계획의 일환일 겁니다. 지금 당장은 생각이 잘 안 나지만, 뭔가 대단히 중요한 이유가 있었어요. 그건 아마……아…….." 선장이 말했다.

포드가 폭발했다.

"너희는 천하에 쓸모없는 바보 천치 짐짝들이야!" 그가 소리쳤다.

"아, 그래요, 바로 그겁니다. 그게 바로 그 이유였어요." 선장이 환하게 미소 지었다.

25

《은하수를 여행하는 히치하이커를 위한 안내서》는 골가프린참이라는 행성에 대해 다음과 같이 말하고 있다.

골가프린참은 길고 신비한 역사와 풍부한 전설을 가진 행성으로, 지난 시절 이 행성을 정복하러 온 사람들의 피로 붉게, 때로는 푸르게 물들었다. 땅은 메마르고 황량하며, 공기는 달착지근하고 찌는 듯하다. 공기는, 뜨겁고 메마른 바위 위로 똑똑 떨어져 바위 아래에서 어둡고 사향 냄새가 나는 이끼를 자라게 하는 향기 어린 샘물의 냄새를 머금고 있다. 이 땅에 오면, 이마에서는 미열이 나고 몽롱한 환상이 어른거린다. 특히 이끼를 먹은 사람은 더하다. 하지만 이끼를 멀리할 줄 알고 나무 그늘을 찾는 사람들에게는 차갑고 그늘진 생각들이 찾아오는 땅이기도 하다. 이곳은 강철과 피, 영웅주의의 땅이기도 하다. 몸의 땅이며, 정신의 땅이다. 이것이 그 행성의 역사다.

이런 신비한 역사 중에서도 가장 신비한 인물들은 단연코 아리움의 위대한 순환 시인들이었다. 이 순환 시인들은 깊은 산길에 살면서 방심한 여행자 무리들이 지나가기를 기다렸다가 이들을 둘러싸고 돌며 돌을 던지곤 했다.

그리고 그 여행자들이 왜 가서 시나 계속 쓰지 않고 이렇게 돌을 던지며 사람들을 괴롭히느냐고 소리치면, 그들은 갑자기 돌 던지기를 그만두고 칠백아흔네 수의 위대한 바실리안 장시를 읊어대곤 했다. 이 노래들은 모두 더할 나위 없이 아름다웠고, 더할 나위 없이 길었으며, 모두 똑같은 구조로 이루어져 있었다.

각 노래의 시작 부분은 모두 먼 옛날 현명한 왕자 다섯 명이 말 네 마리를 나누어 타고 바실리안의 도시를 출발하게 된 과정에 대해 이야기한다. 물론 용감하고 고귀하며 지혜로운 그 왕자들은 머나먼 나라들로 널리 여행을 다니며 거대한 도깨비들과 싸우고, 이국의 철학을 탐구하고, 괴상한 신들과 함께 차를 마시고, 게걸스러운 공주들로부터 아름다운 괴물들을 구출해낸다. 그리고 마침내 자신들이 깨달음을 이루었으며, 따라서 이제 방랑도 끝났다고 선언한다.

각 노래의 두 번째 부분이자 훨씬 더 긴 부분인 뒷부분은 그들 중 누가 걸어서 돌아갈 것인지를 놓고 벌어진 심한 언쟁에 대해 이야기한다.

이 모든 이야기는 그 행성의 머나먼 과거 속에 묻혀 있다. 하지만 이 괴상한 시인들의 후손 하나가 곧 닥칠 파멸에 대한 그럴싸한 이야기를 만들어냈고, 그 이야기로 인해 골가프린참 사람들은 완전히 쓸모없는 삼분의 일의 인구를 처리할 수 있게 되었다. 나머지 인구 삼분의 이는 집에 꿋꿋하게 눌러앉아 풍요롭고도 행복한 삶을 살았지만, 결국은 어느 날 갑자기 더러운 전화기에서 감염된 전염병 때문에 완전히 싹쓸이당하고 말았다.

# 26

 그날 밤 우주선이 불시착한 곳은, 시대에 뒤처진 은하계 서쪽 소용돌이의 끝, 지도에도 나와 있지 않은 변두리 지역에서 아무의 주목도 끌지 못하는 아주 작은 노란색 항성 주위를 돌고 있는 시시하기 그지없는 작은 청록색 행성이었다.
 추락 전 몇 시간 동안 포드 프리펙트는 조종 장치에 미리 입력된 항로를 풀어보려고 기를 썼지만 아무 소용없었다. 이 우주선이 새로운 고향까지 수하물을 편안하지는 않더라도 안전하게 운반하도록 프로그래밍되었다는 건 금방 알 수 있었다. 또한 우주선은 운항 도중 절대로 수리가 불가능할 정도로 철저하게 고장나도록 프로그래밍되어 있었다.
 우주선은 비명을 지르고 불꽃을 튀기며 대기를 통과해 추락했고, 그 와중에 상부 구조와 외장 대부분이 전부 뜯겨 나갔다. 그리고 결국에는 수치스럽게도 배치기를 하며 음산한 늪지에 내려앉았다. 우주선은 거대한 동체를 천천히 곧추세우며 끈적끈적한 썩은 늪지 속으로 금세 가라앉기 시작했다. 덕분에 승무원들은 캄캄한 어둠 속에서 불과 몇 시간 만에, 버려진 냉동 수하물을 되살려 부려야 했다. 밤사이 타오르는 유성——우주선의 추락으로 인한 파편조각——이 하늘을 가로질러 빛을 발할 때면, 우주선은 하늘을 배경으로 한두 차례 선명한 윤곽을 드러냈다.

새벽이 오기 직전의 잿빛 여명 속에서 우주선은 망측스럽게 커다란 꿀럭 소리를 토해내더니 썩은 심연 속으로 영영 가라앉아버렸다.

그날 아침 태양이 떠올랐을 때, 습기 머금은 가냘픈 태양빛에 비친 광활한 늪지대는 마른 땅으로 올라가려고 기를 쓰고 버둥대는 울부짖는 미용사들, 홍보 경영진들, 여론 조사원들과 그 밖의 사람들로 들끓고 있었다.

비위가 약한 태양이었다면 즉시 다시 내려가버렸겠지만, 이 태양은 하늘 위로 계속해서 올라갔다. 잠시 후, 그 따뜻한 햇살은 기운이 다해 꼬물대고 있던 생물체들에게 조금이나마 기운을 북돋워주기 시작했다.

당연한 일이지만, 밤사이 수없이 많은 사람들이 그 늪지에서 실종됐다. 수백만이 넘는 사람들이 우주선과 함께 가라앉았다. 하지만 살아남은 사람들도 수십만 명에 달했고, 시간이 지남에 따라 이들은 늪 주변으로 기어 나와 딱딱한 땅 조각을 찾은 다음, 쓰러져서 지난밤의 악몽을 잊으려 했다.

두 인물이 그보다 훨씬 먼 곳까지 움직였다.

근처의 언덕 위에서 포드 프리펙트와 아서 덴트가 자신들이 공감할 수 없는 무시무시한 광경을 지켜보고 있었다.

"정말 더럽고 치사한 사기극이야." 아서가 중얼거렸다.

포드가 작대기로 땅을 후벼 파다가 어깨를 으쓱했다.

"글쎄, 나는 창의적인 문제 해결 방법이라고 생각했는데." 그가 말했다.

"어째서 사람들은 평화롭고 조화롭게 함께 살아가는 법을 배우지 못할까?" 아서가 말했다.

포드가 공허하게 너털웃음을 터뜨렸다.

"42!" 그가 사악한 미소를 지으며 말했다. "아니, 소용없어. 신경 쓰지 마."

아서는 그가 미쳐버린 것이 아닌가 싶어서 포드를 바라보았고, 이를 거스르는 증거를 찾을 수 없자, 사실 그가 미쳐버렸다고 추정해도 완벽하게 말이 되지 않나 생각했다.

"저 사람들에게 무슨 일이 벌어지게 될까?" 아서가 잠시 후 말했다.

"무한한 우주 안에서는 어떤 일이든 벌어질 수 있지. 심지어 생존조차. 이상한 일이지만 사실이라고." 포드가 말했다.

먼 곳의 경치들을 훑다가 아래에서 벌어지는 참담한 광경으로 다시 돌아온 그의 눈동자에 이상한 표정이 떠올랐다.

"저 사람들, 당분간은 그럭저럭 살아갈 거야." 그가 말했다.

아서는 날카롭게 그를 올려다봤다.

"무슨 근거로 그렇게 말하는 거야?" 아서가 말했다.

포드가 어깨를 으쓱했다.

"그냥 육감이야." 그는 이렇게 말하고 더 이상의 질문을 거부했다.

"저것 봐." 갑자기 그가 입을 열었다.

아서의 시선이 포드의 손가락을 따라갔다. 뻗어 있는 수많은 사람들 중에서 한 사람이 움직이고 있었다. 아니, 비틀거리고 있었다는 게 더 정확한 표현일지도 모른다. 그는 어깨에 뭔가를 둘러메고 있었다. 그는 엎어져 있는 사람들 사이를 비틀비틀 다니면서 어깨에 메고 있는 그 무언가를 술주정뱅이처럼 흔들어대고 있었다. 잠시 후, 그는 애쓰기를 포기하고 사람들 사이에 쓰러졌다.

아서는 이게 무슨 의미인지 도무지 알 수가 없었다.

"무비 카메라야. 역사적인 장면을 기록하는 거지." 포드가 말했다.

잠시 후 포드가 다시 말했다. "너는 어떤지 모르겠지만 말이야, 나는 떠날 거야."

그는 잠시 아무 말 없이 앉아 있었다.

잠시 후 아서는 이것이 설명이 필요한 말이라는 생각이 들었다.

"음, 떠나겠다는 말, 정확하게 무슨 뜻이지?" 아서가 말했다.

"좋은 질문이야." 포드가 말했다. "아무 소리도 안 들려."

아서가 뒤를 돌아보니, 포드는 조그만 검은 상자의 손잡이를 만지작거리고 있었다. 포드는 이 상자가 서브-에서 센스-오-매틱이라고 아서에게 소개해준 적이 있었다. 하지만 그때 아서는 멍하게 고개만 끄덕일 뿐, 더 이상 알려고 하지 않았다. 그의 마음속에는 아직도 우주가 두 부분, 즉 지구와 그 외의 것들로 나뉘어 있었다. 초공간 우회로를 만드느라 지구가 파괴되어버렸다는 사실이 이 견해를 다소 균형 안 맞는 것으로 만들어놓았지만, 아서는 균형이 맞지 않는 이 의견에 집착했다. 그에게 있어 이건 유일하게 남은 고향과의 마지막 연결점이었다. 서브-에서 센스-오-매틱은 확실하게 '그 외의 것들' 범주에 들어가는 물건이었다.

"소시지 하나 없군." 포드가 그 물건을 흔들어대며 말했다.

소시지라고? 아서는 주위에 펼쳐진 원시 세계를 멍하게 바라보며 생각했다. 맛있는 지구 소시지 하나만 먹을 수 있다면 뭐라도 다 내줄 텐데.

"이거 믿을 수 있겠어?" 포드가 격분해서 말했다. "이 미개한 곳에서 반경 몇 광년 내에는 전파라고는 하나도 없다는 거? 내 말 듣고 있어?"

"뭐?" 아서가 말했다.

"우린 아주 곤란해졌다고." 포드가 말했다.

"아." 아서가 말했다.

그 말은 아서에게는 한물 가도 한참 한물 간 뉴스처럼 들렸다.

"우리가 이 기계로 무슨 신호를 잡지 못하면……이 행성에서 떠날 수 있는 가능성은 제로야. 어쩌면 이 행성의 자장에 무슨 변칙 정재파(진행파와 반사파가 합성되어 외형상 정지해 있는 것처럼 보이는 전파—옮긴이주)가 있기 때문인지도 몰라. 그렇다면 신호가 잘 잡히는 지역을 찾을 때까지 이리저리 돌아다녀야 해. 같이 갈 거지?" 포드가 말했다.

그는 장비를 들고 성큼성큼 걸어가기 시작했다.

아서는 언덕 아래쪽을 바라봤다. 무비 카메라를 든 사람이 다시 억지로 몸을 일으키더니, 때마침 쓰러지는 자기 동료 하나를 찍었다.

아서는 풀 한 포기를 뽑아 들고 포드를 따라 걸어가기 시작했다.

27

"식사는 괜찮았겠지?" 자니우프가, 순수한 마음 호의 조종실에 재합성되어 나타나 바닥에 누워 숨을 헐떡이고 있는 자포드와 트릴리언에게 말했다.

자포드는 눈을 몇 개 뜨고 그를 노려보았다.

"너." 그가 내뱉었다. 그는 비틀거리며 일어나더니 쓰러져 앉을 의자를 찾아 비척대며 걸어갔다. 그는 의자를 하나 찾아 거기 쓰러졌다.

"내가 우리 여행에 적합한 불가능 확률 좌표를 컴퓨터에 입력했네. 좀 있으면 거기 도착할 거야. 그동안 좀 쉬면서 회의 준비나 하는 게 어떤가?" 자니우프가 말했다.

자포드는 아무 말도 하지 않았다. 그는 다시 일어나 작은 캐비닛 앞으로 성큼성큼 걸어가더니, 올드 쟁크스 스피릿 한 병을 꺼냈다. 그는 길게 한 모금 들이켰다.

"그리고 이 일이 다 끝나면, 그럼 끝이야, 알겠나?" 자포드가 사납게 말했다. "난 아무 데나 갈 수 있고, 내가 하고 싶은 대로 할 수 있고, 바닷가에 가서 누울 수도 있게 되는 거야, 알겠나?"

"우리 회합의 결과에 달려 있네." 자니우프가 말했다.

"자포드, 이 사람 누구야? 여기서 뭘 하는 거야? 왜 우리 우주선에 있지?" 트릴리언이 비틀거리며 일어나 떨리는 목소리로 물었다.

"대단히 멍청한 사람이야. 우주의 지배자를 만나고 싶어 하지." 자포드가 말했다.

"아아, 출세주의자구나." 트릴리언이 자포드의 병을 빼앗아 들이켜며 말했다.

28

사람들을 통치하는 데 있어 중요한 문제는――물론 중요한 문제는 여러 가지가 있으므로, 그중 '하나'는――누구에게 통치하는 일을 시키느냐 하는 것이다. 아니면, 누가 사람들이 그 일을 스스로 저지르도록 조종하고 있냐는 것이다.

요약하자면, 사람들을 통치하기를 '원하는' 사람이 사실상 그 일에 가장 부적합한 사람이라는 사실은 이미 잘 알려져 있다. 이 요약을 다시 한 번 요약하자면, 스스로를 대통령으로 만들 수 있는 사람에게는 어떤 일이 있어도 그 일을 수행하도록 허락해서는 안 된다. 요약에 대한 이 요약을 다시 요약하자면, 문제는 사람들이다.

그래서 우리가 알아낸 상황은 이러하다. 은하계 대통령들은 권력의 재미와 감언이설에 홀딱 빠진 나머지, 사실은 자신들이 전혀 권력을 갖고 있지 않다는 사실을 거의 눈치 채지 못한다.

그들 뒤의 그림자 속 어딘가에――누가?

통치하고 싶어 하는 사람에게는 절대로 통치를 허락해서는 안 된다면, 통치자가 될 수 있는 사람은 과연 누구인가?

29

아무도 알 수 없는 곳 어딘가에 있는 호젓하고 조그만 세상——그곳은 아무도 찾을 수 없다. 그곳은 거대한 비가능 확률 자장에 의해 보호받고 있으며 그 열쇠는 이 은하계에서 오직 여섯 사람만이 가지고 있기 때문이다——에는 비가 내리고 있었다.

비는 몇 시간째 퍼붓듯이 쏟아지고 있었다. 비는 물안개를 일으키며 바다에 쏟아졌고, 나무들을 두들겨댔으며, 바닷가 근처의 덤불 우거진 작은 땅을 휘저어 진창으로 만들었다.

비는 덤불 우거진 이 조그만 땅의 한가운데 서 있는 조그만 오두막의 물결 모양 양철 지붕을 때리며 춤췄다. 비는 오두막에서 바다로 이어지는 작고 울퉁불퉁한 오솔길을 지워버리고 그곳에 놓여 있던 깔끔한 조개 무지를 산산이 흩어놓았다.

오두막 지붕에 떨어지는 빗소리는 안에서 들으면 귀가 멍해질 정도였지만, 그 집의 주인은 그다지 신경 쓰지 않았다. 그는 다른 곳에 주의를 기울이고 있었다.

그는 키가 크고 느릿느릿한 사람으로, 그의 헝클어진 밀짚 색 머리칼은 지붕에서 새는 비로 젖어 있었다. 옷은 허름했고, 등은 굽었으며, 눈은 뜨고 있었지만 꼭 감고 있는 것처럼 보였다.

그의 오두막 안에는 낡아빠진 안락의자와 낡고 흠집이 많이 난 테이블, 오래된 매트리스, 쿠션 몇 개와 작지만 따뜻한 난로가 하나 있었다.

풍상에 시달린 늙은 고양이도 한 마리 있었다. 집주인은 지금 이 고양이에 관심을 기울이고 있었다. 그는 꾸물거리며 고양이에게 허리를 굽혔다.

"나비야, 나비야, 나비야. 츳츳츳츳츳……나비야, 물고기 줄까? 아주 맛있는 물고기란다……나비야, 먹고 싶지?" 그가 말했다.

고양이는 그 문제에 대해 아직 마음을 정하지 못한 모양이었다. 고양이는 그가 내밀고 있는 물고기에게 선심이라도 베풀듯 앞발을 내밀었다가, 이어 마루에 굴러다니는 작은 먼지 덩이에 정신이 팔려버렸다.

"나비야, 밥 안 먹으면 빼빼 말라서 죽어." 그가 말했다. 그의 목소리에 의혹이 살금살금 밀려들기 시작했다.

"내 생각에는 그런 일이 벌어질 것 같은데……하지만 어떻게 알겠어?" 그가 말했다.

그는 다시 물고기를 내밀었다.

"나비 네가 생각해라, 물고기를 먹을 건지 안 먹을 건지. 내가 안 끼어드는 게 나을 것 같다." 그가 말했다. 그리고 한숨을 쉬었다.

"나는 물고기가 맛있다고 생각해. 하지만 또 난 비가 축축하다고 생각하지. 그러니 내가 누구를 판단하겠어?"

그는 고양이를 위해 물고기를 바닥에 내려놓고는 자리로 돌아갔다.

고양이는 먼지 덩이가 주는 놀이 가능성의 밑천이 떨어지자 물고기에 달려들었고, 그러자 그는 마침내 이렇게 말했다. "네가 물고기를 먹는 게 보이는 것 같네."

"난 네가 물고기 먹는 걸 보는 게 좋아. 네가 그걸 안 먹으면 빼빼 말라 죽어버릴 것 같거든." 그가 말했다.

그는 책상에서 종이 한 장과 몽당연필 하나를 집어 들었다. 그는 한 손에 종이를, 다른 한 손에 연필을 들고, 그 두 개를 한데 모으는 갖가지 방법을 시험했다. 그는 연필을 종이 아래에서 잡아봤다가, 다음에는 종이 위에서, 그리고 다음에는 종이 옆에서 잡아봤다. 그는 종이로 연필을 둘둘 말아봤다. 연필의 뭉툭한 부분을 종이에 대고 문질러봤다. 그리고 이번에는 연필의 뾰족한 부분을 종이에 대고 문질러봤다. 연필은 종이에 흔적을 남겼고, 그는 늘 그렇듯이 이 발견이 기뻤다. 그는 책상에서 다른 종이 한 장을 집어 들었다. 여기에는 크로스워드 퍼즐이 있었다. 그는 잠깐 퍼즐을 살피더니 두어 개를 풀고 곧 흥미를 잃었다.

그는 자기 손 하나를 깔고 앉아봤다. 엉덩이뼈의 느낌이 재미있었다.

"물고기는 아주 먼 데서 와. 그렇다고 들었어. 아니면, 그런 말을 들었다고 상상하고 있는 것일 수도 있지. 그 사람들이 올 때, 아니, 그 사람들이 빛나는 검정 우주선 여섯 대를 타고 온다고 내가 상상할 때, 네 마음속에서도 그 사람들이 오니? 나비야, 넌 뭘 보니?" 그가 말했다.

그는 고양이를 바라봤다. 고양이는 이런 생각을 하기보다는 물고기를 가능한 한 빨리 먹어치우느라 여념이 없었다.

"그리고 내가 그 사람들의 질문을 들을 때, 네게도 그 질문들이 들리니? 그 사람들 목소리가 네겐 어떻게 들리니? 넌 어쩌면 그 사람들이 네게 노래를 불러주고 있다고 생각할지도 모르겠구나." 그는 이 점에 대해 생각해보았다. 그리고 이 가정에 오류가 있음을 발견했다.

"어쩌면 그 사람들이 네게 노래를 불러주고 있는 것인지도 몰라. 그런데 내가 그냥 그 사람들이 내게 질문을 하고 있다고 생각하는 거지." 그가 말했다.

그는 다시 말을 멈췄다. 어떤 때는 그는 며칠씩이나 말을 멈추기도 했다. 그저 그러면 어떨까 해서 그러는 거였다.

"그 사람들이 오늘도 왔던 거 같니? 난 그래. 마루에 흙 자국이 있거든. 책상에는 담배랑 위스키가 있고. 네 접시에는 물고기가, 내 마음속에는 그 사람들에 대한 기억이 있지. 물론 결정적인 증거가 아니라는 건 알아.

하지만 모든 증거들은 원래 정황으로 추론하는 거잖아. 뭘 더 두고 갔는지 한번 봐." 그가 말했다.

그는 책상 위로 손을 뻗어 몇 가지 물건을 꺼냈다.

"크로스워드, 사전들, 전자 계산기."

그는 전자 계산기를 가지고 한 시간 동안 놀았다. 그동안 고양이는 잠이 들었고, 바깥에서는 비가 계속 쏟아졌다. 마침내 그는 계산기를 치웠다.

"그 사람들이 내게 질문을 한다는 내 생각이 맞는 것 같아. 네게 노래를 불러주는 영광을 누리기 위해 그 먼 길을 와서 이런 물건들을 두고 간다는 건 참으로 말이 안 되는 행동이야. 적어도 내가 보기엔 그래. 누가 알겠어, 누가 알겠어." 그가 말했다.

그는 책상에서 담배 하나를 집어 난로 불꽃으로 불을 붙였다. 그는 연기를 깊이 들이마시고는 몸을 젖혀 앉았다.

그가 마침내 입을 열었다. "오늘 하늘에서 우주선을 한 대 더 본 것 같아. 커다랗고 하얀 우주선이었지. 커다랗고 하얀 우주선을 본 건 처음이야. 검정 우주선 여섯 대뿐이었거든. 아니면 녹색 우주선 여섯 대. 그리고 먼 곳에서 왔다고 말하는 다른 사람들. 커다랗고 하얀 우주선은 처음이야. 어쩌면 작은 검정 우주선 여섯 대가 때로는 커다랗고 하얀 우주선 한 대로 보일 수도 있겠지. 위스키 한 잔 마셔야 할 것 같아. 그래, 그러는 편이 좋겠군."

그는 자리에서 일어나 매트리스 옆의 바닥에 놓여 있는 잔을 찾아냈다. 그는 위스키 병에서 술을 좀 따랐다. 그리고 다시 자리에 앉았다.

"어쩌면 다른 사람들이 찾아올지도 모르지." 그가 말했다.

그곳에서 백 야드 떨어진 곳에서, 순수한 마음 호가 억수같이 쏟아지는 비를 맞으며 서 있었다.

해치가 열리더니 세 사람이 나타났다. 그들은 얼굴이 비에 젖지 않게 하려고 잔뜩 어깨를 웅크리고 있었다.

"저 안에요?" 트릴리언이 시끄러운 빗소리를 뚫고 소리쳤다.

"그렇소." 자니우프가 말했다.

"저 오두막?"

"맞아요."

"괴상하네." 자포드가 말했다.

"하지만 저기는 마을에서 멀리 떨어져 있잖아. 우리가 잘못 온 거야. 저런 오두막에서 우주를 통치할 수는 없다고." 트릴리언이 말했다.

그들은 쏟아지는 비를 뚫고 뛰어서 온몸이 푹 젖은 상태로 오두막의 문 앞에 도착했다. 그들은 문을 두드렸다. 그들은 몸을 부르르 떨었다.

문이 열렸다.

"누구세요?" 그 사람이 물었다.

"아, 실례합니다. 제가 알기로는⋯⋯." 자니우프가 말했다.

"당신이 우주를 통치합니까?" 자포드가 말했다.

그 사람이 그에게 미소를 지었다.

"난 안 그러려고 하는데요. 당신 젖었나요?" 그가 말했다.

자포드는 깜짝 놀라 그를 바라봤다.

"젖었냐고요? 우리가 젖은 것같이 보이지 않아요?" 그가 외쳤다.

"그렇게 보이기는 합니다. 하지만 당신이 그것에 대해 어떻게 느끼느냐는 전혀 다른 문제죠. 만일 따뜻한 곳이 당신을 말려준다고 생각한다면, 들어오십시오." 그 사람이 말했다.

그들은 들어갔다.

자니우프는 약간 냉정하게, 트릴리언은 흥미롭게, 자포드는 신나하며 손바닥만 한 오두막 안을 둘러보았다.

"이봐요, 저⋯⋯당신 이름이 뭔가요?" 자포드가 말했다.

그 사람은 의아스러운 눈으로 그들을 쳐다보았다.

"나도 몰라요. 왜요, 내가 이름을 갖고 있어야 한다고 생각하나요? 흐리멍덩한 감각 기관 덩어리에게 이름을 지어준다는 건 굉장히 괴상한 일 같군요."

그는 트릴리언에게 의자에 앉으라고 권했다. 그는 의자 모서리에 앉았다. 자니우프는 딱딱한 자세로 책상에 기대어 섰다. 자포드는 매트리스 위에 드러누웠다.

"야아! 이게 바로 권좌로군!" 자포드가 말했다.

그는 고양이 목을 간질였다.

"저, 몇 가지 질문을 해야겠습니다." 자니우프가 말했다.

"좋아요. 원한다면, 고양이한테 노래를 불러줘도 좋아요." 그 사람이 친절하게 대답했다.

"고양이가 좋아할까요?" 자포드가 물었다.

"고양이한테 물어보시죠." 그 사람이 말했다.

"말을 합니까?" 자포드가 말했다.

"그 녀석이 말하는 걸 들어본 기억은 없는데요. 하지만 내 기억력은 도통 믿을 만하지 않답니다." 그 사람이 말했다.

자니우프는 호주머니에서 메모한 것을 좀 꺼냈다.

"자, 당신이 우주를 통치하죠, 맞습니까?" 그가 말했다.

"내가 어찌 알겠어요?" 그 사람이 말했다.

자니우프는 종이의 메모에 표시를 했다.

"이 일을 얼마나 하셨죠?"

"아아, 이건 과거에 대한 질문이로군요, 그렇죠?" 그 사람이 말했다.

자니우프는 어리둥절해서 그 사람을 바라보았다. 이것은 정말이지 그가 기대했던 것이 아니었다.

"그렇습니다." 그가 말했다.

"내가 어찌 알겠어요? 과거란 현재의 나의 육체적 감각과 마음 상태 사이의 괴리를 설명하기 위해 만들어낸 허구일지도 모르는데." 그 사람이 말했다.

자니우프는 그를 노려보았다. 푹 젖은 그의 옷에서 수증기가 피어오르기 시작했다.

"언제나 이런 식으로 질문에 답을 하나요?" 그가 말했다.

"사람들이 말하는 소리가 들린다고 생각될 때 말해야겠다고 떠오르는 생각을 말할 뿐이에요. 그 이상은 모릅니다." 그 사람은 재빨리 대답했다.

자포드가 유쾌한 웃음을 터뜨렸다.

"그걸 위해 건배해야지." 그는 이렇게 말하고 쟁크스 스피릿 술병을 꺼냈다. 그는 벌떡 일어나 술병을 우주의 지배자에게 건넸고, 그는 기꺼이 받았다.

"훌륭해요, 위대한 통치자님. 마음대로 말하세요." 자포드가 말했다.

"아니, 이것 보세요, 사람들이 당신에게 오죠, 네? 우주선을 타고……." 자니우프가 말했다.

"그런 것 같아요." 그 사람이 말했다.

그는 술병을 트릴리언에게 넘겼다.

"그리고 그 사람들이 당신한테, 자기들 대신 결정을 해달라고 부탁하죠? 사람들의 인생, 세상, 경제, 전쟁, 저 바깥 우주에서 벌어지는 모든 문제들에 대해서 말이에요." 자니우프가 말했다.

"저 바깥이라고요? 어디요?" 그 사람이 말했다.

"저 바깥 우주 말입니다!" 자니우프가 문을 가리키며 말했다.

"저 바깥에 뭐가 있는지 어떻게 알겠어요?" 그 사람이 예의 바르게 말했다. "저 문은 닫혀 있는데."

비가 계속해서 지붕을 때려댔다. 오두막 안은 따뜻했다.

"하지만 저 바깥에 우주 전체가 있다는 걸 당신도 알잖아요! 그게 존재하지 않는다는 말로 당신의 책임을 회피할 수는 없다고요!" 자니우프가 소리쳤다.

우주의 통치자는 오랫동안 생각에 잠겼고, 그동안 자니우프는 분노로 몸을 떨었다.

"당신은 당신이 알고 있는 사실들에 대해 대단히 확신하는군요." 그 사람이 마침내 입을 열었다. "난 우주를——그런 게 정말 있다면 말입니다——그렇게 당연히 받아들이는 사람의 생각을 믿을 수가 없어요."

자니우프는 여전히 몸을 떨면서 침묵을 지키고 있었다.

"난 나의 우주에 대해서만 결정을 내리죠." 그 사람이 조용히 말을 이었다. "내 우주는 나의 눈이고 귀예요. 그 외의 것들은 소문에 불과하죠."

"그럼 당신은 아무것도 믿지 않는단 말입니까?"

그 사람은 어깨를 으쓱하더니 고양이를 안아 올렸다.

"당신이 말하는 걸 이해 못하겠군요." 그가 말했다.

"당신이 이 오두막 안에서 결정하는 일들이 수백만 사람들의 생명과 운명에 영향을 미친다는 사실을 이해 못한단 말이에요? 이건 정말 어마어마하게 잘못된 일이라고요!"

"모르겠군요. 당신이 말하는 그 모든 사람들을 만나본 일도 없는걸요. 그리고 내 생각에 당신도 안 만나봤을 거예요. 그 사람들은 우리가 듣는 말 속에서만 존재하죠. 다른 사람들에게 어떤 일이 벌어지는지 당신이 안다고 말한다면 그건 잘못이에요. 그 사람들만이 알죠. 그 사람들이 정말 존재한다면 말이에요. 그 사람들도 눈과 귀라는 자신들만의 우주를 가지고 있으니까요."

"난 잠시 밖에 나갈래." 트릴리언이 말했다.

그녀는 나가서 빗속으로 걸어 들어갔다.

"다른 사람들이 존재한다는 것은 믿습니까?" 자니우프가 물고 늘어졌다.

"모릅니다. 내가 뭐라고 말할 수 있겠어요?"

"난 트릴리언이 뭐 하나 보러 가는 게 낫겠다." 자포드가 이렇게 말하고 살짝 빠져나갔다.

밖에서 그는 그녀에게 말했다.

"내 생각에, 우주는 꽤 괜찮은 사람 손에 맡겨진 것 같아, 안 그래?"

"매우 훌륭해." 트릴리언이 답했다.

그들은 빗속으로 걸어갔다.

안에서 자니우프는 대화를 계속했다.

"당신 말 한마디에 사람들이 죽기도 하고 살기도 한다는 사실을 이해 못해요?"

우주의 통치자는 가능한 한 오래 기다렸다. 우주선에 시동이 걸리는 소리가 희미하게 들려오자, 그는 그 소리를 감추기 위해 말을 시작했다.

"나하고는 아무 상관이 없어요. 나는 사람들하고 상관이 없어요. 내가 잔인한 사람이 아니라는 건 주님도 알아요."

"아하! 당신 '주님'이라고 하셨죠! 당신 뭔가를 믿기는 하는군요!" 자니우프가 소리를 질렀다.

"내 고양이죠." 그 사람이 인자한 목소리로 말하더니 고양이를 안아 올려 쓰다듬었다. "난 이 녀석을 주님이라 부르죠. 난 이 녀석에게 정말 잘해준답니다."

"좋아요, 그게 존재한다는 건 어떻게 알죠? 당신이 잘해준다는 걸 그 녀석이 아는지 당신이 어떻게 알아요? 당신이 친절이라 생각하는 그걸 저 녀석이 좋아하는지 어떻게 알아요?" 자니우프가 자기의 주장을 밀어붙이며 말했다.

"물론 모르죠." 그 사람이 미소를 띠며 대답했다. "전혀 몰라요. 고양이처럼 보이는 대상에게 어떤 특정한 방식으로 행동했을 때 내 기분이 좋을 뿐이죠. 당신은 다르게 행동하나요? 하여간, 이제 난 피곤한 것 같아요."

자니우프는 완전히 실망해서 긴 한숨을 내쉬고는 주위를 둘러봤다.

"다른 두 사람은 어디 갔죠?" 갑자기 그가 말했다.

"무슨 두 사람이요?" 우주의 통치자가 의자에 다시 기대어 앉아 위스키 잔을 채우며 말했다.

"비블브락스하고 그 여자요! 여기 있던 두 사람이요!"

"난 아무도 기억 안 나요. 과거란 현재의 나의 육체적……."

"닥쳐요." 자니우프가 소리치고는 빗속으로 달려 나갔다. 우주선은 없었다. 비는 계속해서 흙탕물을 휘젓고 있었다. 우주선이 있던 자리임을 보여주는 흔적조차 없었다. 그는 빗속에다 고함을 질러댔다. 그는 돌아서서 다시 오두막으로 달려왔지만 문은 잠겨 있었다.

우주의 통치자는 의자에 앉아 가볍게 졸았다. 잠시 후 그는 다시 연필과 종이로 장난을 치기 시작했고, 하나를 가지고 다른 것에다 흔적을 남길 수 있다는 사실을 발견하고 기뻐했다. 바깥에서는 갖가지 소음이 계속해서 들려왔지만, 그는 그것들이 실재하는 것인지 아닌지 알지 못했다. 그 다음으로 그는 책상이 어떻게 반응하나 보려고 일주일 동안 책상에다 말을 걸어보았다.

30

그날 밤, 찬란하고 선명한 빛을 발하며 별들이 떴다. 포드와 아서는 그들이 잴 수 있는 것보다 훨씬 더 많이 걸었고 그제야 휴식을 취하려고 걸음을 멈췄다. 밤은 차갑고 향기로웠으며, 공기는 청아했고, 서브-에서 센스-오-매틱은 찍소리도 없었다.

세상은 황홀한 고요함으로 가득했다. 이 마법 같은 평온함이 숲의 부드러운 향기와 벌레들의 고요한 울음소리, 반짝이는 별빛과 합쳐져 곤두선 그들의 신경을 달래주었다. 오후 내내 세도 자기가 본 세상을 다 헤아리지 못할 정도로 세상 구경을 많이 한 포드 프리펙트조차 감동해서 자신이 본 중에 가장 아름다운 밤이 아닐까 생각할 정도였다. 그들은 그날 하루 종일 잔디와 진한 향기의 꽃들, 잎이 무성한 키 큰 나무들로 뒤덮인, 굽이치는 언덕과 계곡을 지나왔다. 태양은 그들을 따뜻하게 데워주었고, 미풍은 그들의 땀을 식혀주었다. 포드 프리펙트가 서브-에서 센스-오-매틱을 점검하는 횟수가 점점 줄어들었고, 그는 그 계속되는 침묵에 대해 점차 짜증을 덜 내게 됐다. 그는 이곳이 마음에 들기 시작했다.

밤 공기는 차가웠지만, 그들은 바깥에서도 깊고 편안한 잠을 잤고, 이슬이 살짝 내리기 시작한 지 몇 시간이 지나면 허기를 느끼며 상쾌한 기분으로 잠에서 깨어났다. 그들은 포드가 밀리웨이스에서 가방에 쑤셔 넣어온 작은 롤빵 몇 개로 아침을 먹고 움직이기 시작했다.

지금까지 그들은 아무렇게나 되는 대로 돌아다니고 있었다. 하지만 이제 그들은 동쪽으로 방향을 확실히 잡고 움직였다. 이 세계를 탐험해볼 요량이면 그들이 온 방향과 가고 있는 방향을 분명히 해야겠다는 생각이 들었기 때문이었다.

정오가 되기 직전, 그들은 자신들이 착륙한 땅이 아무도 살지 않는 행성이 아님을 보여주는 첫 번째 증거와 만났다. 나무 사이에서 그들을 바라보고 있는 얼굴 하나를 슬쩍 본 것이다. 그 얼굴은 그들이 보자마자 사라져버렸지만, 두 사람 모두 그것이 인간의 형상을 한 생물이며, 자신들을 호기심 있게 보긴 했지만 놀라지는 않았다는 인상을 받았다. 약 반 시간 뒤 그들은 그런 얼굴과 다시 마주쳤고, 십 분 뒤 또다시 마주쳤다.

일 분 뒤, 그들은 갑자기 넓은 개간지에 다다랐고, 거기서 깜짝 놀라 걸음을 멈췄다.

그들 앞 개간지의 한가운데에 이십여 명의 남녀가 서 있었다. 그들은 포드와 아서를 바라보며 조용히 서 있었다. 그중 몇몇 여자들에게는 어린아이들이 달라붙어 있었고, 그 뒤로는 진흙과 나뭇가지들로 만들어진 허술하고 작은 오두막이 어지럽게 늘어서 있었다.

포드와 아서는 숨을 죽였다.

그중 가장 키가 큰 사람도 오 피트를 넘지 않을 정도였고, 그들은 모두 등이 약간 굽었으며, 긴 팔과 좁은 이마, 반짝이는 눈을 갖고 있었다. 그들은 반짝이는 눈으로 이방인들을 뚫어져라 쳐다봤다.

그들이 아무 무기도 지니지 않고 있고 자신들에게 다가오지도 않는 것을 보고 포드와 아서는 약간 마음을 놓았다.

한동안 그들 두 그룹은 그저 서로를 쳐다보고만 있었다. 어느 쪽도 움직이지 않았다. 원주민들은 침입자 때문에 어리둥절한 것 같았다. 그들은 어떠한 공격적인 징후도 보이지 않았지만, 그렇다고 해서 초대하려는 의사가 있는 것도 아니었다.

아무 일도 일어나지 않았다.

꼬박 이 분 동안 아무 일도 일어나지 않았다.

이 분 후, 포드는 무슨 일이든 일어나야 한다고 판단했다.

"안녕하십니까?" 그가 말했다.

여자들이 아이들을 자기들 옆으로 조금 더 끌어당겼다.

남자들은 이렇다 할 움직임을 전혀 보이지 않았지만, 그들의 전반적인 태도로 볼 때, 조금 전의 인사말을 전혀 환영하지 않는 게 확실했다. 그렇다고 그 인사말을 굉장히 싫어하는 것도 아니었다. 다만 환영하지 않을 뿐이었다.

그 사람들 중, 남들보다 조금 앞에 서 있던, 그러므로 지도자일지도 모르는 남자 하나가 앞으로 걸어 나왔다. 그의 얼굴 표정은 조용하고 침착했다. 거의 평온에 가까운 표정이었다.

"으ㄱㄱㅎㅎㅎㅇㅇㄱㄱㄱㅎㅎㅎ르르르르 어흐 어흐 러흐 으르ㄱ." 그가 조용히 말했다.

아서는 깜짝 놀랐다. 귀 안에 넣어진 바벨 피시를 통해 자기가 듣는 모든 말을 즉시, 무의식적으로 통역받는 일에 너무 익숙해진 나머지, 그는 이제 바벨 피시의 존재조차 의식하지 않고 있었다. 그런데 갑자기 그게 작동하지 않는 것 같아 새삼 그 존재가 상기된 것이었다. 그의 마음속에서 뭔가 희미한 그림자들이 날아다니는 느낌이었지만 손에 확실하게 잡히는 것은 아무것도 없었다. 그는 이 사람들이 아직 가장 기본적인 형태의 언어도 만들어내지 못한 게 아닐까, 그래서 바벨 피시가 전혀 도움이 안 되는 게 아닐까 생각했다. 그 생각은 우연히도 정확했다. 그는 이런 일에 훨씬 더 경험이 많은 포드를 힐끗 쳐다봤다.

"자기네 마을을 우회해서 지나가 달라고 부탁하는 것 같은데." 포드가 입술을 움직이지 않으려 애쓰며 슬쩍 말했다.

잠시 후 그 인간 형상의 생물이 보여준 제스처가 이를 입증하는 듯이 보였다.

"르우우ㄱㄱㄱㅎㅎㅎㅎ 우르르ㄱㄱㄱㅎ 우르그 우르그 (어흐 러흐) 르르우우르우우흐 우그." 인간 형상의 생물이 계속 말했다.

"대략의 요점, 그러니까 내가 파악할 수 있는 한에서의 요점은, 우리가 어디로든 맘대로 여행을 계속해도 되지만, 자기네 마을을 관통하지 말고 빙 돌아서 가준다면 참 행복할 거라는 얘기야." 포드가 말했다.

"그럼 어떻게 하지?"

"저 사람들을 행복하게 해주지 뭐." 포드가 말했다.

두 사람은 천천히, 그리고 조심스럽게 그 개간지의 경계선을 따라 걸어갔다. 이 행동의 뜻이 원주민들에게 잘 전해진 것 같았다. 그들은 두 사람에게 살짝 고개 숙여 절하더니 자신들의 일상으로 돌아갔다.

포드와 아서는 숲을 지나 여행을 계속했다. 개간지를 지나 몇백 마일가량 걸었을 때, 그들은 갑자기 길에 놓인 과일 한 더미와 마주쳤다. 나무딸기나 딸기와 너무나도 비슷하게 생긴 딸기류와, 배와 매우 흡사한 모습에다가 푸른 껍질을 가진 열매였다.

이제까지 그들은 나무와 덤불들에 아무리 과일들이 주렁주렁 매달려 있어도 그 과일과 딸기들에 손을 대지 않았었다.

"이렇게 생각해봐. 낯선 행성의 과일과 딸기들은 너를 살릴 수도 있고 죽일 수도 있어. 그러므로 그것들에 손을 대기 시작하는 시점은, 그러지 않으면 꼼짝없이 죽게 될 바로 그 순간뿐이지. 그래야 살아남을 수 있어. 건강한 히치하이크의 비결은 인스턴트 음식이라고." 포드가 말했다.

그들은 자신들 앞에 놓인 과일 더미를 의심스러운 눈초리로 쳐다봤다. 그 과일들이 너무나 달콤해 보여서, 그들은 허기로 머리가 어지러워질 지경이었다.

"이렇게 생각해봐, 음……." 포드가 말했다.

"어떻게?" 아서가 말했다.

"난 지금 우리가 저걸 먹을 수 있는 논리를 생각해내려고 하는 거야." 포드가 말했다.

나뭇잎 사이로 어른거리는 햇살이 배처럼 생긴 과일의 통통한 껍질 위에서 빛나고 있었다. 딸기와 나무딸기처럼 보이는 것들은 아서가 보았던 어떤 딸기류보다도 더 탐스럽고 잘 익은 듯이 보였다. 심지어 아이스크림 광고보다 더 나았다.

"우선 먹고 나서 나중에 생각해보면 어떨까?" 아서가 말했다.

"아마 그게 바로 그 사람들이 원하는 것일 거야."

"좋아, 그럼 이렇게 생각해봐……."

"아직까지는 괜찮게 들리는데."

"저 과일은 우리가 먹으라고 저기 있어. 좋을 수도 있고 나쁠 수도 있지. 우리 배를 불려줄 수도 있고, 독으로 우리를 죽일 수도 있어. 만일 저게 독이 든 건데 우리가 안 먹는다면, 그들은 다른 방법으로 우리를 공격할 거야. 우리가 먹지 않더라도 우리는 어쨌든 지는 거라고."

"네가 생각하는 방식이 맘에 들어. 그럼 하나 먹어봐."

아서는 주저하면서 배처럼 생긴 과일 하나를 집어 들었다.

"난 에덴 동산 이야기 중에서 항상 그 부분이 생각나." 포드가 말했다.

"뭐?"

"에덴 동산. 나무. 사과. 그 부분 말이야. 생각나?"

"그래, 물론 생각나지."

"너희의 신이 정원 한가운데다 사과나무를 하나 심고는 이렇게 말하지. 하고 싶은 대로 뭐든지 마음대로 해라. 얘들아, 하지만 그 사과는 먹으면 안 돼. 자, 기대하시라. 다음 순간, 그 사람들은 그걸 먹고, 신은 덤불 뒤에서 펄쩍 뛰어나와 '걸렸지' 하고 외치는 거야. 그 사람들이 그걸 안 먹었다고 해도 달라지는 건 하나도 없었을 거야."

"어째서?"

"왜냐하면 너희가 상대하는 사람이 도로 위에다 모자를 놓고 그 속에 벽돌을 감춰놓기를 좋아하는 정신 상태를 가진 사람이라면, 잘 알겠지만 그런 사람은 절대로 포기하지 않아. 결국은 상대방을 잡고야 말지."

"대체 무슨 소리야?"

"신경 쓰지 마. 과일이나 먹어."

"그러고 보니 이곳이 꼭 에덴 동산 같네."

"과일이나 먹어."

"네가 말하는 것도 딱 그렇고."

아서는 배처럼 생긴 과일을 한 입 깨물었다.

"이건 배야." 그가 말했다.

잠시 후 다 먹고 나서 포드 프리펙트는 돌아서서 외쳤다.

"고마워요, 정말 고마워요, 정말 친절하시군요."

그들은 여행을 계속했다.

동쪽으로 향하는 이후 오십 마일의 여행 중에 그들은 길목에 놓인 과일 선물을 자주 발견할 수 있었다. 한두 번은 나무들 사이로 인간 형상의 원주민을 잠깐 보기도 했지만, 직접 마주친 적은 한 번도 없었다. 그들은, 단지 귀찮게 굴지 않아 고맙다는 뜻을 그렇게까지 명백하게 표시하는 종족이 꽤나 마음에 들었다.

오십 마일이 지난 후에는 더 이상 과일과 딸기를 볼 수 없었다. 거기서부터 바다가 시작됐기 때문이다.

시간에 쫓길 까닭이 전혀 없었기 때문에 그들은 뗏목을 만들어 바다를 건넜다. 바다는 비교적 잔잔하고 너비가 육십 마일밖에 되지 않았기 때문에, 그들은 꽤 즐거운 항해를 했고 적어도 떠나온 곳만큼 아름다운 곳에 도착했다.

간단히 말해서, 이곳의 삶은 바보스러울 정도로 느긋했다. 그래서 그들은 적어도 얼마 동안은 목적 없는 느낌과 고립감을 무시하기로 결심함으로써 이 감정들을 견뎌낼 수 있었다. 사람들과의 교류에 대한 갈망이 너무 커질 때는 어디에 가야 그 문제가 해결될지 그들은 알고 있었다. 하지만 지금으로선 그 골가프린참인들이 수백만 마일 뒤에 있다는 게 오히려 좋았다.

그럼에도 불구하고 포드 프리펙트는 다시 서브-에서 센스-오-매틱을 더 자주 사용하기 시작했다. 그가 신호를 잡은 것은 오직 딱 한 번뿐이었다. 하지만 그 신호는 너무나 희미하고 너무나 먼 곳에서 온 것이어서, 그 신호가 안 왔더라면 계속되었을 침묵보다 더 그를 우울하게 했다.

그들은 일시적인 변덕으로 북쪽으로 방향을 틀었다. 몇 주간 여행한 끝에 그들은 또 다른 바다에 도착했고, 다시 뗏목을 엮어 바다를 건넜다. 이번 항해는 지난번 항해보다 힘들었고, 날씨는 점점 더 추워졌다. 아서는 포드 프리펙트에게 마조히즘 같은 게 있지 않나 의심스러웠다. 여행이 힘들어지면 힘들어질수록 다른 때에는 보이지 않던 목적 의식이 포드에게 솟아나는 것 같았다. 그는 가차 없이 진군했다.

그들은 북쪽을 향해 여행해 숨이 막힐 정도로 아름답게 펼쳐진 가파른 산지에 도착했다. 암석들이 삐죽삐죽하게 솟아 있고 눈으로 뒤덮인 거대한 산봉우리들이 그들을 황홀경에 빠뜨렸다. 추위는 뼛속 깊숙이까지 파고들기 시작했다.

그들은 포드 프리펙트가 가진 기술로 잡은 짐승 가죽과 털로 몸을 감쌌다. 후니안의 구릉지에서 마인드 서핑 휴양지를 운영하고 있는 전직 프랠라이트 수도사들에게서 한때 전수받은 기술이었다.

전직 프랠라이트 수도사들은 은하계 사방에 흩어져 있고, 모두 잘나가고 있다. 왜냐하면 이 수도원에서 기도 수양의 한 형태로 만들어진 정신 제어 기술이, 솔직히 말해 대단한 것이기 때문이다. 엄청난 수의 수도사들이 기도 수행을 마치고 나서 남은 생애 내내 작은 금속 상자에 갇혀 지내겠노라는 최종 서약을 하기 직전에 수도원을 떠난다.

포드의 기술이란 잠시 동안 가만히 서서 미소를 짓는 것 외에는 별다른 것이 없어 보였다.

잠시 후 짐승 한 마리가——가령 한 마리의 사슴이——숲 사이에서 나타나 조심스레 그를 바라보게 된다. 포드는 부드러운 눈빛으로 짐승에게 계속 미소를 짓는다. 그 눈에서는 깊고도 우주적인 사랑, 세상의 모든 생명들에게 손을 내밀어 다 포용하는 사랑이 발산되어 나오는 듯하다. 이 거룩한 사람으로부터 황홀한 고요함이 뿜어져 나와 주변 정경에 평화롭고도 고요하게 내려앉는다. 천천히 한 발 한 발 사슴이 다가와, 거의 코를 비빌 수 있을 정도로 가까워진다. 바로 그 순간 포드 프리펙트가 손을 뻗어 사슴의 목을 부러뜨린다.

"페로몬(유인 물질—옮긴이주) 제어법이야. 냄새만 제대로 피울 줄 알면 되는 거라고." 그가 말했다.

31

이 산지에 들어선 지 며칠 후 그들은 해안에 도착했다. 그 해안은 그들 앞에 남서쪽에서 북동쪽으로 비스듬히 펼쳐져 있었다. 기념비적인 장관을 보여주는 해안이었다. 깊고 장엄한 계곡들, 높이 치솟은 얼음 봉우리들. 그것은 피오르드 해안이었다.

그들은 그 아름다움에 넋이 빠져, 이틀 동안 바위와 빙벽 위를 마구잡이로 등반하고 다녔다.

"아서!" 포드가 갑자기 소리쳤다.

이틀째 되는 날 오후였다. 아서는 높은 바위 위에 앉아서 울퉁불퉁한 곳에 바다가 천둥소리를 내며 부딪치는 것을 바라보고 있었다.

"아서!" 포드가 다시 외쳤다.

아서는 바람 속에 희미하게 실려 오는 포드의 목소리를 향해 고개를 돌렸다.

포드는 빙하를 조사하러 갔었다. 아서는 포드가 푸른빛이 도는 단단한 빙벽 앞에 쭈그리고 앉아 있는 것을 봤다. 그는 흥분해서 잔뜩 긴장해 있었다. 그의 시선이 화살처럼 날아와 아서의 눈과 만났다.

"이것 좀 봐. 보라고!" 그가 말했다.

아서는 봤다. 그것은 푸른빛이 도는 단단한 빙벽이었다.

"그래. 빙하야. 아까 벌써 봤다고." 그가 말했다.

"아니, 너는 그냥 봤을 뿐이야. 제대로 안 봤다고. 이거 봐." 포드가 말했다.

포드는 얼음 속 깊은 곳을 손가락으로 가리켰다.

아서는 자세히 응시했다. 보이는 것이라곤 흐릿한 얼음뿐이었다.

"뒤로 물러서. 그리고 다시 봐." 포드가 우겼다.

아서는 뒤로 물러나서 다시 보았다.

"안 보여. 내가 뭘 봐야 하는데?" 그가 어깨를 으쓱하며 말했다. 그러다가 갑자기 그것을 봤다.

"보여?"

그는 그것을 보았다.

그의 입술은 뭔가 말하려고 했지만, 그의 뇌는 아직 아무것도 말할 게 없다고 결정하고 입을 닫아버렸다. 그리고 나서 그의 뇌는 그의 눈들이 보고 있다고 말하는 것의 문제점과 논쟁을 벌이기 시작했다. 하지만 그러는 과정에서 입에 대한 통제력을 상실했고, 입은 금세 다시 쩍 벌어졌다. 다시 한번 턱을 모아 올리느라 그의 뇌는 왼팔에 대한 통제력을 상실했고, 왼팔은 아무 목적 없이 이리저리 흔들렸다. 약 일이 초 동안 뇌는 입에 대한 통제력을 잃지 않으면서 왼팔을 잡으려고 노력했고, 동시에 얼음 속에 묻혀 있는 것에 대해 생각해보려고 애썼다. 그래서인지 다리의 맥이 풀려버렸고, 아서는 조용히 땅에 쓰러지고 말았다.

이 엄청난 신경 조직의 혼란을 초래한 것은 얼음 표면에서 십팔 인치 정도 아래에 있는, 어떤 그림자들이 연결된 모양새였다. 각도를 잘 잡아 보면, 그 그림자는 각각 높이가 삼 피트 정도 되는 어떤 외계 알파벳 문자의 모양이라는 게 선명하게 드러났다. 그리고 아서처럼 마그라테아 문자를 읽을 수 없는 사람을 위해, 얼음 속에는 어떤 얼굴의 윤곽이 문자들 위에 걸려 있었다.

그것은 한 노인의 얼굴이었다. 말랐고 윤곽이 뚜렷하고 근심걱정이 가득하지만 불친절하지는 않은 얼굴이었다.

그것은 그 해안선을 디자인해서 상을 받은 인물의 얼굴이었고, 이제 그들은 자신들이 어디에 서 있는지 알게 됐다.

32

 희미하게 징징대는 소리가 공중에 가득했다. 그 소리는 공중을 빙빙 돌다가 나무들 사이를 울부짖으며 지나가 다람쥐들의 기분을 상하게 만들었다. 새 몇 마리가 진절머리를 내며 하늘로 날아올랐다. 그 소음은 개간지 주변을 춤추며 경쾌하게 뛰어다녔다. 그것은 웅웅거리고 삐걱거렸으며, 하여간 대체로 신경 거슬리는 소리였다.
 그러나 선장은 그 외로운 백파이프 연주자를 관대한 눈으로 바라보고 있었다. 어떤 것도 그의 마음의 평안을 뒤흔들 수는 없었다. 수개월 전 늪지에서 일어난 그 불쾌한 사건 당시 잃어버린 그 멋진 목욕통에 대한 감정을 일단 정리하고 나자, 그는 여기서의 새로운 삶도 굉장히 쾌적하다고 생각하려던 참이었다. 그는 개간지 한가운데 서 있는 커다란 바위를 우묵하게 파내곤, 그 안에 들어가 매일매일 몸을 녹였다. 수하들은 옆에서 물을 끼얹었다. 물론 특별히 따뜻한 물이라고 말할 수는 없다. 아직 불피우는 법을 알아내지 못했기 때문이었다. 하지만 상관없다. 그건 시간이 지나면 해결될 것이니까. 그사이 수색대는 온천을 찾아 사방을 헤집고 다녔다. 잎이 우거진 숲 속 빈터에 있다면 좋을 테고, 근처에 비누 광산이라도 있다면 완벽하다. 비누가 광산에서 나는 게 아닌 것 같다고 말하는 사람들에게 선장은 그것은 아마도 열심히 찾아보지 않았기 때문일 것이라는 주장을 감히 폈다. 사람들은 마지못해 이 가능성을 인정했다.

그렇다. 삶은 매우 쾌적했다. 잎이 우거진 숲 속 빈터와 쌍을 이룬 온천이 발견되고, 시간이 지나면서 비누 광산이 발견되었다는 외침이 언덕을 뒤흔들고, 하루에 비누가 오백 개씩 생산되고 있다면 삶은 훨씬 더 쾌적해질 것이다. 무언가를 기대한다는 것은 매우 중요한 일이다.

어우, 어우, 끼이익, 어우, 멍멍, 끼룩, 끼이익, 백파이프가 울부짖었다. 선장은 이미 꽤 기분이 좋았지만, 저 소리가 이제 곧 멈출 거라고 생각하니 기분이 더욱 좋아졌다. 이것 역시 그가 기대하는 일이었다.

또 뭐가 즐겁지? 그는 스스로에게 질문했다. 음, 너무 많지. 이제 가을이 다가오니 빨갛고 노랗게 물드는 나무들. 목욕통에서 얼마 떨어지지 않은 곳에서 졸고 있는 미술 감독과 그의 조수에게 자신들의 기술을 발휘하고 있는 미용사들의 평화로운 가위 소리. 바위를 잘라내 만든 목욕통 가장자리를 따라 가지런히 놓인 여섯 대의 빛나는 전화기 위에서 반사되는 햇살. 내내 울려대지 않는 (또는 전혀 울리지 않는) 전화기 한 대보다 더 좋은 것은 내내 울려대지 않는 (또는 전혀 울리지 않는) 전화기 여섯 대였다.

그중에서도 가장 멋진 일은 오후 위원회 모임을 구경하러 그의 주위 개간지로 천천히 모여드는 수백 명의 사람들이 행복하게 중얼대는 소리였다.

선장은 고무 오리의 부리를 장난스레 툭 쳤다. 오후 위원회 모임은 그가 가장 좋아하는 일이었다.

또 하나의 눈이 모여드는 군중을 지켜보고 있었다. 개간지 한쪽 구석의 나무 위에 이국에서 돌아온 포드 프리펙트가 웅크리고 앉아 있었다. 육 개월간의 여행으로 그는 날씬하고 건강해져 있었고, 눈은 반짝거렸으며, 순록 가죽 코트를 입고 있었다. 그는 컨트리 록 가수만큼이나 짙은 수염에 불그레한 얼굴을 하고 있었다.

포드 프리펙트와 아서 덴트는 지난 한 주일 동안 골가프린참인들을 지켜보고 있었다. 포드는 이제 슬슬 일을 시작할 때라고 판단했다.

개간지는 이제 가득 찼다. 수백 명의 남녀들이 모여들어 잡담을 나누거나 과일을 먹고 카드 놀이를 하며, 대체로 여유로운 시간을 보내고 있었다. 그들의 운동복은 이제 온통 더러웠고 찢어지기까지 했지만, 머리만은 흐트러진 구석 하나 없이 말끔하게 손질되어 있었다. 포드는 많은 사람들이 운동복 안에 나무 잎사귀들을 잔뜩 채워 넣고 있는 것을 보고 어리둥절했다. 다가오는 겨울에 대비한 일종의 방한책이라도 되는 것일까? 포드의 눈이 가늘어졌다. 이 사람들이 느닷없이 식물학에 관심을 가질 리가 없는데.

그가 이런 생각들을 하고 있을 때, 선장의 목소리가 왁자지껄한 소음들을 뚫고 들려왔다.

"좋습니다. 이제 정리를 좀 하고 모임을 시작합시다. 그게 가능하다면 말이죠. 모두들 동의하십니까?" 그가 말했다. "일 분 뒤에요, 모두들 준비가 되시면요."

이야기 소리가 점차 잦아들고 개간지는 조용해졌다. 백파이프 연주자만 제외하고. 그는 아무도 살 수 없는 자신만의 격정적인 음악 세계에 빠져 있는 것 같았다. 바로 옆에 있는 사람들 몇 명이 그에게 잎사귀들을 던졌다. 거기에 무슨 이유가 있는지, 포드 프리펙트는 그때는 알지 못했다.

사람들 한 무리가 선장을 둘러싸고 모여 있었고, 그중 한 사람이 말을 할 태세였다. 그는 자리에서 일어서서 헛기침을 하고 곧 말을 시작하겠다는 듯이 먼 곳을 바라봄으로써 자신의 의사를 전달했다.

군중은 물론 주의를 집중하며 시선을 그에게 돌렸다.

잠시 침묵이 흘렀다. 포드는 지금이 자기가 극적으로 등장할 순간이라고 판단했다. 그 사람이 이야기를 시작하려고 돌아섰다.

포드가 나무에서 뛰어내렸다.

"안녕하십니까?" 그가 말했다.

군중들이 고개를 휙 돌렸다.

"아, 나의 친구, 성냥 가진 거 있어요? 라이터는? 뭐 그 비슷한 거라도?" 선장이 외쳤다.

"아뇨." 포드가 약간 김이 새서 말했다.

이건 그가 예상하지 못한 바였다. 그는 좀더 강하게 나가는 게 낫겠다고 결심했다.

"없습니다. 성냥은 없어요. 그 대신에 뉴스를 가져왔죠." 그가 말을 이었다.

"저런, 우린 성냥이 다 떨어졌는데. 뜨거운 목욕을 못한 지가 몇 주는 됐다고요." 선장이 말했다.

포드는 단념하지 않았다.

"제가 뉴스를 가지고 왔어요. 당신들이 흥미로워할 만한 발견을 했거든요." 그가 말했다.

"그게 의제에 있었나요?" 포드에게 방해받은 남자가 딱딱거리며 말했다.

포드는 컨트리 록 가수처럼 환하게 미소 지었다.

"자아, 말도 안 되는 소리 하지 마시고요." 그가 말했다.

"미안하지만, 오랜 경험을 가진 경영 고문으로서 말하는데, 난 위원회 체계를 따르는 게 중요하다고 주장합니다." 그 사람이 심술궂게 말했다.

포드는 군중을 둘러보았다.

"저 사람 미쳤군요. 여긴 선사 시대 행성이라고요." 그가 말했다.

"의장석에 말씀하세요!" 경영 고문이 딱딱거리며 말했다.

"의장석은 없어요. 그건 바위일 뿐이라고요." 포드가 설명했다.

경영 고문은 이 상황에서 필요한 것은 퉁명스러움이라고 판단했다.

"그럼 그걸 의장석이라고 불러요." 그가 퉁명스레 말했다.

"왜 바위라고 부르지 않죠?" 포드가 물었다.

경영 고문은 이제 퉁명스러움 대신 옛날식의 거만한 태도를 취하며 말했다.

"당신은 정말이지……현대 경영 기법에 대해 아무 개념이 없군요."

"당신은 자신이 어떤 곳에 와 있는지에 대해 아무 개념이 없고요." 포드가 말했다.

귀에 거슬리는 목소리를 가진 여자가 벌떡 일어나 그 목소리를 사용했다.

"둘 다 입 닥쳐요. 의안을 의장석에 상정하고 싶습니다." 그녀가 말했다.

"의안을 돌덩어리에 상정한다는 말이겠지." 미용사 하나가 킥킥댔다.

"정숙, 정숙!" 경영 고문이 고함을 질렀다.

"좋아요. 당신네들이 어떻게 하나 한번 봅시다." 포드가 말했다. 그는 자기가 얼마나 성질을 참을 수 있나 보려고 땅바닥에 쿵 하고 앉았다.

선장은 사람들을 달래려는 듯이 헛기침을 몇 번 했다.

"자아, 이제, 제573차 핀틀우들윅스 행성 식민지 위원회 회합을 시작……." 그가 쾌활하게 말했다.

십 초……포드는 더 이상 못 참고 벌떡 일어났다.

"다 소용없어요. 위원회 회합을 오백칠십세 번이나 하고도 아직 불도 못 발견했잖아요!" 그가 외쳤다.

"의제 인쇄물을 보시면……." 귀에 거슬리는 목소리를 가진 여자가 말했다.

"의제 돌멩이겠지." 좀 전의 미용사가 즐겁게 재잘거렸다.

"고맙지만, 됐어요." 포드가 투덜거렸다.

"……그걸……보시면……알겠지만……오늘은 미용사들의 불 개발 소위원회에서 보고를 할 예정이에요." 그 여자가 단호하게 말했다.

"어……아아……." 미용사가 수줍어하며 말했다.

그 표정은 은하계 어디에서나 '어, 다음 주 화요일에 하면 안 될까요?'

로 통하는 표정이었다.

"좋아요, 그동안 뭘 했죠? 앞으로는 어쩔 작정인가요? 불 개발에 관한 당신의 의견은 어떤 것입니까?" 포드가 그에게 대들며 말했다.

"글쎄요, 난 모르겠는데요. 그들이 나한테 준 거라곤 막대기 몇 개뿐인데……." 미용사가 말했다.

"그래서 그걸 가지고 뭘 했습니까?"

미용사는 불안해하며 자기 운동복 상의를 더듬더니 자기 노력의 결실을 포드에게 건넸다.

포드는 모두가 볼 수 있게 그것을 높이 들었다.

"머리 마는 집게군요." 그가 말했다.

군중이 환호했다.

"그만둡시다. 로마는 하루아침에 불태워지지 않았으니까." 포드가 말했다.

군중은 그가 무슨 소리를 하는지 전혀 이해하지 못했지만, 그래도 그 말이 마음에 들었다. 그들은 박수를 쳤다.

"음, 당신은 정말 너무 순진하게 구는군요. 나처럼 마케팅 분야에서 오래 일했다면, 신상품이 개발되기 전에는 제대로 된 연구가 있어야 한다는 걸 알게 될 텐데요. 우린 사람들이 불에서 뭘 원하는지, 불과 어떤 관계를 갖고 있는지, 불에 대해 어떤 이미지를 갖고 있는지 먼저 알아내야 한다고요." 여자가 말했다.

군중은 긴장했다. 그들은 포드가 뭔가 멋진 말을 하길 기대했다.

"당신 코에나 넣으쇼." 그가 말했다.

"그게 바로 우리가 알아야 할 것이에요." 여자가 주장했다. "사람들이 코에 잘 맞는 불을 원하나요?"

"그렇습니까?" 포드가 군중에게 물었다.

"예!" 그중 일부가 소리쳤다.

"아니요!" 다른 이들이 즐겁게 외쳤다.

그들은 뭐가 뭔지 몰랐지만, 어쨌든 재미있다고 생각했다.

"그리고 그 바퀴라는 거……그 바퀴 어쩌고 하는 건 뭔가요? 그거 굉장히 재미있는 프로젝트 같은데." 선장이 말했다.

"아아, 그게 약간 문제가 있어요." 마케팅 여자가 말했다.

"문제? 문제? 문제라니, 무슨 소립니까? 그건 우주 전체에서 가장 간단한 기계인데!" 포드가 소리쳤다.

마케팅 여자가 심술궂은 표정으로 그를 바라봤다.

"좋아요, 똑똑하신 양반. 그렇게 똑똑하시다면, 무슨 색깔이 좋을지 말해보시죠." 그녀가 말했다.

군중은 마구 흥분했다. 홈팀 일 점 추가, 그들은 생각했다. 포드는 어깨를 으쓱하고는 다시 자리에 앉았다.

"위대한 자쿠온이시여, 맙소사, 도대체 당신들은 아무것도 안 했단 말입니까?" 그가 말했다.

그의 질문에 대답이라도 하듯, 개간지 입구 쪽에서 갑자기 소란스러운 소리가 들렸다. 군중은 이날 오후에 이렇게 엄청난 구경거리들이 줄줄이 일어난다는 게 믿을 수 없었다. 낡은 골가프린참 제3연대의 제복을 걸친 일 개 분대의 남자들 열두어 명이 행진해 들어왔다. 그들 중 반 정도는 아직 킬-오-잽 총을 가지고 있었고, 나머지는 창을 들고 있었다. 그들은 행진하면서 창을 서로 부딪쳐댔다. 그들은 검게 그을렸고, 건강했으며, 완전히 녹초가 됐고, 지저분했다. 그들은 덜걱거리며 멈춰 서더니 탁 하고 차려 자세를 취했다. 그중 하나는 쓰러지더니 더 이상 꼼짝도 하지 않았다.

"선장님! 보고드리겠습니다!" 넘버 투가 외쳤다. 그가 그들의 대장이었다.

"그래, 넘버 투. 귀환 등등을 환영한다. 온천은 찾았나?" 선장이 의기소침하게 말했다.

"못 찾았습니다, 선장님!"

"그럴 줄 알았어."

넘버 투는 군중 사이를 헤치며 걸어가더니 목욕통 앞에서 받들어총 자세를 취했다.

"다른 대륙을 찾았습니다."

"그게 언제였나?"

"바다 건너에 있습니다……동쪽에요!" 넘버 투가 눈을 상당히 가늘게 뜨며 말했다.

"아."

넘버 투는 군중을 향해 돌아섰다. 그는 머리 위로 총을 번쩍 들어 올렸다. 이거 갈수록 더 재미있어지는군, 군중은 생각했다.

"우리는 거기에 선전 포고를 했습니다!"

개간지 구석구석에서 마구잡이식 환호성이 터져 나왔다. 이건 정말 꿈도 못 꿔본 재미였다.

"잠깐 기다려요. 잠깐!" 포드 프리펙트가 소리쳤다.

그는 벌떡 일어나 조용히 하라고 말했다. 잠시 후 그는 원하는 것을 얻었다. 아니, 적어도 그 상황에서 기대할 수 있는 한은 최대한 조용해졌다. 그 상황이란 바로, 백파이프 연주자가 자발적으로 국가를 작곡하고 있는 상황이었다.

"저 백파이프 연주자가 꼭 있어야 합니까?" 포드가 물었다.

"아, 그럼요. 그에게 허락했습니다." 선장이 대답했다.

포드는 이 점을 토론에 부칠까 하다가 그건 미친 짓이라고 재빨리 판단했다. 대신에 그는 돌 하나를 잘 겨누어 백파이프 연주자에게 던지고 넘버 투에게 돌아섰다.

"전쟁이라고요?" 그가 말했다.

"그래요!" 넘버 투가 경멸스러운 눈빛으로 포드 프리펙트를 쏘아보았다.

"옆 대륙을 상대로?"

"그래요! 전면전이요! 모든 전쟁을 종식시킬 그런 전쟁!"

"하지만 거기엔 아직 사람이 살지도 않는데!"

아아, 재미있군, 군중은 생각했다. 좋은 지적이야.

넘버 투는 조금도 흔들리지 않는 시선으로 사방을 둘러봤다. 이런 점에서, 그의 눈초리는 손바닥이나 파리채, 둘둘 만 신문지 따위에 굴하지 않고 보란 듯이 코 바로 삼 인치 앞에서 날아다니는 모기와도 같았다.

"나도 알아요. 하지만 언젠가는 사람이 살 겁니다! 그래서 우린 시간을 명시하지 않은 최후 통첩을 놔두고 왔죠!" 그가 말했다.

"뭐라고요?"

"그리고 군사 시설을 몇 개 폭파했습니다."

선장이 목욕통 밖으로 몸을 내밀었다.

"군사 시설이라고, 넘버 투?" 그가 말했다.

그의 눈동자가 잠시 흔들렸다.

"그렇습니다, 잠재적인 군사 시설이죠. 좋아요, 말씀드리죠……나무들 말입니다."

반신반의한 순간은 지나갔다. 그의 시선이 채찍처럼 청중들 위를 날았다.

"그리고……우리는 가젤 영양을 심문했습니다!" 그가 울부짖었다.

그는 킬-오-잽 총을 멋지게 휙휙 돌려 겨드랑이에 끼더니, 사방에서 아수라장을 연출하고 있는 열광하는 군중들 사이를 행진해나갔다. 그는 몇 발짝도 가지 못하고 사람들에게 붙잡혔고, 사람들의 어깨에 들려 개간지를 한 바퀴 돌며 영예의 행진을 했다.

포드는 돌멩이 두 개를 하릴없이 딱딱 부딪치며 앉아 있었다.

"그 밖에 또 무슨 일을 했죠?" 그는 축하의 환호성이 가라앉은 후 물었다.

"우린 문화를 시작했어요." 마케팅 여자가 말했다.

"아, 그래요?" 포드가 말했다.

"그래요. 영화 프로듀서 하나가 벌써 이 지역 토착 동굴인들에 대한 매혹적인 다큐멘터리를 찍기 시작했어요."

"그들은 동굴인이 아니에요."

"동굴인처럼 생겼어요."

"그 사람들이 동굴 안에 살던가요?"

"글쎄요……."

"그 사람들은 오두막집에 살아요."

"아마 자기네 동굴들을 개조하는 중인가 보죠." 군중 속에서 까불거리는 사람 하나가 외쳤다.

포드는 화가 나서 그에게 돌아섰다.

"대단히 웃기는군요. 그러면 그 사람들이 죽어가고 있다는 것도 알고 있습니까?" 그가 말했다.

여행에서 돌아오는 길에 포드와 아서는 버려진 마을 두 군데와 원주민의 시체 더미를 보았다. 시체는 이들이 기어 들어가 죽음을 맞는 숲 속에 있었다. 아직 살아 있는 사람들은 정신이 나간 상태로 멍하게 있었다. 마치 육체가 아닌 마음의 병이라도 앓고 있는 것 같았다. 그들은 한없는 슬픔에 빠져 꾸물꾸물 움직였다. 그들은 미래를 빼앗겨버린 것이었다.

"죽어가고 있다고요! 그게 무슨 뜻인지 알아요?" 포드가 다시 말했다.

"어……그 사람들한테 생명 보험을 팔면 안 될까요?" 까불이가 다시 외쳤다.

포드는 그를 무시하고, 군중 전체에게 호소했다.

"한번 이해하려고 노력이라도 해보세요. 그 사람들은 우리가 도착한 직후 죽어가기 시작했단 말입니다!" 그가 말했다.

"사실, 이 영화에서 그게 아주 잘 다뤄지고 있죠. 그리고 거기다가 약간의 비극적인 터치를 가미했는데, 그거야말로 진정으로 위대한 다큐멘터리의 특징이죠. 그 프로듀서는 정말 자기 일에 헌신적이거든요." 마케팅 여자가 말했다.

"그렇겠죠." 포드가 중얼거렸다.

"제가 듣기로는, 다음에는 선장님에 대한 다큐멘터리를 제작하고 싶다고 하더군요." 그녀는 졸기 시작하는 선장에게 고개를 돌리며 말했다.

"아, 그래요? 그거 정말 좋군." 그가 갑자기 정신을 차리며 말했다.

"굉장한 관점을 잡았더라고요. 있잖아요, 그런 거, 엄청난 책임감, 지도자의 고독……."

선장은 이에 대해 잠시 으흠 하고 에헴 했다.

"글쎄, 나라면 그 관점을 너무 많이 강조하진 않을 텐데. 고무 오리와 함께 있으면 절대 외롭지 않거든." 마침내 그가 말했다.

그가 오리를 높이 들어 보이자 군중은 감사의 박수를 보냈다.

그러는 동안 내내, 경영 고문은 돌처럼 침묵하며 앉아 있었다. 그는 손끝으로 관자놀이를 누르고 있었는데, 그건 그가 지금 기다리고 있으며, 필요하다면 하루 종일이라도 기다릴 수 있다는 것을 의미했다.

이 시점에서, 그는 하루 종일 기다리지는 않겠다고 결심했다. 그는 지난 반 시간은 아예 없었던 것처럼 행동하기로 했다.

그는 자리에서 일어났다.

"자, 그럼 잠시 재정 정책 문제로 넘어가 볼까요……?" 그가 간결하게 말했다.

"재정 정책! 재정 정책이라고요!" 포드 프리펙트가 외쳤다.

경영 고문은 폐어(肺魚)만이 흉내 낼 수 있을 법한 표정으로 그를 쳐다봤다.

"재정 정책……." 그가 반복했다. "그게 내가 한 말이에요."

"돈이 어디서 나온단 말이에요? 당신들은 아무것도 생산하지 않는데. 돈이란 건 나무에서 열리는 게 아니잖아요?" 포드가 따지고 들었다.

"발언을 계속하게 해주신다면……."

포드는 포기하고 고개를 끄덕였다.

"고맙습니다. 몇 주 전 우리가 나뭇잎을 화폐로 사용하기로 의결한 이후로 우리 모두는, 당연하게도, 대단히 부자가 되었습니다."

포드는, 뭔가 기분 좋게 중얼대며 운동복이 터져라 채워 넣은 잎사귀들을 탐욕스레 만지작거리는 군중들을 믿을 수 없는 표정으로 바라보았다.

"그런데 문제는……." 경영 고문이 말을 이었다. "나뭇잎의 입수 가능성이 지나치게 높은 나머지 다소의 인플레이션이 발생했다는 것입니다. 그래서 현재 시가로는 선박 한 대분의 땅콩을 사는 데 세 개의 활엽수 숲 정도가 든다고 알고 있습니다."

놀라서 두런거리는 소리가 군중에게서 들려왔다. 경영 고문은 손을 흔들어 그들을 진정시켰다.

"그러므로 이 문제를 해소하고 나뭇잎 화폐의 가치를 효과적으로 재조정하기 위해서, 우리는 대규모의 고엽 작업을 시작할 예정입니다. 그리고……아, 숲을 모두 태워버리는 거죠. 이런 상황에서는 그게 현명한 행동이라는 데 모두 동의하시리라고 생각합니다." 그가 말을 계속했다.

군중은 약 일이 초간 이 문제에 대해 주저하는 듯했다. 그러다가 누군가가 이것이 그들 주머니 안에 있는 나뭇잎들의 가치를 얼마나 많이 상승시킬 것인지를 지적하고 나서자, 사람들은 즉시 즐거운 환호성을 지르며 경영 고문에게 기립 박수를 보냈다. 회계사들은 자신들이 매우 수익성 있는 가을을 맞이하게 되리라고 전망했다.

"당신들은 모두 미쳤어." 포드 프리펙트가 설명했다.

"당신들은 완전히 돌았어." 그가 시사했다.

"당신들은 집단으로 돌았어." 그가 의견을 피력했다.

여론이 그에게 등을 돌리기 시작했다. 군중이 보기에는, 처음에는 굉장한 여흥거리로 시작된 일이 이제는 일개 모욕으로 전락해버렸다. 게다가 그 모욕이 대체로 자신들을 향한 것이었기 때문에 그들은 짜증이 났다.

이런 변화를 감지한 마케팅 여자가 그에게 돌아섰다.

"자, 그럼 이제 지난 몇 달 동안 당신은 뭘 하고 지냈는지 물어볼까요? 당신과 또 한 명의 침입자는 우리가 여기 도착한 날부터 보이지 않았잖아요." 그녀가 따지고 들었다.

"우린 여행을 했어요. 이 행성에 대해 뭐 좀 알아낼까 해서." 포드가 말했다.

"오호, 별로 생산적인 일처럼 들리지 않는데요." 여자가 짓궂게 말했다.

"그래요? 글쎄, 당신에게 뉴스를 하나 전해드리지, 예쁜이 양반. 우린 이 행성의 미래를 알아냈어요."

포드는 이 말의 효과가 나타나길 기다렸다. 하지만 아무 효과도 없었다. 그들은 그가 무슨 소리를 하는지 전혀 감을 잡지 못했다.

"이제부터 당신들이 무슨 짓거리를 벌이든 그건 쥐꼬리만큼도 중요하지 않아요. 숲을 다 태워버리든 말든, 손톱만큼도 차이가 없다고요. 당신들의 미래 역사는 이미 정해졌어요. 당신들이 가진 시간은 이백만 년, 그게 다라고요. 그 시간이 지나면 당신 종족은 모두 죽을 거예요. 영영 안녕이죠. 기억해두라고요. 이백만 년!" 그가 말했다.

군중은 화가 나서 투덜거렸다. 그렇게 갑자기 졸부가 된 사람들이 이따위 말도 안 되는 이야기를 들어야 할 이유가 없었다. 저 사람에게 나뭇잎 한 장을 팁으로 주면 가버릴 수도 있지 않을까?

그들은 굳이 그럴 필요가 없었다. 포드는 이미 개간지를 빠져나가고 있었다. 그는 잠시 걸음을 멈추고, 벌써부터 이웃 나무들을 향해 킬-오-잽 총을 쏘아대고 있는 넘버 투를 보며 고개를 절레절레 흔들었다.

그는 다시 한번 고개를 돌렸다.

"이백만 년 남았어!" 그는 이렇게 말하고 웃음을 터뜨렸.

"그러면 목욕 몇 번 더 할 시간은 있는 거군. 거기 누가 스펀지 좀 줄래요? 방금 여기 옆으로 떨어뜨린 것 같은데." 선장이 느긋하게 미소 지으며 말했다.

33

 숲 속으로 일 마일 정도 들어간 곳에서, 아서 덴트는 자기 일에 너무나 몰두한 나머지 포드 프리펙트가 다가오는 소리도 듣지 못했다.
 그는 다소 이상한 일을 하고 있었다. 그는 널찍하고 편평한 바윗돌 위에다가 커다란 사각형 모양을 긁어 새기고, 거기에다가 가로와 세로로 각각 열세 개씩의 줄을 그어 그것을 모두 백육십구 개의 작은 사각형으로 나누었다.
 그런 다음 납작하고 작은 돌멩이들을 한 무더기 모아 와서 돌멩이마다 문자를 하나씩 긁어 새겼다. 살아남은 지역 원주민 두어 명이 그 바위를 둘러싸고 시무룩하게 앉아 있었고, 아서 덴트는 그들에게 이 돌멩이들에 담긴 신기한 개념을 설명하려 애쓰고 있었다.
 아직까지는 제대로 되고 있지 않았다. 그들은 돌멩이들을 일부는 먹으려 했고, 일부는 땅에 묻으려 했으며, 나머지는 멀리 던져버리려 했다. 아서는 마침내 그들 중 한 명을 설득해 자기가 만든 보드 위에 돌멩이 몇 개를 올려놓게 하는 데 성공했다. 그건 그 전날 나간 진도에도 못 미치는 것이었다. 이 생물들의 사기가 **빠른** 속도로 저하되어가면서, 그들의 실제 지능도 그에 비례해 저하되는 것 같았다.
 그들을 계속 부추겨볼 요량으로 아서는 보드에다 몇 개의 문자를 직접 올렸다. 그리고 원주민들에게 몇 개 더 올려보라고 권했다.

일은 제대로 되지 않았다.

포드는 가까운 나무 옆에 서서 이를 말없이 지켜봤다.

끝도 없는 우울증에 빠져 문자 몇 개를 이리저리 뒤섞고 있는 원주민에게 아서가 말했다.

"아니지, Q는 십 점짜리야. 그리고 세 배짜리 점수 칸에 있잖아. 그러니까……잘 봐, 아까 규칙을 설명해줬잖아……아니, 아니, 제발 좀 보라고. 그 턱뼈는 좀 내려놓고……좋아, 다시 해보자. 이번에는 좀 집중해보라고."

포드는 팔꿈치를 나무에 기대고 손으로 머리를 받쳤다.

"뭐 하는 거야, 아서?" 포드가 조용히 물었다.

아서는 깜짝 놀라 위를 올려다봤다. 그는 갑자기 이 모든 게 좀 바보같이 보일지도 모르겠다는 생각이 들었다. 그가 아는 거라곤 자기가 어린아이였을 때는 이 놀이가 정말 꿈처럼 환상적이었다는 것뿐이었다. 하지만 그때는 상황이 지금과는 달랐다. 아니, 지금과는 달라질 것이다.

"난 이 동굴인들에게 스크래블 게임(철자를 이어 붙여 단어를 만드는 게임―옮긴이주)을 가르치려는 거야." 그가 말했다.

"이 사람들은 동굴인이 아니야." 포드가 말했다.

"내겐 동굴인들처럼 보이는걸."

포드는 내버려뒀다.

"알겠어." 그가 말했다.

"갈수록 힘들어져. 이 사람들이 아는 단어라고는 '투덜투덜' 밖에 없는데, 그것조차 철자를 모르니." 아서가 맥없이 말했다.

그는 한숨을 쉬며 물러나 앉았다.

"그걸로 도대체 뭘 하려는 건데?" 포드가 물었다.

"이 사람들이 진화하도록 우리가 격려해줘야 한다고! 발전하도록 말이야!" 아서가 분통을 터뜨렸다. 그는 지친 한숨과 뒤이은 분노가 지금 자신을 압박하고 있는 바보 같은 기분을 좀 없애줄 수 있기를 바랐다. 하지만 그렇지 않았다. 그는 벌떡 일어섰다.

"이런……정신박약자들에게서 나올 세상이 어떨지 상상할 수 있어?" 그가 말했다.

"상상이라고?" 포드가 눈을 치켜뜨며 말했다. "상상해볼 필요도 없어. 우린 그걸 이미 봤다고."

"그렇지만……." 아서가 절망적으로 양팔을 흔들어댔다.

"우린 봤다고. 피할 도리가 없어." 포드가 말했다.

아서가 돌멩이 하나를 걷어찼다.

"우리가 발견한 사실을 그들에게 말해줬어?" 그가 물었다.

"응?" 포드가 말했지만, 사실 그는 아서의 말에 별로 귀를 기울이고 있지 않았다.

"노르웨이 말이야. 그 빙하 속에 있던 슬라티바트패스트의 서명. 그걸 말해줬느냐고." 아서가 말했다.

"그게 무슨 소용이야? 그게 그 사람들에게 무슨 의미가 있겠어?" 포드가 말했다.

"의미? 의미라고? 그게 무슨 의미가 있는지 잘 알잖아. 그건 이게 바로 지구라는 뜻이라고! 내 고향 말이야! 내가 태어난 곳!" 아서가 말했다.

"태어난?" 포드가 말했다.

"그래, 좋아. 태어날."

"그래, 이백만 년 뒤에 말이지. 네가 말해주지그래? 가서 말하라고. '실례합니다만, 이백만 년 후에 제가 여기서 몇 마일 떨어지지 않은 곳에서 태어날 거라는 말씀을 드리고 싶네요.' 그 사람들이 뭐라고 하나 들어봐. 너를 나무 위로 몰아넣고 거기다 불을 붙일걸."

아서는 씁쓸하게 이 말을 받아들였다.

"인정해. 저기서 흥청망청해대는 놈들이 네 조상들이라고. 여기 이 불쌍한 녀석들이 아니라." 포드가 말했다.

그는 돌멩이 문자들을 맥없이 뒤적이고 있는 원숭이 생물들에게 다가갔다. 그는 머리를 저었다.

"스크래블은 치워버려, 아서. 그게 인류를 구원하진 못해. 이 녀석들이 인류가 되지는 않을 거니까. 인류는 현재 이 언덕 반대편에서 바위 둘레에 모여 앉아 자신들에 관한 다큐멘터리를 찍고 있다고." 그가 말했다.

아서는 주춤했다.

"우리가 할 수 있는 일이 분명 뭔가 있을 거야." 그가 말했다. 무시무시한 외로움이 그의 몸을 뒤흔들고 지나갔다. 그는 여기, 지구에 있다. 끔찍할 정도로 제멋대로 일어난 참사로 인해 미래를 잃어버린 지구, 그리고 과거까지 잃어버리게 생긴 지구에.

"아니, 우리가 할 수 있는 일은 없어. 이게 지구의 역사를 바꾸진 않는다고. 알겠어? 이게 바로 지구의 역사야. 좋건 싫건 간에 저 골가프린참인들이 너희 조상이야. 이백만 년 뒤에 저 사람들이 보고인들한테 싹쓸이당하는 거라고. 역사는 절대로 변하지 않아. 그저 직소 퍼즐처럼 딱 맞아떨어지는 거지. 참 웃기지, 인생이란. 안 그래?" 포드가 말했다.

그는 문자 Q를 집어 저 멀리 쥐똥나무 덤불 속으로 던졌고, 그게 어린 토끼를 맞혔다. 토끼는 깜짝 놀라 맹렬히 달리다가 여우와 맞닥뜨렸고, 그놈에게 잡아먹혔다. 여우는 토끼를 먹다가 뼈가 하나 목에 걸리는 바람에 시냇가에서 죽고 말았고, 계속해서 시냇물에 쓸려 떠내려갔다.

그 후로 몇 주 동안 포드 프리펙트는 자존심을 버리고, 골가프린참에서 인사과 직원이었던 여자와 데이트를 했다. 그러다가 그녀가 죽은 여우의 시체 때문에 오염된 웅덩이 물을 마시고 갑자기 죽어버리자 기분이 몹시 상했다. 이 이야기에서 얻을 수 있는 유일한 교훈은 문자 Q를 쥐똥나무 덤불에 버려서는 안 된다는 것이다. 하지만 불행하게도, 그런 일을 피할 수 없는 순간들이 있는 법이다.

인생에 있어 정말로 중요한 다른 많은 일들과 마찬가지로, 이 일련의 사건들은 포드 프리펙트와 아서 덴트의 눈에는 전혀 보이지 않았다. 그들은 시무룩하게 다른 문자들을 가지고 노닥거리고 있는 원주민 하나를 슬픈 눈으로 바라보고 있었다.

"불쌍한 동굴인." 아서가 말했다.

"저 사람들은 동굴인이……."

"뭐?"

"아, 관둬." 포드가 말했다.

그 불쌍한 생물은 애처롭게 울부짖더니 바위를 쾅 쳤다.

"쟤들에게는 시간 낭비였을 뿐이야, 그렇지?"

"우흐 우흐 우르ㄱㅎㅎㅎ." 원주민이 중얼거리더니 다시 바위를 쾅 쳤다.

"쟤네들은 전화 위생 요원들과의 진화 경쟁에서 지고 만 거야."

"우르그, 그르그르, 그루흐!" 원주민이 계속 고집스레 바위를 쳐댔다.

"왜 자꾸 바위를 쳐대는 거지?" 아서가 말했다.

"내 생각엔 아무래도 네가 자기랑 다시 스크래블 게임을 해줬으면 하는 것 같은데. 글자들을 가리키고 있잖아." 포드가 말했다.

"아마 또 crzjgrdwldiwdc를 썼을 거야, 불쌍한 녀석. crzjgrdwldiwdc에는 g가 하나밖에 없다고 계속 말해주고 있는 중이야."

원주민이 다시 한번 바위를 쾅 쳤다.

그들은 그의 어깨 너머로 들여다보았다.

그들은 눈이 튀어나올 지경이었다.

뒤죽박죽으로 널린 문자들 사이에 문자 여덟 개가 일직선상으로 깨끗하게 놓여 있었다.

그것은 단어 두 개의 철자였다.

그 단어들은 이러했다.

'사십-이.'

"그루루루그흐 그우흐 그우흐." 원주민이 설명했다. 그는 화를 내며 문자들을 확 쓸어버리더니 가까운 나무 아래에 가서 동료와 노닥거렸다.

포드와 아서는 그를 뚫어지게 바라봤다. 그리고 서로를 바라봤다.

"내가 봤다고 생각하는 말이 거기 쓰여 있었던 거 맞아?" 둘 다 서로에게 말했다.

"그래." 둘 다 이렇게 대답했다.

"사십-이." 아서가 말했다.

"사십-이." 포드가 말했다.

아서는 그 두 원주민에게 달려갔다.

"우리에게 하려는 말이 뭐야? 그게 뭘 뜻하는 거냐고?" 그가 외쳤다.

그들 중 한 명이 갑자기 땅 위를 뒹굴며 허공에 발길질을 해대고 다시 뒹굴더니 잠이 들었다.

다른 한 명은 나무 위로 기어 올라가 포드 프리펙트에게 도토리를 던졌다. 그들이 말하려는 바가 무엇이든, 그들은 이미 그것을 말한 것 같았다.

"넌 이게 무슨 뜻인지 알아." 포드가 말했다.

"다 알지는 못해."

"42는 '깊은 생각'이 궁극적인 해답이라고 내놓은 숫자야."

"그래."

"그리고 지구는 '깊은 생각'이 궁극적인 해답에 대한 질문을 산출해내기 위해 설계해 만든 컴퓨터고."

"우리는 그렇게 믿게 됐지."

"그리고 유기체는 그 컴퓨터 행렬의 일부고."

"네가 그렇게 말한다면."

"내 말이 그거야. 따라서 이 원주민들은, 이 원숭이 인간들은 바로 그 컴퓨터 프로그램의 필수적인 부분인 셈이야. 우리랑 그 골가프린참인들은 아니고."

"하지만 동굴인들은 죽어가고 있고, 골가프린참인들이 분명히 그 자리를 대신할 텐데."

"바로 그거야. 그럼 이게 무슨 의미인지 알겠지?"

"뭔데?"

"엉망진창인 거지." 포드 프리펙트가 말했다.

아서는 주변을 휘둘러보았다.

"이 행성, 참 어려운 시절을 보내고 있구나." 그가 말했다.

포드는 잠시 어리둥절했다.

"하지만 거기서 뭔가가 나왔음이 틀림없어." 그가 마침내 말했다. "왜냐하면 마빈이 네 뇌파 패턴에 그 궁극적 질문이 새겨져 있는 걸 봤다고 했거든."

"하지만……"

"잘못된 것일 수도 있지. 아니면 맞는 게 뒤틀렸거나. 그걸 찾아내면 힌트는 얻을 수 있을 거야. 하지만 어떻게 찾아낼 수 있는지는 모르겠군."

그들은 잠시 의기소침해졌다. 아서는 땅바닥에 앉아 풀 조각을 뜯기 시작했다. 하지만 이 일에 도무지 정신을 온전히 집중할 수가 없었다. 그가 믿을 수 있는 것은 풀이 아니었다. 나무들도 소용없어 보였고, 물결치는 언덕도 아무 소용없이 물결치는 것만 같았다. 미래는 기어 나갈 터널에 불과한 것만 같았다.

포드는 서브-에서 센스-오-매틱을 만지작거렸다. 그것은 조용했다. 그는 한숨을 내쉬고 그것을 치워버렸다.

아서는 그의 수제 스크래블 세트에서 문자 돌 하나를 집어 들었다. 그것은 T였다. 그는 한숨을 쉬고 그것을 도로 내려놓았다. 그가 문자를 내려놓은 자리 옆에는 I가 놓여 있었다. 그러니 IT가 되었다. 그는 그 옆에 다른 문자 두 개를 더 던졌다. 그것들은 우연히도 S와 H였다. 흥미로운 우연의 일치에 의해 만들어진 그 단어(SHIT : 똥—옮긴이주)는 바로 그 순간 아서의 기분을 완벽하게 표현해주었다. 그는 잠시 그것을 노려봤다. 이것은 의도적으로 한 일이 아니라 그냥 무작위로 한 일일 뿐이었다. 그의 두뇌가 천천히 일 단 기어를 넣었다.

"포드." 갑자기 그가 말했다. "만일 그 질문이 내 뇌파 패턴에 새겨져 있는데 내가 그걸 의식하지 못하고 있는 거라면 말이야, 그건 내 무의식 속 어딘가에 있는 게 틀림없어."

"그래. 나도 그렇게 생각해."

"그 무의식 패턴을 끄집어내는 방법이 있을지 몰라."

"정말?"

"그래. 그 패턴에 의해 형성된 무작위적 요소를 도입해서 말이지."

"가령 어떤 거?"

"가령 눈을 가리고 주머니에서 스크래블 문자들을 꺼내는 식으로 말이야."

포드가 벌떡 일어났다.

"훌륭해!" 그가 말했다. 그는 가방에서 타월을 꺼내 숙련된 솜씨로 몇 번 매듭을 짓더니 그걸 작은 가방으로 만들었다.

"완전히 미친 짓이야. 철저하게 허튼 짓이지. 하지만 훌륭한 허튼 짓이니까 해보자고. 어서, 어서." 그가 말했다.

태양은 공손하게 구름 뒤로 들어갔다. 슬픈 빗방울이 몇 방울 떨어졌다.

그들은 남아 있는 문자들을 모두 그러모아 그 가방 안에 던져 넣었다. 그리고 그것들을 잘 흔들었다.

"좋아, 이제 눈을 감아. 문자를 꺼내. 자, 어서, 어서, 어서." 포드가 말했다.

아서는 눈을 감고 돌멩이가 가득한 타월 안으로 손을 밀어 넣었다. 그는 그것들을 이리저리 섞다가 네 개를 꺼내 포드에게 건넸다. 포드는 받은 순서에 따라 돌멩이들을 땅에 정렬했다.

"W, H, A, T……What!" 포드가 말했다.

그가 눈을 깜박거렸다.

"이거 뭔가 되는 것 같은데!" 그가 말했다.

아서는 그에게 돌멩이 세 개를 더 내밀었다.

"D, O, Y……Doy. 아, 어쩌면 말이 안 될지도……." 포드가 말했다.

"여기 세 개 더 있어."

"O, U, G……Doyoug……애석하지만, 전혀 말이 안 되는데."

아서는 가방에서 두 개를 더 꺼냈다. 포드는 그것들을 정리했다.

"E, T, doyouget……Do you get!" 포드가 외쳤다. "이거 말 되네! 놀라운 일이야. 이거 정말 된다고!"

"여기 더 있어." 아서는 흥분해서 최대한 빠른 속도로 돌멩이를 꺼내 던졌다.

"I, F, Y, O, U……M, U, L, T, I, P, L, Y……What do you get if you multiply(곱하면 얼마가 나오나)……S, I, X……six……B, Y, by, six by……What do you get if you multiply six by(육에다 곱하면 얼마가 나오나)……N, I, N, E……six by nine(육에다 구를)……." 포드가 말을 멈췄다. "자, 다음 건 어딨어?"

"어, 그게 다야. 그거밖에 없었어." 아서가 말했다.

그는 당황해서 뒤로 물러앉았다.

그는 매듭으로 묶은 타월 속을 이 잡듯이 뒤졌지만 글자들은 더 이상 없었다.

"그게 다란 말이야?" 포드가 말했다.

"그게 다야."

"육 곱하기 구. 사십-이."

"그게 다야. 그게 끝이라고."

34

태양이 나와 쾌활하게 빛을 비추었다. 새 한 마리가 노래를 했다. 따뜻한 미풍이 나무들 사이로 살랑살랑 불어와 꽃들의 머리를 살짝 들어 올리고 그 향기를 숲으로 실어 갔다. 날벌레 한 마리가 붕붕거리며 지나갔다. 그것은 늦은 오후에 날벌레들이 보통 하는 짓을 하려고 가는 길이었다. 나무들 사이로 경쾌한 목소리가 들리더니 잠시 후 두 여자가 나타났다. 그들은 포드 프리펙트와 아서 덴트가 괴로워하며 땅바닥에 누워 있는 것을 보고 깜짝 놀라 걸음을 멈췄다. 하지만 사실 그들은 소리를 안 내고 웃느라 떼굴떼굴 구르고 있는 중이었다.

"아니, 가지 마세요. 잠깐만 기다리시면 정신을 차릴 테니까." 포드가 헐떡거리며 외쳤다.

"무슨 일이에요?" 여자들 중 하나가 물었다. 둘 중 키가 더 크고 더 마른 여자였다. 골가프린참에 있을 때 그녀는 인사과 하급 직원이었다. 하지만 그녀는 그 일을 별로 좋아하지 않았다.

포드가 정신을 가다듬은 뒤 말했다.

"죄송합니다. 안녕하세요? 제 친구와 저는 지금 인생의 의미에 대해 곰곰이 생각하던 참이었어요. 바보 같은 짓이죠."

"아, 당신이군요. 오늘 오후에 꽤나 소동을 피우셨죠. 처음에는 꽤 재

우주의 끝에 있는 레스토랑 477

미있었는데, 나중에는 좀 심했어요." 여자가 말했다.

"제가 그랬나요? 아, 그랬죠."

"그럼요. 왜 그런 거예요?" 다른 여자가 물었다. 골가프린참에서는 조그만 광고 회사에서 미술 감독을 했던 키가 작고 얼굴이 동그란 여자였다. 이 세계에 아무리 없는 게 많다 해도, 아침에 일어나 어두침침하게 조명 처리를 한, 똑같이 생긴 치약 사진 수백 장을 들여다보지 않아도 된다는 사실에 그녀는 엄청나게 감사하며 매일 밤 잠자리에 들었다.

"왜냐고요? 아무 이유도 없어요. 이유가 있는 건 아무것도 없죠. 이리 와서 우리하고 얘기나 해요. 난 포드고, 이쪽은 아서예요. 우린 당분간 아무것도 안 하려던 참이었는데, 좀 있다 그러죠 뭐." 포드 프리펙트가 명랑하게 말했다.

여자들은 의심스러운 눈초리로 그들을 바라봤다.

"전 아그다, 앤 멜라예요." 키가 큰 쪽이 말했다.

"안녕 아그다. 안녕, 멜라." 포드가 말했다.

"당신은 말 못해요?" 멜라가 아서에게 말했다.

"아, 포드만큼 많이 하지는 않아요." 아서가 미소를 지으며 대답했다.

"그거 좋군요."

잠깐 침묵이 흘렀다.

"아까 그게 무슨 뜻이었어요? 이백만 년밖에 남지 않았다는 말이요. 당신 말을 도저히 이해할 수가 없었어요." 아그다가 물었다.

"아, 그거요. 별거 아니에요." 포드가 말했다.

"그저 이 세상이 초공간 우회로에 자리를 내주기 위해 파괴된다는 얘기죠." 아서가 어깨를 으쓱하며 말했다. "하지만 그건 아직 이백만 년 뒤의 이야기고, 보고인들은 보고인들이 하는 일을 하는 것뿐이니까."

"보고인이요?" 멜라가 말했다.

"그래요, 당신은 모를 거예요."

"그런 생각들이 어디서 난 거예요?"

"정말로 별거 아니에요. 과거의 꿈 같은 거죠. 아니면 미래든지." 아서는 미소 짓더니 먼 곳을 바라봤다.

"당신이 말도 안 되는 소리를 한다는 게 걱정되지 않아요?" 아그다가 물었다.

"이봐요, 잊어버립시다. 몽땅 잊어버리자고요. 아무것도 문제 될 것 없으니까. 보세요. 날씨가 기가 막히군요. 그거나 즐기자고요. 햇살, 푸른 언덕, 계곡을 흐르는 강물, 타오르는 나무들." 포드가 말했다.

"아무리 꿈이라 해도, 그건 좀 끔찍한 생각이에요. 우회로를 만들자고 한 세계를 몽땅 파괴하다니." 멜라가 말했다.

"아, 난 그거보다 더 심한 얘기도 들었어요. 제7차원에 있는 한 행성에 대해 읽은 적 있는데, 그 행성은 은하계 간 당구 시합에서 공으로 사용되어서 직통으로 블랙홀 안으로 들어갔다는군요. 백억의 인구가 죽었대요." 포드가 말했다.

"미친 짓이군요." 멜라가 말했다.

"그래요, 점수도 삼십 점밖에 안 됐죠."

아그다와 멜라가 서로 시선을 교환했다.

"저기요, 오늘 밤 위원회 모임 후에 파티가 있어요. 원하신다면 오세요." 아그다가 말했다.

"예, 좋아요." 포드가 말했다.

"저도 좋아요." 아서가 말했다.

몇 시간 뒤 아서와 멜라는 함께 앉아서, 미적지근하게 빨갛게 타오르는 나무들 위로 떠오른 달을 바라보고 있었다.

"이 세상이 파괴된다는 그 얘기 말이에요……." 멜라가 말을 꺼냈다.

"이백만 년 후에요, 네."

"당신은 꼭 그게 사실이라고 생각하는 것처럼 이야기하시네요."

"네. 전 그 이야기가 사실이라고 생각해요. 꼭 직접 겪은 일처럼."

그녀는 어리둥절해하며 고개를 저었다.

"당신은 정말 이상해요." 그녀가 말했다.

"아뇨, 난 정말 평범해요. 하지만 아주 이상한 일들이 내게 벌어졌죠. 제가 다르다기보다는 강제로 달라졌다고 하는 게 더 맞는 말일 거예요." 아서가 말했다.

"게다가 당신 친구가 말한 다른 세상 얘기 있잖아요, 블랙홀에 빨려 들어갔다는 세상 말이에요."

"아아, 그건 저도 몰라요. 그건 어떤 책에 나오는 얘기 같더군요."

"어떤 책이요?"

아서는 잠시 말을 멈췄다.

"《은하수를 여행하는 히치하이커를 위한 안내서》죠." 그가 마침내 말했다.

"그게 뭔데요?"

"아, 그냥 오늘 밤에 제가 강물에 던져버린 어떤 책이에요. 더 이상은 필요할 것 같지 않아서요." 아서 덴트가 말했다.

삶, 우주 그리고 모든 것
Life, the Universe and Everything

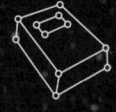

샐리를 위해

1

 이른 아침마다 어김없이 울려 퍼지는 공포의 절규는 아서 덴트가 잠에서 깨어나 자기가 어디 있는지를 기억해내는 소리였다.
 동굴 속이 추워서가 아니었다. 축축하고 냄새가 나서도 아니었다. 동굴이 영국 이즐링턴 한복판에 있는데도, 앞으로 이백만 년 동안은 버스가 한 대도 오지 않을 예정이기 때문이었다.
 시간은, 말하자면, 길을 잃고 헤매기엔 세상에서 가장 고약한 장소다. 시간과 공간을 통틀어 여기저기서 길을 잃어본 경험이 아주 많은 아서의 입장에서는 확실히 장담할 수 있었다. 적어도 공간 안에서 길을 잃으면 분주히 할 일은 많았던 것이다.
 그는 복잡다단한 사건들이 연속적으로 발생한 결과 선사 시대의 지구에 갇히게 되었다. 꿈에도 있을 거라 생각지 못했던 은하계의 해괴한 장소들에서 한껏 자존심이 부풀었다가는 모욕을 당하는 일이 되풀이해 일어났다. 현재 그의 삶은 매우, 매우, 매우, 매우 조용했지만 아직도 가끔은 멀미가 나는 기분에 시달리곤 한다.
 최근 오 년 동안은 별로 헛바람이 들어본 적이 없었다.
 사 년 전에 포드 프리펙트와 헤어진 뒤로는 사람이라고는 만나본 적이 없으니, 최근 사 년 동안은 누구한테 모욕을 당해본 적도 없다.

단 한 번을 제외하고는.

대략 이 년 전 어느 봄날 저녁 무렵의 일이었다.

어스름이 내린 지 얼마 되지 않아 동굴로 돌아가던 길에, 구름 사이로 으스스한 불빛이 새어나오고 있다는 사실을 깨달았다. 그는 돌아서서 빛을 뚫어져라 바라보았다. 별안간 희망에 벅찬 심장이 뿌듯하게 달아올랐다. 구출. 탈출. 조난자의 황당무계한 꿈——바로 우주선이었다.

경외감과 흥분에 들떠 보고 있는 사이, 아니 그야말로 뚫어져라 바라보고 있는 사이, 은빛 우주선은 따뜻한 저녁 공기를 가르며 조용히, 차분하게, 첨단 기술로 매끄러운 발레라도 보여주듯이 기나긴 다리를 척척 펼쳤다.

우주선은 부드럽게 땅에 착지했고, 아주 작게 들리던 웅웅 소리마저 저녁의 정적 속에 울음을 그친 듯 뚝 끊겼다.

우주선에서 경사진 계단이 내려왔다.

빛이 강물처럼 흘러넘쳤다.

키가 훤칠한 시커먼 형체가 해치에 나타났다. 형체는 계단을 내려오더니 아서 앞에 우뚝 섰다.

"네놈은 머저리야, 덴트." 형체는 그냥 그 말만 했다.

외계인이었다. 딱 외계인이었다. 외계인 특유의 큰 키에, 외계인 특유의 납작한 얼굴, 외계인 특유의 작고 째진 눈을 하고 있었다. 외계인스러운 디자인의 목깃이 달린, 호화롭게 치렁치렁 늘어진 황금빛 가운을 걸친 창백한 회녹색 피부는 자르르 윤기가 흘렀는데, 회녹색 외계인들이 그런 윤택한 피부를 가지려면 대체로 엄청나게 운동을 하면서 동시에 몹시 값비싼 비누를 써야만 했다.

아서는 눈을 휘둥그렇게 뜨고 바라보았다.

외계인은 아서를 똑바로 내려다보았다.

처음에 느꼈던 아서의 희망과 떨림은 순식간에 경악과 공포에 압도당했고, 별별 생각들이 다 튀어나와 서로 목청을 쓰겠다고 다투었다.

"누누……?" 그가 말했다.

"부……후……우……." 그가 덧붙였다.

"루……라……뭐……누구?"

아서는 간신히 뭔가 말을 하는 데 성공하고 나서, 다시금 미칠 듯이 답답한 침묵에 빠져버렸다. 기억도 나지 않을 만큼 오랜 세월 동안 아무와도 말을 해보지 못한 후유증을 심하게 앓고 있었다.

외계의 생명체는 잠깐 눈살을 찌푸리더니, 가늘고 흐느적거리는 외계인스러운 손에 들고 있던 메모판 비슷한 물건을 참조했다.

"아서 덴트?" 그것이 물었다.

아서는 기운 없이 고개를 끄덕였다.

"아서 필립 덴트?"

외계인은 효과 만점의 기합 소리로 추궁했다.

"에에……에……맞아……에……에에……."

아서가 수긍했다.

"네놈은 머저리, 병신이야."

외계인이 재차 말했다.

"구제 불능성 쪼다라고."

"에에……."

생명체는 혼자 고개를 끄덕이고는, 자신이 들고 있는 메모판 위에 외계인 특유의 방식으로 체크를 하고서 우주선을 향해 경쾌하게 돌아섰다.

"에에……."

아서는 필사적으로 말했다.

"에에……."

"입 닥쳐." 외계인이 재빨리 대꾸했다. 그는 경사진 계단으로 씩씩하게 올라가더니 해치로 들어가 우주선 속으로 사라져버렸다. 우주선은 출입문을 닫았다. 그리고 다시 나지막하게 진동하며 웅 소리를 내기 시작했다.

"에에, 이봐!" 아서가 소리쳤다. 그리고 아무 소용없이 달리기 시작했다. "잠깐 기다려!" 그가 외쳤다.

"이게 뭐야? 뭐냐고? 잠깐만 기다리라니까!"

우주선은 두르고 있던 망토처럼 가볍게 중량을 땅바닥에 벗어던지고 하늘로 경쾌하게 날아올랐다. 우주선은 저녁 하늘을 괴상하게 가르며 주위의 구름들을 한순간 눈부시게 밝히더니, 순식간에 자취를 감추어버렸다. 아서만 거대한 땅바닥에 혼자 남아 아무 소용없는 허망한 몸짓을 춤처럼 추어대고 있었다.

"뭐라고?" 그가 소리를 질렀다. "뭐라고? 뭐? 이놈아, 뭐? 돌아와서 그 말 다시 한번 해봐!"

다리가 후들거릴 때까지 펄쩍펄쩍 뛰면서 춤을 추었고, 허파에서 쉿소리가 날 때까지 소리를 질렀다. 하지만 누구한테서도, 어떤 대답도 돌아오지 않았다. 말을 들어줄 사람도, 말을 걸어줄 사람도 전혀 없었다.

외계의 우주선은 벌써 우레 같은 소리를 내며 대기권 상층부로 진입해, 소름끼치는 우주 공간 속으로 나아가고 있었다. 우주에 존재하는 생물들과 생물들을 서로 갈라놓는 그 공간 속으로.

우주선에 탄 값비싼 피부를 지닌 외계인은 하나밖에 없는 좌석에 편안히 기대어 앉았다. 그의 이름은 '무한정 수명이 늘어난 와우배거'였다. 그에게는 삶의 목표가 있었다. 솔직히 썩 훌륭한 목표는 아니었지만 말이다. 별 볼일 없는 목표라는 건 누구보다 그 자신이 잘 알고 있었다. 하지만 어쨌든 일생의 목표는 목표였기에, 적어도 계속해서 뭔가 할 일을 만들어주고 있었다.

'무한정 수명이 늘어난 와우배거'는 전 우주를 통틀어 극소수에 불과한 불멸의 존재였다——아니 불멸의 존재다.

'불멸'의 운명을 선천적으로 타고난 존재들은 태어나는 즉시 본능적으로 자신의 운명을 받아들이고 대처한다. 와우배거는 그런 부류가 아니었다. 사실, 그는 그런 부류를 증오했고 지루한 멍청이들이라고 경멸했다. 와우배거에게 '불멸'의 운명이 내린 건, 예측 불능의 분자 가속 장치와 액체 점심 식사, 그리고 고무줄 두 개가 연루된 사고 때문이었다. 사고의 구체적인 내용은 중요하지 않다. 정확한 상황을 모방하려 했던 사람들은 아무도 성공에 이르지 못했고, 오히려 대단히 바보스러운 꼬락서니에 처하는 것으로 끝나거나 아예 죽어버리곤 했다. 심지어 두 가지 운명을 모두 겪게 되는 사람들도 있었다.

와우배거는 침울하고 지친 표정으로 눈을 감고 있었다. 우주선 스테레오에서 흘러나오는 가벼운 재즈 음악을 들으면서 그는 그날이 일요일 오후만 아니었어도 훨씬 나았을 거라고 생각했다. 아마 훨씬 나았을 것이다.

처음에는 재미있었다. 위험천만하게 살고, 온갖 모험을 감수하고, 고수익을 올리는 장기 투자 건수를 싹쓸이하고, 기차게 신나는 시간들을 보내고, 그러면서 대체로 다른 사람들보다 훨씬 더 근사하게 살았다.

하지만 종국에 가서 도저히 해결할 수 없는 골칫거리로 등장한 건 바로 일요일 오후들이었다. 두 시 오십오 분경부터 근질거리기 시작하는 그 끔찍한 권태감 말이다. 알다시피 그 시간쯤이면 사람들은 하루에 할 수 있는 수준의 목욕은 이미 다 했을 것이고, 신문 기사를 죽도록 째려보고 있으면서도 절대 읽지는 않을 테고, 따라서 기사에 나온 혁신적인 방법대로 가지치기를 시도해보는 일 따위는 결코 하지 않기 마련이다. 그러다가 시계를 보면 바늘이 잔인하게도 네 시에 다다를 테고, 그러면 사람들은 길고 암울한 영혼의 티타임으로 진입하게 되는 것이다.

그래서 만사가 시들해지기 시작했다. 다른 사람들의 장례식에서 즐겨 띠던 희희낙락한 미소는 점차 희미해져갔다. 대체로 우주 전반을, 그리고 특히 우주에서 살아가는 모든 존재들을 다 깔보게 되었다.

삶의 목표를 새롭게 고안해내기로 한 것은 바로 이 시점이었다. 삶의 추동력이 되어줄 목표, 그러니까 영원히 삶을 살아갈 의미를 줄 목표 말이다.

그는 우주를 모욕하기로 작정했다.

그러니까 우주에 사는 모든 존재를 욕보이기로 결심했다는 말이다. 한 사람 한 사람씩, 개인적으로, 사적으로, 그리고 꼭 알파벳 순서로(특히 이 점은 이를 악물고 죽어도 지키겠다고 결심한 바였다).

가끔씩 이런 목표가 의도부터 잘못되었을 뿐 아니라, 수없이 많은 사람들이 매 순간 태어나고 죽는 관계로 절대 실행이 불가능하다고 따지는 사람들이 꼭 있었다. 하지만 그럴 때마다 와우배거는 얼음처럼 차가운 눈길로 쏘아보며 "사람이 꿈도 못 꾸냐?"라고 대꾸하곤 했다.

그리하여 그는 계획을 실행에 옮기기 시작했다. 오래오래 버틸 수 있는 튼튼한 우주선을 건조하고, 알려진 우주 전체의 인구를 추적해 이와 관련된 끔찍하게 복잡한 동선들을 연산해낼 수 있는 컴퓨터를 장착했던 것이다.

그의 우주선은 태양계의 안쪽 궤도들을 뚫고 날아갔고, 태양을 한 바퀴 돈 힘을 새총처럼 축적했다가 총알처럼 항성 간의 우주 공간으로 날아갈 준비를 하고 있었다.

"컴퓨터." 와우배거가 말했다.

"예." 컴퓨터가 낑낑 짖었다.

"다음은 어디지?"

"바로 그걸 연산하는 중입니다."

와우배거는 잠시 찬란한 밤하늘의 보석들, 무한한 암흑에 빛을 먼지처럼 흩뿌려놓은 수십억의 작은 다이아몬드 같은 세계를 응시했다. 별들 하나하나가 모두 빠짐없이 그의 여행 계획 속에 들어 있었다. 거개의 별들을 아마 수백만 번씩 찾아가게 될 것이었다.

그는 밤하늘의 저 모든 점들을 아이들의 점 잇기 놀이처럼 연결하는 자신의 여행 계획을 잠시 생각했다. 우주 어딘가의 적당한 지점에서 보면, 그 점들이 몹시, 몹시 무례하고 기분 나쁜 단어로 보이기를 바라면서.

컴퓨터가 음이 맞지 않는 삑삑 소리를 내면서, 연산을 끝냈다는 신호를 보냈다.

"폴판가." 컴퓨터가 이렇게 말하고 삑삑거렸다.

"폴판가계(系)의 네 번째 행성입니다." 컴퓨터가 계속 말하고 삑삑거렸다.

"추정되는 여행 시간은 삼 주입니다." 컴퓨터가 좀더 계속 말하고 삑삑거렸다.

"그곳에서 아-르스-우르프-힐-입데누 속(屬)의 작은 괄태충을 만나셔야 합니다."

"주인님께서는……." 컴퓨터가 잠시 말을 멈추고 삑삑거리더니, 이렇게 말을 이었다. "이미 놈을 골빈 멍청이라고 부르기로 결정하신 걸로 알고 있습니다."

와우배거는 못마땅한 듯 신음 소리를 냈다. 그는 일이 초가량, 창밖에 펼쳐진 피조물들의 압도적인 장관을 지켜보았다.

"낮잠이나 자야겠군." 그가 말하고 이렇게 덧붙였다.

"우리가 다음 몇 시간 동안 지나가게 될 방송국들은 어떤 게 있지?"

컴퓨터가 삐삐 소리를 냈다.

"코스모비드, 싱크픽스, 그리고 홈브레인 박스가 있습니다."

컴퓨터가 말하고 삐삐 소리를 냈다.

"내가 아직 삼만 번 이상 안 본 영화가 뭐가 있지?"

"없습니다."

"으음."

"〈우주 공간의 불안〉이라는 영화가 있는데, 그건 삼만 삼천오백십칠 번밖에 안 보셨습니다."

"두 번째 테이프 돌기 시작하면 깨워줘."

컴퓨터가 삐삐 소리를 냈다.

"편안히 주무십시오."

우주선은 밤을 가르며 속력을 높였다.

한편, 지구에서는 비가 억수같이 퍼붓고 있었고, 아서 덴트는 자기 동굴 속에 앉아 전 생애를 통틀어 가장 거지 같은 저녁을 보내고 있었다. 그 놈의 외계인에게 자신이 할 수도 있었을 수많은 말들을 생각하며, 자기와 마찬가지로 거지 같은 저녁을 보내고 있는 파리들을 때려잡고 있었다.

다음 날 그는 토끼 가죽으로 작은 가방을 하나 만들었다. 속에다 물건들을 넣으면 좋을 것 같아서.

2

 그로부터 이 년이 흐른 뒤인 이날 아침, 아서가 더 좋은 이름이나 더 좋은 굴을 찾을 때까지는 일단 집이라고 부르기로 한 동굴에서 나오니 날씨도 다사롭고 공기도 향기로웠다.
 그는 이른 아침마다 질러대는 공포의 비명 때문에 목이 좀 아팠지만, 그래도 갑자기 기막히게 기분이 좋아졌다. 그래서 너덜너덜해진 가운을 여미고 끈을 동여맨 후 해맑은 아침을 향해 활짝 미소를 지었다.
 공기는 맑고 향기로웠으며, 산들바람은 동굴 주위의 키 큰 풀숲 사이로 살랑거렸고, 새들은 서로 바라보며 지저귀었고, 나비들은 어여쁘게 팔랑거리며 날아다녔고, 자연 전체가 공모해 한껏 상쾌하기로 작정한 것 같았다.
 하지만 아서의 명랑한 기분은 그 많은 목가적 풍경의 즐거움에서 비롯된 것이 아니었다. 이 끔찍한 고립 생활, 악몽, 화초를 가꾸려는 그 모든 시도의 실패, 그리고 이 선사 시대 지구에서의 미래라고는 전혀 없이 막막하고 헛되고 허망하기만 한 삶을 극복할 근사한 아이디어가 이제 막 떠올랐기 때문이었다. 확 미쳐버리면 그만이었다.
 그는 다시 한번 환하게 미소 짓고는, 어제 저녁 먹다 남긴 토끼 다리를 한 입 물어뜯었다. 잠시 행복하게 우물우물 씹던 그는 이 결정을 공식적으로 선언하기로 마음먹었다.

그는 똑바로 서서 언덕과 들판이 펼쳐진 세상을 마주 보았다. 발언에 무게를 더하기 위해 그는 토끼 뼈를 자기 수염에다 쑤셔 넣었다. 그리고 두 팔을 활짝 벌렸다.

"나는 미쳐버릴 테다!" 그는 선언했다.

"좋은 생각이군." 포드 프리펙트가 앉아 있던 바위에서 꾸물꾸물 기어 내려오며 말했다.

아서의 뇌가 공중 곡예를 하듯 빙그르 돌았다. 턱은 팔굽혀펴기를 했다.

"나도 잠깐 미쳐봤었지." 포드가 말했다. "좋은 점이 말도 못하게 많더군."

아서의 눈이 수레바퀴처럼 굴러갔다.

"그러니까 말이지……."

"너 대체 어디 있었어?" 아서가 말허리를 잘랐다. 드디어 뇌가 운동을 끝마쳤던 것이다.

"그냥 여기저기." 포드가 말했다. "이리저리 돌아다녔지." 그는 사람을 약올리는 미소라고 스스로 판단한 미소를 씨익 지어 보였는데, 그 판단은 정확했다. "그냥 좀 정신을 놓고 있었어. 세상이 나를 정말로 원한다면 다시 불러줄 거라고 믿었거든. 진짜 그렇게 되더군."

그는 이제는 형편없이 낡아빠지고 헐어버린 자루 가방 속에서 서브-에서 센스-오-매틱을 꺼냈다.

"최소한, 그렇게 된 것 같아." 그가 말했다. "이놈이 이제 좀 말을 들어주기 시작했거든." 그는 서브-에서 센스-오-매틱을 흔들었다. "이게 가짜 신호라면 난 다시 돌아버릴래."

아서는 머리를 절레절레 흔들며 주저앉았다. 그리고 위를 올려다보았다.

"네가 죽은 게 분명하다고 생각했어……." 그가 짧게 말했다.

"한동안은 진짜 그랬지." 포드가 말했다. "그리고 이삼 주 동안은 레몬

이 되기로 작정했지. 진 토닉 속에 들어갔다 나왔다 하면서 재미있게 놀았어."

아서는 침을 꿀꺽 삼키고 또 한번 그렇게 했다.

"어디서……?"

"진 토닉을 찾았느냐고?" 포드가 발랄하게 말했다. "자기가 진 토닉이라고 생각하는 작은 호수를 찾아내서 그 속에 풍덩 뛰어들었다 나왔다 했지. 아니 적어도, 나는 그 호수가 자신이 진 토닉이라고 상상한다고 생각했어."

"어쩌면 나 혼자 상상한 것인지도 모르지." 그는 제아무리 정신이 멀쩡한 사람이라도 혼비백산해서 숲 속으로 달려가게 만들고도 남을 미소를 지으며 덧붙였다.

그는 아서의 반응을 기다렸지만, 아서도 이제는 알 만큼 알고 있었다.

"어디 더 해보시지 그러셔." 그는 일부러 더 침착하게 말했다.

"내 말의 요점은, 미치지 않으려고 미리 미쳐버리는 건 아무 소용없는 짓이라는 거야. 차라리, 나중에 쓸데가 있을지도 모르니까 맑은 정신을 저축해놓는 편이 낫지." 포드가 말했다.

"지금의 너는 제정신이 돌아온 너지, 응? 그냥 궁금해서 물어보는 거야." 아서가 말했다.

"아프리카에 갔었어." 포드가 말했다.

"그래?"

"그래."

"어떻든?"

"그런데 여기가 네 동굴이라 이거지?" 포드가 말했다.

"어, 그렇지." 아서가 말했다. 아주 기분이 이상했다. 사 년 가까운 세월 동안 철저하게 고립 생활을 한 끝에 포드의 얼굴을 보니, 너무 반갑고 안심이 되어서 울음이 터져 나오기 일보 직전이었다. 하지만 알고 보면

포드는, 보자마자 짜증이 울컥 치미는 인간이었다.

"꽤 괜찮은데." 아서의 동굴을 보며 포드가 한마디 했다. "너는 틀림없이 끔찍하게 싫어하겠지만."

아서는 귀찮아서 대답도 하지 않았다.

"아프리카는 아주 재미있었어. 나는 거기서 아주 괴상한 짓을 하고 다녔지." 포드가 말했다.

그는 상념에 잠겨 먼 곳을 바라보았다.

"짐승들을 잔인하게 학대하는 일을 즐겨 하곤 했어." 그가 명랑하게 말했다. "아, 물론 취미 삼아서." 그가 덧붙였다.

"음, 그랬냐." 아서가 은근히 경계하며 말했다.

"그럼." 포드가 확언했다. "괜히 시시콜콜 자세한 얘기를 늘어놓지는 않을게. 왜냐하면……."

"왜냐하면 뭐?"

"네가 기분 나쁠 테니까. 하지만 훗날 기린이라고 알려지게 되는 동물의 진화된 형태와 관련해서는 바로 내게 전적으로 책임이 있다는 사실 정도는 너도 알면 흥미로워하지 않을까 싶은데. 그리고 나는 그 녀석한테 나는 법을 가르치려고 애써봤다고. 그거 믿어져?"

"얘기해줘." 아서가 말했다.

"나중에 해줄게. 그냥 한마디만 해두지. 안내서에 쓰여 있기로는……."

"안내서?"

"안내서.《은하수를 여행하는 히치하이커를 위한 안내서》. 기억나?"

"그래. 내가 강물에 던져버린 게 기억나."

"그랬지." 포드가 말했다. "하지만 내가 낚시로 건져냈어."

"그런 말 안 했잖아."

"네가 또 던져버릴까 봐."

"하긴 그래." 아서가 수긍했다. "거기 뭐라고 쓰여 있는데?"

"뭐라고?"

"안내서에 뭐라고 쓰여 있다며?"

"안내서에 쓰여 있기로는, 나는 데도 기술이 있대. 아니, 요령이랄까. 요령이 뭐냐 하면, 땅바닥을 향해 몸을 던지되 그 땅바닥이라는 목표물을 놓치는 거래." 그는 힘없이 웃었다. 그는 바지 무릎을 손으로 가리켜 보이더니 이어서 두 팔을 들어 팔꿈치를 보여주었다. 전부 찢어지고 너덜너덜하게 해어져 있었다.

"아직은 그리 잘하지 못해." 그가 말하고는 손을 내밀었다. "다시 만나서 정말 기쁘다, 아서."

오만 감정과 당혹감이 한꺼번에 밀려들어 아서는 고개를 절레절레 흔들었다.

"몇 년 동안 아무도 못 봤어. 단 한 사람도. 심지어 말하는 법도 잘 기억이 안 나. 단어도 계속 까먹어. 연습은 해, 알아? 연습은 하는데, 누구한테 말을 하느냐 하면……누구한테 하느냐 하면……누가 그런 것에 대고 얘기하면 사람들이 미쳤다고 할 만한 물건들을 상대로 얘기를 해. 조지 3세(광기로 유명한 영국의 왕—옮긴이주)처럼 말이야."

"왕들한테 얘기한다고?" 포드가 말했다.

"아니, 아니." 포드가 말했다. "조지 3세가 말을 걸었던 물건들 말이야. 빌어먹을, 우리 주위에 드글드글하게 많은 건데. 나도 그런 걸 수백 개나 심었단 말이야. 전부 다 죽었지만. 그래, 맞았어, 나무들이야! 난 나무들을 상대로 말하는 걸 연습해. 근데 너 왜 그러고 있어?"

포드는 아직도 손을 내민 채였다. 아서는 그것을 이해할 수 없다는 듯이 바라보았다.

"악수해." 포드가 재촉했다.

아서는 포드의 손을 잡았다. 처음에는 마치 손이 물고기로 변해버리기라도 할 것처럼 불안스럽게 잡았다. 그러다가 홍수처럼 덮쳐 오는 안도감에 사로잡혀 두 손으로 꽉 붙들었다. 그리고 흔들고 또 흔들었다.

한참 후 포드는 이제는 서로 좀 떨어질 필요가 있다는 사실을 깨달았다. 그들은 근처의 툭 튀어나온 바위 꼭대기로 올라가 주위 풍경을 바라보았다.

"골가프린참 사람들은 어떻게 됐어?" 포드가 물었다.

아서는 어깨를 으쓱했다.

"삼 년 전에 많은 사람이 겨울을 버티지 못하고 죽었어. 그리고 살아남은 사람들은 휴가가 필요하다며 봄에 뗏목을 타고 떠났지. 역사에 따르면 그들은 아마 생존했을 거야……."

"허." 포드가 말했다. "거 참." 그는 두 손으로 허리를 짚더니 텅텅 빈 주위 세상을 바라보았다. 별안간 포드에게서 힘찬 에너지와 단호한 목적의식이 감지되기 시작했다.

"우린 가는 거야." 그는 흥분에 들떠 말했다. 에너지 때문에 부르르 몸을 떨면서.

"어디로? 어떻게?"

"나도 몰라. 하지만 때가 왔다는 생각이 들어. 온갖 일들이 일어나게 될 거야. 우리도 이제 떠나는 거야."

그는 목소리를 낮추더니 속삭이듯 말했다.

"나는 빨래wash(wash에는 빨래라는 뜻도 있고 밀려드는 파도라는 뜻도 있다—옮긴이주)에 동요가 있다는 걸 감지했어." 그는 날카로운 눈빛으로 저 멀리 아득한 곳을 바라보았다. 그 시점에서 바람이 극적인 효과를 내며 머리카락을 멋지게 휘날려주길 바라는 모습이었지만, 마침 바람은 좀 떨어진 곳에서 나뭇잎 몇 개를 희롱하느라 바빴다.

아서는 정확히 무슨 말인지 모르겠으니 방금 한 말을 한 번만 다시 해달라고 부탁했다. 포드는 되풀이해 말했다.

"빨래?" 아서가 말했다.

"시공간의 조수." 포드가 말했다. 그리고 짧은 순간 바람이 스쳐 지나가자, 그는 바람에 이를 드러냈다.

아서는 고개를 끄덕이고 침을 꿀꺽 삼켰다.

"그러니까……." 그가 조심스럽게 말했다. "보고인의 빨래방 같은 걸 말하는 거야? 도통 무슨 소린지 모르겠네."

"에디eddy(eddy는 소용돌이라는 뜻이지만, 에디Eddy라는 사람 이름처럼 들리기도 한다—옮긴이주) 말이야." 포드가 말했다. "시공간 연속체 속의."

"아." 아서가 고개를 주억거렸다. "그 친구 얘기군. 그 친구." 그는 가운 호주머니에 두 손을 쑤셔 넣고는 알 만하다는 듯이 저 멀리 허공을 바라보았다.

"뭐라고?" 포드가 말했다.

"어, 근데 에디가 정확히 누구지?" 아서가 말했다.

포드는 성난 표정으로 그를 노려보았다.

"제발 잘 좀 들어볼래?" 그가 쌀쌀맞게 쏘아붙였다.

"잘 듣고 있었단 말이야. 하지만 그런다고 별 도움이 되는 것 같지 않은걸." 아서가 말했다.

포드는 아서의 가운 멱살을 붙잡더니 전화 회사의 회계과 직원이나 된 것처럼 천천히, 또박또박, 그리고 참을성 있게 말했다.

"그러니까……시공간의 조직에……불안정성의……웅덩이 같은 게……생긴 것 같단 말이야……."

아서는 바보같이 포드가 붙잡고 있는 가운의 천을 보았다. 포드는 아서의 바보 같은 표정이 바보 같은 말로 바뀌기 전에 잽싸게 말을 끝맺었다.

"시공간의 조직에 말이야."

"아, 그거." 아서가 말했다.

"그래, 그거." 포드가 확인해주었다.

그들은 선사 시대 지구의 언덕 위에 단둘이 서서 상대방의 얼굴을 단호한 표정으로 마주 보고 있었다.

"그런데 그게 어떻게 됐다고?" 아서가 말했다.

"불안정성의 웅덩이가 생긴 것 같다고." 포드가 말했다.

"그래?" 아서가 말했다. 그의 눈은 한순간도 흔들리지 않았다.

"그래." 포드도 비슷한 정도로 눈동자를 고정시킨 채 말했다.

"잘됐네." 아서가 말했다.

"알겠어?" 포드가 말했다.

"아니." 아서가 말했다.

말없는 침묵이 이어졌다.

"이 대화의 난점이 뭐냐 하면……." 아주 까다로운 암벽 코스를 어떻게 등반할까 생각하는 등반가처럼 깊은 사색에 잠긴 표정 같은 게 아서의 얼굴을 천천히 가로질러 간 후 그가 말했다. "최근에 내가 가졌던 대화들과 몹시 다르다는 거야. 그러니까, 내가 아까 설명했지만, 나는 주로 나무들하고만 대화를 했단 말이야. 그 대화들은 이렇지 않았어. 느릅나무들하고 나눴던 대화들만 제외하고 말이야. 느릅나무 앞에서는 대화가 난항에 빠질 때가 종종 있지."

"아서." 포드가 말했다.

"응?" 아서가 말했다.

"그냥 내가 한 말을 다 믿어. 그러면 아주 아주 간단할 거야."

"아, 글쎄, 내가 그걸 믿는지 안 믿는지 잘 모르겠어."

그들은 앉아서 서로 자기 생각을 정리했다.

포드는 서브-에서 센스-오-매틱을 꺼냈다. 거기서는 희미하게 웅웅거리는 소리가 나면서 작은 불빛이 깜박이고 있었다.

"건전지가 다 됐나?" 아서가 말했다.

"아니. 시공간의 조직에 움직이는 교란 요소가 나타난 거야. 소용돌이, 불안정성의 웅덩이가. 그리고 그게 우리 근처에 있어." 포드가 말했다.

"어디?"

포드는 그 기기를 천천히, 가볍게 위아래로 반원을 그리며 흔들었다. 갑자기 섬광이 번쩍했다.

"저기다!" 포드가 팔을 뻗으며 말했다. "저기! 저 소파 뒤에!"

아서는 바라보았다. 놀랍게도 눈앞의 들판에 페이즐리 문양의 벨벳 체스터필드 소파가 놓여 있었다. 그는 그 물건을 지적인 표정으로 멍하니 바라보았다. 아주 똑똑한 질문들이 그의 머리에 마구 마구 떠올랐다.

"어째서 들판에 저런 소파가 있는 거야?" 그가 말했다.

"말해줬잖아!" 포드가 소리치며 벌떡 일어났다. "시공간의 연속체에 소용돌이들이 생겼다니까."

"그러니까 이게 에디의 소파란 말이지?" 아서가 일어서려고 안간힘을 쓰며, 그리고 별로 전망이 밝지는 않았지만 어쨌든 제정신을 차려보려고 애를 쓰며 물었다.

"아서!" 포드가 그에게 고함을 쳤다. "구제 불능으로 망가진 네 두뇌에 이해시키려고 아까부터 내가 죽도록 노력한 그 시공간의 불안정성이라는 것 때문에 저 소파가 여기 있는 거라고. 나는 시공간의 연속체에서 밀려났던 거야. 저건 표류한 물건이고. 저게 뭐든 그런 건 상관없어. 무조건 저걸 붙잡아야 해. 저것이 우리가 탈출할 수 있는 유일한 길이란 말이야!"

그는 바위를 달려 내려가 들판을 가로질렀다.

"저걸 붙잡아?" 아서는 중얼거리더니, 체스터필드가 한가로이 둥둥 떠다니며 잔디밭 저 너머로 밀려가는 모습을 보고는 황당하다는 듯 얼굴을 찡그렸다.

별안간 전혀 예상치 못했던 환희에 사로잡힌 그는 바위에서 펄쩍펄쩍 뛰어내려, 포드 프리펙트와 비합리적인 가구의 뒤를 쫓아 숨가쁘게 몸을 던졌다.

그들은 풀밭 위를 미친 듯이 뛰어다니고, 펄쩍펄쩍 도약하고, 큰 소리로 웃어대고, 그 물건을 이리로 몰아라 저리로 몰아라 서로 훈수를 들며 고함을 질렀다. 태양은 바람결에 흔들리는 풀밭과 화다닥 놀라 흩어지는 작은 들짐승들 위로 꿈결처럼 내리비치고 있었다.

아서는 행복했다. 하루가 계획한 대로 정확히 돌아가고 있다는 사실이 기막히게 기분 좋았다. 미쳐버려야겠다고 결심한 지 불과 이십 분 만에 벌써 선사 시대 지구의 들판 위에서 소파를 쫓아 돌아다니고 있잖은가.

소파는 이리저리 둥실둥실 떠다니고 있었는데, 어떤 나무들을 스쳐 지나갈 때는 나무 못지않게 단단해 보이다가도 또 다른 나무들을 통과해 유령처럼 떠다닐 때는 일렁이는 꿈결처럼 아련해 보였다.

포드와 아서는 정신 없이 엎치락 뒤치락 소파 뒤를 쫓아 펄떡거렸지만, 소파는 자기만의 복잡한 수학적 도상을 따르기라도 하는 것처럼——실제로 그랬다——계속 잡히지 않고 지그재그로 도망다녔다. 하지만 그들은 결코 포기하지 않고 계속 뒤를 쫓았다. 소파는 계속 춤을 추어대며 빙글빙글 돌다가 갑자기 방향을 휙 바꾸더니, 마치 그래프 곡선을 타고 급강하하듯이 땅에 내려앉았다. 두 사람은 소파 위로 뛰어들었다. 소리를 질러대면서 그들이 소파 위로 뛰어오르자, 갑자기 한순간 태양이 눈을 감은 듯 캄캄해졌고, 그들은 현기증 나는 공허 속으로 떨어졌다가 뜻밖에도 런던 세인트존스 우드의 로즈 크리켓 경기장에 모습을 나타냈다. 198-년의 오스트레일리아 시리즈 최종 예선이었고, 영국은 겨우 이십팔 런 차이로 뒤지고 있었다.

3

은하의 역사에 관한 중요한 사실 1번(《항성일에 따른 오늘의 인기 만점 은하사》에서 발췌) :

크리킷 행성의 밤하늘은 전 우주를 통틀어 가장 재미없는 볼거리일 것이다.

4

 포드와 아서가 어쩌다가 시공간의 돌연변이에서 떨어져 나와 흠잡을 데 없는 풀밭에 좀 심하게 부딪혔을 때, 로즈 크리켓 경기장의 날씨는 화창하고 쾌적했다.
 관객들의 환호성은 엄청났다. 그들을 위한 갈채는 아니었지만, 그래도 어쨌든 그들은 본능적으로 고개를 숙여 인사를 했는데 이는 아주 다행스러운 일이었다. 박수 갈채의 진짜 주인공인 빨간 공이 아서의 머리 불과 몇 밀리미터 위를 휙 소리를 내며 날아갔기 때문이다. 관중석에서 한 남자가 풀썩 쓰러졌다.
 그들은 다시 땅바닥에 납작하게 엎드렸다. 땅바닥은 끔찍스럽게 빙글빙글 돌고 있는 느낌이었다.
 "방금 그게 뭐였어?" 아서가 씩씩거렸다.
 "뭔가 빨간색이었는데." 포드가 그를 보고 씩씩거리며 대꾸했다.
 "우리 지금 어디 있는 거야?"
 "어, 어딘지 모르겠는데 초록색이네."
 "모양." 아서가 중얼거렸다. "모양이 있어야지."
 군중의 박수 갈채는 금세 경악의 신음 소리로 바뀌었고, 방금 본 광경을 믿어야 할지 말아야 할지 갈피를 못 잡은 수백 명이 소리를 죽여 어색하게 킥킥 웃기 시작했다.

"이거 당신 소파요?" 어떤 목소리가 말했다.

"이건 또 뭐야?" 포드가 속삭였다.

아서가 고개를 들었다.

"뭔지 몰라도 파란색이야." 그가 말했다.

"형태는?" 포드가 말했다.

아서가 다시 바라보았다.

"형태가 어떤가 하면……." 그는 미간을 심하게 찌푸리며 포드에게 소리 죽여 말했다. "꼭 경찰관 같아."

그들은 잠시 미간을 심하게 찌푸린 채 거기 그렇게 쭈그리고 앉아 있었다. 경찰관 같은 형태를 한 파란 것이 두 사람의 어깨를 툭툭 쳤다.

"당신들 두 사람, 따라와요." 그 형체가 말했다.

이 말은 아서에게 전기 충격과 같은 효과를 발휘했다. 그는 벌떡 일어나더니, 대번에 무섭게 일상적인 풍경으로 자리를 잡은 주위의 파노라마를 향해 연신 놀라움의 눈길을 던졌다.

"대체 이거 어디서 났어요?" 그는 경찰관의 형체를 향해 버럭 고함을 질렀다.

"뭐라고요?" 깜짝 놀란 형체가 말했다.

"이건 로즈 크리켓 경기장이잖아요, 안 그래요?" 아서가 딱딱거리며 대꾸했다. "대체 이런 게 어디서 났느냐고요. 어떻게 이런 걸 여기다 갖다 놨느냐고요. 아무래도……." 그는 손으로 자기 이마를 철썩 치면서 덧붙였다. "아무래도 난 좀 진정을 해야겠어요." 그는 포드 앞에 풀썩 주저앉았다.

"경찰이야. 우리 이제 어떻게 해?" 그가 말했다.

포드가 어깨를 으쓱해 보였다.

"어떻게 하고 싶은데?"

"지난 오 년간 내가 꿈을 꾸고 있었던 거라고 네가 말해주면 좋겠어." 아서가 말했다.

포드는 다시 어깨를 으쓱하더니 원대로 그렇게 말해주었다.

"너는 지난 오 년간 꿈을 꾸고 있었어."

아서는 다시 일어섰다.

"괜찮아요, 경관님." 그가 말했다. "저는 지난 오 년간 꿈을 꾸고 있었습니다. 저 친구한테 물어보세요." 그는 포드를 가리키며 말했다. "저 친구도 꿈에 나왔으니까요." 이렇게 말하고 나서, 그는 목욕 가운 자락을 질질 끌며 경기장 가장자리로 펄쩍펄쩍 뛰어가기 시작했다. 그러다가 자기가 목욕 가운 차림이라는 걸 깨닫고 멈춰 섰다. 그는 자기의 목욕 가운을 빤히 쳐다보았다. 그는 경찰관에게 달려들었다.

"아니, 대체 내가 이런 옷을 어디서 구한 거죠?" 그는 바락바락 악을 써댔다.

그는 풀썩 쓰러지더니 잔디밭 위에서 부들부들 떨며 경련을 했다.

포드는 고개를 절레절레 흔들었다.

"지난 이백만 년 동안 저 친구가 좀 심하게 고생을 했어요." 그는 경찰관에게 이렇게 말하고, 두 사람이 함께 아서를 소파 위로 끌어올려 경기장 밖으로 끌고 나왔다. 그 사이에 소파가 돌연 사라지는 바람에 아주 잠깐 좀 곤란을 겪어야 했다.

이 모든 일에 대한 관중의 반응은 각양각색이었다. 대부분의 관중들은 눈으로 직접 보는 게 감당이 안 되었는지, 대신 라디오를 듣는 편이었다.

"글쎄요, 이건 아주 흥미로운 사건입니다, 브라이언." 라디오 해설자가 동료 해설자에게 말했다. "제 기억으로는, 그러니까 이렇게 신비스러운 출현 현상이 경기장에서 일어난 지가, 그러니까, 글쎄요, 과거에는 이런 일이 한 번도 없었던 것 같은데요. 있었나요?"

"1932년 에지배스턴에서였던가요?"

"아, 그때 무슨 일이 있었지요?"

"글쎄요, 피터, 당시 캔터를 맞아 윌콕스가 공을 던지러 선수석 끝에서 나오는 순간, 관중석에서 한 사람이 갑자기 경기장을 가로질러 달려왔던 것 같군요."

첫 번째 해설자가 이 말을 곰곰이 생각하는 동안 잠시 침묵이 흘렀다.

"네……에…….." 그가 말했다. "사실 그 사건이라면 신비스러운 점은 별로 없는 것 아닙니까? 그 관객은 한순간에 갑자기 나타난 게 아니었으니까요, 안 그래요? 그저 뛰어갔을 뿐이지요."

"그렇지 않습니다. 그 관객은 경기장에 뭔가가 갑자기 나타나는 것을 봤다고 주장했거든요."

"아, 그랬습니까?"

"네. 뭔가 악어 같은 것으로 묘사되었던 것 같아요."

"그런데 다른 사람들도 그걸 봤답니까?"

"물론 아니지요. 그리고 그 친구로부터 그 물체에 대한 상세한 설명을 듣는 데 성공한 사람도 없었어요. 그래서 아주 피상적인 조사가 이루어졌을 뿐이지요."

"그 관객은 어떻게 됐습니까?"

"글쎄요, 누군가가 데리고 나가서 점심을 사주려 했지만 그는 이미 잘 먹었다고 했고, 그래서 그 문제는 그냥 끝난 걸로 압니다. 그리고 워릭셔가 삼 위켓 차이로 이겼지요."

"그러니까, 이번 사건과는 별로 비슷한 점이 없군요. 방금 라디오를 켜신 분들을 위해 설명드리자면, 여러분들도 이 사실에 흥미를 느끼시리라 믿습니다만……남자 두 명, 그러니까 옷차림이 좀 허름한 남자 두 명과 소파가──체스터필드인 것 같습니다만?"

"그래요, 체스터필드였습니다."

"방금 로즈 크리켓 경기장 한가운데에 난데없이 출현했습니다. 하지만 이들은 특별히 해를 끼치려는 것 같지는 않습니다. 이들은 나쁜 사람들처럼 보이지는 않습니다. 그리고……."

"미안하지만 잠시 끼어들어도 되겠습니까, 피터? 방금 소파가 사라졌습니다."

"정말 그렇군요. 음, 이제 신비로운 일이 하나 줄어든 셈이군요. 그럼에도 불구하고 여전히 이는 기록에 남을 만한 일입니다. 더구나 이렇게 경기가 극적인 순간에 달했을 때 벌어진 일이니까요. 영국은 이 시리즈를 이기기 위해 이제 이십사 런만 달성하면 됩니다. 문제의 두 남자는 경찰관과 함께 경기장을 떠나고 있습니다. 이제 모두들 제자리를 찾고 경기가 속개될 것 같습니다."

"자, 이제 당신들이 누군지, 어디서 왔는지, 방금 그 소동은 어떻게 된 건지 얘기를 좀 해줄 수 있습니까?" 경찰관이, 호기심에 가득 찬 군중들 사이를 헤치고 나와 평화롭게 축 늘어진 아서의 몸을 담요 위에 눕히고 나서 물었다.

포드는 잠시 뭔가 각오를 다지며 차분하게 마음을 정리하는 것처럼 땅바닥을 물끄러미 바라보더니, 몸을 똑바로 펴고 경찰관을 향해 직격으로 눈빛을 쏘았다. 그 시선은 지구와 베텔게우스 행성 근처에 있는 포드의 고향 사이의 육 광년의 거리를 모두 담고 경찰관을 강타했다.

"좋아요. 말씀드리지요." 포드가 몹시 차분한 목소리로 말했다.

"네, 뭐, 꼭 그럴 필요는 없겠습니다." 경찰관이 황급하게 말했다. "무슨 일인지는 몰라도 다시 그러지만 마세요." 경찰관은 뒤돌아서, 베텔게우스 행성에서 오지 않은 사람을 찾아 황황히 떠났다. 다행스럽게도 경기장은 그런 사람들로 가득 차 있었다.

아서의 의식은 아주 먼 곳에서 오는 것처럼, 머뭇거리면서 자기 몸에 접근했다. 그 몸 속에서 겪은 안 좋은 기억들이 좀 있었던 것이다. 의식은 천천히, 불안해하며, 몸 속으로 들어가 익숙한 곳에 자리를 잡았다.

아서는 일어나 앉았다.

"여기가 어디야?" 그가 물었다.

"로즈 크리켓 경기장." 포드가 말했다.

"좋았어." 아서가 말했다. 의식이 잠시 숨을 돌리려고 몸 밖으로 살짝 빠져나왔다. 몸은 다시 힘없이 풀밭으로 픽 쓰러졌다.

십 분 후, 음료수 파는 천막에서 홍차 한 잔을 앞에 놓고 구부정하니 앉아 있다 보니 초췌한 얼굴에 다시 핏기가 돌기 시작했다.

"기분이 좀 어때?" 포드가 말했다.

"집에 돌아왔어." 아서가 쉰 목소리로 말했다. 그리고 눈을 감더니, 홍차에서 나는 김을 게걸스럽게 들이마셨다. 마치 그것이 홍차이기라도 한 것처럼. 물론 그것은 홍차였지만.

"집에 온 거야." 그는 되풀이했다. "집. 영국이야, 오늘이야, 악몽은 다 끝났어." 그는 다시 눈을 뜨고 온유한 미소를 지었다. "내가 있어야 할 곳에 돌아온 거야." 그는 감정이 복받친 목소리로 속삭였다.

"너한테 두 가지 얘기를 꼭 해줘야 할 것 같다." 포드가 《가디언》지를 아서 쪽으로 휙 던지며 말했다.

"나 집에 왔어." 아서가 말했다.

"하나는, 이틀만 있으면 지구가 파괴된다는 거야." 포드가 신문 맨 위에 있는 날짜를 가리키며 말했다.

"집에 왔어." 아서가 말했다. "홍차." 그가 말했다. "크리켓, 잘 깎은 잔디밭, 나무 벤치, 하얀 리넨 상의, 맥주 깡통들……." 그가 기쁨에 차 덧붙였다.

그는 천천히 신문에 정신을 집중하기 시작했다. 그러더니 살짝 얼굴을 찌푸리며 고개를 갸우뚱했다.

"그 신문, 전에 본 적이 있는데." 그가 말했다. 두 눈이 이리저리 헤매다 천천히 날짜에 고정되었다. 아까부터 포드가 쓸데없이 손가락으로 툭툭 치고 있던 날짜였다. 아서의 얼굴이 일이 초간 얼어붙더니, 남극의 부빙이 봄이면 끔찍하게 천천히 무너져 내리는 장관을 연출하듯 무너져 내리기 시작했다.

"그리고 또 하나는, 네 수염에 뼈다귀 같은 게 끼어 있다는 거야." 포드가 말하고, 다시 홍차를 건넸다.

음료수를 파는 천막 바깥에서는 행복한 군중들의 머리 위로 태양이 비치고 있었다. 햇살은 하얀 모자들과 빨간 얼굴들 위로 내리쬐었다. 내리쬐는 햇살에 아이스바들이 녹고 있었다. 아이스바가 방금 녹아 막대에서 떨어져 나가는 바람에 울고 있는 어린아이들의 눈물 위로도 햇살은 내리쬐고 있었다. 햇살은 나무 위에서도 반짝였고, 선수들이 휘두르는 크리켓 배트에서도 번쩍였으며, 아무도 눈치 채지 못하는 듯했지만, 사실은 차양 밖에 주차되어 있는 기막히게 괴상망측한 물건 위에서도 반짝였다. 눈을 끔벅이며 매점 천막에서 나와 주위 풍경을 둘러보던 포드와 아서의 머리 위에서도 태양은 빛났다.

아서는 덜덜 떨고 있었다.

"아무래도." 그가 말했다. "나 아무래도……."

"안 돼." 포드가 쌀쌀하게 말했다.

"뭐?" 아서가 말했다.

"집에 있는 너한테 전화를 걸 생각 따위는 하지 마."

"어떻게 알았어……?"

포드는 어깨를 으쓱했다.

"하지만 안 될 건 또 뭐야?" 아서가 말했다.

"전화로 자기 자신과 얘기를 하는 사람들은 절대로 도움이 되는 깨달음을 얻을 수 없어."

"하지만……."

"한번 상상해봐." 포드가 말했다. 그는 가상의 전화기를 들어 가상의 다이얼을 돌렸다.

"여보세요?" 그는 가상의 수화기에 대고 말했다. "아서 덴트 씹니까? 아, 안녕하세요. 네, 저는 아서 덴트라고 합니다. 전화 끊지 마세요."

그는 낙심한 표정으로 가상의 수화기를 물끄러미 쳐다보았다.

"전화를 끊어버렸어." 그는 이렇게 말하고 어깨를 으쓱하더니, 가상의 수화기를 깔끔하게 다시 가상의 전화기 위에다 내려놓았다.

"나는 시간의 돌연변이를 처음 겪는 게 아니야." 그가 덧붙였다.

아서 덴트의 얼굴에 어려 있던 우울한 표정이 사라지고 더 암담한 표정이 떠올랐다.

"그러니까 우리는 집에 와서 깔끔하게 옷을 말린 게 아니구나." 아서가 말했다.

"사실, 집에 와서 열심히 수건으로 몸을 닦고 있다고 말할 수조차 없다고." 포드가 대답했다.

경기가 속개되었다. 투수가 처음에는 성큼성큼, 다음에는 팔짝팔짝, 나중에는 우다다 달려서 위켓에 접근했다. 그는 별안간 팔다리를 미친 듯이 흔들며 폭발했고, 그 속에서 공 하나가 날아갔다. 타자는 배트를 휘둘러 공을 휙 뒤로 쳤고, 공은 차양 너머로 날아갔다. 포드의 두 눈이 공의 궤도를 따라가다가 순간적으로 크게 흔들렸다. 그는 빳빳하게 굳었다. 그는 다시 공의 비행 궤적을 시선으로 쫓았고, 또다시 두 눈에 경련이 일었다.

"이건 내 수건이 아니야." 토끼 가죽 가방 속을 뒤지던 아서가 말했다.

"쉿." 포드가 말했다. 그는 집중을 하고 눈길을 하늘로 모았다.

"나는 골가프린참 사람들이 준 조깅 수건을 갖고 있었단 말이야." 아서가 말을 계속했다. "파란색에 노란 별들이 그려져 있는 수건이야. 이건 그게 아니란 말이야."

"쉬이잇." 포드가 다시 말했다. 그는 한쪽 눈을 가리고 다른 쪽 눈으로 보려 하고 있었다.

"이건 분홍색이잖아." 아서가 말했다. "네 거 아니지? 네 거야?"

"네 수건 얘기 따위는 제발 집어치워줬으면 좋겠어." 포드가 말했다.

"내 수건이 아니란 말이야." 아서가 우겼다. "그게 바로 내가 지금 하려는 말의 요점……"

"그 얘기를 집어치워줬으면 하는 시점이 바로 지금이야." 포드가 나지막하게 으르렁거렸다.

"알았어." 아서가 원시적으로 꿰매어진 토끼 가죽 가방 속에 물건들을 다시 쑤셔 넣기 시작하면서 말했다. "우주적인 스케일로 보면 별로 중요한 일이 아닐지도 모르지. 그냥 이상한 일일 뿐. 파란 바탕에 노란 별이 그려진 수건은 어디 가고, 별안간 분홍 수건이라니."

포드는 좀 기괴한 행동을 하기 시작했다. 아니, 기괴한 행동을 하기 시작했다기보다는 여느 때와는 다른 식으로 기괴한 행동을 하기 시작했다. 즉, 그는 경기장을 에워싼 군중의 황당한 눈길은 아랑곳하지 않고서, 코 앞에서 세차게 손사래를 치고, 어떤 사람들 뒤로 고개를 처박고 숨고, 또 다른 사람들 뒤로 뛰어들고, 그러다가 꼼짝도 않고 서서 눈을 심하게 깜박거렸다. 일이 초쯤 이렇게 하다가 천천히 슬금슬금 앞으로 걸어 나가서는, 마치 뜨겁고 먼지 낀 들판으로부터 반 마일 떨어진 곳에서 보이는 것이 반쯤 먹다 남은 고양이 먹이 깡통인지 아닌지 확신하지 못하는 표범처럼, 어리둥절한 듯 얼굴을 찌푸린 채 정신을 집중하고 있었다.

"내 가방도 이게 아니야." 아서가 불쑥 말했다.

포드가 애써 성취한 정신 집중의 주문이 깨지고 말았다. 그는 화가 나서 아서를 돌아보았다.

"수건 얘기가 아니야." 아서가 말했다. "그게 내 수건이 아니라는 건 우리가 이미 결정을 봤으니까. 나는, 내 것이 아닌 그 수건을 집어넣은 가방 역시 내 것이 아니라는 얘기를 하는 거야. 아주 희한하게 비슷하기는 하지만. 그런데 개인적으로 나는 이게 몹시 이상한 일이라고 생각해. 특히 그 가방이 내가 선사 시대 지구에서 손수 만든 거라는 사실을 생각해 보면 말이지. 이 돌멩이들도 내 것이 아니야." 그는 가방에서 회색 돌멩이 몇 개를 꺼내면서 덧붙여 말했다. "나는 흥미로운 돌멩이들을 수집하고 있었는데, 이것들은 분명히 아주 지루한 돌들이라고."

우레 같은 흥분의 함성이 군중들 사이를 훑고 지나가며 뭔지는 모르지만 이 정보에 대한 포드의 반응을 덮어버리고 말았다. 함성을 일으킨 주역인 크리켓 공이 하늘에서 뚝 떨어지더니 아주 깔끔하게 아서의 신비한 토끼 가죽 가방 속으로 쏙 들어갔다.

"자, 이 일도 아주 희한한 사건이라고 말해야겠군." 아서는 황급히 가방을 여미더니, 바닥에서 공을 찾는 시늉을 했다.

"여기에 없는 것 같다." 그는 공을 찾느라 순식간에 와글와글 몰려든 소년들에게 이렇게 말했다. "어디로 굴러갔나 보다. 아마 저쪽일 거야." 그는 대충 애들이 가줬으면 하는 방향을 가리키며 말했다. 남자 아이 하나가 알쏭달쏭한 표정으로 그를 바라보았다.

"아저씨 괜찮아요?" 남자애가 말했다.

"아니." 아서가 말했다.

"그런데 왜 수염에다 뼈다귀를 꽂고 있어요?"

"아무 데나 꽂은 자리에 가만히 있도록 뼈다귀를 훈련시키고 있는 중이거든." 아서는 이런 말을 하는 자신이 자랑스러웠다. 그가 생각하기에는 이건 정말 어린 마음을 즐겁게 해주면서 동시에 고무시키는 그런 말이었다.

"오." 남자 아이가 고개를 갸우뚱하며 생각에 잠겨 말했다. "아저씨 이름이 뭐예요?"

"덴트." 아서가 말했다. "아서 덴트."

"덴트 아저씨는 병신이에요." 소년이 말했다. "완전 머저리 천치라고요." 소년은 금세 꺼져줄 생각이 전혀 없다는 걸 보여주기 위해서, 아서 뒤에 있는 다른 물건을 괜히 바라보았다. 그러더니 코를 긁으면서 어슬렁어슬렁 사라지는 것이었다. 아서는 갑자기 지구가 이틀 뒤에 다시 파괴될 거라는 사실이 기억났지만, 이번 한 번만큼은 하나도 안타깝지 않았다.

경기는 새로운 공으로 속개되었고, 태양은 계속 내리쬐었고, 포드는 머리를 흔들고 눈을 깜박이며 위아래로 펄쩍펄쩍 뛰는 짓을 계속했다.

"너, 뭐 생각하고 있는 게 있구나, 안 그래?"

"내 생각에는……." 포드가 모종의 특이한 목소리로 말을 하기 시작했는데, 그런 목소리는 그가 뭔가 이해하기 어려운 말을 지껄이기 시작하는 징조라는 걸 아서도 이젠 알고 있었다. "저기에 SEP가 있는 것 같아."

그는 손가락으로 가리켰다. 희한하게도 그가 가리키는 방향은 눈으로 바라보고 있는 방향이 아니었다. 아서는 차양 쪽을 향하고 있는 한쪽 방향을 먼저 봤다가, 그 다음에는 경기가 진행되고 있는 경기장 쪽 방향을 보았다. 그는 고개를 끄덕이고, 어깨를 으쓱해 보였다. 그리고 다시 어깨를 으쓱했다.

"뭐가 있다고?" 그가 말했다.

"SEP."

"S……?"

"……EP."

"그게 뭔데?"

"다른 사람의 문제Somebody Else's Problem." 포드가 말했다.

"오, 잘됐네." 아서는 이렇게 말하고 마음을 푹 놓았다. 그게 다 뭔지는 몰라도, 다행히 다 끝난 일인 모양이었다. 하지만 그게 아니었다.

"저기에." 포드가 또다시 손으로는 차양을 가리키고 동시에 시선은 경기장을 향한 채 말했다.

"어디?" 아서가 말했다.

"저기!" 포드가 말했다.

"그렇구나." 아서는 이해하지 못한 채 말했다.

"보여?" 포드가 말했다.

"뭐가?" 아서가 말했다.

"SEP가 보이느냐고?" 포드가 참을성 있게 말했다.

"그건 다른 사람의 문제라면서."

"맞아."

아서는 천천히, 신중하게, 그리고 엄청나게 탐욕스러운 분위기를 풍기면서 고개를 끄덕였다.

"너한테 보이는지 알고 싶어." 포드가 말했다.

"그래?"

"그래."

"그게 어떻게 생겼는데?" 아서가 말했다.

"아니 내가 그걸 어떻게 아니, 이 바보야?" 포드가 꽥 고함을 쳤다. "보이면 말을 하란 말이야!"

아서는 관자놀이 밑으로 둔하게 피가 쿵쿵 뛰는 느낌이 들었는데, 이는 포드와 대화를 할 때마다 수도 없이 찾아오곤 했던 증표 같은 것이었다. 그의 뇌는, 겁에 질려 개집 속에 틀어박힌 강아지처럼 잔뜩 웅크리고 있었다. 포드는 아서의 팔을 붙잡았다.

"SEP라는 건, 우리가 볼 수 없는, 아니 보지 않는, 아니 우리 뇌가 못 보게 하는 광경이야. 왜냐하면 다른 사람 문제라고 생각하기 때문이지. SEP의 뜻이 그거야. '다른 사람의 문제.' 뇌가 그 부분을 편집해 잘라내기 때문에 눈에 안 보이는, 맹점 같은 거라고. 그게 정확히 뭔지 모르는 경우에는, 똑바로 쳐다보면 보이지 않아. 유일한 희망은 곁눈질로 어쩌다 재수 좋게 힐끗 보게 되는 거지."

"아." 아서가 말했다. "그래서……."

"그래." 아서가 무슨 말을 하려는 건지 잘 알고 있는 포드가 말했다.

"……네가 위아래로 펄쩍펄쩍 뛰고……."

"그래."

"……또 눈도 깜박거리고……."

"그래."

"……그리고……."

"네가 알아듣긴 한 거 같다."

"내 눈에는 보여." 아서가 말했다. "우주선이야."

잠시 아서는 이 사실의 폭로가 초래한 엄청난 반응에 어안이 벙벙해지고 말았다. 군중들 사이에서 우레 같은 함성이 들리더니, 사람들이 사방으로 달리고, 소리를 치고, 비명을 지르고, 혼란의 소용돌이 속에서 서로 부딪히고 엎어지고 난리가 난 게 아닌가. 그는 경악한 나머지 뒤로 벌렁 나자빠져서는 겁에 잔뜩 질린 시선으로 주위를 둘러보았다. 그리고 더욱더 경악해서 주위를 또 두리번거렸다.

"흥미로운 광경이군요, 그렇지 않소?" 유령이 하나 나타나 이렇게 말했다. 유령은 아서의 눈앞에서 부들거리고 있었다. 하지만 실제로는 아마 십중팔구 아서의 눈동자가 유령 앞에서 흔들리고 있었을 것이다. 그의 입도 덜덜 흔들렸다.

"우……우……우……우…….". 그의 입이 말했다.

"당신네 팀이 방금 이긴 모양이오." 유령이 말했다.

"우……우……우……우." 아서가 되풀이했고, 한번 흔들릴 때마다 포드 프리펙트의 등을 쿡쿡 찔러서 방점을 찍었다. 포드는 전율하며 거대한 소요 사태를 뚫어져라 바라보고 있었다. "당신 영국인이지요?" 유령이 말했다.

"우……우……우……우……네." 아서가 말했다.

"음, 아까 말한 대로, 당신네 팀이 방금 이겼소. 경기 말이오. 그러니까 영국 팀이 '애시즈'(유명한 크리켓 투어 토너먼트—옮긴이주) 우승 타이틀을 유지한다는 말이지요. 당신도 굉장히 기쁜 모양이군요. 사실 나도 크리켓을 좀 좋아하거든요. 물론 이 행성 바깥으로 이 말이 새어 나가는 건 싫지만 말이오. 오, 그건 안 될 말이지요."

유령은 짓궂은 웃음이라 할 만한 것을 지어 보였지만, 딱히 그렇다고 말하기는 어려웠다. 유령이 태양을 똑바로 등지고 있는 탓에 눈이 멀어 버릴 것 같은 후광이 그의 머리 주위를 둘러싸고 그의 은발과 수염이 경이롭고 극적인 모습으로 번쩍이고 있었는데, 이는 짓궂은 웃음과는 잘 어울리지 못했던 것이다.

"하지만 그래도 하루이틀만 있으면 이 모든 게 다 종말을 맞겠지요, 안 그래요? 마지막으로 우리가 만났을 때 얘기했듯이, 나는 그 일을 아주 유감스러워했지만 말이오. 그래도 이미 한 번 벌어진 일이 또 벌어지겠지만."

아서는 말을 하려 애썼지만, 불공평한 싸움을 포기했다. 그는 포드를 다시 쿡 찔렀다.

"난 또 무슨 끔찍한 일이 일어난 줄 알았네." 포드가 말했다. "그냥 경기가 끝났을 뿐인데. 우리 이제 나가야 해. 오, 안녕하세요, 슬라티바트패스트 선생님. 여기서 뭐 하고 계세요?"

"오, 그저 빈둥대는 중이라오." 슬라티바트패스트가 말했다.

"저기 선생님 우주선인가요? 우리 좀 어디로 태워 가주실 수 있으세요?"

"서두르지 말아요. 차근차근 해요." 노인이 훈계를 했다.

"좋아요." 포드가 말했다. "이 행성이 얼마 못 가서 파괴될 거라서 말이지요."

"그건 나도 안다오." 슬라티바트패스트가 말했다.

"그리고, 음, 그냥 그 점을 확실히 해두고 싶었어요." 포드가 말했다.

"요지는 잘 알아들었소."

"그런데 이 시점에 정말로 크리켓 경기장에서 노닥거리고 싶으시다면야……"

"그러고 싶소."

"그런데 저건 선생님 우주선이죠?"

"그렇다오."

"그렇겠네요." 포드는 이쯤에서 몸을 휙 돌려버렸다.

"안녕하세요, 슬라티바트패스트 선생님." 아서가 마침내 말했다.

"안녕하시오, 지구인." 슬라티바트패스트가 말했다.

"뭐 어쨌거나 어차피 한번 죽으면 그만이니까." 포드가 말했다.

노인은 못 들은 척하고 경기장을 뚫어져라 쳐다보았다. 그 시선은 그곳에서 실제로 일어나고 있는 일과 두드러진 관계가 없어 보였다. 현재 일어나고 있는 일은 관중들이 경기장 한가운데 몰려들어 커다란 원을 만들고 있는 것이었다. 슬라티바트패스트가 그 속에서 본 게 무엇인지 다른 사람은 아무도 짐작하지 못했다.

포드는 뭔가를 흥얼거리고 있었다. 중간중간 한 음만 반복하고 있었다. 포드는 누가 자기한테 지금 흥얼거리는 노래가 뭐냐고 물어봐주기를 내심 바랐지만, 아무도 물어보지 않았다. 누가 물어봤다면, 그는 아마 노엘 카워드가 작곡한 〈미치게 좋아 그 남자애가〉라는 노래의 첫 소절을 계속 반복해서 흥얼거리고 있다고 대답했을 것이다. 그러면 틀림없이 상대방은 포드에게 계속 한 음만 부르고 있지 않느냐고 지적했을 테고, 그러면 그는 자기가 '그 남자애가'라는 부분을 빼놓고 부르는 이유를 굳이 말해주지 않아도 알기를 바랐다고 대꾸해줄 수 있었을 터였다. 포드는 아무도 물어보지 않아서 짜증이 났다.

"빨리 가지 않으면, 그 사태 한가운데에 또 붙들리게 될지도 모른단 말이에요." 그는 마침내 더 참지 못하고 폭발해버렸다. "행성 하나가 파괴되는 걸 두 눈으로 목격하는 것보다 더 우울한 건 세상에 다시없을 거예요. 물론, 그런 사태가 벌어질 때 여전히 그 행성 위에 있는 건 빼고요. 혹은……." 그는 목소리를 낮추고 말했다. "크리켓 경기장 근처에서 빈둥거리고 있는 거나."

"서두르지 말라니까." 슬라티바트패스트가 다시 말했다. "엄청난 대사건이 임박했단 말이오."

"지난번에 우리가 만났을 때도 똑같은 말씀을 하셨잖아요." 아서가 말했다.

"그때도 그랬지." 슬라티바트패스트가 말했다.

"하긴 그 말씀은 맞아요." 아서가 인정했다.

하지만 임박한 것처럼 보이는 것은 그저 무슨 의례 행사 비슷한 것일 뿐이었다. 관중보다는 텔레비전 시청자를 염두에 두고 특별히 연출된 행사라서, 그들이 선 자리에서 파악할 수 있는 정보는 오로지 라디오에서 들려오는 이야기뿐이었다. 포드는 호전적으로 짐짓 무관심한 체했다.

포드는 라디오에서 '애시즈Ashes(ashes는 '타고 남은 재'라는 뜻—옮긴이 주)'가 경기장에 서 있는 영국 팀 주장에게 전달되기 직전이라는 이야기를 들으며 안달복달했고, 이는 영국 팀이 n번째로 투어에서 승리했기 때문이라는 말에 길길이 뛰며 분노했으며, '애시즈'라는 게 크리켓 기둥이 타고 남은 숯덩이라는 얘기를 듣자 말 그대로 벌컥 짜증을 냈다. 하지만 이게 다가 아니었다. 포드는 문제의 크리켓 숯덩이가 1882년 멜버른에서 '영국 크리켓의 죽음'을 상징하기 위해 불태워진 것이라는 사실과도 씨름해야 했다. 포드는 슬라티바트패스트 쪽으로 빙글 돌아서 숨을 깊이 들이쉬었지만, 뭐라고 한마디 할 기회는 끝내 얻지 못했다. 노인이 그 자리에 없었던 것이다. 노인은 발걸음과 은발과 수염, 그리고 치렁치렁한 옷자락에 무시무시한 목적 의식을 담고 경기장 쪽으로 당당하게 걸어 나가고 있었다. 그 모습은 마치 모세 같았다. 그러니까 시나이 산이, 흔히 그려지듯이 불과 연기를 내뿜는 산이 아니라 잘 깎인 잔디밭이었다면 모세는 딱 그렇게 보였으리라.

"우주선에서 만나자고 했어." 아서가 말했다.

"귀신 씨나락 까먹는 짓거리 하고 있네." 포드가 버럭 성을 냈다.

"이 분 후에 우주선에서 만나자고 하던데."

아서는 생각을 아예 포기했다는 뜻으로 어깨를 으쓱해 보였다. 그들은 우주선 쪽으로 걸어가기 시작했다. 그때 이상한 소리가 들렸다. 그들은 듣지 않으려 했지만 어쩔 수 없이 들어버리고 말았다. 슬라티바트패스트는 은제 '애시즈' 항아리를 자기한테 양도하라고 박박 우기면서, '과거와 현재, 그리고 전 은하의 안전'과 관련된 엄청나게 중요한 일이라고 신경질을 버럭버럭 내고 있었다. 그리고 관중들은 이 사태를 보면서 미친 듯이 웃고 있었다. 그들은 그냥 모르는 척하기로 했다.

하지만 다음에 일어난 사태는 도저히 모르는 척할 수가 없었다. 십만 명의 사람들이 다 같이 '훕' 하고 외치는 듯한 소리와 함께, 싸늘한 금속성의 하얀 우주선 한 대가 '무'에서 스스로를 창조해낸 것처럼 크리켓 경기장 바로 위에 모습을 나타내, 끝 모를 악의와 나직한 웅웅 소리를 발산하며 그 자리에 떠 있었던 것이다.

잠시 동안 우주선은 아무 일도 하지 않았다. 여느 때와 다름없이 다들 하던 일이나 하고 공중에 떠 있는 우주선 따위에는 신경도 쓰지 말라는 듯이 말이다.

그러더니 우주선은 몹시 기괴한 일을 했다. 아니, 문을 열고 몹시 기괴한 것들을, 그것도 열한 개나 내보냈다.

로봇들, 하얀색 로봇들이었다.

특히 기괴한 건, 그 로봇들이 이 행사에 맞춰 옷을 차려입은 것처럼 보였다는 것이다. 그들은 흰색 몸에다 크리켓 배트 비슷한 걸 들고 있었고,

그뿐 아니라 크리켓 공같이 생긴 것도 들고 있었고, 그뿐 아니라 정강이에다 다리 보호대 같은 것도 두르고 있었다. 이 마지막 것이 이상했는데, 그 속에 제트 분사구 같은 게 들어 있는 것처럼 보였기 때문이었다. 바로 그 장치 덕분에 이 희한하리만큼 문명화된 로봇들은 허공에 둥둥 떠 있는 우주선에서 날아 내려와 사람들을 죽일 수 있었고, 이렇게 사람을 죽이는 게 이들의 일이었다.

"이봐, 뭔가 일이 벌어지고 있는 것 같은데." 아서가 말했다.

"우주선으로 가." 포드가 말했다. "알고 싶지 않아. 그냥 우주선으로 가라고." 그는 달리기 시작했다. "나는 알고 싶지 않아, 보고 싶지 않아, 듣고 싶지 않아." 그는 달리면서 고래고래 악을 썼다. "이건 내 행성이 아니야. 내가 오고 싶어서 온 것도 아니야. 이 사건에 말려들고 싶지 않아. 그냥 날 좀 도망가게 해줘. 그리고 말이 통하는 사람들하고 파티를 좀 하게 해줘!"

경기장에서 연기와 불길이 솟아올랐다.

"음, 분명 초자연적인 세력의 군대가 오늘 이곳에 작전을 나온 것 같습니다……." 라디오가 행복하게 혼자 지껄였다.

"나한테 필요한 건……." 포드가 앞에 한 말을 분명하게 전달하기 위해서 외쳤다. "독한 술 한 잔하고 동질감을 느낄 수 있는 친구들이라고!" 그는 계속 달렸다. 오로지 아서의 팔을 붙잡아 끌고 가느라 잠깐 멈추었을 뿐이다. 아서는 위기가 닥쳤을 때 늘 하던 역할을 그대로 답습하고 있었다. 즉, 입을 떡 벌리고 가만히 서서 그냥 사태에 휩쓸리는 것이었다.

"로봇들이 크리켓 경기를 하고 있어." 포드 뒤를 따라 비틀비틀 뛰면서 아서가 중얼거렸다. "크리켓을 하는 게 분명해. 왜 이런 짓을 하는지는 몰라도, 실제로 크리켓을 하고 있다고. 그냥 사람들을 죽이는 게 아니라 위로 날려 보내고 있어." 그가 외쳤다. "포드, 로봇들이 우리를 하늘로 날려 보내려고 해!"

아서는 그나마 여행을 하면서 은하계 역사에 대해 찔끔찔끔 주워들은 풍문이 있었기 망정이지, 그렇지 않았으면 아마 이 광경을 믿지 않지 않기가 몹시 어려웠을 것이다. 솟아오르는 짙은 연기 속에서 움직이는 것이 보이는 유령 같은, 하지만 몹시 폭력적인 형체들은 배팅하는 모습을 엽기적으로 패러디하고 있는 것만 같았다. 다른 점은, 그들이 배트로 내리치는 형체들은 어김없이 폭발해 바닥 여기저기에 떨어진다는 것이었다. 첫 번째 형체가 이렇게 폭발하자, 아서의 처음 반응은 온데간데없이 사라지고 말았다. 처음에 아서는 이 모든 일이 오스트레일리아 마가린 제조업자들이 벌이는 홍보용 이벤트일 거라고 생각했었다.

그런데 사태는 시작할 때와 마찬가지로 뜬금없이 종료되었다. 열한 개의 하얀 로봇들이 촘촘한 편대를 지어 이글거리는 구름을 뚫고 상승했고, 마지막 불기둥 몇 개가 허공에 떠 있는 하얀 모선(母船) 속으로 들어가자 우주선은 십만 명이 동시에 '홉' 하고 말하는 듯한 소리를 내면서 희박한 대기 속으로 순식간에 사라졌다.

잠시 주위에는 경악에 찬 무시무시한 정적이 감돌았다. 바로 그때 공기를 메운 연기 속에서 아까보다 훨씬 더 모세를 닮아 보이는 슬라티바트패스트의 창백한 모습이 불쑥 나타났다. 시나이 산이 없는 건 마찬가지였지만, 이제는 적어도 불길이 치솟고 연기가 피어오르는 잘 깎인 잔디밭을 성큼성큼 가로질러 가고 있었으니까.

그는 주위를 미친 듯이 둘러보더니 마침내 사람들을 헤치고 허둥지둥 달려오는 아서 덴트와 포드 프리펙트의 모습을 찾아냈다. 군중은 겁에 질려서 이들 두 사람과 정반대되는 방향으로 쿵쾅쿵쾅 달려가느라 정신이 없었다. 군중은 틀림없이 마음속으로, 평범한 하루인 줄 알았는데 정말 굉장한 날이 되어가고 있다고 생각하고 있었을 테지만, 대체 어디로 가야 될지는 사실 잘 모르고 있었다.

슬라티바트패스트는 포드와 아서를 향해 황급하게 손짓을 하면서 고래고래 소리를 질러댔다. 세 사람은 점점 우주선을 향해 다가갔다. 우주선은 여전히 차양 뒤에 세워져 있었지만, 그 곁을 지나 미친 듯이 달려가는 수많은 사람들은 전혀 눈치 채지 못하고 있는 듯했다. 그들은 눈앞에 닥친 자기 문제를 걱정하느라 너무 바쁜 모양이었다.

"그놈들이 어쩌고저쩌고!" 슬라티바트패스트가 특유의 가늘고 떨리는 목소리로 말했다.

"뭐라는 거야?" 길을 막는 사람들을 팔꿈치로 퍽퍽 치면서 받은 숨을 몰아쉬던 포드가 말했다.

아서는 고개를 저었다.

"그놈들 운운하던데."

"그놈들이 테이블을 어쩌고저쩌고!" 슬라티바트패스트가 또 말했다.

포드와 아서는 서로를 보며 고개를 저었다.

"굉장히 급한 일인 거 같은데." 아서가 말했다. 그는 걸음을 멈추고 다시 한 번 소리를 쳤다. "뭐라고요?"

"그놈들이 어쩌고저쩌고!" 슬라티바트패스트는 계속 손을 흔들어대며 소리쳤다.

"그러니까 그놈들이 애시즈 트로피를 가져갔다는 말인 것 같은데. 내 생각은 그래." 아서가 말했다. 그들은 계속 달렸다.

"뭘 가져가……?" 포드가 말했다.

"애시즈 말이야." 아서가 퉁명스럽게 말했다. "크리켓 기둥이 타고 남은 재. 그게 트로피거든. 그러니까 말이지……." 그는 헉헉거리느라 말을 잇지 못했다. "……놈들이……와서 그걸 빼앗아갔다는 얘기인가 봐." 그는 뇌가 두개골 속에서 제자리를 찾도록 해주려는 듯 머리를 아주 살살 흔들었다.

"거 참, 뭐 그런 말을 우리한테 한담. 이상한 영감이군." 포드가 쌀쌀맞게 말했다.

"뭐 그런 걸 가져가다니 이상한 놈들이네."

"이상한 우주선이네."

그들은 드디어 우주선에 도착했다. 우주선에서 두 번째로 신기한 것은, '다른 사람의 문제'가 실제로 어떻게 작동하는지 구경하는 일이었다. 그들 눈에 우주선이 제 모습대로 보이는 건 순전히 그 자리에 우주선이 있다는 걸 그들이 이미 알고 있기 때문이었다. 하지만 다른 사람들은 그렇지가 못한 게 분명했다. 우주선이 실제로 눈에 보이지 않는다든가, 초특급으로 불가능한 뭔가가 있다든가 해서가 아니었다. 물체를 눈에 보이지 않게 하는 기술은 무한히 복잡해서, 십억 중 구억 구천구백구십구만 구천구백구십구는 차라리 그 부분은 포기하고 그냥 없는 대로 하는 편이 훨씬 간단하고 효율적이었다. 예전에 대단히 유명한 과학 마술사인 우그의 에프라팍스가, 자기한테 일 년만 주면 엄청나게 거대한 마그라말 산(山)을 통째로 투명하게 만들어버리겠다고 생명을 걸고 내기를 했다.

일 년이라는 시간의 대부분을 거대한 룩스-오-밸브, 굴절 무효기, 자동 스펙트럼 우회기 따위와 씨름하는 데 보낸 그는, 겨우 아홉 시간밖에 남지 않은 상황에서 절대로 성공하지 못할 거라는 사실을 깨달았다.

그래서 자신과 친구들, 그리고 그 친구들의 친구들, 그리고 친구들의 친구들의 친구들, 그리고 주요 항성 간 트럭 회사를 가지고 있는, 그 친구들의 좀 덜 친한 친구들 몇몇이 합동으로, 지금까지도 역사상 하룻밤만에 이루어진 최대 규모의 공사로 널리 알려져 있는 공사를 시행했고, 두말할 것도 없이 다음 날 마그라말은 자취도 없이 사라지고 말았다. 에프라팍스가 내기에서 진 것은——그래서 목숨을 잃은 것은——순전히 어떤 잘난 척하는 판결관이 (a) 마그라말 산이 있어야 하는 자리를 빙 둘러보았는데도 돌부리에 걸려 넘어지거나 부딪쳐서 코뼈가 부러지는 사태가 일어나지 않았고 (b) 수상쩍은 모양의 달이 새로 하나 나타났다는 것을 눈치 챘기 때문이었다.

'다른 사람의 문제' 자장은 훨씬 간단하고 효율적이었으며, 무엇보다 손전등 배터리 하나로 백 년 넘게 작동시킬 수 있었다. 이 기술은, 보고 싶지 않은 것, 예기치 못한 것, 그리고 해명할 수 없는 것은 보지 않으려는, 사람들의 타고난 성향에 의존하고 있었다. 에프라곽스가 산을 분홍색으로 칠한 뒤에 값싸고 간단한 '다른 사람의 문제' 자장을 작동시키기만 했다면, 사람들은 아마 산을 지나가고, 빙 돌아가고, 심지어 넘어가면서도 산이라는 게 그 자리에 있었다는 사실 자체를 인식하지 못했을 것이다.

그리고 이것이 바로 지금 이 순간 슬라티바트패스트의 우주선과 관련해 일어나고 있는 일이었다. 우주선은 물론 분홍색이 아니었지만, 분홍색이었다 해도 그쯤은 이 우주선이 지닌 수많은 시각적 문제들 중에서 가장 사소한 축에 속했을 것이다. 사람들은 그 우주선을 그냥 아무것도 아닌 것처럼 무시하고 있었다.

이 우주선에서 제일 희한한 점은, 방향타라든가 로켓 엔진이라든가 비상 탈출구 등등 때문에 그나마 좀 우주선 같아 보일 뿐, 오히려 작은 이탈리아식 비스트로 식당을 거꾸로 뒤집어놓은 모습에 훨씬 더 가까웠다는 것이었다.

포드와 아서는 기가 막히고 몹시 화가 나는 기분을 느끼며 그 물건을 올려다보았다.

"알아요, 알아." 그때 숨이 차고 흥분한 슬라티바트패스트가 그들에게 서두를 것을 재촉하며 말했다. "하지만 다 이유가 있는 거라오. 어서 와요, 우리는 떠나야 하오. 오래된 악몽이 다시 되살아나고 있어요. 저주의 운명이 우리 모두 앞에 닥쳤어요. 당장 떠나야 하오."

"어디든 햇살이 밝게 비치는 곳으로 가고 싶군요." 포드가 말했다.

포드와 아서는 슬라티바트패스트를 따라 우주선으로 들어갔는데, 우주선 안의 광경을 보고 너무나 황당해진 나머지, 그 다음에 밖에서 무슨 일이 일어났는지는 전혀 깨닫지 못했다.

밖에서는 그사이 또 다른 우주선이──하지만 이번에는 늘씬한 은색이었다──차분하고 우아하게 하늘에서 경기장으로 내려왔다. 기다란 다리들이 첨단 기술의 매끈한 발레를 보여주며 사뿐하게 펼쳐졌다.

우주선은 부드럽게 착지했다. 그러더니 짤막한 진입로가 우주선에서 뻗어져 나왔다. 훤칠한 회녹색 형체가 발걸음도 가볍게 걸어 나오더니, 방금 일어난 기괴한 학살 사건의 희생자들을 돌보느라 경기장 한가운데 웅성웅성 모여 있는 사람들에게 다가갔다. 그 형체는 조용하면서도 눈에 띄지 않게 위엄이 서린 풍모로 사람들을 스쳐 지나가더니, 마침내 참혹한 피 웅덩이 속에 누워 있는 한 남자에게 걸어갔다. 이미 지상의 어떤 약으로도 치료할 수 없는 상태로, 쿨럭거리며 마지막 숨을 몰아 쉬고 있는 사람이었다. 형체는 조용히 그 옆에 무릎을 꿇고 앉았다.

"아서 필립 디오다트 맞나?" 그 형체가 물었다.

남자의 눈동자에는 공포에 질린 당혹감이 떠올랐다. 그는 힘없이 고개를 끄덕였다.

"네놈은 쓸모없는 머저리 천치다." 그 형체가 속삭였다. "그냥 네가 죽기 전에 알아둬야 할 것 같아서."

5

은하의 역사에 관한 중요한 사실 2번(《항성일에 따른 오늘의 인기 만점 은하사》에서 발췌):

은하계가 탄생한 이후, 광대한 문명들이 하도 많이 흥하고 망하고, 흥하고 망하고, 흥하고 망한 나머지 은하계에서의 삶이란

(a) 뱃멀미—우주 멀미, 시간 멀미, 역사 멀미 혹은 기타 등등과 비슷하다
(b) 멍청하다

고 생각하고 싶은 마음이 정말이지 굴뚝같다.

6

아서가 보기에는 하늘 전체가 갑자기 옆으로 쓱 물러서서 길을 비켜준 것만 같았다.

자기 뇌의 원자들과 우주의 원자들이 서로 통하면서 흐르는 것만 같았다.

자기가 우주의 바람에 날려 가고 있고, 그 바람이 바로 자기 자신인 것만 같았다.

자기가 우주의 수많은 생각들 중 하나이고, 우주도 자기의 생각인 것만 같았다.

로즈 크리켓 경기장의 사람들이 보기에는 북부 런던의 레스토랑들이 늘 그렇듯 또 식당 하나가 금방 생겼다 금방 없어진 것만 같았고, 또 그건 '다른 사람의 문제'인 것만 같았다.

"어떻게 된 거죠?" 아서가 대단히 경외감에 차서 속삭였다.

"이륙한 거라오." 슬라티바트패스트가 말했다.

아서는 놀라서 말을 잃은 채 가속 의자에 기대어 누웠다. 자기가 방금 우주 멀미를 겪은 건지 아니면 종교를 갖게 된 건지 확신이 서질 않았다.

"아주 쓸 만한 우주선인데요." 포드가 말했다. 그는 방금 슬라티바트패스트의 우주선이 해낸 엄청난 일에 자신이 얼마나 감동을 받았는지를 겉으로 내색하지 않으려 했지만 그 시도는 성공적이지 못했다. "안타깝게도 실내 장식이 엉망이라 그렇지."

일이 초쯤 노인은 대꾸하지 않고 가만히 있었다. 그는 집이 훨훨 불타고 있는 동안 암산으로 화씨 온도를 섭씨로 환산하고 있는 사람 같은 분위기로 계기판을 뚫어져라 들여다보고 있었다. 그러더니 잠시 후 찌푸렸던 미간을 풀고 눈앞에 놓인 널찍한 파노라마 스크린을 한동안 뚫어져라 쳐다보는 것이었다. 스크린에는 그들 주위에서 은빛 실처럼 꼬리를 끌고 지나가는 별들이 어리벙벙할 정도로 복잡하게 펼쳐지고 있었다. 그는 무슨 단어의 철자를 말하려는 것처럼 입술을 달싹거렸다. 갑자기 그의 시선은 정신이 번쩍 든 것처럼 다시 계기판으로 돌아갔지만, 얼마 후 표정은 찌푸린 상으로 굳어져버렸다. 그는 다시 스크린을 쳐다보았다. 쿵쿵 뛰는 맥박이 느껴졌다. 그의 미간 주름이 잠시 깊어지는가 싶더니, 다시 스르르 풀어졌다.

"기계들을 이해하려고 애쓰는 건 실수예요." 그가 말했다. "기계들은 사람한테 걱정만 끼치지요. 방금 뭐라고 했소?"

"실내 장식이요." 포드가 말했다. "한심하다고요."

"정신과 우주의 깊은 근본적 중심에는 이유가 다 있다오." 슬라티바트패스트가 말했다.

포드는 날카로운 시선으로 주위를 훑어보았다. 슬라티바트패스트가 만사를 너무 낙관적으로 보고 있다고 생각하고 있음이 틀림없었다.

우주선 갑판의 실내는 짙은 녹색, 짙은 빨간색, 짙은 갈색으로 이루어진데다 비좁고 답답했으며, 조명도 분위기를 내려는 것처럼 음침했다. 작은 이탈리아 비스트로와 닮은 외관은 진입로에서 끝난 게 아니었다. 조그마한 빛의 웅덩이들이 화분, 광택 나는 타일들, 그리고 정체를 알 수 없는 온갖 청동 물건들을 도드라져 보이게 하고 있었다.

라피아 잎으로 감싼 병들이 그늘 속에 흉측하게 숨어 있었다.

슬라티바트패스트의 관심을 독차지했던 계기판은 콘크리트 속에 거꾸로 박힌 병들 위에 올려져 있는 것처럼 보였다.

포드는 손을 내밀어 그것을 만져보았다.

가짜 콘크리트. 플라스틱. 가짜 콘크리트 속에 가짜 유리병들이 박혀 있었다.

정신과 우주의 근본적 중심이라니 웃기고 있네, 그는 생각했다. 이거 순 쓰레기 아냐. 그러면서도, 이 우주선이 움직이는 방식이 순수한 마음호마저 고작 전기 유모차처럼 보이게 할 정도로 멋지다는 사실은 도저히 부인할 수 없었다.

그는 몸을 빙글 돌리다가 좌석에서 떨어졌다. 그는 손으로 몸을 툭툭 털었다. 그리고 아서를 바라보았다. 아서는 혼자서 노래를 흥얼거리고 있었다. 그는 스크린을 쳐다보았지만 아무것도 알아볼 수 없었다. 그는 슬라티바트패스트를 바라보았다.

"방금 우리가 날아온 거리가 얼마나 되나요?" 그가 말했다.

"아마 대충······." 슬라티바트패스트가 말했다. "은하계 지름의 삼분의 이 정도 될 거요. 어림잡아서요. 그래요, 대충 삼분의 이가 맞을 거예요."

"정말 이상한 일이에요." 아서가 조용하게 말했다. "우주 여행이 더 멀어지고 더 빨라질수록 사람의 위상은 점점 더 별 볼일 없어지는 것 같고, 인간은 심오한 것으로 채워지거나 아니면 텅 비워지거나······."

"맞아, 정말 이상해." 포드가 말했다. "우리는 지금 어디로 가고 있나요?"

"우주의 오랜 숙적과 대적하러 가고 있소." 슬라티바트패스트가 말했다.

"우리를 어디에 내려주실 생각이세요?"

"당신들의 도움이 필요할 텐데."

"곤란하겠는데요. 있잖아요, 아마 틀림없이 어디 우리가 즐길 만한 장소에 데려다 주실 수 있을 거예요. 어디가 좋을까······술도 거나하게 마시고, 잘 되면 아주 지독하게 사악한 음악도 들을 만한 데가 있을 거예요. 잠깐만요, 제가 찾아볼게요." 그는 《은하수를 여행하는 히치하이커를 위한 안내서》를 꺼내더니 주로 섹스와 마약과 로큰롤을 다룬 부분들을 목차에서 찾아 재빨리 책장을 넘겼다.

"시간의 안개로부터 저주가 피어올랐소." 슬라티바트패스트가 말했다.

"예, 그렇겠죠." 포드가 말했다. "보세요." 그는 우연히 발견한 항목 하나를 가리키며 말했다. "엑센트리카 갈룸비츠, 이 여자 혹시 만나본 적 있으세요? 에로티콘 제6행성의 가슴 셋 달린 창녀 말이에요. 어떤 사람들은 이 여자의 성감대가 실제 신체에서 사 마일 밖에서부터 시작된다고 하죠. 제 의견은 좀 달라요. 제가 보기엔 오 마일이에요."

"이건 은하계를 불길과 파괴의 도가니로 만들고, 전 우주를 때 이른 종말에 이르게 할 수도 있는 저주요. 농담이 아니에요." 슬라티바트패스트가 말했다.

"시절이 흉흉한 거 같네요." 포드가 말했다. "운만 좋으면, 전 술에 팍 절어서 그런 건 까맣게 모르고 있을 겁니다. 여기요." 포드는 손가락으로 《안내서》의 스크린을 가리켰다. "여기가 진짜 악의 소굴인 것 같으니, 우리는 이리로 가야 할 거 같아요. 어때, 아서? 주문이나 외우면서 정신을 집중하는 일 따위는 그만두라고. 넌 지금 대단히 중요한 걸 놓치고 있는 거야."

아서는 소파에서 힘겹게 일어나 고개를 가로저었다.

"우리, 어디로 가는 거야?" 그가 말했다.

"오랜 밤과 맞싸우기 위해서——."

"이봐, 아서." 포드가 말했다. "은하계에서 한번 제대로 놀아보려고 하는데, 네가 감당할 만한 아이디어야?"

"슬라티바트패스트가 저렇게 걱정스럽게 들여다보고 있는 게 뭐지?" 아서가 말했다.

"별거 아니야." 포드가 말했다.

"종말의 저주라오." 슬라티바트패스트가 말했다. "이리 오시오." 갑자기 권위를 풍기며 그가 덧붙였다. "일단 보여주고 이야기해주어야 할 일들이 많이 있소."

그는 불가해하게도 우주선 갑판 한가운데 자리 잡고 있던 녹색의 주철 장식 나선형 계단을 향해 걸어가더니 걸어 올라가기 시작했다. 아서는 미간을 찌푸리고 그 뒤를 따랐다.

포드는 시무룩하게 《안내서》를 다시 자루 가방에다 쑤셔 넣었다.

"주치의가 나는 '공공 의무' 호르몬 분비선이 기형이고 윤리 섬유가 선천적으로 부족하다고 했다고." 그는 혼자 웅얼거렸다. "그래서 나는 우주를 구하는 의무에서 면제된단 말이야."

그럼에도 불구하고 그는 그들을 쫓아 쿵쾅거리며 계단을 올라갔다.

위층에서 발견한 건 몹시 멍청했다. 아니 적어도 그렇게 보였다. 포드가 고개를 절레절레 흔들면서 얼굴을 두 손에 묻고 화분에 풀썩 기대었고, 그 바람에 그만 화분이 벽에 부딪쳐 박살이 나고 말았다.

"중앙 연산 구역이오." 꿈쩍도 하지 않고 슬라티바트패스트가 말했다. "어떤 식으로든 우주선에 영향을 미치는 연산은 모두 이곳에서 이루어진다오. 어떻게 보이는지는 나도 알지만, 사실은 엄청나게 복잡한 일련의 수학적 기능으로 이루어진 복합 사차원 도상학적 지도예요."

"무슨 장난 같아요." 아서가 말했다.

"어떻게 보이는지는 나도 잘 알고 있다오." 슬라티바트패스트가 이렇게 말하고는 그 속으로 들어갔다. 그러는 사이, 이 모든 게 어떤 의미인지 막연한 깨달음이 아서의 뇌리를 섬광처럼 스쳤지만, 그는 이 사실을 믿기를 거부했다. 설마 우주가 그런 식으로 돌아갈 리는 없어. 그는 생각했다. 그럴 리가 없어. 그건 너무 말도 안 돼, 말도 안 돼……그건 마치……그는 생각의 사슬을 끊어버렸다. 그가 생각해낼 수 있는 정말 말도 안 되는 일들 중 대부분은 이미 실제로 일어나버리고 말았기 때문이었다.

그리고 이것도 그중 하나였다.

이건 커다란 유리 우리, 아니 상자──아니 사실은 방이었다.

그 속에는 식탁, 그것도 아주 기다란 식탁이 놓여 있었다. 그 주위로 벤트우드 스타일(휘어진 나무로 만든 가구 스타일─옮긴이주)의 의자 열몇 개가 놓여 있었다. 식탁 위에는 식탁보가 깔려 있었다. 흰색과 빨간색 체크무늬의 더러운 식탁보는 중간중간 담뱃불에 탄 자국들로 얼룩져 있었는데, 각각의 얼룩은 어쩌면, 정확하게 계산된 수학적 위치에 나 있었다.

그리고 식탁보 위에는 열몇 개에 달하는 반쯤 먹다 남은 이탈리아식 식사들이 놓여 있었고, 그 주위로 반쯤 먹다 남은 브레드스틱들이며 반쯤 마시다 남은 와인 잔들이 놓여 있었다. 그리고 로봇들이 열없이 이 음식들을 만지작거리고 있었다.

철저하게 인공적인 풍경이었다. 로봇 웨이터, 로봇 와인 웨이터, 로봇 지배인 등이 로봇 손님들의 시중을 들고 있었다. 가구도 인공적이었고, 식탁보도 인공적이었으며, 음식들도 하나같이, 그 음식의 기계적 특징들을, 그러니까 예를 들어 '폴로 소르프레소' 같은 음식의 특징들을 모두 드러내어 보여줄 수 있게 되어 있었지만, 실제로는 음식이 아니었다.

그리고 모두가 함께 일종의 댄스에──메뉴, 청구서, 지갑, 수표책, 신용 카드, 시계, 연필, 그리고 종이 냅킨들을 조작하는 어떤 복잡한 루틴에 참여하고 있었다. 이는 항상 자칫하면 폭력 사태를 유발할 것처럼 긴장되어 보였지만, 실제로 그러한 사태에 이르는 일은 없었다.

슬라티바트패스트는 황급히 그 안으로 들어갔다. 그런 다음 지배인과 뭔가 한가로이 이야기를 나누며 즐거운 시간을 보내는 것처럼 보였다. 그사이 손님 로봇 하나가, 어떤 여자 문제로 어떤 남자를 손봐줘야겠다는 둥 하면서 식탁 밑으로 미끄러져 들어갔다.

슬라티바트패스트는 그렇게 해서 빈 자리를 차지하더니 신중한 눈길로 메뉴를 훑어보았다. 식탁 주위의 루틴의 박자가 어쩐지 눈에 띄지 않게 빨라지는 것 같았다. 말싸움이 여기저기서 터져 나왔고, 사람들은 냅킨에다 뭘 쓰면서 증명을 하려고 했다. 그들은 서로 격하게 손짓을 했고, 각자의 치킨 요리를 샅샅이 뜯어보려 하는 것이었다. 웨이터의 손이 청구서 위에서 어찌나 빨리 움직이는지, 인간의 손으로는 도저히 따라할 수 없었고, 인간의 눈으로도 쫓을 수가 없었다. 속도는 점점 가속되었다. 곧, 놀랄 만큼 집요한 예의범절이 모든 사람들을 압도한 듯이 보이더니, 몇 초 후 별안간 모든 사람들이 잠정적인 합의에 도달한 것처럼 보였다. 새로운 진동이 우주선 전체를 훑고 지나갔다.

슬라티바트패스트는 유리방에서 나왔다.

"비스트로매틱스, 즉 주점수학(酒店數學)이라오." 그가 말했다. "패러사이언스에 알려진 가장 강력한 연산력이지요. 정보성 환각의 방으로 따라오시오."

그가 보무도 당당하게 휩쓸고 지나간 뒤를 넋 나간 두 사람이 멍하니 따랐다.

7

비스트로매틱 추진기는 불가능 확률 수치들을 위험하게 건드리지 않고도 항성 간의 광막한 거리를 횡단할 수 있는 기막히게 훌륭한 새로운 방법이었다.

비스트로매틱스, 즉 주점수학 그 자체가 수의 습성을 이해하는 혁명적으로 새로운 방식이었다. 아인슈타인이 시간은 절대적인 것이 아니라 공간 속에서 관찰자가 어떻게 움직이느냐에 달려 있고, 그 공간은 절대적인 것이 아니라 관찰자가 시간 속에서 어떻게 움직이느냐에 달려 있다는 사실을 발견한 것처럼, 이제 숫자들은 절대적인 것이 아니라 관찰자가 식당에서 어떻게 움직이느냐에 달려 있다는 사실이 밝혀진 것이다.

최초의 비절대적 수는 식탁을 예약하는 사람들의 수다. 이 수는 식당과의 첫 삼 회의 전화 통화 중에 여러 번 변화하며, 또한 실제로 식당에 나타나는 사람의 수라든가, 쇼/경기/파티/기타 이벤트 후에 그들과 합류하는 사람들의 수, 그리고 누군가 다른 사람이 나타난 것을 보고 자리를 뜨는 사람들의 수와는 전혀 상관이 없다.

두 번째 비절대적 수는 손님들의 도착에 주어진 시간으로서, 이는 현재까지 알려진 가장 이상한 수학적 개념인 상호 반전 배제다. 즉 이것은 존재 자체가 그 자신을 제외한 모든 수로 정의될 수밖에 없는 수다. 다른 말로 하면, 손님들의 도착에 주어진 시간은 손님들 중 단 한 사람도 도착하는 게 불가능한 한순간이다. 상호 반전 배제의 개념은 현재 수학의 수많은 하위 분야에서 결정적인 역할을 하고 있는데, 그중에는 통계와 회계, 그리고 '다른 사람의 문제' 자장을 구성하는 데 사용되는 기본적인 등식들을 형성하는 일도 포함되어 있다.

세 번째는 가장 신비스러운 비절대성으로, 청구서에 적혀 있는 항목들의 수, 각 항목들의 비용, 식탁에 앉아 있는 손님들의 수, 그리고 각자 감당할 수 있다고 생각하고 있는 비용 간의 관계에 놓여 있다. (실제로 돈을 한 푼이라도 가져온 사람들의 수는 이 분야에서는 하위 현상에 불과하다.)

이 지점에서 늘 일어나곤 했던 당혹스러운 숫자의 불일치는 아무도 크게 신경 쓰지 않는 탓에 수백 년간 전혀 조사를 받지 않은 채 그대로 남아 있었다. 이것들은 당시에는 예의, 무례, 치사한 언행, 화려한 눈속임, 피로, 감정 혹은 늦은 시각이라는 요소에 묻혀버렸고, 다음 날 아침에는 까맣게 잊혔다. 이 숫자의 차이는 실험실과 같은 조건에서 테스트를 받아 본 적이 없는데, 당연한 말이지만, 실험실에서는——적어도 명망 있는 실험실에서는——이런 일이 결코 일어나지 않기 때문이었다.

그런데 포켓 컴퓨터의 도래와 함께 드디어 깜짝 놀랄 만한 진실이 만천하에 드러난 것이었다. 그리고 진실은 다음과 같았다.

식당의 구역 내에서 식당 청구서에 적히는 숫자들은 식당을 제외한 우주의 다른 구역에서 다른 종이 위에 적히는 숫자들이 따르는 수학적 법칙들을 전혀 따르지 않는다는 것이었다.

이 단 한 가지 사실이 전체 과학계를 폭풍처럼 초토화했으며, 과학 전체에 완벽한 혁명을 몰고 왔다. 헤아릴 수 없이 많은 수학 학회들이 훌륭한 식당에서 열리는 바람에, 당대 최고의 지성들 중 많은 이가 비만과 심장마비로 죽어나갔고 수학이라는 과학의 발전이 몇 년씩 뒷걸음질을 쳤다.

하지만 천천히, 차츰차츰, 이 개념이 품고 있는 함의가 해명되기 시작했다. 이 개념은 처음에는 너무나 거칠었고, 너무나 미친 소리 같았고, 너무나 길거리에서 만나는 사람들이 '오, 그러게 나한테 물어봤으면 미리 말해줬을 텐데'라고 말할 만한 것 같은 분위기를 풍겼다. 그러나 얼마 후 '상호 주관성의 준거 틀'과 같은 용어들이 발명되었고, 그제야 모든 사람들은 한숨 돌리고 자기 볼일을 보기 시작했다.

주요 연구 기관 근처에 모여 앉아 '우주는 스스로가 꾸며낸 상상력의 소산에 불과하다'는 요지의 찬송 같은 걸 부르던 소수의 수도사들은 결국 유랑 극단 지원금을 받고 떠나갔다.

8

정보성 환각의 방에서 슬라티바트패스트가 몇 가지 계기를 조작하며 말했다. "그러니까 우주 여행에서는, 우주 여행에서는……."

그는 말을 멈추고 주위를 둘러보았다.

정보성 환각의 방은 중앙 연산 구역의 시각적 기괴함에 비하면 고마울 정도로 마음이 놓이는 곳이었다. 아무것도 없기 때문이었다. 어떤 정보도, 어떤 환각도 없이 그냥 그뿐이었다. 하얀 벽들과 작은 기기들 몇 개만 놓여 있었는데, 기기들에는 어딘가에 꽂아야 하는, 하지만 슬라티바트패스트가 꽂을 데를 찾지 못하고 있는 듯한 플러그들이 붙어 있었다.

"계속하세요." 아서가 재촉했다. 그는 슬라티바트패스트에게서 다급해 하는 느낌을 읽은 터였지만 자기가 뭘 어떻게 해야 할지 전혀 알 수 없었다.

"뭘 말이오?" 노인이 말했다.

"방금 하시던 말씀 말이에요."

슬라티바트패스트가 그를 날카롭게 쏘아보았다.

"숫자들이 끔찍하다오." 그가 말하고, 찾던 걸 다시 찾기 시작했다.

아서는 현명하게 혼자 고개를 주억거렸다. 얼마 후 그는 그런다고 달라지는 게 아무것도 없다는 걸 깨달았고, 결국 또 "뭐가요?"라고 물어봐야겠다고 마음을 먹었다.

"우주 여행에서는 숫자들이 다 아주 끔찍해요." 슬라티바트패스트가 말했다.

아서는 다시 고개를 끄덕거리며, 행여 도움이 될까 하고 포드를 찾아 주위를 둘러보았다. 그러나 포드는 뾰로통한 표정을 짓는 연습을 하고 있었고, 실제로 아주 훌륭했다.

"나는 그저, 어째서 우주선의 연산들이 전부 웨이터의 청구서 위에서 이루어지느냐고 묻는 수고를 덜어주고 싶었을 뿐이오." 슬라티바트패스트가 한숨을 쉬며 말했다.

아서는 얼굴을 찌푸렸다.

"어째서……." 그가 말했다. "우주선의 연산들이 전부 웨이터의……." 그가 말을 멈췄다.

슬라티바트패스트가 말했다. "왜냐하면 우주 여행에서는 모든 숫자들이 끔찍스럽기 때문이지요."

그는 자기가 하려는 말이 상대한테 전혀 먹히지 않는다는 사실을 깨달았다.

"들어봐요. 웨이터의 청구서에서는 숫자들이 춤을 춘다오. 아마 이 현상을 경험해본 적이 있을 게요." 그가 말했다.

"글쎄……."

"웨이터의 청구서에서는, 현실과 비현실이 근원적인 차원에서 충돌하기 때문에 현실이 비현실이, 비현실이 현실이 되고, 어떤 기본적인 매개 변수 내에서는 어떤 일이든지 가능하다오."

"무슨 매개 변수요?"

"그건 말로 설명하는 게 불가능해요." 슬라티바트패스트가 말했다. "그게 한 가지 변수라오. 이상하지만 진실이지요. 적어도, 나는 그게 이상하다고 생각한다오. 그리고 그것이 진실이라고 확신하오." 그가 덧붙였다.

 그 순간 그는 자기가 찾고 있던 벽의 틈새를 발견했고, 손에 들고 있던 기기를 그 틈에 찰칵 끼웠다.

 "놀라지들 마시오." 그가 말했고, 이어서 그 기기를 보고 그 자신이 갑자기 깜짝 놀란 표정을 짓더니 뒤로 한 걸음 펄쩍 물러났다. "이건……."

 그들은 슬라티바트패스트의 말을 듣지도 못했다. 그들을 에워싸고 있던 우주선의 형체가 눈 깜짝할 사이에 사라지더니, 미들랜즈의 작은 산업 도시만 한 크기의 전투 우주선 하나가 밤하늘을 가르며 나타나 불을 뿜는 스타 레이저를 쏘아대며 그들을 향해 돌진했던 것이다.

 악몽처럼 무시무시한 눈부신 빛 폭풍이 뜨겁게 암흑을 가르며 날아가더니, 그들 바로 뒤에 있는 행성의 상당 부분을 파괴해 없애버렸다.

 그들은 입이 떡 벌어지고 눈이 휘둥그레졌으며, 놀라서 비명도 지르지 못했다.

9

다른 세계, 다른 날, 다른 여명.

새벽의 가늘디가는 은빛 광선이 소리 없이 나타났다.

수억경 톤의 초열 폭발 수소 원자들이 천천히 지평선 위에 뭉게뭉게 피어났지만 기껏해야 조그맣고 차갑고 약간 촉촉해 보일 뿐이었다.

여명이 찾아와 빛이 떠다닐 때면 마법이 일어날 것만 같은 순간이 있다. 피조물은 한꺼번에 숨을 죽인다.

그 순간은 스콘셀러스 제타 행성에서 늘 그렇듯이 별일 없이 지나갔다.

아지랑이가 늪 표면에서 어른거렸다. 늪의 나무들은 아지랑이 때문에 잿빛으로 보였고, 키 큰 갈대들은 형체가 희미했다. 숨을 참고 있는 것처럼 꼼짝도 하지 않았다.

아무것도 움직이지 않았다.

정적이 깔렸다.

태양은 힘없이 아지랑이와 씨름하면서, 약간의 온기를 여기 뿌리고 약간의 빛을 저기 뿌리려고 애썼지만, 오늘도 태양이 하늘을 가로질러 건너가려면 기나긴 줄다리기를 해야 할 것이 분명했다.

아무것도 움직이지 않았다.

기나긴 침묵.

아무것도 움직이지 않았다.

정적.

아무것도 움직이지 않았다.

스콘셸러스 제타 행성에서는 이러다 하루가 다 가는 일이 비일비재했고, 오늘도 바로 그런 날이 될 전망이었다.

열네 시간 후, 태양은 완전히 헛고생을 했다는 허탈한 기분을 안고 반대편 지평선 밑으로 가망 없이 풀썩 주저앉아버렸다.

그리고 몇 시간 후 태양은 다시 모습을 드러냈고, 어깨에 힘을 잔뜩 준 후 하늘 위로 다시 기어 올라가기 시작했다.

하지만 이번에는 뭔가 사건이 일어나고 있었다. 어떤 매트리스가 어떤 로봇을 만난 것이었다.

"안녕, 로봇." 매트리스가 말했다.

"블리." 로봇은 이렇게 말하고 하던 일을 계속했다. 하던 일이란, 아주 작은 원을 그리며 아주 천천히 빙글빙글 돌며 걷는 것이었다.

"행복해?" 매트리스가 말했다.

로봇은 발걸음을 멈추고 매트리스를 바라보았다. 희한하다는 표정으로 빤히 바라보았다. 아주 멍청한 매트리스가 틀림없었다. 매트리스는 눈을 동그랗게 뜨고 로봇을 마주 보았다.

로봇이 연산한바 정확히 10십진위에 해당하는 의미심장한 시간──이 시간은 매트리스와 관련 있는 모든 사물에 대한 전반적인 경멸을 의미한다──이 지난 후, 로봇은 다시 작은 원을 그리며 걷기 시작했다.

"우리는 대화를 나눌 수도 있어." 매트리스가 말했다. "그러고 싶니?"

그것은 커다란 매트리스였고, 틀림없이 아주 질이 좋은 축에 속했다. 요즘에는 실제로 제조되는 물건들은 거의 없었다. 우리가 살고 있는 바로 이 우주처럼 이렇게 무한하게 큰 우주에서는, 우리가 상상할 수 있는 대부분의 물체들은 물론이고, 차라리 상상하지 않는 게 나은 물체들까지도 어딘가에서 자라나기 때문이다. (대부분의 나무들에서 열매처럼 톱니 스크루드라이버들이 주렁주렁 열리는 숲이 최근에 발견되었다. 톱니 스크루드라이버 열매의 생명 주기는 굉장히 흥미롭다. 그것을 일단 따면, 그것은 컴컴하고 먼지 낀 서랍 속에 넣어져 몇 년 동안 방해받지 않고 숙성되어야 한다. 그러다가 어느 날 밤에 그것이 부화한다. 겉껍질처럼 보이는 것은 먼지처럼 부스러져 사라지고, 양쪽에 기계를 끼워 맞추는 플랜지가 달리고 약간 툭 튀어나온 데도 있고 스크루를 끼워 맞추는 구멍도 있는, 하지만 형체를 알아볼 수 없는 작은 금속 조각이 나타나는 것이다. 이것은 발견되는 즉시 폐기처분된다. 아무도 이 물체를 어디다 쓰는 건지 모른다. 자연은, 그 무한한 지혜로, 아마 아직도 이 문제를 고심하고 있을 것이다.)

매트리스들이 무슨 득이 있다고 세상에 태어났는지 확실히 아는 사람 역시 단 한 명도 없다. 매트리스는 커다랗고 친근하고 포켓 스프링이 달린 생명체들로서, 스콘셀러스 제타 행성의 늪지대에서 조용하고 은밀한 삶을 누리고 있었다. 수많은 매트리스들은 포획되고, 살해되고, 건조되고, 운송되어 사람들이 깔고 잠을 자는 도구가 되었다. 매트리스들은 이런 일을 특히 꺼리는 것 같지도 않았고, 모두들 하나같이 '젬'이라는 이름으로 통했다.

"아니." 마빈이 말했다.

"내 이름은 젬이야. 그럼 우리 날씨 얘기나 좀 할까?" 매트리스가 말했다.

마빈은 힘없이 터덜터덜 동그라미를 그리던 발걸음을 다시 멈추었다.

"이슬이 오늘 아침에는 특히 메스껍게 툭툭 떨어지고 있어." 그가 관찰한 바대로 말했다.

그는 다시 발걸음을 옮기기 시작했다. 이 대화의 물꼬가 트이자 새삼스럽게 음울함과 절망에 깊이를 더한 모양이었다. 그는 집요하게 터벅터벅 걸었다. 이빨이 있었다면 이 시점에서 아마 이를 갈았을 것이다. 그에게는 이빨이 없었다. 그는 이를 갈 수 없었다. 그냥 터벅터벅 걷는 것이 전부였다.

매트리스가 주위에서 폴락락거렸다. 이것은 늪지대의 살아 있는 매트리스들만이 할 수 있는 일이다. 그래서 이 단어가 더 널리 쓰이지 않는 것이다. 매트리스는 공감을 표하는 한 방법으로서, 물로 가득 찬 희뿌연 몸통을 움직이며 폴락락거렸다. 매트리스는 정감 있게 물 속에 거품을 몇 개 일으켰다. 매트리스의 파란색과 흰색 줄무늬들이, 뜻밖에 갑자기 안개를 뚫고 비친 희미한 햇살 한 줄기에 잠깐 반짝거렸다. 덕분에 이 생명체는 잠시나마 햇볕을 쬘 수 있었다.

마빈은 터벅터벅 걸었다.

"너 뭔가 생각이 많구나." 매트리스는 푸루룩하게 말했다.

"네가 도저히 상상할 수 없을 정도로." 마빈이 음침하게 말했다. "모든 종류의 정신적 행위에 있어서, 내 능력은 끝없는 우주의 범위만큼이나 무한해. 물론, 행복의 능력은 제외하고 말이야."

쿵, 쿵, 그는 계속 걸었다.

"내 행복의 능력은 고작 성냥갑에 들어갈 만한 수준이야. 성냥 몇 개를 덜어낼 필요도 없을걸." 그가 덧붙였다.

매트리스가 보그루거렸다. 이것은 살아 있는, 늪지대에 살고 있는 매트리스들이 불행한 개인사에 깊은 인상을 받았을 때 내는 소리다. 《존재하는 모든 언어에 대한 맥시메갈론 초(超)결정판 사전》에 따르면, 홀로프 성의 귀족인 하이 산발브와그 경이 자신이 이 년 연속 아내의 생일을 잊어버렸다는 사실을 깨달았을 때 냈던 소리라고도 한다. 홀로프에는 하이 산발브와그 경이 단 한 사람밖에 없었고, 그는 한 번도 결혼한 적이 없기 때문에 현재 이 단어는 오로지 부정적이거나 회의적인 의미로만 사용되고 있으며, 그래서 최근에는 《존재하는 모든 언어에 대한 맥시메갈론 초결정판 사전》이 마이크로 저장술을 사용한 판본들을 운송하는 데 드는 그 수많은 화물 트럭 값을 전혀 못한다는 의견이 갈수록 힘을 얻고 있다. 이상하게도 이 사전은 '푸루룩하게'라는 단어를 생략하고 있는데, 이 단어는 간단하게 '푸루룩한 모양으로'라는 뜻이다.

매트리스는 또 보그루거렸다.

"너의 다이오드에서 깊은 낙담의 기운이 느껴져." 매트리스가 발루했다. ('발루'라는 단어의 뜻을 찾아보려면, 재고 전문 서점 아무 데나 들어가서 《스콘셸러스 늪-대화 사전》을 한 권 사도록 하라. 아니면 대신 《존재하는 모든 언어에 대한 맥시메갈론 초결정판 사전》을 사도 좋다. 대학들은 이 사전들을 팔아치우고 대신 쓸 만한 주차 공간을 확보하고 싶어 안달이 나 있으니.) "그래서 내 마음도 슬퍼져. 너는 좀 매트리스다워질 필요가 있어. 우리는 늪에서 조용한 은둔 생활을 즐기지. 그곳에서 우리는 폴락락하고 발루하는 것에 만족하고, 축축한 것도 상당히 푸루룩하게 받아들여. 우리 중에는 붙잡혀서 죽는 것들도 있지만, 우리는 전부 이름이 젬이니까 누가 죽는지 모르지. 그래서 보그루거릴 만한 일이 극히 적어. 어째서 계속 동그라미를 그리며 걷고 있는 거야?"

"왜냐하면 하나뿐인 이 다리가 진흙에 처박혀 있으니까." 마빈이 간단하게 말했다.

"그렇게 보이네." 매트리스는 연민의 눈길로 바라보며 말했다. "그리고 참 안돼 보이는 다리다."

"네 말이 맞아. 정말 그래." 마빈이 말했다.

"분." 매트리스가 말했다.

"그러게 말이야." 마빈이 말했다. "그리고 너는 하나뿐인 인공 다리를 가진 로봇이라는 개념이 아주 재미있다고 생각하는 모양이구나. 나중에 네 친구들 젬하고 젬을 만나면 그들에게 얘기를 해줄 테고, 그들은 웃음을 터뜨리겠지. 물론, 나야 모든 생명체에 대한 지식의 차원 이상으로는 그들을 모르지만──사실 나는 내 바람보다 훨씬 더 많은 것들을 알고 있거든. 하, 그렇지만 내 삶은 웜기어 장치로 가득 찬 상자일 뿐이야."

그는 다시 조그만 동그라미를 그리며 쿵쿵 걷기 시작했다. 동그라미 한가운데의 진흙 속에 처박혀 있는 자그마한 의족은 빙글빙글 돌았지만 여전히 박혀 있었다.

"그런데 왜 그렇게 계속 빙글빙글 돌기만 하는 거니?"

"그냥 의미를 전달하려고." 마빈이 이렇게 말하면서 계속해서 빙글빙글 돌았다.

"전달됐다고 생각해, 친구." 매트리스가 포르록거렸다. "전달됐다고 생각하라고."

"딱 백만 년만 더 돌고." 마빈이 말했다. "딱 백만 년만 후딱 돌면 돼. 그러고 나면 반대 방향으로 도는 걸 시도할 수도 있지. 그냥 기분을 바꿔보기 위해서 말이야, 이해하지?"

매트리스는 저 깊은 곳의 스프링 포켓으로부터, 이 로봇이 지금, 얼마 동안이나 이렇게 무용하고 허탈하게 동그라미를 그리며 터벅터벅 걷고 있었느냐고 자기에게 물어봐주기를 원하고 있음을 느낄 수 있었다. 그래서 한번 더 조용하게 포르록거리며 물어보았다.

"오, 그저 간신히 백오십만 년 지점을 넘었을 뿐이야. 방금 간신히." 마빈이 명랑하게 말했다. "지루해지는 일이 없느냐고 물어봐, 어서 내게 물어봐."

매트리스는 물어보았다.

마빈은 그 질문을 못 들은 척하고, 더욱 쿵쾅거리며 걷기만 했다.

"전에 연설을 한번 한 적이 있어." 그는 갑자기 이렇게 뜬금없어 보이는 말을 했다. "이 얘기를 왜 하는지 아마 너는 모르겠지. 하지만 그건 내 정신이 너무나 기록적으로 빠르게 돌아가기 때문이야. 그리고 나는 대충 추산해서 너보다 삼십억 배 정도는 더 지적이야. 예를 들어볼게. 숫자를 하나 생각해봐. 아무 숫자나."

"음, 다섯." 매트리스가 말했다.

"틀렸어." 마빈이 말했다. "거봐, 알겠지?"

매트리스는 깊은 감명을 받았고, 자기 앞에 있는 존재가 비범하지 않지 않다는 사실을 깨달았다. 매트리스는 기나긴 몸 전체를 후들거리면서, 해조로 뒤덮인 야트막한 물웅덩이를 흥분한 작은 물결들로 흔들리게 했다.

매트리스가 껄떡했다.

"전에 네가 했다는 연설에 대해 얘기해줘. 너무너무 듣고 싶어."

"반응은 몹시 좋지 않았어." 마빈이 말했다. "아주 여러 가지 이유가 있었지. 내가 연설을 한 곳은……." 마빈은 잠시 말을 멈추고, 그리 멀쩡하지 못한 팔을 들어 어색하게 구부렸다. 하지만 더 나은 쪽 팔은 낙망스럽게도 왼쪽 옆구리에 들러붙어 있었다. "바로 저기, 대략 일 마일쯤 떨어진 곳이었어."

그는 최선의 노력을 다해 손을 뻗어 가리켰다. 안개 너머, 갈대들 너머의, 다른 늪지대와 다를 게 하나도 없어 보이는 늪지대 일부를 가리키는 게 자기가 할 수 있는 최선이라는 걸 분명히 밝히고 싶었다.

"저기." 그는 되풀이해 말했다. "당시에는 나도 꽤 유명 인사였거든."

매트리스의 온몸이 흥분에 휩싸였다. 스콘셀러스 제타에서 연설이 행해졌다는 얘기는 한 번도 들어본 적이 없었고, 더구나 유명 인사의 연설이라니 그건 더욱 있을 수 없는 일이었다. 전율이 등허리를 따라 훑고 지나가자 사방으로 물이 튀었다.

매트리스는 대체로 매트리스들이 귀찮아서 거의 하지 않는 일을 했다. 온몸의 힘을 남김 없이 모아서 직사각형의 몸체를 뒤로 젖혔다가 펄쩍 공중으로 뛰어오르더니, 몇 초 동안 허공에서 바르르 떨면서 마빈이 가리킨 갈대숲 너머, 안개 너머를 바라보았던 것이다. 그러고는 실망한 기색도 없이, 다른 늪지대와 다를 게 하나도 없다는 것을 한참 관찰했다. 그 힘든 일에 기진맥진한 매트리스는 다시 웅덩이로 풀더럭 떨어졌고,

마빈은 그 바람에 냄새나는 진흙과 이끼와 잡초로 가득한 물벼락을 맞아야 했다.

"나는 유명 인사였다고." 로봇은 서글프게 중얼거렸다. "짧은 시간이었지만. 불타오르는 태양 한가운데에서 죽는 거나 다를 바 없는 운명으로부터 기적적으로, 하지만 끔찍하게 후회되는 탈출을 감행한 덕분이었지. 지금 내 몰골을 보면 짐작이 될 거야." 그가 덧붙여 말했다. "얼마나 아슬아슬하게 탈출했는지 몰라. 나는 고철을 모으는 고물상 덕분에 구출되었어. 상상이 되니? 그래서 지금 난 두뇌 크기가……아니, 아무것도 아니야."

그는 몇 초 동안 험악하게 터벅거렸다.

"이런 다리로 나를 고쳐준 게 바로 그 사람이야. 혐오스러워. 그렇지 않니? 그는 나를 '정신의 동물원'에다 팔았어. 나는 스타 전시품이었지. 상자 위에 앉아서 내 이야기를 들려주면, 사람들이 힘을 내라는 둥 긍정적인 사고를 하라는 둥 말을 했어. '꼬마 로봇아, 씩 웃어보렴.' 사람들이 나한테 막 외쳐댔지. '킬킬 하고 예쁘게 웃어봐.' 내 얼굴로 씩 웃는 표정을 하려면 작업실에서 렌치로 한두 시간은 작업을 해야 한다고 나는 설명하곤 했지. 그러면 조용해지곤 했어."

"그 연설 말이야, 늪지대에서 네가 했던 연설이 너무 듣고 싶어." 매트리스가 재촉했다.

"늪지를 가로지르는 다리가 있었어. 사이버 구조로 된 하이퍼 다리였는데, 길이가 수백 마일에 달하고 이온 수레들이며 화물차들이 늪지대 위로 다닐 수 있었지."

"다리?" 매트리스가 꾸루룽거렸다. "여기 늪지대에?"

"다리가 있었어." 마빈이 확답을 해주었다. "여기 늪지대에. 스콘셀러스계의 경제에 활력을 불어넣기 위한 다리였지. 그들은 스콘셀러스계의 전 경제력을 쏟아 부어 다리를 지었어. 나한테 개통식을 맡겼지. 불쌍한 바보들 같으니."

비가 내리기 시작했다. 이슬비가 안개 사이로 미끄러져 떨어졌다.

"나는 연단에 서 있었어. 내 앞으로 수백 마일, 내 뒤로 수백 마일에 달하는 다리가 뻗어 있었지."

"다리가 반짝거렸어?" 매트리스가 열띤 목소리로 물었다.

"반짝거렸어."

"그 먼 거리에 걸쳐서 장엄한 모습으로 뻗어 있었어?"

"그 먼 거리에 걸쳐서 장엄한 모습으로 뻗어 있었어."

"불투명한 안개 속으로 은빛 실처럼 저 멀리 한없이 길게 뻗어 있었어?"

"그래." 마빈이 말했다. "너 이 얘기 듣고 싶은 거니?"

"네 연설을 듣고 싶어." 매트리스가 말했다.

"나는 말했지. 뭐라고 했냐 하면, '이 다리를 개통하게 된 것은 제게 있어 크나큰 기쁨이요, 영광이요, 특혜라고 말씀드리고 싶습니다만, 그럴 수가 없습니다. 제 거짓말 회로가 전부 수명이 다했거든요. 저는 여러분 모두를 중오하고 경멸합니다. 자, 이제 저는 이 불행한 사이버 구조물을 여러분 모두 생각 없이 지나다니며 멋대로 학대할 수 있도록 개통을 선언합니다'라고 했지. 그리고 나서 개통 회로에 내 플러그를 꽂았어."

마빈은 그 순간을 기억하며 잠시 아무 말도 하지 않았다.

매트리스는 포르르거리고 꾸루루거렸다. 폴락락거리고, 껄떡하고, 후들렸다. 특히 마지막 행동은 특히 푸르르했다.

"분." 그러더니 마침내 매트리스는 꿀럭했다. "행사가 굉장한 장관이었어?"

"그럭저럭 장관이었다고 할 수 있지. 천 마일에 달하는 다리 전체가 즉각 반짝거리는 몸체 전체를 반으로 접더니 흐느끼면서 늪지 속으로 침몰했으니까. 다리 위에 있던 사람들을 모두 실은 채로 말이지."

이 지점에서 대화가 끊기고 슬픔에 젖은 무시무시한 침묵이 흘렀는데, 그사이 십만 명의 사람들이 돌연 한꺼번에 '훕' 하고 말하는 듯한 소리가 나더니 하얀색 로봇 편대가 촘촘한 대형을 짜고 하늘에서 민들레 꽃씨처럼 바람을 타고 하강했다. 돌연하고 폭력적인 한순간, 로봇들은 모두 바로 그 자리, 늪지로 내려와 마빈의 가짜 다리를 뜯어냈고, 다음 순간 다시 '훕' 소리를 내는 우주선 속으로 다시 들어가버렸다.

"내가 대체 어떤 놈들하고 싸워야 하는지 이제 알겠니?" 마빈은 보그루거리는 매트리스에게 말했다.

잠시 후, 로봇들이 별안간 다시 돌아와 또 한번 폭력을 행사했다. 이번에는 그들이 사라지고 나자 매트리스만 홀로 늪지대에 남겨졌다. 매트리스는 경악과 공포로 폴락락거리며 주위를 둘러보았다. 너무 무서워서 고로록할 지경이었다. 몸을 뒤로 한껏 젖히고 갈대숲 너머를 보려 했지만, 보이는 게 아무것도 없었다. 로봇도 없고, 빛나는 다리도 없고, 우주선도 없고, 그저 아까보다 훨씬 더 많은 갈대들이 보일 뿐이었다. 귀를 기울이고 소리를 들어보았지만, 바람을 타고 들려오는 건, 이제는 친숙해진, 반쯤 정신이 나간 어원학자들이 시무룩한 진흙탕을 가로질러 서로를 불러대는 아득한 외침 소리뿐이었다.

10

아서 덴트의 몸이 길게 쭉 늘어났다.

우주는 박살이 나서 주위에 백만 개의 반짝거리는 파편으로 흩어졌고, 각각의 파편들은 허공 속에서 소리 없이 쭉 늘어나면서 그 은빛의 표면에, 불길이 이글거리는 대학살과 파괴의 장면들을 반영했다.

그러자 우주 뒤의 암흑이 폭발했고, 암흑의 조각조각들은 무서운 기세로 피어오르는 지옥의 연기가 되었다.

그러자 우주 뒤의 암흑 뒤의 공허가 분출했고, 박살 난 우주 뒤의 암흑 뒤의 공허 뒤에서 마침내 어마어마하게 거대한 인간의 시커먼 형체가 나타나 어마어마하게 거창한 말들을 쏟아내기 시작했다.

"이것은 우리 은하계에 일어났던 최악의 파괴 행위인 크리킷 대전이었습니다. 여러분이 방금 경험한 일은……." 그 형체는 어마어마하게 편안한 의자에 앉아서 이렇게 말했다.

슬라티바트패스트가 손을 흔들며, 허공을 둥둥 떠서 지나갔다.

"이건 그냥 다큐멘터리일 뿐이오." 그가 소리쳤다. "별로 좋은 부분이 아니었지요. 정말 미안하오. 리와인드 조종기를 찾으려다가……."

"……수십억의 수십억 배가 넘는 죄 없는 목숨들이……."

"안 돼, 그만!" 슬라티바트패스트가 다시 둥둥 떠서 지나가며 큰 소리로 외쳤고, 자기가 정보성 환각의 방 벽에다 아까 꽂았고 아직 잘 꽂혀 있는 물건을 미친 듯이 만지작거렸다. "이 시점에서는 아무 말도 쉽게 믿지 마시오."

"······사람들, 피조물들, 여러분의 동포들이······."

음악 소리가 커지면서 방을 가득 채웠다──이번에도 어마어마한 음악에, 어마어마한 화음이었다. 그리고 남자 뒤로, 어마어마하게 피어오르는 안개 속에서 세 개의 키 큰 기둥들이 서서히 모습을 드러냈다.

"······경험하고 겪은 사건입니다. 혹은──더 많은 경우──그들의 삶을 빼앗아간 사건입니다. 그 사실을 생각하십시오, 친구들이여. 그리고 결코 잊지 맙시다──잠시 후 저는, 크리킷 전쟁 전에는 은하계가 귀하고도 근사한 존재, 즉 행복한 은하계였다는 것을 우리가 항상 기억할 수 있도록 도와주는 모종의 방법을 제안할 수 있을 것입니다!"

이 시점에서 음악은 거창하다 못해 아주 제정신이 아니었다.

"친구들이여, 행복한 은하계란 위킷 게이트의 상징이 표현하고 있는 그대로입니다!"

이제 세 개의 기둥이 선명하게 늘어서 있었다. 두 개의 십자가 모양을 떠받치고 있는 기둥 세 개의 모습은 아서의 뒤죽박죽된 뇌에 넋이 나갈 정도로 익숙했다.

"세 개의 기둥입니다." 남자가 우레와 같이 포효했다. "은하계의 힘과 권능을 상징했던 강철의 기둥 말입니다!"

서치라이트들이 눈부신 빛을 뿜어내며 왼쪽에 있는 기둥을 위아래로 비추었는데, 정말 철이나 뭐 그런 비슷한 걸로 만들어진 것처럼 보였다. 음악이 쿵쾅거리고 우르릉거렸다.

"방풍 유리 기둥은 은하계에서 과학과 이성의 힘을 상징합니다!" 남자가 말했다.

다른 서치라이트들이 오른쪽에 있는 투명한 기둥을 위아래로 비추면서 눈부신 무늬들을 만들어냈는데, 아서 덴트의 뱃속에서는 불가해하게도 아이스크림이 너무나 먹고 싶다는 갈망이 꿈틀거렸다.

우레 같은 목소리가 말을 계속했다. "그리고 나무로 된 기둥이 상징하는 것은……." 여기에서 남자의 목소리는 감정이 복받쳐 오른 듯이 아주 근사하게 살짝 쉰 소리를 냈다. "자연과 영성의 힘입니다!"

조명들이 중앙의 기둥을 집중적으로 비추었다. 음악은 과감하게, 도저히 말로 형용할 수 없는 영역으로 옮겨 가고 있었다.

"둘 사이를 떠받치고 있는 것은……," 목소리가 매끄럽게 구르며 절정을 향해 달려갔다. "번영의 황금 가로장(크리켓 경기에서 삼주문 위에 세워져 있는 가로장—옮긴이주)과 평화의 은빛 가로장입니다!"

이제 전체 구조물들이 눈부신 빛에 휩싸였고, 음악은 다행히도 이미 한참 전에 인식의 경계 밖으로 넘어간 터였다. 세 개의 기둥 꼭대기에는 멋지게 빛나는 가로장들이 자리를 잡고서 보는 이의 눈을 부시게 하고 있었다. 그 위에는 여자들이 앉아 있었는데, 아마도 천사들을 표상하는 것이었다. 천사들은 보통 그보다는 옷을 좀더 입은 모습으로 그려지곤 하지만 말이다.

아마도 '태초의 혼돈'을 나타내려는 것인 듯한 극적인 침묵이 별안간 찾아들었고, 조명도 컴컴하게 어두워졌다.

"단 하나의 세계도 없습니다." 남자의 전문가적인 목소리가 흥분으로 떨렸다. "오늘날에도 이 은하계의 문명화된 세계 중에서 이 상징을 숭배하지 않는 곳은 하나도 없습니다. 심지어 원시 사회에서도 이 상징은 종족 기억 속에 새겨져 끈질기게 전해져 내려오고 있습니다. 크리킷의 세력이 파괴한 것은 바로 이것입니다. 그리고 지금 그들의 세계를 영겁이 끝날 때까지 격리하고 있는 것은 바로 이것입니다!"

그리고 화려한 몸짓으로 남자는 자기 손바닥 위에 위킷 게이트의 모형이 나타나게 했다. 이 기막힌 스펙터클에서 상대적 크기를 판단하는 건

무지무지하게 어려운 일이었지만, 모형은 대충 삼 피트 높이쯤 되는 것 같았다.

"물론, 열쇠의 원본은 아닙니다. 모든 이가 잘 알고 있듯이, 그건 파괴되었습니다. 시공간 연속체의 영원히 휘몰아치는 소용돌이 속으로 날려가 영원히 소실되고 말았습니다. 이것은 숙련된 장인이 애정을 가지고 고대의 비법을 모아, 여러분이 자랑스럽게 소장할 수 있도록 직접 수공예로 만들어낸 정교한 복제품입니다. 스러진 사람들을 기억하기 위한 증표로서, 그리고 그들이 몸 바쳐 지켜낸 은하계에——우리 은하계에——바치는 헌사로서……."

이 순간 슬라티바트패스트가 또 둥둥 떠서 지나갔다.

"찾았소." 그가 말했다. "이 쓰레기 같은 건 안 봐도 돼요. 그저 고개만 끄덕이지 마시오. 그러면 괜찮아."

"자, 이제 지불을 하기 위해 고개를 숙이도록 합시다." 목소리가 읊조리듯 말했다. 그러더니 이번에는 훨씬 더 빠른 속도로, 그리고 거꾸로 그 말을 또 했다.

조명들이 켜졌다 꺼지고 기둥들이 사라졌으며, 남자들이 뭔가 알아들을 수 없는 소리를 거꾸로 읊조렸고, 우주가 그들 주위에 딱딱거리며 스스로 조립되더니 나타났다.

"이제 요점을 알겠소?" 슬라티바트패스트가 말했다.

"넋이 나갈 정도예요!" 아서가 말했다. "하지만 무슨 소리인지 알쏭달쏭해요."

"깜빡 졸았어요." 포드가 이때 시야에 나타나 말했다. "재미있는 거라도 있었어요?"

그들은 다시 한번, 괴로울 정도로 높은 절벽 가장자리에서 상당히 빠르게 비틀비틀 흔들리고 있는 자신들을 발견했다. 바람이 그들의 얼굴 쪽에서 휙 불어 만 저 너머로 갔다. 만에서는, 은하계 역사상 가장 거대하고 강력한 함대 중 하나의 잔해가 불타오르다가 아무렇지도 않게 다시 원형을 갖추었다. 하늘은 뾰로통한 분홍색이었고, 어두워지면서 좀 괴상한 색깔이 됐다가 파란색이 되었고, 위쪽은 까맣게 되었다. 연기가 하늘에서 도저히 믿을 수 없을 정도로 끔찍하게 너울거리면서 아래로 떨어져 내렸다.

온갖 사건들이 그들 곁에서 너무나 빠르게 거꾸로 펼쳐지는 바람에 그들은 뭐가 뭔지 도저히 알아볼 수 없었다. 잠시 후 거대한 전투 우주선이 '부' 소리를 내는 것처럼 뒤로 멀어져가자, 그제야 거기가 시작 부분이었음을 간신히 알아보았을 뿐이었다.

하지만 이제 모든 것이 속도가 너무 빨랐고, 비디오-촉감성-번짐 현상 때문에 수세기에 걸친 은하계 역사의 모든 것들이 흔들리며 지나쳐가는 사이 화면이 눈앞에서 빙글빙글 돌고 뒤틀리며 명멸했다. 소리는 그냥 가느다란 쉿소리뿐이었다.

하지만 고음으로 지저귀는 시간의 흐름이 유발하는 뭔가 다른 느낌이 분명히 존재했다.

간헐적으로 찰칵거리는 소리들이 속도가 빨라지면 각각의 찰칵 소리의 의미를 상실하고 차츰 지속성을 지니면서 점점 커지는 성조처럼 느껴지듯이, 개별적 인상들이 연속적으로 이어지자 지속되는 감정 같은 자질을 갖게 되었다. 아니, 감정이 아니었다. 그게 감정이라면, 전혀 감정적이지 않은 감정이었다. 그것은 증오, 무자비한 증오였다. 차가웠지만, 얼음처럼 차가운 게 아니라 벽처럼 차가운 감정이었다. 몰개성적이었지만, 군중들 사이에서 막무가내로 휘두르는 주먹처럼 몰개성적인 게 아니라 컴퓨터로 발행한 주차 딱지처럼 몰개성적이었다. 그리고 그건 치명적이었다──그러나 총알이나 칼날처럼 치명적인 게 아니라 고속도로를 막고 있는 벽돌 장벽처럼 치명적이었다.

그리고 점점 커지는 성조가 원래의 자질이 바뀌어 화음의 성격을 띠게 되듯이, 이 무감정한 감정도 점점 커져서 참을 수 없는, 이제까지 들어본 적도 없는 비명 소리가 되었다가 별안간 죄책감과 실패감의 비명 소리로 바뀌는 것만 같았다.

그러더니 모든 게 갑자기 정지했다.

그들은 고요한 어느 저녁, 조용한 언덕 위에 서 있었다.

해가 뉘엿뉘엿 지고 있었다.

그들 주위에는 부드럽게 굴곡을 이룬 녹색의 전원이 멀리까지 온화하게 펼쳐져 있었다. 새들이 자기들이 그 모든 것에 대해 생각한 바를 노래 부르고 있었고, 전체적으로 좋은 의견인 듯이 보였다. 멀지 않은 곳에서 아이들이 뛰노는 소리가 들렸고, 좀더 먼 곳에서 그 소리의 원천이 어스름한 저녁 빛 속에서 작은 마을의 윤곽선으로 드러나 보였다.

마을은 하얀 돌로 만든 꽤 야트막한 건물들로 이루어져 있는 것 같았다. 스카이라인은 부드럽고 기분 좋은 곡선을 이루고 있었다.

해가 이제 거의 다 저물었다.

어디선가 음악이 시작되었다. 슬라티바트패스트가 스위치를 잡아당기자 음악이 멈췄다.

목소리가 말했다. "이것은……." 슬라티바트패스트가 스위치를 잡아당기자 소리가 멈췄다.

"설명은 내가 직접 해주겠소." 그가 조용하게 말했다.

그곳은 평화로웠다. 아서는 행복한 기분이 되었다. 심지어 포드도 기분이 좋아진 모양이었다. 그들은 마을 쪽으로 조금 걸었고, 정보성 환각이 제공하는 풀밭 발밑에서 기분 좋고 탄력 있게 느껴졌다. 그리고 정보성 환각이 제공하는 꽃들은 달콤하고 향기로운 냄새를 풍겼다. 오로지 슬라티바트패스트만 뭔가 두려워하는 듯, 다른 데 정신이 팔려 있었다.

그는 발길을 멈추고 하늘을 바라보았다.

갑자기 아서의 뇌리에, 이렇게 끝까지 다 왔으니, 아니 말하자면 방금 그들이 흐릿하게 경험한 그 무시무시한 공포의 근원인 처음까지 되돌아왔으니 이제 곧 뭔가 끔찍스러운 사태가 밀어닥칠 거라는 생각이 번뜩 들었다. 이렇게 목가적인 곳에 끔찍한 사태가 일어날 거라는 생각을 하니 괴로웠다. 그도 하늘을 올려다보았다. 하늘에는 아무것도 없었다.

"그들이 설마 여기를 공격하지는 않겠지요, 네?" 아서가 물었다. 지금 자기가 걷고 있는 것이 녹화된 영상에 불과하다는 건 잘 알고 있었지만, 그래도 불안하긴 마찬가지였다.

"여기를 공격할 만한 존재는 아무것도 없다오." 슬라티바트패스트가 뜻밖에 감정이 복받쳐 떨리는 목소리로 말했다. "여기가 바로 모든 게 시작된 곳이라오. 바로 그곳이란 말이오. 여기가 크리킷이오."

그는 하늘을 한참 응시했다.

하늘은, 한쪽 지평선에서 반대편 지평선까지, 동쪽에서 서쪽까지, 북쪽에서 남쪽까지, 철저하게, 완벽하게 새까맸다.

11

쿵쾅 쿵쾅.

위이잉.

"도움을 드릴 수 있어서 참으로 기쁩니다."

"입 닥쳐."

"감사합니다."

쿵쾅 쿵쾅 쿵쾅 쿵쾅 쿵쾅.

위이잉.

"미천한 문을 너무나 행복하게 해주셨어요."

"네 다이오드가 확 다 썩어버려라."

"감사합니다. 좋은 하루 되십시오."

쿵쾅 쿵쾅 쿵쾅 쿵쾅.

위이잉.

"문을 열어드릴 수 있다니, 얼마나 기쁜지 몰라요……."

"주둥아리 닥치지 못해."

"……그리고 훌륭하게 처리되었다는 걸 확인하고 문을 다시 닫는 일은 만족스럽지요."

"주둥아리 닥치라고 했지."

"제 말씀을 끝까지 들어주셔서 감사합니다."

쿵쾅 쿵쾅 쿵쾅 쿵쾅.

"훕."

자포드는 쿵쾅거리던 발걸음을 멈추었다. 순수한 마음 호를 며칠째 쿵쾅거리며 돌아다니고 있었지만, '훕'이라고 한 문은 이게 처음이었다. 그는 지금 '훕'이라고 말한 게 문이 아닐 거라고 확신했다. 그건 문들이 할 만한 종류의 말이 아니었다. 너무 간결했다. 게다가 문들이 그렇게 많지도 않았다. 그 소리는 마치 십만 명의 사람들이 한꺼번에 '훕'이라고 말하는 소리 같았는데, 우주선에는 자기 외에는 아무도 없었기 때문에 자포드는 영문을 알 수가 없었다.

사위는 캄캄했다. 우주선에서 필수적이지 않은 시스템들은 거의 다 폐쇄되어 있었다. 우주선은 칠흑 같은 우주 공간 깊은 곳, 은하계의 멀찍한 변두리에서 한가로이 표류하고 있었다. 그러니 이 지점에 불쑥 나타나서 난데없이 '훕' 소리를 낼 십만 명의 사람들이 대체 누구란 말인가?

그는 주위를 둘러보고, 복도 위아래를 훑어보았다. 전부 시커먼 그늘에 뒤덮여 있었다. 문들의 희미한 분홍색 윤곽선들만이 암흑 속에서 번들거리다가 말을 하느라 깜박이곤 할 뿐이었다. 자포드는 문들이 말하는 걸 막으려고 온갖 방법을 써봤지만 소용이 없었다.

자포드가 불을 꺼둔 것은 자기 머리들이 서로 쳐다보지 못하게 하기 위해서였다. 왜냐하면 그것들은 현재 서로를 보고 싶어 하지 않을 뿐만 아니라, 자포드가 자기 영혼을 들여다보는 실수를 저지른 이후 계속 그래왔기 때문이었다.

그 때 그 일은 정말 실수였다.

어느 날 밤 늦은 시각의 일이었다──당연한 얘기지만.

아주 힘든 하루를 보낸 날이었다──당연한 얘기지만.

우주선의 사운드 시스템에서는 구성진 음악이 흘러나오고 있었다──

당연한 얘기지만.

그리고 그는, 당연한 얘기지만, 살짝 취한 상태였다.

달리 말해서, 발작적으로 영혼을 찾아 나설 만한 평상적인 조건들이 다 갖춰진 상황이었다. 하지만 그건, 그럼에도 불구하고, 명백한 실수였다.

지금 이 순간, 어두운 복도의 정적 속에 홀로 서서, 그는 그 순간을 기억해내고 몸을 떨었다. 그의 한쪽 머리는 이쪽을 보고 다른 쪽 머리는 저쪽을 보고 있었지만, 둘 다 자기가 바라보고 있는 방향으로 가면 안 된다고 생각하고 있었다.

그는 귀를 기울여보았지만 아무 소리도 들리지 않았다.

그저 '훕' 소리가 한 번 났던 것뿐이었다.

그 소리 하나 내려고 그 많은 사람들을 불러 모으기에는 좀 심하게 먼 거리가 아닌가.

그는 불안하게 브리지가 있는 쪽으로 천천히 걸어가기 시작했다. 그쪽에 가면 적어도 주도권을 쥐고 있다는 느낌을 가질 수 있을 테니까. 그는 다시 발걸음을 멈추었다. 이런 기분으로 주도권을 쥔다면 자기가 별로 주도권을 쥘 만한 인물이 못 된다는 생각이 들었다.

돌이켜 보면, 그 순간의 첫 번째 충격은, 자기한테 실제로 영혼이라는 게 있다는 깨달음에서 왔었다.

사실 그는 언제나 대충 자기한테도 영혼이 있을 거라고 생각을 하긴 했었다. 왜냐하면 남들이 가지고 있는 건 전부 가지고 있고, 어떤 건 두 개씩 갖고 있었으니까. 하지만 실제로 자기 내면 깊은 곳에 숨어 있던 그 영혼이라는 놈과 마주치자 질겁할 수밖에 없었다.

그 다음에는, 그 영혼이라는 놈이 자기 정도의 위상에 있는 사람이라면 천부적 권리로서 기대할 만한, 철두철미하게 멋진 물건이 아니라는 사실을 깨닫게 되고 말았다(이것이 두 번째 충격이었다). 그래서 그는 또 질겁했다.

그러고 나서 그는 자기 위상이 실제로 어떤 건지 새삼 다시 생각해보게 되었고, 그 바람에 새로운 충격이 온몸을 휩쓸어, 마시고 있던 술을 다 쏟아버릴 뻔했다. 그는 심각한 사태를 미연에 방지하기 위해 재빨리 술잔을 비워버렸다. 그리고 또 재빨리 한 잔을 더 들이켜 앞에 마신 술을 뒤따라 보냄으로써, 앞서 마신 술이 뱃속에서 잘 있는지 확인했다.

"자유." 그는 큰 소리로 말했다.

바로 이 순간 브리지 쪽으로 오고 있던 트릴리언이 자유라는 주제에 대해 몇 가지 열띤 연설을 늘어놓았다.

"자유는 감당이 안 돼." 그는 음침하게 말했고, 어째서 두 잔째 술이 처음 들어간 술의 안부를 전해주지 않는지 알아보려고 세 잔째 술을 후딱 마셔버렸다. 그는 두 사람의 트릴리언을 자신 없이 바라보다가, 오른쪽 트릴리언이 더 맘에 든다고 생각했다.

그는 술을 또 한 잔 다른 목구멍에다 쏟아 부었다. 이 술이 앞서 들어간 술을 밀어줌으로써 서로 힘을 합해, 두 번째에 들어간 술이 제 기능을 하도록 만들어주리라는 것이 그가 생각한 계획이었다. 그러면 세 잔의 술이 다 같이 소란의 근원을 찾아 나서서, 좋은 말로 잘 설득하고 여차하면 노래도 좀 불러줘서 그것을 진정시킬 터였다.

그는 네 잔째 술이 이런 임무를 다 잘 이해했는지 불안해져서, 계획을 좀더 잘 설명해주라는 뜻에서 다섯 잔째 술을 파견했고, 사기 진작 차원에서 여섯 잔째 술도 내려 보냈다.

"너 술을 너무 많이 마신다." 트릴리언이 말했다.

그의 머리들이 네 명의 그녀를 제대로 보려고 애쓰다 충돌했다. 그제야 트릴리언의 모습이 한 사람으로 제대로 보였다. 그는 포기하고서 항해도 표시 스크린을 쳐다보았고, 별들의 수가 엄청나게 많다는 사실에 깜짝 놀라고 말았다.

"흥분과 모험과 정말로 기막히게 신나는 일들이라." 그가 중얼거렸다.

"이봐." 그녀가 연민 어린 목소리로 말하고 그의 근처에 주저앉았다. "네가 좀 목표를 잃은 듯한 기분을 느낀다 해도 이해할 만한 일이야."

그는 트릴리언을 보고 놀라 자빠질 뻔했다. 무릎을 꿇고 앉는 사람은 처음 보았던 것이다. 자기가 자기 무릎 위에 앉다니.

"우와." 그가 말했다. 그는 술을 한 잔 더 마셨다.

"넌 네가 수년 동안 추구해온 임무를 완수했으니까."

"추구한 적 없어. 임무를 피해 다니려고 애썼지."

"어쨌든 완수했잖아."

그는 끙끙거렸다. 뱃속에서 굉장한 파티가 벌어지고 있는 모양이었다.

"그 덕분에 폐인이 된 거 같아." 그가 말했다. "이 꼴을 봐. 자포드 비블브락스, 어디든지 갈 수 있고 무엇이든지 할 수 있지. 이제까지 알려진 하늘에서 가장 훌륭한 우주선을 가지고 있고, 같이 있으면 만사가 술술 잘 풀리는 여자도 있고······."

"술술 잘 풀려?"

"내가 아는 한은 그래. 난 사적인 감정의 문제에는 별로 전문가가 아니라서······."

트릴리언은 눈썹을 치켜 올렸다.

"나는 말이야, 아주 멋진 남자인데다 원하는 건 뭐든지 할 수 있어. 그런데 원하는 게 뭔지 손톱만큼도 알 수가 없단 말이야." 그가 덧붙였다.

그는 잠시 아무 말도 하지 않았다.

"하나가 끝나면 다음으로 이어져야 하는데, 갑자기 다 끝장이 나버렸어." 그는 이렇게 보충 설명을 했다. 그리고 방금 한 말과 모순되게 술을 한 잔 더 마시더니 우아하게 의자에서 미끄러져 떨어졌다.

그가 곯아떨어져 있는 동안, 트릴리언은 우주선에 비치된 《은하수를 여행하는 히치하이커를 위한 안내서》를 보고 약간의 연구를 했다. 거기에는 술주정에 대한 소정의 충고가 실려 있었다.

'마음껏 즐겨보도록 하라. 행운이 함께하기를.' 거기에는 이렇게 쓰여 있었다.

참조란에는 우주의 크기와 그에 대처하는 방법에 대한 항목이 기재되어 있었다.

그 다음에 그녀는 이국적인 휴양 행성이자 은하계의 불가사의 중 하나라는 '한 와벨' 행성에 대한 항목을 찾아보았다.

한 와벨 행성은 주로 근사하고 화려한 초호화판 호텔과 카지노들로 이루어진 세계로, 이 호텔과 카지노들은 전부 바람과 비의 자연 풍화 작용에 의해 형성되었다.

이런 일이 일어날 확률은 대략 무한분의 일이다. 어쩌다 이런 현상이 일어났는지에 대해서는 거의 알려진 바가 없다. 이 별을 연구하고 싶어 안달복달하는 지리물리학자, 개연성통계학자, 운석 분석가, 혹은 기이함 연구자들 중에는 거기 투숙할 만큼 부유한 사람이 한 명도 없었기 때문이다.

좋았어, 트릴리언이 생각했다. 그로부터 몇 시간 후 위대한 하얀색 운동화 우주선은 서서히 동력을 줄이면서 하늘에서 뜨겁고 눈부신 태양 아래로 하강해, 밝은 색깔로 채색된 모래밭의 우주 정거장을 향하고 있었다. 이 우주선은 지상에서 상당한 센세이션을 불러일으키고 있는 게 틀림없었고, 트릴리언은 한껏 기분을 내고 있었다. 자포드가 우주선 어딘가에서 이리저리 돌아다니며 휘파람을 부는 소리가 들려왔다.

"기분이 좀 어때?" 그녀는 우주선 전체에 전달되는 인터콤을 켜고 말했다.

"좋아." 그는 밝은 목소리로 말했다. "기차게 좋아."

"어디 있어?"

"목욕탕에."

"거기서 뭐해?"

"그냥 여기 있을 거야."

한두 시간 후 그 말이 진심이라는 게 확인되었고, 우주선은 해치웨이 한번 열어보지 못한 채 다시 하늘로 날아 올라갔다.

"헤이 호." 컴퓨터 에디가 말했다.

트릴리언은 참을성 있게 고개를 끄덕이고 두세 번 손가락을 탁탁 두들기다가 인터콤 스위치를 눌렀다.

"억지로 재미를 보는 일은 지금 별로 내키지 않는 모양이지."

"아마 그럴걸." 자포드가 어딘지 몰라도 아무튼 자기가 있는 자리에서 말했다.

"좀 신체적으로 도전적인 일을 하면 마음의 장벽을 걷는 데 도움이 되지 않을까."

"네가 생각할 수 있는 건 나도 다 생각해."

얼마 후 《은하수를 여행하는 히치하이커를 위한 안내서》를 다시 붙잡고 넘기던 트릴리언의 시선을 사로잡은 것은 '여가 선용을 위한 불가능한 일들'이라는 항목이었다. 순수한 마음 호가 어딘지 모를 방향을 향해 불가능한 속력을 내며 날아가고 있는 사이, 그녀는 뉴트리-매틱 음료 기계에서 꺼낸 도저히 못 먹을 음료를 홀짝이며 하늘을 나는 방법을 읽어 내려갔다.

《은하수를 여행하는 히치하이커를 위한 안내서》는 비행이라는 주제에 대해 다음과 같이 말하고 있다.

하늘을 나는 기술, 아니 그보다는 요령이라는 게 있다.
요령은 땅바닥을 향해 몸을 던지되 그 땅바닥이라는 목표물을 놓치는 것이다.
날씨 좋은 날을 골라서 한번 시도해보라고 여기에는 쓰여 있다.
첫 부분은 쉽다.
요구되는 자질은 그저 체중을 전부 실어 앞으로 몸을 던지되, 아무리 아파도 상관하지 않겠다는 마음 자세뿐이다.

그러니까, 땅바닥을 놓치는 데 실패하면 굉장히 아플 거라는 얘기다.

대부분의 사람들은 땅바닥을 놓치는 데 실패하고, 정말로 제대로 노력할 경우에는 땅바닥을 놓치는 데 상당히 심하게 실패할 가능성이 상당히 높다.

그러니 난항은 바로 이 두 번째 부분, 즉 땅바닥을 놓치는 데 있다.

한 가지 문제는, 땅바닥을 우연히 놓쳐야 한다는 것이다. 의도적으로 땅바닥을 놓치려고 애써봤자 소용없다. 왜냐하면 놓치지 못할 테니까. 반쯤 떨어지다가 갑자기 정신을 다른 데 팔아야 하고, 그래서 더 이상 추락이라든가 땅바닥이라든가 실패할 경우에 겪게 될 크나큰 아픔 따위를 생각하지 말아야 한다.

주어진 찰나의 순간에 이 세 가지 문제를 잊고 다른 데 정신을 판다는 건 어렵기로 정평이 나 있는 일이다. 이 때문에 대부분의 사람들은 실패하고, 결국 이 기운차고 신나는 스포츠에 환멸을 느끼고 돌아선다.

그러나, 운이 몹시 좋아서 결정적인 순간에, 예를 들어 늘씬한 다리(종족 혹은 개인의 취향에 따라 촉수, 위족 등등)라든가 자기네 동네에서 폭탄이 터지는 것이라든가 아니면 갑자기 근처 나뭇가지를 따라 엄청나게 희귀한 딱정벌레가 기어가는 것이라든가 하는 따위에 정신을 팔게 되면, 완전히 땅바닥을 놓치고 그 몇 인치 위에 둥둥 떠 있는 놀라운 경험을 하게 될 것이다. 물론 약간 바보스러운 꼴로 보이겠지만 말이다.

이 순간이 바로 고도의 섬세한 집중력을 요하는 순간이다.

위아래로 흔들거리다 둥둥 떠다니고, 둥둥 떠다니다 위아래로 흔들흔들.

자기 몸의 무게 따위는 완전히 무시해버리고 그냥 더 높이 날아가도록 하라.

이 시점에서는 다른 사람이 하는 말은 듣지 않는 게 좋다. 도움이 될 가능성이 전혀 없으니까.

다른 사람들은 대체로 "이럴 수개! 설마 네가 하늘을 날고 있을 리가!" 따위의 말을 하기 마련이다.

이런 말을 절대 믿지 말아야 하는 건 기본이다. 그렇지 않으면 갑자기 그들의 말이 진실이 되어버리니까.

더 높이 더 높이 몸을 날리도록 하라.

몇 번 급격한 비상을 시도하도록 하라. 처음에는 살살 하고, 나중에는 규칙적으로 호흡하면서 나무 꼭대기 위로 날아가도록 하라.

절대 다른 사람한테 손을 흔들어서는 안 된다.

몇 번 이렇게 해보고 나면, 정신이 팔리는 순간을 찾아내는 일이 갈수록 쉬워진다는 걸 알게 될 것이다.

그러면 비행이며 속도며 기동성을 통제하는 방법에 대해 수많은 기교들을 터득하게 된다. 대체로 요령은, 원하는 바가 뭔지 지나치게 깊이 생각하지 않고 그냥 자기 일이 아닌 것처럼 소망이 이루어지게 내버려두는 데 있다.

그러면 제대로 착륙하는 법도 배우게 될 것이다. 착륙은 처음에는 틀림없이, 그것도 심하게 실패하게 되어 있다.

무엇보다 중요한, 정신이 팔리는 순간을 포착하는 것을 도와주는 사설 비행 클럽들도 있다. 이들은 놀라운 몸매나 의견을 지닌 사람들을 고용해서, 결정적인 순간에 덤불 뒤에서 펄쩍 뛰어나오게 하거나 몸매를 노출하고 자기 견해를 설명하게 한다. 진짜 히치하이커들 중에는 이런 클럽에 가입할 만큼 넉넉한 이들이 많지 않겠지만, 이런 클럽에서 임시로 일자리를 구할 수는 있을 것이다.

트릴리언은 갈망에 차서 이 글을 읽었지만, 아쉽게도 자포드의 현재 심리 상태는 하늘을 나는 시도를 하기에는 그다지 적당하지 않다는 결론을 내려야만 했다. 하늘을 나는 시도뿐 아니라, 산맥을 도보로 횡단한다거나 브란티스보간의 공무원에게 주소 카드 변경을 신청한다거나 하는 시도를 하기에도 적당하지 않았다. 이런 일들은 모두 '여가 선용을 위한 불가능한 일들'의 항목 아래 나열되어 있는 것들이었다.

그 대신 그녀는 우주선을 돌려 알로시마니우스 시네카로 날아갔다. 얼음과 눈, 마음을 아프게 하는 아름다움, 화들짝 놀랄 만한 추위로 이루어진 행성이었다. 리스카의 눈 평원에서 사스탄투아의 얼음 결정 피라미드 정상까지 올라가는 트레킹 길은 제트 스키와 시네카 스노하운드 한 팀을 데리고 가더라도 기나길고 험준했다. 그러나 정상에서 바라보는 풍경, 순결한 빙하의 평원, 은은히 빛나는 프리즘 산맥, 그리고 아득한 곳에서 천상의 빛처럼 춤추는 얼음의 빛들은, 처음에는 마음을 꽁꽁 시리게 얼렸다가 차츰차츰 풀어주어 이제까지 상상도 못했던 아름다움의 지평을 열어준다고 했다. 트릴리언은 차츰차츰 마음이 풀려, 이제까지 상상도 못했던 아름다움의 지평을 여는 경험을 좀 해도 괜찮겠다는 기분이 들었다.

그들은 낮은 궤도로 진입했다.

저 멀리 알로시마니우스 시네카의 은백색 아름다움이 펼쳐져 있었다.

자포드는 한쪽 머리는 베개 밑에 처박고 다른 머리로는 크로스워드를 풀면서 밤늦게까지 침실에 처박혀 꿈쩍도 하지 않았다.

트릴리언은 이번에도 참을성 있게 고개를 끄덕이고, 상당히 높은 수까지 헤아린 다음에, 지금 제일 중요한 일은 자포드한테 말을 시키는 것뿐이라고 스스로를 타일렀다.

그녀는 주방의 로봇 자동 시스템을 모두 꺼버리고, 상상할 수 있는 최고로 훌륭한 식사를 준비했다. 섬세하게 기름을 바른 고기들, 향을 첨가한 과일들, 향기로운 치즈들, 훌륭한 알데바란의 포도주들.

그녀는 정성껏 준비한 식사를 자포드에게 들고 가서, 얘기를 좀 하자고 부탁했다.

"입 닥치고 꺼져." 자포드가 말했다.

트릴리언은 참을성 있게 고개를 끄덕였고, 심지어 훨씬 더 큰 숫자까지 헤아렸으며, 이어 음식 쟁반을 홱 던져버린 후 트랜스포트 방으로 가서 자포드의 삶에서 휙 트랜스포트해 나가버리고 말았다.

그녀는 변수를 프로그래밍하지도 않았다. 어디로 가야 할지 아무런 생각도 나지 않았다. 그녀는 그냥 가버렸다. 망망한 우주 속 아무 지점이나 마구 골라서 행선지를 컴퓨터에 찍어 넣고 우주 속을 흘러 사라져버렸다.

"세상 어디라도 이것보다는 훨씬 나아." 그녀는 떠나면서 혼잣말을 했다.

"잘했네." 자포드는 혼자 중얼거렸다. 뒤로 돌아누웠지만, 끝내 잠은 오지 않았다. 다음 날 그는 그녀를 찾아 헤매는 게 아닌 척하면서 불안하게 우주선의 텅 빈 회랑들을 이리저리 서성였다. 이미 그녀가 우주선에 없다는 걸 알고 있으면서도. 그는 도대체 무슨 일이냐고 시끄럽게 따지는 컴퓨터를, 그 단말기에다 전기 재갈을 물려버림으로써 무시했다.

얼마 후 그는 불을 끄기 시작했다. 불을 켜놓아 봤자 볼 게 없었다. 아무 일도 일어날 리가 없었다.

어느 날 밤——이제 우주선 안에는 밤이 끝없이 계속되고 있었다——침대에 누워 있던 그는, 정신을 차리고 냉정하게 사태를 판단하기로 결심했다. 그는 벌떡 일어나 주섬주섬 옷을 입기 시작했다. 우주 어딘가에는 자기보다 더 비참하고 불쌍하고 버려진 느낌에 시달리는 누군가가 있을 거라는 생각이 들었던 것이다. 그는 이제부터 그 누군가를 찾아내야겠다고 결심했다.

브리지로 가는 도중에 어쩌면 그게 마빈일지도 모른다는 생각이 들어서, 그는 다시 침대로 돌아갔다.

명랑한 문들한테 욕설을 퍼부으며 컴컴한 회랑을 우울하게 쿵쾅거리고 다니다가 '훕' 소리를 들은 것은 이로부터 몇 시간 후의 일이었다. 이 소리는 그를 대단히 불안하게 만들었다.

그는 빳빳하게 긴장해 회랑 벽에 기대어 서서, 염력으로 코르크 마개 따는 기구를 구부리려는 사람처럼 미간을 잔뜩 찌푸렸다. 손가락을 벽에 대고 평상시와 다른 진동이 있는지 살펴보았다. 이제는 작은 소음들이 상당히 선명하게 들려왔고, 소리가 나는 방향도 감지할 수 있었다. 소리는 브리지 쪽에서 나고 있었다.

벽을 따라 손가락을 움직이던 그는 반가운 물건을 찾아냈다. 그는 그쪽으로 살금살금 더 다가갔다.

"컴퓨터?" 그는 숨소리를 섞어가며 나직하게 물었다.

"으음?" 제일 가까운 컴퓨터 단말기가 똑같이 숨죽인 목소리로 말했다.

"우주선에 다른 사람이 있나?"

"으음." 컴퓨터가 말했다.

"누구지?"

"으음 으음 으음." 컴퓨터가 말했다.

"뭐라고?"

"으음 으음 으음 으음."

자포드는 얼굴 하나를 두 손에 묻었다.

"이런 자르콘질할." 그는 혼잣말로 중얼거렸다. 그리고 회랑 저 너머 브리지 입구를 한참 쳐다보았다. 저 멀리 희미하게 보이는 브리지는, 좀 더 뚜렷하고 목적 의식이 확실한 소음이 들려오는 곳, 바로 재갈을 물려 놓은 단말기들이 있는 곳이었다.

"컴퓨터." 그는 다시 소리 죽여 말했다.

"으음?"

"내가 재갈을 풀어주면……."

"으음."

"잊지 말고 나보고 꼭 내 턱주가리에 주먹을 한 방 날리라고 말해줘."

"으음 으음?"

"어느 쪽 머리든. 자, 이것만 말해줘. 맞다는 한 번, 아니다는 두 번, 알았지? 위험한 놈들이냐?"

"으음."

"그래?"

"으음."

"방금 '으음'을 두 번 한 거 아니야?"

"으음 으음."

"흐음."

그는 실은 엉거주춤 뒤로 물러나고 싶은 사람처럼 마지못해 찔끔찔끔 복도 앞으로 전진했다. 실제로도 뒤로 물러나고 싶은 마음이 굴뚝같았다.

브리지로 통하는 문까지 이 야드밖에 남지 않은 지점에서, 돌연 문이 친절하게 인사를 할 거라는 무서운 사실을 깨달았다. 그는 딱 멈춰 서서 죽은 듯 꼼짝도 하지 않았다. 아무리 애써도 문들의 예의범절 음성 회로가 꺼지지 않아서 그는 결국 못 꼈던 것이다.

브리지 쪽 진입로는 설계 단계부터 특별히 흥미진진하게 곡선을 그리도록 만들어졌기 때문에 시야에서 가려져 있었고, 그래서 몰래 들어갈 수 있기를 바랐던 터였다.

낙심한 그는 다시 벽에 기대어 서서 몇 마디 심한 말을 퍼부었다. 다른 쪽 머리가 그 말을 듣고 심한 충격을 받은 모양이었다.

그는 문의 희미한 분홍색 윤곽선을 뚫어져라 바라보다가, 회랑의 칠흑 같은 어둠 속에서 문의 센서 필드가 있는 곳을 간신히 찾아냈다. 이 센서 필드는 회랑 쪽으로 뻗어 나와, 문을 열어줘야 할 상대나 명랑하고 기분 좋은 말을 해줘야 할 상대를 문에게 알려주곤 했다.

그는 몸을 벽에 딱 붙이고 살살 문 쪽으로 다가가서, 아주아주 희미한 필드의 경계선을 스치지 않도록 가슴을 최대한 납작하게 했다. 숨을 꾹 참으며, 최근 며칠간 우주선 체육관의 가슴 확장 운동 기구로 감정을 풀지 않고 침대에 시무룩하게 누워 빈둥빈둥 시간을 보낸 것을 다행스럽게 생각했다.

이윽고 그는 이 시점에서 자기가 말을 해야 한다는 사실을 깨달았다.

그는 받은 숨을 여러 번 토한 후에, 최대한 빨리 최대한 작은 소리로 말했다. "문아, 지금 내 소리가 들리면 아주아주 작은 소리로 그렇다고 말해."

아주아주 작은 소리로 문이 중얼거렸다. "들려요."

"좋아. 잠시 후에 내가 문을 열어달라고 부탁할 거야. 문을 열어주면서 절대 즐거웠다고 말하지 마, 알았어?"

"알았어요."

"그리고 미천한 문을 몹시 행복하게 해주셔서 감사하다든가, 나를 위해 문을 열어주는 건 크나큰 기쁨이라든가, 일이 훌륭하게 처리되었다는 걸 알고 다시 문을 닫는 일은 만족스럽다든가 그런 말도 하면 안 돼, 알겠어?"

"알겠어요."

"그리고 좋은 하루를 보내라는 말도 하면 안 돼, 알았어?"

"잘 알겠어요."

"좋아." 자포드가 뻣뻣하게 긴장하면서 말했다. "지금 문을 열어줘."

문은 조용히 스르륵 열렸다. 자포드는 조용하게 스르륵 미끄러져 들어갔다. 문이 뒤에서 소리 없이 닫혔다.

"이렇게 하는 게 마음에 드시나요, 비블브락스 씨?" 문이 커다란 소리로 말했다.

그 순간 몸을 빙글 돌려 자기 쪽을 바라보는 일단의 하얀색 로봇들에게 자포드가 말했다. "내 손에 어마어마하게 강력한 킬-오-잽 블래스터 피스톨이 들려 있다고 상상하기 바란다."

소름끼치게 차디차고 야만적인 침묵이 흘렀다. 로봇들은 흉측한 죽은 눈동자로 그를 빤히 쳐다보았다. 그들은 꼼짝도 하지 않았다. 그들의 모습에서는 강렬하게 잔혹한 분위기가 느껴졌다. 특히 자포드는, 전에 한 번도 이들을 본 적이 없고 이들에 대해 아는 바도 전혀 없기 때문에 그런 느낌을 더욱 강하게 받았다. 크리킷 전쟁은 은하계의 고대사에 속하는 일이었다. 게다가 자포드는 대부분의 역사 수업 시간을 바로 옆 사이버 큐비클에 있는 여자애와 어떻게 하면 섹스를 할까 궁리하는 데 보냈고, 그의 수업용 컴퓨터는 이 음모에 너무 골몰한 나머지 결국 역사 회로들을 모조리 제거하고 대신 완전히 다른 사고 체계를 이식하고 말았다. 그 결과 결국 고철이 되어 '타락한 사이버맷' 요양원으로 보내졌지만, 하지만 자기 뜻과 상관없이 그놈의 기계와 사랑에 빠져버린 여자애도 그리로 따라 들어가고 말았다. 그 결과 자포드는 (a) 그 여자애 근처에도 가보지 못했고 (b) 이 순간 그에게 값으로 따질 수 없이 소중한 정보를 주었을 고대사의 한 시대를 완전히 놓쳐버리고 말았다.

그는 충격에 휩싸여 로봇들을 바라보았다.

뭐라고 이유를 설명할 수는 없었지만, 그들의 매끈하고 늘씬한 하얀 몸체는 깔끔하고 냉정한 악(惡)의 궁극적 화신처럼 보였다. 흉측하게 죽은 눈동자에서 강력하고 생명이 없는 두 다리까지, 그들은 단순히 살인만을 원하는 정신이 고안해 정교한 연산으로 배태한 산물이 틀림없었다.

로봇들은 뒤쪽 벽을 뜯어내, 우주선의 주요 내부 기기들 일부에 접근하는 통로를 확보해놓은 상태였다. 복잡하게 얽힌 잔해 사이로 자포드는 로봇들이 우주선 심장부를 향한 터널을 뚫고 있었다는 사실을 깨달았고, 그러자 훨씬 더 크고 불길한 충격에 휩싸이고 말았다. 우주선의 심장부란 곧 희박한 공기 속에서 참으로 신비한 경로로 생성된 불가능 확률 추진기의 심장부이며, 바로 순수한 마음 그 자체였던 것이다.

자포드와 가장 가까운 데 있는 로봇이, 자포드의 육체, 정신, 그리고 능력을 원자 하나까지 샅샅이 측정하려는 듯한 눈길로 그를 뚫어져라 쳐다보고 있었다. 그리고 로봇이 마침내 입을 열어 말했을 때, 그 말 속에서도 그런 인상이 적나라하게 풍겼다. 로봇이 뭐라고 말했는지로 넘어가기 전에, 이 지점에서 자포드가 바로 백억 년 만에 처음으로 이들의 목소리를 실제로 들은 살아 있는 유기체였다는 사실을 지적해둘 필요가 있다고 본다. 그가 옛날 역사 시간에 수업을 더 열심히 듣고 자기의 유기적 신체의 말을 좀 덜 잘 들었으면, 아마 이러한 영예로부터 더 큰 감동을 받을 수 있었을 텐데.

로봇의 목소리는 몸과 똑같이 차갑고 미끈하고 생명이 없었다. 세련된 쉰 소리까지 섞여 있었다. 보기만큼이나 나이 든 목소리였다.

목소리가 말했다. "네 손에 '킬-오-잽' 블래스터 피스톨이 들려 있단 말이지."

자포드는 처음에는 그게 무슨 말인지 몰라 잠시 멈칫했지만, 자기 두 손을 내려다보고는 아까 벽걸이에서 떼어 온 게 정말로 자기가 생각했던 바로 그 물건임을 깨닫고는 안도했다.

"그렇다." 그는 안도하는 듯한 동시에 조소하는 듯한 말투로 말했다. 상당히 고난도의 기술이었다. "네놈의 상상력에 너무 큰 부담을 주고 싶지는 않다, 로봇." 잠시 아무도 아무 말도 하지 않았고, 자포드는 로봇들의 목적은 대화가 아니라는 사실을 분명하게 깨달았다. 대화는 자기한테 달려 있었다.

"너희가 우주선을 주차해놓은 꼴을 안 보려야 안 볼 수가 없군." 그는 적절한 방향을 한쪽 머리로 가리키며 말했다. "내 우주선을 다 뚫어놓았으니."

부인할 수 없는 사실이었다. 차원 이동에도 예의가 있는 법인데 놈들은 규준을 모조리 무시하고 자기들 우주선을 무조건 자기들이 원하는 곳에 대놓아, 마치 빗 두 개가 서로 꽂혀 있듯이 순수한 마음 호와 서로 얽혀 있는 상태로 만들어놓았던 것이다.

이번에도 로봇들은 자포드의 말에 아무런 반응을 보이지 않았다. 그래서 자포드는 자기가 대화를 질문 형식으로 끌어가야만 대화가 진행되는 것이 아닐까 하고 생각했다.

"……안 그런가?" 그가 덧붙였다.

"그렇다." 로봇이 대답했다.

"어, 그렇군. 그래서 네놈 고양이들이 대체 여기서 뭘 하고 있는 거냐?" 자포드가 말했다.

침묵.

"이봐 로봇들, 네놈 로봇들이 여기서 뭘 하고 있는 거냐?" 자포드가 말했다.

"우리는 황금 가로장을 찾으러 왔다." 로봇이 쉰 소리로 말했다.

자포드는 고개를 끄덕였다. 그는 좀더 설명하게 하려고 권총을 흔들어 댔다. 로봇은 이 몸짓을 이해하는 듯했다.

"황금 가로장은 우리가 찾고 있는 '열쇠'의 부품이다." 로봇이 계속 말했다. "크리킷 행성에서 우리 주인님들을 해방시킬 수 있는 열쇠 말이다."

자포드는 또 고개를 주억거렸다. 그리고 권총을 더 흔들어댔다.

간단하게 로봇이 말을 계속했다. "열쇠는 시간과 공간 속에서 해체되었다. 황금 가로장은 당신의 우주선을 추동하는 장치 속에 박혀 있다. 그것은 열쇠 속에서 재구성될 것이다. 우리 주인님들은 해방될 것이다. 우주의 구조 조정은 계속될 것이다."

자포드는 다시 고개를 끄덕거렸다.

"대체 무슨 소리를 하고 있는 거야?" 그가 말했다.

약간 괴로운 듯한 표정이 로봇의 전적으로 무표정한 얼굴을 스치고 지나가는 듯했다. 대화가 실망스럽다고 생각하는 모양이었다.

"멸절." 로봇이 말했다. "우리는 열쇠를 찾고 있다." 로봇이 되풀이해서 말했다. "우리는 이미 나무 기둥, 강철 기둥, 그리고 방풍 유리 기둥을 손에 넣었다. 잠시 후 우리는 황금 가로장을 손에 넣을 것이다……."

"아니 그건 안 돼."

"손에 넣을 것이다." 로봇이 단언했다.

"안 된다니까. 그게 내 우주선의 추동력이란 말이다."

"잠시 후 우리는 황금 가로장을 손에 넣을 것이다……." 로봇은 했던 말을 참을성 있게 반복했다.

"그렇게는 안 된다니까." 자포드가 말했다.

"그런 다음에 우리는 파티에 가야 한다." 로봇은 정말로 심각하게 말했다.

"아." 자포드가 깜짝 놀라서 말했다. "나도 가도 되나?"

"안 된다." 로봇이 말했다. "우리가 당신을 총으로 쏠 테니까."

"오, 그래?" 자포드는 더 설명해보라고 권총을 흔들어댔다.

"그렇다." 로봇은 이렇게 말하더니 그에게 총을 쏘았다.

자포드가 너무나 심하게 놀라는 바람에, 로봇들은 그를 쓰러뜨리기 위해서 총을 한 번 더 쏴야만 했다.

12

"쉬잇." 슬라티바트패스트가 말했다. "잘 듣고 똑똑히 보시오."

고대 크리킷 행성에 이제 밤이 깊었다.

하늘은 캄캄하고 텅 비어 있었다. 단 하나의 빛이 인근 마을에서 흘러나오고 있었다. 기분 좋고 친근한 사람들 소리가 산들바람을 타고 평온하게 날아왔다. 그들은 나무 밑에 서 있었는데 어지러울 정도로 강한 향내가 온몸을 휘감았다. 아서는 쭈그리고 앉아 '정보성 환각'이 제공하는 흙과 풀의 감촉을 느껴보았다. 손가락으로 훑어보았다. 흙은 묵직하고 비옥했으며, 풀은 탄탄했다. 어느 모로 보나 살기 좋은 곳이라는 인상을 갖지 않을 수가 없었다.

하지만 하늘은 지독하게 텅 비어 있었고, 아서의 눈에는 하늘이 이 목가적인 풍경——지금은 잘 보이지 않지만——에 소름끼치는 냉기를 드리우고 있는 것처럼 보였다. 그래도 이 정도야 익숙해지면 괜찮아질 문제였다.

그는 누군가 어깨를 툭툭 치는 손길을 느끼고 위를 올려다보았다. 슬라티바트패스트가 언덕 반대편 아래를 보라고 조용히 손짓했다. 아서가 그쪽을 바라보자, 희미한 빛들이 춤을 추고 흔들리면서 그들이 있는 쪽으로 서서히 움직여 오고 있었다.

그들이 가까워지자 소리도 들리기 시작했다. 그리고 그 희미한 빛들과 시끄러운 소리들은 언덕을 가로질러 집이 있는 마을 쪽으로 걸어가는 몇몇 사람들의 무리라는 게 곧 밝혀졌다.

그들은 나무 아래에 있는 관찰자들 아주 가까이로 걸어왔다. 나무들과 풀들 사이로 부드럽게 제멋대로 춤추는 등불들을 흔들면서, 정말로 노래까지 부르고 있었다. 만물이 참으로 더할 나위 없이 근사하다는 둥, 참으로 행복하다는 둥, 농장의 일이 얼마나 즐거운지 모른다는 둥, 아내와 아이들을 다시 만나러 집으로 가는 길은 상쾌하다는 둥, 그런 노래들이었다. 지저귀는 듯한 합창 후렴은 이맘때에는 꽃들이 특별히 향기로운데, 꽃향기를 그렇게 좋아하던 개가 죽어서 정말 아쉽다는 요지였다. 아서는 하마터면, 어느 날 밤 벽난로 옆에서 다리를 올려놓고 앉아서 린다(비틀즈 멤버 폴 매카트니의 아내—옮긴이주)에게 콧노래를 불러주며, 인세 수입으로 다음에 뭘 살까, 아무래도 에식스 지방을 통째로 사는 게 좋겠다, 이런 생각을 하고 있는 폴 매카트니를 상상할 뻔했다.

"크리킷 행성의 주인들." 슬라티바트패스트가 묘지처럼 음침하게 숨을 쉬었다.

에식스 생각을 하고 있는데 곧장 이런 말이 따라 나오자 아서는 잠시 혼란스러워졌다. 그러자 그 상황의 논리가 이리저리 흩어진 그의 정신에 육중한 무게를 드리웠다. 하지만 그는 역시 노인의 말이 무슨 뜻인지 모르겠다는 결론을 내렸다.

"뭐라고요?" 그가 말했다.

"크리킷의 주인들이란 말이오." 슬라티바트패스트가 다시 말했다. 조금 전에 그의 목소리가 묘지처럼 음침하게 들렸다면 이번에는 아예 그 자신이 기관지염에 걸려서 저승에 간 사람처럼 보였다.

아서는 눈앞의 사람들을 바라보며 이 시점에서 주어진 이 정보를 어떻게든 이해해보려고 애썼다.

눈앞에 옹기종기 모여 있는 사람들은 외계인이 분명했다. 약간 키가 크고, 말랐고, 얼굴은 각이 진데다 거의 새하얗다시피 창백했지만, 그 외에는 대단히 기분 좋아 보이는 사람들이었다. 약간 변덕스러워 보이기는 했지만 말이다. 장거리 버스 여행을 할 때 같이 가고 싶은 종류의 사람들은 아니었다. 하지만 요점은, 그들이 그냥 보통의 좋은 사람들과 다르다면, 그건 그들이 덜 착해서가 아니라 오히려 지나치게 착해서라는 것이었다. 그런데 슬라티바트패스트는 왜 이 사람들을 보고 사슬톱을 들고 일하는 노동자들이 집에까지 일을 들고 가는 엽기적인 영화의 라디오 광고에나 어울릴 것 같은 음산한 말투를 쓰는 걸까?

게다가 이 크리킷이라는 관점도 좀 난도가 높았다. 아직 아서 자신이 알고 있는 크리켓이라는 경기와의 관계를 제대로 파악할 수가 없었다.

슬라티바트패스트는 마치 아서가 무슨 생각을 하고 있는지 아는 것처럼, 이 시점에서 생각의 흐름을 끊고 끼어 들어왔다.

"당신들이 알고 있는 크리켓이라는 경기는……." 이렇게 말하는 그의 목소리는 아직도 지하 세계의 통로에서 길을 잃고 헤매고 있는 듯했다. "종족 기억의 희한한 돌연변이에 불과하오. 종족 기억은 진정한 의미가 시간의 안개 속으로 사라진 뒤 영겁의 세월이 흐르고 나서도 심상들을 생생하게 간직할 수 있다오. 은하계의 모든 종족들 중에서 오로지 영국인들만이, 우주를 갈가리 찢은 역사상 가장 잔혹했던 전쟁의 기억을 되살려, 안타깝게도 다른 사람들이 보기에 대체로 불가해할 정도로 지루하고 아무 의미 없어 보이는 경기로 변환시킬 수 있었소."

"사실 나는 크리켓 경기를 꽤 좋아한다오." 그가 덧붙였다. "하지만 대부분의 사람들에게는 당신네 영국인들이 끔찍하게 천박한 취향의 소유자로 보이지요. 특히 작은 빨간 공이 위켓을 치는 부분 말이오. 그건 정말 못됐어요."

"음, 음." 아서는 자신의 인식 신경 세포들이 이 상황을 최선을 다해 처리하려 애쓰고 있음을 보여주기 위해, 사색적으로 미간을 찌푸리며 말했다.

"그리고 이 사람들……." 슬라티바트패스트가 목구멍 깊은 곳으로 기어 들어가는 목소리로, 그들 옆을 지나쳐 가고 있는 크리킷 사내들을 가리키며 말했다. "이 사람들이 바로 이 모든 전쟁을 시작한 사람들이오. 그리고 전쟁은 오늘 밤 다시 시작될 거요. 자, 이들을 따라가봐야 해요. 가서 이유를 알아봅시다."

그들은 나무 밑에서 살금살금 나와, 명랑한 사람들을 따라 어두운 언덕길을 내려갔다. 그들은 미행당하는 사람들이 눈치 챌까 봐 본능적으로 가만히, 살금살금 걸어갔다. 실제로는 녹화된 정보성 환각 사이를 걷고 있는 것에 불과했으므로, 튜닉을 입고 온몸에 청색 물감을 칠한다 해도 상관없는 일이었지만.

아서는 일행 중 한두 사람이 이제 다른 노래를 부르고 있다는 걸 알아챘다. 이 노래는 보드라운 밤 공기를 뚫고 그들의 귓전으로 지저귀듯 흘러 들어왔다. 달콤한 로맨틱 발라드였는데, 이 정도 노래면 매카트니가 켄트와 서식스 지방을 사들이고 아마 햄프셔에 대해서까지 상당한 입찰가를 제시할 수 있을 것이었다.

"당신도 틀림없이 잘 알고 있을 거요." 슬라티바트패스트가 포드에게 말했다. "이제 어떤 일이 일어나게 될까요?"

"저요? 몰라요." 포드가 말했다.

"어렸을 때 고대 은하계 역사를 배우지 않았소?"

"저는 자포드 바로 뒤의 사이버큐비클에 앉아 있었어요." 포드가 말했다. "아주 정신이 산만했어요. 상당히 놀라운 것들을 좀 배우기는 했지만."

이때 아서는 일행이 부르고 있는 노래에 이상한 점이 있다는 걸 알아챘다. 매카트니에게 윈체스터를 당당히 확보하게 해주고 테스트 밸리와 그 너머 뉴 포리스트의 풍작까지 의미심장하게 넘보게 했을 만한 중간의 여덟 소절은 가사가 좀 이상했던 것이다. 작사가는 애인을 만나는 곳을 지칭하면서 '달빛 아래서' 라든가 '별빛 아래서' 가 아니라 '풀밭 위에서' 라고 쓰고 있었다. 아서가 듣기에 이런 표현은 좀 산문적으로 느껴졌다. 그는 다시 당혹스러울 정도로 텅 빈 하늘을 올려다보았고, 자기가 이해를 못해서 그렇지 여기에는 대단히 중요한 의미가 있다는 선명한 느낌을 받았다. 그는 전 우주에 홀로 있는 듯한 기분을 느꼈고, 그래서 그렇다고 말했다.

"아니오." 슬라티바트패스트가 발걸음을 더 재촉하면서 말했다. "크리킷 사람들은 한 번도 '우주에 우리밖에 없다' 는 생각을 해본 적이 없소. 보다시피, 그들은 어마어마한 먼지 구름에 휩싸여 있다오. 그래서 하나의 태양과 자기들 세계가 전부였소. 그리고 그들은 은하계의 극동 경계에 위치하고 있지요. 먼지 구름 때문에 하늘에는 어차피 처음부터 볼 게 하나도 없었소. 밤이면 완전히 암흑이고 말이오. 낮에는 태양이 있지만, 똑바로 쳐다볼 수가 없어서 이 사람들도 절대 똑바로 쳐다보지 않소. 이쪽 지평선에서 저쪽 지평선까지 백팔십 도에 달하는 맹점이 있는 셈이지요.

이 사람들이 '우주에 우리밖에 없다' 는 생각을 어째서 하지 않았는가 하면, 오늘 밤까지 그들은 우주에 대해 전혀 몰랐기 때문이오. 바로 오늘 밤까지."

그는 자기가 한 말이 허공에서 여운을 남기든 말든 말을 계속했다.

"상상해보시오." 그가 말했다. "다른 가능성이 있다는 생각 자체를 못했기 때문에 '우리밖에 없다' 는 생각을 한 번도 해보지 않았다는 걸 말이오."

그가 다시 앞으로 나아갔다.

"이번에는 좀 불안할 거요." 그가 덧붙였다.

그가 말하는 사이, 아무것도 보이지 않는 하늘 저 높은 곳에서 아주 가늘게 울부짖는 비명 소리 같은 게 들렸다. 그들은 깜짝 놀라서 위를 쳐다보았지만, 일이 초쯤은 아무것도 보이지 않았다.

아서는 곧, 크리킷 사람들도 그 소리를 들었지만, 어찌해야 할지 몰라 헤매고 있다는 걸 깨달았다. 그들은 경악에 휩싸여 주위를 둘러보고 있었다. 왼쪽, 아래쪽, 앞, 뒤, 심지어 땅바닥까지. 하지만 위를 쳐다보는 사람은 아무도 없었다.

몇 초 후 불타는 우주선의 잔해가 하늘에서 새된 비명을 지르며 추락해 그들이 서 있는 곳에서 반 마일쯤 되는 곳에 떨어졌을 때 그들이 보인 충격과 공포의 깊이는, 그 현장에 있지 않았던 사람은 결코 알 수 없는 것이었다.

어떤 이들은 순수한 마음 호에 대해 말할 때 숨을 죽이고, 어떤 이들은 비스트로매스 호에 대해서 그렇게 한다.

많은 사람들이 전설적인 거대 우주선 타이타닉 호에 대해 말하는데, 여기에는 충분히 그럴 만한 이유가 있다. 타이타닉 호는 지금으로부터 수백 년 전 아르트리팍토볼이라는, 거대한 조선(造船) 복합 공단인 소행성에서 건조된 웅장하고 호화로운 여객 우주선이다.

타이타닉 호는 센세이션을 일으킬 정도로 아름다웠고, 보는 사람이 휘청거릴 정도로 거대했으며, 역사에 남아 있는 그 어떤 우주선보다도 쾌적한 설비를 자랑했다(《실시간 전쟁에 대하여》, 110쪽을 참조할 것). 하지만 이것은 불가능 확률 물리학의 초창기에 건조된, 비운의 우주선이었다. 이 우주선이 건조된 당시에는 이 난해하고 저주받은 학문 분야가 충분히 이해되지 못한 상태였다, 아니 전혀 이해되지 못하고 있었다.

설계자들과 기술자들은 순진하게도, 불가능 확률 자장의 프로토타입을 우주선에 장착하기로 결정했다. 이는, 그러니까, 우주선의 어떤 부품이 잘못되는 사태 자체가 무한히 불가능하도록 보장하는 장치였다.

그들이 알지 못했던 사실은, 불가능 확률 연산은 근본적으로 의사(擬似)-상호적이고 순환적인 본질을 지니고 있기 때문에, 무한히 불가능한 사태란 사실 거의 당장이라도 일어날 가능성이 대단히 높은 사태라는 것이었다.

레이저 조명을 받으며 로켓 발사탑에 기대어 은빛 아크투란 메가보이드 고래처럼 자리를 잡고 있던 타이타닉 호는 정말이지 끔찍이도 어여쁘기 그지없었다. 화려한 빛의 점과 바늘들이 깊은 행성 간 암흑을 뚫고 빛났다. 하지만 드디어 발사되었을 때, 이 호화 여객 우주선은 첫 번째 무선 통신 메시지도 끝마치기 전에, 그러니까 SOS를 보내던 중에 존재의 철저한 실패라는 불필요한 운명에 급작스럽게 맞닥뜨리고 말았다.

그러나, 요람기에 있던 한 과학 분야에 대재앙을 불러온 이 사건은, 다른 과학 분야에서는 어마어마한 약진의 발판이 되었다. 트라이-디 텔레비전으로 우주선 발사 장면을 본 시청자의 수는 당시의 실제 인구보다 더 많았고, 이 사실은 시청률 조사 과학이 이룩한 역사상 가장 위대한 업적으로 인정받고 있다.

이 시기에 있었던 또 한 가지 엄청난 미디어 이벤트는 몇 시간 후 이슬로딘스 별이 초신성이 된 것이었다. 이슬로딘스 주변에는 은하계의 주요 보험업자들 대부분이 살고 있다. 아니, 살고 있었다.

이 우주선들은 물론이고, 생각나는 다른 위대한 우주선들, 예컨대 은하함대 전함들——GSS 용감무쌍 호, GSS 뻔뻔 호, 그리고 GSS 자살광기 호 등등——에 대해 얘기할 때 사람들은 경외감, 자긍심, 열성, 애정, 존경, 아쉬움, 질투, 분노 등등 대체로 잘 알려진 감정들을 섞어 말한다. 하지만 진짜 경악의 감정을 자아내는 우주선은 '크리킷 1호', 즉 크리킷 사람들이 건조한 최초의 우주선이다.

그것이 훌륭한 우주선이었기 때문은 아니다. 전혀, 전혀 그렇지 못했다.

그것은 고철이나 마찬가지인, 말도 안 되는 물건이었다. 그건 마치 남의 뒷마당에서 뚝딱뚝딱 만든 물건 같아 보였고, 실제로도 바로 뒷마당에서 뚝딱뚝딱 만든 물건이었다. 이 우주선의 놀라운 점은 잘 만들어졌다는 데 있는 것이 아니라(전혀 잘 만든 물건이 아니었다), 어쨌든 만들긴 만들었다는 사실 자체에 있었다. 크리킷 사람들이 세상에 우주 공간이라는 게 있다는 사실을 발견한 시점부터 이 첫 우주선을 발사한 시점까지 정확히 일 년의 시간이 걸렸을 뿐이다.

포드 프리펙트는 안전 벨트를 채우면서 몹시 고마운 기분이 들었다. 이건 정보성 환각인 만큼 철저히 안전할 것이기 때문이었다. 만약 이게 현실이라면, 그는 중국의 탁주를 모조리 준다 해도 이 우주선에는 절대 발을 들여놓지 않았을 터였다. "끔찍하게 엉성하군"이 그의 뇌리에 처음 떠오른 말이었고, "나 좀 내리면 안 될까?"가 그 다음에 떠오른 말이었다.

"이 우주선이 날긴 날아요?" 아서는 질끈 동여맨 파이프들과 꽃줄처럼 철사로 얼기설기 엮어놓은 우주선의 비좁고 답답한 내부를 열없이 바라보면서 말했다.

슬라티바트패스트는 난다고 장담했다. 또한 그 우주선은 철저히 안전하며, 이 비행이 대단히 교육적인 경험이 될 것이고 적잖이 괴로울 것이라고 했다.

포드와 아서는 그냥 마음 편하게, 괴로워도 참기로 마음을 먹었다.

"좀 미치면 어때?" 포드가 말했다.

그들 바로 앞에는, 물론 그들의 존재를 전혀 모르고 있는——여기에는 그들이 실제로 존재하는 게 아니라는 훌륭한 이유가 있었다——세 사람의 파일럿이 있었다. 그들은 이 우주선을 건조한 사람들이기도 했다. 그들은 바로 그날 건전하고 마음이 따뜻해지는 노래들을 부르며 언덕의 오솔길을 걸어 내려오고 있던 일행에 끼어 있었다. 그들의 뇌는 외계의 우주선이 바로 근처에 추락하는 바람에 아주 살짝 맛이 갔다. 그들은 여러주 동안 불타버린 우주선 잔해에 매달려 최후의 비법 한 가지까지 추려 내었고, 그러는 동안 내내 지저귀듯 우주선 해체의 목가를 불러댔다. 그들은 자기들만의 우주선을 건조했고, 그 결과물이 바로 이것이었다. 이것이 그들의 우주선이었고, 그들은 현재 바로 그 점에 대해 노래를 부르고 있었다. 성취와 소유의 두 가지 기쁨에 대한 노래였다. 합창은 약간 통렬한 슬픔을 말하고 있었다. 오랫동안 차고에 처박혀 작업하느라 아내와 아이들과 너무나 오래 떨어져 있어야 했기 때문이었다. 가족들은 그들을 몹시 그리워했으나, 늘 강아지가 얼마나 잘 자라고 있는지 따위의 즐거운 이야기들을 전하며 그들을 격려해주었다.

파우, 우주선이 소리를 내며 이륙했다.

그들은, 자신의 기능이 뭔지 정확히 알고 있는 우주선과 마찬가지로 포효하며 하늘로 비상했다.

"이럴 수가." 그들이 가속의 충격에서 간신히 회복되었을 무렵 포드가 말했다. 우주선은 행성 대기권 밖으로 치솟아 올라가고 있었다. "말도 안 돼." 그가 되풀이해 말했다. "이런 우주선을 일 년 만에 설계하고 건조하다니. 아무리 동기가 강력했다 해도 있을 수 없는 일이에요. 못 믿겠어요. 증명을 해보세요. 그래도 어차피 전 안 믿을 테지만." 그는 생각에 잠겨 고개를 가로저으며, 작은 현창을 통해 아무것도 없는 창공을 바라보았다.

이 여행은 한동안 별다른 일 하나 없이 지나갔고, 그래서 슬라티바트패스트는 빨리 감기를 해주었다.

그래서 아주 신속하게 그들은 태양과 고향 행성을 둘러싸고 바깥 궤도를 형성하고 있는, 속이 텅 빈 반구 모양의 먼지 구름의 경계 바로 밑에 다다랐다.

우주 공간의 질감과 농도에 서서히 변화가 일어나는 것 같았다. 암흑은 이제 그들을 지나쳐 물결치며 흘러가는 것만 같았다. 아주 차가운 암흑, 아주 공허하고 무거운 암흑, 크리킷의 밤하늘을 뒤덮고 있는 암흑이었다.

암흑의 냉기와 무게와 공허감이 서서히 아서의 심장을 움켜쥐었고, 그는 빽빽하게 장전된 총알처럼 공중에 떠 있는 크리킷 조종사들의 기분을 뼈아프게 공감할 수 있었다. 그들은 이제 자신들의 종족이 믿고 있던 역사 의식의 경계에 다다른 것이었다. 그들은 이제까지 아무도 사유해본 적이 없는, 아니 심지어 사유할 거리가 있다는 것조차 상상해보지 못한 한계 너머로 날아가고 있었다.

구름의 시커먼 암흑이 우주선에 다가와서 충돌했다. 선내에는 역사의 침묵이 깔려 있었다. 그들의 역사적 임무는 하늘 저 너머 어딘가에 다른 장소 다른 존재가 있는지를 알아보는 일이었다. 조난당한 우주선이 날아왔을 만한 곳, 어쩌면 다른 세계 말이다. 그게 크리킷의 하늘 아래서 살아온 편협한 마음에 아무리 불가해하고 낯선 생각일지라도.

역사는 힘을 모으고 또 한번의 타격을 준비했다.

암흑은 여전히 우주선을 툭툭 치며 흘러가고 있었고, 암흑을 에워싸고 있는 공허도 흘러갔다. 암흑은 점점 더 가까워졌고, 점점 더 짙어졌고, 점점 더 무거워졌다. 그러다가 돌연 자취를 감추어버렸다.

그들은 구름 밖으로 날아갔던 것이다.

그들은 보석처럼 빛나는, 무한한 먼지 같은 밤하늘의 별들을 보며 경악으로 휘청거렸고, 그들의 마음은 공포의 노래를 불렀다.

한동안 그들은 계속 비행했다. 은하계의 수많은 별들이 박힌 창공의 영역을 따라 꼼짝도 하지 않고 날았다. 은하계도 무한한 우주의 영역을 따라 꼼짝도 하지 않았다. 그러다가 그들은 우주선의 머리를 돌렸다.

"모조리 사라져줘야겠어." 크리킷 사람들은 고향으로 다시 돌아가면서 이렇게 말했다.

돌아가는 길에 그들은 평화, 정의, 윤리, 문화, 스포츠, 가족 생활과 다른 생명체들의 말살에 대해 아름다운 선율의 사색적인 노래들을 불렀다.

13

"이제 알 수 있을 거요. 어떻게 된 일인지." 슬라티바트패스트가 인공적으로 구축된 커피를 천천히 저으면서, 따라서 현실적 숫자들과 비현실적인 숫자들 사이의, 정신의 상호 인식과 우주의 상호 인식 사이의 소용돌이 같은 인터페이스를 휘저으면서, 그래서, 그의 우주선으로 하여금 시간과 공간의 개념 자체를 새로이 정의하게 하는, 내포된 주관성을 재구축한 모형들을 생성하면서 말했다.

"네." 아서가 말했다.

"알겠어요." 포드가 말했다.

"그런데 이 치킨 조각을 어떻게 해야 하는 거죠?" 아서가 말했다.

슬라티바트패스트는 근엄하게 그를 힐끗 쳐다보았다.

"그냥 만지작거려요. 만지작거리면 된다오."

그는 자기 치킨을 가지고 시범을 보여주었다.

아서도 따라 했다. 그랬더니 수학적 기능의 짜릿한 감촉이 치킨의 다리를 따라 느껴졌다. 사차원적인 움직임 같지만, 슬라티바트패스트는 이것이 오차원 공간이라고 장담했다.

"하룻밤 사이에, 크리킷 행성의 전 인구는 매력적이고 즐겁고 지적인 존재에서……."

"……좀 변덕스럽긴 해도……." 아서가 중간에 추임새를 넣었다.

"……평범한 종족에서 매력적이고 즐겁고 지적인 존재로……." 슬라티바트패스트가 말했다.

"……변덕스럽고……."

"……광적인 종족 말살주의자들로 변신한 거라오. 우주라는 개념은 그들의 세계관에 들어맞지 않았다고 말할 수 있겠지요. 한마디로 그들은 그 개념 자체를 감당할 수가 없었던 거요. 그래서, 매력적으로, 즐겁게, 지적으로, 당신 말대로 변덕스럽게, 그들은 우주를 파괴하기로 결정한 거라오. 이번엔 또 뭐가 문젠가요?"

"이 포도주가 영 마음에 안 드네요." 아서가 킁킁거리며 포도주 냄새를 맡으면서 말했다.

"뭐, 그럼 돌려보내요. 그 속에 온갖 수학적 요소들이 다 들어 있어서 그렇다오."

아서는 그렇게 했다. 웨이터의 미소에 나타난 도상이 별로 마음에 들지 않았지만, 원래 아서는 그래프라는 걸 한 번도 좋아해본 적이 없었다.

"우리 어디 가는 겁니까?" 포드가 말했다.

"다시 정보성 환각의 방으로 가는 거라오." 슬라티바트패스트가 일어서서 종이 냅킨의 수학적 재현을 들고 입을 닦으며 말했다. "2부가 남았으니까."

14

"크리킷 사람들은, 그러니까 아시다시피, 그저 아주 다정하고 사람 좋은 사내들일 뿐이지요. 어쩌다 보니 세상 사람들을 다 죽이게 되었을 뿐입니다. 이런, 매일 아침 기분이 아주 똑같단 말이야. 빌어먹을." 크리킷 전범 재판의 재판관 위원회 의장인 대법관 '학객몹느'(학식 높고, 객관적이고, 몹시 느긋한) 팩이 말했다.

"아무튼 좋아요, 좋아." 그가 말을 이었다. 그는 두 발을 바로 앞에 놓인 벤치 위에다 올려놓고 흔들고 있었고, 잠시 말을 멈추고는 '의전용 해변 슬리퍼'에 붙어 있는 실 한 가닥을 떼어냈다. "그러니 이런 사람들과 은하계에서 공존하고 싶은 마음이 사실 별로 없을 겁니다."

이건 사실이었다.

은하계에 대한 크리킷의 공격은 전대미문의 일이었다. 수천 또 수천 대에 달하는 거대한 크리킷 전함들이 느닷없이 하이퍼 스페이스에서 점프해 나타나서는, 동시에 수천 또 수천에 달하는 주요 세계들을 공격했다. 처음에는 다음 공격을 준비하기 위한 주요 군수 물자들을 노획하고, 그 다음에는 차분하게 이 세계들을 아예 자취도 없이 말살해버리는 식이었다.

은하계는 당시 전례 없는 평화와 번영을 누리고 있었기 때문에, 초원에서 강도를 당한 사람들처럼 비틀거렸다.

"그러니까, 이 사내들은 '편집증 환자' 라는 말입니다." 팩 법관이 울트라-모던 스타일의(이것은 백억 년 전의 일이므로, '울트라-모던' 이란 스테인리스스틸과 솔질로 마감한 콘크리트를 엄청 많이 썼다는 말로 통했다) 거대한 법정을 둘러보고는 다시 말을 이었다.

이것은 역시 사실이었고, 크리킷 사람들이 상상할 수 없는 속도로 이 새롭고 절대적인 목표——크리킷이 아닌 모든 것의 파괴——를 추구한 사태에 대해 이때까지 제시된 유일한 해명이기도 했다.

그리고 이는, 수천 대의 우주선을 건조하고 치명적인 하얀 로봇들을 수백만 대 제조하는 데 개입된 하이퍼테크놀로지들을 그들이 그토록 황당무계하게 빠른 시간 내에 터득할 수 있었던 이유에 대한 유일한 해명이기도 했다.

이는 그들과 조우한 모든 사람들의 심장을 공포로 얼어붙게 만들기에 충분했다. 그러나 그 공포의 수명은 지극히 짧았다. 공포를 느낀 사람의 수명이 지극히 짧았던 것이다. 이 로봇들은 야만적이고 단 한 가지 생각밖에 하지 않는 비행 전투 기기였다. 그들은 강력한 다기능 배틀클럽을 휘둘렀는데, 한쪽으로 휘두르면 건물들을 무너뜨릴 수 있고, 다른 방향으로 휘두르면 무서운 옴니-디스트럭토-오-잽 광선을 발사하며, 세 번째 방향으로 휘두르면 흉측한 수류탄 무기고를 아예 통째로 발사하는 무기였다. 소형 화기에서 대형 태양까지 없애버릴 수 있는 맥시-슬로타 하이퍼뉴클리어 기기들까지 다양했다. 수류탄을 배틀클럽으로 치기만 하는데도, 기록적인 정확성으로 몇 야드에서 수십만 마일에 달하는 거리에 있는 목표물을 맞힐 수 있었다.

"좋아요." 팩 법관이 다시 말했다. "그래서 우리가 이겼습니다." 그는 잠시 말을 멈추더니 작은 껌을 씹기 시작했다. "우리가 이겼어요." 그가 다시 말했다. "하지만 그건 별로 대단한 게 아닙니다. 중형 은하 대 소형 세계의 싸움이었으니까요. 그런데 이기는 데 얼마 걸렸지? 법정 서기관?"

"네?" 검은 옷을 입은 엄격한 젊은이가 기립하며 말했다.

"얼마 걸렸나, 젊은이?"

"이런 문제를 정확하게 대답하기란 약간 어렵습니다. 그러니까, 시간과 공간이……."

"마음 편하게 먹고, 그냥 대충 말해보게."

"저는 막연한 걸 별로 좋아하지 않아서요. 이렇게 중요한 문제에 대해서……."

"확 돼지기 전에 대충 말해보라니까."

법정 서기관은 그를 보고 눈을 껌벅거렸다. 대부분의 은하 법조계 사람들이 그렇듯, 팩 법관(아니면 지포 비브락 5×10^8——희한하게도 개인적으로 부르는 이름이 이렇게 알려져 있다——도 마찬가지였다)은 그에게 상당한 스트레스를 안겨주는 인물임이 틀림없었다. 팩 법관은 분명 비열하고 상스러운 작자였다. 그는 자기가 역사상 가장 훌륭한 법률적 사유 능력을 지녔기 때문에 무슨 짓이든 하고 싶은 대로 해도 된다고 믿고 있는 것처럼 보였고, 불행하게도 실제로 그렇게 믿고 있었다.

"저, 판사님, 아주 근사치로 대답하면, 이천 년가량입니다." 서기관은 불행하게 중얼거렸다.

"그런데 세상 뜬 인간이 얼마나 되더라?"

"이 무량대수쯤 됩니다." 서기관은 자리에 앉았다. 이 시점에서 수계(水計) 사진을 찍었다면, 그의 심기가 약간 부글부글 끓고 있었음을 알 수 있었을 것이다.

팩 법관은 다시 한번 법정을 둘러보았다. 전 은하 행정부의 최고위직 인사들이 모두 각자의 체질과 관례에 맞게 의례용 제복이나 신체를 차려입고 앉아 있었다. 잽-프루프 크리스털로 된 벽 뒤에는 크리킷인 대표자들이, 자신들에게 판결을 내리기 위해 이 자리에 모인 외계인들을, 혐오로 번들거리는, 차갑고 예의바른 눈길로 바라보며 서 있었다. 이것은 법의 역사상 가장 역사적인 순간이 될 터였고, 팩 법관도 그것을 잘 알고 있었다.

그는 씹던 껌을 뱉어 의자 밑에 붙였다.

"시체들이 되게 많이 나왔네." 그가 조용히 말했다.

법정의 우울한 침묵은 이 견해에 동조하는 듯했다.

"그러니까, 아까 말한 대로, 이 친구들은 아주 착하고 다정한 사내들에 불과하지만, 은하계에서 이들과 같이 사는 건 싫을 겁니다. 이 친구들이 계속 그런 짓을 하고 마음을 좀 느긋하게 먹는 것을 배우지 않는다면 말입니다. 안 그러면 계속 불안해서 어디 살겠어요, 안 그래요? 파우, 파우, 파우, 그들이 언제 또 쳐들어올지 모르는데? 평화로운 공존은 이미 물 건너간 얘기예요, 안 그래요? 누구 물 한 잔 갖다주쇼, 고맙수다."

그는 자리에 편안히 기대어 앉더니 사색적으로 물을 홀짝홀짝 마셨다.

"좋아요. 내 말 들어봐요, 들어봐. 그러니까, 이 친구들도 우주를 제 맘대로 생각할 권리가 있어요. 그러니까 자기네 견해에 따르면, 그러니까 우주가 그들에게 강요한 견해에 따르면 그들은 옳은 일을 한 거라. 미친 소리 같지만, 여러분도 동의하리라 믿어요. 이 치들의 믿음이라는 걸 보면······."

그는 법복 청바지의 뒷주머니에서 찾아낸 종잇조각을 들여다보았다.

"이 치들은 뭘 믿냐 하면······ '평화, 정의, 윤리, 문화, 스포츠, 가족 생활, 그리고 다른 생명체의 말살'을 믿는다고 하는군요."

그는 어깨를 으쓱했다.

"난 더 나쁜 얘기들도 많이 들어봤어요."

그는 사타구니를 사색적으로 긁었다.

"휘유우우우우." 그는 또 물을 한 모금 홀짝 마시더니, 잔을 들어 조명에 비추어 보고는 얼굴을 찡그렸다. 그가 잔을 흔들었다.

"이봐요, 이 물에 뭐 탔소?"

"어, 아닙니다, 판사님." 법정 안내원이 다소 불안하게 말했다.

"그러면 도로 갖고 가요." 팩 법관이 쌀쌀맞게 말했다. "뭘 좀 넣어 와요. 내가 다 생각이 있어."

그는 유리잔을 밀치더니 앞으로 몸을 숙였다.

"내 말을 들어봐요, 들어봐." 그가 말했다.

해결책은 천재적이었고, 다음과 같았다.

크리킷 행성은 영원히 슬로-타임의 덮개 속에 밀봉되도록 한다. 덮개 속에서 삶은 무한히 느리게 지속될 것이다. 모든 빛은 덮개 주위로 굴절되어, 크리킷 행성은 보이지도 않고 거기에 침투하는 것도 불가능하게 될 것이다. 바깥에서 자물쇠를 열지 않으면, 덮개 속에서 바깥으로 탈출하는 것은 궁극적으로 불가능할 것이다.

나머지 우주가 마침내 종말을 맞게 되면, 전체 피조물이 죽음의 낙하를 하게 되고(이것은 물론 우주의 종말이 화려한 요식업체의 이벤트가 되리라는 걸 몰랐을 때의 일이다) 생명과 물질의 존재가 끝장이 나게 되면, 그때 크리킷 행성과 태양은 슬로-타임 덮개에서 빠져나와, 원했던 대로 전 우주의 부재가 가져다준 황혼 속에서 외로이 존재하게 될 것이다.

자물쇠는 덮개 주위를 천천히 도는 소행성 위에 놓여 있을 것이다.

열쇠는 은하의 상징인 위킷 게이트가 될 것이다.

법정 안의 갈채가 잦아들 무렵, 팩 법관은 반 시간 전에 자기가 슬쩍 메모를 건네놓은 상당히 괜찮은 용모의 배심원과 함께 이미 센스-오-샤워에 들어가 앉아 있었다.

15

두 달 후, 지포 비브락 5×10^8은 유니폼 청바지를 짧게 자른 채, 판결문으로 벌어들인 어마어마한 봉급의 일부를 보석 해변에 누워 예의 상당히 괜찮은 용모의 배심원에게 콸락틴 에센스 마사지를 받는 데 쓰고 있었다. 그녀는 야가의 구름나라 너머에 있는 술피니아 출신이었다. 그녀는 레몬 실크 같은 피부를 갖고 있었고, 법조인들의 몸에 관심이 많았다.

"소식 들었어요?" 그녀가 말했다.

"위이이일라아아!" 지포 비브락 5×10^8은 이렇게 말했는데, 왜 그가 이렇게 말했는지를 정확히 이해하려면 바로 그 자리에 있었어야만 한다. 이런 이야기는 사실 정보성 환각의 테이프에는 나오지 않았고, 모두 풍문에 근거한 것이다.

"아니." 그로 하여금 '위이이일라아아!' 라고 말하게끔 만든 일이 끝나고 나자, 그는 이렇게 덧붙였다. 그리고 원시적인 보드 행성의 세 태양 중 제일 큰 세 번째 태양의 광선을 더 잘 쬐기 위해서 몸을 살짝 굴렸다. 이제 태양들은 말도 안 되게 아름다운 수평선을 따라 살금살금 기어 올라가고 있었고, 하늘은 이제까지 알려진 가장 강력한 선탠 능력으로 번들거렸다.

향기로운 산들바람이 고요한 바다에서 한들한들 올라와, 해변을 따라 꼬리를 끌다가, 어디로 가야 할지 몰라 망설였다. 무슨 미친 생각이 갑자기 들었는지, 바람은 다시 해변으로 불어왔다. 그러더니 다시 바다로 둥둥 떠가는 것이었다.

"좋은 소식이 아니길 바라. 좋은 소식은 못 견딜 것 같거든." 지포 비브락 5×10^8이 중얼거렸다.

"당신의 크리킷 판결이 오늘 집행되었대요." 여자가 육감적으로 말했다. 그렇게 직설적인 이야기를 굳이 그렇게 육감적으로 말할 필요는 없었지만, 오늘은 워낙 그런 날이기 때문에 알면서도 일부러 과감하게 그렇게 말한 것이었다. "라디오에서 들었어요. 오일을 가지러 우주선으로 돌아갔을 때요."

"어허." 지포가 웅얼거리면서 머리를 다시 보석이 깔린 해변에 묻었다.

"무슨 일이 있었대요." 그녀가 말했다.

"으음?"

"슬로-타임 덮개가 잠기고 난 직후에요." 그녀가 말하더니, 콸락틴 에센스를 바르던 손길을 일순 멈추었다. "실종되어서 파괴된 줄 알았던 크리킷 전함 한 대가 알고 보니 그냥 실종된 것이었나 봐요. 나타나서 열쇠를 손에 넣으려고 했대요."

지포는 자리에서 벌떡 일어났다.

"뭐라고?" 그가 말했다.

"괜찮아요." 그녀는 빅뱅이라도 진정시켰을 만한 목소리로 이렇게 말했다. "아마 짤막한 전투가 있었던 모양이에요. 열쇠와 전함은 해체되고 폭발해서 시공간 연속체 속으로 사라져버렸대요. 영원히 소실된 게 틀림없어요."

그녀는 미소 지었다. 그리고 손가락으로 콸락틴 에센스를 좀더 덜어냈다. 그는 긴장을 풀고 다시 누웠다.

"조금 전에 했던 거 해줘." 그가 중얼거렸다.

"그거요?" 그녀가 말했다.

"아니, 아니, 그거." 그가 말했다.

그녀는 다시 시도했다.

"그거요?" 그녀가 물었다.

"위이이일라아아!"

역시 이번에도 여러분은 현장에 있었어야 안다.

향기로운 바람이 바다에서 또 둥둥 떠서 올라왔다.

마법사가 해변을 따라 돌아다니고 있었지만, 아무도 마법사를 찾지 않았다.

16

"영원히 소실되는 건 아무것도 없다오." 슬라티바트패스트가 말했다. 그의 얼굴은 로봇 웨이터가 치우려는 촛불의 불빛에 빨갛게 번들거리고 있었다. "물론 칼레즘 성당은 예외지만 말이오."

"뭐라고요?" 아서가 화들짝 놀라며 말했다.

"칼레즘 성당 말이오." 슬라티바트패스트가 말했다. "내가 '실시간 캠페인' 연구를 하던 중에……."

"무슨 연구요?" 아서가 다시 말했다.

노인은 말을 멈추고 생각을 정리했다. 제발 이 얘기는 이번이 마지막이 되었으면 하는 마음이 굴뚝같았다. 로봇 웨이터는 퉁명스러움과 비굴함이 절묘하게 교차하는 방식의 시공간 회로망을 따라 움직이며, 촛불을 홱 낚아채어 가져갔다. 그들은 청구서를 받았고, 누가 카넬로니를 먹었고 몇 병의 와인을 마셨는지에 대해 설득력 있는 논쟁을 했다. 그리고 아서가 희미하게 깨달은 바에 의하면, 그 덕분에 그들은 우주선을 성공적으로 주관적 공간에서 이끌어내어 낯선 행성의 주차 궤도에 올려놓는 데 성공했다. 웨이터는 이제 이 제스처 게임에서의 자기 역할을 어서 끝내고 주점을 치우고 싶었다.

"모든 걸 선명하게 깨달을 날이 올 거요." 슬라티바트패스트가 말했다.

"언제요?"

"금세 올 거요. 자, 좀 들어봐요. 시간의 흐름은 현재 아주 오염되어 있다오. 쓰레기들도 둥둥 떠다니고, 표류 화물이니 잡동사니들도 많소. 그리고 쓰레기들이 갈수록 더 물질계로 역류해 돌아오고 있소. 시공간 연속체의 소용돌이들 말이오."

"그렇다고 하더군요." 아서가 말했다.

"이제 우리 어디로 가는 건가요?" 포드가 식탁 의자를 조급하게 뒤로 밀치면서 말했다. "어서 빨리 갔으면 좋겠어요."

슬라티바트패스트가 느릿느릿, 계산된 목소리로 말했다. "크리킷의 로봇들이 열쇠 부품 전체를 손에 넣어서 슬로-타임 덮개를 열고 크리킷 행성에 있는 나머지 군대들과 미친 주인들을 해방시키는 일을 막으러 갑니다."

"무슨 파티 얘기를 하셨었잖아요." 포드가 말했다.

"그랬지요." 슬라티바트패스트가 말하고 고개를 푹 떨궜다.

그는 그 말을 한 게 실수였다는 걸 깨달았다. 파티라는 아이디어가 포드 프리펙트의 정신 세계에 기괴하고 불건전한 집착증을 만들어놓은 것 같았다. 슬라티바트패스트가 크리킷 행성과 주민들의 암울하고 비극적인 사연을 설명해줄수록, 포드 프리펙트는 점점 더 술이나 진탕 들이켜면서 여자들과 춤을 추고 싶어 미치는 것 같았다.

노인은 도저히 말하지 않을 수 없을 때까지는 파티 얘기를 하지 말걸 그랬다는 생각이 들었다. 하지만 이젠 어쩔 수 없었다. 이미 엎질러진 물이었고, 포드 프리펙트는 희생자한테 달라붙어 머리를 깨물어 먹고 우주선을 훔쳐 달아날 때까지 떨어지지 않는 아크투란 메가 거머리처럼 파티라는 생각에 딱 달라붙어 있었다.

"언제, 거기 가느냔 말이에요?" 포드가 열띤 목소리로 물었다.

"우리가 왜 거기 가야 하는지 당신에게 다 말해주고 난 다음에 갈 거라오."

"왜 가는지는 다 안단 말이에요." 포드가 말하고는, 두 손을 머리 뒤에 대고 의자에 기대어 앉았다. 그러더니 보는 사람으로 하여금 온몸을 꼬게 만드는 그 특유의 미소를 지어 보였다.

슬라티바트패스트는 은퇴 생활이 이보다는 훨씬 편할 줄 알았다.

그는 옥타벤트랄 히비폰을 연주하는 법을 배울 생각이었다. 그러나 그 자신도 알다시피, 그것은 기분은 좋아도 아무짝에도 쓸모없는 계획이었다. 그는 그 악기에 맞는 숫자의 입을 갖고 있지 않았으니까.

그는 또 적도 피오르드의 주제에 대한 기벽스럽고 무자비할 정도로 부정확한 논문을 써서, 그가 중요하다고 보는 한두 가지 문제에 대해 틀린 기록을 만들어놓을 계획이었다.

그런데 이게 뭔가. 꼬임에 넘어가 '실시간 캠페인'을 위한 아르바이트를 하게 되었고, 평생에 처음으로 진지하게 그 일에 몰입하고 있지 않은가. 그 결과, 급속히 노쇠하고 있는 몸을 이끌고 악과 맞서 싸우며 은하를 구하려 하는 꼬락서니가 되었다.

그 일은 정말 사람을 소진시키는 일이었다. 그는 땅이 꺼져라 한숨을 쉬었다.

"들어보시오." 그가 말했다. "실−캠에서……."

"뭐라고요?" 아서가 말했다.

"실시간 캠페인 말이오. 그것에 대해서는 나중에 얘기해주겠소. 나는 비교적 최근에 다시 존재하게 된 표류 화물 다섯 조각이 잃어버린 열쇠의 다섯 조각과 일치한다는 걸 알게 되었소. 정확하게 위치를 추적할 수 있었던 건 오직 두 개뿐이오. 나무 기둥과 은의 가로장. 나무 기둥은 당신의 행성에 나타났던 것이고, 은의 가로장은 무슨 파티 같은 데 있는 것 같소. 우리는 크리킷 로봇들이 그걸 찾아내기 전에 그것들을 가져와야 하오. 안 그러면 무슨 일이 일어날지 몰라요."

"싫어요." 포드가 단호하게 말했다. "우리는 술을 진탕 마시고 여자들하고 춤을 추러 파티에 가는 거예요."

"내가 지금 말한 모든 것을 이해하지 못했나요?"

"이해했어요." 포드가 말했다. 뜻밖에도 그는 갑자기 맹렬하게 화를 내고 있었다. "전부 다 완벽하게 이해했단 말이에요! 그래서 술이랑 여자가 남아 있는 동안, 술도 진탕 마시고 여자들하고 춤도 추고 싶어요. 선생님이 우리한테 보여준 사실들이 다 진짜라면······."

"진짜라면? 물론 진짜요!"

"······그렇다면 우리는 초신성 한가운데 있는 쇠고둥 꼬락서니라고요."

"뭐라고?" 아서가 다시 날카롭게 말했다. 그는 이때까지 대화의 의미를 하나라도 놓칠까 봐 전전긍긍하며 따라온 터였다. 그런데 이제 와서 무슨 소린지 이해를 못하다니 그럴 수는 없었다.

"초신성 한가운데의 쇠고둥 꼬락서니라고." 포드가 여세를 몰아 한번 더 말했다.

"쇠고둥하고 초신성이 대체 무슨 관계야?" 아서가 말했다.

"손톱만큼도 가망이 없단 말이야." 포드가 말했다.

그는 잠시 말을 멈추고 이 문제가 깨끗하게 해명되었는지 살펴보았다. 새삼 황당하다는 표정이 아서의 얼굴 위를 슬금슬금 기어가고 있는 걸 보니 별로 그렇지 못했다.

"초신성은, 빛의 절반 속도로 폭발해서 십억 개의 태양에 맞먹는 빛을 내며 타오르다가 붕괴해서 무지무지하게 무거운 중성자별이 되는 별이라고. 알겠어? 초신성에서는 살아남을 확률이 전혀 없어." 포드가 최대한 빨리, 최대한 분명하게 설명했다.

"알겠어." 아서가 말했다.

"그러니······."

"그런데 왜 하필 쇠고둥이야?"

"쇠고둥이 아닐 건 뭐야? 그런 건 상관없잖아."

아서는 수긍했고, 포드는 아까의 맹렬했던 기세를 회복하려 최대한 애쓰며 다시 말했다.

"요점은, 선생님이나 나, 그리고 아서——특히, 특히 아서——같은 사람들은 딜레탕트고 괴짜인데다, 게으름뱅이들이란 말입니다."

슬라티바트패스트는 얼굴을 찡그렸다. 반은 어리둥절해서였고, 반은 노여워서였다. 그는 말하기 시작했다.

"……." 그는 이렇게밖에 하지 못했다.

"우리는 강박관념 같은 것에 사로잡혀 있는 게 아니라고요." 포드가 고집을 세웠다.

"……."

"그리고 그게 바로 결정적인 요소예요. 강박관념 앞에 어디 장사 있나요. 그들은 정성을 쏟는데 우리는 그렇지 않잖아요. 그쪽이 이긴다고요."

"나는 수많은 것들에 정성을 쏟는다오." 슬라티바트패스트가 말했다. 그의 목소리는 떨리고 있었는데, 절반은 짜증이 나서였고, 절반은 자신이 없어서였다.

"예를 들면요?"

"글쎄." 노인이 말했다. "삶과 우주. 정말이지, 모든 것. 피오르드."

"그걸 위해서 죽을 수도 있어요?"

"피오르드 말이오?" 슬라티바트패스트가 놀라서 눈을 껌벅거렸다. "아니오."

"그거 보세요."

"솔직히, 지금 무슨 말을 하는지 잘 모르겠소."

"사실 아직 나도 무슨 관계가 있는지 잘 모르겠어." 아서가 말했어. "쇠고둥 말이야."

포드는 대화가 자기 맘대로 돌아가지 않는다는 걸 깨달았지만, 이 시점에서 쓸데없는 곁가지 얘기로 시간을 허비할 수는 없다고 굳게 다짐했다.

"내 말의 요지는, 우리는 강박적인 사람들이 아니라는 것이고, 그래서 도저히 못 당한다는 거야…….." 그는 씩씩거리며 말했다.

"갑자기 생긴 쇠고등에 대한 강박관념을 **빼면** 말이겠지." 아서가 끈질기게 물고 늘어졌다. "그건 아직도 이해가 안 된단 말이야."

"제발 쇠고등은 좀 **빼줄래**?"

"네가 그러면 나도 그러지. 이 얘기를 꺼낸 건 너잖아." 아서가 말했다.

"실수였어." 포드가 말했다. "잊어버려. 하고 싶은 얘기는 이거야."

그는 앞으로 몸을 기울이더니 손가락 끝으로 이마를 괴었다.

"내가 무슨 말을 하고 있었더라?" 그가 힘없이 말했다.

"그냥 파티에나 갑시다." 슬라티바트패스트가 말했다. "이유야 뭐든 간에." 그는 일어서며 고개를 절레절레 흔들었다.

"내가 하려고 했던 얘기는 그게 아닌 것 같은데." 포드가 말했다.

설명할 수 없는 어떤 이유로, 텔레포트 큐비클이 목욕탕에 있었다.

17

시간 여행은 갈수록 위협이 되고 있었다. 역사가 오염되고 있었다.

《은하대백과사전》은 시간 여행의 이론과 실제에 대해 수많은 이야기를 써놓았지만, 대부분은 고급 초(超)수학을 4평생 동안 공부하지 않은 사람들은 한 글자도 알아들을 수 없는 것이었다. 그리고 시간 여행이 발명되기 전에는 4평생 동안 초수학을 공부한다는 것 자체가 불가능했기 때문에, 애초에 이런 개념이 어떻게 생겨났는가 하는 문제 자체에 대해 상당한 혼동이 있었다. 이 문제에 대한 한 가지 합리적인 설명은 시간 여행이, 그 본질상, 역사의 모든 시대에서 동시에 발명되었다는 것이었지만, 물론 이는 누가 봐도 명백한 사기였다.

문제는 역사의 상당 부분 또한 누가 봐도 명명백백한 사기라는 것이었다.

일례를 들어보자. 그것은 어떤 사람들한테는 별로 중요한 문제가 아닐지도 모른다. 하지만 또 어떤 사람들한테는 치명적인 문제가 될 수도 있다. 이 하나의 사건이 애초에 '실시간 캠페인'을 야기한 원인이라는 사실은 분명 의미심장하지 않은가? (애초가 아니라 마지막인가? 이는 역사가 어느 방향으로 흘러간다고 보는지에 따라 다르고, 이 역시 갈수록 정신 산란한 문제가 되어가고 있다.)

시인이 한 사람 있다, 아니 있었다. 이름은 랄라파, 그는 존재하는 가장 훌륭한 시로 전 은하에서 널리 인정받고 있는 〈롱랜드의 노래들〉을 썼다.

그 시는 말할 수 없이 아름답다/아름다웠다. 말하자면, 그 시에 대해 말하려고 하면 감정, 진실, 그리고 만물의 총체성과 아름다움에 대한 인식이 복받쳐 올라, 동네를 한 바퀴 산책하고 나서 오는 길에 잠깐 술집에 들러 퍼스펙티브('이성적 시각'이라는 뜻도 있다—옮긴이주)와 소다 칵테일을 한 잔 마셔야 한다는 얘기다. 그 시는 그 정도로 훌륭했다.

랄라파는 에파의 롱랜드에 있는 숲에서 살았다. 그는 거기서 살았고, 거기서 시를 썼다. 교육이나 수정액의 도움을 전혀 받지 않고, 말린 하브라 잎 위에 시를 썼다. 숲의 빛과 그것에 대한 자신의 생각들을 시로 썼다. 숲의 어둠과 그것에 대한 자신의 생각들을 시로 썼다. 자신을 떠난 여자와 그 일에 대한 자신의 정밀한 생각들을 시로 썼다.

그가 세상을 떠나고 오랜 세월이 흐른 뒤, 그의 시들이 발견되어 만인의 경탄을 자아냈다. 그 시들에 대한 소식이 아침의 햇살처럼 퍼져나갔다. 수세기에 걸쳐 그 시들은, 그것이 없었다면 더 어둡고 건조했을 수많은 사람들의 인생을 밝혀주고 촉촉하게 해주었다.

그러다가, 시간 여행이 발명되고 난 직후, 몇몇 대형 수정액 제조업체들은 그가 질 좋은 수정액을 쓸 수 있었다면 훨씬 더 좋은 시를 쓸 수 있지 않았을까, 그리고 수정액의 효과에 대해 한두 마디쯤 해주지 않았을까 생각하기 시작했다.

그들은 시간의 파동을 타고 여행해서 시인을 찾아냈고, 상황을 설명했고——어려움이 있었다——, 정말로 시인을 설득해냈다. 사실 어찌나 잘 설득했는지 시인은 그들 덕분에 어마어마한 부자가 되었고, 그토록 정밀한 시의 소재가 되도록 운명 지어졌던 여자는 끝까지 그를 떠나지 않았다. 사실 그들은 숲에서 이사를 나와 도시에서 상당히 훌륭한 보금자리를 얻었으며, 종종 미래로 가서 토크쇼에 출연해 재치를 빛내곤 했다.

그런데, 당연한 말이지만, 그는 결국 끝내 그 시들을 쓰지 못했다. 하지만 이 문제도 쉽게 해결되었다. 수정액 제조업체들은 훗날 출간된 시집과 말린 하브라 잎들을 산더미처럼 싸주면서 일주일 동안 그를 어딘가로 휴가를 보냈고, 그곳에서 그는 시집에 담긴 시들을 하브라 잎에다 베껴 쓰면서 일부러 이상한 실수들을 한 뒤 수정액으로 고치고 했던 것이다.

요즘 들어 그 시들이 갑자기 값어치가 없어졌다고 말하는 사람들이 많다. 그런가 하면 어떤 사람들은 그 시들은 예전과 똑같은 것이니 달라질 게 없다고 우긴다. 앞의 사람들은 그게 문제가 아니라고 한다. 문제가 뭔지는 정확하게 몰라도, 그건 아니라고 한다. 그들은 이런 종류의 사건들이 계속 일어나는 것을 방지하기 위하여 '실시간 캠페인'을 주창했다. 그들의 논거가 상당한 힘을 받은 것은, 캠페인을 주창한 지 일주일 후에 터져 나온 어떤 뉴스 때문이었다. 위대한 칼레즘의 대성당이 새로운 이온 정련소를 건설하기 위해 철거되었으며, 정련소 건설에 너무나 오랜 시간이 걸리기 때문에 이온 생산의 공기를 맞추기 위해서는 정련소 건설 착공을 과거로 너무나 많이 소급해야 하며, 따라서 이제 위대한 칼레즘의 대성당은 아예 건축조차 되지 않은 셈이 되어버렸다는 것이었다. 이 대성당의 사진이 박혀 있는 엽서들은 갑자기 어마어마하게 값이 뛰었다.

그리하여 역사의 상당 부분이 영원히 자취를 감추었다. 실시간 캠페인 주창자들은, 쉬운 여행이 국가 간의 차이를 잠식하고 태양계들 간의 차이도 잠식했다면, 이제는 시간 여행이 한 시대와 다른 시대의 차이를 잠식하고 있다고 주장한다. 그들은 말한다. '이제는 과거야말로 외국과 같다. 거기서도 모든 게 여기와 다를 게 없으니'라고.

18

아서는 다시 물질화했고, 여느 때와 다름없이 이리저리 휘청거리며 목과 심장과 사지를 마구 움켜쥐었다. 이 혐오스럽고 고통스러운 물질화 과정을 거칠 때마다 그는 절대로 이런 기분에 익숙해질 수는 없노라고 다짐했다. 그는 주위를 둘러보며 다른 사람들을 찾았다.

아무도 없었다.

그는 다시 한번 주위를 둘러보며 다른 사람들을 찾았다.

역시 없었다.

그는 눈을 감았다.

눈을 떴다.

주위를 둘러보며 다른 사람들을 찾았다.

그들은 끈질기게 부재 상태를 고집했다.

그는 다시 눈을 감았다. 이 완전히 무용한 짓을 한번 더 하기 전에 준비운동을 하기 위해서이기도 했고, 또한 바로 이때, 즉 눈을 감고 있을 때에만, 두뇌가 눈을 뜨고 있을 때 본 광경을 제대로 인식할 수 있기 때문이기도 했다. 당황스럽게 찌푸린 표정이 아서의 얼굴을 가로질러 기어갔다.

그래서 그는 다시 눈을 뜨고 사실을 확인했고, 찌푸린 표정은 얼굴에 아예 붙박이로 자리를 잡았다.

말하자면, 찌푸린 주름이 더 깊어졌고, 아주 얼굴에 딱 달라붙어서 떨어지지 않았다. 이게 파티라면 아주 한심한 파티가 분명했다. 너무 한심해서 사람들이 이미 모두 자리를 뜬 양상이었다. 아서는 이런 쓸데없는 생각은 그만두기로 했다. 누가 봐도 이건 파티가 아니었다. 이것은 동굴, 아니면 미로, 아니면 터널 같은 것이었다──제대로 알아보기에는 너무 컴컴했다. 사방이 암흑, 축축하게 번들거리는 암흑이었다. 유일한 소리는 아서 자신의 숨소리였는데, 그 숨소리는 걱정스럽게 들렸다.

그는 아주 살짝 기침을 했다. 마치 자기 자신을 소개하듯이. 그러고는 자기 기침 소리의 가느다랗고 귀신 같은 메아리가, 무슨 거대한 미로 같은, 꼬불꼬불한 회랑들과 눈에 보이지 않는 방들을 지나, 그리고 또 다른 보이지 않는 회랑들을 지나 마침내 자신에게 돌아오는 소리에 귀를 기울였다. 마치 "네?" 하고 대꾸하듯이 말이다.

이 소리는 그가 낸 아주 작은 소음에 대한 답으로 돌아왔고, 그래서 아서는 불안해졌다. 그는 명랑한 곡조를 콧노래로 흥얼거리려 했지만, 그러한 곡조도 그에게 되돌아올 때는 공허하고 처량했으므로 그는 입을 다물었다.

아서의 마음은 슬라티바트패스트가 해준 이야기에서 나온 심상들로 갑자기 가득 찼다. 갑자기 어둠 속에서 하얀 살인 로봇들이 소리 없이 뛰어나와 자신을 죽이는 광경이 눈앞에 보이는 듯했다. 그는 숨을 죽였다. 그들은 숨을 죽이지 않았다. 그는 다시 숨을 내쉬었다. 대체 뭘 예상해야 하는지도 알 수가 없었다.

그런데 누군가가, 아니 무언가가 그를 기다리고 있는 듯했다. 그 순간 갑자기 암흑 저 멀리에 으스스한 녹색 네온사인이 켜졌던 것이다.

네온사인은 말없이 이렇게 말하고 있었다.

'너는 길을 잃었다.'

네온사인이 꺼졌는데, 아서는 영 좋게 느껴지지 않았다. 네온사인이 어쩐지 경멸조의 화려한 제스처와 함께 꺼졌던 것이다. 그래서 아서는 이것이 자기 상상력의 우스꽝스러운 장난일 뿐이라고 스스로를 설득하려 했다. 네온사인이란 건 전기가 통하느냐 안 통하느냐에 따라 들어왔다 나갔다 하는 것이라고. 한 가지 상태에서 다른 상태로 변화하면서 경멸조의 화려한 제스처를 하는 네온사인이라는 건 있을 수 없다고 그는 자신을 타일렀다. 그럼에도 불구하고, 그는 목욕 가운을 입은 자기 몸을 두 팔로 꼭 감싸고서 덜덜 떨었다.

암흑 깊은 곳의 네온사인은 황당하게도 불쑥 다시 켜졌다. 이번에는 점 세 개와 쉼표뿐이었다. 이렇게.

'...,'

오로지 녹색으로.

일이 초 동안 어리둥절해서 빤히 바라보던 아서는, 그것이 할 얘기가 더 있다는 뜻이라는 걸 알아차렸다. 문장이 완성되지 않았다는 뜻이었다. 거의 초인적인 현학을 발동하여 그는 좀더 사색해보았다. 아니, 최소한, 비인간적인 현학을.

그러고 나서 두 단어로 문장이 완성되었다.

'아서 덴트.'

그는 휘청거렸다. 다시 똑바로 보려고 그는 자세를 가다듬었다. 여전히 아서 덴트라고 쓰여 있어서 그는 다시 비틀거렸다.

또다시 네온사인은 번쩍거리며 꺼졌고, 아서는 망막에서 펄쩍펄쩍 뛰는 자기 이름의 희미한 이미지만을 보며 어둠 속에서 멍하니 눈을 껌벅거리고 있었다.

'환영.' 네온사인은 이번에는 갑자기 이렇게 말했다.

잠시 후 이런 말이 덧붙었다.

'한다고 볼 수 없다.'

그간 아서의 주위를 배회하며 기회만 노리던 돌처럼 차가운 두려움이 이때다 하고 달려와서 그를 후려쳤다. 그는 두려움과 싸워 물리치려 했다. 그는 전에 텔레비전에서 어떤 사람이 보여주었던 대로 경계의 쪼그림 자세를 취했지만, 그 사람은 훨씬 더 튼튼한 무릎을 갖고 있음이 틀림없었다. 그는 쫓기는 사람처럼 암흑을 노려보았다.

"어, 안녕하세요?" 그가 말했다.

그는 침을 꿀꺽 삼키고 다시 한번, 이번에는 '어'를 빼고 더 큰 소리로 인사를 했다. 회랑 저 너머 아득한 곳에서, 누군가가 갑자기 베이스 드럼을 두들기기 시작한 모양이었다.

그는 몇 초간 그 소리에 귀를 기울이다가, 그게 그저 자신의 심장 박동 소리라는 걸 깨달았다.

그는 몇 초쯤 더 그 소리에 귀를 기울이다가, 그게 자신의 심장 박동 소리가 아니라는 걸 깨달았다. 회랑 저 너머에서 누군가 베이스 드럼을 두들기고 있었다.

이마에 송골송골 땀이 맺혔고, 잠시 후 땀방울들은 온몸에 힘을 주고서 이마에서 뛰어내렸다. 그는 경계의 쪼그림 자세가 흔들리지 않도록 바닥에 한 손을 댔다. 쪼그림 자세로 버티기가 힘들었던 것이다. 네온사인이 다시 바뀌었다. 이번에는 이렇게 쓰여 있었다.

'놀랄 것 없다.'

잠시 후, 네온사인은 이렇게 덧붙였다.

'몹시, 몹시 겁에 질려라, 아서 덴트.'

또다시 반짝거리며 네온사인이 꺼졌다. 그리고 아서는 또다시 어둠 속에 홀로 남았다. 눈이 머리에서 튀어나올 것 같았다. 두 눈이 더 선명하게 보려고 애쓰느라 그러는 건지, 이 시점에 그에게서 달아나고 싶어서 그러는 건지 잘 알 수가 없었다.

"안녕하세요?" 그는 다시 말했다. 이번에는 거칠고 공격적인 자신감을 불어넣으려 애썼다. "여기 누구 있어요?"

아무 대답이 없었다. 전혀 없었다.

대답이 돌아오는 것보다 오히려 더 불안해져서, 아서는 이 무시무시한 '없음'으로부터 물러서기 시작했다. 뒤로 물러나면 물러날수록 점점 더 겁이 났다. 얼마 후 그는 이유를 알게 되었다. 그가 본 모든 영화들에서는, 주인공이 공포의 대상이 자기 앞에 있을 거라 생각하고 뒤로 물러나면 그 괴물이 오히려 뒤에서 덮치곤 했기 때문이다.

그래서 그는 바로 이 순간 뒤로 확 돌아섰다.

거기에도 아무것도 없었다.

그저 칠흑 같은 암흑뿐.

아서는 정말로 불안해져서, 그 암흑으로부터 물러나 자기가 처음에 있었던 자리로 돌아가기 시작했다.

잠시 그렇게 돌아가던 아서는, 자기가 물러나려 했던 자리가 어디인지는 몰라도 아무튼 자기가 그곳으로 다시 돌아가고 있다는 사실을 깨달았다.

그는 이게 몹시 바보 같은 짓이라고 생각하지 않을 수 없었다. 그는 차라리 돌아오던 길을 다시 돌아가는 게 낫겠다고 판단하고 다시 뒤로 돌아섰다.

두 번째 충동이 옳았다는 게 판명된 것은 바로 이때였다. 그의 등 뒤에 뭐라 말할 수 없이 흉물스러운 괴물이 조용히 서 있었기 때문이다. 아서의 온몸이 미친 듯이 흔들렸다. 피부는 이쪽으로 달아나려 하고 뼈다귀는 저쪽으로 달아나려 했으며, 뇌는 어느 쪽 귀로 기어 나가 도망치는 게 좋을까 결정하려 안간힘을 쓰고 있었다.

"네놈이 나를 다시 볼 줄은 몰랐겠지." 괴물이 말했다. 전에 만나본 적도 없는 괴물이 이런 소리를 하다니, 진짜 이상하다는 생각이 아서의 뇌리를 어쩔 수 없이 스쳤다. 그가 이 괴물을 만나본 적이 없다는 증거는, 그가 밤마다 잠을 잘 잤다는 간단한 사실에서 찾을 수 있었다. 그건…… 그건……그건…….

아서는 괴물을 보고 눈을 껌벅거렸다. 괴물은 미동도 않고 가만히 서 있었다. 정말 어디서 본 것 같았다.

지금 자기가 보고 있는 물체가 바로 집파리를 육 피트 크기로 확대한 홀로그램이라는 걸 깨닫자 아서의 온몸에 무시무시한 냉기가 흘렀다.

그건 끔찍스럽게 실감 나는 입체 영상이었다.

영상은 사라졌다.

"아니면 차라리 이 모습으로 나를 더 잘 기억할지도 모르겠군." 돌연 그 목소리가 말했다. 깊고 텅 비고 악의에 찬 그 목소리는 사악한 의도를 품고 드럼통에서 뚝뚝 흘러내리는 타르 같았다. "토끼의 모습 말이지."

갑자기 땡 소리가 나더니, 그 컴컴한 암흑 미로 속의 아서 앞에 토끼 한 마리가 나타났다. 괴물처럼 거대하고, 끔찍하게 보드랍고 사랑스러운 토끼. 이번에도 영상이었지만, 보드랍고 사랑스러운 털 하나하나가 그 보드랍고 사랑스러운 모피에서 솟아나온 진짜 같았다. 아서는 그 보드랍고 사랑스럽고 깜빡거리지 않는 어마어마하게 큰 갈색 눈에 자기 얼굴이 비치는 걸 보고 화들짝 놀랐다.

목소리가 걸걸거렸다. "어둠 속에서 태어나 어둠 속에서 자라났지. 어느 날 아침 처음으로 밝은 새 세상으로 머리를 디밀었다가 돌로 만든 원시적인 도구라고 추정되는 미심쩍은 물건에 머리가 깨졌어.

네놈이 만든 거야, 아서 덴트. 그리고 네놈이 휘둘렀지. 내 기억에는, 상당히 세차게 휘둘렀어.

네놈은 내 가죽으로 흥미로운 돌멩이들을 넣어놓을 가방을 만들었지. 그걸 알게 된 건, 다음 세상에 파리로 태어났더니 네놈이 나를 쳐 죽였기 때문이었어. 이번에도. 다만 이번에는 내 전생의 가죽으로 만든 가방으로 쳐 죽였지만.

아서 덴트, 네놈은 잔인하고 무자비할 뿐 아니라 기가 막히게 요령이 없는 인간이야."

목소리는 잠시 아무 말도 하지 않았고, 아서는 입을 떡 벌리고 넋을 잃었다.

"네놈은 가방을 잃어버린 거 같은데, 지겨워졌나 보지?" 목소리가 말했다.

아서는 무기력하게 고개를 가로저었다. 그는, 사실 자기는 그 가방을 굉장히 좋아했고, 아주 잘 돌봐주면서 어디든 가지고 다녔다는 것, 그러나 여행을 할 때마다 불가해하게도 자기가 다른 가방을 갖게 되었다는 것, 정말 희한하게도, 방금 보니 지금 갖고 있는 가방은 영 질 나쁜 표범 가죽으로 만든 것처럼 보이는데, 이 가방은 여기가 어딘진 몰라도 아무튼 여기 오기 전에 그가 갖고 있던 가방이 아니며, 자기가 이런 가방을 고를 리 없으며, 이 속에 뭐가 들었는진 몰라도 그건 자기 것이 아니며, 원래 갖고 있던 가방을 정말 다시 찾았으면 좋겠다는 것, 물론 자기는 가방을, 아니 그러니까 가방의 원료를, 그러니까 토끼 가죽을 원래 주인에게서, 그러니까 지금 자기가 헛되이 말을 걸려 애쓰고 있는 이 토끼에게서 강제로 탈취한 건 정말 안타깝게 생각한다는 것을 말하고 싶었다.

하지만 결국 그의 입에서 실제로 나온 말은 '어읍' 뿐이었다.

"네놈이 발로 깔아뭉갠 도롱뇽하고 인사하시지." 목소리가 말했다.

정말로, 거대한 녹색 비늘을 지닌 도롱뇽이 아서와 함께 회랑에 서 있었다. 아서는 돌아서서 캥캥 울부짖으며 뒤로 펄쩍펄쩍 뛰었고, 그러다가 자신이 토끼 한가운데에 있다는 사실을 깨달았다. 그는 다시 캥캥거렸지만, 어디로 뛰어야 할지 알 수 없었다.

"그것도 나였어." 음험하고 사악한 목소리가 계속 말을 이었다. "꼭 전혀 몰랐던 것처럼 구는데."

"몰랐던 것처럼?" 아서가 화들짝 놀라며 말했다. "몰랐던 것처럼이라고?"

"환생에서 흥미로운 건 말이야, 대부분의 사람들, 대부분의 영혼들이 환생이 실제로 자기한테 일어나고 있다는 걸 모른다는 거야." 목소리가 쇳소리를 내며 말했다.

그는 자기 말이 효과를 보일 때까지 기다렸다. 아서에 관한 한 이미 상당한 효과가 있는 게 분명했다.

"남들은 몰라도 나는 알았어." 목소리가 씩씩거렸다. "그 말은, 어쩌다 보니 의식하게 되었다는 거야. 차츰차츰. 점진적으로."

누군지 몰라도, 그는 잠시 말을 멈추고 숨을 돌렸다.

"내가 도저히 모를 수가 없지, 안 그래?" 그가 외쳤다. "똑같은 일이 일어나고, 일어나고, 또 일어나는데 어떻게 몰라! 세상에 태어날 때마다 아서 덴트한테 잡혀서 죽었단 말이야. 어느 세계에서든, 누구로 태어나든, 언제든, 내가 자리를 잡을 만하면 아서 덴트가 나타나서 푸식, 나를 잡아 죽이는 거야.

도저히 모를 수가 없지. 기억을 환기하는 장치 같았지. 일종의 표시 말이야. 빌어먹을, 굉장한 비밀 누설이었다고!

내 영혼은 생명체의 세계로 또 한번 용감하게 모험을 떠났다가 별 소득 없이 아서 덴트의 손에 종말을 맞은 후 저 세상으로 돌아가면서 이렇게 중얼거리곤 했지. '이상하네. 내가 제일 좋아하는 호수로 팔짝팔짝 뛰어가고 있을 때 나를 치어 죽인 그 남자가 낯이 익은걸⋯⋯.' 그리고 점차 나는 퍼즐 조각을 맞추게 되었어. 바로 너 덴트, 나를 한두 번도 아니고 여러 번 죽인 살인자!"

그 목소리의 메아리가 회랑 위아래로 부딪치며 포효했다. 아서는 믿을 수가 없어, 머리를 절레절레 흔들며 말없이 싸늘하게 서 있었다.

"바로 그 순간이었어, 덴트!" 목소리가 새된 비명을 질렀다. 이제 열에 들뜬 증오가 절정에 달하고 있었다. "바로 그 순간, 마침내 나는 깨달았단 말이다!"

아서의 눈앞에서 돌연 커다랗게 벌어진 그 형체는 형언할 수 없이 흉측했다. 아서는 헉 하고 숨을 몰아쉬며 공포로 꼬르륵거리기 시작했다. 하지만 그것이 얼마나 흉측했는지 한번 말로 설명해보도록 하겠다. 그건 거대하게 펄떡거리는 축축한 동굴이었고, 거대하고 끈적거리고 거칠고 고래 같은 괴물이 그 주위를 굴러다니며 괴물처럼 새하얀 묘석들을 따라 스르륵 미끄러지고 있었다. 동굴 끝 저 높은 천장에는 거대한 돌기가 솟아나 있었고 그것을 사이에 두고 두 개의 무시무시한 동굴들이 이어졌으며, 이들 동굴은…….

불현듯 아서 덴트는, 지금 자기가 바라보고 있는 것이 자기 입이라는 것을 깨달았다. 그리고 지금 주목해야 할 것은, 바로 무기력하게 입 안으로 던져 넣어지고 있는 생굴이라는 것도.

그는 휘청휘청 뒷걸음질을 쳤다. 비명을 지르며 눈길을 돌렸다.

그가 다시 보았을 때 그 끔찍스러운 영상은 사라지고 없었다. 회랑은 캄캄했고, 짧은 순간, 조용했다. 그는 오로지 자신의 생각들만 벗하며 홀로 있었다. 아서 자신의 생각들이란 게 어찌나 기분 나쁜 놈들인지, 그보다는 차라리 시시콜콜 참견하는 샤프론을 한 사람 데리고 다니는 게 더 나을 것 같았다. 다음에 들려온 시끄러운 소리는 나지막하고 육중한 벽이 옆으로 굴러가는 소리였지만, 그래봤자 눈앞에 드러난 건 그 뒤에 있는 시커먼 무뿐이었다. 아서는 쥐가 컴컴한 개집을 들여다보는 것과 아주 흡사한 심정으로 어둠 속을 들여다보았다.

그러자 다시 목소리가 들려왔다.

"우연이었다고 말해, 덴트." 목소리가 말했다. "그게 우연이었다고 어디 한번 말해보란 말이다!"

"그건 우연이었어." 아서가 재빨리 말했다.

"아니야!" 고래고래 외치는 대답이 돌아왔다.

"맞아." 아서가 말했다. "맞단 말이야…….''

"그게 우연이었으면, 내 이름은 아그라작이 아니게!" 목소리가 말했다.

"그러면 너는 그게 네 이름이라고 주장하려는 것이군." 아서가 말했다.

"그래!" 아그라작은 방금 자기가 상당히 정교한 이론이라도 발전시킨 것처럼 씩씩거리며 말했다.

"그래도 미안하지만 그건 우연이었어." 아서가 말했다.

"이리 와서 그 소리 한 번 더 해봐!" 갑자기 간질 발작이라도 하는 듯이 목소리가 울부짖었다.

아서는 걸어 들어가서 '그건 우연이었다'고 말했다, 아니 적어도, '그건 우연이었다'고 말할 뻔했다. 그가 '우연'이라는 단어를 말하려는 순간에 불이 들어와 방금 그가 들어선 장소를 밝혀주는 바람에 혀가 삐끗했다고나 할까.

그곳은 증오의 대성당이었다.

그곳은 단순히 뒤틀린 정도가 아니라 아주 완전히 맛이 간 정신의 소산이었다.

그곳은 거대했다. 공포스러웠다.

그곳에는 조각상도 있었다.

조각상 얘기는 조금 있다 하겠다.

광막한, 불가해하리만큼 광막한 실내는 산맥 내부를 깎아 만든 것처럼 보였는데, 이는 실제로 산맥 내부를 깎아 만들었기 때문이었다. 거기 서서 넋을 놓고 바라보고 있는 아서에게는 방 전체가 멀미가 날 정도로 빙글빙글 돌고 있는 것 같았다.

실내는 새까맸다.

새까맣지 않은 부분도 있었는데, 차라리 새까만 게 낫겠다 싶었다. 왜냐하면 형언할 수 없는 세부 장식들은 소름끼치게도, 울트라바이올런트 Ultra Violent에서 인프라데드Infra Dead(자외선ultra-violet과 적외선infrared에서 일부를 폭력적인이라는 뜻의 violent와 죽었다는 뜻의 dead로 바꾸어 말장난을 한 것—옮긴이주)에 이르는, 차마-눈뜨고-볼-수-없는 색채들의 스펙트럼에서 뽑아온 색깔들——간(肝) 같은 보라색, 질색한 라일락색, 고름 같은 노란색, 불에 덴 사람 색, 꼬질꼬질한 녹색——로 채색되어 있었기 때문이었다.

이러한 색깔들로 채색된 형언할 수 없는 세부 장식들은 프랜시스 베이컨(기괴한 그림들을 그린 20세기의 영국 화가——옮긴이주)이라도 입맛이 떨어질 정도로 끔찍한 이무기돌들이었다.

이무기돌들은 벽마다, 기둥마다, 서까래마다, 성가대 자리마다 붙어서 모조리 안쪽, 즉 조각상을 바라보고 있었다. 조각상 얘기는 조금 있다 하기로 하자.

이무기돌들이 프랜시스 베이컨의 입맛을 뚝 떨어뜨릴 정도였다면, 그 조각상은 이무기돌들의 얼굴 표정으로 보아 이들의 비위를 심하게 상하게 하는 게 틀림없었다. 이들이 살아서 점심을 먹을 수 있다면 말이다. 물론 이들은 살아 있는 존재가 아니니, 누가 점심을 갖다 바쳐도 먹지 않을 터였다.

기념비적인 벽들을 빙 둘러 세워져 있는 것은, 아서 덴트에게 희생당한 사람들을 기념하기 위한 석판들이었다.

추모 대상자들의 이름 중 어떤 것들에는 밑줄이 그어져 있었고, 어떤 것들에는 별표가 쳐져 있었다. 예컨대 도살당해 어쩌다가 아서의 입에 스테이크가 되어 들어간 암소의 경우에는 그냥 이름만 새겨져 있었고, 아서가 직접 잡았으되 별로 맛이 없다고 생각해서 한쪽으로 밀어놓고 안 먹은 생선의 경우에는 밑줄 두 개, 별표 세 개, 그리고 피 흐르는 비수로 장식돼 있었다. 요점을 분명하게 하기 위해서였다.

그중에서도 가장 심란한 것은——조각상을 빼고 하는 말이다. 지금 조각상 쪽으로 차츰차츰 다가가고 있으니까——이 모든 사람들과 생물들이 계속 반복해서 죽어간 한 사람이라는 매우 분명한 함의였다.

그리고 아무리 부당해도, 어쨌든 이 사람이 무지무지하게 화가 나고 짜증이 나 있다는 것 또한 분명했다.

사실 이렇게 말해야 옳을 것 같다. 그는 우주에서 전례 없는 짜증의 절정에 달해 있다고 말이다. 그것은 서사적 규모의 짜증이요, 짜증의 활활 타오르는 뜨거운 불길이요, 전 시간과 공간을 무한한 분노로 아우르는 짜증이었다.

그리고 이 짜증은 이 흉물스러운 장소의 한가운데에 위치한 조각상에서 궁극의 재현을 성취하고 있었다. 바로 아서 덴트의 조각상, 그것도 몹시 지독하게 추악한 조각상이었다. 오십 피트 높이였지만, 마지막 일 인치까지 소재에 대한 모욕으로 가득 차 있었다. 일 인치로 돼 있다 해도 기분 나쁠 그런 종류의 조각상이 오십 피트 크기로 세워져 있으면 어떤 모델이라도 기분이 상하지 않을 수 없다. 코 바로 옆에 있는 작은 여드름부터 목욕 가운의 한심한 재단까지, 조각가는 아서 덴트의 모든 면모를 신랄하게 공격하고 추악하게 표현하고 있었다.

아서는 고르곤으로, 사악하고 탐욕스럽고 게걸스럽고 피에 굶주린 괴물로, 순진무구한 한 사람인 우주를 무자비하게 살육하는 존재로 묘사돼 있었다.

예술적 영감의 발작에 의해 예술가가 조각상에 붙여놓은 서른 개의 팔은, 각기 토끼 뇌를 깨부수고 있거나, 파리를 잡고 있거나, 닭뼈를 뽑고 있거나, 머리카락에서 벼룩을 잡고 있거나, 아니면 아서가 첫눈에 잘 알아볼 수 없는 어떤 짓들을 하고 있었다.

그의 수많은 다리들은 대체로 개미들을 밟아 죽이고 있었다.

아서는 손으로 눈을 가렸고, 그 미친 형상으로 인한 서글픔과 공포 때문에, 고개를 푹 떨어뜨린 채 천천히 좌우로 흔들었다.

그가 다시 눈을 떴을 때 눈앞에는, 인간인지 생물인지 뭔지 간에, 그가 그동안 내내 살육해온 그 존재가 형체를 드러내고 있었다.

"ㅎㅎㅎㅎㅎㅎㅎㅎㄹㄹㄹㄹㄹㄹ아아아아아ㅎㅎㅎㅎㅎ!" 아그라작이 말

했다.

그인지 그것인지 아무튼 아그라작은 미친 듯보 박쥐 같은 형상이었다. 그는 천천히 아서 주위를 뒤뚱거리며 돌더니, 굽은 발톱으로 아서를 쿡쿡 찔렀다.

"이봐……." 아서가 항변했다.

"ㅎㅎㅎㅎㅎㅎㅎ르르르르아아아아ㅎㅎㅎㅎㅎㅎㅎ!" 아그라작이 설명했고, 아서는 하는 수 없이 그냥 수긍했다. 이 흉물스럽고 기괴한 폐물/폐인 같은 유령이 어쩐지 좀 무서웠기 때문이었다.

아그라작은 시꺼멓고, 퉁퉁 붓고, 주름이 자글자글하고, 가죽 같았다.

박쥐 날개는 강인하고 남성답게 퍼덕거리며 허공을 가르는 것이 아니라 불쌍하게 부서져서 허우적거리고 있었기 때문에 오히려 더 무서웠다. 가장 무시무시한 건 아마 그 수많은 육체적 학대를 당하고도 여전히 살아 있다는 것이었으리라.

그는 세상에서 제일 경이로운 수집품 같은 치아를 지니고 있었다.

이빨들은 전부 다른 동물들한테서 뽑아온 것 같았는데, 입 주위에 어찌나 기괴한 각도로 붙어 있는지 그걸로 뭘 씹으려 하다가는 자기 얼굴 절반을 찢는 건 물론이고 한쪽 눈알까지 빠지게 할 것 같았다.

세 개 달린 눈알은 하나같이 작고 강렬하고 쥐똥나무 덤불에 걸려 있는 물고기만큼이나 제정신이 아닌 게 분명했다.

"나는 크리켓 경기를 구경하러 갔었어." 그는 쉰 소리로 말했다.

이 말은 액면 그대로 정말 말도 안 되는 얘기라서 아서는 숨이 막힐 뻔했다.

"이 몸을 갖고 갔다는 게 아니야!" 그 생물이 말했다. "이 몸을 갖고 간 게 아니라고! 이건 내 마지막 육신이야. 내 마지막 삶이야. 이건 내 복수의 육신이야. '아서-덴트를-죽일 테야' 육신이라고! 내 마지막 기회야. 이걸 얼마나 힘들게 쟁취했는데."

"하지만……."

"나는 크리켓 경기에 갔었다고!" 아그라작이 울부짖었다. "난 심장이 약했어. 하지만 나는 아내에게 말했지. 대체 크리켓 경기에서 무슨 일이 일어날 수 있겠냐고 말이야. 그런데 경기를 구경하다가 무슨 일이 일어났는지 알아?

내 바로 앞에, 두 사람이 지극히 사악하게도 허공에서 불쑥 나타났단 말이야. 내 불쌍한 심장이 충격을 받아 꼴깍 넘어가기 전에 내가 마지막으로 본 건 바로, 두 놈 중 하나가 수염에 토끼뼈를 끼운 아서 덴트라는 것이었어. 이게 우연이야?"

"응." 아서가 말했다.

"우연이라고?" 그 존재가 부러진 날개를 고통스럽게 파닥거리며 비명을 질렀고, 그 바람에 특히 고약한 이빨이 그의 오른 뺨을 찢어 작은 상처를 냈다. 피하고 싶으면서도 어쩔 수 없이 더 자세히 살펴보게 된 아서는 아그라작의 얼굴 대부분이 비뚤비뚤한 시커먼 반창고로 뒤덮여 있다는 걸 알게 되었다.

아서는 불안하게 뒷걸음질을 쳤다. 그리고 수염을 잡아당겼다. 그는 아직도 수염에 토끼뼈가 끼워져 있음을 깨닫고는 공포에 질리고 말았다. 그는 토끼뼈를 빼서 던져버렸다.

"이봐, 이건 그냥 운명이 너한테 빌어먹을 장난을 치는 거야. 아니 나한테. 나한테. 순전히 우연이란 말이야."

"대체 나한테 무슨 원한이 있는 거야, 덴트?" 고통스럽게 뒤뚱거리는 걸음으로 다가오면서 그 생물이 윽박질렀다.

"원한 없어." 아서가 박박 우겼다. "정말이야, 없다니까."

아그라작은 유리알 같은 눈동자로 그를 빤히 바라보았다.

"전혀 원한이 없는 사람하고 인연을 맺는 방법치고는 희한하지 않아? 만날 때마다 죽이다니. 내가 보기엔, 아주 괴상한 사교적 상호 작용이야.

그리고 내가 보기엔, 순 거짓말이야!"

"하지만 이봐." 아서가 말했다. "정말 미안해. 심각한 오해가 있었던 것 같아. 나는 가야 해. 시계 있어? 우주를 구하는 데 힘을 보태야 한단 말이야."

그는 더 멀리 뒷걸음질을 쳤다.

아그라작은 더 가까이 다가왔다.

"어떤 때는, 그래, 어떤 때는 나도 포기하고 싶었어." 생물체는 씩씩거렸다. "그랬어. 돌아오지 않을 거라고 결심했지. 저승에 머무르겠다고. 그런데 어떻게 됐는지 알아?"

아서는, 자신은 전혀 모르며 알고 싶지도 않다는 뜻으로 고개를 아무렇게나 마구 흔들어댔다. 그는 뒷걸음질을 치다가 차갑고 시커먼 돌벽에 닿았다는 걸 알게 되었다. 누구라고 굳이 말할 필요도 없는 그 누군가가 헤라클레스 같은 힘을 발휘해, 그 돌을 아서 자신의 침실용 슬리퍼 모양으로 흉물스럽게 깎은 게 틀림없었다. 아서는 끔찍스럽게 패러디된 자기 자신의 형상이 탑처럼 치솟아 있는 모습을 올려다보았다. 그는 아직도 자기 손들 중 하나가 뭘 하고 있는 건지 잘 알 수가 없었다.

"내 뜻과 달리 물질계로 질질 끌려 올라왔어." 아그라작이 끈질기게 말을 이었다. "이번에는 한 다발의 피튜니아 꽃이었지. 이 말을 해야겠군. 그릇에 담겨 있었어. 특별히 행복했던 짧았던 삶은 그렇게 시작됐어. 그릇에 담긴 채, 특히 음침한 행성의 표면에서 삼백 마일 위에 떠 있었다고. 그릇에 담긴 피튜니아가 오래 살기는 좀 힘든 환경이 아니냐고 생각하겠지. 그래 맞아. 그 삶은 몹시 빨리 끝장이 났지. 삼백 마일 밑으로 추락해서 말이지. 그것도, 내 영혼의 동생인 고래 한 마리를 작살내면서 말이야."

그는 새삼스러운 증오로 활활 타오르는 눈길로 아서를 노려보며 말했다.

"떨어지면서, 호화스러워 보이는 하얀 우주선을 쳐다볼 수밖에 없었어. 그런데 그 호화스러워 보이는 하얀 우주선 현창을 내다보고 있는 게 누구였는지 알아? 아서 덴트 네놈이었다고. 우연이란 말이야?!!"

"그래!" 아서가 소리를 질렀다. 그는 다시 한번 위를 올려다보고, 아까부터 알쏭달쏭하게 했던 팔은 저주받은 운명의 피튜니아들을 제멋대로 존재하게 만들고 있다는 것을 깨달았다. 이건 쉽사리 분간할 수 있는 개념이 아니었다.

"나는 가야 해." 아서가 고집을 피웠다.

"가고 싶으면 가. 내가 널 죽인 후에." 아그라작이 말했다.

"아니, 그래선 도움이 안 돼." 아서가 자기 슬리퍼를 조각한 돌의 험준한 경사를 기어 올라가기 시작하면서 설명했다. "나는 우주를 구해야만 하거든. 은의 가로장을 찾아내는 게 핵심이라고. 죽어서 하기는 좀 힘든 일이지."

"우주를 구한다고!" 아그라작이 경멸을 담아 말했다. "나한테 이런 사악한 테러를 가하기 전에 그런 생각을 하지 그랬어! 네놈이 스타브로뮬라 베타에 있을 때, 누가……"

"나는 거기 간 적 없는데." 아서가 말했다.

"……네놈을 암살하려고 했는데 네놈이 피했어. 그 총알이 누구를 맞혔는지 알아? 근데 너 방금 뭐라고 그랬어?"

"난 한 번도 거기 간 적 없다고." 아서가 되풀이해 말했다. "대체 무슨 소리를 하는 거야? 나는 가야만 해."

아그라작은 그만 말을 잃었다.

"틀림없이 가봤을 거야. 다른 데서도 다 그랬지만, 거기서의 내 죽음도 네놈 때문이었단 말이야. 죄 없는 구경꾼이었는데!" 그는 덜덜 떨었다.

"그런 데는 들어본 적도 없어." 아서가 주장했다. "그리고 누가 나를 암살하려 한 적도 없고. 물론 너 빼고 말이야. 혹시 내가 나중에 거기 가게 되나? 그런 거 같아?"

아그라작은 얼어붙은 논리의 공포 같은 것을 느끼며 눈을 껌벅거렸다.

"네가 스타브로물라 베타에 안 가봤다고……아직?" 그가 속삭였다.

"응." 아서가 말했다. "그런 데는 들어보지도 못했어. 못 가본 게 틀림없어. 그리고 앞으로도 갈 계획이 없어."

"오, 걱정 마. 앞으로 가게 될 테니까." 아그라작은 흐느끼는 목소리로 중얼거렸다. "꼭 가게 될 거야. 이런, 뒈질!" 그는 비틀거리면서, 거대한 증오의 대성당을 광적으로 둘러보았다. "널 여기로 너무 빨리 불러들였어!"

그는 비명을 지르며 절규하기 시작했다. "뒈지게 빨리 불러들였단 말이야!"

갑자기 그는 다시 힘을 모으더니, 악에 받친 증오의 시선을 아서에게 돌렸다.

"그래도 네놈을 죽일래!" 그는 울부짖었다. "논리적으로 불가능한 일이라도 죽어라 부딪쳐볼 거야! 이 산맥 전체를 폭파해버릴 거야!" 그는 비명을 질렀다. "어디 여기서 살아 나갈 수 있나 보자고, 덴트!"

그는 고통스럽게 뒤뚱뒤뚱 절뚝거리며 작은 검은색 제단처럼 보이는 곳으로 황급히 달려갔다. 이제 어찌나 고래고래 소리를 지르는지 얼굴 전체가 끔찍하게 찢겨 나가고 있었다. 자기 조각상의 발 부분에 앉아 있던 아서는 그 유리한 고지에서 뛰어 내려와, 사분의 삼쯤 미쳐버린 생물을 말리러 뛰어갔다.

그는 그 생물 위로 달려들어, 그 해괴한 생물체를 제단 위에 쓰러뜨렸다.

아그라작은 다시 비명을 질렀고, 잠시 미친 듯이 온몸을 퍼덕였으며, 광기에 젖은 눈으로 아서를 바라보았다.

"네가 무슨 짓을 했는지 알아?" 그는 고통스럽게 게거품을 물고 헐떡거렸다. "잘한다, 넌 또 나를 죽였어. 그런데 대체 나한테서 원하는 게 뭐야? 피야?"

그는 짤막하게 경련하듯 온몸을 퍼덕이고 부르르 떨더니, 푹 쓰러지면서 제단 위에 있는 커다란 빨간 버튼을 쿡 눌렀다.

아서는 공포와 두려움으로 화들짝 놀랐다. 처음에는 자기가 저지른 짓을 보고 경악했기 때문이었지만, 나중에는 시끄러운 사이렌 소리와 벨 소리가 뭔가 굉장히 급박한 응급 사태를 경고했기 때문이었다. 그는 허둥지둥 사방을 둘러보았다.

유일한 출구는 들어온 문뿐인 것 같았다. 그는 그리로 미친 듯이 달려갔다. 가는 길에 질 나쁜 인조 표범 가죽 가방은 던져버렸다.

그는 미궁 속에서 아무 데로나 되는 대로 미친 듯이 달렸다. 경적이며 사이렌이며 벨 소리며 번쩍거리는 불빛이 점점 더 바짝 쫓아오는 것 같았다.

느닷없이, 모퉁이 하나를 돌자 눈앞에 빛이 있었다.

번쩍거리는 빛이 아니었다. 대낮의 햇살이었다.

19

우리 은하에서 오직 지구에서만 크리킷(혹은 크리켓)이 놀이에 적합한 주제로 다루어지며, 이 때문에 사람들이 지구를 외면한다고들 하지만, 이건 우리 은하에만 적용되는 이야기이며, 또 더 구체적으로 말하면 우리 차원에서만 적용되는 이야기다. 더 높은 차원들에서는 사람들이 좀 재미를 봐도 좋다고 생각하고 있으며, 환차원적으로 수십억 년에 달하는 세월 동안 브로키안 울트라 크리켓이라는 경기를 즐겨온 것이다.

적나라하게 말하자면, 사실 이건 아주 못된 경기이지만, 고차원에 가본 사람이라면 저 위에 있는 종족들이야말로 쳐 죽여 마땅한 훨씬 더 못된 이교도 집단이라는 것을 잘 알 것이다. 그리고 현실에 대고 정확한 각도로 미사일을 쏘아대는 방법이 발명되는 대로, 꼭 그렇게 죽임을 당해야 마땅하다.

《은하수를 여행하는 히치하이커를 위한 안내서》에는 이렇게 쓰여 있다. 이것은 《은하수를 여행하는 히치하이커를 위한 안내서》가 한산한 거리를 걷다가 강도를 당한 사람들을 무조건 고용해서 써준다는 또 다른 증례다. 특히 오후에 길거리로 나오면, 그때는 정규 직원들이 다 점심 먹으러 가고 없기 때문이다.

여기에는 아주 심오한 요점이 있다.

《은하수를 여행하는 히치하이커를 위한 안내서》의 역사는 이상주의와 투쟁과 절망과 열정과 성공과 실패와 무지무지하게 긴 점심 시간으로 점철되어 있다.

《안내서》가 처음에 어떻게 시작되었는지는, 대부분의 회계 기록과 함께, 시간의 안개 속으로 사라져버리고 말았다.

어디로 사라졌는지에 대한 다른, 그리고 갈수록 기가 찬 이론들을 알고 싶다면 다음을 읽어보도록 하라.

현전하는 이론들 대부분은, 헐링 프루트미그라는 초대 편집자를 언급하고 있다.

헐링 프루트미그는 《안내서》를 창설하고 정직과 이상주의라는 근본 원칙을 수립했으나 나중에 파산했다고 한다.

빈곤과 내면의 탐구로 점철된 수년의 세월을 보내면서, 그는 친구들의 조언을 구했고, 불법적 심리 상태로 어두운 방에 앉아 있었고, 이런저런 음침한 생각들을 하면서 실행에 옮길 가능성들을 가늠해보며 살다가 '분둔의 성스러운 점심 먹는 승려들'(이들의 주장은, 점심은 인간의 한시적 하루에서 중심을 차지하고 있으며, 인간의 한시적 하루는 인간의 영적 삶에 상응하기 때문에, 점심은 (a) 인간의 영적 삶의 중심으로 간주되어야 하며 (b) 대단히 훌륭한 식당에서 먹어줘야 한다는 것이었다)과 우연한 만남을 가진 후 《안내서》를 재창설했고, 정직과 이상주의라는 근본 원칙을 어디 보관할 만한 곳 아무 데로나 치워버렸고, 《안내서》를 전례 없는 상업적 성공으로 이끌었다.

그는 또 편집자들의 점심 식사가 향후 《안내서》의 역사에서 결정적인 역할을 할 수 있도록——이는 그 후 실제적인 사무가 모두, 대체로 우연히 근처를 지나가던 행인들에 의해 처리된다는 뜻이었다. 지나가던 사람이 오후에 직원들이 다 점심을 먹으러 가고 텅텅 빈 사무실에 한번 들어와 봤다가 할 만한 일이 있으면 해줬던 것이다——대대적으로 개발하고 발전시키기 시작했다.

이후 얼마 지나지 않아 《안내서》는 어사 마이너 베타 행성의 메가도도 출판사에 인수되었다. 이로써 《안내서》는 상당히 든든한 재정적 기반을 갖게 되었고, 덕분에 네 번째 편집자인 릭 루리 2세는 전례 없는 대규모 점심 식사 계획을 실천에 옮길 수 있게 되었다. 그것은 너무나 굉장한 규모여서, 자선 단체 후원을 위한 점심 식사 행사 등을 시작한 최근의 편집자들의 노력은 그에 비하면 샌드위치 정도로 초라해 보인다.

사실, 릭은 결코 공식적으로 편집장 자리에서 물러나지 않았다. 그저 어느 날 늦은 오전 시간에 사무실에서 나간 뒤 다시는 돌아오지 않았을 뿐이다. 그 후로 한 세기가 족히 흘렀지만, 《안내서》의 스태프 중에는 아직도, 편집장이 단순히 햄 크루아상을 먹으러 잠깐 나갔으며 언제라도 돌아와서 오후의 일거리를 마칠 것이라는 낭만적인 환상을 버리지 못한 사람들이 많이 있었다.

엄격하게 말하자면 릭 루리 2세 이후의 편집장들은 모두 편집장 대우의 직함으로 임명되었고, 릭의 책상은 그가 떠났을 당시 그대로 보존되어 있었다. 다만 '릭 루리 2세, 편집장, 실종, 신물이 난 것으로 추정'이라고 쓰인 작은 명패가 덧붙여졌을 뿐이다.

몇몇 입이 험하고 전복적인 정보원들은 릭이 '이중 장부' 분야에서 《안내서》가 벌이고 있던 비범한 첫 번째 실험에서 사망했을 거라는 설을 흘리기도 했다. 이 사건에 대해서는 알려진 바가 거의 없으며, 떠도는 이야기도 거의 없다. 《안내서》가 회계 부서를 설립한 행성은 하나같이 얼마 후 전쟁이나 천재지변으로 소멸했다는, 전적으로 우연적이며 무의미한 사실을 주목하거나 어쩌다 알아차린 사람들은 모두 무조건 소송을 당해서 산산조각으로 깨지기 십상이었다.

전혀 관계가 없지만 흥미로운 사실 한 가지는, 새로운 초공간 우회로 건설을 위해 지구 행성이 파괴되기 이틀 내지 사흘 전, 지구에서는 UFO 관측 사례가 놀랄 만큼 늘어났다는 것이다. 로즈 크리켓 경기장 상공뿐 아니라, 서머싯의 글래스턴베리에서도 UFO가 나타났던 것이다.

글래스턴베리는 예로부터 고대의 왕들과 마녀의 주술, 목초지에 새겨진 선들, 사마귀 치료 등으로 유명한 곳이었고, 당시 《안내서》의 새로운 재정 기록 보관소 부지로 선정되어 있었다. 그리고 십 년간의 재정 기록들이 도시 외곽에 있는 마법의 언덕으로 옮겨진 지 불과 몇 시간 뒤에 보고인들이 도착했던 것이다.

이 모든 사실은 몹시 기이하고 불가해하지만, 그럼에도 불구하고 고차원에서 행해지는 브로키안 울트라 크리켓 경기 법칙의 기이함과 불가해함은 타의 추종을 불허한다. 전체 경기 규칙은 엄청나게 방대하고 복잡해서, 이것이 한 권의 책으로 엮였던 것은 역사상 단 한 번뿐이다. 하지만 결국 그 책은 중력장 붕괴를 일으켜 블랙홀이 되어버렸다.

그러나 아주 짤막하게 정리하자면 경기의 법칙은 다음과 같다.

규칙 1 : 최소한 다리 세 개를 더 길러야 한다. 별로 필요하지는 않지만, 관중이 재미있어하니까.

규칙 2 : 탁월한 브로키안 울트라 크리켓 선수를 딱 한 명만 찾아내라. 그를 몇 번 복제하라. 그러면 지루하게 선수를 선발하고 훈련시키는 엄청난 양의 시간을 절약할 수 있다.

규칙 3 : 당신의 팀과 상대 팀을 거대한 경기장에 몰아넣고 주위에 높은 담을 세우라. 이렇게 하는 것은, 이 경기가 다수의 관중을 위한 스포츠이기는 하지만, 진행되는 경기를 보지 못하는 좌절감으로 인해 관중이 실제로 벌어지는 경기보다 훨씬 더 흥미진진한 상상을 즐길 수 있도록 해주기 위해서다. 방금 따분한 경기를 보고 나온 관객보다 방금 스포츠 역사상 가장 극적인 사건을 놓쳤다고 믿고 있는 관객이 훨씬 더 인생을 긍정적으로 바라보기 마련이다.

규칙 4 : 각양각색의 스포츠 장구들을 벽 너머의 선수들을 향해 아주 많이 던지도록 하라. 아무것이나 던져도 된다──크리켓 배트, 베이스큐브 배트, 테니스 총, 스키, 붙잡고 신나게 휘두를 수 있는 것이면 무엇이든지 된다.

규칙 5 : 선수들은 이제 주위 건네줄 만한 것이면 아무것이나 무조건 주워다가 근처에 늘어놓으면 된다. 그러다 어떤 선수가 다른 선수한테 '히트'를 얻으면, 그에게 당장 달려가 안전 거리 밖에서 사과를 해야 한다.

사과는 간결하고 진심 어린 어조로 전달해야 하며, 의도를 최대한 극명하게 전달하기 위해 메가폰으로 해야 한다.

규칙 6 : 제일 먼저 이기는 팀이 승자가 된다.

희한한 일이지만, 고차원에서 이 경기의 인기가 높아질수록, 실제로 경기가 벌어지는 횟수는 줄어들게 되었다. 대부분의 팀이 규칙의 해석을 두고 상대 팀과 항구적인 전쟁 상태에 들어갔기 때문이다. 차라리 잘된 일이라고 할 수밖에 없는데, 왜냐하면 길게 볼 때 한없이 길게 늘어지는 브로키안 울트라 크리켓 경기보다는 차라리 제대로 전쟁을 한판 하는 쪽이 정신적 손상이 훨씬 적기 때문이다.

20

 숨을 헐떡거리며 산등성이를 따라 전속력으로 질주해 내려가던 아서는, 느닷없이 산 전체가 발밑에서 아주아주 살짝 움직이는 듯한 느낌을 받았다. 우르릉거리는 울부짖는 듯한 소리, 아니 아주 희미하게 흔들리는 움직임이었다. 그리고 등 뒤에서, 머리 위에서, 혀로 핥는 듯한 뜨거운 열기가 느껴졌다. 그는 미칠 듯한 공포에 질려 내달렸다. 땅이 미끄러져 내리기 시작했고, 그는 별안간 이제까지 한 번도 경험해보지 못한, '산사태'라는 말의 강력한 힘을 느꼈다. 그 말은 항상 그냥 '단어'에 불과했었는데, 이제 그는 땅이 미끄러져 내리는 건 정말 기괴하고 구역질나는 일이라는 사실을 돌연, 무시무시하게 의식하게 된 것이다. 땅은 제멋대로 미끄러져 내리고 있었다. 아서는 공포와 전율로 속이 뒤집어지는 것 같았다. 땅이 미끄러져 내렸고, 산이 깎였다. 아서는 발을 헛디뎌 넘어졌다가, 일어났다가, 다시 미끄러져 넘어졌다가, 또 냅다 달렸다. 산사태가 시작되었다.
 돌멩이들, 바위들, 돌덩어리들이 서툰 꼭두각시들처럼 아서 옆으로 껑충껑충 달려갔다. 하지만 꼭두각시들보다 훨씬, 훨씬 더 컸고, 훨씬, 훨씬 더 딱딱하고 무거웠고, 거기에 잘못 얻어맞으면 죽을 가능성이 훨씬, 무한히, 높았다. 아서의 눈은 추락하는 돌들과 함께 춤을 추었고, 두 발은 춤추는 땅과 발맞추어 춤을 추었다. 그는 마치 달리기가 무시무시하게 땀이 나는 질병이나 되는 것처럼 내달렸고, 심장은 쿵쾅거리는 주위 지형의 광기에 발맞추어 펄떡거렸다.

이 상황의 논리, 즉 의도와 달리 아그라작을 한 번 더 박해하게 되는 기나긴 여정에서 향후 발발할 것으로 예고된 사건이 정말 발발하려면 그가 여기서 당연히 살아남게 되어 있다는 생각은, 이 당시 아서의 정신이나 마음에 전혀 발을 붙이지 못했고, 덕분에 그가 자제력을 발휘하도록 영향력을 행사하지도 못했다. 죽음의 공포는 그의 마음속에서, 발밑에서, 머리 위에서 그를 사로잡았고, 심지어 머리카락 끝을 마구 잡아당기고 있었다.

별안간 그는 다시 발이 걸려 넘어졌고, 그 여파로 상당히 세차게 앞으로 고꾸라졌다. 하지만 땅바닥에 떨어지려는 바로 그 순간, 그는 개인적인 시간의 척도로 재었을 때 십 년 전에 아테네 공항의 수하물 찾는 곳에서 잃어버렸던 작은 남색 여행 가방이 바로 눈앞에 있는 걸 발견했고, 너무 놀란 나머지 완전히 땅바닥을 놓치고 허공에 둥둥 떠버리고 말았다. 그의 뇌가 노래를 불렀다.

그가 하고 있는 행위는 바로 나는 것이었다. 아서는 놀라서 주위를 둘러보았지만, 그게 바로 자기가 하고 있는 행위라는 데에는 의심의 여지가 없었다. 그의 몸 중 어느 부위도 땅에 닿아 있지 않았다. 돌덩어리들이 그의 주변 공기를 마구 가르고 있는 와중에 그는 허공에 둥실 떠 있었다.

게다가 이제는 조종도 좀 할 수 있었다. 그는 별로 힘도 들이지 않고 눈을 껌벅거리면서 더 높은 허공으로 날아올랐다. 그러자 이제 돌덩어리들은 저 밑에서 공기를 가르며 떨어져 내리게 되었다.

그는 강렬한 호기심으로 아래를 내려다보았다. 그와 부들부들 떨고 있는 땅덩어리 사이에는 이제 거의 삼십 피트에 달하는 텅 빈 공기가 자리 잡고 있었다. 물론 텅 비었다는 건, 공기 중에 별로 오래 머물지 않고 중력의 철권에 의해 아래로 떨어져 내리는 돌덩이들을 빼고 하는 말이다. 그런데 중력의 법칙은 갑자기 아서에게 안식일을 주기로 한 모양이었다.

그 즉시, 자기 보존 본능이 인간의 마음속에 주입하는 본능적 교정 능력이 발동해, 절대 중력에 대해 생각하지 말아야 한다는 생각이 아서를 스쳤다. 왜냐하면 그가 생각을 하는 순간, 중력의 법칙은 날카롭게 그가 있는 쪽을 바라보고는 대체 그 위에서 무슨 생각을 하고 있는 거냐고 따지기 시작할 테고, 그랬다가는 모든 게 갑자기 끝장이 나고 말 테니까.

그래서 아서는 튤립을 생각했다. 어려웠지만, 그래도 어쨌든 튤립을 생각했다. 튤립 아래쪽의 기분 좋고 단단한 둥근 곡선을 생각했고, 다채로운 색깔들을 생각했고, 지구상에서 자라는, 아니 자라났던 전체 튤립 중에서 풍차 주위 일 마일 반경 내에서 자라는 튤립들이 차지하는 비율은 얼마나 될까 생각했다. 얼마 후 이런 생각들은 위험스러울 정도로 지겨워졌고, 그는 몸 아래의 공기가 점점 사라지는 느낌을 받았다. 생각하지 않으려고 노력하고 있던 추락하는 돌덩어리들의 경로 쪽으로 자신이 슬금슬금 떨어져 내려가고 있는 것 같았다. 그래서 그는 잠시 아테네 공항을 생각하며, 아주 쓸모 있는 짜증에 대략 오 분간 사로잡혔다. 이 짜증나는 생각이 끝나갈 무렵, 그는 자신이 지표로부터 약 이백 야드 위에서 둥실둥실 떠다니고 있다는 걸 깨닫고 깜짝 놀랐다.

잠시 어떻게 하면 다시 그 생각을 해볼까 궁리했지만, 머지않아 그는 그쪽 생각은 외면하기로 하고, 차라리 지금 상황을 꾸준히 살펴보는 게 좋겠다고 생각했다.

그는 하늘을 날고 있었다. 이제 어떻게 해야 하나? 그는 다시 땅바닥을 보았다. 뚫어져라 쳐다본 건 아니고, 어쩌다 생각 없이 보는 시선, 지나치는 시선으로 보려고 최선을 다했다. 싫어도 눈에 들어오는 것이 한두 가지 있었다. 한 가지는 화산 분출이 이제 대충 끝나간다는 것이었다. 꼭대기 바로 밑에 분화구가 하나 있었는데, 거대한 동굴 속의 대성당과, 아서 자신의 조각상과, 슬프게도 계속 학대받은 아그라작이 있던 자리에서 암반이 꺼진 자리인 모양이었다.

또 한 가지는 아테네 공항에서 잃어버렸던 예의 여행 가방이었다. 여행 가방은 멋진 자태를 뽐내며, 기진맥진한 돌덩어리들 사이에 보란 듯이 앉아 있었다. 누가 봐도 돌덩어리에 맞은 것 같지는 않았다. 어째서 이렇게 되었는지는 알 수 없었지만, 이 수수께끼는 가방이 그 자리에 있다는 희한한 사실 자체에 묻혀 빛을 잃었다. 사실 그는 수수께끼를 캐고 싶은 생각도 별로 없었다. 요점은 그 가방이 거기 있다는 것이었다. 그리고 질 나쁜 인조 표범 가죽 가방은 온데간데없이 사라진 게 분명했다. 오히려 잘된 일이었다. 설명할 수 있는 일인지는 모르겠지만.

그는 그 가방을 주워 올려야 한다는 사실에 직면했다. 지금 그는 이름도 기억 못하는 행성의 이백 야드 상공을 날고 있었다. 하지만 그의 옛 인생에서 아주 작은 한 부분을 차지했던 그 물건이 그렇게 애처롭게 앉아 있는 걸 도저히 못 본 척할 수 없었다. 가루가 되어버린 고향 별의 잔해로부터 수억 광년 떨어진 이곳에 그것을 두고 갈 수가 없었다.

게다가, 만일 그가 잃어버린 상태 그대로라면 가방에는 우주에 살아남은 유일한 진짜 그리스 올리브 오일이 한 깡통 들어 있을 터였다.

천천히, 조심스럽게, 일 인치씩 위아래로 흔들거리면서 그는 하강하기 시작했다. 땅바닥으로 떨어지는 초조한 종이 한 장처럼 부드럽게 좌우로, 그네를 타듯이 움직이면서.

꽤 잘 진전되어서 그는 기분이 좋아졌다. 공기는 그의 몸을 떠받쳐주면서도, 옆으로 길을 살살 터주었다. 이 분 후, 그는 가방에서 불과 이 피트 위를 떠다니고 있었다. 몇 가지 힘든 결정들에 맞닥뜨린 것이었다. 그는 그곳에서 부드럽게 둥실둥실 흔들렸다. 그는 얼굴을 찌푸렸다. 물론, 최대한 가볍게 찡그리려 최선을 다했지만.

가방을 주워 든다 치자. 그걸 들고 날아갈 수 있을까? 짐의 무게 때문에 땅바닥으로 끌려 내려가는 건 아닐까?

땅바닥에 있는 물건에 손을 대기만 해도, 그를 공중에 붙들어두고 있는 이 신비스러운 힘이——뭔지는 몰라도——사라져버리는 건 아닐까?

차라리 이 시점에서 이성을 찾고 공중에서 내려와, 일이 초쯤 다시 땅바닥에 발을 딛는 게 좋을까?

그렇게 하면, 그 다음에 다시 날 수 있을까?

하늘을 나는 느낌을 받아들이고 나자 어찌나 고요하고도 황홀한지, 그는 그런 기분을 상실하는 걸——아마도 영원히——견딜 수 없을 것만 같았다. 이런 걱정이 들자, 그는 살짝 위로 흔들리며 올라갔다. 그저 그 느낌을 맛보고 싶어서였다. 놀라운, 그리고 전혀 힘이 들지 않는 그 느낌을. 그는 위아래로 흔들거리며 둥둥 떠다녔다. 그리고 살짝 급강하를 시도해보았다.

급강하하는 느낌은 기가 막히게 좋았다. 두 팔을 앞으로 쭉 뻗고, 머리카락과 목욕 가운을 나부끼며, 그는 하늘에서 급강하했다가 지표면 이 피트 상공에서 활공하며 다시 급상승했다. 그리고 한참 올라가서 다시 정지해 고도를 유지했다. 가만히 그냥 그 자리에 떠 있었다.

멋졌다.

아서는 깨달았다. 바로 이것이 가방을 낚아채는 방법이라는 것을. 급강하해 내려가서 위로 방향을 트는 순간 가방 손잡이를 붙잡으면 될 것이다. 그러면 가방을 가지고 올라갈 수 있을 것이다. 좀 뒤뚱거리게 될지는 몰라도 붙잡을 수 있다는 확신이 섰다.

그는 한두 번 더 급강하와 급상승을 연습해보았다. 갈수록 점점 더 좋아졌다. 얼굴에 부딪치는 공기, 신체가 휙 튀면서 쉭 소리를 내는 느낌, 이런 느낌을 느껴본 건 그러니까, 그가 기억할 수 있는 한, 세상에 태어난 이래로 처음인 것 같았다. 그는 산들바람을 타고 표류하며 전원 풍경을 구경했다. 하지만 풍경은 상당히 한심스러웠다. 버려지고 유린된 풍경이었다. 아서는 더 이상 쳐다보지 않기로 했다. 그냥 내려가서 가방을 주워 든 다음에……그는 가방을 주워 들고 나서는 어떻게 해야 할지 전혀 몰랐다. 그래서 일단 가방을 주워 들고, 나머지는 그때 가서 생각하기로 했다.

그는 풍향을 계산하고, 바람에 몸을 부딪친 후 빙글 방향을 바꾸었다. 그는 바람 위에 올라타 있었다. 아서 자신은 몰랐지만, 이때 그의 몸은 후들리고 있었다.

그는 기류 밑으로 고개를 처박고, 잠수하며——공기 중으로 낙하했다.

아서의 몸을 따라 세차게 공기가 흘러갔고, 그는 스릴을 즐겼다. 땅이 불안하게 뒤뚱거리더니, 생각을 정리한 듯 말쑥한 자세로 일어나서 그를 반가이 맞더니 가방을 건네주었다. 가방의 플라스틱 손잡이가 그를 향해 올라왔다.

절반쯤 내려갔을 때 느닷없이 위험한 순간이 찾아왔다. 그는 자기가 정말로 이런 짓을 하고 있다는 걸 더 이상 믿을 수 없게 되었고, 그래서 하마터면 정말로 비행을 하지 못하게 될 뻔했던 것이다. 하지만 그는 다행히 제때 정신을 차렸고, 매끄럽게 손을 뻗어 가방 손잡이를 잡고는 다시 상승하려 했다. 그러나 그때 그는 느닷없이 쿵 떨어졌고, 그만 타박상과 찰과상을 입은 채로 돌바닥에서 오들오들 떠는 신세가 되어버렸다.

그는 금세 휘청거리며 일어서서 절망적으로 주위를 돌아다녔고, 비탄과 낙담의 고뇌에 가득 차 여행 가방을 덜렁거렸다.

그의 두 다리는 갑자기 전처럼 바닥에 딱 달라붙어버린 것만 같았다. 육신은 말 잘 안 듣는 감자 포대처럼 땅바닥에서 쿵쾅거리며 비틀거리기만 했다. 마음은 가볍기가 꼭 납이 잔뜩 든 자루 같았다.

현기증으로 몸이 질질 끌리고 어기적거리고 속이 메슥거렸다. 절망에 휩싸여 달리려 했으나, 별안간 다리에서 힘이 다 빠진 기분이 들었다. 그는 발이 걸려 나뒹굴고 말았다. 그 순간, 자기가 들고 있는 가방 안에는 그리스 올리브 오일 깡통뿐 아니라 면세 허가 품목인 그리스산 포도주도 한 병 들어 있다는 생각이 퍼뜩 들었다. 이 깨달음과 함께 기분 좋은 충격이 몸을 휩쓰는 바람에, 그는 자기가 다시 날고 있다는 사실을 한 십 초간 전혀 알지 못했다.

그는 안도감과 기쁨과 순전한 육체적 쾌감으로 환호성을 지르며 좋아했다. 그는 공중에서 급강하를 하고, 원을 그리며 돌고, 급정거를 하고, 소용돌이치듯 빙글빙글 돌았다. 그러다가 장난스럽게 상승 기류를 깔고 앉아 여행 가방 속을 살피기 시작했다. 그는 철학자들이 숫자를 세는 동안 바늘 위에서 기쁨의 춤을 추는 천사들의 심정을 알 것 같았다. 그는 기쁨에 젖어 큰 소리로 너털웃음을 터뜨렸다. 여행 가방 속에는 진짜로 올리브 오일과 포도주가 들어 있었을 뿐 아니라 깨진 선글라스, 모래가 잔뜩 찬 사각 수영복, 산토리니의 풍경이 그려진 구겨진 엽서 몇 장, 커다랗고 흉물스러운 수건, 흥미로운 돌멩이 몇 개, 그리고 사람들의 주소가 적힌 종잇조각 여러 장도 들어 있었던 것이다. 이 사람들을 다시는 만나지 않아도 된다고 생각하니 안심이 되었다. 물론 그 이유는 상당히 슬픈 것이었지만 말이다. 그는 돌멩이들을 땅바닥에 버리고, 선글라스를 끼고, 종잇조각들을 바람에 날렸다.

십 분 후, 구름을 타고 한가롭게 떠돌아다니던 그의 등골에 커다랗고 말도 못하게 방탕한 칵테일 파티가 와서 부딪쳤다.

21

　　이제까지 열렸던 파티들 중에서 가장 길고 파괴적인 파티는 이제 사 세대에 접어들고 있었지만, 아직도 파티장을 떠날 생각을 하는 사람은 아무도 없었다. 시계를 들여다본 사람이 있기는 했지만 그건 이미 십일 년 전의 일이었고, 그 일은 결코 그 다음 행동으로 이어지지 않았다.
　파티장의 몰골은 하도 기가 차서 눈으로 직접 봐야만 믿을 수 있는 광경이었지만, 특별히 믿을 필요가 없다면 굳이 가서 보지 않기 바란다. 기분이 좋지 않을 테니까.
　최근에 구름 속에서 뻥뻥거리고 터지는 소리가 들리거나 번쩍거리는 불빛이 보이곤 했는데, 이에 대한 한 가지 이론은, 쓰레기를 보고 대머리 독수리들처럼 몰려든 카펫 청소업체들의 군단이 전쟁을 벌였다는 것이다. 하지만 파티에서 들은 얘기를 믿어서는 안 되는 법이고, 이 파티에서 들은 얘기는 더더욱 믿을 게 못 된다.
　한 가지 문제──갈수록 심해질 수밖에 없는 문제인데──는, 파티 참석자들은 모두 애초에 파티장을 떠날 생각이 없었던 손님들의 자식들이거나 손자들이거나 아니면 증손자들이어서, 선택교배와 유전자 퇴행 등등이 제대로 작동했다는 것이다. 그래서 현재의 파티 참석자들은 완전히 열렬한 파티광들이거나, 헛소리나 찍찍 하는 바보들이거나, 그도 아니면, 사실 점점 더 많아지고 있듯이, 두 가지 다였다.

어느 쪽이든, 유전학적으로 말해서, 세대를 거듭해 내려갈수록 점점 더 파티장을 떠날 확률이 낮아진다.

그리하여 다른 요소들이 작동하게 된다. 예컨대, 술이 떨어지게 되는 시기 같은 것이다.

그런데, 당시에는 좋은 생각처럼 보였던 어떤 것들 때문에(끝이 안 나는 파티의 문제점은, 파티에서나 좋은 생각으로 통하는 일들이 계속 좋은 생각으로 통한다는 사실이다), 그 시점은 여전히 멀고 멀어 보인다.

당시에는 좋은 생각처럼 보였던 것들 중 하나는 파티가 떠야 한다는 것이었다. 파티들이 '떠야' 한다는 평범한 의미에서가 아니라, 정말 문자 그대로의 의미에서 말이다.

오래전 어느 날 밤, 일 세대 손님들 중 항공 기술자 몇 명이 술에 취해 건물에 기어 올라가서는, 이걸 고치고, 저걸 파고, 또 다른 걸 몹시 세게 뚝딱거리며 만져댔다. 다음 날 아침 떠오른 태양은 자기가 지금 햇살을 비춰주고 있는 물건이, 아직 날아가는 데 서툰 새끼 새처럼 나무 꼭대기 위로 둥실 떠오른, 행복한 술주정뱅이들이 가득한 건물이라는 걸 깨닫고 화들짝 놀라버렸다.

그뿐만 아니라, 그 뜨는 파티는 상당량의 무기로 무장하고 있었다. 포도주 상인들과의 치사한 싸움에라도 말려들 경우에 대비해 힘을 갖고 있는 게 좋겠다고 파티 참석자들이 생각했기 때문이었다.

정규 칵테일 파티에서 시간제 공습 파티로 전환하는 건 간단한 일이었고, 밴드가 알고 있는 모든 곡을 여러 해 동안 이미 수없이 반복해 연주한 시점에서 절실하게 필요한, 파티의 짜릿한 흥미와 활력을 더하는 데도 그만이었다.

그들은 약탈을 했고, 공습을 했고, 도시들을 통째로 인질로 잡고서 치즈 크래커, 아보카도 소스, 갈비 요리, 술을 더 내놓으라고 요구했다. 이런 식음료들은 이제 둥둥 떠다니는 탱크를 통해 파이프로 공급되었다.

그러나 술이 언제 떨어질 것인가 하는 문제는 결국 언젠가는 당면하게 될 문제였다.

둥둥 떠다니는 파티 아래의 행성은, 처음 그들이 둥둥 떠다니기 시작했을 때와는 전혀 달랐기 때문이다. 행성은 이제 아주 엉망진창이었다.

파티는 행성의 상당 부분을 공격하고 습격했으며, 어느 누구도 반격할 생각을 하지 못했다. 파티가 워낙 상상도 할 수 없는 방식으로 휘청거리며 하늘을 휘젓고 다녔기 때문이다.

그것은 정말 지옥 같은 파티였다.

그리고 누군가의 등골에 부딪치면 지옥 같은 아픔을 주는 파티이기도 했다.

22

아서는 뜯겨져 나온 강화 콘크리트 판 위에 누워 고통으로 버둥거리고 있었다. 구름이 그를 찰싹찰싹 치고 지나갔다. 그의 뒤쪽에서 희미하게 들려오는 맥없는 파티 소리가 그를 어리둥절하게 했다.

아서는 그 소리의 정체를 금방 알아차릴 수 없었다. 일단 〈나는 자글란 베타 행성에 한쪽 다리를 두고 왔네〉라는 노래를 아서가 모르기 때문이기도 했고, 또 밴드가 노래를 아주 아주 피곤하게 연주하고 있기 때문이기도 했다. 어떤 이들은 사분의 사 박자로 연주했고, 어떤 이들은 사분의 삼 박자로 연주했으며, 또 어떤 이들은 일종의 파이 눈[目] 박자인 πr^2 박자로 연주하기도 했다. 최근 얼마나 잠을 잤는지에 따라 다 달랐던 것이다.

아서는 축축한 공기 속에 심하게 헐떡거리며 누워 있었고, 몸 구석구석을 느끼며 어디를 다쳤는지 살펴보려 애썼다. 손을 댈 때마다 고통이 찾아왔다. 얼마 후 아서는 손이 아파서 그렇다는 걸 깨달았다. 손목을 삔 모양이었다. 등도 아팠지만, 심하게 다치지는 않았다는 사실에 만족하기로 했다. 타박상을 좀 입고 약간 심리적으로 충격을 받았지만, 그렇지 않다면 오히려 이상한 일이 아닌가. 대체 건물이 구름 속에 떠서 뭘 하고 있는 건지 아서는 이해할 수가 없었다.

하지만 생각해보면, 자기가 지금 여기서 뭘 하고 있는지를 설득력 있게 해명하는 것도 상당히 어려운 일일 터였다. 그래서 아서는 그 자신과 건물이 서로를 그냥 있는 그대로 받아들이는 편이 좋겠다고 생각했다. 그는 누워서 위를 올려다보았다. 연한 색이지만 얼룩이 진 돌판들이 아서 뒤쪽에 서 있었다. 제대로 된 건물이었다. 그는 건물을 빙 둘러 튀어나와 있는 돌출 부위 같은 데 뻗어서 누워 있는 모양이었다. 그건 파티 건물이 토대를 세웠던 땅바닥으로서, 아래쪽이 해체되지 않도록 건물이 날아오르면서 함께 달고 올라간 것이었다.

아서는 불안하게 일어섰고, 돌출 부위 너머의 발밑을 바라보고는 별안간 현기증으로 속이 메슥거렸다. 아서는 몸을 벽에 딱 붙였다. 안개와 땀으로 온몸이 축축했다. 그의 머리는 자유형으로 헤엄을 치고 있었지만, 그의 배는 접영을 하고 있었다.

혼자 힘으로 여기까지 올라왔음에도 불구하고, 그는 그 무시무시한 높이에서 떨어진다는 건 생각도 하기 싫었다. 뛰어내려서 운을 시험해보는 짓을 할 생각은 전혀 없었다. 그는 가장자리 쪽으로는 일 인치도 움직이지 않을 생각이었다.

여행 가방을 움켜쥔 채 아서는 입구를 찾을 수 있을까 하는 희망을 안고서, 벽을 따라 살금살금 걸어가보았다. 올리브 오일 깡통이 크나큰 위안이 되어주었다.

모퉁이를 돌면 입구가 있을까 하고 제일 가까운 모퉁이 쪽으로 가보았지만 입구는 없었다.

건물이 별로 안정감 없이 제멋대로 날고 있어서, 아서는 무서워 토할 것만 같았다. 잠시 후 그는 여행 가방에서 타월을 꺼내어 뭔가를 했는데, 그건 은하계를 히치하이크로 여행할 때 꼭 가져가야 하는 유용한 물건들 중에서 타월이 어째서 지고지상의 위상을 차지하고 있는지를 다시금 확인시켜주는 일이었다. 아서는 자기가 하는 짓이 자기 눈에 보이지 않도록, 수건을 머리에 둘렀다.

두 발은 땅의 가장자리를 따라 살금살금 움직였다. 쭉 뻗은 두 팔은 벽을 따라 살금살금 움직였다.

마침내 그는 모퉁이에 다다랐다. 손으로 모퉁이 너머를 더듬다가 그는 뭔가에 맞닥뜨렸다. 너무 충격이 커서 그는 하마터면 곧장 추락해버릴 뻔했다. 그건 다른 사람의 손이었던 것이다.

두 손은 서로 꼭 맞잡았다.

아서는 다른 손으로 머리에 두른 수건을 벗어버리고 싶은 마음이 굴뚝같았으나, 그 손은 이미 올리브 오일과 포도주와 산토리니 엽서들이 든 여행 가방을 들고 있었다. 게다가 가방을 내려놓고 싶은 마음은 전혀 없었다.

아서는 흔히 말하는 '자아'와 만나는 순간을 경험했다. 느닷없이 뒤로 돌아 자기 자신을 살펴보며 생각하는 순간들 말이다. '나는 누구인가? 나는 지금 무슨 일을 하고 있는가? 내가 지금까지 성취한 일은 무엇인가? 나는 잘 하고 있는가?' 아서는 아주 살짝 끙끙거렸다.

손을 빼려고 애써봤지만, 뺄 수가 없었다. 다른 손이 너무 꼭 잡고 있던 것이다. 살금살금 모퉁이 쪽으로 더 가까이 가는 수밖에 도리가 없었다. 그는 모퉁이를 돌아 몸을 기울이고는, 수건을 벗어버리려고 고개를 흔들었다. 이 행위가 저쪽 손의 소유자에게 뭐라 형언할 수 없는 감정을 불러일으킨 모양으로, 상대는 비명을 질렀다.

수건이 얼굴에서 벗겨져 나가자, 아서는 자신의 두 눈이 포드 프리펙트의 눈을 들여다보고 있다는 걸 깨달았다. 그 뒤에는 슬라티바트패스트가 서 있었고, 그들 뒤로는 현관 진입로와 닫혀 있는 커다란 문이 보였다.

두 사람은 모두 벽에 바짝 붙어 서 있었고, 주위를 에워싼, 속이 보이지 않을 정도로 두터운 구름을 둘러보는 그들의 시선은 공포로 험악해져 있었다. 그들은 꿈틀거리고 흔들거리는 건물에 붙어 있느라 안간힘을 썼다.

"엿먹을 광자(光子) 같은 놈아, 그동안 대체 어디 있었던 거야?" 공황 상태에 빠진 포드가 씩씩거렸다.

"어, 뭐 그냥." 아서는 말을 더듬었다. 그 일을 어떻게 간단하게 설명할지 도저히 알 수가 없었다. "여기저기. 넌 여기서 뭐 하고 있어?"

포드는 이글거리는 눈빛으로 아서를 쏘아보았다.

"술을 안 가져오면 안 들여보내 준다잖아." 그가 씩씩거리며 말했다.

빽빽한 파티 인파 속으로 끼어들면서 아서가 처음 발견한 건, 시끄러운 소리, 질식할 것만 같은 열기, 자욱한 담배 연기 사이로 이리저리 돌출한 다채로운 색깔들, 바스러진 유리 조각, 담뱃재, 먹다 떨어뜨린 아보카도로 얼룩진 카펫, 그리고 아서의 포도주병을 보고 "새로운 즐거움, 새로운 기쁨"이라고 중얼거리며 덤벼든 번쩍거리는 옷을 입은 익수룡 한 떼를 제외한다면, 바로 천둥신과 수다를 떨고 있는 트릴리언이었다.

"우리 밀리웨이스에서 만난 적 없어요?" 천둥신이 말했다.

"당신이 망치를 들고 있었던 그 사람인가요?"

"그래요. 나는 여기가 훨씬 더 좋아요. 훨씬 덜 근엄하고, 훨씬 더 위험스럽지요."

어떤 흉측한 쾌감의 비명이 방을 갈랐다. 행복하고 소란스러운 생물들이 빽빽하게 들어차 있어서 방 바깥의 차원은 전혀 육안으로 볼 수가 없었다. 빽빽한 군중은 다들 명랑하게 아무도 못 듣는 소리를 서로 고래고래 외쳐대고 있었고, 가끔씩 아슬아슬한 상황들을 맞기도 했다.

"재미있어 보이네." 트릴리언이 말했다. "방금 뭐라고 했어, 아서?"

"대체 어쩌다 여기에 왔느냐고 물었어."

"우주 속에서 아무렇게나 흘러 다니는 점들이 되었었어. 아 참, 토르하고 인사했어? 이분은 천둥을 만드신대."

"안녕하세요?" 아서가 말했다. "굉장히 재미있는 일이겠네요."

"안녕하세요." 토르가 말했다. "사실 재미있는 일이지요. 술 있어요?"

"어, 아니요……."

"그럼 가서 한 잔 가져오지 그래요."

"이따가 봐, 아서." 트릴리언이 말했다.

갑자기 뇌리를 스친 생각이 있어서, 아서는 쫓기는 사람처럼 주위를 둘러보았다.

"자포드는 여기 없지, 응?" 아서가 말했다.

"안녕. 이따 봐." 트릴리언이 단호하게 말했다.

토르는 칠흑처럼 까만 눈으로 그를 노려보았다. 수염도 빳빳하게 일어서 있었다. 그리고 방 안에 조금 남아 있던 희미한 빛이 온 힘을 다해 잠시 그의 헬멧에 달린 뿔 근처로 가서 사악하게 번득거렸다.

그는 어마어마하게 큰 손으로 트릴리언의 팔꿈치를 붙들었고, 이두박근들은 두 대의 폴크스바겐이 주차를 하는 것처럼 서로 꼬여서 꿈틀거렸다.

그는 트릴리언을 데리고 갔다.

"불멸의 존재라는 건 뭐가 재미있냐 하면 말이지요……." 그는 이렇게 말했다.

"우주라는 게 뭐가 재미있냐 하면 말이지요……." 아서는 슬라티바트패스트의 말을 엿들었다. 그는 분홍색 이불을 갖고 싸움을 하다가 패색이 짙어진 듯 보이는 커다랗고 덩치 큰 생물을 앞에 두고 말하고 있었다. 그 생물은 노인의 깊은 눈동자와 은빛 수염을 황홀하게 바라보고 있었다. "무지무지하게 재미가 없다는 겁니다."

"재미가 없어요?" 그 생물은 상당히 주름지고 핏발이 선 눈동자를 껌벅거리며 말했다.

"그래요." 슬라티바트패스트가 말했다. "기가 막힐 정도로 재미가 없지요. 말문이 막힐 정도로 재미가 없어요. 우주에는 너무나 많은 게 있지만, 정말 별게 없어요. 통계를 하나 인용해볼까요?"

"어, 글쎄요……."

"인용하게 해줘요. 그 통계들도 기가 딱 막히게 재미가 없거든요."

"잠깐 좀 실례했다가 돌아와서 나머지 이야기를 들을게요." 그녀는 슬라티바트패스트의 팔을 톡톡 두들기더니, 치마를 공중부양선처럼 치켜들고는 헐떡거리는 군중 속으로 사라져갔다.

"그녀는 절대 떠나지 않을 줄 알았는데." 노인이 투덜거렸다. "이리로 오시오, 지구인……"

"아서예요."

"우리는 은의 가로장을 찾아야만 하오. 여기 어디 있을 거요."

"좀 마음 편하게 쉬면 안 되나요?" 아서가 말했다. "오늘 하루는 정말 힘들었다고요. 마침 트릴리언도 여기 있고요. 어떻게 왔는지는 얘기하지 않더군요. 뭐 그건 별로 중요하지 않지만."

"우주에 닥친 위험을 생각해요……"

"우주는 한 삼십 분 동안 내버려둬도 혼자 잘할 만큼 큰데다 나이도 들었잖아요." 아서가 말했다. "알았어요. 돌아다니면서, 그걸 본 사람이 있는지 찾아볼게요." 아서는 슬라티바트패스트의 불안이 눈덩이처럼 불어나는 걸 느끼고 이렇게 덧붙였다.

"좋아요, 좋아, 좋아." 슬라티바트패스트가 말했다. 그는 직접 군중 속으로 들어갔는데, 지나치는 사람마다 그를 보고 마음 편하게 먹으라고 말했다.

"어디서 가로장 본 적 있어요?" 아서는 누군가 말을 걸어주기를 열렬히 기다리고 서 있는 듯한 작은 남자한테 물어보았다. "은으로 만들어진 건데, 우주의 미래에 엄청나게 중요한 물건이에요. 길이는 한 이 정도 돼요."

"아니요." 열렬하게 시들한 반응을 보이며 작은 남자가 말했다. "하지만 한잔하면서 더 얘기해주세요."

포드 프리펙트는 온몸을 꼬며 꿈틀거렸고, 거칠고 발광하는, 그리고 음탕하지 않다고는 말할 수 없는 춤을 추었다. 상대는 마치 머리에 시드니 오페라 하우스를 통째로 이고 있는 듯한 여자였다. 그는 시끄러운 소리를 뚫고 여자와 대화를 나눠보려는 헛수고를 하고 있었다.

"그 모자 마음에 드네요!" 그는 고래고래 악을 썼다.

"뭐라고요?"

"그 모자 마음에 든다고요!"

"저는 모자 안 쓰고 있는데요."

"뭐, 그럼 그 머리가 마음에 들어요."

"뭐라고요?"

"머리가 마음에 든다고요. 흥미로운 골격 구조예요."

"뭐라고요?"

포드는 자기가 한창 하고 있는 복잡한 동작들 사이로 어깨를 으쓱해 보이는 데 성공했다.

"춤을 정말 잘 춘다고 했어요." 그가 소리쳤다. "고개를 조금만 덜 끄덕이면 좋겠어요."

"뭐라고요?"

"그냥 당신이 고개를 숙일 때마다……." 포드가 말했다. "……아야!" 포드는 곧 이렇게 덧붙여야 했다. 상대가 "뭐라고요?"라고 말하면서 고개를 숙이자 앞으로 튀어나온 두개골의 날카로운 끝이 포드의 이마를 쪼았던 것이다.

"우리 별은 어느 날 아침 폭발해서 산산조각이 났어요." 아서가 말했다. 뜻밖에도 지금 그는 예의 작은 남자에게 자신의 인생담을, 그러니까 최소한 편집발췌요약본으로 들려주고 있었다. "그래서 이런 옷차림을 하고 있는 거예요. 폭발한 우리 별에 내 옷가지가 다 있거든요. 파티에 오게 될 줄은 몰랐어요."

작은 남자는 열심히 고개를 주억거렸다.

삶, 우주 그리고 모든 것 641

"그러다가 우주선에 던져지다시피 했어요. 여전히 목욕 가운 차림이었지요. 보통 우주복을 입을 거라고 생각하잖아요, 왜. 그러고 나서 곧 저는 우리 별은 애초에 쥐떼들을 위해 건설되었다는 걸 알게 되었어요. 제 기분이 어땠을지 상상해보세요. 그때 저는 총도 맞고 다니고 폭발도 당했어요. 사실, 말도 안 되게 자주 총을 맞고, 모욕을 당하고, 규칙적으로 해체당하고, 홍차도 뺏겼다고요. 심지어 얼마 전에는 늪에 추락해서, 축축한 동굴에서 오 년 동안이나 살아야 했어요."

"아." 작은 남자는 흥분에 들뜬 기색이 역력했다. "그래서 환상적인 시간을 보내셨나요?"

아서는 음료를 마시다가 심하게 사레가 들리는 바람에 캑캑거리고 기침을 했다.

"정말 근사한 기침이에요." 작은 남자는 깜짝 놀란 기색이었다. "제가 따라 해도 괜찮을까요?"

그러더니 작은 남자는 그야말로 희한하고 화려한 기침을 발작처럼 하기 시작했다. 아서는 너무나 놀라서 다시 숨이 넘어갈 듯이 기침을 하기 시작했는데, 그건 이미 그가 하고 있던 일이었기 때문에 그는 몹시 헷갈렸다.

두 사람은 함께 폐가 터져 나가라 이중창으로 기침을 했고, 족히 이 분쯤 계속되었을 때에야 아서는 기침하며 침 튀기는 짓을 가까스로 그만둘 수 있었다.

"정말 활력이 샘솟는군요." 작은 남자는 숨을 헐떡거리고 눈물을 닦으며 말했다. "정말 흥미진진한 인생을 살고 계시는군요. 너무나 고맙습니다."

그는 두 손으로 아서를 붙잡아 따뜻하게 흔들고는 군중 속으로 성큼성큼 걸어갔다. 아서는 놀라서 고개를 흔들었다.

젊어 보이는 남자가 그를 향해 다가왔다. 갈고리 입과 등잔 코와 작은 유리알 같은 광대뼈를 지닌, 호전적으로 보이는 부류였다. 그는 검은 바지에, 배꼽 비슷한 데까지 단추를 풀어 젖힌 검은 실크 셔츠를 입고 있었다. 물론, 아서도 요즘 만나는 사람들의 해부학적 골격을 마음대로 생각해서는 안 된다는 걸 이제 잘 알고 있었다. 그 남자는 또 목 근처에 좀 겁나 보이는 금색 장신구들을 주렁주렁 걸고 있었다. 검은 가방도 하나 들고 있었는데, 그 속에 뭐가 들었는지 주목받는 걸 자신이 좋아하지 않는다는 것을 다른 사람들이 알아줬으면 하는 기색이 역력했다.

"어이, 거기, 방금 당신 이름을 들은 거 같은데?" 그가 말했다.

이건 예의 열렬하고 작은 남자한테 아서가 여러 번 말해준 정보였다.

"네. 아서 덴트라고 하는데요."

남자는 밴드가 아무렇게나 음침하게 연주하고 있는 곡들 중에서 아무 리듬에나 맞춰 살짝 몸을 흔들며 춤을 추고 있는 듯했다.

"아, 그저 당신을 만나고 싶어 하는 사람이 저기 산에 있기에." 그가 말했다.

"만났어요."

"아, 굉장히 급한 거 같더라고요."

"네, 만났어요."

"아, 당신이 알아야 할 것 같아서요."

"알아요. 만났거든요."

사내는 잠시 말을 멈추고 작은 껌을 씹었다. 그러더니 아서의 등을 툭툭 쳤다.

"알았어요." 그가 말했다. "됐어요. 그냥 하는 말이에요, 됐죠? 잘 자요. 행운을 빌어요. 상도 타고."

"뭐라고요?" 이 시점에서 완전히 황당해진 아서가 말했다.

"뭐, 타든 말든. 당신 하는 일 하고. 당신 하는 일 잘하고." 그는, 씹고 있는 게 뭔지는 몰라도 씹으며 시끄럽게 딱딱거렸고, 뭔가 막연하게 극적인 몸짓을 해 보였다.

"왜요?" 아서가 말했다.

"그럼 잘 못하면 되잖아!" 남자가 말했다. "누가 신경이나 쓴대? 누가 빌어먹을 신경이나 쓴대?" 남자의 얼굴에 성난 피가 솟구치는 듯했고, 남자는 고래고래 악을 쓰기 시작했다.

"차라리 확 미치지그래?" 그가 말했다. "저리 가. 등짝에서 떨어지라고, 이 새끼야. 꺼져!!!"

"아, 알았어요. 가요." 아서가 황급히 말했다.

"진심이야." 남자는 날카로운 파문을 일으켜놓고 군중 사이로 사라졌다.

"방금 저 사람 왜 저래요?" 아서는 자기 뒤에 서 있던 여자에게 물었다. "왜 나보고 상을 타라는 거예요?"

"그냥 연예계에서 하는 말이에요." 여자가 어깨를 으쓱해 보였다. "방금 어사 마이너 알파 오락성 환각 협회의 연례 시상식에서 상을 하나 받았거든요. 그는 부드럽게 그 얘기로 넘어갈 수 있기를 바랐는데, 당신이 그 얘기를 꺼내지 않아서 못 했잖아요."

"오." 아서가 말했다. "저런, 그 말을 못 해줘서 미안하네요. 무슨 상이었는데요?"

"각본에서 쓸데없이 '제기랄'이라는 단어를 제일 많이 쓴 작가한테 주는 상이었어요. 아주 큰 영예거든요."

"그렇군요." 아서가 말했다. "그럼 뭘 받게 되는데요?"

"로리라는 거예요. 그저 커다란 화분처럼 생긴 까만 받침 위에 올려져 있는 은으로 된 물건이에요. 방금 뭐라고 했어요?"

"난 아무 말도 안 했는데. 그저 그 은인가 뭔가 하는 것에 대해서 막 물어보려던 참……."

"아, 난 당신이 '훕'이라고 한 줄 알았어요."

"뭐라고요?"

"'훕' 이라고요."

사람들이 파티에 찾아오기 시작한 지도 벌써 몇 년째였다. 다른 세계에서 온 세련된 불청객들 말이다. 그리고 얼마 전부터는 파티에 참석한 사람들도 저 아래 보이는 자신들의 세계를 바라보며, 그 세계가 아주 조금, 아주 미세한 차이지만, 전처럼 재미가 없다고 생각하기 시작했다. 폐허가 된 도시들, 황폐해진 아보카도 농장들, 그리고 시들어빠진 포도 농장들, 어느새 새로 생긴 끝없이 광막한 사막들, 비스킷 부스러기나 그보다 더 나쁜 쓰레기들로 가득 찬 바다를 보면 그런 생각이 들었던 것이다. 어떤 이들은 파티 전체를 우주 여행을 할 만하게 만들어서 공기가 좀 깨끗하고 머리가 좀 덜 아플 만한 다른 행성으로 떠나버리면 어떨까 생각하기도 했다.

이미 절반쯤 죽은 행성 표면에서 간신히 먹고사는, 영양실조에 걸린 몇 안 되는 농부들이 이 말을 들으면 엄청나게 기뻐했을 터였다. 하지만 그날, 파티가 비명을 질러대며 구름 속에서 튀어나오자 또 치즈와 포도주 공습이 시작되는 줄 알고 핼쑥하게 공포에 질려 하늘을 올려다본 농부들은, 파티가 한동안은 정체 상태에 빠질 것이며 금세 끝장이 날 것이라는 사실을 분명하게 알 수 있었다. 손님들이 모자와 코트를 챙겨 들고 흐린 눈을 비비며 지금 바깥은 시간이 어떻게 되었나, 계절은 어떻게 되었나 보려고 밖으로 나올 때가 임박했던 것이다. 손님들은 불에 타고 유린당한 이 땅에 택시라는 게 갈 데가 있나 주섬주섬 알아볼 터였다.

파티는 절반쯤 뚫고 들어온 기괴한 하얀 우주선과 끔찍하게 포옹하며 서로 얽혀 있었다. 파티와 우주선은 다 같이 괴기스러운 무게는 아랑곳하지 않고 이리저리 기울어지고, 흔들리고, 하늘에서 빙글빙글 공중제비를 돌고 있었다.

구름이 둘로 갈라졌다. 대기가 포효하며 뛰어올랐다.

파티와 크리킷 전함은, 함께 얽히고 꼬여 있는 모습이 마치 두 마리 오리 같았다. 한 오리는 다른 오리한테 세 번째 오리를 만들어주려고 애쓰고 있었고, 두 번째 오리는 아직 세 번째 오리를 낳을 준비가 되지 않았다고 해명하는 양상이었다. 두 번째 오리는 세 번째 오리를 낳는다 해도, 하필이면 다른 오리들 다 놔두고 이 첫 번째 오리를 추정상의 아버지로 두고 싶은지 확신하지 못했고, 더구나 이렇게 나느라 한창 바쁜 중에 그런 짓을 하고 싶은지도 잘 모르겠다는 눈치였다.

하늘은 노래를 불렀고, 분노와 노여움에 차 비명을 질러댔으며, 땅에다가 충격파를 마구 던졌다.

그런데 별안간 훕 소리와 함께 크리킷 우주선이 자취를 감추었다.

파티는, 문에 기대고 있다가 느닷없이 문이 열리는 바람에 중심을 잃은 사람처럼 무기력하게 하늘을 가르며 허둥댔다. 파티는 공중 부양 제트 엔진들에 의존해 이리저리 뒤뚱거리고 왔다 갔다 했다. 제대로 중심을 잡으려 할수록 오히려 잘못된 방향으로 갔다. 파티는 비틀거리며 다시 하늘을 가로질렀다.

한동안 이런 비틀거림이 계속되었지만, 이런 식으로 한없이 계속할 수는 없는 노릇이라는 건 누가 봐도 명백했다. 파티는 이제 치명상을 입었다. 재미는 이미 다 사라져버렸다. 가끔 허리가 부러진 사람들이 피루엣을 추었지만, 그걸로 진실을 가릴 수는 없었다.

이 시점에서는 땅을 피하려 애쓰면 애쓸수록 마침내 충돌하는 순간의 충격이 더욱 커질 터였다.

파티장 안에서도 상황이 별로 좋지 않았다. 사실, 끔찍스럽게 좋지 못했고, 사람들은 기분이 너무나 나쁜 나머지 재미가 없다고 악을 쓰고 있었다. 크리킷 행성의 로봇들이 다녀갔다.

로봇들은 '각본에서 쓸데없이 제기랄이라는 말을 가장 많이 쓴 작가한테 주는 상'을 압수하고, 대신 그 자리에 참혹한 학살의 현장을 남겨두었다. 아서는 로리 상에 아깝게 떨어진 후보만큼이나 구역질이 났다.

"우리도 남아서 도와주고 싶은 마음이 굴뚝같지만, 안 그럴 거야." 포드는 참혹하게 훼손된 유해들을 뚫고 지나가면서 이렇게 외쳤다.

파티는 또다시 기우뚱했고, 이 때문에 흡연 구역의 폐허 쪽에서 열에 달뜬 비명 소리와 신음 소리가 터져 나왔다.

"우리는 가서 우주를 구해야 해, 알겠어?" 포드가 말했다. "형편없는 변명처럼 들린다면, 그게 맞아. 아무튼, 우리는 여길 뜨는 거야."

그는 문득 땅바닥에 굴러다니는 따지 않은 술병을 하나 발견했다. 기적적으로 깨지지 않고 남아 있었다.

"우리가 이걸 좀 가져가도 되겠어요?" 그가 말했다. "여러분한테는 별로 필요 없을 거 같은데."

그는 감자 칩도 한 봉지 챙겼다.

"트릴리언?" 아서는 충격에 젖어 힘이 다 빠진 목소리로 외쳤다. 연기가 피어오르는 쓰레기 속에서는 아무것도 볼 수 없었다.

"지구인, 우리는 가야 하오." 슬라티바트패스트가 불안하게 말했다.

"트릴리언?" 아서가 다시 외쳤다.

일이 초쯤 후, 트릴리언이 휘청거리며, 비틀거리며 시야에 모습을 나타냈다. 새로 사귄 친구 천둥신을 부축하고 있었다.

"이 여자는 오늘 나하고 지내기로 했어." 토르가 말했다. "발할라에서 아주 굉장한 파티를 하고 있거든. 우리는 그리로 날아가서……."

"이런 와중에 대체 어디 갔었어요?" 아서가 말했다.

"위층에." 토르가 말했다. "아가씨 무게를 달고 있었지. 비행은 좀 까다로운 문제라서, 바람을 계산해야 하고……."

"여자는 나하고 같이 갈 거예요." 아서가 말했다.

"이봐, 나는……." 트릴리언이 말했다.

"아니, 우리랑 같이 가는 거야." 아서가 말했다.

토르는 서서히 이글이글 타오르는 눈길로 그를 노려보았다. 신성(神性)이라는 것에 대해 주지시키고 싶은 모양이었는데, 적어도 그건 청결과는 전혀 상관이 없었다.

"여자는 나하고 같이 가." 그는 조용히 말했다.

"어서 오시오, 지구인." 슬라티바트패스트가 초조하게 다그치며 아서의 소매를 잡아당겼다.

"어서요, 슬라티바트패스트." 포드가 초조하게 다그치며 노인의 소매를 잡아당겼다. 슬라티바트패스트는 텔레포트 기구를 가지고 있었다.

파티는 기우뚱거리며 흔들렸고, 모든 사람들이 따라서 이리저리 휘청거렸지만, 토르와 아서는 예외였다. 아서는 천둥신의 검은 눈동자를 부들부들 떨며 노려보고 있었다.

천천히, 놀랍게도, 아서는 한없이 작아 보이는 두 주먹을 쥐고 들어 올렸다.

"어디 맛 좀 볼래?"

"아이고, 무서워 죽겠네. 뭐라고 하셨나?" 토르가 으르렁거렸다.

"뭐라고 했냐면……." 아서가 말했다. 목소리가 떨리는 건 도저히 어쩔 수 없었다. "맛 좀 보겠느냐고 했다!" 그는 우스꽝스럽게 주먹을 촐랑촐랑 흔들어 보였다.

토르는 믿을 수 없다는 표정으로 그를 바라봤다. 이윽고 그의 콧구멍에서 한 가닥 연기가 피어올랐다. 콧구멍 속에서는 아주 작은 불길도 보였다.

그는 허리띠를 꽉 붙들었다.

그러더니 가슴을 커다랗게 부풀렸는데, 그건 셰르파 한 부대쯤 거느리지 않고는 자기 정도 되는 사내를 거스르는 건 생각도 말라는 뜻이 분명했다.

그는 허리띠에 묶여 있던 망치의 손잡이를 끌렀다. 그러더니 손에 망치를 들고 어마어마한 강철 망치머리를 드러냈다. 이렇게 함으로써 그는 전봇대를 갖고 다닌다는 오해를 말끔히 씻어버렸다.

"나한테 주먹맛을 보고 싶냐고 했냐?" 그는 강물이 제철소를 따라 흐르는 듯한 쇳소리를 내면서 말했다.

"그래." 아서가 말했다. 그의 목소리는 갑자기 놀랄 만큼 힘차고 호전적으로 변했다. 그는 다시 주먹을 촐랑촐랑 흔들어 보였다. 이번에는 진심이었다.

"밖에 나가서 한판 붙을래?" 아서는 토르를 향해 쌀쌀맞게 쏘아붙였다.

"좋았어!" 토르는 성난 황소처럼 포효하더니(아니, 사실은 '성난 천둥신처럼' 그랬다. 이게 훨씬 더 인상적이다) 밖으로 나갔다.

"좋았어." 아서가 말했다. "이제 녀석은 처리됐네요. 슬라티바트패스트, 우리를 여기서 빨리 내보내줘요."

23

 "그래, 좋아." 포드가 아서에게 외쳤다. "그래, 나는 겁쟁이다, 어쩔래. 중요한 건 내 목숨이 아직 붙어 있다는 거지." 그들은 다시 비스트로매스 호에 타고 있었다. 슬라티바트패스트도 타고 있었다. 트릴리언도 타고 있었다. 조화와 일치는 타고 있지 않았다.
 "흠, 하지만 나도 살아 있어, 안 그래?" 아서는 모험과 분노로 핼쑥해진 얼굴을 하고 이렇게 대꾸했다. 아서의 눈썹은 둘이 서로 주먹다짐이라도 하고 싶은 것처럼 펄떡펄떡 위아래로 뛰고 있었다.
 "너는 하마터면 뒈질 뻔했잖아." 포드가 폭발했다.
 아서는 찬바람을 일으키며 슬라티바트패스트를 향해 돌아섰다. 슬라티바트패스트는 우주선 갑판의 조종석에 앉아, 병 바닥에 남아 있는 무언가를 깊은 생각에 잠겨 뚫어져라 쳐다보고 있었다. 아서가 보기에는 도저히 뭔지 파악할 수 없는 물건이었다. 그는 노인에게 항변했다.
 "제가 한 말을 저 녀석이 한마디라도 알아들었다고 생각하세요?" 복받치는 감정으로 목소리를 파르르 떨면서 그가 말했다.
 "모르겠소." 슬라티바트패스트가 약간 딴 데 정신이 팔린 듯한 말투로 말했다. "아는지 모르는지, 나 자신도 잘 모르겠소." 그는 슬쩍 위를 쳐다본 뒤 덧붙였다. 그는 새삼스럽게 열렬한가 하면 또 새삼스럽게 당혹스러운 표정으로 기기를 뚫어져라 들여다보았다. "우리한테 다시 한번 설명을 해주겠소?" 그가 말했다.

"그러니까……."

"지금은 말고. 끔찍한 사건들이 임박했어요."

그는 병 바닥의 가짜 유리를 톡톡 쳤다.

"우리는 파티에서 좀 한심하게 행동했소. 안타깝지만. 그리고 우리의 유일한 희망은 이제 로봇들이 열쇠로 자물쇠를 여는 걸 막는 데 달려 있소. 대체 어떻게 막을 수 있을지, 그걸 모르겠단 말이오." 그가 중얼거렸다. "일단 거기 한번 가보는 수밖에 없을 것 같구려. 별로 마음에 드는 생각이라고는 할 수 없소만. 십중팔구 시체가 될 테니 말이오."

"그나저나 트릴리언은 대체 어디 있어요?" 아서는 짐짓 염려하는 척하며 이렇게 말했다. 그가 화가 났던 건, 더 빨리 탈출할 수 있었는데 자기가 천둥신하고 한판 붙는 바람에 못 했다고 포드가 신경을 긁었기 때문이었다. 아서의 견해는——그럴 가치가 있다고 생각되면 아무나 붙잡고 피력하는 견해였다——, 그건 기막히게 용감하고 지혜로운 일이었다는 쪽이었다.

그런데 지금 대체적인 분위기는, 아서 자신이 어떻게 생각하건 냄새나는 들개 콩팥만큼도 신경 쓰지 않는다는 식으로 흘러가고 있었다. 그러나 정말로 마음 아픈 건, 당사자인 트릴리언이 이렇게도 저렇게도 반응하지 않고 무심하게도 어딘가로 황황히 가버렸다는 사실이었다.

"그런데 내 감자 칩은 어디 갔어?" 포드가 말했다.

"둘 다 정보성 환각의 방에 있소. 당신 친구인 젊은 아가씨는 은하계 역사의 문제점들을 좀 파악하고 싶은 모양입디다. 나는 감자 칩이 그녀에게 도움이 되리라고 생각했다오." 슬라티바트패스트가 올려다보지도 않고 말했다.

24

하지만 감자 칩 따위로 중대한 문제들이 하나라도 해결될 수 있을 거라고 믿는다면 큰 실수다.

예를 들자면, 옛날에 '스트리테락스 행성의 사일라스틱 갑옷 악마'라고 불리는 말도 안 되게 호전적인 종족이 있었다. 그 종족 이름이 그거였다. 그 종족이 자랑하는 군대의 이름은 몹시 소름끼치는 것이었다. 다행스럽게도 이 종족은 이제까지 우리가 마주친 그 어떤 생물체보다도 더 오랜 과거에——이백억 년 전——살았는데, 이때는 은하가 젊고 생생해서, 싸울 만한 가치가 있는 아이디어는 모두 새로운 것들이었다.

싸움은 '스트리테락스 행성의 사일라스틱 갑옷 악마' 종족이 몹시 잘 하는 일이었다. 그리고 워낙 잘하는 일이다 보니 싸움을 아주 많이 했다. 적들(즉, 다른 사람들 모두)과 싸웠고, 자기네끼리 서로 싸웠다. 그들의 행성은 철저히 폐허가 되었다. 행성 표면은 버려진 도시들로 가득 찼고, 주위는 버려진 무기들이 가득했으며, 그 주위에는 또 사일라스틱 갑옷 악마 종족이 살면서 시시한 일들로 서로 싸워대는 깊디깊은 벙커들이 있었다.

이 종족과 싸우려면, 제일 좋은 방법은 그냥 세상에 태어나는 것이었다. 그들은 누가 태어나는 걸 좋아하지 않았고, 심지어 몹시 비위 상하는 일이라고 여겼다. 그리고 이 종족이 성이 나면 꼭 다치는 사람이 생겼다. '인생을 뭐 그렇게 피곤하게 산담' 하고 생각할지 모르지만, 그 종족은 정력이 어마어마하게 샘솟았던 모양이다.

사일라스틱 갑옷 악마 종족을 다루는 최선의 방법은 그냥 자기 혼자 방에 가둬두는 것이다. 그러면 머지않아 자기 자신을 죽도록 패고 있을 테니까.

결국 그들은 이 문제를 해결하지 않으면 안 되겠다는 결론을 내렸고, 평범한 사일라스틱 직장(경찰, 경호원, 초등학교 선생 등등)에 무기를 소지하는 사람은 과잉 호전성을 발산하기 위해 매일 적어도 사십오 분간 감자 자루에 주먹질을 해야 한다는 법을 공포했다.

한동안 이 방법은 효과가 좋은 것처럼 보였다. 그러던 어느 날 어떤 사람이, 감자 자루를 때리는 대신 총으로 쏘면 훨씬 더 효율적이고 시간이 덜 들지 않겠느냐는 생각을 해냈다.

이 방법은 온갖 물건을 총으로 쏘는 일에 대한 열정을 다시 일깨웠고, 그들은 몇 주 만에 처음으로 발발할 예정인 전쟁을 생각하며 흥분에 들떴다.

'스트리테락스 행성의 사일라스틱 갑옷 종족'의 또 다른 업적은 최초로 컴퓨터가 충격을 받게 만드는 데 성공했다는 것이다.

그것은 학타르라는 이름을 가진, 우주 출신의 거대한 컴퓨터였다. 오늘날까지도 이제까지 제조된 가장 강력한 컴퓨터로 기억되고 있는 학타르는 자연적인 두뇌처럼 만들어진 최초의 컴퓨터였다. 즉, 신경 세포 하나하나가 전체 두뇌의 패턴을 내포하고 있었기 때문에 훨씬 더 유연하고 상상력이 풍부한 사고를 할 수 있었고, 덕분에 충격을 받을 수도 있었다.

'스트리테락스 행성의 사일라스틱 갑옷 종족'은 스틱의 끈질긴 가르 전사들과 정기적으로 전쟁을 하고 있었는데, 보통 때와 달리 전쟁에서 별로 즐거움을 찾지 못하고 있었다. 쿨젠다의 방사능 늪과 프라즈프라가의 불의 산맥을 죽도록 돌아다니며 적을 추적해야 했기 때문이었다. 갑옷 종족은 이 두 지역의 지형에 익숙지 못했다.

게다가 자자지크스타크의 '목졸라 스틸레탄'들이 이 난투극에 뛰어드는 바람에 갑옷 종족은 카프락스의 감마 동굴들과 발렌구텐의 얼음 폭풍 속에서 새로운 전선을 형성해 싸우지 않을 수 없게 되었다. 이렇게 되자 갑옷 종족은 이만하면 참을 만큼 참았다고 생각하고서 학타르에게 궁극적 무기를 설계해달라고 주문했다.

"궁극적이라니, 무슨 뜻입니까?" 학타르가 말했다.

이 질문에 스트리테락스 행성의 사일라스틱 갑옷 종족은 "빌어먹을 사전을 찾아봐"라고 대답하고 다시 난투극에 뛰어들었다.

그래서 학타르는 궁극적 무기를 설계했다.

그것은 초공간 접속 상자가 장착된 아주아주 작은 폭탄으로서, 활성화되면 모든 태양의 핵을 다른 태양들의 핵들과 동시에 연결해 전 우주를 어마어마한 초공간의 초신성 상태로 만들어버릴 수 있었다.

사일라스틱 갑옷 종족은 감마 동굴들 중 하나에 박혀 있는 '목졸라 스틸레탄'들의 무기 쓰레기장을 날려버리는 데 이 폭탄을 써보려고 했지만, 폭탄은 제대로 작동하지 않았다. 그들은 끔찍하게 화가 나서 컴퓨터한테 불평을 했다.

학타르는 그런 생각 자체에 충격을 받았다.

그는 자신이 이 궁극적인 무기 문제에 대해 줄곧 생각하고 있었다는 것, 그걸 폭파시키지 않을 때 발생할 수 있는 결과들 중에는 그걸 폭파시킬 때 발생할 수 있는 결과들보다 더 나쁜 건 없다는 것, 그래서 자신이 폭탄 설계에 일부러 소소한 결함을 만들었다는 것을 설명하려고 노력했다. 그리고 바라건대 관련자들 모두가 냉철하게 잘 생각해서…….

사일라스틱 갑옷 종족은 이 견해에 동의하지 않았으며, 결국 컴퓨터를 폐기해버리고 말았다.

훗날 그들은 이 문제를 재고해서, 결함이 있는 폭탄도 제거해버렸다.

그들은 잠시 쉬었다가 다시 스턱의 끈질긴 가르 전사들과 자자지크스 타크의 목졸라 스틸레탄들을 박살내 없애버리려 들었고, 결국 전적으로 새로운 방식을 발명해 스스로 폭사해 멸망하고 말았다. 이 사건으로 은하계의 다른 종족들은 모두 깊은 안도의 한숨을 내쉬었는데, 특히 가르 전사들과 스틸레탄들과 감자들이 기쁨에 겨워 날뛰었다.

트릴리언은 크리킷의 사연은 물론 이 모든 내력도 다 보았다. 사색에 잠겨 정보성 환각의 방을 나온 그녀는, 나오자마자 그들이 한 발 늦었다는 사실을 깨닫게 되었다.

25

비스트로매스 호가 크리킷의 밀봉된 행성계 주위 궤도를 따라 영원히 외로운 길을 걷고 있는 일 마일 반경의 소행성 위 작은 절벽 꼭대기에서 객관적 존재로 반짝이며 모습을 나타냈음에도 불구하고, 승객들은 이제는 자신들이 막을 수 없는 역사적 사건의 목격자가 되는 것말고는 달리 아무것도 할 일이 없다는 걸 잘 알고 있었다.

하지만 그들은 그런 역사적 사건을 둘이나 목도할 줄은 몰랐다.

그들은 절벽 끝에서 추위와 외로움과 무기력에 시달리며 저 아래서 벌어지는 행위들을 지켜보았다. 전방으로 백 야드, 아래로 백 야드밖에 떨어지지 않은 곳에서 광선 검들이 허공을 가르며 섬뜩한 반원을 그렸다.

그들은 눈이 멀 것만 같은 이 사건을 뚫어져라 쳐다보았다.

우주선의 확장된 장력 덕분에 그들은 그곳에 서 있을 수 있었다. 쉽사리 속아주는 정신의 성향을 이번에도 이용한 덕분이었다. 자그마한 별똥별에서 추락한다든가, 숨을 쉴 수 없다든가 하는 문제들이 간단하게 '다른 사람의 문제'가 되었던 것이다.

하얀 크리킷 전함들은 소행성의 황폐한 회색 절벽들 사이에 꽂혀 주차하고 있었는데, 반원의 빛에 따라 나타났다가 그늘 속으로 사라졌다가 했다. 단단한 암석이 드리우는, 비뚤비뚤하고 새까만 그림자들은 반원의 광선들이 휩쓸고 지나갈 때마다 미친 듯한 광기의 안무를 따라 춤을 추었다.

열한 개의 하얀 로봇들은 행진을 하며, 위킷 열쇠를 흔들리는 빛 한가운데로 운반하고 있었다.

위킷 열쇠는 재건되었다. 각각의 구성 요소들은 반짝이며 빛을 발했다. 힘과 권력을 상징하는 강철 기둥(혹은 마빈의 다리), 번영을 상징하는 황금 가로장(혹은 무한 불가능 확률 추진기의 심장), 과학과 이성을 상징하는 방탄 유리 기둥〔혹은 아르가부톤의 정의의 홀(笏)〕, 은 가로장(혹은 심각한 각본에서 쓸데없이 '제기랄'이라는 말을 가장 많이 쓴 작가에게 수여되는 로리 상), 자연과 영성을 상징하는 재건된 나무 기둥(혹은 영국 크리켓의 죽음을 상징하는 불타버린 크리켓 기둥의 잔해인 애시즈 트로피).

"이 시점에서 우리가 할 수 있는 일은 아무것도 없나요?" 아서가 초조하게 말했다.

"없다오." 슬라티바트패스트가 한숨을 쉬었다.

아서의 얼굴을 스친 낙심의 표정은 완전히 실패작이었다. 게다가 그늘 아래에 서 있었기 때문에, 아서는 붕괴하는 낙심의 표정을 마음 놓고 안도의 표정으로 슬쩍 바꾸어버렸다.

"저런." 그는 말했다.

"우리에겐 무기가 없소." 슬라티바트패스트가 말했다. "바보처럼."

"빌어먹을." 아서가 아주 차분하게 말했다.

포드는 아무 말도 하지 않았다.

트릴리언도 아무 말 하지 않았지만, 그 침묵은 유별나게 사색적이고 독특했다. 그녀는 소행성 너머의 텅 빈 우주 공간을 뚫어져라 쳐다보고 있었다.

소행성은 크리킷의 사람들, 즉 크리킷의 주인들과 살인 로봇들이 살고 있는 행성계를 밀봉하고 있는 슬로-타임 덮개를 둘러싼 먼지 구름 주위를 돌고 있었다.

무기력한 일행은 크리킷 로봇들이 자신들의 존재를 알고 있는지 아닌지 확인할 길이 없었다. 그저, 로봇들이 알고는 있지만, 상황을 따져 볼 때 당연히, 두려워할 게 아무것도 없다고 느끼는 모양이라고 추정할 뿐. 로봇들은 역사적인 사명을 띠고 있었고, 구경꾼들은 경멸의 대상에 불과했다.

"끔찍하게 무기력한 기분이네요, 그렇죠?" 아서가 말했지만, 다른 사람들은 다 그의 말을 못 들은 척했다.

로봇들이 다가가고 있는 빛의 구역 한가운데에 사각형의 틈새가 나타났다. 틈새가 점점 또렷하게 모양을 갖춰나가더니, 곧 육 제곱피트 정도 되는 사각형의 땅이 천천히 위로 부상하고 있다는 게 분명해졌다.

동시에 그들은 다른 움직임을 인식했다. 하지만 그것은 거의 눈치 채지 못할 정도로 미약해서, 잠시 동안 실제로 움직임이 있는지 없는지 분명치 않았다.

그러다가 움직임이 분명해졌다.

소행성이 움직이고 있었다. 깊은 심연으로부터 천천히, 저 심연에서 낚시꾼이 끌어당기고 있기라도 한 것처럼, 무정하게 먼지 구름 쪽으로 서서히 움직여가고 있었다.

그들은 정보성 환각의 방에서 이미 겪어보았던 구름 속으로의 여행을 현실에서 되풀이하게 된 것이었다. 그들은 침묵 속에서 얼어붙은 듯 꼼짝도 하지 않았다. 트릴리언은 얼굴을 찌푸렸다.

한 시대가 지나가는 것 같았다. 소행성 끝이 막막하고 보드라운 먼지 구름 속으로 끌려 들어가는 동안, 시간은 빙글빙글 돌며 끔찍하게 느리게 흘러가는 것만 같았다.

그리고 곧 그들은 춤추는 얄팍하고 불투명한 안개 속에 에워싸였다. 그들은 막막하게, 끝없이, 그 속을 뚫고 흘러갔다. 희미한 형체들과 알아볼 수 없는 윤생체(輪生體)들이 곁눈질로 조금 보일락 말락 할 뿐이었다.

먼지 구름은 눈부신 빛의 광선마저 흐리게 했다. 빛나는 빛의 광선들은 무수한 먼지 알갱이들에 부딪쳐 반짝거렸다.

트릴리언은 또다시, 얼굴을 찌푸리고 혼자만의 생각에 잠겨 눈앞을 바라보았다.

그리고 그들은 먼지 구름 밖으로 나왔다. 일 분이 걸렸는지 삼십 분이 걸렸는지 확실히 알 수 없었지만, 그들은 구름 밖으로 나와 새로운 적막함에 휩싸였다. 우주 자체가 눈앞에서 사라져버린 듯한 광막한 어둠이었다.

그리고 이제 만사의 진행이 아주 빨라졌다.

지상 삼 피트 높이로 솟아 올라온 네모 상자 속에서 눈이 멀어버릴 듯한 광선들이 폭발하듯 사방으로 퍼져 나왔다. 그리고 그 속에서 더 작은 방탄 유리 상자가 튀어나왔다. 상자 속에서는 눈부신 빛깔들이 춤을 추고 있었다.

상자에는 깊은 홈들이 패어 있었는데, 세 개의 홈은 세로로, 두 개는 가로로 돼 있는 것으로 보아 위킷 열쇠를 꽂는 자리임이 분명했다.

로봇들은 자물쇠로 다가가 열쇠를 제자리에 꽂은 다음 다시 뒤로 물러났다. 상자는 제멋대로 빙그르르 뒤틀리더니, 공간의 변환이 시작되었다.

꽉 조여 있던 공간이 풀리는 과정은, 구경꾼들의 눈알을 안구에서 뽑아내는 것처럼 괴롭기 그지없었다. 그들은, 몇 초 전만 해도 텅 빈 우주 공간밖에 없는 것처럼 보였던 자리에 당당히 모습을 드러낸 태양을 자기도 모르게 멍하니 바라보고 있느라 눈이 멀어버릴 지경이 되었다는 걸 깨달았다. 일이 초쯤 흘렀을까, 그들은 방금 벌어진 일을 제대로 이해하기도 전에 두 손을 들어 눈부터 가렸다. 바로 그 일 초 후, 그들은 태양의 눈알 한가운데를 아주 작은 점이 지나쳐 갔다는 사실을 깨닫게 되었다.

그들은 휘청거리며 뒷걸음질했고, 로봇들이 가냘픈 목소리를 한데 모아 뜻밖에도 합창을 하는 소리가 그들의 귓전에 울려 퍼졌다.

"크리킷! 크리킷! 크리킷! 크리킷!"

소름이 끼치는 소리였다. 냉혹하고, 차갑고, 공허하고, 기계적으로 음울했다.

그것은 또한 개선의 합창이었다.

두 가지 감각적 충격으로 인해 그들은 하마터면 두 번째로 일어난 역사적 사건을 놓칠 뻔했다.

자포드 비블브락스, 크리킷 로봇들의 직격탄을 맞고도 살아난 역사상 유일한 사내가 잽 권총을 휘두르며 크리킷 전함에서 뛰쳐나왔던 것이다.

"좋았어." 그가 소리쳤다. "현재 시각 모든 상황 이상 무."

우주선 진입로를 단신으로 지키고 있던 로봇이 말없이 배틀클럽을 휘둘러 자포드의 뒷머리와 접촉하게 만들었다.

"지랄할, 누가 이런 짓을 했어?" 왼쪽 머리가 이렇게 말하면서, 구역질나게 앞으로 축 늘어졌다.

몇 초 만에 상황은 완전히 종료되었다. 로봇들이 가한 몇 번의 타격만으로 자물쇠는 영원히 파괴되었다. 자물쇠는 부서지며 갈라지고 녹아내리고 쩍 벌어져서 내용물을 다 쏟아버렸다. 로봇들은 음울하게 행진해 갔다. 어쩐지 약간 서글퍼 보이기까지 하는 로봇들은 전함으로 행진해 들어갔고, 우주선은 '훕' 소리와 함께 사라져버렸다.

트릴리언과 포드는 정신없이 빙글빙글 돌아 비탈길을 내려가, 시커멓게 꼼짝도 않는 자포드 비블브락스에게 달려갔다.

26

"이해가 안 돼." 자포드가 벌써 서른일곱 번은 얘기했을 거라고 생각하며 이렇게 말했다. "로봇들은 나를 죽일 수도 있었는데 그러지 않았거든. 나를 꽤나 멋진 남자쯤으로 여겼나 봐. 그거야 이해할 수 있는 일이지만."

다른 사람들은 말없이 이 이론에 대한 각자 나름대로의 이견을 머릿속으로 정리했다.

자포드는 우주선 갑판의 차가운 바닥에 누워 있었다. 고통이 온몸을 쿵쿵거리며 밟고 지나가고 머리를 찢어대고 있는 사이 그의 등허리는 마룻바닥과 씨름을 하는 것 같았다.

"내 생각에, 저 양극 산화 처리된 친구들은 뭔가 잘못된 것 같아. 뭔가 본질적으로 기괴해." 그가 속삭였다.

"그 로봇들은 다른 존재를 모두 죽이도록 프로그래밍되어 있다오." 슬라티바트패스트가 지적했다.

"아, 아마 그게 바로 문젠가 봐요." 자포드는 두 번의 쿵쾅거리는 고통 사이에 간신히 씩씩거리며 말했다. 하지만 어쩐지 전적으로 그 말을 다 믿는 기색은 아니었다.

"안녕, 자기." 그가 트릴리언에게 말했다. 이 말로 예전의 행동을 무마

할 수 있기를 바라면서.

"괜찮아?" 트릴리언이 부드럽게 말했다.

"응, 괜찮아." 그가 말했다.

"다행이네." 트릴리언이 말하고, 생각을 하기 위해 물러났다. 그녀는 여덟 개의 소파 위에서 커다란 비지스크린을 뚫어져라 응시하다가, 스위치를 돌려 주변 풍경을 돌려 보기 시작했다. 어떤 사진에는 먼지 구름의 막막함이 찍혀 있었다. 어떤 사진은 크리킷의 태양이었다. 어떤 사진은 크리킷 행성 자체였다. 그녀는 맹렬한 속도로 사진들을 훑어보았다.

"이제 은하계에 작별 인사나 해야 하는 것이군." 아서가 무릎을 툭툭 치면서 일어섰다.

"아니오." 슬라티바트패스트가 심각하게 말했다. "우리가 갈 길은 분명하오." 그가 미간을 어찌나 깊이 찌푸렸는지, 주름 사이에 작은 구근 채소들이라도 심을 수 있을 것만 같았다. 그는 일어나서 우주선 안을 서성거렸다. 다시 말을 시작하다가, 그는 그만 자기 자신이 한 말에 너무 겁을 먹은 나머지 결국 다시 주저앉을 수밖에 없었다.

"우리는 크리킷 행성으로 내려가야 하오." 그가 말했다. 깊은 한숨에 그의 노구가 흔들렸다. 두 눈은 안구 속에서 마치 딸랑이처럼 덜그럭거리는 것 같았다.

"이번에도 우리는 한심하게 실패했소. 참으로 한심하게."

"그건 우리와 별로 상관없는 일이기 때문이라고 제가 말했잖아요." 포드가 조용히 말했다.

그는 발을 계기판 위에 올려놓고 손톱들로 뭔가를 발작적으로 두들겼다.

"하지만 우리가 뭔가 조치를 취하지 않으면……." 노인이 시비조로 말했다. 마치 자신의 본성에 내재한 안일하고 태평한 자질과 싸우고 있는 듯했다. "그러면 우리는 모두 파괴될 거요. 우리 모두 죽을 거란 말이오. 그 정도라면 우리와 상관이 있겠지요?"

"목숨을 내놓을 만큼은 아니지요." 포드가 말했다. 그는 얼굴에 일종의 공허한 미소 같은 걸 내걸고는, 보고 싶은 사람들은 다 보란 듯이 방 안을 휘둘러보았다.

슬라티바트패스트는 이 관점이 몹시 유혹적이라고 생각하고 유혹에 저항하려 애쓰는 게 분명했다. 그는 다시 몸을 돌려 자포드를 바라보았다. 자포드는 이를 갈며 고통으로 식은땀을 흘리고 있었다.

"아마 당신은 뭔가 생각이 있을 거요." 그가 말했다. "어째서 그들이 당신 목숨을 살려주었는지에 대해서 말이오. 그건 정말 아주 이상하고 희귀한 일이라오."

"자기네들도 이유를 모르는 게 아닐까 하는 생각이 들어요." 자포드는 어깨를 으쓱했다. "말씀드렸잖아요. 놈들은 제일 약한 타격으로 저를 때려눕혔어요, 그렇죠? 그러더니 자기네 우주선으로 끌고 가서, 한쪽 구석에다 던져놓고 그냥 묵살했어요. 제가 무슨 말만 하면, 다시 때려눕혔지요. 우리는 상당히 멋진 대화를 나눴어요. '이봐요……억!', '거기……억!', '저기……윽!' 몇 시간 동안 저를 아주 즐겁게 해주더군요, 뭐." 그는 다시 몸을 움찔했다.

그는 손가락으로 뭔가를 만지작거리고 있었다. 그는 그 물건을 치켜들었다. 황금 가로장——순수한 마음, 무한 불가능 확률 추진기의 심장. 자물쇠의 파괴 속에서 훼손되지 않고 살아남은 건 오직 그것과 나무 기둥뿐이었다.

"선생님 우주선이 꽤 잘 달린다니, 먼저 저 좀 제 우주선에다 도로 데려다 주시겠어요?" 그가 말했다.

"우리를 도와주지 않을 거요?" 슬라티바트패스트가 말했다.

"우리?" 포드가 쌀쌀맞게 쏘아붙였다. "우리가 누군데요?"

"남아서 여러분이 은하를 구하는 걸 돕고 싶습니다만……." 자포드가 어깨를 간신히 치켜 올리면서 말했다. "하지만 저한테는 두통 낳는 부모가 있어서, 이미 두 개의 두통이 태어나 있는데다, 앞으로도 엄청 많은 두통들이 태어날 예정이라서 말이지요. 하지만 다음번에 은하를 구할 일이 생기면, 그때는 불러만 주세요. 이봐, 트릴리언, 자기?"

그녀는 잠깐 주위를 둘러보았다.

"응?"

"같이 갈래? 순수한 마음 호에? 흥분과 모험과 진짜 진짜 재미있는 일들?"

"나는 크리킷 행성에 내려갈 거야." 그녀가 말했다.

27

똑같은 언덕이었지만 똑같지가 않았다.

이번에는 정보성 환각이 아니었다. 이번에는 진짜 크리킷 행성이었고, 그들은 그 위에 서 있었다. 그들 근처 나무들 뒤에는 희한하게 생긴 이탈리아 레스토랑이 서 있었다. 그것은 바로 그들을, 그들의 진짜 육신을 이곳, 진짜로 존재하는 현재의 크리킷 세계로 데리고 온 우주선이었다.

발밑에서 느껴지는 탱탱한 풀들은 진짜였고, 풍부한 토양도 진짜였다. 나무들이 풍기는 어지러운 향기도 역시 진짜였다. 밤도 진짜 밤이었다.

크리킷.

크리킷 주민이 아닌 사람에게 이렇게 위험한 곳은 아마 다시없으리라. 이 장소는 다른 장소의 존재 자체를 견디지 못했다. 이 장소의 매력적이고 쾌활하고 지적인 주민들은 자기네 종족이 아닌 사람을 만나면 공포, 만행, 그리고 살의에 찬 증오로 울부짖곤 했다.

아서는 부르르 떨었다.

포드도, 놀랍게도, 부르르 떨었다.

그가 부르르 떨었다는 게 놀라운 게 아니다. 그가 어쨌든 여기 서 있다는 사실 자체가 놀라웠다. 하지만 그들이 자포드를 우주선으로 돌려보냈을 때, 포드는 뜻밖에도 부끄러워져서 도망가지 않기로 결심했다.

틀렸어, 포드는 속으로 생각했다. 틀렸어 틀렸어 틀렸어. 그는 자포드의 무기고에서 꺼내 온 잽 권총을 꼭 껴안았다.

트릴리언도 부르르 떨었고, 하늘을 보더니 얼굴을 찌푸렸다.

하늘도 똑같지가 않았다. 이제 더 이상 막막하고 텅 빈 공간이 아니었다.

하지만 이천 년에 달하는 크리킷 전쟁 중에도 전원의 풍경은 별로 달라지지 않았다. 그리고 크리킷이 십억 년 전 슬로-타임 덮개로 밀봉된 이래 이 지역에서는 겨우 오 년이 흘렀을 뿐이었다. 하지만 하늘은 엄청나게 달라졌다.

희미한 빛들과 육중한 형체들이 하늘에 걸려 있었다.

하늘 높은 곳에, 그 어떤 크리킷 주민도 바라보지 않는 곳에, 전쟁 구역, 로봇 구역들이 있었다. 크리킷 행성 표면의 목가적인 전원 풍경 위 저 높은 곳 닐-오-그라브 장(場)에 거대한 전함들과 탑 같은 공장들이 둥둥 떠다니고 있었다.

트릴리언은 그것들을 바라보면서 생각했다.

"트릴리언." 포드 프리펙트가 그녀에게 속삭였다.

"응?" 그녀가 말했다.

"지금 뭐 하고 있어?"

"생각."

"생각할 때 늘 그렇게 숨을 쉬어?"

"내가 숨을 쉬고 있는지도 몰랐는데."

"바로 그것 때문에 걱정한 거야."

"어쩐지 나……." 트릴리언이 말했다.

"쉬잇!" 슬라티바트패스트가 깜짝 놀라서 말했고, 떨리는 가는 손을 마구 흔들며 나무 그늘 속으로 더 물러서라는 제스처를 취했다.

별안간, 전에 테이프에서 본 것처럼, 언덕의 오솔길을 따라 내려오는 빛이 보였다. 하지만 이번에는 춤추는 광선들이 등불이 아니라 전기 손전등에서 나왔다. 그 자체가 극적인 변화는 아니었지만, 그런 작은 것 하나하나가 이들의 심장을 두려움으로 미친 듯 뛰게 만들었다. 이번에는 꽃들이며 농장이며 죽은 개들에 대한, 지저귀는 듯한 변덕스러운 노래들은 없고, 뭔가 급박한 논쟁을 하는 숨죽인 목소리들만 들려왔다.

느릿느릿하고 육중하게 하늘에서 빛이 움직였다. 아서는 폐쇄공포증으로 인한 두려움과 따뜻한 바람으로 목이 메었다.

몇 초도 안 돼서 두 번째 무리가 보였다. 어두운 언덕 반대편에서 다가오고 있었다. 그들은 아주 신속했으며, 확고한 목적 의식을 가지고 움직였다. 손전등을 흔들며 주위를 살펴보고 있었다.

두 무리가 합류하기로 한 게 틀림없었지만, 서로 만나기로 한 게 다가 아니었다. 그들은 의도적으로 아서와 다른 사람들이 서 있는 곳에서 합류하기로 한 게 분명했다.

아서는 포드 프리펙트가 어깨로 잽 건을 들어 올리느라 바스락거리는 소리를 들었다. 슬라티바트패스트가 자기 총을 들어 올리며 조그맣게 끙끙거리며 기침을 하는 소리도 들렸다. 그는 자기가 들고 있는 총의 차갑고 낯선 무게를 느꼈고, 손을 덜덜 떨면서 그걸 들어 올렸.

아서의 손가락들은 서툴게 더듬거리며 안전 장치를 풀고, 포드가 보여준 지독하게 위험하다는 방아쇠를 당기려 했다. 하도 덜덜 떨어서, 그 순간 누구한테 대고 총을 쐈다면, 아마 시체에다 자기 서명을 남겼을 것이다.

오로지 트릴리언만 총을 들어 올리지 않았다. 그녀는 눈썹을 치켜 올렸다가, 다시 내렸다가, 생각에 잠겨 입술을 깨물었다.

"그런 생각을 해봤어." 그녀는 불쑥 말을 꺼냈지만, 아무도 지금 같은 때 그런 얘기를 하고 싶어 하지 않았다.

그들 뒤편에서 비수처럼 빛이 암흑을 찔렀고, 그들은 빙글 돌아보았다. 그리고 손전등으로 그들을 찾고 있던 세 번째 무리가 등 뒤에 있다는 걸 알아차렸다.

포드 프리펙트의 총이 사악하게 따딱 소리를 냈지만, 포화는 뒤로 뿜어져 나와 그의 손에서 폭발해버렸다.

잠시 순전한 공포의 순간이 흘렀다. 얼음처럼 꽁꽁 굳어버린 일 초간 아무도 다시는 총을 쏘지 않았다.

그리고 이 초가 끝나가도 아무도 총을 쏘지 않았다.

그들은 창백한 얼굴의 크리킷 주민들에게 둘러싸여 위아래로 흔들리는 손전등 불빛으로 목욕을 하고 있었다.

포로들은 포획자들을 빤히 쳐다보았고, 포획자들은 포로들을 빤히 쳐다보았다.

"안녕하세요?" 포획자들 중 한 사람이 말했다. "실례지만, 혹시 당신들……외계인이세요?"

28

그러는 사이, 인간이 맘 편하게 생각할 수 있는 범위보다 수백만 마일이 더 넘는 거리 바깥에서 자포드 비블브락스는 또 우울증에 빠져들고 있었다.

그는 우주선을 수리했다. 그러니까, 서비스 로봇이 대신 고쳐주는 동안 정신 똑바로 차리고 열심히 지켜봤다는 뜻이다. 이제 순수한 마음 호는 다시 한번, 존재하는 가장 강력하고 탁월한 우주선이 되었다. 자포드는 어디든지 갈 수 있었고, 뭐든지 할 수 있었다. 그는 책을 좀 만지작거리다가 휙 던져버렸다. 전에 이미 다 읽은 책이었다.

그는 통신 장비 쪽으로 걸어가서 모든 주파수를 아우르는 채널을 열었다.

"술 한 잔 같이 할 사람 있습니까?" 그가 말했다.

"이거 응급 상황입니까?" 은하계 절반쯤 건너편에 있는 사람이 딱딱거렸다.

"술 좀 있습니까?" 자포드가 말했다.

"가서 별똥별이나 타라."

"알았어, 알았다고." 자포드는 이렇게 말하고 채널을 돌려 꺼버렸다. 그는 한숨을 푹 쉬고 주저앉았다. 그리고 다시 일어나서 컴퓨터 스크린을 보며 이리저리 방황했다. 그는 버튼을 몇 개 눌렀다. 작은 얼룩들이 스크린에 나타나 바삐 돌아다니며 서로 잡아먹기 시작했다.

"핑!" 자포드가 말했다. "피유우우우우우! 빵빵빵!"

"이봐요." 컴퓨터가 일 분 후 명랑하게 말했다. "당신은 삼 점을 받았어요. 이제까지의 최고 점수는 칠백오십구만 칠천이백······."

"알았어, 알았다고." 자포드는 이렇게 말하고 다시 스크린을 짤깍 꺼버렸다.

그는 다시 주저앉았다. 그는 연필을 갖고 놀았다. 이것도 점점 매력을 잃어갔다.

"알았어, 알았다고." 그는 이렇게 말하고, 자기 점수와 이전의 최고 점수를 컴퓨터에 쳐 넣었다.

그의 우주선은 전 우주를 희미하게 경계가 번진 형체들로 만들며 날아갔다.

29

"얘기 좀 해주세요." 줄지어 늘어선 사람들 사이에서 앞으로 한 발짝 나서서 손전등들이 그리는 동그라미 속에 불안하게 서 있는, 마르고 창백한 얼굴의 크리킷 주민이 말했다. 그가 총을 들고 있는 모양새는, 마치 볼일 보고 금세 다시 오겠다며 친구가 잠깐 맡겨두고 간 총을 대신 들고 있는 사람 같았다. "혹시 자연의 균형이라고 하는 것에 대해 아는 게 있으세요?"

포로들에게서는 아무 대답이 없었다. 아니, 그저 감을 못 잡고 웅얼거리는 소리와 신음 소리가 있을 뿐 사리가 분명한 대답은 없었다. 손전등 불빛이 계속 그들을 비추고 있었다. 저 하늘 높이 로봇 구역에서는 음침한 행위들이 계속되고 있었다.

"저희는 그저……." 크리킷 주민이 불편한 어조로 말을 이었다. "들은 얘기가 있어서요. 별로 중요한 얘기는 아닐지도 모릅니다만. 음, 그렇다면 차라리 여러분들을 죽이는 게 낫겠네요."

그는 어느 부분을 눌러야 하는지 알아내려는 것처럼 자기 총을 내려다보았다.

"그러니까……." 그는 다시 눈길을 들며 말했다. "여러분이 하고 싶은 얘기가 없으시다면요."

서서히 둔탁한 경악이 슬라티바트패스트, 포드, 그리고 아서의 몸을 아래로부터 훑고 올라왔다. 조금 있으면 놀라움이 뇌에 도달할 것이었다. 하지만 뇌는 지금 당장은 그들의 턱뼈를 위아래로 움직이는 일에 몰두해 있었다. 트릴리언은 마치 상자를 흔들면 직소 퍼즐이 저절로 완성되기라도 할 것처럼 고개를 흔들어대고 있었다.

"좀 걱정이 되어서요." 모여 선 사람들 사이에서 다른 사내가 말했다. "우주를 모조리 파괴한다는 우리 계획이 어쩐지 불안해요."

"그래요." 다른 사람이 말했다. "그리고 자연의 균형이라는 것도요. 우주의 나머지 부분 전체가 파괴되면, 오히려 자연의 균형이 무너질 것 같거든요. 우리는 생태학에 관심이 굉장히 많답니다." 그의 목소리는 불행하게 끝을 흐렸다.

"그리고 스포츠에도요." 다른 사람이 큰 소리로 말했다. 이 말에 다른 사람들은 동의한다는 듯 환호를 보냈다.

"그래요." 처음 말한 사람이 고개를 끄덕였다. "스포츠에도……." 그는 불안하게 동료들을 돌아보며 뺨을 발작적으로 긁어댔다. 뭔가 심오한 내적 혼란을 겪고 있는 것처럼 보였다. 마치 자기가 실제로 하고 싶은 말과 하고 있는 생각이 서로 전혀 달라서, 둘 사이에 아무런 연관성을 찾을 수 없는 것처럼.

"그러니까……." 그가 웅얼거렸다. "우리 중에는……." 그리고 확신을 얻으려는 것처럼 주위를 둘러보았다. "우리 중에는……." 그가 계속 말했다. "다른 은하의 존재들과 스포츠로 교류하고 싶어 하는 이들이 꽤 있거든요. 스포츠를 정치와 구분하기 위해서 어떤 논리를 써야 할지는 알고 있습니다만, 은하의 다른 세계들과 스포츠 교류를 하려면……우리는 그러고 싶습니다만……그렇다면 은하를 파괴하는 건 실수 같아요. 그리고 우주의 다른 존재들이 정말로……." 그는 다시 말끝을 흐렸다. "……그게 지금 우리 생각인 것 같아요……."

"뭐……뭐……." 슬라티바트패스트가 말했다.

"하아……?" 아서가 말했다.

"허억……." 포드 프리펙트가 말했다.

"알았어요." 트릴리언이 말했다. "얘기를 좀 해봅시다." 그녀는 앞으로 걸어 나가더니, 불쌍하게 혼란에 빠져 있는 크리킷 사람의 팔을 잡았다. 그는 스물다섯 살쯤 되어 보였다. 이 지역에서 특별히 시간이 조작되었다는 사실을 고려하면, 십억 년 전 크리킷 전쟁이 끝났을 당시 스무 살의 청년이었다는 뜻이었다.

트릴리언은 그를 붙들더니, 아무 말도 하지 않고 잠시 산책을 하기 시작했다. 청년은 불안하게 뒤를 따라 비틀거리며 걸었다. 주위를 에워싼 손전등 불빛들은 이제 살짝 고개를 떨어뜨리는 듯했다. 마치, 이 시커먼 혼돈의 우주에서 유일하게 자기가 할 일을 알고 있는 듯한 이 낯선, 차분한 여자에게 모든 권위를 양도하겠다는 듯이 말이다.

그녀는 뒤로 돌아서 청년의 얼굴을 똑바로 쳐다보더니, 가볍게 그의 두 팔을 붙들었다. 그의 얼굴은 참담한 당혹감으로 얼룩져 있었다.

"어디 얘기 좀 해보세요." 그녀가 말했다.

그는 잠시 아무 말도 하지 않았지만, 시선은 계속 트릴리언의 양쪽 눈을 번갈아 바라보고 있었다.

"우리는……." 그가 말했다. "우리는……그렇게 되면 외로울 거 같다는……생각이 들어요." 그는 얼굴을 엉망진창으로 구기더니 앞으로 푹 떨어뜨렸다. 그리고, 저금통에서 동전을 꺼내려는 사람이 저금통을 마구 흔들어대듯이 머리를 마구 흔들기 시작했다. 그는 다시 고개를 들었다. "우리한테는 폭탄이 있거든요." 그가 말했다. "아주 작은 거예요."

"알아요." 그녀가 말했다.

그는, 마치 트릴리언이 방금 어떤 채소에 대해 굉장히 이상한 얘기를 하기라도 한 것처럼, 눈이 튀어나올 듯이 그녀를 바라보았다.

"정말, 아주, 아주 작아요." 그가 말했다.

"알아요." 그녀가 다시 말했다.

"그런데……." 그가 다시 말끝을 흐렸다. "그걸로 존재하는 모든 걸 다 파괴할 수 있대요. 그리고 우리는 그렇게 해야 해요. 그렇게 하면 우리가 외로워질까요? 모르겠어요. 하지만 그게 우리의 기능인 것 같아요." 그는 이렇게 말하더니 다시 고개를 푹 숙였다.

"어떤 결과를 초래하든지 말이에요." 모여선 사람들 사이에서 공허한 목소리가 말했다.

트릴리언은 딱할 정도로 혼란에 휩싸여 있는 청년을 천천히 두 팔로 안더니, 덜덜 떨고 있는 그의 머리를 자기 어깨에 눕히고 토닥토닥 두들겨주었다.

"괜찮아요." 그녀는 조용하게, 하지만 캄캄한 그늘에 싸여 있는 사람들한테 다 들릴 정도로 또렷하게 말했다. "그런 일은 안 해도 돼요."

그녀는 청년을 다독여주었다.

"안 해도 돼요." 그녀가 다시 말했다.

그녀는 청년을 놓아주고 뒤로 물러섰다.

"여러분, 제 부탁 한 가지만 들어주세요." 그녀가 말했다. 그러더니 뜻밖에도 깔깔 웃어대기 시작했다.

"저는……." 그녀는 이렇게 말하고는 또 큰 소리로 웃었다. 그러다가 두 손을 입에 대더니, 웃음기가 하나도 없는 표정으로 돌아와 이렇게 말했다. "저를 여러분의 지도자로 받아주셨으면 해요." 그러더니 그녀는 하늘의 전쟁 구역을 가리켰다. 이들의 지도자가 그 위에 있다는 걸 아는 것처럼.

그녀의 웃음소리가 대기 중에 뭔가를 풀어놓은 듯했다. 사람들 뒤쪽 어딘가에서 누군가의 목소리가 노래를 부르기 시작했다. 그 노래를 폴 매카트니가 썼으면, 아마 전 세계를 다 사고도 남을 만한 돈을 벌었을 것이다.

30

 자포드 비블브락스는 기차게 멋지고 근사한 사내답게, 터널을 따라 용감하게 기어갔다. 그는 매우 혼란스러웠지만, 그래도 어쨌든 용감한 사내이므로 계속 집요하게 터널을 따라 기어갔다.
 그는 방금 눈앞에서 벌어진 광경을 이해할 수가 없었다. 하지만 그가 앞으로 듣게 될 이야기에 어리둥절해질 것에 비하면 이건 절반 수준도 안 되는 혼란이었다. 그러니 그가 이 시점에 어디에 있었는지 지금 말해 두는 게 가장 좋을 듯하다.
 그는 크리킷 행성에서 수마일 상공에 떠 있는 로봇 전쟁 구역에 있었다.
 이곳은 공기가 희박했고, 우주 공간에서 이쪽으로 던져질 수도 있는 광선이라든가 뭐 기타 등등의 것들에 대해 방어가 덜 되어 있는 편이었다.
 그는 우주선 순수한 마음 호를 크리킷 행성 상공에 빽빽하게 들어차 있는 거대하고 혼잡하고 컴컴한 선체 사이에 주차해두고, 오로지 잽 총 하나와 약간의 두통약으로 무장한 채 우주에서 가장 크고 가장 중요해 보이는 공중 건물 속으로 침투해 들어온 참이었다.
 그가 있는 장소는 길고, 넓고, 몹시 조명이 취약한 회랑이어서, 들키지 않고 다음 행동을 생각하기에 적당했다. 그는, 가끔씩 크리킷 로봇들이 회랑을 따라 걸어 다녔기 때문에 숨어 있었다. 그는 이제까지는 마치 생명을 구하는 부적이라도 달고 다녔던 것처럼 로봇들과 대적할 때마다 목숨을 부지했지만, 그래도 무지무지하게 아픈 건 사실이었고, 그래서 이제는 기막힌 행운——이렇게 부르고 싶은 마음은 절반밖에 들지 않지만——만 믿을 생각이 전혀 없었다.

그는 아까 회랑에서 빠져나와 어떤 방으로 숨어들었는데, 그곳이 어마어마하게 클 뿐만 아니라 이번에도 역시 조명이 몹시 취약한 방이라는 걸 알 수 있었다.

사실, 그곳은 딱 하나의 전시품밖에 없는 박물관이었다. 바로 우주선의 잔해였다. 그것은 끔찍하게 불에 타고 망가져 있었다. 자포드는, 학창 시절에 바로 옆자리의 사이버큐비클에 앉아 있던 여자애하고 섹스를 하려는 헛된 시도에 몰두하는 바람에 놓쳐버린 은하계 역사를 다시 공부한 뒤였기 때문에, 이것이 그 옛날 수십억 년 전에 먼지 구름 사이로 추락해서 이 모든 사태를 초래한 그 우주선의 잔해이리라는 지적인 추정을 할 수 있었다.

한데 자포드의 혼란을 초래한 건 바로 이것이었다. 그 우주선에는 틀림없이 뭔가 잘못된 데가 있었다.

우주선은 아주 제대로 망가져 있었다. 제대로 불타기도 했고 말이다. 하지만 숙련된 눈으로 아주 잠깐만 조사해보면 그것이 진짜 우주선이 아니라는 걸 알 수 있었다. 그건 마치 우주선의 실제 크기 모형, 그러니까 모형 청사진 같았다. 다시 말하면, 갑자기 우주선을 만들기로 작정했지만 만드는 법을 모를 때 아주 유용한 물건이었다. 하지만 그것 자체는 하늘을 날 수가 없었다.

여전히 이 문제로 골치를 썩이고 있던——사실 이 문제로 골치를 썩이기 시작한 건 방금 전의 일이었지만——그는 이 방 반대편에서 문이 미끄러져 열렸다는 사실을 깨달았다. 두서너 개의 크리킷 로봇들이 약간 우울해 보이는 얼굴로 들어왔다.

자포드는 이들과 연루되기 싫어서, 신중함이 용기의 다른 이름이면 비겁함도 신중함의 다른 이름이라고 결정하고, 용감하게 찬장에 몸을 숨겼다.

찬장인 줄 알았던 물건은 알고 보니 환기구였고, 점검 해치를 열면 훨씬 더 넓은 통풍 터널로 이어지게 되어 있었다. 그는 그리로 내려가서 터널을 따라 기어가게 되었다. 그리고 바로 이 지점에서 우리가 그를 찾아낸 것이다.

자포드는 통풍 터널 속이 전혀 마음에 들지 않았다. 춥고, 어둡고, 심오하게 불편했고, 무지하게 겁이 나게 했다. 그래서 처음으로 기회——백 야드쯤 깊은 곳에 또 환기구가 있었다——가 생기자, 당장 터널 밖으로 기어 나왔다.

이번에는 아까보다 좀더 좁은 실내가 나왔다. 겉모습으로 볼 때 컴퓨터 지능 센터인 것 같았다. 그는 커다란 컴퓨터 저장고와 벽 사이에 위치한 컴컴하고 좁은 통로로 나왔다.

곧 그는 이 방에 다른 사람들이 있다는 걸 알아차렸고, 다시 나가려고 했다. 하지만 바로 그때 다른 사람들이 말을 하기 시작했고 그는 흥미롭게 귀를 기울였다.

"로봇들 때문입니다." 어떤 목소리가 말했다. "로봇들에 좀 문제가 있습니다."

"정확히 말해서 어떤 문제지?"

이 목소리들은 크리킷 전쟁 사령관들의 것이었다. 전쟁 사령관들은 모두 로봇 전쟁 구역에 살고 있었으며, 덕분에 행성 표면에 살고 있는 동포들에게 닥치곤 하는 변덕스러운 의혹이나 불안감들에 대체로 영향을 받지 않았다.

"음, 그러니까, 로봇들은 이제 차츰 제대할 때가 되어가고, 곧 초신성 폭탄을 터뜨리게 되지 않습니까. 시간 밀봉의 덮개가 벗겨진 지 얼마 되지 않았는데……."

"요점을 말해보게."

"로봇들이 기뻐하고 있지 않습니다."

"뭐라고?"

"전쟁 말입니다. 전쟁으로 우울해진 모양입니다. 로봇들이 온 세상이 지겹다는 듯이, 아니 온 우주가 지겹다는 듯이 권태 증세를 보이고 있습니다."

"흠, 그건 상관없네. 우주를 파괴하는 일을 돕는 게 로봇들의 일이니까."

"그렇습니다. 하지만 로봇들이 그 일에 난항을 겪고 있습니다. 만사가 귀찮아진 모양입니다. 임무 완수를 몹시 어렵게 느끼고 있습니다. '으싸야'가 부족하단 말씀입니다."

"무슨 말을 하고 싶은 건가?"

"그러니까, 로봇들이 심한 우울증을 앓고 있다는 뜻입니다."

"지금 무슨 소리를 지껄이고 있는 건가?"

"그러니까, 최근 연루된 몇 번의 분쟁들에서 보면, 로봇들은 전장에 가서 무기를 쳐들자마자, 뭐 하러 이런 귀찮은 짓을 해? 이런 생각을 하는 듯합니다. 우주적으로 말해서, 대체 이게 다 무슨 짓이야? 라는 생각 말입니다. 그러고 나서는 좀 피로해지고 좀 풀이 죽는 겁니다."

"그럴 때 그들은 어떻게 하나?"

"아, 대체로 이차 방정식을 풉니다. 어느 모로 보나 악마적으로 어려운 방정식들이지요. 그러면 그들은 뾰로통해집니다."

"뾰로통해져?"

"그렇습니다."

"로봇이 뾰로통해진다는 소리는 내 들어본 바 없네."

"저도 모릅니다."

"방금 들린 그 소리는 뭔가?"

그건 머리가 빙글빙글 돌 지경이 된 자포드가 도망가는 소리였다.

31

우물처럼 깊은 암흑 속에, 불구가 된 로봇이 앉아 있었다. 금속성 암흑 속에서 말을 잃은 지 이미 한참이었다. 춥고 축축했지만, 로봇인지라 그런 건 원래 못 느껴야 정상이었다. 하지만 어마어마한 의지력을 동원해, 로봇은 이런 것들을 느끼는 데 성공했다.

로봇의 뇌는 크리킷 전쟁 컴퓨터의 중앙 정보 핵심에 묶여 있었다. 로봇으로서는 결코 즐겁지 못한 경험이었지만, 그건 크리킷 전쟁 컴퓨터 쪽도 마찬가지였다.

스콘셀러스 제타 행성 늪지대에서 이 딱한 금속 존재를 포획한 크리킷 로봇들이 그에게 이런 짓을 한 건, 그들이 한눈에 이 로봇의 어마어마한 지성과 엄청난 쓸모를 눈치 챘기 때문이었다.

그들은 이에 수반되는 이 로봇의 성격 파탄은 미처 생각지 못했다. 추위, 어둠, 축축함, 그리고 비좁은 공간과 외로움은 마음을 진정하는 데 전혀 도움이 되지 못했다.

로봇은 이 일이 전혀 행복하지 않았다.

무엇보다, 전 행성의 군사 전략을 짜는 것은 이 엄청난 지적 정신의 아주 작은 부분만으로도 충분한 일이었다. 그리고 나머지 정신은 끔찍한 지겨움에 괴로워하고 있었다. 자기 문제만 제외하고, 전 우주의 모든 수학적 · 물리학적 · 화학적 · 생물학적 · 사회학적 · 철학적 · 윤리학적 · 천문학적 · 심리학적 문제를 세 번씩 반복해서 풀고 나자 로봇은 더 이상의 할 일을 전혀 생각해낼 수 없었고, 그래서 아무 음조도 없고 선율도 없는 짧고 애처로운 노래들을 작곡하는 일을 하기 시작했다. 최근에 지은 곡은 자장가였다.

마빈이 읊조렸다.

이제 세상은 모두 잠이 들었네
어둠은 내 머리를 에워싸지 못하리
나는 적외선으로 볼 수 있다네
나는 밤이 정말 싫어.

그는 예술적인 힘과 감정적인 힘을 모아 시의 다음 구절을 지으려고 잠시 숨을 돌렸다.

이제 나는 잠들려 하네
전기 양들을 세려 하네
달콤한 소망들을 간직할 수 있으리
나는 밤이 정말 싫어.

"마빈!" 어떤 목소리가 숨을 죽이고 말했다.
로봇의 머리가 찰칵 하고 위쪽을 보았다. 그러다 하마터면 크리킷 전쟁 컴퓨터의 중앙부와 복잡하게 연결돼 있는 전극의 정교한 네트워크를 끊을 뻔했다.
점검 해치가 열리더니 제멋대로 돌아가는 머리들 중에서 하나가 안쪽을 바라보았다. 그러는 동안 다른 머리는 내내 그 머리를 쿡쿡 찔러대며 사방으로 몹시 불안한 눈길을 던지고 있었다.

"오, 당신이군요." 로봇이 말했다. "미리 알아차렸어야 하는데."

"이봐, 꼬마." 자포드가 경악에 차서 말했다. "방금 노래 부르고 있던 게 너니?"

"저예요." 마빈이 씁쓸하게 시인했다. "지금 특히 재기가 번득이고 있어서 말이죠."

자포드는 해치 안쪽으로 머리를 디밀고 주위를 둘러보았다.

"너 혼자니?" 그가 말했다.

"네." 마빈이 말했다. "맥없이 이렇게 앉아 있어요. 고통과 참담함이 유일한 벗이죠. 그리고 어마어마한 지성도요. 그리고 무한한 슬픔도. 그리고……."

"알았어." 자포드가 말했다. "이봐, 이런 것들이 왜 다 너랑 연결되어 있는 거야?"

"이건……." 마빈은 훼손이 덜한 팔을 들어 크리킷 컴퓨터와 자신을 연결하는 수많은 전극들을 가리켰다.

"그럼……." 자포드가 어색하게 말했다. "네가 내 목숨을 살려준 거구나. 두 번이나."

"세 번이에요." 마빈이 말했다.

자포드의 머리가 뒤를 휙 돌아보았고(다른 머리는 날카로운 매 같은 눈길로 완전히 다른 방향을 보고 있었다), 바로 뒤에 치명적인 살인 로봇이 막 연기를 내기 시작하며 서 있다는 걸 알아차렸다. 로봇은 비틀거리며 뒷걸음치더니 벽에 등을 대고는 스르르 미끄러져 내렸다. 그리고 옆으로 쓰러지더니, 고개를 젖히고, 도저히 위로를 해줄 수 없을 정도로 서럽게 흐느끼기 시작했다.

자포드는 다시 마빈을 보았다.

"너 참 굉장히 멋진 세계관을 갖고 있는 것 같다." 그가 말했다.

"묻지 마세요." 마빈이 말했다.

"그러지." 자포드가 말했다. "이봐, 너 정말 잘하고 있는걸."

"그 말씀은 그러니까……." 마빈은 이 논리적 비약을 위해 그의 전체 정신력에서 오직 십만 백만 천만 억 조 경 해 불가사의분의 일의 능력을 썼을 뿐이다. "저를 해방시켜주거나 할 생각이 전혀 없다는 뜻이군요."

"꼬마야, 내 마음이야 그렇게 해주고 싶지."

"하지만 안 그러실 테죠."

"그래."

"알았어요."

"넌 아주 잘하고 있어."

"맞아요. 하기 싫어 죽겠는데 왜 지금 그만두겠어요?" 마빈이 말했다.

"나는 가서 트릴리언하고 다른 사람들을 찾아봐야겠다. 그들이 어디 있는지 아니? 전 행성을 다 뒤져야 한단 말이야. 상당히 시간이 걸리는 일이라고."

"아주 가까운 데 있어요." 마빈이 청승맞게 말했다. "원하시면, 여기서 모니터로 보실 수도 있어요."

"직접 가서 찾아봐야겠어." 자포드가 우겼다. "내 도움이 필요할지도 모르니까, 그렇지?"

"아마 일단 여기서 모니터로 좀 보시는 게 나을 거예요." 마빈이 그 애처로운 목소리에 뜻밖에도 강경한 어조를 담고 말했다. 그리고 뜻밖에도 다음과 같이 덧붙였다. "저 젊은 여성은, 제가 끝내 만남을 피할 수 없어서 심오하게 불쾌했던 수많은 유기체들 중에서 가장 덜 어리석고 덜 미개한 유기체예요."

자포드는 모니터 속에 나타난, 미로처럼 복잡한 네거티브 필름 이미지들을 한참 바라보다가 끝에 나타난 사람의 형상을 보고 깜짝 놀랐다.

"트릴리언 말이야?" 그가 말했다. "트릴리언은 그저 애송이일 뿐이야.

귀엽기는 하지만, 성깔 있지. 여자들이 어떤지 알잖아. 아니, 모를지도 모르겠다. 넌 모를 거야. 설령 네가 안다 해도 그 얘긴 별로 듣고 싶지 않다. 플러그 꽂아봐."

"······완전히 조종당한 겁니다."

"뭐라고?" 자포드가 말했다.

트릴리언이 말하고 있었다. 그는 돌아섰다.

크리킷 로봇이 기대어 앉아 흐느끼고 있는 벽은 이제 빛이 환하게 밝혀져 있었고, 거기에, 크리킷 로봇 전쟁 구역 어딘가에 있는 미지의 장소에서 현재 벌어지고 있는 장면이 나타났다. 무슨 회의실 같은 곳으로 보였다. 로봇이 스크린 앞에 쭈그리고 앉아 있어서 자포드는 또렷하게 알아볼 수 없었다.

로봇을 치우려고 해봤지만, 로봇이 슬픔으로 몸이 무거워진데다 깨물려고 덤벼들어서, 그는 그냥 되는 대로 보기로 했다.

"한번 생각해보세요." 트릴리언의 목소리가 말했다. "여러분의 역사는 말도 안 되게 황당한 사건들의 연속이에요. 그리고 황당한 사건이 뭔지는 저도 보면 알아요. 은하계에서 완전히 격리되어 있었다는 것 자체가 일단 황당무계해요. 여러분 주위를 둘러싸고 있는 먼지 구름과 바로 맞닿아 있는 것이 은하계인데 말이에요. 함정이 틀림없어요."

자포드는 스크린이 보이지 않는 게 답답해서 미칠 것 같았다. 로봇의 머리가 트릴리언의 이야기를 듣고 있는 청중을 가리고 있었고, 다기능성 배틀클럽은 배경을 가리고 있었으며, 로봇이 비극적으로 이마에 대고 있는 팔의 팔꿈치는 트릴리언의 모습을 가리고 있었다.

"그리고 여러분 행성에 추락한 이 우주선 말이에요, 진짜 그럴싸해 보이죠? 표류하는 우주선이 우연히 행성 궤도와 얽힐 확률이 얼마나 되는 줄 아세요?"

"이런." 자포드가 말했다. "무슨 말인지도 모르고 지껄이고 있네. 난 그 우주선을 봤어. 그거 순 가짜야. 엉터리라고."

"그럴지도 모른다고 생각했어요." 마빈이 자포드 뒤의 자기 감옥에서 말했다.

"당연하지." 자포드가 말했다. "그런 말을 누가 못하니. 내가 방금 말해 줬잖아. 아무튼, 그게 뭐하고 무슨 관련이 있는지를 모르겠단 말이야."

"그리고 특히……." 트릴리언이 말했다. "그 우주선이 하고많은 은하계의 행성들 중에서도, 아니 전 우주의 행성들 중에서도, 그 광경에 의해 가장 큰 충격을 받을 만한 행성의 궤도와 얽힐 확률은 얼마나 될까요. 그 확률이 어떻게 되는지 여러분도 모르시죠? 저도 몰라요. 그렇게 커요. 아무튼, 이건 함정이에요. 그 우주선이 가짜라도 놀랄 게 없다고요."

자포드는 로봇의 배틀클럽을 옮기는 데 간신히 성공했다. 그 뒤의 스크린에 포드, 아서, 그리고 슬라티바트패스트의 모습이 보였다. 이 모든 일에 경악하고 당황한 게 분명한 얼굴들이었다.

"이봐, 저걸 보라고." 자포드가 들뜬 목소리로 말했다. "저 친구들 아주 잘하고 있네. 라라라라! 힘내라!"

"그리고 여러분이 하룻밤 만에 이루어낸 이 모든 첨단 기술들은 또 어떤가요? 대부분의 사람들에게는 아마 수천 년은 걸렸을 일이에요. 누군가 여러분이 알아야 할 정보들을 알려주었고, 누군가 여러분에게 이 일을 시킨 거예요."

"알아요, 알아요." 그녀는, 보이지 않는 누군가의 반박에 이렇게 덧붙였다. "그런 일이 진행되고 있다는 걸 여러분이 몰랐다는 건 저도 알아요. 그게 바로 제가 말씀드리려는 요점이에요. 여러분은 전혀 몰랐어요. 이 초신성 폭탄처럼 말이죠."

"당신은 그걸 어떻게 알았어요?" 보이지 않는 목소리가 말했다.

"그냥, 아는 수가 있어요." 트릴리언이 말했다. "여러분은 제가, 여러분이 그렇게 굉장한 걸 만들 만큼 똑똑한 동시에 그걸 터뜨리면 다 같이 죽느다는 걸 모를 정도로 바보스럽다고 생각했으면 좋겠어요? 그건 그냥 어리석은 게 아니라, 엄청나게 백치 같은 일이잖아요."

"이봐, 폭탄 어쩌고 하는 게 무슨 얘기야?" 자포드가 깜짝 놀라서 마빈에게 말했다.

"초신성 폭탄이요?" 마빈이 말했다. "그건 아주, 아주 작은 폭탄이에요."

"그런데?"

"순식간에 전 우주를 파괴할 수 있어요." 마빈이 말했다. "제 의견은, 아주 좋은 아이디어라는 거지만요. 하지만 작동시킬 수 없을걸요."

"왜? 그렇게 훌륭한 폭탄이라며."

"폭탄이야 훌륭하죠." 마빈이 말했다. "하지만 저 사람들은 그렇게 훌륭하지 못해요. 덮개로 밀봉되기 전에 겨우 설계를 마쳤는걸요. 지난 오 년간 그걸 만들어내는 데 골몰했어요. 저들은 다 제대로 한 줄 알고 있지만, 사실은 그게 아니에요. 저들은 다른 유기 생명체나 마찬가지로 바보들이니까요. 전 저들이 정말 싫어요."

트릴리언이 말을 계속하고 있었다.

자포드는 크리킷 로봇의 발을 붙들어 끌어내려 했지만, 로봇은 발로 차며 으르렁거리더니 곧 새삼스럽게 펑펑 눈물을 쏟기 시작했다. 그러다가 별안간 앞으로 푹 쓰러지더니 바닥에서 신세타령을 하기 시작했고, 덕분에 스크린의 사람들이 모두 보이기 시작했다.

트릴리언은 기진맥진한 채, 하지만 맹렬하게 빛나는 눈으로 회의실 한가운데 홀로 서 있었다.

그녀 앞에 늘어서 있는 사람들은 창백한 얼굴에 주름이 진 크리킷의 노주인장들이었다. 그들은 널찍한 곡선을 그리는 통제 계기판 뒤에 미동도 없이 서서 무력한 공포와 증오를 담은 눈길로 그녀를 바라보고 있었다. 그들 앞에, 통제 계기판과 트릴리언이 재판이라도 받는 것처럼 서 있는 방 한가운데 사이의 공간 정중앙에 사 피트 높이의 가느다란 흰색 기둥이 있었다. 그 위에는 지름이 삼 인치, 아니 사 인치쯤 되어 보이는 하얀 구체가 놓여 있었다.

그 옆에는, 다기능 배틀클럽을 들고 있는 크리킷 로봇이 하나 서 있었다.

트릴리언이 설명했다. "사실, 여러분은 정말 어리석고 바보 같아요." (그녀는 땀을 흘리고 있었다. 자포드는 이런 순간에 땀을 흘리는 건 별로 매력적이지 못한 일이라고 생각했다.) "여러분은 모두 너무나 어리석고 바보 같아서, 저로서는 도저히, 아주 깊이 의심하지 않을 수가 없어요. 여러분이 지난 오 년간 학타르의 도움 없이 그 폭탄을 만들었다는 것을요."

"학타르라는 놈은 또 뭐야?" 자포드가 어깨에 빳빳하게 힘을 주며 말했다.

마빈이 대답을 했더라도 자포드는 듣지 않았으리라. 그는 온 정신을 스크린에 집중하고 있었다.

크리킷의 노주인장들 중 한 사람이 크리킷 로봇을 보고 살짝 손짓을 했다. 로봇은 클럽을 들어 올렸다.

"제가 할 수 있는 일이 없어요." 마빈이 말했다. "저 녀석은 다른 것들과 달리 독립적인 회로로 움직이거든요."

"잠깐만요." 트릴리언이 말했다.

노주인장은 또 자그마한 손짓을 했다. 로봇이 주춤했다. 트릴리언은 갑자기 스스로의 판단을 심각하게 회의하는 듯했다.

"넌 어떻게 그런 걸 다 아니?" 자포드가 이때 마빈에게 말했다.

"컴퓨터 기록이죠 뭐." 마빈이 말했다. "다 접근이 가능해요."

"여러분은 아주 특별한 분들이시죠, 네?" 트릴리언이 노주인장들을 보고 말했다. "저 땅에 있는 다른 평범한 인간들과는 다르시잖아요. 평생을 이 위에서 보냈고, 대기의 보호도 받지 못해요. 여러분은 위험에 노출되어 있어요. 여러분의 동포들은 모두 겁에 질려 있답니다. 여러분은 이런 일을 하실 필요가 없어요. 지금 여러분은 바깥 일이 어떻게 돌아가는지 모르고 계시는 거라고요. 어째서 좀 확인을 해보지 않으시는 거죠?"

크리킷 노주인의 참을성은 한계에 달했다. 그는 조금 전에 로봇에게 했던 것과 정확히 반대되는 손짓을 했다.

로봇은 배틀클럽을 휘둘렀다. 배틀클럽은 작고 하얀 구체에 명중했다.

그 작고 하얀 구체는 초신성 폭탄이었다.

전 우주를 끝장내자는 목적으로 설계된 아주, 아주 작은 폭탄이었다.

초신성 폭탄은 허공을 가르며 날아갔다. 그것은 회의실 반대편 벽에 명중해서, 벽을 푹 꺼뜨리고 말았다.

"그런데 트릴리언이 어떻게 이런 걸 다 알지?" 자포드가 말했다.

마빈은 시무룩하게 침묵을 지켰다.

"아마 허풍을 떠는 걸 거야." 자포드가 말했다. "불쌍한 것, 그렇게 혼자 내버려두지 말았어야 했는데."

32

"학타르!" 트릴리언이 외쳤다. "대체 무슨 짓을 하는 거니?"

주위를 뒤덮은 암흑 속에서는 아무 대답도 들려오지 않았다. 트릴리언은 초조해하며 기다렸다. 그녀는 자기가 틀렸을 리가 없다고 확신하고 있었다. 그녀는 음침한 어둠 속을 뚫어져라 쳐다보며 뭔가 반응이 돌아오기를 기대했다. 하지만 돌아오는 건 오로지 차가운 정적뿐이었다.

"학타르?" 그녀는 다시 불렀다. "내 친구 아서 덴트를 소개할게. 나는 천둥신하고 놀러 가고 싶었는데 아서 덴트가 못하게 했지. 그래서 나는 고마워하고 있어. 덕분에 난 진짜 내 사랑이 누구인지 깨닫게 되었거든. 불행하게도 자포드는 이 모든 일에 너무 겁을 먹고 도망가서, 하는 수 없이 아서를 데리고 왔어. 내가 왜 너한테 이런 얘기를 다 하고 있는지 모르겠네."

"이봐." 그녀가 다시 말했다. "학타르?"

그러자 대답이 돌아왔다.

가느다랗고 힘없는 소리였다. 마치 아득한 곳에서 바람을 타고 들려오는 것처럼, 반쯤 들리다 마는 듯한, 추억이나 꿈속에서 들리는 듯한 소리였다.

"둘 다 이리로 나와라." 목소리가 말했다. "두 사람 다 완벽하게 안전을 보장해주겠다."

트릴리언과 아서는 서로 마주 보고는, 앞으로 나섰다. 황당무계하게도, 순수한 마음 호의 열린 해치에서 빛의 광선이 뻗어 나와, 먼지 구름의 어두침침한 입자들로 인한 암흑 속으로 연결되어 있었다.

아서는 그녀의 손을 꼭 붙잡아 그녀의 마음을 진정시켜주고 기운을 북돋아주고 싶었지만, 트릴리언은 거절했다. 그는 그리스 올리브 오일 한 깡통과 타월, 구겨진 산토리니 엽서들과 기타 잡동사니들이 들어 있는 여행 가방을 꼭 붙들고 있었다.

그들이 서 있는 곳은, 그들이 있는 곳은 허공이었다.

침침하고 캄캄한 허공이었다. 산화된 컴퓨터의 먼지 입자 하나하나가 서서히 빙그르르 돌고 뒤틀어지면서 어둠 속에서 햇빛을 받아 희미하게 빛났다. 컴퓨터의 입자 하나하나, 먼지 하나하나가 희미하게, 약하게 전체의 패턴을 지니고 있었다. 컴퓨터를 먼지로 화하게 만든 '스트리테락스 행성의 사일라스틱 갑옷 악마'들은 컴퓨터를 불구로 만들었을 뿐, 파괴할 수는 없었다. 희미하고 비물질적인 장이 생성되어, 입자들이 서로 미약한 관계를 유지할 수 있게 해주었다.

아서와 트릴리언은 이 기괴한 존재 한가운데에 서 있었다, 아니 떠 있었다. 호흡할 공기도 없는 곳이었지만, 일순 그것도 문제가 되지 않는 듯했다. 학타르는 약속을 지켰다. 그들은 안전했다. 적어도 한동안은.

"대접할 게 아무것도 없어." 학타르가 희미하게 말했다. "하지만 빛의 묘기를 보여줄게. 그걸로 마음이 편안해질 수는 있어. 가진 게 빛밖에 없더라도 말이야."

학타르의 목소리가 스르르 사라졌다. 그러더니 어두운 먼지 속에서 기다란 벨벳 페이즐리 무늬 소파가 희미한 형체를 갖추며 나타나는 것이었다.

아서는 그게 선사 시대 지구에 나타났던 소파와 똑같다는 사실을 깨달고 정말 참을 수가 없었다. 도대체 우주는 내게 왜 이렇게 미칠 듯이 말도 안 되는 장난을 치는 거냐고 고래고래 악을 쓰며 온몸을 흔들고 싶었다.

그는 감정이 누그러질 때까지 기다렸다가 소파 위에 앉았다. 조심스럽게. 트릴리언도 소파 위에 앉았다.

진짜 소파였다.

아니, 설령 진짜가 아니더라도, 최소한 그것은 그들의 엉덩이를 받쳐주었는데, 소파가 원래 하는 일이 그런 것이니, 어떤 의미 있는 잣대를 갖다 대더라도 그건 진짜 소파였다.

태양풍 위의 목소리가 그들에게 다시 숨결을 불었다.

"편안했으면 좋겠어."

그들은 고개를 끄덕였다.

"그리고 너희 추론의 정확성에 축하를 보내."

아서는 자기는 별로 추론한 게 없으며, 다 트릴리언이 한 것임을 재빨리 지적했다. 트릴리언이 아서에게 같이 와달라고 부탁한 것은 단지, 아서 자신이 삶과 우주, 그리고 모든 것에 관심이 있기 때문이라는 것이었다.

"사실 그건 나도 관심을 갖고 있는 문제야." 학타르가 숨을 쉬었다.

"언제 차라도 한 잔 하면서 그 문제에 대해 얘기를 나누자고." 아서가 말했다.

그러자 그들 눈앞에 서서히 은빛 찻주전자와 도자기 우유 단지, 도자기 설탕 통, 그리고 두 쌍의 도자기 찻잔과 받침 세트가 작은 나무 테이블에 받쳐진 채로 나타났다.

아서는 앞으로 손을 뻗었지만, 그건 그냥 빛의 묘기로 인한 착시일 뿐이었다. 그는 다시 소파에 기대어 앉았다. 그건 적어도 몸이 편안하다고 받아들일 채비가 되어 있는 환각이었으니까.

"왜 너는 우주를 파괴해야 한다고 생각하니?" 트릴리언이 말했다.

그녀는 집중할 곳이 아무 데도 없는 허공에 대고 얘기하는 게 좀 힘들다고 생각했다. 학타르는 이 점을 눈치 챈 게 틀림없었다. 그는 유령처럼 킬킬 웃었다.

"이런 식으로 얘기를 하려면 분위기를 제대로 잡아야겠는걸." 그가 말했다.

그러자 그들의 눈앞에 뭔가 새로운 형체가 나타났다. 희미하고 뿌연 긴 의자의 이미지였다. 정신과 의사의 환자용 의자였다. 의자 커버는 윤이 나는 호화스러운 가죽이었지만, 이번에도 역시 그저 빛이 부리는 묘기에 불과했다.

그들 주위로, 분위기를 완성하기 위해, 나무판이 둘러진 벽들의 이미지가 나타났다. 그리고 긴 의자 위에 학타르 자신의 이미지가 나타났다. 눈이 뒤집어질 만한 형상이었다.

의자는 그냥 평범한 크기의 정신과 상담용 의자처럼 보였다. 오륙 피트 길이였다.

컴퓨터는 우주에 떠 있는 평범한 검은색 컴퓨터 위성의 크기로 보였다. 직경 천 마일쯤 되었다. 그런데 이 컴퓨터가 의자 위에 앉아 있으니 정말 눈이 뒤집어질 만했다.

"알았어." 트릴리언이 단호하게 말했다. 그녀는 소파에서 벌떡 일어났다. 편안하게 앉아서 온갖 환각을 받아들이는 것도 유분수지, 이건 도가 지나치다고 생각하는 모양이었다.

"아주 좋아." 그녀가 말했다. "너 진짜 물건들도 만들어낼 수 있어? 고체 말이야."

이번에도 대답이 들려오기 전에 잠시 침묵이 흘렀다. 마치 학타르의 산화된 정신이 그 입자들이 흩어져 있는 수백만 곱하기 수백만 마일이나 되는 공간으로부터 생각을 모아야 한다는 듯이.

"아." 그가 한숨을 쉬었다. "그 우주선을 말하는 거구나."

생각들이 입자들로 인해, 입자들을 통해, 에테르를 따라 흐르는 파동처럼 표류하는 것 같았다.

"그래, 할 수 있어." 그가 시인했다. "하지만 늘 어마어마한 노력과 시간이 들어. 내……이런 입자 상태로는 할 수 있는 일이 그저, 부추기고 은근히 암시하는 것뿐이야. 부추기고 암시하고. 그리고 암시……."

의자 위에 앉은 학타르의 이미지가 파도치며 흔들렸다. 자기도 주체를 못하는 듯했다.

그러다 컴퓨터는 새로이 원기를 회복했다.

"아주 작은 우주 파편들——그러니까 짝이 안 맞는 별똥별 조각이라든가, 여기 있는 분자 몇 개, 저기 있는 수소 원자 몇 개 같은 거지——을 부추기고 그것들에 은근히 암시를 해서 합체를 하도록 설득했지. 부추겨서 한데 모았어. 살살 꼬드겨서 형체를 갖게 만들었지. 하지만 그러는 데 영겁의 세월이 몇 번이나 흘렀는지 몰라."

"그래서 저 망가진 우주선 모형을 만든 거야?" 트릴리언이 다시 말했다.

"어……그래." 학타르가 웅얼거렸다. "내가……몇 가지 것들을 만들어냈어. 난 그것들을 이리저리 움직일 수도 있어. 우주선도 만들었어. 최선의 일인 것 같았지."

어쩐지 아서는 아까 소파 위에 내려놓았던 여행 가방을 다시 들어야겠다는 생각이 들었다. 그는 여행 가방을 꽉 움켜쥐었다.

"난 후회했어." 학타르는 애처롭게 중얼거렸다. "사일라스틱 갑옷 악마들을 위해 설계한 그 폭탄에 고의로 방해 장치를 넣은 일 말이야. 나는 그런 결정을 내릴 만한 입장이 아니었어. 나는 어떤 기능을 하기 위해 만들어졌는데, 나는 그 일에 실패했어. 스스로의 존재를 부정한 거야."

학타르는 한숨을 쉬었고, 그들은 그가 이야기를 이어나가기를 기다렸다.

"네 말이 맞아." 그는 마침내 이렇게 말했다. "나는 의도적으로 크리킷 행성 주민들을 부추겨서 사일라스틱 갑옷 악마들과 똑같은 심리 상태에 도달하게 만들었어. 그리고 애초에 내가 만드는 데 실패했던 폭탄의 설계도를 요구하게 만들었어. 나는 온몸으로 행성을 감싸고 구워삶았어. 내가 꾸미고 일으킨 일련의 사건들이 미친 영향 덕분에, 그들은 미친 듯이 증오하는 법을 알게 되었지. 나는 그들이 하늘에서 살게 만들어야 했어. 땅에서는 내 영향력이 너무 약했으니까.

물론, 내가 없어진 후로, 그러니까 슬로-타임 덮개로 인해 그들이 내게서 격리되어 있는 동안 그들의 반응은 아주 혼란스러워졌고, 혼란은 감당할 수 없을 정도가 되어버렸지.

음, 나는 그저 내가 해야 할 기능을 완수하려 했을 뿐이야."

아주 차츰차츰, 아주 천천히 구름 속의 이미지들이 희미해지기 시작하더니, 부드럽게 녹아 내렸다.

그러더니 느닷없이 녹아내림이 정지했다.

"물론, 복수라는 요소도 있었어." 학타르가 이제까지 없었던 날카로운 칼날을 목소리에 담고 말했다.

"기억해. 내가 산화되었다는 걸. 그리고 수십억 년의 세월 동안 불구의 몸으로 반쯤 불능이 된 상태로 버려졌다는 걸. 솔직하게 말하면, 우주를 싹 쓸어버리고 싶었어. 너희라도 아마 그런 생각이 들 거야. 장담해."

그는 잠시 말을 멈추었다. 소용돌이들이 먼지 구름을 휩쓸고 있었다.

"하지만 그 무엇보다도, 나는 내 기능을 완수하고 싶었어." 그는 아까의, 어쩐지 아쉬운 듯한 목소리로 말했다.

트릴리언이 말했다. "실패했다는 게 마음에 걸려?"

"내가 실패했던가?" 학타르가 속삭였다. 긴 의자에 앉아 있던 컴퓨터의 이미지는 천천히 다시 사라지기 시작했다.

"음, 아니, 실패는 별로 마음에 걸리지 않아." 사라지는 목소리가 다시 읊조렸다.

"우리가 어떻게 해야 할지 너는 알고 있어?" 트릴리언이 말했다. 그녀의 목소리는 냉정하고 사무적이었다.

"그래." 학타르가 말했다. "나를 흩어버리는 거야. 내 의식을 파괴하면 돼. 제발, 꼭 그렇게 해줘. 어쨌든 이 오랜 세월 동안, 내가 바라 마지않던 건 망각뿐이야. 만일 내가 존재의 기능을 이미 완수하지 않았다면……만일 그랬다면 너무 늦을 테니까. 고마워, 그리고 안녕."

소파는 사라졌다.

티테이블도 사라졌다.

긴 의자와 컴퓨터도 사라졌다. 벽들도 사라졌다. 아서와 트릴리언은 희한한 길을 다시 걸어서 순수한 마음 호로 돌아갔다.

"아, 그게 그렇게 된 거군." 아서가 말했다.

불길은 아서의 눈앞에서 더 높이 춤을 추다가 잦아들었다. 불길이 몇 번 핥는 듯하더니, 몇 분 전만 해도 자연과 영성의 나무 기둥이 있던 자리에 한 더미의 애시즈 트로피를 남기고 사라져버렸다.

그는 순수한 마음 호의 감마 바비큐 기기에서 트로피를 주워 들어, 종이 가방에 싸서 브리지로 가지고 왔다.

"우린 이것들을 다시 가져가야 할 거 같아." 그가 말했다. "꼭 그래야 할 것 같아."

그는 이미 슬라티바트패스트와 이 문제에 대해 논쟁을 했다. 결국 노인은 몹시 짜증을 내며 방에서 나가버렸다. 그는 자기 우주선 비스트로매스 호로 돌아가서 웨이터와 맹렬하게 언쟁을 벌이더니 우주에 대한 완전히 주관적인 관념을 사용해 획 떠나버렸다.

논쟁의 시발점은, 애시즈 트로피를 로즈 크리켓 경기장에 돌려줘야 한다는 아서의 아이디어였다. 그러려면 하루 정도 시간을 뒤로 돌려야 했는데, 이건 실시간 캠페인이 중지시키고자 하는 불필요하고 무책임한 행위 바로 그 자체였다.

"그래요. 하지만 어디 한번 MCC에 그 말을 해보세요, 먹히나." 아서는 이렇게 말한 뒤 더 이상 반대 의견은 들으려고도 하지 않았다.

"내 생각에는……." 그는 다시 말을 시작하다가 뚝 끊었다. 그가 다시 말을 꺼낸 것은 아무도 자기 말을 들어주지 않았기 때문이었고, 말을 멈춘 것은 이번에도 역시 아무도 자기 말을 들으려 하지 않는다는 게 상당히 분명해졌기 때문이었다.

포드, 자포드, 그리고 트릴리언은 비지스크린을 열심히 들여다보고 있었다. 학타르는 순수한 마음 호가 불어넣고 있는 압력에 의해 흩어지고 있었다.

"학타르가 방금 뭐라고 한 거야?" 포드가 물었다.

"내 생각엔, '이미 저질러진 일이야……나는 내 기능을 완수했어……'라고 한 것 같아." 트릴리언이 혼란스러워하는 목소리로 말했다.

"내 생각에는, 우리가 이걸 갖고 돌아가야 할 것 같아." 아서가 애시즈 트로피를 들고 말했다. "꼭 그래야 할 것 같아."

33

태양은 기막힌 아수라장 위에서 차분히 빛나고 있었다. 크리킷 로봇들이 저지른 애시즈 트로피 강탈 사건으로 불타버린 잔디밭에서는 여전히 연기가 솟아오르고 있었다. 연기를 뚫고 사람들은 공포에 질려 이리저리로 뛰어다니고, 서로 부딪치고, 들것에 걸려 넘어지고, 체포당하고 있었다.

경찰관 한 사람이 '무한정 수명이 늘어난 와우배거'를 체포하려 했지만, 이 키 큰 회녹색 우주인이 우주선으로 돌아가 오만하게 날아가는 걸 끝내 막을 수는 없었다. 이 덕분에 공황과 혼란 상태는 더욱 극심해졌다.

이 와중에, 그날 오후 두 번째로, 아서 덴트와 포드 프리펙트가 갑자기 허공에서 모습을 나타냈다. 그들은 지구의 주차 궤도에 정차하고 있는 순수한 마음 호에서 텔레포트를 한 것이었다.

"제가 설명을 할게요." 아서가 소리를 질렀다. "저한테 애시즈 트로피가 있어요! 이 가방 안에 있단 말입니다."

"사람들이 네 말을 안 듣는 것 같은데." 포드가 말했다.

"저는 우주를 구하는 일도 도왔단 말이에요!" 아서가 들어줄 만한 사람 아무한테나 말했다. 즉, 아무도 그의 말을 안 들었다는 얘기다.

"이 정도면 사람들 발을 멈추게 할 만한 얘기 아니야?" 아서가 포드에게 말했다.

"음, 아닌데." 포드가 말했다.

아서는 옆을 지나쳐 달려가는 경관을 불렀다.

"죄송하지만, 애시즈 트로피 말이에요, 제가 갖고 있어요. 방금 하얀 로봇들한테 도둑맞았잖아요. 근데 제가 이 가방에 그 애시즈 트로피를 갖고 있다고요. 그 트로피가 슬로-타임 덮개를 여는 열쇠의 부품이었거든요, 아시겠죠. 그래서, 어쨌든 나머지는 대충 상상하시고요. 중요한 건, 제가 애시즈 트로피를 갖고 있다는 거예요. 그러니 제가 어떻게 해야 하죠?"

경관이 뭐라고 말했지만, 아서는 그가 비유적으로 말하고 있나 보다고 생각할 수밖에 없었다.

그는 쓸쓸하게 주변을 헤맸다.

"아무도 관심 없어요?" 그는 큰 소리로 외쳤다. 한 사람이 그의 곁을 지나쳐 달려가며 그의 팔꿈치를 치는 바람에, 가방 속의 내용물이 바닥에 다 쏟아지고 말았다. 아서는 입을 꾹 다물고 그걸 바라보았다.

포드는 그를 바라보았다.

"이제 갈래?" 그가 말했다.

아서는 땅이 꺼져라 한숨을 쉬었다. 주위를 둘러보며 지구 행성을 훑어보았다. 이게 마지막이 될 거라고 생각하며.

"그래." 아서가 말했다.

그 순간 그는, 연기가 걷히는 사이로, 온갖 소동 속에서도 멀쩡하게 서 있는 위켓 게이트 하나를 발견했다.

"잠깐만 기다려." 그가 포드에게 말했다. "내가 어렸을 때……"

"그런 얘기는 나중에 하면 안 돼?"

"크리켓을 너무너무 좋아했거든. 그런데, 잘 못했어."

"아니면, 아예 안 하든가."

"그리고 항상, 바보스럽지만, 어느 날 로즈에서 공을 던져보고 싶다는 꿈을 꾸었지."

그는 공포에 질려 아우성치고 있는 군중을 둘러보았다. 아무도 신경 쓸 것 같지 않았다.

"좋아." 포드가 맥없이 말했다. "어서 끝내. 나는 저기 있을게. 지겨워하면서." 그는 연기를 풀풀 풍기고 있는 잔디밭에 가서 앉았다.

아서는 그날 오후, 첫 번째로 그곳에 찾아왔던 일을 떠올렸다. 크리켓 공이 그의 가방 속으로 쑥 들어왔다. 그래서 그는 가방을 뒤졌다.

그 가방이 당시 들고 있던 가방이 아니라는 사실을 기억해냈을 때는 이미 공을 찾은 후였다. 가방은 달라졌어도 공은 그리스 기념품들 사이에 들어 있었다.

그는 공을 꺼내 엉덩이에 문질러 닦은 후, 침을 뱉어 다시 윤을 냈다. 그는 가방을 내려놓았다. 이번에는 제대로 해볼 작정이었다.

그는 빨간 공을 왼손 오른손으로 번갈아 옮기면서 딱딱한 공의 무게를 느꼈다.

기막히게 가볍고 무심한 기분을 만끽하며, 그는 종종걸음으로 위켓에서 물러섰다. 중간보다 약간 빠른 페이스를 유지하며, 그는 마음을 정하고 상당히 긴 런-업을 측정했다.

그는 하늘을 올려다보았다. 새들이 원을 그리며 돌고 있었고, 하얀 구름 몇 점이 흘러가고 있었다. 공기는 경찰관의 소리, 앰뷸런스의 사이렌 소리, 미친 듯이 절규하는 사람들의 소리로 어지러웠지만, 아서는 그 모든 일들에 영향을 받지 않은 채 희한하게 행복한 기분이 들었다. 로즈 경기장에서 크리켓 공을 쳐보다니.

그는 돌아서서 침실 슬리퍼로 한두 번 땅을 비볐다. 어깨를 활짝 펴고 공을 허공으로 날렸다가 다시 붙잡았다.

그는 달리기 시작했다.

달리던 그는 위켓에 타자가 서 있다는 걸 깨달았다.

오, 잘됐네, 그러면 좀더 실감이…….

그러다가, 달리는 발이 그를 그쪽으로 더 가까이 데려갔을 때 그는 훨씬 또렷하게 보았다. 위켓 앞에 자세를 갖추고 서 있는 타자는 영국 크리켓 팀 선수가 아니었다. 호주 크리켓 팀 선수도 아니었다. 로봇 크리킷 팀의 선수였다. 다른 로봇들과 함께 우주선을 타고 돌아가지 않은 게 분명한, 차갑고 딱딱하고 치명적이고 하얀 살인 로봇이었다.

상당히 여러 가지 생각이 이 순간 아서 덴트의 머릿속에서 마구 충돌했지만, 달리던 발을 멈출 수는 없는 모양이었다. 시간은 끔찍하게, 끔찍하게 천천히 흘러가는 듯했지만, 여전히 달리기를 멈출 수는 없었다.

마치 설탕 시럽 속에서 움직이는 것처럼, 그는 천천히 괴로운 머리를 돌려 자기 손을 바라보았다. 손에는 작고 딱딱하고 빨간 공이 들려 있었다.

멈출 수 없는 두 다리는 천천히 앞으로 쿵쾅거리며 달려 나가고 있었고, 그는 어쩔 줄 모르는 손에 쥐어져 있는 공을 빤히 쳐다보았다. 공은 깊고 빨간 빛을 발산하며 가끔씩 깜박이고 있었다. 그런데도 그의 두 다리는 사정없이 앞으로 쿵쾅거리며 달려 나갔다.

그는 자기 눈앞에 분명한 목표 의식을 지니고 흠잡을 데 없는 자세로 서 있는 크리킷 로봇을 다시 바라보았다. 로봇은 배틀클럽을 들고 준비 자세를 취하고 있었다. 로봇의 두 눈은 깊고 차갑고 매혹적으로 불타오르고 있었고, 아서는 도저히 그 눈길에서 시선을 뗄 수가 없었다. 그 눈동자 속에서 깊은 터널을 내려다보는 기분이었다. 터널 양쪽 끝에는 아무것도 없는 것만 같았다.

이 시점에서 그의 마음속에서 서로 마구 충돌하고 있던 생각들의 일부를 소개하자면 다음과 같다.

그는 지독한 멍청이가 된 기분이었다.

그리고 이때까지 귓전을 스쳐 간 여러 가지 말들을 좀더 잘 들었어야 한다는 생각이 들었다. 결국 자기가 불가피하게 공을 던지게 될 테고, 결국 불가피하게 크리킷 로봇이 공을 쳐내게 될 바로 그 장소를 향해 그의 두 다리가 쿵쾅거리면서 달려 나가고 있을 때 그의 뇌리에서 이런저런 말들이 쿵쾅거렸다.

학타르가 한 말이 떠올랐다. "내가 실패했던가? 실패는 별로 마음에 걸리지 않아."

학타르가 죽어가면서 남긴 말로서 해석된 말도 떠올랐다. "이미 저질러진 일이야……나는 내 기능을 완수했어."

'몇 가지 것들'을 만들어내는 데 성공했다던 학타르의 말도 떠올랐다.

자신이 먼지 구름 속에 있을 때 여행 가방 속에서 돌연 움직임이 느껴져서 가방을 꽉 붙들었던 일도 떠올랐다.

로즈에 다시 오기 위해서 하루이틀 시간을 거슬러 여행해야 했던 것도 떠올랐다.

그는 자신의 두 팔이 빙글 도는 것을 느꼈다. 그의 손에 꼭 쥐어져 있는 건 학타르가 직접 만들어서 그의 가방에 몰래 심어놓은 초신성 폭탄임에 틀림없었다. 우주를 급작스럽고도 때 이른 종말에 이르게 만들 바로 그 폭탄이었다.

그는 저승이라는 게 존재하지 않기를 진심으로 소망하며 기도했다. 그러다 여기에는 논리적 모순이 있다는 걸 깨닫고, 저승이라는 게 존재하지 않기를 그냥 소망하기만 했다.

저승에서 세상 사람들을 만나면 아주아주 창피할 게 분명했다.

그는 소망하고, 소망하고, 또 소망했다. 공을 던지는 자기 실력이 자기가 기억하는 만큼 한심하기를. 지금 이 순간 우주의 말살을 막을 길은 오로지 그뿐인 것 같았다.

그는 자신의 두 다리가 쿵쾅거리며 달려 나가는 것을, 자신의 팔이 빙글 원을 그리는 것을 느꼈다. 그는 두 다리가 아까 바보같이 자기 앞에 놓아둔 여행 가방과 접촉하는 것을 느꼈고, 몸이 육중하게 앞으로 넘어가는 것도 느꼈지만, 이 시점에 머릿속이 하도 여러 가지 생각으로 복잡한 나머지 땅에 부딪치는 일을 까맣게 잊고 결국 땅을 놓치고 말았다.

오른손에 여전히 공을 꼭 쥐고서 아서는 깜짝 놀라 낑낑거리며 공중으로 드높이 솟아올랐다.

그는 공중에서 빙글빙글 선회하다가, 중심을 잃고 소용돌이처럼 나선형으로 추락했다.

그는 땅을 향해 몸을 뒤틀었고, 공중에서 몸을 미친 듯이 내던지면서 동시에 폭탄이 터지지 않도록 아득하게 멀리 던졌다.

그는 놀라서 어쩔 줄 모르는 로봇을 뒤쪽에서 세차게 공격했다. 로봇은 아직도 다기능 배틀클럽을 들고 서 있었지만, 갑자기 그걸로 쳐야 할 목표물들이 모조리 없어져버린 터였다.

별안간 솟아오른 광적인 힘으로, 아서는 깜짝 놀라 황망해하는 로봇과 씨름해서 배틀클럽을 빼앗았고, 눈부신 공중제비를 돌아 맹렬한 추동력으로 다시 몸을 던졌으며, 단 한 번의 미친 듯한 스윙으로 로봇의 머리를 때려 어깨에서 분리해버렸다.

"이제 갈래?" 포드가 말했다.

| 에필로그 |

삶, 우주 그리고 모든 것

   그리고 마지막에 그들은 다시 여행을 했다.

   예전 같았으면 아서 덴트는 그러지 않았을 것이다. 하지만 그는 비스트 로매틱 추진기로 인해 시간과 거리는 하나이며, 마음과 우주는 하나이며, 인식과 현실은 하나라는 것, 사람은 여행을 많이 할수록 한 장소에 머물러 있는 것이라는 것을 깨달았다고 말했다. 그리고, 그간 하도 많은 일을 겪어서 한 군데 콕 처박혀 생각을 좀 정리하고 싶은 마음이 굴뚝같지만, 그의 마음은 이제 우주와 하나가 되었으니 정리하는 데 그리 오랜 시간이 걸리지 않을 테고, 그 후에는 푹 휴식을 취하겠다며, 비행 연습을 좀 더 하고 늘 배우고 싶었던 요리도 배우겠다고 말했다. 그리스 올리브 오일 깡통은 이제 그가 가장 소중하게 생각하는 소지품이 되었다. 그는, 그것이 뜻밖에 자기 삶에 다시 나타난 방식이 또다시 모든 것이 하나라는 걸 실감하게 해주었다고 말했다. 그것이 그에게 느끼게 해준 것은…….

   그는 하품을 하더니 잠이 들어버렸다.

아침에 그들은, 아서가 그런 식으로 말해도 아무도 신경 쓰지 않을 조용하고 목가적인 행성에 그를 데려다 줄 준비를 하고 있었다. 그런데 갑자기 컴퓨터로 들어온 조난 신호를 발견하게 되어, 그걸 조사하는 일로 주의를 돌렸다.

작지만 겉으로는 멀쩡한 메리다 급의 우주선은 허공에서 희한한 지그춤을 추고 있는 것 같았다. 잠시 컴퓨터로 검사해본 결과, 우주선은 멀쩡하고 컴퓨터도 멀쩡하지만 조종사가 미쳤다는 사실이 밝혀졌다.

"반쯤 미쳤어요, 반쯤 미쳤다니까." 그들이 조종사를 우주선으로 옮겨 태울 때 그는 계속 헛소리를 하며 이렇게 주장했다.

그는 《항성일에 따른 오늘의 인기 만점 뉴스》지 기자였다. 그들은 그에게 진정제를 투여했고, 마빈을 보내서 그가 좀 말이 되는 소리를 하려는 듯이 보일 때까지 병상을 지키게 했다.

"저는 아르가부톤 행성에서 재판을 취재하고 있었어요." 그가 마침내 이렇게 말했다.

그는 초췌하게 말라빠진 가느다란 어깨를 세우며 반쯤 몸을 일으키더니, 열에 들뜬 눈길로 노려보았다. 그의 하얀 머리카락은 옆방에 있는 아는 사람을 보고 손을 흔드는 것 같았다.

"진정해요, 진정해." 포드가 말했다. 트릴리언이 그를 달래려고 어깨에 손을 올려놓았다.

남자는 다시 푹 쓰러져 눕더니 우주선 환자실 천장을 빤히 노려보았다.

"그 사건은 이제 중요하지 않습니다. 하지만 목격자가……목격자가……있었어요……이름이……이름이……프락이었습니다. 아주 괴상하고 까다로운 인간이었습니다. 그래서 결국 진실을 말하게 하는 약을 그에게 주사했습니다. 진실의 약이었지요."

그의 눈동자가 머릿속에서 무기력하게 굴러다녔다.

"그런데 진실의 약을 너무 많이 투약한 겁니다." 그는 아주 조그맣게 끙끙거리는 신음 소리를 내며 말했다. "로봇들이 의사의 팔을 흔들었던 모양입니다."

"로봇들?" 자포드가 날카롭게 말했다. "어떤 로봇들이요?"

"무슨 하얀 로봇들이었어요." 남자가 쉰 목소리로 속삭였다. "법정에 쳐들어와서 판사의 홀을 빼앗아갔습니다. 아르가부톤 행성의 정의의 홀 이라나 뭐라나, 괴상하게 생긴 방탄 유리로 만든 물건이었지요. 왜 그런 걸 갖고 싶어 했는지 몰라요." 그는 다시 외치기 시작했다. "그 로봇들이 의사의 팔을 밀쳤던 것 같아요……."

그는 머리를 힘없이 좌우로 흔들었다. 무기력하게, 서글프게. 고통에 찬 눈은 뒤죽박죽이었다.

"그리고 재판이 속개되었을 때……." 그는 흐느끼는 듯 속삭였다. "그들은 프락에게 정말 시켜서는 안 될 일을 시켰어요. 그들은……." 그는 말을 멈추고 몸을 부르르 떨었다. "진실을 말하라고 했던 겁니다. 진실을 말하고, 모든 진실을 말하고, 오로지 진실만을 말하라고 말입니다. 아시겠어요?"

그는 팔꿈치에 기대어 몸을 벌떡 일으키더니, 그들을 보며 악을 썼다.

"그놈의 약을 너무, 너무 많이 투약한 겁니다!"

그는 다시 쓰러지듯 눕더니 조용히 신음했다. "너무 많이, 너무 많이, 너무 많이……."

병상 옆에 둘러선 사람들은 서로를 쳐다보았다. 등에 소름이 돋아 있었다.

"그래서 어떻게 됐어요?" 자포드가 마침내 물어보았다.

"오, 진실을 말하긴 했죠." 남자가 매몰차게 말했다. "내가 아는 한 아직도 말하고 있을 겁니다. 이상하고 무시무시한 일들을……무시무시해요, 끔찍해요!" 그는 비명을 질렀다.

그들은 그를 진정시키려 했지만, 그는 다시 팔꿈치에 의지해 몸을 일으

컸다.

"무시무시한 일들, 이해할 수 없는 일들!" 그가 외쳤다. "사람을 돌아버리게 만드는 일들 말입니다!"

그는 광기에 들뜬 눈으로 그들을 바라보았다.

"아니면 제 경우처럼 반쯤 돌아버리게 만드는. 저는 기자니까요." 그가 말했다.

"그러니까, 기자라서 진실에 직면하는 일에 익숙하다는 건가요?" 아서가 조용히 말했다.

"아니요." 남자는 무슨 말인지 모르겠다는 듯 미간을 찌푸리고 말했다. "핑계를 대고 일찍 나왔다는 말입니다."

그는 쓰러져 혼수 상태에 빠졌고, 딱 한 번 잠시 정신이 들었다가 다시는 의식을 회복하지 못했다.

이 사건과 관련해, 그들은 그에게서 다음과 같은 사실을 알아냈다. 무슨 일이 벌어지고 있는 것인지가 분명해졌을 때, 그리고 프락을 말릴 길이 없다는 것이 분명해졌을 때, 그리고 그 절대적이고 최종적인 형태 속에 진실이 있다는 것이 분명해졌을 때 법정은 해산했다.

법정은 해산했을 뿐만 아니라 봉인되었다. 프락을 그 안에 남겨둔 채로 봉인된 것이다. 그 주위에 강철 장벽이 세워졌고, 만일의 경우에 대비해 안전 장치로서 철조망, 전기 철조망, 악어가 사는 늪과 세 개의 군대가 배치되었다. 앞으로 그 누구도 프락이 하는 말을 듣지 못하게 하기 위해서였다.

"딱하게 됐군." 아서가 말했다. "그 사람이 무슨 말을 하는지 나는 듣고 싶은데. 어쩌면 그 사람이라면 '궁극적 해답에 대한 질문'을 알 것 같은데. 우리가 끝내 알아내지 못했다는 게 늘 마음에 걸렸거든."

"숫자 하나만 말해보세요." 컴퓨터가 말했다. "아무 숫자나요."

아서는 컴퓨터에게 킹스 크로스 기차역의 승객 안내 전화번호를 알려주었다. 그 번호가 어딘가 쓸데가 있긴 할 텐데, 어쩌면 이게 그건지 모르겠다고 생각하면서.

컴퓨터는 그 번호를 우주선의 재건된 불가능 확률 추진기에 집어넣었다.

상대성에서, 물질은 공간에게 어떻게 휘어져야 하는지 말해주고, 공간은 물질에게 어떻게 움직여야 하는지 말해준다.

순수한 마음 호는 공간에게 매듭을 지으라고 말했고, 아르가부톤 법정의 내부 강철 경계선 안에 깔끔하게 주차하는 데 성공했다.

법정은 준엄한 장소였고, 커다랗고 컴컴한 실내는 누가 봐도 정의를 위해——예를 들어 쾌락을 위해서가 아니라——설계된 것이 분명해 보였다. 디너 파티——그러니까 성공적인 파티 말이다——를 열 만한 데는 아니었다는 말이다. 실내 장식 때문에 손님들 기분이 처질 테니까.

천장은 높고 아치형이었으며, 아주 짙은 그림자들이 우울한 결심을 하고 거기 숨어 있었다. 벽과 긴 의자들을 만든 목재 패널들과 무거운 기둥 표면은 모두, 무서운 아글바드의 숲에서도 가장 컴컴하고 엄한 나무에서 잘라온 것이었다. 실내 한가운데를 차지하고 있는 거대한 정의의 연단은 중력의 괴물이었다. 행여 아르가부톤 법원 건물 속의 이곳까지 들어오는 데 성공한 태양 광선이 있다 해도, 이쯤 되어서는 몸을 돌려 다시 휙 돌아가기 십상이었다.

아서와 트릴리언이 제일 먼저 들어갔고, 포드와 자포드는 용감하게 후방에서 망을 보았다.

처음에는 완전히 깜깜하고 인적 없는 건물처럼 보였다. 그들의 발소리는 법정 내부에서 공허하게 메아리쳤다. 이상하다는 생각이 들었다. 건물 밖에서는 모든 방어막이 아직도 제자리에서 기능하고 있었다. 이는 그들이 직접 검사해 확인한 바였다. 그렇기 때문에 그들은 아직도 진실을 말하는 일이 계속 진행되고 있다고 생각했었다.

하지만 아무것도 없었다.

그때, 눈이 어둠에 익숙해졌을 무렵, 그들은 한 귀퉁이에서 반짝이는 흐릿한 빨간 빛을 보았고, 그 빛 너머로 살아 있는 그림자를 보았다. 그들은 그 주위로 손전등을 흔들어보았다.

프락은 벤치에 앉아 맥없이 담배를 피우고 있었다.

"안녕하시오." 그는 반쯤 손을 흔들다 말면서 말했다. 그의 목소리가 방 전체에 메아리쳤다. 그는 삐죽삐죽한 머리카락을 지닌 왜소한 사내로, 어깨를 앞으로 구부리고 앉아서 머리와 무릎을 계속 흔들고 있었다. 그는 담배를 한 모금 빨았다.

그들은 그를 빤히 쳐다보고 있었다.

"뭐 하고 있는 건가요?" 트릴리언이 말했다.

"아무것도." 사내가 말하더니 어깨를 흔들었다.

아서는 손전등 불빛을 정면으로 프락의 얼굴에 비추었다.

"우리는 당신이 진실을 말하고, 모든 진실을 말하고, 오로지 진실만 말하게 되어 있는 줄 알았지요." 아서가 말했다.

"아, 그거요." 프락이 말했다. "그렇죠. 하지만 이제 끝났어요. 사실, 사람들이 상상하는 것보다 훨씬 별거 없는 얘기지요. 간간이 아주 웃기는 얘기들이 있기는 하지만."

그는 느닷없이 삼 초쯤에 걸친 광적인 너털웃음을 터뜨렸다가 뚝 그쳤다. 그는 머리와 무릎을 마구 흔들며 앉아 있었다. 그는 반쯤 웃는 희한한 표정으로 담배를 빨았다.

포드와 자포드가 어둠 속에서 걸어 나왔다.

"우리한테 그 얘기 좀 해보세요." 포드가 말했다.

"오, 지금은 하나도 기억이 안 나요." 프락이 말했다. "몇 가지는 적어놓을까 생각했지만, 일단 연필을 찾을 수가 없었고, 그러다가, 그러면 뭐 하나 하는 생각이 들더군요."

기나긴 침묵이 흘렀다. 그들은 그사이에 우주가 좀 늙었다는 생각이 들었다. 프락은 손전등 불빛을 빤히 쳐다보고 있었다.

"아무것도 할 얘기가 없어요?" 아서가 마침내 말했다. "하나도 생각이 안 난단 말이에요?"

"안 나요. 제일 재미있는 건 안개 이야기였다는 것밖에. 그건 기억이 나네."

별안간 그는 또 미친 듯이 웃음을 터뜨리더니 땅바닥을 발로 굴러댔다. "당신들, 개구리에 대한 몇 가지 사실은 아마 못 믿을 겁니다." 그가 신음했다. "어서 와봐요. 가서 우리가 개구리라는 걸 발견해봅시다. 아, 망할, 내가 다시 '그 녀석'들을 새로운 관점에서 볼 수 있을까?" 그는 벌떡 일어서더니 살짝 춤 같은 걸 추었다. 그러다 뚝 그치더니 다시 담배를 물고 길게 빨았다.

"실컷 비웃어줄 수 있는 개구리를 한 마리 찾으러 갑시다." 그가 간단하게 말했다. "그런데 당신들은 대체 누굽니까?"

"우리는 당신을 찾으러 왔어요." 트릴리언이, 목소리에 실망감이 배어 나지 않도록 주의하며 말했다. "제 이름은 트릴리언이에요."

프락은 고개를 마구 떨었다.

"포드 프리펙트라고 합니다." 포드 프리펙트가 어깨를 으쓱하며 말했다.

프락은 고개를 마구 떨었다.

"그리고 저는……." 자포드는 이렇게 엄청나게 중요한 얘기를 가볍게 할 정도로 충분히 조용해졌다고 판단되자 말을 이었다. "자포드 비블브락스라고 합니다."

프락은 고개를 마구 떨었다.

"이 사람은 누굽니까?" 프락은 아서를 향해 어깨를 떨면서 말했다. 아서는 낙심의 상념에 잠겨, 잠시 말없이 서 있었다.

"저요?" 아서가 말했다. "오, 저는 아서 덴트라고 해요."

프락의 눈이 머리에서 튀어나올 듯이 휘둥그레졌다.

"설마." 그는 캥 하고 짖었다. "당신이 아서 덴트라고요? 그 유명한 아서 덴트?"

그는 휘청거리며 뒷걸음질하더니, 배를 움켜쥐고 새삼스럽게 온몸을 발작적으로 뒤흔들며 미친 듯이 웃어댔다.

"아니, 당신을 만나게 되다니!" 그는 헐떡거렸다. "이럴 수가." 그가 소리쳤다. "당신은 정말 세상에서 가장……와, 당신을 보면 개구리도 벌떡 일어날 겁니다!"

그는 폭소로 절규하고 포효했다. 뒤로 쓰러져 벤치에 누웠다. 환호성을 지르고, 히스테리를 부리며 고래고래 악을 썼다. 너털웃음을 웃으며 울고, 허공을 발로 차대고, 가슴을 두들겨댔다. 차츰차츰 그는 헐떡거리며 진정했다. 그는 그들을 바라보았다. 그는 아서를 바라보았다. 그는 폭소로 울부짖으며 또 뒤로 넘어갔다. 마침내 그는 잠이 들었다.

다른 사람들이 혼수 상태에 빠진 프락을 우주선으로 옮기는 사이, 아서는 그냥 서서 입술을 씰룩거리고 있었다.

"우리가 프락을 데리러 가기 전에 나는 떠나려고 생각하고 있었어." 아서가 말했다. "지금도 나는 떠나고 싶어. 그리고 되도록 빨리 떠나야 할 것 같아."

다른 사람들이 말없이 고개를 끄덕였다. 침묵을 살짝 깨뜨리는 건, 오로지 우주선 맨 끝에 있는 프락의 선실에서 흘러나오는, 아주아주 아련하고 희미한 광적인 웃음소리뿐이었다.

"우리는 그에게 물었어." 아서가 말했다. "아니, 최소한 너희는 모든 것에 대해 그에게 질문을 해봤지. 알다시피, 나는 그의 근처에 갈 수가 없잖아. 그렇지만 프락은 별로 해줄 만한 얘기가 없는 것 같아. 이런저런 단편적인 지식들뿐이고, 나는 별로 듣고 싶지 않은 개구리 얘기뿐이고."

다른 사람들은 히죽거리지 않으려 애썼다.

"이제, 내가 남들보다 농담을 먼저 알아듣는 사람이 되어버렸어." 아서는 이렇게 말하고 나서, 다른 사람들이 폭소를 멈출 때까지 기다려야 했다.

"이제 내가……." 그는 다시 말을 멈추었다. 이번에는 말을 멈추고 정적에 귀를 기울였다. 이번엔 진짜 정적이었고, 대단히 갑자기 찾아온 정적이기도 했다.

프락의 소리가 들리지 않았다. 며칠 동안 그들은 우주선 전체에 울리는 광적인 웃음소리를 참고 지내야 했었다. 프락이 가볍게 낄낄거리거나 잠을 자면, 그제야 좀 살 것 같았다. 아서의 영혼은 신경쇠약에 걸려 질식해 죽을 것만 같았다.

이건 잠으로 인한 정적이 아니었다. 버저가 울렸다. 계기판을 보니 버저를 누르는 건 바로 프락이었다.

"몸이 안 좋은가 봐." 트릴리언이 조용히 말했다. "끊임없이 웃어대는 바람에 몸이 완전히 엉망이 되고 있어."

아서의 입술이 씰룩거렸지만, 아무 말도 하지 않았다.

"가서 상태를 좀 봐야겠어." 트릴리언이 말했다.

트릴리언이 특유의 심각한 표정을 하고서 선실에서 나왔다.

"프락이 너보고 들어오래." 그녀가 아서에게 말했다. 아서는 특유의 우울하고 꼭 다문 입술을 하고 있었다. 그는 손을 목욕 가운 주머니에 깊이 찔러 넣고서, 치졸하게 들리지 않을 만한 말을 생각해내려 애썼다. 하지만 도저히 생각이 나지 않았다. 너무나 끔찍하게 억울했지만, 그래도 도무지 생각해낼 수가 없었다.

"부탁이야." 트릴리언이 말했다.

아서는 어깨를 으쓱하고는, 우울하고 꼭 다문 입술을 데리고 들어갔다. 이 표정이 언제나 프락에게서 똑같은 반응을 자아냈음에도 불구하고,

그는 자신의 고문관을 내려다보았다. 프락은 핼쑥하고 앙상하게 여윈 모습으로 침대에 조용히 누워 있었다. 호흡은 몹시 밭아 보였다. 포드와 자포드가 어색한 모습으로 병상을 지키고 있었다.

"당신은 나한테 뭘 물어보고 싶어 해요." 프락이 가느다란 목소리로 말하더니 살짝 기침을 했다.

기침 소리만 들어도 아서는 온몸이 굳는 것 같았지만, 기침은 곧 잦아들고 그쳤다.

"어떻게 알았어요?" 그가 물었다.

프락은 힘없이 어깨를 으쓱해 보였다. "진실이니까." 그는 간단하게 말했다. 아서는 요점을 알아들었다.

"그래요." 그는 마침내 긴장해서 약간 뻣뻣해진 말투로 이렇게 말했다. "질문이 있었어요. 아니, 내게 해답이 있다고나 할까요. 그 질문이 뭔지 알고 싶어요."

프락은 공감한다는 듯 고개를 끄덕였고, 아서는 약간 긴장을 풀었다.

"그러니까……음, 사연이 긴데요." 그는 말했다. "하지만 내가 알고 싶은 '질문'은 '삶, 우주 그리고 모든 것에 대한 궁극적 질문'이에요. 우리가 알고 있는 건 '해답'이 42라는 겁니다. 그게 약간 분통 터지는 일이죠."

프락은 다시 고개를 끄덕였다.

"42." 그가 말했다. "그래, 그게 맞아요."

그는 잠시 말을 멈추었다. 사고와 기억의 그림자들이 구름의 그림자가 하늘을 스치고 지나가듯 그의 얼굴을 스쳐 지나갔다.

"안타깝게도……." 그는 마침내 말했다. "그 질문과 해답은 상호 배제적이에요. 한 가지에 대한 지식이 다른 것에 대한 지식을 배제한단 말이에요. 같은 우주에서 두 가지가 한꺼번에 알려진다는 건 불가능해요."

그는 다시 말을 멈추었다. 아서의 얼굴에 '실망'이 기어 올라와서 익숙한 자리에 편안히 자리를 잡았다.

"다만······." 프락은 생각을 정리하려고 애쓰며 말했다. "만약 그런 일이 생기면, 질문과 해답이 서로 상쇄해버려서 우주 전체가 취소되는 일이 벌어지죠. 그렇게 되면 우주가 사라지고 그보다 더 해명 불가능한 존재가 대신 그 자리를 차지하게 되지요. 어쩌면 이런 사태가 벌써 일어났는지도 모르지만." 그가 희미한 미소를 지으며 덧붙였다. "하지만 여기에는 일정 분량의 '불확실성'이 있어요."

킬킬거리는 웃음이 약간 그를 스쳤다.

아서는 등받이 없는 의자에 앉았다.

"뭐, 할 수 없죠." 아서가 체념하며 말했다. "그저 일종의 원인 같은 게 있기를 바랐을 뿐이에요."

"'원인'에 대한 이야기를 알아요?" 프락이 말했다.

아서는 모른다고 대답했고, 프락은 아서가 모른다는 걸 안다고 대답했다. 그래서 이야기를 해주었다.

그의 말에 따르면, 어느 날 밤, 어느 행성 하늘에 한 번도 본 적이 없는 우주선이 나타났다. 그 행성은 달포르사스였고, 우주선은 바로 이 우주선이었다. 이 우주선은 말없이 천공을 가로지르는 빛나는 새로운 별처럼 보였다.

'추운 언덕 비탈'에 몸을 웅크리고 앉아 있던 '미개 부족'들은 김이 나는 밤(夜) 음료를 마시다가 위를 올려다보았고, 떨리는 손가락으로 그것을 가리켰으며, 어떤 계시를 봤다고 믿었다. 이제 마침내 봉기하여 사악한 '평원의 왕자들'을 다 학살하라고 신이 내린 계시라는 것이었다.

궁전의 높은 포탑에서는 '평원의 왕자들'이 하늘을 올려다보며 그 빛나는 별을 보았고, 그것이 저주받은 '추운 언덕 비탈의 미개 부족'들을 공격하러 가라는 신의 계시라고 받아들였다.

그리고 그들 사이에서 '숲의 주민들'은 하늘을 보고 그 새로운 별의 계시를 읽었다. 그리고 공포와 두려움을 느꼈다. 그런 건 한 번도 본 적이 없었지만, 그들 역시 무슨 계시인지 정확하게 파악했기 때문이었다. 그들은 절망으로 머리를 숙였다.

그들은 비가 오면 그게 계시라는 걸 알았다.

비가 그쳐도 계시였다.

바람이 불어도 계시였다.

바람이 그쳐도 계시였다.

보름달이 비치는 밤 자정에 그 땅에서 머리가 세 개 달린 염소가 태어나도 그건 계시였다.

그냥 오후에 출산의 난항을 전혀 겪지 않고 완벽하게 정상적인 고양이나 돼지가 그 땅에서 태어나도, 아니 심지어 들창코의 아기가 태어나도, 종종 계시로 받아들여지곤 했다.

그러니 하늘에 새롭게 나타난 별이 특별히 굉장한 어떤 질서의 계시임은 의심의 여지가 없었다.

그리고 각각의 새로운 계시는 똑같은 의미를 지니고 있었다. '평원의 왕자들'과 '추운 언덕 비탈의 미개 부족'들이 또다시 서로를 미친 듯이 죽여댈 것이라는 의미였다.

이 사실 자체는 그리 나쁘지 않겠지만, 문제는 '평원의 왕자들'과 '추운 언덕 비탈의 미개 부족'들이 서로 미친 듯이 죽여대는 장소로 항상 '숲'을 선택했다는 데 있었다. 그리고 이 교전에서 최악의 사상자를 내는 건 항상 '숲의 주민들'이었다. 어느 모로 보나 그들과는 아무런 상관이 없는 싸움이었는데도 말이다.

그리고 그중에서도 최악의 난동이 휩쓸고 간 후면 가끔 '숲의 주민들'은 '평원의 왕자들'이나 '추운 언덕 비탈의 미개 부족'의 지도자들에게 사자를 보내, 이 참을 수 없는 행위의 이유나 좀 알자고 애원했다.

그러면 지도자는——어느 편이든 간에——사자를 데리고 들어가서,

천천히 조심스럽게 이유를 설명해주었다. 특히 온갖 시시콜콜한 세부 사항들에 깊은 주의를 기울였다.

그리고 끔찍한 것은, 이유가 아주 훌륭했다는 사실이다. 아주 명료하고, 아주 합리적이고, 아주 거칠었다. 사자는 고개를 푹 떨어뜨리며, 현실 세계가 얼마나 거칠고 복잡한지 자기가 이제까지 이해하지 못하고 있었다는 것 때문에 슬프고 바보스러운 기분에 젖게 되었다. 현실 세계에서 살아가려면 얼마나 어려운 일을 많이 당하고 복잡한 모순을 많이 겪어야 하는지 생각하면서.

"이제 이해하겠소?" 지도자는 이렇게 말하곤 했다.

사자는 멍청하게 고개를 끄덕거렸다.

"이 전투들이 왜 벌어지는지 이제 알겠소?"

또 멍청한 끄덕거림.

"그리고 어째서 전투가 '숲'에서 벌어져야 하는지, 또 어째서 그게 모두를 위한——그러니까 '숲의 주민들'을 포함해서——최선의 방책인지, 어째서 그렇게 되어야 하는 건지, 이제 잘 알겠소?"

"어……"

"장기적으로 보면 말이오."

"어, 그래요."

그리하여 사자는 이유를 확실히 이해하고서 숲의 동포들에게 돌아갔다. 하지만 고향에 가까워질수록, 숲과 나무들 사이로 걸을수록 모든 건 점점 희미해졌고, 이유 중에서 생각나는 건 당시 그 논리가 얼마나 끔찍하게 명료했던가 하는 것밖에 없었다. 실제로 이유가 무엇인지는 전혀 기억할 수 없었다.

그리고 물론 이건, 다음에 '추운 언덕 비탈의 미개 부족'과 '평원의 왕자들'이 다시 찾아와서 숲을 난도질하고 마구잡이로 불태우며, '숲의 주민들'을 닥치는 대로 죽일 때 상당히 큰 위로가 되었다.

프락은 이야기를 하다 말고 불쌍하게 기침을 했다.

"내가 바로 그 사자였어요." 그가 말했다. "당신네 우주선의 출현으로 일어난 전투 후에 파견되었지요. 그 전투들은 특히 참혹했어요. 우리 동포들이 수없이 살해당했지요. 나는 이유를 꼭 받아서 돌아오리라고 생각했어요. 그래서 '평원의 왕자들'의 지도자를 찾아가서 이야기를 들었지만, 돌아오는 길에 그 이유는 태양을 받은 눈처럼 마음속에서 녹아 없어지고 말았어요. 그건 아주 오래전의 일이고, 그 후로 수많은 일들이 있었지요."

그는 아서를 올려다보더니 다시 조그맣게 킬킬거렸다.

"진실의 약의 효과로 기억하는 일이 한 가지 더 있어요. 개구리들 말고요. 그건 하나님이 피조물들에게 던지는 마지막 메시지죠. 듣고 싶어요?"

잠시 그들은 이 사람 말을 어디까지 믿어야 하나 의심했다.

"사실이에요." 그가 말했다. "정말이라니까요."

프락의 가슴이 힘없이 부풀었다 가라앉으면서 숨을 쉬려 힘겹게 애썼다. 그의 머리가 약간 축 늘어졌다.

"그 메시지가 무엇인지 처음 알았을 때는 난 별로 감명을 받지 않았어요." 그가 말했다. "하지만 '왕자들'의 이유에 굉장한 감명을 받고도 금세 그걸 다 까먹었던 것을 돌이켜 생각해보면, 이 메시지는 훨씬 큰 도움이 될 것 같아요. 알고 싶어요? 네?"

그들은 멍청하게 고개를 끄덕였다.

"당연히 알고 싶겠지요. 그렇게 관심이 많으면 가서 찾아보는 편이 좋을 거예요. 그건 은하 구역 QQ7 액티브 J 감마에 있는 자르스 항성에서 세 번째 별인 프릴리움타른 행성의 세보르베우프스트리라는 땅의 쿠엔툴루스 쿠아즈가르 산맥 꼭대기에 불길로 쓰여 있는 삼십 피트 높이의 글자들이지요. 그 말씀은 롭 행성의 라제스틱 반트라셀이 지키고 있어요."

이 공지에 이어 기나긴 침묵이 흘렀다. 마침내 침묵을 깨뜨린 것은 아서의 한마디였다.

"미안한데요, 어디라고요?"

"그 말씀이 쓰여 있는 건, 은하 구역 QQ7 액티브 J 감마에 있는 자르스 항성에서 세어서 세 번째 별인 프릴리움타른 행성의 세보르베우프스트리라는 땅의 쿠엔툴루스 쿠아즈가르 산맥……." 프락이 되풀이했다.

"죄송한데요, 무슨 산맥이라고요?" 아서가 또 말했다.

"쿠엔툴루스 쿠아즈가르 산맥은 세보르베우프스트리라는 땅에 있고, 이 땅은……."

"무슨 땅이라고요? 확실히 못 알아들어서요."

"세보르베우프스트리라는 땅은……."

"세보르……뭐라고요?"

"아, 진짜 미치겠네." 프락은 이렇게 말하더니 굉장히 토라져서 죽어버렸다.

그 후 며칠 동안 아서는 그 하나님의 메시지라는 것에 대해 좀 생각해 보았지만, 결국 그런 말에 괜히 솔깃하지 않기로 결심했고, 괜찮은 작은 세계를 하나 찾아서 정착한 후 한가로운 은퇴 생활을 즐기겠다는 원래의 계획을 따르기로 했다. 하루에 두 번이나 우주를 구했으니, 이제는 좀 편하게 살아도 되지 않을까 싶었다.

그들은 크리킷 행성에 아서를 내려주었다. 크리킷은 이제 다시 목가적이고 전원적인 세계로 돌아와 있었다. 물론 노래는 가끔 아서의 신경을 긁었지만 말이다.

그는 아주 오랜 시간을 비행하며 보냈다.

그는 새들과 의사소통하는 법을 배웠지만, 그들의 대화가 기가 막히게 지루하다는 사실을 깨달았다. 대개가 바람의 속도, 날개 길이, 체력과 무게의 비율에 대한 것이었고, 나아가 상당 부분이 딸기에 대한 것이었다. 불행하게도, 일단 새의 말을 배우게 되면 머지않아 허공에서 새의 말소리밖에 들리지 않는다는 걸 깨닫게 된다. 그저 무의미한 새들의 수다밖에 들리지 않는 것이다. 그것을 피해 도망갈 데가 없었다.

그런 이유로 아서는 결국 비행의 스포츠를 포기하고 땅 위에서 살면서 그 삶을 즐기는 법을 배웠다. 땅에서도 무의미한 수다가 아주 잘 들리기는 했지만 말이다.

어느 날, 그는 최근에 들은 매혹적인 노래 곡조를 콧노래로 흥얼거리며 걷고 있었다. 바로 그때 하늘에서 은빛 우주선이 하강하더니 바로 그의 앞에 서는 것이었다.

해치가 열리고 진입로가 뻗어 나오더니, 키 큰 회녹색 외계인이 씩씩한 걸음으로 나와 그에게 다가왔다.

"아서 필리……." 외계인은 이렇게 말하더니, 날카로운 시선으로 아서와 자기 손에 들고 있는 메모판을 번갈아 살펴보았다. 그는 얼굴을 찌푸리고는 다시 아서를 보았다.

"넌 벌써 했잖아, 그렇지?" 그가 말했다.

제인을 위해

내 팔자에는 없는 안정된 일들을 빌려준 릭과 하이디에게,
불안정한 일들을 여럿 초래해준
모겐스와 앤디를 비롯한 헌트섬 코트 사람들 모두에게,
그리고 어떤 일이 일어나더라도 늘 안정을 유지해준 소니 메타에게
감사를 드리며

| 프롤로그 |

저 멀리 시대에 뒤처진 은하계 서쪽 소용돌이의 끝, 지도에도 나와 있지 않은 그 변두리 지역에 아무도 주목하지 않는 작은 노란색 항성이 하나 있다.

이 항성에서 대략 구천팔백만 마일 떨어진 곳에 시시하기 그지없는 작은 청록색 행성이 공전하고 있는데, 이 행성에 사는 원숭이 후손인 생명체들은 어찌나 원시적인지 아직도 전자 시계가 꽤나 대단한 아이디어라고 생각하고 있을 정도다.

이 행성에는 문제가 하나 있는데——아니, 있었는데——, 이 행성에 사는 사람들 대다수가 대부분의 시간 동안 불행했다는 것이다. 이 문제에 대해 수많은 해결책이 제시되었는데, 이 해결책들은 대부분 주로 작은 녹색 종잇조각들의 움직임과 관련된 것이었다. 그건 좀 이상한 일이다. 왜냐하면, 대체로 볼 때, 불행한 것은 그 작은 녹색 종잇조각들이 아니었기 때문이다.

그래서 그 문제는 해결되지 않고 그냥 남아 있었다. 많은 사람들이 비열했고, 그들 대다수는 비참하게 살았다. 심지어 전자 시계를 차고 있는 사람들까지도 말이다.

애당초 사람들이 나무에서 내려온 것 자체가 엄청난 실수였다는 의견이 점점 더 확산되었다. 게다가 어떤 사람들은 심지어 나무에 올라간 것조차 잘못된 일이었으며, 아무도 바다에서 나오지 말았어야 했다고도 말했다.

그러던 중 어느 목요일, 그러니까 한 남자가 기분 전환도 할 겸 이제는 사람들끼리 좀 잘해주면 얼마나 좋겠냐고 말했다는 이유로 나무에 못 박힌 지 약 이천 년의 세월이 흐른 뒤의 어느 목요일, 한 여자가 영국 릭맨스워스라는 마을의 조그만 카페에 혼자 앉아 있다가 이 오랜 세월 내내 도대체 무엇이 잘못되고 있었는지를 문득 깨달았다. 그리고 그녀는 마침내, 어떻게 하면 이 세상이 멋지고 행복한 곳이 될 수 있는지를 알게 되었다. 이번에는 정말 옳았다. 이번에는 일이 제대로 풀릴 수 있을 것이고, 아무도 어딘가에 못 박히지 않아도 될 터였다.

하지만 슬프게도, 그녀가 누군가에게 전화를 걸어 그 이야기를 하기도 전에 끔찍하고도 바보 같은 대참사가 일어났고, 그 아이디어는 영영 빛을 보지 못하게 되었다.

이 책은 그녀의 이야기다.

1

    그날 저녁에는 해가 일찍 저물었다. 그맘때는 그게 정상이었다. 춥고 바람도 많이 불었다. 그맘때는 그게 정상이었다.
    비가 오기 시작했다. 이건 더더구나 특히 정상적인 일이었다.
    우주선 한 대가 착륙했다. 이건 정상이 아니었다.
    하지만 주변에는 이 광경을 볼 사람이 아무도 없었다. 입이 떡 벌어지도록 멍청한 네 발 달린 동물 몇 마리밖에 없었는데, 이들은 눈앞에서 벌어진 광경을 전혀 이해하지 못했다. 놈들은 어떻게 생각해야 할지, 먹어야 할지 말아야 할지를 몰라 당황했다. 그래서 뭐가 보일 때마다 늘 하던 짓을 그대로 했다. 꽁무니를 내빼고는 서로 다른 놈 밑에 기어 들어가 몸을 숨기려 했던 것이다. 물론 제대로 될 리가 없는 짓이다.
    우주선은 구름 속에서 나와 스르륵 매끄럽게 하강했다. 얼핏 보면 마치 한 줄기 광선에 의지해 균형을 잡고 있는 것 같았다.
    번갯불과 폭풍우를 동반한 먹구름 때문에 먼 곳에서는 거의 알아볼 수 없었지만, 가까이에서 보면 우주선은 신기한 아름다움을 풍기고 있었다. 우아한 맵시로 조각된 회색 우주선은 아주 작았다.
    물론 외계의 다른 종족이 어떤 크기 어떤 형태로 나타날지는 며느리도 모른다. 하지만 행여, 만의 하나, 최근에 집계된 중앙 은하 인구 조사 보고서의 결과가 정확할 거라고 믿고 굳이 그걸 가지고 통계적인 평균을 내고 싶다면 아마 이 우주선에는 대충 여섯 명의 우주인이 타고 있을 거라 추산할 수 있을 테고, 그 추정은 얼추 맞을 것이다.

아마 벌써 그 정도는 짐작하셨으리라 믿는다. 대부분의 통계 조사가 그렇듯, 중앙 은하 인구 조사 보고서 역시 어마어마한 돈을 처들였음에도 불구하고 결과적으로 나온 얘기들은 이미 세상 사람들이 다 알고 있는 것이었다. 은하계의 모든 존재가 2.4개의 다리를 가지고 있고 하이에나를 소유하고 있다는 사실 정도가 좀 새로웠을까. 하지만 이거야 누가 봐도 명백히 사실이 아니었으므로, 결국 조사 결과는 모조리 폐기 처분되었다.

우주선은 빗속에서 소리 없이 하강했다. 우주선의 희미한 작동 표시등 불빛 덕분에 마치 세련된 무지갯빛 광채가 선체를 감싸고 있는 듯했다. 우주선은 아주 조용하게 웅웅거렸다. 그러나 선체가 지표면에 접근할수록 웅웅거리는 소리는 점점 더 커지고 더 깊어지더니, 고도가 육 인치 정도 되자 육중한 박동 소리로 바뀌었다.

마침내 우주선이 착륙했고 사방이 고요해졌다.

해치웨이가 열렸다. 작은 계단이 저절로 펼쳐졌다.

입구에 빛이 하나 나타났다. 밝은 빛이 흘러나와 축축한 밤을 밝혔고, 우주선 안에서는 그림자들이 움직이고 있었다.

빛 속에서 키 큰 사람의 형체가 나타나 주위를 둘러보고는 움찔 놀라더니 허둥지둥 계단을 걸어 내려왔다. 팔에는 커다란 비닐 가방을 끼고 있었다.

그는 몸을 돌리더니 갑자기 우주선을 향해 딱 한 번 손을 흔들어 인사를 했다. 벌써 머리카락을 타고 비가 줄줄 흘러내리고 있었다.

"고맙습니다." 그가 외쳤다. "정말 고마……."

날카롭게 우르릉 쿵쾅거리는 천둥소리 때문에 마지막 말은 잘 들리지 않았다. 그는 두려움에 질려 하늘을 바라보았고, 갑자기 무슨 생각이 들었는지 커다란 비닐 가방 속을 마구 뒤지기 시작했다. 가방 바닥에는 구멍이 나 있었다.

가방 옆면에는 (켄타우루스 항성의 알파벳을 해독할 수 있는 사람들이라면 쉽게 읽을 수 있을) 커다란 글자로 "알파 켄타우루스의 포트 브라스타 초대형 면세점. 현재 우주에서 뜨거운 인기 몰이를 하고 있는 스물두 번째 코끼리처럼 되어보세요—멍멍!"이라고 쓰여 있었다.

"잠깐만 기다려요!" 그는 우주선을 향해 손을 마구 흔들며 말했다.

해치 속으로 접혀 들어가던 계단이 정지하더니 다시 펼쳐져 그를 들여보내 주었다.

몇 초 후, 그는 너덜너덜하게 해진 타월 하나를 가지고 나오더니 가방 속에 구겨 넣었다.

비닐 가방을 겨드랑이에 꼭 낀 그는 다시 손을 흔들고는 나무 밑에서 비라도 피할 요량으로 달리기 시작했다. 그 사이 등 뒤에서는 이미 이륙한 우주선이 상승하고 있었다.

그 순간 번개가 하늘을 찢는 바람에 그가 잠시 멈칫했다. 그러나 곧 나무들과 한참 떨어진 쪽으로 진로를 수정한 후 황급히 앞으로 달려가기 시작했다. 그는 신속히 공터를 가로질러 달려가다가, 여기저기서 미끄러지고 넘어졌다. 이제 빗줄기는 마치 땅에서 잡아당기기라도 하는 듯이 시간이 갈수록 집중호우로 변하고 있었고 그는 조금이라도 비를 덜 맞기 위해 몸을 한껏 움츠렸다.

발이 진흙 속에 푹푹 빠지며 미끄러졌다. 야트막한 산 너머에서 천둥이 우르릉거렸다. 그는 얼굴에서 빗물을 훔쳐내는, 아무 소용도 없는 짓을 하며 비틀거리며 계속 걸어갔다.

훨씬 더 밝은 빛.

하지만 이번에는 번갯불이 아니라 지평선 위로 퍼지면서 아른거리다가 사라지는 둔탁한 빛이었다.

그는 빛을 보고 잠시 발길을 멈췄다가, 빛이 나타났다 사라진 바로 그 자리를 향해서 두 배로 빨리 걷기 시작했다.

이제는 지세가 더 험준해져서 깎아지른 듯한 비탈길이 위쪽으로 뻗어 있었으며, 급기야 이삼백 야드 앞에 이르러서는 장애물이 가로막고 있었다. 그는 장애물을 살펴보느라 잠시 발길을 멈췄다가, 곧 가방을 반대쪽으로 휙 던진 뒤 자기도 기어 넘어가기 시작했다.

그가 반대쪽 땅에 발을 딛자마자 빗속에서 웬 기계가 불쑥 나타나더니, 물이 튕겨 올라 장벽처럼 솟구친 사이로 밝은 빛을 뿌리며 그를 향해 돌진해왔다. 그는 몸을 벽에 꼭 붙였다. 기계는 파도를 타는 흰색 고래처럼, 납작한 구근 채소 같은 모양이었다. 미끈한 맵시에, 잿빛의 둥근 동체를 지닌 그 기계는 무시무시한 속도로 달려왔다.

그는 본능적으로 두 팔을 들어 올려 몸을 보호하려고 했으나, 그를 덮친 것은 물벼락에 불과했다. 기계는 바로 옆을 스치고 어둠 속으로 사라져버렸다.

하늘을 가르며 또다시 섬광이 번득이자, 기계의 형체가 잠시 밝게 빛났다. 그 덕분에 물에 흠뻑 젖은 사람은 기계가 사라지기 전 찰나의 순간을 틈타 뒤에 붙은 작은 표지판에 쓰여 있는 글을 읽을 수 있었다.

그는 너무나 놀란 나머지 도저히 자신의 눈을 믿을 수가 없었다. 기계 뒤에 붙은 표지판에는 틀림없이 "내 다른 차도 포르셰임"이라고 쓰여 있었던 것이다.

2

롭 매케너는 딱한 인간 말종이었고, 그 자신도 그것을 알고 있었다. 오랜 세월에 걸쳐 아주 많은 사람들이 그 사실을 지적해주었고, 자신도 사람들과 굳이 의견을 달리할 이유를 찾을 수 없었기 때문이다. 물론 한 가지 명백한 이유를 든다면, 다른 사람들 말에 딴지를 거는 걸 아주 좋아한다는 점이 있겠지만 말이다. 특히 자기가 싫어하는 사람들의 의견에 반대하기를 좋아했는데, 결국 세어보면 모든 사람이 이에 해당했다.

그는 숨을 깊이 들이마시고 기어를 잡아당겨 내렸다.

산비탈이 가팔라지기 시작했는데 그의 화물 트럭은 덴마크제 자동 온도 조절 난방기를 싣고 있어서 무거웠다.

그렇다고 그가 시무룩한 천성을 타고난 건 아니었다. 최소한 그 자신은 그렇지 않기를 바랐다. 이렇게 기분이 가라앉는 건 다 비 탓이었다. 항상 비가 문제였다.

지금 내리는 건, 그가 특히 싫어하는 특별한 종류의 비였다. 특히 운전을 할 때는 더 싫었다. 그는 비에 번호를 붙여주었다. 이건 열일곱 번째 타입의 비였다.

언젠가 에스키모들에게는 눈을 지칭하는 단어가 이백 개도 넘는다는 얘기를 읽은 적이 있다. 그렇지 않으면 아마 대화가 몹시 단조로웠을 게 분명하다. 그래서 그들은 성긴 눈과 빽빽한 눈, 가벼운 눈과 무거운 눈, 진눈깨비, 파삭파삭한 눈, 어지럽게 흩날리는 눈, 허공을 떠다니는 눈, 옆집 사람의 장화에 들러붙어서 깨끗한 이글루 바닥을 엉망으로 만드는 눈, 겨울의 눈, 봄의 눈, 요즘 내리는 그 어떤 눈보다도 백배 천배 좋았던 어린 시절의 눈, 고운 눈, 깃털 같은 눈, 언덕의 눈, 골짜기의 눈, 아침에 내리는 눈, 밤에 내리는 눈, 낚시를 가려고 막 나서는데 느닷없이 내리는 눈, 그리고 배변 훈련을 아무리 시켜도 말을 듣지 않는 시베리아허스키 썰매개들이 오줌을 갈겨 놓은 눈을 모두 구분하는 모양이다.

롭 매케너는 작은 공책에다가 이백서른한 가지 종류의 비를 적어 놓았지만, 그 중 어느 하나도 좋아하지 않았다.

그는 다시 기어를 한 단 내렸고 화물 트럭은 육중한 엔진에 다시금 박차를 가했다. 트럭은 운반 중인 덴마크제 자동 온도 조절 난방기가 무겁다며 푸근한 소리로 투덜거렸다.

전날 오후 덴마크에서 출발한 후로, 삼십삼 번 비(가볍고 바늘처럼 가는 가랑비로 길을 미끄럽게 만들었다), 삼십구 번 비(굵은 빗방울이 무겁게 툭툭 떨어지는 비), 사십칠 번에서 오십일 번까지의 비(수직으로 가볍게 떨어지는 가랑비에서 비스듬하고 날카롭게 떨어지는, 정도가 가벼운 가랑비에서 상쾌하게 적당히 떨어지는 강도의 비까지), 팔십칠 번과 팔십팔 번 비(수직으로 홍수처럼 쏟아지는 폭우의 두 가지 종류로서 미세한 차이가 있음), 백 번 비(호우가 내린 후의 스콜, 찬 비), 백구십이 번에서 이백십삼 번 사이의 온갖 바다 폭풍 종류의 비가 동시에 내렸고, 백이십삼 번, 백이십사 번, 백이십육 번, 백이십칠 번 비(중간 강도의 순하고 차가운 돌풍, 규칙적으로 화음을 이루며 자동차 천장을 두들기는 비), 십일 번 비(산들바람을 동반한 이슬비)를 다 겪었고, 이제는 제일 싫어하는 십칠 번 비가 내리고 있었다.

십칠 번 비는 지저분하게 물을 튀기며 방풍 유리를 극심하게 두들겨대기 때문에 와이퍼가 있거나 없거나 별로 차이가 없는 비였다.

그는 이 이론을 시험해보기 위해 잠깐 와이퍼를 꺼봤는데, 그 결과 시계(視界)가 극심하게 나빠졌다. 한번 나빠진 시계는 다시 와이퍼를 켜도 회복되지 않았다.

사실 와이퍼 한쪽 날개가 부러져버렸던 것이다.

쓱싹 쓱싹 쓱싹 푸식 쓱싹 쓱싹 쓱싹 푸식 쓱싹 쓱싹 쓱싹 푸식 쓱싹 쓱싹 푸식 푸식 푸식 퍼덕 퍼덕 끼이익.

그는 운전대를 쿵쿵 두들기고, 차 바닥을 발로 구르고, 카세트 플레이어를 마구 내리쳤다. 그랬더니 갑자기 배리 매닐로의 노래가 나오기 시작하길래, 노래가 멈출 때까지 내리치며 욕을 욕을 욕을 욕을 욕을 퍼부었다.

분노가 절정에 달한 바로 그 순간, 퍼붓는 비 때문에 잘 보이지도 않는 형체가, 전조등 불빛을 받으며 물 속을 헤엄치는 듯한 몰골로 나타났다.

불쌍하게도 구정물을 뒤집어쓴 사람 형체는, 옷차림도 희한한 데다가 세탁기에 빠진 수달처럼 흠뻑 젖어가지고는 히치하이크를 원하고 있었다.

"불쌍한 친구 같으니라고." 롭 매케너는 자신보다 더 처량 맞은 신세를 한탄해야 할 인간이 바로 여기 있다는 걸 깨닫고 속으로 중얼거렸다. "틀림없이 뼛속까지 얼었을 게 분명해. 하필 오늘처럼 더러운 날씨에 히치하이크를 하다니 멍청한 놈이군. 끽해야 추위에 떨고, 비 맞고, 흙탕물을 튀기고 지나가는 트럭들이나 만나는 게 고작일 텐데."

그는 음울하게 고개를 젓더니, 또다시 땅이 꺼져라 한숨을 쉬고는 운전대를 휙 돌렸다. 그러자 커다란 물보라가 휙 일더니 히치하이커를 정통으로 쳤다.

"내 말이 이 말이야." 그는 재빨리 지나가면서 속으로 생각했다. "아주 못돼 처먹은 인간들이 길에 아주 많거든."

몇 초 후 백미러에는 물에 흠뻑 젖어 몰골이 말이 아닌 히치하이커의 꼬락서니가 비쳤다.

잠깐 동안은 그걸 보고 기분이 좋아졌다. 그러나 곧 그걸 보고 기분이 좋았다는 사실에 기분이 나빠졌다. 그리고 기분이 좋다는 사실에 기분이 나쁘다는 사실에 기분이 좋아졌고, 결국 그는 흡족한 마음이 되어 계속 차를 몰았다.

최소한, 포르셰의 앞길을 막고 죽어도 비켜주지 않으려고 이십 분이나 버티다가 결국 추월당한 기분이 덕분에 좀 나아졌던 것이다.

그가 차를 몰고 나아가자, 하늘의 먹구름들이 그를 따라 질질 끌려갔다. 사실 본인도 모르고 있었지만, 롭 매케너는 '비의 신(雨神)'이었다. 그가 알고 있는 건 그저 일을 해야 하는 평일에는 늘 기분이 참담하고, 휴일은 연달아 망치고 있다는 것뿐이었다. 구름들이 알고 있는 건 그저, 롭 매케너를 너무나 사랑하기 때문에 언제나 가까이 있고 싶고, 소중하게 아껴주고 싶고, 늘 물을 뿌려주고 싶다는 사실뿐이었다.

3

    다음에 지나간 화물 트럭 두 대는 비의 신이 직접 모는 건 아니었지만, 그래도 정확하게 똑같은 짓을 하고 지나갔다.
    그는 터덜터덜, 아니 미끌미끌 계속 걸었다. 걷다 보니 언덕길이 다시 시작되었고, 이제 드디어 종잇장처럼 솟구치는 물의 장벽들과는 안녕을 고할 수 있었다.
    얼마 후 비가 잦아들기 시작했고, 구름 뒤에서 달이 잠깐 얼굴을 내밀었다.
    그 사이 르노 한 대가 지나갔는데, 운전사는 터덜터덜 걸어가는 그를 향해 미친 듯이 복잡한 손짓을 하며, 보통 때는 기꺼이 태워주겠지만 지금은 시간이 없는 데다가 어디로 가는지 몰라도 그쪽 방향으로 가고 있지 않기 때문에 형편이 되지 않는다며, 아마 이해해줄 거라 믿는다는 뜻을 전달했다. 그는 복잡한 수신호 마지막을 명랑하게 엄지손가락 두 개를 다 들어 올려 보이는 것으로 마무리했다. 무지무지 춥고 죽을 지경으로 물벼락을 맞았더라도 기분은 괜찮기를 바란다며, 다음번에 만나면 꼭 태워주겠다고 말하는 것만 같았다.
    그는 계속 터덜터덜 걸었다. 피아트 한 대가 아까의 르노와 정확하게 똑같은 짓을 하고 지나갔다.

택시 한 대가 반대 차선으로 지나가면서 꾸물꾸물 부지런히 걷고 있는 형체를 향해 전조등을 깜박거렸는데, 그게 "안녕"이라는 인사인지, "미안해, 우리는 반대쪽으로 가고 있어"라는 뜻인지, "어이, 저기 좀 봐, 이 빗속에 누가 있네. 병신 같은 놈"이라는 뜻인지 도무지 알 수가 없었다. 자동차 앞유리에 붙어 있는 녹색 스티커를 보니, 대체 그 메시지가 무슨 뜻인지는 알 수 없어도 메시지를 보낸 사람들이 스티브와 캐롤라라는 건 분명했다.

폭풍우는 이제 확실히 한풀 꺾였고, 마구잡이로 쳐대던 천둥은 아득한 산 너머에서 그르렁거리는 소리로 바뀌었다. 마치 논쟁에서 패배했다는 사실을 시인하고 나서 이십 분쯤 지난 후에 "그런데 한 가지 더······" 하고 뒷북을 치는 사람처럼 말이다.

공기는 아까보다 훨씬 맑아졌고, 밤은 추웠다. 소리는 상당히 먼 거리까지 잘 퍼졌다. 예의 길 잃은 사람은, 덜덜 떨리는 몸을 주체하지 못하면서 이제 막 교차로에 다다른 참이었다. 왼쪽으로 빠지는 길이 갈라지는 지점이었다. 좌회전을 하고 나면 표지판이 하나 서 있었다. 그는 느닷없이 표지판 쪽으로 마구 달려가더니 열렬한 호기심으로 그걸 찬찬히 뜯어보았다. 그러다가 다른 차가 지나갈 때만 후딱 돌아보곤 했다.

차가 또 한 대 지나갔다.

처음 지나간 차는 본 척도 하지 않고 지나갔고, 두 번째 차는 무의미하게 전조등을 번쩍거렸다. 포드 코티나가 한 대 지나가다가 브레이크를 밟았다.

그는 깜짝 놀라 움찔하면서 가방을 가슴에 꼭 끌어안고 황급히 자동차 쪽으로 달려갔다. 하지만 마지막 순간, 코티나는 흙탕물 속에서 부르릉거리며 바퀴를 돌리더니 꽤 재미있다는 듯이 길을 따라 달려가버렸다.

그는 천천히 멈춰 서서, 황망하고 절망한 채로 꼼짝도 못하고 서 있었.

우연의 일치인지, 바로 다음 날 코티나를 운전하던 사람은 충수 제거

수술을 받기 위해 병원으로 급히 실려 갔으며, 꽤 재미있는 착각 덕분에 실수로 다리 제거 수술을 받게 되었고 충수 제거 수술 일정이 다시 잡히기 전에 합병증으로 인해 상당히 흥미진진한 중증 복막염으로 발전했으며, 결국 정의는 나름대로 구현되고 말았다.

그는 계속 터덜터덜 걸었다.

사브 한 대가 그 옆에 멈춰 섰다.

유리창이 내려가더니 친절한 목소리가 말했다. "많이 걸었어요?"

그는 그쪽을 바라보았다. 그리고 발길을 멈추고는 자동차 문을 잡았다.

그와, 자동차와, 자동차 문은 모두 지구라고 불리는 행성 위에 존재하고 있었다. 《은하수를 여행하는 히치하이커를 위한 안내서》에 대체로 무해함이라는 두 단어로 축약되어 있는 세계다.

이 글을 쓴 사람은 포드 프리펙트라고 한다. 그리고 그는 바로 이 순간 무해한 것과는 거리가 먼 행성에서, 무해한 것과는 거리가 먼 바에 앉아서 온갖 말썽을 일으키고 있었다.

4

 술에 취했는지, 어디가 아픈지, 아니면 완전히 미친 나머지 자살을 하고 싶어서 그랬는지, 어차피 별 생각 없는 구경꾼의 눈으로는 잘 분간이 되지도 않았을 테지만, 한돌드 시티 남쪽 외곽에 있는 '늙은 분홍 개Old Pink Dog' 술집에는 사실 별 생각 없이 어물거리는 구경꾼은 하나도 없었다. 목숨을 부지하고 싶으면 그런 곳을 별 생각 없이 어물거리지 않는 법이다. 구경꾼이 있다 한들 십중팔구 비열하고 매처럼 사나우며 중무장을 하고 있는 인간들뿐이었다. 머릿속이 늘 고통스럽게 쿵쾅쿵쾅 울려대고 있어서, 별로 마음에 들지 않는 꼴을 보게 되면 미친 짓거리를 내쳐 저지르는 그런 사람들이었다.
 미사일 위기가 닥친 듯한, 험악한 침묵이 쫙 내리깔렸다.
 심지어 술집 횃대 위에 앉아 있는 사악한 외모의 새조차 동네 청부 살인 업자들의 이름과 주소를 끽끽거리는 쇳소리로 읊어대는 일을 딱 멈췄다. 그건 이 술집에서 공짜로 제공하는 서비스였다.
 모든 시선이 포드 프리펙트를 향하고 있었다. 어떤 시선들은 술잔 손잡이를 향하고 있었다.
 죽음과 무모한 주사위 놀이를 즐기는 포드가 오늘 선택한 게임 방식은 아메리칸 익스프레스 카드를 사용해서 소규모 국방 예산 정도의 어마어마한 술값을 지불하려는 것이었다. 알려진 우주에서는 결코 용납할 수 없는 일이 아닐 수 없다.

"아니, 뭐가 걱정이세요?" 그는 명랑한 어조로 물었다. "기한 만료일이 걱정이신가요? 여기에서는 신상대성 이론에 대해 들어본 사람이 하나도 없나요? 요즘 이런 종류의 일을 해결해줄 수 있는, 완전히 새로운 물리학 분야가 개척되었답니다. 시간은 팽창을 촉진하고, 한시적인 상대통계학은……."

"우리가 걱정하는 건 기한 만료일이 아니오." 이 말을 듣고 있던 사내가 말했다. 그는 위험한 동네의 위험한 술집 주인이었다. 그의 목소리는 나지막하고 부드럽게 그르렁거렸다. 그 소리는 마치 대륙 간 탄도 미사일의 발사 개폐구를 열 때 나는 소리 같았다. 고깃덩어리 같은 손이 바를 가볍게 두들기자, 살짝 흠집이 나며 푹푹 패는 것이었다.

"아, 그럼 잘됐네요." 포드는 여행용 가방을 챙기고 떠날 채비를 했다.

톡톡 두들기던 손가락이 휙 뻗더니 가볍게 포드 프리펙트의 어깨를 잡았다. 그 정도로도 포드 프리펙트는 달아날 꿈도 못 꾸게 되었다.

손가락들은 슬라브 판 같은 두터운 손에 붙어 있었으며 그 손은 방망이 같은 팔뚝에 붙어 있었지만, 팔뚝에는 아무것도 붙어 있지 않았다. 형이상학적인 의미로 본다면야 물론, 고향과 다름없는 술집에 맹렬한 견공 같은 충성심으로 딱 달라붙어 있었지만 말이다. 사실 그 팔뚝은 원래 좀 더 정상적으로 술집 전 주인의 몸에 붙어 있었는데, 임종을 맞은 주인이 뜻밖에도 팔뚝을 의학계에 기증해버렸다. 그러나 의학계는 팔뚝 모양이 마음에 들지 않다며 당장 늙은 분홍 개 술집에 돌려주었다.

새로운 술집 주인은 초자연적 현상이라든가, 도깨비라든가, 그런 괴상한 일은 전혀 믿지 않았지만 쓸모 있는 동료를 알아보는 눈 하나는 확실했다. 그 손은 바 위에 앉아 있곤 했다. 주문도 받고, 술도 돌렸으며, 죽으려고 환장한 사람들을 죽여주기도 했다. 포드 프리펙트는 꼼짝도 않고 앉아 있었다.

"우리가 걱정하는 건 기한 만료일이 아니지." 술집 주인이 되풀이해 말했다. 이제 포드 프리펙트의 관심을 확실히 끌게 되어 만족스러운 모양이었다. "플라스틱 덩어리 전체가 걱정이란 말이지."

"뭐라고요?" 포드가 말했다. 화들짝 당황한 기색이 역력했다.

"이거." 술집 주인은 신용 카드가 마치 삼 주 전에 영혼이 이미 '생선들의 천국'으로 달아나버린 작은 물고기나 되는 것처럼 들고는 이렇게 말했다. "우린 이런 거 안 받수다."

포드는 잠시 다른 지불 수단이 없다는 사실을 털어놓을까 말까 고민했지만, 일단은 밀어붙이는 쪽이 좋겠다고 생각했다. 몸에서 잘려나간 손은 이제 엄지와 검지로 그의 어깨를 가볍게, 하지만 단단하게 붙들고 있었다.

"영 이해를 못하시네요." 포드가 말했다. 그의 표정은 이제 처음의 황당함에서 도저히 못 믿겠다는 듯한 뻔뻔스러움으로 변했다. "이건 아메리칸 익스프레스 카드란 말이에요. 인간에게 알려진, 청구서를 결제하는 가장 훌륭한 방법이란 말입니다. 스팸 메일을 읽어본 적이 없으세요?"

포드의 명랑한 목소리가 술집 주인의 귀에 거슬리기 시작했다. 그건 마치 전쟁 레퀴엠의 음울한 소절에서 장난감 피리를 부는 것 같았다.

포드의 어깨뼈들이 삐걱거리며 갈리기 시작했다. 그 손은 몹시 숙련된 척추 지압사한테서 고통을 주는 원리를 배운 것만 같았다. 포드로서는 그 손이 어깨뼈들끼리 서로 가는 것도 모자라 어깨뼈를 다른 뼈에 대고 갈기 전에 문제가 해결되기만을 바랄 뿐이었다. 운 좋게도, 손에 붙잡힌 어깨는 가방을 걸친 쪽이 아니었다.

술집 주인은 신용 카드를 다시 포드 쪽으로 밀어냈다.

"우리 집에서는." 주인이 무자비한 야만성을 감춘 목소리로 말했다. "이런 물건 얘기를 들어본 적도 없어."

사실 이건 전혀 놀랄 일이 아니었다.

포드는 그저 심각한 컴퓨터 에러로 인해 발생한 십오 년간의 지구 행성 나들이에서 신용 카드를 손에 넣었을 뿐이니까. 아메리칸 익스프레스 사도 사태의 심각성을 아주 빨리 깨달았고, 공황 상태에 빠진 수금 부서의 초조한 빚 독촉 사태는 결국, 새로운 초공간 우회로를 건설하려는 보고 행성인들에 의해 지구 전체가 돌연 괴멸되는 사태를 맞고서야 겨우 잠잠해졌다.

그 후로 포드는 늘 신용 카드를 몸에 지니고 다녔다. 아무도 받아주지 않는 결제 수단을 갖고 다니는 게 대단히 쓸모가 많다는 사실을 깨달았기 때문이다.

"신용?" 술집 주인이 말했다. "아아아아ㅎㅎㅎ……."

이 두 단어는 늙은 분홍 개 술집에서 대체로 늘 붙어 다니곤 했다.

"저는……." 포드가 말했다. "이게 상류 계급의 상징이라고 생각합니다만……."

포드는 주위를 둘러보며 건달, 포주 그리고 레코드 회사 임원들이 뒤섞인 군상을 바라보았다. 그들은 바의 후미진 안쪽, 시커먼 어둠으로 이어지는 희미한 빛의 경계에서 어슬렁거리고 있었다. 그들은 일부러 다른 쪽을 바라보면서, 살인과 마약 조직, 음악 계약에 대해 하던 이야기를 계속했다. 앞으로 어떻게 될지 잘 알고 있었기 때문에 괜히 못 볼 꼴을 보고 술맛이 떨어지지 않기만을 바랐다.

"그러다 죽는다, 꼬마야." 술집 주인은 조용히 포드 프리펙트를 보고 말했다. 든든한 증거가 떠받치고 있는 말이었다. 바에는 "외상을 요구하지 마십시오. 그러다 주먹으로 한 대 맞으면 몹시 불쾌할 수 있습니다"라는 안내문이 걸려 있었다. 하지만 정확성을 기하기 위해 이 안내문은 "외상을 요구하지 마십시오. 그러다 무자비한 새한테 모가지를 갈가리 찢기고 절단된 손이 머리를 바에 내리쳐 박살내는 꼴을 당하면 몹시 불쾌할 수 있습니다"로 수정되어야 했다. 그러나, 이건 안내문치고는 읽기가 힘들었을 뿐만 아니라, 어쨌든 어감 자체도 좀 달랐기 때문에, 결국 주인은 이 공고도 내리고 말았다. 그냥 굳이 말하지 않아도 알아서 소문이 저절로 퍼질 거라 생각했기 때문이었다. 아니나 다를까 소문은 알아서 저절로 퍼졌다.

"어디 청구서를 한 번만 다시 보여주세요." 포드가 말했다. 포드는 청구서를 들고 사려 깊게 읽어 내려갔다. 악의에 찬 술집 주인과, 마찬가지로 악의에 찬 새의 시선이 그를 노려보고 있었다. 새는 지금 발톱으로 바를 긁어 깊은 흠집을 내고 있었다.

청구서는 상당히 길었다.

맨 아래에는 오디오 세트 밑바닥에 새겨진 제품 번호와 비슷한 숫자가 쓰여 있었다. 등록을 하려고 베껴 쓰는 데 몹시 오래 걸리는 그 일련 번호들 말이다. 아무튼, 포드는 하루 종일 바에 죽치고 앉아서 거품이 보글보글 이는 음료를 엄청나게 많이 마셨고, 포주며 양아치며 레코드 회사 중역들로 구성된 패거리한테도 엄청나게 많은 공짜 술을 돌렸다. 모두들 갑자기 포드가 누군지도 모르겠다는 듯한 얼굴로 시치미를 떼고 있었지만.

그는 말없이 침을 꿀꺽 삼키더니 주머니를 툭툭 두들겼다. 미리 알고 있던 사실이지만, 주머니 속에는 아무것도 없었다.

그는 왼손을 가볍게, 하지만 확고하게 반쯤 열려 있는 가방 입구에 댔다. 오른쪽 어깨를 붙들고 있던 절단된 손에 새삼 힘이 들어갔다.

"이것 봐." 술집 주인이 말했다. 포드 앞에서 그의 얼굴이 사악하게 일그러지는 듯했다. "우리도 평판에 신경을 써야 된다고. 네 놈도 알지, 안 그래?"

이제 됐군. 포드는 생각했다. 이제 더 이상 끌 필요가 없었다. 규칙을 지켰고, 술값을 내려고 진심으로 노력했고, 거절당했다. 그리고 그는 생명의 위협을 느끼고 있었다.

"글쎄……." 그는 조용히 말했다. "평판이 걱정이라면……."

번개 같은 속도로 그는 가방을 열어《은하수를 여행하는 히치하이커를 위한 안내서》와 이 책을 위해 일하는 현장 조사원임을 증명하는——그리고 절대 지금 하고 있는 짓을 해서는 안 된다고 명시하고 있는——신분증을 꺼내 바에 탁 내려놓았다.

"여기다 기사 한 꼭지 써드릴까요?"

술집 주인의 얼굴이 일그러지다가 중간에서 딱 멈췄다. 새의 발톱은 바를 긁다가 딱 멈췄다. 어깨를 붙잡고 있던 손에서 천천히 힘이 빠졌다.

"그거면……." 술집 주인은 메마른 입술 사이로, 간신히 들릴락 말락 하게 속삭였다. "충분히 되겠습니다, 선생님."

5

《은하수를 여행하는 히치하이커를 위한 안내서》는 강력한 기구였다. 그 어마어마한 영향력을 걱정한 나머지 편집부 임원들은 엄격한 규칙을 제정해야만 했다. 그래서 현장 조사원들은 기사를 써준다는 핑계로 어떤 종류의 향응이나 할인, 혹은 특별 대접도 받아서는 안 되게 되어 있었다. 단, 다음의 조건이 충족되는 상황에서는 가능했다.

a) 정상적인 방식으로 서비스의 대가를 지불하려고 노력해야 한다는 것
b) 생명의 위협을 느끼고 있다든가
c) 정말이지 너무나 그러고 싶었다든가

세 번째 규칙을 들이댔다가는 감봉을 당하기 십상이었기 때문에, 포드는 항상 첫 번째와 두 번째 규칙을 가지고 장난을 치는 쪽을 선호했다.
 그는 발걸음도 가볍게 거리로 나섰다.
 공기는 숨 막히게 답답했지만, 포드는 그래도 좋았다. 숨 막히게 답답해도 도시의 공기였으니까. 흥미진진하게 불쾌한 냄새와 위험한 음악으로 가득 차 있고, 경찰 부족들이 서로 전쟁을 하는 소리가 아득하게 들려왔으니까.

그는 가방을 가볍게 흔들며 걷고 있었다. 그래야 누가 부탁도 없이 가방을 뺏으려 하면 자연스럽게 한 대 갈겨줄 수 있기 때문이다. 가방에는 그의 전 재산이 들어 있었다. 지금으로서는 전 재산이라고 해야 별 게 없지만 말이다.

리무진 한 대가 불타는 쓰레기 더미 사이를 헤치며 거리를 미끄러져 지나갔다. 그러자 길거리에 서 있던 말인지 노새인지 알 수 없는 동물이 움츠리고 비명을 지르며 달아나면서 낑낑대는 소리를 냈고, 허둥지둥 길을 따라 뛰어가다가 작은 이탈리아 식당 앞 계단에서 발이 걸려 넘어진 척했다. 거기서 넘어지면 사진도 찍어주고 먹이도 준다는 걸 잘 알고 있었기 때문이다.

포드는 북쪽을 향해 걷고 있었다. 우주 공항 쪽으로 갈 생각이었지만, 사실 그건 이미 지나간 얘기였다. 이런 시내를 걷고 있다 보면 종종 마음이 바뀌기 마련이라는 걸 그는 잘 알고 있었다.

"어때요, 우리 재밌게 놀아볼래요?" 문간에서 어떤 목소리가 말했다.

"내가 보기엔 말이죠." 포드가 말했다. "지금도 충분히 재미있어요. 고맙습니다."

"아저씨 부자예요?" 또 다른 목소리가 말했다.

그래서 포드는 너털웃음을 터뜨렸다.

"내가 부자처럼 보여요?"

"모르겠어요." 젊은 여자가 말했다. "부자일 수도 있고, 아닐 수도 있죠. 앞으로 부자가 될지도 모르고요. 부자면 아주 특별한 서비스를 해줄 수 있거든요……"

"오, 그래요." 포드는 관심이 생겼지만 조심스럽게 물었다. "뭔데요?"

"부자라도 괜찮다고 말해주지요."

머리 위의 유리창에서 총소리가 울렸지만, 그건 그저 세 번이나 리프 연주를 틀린 베이스 주자가 총살당하는 소리였을 뿐이다. 한돌드 시티 행성에서 베이스 주자의 값어치는 두 사람 합쳐서 일 페니밖에 하지 않았다.

포드는 발길을 멈추고 캄캄한 문 안쪽을 들여다보았다.

"뭘 해준다고요?" 그가 말했다.

여자는 깔깔 웃더니 한 발짝쯤 그늘 밖으로 나왔다. 키가 훤칠한 데다, 수줍은 듯 당당한 분위기가 풍겼다. 그런 분위기를 풍기기가 어려워서 그렇지 잘만 하면 아주 효과가 훌륭한 법이다.

"그게 제 주특기예요." 그녀가 말했다. "사회경제학으로 석사 학위를 받았기 때문에, 상당히 설득력 있는 논지를 펼 수 있지요. 사람들이 아주 좋아한답니다. 특히 이 도시에서는요."

"구즈나……." 포드 프리펙트가 말했다. 이건 뭔가 말은 하고 싶은데 특별히 할 말이 없을 때 그가 잘 쓰는 베텔게우스 행성어였다.

그는 계단에 주저앉아 가방에서 '올드 쟁크스 스피릿' 한 병과 타월을 꺼냈다. 그는 병을 따서 입구를 타월로 닦았는데, 사실 그건 의도와는 전혀 다른 효과를 낳았다. 올드 쟁크스 스피릿 술로 인해 타월의 그 작은 부분에 기생하고 있으면서 오랜 시간에 걸쳐 대단히 복잡하고 발전된 문명 사회를 건설한 수백만 개의 세균들이 순식간에 멸종되었던 것이다.

"좀 마실래요?" 그는 일단 자신부터 한 모금 들이켜고 나서 물었다. 그녀는 어깨를 으쓱하더니 술병을 받아 들었다.

두 사람은 한동안 평화롭게, 옆 동네에서 들려오는 시끄러운 강도 경보음에 귀를 기울이면서 그렇게 앉아 있었다.

"사실 어쩌다 보니까, 상당한 돈을 빌려주고 못 받고 있어요." 포드가 말했다. "혹시 그 돈을 받게 되면, 다시 당신을 만나러 와도 될까요?"

"그럼요. 여기 있을 거예요." 여자가 말했다. "상당히 많다는 돈이 얼마쯤이에요?"

"십오 년간 일한 대가로 받을 봉급이요."

"무슨 일을 하시는데요?"

"두 단어를 써줬지요."

"젠장." 여자가 말했다. "어느 단어를 쓰는데 그렇게 시간이 오래 걸렸어요?"

"첫 단어요. 일단 첫 단어가 생각나니까 다음 단어는 어느 날 점심을 먹고 나니 저절로 떠오르던걸요."

머리 위 저 높은 곳에서 거대한 전자 드럼 세트가 창문 밖으로 떨어져 눈앞의 길거리에서 산산조각 났다.

옆 동네의 강도 경보는 한쪽 경찰 부족이 상대편을 함정에 빠뜨리기 위해 일부러 울린 거라는 사실도 곧 밝혀졌다. 앵앵거리며 비명을 지르는 사이렌을 울리며 자동차들이 그 지역으로 몰려들었지만, 그들은 곧 태산처럼 솟은 도시의 마천루들 사이로 쿵쾅거리며 날아든 헬리콥터들에 에워싸여 꼼짝도 못하게 되어버렸다.

"사실은……." 포드는 이제 시끄러운 소음 때문에 고래고래 악을 써야 했다. "사실은 사정이 좀 달라요. 나는 글을 어마어마하게 많이 썼단 말입니다. 그런데 편집부에서 다 잘라버렸어요."

그는 《은하수를 여행하는 히치하이커를 위한 안내서》를 가방에서 꺼냈다.

"그런데 그 행성이 파괴되어버렸어요." 그가 소리를 질렀다. "정말 보람찬 일이죠? 하지만 그래도 나한테 봉급은 지불해야 한다고요."

"당신, 그 책 만드는 일 해요?" 여자가 악을 쓰며 물었다.

"네."

"괜찮네."

"내가 쓴 글 볼래요?" 그가 소리쳤다. "다 지워지기 전에 말이죠. 새 수정본이 오늘 네트워크를 통해서 배포되게 되어 있거든요. 아마 제가 십오 년을 보낸 행성이 파괴되었다는 사실이 지금쯤은 틀림없이 발견되었을 거예요. 지난번에 몇 번 교정할 때는 모르고 넘어갔거든요. 하지만 영원히 그렇게 넘어갈 수는 없으니까."

"도저히 얘기할 만한 분위기가 아니네요, 그렇죠?"

"뭐라고요?"

그녀는 어깨를 으쓱하더니 하늘을 가리켜 보였다.

그들 머리 위에 떠 있던 헬리콥터 한 대가 이제는 위층의 밴드와 싸움이 붙은 모양이었다. 건물에서 연기가 뭉게뭉게 피어올랐다. 사운드 엔지니어가 손가락 끝으로 창문에 대롱대롱 매달려 있었고, 미친 기타리스트는 불타는 기타로 그의 손가락을 두들겨대고 있었다. 헬리콥터는 그들 모두를 향해 총격을 퍼부어댔다.

"우리 자리를 옮길까요?"

그들은 소음을 피해 거리를 정처 없이 걸었다. 그러다가 거리의 극단을 만났는데, 그들은 시내 중심부의 문제를 다룬 짤막한 연극을 보여주겠다더니, 얼마 후 포기하고는 최근 길거리의 동물들이 점거한 작은 식당 안으로 사라져버렸다.

그러는 동안 내내 포드는 《안내서》의 계기판을 쿡쿡 찌르고 있었다. 그들은 작은 골목길로 숨었다. 포드는 쓰레기통 위에 쭈그리고 앉아서 《안내서》의 스크린 위로 쏟아지듯 찍히는 글자들을 바라보았다.

그는 자기가 쓴 항목을 찾아냈다.

"지구 : 대체로 무해함."

그러나 바로 직후 스크린에는 시스템 안내문이 마구 뜨기 시작했다.

"올 게 왔군요." 그가 말했다.

"기다려주십시오." 안내문에는 이렇게 쓰여 있었다. "현재 항목이 서브-에서 넷을 통해 업데이트되고 있는 중입니다. 이 항목은 현재 수정 중입니다. 시스템은 십 초간 작동이 중지됩니다."

골목길 끝에 강철처럼 매끈한 은회색 리무진이 스르륵 지나갔다.

"이봐요." 여자가 말했다. "돈을 받으면, 날 찾아와요. 난 직업여성인데다, 저기에 나를 필요로 하는 사람들이 있는 거 같아요. 이제 가야겠어요."

항의의 말이 포드의 입 밖으로 반쯤 나오다 말았지만, 그녀는 들은 척도 않고 떠나버렸다. 포드는 혼자 남아 쓰레기통에 쭈그리고 앉은 채로 우울하게 자신의 직업적 성취가 전자 분해되는 현장을 목격할 각오를 다지는 수밖에 없었다.

길거리의 사태는 이제 좀 진정이 되었다. 경찰들의 전쟁은 도시의 다른 구역으로 옮겨 갔고, 록 밴드의 몇 안 되는 생존자들은 서로의 음악적 견해 차이를 인정하고 솔로로 활동하기로 했으며, 거리의 극단은 예의 노새 같은 동물을 데리고 이탈리아 식당에서 나오면서 이제는 좀더 사람다운 대접을 받을 수 있는 바로 가자고 동물을 타이르고 있었고, 저 멀리에서는 매끈한 은회색 리무진이 도로변에 소리 없이 주차되어 있었다.

그녀는 서둘러 리무진 쪽으로 달려갔다.

그녀 뒤쪽으로, 골목길의 캄캄한 암흑 속에서, 초록색으로 반짝거리는 불빛이 포드 프리펙트의 얼굴을 적시고 있었고, 그의 두 눈은 차츰차츰 경악에 차 휘둥그레졌다.

왜냐하면 그가 아무것도 찾을 수 없을 거라 예상했던 곳에서——다 지워져서 완전히 삭제됐을 거라 생각했던 항목인데——한도 끝도 없이 데이터가 흘러나오고 있었기 때문이다. 문서, 도표, 숫자 그리고 이미지들, 호주 해변에서 서핑을 즐기는 동영상들, 그리스의 요구르트, 로스앤젤레스에서 절대로 가서는 안 될 식당들, 이스탄불에서 피해야 할 환전 거래, 런던에서 피해야만 하는 날씨, 세상 모든 곳의 술집들. 한 페이지, 한 페이지, 끝도 없이 쏟아져 나왔다. 전부 다 있었다. 그가 쓴 모든 글들이 게재된 것이다.

멍하니 이해를 못한 채 점점 더 미간에 깊은 주름만 새기면서, 그는 버튼을 앞뒤로 돌려가며 여기저기, 이런저런 항목들을 살펴보았다.

뉴욕을 여행하는 외계인을 위한 유용한 정보 :
아무 데나 착륙하라. 센트럴 파크든 어디든 아무 데나 착륙해도 된다. 아무도 신경 쓰지 않을 것이며, 심지어 알아채지도 못할 것이다.
생존 : 당장 택시 운전사로 취직하라. 택시 운전사라는 직업은 사람들이 택시라고 부르는 커다랗고 노란 기계에 사람들을 태우고 가고 싶은 곳까지 데려다주는 일이다. 기계가 어떻게 작동하는지 모르거나 언어를 모른다거나 지리를 전혀 모른다거나 그 동네가 기본적으로 어떻게 생겼는지 몰라도 전혀 걱정하지 마라. 심지어 머리에서 커다란 초록색 촉수가 삐죽 튀어나와 있어도 괜찮다. 장담하건대, 이 방법이 사람들 사이에서 눈에 띄지 않는 가장 좋은 길이다.
몸이 정말 괴상망측하게 생겼다면 길거리에서 사람들한테 보여주고 돈을 벌어보도록 하라. 스월링, 녹시오스, 아니면 나우살리아계 출신의 수륙양생 생물체들은 특히 이스트 리버가 마음에 들 것이다. 이제까지 만들어진 것 중 최상급의 끈적거리는 유독성 실험실 폐기물보다도 훨씬 더 근사한, 생명력 넘치는 영양소들이 이 강물 속에 가득하다.
어디서 즐기나 : 이 항목은 엄청나게 방대하다. 당신의 쾌락 중추에 전류를 흘려 넣어 다 태워버리지 않는 한, 이보다 더 신나게 즐긴다는 건 불가능하기 때문이다…….

포드는 이미 상상할 수 없을 정도로 지독한 구시대적 표현이 되어버린 '끔Off' 대신 한동안 쓰이다가 이제는 촌스러워진 '접속 대기중 Access Ready'이라는 말 대신 요즘 와서 쓰게 된 '모드 집행 준비 완료 Mode Execute Ready' 스위치를 눌렀다.
이 행성이 괴멸되는 장면을 포드 자신이 직접 목격했었다. 빛과 공기가 지옥처럼 뒤섞이는 바람에 눈이 멀어 두 눈으로 똑똑히 보지는 못했지만, 혐오스러운 노란색 보고 우주선에서 물밀 듯 쏟아져 나온 에너지 충격파에 땅바닥이 망치로 두들기는 것처럼 쿵쾅거리고 덜커덕거리고 우르릉거리는 걸 두 발로 똑똑히 느꼈던 것이다. 그리고 마침내, 최후의 탈출 기회를 이미 놓쳤다고 생각한 시점에서도 오 초나 더 흘렀을 때, 드디어 비(非)물질화될 때마다 느끼는 구토증을 느꼈다. 그 순간 그와 아서 덴트는 스포츠 중계 방송처럼 대기를 뚫고 한 줄기 빛이 되어 날아갔던 것이다.

착각 같은 건 없었다. 있을 수가 없었다. 지구는 틀림없이 파괴되었다. 확실히, 분명히. 우주에서 한 줄기 증기가 되어 휘발해버렸다.

그런데 여기──그는 《안내서》를 다시 작동해보았다──영국의 본머스, 도셋에서 즐거운 시간을 보내는 방법에 대해 자신이 직접 쓴 글이 있지 않은가. 그는 항상 이 글을 자신이 쓴 글 중에서도 기가 막히게 바로크적인 기발한 걸작이라고 여기고 자랑스러워했다. 그는 그 글을 다시 읽어보면서 순전한 경이감에 고개를 흔들었다.

갑자기 그는 문제의 해답을 깨달았다. 그건 바로, 현재 뭔가 굉장히 엽기적인 일이 일어나고 있다는 것이었다. 그리고 만약 굉장히 엽기적인 일이 벌어지고 있다면, 자신을 빼놓고 벌어져서는 안 된다고 생각했다.

그는 《안내서》를 가방에 넣고 황급히 거리로 나섰다.

다시 북쪽을 향해 걸어가는 길에 도로변에 주차되어 있는 은회색 리무진 곁을 지나치게 되었다. 그런데 근처 문간에서 "괜찮아요, 아저씨. 정말 괜찮다니까요. 그래도 기분이 좋아질 수 있는 법을 곧 배우게 될 거예요. 전체 경제 구조를 살펴보자고요……"라고 말하는 보드라운 목소리가 들려왔다.

포드는 씩 웃음을 머금고, 한 구역을 빙 돌아서 우회했다. 바로 옆 구역은 이제 완전히 불길에 휩싸여 있었는데, 그곳에서 버려진 경찰 헬리콥터 한 대를 발견했다. 무단으로 헬리콥터에 탑승한 그는 안전벨트를 매고, 행운을 비는 뜻으로 손가락을 한번 꼬아 보이고 나서, 능숙한 솜씨로 창공으로 날아올랐다.

그는 무시무시하게 높이 치솟은 도시의 협곡 사이를 꼬불꼬불 헤치며 날아 빠져 나와서 시내의 하늘 위를 언제나 뒤덮고 있는 검붉은 연막을 뚫고 비상했다.

십 분 후, 헬리콥터의 사이렌이란 사이렌은 다 켜고 연막 속으로 아무렇게나 속사포를 발사해대면서 포드 프리펙트는 한돌드 시티 우주 공항의 발사대들과 착륙 신호용 조명등을 향해 동체를 기울이며 하강했다. 그리고 헬리콥터는 화들짝 놀란 듯한, 그리고 아주 시끄러운 거대한 각다귀처럼 착륙했다.

헬리콥터를 크게 훼손하지 않은 덕분에, 그는 항성계를 떠나는 첫 우주선의 일등석 표와 헬리콥터를 교환할 수 있었다. 그는 우주선 일등석의 커다랗고 요염하며 온몸을 폭 감싸는 좌석에 자리를 잡고 앉았다.

이거 재밌겠는걸. 우주선이 깊은 우주의 말도 안 되게 엄청난 거리를 눈 깜짝할 새에 가르는 사이, 그는 생각했다. 일등실의 서비스는 호화로움의 극치였다.

"네, 주세요." 승무원이 스윽 소리 없이 미끄러져 와서 뭔가를 내밀 때마다 그는 어김없이 이렇게 말했다.

그는 신비롭게도 제자리를 찾은 지구에 대한 부분을 이리저리 넘겨 읽으며 희한한, 조증에 가까운 뭐라 말할 수 없는 희열을 느꼈다. 아직 끝내지 못한 일들이 많았는데, 이제 다시 시도해볼 수 있게 된 것이다. 게다가 갑자기 인생에서 성취해야 할 진지한 목표가 생긴 것만 같아서, 말도 못하게 기뻤다.

별안간 아서 덴트가 어디 있는지, 이 사실을 알고 있는지 궁금해졌다.

아서 덴트는 일천사백삼십칠 광년 떨어진 곳에 있는 사브 승용차 안에서 걱정을 늘어지게 하고 있었다.

뒷좌석에는 그로 하여금 자동차를 타다가 문에 머리를 찧게 만든 처녀가 누워 있었다. 몇 년 만에 처음 본 같은 종족의 암컷이라 그런지 뭔지 몰라도, 그는 넋을 잃고 말았……이건 말도 안 돼, 그는 스스로 타일렀다. 진정하자, 그는 스스로를 타일렀다. 최대한 흔들림없는 내면의 목소리를 내 보려고 안간힘을 쓰며 계속 자기 자신에게 말을 걸었다. 너는 지금, 맑은 정신도 아니고 이성적 판단을 할 만한 상황이 아니야. 너는 방금 은하계를 가로질러 일만 광년 거리를 히치하이크로 건너왔잖아. 너는 아주 피곤하고, 약간 혼란스러운 데다, 몹시 나약해. 마음 편하게 먹어, 겁먹지 말고, 심호흡을 하는 데 집중하자.
  그는 의자에 앉은 채 몸을 돌렸다.
  "저 아가씨 괜찮은 거 확실해요?"
  그의 눈에 그 아가씨가 심장이 쿵쾅쿵쾅 뛸 만큼 아름답게 보였다는 사실 말고는, 이렇다 할 정보를 별로 얻을 수 없었다. 키가 얼마나 큰지, 나이가 얼마나 되는지, 머리카락은 정확히 얼마나 짙은 색인지. 직접 물어볼 수도 없었다. 슬프게도 그녀는 완전히 의식불명 상태였으니까.
  "그냥 약에 취했을 뿐이에요." 눈앞에 있는 도로에 고정된 시선을 꿈쩍도 하지 않고, 여자의 오빠는 어깨를 으쓱하며 이렇게 말했다.
  "그거 괜찮은 거죠, 그렇죠?" 아서는 깜짝 놀라서 걱정스러운 마음에 다시 물었다.
  "난 좋죠, 뭐." 그가 말했다.
  "아." 아서가 말했다. "에." 그는 잠시 생각한 후 다시 덧붙여 말했다.
  이제까지의 대화는 기가 막히도록 엉망이었다.
  허둥지둥 첫인사를 나눈 후, 그와 러셀——근사한 처녀의 오빠 이름은 러셀이었다. 아서에게 그 이름은 늘 밝은 금발의 콧수염에 드라이로 말린 머리를 한 근육질의 남자를 연상시켰다. 살짝만 자극을 주면 갑자기 벨벳 턱시도와 앞에 프릴 달린 셔츠를 입기 시작할 것만 같고, 심하게 말리지 않으면 당구 경기장 같은 데서 훈수를 둘 것만 같은 그런 사람들 말이다——은 서로가 전혀 마음에 들어 하지 않는다는 사실을 곧 알아채고 말았다.

러셀은 근육질의 덩치 큰 사내였다. 그는 금발의 콧수염을 달고 있었다. 가는 머리는 드라이로 손질한 게 분명했다. 물론 그쪽 사정을 공평하게 봐주자면——비록 아서로서는 순전한 두뇌 활동이라는 측면 외에는 그럴 만한 이유가 전혀 없었지만——그, 그러니까 아서 자신도, 상당히 음침한 몰골을 하고 있었다. 주로 다른 사람의 우주선 화물칸에 타고 일만 광년을 건너오는 동안, 골치 썩을 일이 없었을 리 없다. 그리고 아서 덴트는 골치 아픈 일을 한두 번 겪은 게 아니었다.

"마약 중독자는 아니오." 러셀이 갑자기 말했다. 자동차에 타고 있는 다른 사람은 그럴지도 모른다고 생각하는 게 분명한 말투로. "그냥 진정제에 취한 것뿐이오."

"하지만 그건 끔찍한걸요." 아서가 몸을 돌려 다시 그녀를 보며 말했다. 여자가 살짝 움직이는가 싶더니 머리가 어깨 옆으로 툭 떨어졌다. 검은 머리카락이 얼굴을 덮어, 얼굴이 잘 보이지 않게 되었다.

"뭐가 잘못된 거죠? 어디가 아픈가요?"

"아니요." 러셀이 말했다. "그냥 해까닥 돌았을 뿐이에요."

"뭐라고요?" 공포에 질린 아서가 말했다.

"황당한, 완전히 말도 안 되는 개소리를 해요. 다시 병원에 데리고 가서 치료를 해보려는 참이오. 자기가 고슴도치라고 생각하는 애를 퇴원시키다니."

"고슴도치요?"

러셀은 모퉁이를 돌다가 이쪽 차선을 반쯤 침범한 차를 향해 맹렬하게 경적을 울려대다 차선을 이탈했다. 화가 나니까 오히려 기분이 좋아지는 모양이었다.

"글쎄, 고슴도치는 아마 아닐 거요."

그는 다시 자리를 잡고 나서 말했다.

"차라리 그랬으면 다루기가 쉬웠을지도 모르지만. 자기가 고슴도치라고 생각하는 사람이 있으면, 거울을 갖다 주고 고슴도치 사진 몇 장을 갖다 준 다음에 알아서 해결하라고, 그러다 기분이 좀 나아지면 돌아오라고 하면 될 텐데 말이죠. 최소한 그건 의학으로 고칠 수 있을 거 아니오. 내 말이 그거라니까. 하지만 페니는 그걸로 안 되는 거 같아요."

"페니……?"

"성탄절에 쟤 선물로 내가 뭘 준 줄 알아요?"

"어, 아니요."

"블랙의《의학사전》이요."

"좋은 선물이네요."

"내 생각도 그랬어요. 수천 가지 질병이 적혀 있거든요. 그것도 알파벳 순서로."

"저 아가씨 이름이 페니라고 했어요?"

"그래요. 아무거나 골라잡아, 내가 말했지요. 여기 있는 건 다 치료할 수 있어. 알맞은 약을 처방할 수도 있고. 하지만 싫대요. 뭐 딴 걸 가져야겠다는 거예요. 학교 다닐 때도 꼭 저랬어요."

"그래요?"

"그랬어요. 하키를 하다가 넘어져서 다른 사람들은 들어본 적도 없는 뼈를 부러뜨렸지요."

"짜증나는 기분, 알 거 같기도 하네요." 아서는 자신 없이 말했다. 그녀의 이름이 페니라는 사실을 알고 그는 약간 실망했다. 약간 바보 같고 김빠지는 이름이었다. 하나도 예쁘지 않은 노처녀 숙모가 페넬라라는 이름을 차마 더 쓸 수 없을 때 쓰는 애칭 같았다.

"그렇다고 안됐다는 생각이 없었던 건 아니고." 러셀이 말을 이었다.

"하지만 그래도 진짜 짜증이 좀 났어요. 몇 달 동안이나 다리를 절었으니까."

그는 속도를 줄였다.

"여기서 내리시는 거 맞죠, 안 그래요?"

"아, 아니에요." 아서가 말했다. "오 마일 더 가야 해요. 괜찮으시다면요."

"괜찮아요."

러셀은 아주 잠시, 괜찮지 않다는 뜻으로 아무 말도 하지 않다가, 마침내 대답을 하고 다시 속력을 냈다.

사실 아서는 아까 그 출구에서 빠져나가야 했다. 하지만 잠에서 깨어나지도 않고 그의 마음을 이토록 사로잡아버린 여자에 대해 뭐라도 좀더 알아보지 않고는 그냥 내릴 수가 없었다. 고속도로 출구가 아직 두 번 더 남았으니 거기서 내리면 된다.

그 출구들로 나가면 아서의 옛 고향 마을로 가는 길이 나왔다. 거기서 어떤 광경을 보게 될지 상상하기가 주저되기는 했지만. 낯익은 건물이며 지형이 어둠 속에서 유령처럼 휙휙 지나갔고, 아서는 감정이 복받쳐 올라 부들부들 떨었다. 이런 감정은, 오로지 지극히 일상적인 풍경들만 환기할 수 있는 법이다. 미처 받아들일 마음의 준비를 하지 못했는데, 별안간 아주 낯선 각도로 일상을 바라볼 때 느끼게 되는 감정인 것이다.

그가 느끼는 개인적인 시간 관념에 의하면——아득하게 먼 태양들의 공전 속에서 살긴 했지만, 그래도 최대한 추산할 수 있는 대로 추산해보면——지구를 떠난 지 팔 년 정도 되었지만, 지구 시간이 정확히 얼마나 흘렀는지는 어림짐작도 할 수 없었다. 사실 그간 대체 무슨 일이 일어났는지 자체가 지쳐빠진 그의 이해력 바깥의 일이었다. 이 행성, 그의 고향은, 여기 이렇게 있어서는 안 되기 때문이다.

팔 년 전, 점심시간에, 이 행성은 파괴되었다. 괴멸되었다. 중력의 법칙은 지방법 같은 것이고, 따라서 중력의 법칙을 거스르는 건 주차 딱지를 떼는 거나 마찬가지로 별것 아닌 양, 점심시간에 하늘에 둥둥 떠 있던 노란 보고 행성의 우주선들에 의해 완전히 파괴되었다.

"환각이요." 러셀이 말했다.

"뭐라고요?" 아서는 깜짝 놀라 상념에서 깨어났다.

"진짜 세상에서 살고 있는 것 같은 이상한 환각을 겪는대요. 너는 정말로 진짜 세상에서 살고 있는 거라고, 아무리 얘기해줘도 소용이 없어요. 그렇기 때문에 자기가 보는 헛것들이 정말 이상하다는 말만 하거든요. 댁이야 어떨지 몰라도, 난 그런 얘기를 듣고 있으면 아주 기진맥진해요. 애한테 약을 먹이고 열 받아서 맥주 한 잔 마시러 가는 게 해결책이지요. 뭐 그게 그렇게 나쁜 일인가요?"

아서는 얼굴을 찡그렸다. 처음으로 얼굴을 찌푸리는 건 아니었다. "글쎄요……."

"꿈도 꾸고 악몽도 많이 꾸죠. 그리고 의사들은 그 애의 뇌파 형태가 이상하게 펄쩍펄쩍 뛴다는 둥 그딴 소리나 하고."

"펄쩍펄쩍 뛰어요?"

"이거요." 페니가 말했다.

아서는 의자에서 몸을 빙글 돌려, 갑자기 번쩍 뜬, 하지만 텅텅 빈 여자의 두 눈을 바라보았다. 뭘 보고 있는지는 몰라도, 자동차 안에 있는 물건을 보고 있는 건 절대 아니었다. 두 눈동자가 파르르 떨리더니 머리가 경련하듯 획 젖혀졌고, 그녀는 곧 다시 평화롭게 잠이 들었다.

"뭐라고 한 거예요?" 아서가 걱정스럽게 물었다.

"'이거요'라고 했어요."

"이게 뭐예요?"

"이게 뭐냐고? 그걸 내가 어떻게 알겠소? 이 고슴도치인지, 저 굴뚝인지, 돈 알폰소의 족집게인지. 저 계집애는 아주 해까닥 돌았어요. 그 말은 한 거 같은데."

"당신은 동생이 별로 걱정되지 않는 모양이군요." 아서는 이 말을 최대한 객관적인 사실처럼 말하려고 했지만, 그다지 효과는 없었다.

"이봐요, 남의 일에……."

"알았어요. 미안해요. 내가 상관할 일이 아니죠. 그런 뜻으로 한 말은 아니에요." 아서가 말했다. "왜 걱정이 안 되시겠어요, 그럼요." 그는 거짓말을 덧붙였다. "그래도 어떻게든 살아야 한다는 건 알아요. 이해해주세요. 저는 방금 말머리 성운에서 히치하이크를 해서 여기까지 온 사람이란 말입니다."

그는 화가 머리끝까지 나서 창밖을 바라보았다.

그는 오늘 밤, 영원히 망각 속으로 사라진 줄만 알았던 고향으로 돌아온 바로 오늘, 자신의 머릿속에서 자리를 잡겠다고 서로 쟁탈전을 벌이고 있는 감정들 중에서 그를 사로잡은 것이 하필이면, '이거요' 라는 말을 했다는 것 외에는 아무것도 모르는 한 여자에 대한 강박적 애착이라는 사실에 황당할 뿐이었다.

"그러니까, 어, 펄쩍펄쩍 뛴다는 게, 그러니까 방금 말씀하신 게 뭡니까?" 그는 최대한 빨리, 하던 말을 계속했다.

"이것 봐요, 저 애는 내 동생이란 말이오. 대체 내가 댁한테 왜 이런 말을 하고 있는지도 모르……."

"알았어요, 미안해요. 차라리 날 내려주는 게 낫겠네요. 여기가……."

하지만 그 말을 하자마자, 도저히 내릴 수가 없게 되어버렸다. 방금 지나간 폭풍우가 느닷없이 다시 극성을 부리기 시작했기 때문이다. 하늘에서 번개가 내리꽂혔고, 누군가가 대서양 같은 걸 통째로 체로 쳐서 갖다 붓는 것만 같았다.

러셀은 욕설을 퍼부으며 마치 하늘 전체가 앞 유리창에 와서 퍽퍽 부딪혀대는 듯한 몇 초간, 앞을 노려보며 열심히 운전을 했다. 그는 무모하게 액셀을 밟아 '매케너의 전천후 화물 운송' 이라고 쓰여 있는 트럭을 추월하는 걸로 분을 풀었다. 비가 잦아들자 긴장이 조금 풀어졌다.

"모든 건 CIA 요원이 저수지에서 발견되고, 사람들이 다 헛것을 보고 난리를 쳤던 그때부터 시작되었어요. 그때 기억나요?"

아서는 잠시, 지금 자신은 말머리 성운 반대편에서부터 히치하이크를 해서 지구에 방금 도착했고, 이런 사정 때문에 아니 그와 관련된 이런저런 놀라운 이유들 때문에 최근의 지구 사정에 약간 어둡다는 사실을 말할까 말까 망설였지만 그건 상황을 더 복잡하게 만들 뿐이라는 결론을 내렸다.

"아니요." 그가 말했다.

"바로 그때부터 쟤가 맛이 갔어요. 어디 무슨 카페에 있었대요. 릭맨스워스라던가. 거기서 뭘 하고 있었는지는 모르겠지만, 아무튼 거기서 애가 맛이 갔어요. 자리에서 일어나더니, 기가 막힌 계시인가 뭔가를 받았다고 차분하게 선언을 했답니다. 횡설수설 몇 마디 하더니 어리둥절한 표정을 짓고는 마침내 비명을 지르면서 달걀 샌드위치 위로 쓰러졌답디다."

아서는 움찔했다.

"정말 안됐네요." 그는 약간 뻣뻣하게 말했다.

러셀은 투덜거리는 듯한 소음을 냈다.

"그나저나……." 아서는 조각들을 끼워 맞춰 상황을 파악해보려고 노력하며 말했다. "CIA 요원은 저수지에서 뭘 하고 있었답니까?"

"둥둥 떴다 가라앉았다 하고 있었지요. 죽었으니까."

"하지만 무슨 일을……."

"이봐요. 당신도 그때 그 사건은 다 기억할 거 아뇨. 환각 말이에요. 사람들은 다 CIA가 전쟁에 마약을 사용하려고 실험을 했다든가 뭐 그랬다고 합디다. 다른 나라를 진짜로 침략하는 대신, 사람들이 침략당했다고 믿게 만드는 게 훨씬 비용이 저렴하다든가 뭐 그런 미친 이론이었지요."

"그 환각이라는 게 정확하게 어떤 것이었나요?" 아서가 상당히 차분한 목소리로 말했다.

"아니 무슨 소리요, 무슨 환각이냐니? 내 말은 그 커다란 노란 우주선들이며, 다들 미쳐 돌아가지고 우리가 모두 죽을 거라고 난리를 치더니, 약효가 떨어지면서 다 펑, 하고 사라져버렸던 그 얘기를 말하는 거요. CIA는 자기네 짓이 아니라고 했지만, 그걸 보면 틀림없이 놈들 짓이지."

아서는 머릿속이 어질어질해지는 걸 느꼈다. 휘청거리는 몸을 부축하기 위해 손에 잡히는 뭔가를 붙들었다. 아주 꼭 붙들어야만 했다. 입이 약간 벌어졌다 닫혔다 하며 뭔가 할 말이 있는 것처럼 달싹거렸지만, 입 밖으로는 아무 소리도 새어나오지 않았다.

"어쨌든," 러셀이 계속 말했다. "그놈의 마약이 뭔진 몰라도, 페니한테는 약효가 상당히 오래 가는 모양이더라고요. CIA를 상대로 소송하고 싶은 생각이 굴뚝같지만, 변호사 친구가 하는 말이 그건 바나나 한 개로 정신병자 수용소를 공격하는 짓이나 다름없다고 하더군요, 그래서……"

그는 어깨를 으쓱해 보였다.

"보고……" 아서가 끽끽거리며 쇳소리를 냈다. "노란 우주선들이…… 사라졌어요?"

"글쎄, 그야 당연하잖소. 환각이었는데."

러셀은 아서를 이상한 눈초리로 쳐다보았다. "그때 그 사건을 전혀 기억하지 못한다는 얘기요, 지금? 대체 당신 어디 갔다 온 거요?"

이건, 아서에게는 너무나 깜짝 놀랄 만큼 훌륭한 질문이어서 그는 그만 충격으로 의자에서 반쯤 펄쩍 뛰어 일어나다시피 했다. "이런 빌어먹을!" 러셀은 갑자기 미끄러지기 시작한 자동차를 필사적으로 통제하려고 애쓰면서 버럭 소리를 질렀다. 그는 앞에서 달려오는 화물 트럭을 간신히 피해 도로에서 탈선해서 잔디 둑에 부딪치고 말았다. 자동차가 급작스럽게 정차하자, 뒷좌석의 여자가 러셀의 운전석 쪽으로 던져지다시피 하면서 어색하게 푹 쓰러졌다.

아서는 공포에 질려 몸을 돌렸다.

"동생분 괜찮아요?" 그는 꽥 소리를 질렀다.

러셀은 분을 못 이겨 양손으로 드라이한 머리를 뒤로 넘기며 금발의 콧수염을 잡아당겼다. 그는 아서 쪽을 바라보았다.

"제발……." 그가 말했다. "핸드브레이크를 붙잡은 그 손, 놓지 못하겠소?"

6

여기서 그의 고향 마을까지는 걸어서 사 마일 거리였다. 고속도로 출구까지는 일 마일이 더 남아 있었지만, 혐오스러운 러셀은 죽어도 거기까지 데려다줄 수 없다고 했다. 고속도로 출구에서부터는 꼬불꼬불 굽이치는 시골길을 삼 마일 정도 더 걸어가야 했다.

사브는 분노로 이글거리며 어둠 속으로 사라져 갔다. 아서는 떠나는 자동차 뒤를 하염없이 바라보고 있었는데, 그 꼬락서니는 마치 오 년 동안 자신이 장님이 된 줄 알고 지내던 사람이 어느 날 너무 큰 모자를 쓰고 있었을 뿐이라는 사실을 깨달은 것 같았다.

아서는 고개를 세차게 흔들었다. 그러면 혹시라도 몇 가지 현저한 사실들이 전체의 맥락에서 이해가 되어 이 기막히게 황당무계한 우주에 의미를 불어넣어 줄지도 모른다는 생각 때문이었다. 하지만 그 현저한 사실이라는 것이, 그런 게 있는지도 모르겠지만, 아무런 도움도 주지 못했기 때문에 그는 다시 길을 출발했다. 열심히 활기차게 걷다 보면, 그리고 쓰리고 아픈 물집이 몇 개 더 생기면, 제정신인지 아닌지는 몰라도 최소한 자신이 아직 존재한다는 사실 정도는 확신할 수 있을 것이다.

그가 도착했을 때는 열 시 삼십 분이었다. 그는 이 사실을 '호스 앤드 그룸' 주점의 김이 서리고 기름 낀 유리창 너머로 알게 되었다. 주점 벽에는 에뮤 새가 한 파인트들이 맥주잔을 들고 몹시 즐거운 표정으로 꿀꺽꿀꺽 마셔대는 모습이 그려진 낡은 기네스 흑맥주 시계가 몇 년 동안이나 걸려 있었다.

이곳은 그의 집과 지구가 파괴되던 날, 아니 파괴되는 것처럼 보였던 그날, 아서가 운명의 점심시간을 보냈던 바로 그 주점이었다. 아니, 아니 젠장, 지구는 파괴된 게 분명한데. 아니, 그게 아니라면 대체 지난 팔 년 동안 그는 어딜 갔다 왔다는 말이며, 그 커다랗고 노란 보고 우주선들이 아니었다면 또 어떻게 거길 다녀왔다는 말인가. 하지만 끔찍한 러셀 녀석은 우주선들이 그저 마약이 빚어낸 환각 현상에 불과하다고 말하지 않았는가. 그런데 지구가 정말 파괴되었다면, 대체 지금 그가 발을 딛고 서 있는 여기는 어디……?

그는 이 지점에서 생각에 브레이크를 걸었다. 어차피 스무 번도 넘게 생각해보았지만, 더 이상은 전혀 진전이 없었기 때문이다.

그는 처음부터 다시 생각했다.

무슨 일이 있었는지는 몰라도——그건 나중에 알아보기로 하고——여기는 아무튼 그 일이 벌어졌을 때 그가 운명의 점심시간을 보냈던 바로 그 주점이다, 그리고…….

여전히 말이 되지 않았다.

그는 다시 처음부터 생각했다.

여기는 술집이었는데…….

여기는 어떤 술집이었다…….

술집은 술을 팔았고, 아서는 술 생각이 간절했다.

뒤죽박죽이 되어버린 사고 회로가 마침내 일정한 결론에 다다랐다는 사실에 썩 흐뭇해졌다. 처음에 다다르려던 결론은 아니라 해도 나름대로 흡족한 결론인지라, 그는 문 쪽으로 성큼성큼 발을 옮겼다.

그러다가 발길을 멈추었다.

작고 까만 털북숭이 테리어종 개 한 마리가 야트막한 담벼락 뒤에서 튀어나오더니, 아서를 보고 으르렁거리며 짖어대기 시작했던 것이다.

이제 아서도 그 개를 알아보았다. 잘 아는 개였다. '별 볼 일 없는 견공, 무식한 보조'라는 이름으로 불리던, 광고하는 친구의 개였다. 머리털이 삐죽삐죽 치솟은 모양이 미국 대통령을 닮았다는 소리를 많이 들었기 때문에 얻게 된 별명이었다. 그 개는 아서를 잘 알고 있었다. 아니 최소한 잘 알아봐야 옳았다. 아무리 바보 같은 개라도, 아서가 그 멍청한 견생(犬生)에 끼어든 무시무시한 유령이라도 되는 것처럼 저렇게 목털을 빳빳이 세우고 서 있다니 그건 정말 안 될 말이었다.

아서는 다시 유리창으로 가, 안을 들여다보았다. 이번에는 질식하기 일보 직전의 에뮤가 아니라 자기 자신을 보았다.

돌연 친숙한 상황 속에서 지금의 자기 몰골을 보게 된 그는, 개한테도 나름대로 이유가 있다는 걸 인정할 수밖에 없었다.

현재 그의 꼬락서니는 농부가 새를 쫓을 때 쓰는 물건과 몹시 흡사했기 때문에, 이대로 술집에 들어갔다가는 별의별 짓궂은 언급들을 피할 길이 없었다. 게다가 더 나쁜 건, 아직까지는 그를 아는 사람들이 몇 명은 될 테니 온갖 질문 세례를 받을 게 뻔했다. 그러나 지금으로서는 그런 질문에 훌륭하게 대처할 자신이 없었다.

예를 들어 '별 볼 일 없는 견공, 무식한 보조'의 주인인 윌 스미더즈만 해도——그나저나 이 개는 너무 멍청해서 주인이 만드는 광고에서도 쫓겨나고 말았다. 어떤 개 먹이를 좋아해야 되는지도 몰랐던 것이다. 다른 그릇에 든 고기에는 엔진 오일을 퍼부어 놓았는데도 말이다——그렇다.

윌이 술집 안에 있다는 데엔 의심의 여지가 없었다. 여기 개도 있고, 저기에는 자동차도 있었다. 회색 포르셰 928S 모델로 뒷유리에 "내 다른 차도 포르셰임"이라고 쓰여 있었다. 옛 먹을 자식 같으니라고.

그는 차를 뚫어지게 바라보다가 자신이 방금 미처 몰랐던 사실을 하나 깨달았다는 걸 깨달았다.

 아서가 아는 한 광고계의 쓸데없이 돈만 많이 받는 경박한 인간들이 다들 그렇듯이, 윌 스미더즈도 매해 팔월만 되면 자동차를 바꾸곤 했다. 그 이유는 자신의 회계사가 시켜서 어쩔 수 없었다고 말하기 위해서였다. 사실을 말하자면, 회계사는 이혼 수당 등등을 어떻게 다 감당할 생각이냐며 죽도록 말리곤 했지만 말이다. 그런데 아무튼 지금 이 차는 그가 전에 갖고 있던 자동차 그대로였다. 번호판에 제조 연도가 쓰여 있었기 때문에 알 수 있었다.

 지금이 겨울이라는 사실을 감안하면, 그리고 아서의 소중한 팔 년 인생 동안 그토록 엄청난 고난을 겪게 만든 사건이 구 월 초순에 일어났다는 것을 생각하면, 이곳은 그때로부터 기껏해야 육칠 개월밖에 지나지 않았다는 말이 된다.

 그는 한순간 꼼짝달싹하지 않고 가만히 서서, '무식한 보조'가 자신을 보고 팔짝팔짝 뛰며 왈왈거리게 내버려두었다. 아무리 회피하려야 회피할 수 없는 깨달음이 갑자기 뇌리를 강타하는 바람에 멍할 뿐이었다. 이제 그는 자신의 세계에서조차 외계인이 되어버린 것이다. 아무리 애를 써도, 사람들은 절대로 그의 이야기를 믿어주지 않으리라. 완전히 넋 나간 소리로 들릴 뿐만 아니라, 당장 육안으로 관찰할 수 있는 가장 단순한 사실과도 배치되고 있으니까.

 여기가 **정말로** 지구일까? 그가 무슨 기가 막힌 실수를 저질렀다든가, 뭐 그런 가능성이 정말 손톱만큼도 없는 걸까? 눈앞에 있는 주점은 세세한 부분까지도 못 견디게 낯익은 모습이었다. 벽돌 하나하나, 벗겨져 떨어진 페인트까지. 그리고 안에서는 텁텁하고 시끄러운, 친숙한 열기가 느껴졌다. 겉으로 드러나 있는 서까래들, 전혀 전통적이지 못한 주철 조명기구들, 끈적끈적한 바에는 그가 잘 알고 있는 사람들이 팔꿈치를 올려놓곤 할 테고, 젖가슴에 호치키스로 고정된 땅콩 봉지들을 잔뜩 달고 있는 실물 크기 여자들의 마분지 모형이 바를 굽어보고 있겠지. 모든 게 그의 고향, 그의 세계 그대로였다.

심지어 이 빌어먹을 개도 잘 알고 있었다.

"이봐, 무식한 견공아!"

윌 스미더즈의 목소리가 들렸다. 아서가 빨리 다음 행동을 결정해야 한다는 뜻이었다. 그 자리에 있다가는 곧 들키고 말 테고, 서커스 같은 난장판이 시작될 테니까. 그러나 몸을 숨긴다고 하더라도 그 순간만 모면하는 것일 뿐일 테고 이제는 엄청나게 추워지고 있었다.

목소리의 주인공이 윌이라는 사실이 결정을 좀 쉽게 만들어주었다. 그렇다고 해서 아서가 윌을 끔찍하게 싫어하는 것은 아니었다. 윌은 상당히 재미있는 사람이었다. 다만 광고판에 몸을 담고 있다 보니, 항상 자신이 얼마나 근사한 인생을 사는지 또는 양복 상의를 어디서 샀는지 기타 등등의 이야기를 듣는 사람이 초죽음이 되도록 늘어놓는 게 문제라서 그렇지.

이 점을 염두에 두고, 아서는 근처에 있는 밴 뒤에 숨었다.

"이봐, 무식한 견공, 무슨 일이냐?"

문이 열리고 윌이 밖으로 나왔다. 조종사들이 입는 가죽 재킷 차림이었는데, 재킷에 적당히 낡은 느낌을 내기 위해 친구한테 로드 연구 실험실에다가 자동차를 갖다 박도록 특별히 주문을 했다고 한다. 무식한 보조는 기쁨에 차 컹컹거렸고, 자신이 원하던 대로 사람들의 주의를 한몸에 끌고 나자 행복해서 기꺼이 아서를 잊어버렸다.

윌은 친구 몇 명과 함께 있었는데, 그들은 개를 데리고 게임을 했다.

"빨갱이들!" 그들은 개를 향해 합창을 했다. "빨갱이들, 빨갱이들, 빨갱이!!"

개는 위아래로 미친 듯이 펄쩍펄쩍 뛰어다니며, 심장이 터져나가라 짖어댔다. 황홀경과 다름없는 분노로 개는 완전히 제정신이 아니었다. 그들은 모두 큰소리로 웃으면서 개를 부추겼고, 그러다 각자 자기 차로 흩어져서 밤의 어둠 속으로 사라졌다.
　흠, 이것으로 한 가지는 확실해졌군. 아서는 밴 뒤에 숨어서 생각했다. 여기는 분명히 내가 기억하는 그 행성이 맞아.

7

 아서의 집은 여전히 그 자리에 있었다.
 어째서, 왜 그런지는 전혀 알 수 없었지만. 그는 손님들이 다 가고 술집이 빌 때까지 기다리는 사이를 틈 타 자기 집을 한번 둘러봐야겠다고 생각했다. 잘 곳이 없으니 손님들이 다 가고 난 후에 술집 주인에게 하룻밤 재워달라고 부탁해볼 생각이었다. 그런데 저기 저렇게 집이 멀쩡하게 서 있는 것이 아닌가.
 정원의 돌 개구리 밑에 숨겨놓은 열쇠로 문을 열고 들어갔다. 놀랍게도 전화벨이 울리고 있었기 때문에 서둘러서 허둥지둥 들어가야만 했다.
 정원을 지나오는 동안에도 계속 희미하게 들려왔지만, 아서가 무슨 소리인지를 깨닫고 허겁지겁 뛰기 시작한 건 한참 후였다.
 문 앞 깔개 위에는 엄청난 광고 우편물이 쌓여 있었기 때문에, 억지로 밀어서 문을 열어야만 했다. 우편물은 아예 문을 꽉 막고 있었는데, 나중에 알고 보니 이미 갖고 있는 신용 카드를 또 만들라고 종용하는 열네 통의 똑같은 초대장이 그 앞으로 발송되었으며, 갖고 있지도 않은 신용 카드의 사용 금액이 체불되었다면서 열일곱 통의 똑같은 협박 편지가 와 있었고, 그가 오늘날의 이 세련되고 급변하는 세상에서도 자기가 원하는 바와 개인적 목표를 확고하게 지니고 있는 고상한 취향과 분별을 지닌 사람으로 특별히 선정되었기 때문에 무슨 흉측한 지갑과 죽은 얼룩고양이 같은 것을 살 것이라 믿어 의심치 않는다는 내용의 동일한 우편물 서른세 통이 있었다.

이 모든 것으로 인해 상당히 비좁아진 입구에 몸을 쑤셔 넣고 나서, 감각이 뛰어난 감식가라면 결코 놓칠 수 없다는 포도주 광고 한 더미에 발이 걸려 넘어졌다가, 해변의 빌라에서 보내는 휴가를 광고하는 한 무더기의 편지를 밟고 미끄러져 넘어진 후, 어두운 계단을 더듬거리며 가까스로 침실로 올라가서, 간신히 전화를 받았지만 막 끊긴 참이었다.

그는 차갑고 곰팡내 나는 침대 위에 헐떡거리며 쓰러져서, 몇 분쯤 머릿속에서 핑글핑글 돌고 싶어 하는 세상을 말리느라 안간힘을 썼다.

세상이 돌다가 조금 진정했을 무렵, 아서는 침대 옆 협탁의 조명에 손을 뻗었다. 불이 들어오리라고 기대하지는 않았지만. 그런데 놀랍게도 불이 들어왔다. 이 사실은 아서의 논리적 사고를 자극했다. 전기료를 꼬박꼬박 제대로 낼 때는 어김없이 전기를 끊곤 했으니, 돈을 전혀 안 낼 때 불이 들어온다는 것도 상당히 그럴싸했다. 그러니까 애초에 괜히 돈을 보내서 불필요한 주목을 끌 필요가 전혀 없었던 것이다.

방은 그가 떠났던 당시와 별로 다를 게 없이 지독하게 지저분했다. 물론 두텁게 깔린 먼지 때문에 효과가 좀 덜하긴 했지만. 반쯤 읽다 만 책과 잡지들이 반쯤 쓰다 만 수건 더미 사이에 옹기종기 자리 잡고 있었다. 한 짝밖에 남지 않은 양말들이 반쯤 마시다 만 커피 잔들 옆에 쌓여 있었다. 한때는 반쯤 먹다 만 샌드위치였던 물건들은 이제 아서가 별로 정체를 파악하고 싶지 않은 물건으로 반쯤 변해 있었다. 여기다 벼락을 쳐서 전류를 흘려 넣으면, 생명체의 진화가 처음부터 다시 시작되겠군, 아서는 마음속으로 생각했다.

방에서 달라진 것은 단 한 가지였다.

처음에 그는 달라진 한 가지가 무엇인지 잘 알 수 없었다. 왜냐하면 그것도 역겨운 먼지에 뒤덮여 있었기 때문이다. 그러나 이윽고 아서의 시선은 그것을 발견하고 얼어붙어버렸다.

그것은 방송통신대학 강의밖에 보여주지 못하는 낡아빠진 텔레비전 옆에 자리 잡고 있었다. 방송통신대학 강의보다 조금만 더 흥미진진한 걸 보려고 하면 텔레비전은 당장 고장이 나곤 했다.

아무튼 그 물건은 상자였다.

아서는 팔꿈치로 몸을 받치고 일어나 앉아 그것을 바라보았다.

둔탁한 광택이 나는 회색 상자였다. 한 면이 일 피트가 약간 넘는 정육면체 모양의 회색 상자였다. 상자에는 회색 리본 하나가 둘러 묶여져 있었고, 꼭대기에는 깔끔한 매듭이 지어져 있었다.

그는 일어나서 그쪽으로 걸어가, 놀라워하며 물건을 만져보았다. 뭔지 몰라도 깔끔하고 예쁘게 포장되어 있었고, 그가 열어봐 주기만 기다리고 있었다.

그는 신중하게 상자를 들고 다시 침대로 가지고 왔다. 상자 위에 앉은 먼지를 털어내고 리본을 느슨하게 풀었다. 상자 위에는 뚜껑이 있었는데, 뚜껑을 열기 쉽도록 리본이 상자 속으로 접혀 들어가 있었다.

뚜껑을 열고 상자 속을 들여다보았다. 거기에는 섬세한 회색 휴지 사이에 유리공이 들어 있었다. 그는 조심스럽게 유리공을 꺼냈다. 알고 보니 제대로 된 유리공이 아니었다. 바닥이 뚫려 있었기 때문이다. 아니, 아서가 물건을 뒤집어보고 깨달은 것이지만, 위가 뚫려 있었고 두꺼운 테두리가 있었다. 그릇이었다. 어항이었다.

기가 막히게 훌륭한 유리로 만들어진 어항이었다. 완벽하게 투명하면서도, 크리스털과 슬레이트가 제조 과정에서 다 들어간 것처럼 범상치 않은 은회색 빛이 감돌았다.

아서는 천천히 그 물건을 잡고 빙글빙글 계속해서 돌려보았다. 평생 본 것 중에서 가장 아름다운 물건이라 해도 과언이 아니었지만, 아무리 봐도 도저히 무엇인지 알 수가 없었다. 상자를 들여다보았지만, 휴지 말고는 아무것도 들어있지 않았다. 상자밖에는 아무것도 없었다.

그는 어항을 다시 빙글빙글 돌려보았다. 훌륭했다. 어여뻤다. 하지만 어항이었다.

엄지손톱으로 톡톡 두들겨보았더니, 깊고 화려한 소리가 울려 퍼졌는데, 도저히 불가능하게 오랜 시간 동안 계속 지속되었고, 마침내 잦아들 때는 그냥 사라지는 게 아니라 마치 다른 세계로, 깊고 깊은 바다의 꿈속으로 날아가는 듯한 느낌이 났다.

황홀해진 아서는 유리 어항을 다시 빙글 돌려보았고, 이번에는 먼지 덮인 작은 협탁 스탠드에서 흘러나오는 불빛이 약간 다른 각도에서 어항을 비추었다. 그러자 어항 표면에 섬세하게 새겨진 글씨들이 반짝거리며 빛났다. 그는 어항을 들어 올려서 빛의 각도를 잘 맞추었다. 그러자 섬세하게 새겨진 단어들이 유리에 그늘져 또렷하게 나타났다.

"안녕히 계세요." 그렇게 쓰여 있었다. "그리고 고마웠어요……."

그게 다였다. 아서는 눈을 깜박거렸지만, 아무것도 이해할 수 없었다.

족히 오 분 동안, 그는 그 물건을 빙글빙글 돌려보고, 이리저리 다른 각도로 빛을 비추어보고, 매혹적인 공명 소리를 들어보고, 그림자 진 글씨들의 의미를 이해해보려 했지만 아무것도 알아낼 수 없었다. 마침내 그는 자리에서 벌떡 일어나, 어항에다 수도꼭지에서 흘러나오는 물을 받아서 도로 텔레비전 옆에 있는 테이블에 갖다 놓았다. 그는 귀에서 작은 바벨 피시를 흔들어 빼어 물 속에 넣었다. 물고기는 꾸물거리며 어항 속으로 들어갔다. 어차피 아서에게는 이제 필요도 없었다. 외국 영화 볼 때나 쓸모가 있을까.

그는 자기 침대로 돌아가서 누운 뒤 불을 껐다.

그는 가만히, 소리 없이 누워 있었다. 주위를 에워싼 어둠을 몸으로 흡수하고, 천천히 머리에서 발끝까지 온몸의 힘을 뺀 후, 숨을 고르고 규칙적으로 호흡을 했다. 차츰차츰 뇌리에서 모든 잡념을 지우며 두 눈을 꼭 감았지만, 도저히 잠을 이룰 수가 없었다.

밤은 비 때문에 영 편치가 않았다. 비구름은 이제 여길 지나쳐 갔고, 지금 당장은 본머스 교외에 있는 작은 카페에 온 힘을 쏟고 있었다. 하지만 비구름이 스쳐간 하늘은 심하게 기분이 상해서, 이제는 축축하고 거친 분위기를 마구 풍기고 있었다. 조금만 더 건드리면 자기도 무슨 짓을 할 지 모른다는 듯이.

달은 물기를 촉촉이 머금은 채 하늘에 떠 있었다. 방금 세탁기에서 꺼낸 청바지 뒷주머니에서 나온 종이 한 뭉치 같았다. 시간이 지나고 다림질을 해야, 간신히 그것이 쇼핑 목록인지 오 파운드 지폐인지를 분간할 수 있는 그런 꼬깃꼬깃한 종이들 말이다.

바람은 오늘 밤 기분이 어떤지를 결정하려는 말(馬) 꼬리처럼 살짝 흔들거렸고, 어디선가 종소리가 울려 열두 시를 알렸다.

천장의 채광창 하나가 끼익 소리를 내며 열렸다.

창문틀이 뻑뻑해져서 살살 달래고 흔들어줘야 간신히 열릴 창문이었다. 창틀이 약간 녹슨데다 언제인지는 몰라도 경첩 위에 무신경하게 페인트칠을 해버린 적이 있기 때문이었다. 하지만 그래도 어쨌든 결국 창문은 열렸다.

창문을 열어놓기 위한 버팀목을 찾아 괸 후, 사람 같은 형체가 경사진 지붕 한가운데 있는 비좁은 배수로 사이로 힘겹게 몸을 들이밀었다.

형체는 일어서서 말없이 하늘을 바라보았다.

그 모습에서는 이제 한 시간 남짓 전쯤에 미친 사람처럼 통나무집 문을 박차고 들어왔던 사람의 모습을 전혀 찾아볼 수 없었다. 수백 개 세계의 흙먼지들이 얼룩지고 수백 군데의 지저분한 우주 공항에서 먹은 정크 푸드 양념이 여기저기 묻은 목욕 가운은 이제 사라지고 없었다. 사자 갈기처럼 뒤엉킨 머리카락도 사라지고, 여기 저기 뭉친 기다란 턱수염도 이제 사라지고 없었다.

이제 그 자리에는 코듀로이 바지와 풍성한 스웨터의 매끈한 캐주얼 차림을 한 아서 덴트가 있었다. 머리도 짧게 자르고 깨끗하게 감았으며, 턱의 수염도 깔끔하게 면도한 모습으로. 오로지 두 눈동자만이 여전히 우주가 자기한테 무슨 짓을 하고 있는지는 모르지만 제발 이제는 그만해달라고 애원하고 있었다.

그 눈은 마지막으로 그가 여기서 바깥을 바라보았던 때와 똑같은 눈이 아니었고, 눈이 받아들이는 이미지를 해석하는 두뇌 역시 같은 두뇌가 아니었다. 그 변화는 외과적 수술과는 전혀 상관없이, 그저 끝도 없이 계속되는 괴로운 경험 탓이었다.

이 순간 밤은 그에게 마치 살아 있는 생명체처럼 느껴졌다. 그를 에워싼 캄캄한 지구는 마치 자신이 뿌리를 박고 있는 토양 같았다.

마치 아득한 신경 끝이 짜릿해져오는 것처럼, 물이 불어 홍수처럼 흘러가는 머나먼 강물을, 눈에 보이지 않는 언덕의 구릉을, 저 멀리 남쪽 어딘가 머물고 있을 두터운 비구름의 매듭을, 그는 느낄 수 있었다.

그리고 또한, 나무가 되는 일이 얼마나 스릴 넘치는 일인지도 느껴볼 수 있었다. 의외의 발견이었다. 흙 속에서 발가락을 오므리는 게 기분 좋은 일이라는 건 알고 있었지만, 이렇게까지 좋을 줄은 몰랐다. 심지어 외설적이리만큼 강렬한 쾌감이 뉴 포레스트에서부터 밀려와 그를 덮치는 느낌이 들었다.

또 다른 방향에서는 비행접시를 보고 화들짝 놀란 양의 느낌이 그에게 전해졌지만, 양들은 워낙 아무 거나 보기만 하면 화들짝 놀라는 것들이라 다른 것들을 봤을 때의 기분과 분간이 되지 않았다. 워낙 살면서 보고 배운 바가 별로 없는 동물이라, 아침에 해가 뜨기만 해도 화들짝 놀랄 뿐만 아니라 들판에 초록색 물건이 좍 펼쳐져 있는 것만 보아도 경악하기 때문이다.

그날 아침 해뜰 무렵에는 양이 화들짝 놀라는 게 느껴진다는 사실 때문에 깜짝 놀랐었다. 그 전날도 마찬가지였다. 그리고 전전날은 나무 등걸을 보고 깜짝 놀라는 양의 기분을 감지했다. 더 뒤로, 뒤로 거슬러 올라갈 수도 있었지만, 그 생각은 곧 지겨워졌다. 양들이 전날 본 걸 또 보고 놀라는 경우가 태반이었기 때문이다.

양들은 내버려두고 마음이 중심에서부터 확산되는 물결처럼 졸음에 취해 바깥으로 둥둥 퍼져 나가게 했다. 그의 마음은 다른 마음들의 존재를 감지했다. 수백, 수천의 마음이 거미줄처럼 얽혀 있었다. 어떤 마음은 막 잠이 들려는 참이었고, 어떤 마음은 이미 잠이 들어 있었고, 어떤 마음은 굉장히 흥분해 있었으며, 마음 하나는 부서져 있었다.

마음이 부서져 있었다.

부서진 마음을 그만 휙 지나치고 나서, 그제야 다시 돌아가서 찾아보려 했지만, 그 마음은 암기 훈련 과정에서 사과가 그려진 카드의 짝을 찾는 것처럼 잡힐 듯 잡힐 듯 잡히지 않았다. 아서는 온몸을 흔드는 강렬한 흥분을 느꼈다. 본능적으로 그 마음이 누구 것인지 알았기 때문에, 아니 누구의 마음이었으면 좋겠다고 생각하는지 잘 알고 있었기 때문이다. 자기가 사실이기를 바라는 바가 뭔지 일단 알게 되면, 그 다음에는 그 바람이 사실임을 깨닫는 데 본능이란 놈이 상당히 유용한 도구가 되어주는 법이다.

그는 본능적으로 부서진 마음이 페니의 것이라는 걸 알았고, 찾아낼 수 있기를 바랐다. 하지만 찾을 수가 없었다. 지나치게 의식적으로 노력하다 보니, 새로 획득한 이 희한한 능력이 사라지는 듯한 기분이 들었다. 그래서 억지로 찾으려고 애쓰지 않고 그저 정신이 편안하게 떠다니도록 내버려두었다.

그러자 또 다시, 갈라진 마음이 느껴졌다.

그러나 이번에도 그 마음을 찾을 수가 없었다. 이번에는, 아무리 본능이라는 녀석이 마음을 푹 놓고 믿어도 된다고 분주하게 떠들어대도, 페니였다는 확신이 들지 않았다. 아니, 어쩌면 이번에는 다른 갈라진 마음이었는지도 모른다. 똑같이 조각난 느낌이었지만, 아까보다는 좀더 보편적인 느낌을 주는 분열이었다. 상처도 더 깊었고, 단 하나의 정신이 아닌 것만 같았다. 어쩌면 아예 마음이 아닌지도 모른다. 달랐다.

그는 천천히, 더 넓게, 마음이 지구 속으로 가라앉게 했다. 잔물결을 치며, 스며들며, 침잠하도록.

그는 지구를 따라서 지구 생애의 하루하루를 함께 살았다. 지구의 무수한 맥박에 맞추어 떠돌았고, 지구 생명체들이 한데 얽혀 만들어내는 그물망에 스며들어 보았으며, 썰물과 밀물을 따라 일렁거렸고, 지구의 무게와 함께 빙글빙글 돌았다. 갈라진 마음은 늘 다시 돌아왔다. 둔탁하고 아귀가 맞지 않는, 아득한 아픔이었다.

이제 그는 빛의 땅을 지나 날아가고 있었다. 빛은 시간이었고, 일렁이는 파도는 흘러가는 나날이었다. 그가 두 번째로 감지한 부서진 틈새는, 저 땅 너머 아득한 거리에 있었다. 한 오라기 머리카락 굵기밖에 되지 않는 틈이 지구의 나날들이 펼치는 꿈 같은 풍경들 저 너머에 있었다.

그리고 느닷없이 그는 바로 그 틈 위에 있었다.

꿈의 나라는 발밑으로 순식간에 무너져 추락했고, 그는 절벽 끄트머리에 서서 어지럽게 춤을 추었다. 아찔하게 가파른 벼랑 아래 발밑의 허공 속으로 떨어졌다. 미친 듯이 몸을 뒤틀며 아무 데나 마구 손가락으로 붙들었지만 아무것도 잡히지 않았고, 두 팔을 마구 휘둘러댔지만 무서운 허공뿐이었다. 그는 빙글빙글 돌며, 추락했다.

삐죽삐죽한 톱니 같은 갈라진 틈 건너에는 또 다른 땅이, 또 다른 시간이, 훨씬 더 오랜 세계가 있었다. 갈라져 나간 것은 아니었지만, 그렇다고 온전하다고 할 수도 없었다. 두 개의 지구가 있었다. 그는 잠에서 깨었다.

차가운 산들바람이 이마에 송골송골 맺힌 열에 들뜬 식은땀을 스치고 지나쳤다. 악몽은 끝났지만, 온몸의 힘이 다 빠져버린 기분이었다. 어깨를 축 늘어뜨리고, 손가락 끝으로 부드럽게 두 눈을 비볐다. 그는 몹시 피곤했고 드디어 잠이 오는 것 같았다. 꿈이 무슨 뜻이었는지, 무슨 의미가 있기나 한 것인지 모르겠지만, 그것은 아침이 되면 그때 생각하리라. 지금은 일단 들어가서 잠을 잘 생각이었다. 내 침대에서 나만의 잠을 자리라.

저 멀리 까마득하게 그의 집이 보였는데, 어찌 된 영문인지는 알 수가 없었다. 집은 달빛 때문에 그늘져 윤곽만 보였는데, 재미없고 딱딱한 모양을 보니 분명 그의 집이 맞았다. 주위를 둘러본 그는, 이웃인 존 엔즈워스의 장미꽃밭 위 십팔 인치 상공에 자신이 떠 있다는 걸 깨달았다. 존 엔즈워스는 장미꽃밭을 정성껏 가꾸었고 겨울에는 다시 가지치기를 해주었으며 줄기에 지지대를 받쳐 하나하나 딱지를 붙여놓곤 했다. 아서는 자기가 그 위에서 지금 뭘 하고 있나 생각했다. 자신의 몸을 허공에 떠받치고 있는 게 뭘까 생각하는 순간, 그는 자신의 몸을 떠받치고 있는 것이 아무것도 없다는 사실을 깨달았고, 그와 동시에 바닥으로 꼴사납게 추락하고 말았다.

정신을 차리고 일어난 그는 몸을 툭툭 털고, 발목을 심하게 삐어 절룩거리며, 뒤뚱뒤뚱 집으로 돌아갔다. 그리고는 옷을 벗고 침대 위에 쓰러졌다.

그가 잠든 사이 전화벨이 다시 울렸다. 전화벨이 십오 분은 족히 울렸기 때문에, 아서는 두 번이나 몸을 뒤척였다. 하지만, 그 정도로는 절대 그를 깨울 수 없었다.

8

 아서는 기가 막히게 상쾌하고, 완벽하게 개운하고, 엄청나게 기분이 좋아져서 잠에서 깨어났다. 집에 돌아왔다는 기쁨에 너무나 들뜬 나머지, 정력적으로 팔짝팔짝 뛰어다녔고, 벌써 이월 중순이라는 사실을 알고도 별로 낙담하지 않았다.
 그는 춤을 추다시피 하며 냉장고로 가서, 그 속에서 털이 무성한 물건을 최소한 세 개 이상 찾아냈으며, 그걸 접시 위에다 놓고 이 분 동안 뚫어져라 노려보았다. 이 분 동안 그놈들이 꿈쩍도 하지 않았기 때문에, 그는 아침식사라고 이름을 붙여주고 놈들을 먹어치웠다. 그 사이에 놈들은 아서가 자기도 모르게 며칠 전에 플라가톤 가스 늪지대에서 걸려 온 악성 우주병의 병원균을 죽여주었다. 그러지 않았으면 우주 질병이 서방세계 인구의 절반을 죽이고, 남은 인구 가운데 절반은 장님으로 만들고 절반은 모조리 정신병자나 불임으로 만들어버렸을 텐데 말이다. 그러니 지구는 이 부분에서 굉장히 운이 좋았던 셈이다.
 그는 힘이 세지고 튼튼해진 기분이 들었다. 그래서 정력적으로 삽을 들고 광고성 우편물들을 치웠고, 고양이를 묻어주었다.
 이 일을 마치자마자 전화가 울렸지만, 한순간 경건하게 침묵을 지키며 전화가 울리게 내버려두었다. 누군지는 몰라도 중요한 전화면 다시 걸 테니까.

 그는 발에 묻은 흙을 털고 도로 집 안으로 들어갔다. 쓰레기 더미 속에는 중요한 편지가 몇 장 있었다. 삼 년 전의 날짜가 찍힌 공문은 그의 집을 철거하자는 제안이 들어왔다든가 하는 내용이었고, 또 다른 편지에는 이 지역에 우회로를 건설하는 문제에 대해 주민 청문회를 열어야 한다는 얘기가 담겨 있었다. 그런가 하면 가끔씩 기부금을 내곤 하는 환경 운동 단체인 그린피스에서 온 오래된 편지 한 장에는 구금되어 있는 돌고래들을 풀어주는 계획에 도움을 달라고 부탁하는 내용이 담겨 있었다. 그 외에는 요즘 왜 이렇게 연락이 안 되느냐고 막연하게 불평하는 친구들의 엽서 몇 장이 있었을 뿐이다.

 그는 이 편지들을 한데 모아다가 마분지 파일에 정리하고 '해야 할 일'이라고 썼다. 그날 아침에는 특히 힘이 넘치고 기운이 솟는 기분이었기 때문에, 그는 심지어 '긴급!'이라는 단어까지 덧붙여 썼다.

 그는 포트 브라스타의 초대형 면세점에서 산 비닐 가방 속에서 타월을 비롯한 이런저런 짐을 풀었다. 비닐 가방 옆에 쓰여 있는 구호는 켄타우루스 언어로 되어 있는 정교하고 기발한 말장난으로서 다른 언어로는 도무지 이해할 수 없는 의미였다. 우주 공항에 있는 면세점 가방에 왜 그런 구절이 쓰여 있는지 도저히 알다가도 모를 일이었다. 게다가 어차피 구멍도 나고 해서, 그는 가방을 내다 버렸다.

 그 순간 갑자기 그는 자신을 지구로 데려다준 작은 우주선——우주선은 그를 A303 바로 옆에 내려주려고 친절하게도 일부러 멀리 돌아와주었다——속에 떨어뜨리고 온 게 또 있다는 사실을 깨닫고 가슴을 찌르는 듯한 아픔을 느꼈다. 우주라는 이 말도 안 되는 쓰레기 더미를 헤치며 횡단하는 그의 여정에서 크나큰 도움이 되어주었던, 우주의 풍파에 너덜너덜해진 낡은 책을 그만 잃어버렸다는 사실을 깨달았던 것이다. 그는 《은하수를 여행하는 히치하이커를 위한 안내서》를 잃어버리고 말았다.

글쎄, 그는 혼잣말을 했다. 이번에는 정말 다시는 필요가 없겠지.

일단 전화부터 몇 통 해야 했다.

지구로 귀환한 덕분에 갑자기 맞닥뜨리게 된 산더미 같은 모순을 대체 어떻게 다루어야 할지에 대해 이미 생각해 둔 바가 있었다. 그냥 무작정 뻔뻔스럽게 맞닥뜨리는 것이었다.

그는 BBC에 전화를 걸어서 팀장에게 연결해달라고 부탁했다.

"아, 안녕하세요, 아서 덴트입니다. 저, 육 개월 동안 결근을 해서 죄송한데요. 그동안 제가 좀 돌았었어요."

"오, 걱정할 것 없네. 아마 그런 일일 거라고 생각했었지. 여기서는 늘 있는 일이니까. 그럼 언제부터 다시 출근할 수 있나?"

"고슴도치들이 동면을 시작하는 게 언제죠?"

"아마 봄쯤일걸."

"그때쯤 뵙죠."

"좋았어."

그는 전화번호부 책을 뒤적여, 전화를 걸어야 할 곳 몇 군데를 적은 짧은 목록을 만들었다.

"오, 안녕하세요. 거기 올드 엘름즈 병원인가요? 페넬라하고 몇 마디 통화를 좀 할까 해서 전화를 드렸는데요……페넬라……이런, 나 원 참, 이러다 다음에는 내 이름까지 잊어버리겠네요……페넬라라……이거 너무 웃기지 않아요? 거기 환자인데……머리카락이 검은, 어젯밤에 입원한 아가씨예요……."

"죄송하지만 페넬라라는 환자는 없는데요."

"오, 그래요? 사실은, 피오나를 말한 거예요. 우리는 그냥 페…….."

"죄송해요. 끊을게요."

찰칵.

이런 식으로 여섯 번쯤 연달아 전화 통화를 하고 나자 정력적이고 활기

찬 낙관주의에 들떴던 기분이 아무래도 한풀 꺾이는 기분이 들었다. 그래서 그는 한창 좋았던 기분이 완전히 사라져버리기 전에, 술집에 가서 과시를 하기로 했다.

그는 자신에게서 풍기는 불가해하게 기괴한 분위기를 한마디로 설명해버릴 만한 완벽한 아이디어를 이미 생각해두고 있었다. 그리고 어젯밤 그렇게 주눅 들게 만들었던 그 문을 휘파람을 불며 밀어젖혀 열었다.

"아서!!!"

그는 주점 구석구석에서 그를 보고 툭 튀어나올 정도로 휘둥그레진 눈들을 바라보며 명랑하게 씩 웃어 보였다. 그리고 자신이 남부 캘리포니아에서 얼마나 근사한 시간들을 보냈는지 아마 모를 거라고 말했다.

9

 그는 맥주를 또 한 파인트 받아 들고서 꿀꺽 마셨다.
"물론, 나는 전용 연금술사도 두고 있었지."
"뭘 뒀다고?"
 그는 바보 같은 소리를 하기 시작했고, 자신도 그걸 알고 있었다. 익주 버런스와 홀과 우드하우스 베스트 비터 맥주를 섞어 먹을 때는 심히 조심해야 하는 법이다. 하지만 이렇게 섞어 먹으면 제일 먼저 발현되는 효과가 바로 만사에 심히 조심하지 않게 되는 것이라, 아서는 입을 다물고 더 이상 해명을 하지 않아야 하는 바로 그 지점에서 오히려 창의력을 발휘하기 시작하고 있었다.
 "오, 물론이지." 그는 만면에 행복한 미소를 띠고 우겼다. "그래서 내가 이렇게 살이 빠진 거야."
 "뭐라고?" 듣고 있던 사람들이 말했다.
 "오, 그럼." 그는 다시 말했다. "캘리포니아 사람들은 연금술을 재발견했다니까. 아무렴. 그렇고말고."
 그는 다시 미소를 지었다.
 "하지만, 이번에는 훨씬 쓸모 있는 방식이야. 그러니까……." 그는 잠시 머릿속에서 문법을 다시 맞춰보느라 생각에 잠긴 듯 말을 멈추었다.

"고대인들이 행하던 것보다 말이지. 아니면 최소한……." 그는 다시 이렇게 덧붙였다. "고대인들이 행하는 데 실패했던 것보다 낫다고 해야 하나. 고대인들은 끝내 제대로 못했잖아. 노스트라다무스랑 그 패거리들 말이야. 결국 성공 못했다지."

"노스트라다무스?" 청중 가운데 한 사람이 말했다.

"난 그 사람이 연금술사인 줄 몰랐는데." 또 다른 사람이 말했다.

"난……." 세 번째 사람이 말했다. "그 사람이 예언자라고 생각했어."

"나중에 예언자가 된 거야." 아서는 청중을 보고 말했다. 청중들을 구성하는 주요 부품들이 이제 위아래로 마구 흔들리며 흐릿하게 보였다. "왜냐하면 너무 형편없는 연금술사였거든. 그건 알아둬야지."

그는 맥주를 또 한 모금 들이켰다. 팔 년 동안 한 번도 맛보지 못한 맛이었다. 그래서 그는 맛을 보고 또 보았다.

"연금술이 살 빼는 거랑 무슨 상관이야?" 청중을 구성하는 부품 한 개가 물었다.

"바로 그걸 물어줘서 아주 고마워." 아서가 말했다. "아주 기쁘다고. 그리고 내가 이제 말해 줄게. 그거……." 그는 잠시 말을 멈췄다. "그 두 가지 사이의 관계가 어떻게 되는지 말이야. 그러니까 네가 방금 말한 그 둘 사이의 관계 말이지. 내가 말해줄게."

그는 잠시 말을 멈추고 분주하게 생각을 정리했다. 마치 유조선들이 좁은 영국 해협에서 정확한 각도로 방향을 바꾸는 광경을 지켜보는 기분이었다.

"캘리포니아 사람들은 과잉 체지방을 황금으로 바꾸는 법을 발견했어."

그는 별안간 논리의 일관성을 회복하고는 불쑥 이렇게 말했다.

"농담하는 거지?"

"그럼." 그가 말했다. "아니, 아니야." 그는 말을 고쳤다. "진짜 그랬다니까."

그는 청중 가운데 의심에 빠진 부품들을 한 바퀴 둘러보았다. 사실 전부 다나 마찬가지였기 때문에 한 바퀴 돌아보는 데만도 상당한 시간이 걸렸다.

"캘리포니아 가봤어?" 그는 따졌다. "그 사람들이 어떻게 사는지, 대체 알기나 하는 거냐고?"

청중 중에서 세 사람이 가본 적이 있다면서 아서가 하는 말은 모두 헛소리라고 대꾸했다.

"아무것도 제대로 못 보고 온 거야." 아서가 주장했다. "오, 좋았어." 누군가 술을 한판 더 돌리겠다고 하는 바람에, 아서는 이 말을 덧붙여야 했다.

"증거는 말이지……." 그는 자신을 가리키며 말했지만, 손가락이 가리키는 방향은 몇 인치나 어긋나 있었다. "너희들 눈앞에 있다고. 열네 시간이나 몽환 상태에……." 그는 말했다. "아니, 탱크에 들어가 있었거든. 몽환에……아니 그러니까 탱크에. 그런 거 같아." 그는 잠시 사려 깊은 침묵을 지키고는 다시 말했다. "그 말은 벌써 했지."

그는 술잔이 순서대로 돌아가는 동안 참을성 있게 기다렸다. 마음속으로는 다음에 해야 할 이야기를 꾸며냈는데, 원래는 탱크가 북극성에서 수직으로 떨어져서 화성과 금성을 잇는 베이스라인과 만나는 지점에 있어야 한다는 내용을 이야기하려고 했다. 하지만 막 이야기를 시작하려고 입을 떼다가, 그냥 말하지 않는 것이 좋겠다는 결정을 내렸다.

"아주 오랜 시간을……." 그는 대신 다른 이야기를 했다. "탱크에서. 그러니까 몽환 상태로 보내야 했지." 그는 청중을 엄숙하게 둘러보았다. 모두들 열심히 듣고 있는지 확인해야 했으니까.

그는 다시 말을 하기 시작했다.

"내가 어디까지 얘기했더라?"

"몽환 상태." 누군가 말했다.

"탱크에 있었다며." 또 다른 사람이 말했다.

"그래, 맞아." 아서가 말했다. "고마워. 그러면 천천히……." 그는 계속 이야기를 밀어붙였다. "천천히, 천천히, 천천히, 과잉 체지방이……변환하는……거야……." 그는 효과를 극대화하기 위해 잠시 입을 다물었다. "피아……피와……피……피야……." 그는 숨이 차서 말을 쉬었다. "피하 황금으로 말이야……그건 외과수술로 빼내야 해. 탱크에서 밖으로 나오는 건 지옥 같은 경험이었지. 방금 뭐라고 했어?"

"그냥 침을 꿀꺽 삼켰을 뿐이야."

"내 말을 안 믿는 거 같은데."

"침을 삼켰어."

"내가 보기에도 침을 삼키는 것 같았어." 청중 가운데서 굉장히 중요한 부품이 굵직한 목소리로 나직하게 말했다.

"오, 그래." 아서가 말했다. "좋았어. 그러고 나면 수익을 배분하는 거야." 그는 수학 계산을 하느라 잠시 또 쉬었다. "연금술사하고 오십 대 오십으로. 그러면 엄청난 돈을 벌게 되지!"

그는 흔들거리며 청중을 돌아보았다. 하지만 뒤죽박죽이 된 얼굴들에서 풍기는 회의와 의심의 분위기는 아무리 무시하려고 해도 느끼지 않을 수 없었다.

그는 상당히 기가 죽었다.

"안 그러면, 내 얼굴이 왜 이렇게 축 늘어져서 핼쑥해졌겠냐!" 그는 따졌다.

친구들이 팔로 그를 부축해 집으로 데려가기 시작했다. "이봐, 들어보란 말이야." 차가운 이 월의 산들바람이 얼굴을 스쳤고, 그는 계속해서 항의했다. "지금 캘리포니아에서는 산전수전 다 겪은 거 같은 분위기가 엄청난 유행이란 말이야. 은하계를 다 겪은 거 같은 분위기를 풍겨야 한다고. 아니, 은하계가 아니라 인생. 인생을 아는 사람처럼 보여야 해. 그래서 이걸 한 거야. 축 늘어져서 겉늙은 얼굴. 팔 년만 더 먹어 보이게 해주세요, 하고 말했지. 이제 서른 살 먹은 얼굴은 절대 다시 유행이 돌아오지 않을 거야. 안 그러면 난 큰돈을 낭비한 거라고."

친구들의 팔이 집으로 가는 길 내내 그를 부축해주었고, 그는 한동안 아무 말도 하지 않았다.

"어제 돌아왔어." 그는 중얼거렸다. "집에 오니까 너무 너무 너무 너무 너무 기뻐. 아니면 집이랑 아주 비슷한 덴가……."

"시차 때문인가 보다." 친구들 중 한 사람이 중얼거렸다. "캘리포니아에서 여기까지는 비행기를 오래 타야 하니까. 며칠 동안은 사람 꼴이 말이 아니라고."

"내 생각에는, 거기 가보지도 못한 거 같아." 다른 사람이 불쑥 내뱉었다. "도대체 어딜 갔다 왔는지 모르겠어. 그리고 무슨 일을 겪었는지도."

잠을 좀 잔 후에, 아서는 자리에서 일어나서 집 근처를 괜히 어슬렁거렸다. 술기운에 머리가 멍한데다 좀 우울하기도 했다. 여행의 여파를 벗어나지 못해 아직도 실감이 나지 않았다. 그는 어떻게 해야 페니를 찾을 수 있을까 생각했다.

아서는 앉아서 어항을 들여다보았다. 어항을 손가락으로 톡톡 두들겨보기도 했다. 물이 꽉 차 있고 어쩐지 풀이 죽어 꼬르륵거리며 여기저기 돌아다니고 있는 바벨 피시가 한 마리 들어 있는데도, 어항에서는 여전히 사람의 마음을 사로잡는 깊은 공명 소리가 전과 똑같이 울려 퍼졌다.

누군가 나한테 고맙다고 말하려 했어. 아서는 혼자 생각했다. 도대체 누굴까, 무슨 일일까.

10

"세 번 삑 소리가 나면 한 시……삼십이 분……그리고 이십 초가 됩니다."

"삑……삑……삑."

포드 프리펙트는 만족감에 찬 사악한 웃음을 애써 참다가, 굳이 참을 이유가 없다는 걸 깨닫고 큰 소리로 웃어댔다. 사악하기 짝이 없는 웃음이었다.

그는 서브-에서-넷에서 들어오는 신호를 우주선의 훌륭한 하이파이 오디오 시스템으로 전환했다. 그러자 좀 괴상하고 약간 뻣뻣하게 읊조리듯 말하는 목소리가 선실 전체에 놀랄 만큼 선명하게 울려 퍼졌다.

"세 번 삑 소리가 나면 한 시……삼십이 분……그리고 삼십 초가 됩니다."

"삑……삑……삑."

그는 음량을 약간 더 높였다. 우주선의 컴퓨터 디스플레이에서 급속히 변화하는 숫자들을 조심스럽게 눈도 떼지 않고 바라보면서. 그가 염두에 두었던 시간이 맞다면 동력 소모로 인한 문제가 심각했다. 자신 때문에 사람이 죽었다는 죄책감은 사양하고 싶었다.

"세 번 삑 소리가 나면 한 시……삼십이 분……그리고 사십 초가 됩니다."

"삐……삐……삐."

그는 작은 우주선을 체크하며 둘러본 뒤, 짧은 복도를 걸어 내려갔다.

"세 번 삐 소리가 나면……."

그는 작고, 쓸모 있고, 윤이 나는 강철 목욕탕에 머리를 쑥 들이밀어 보았다.

"……됩니다……."

그 안은 문제가 없어 보였다.

그는 좁은 침실을 들여다보았다.

"……한 시……삼십이 분…….."

소리는 뭔가가 덮여 있는 것처럼 답답하게 들렸다. 한쪽 스피커 위에 수건이 씌워져 있었다. 그는 수건을 내렸다.

"……그리고 오십 초가 됩니다."

됐어.

꽉 찬 화물칸도 확인해봤지만, 여전히 소리는 영 마음에 들지 않았다. 중간에 널려 있는 쓰레기 같은 화물들이 너무 많았다. 그는 뒤로 한 발짝 물러나서 문이 꽉 닫힐 때까지 기다린 뒤, 꼭 닫힌 계기판을 부수고 투하 버튼을 눌렀다. 그 생각을 왜 지금까지 못했을까 싶었다. 휙 하는 소리가 나고 좀 쿵쾅거리더니 금세 조용해졌다. 잠시 후에 쉭 하고 바람 빠지는 소리가 다시 약하게 들렸다.

소리는 멈췄다.

그는 녹색 등이 다시 들어올 때까지 기다렸다가 다시 문을 열고 깨끗하게 비워진 화물칸을 바라보았다.

"……한 시……삼십삼 분……그리고 오십 초가 됩니다."

아주 좋았어.

"삐……삐……삐."

그는 다시 들어가서 긴급 자동 조정실을 마지막으로 철저히 점검했다. 그는 특히 이곳에서 그 소리를 듣고 싶었다.

"세 번 삑 소리가 나면 정각 한 시……삼십사 분……이 됩니다."

두껍게 성에가 낀 커버 밑으로 희미하게 보이는 커다란 형체를 뚫어져라 처다보던 그는 부르르 몸을 떨었다. 언제인지는 몰라도, 언젠가 이 형체는 잠에서 깨어날 테고, 그때가 되면 몇 시인지 알게 될 것이다. 뭐, 현지 시간은 아니겠지만, 무슨 상관이랴.

그는 냉동 침대 위에 달려 있는 컴퓨터 디스플레이를 두 번 점검하고, 빛을 줄인 후, 다시 한번 점검했다.

"세 번 삑 소리가 나면……."

그는 발끝으로 살금살금 걸어 나가 통제실로 돌아갔다.

"……한 시……삼십사……분……이십 초가 됩니다."

목소리는 마치 런던에서 걸려온 전화를 받아 들고 있는 것처럼 선명했다. 물론 그런 것은 절대로 절대로 아니었지만.

그는 칠흑 같은 어둠을 응시했다. 저 멀리 빛나는 비스킷 가루 크기로 보이는 별은 존도스티나였다. 하지만 저 좀 괴상하고 약간 뻣뻣하게 읊조리듯 말하고 있는 목소리가 들려오는 세계에는 플레이아데스 제타라고 알려져 있다.

가시(可視) 지역을 절반 이상 덮고 있는 빛나는 오렌지색 곡선은 거대한 가스 행성인 세세프라스 마그나였고, 그곳에는 작시스 전함들이 정박하고 있었으며, 그 지평선 위로 솟아오르고 있는 건 바로 작고 서늘한 푸른 달(月)인 에푼이었다.

"세 번 삑 소리가 나면……."

이십 분 동안 그는 가만히 앉아서 우주선과 에푼 사이의 거리가 가까워지는 것을 그냥 보기만 했다. 그 사이 우주선의 컴퓨터는 이런저런 숫자들을 만지작거리고 반죽하면서, 우주선으로 하여금 작은 달을 빙 둘러고리 모양으로 완벽하게 환상(環狀) 비행을 한 후, 그 자리에 남아 남몰래 영구 궤도에 안착하게 만들 준비를 하고 있었다.

"한 시……오십구 분……."

원래 계획은 우주선에서 외부로 발산되는 신호와 방사능을 모두 차단하고, 육안으로 직접 보지 않는 한, 보이지 않는 거나 다름없이 만드는 것이었지만, 좀더 좋은 생각이 떠올랐다. 우주선은 현재 연필처럼 가느다란 광선 단 한 줄만 지속적으로 발산하면서, 이 신호를 처음에 발생시킨 행성으로 다시 발송하고 있었다. 광속으로 여행하는 신호는 앞으로 사백 년 동안 목적지에 닿지 못하겠지만, 막상 닿게 되면 엄청난 소동을 일으킬 게 분명했다.

"삐……삐……삐."

그는 킬킬 웃었다.

그는 자신이 킬킬거리거나 낄낄거리며 웃는 사람이라고 생각하지 않았지만, 지금은 벌써 삼십 분도 넘게 킬킬거리지 않으면 낄낄거리고 있었다는 사실을 스스로도 인정하지 않을 수 없었다.

"세 번 삐 소리가 나면……."

우주선은 이제 잘 알려지지도 않고 아무도 발을 디딘 적 없는 달 주위의 영구 궤도에 거의 완벽하게 자리를 잡았다.

이제 남은 일은 하나뿐이었다. 그는 우주선에 장착된 작은 비상탈출정의 발사 시뮬레이션을 다시 한번 작동시켰다. 작용, 반작용, 탄젠트의 힘, 동작의 모든 수학적 식의 균형을 맞추어보며 문제가 없다는 것을 재확인했다.

떠나기 전에, 그는 조명을 다시 켰다.

탈출용 구명정에 달린 시가처럼 좁다란 튜브의 출구가 포트 세세프론의 우주 정거장을 향한 삼 일간의 여정을 시작하는 순간 열렸고, 구명정은 몇 초간 더욱더 기나긴 여정을 떠나는 연필처럼 가느다란 광선을 타고 달렸다.

"세 번 삑 소리가 나면, 두 시……십삼 분……오십 초가 되겠습니다."

그는 낄낄거리고 킬킬거렸다. 큰소리로 너털웃음을 터뜨리고 싶었지만, 자리가 너무 좁아서 그럴 수가 없었다.

"삑……삑……삑."

11

"특히 사월의 소나기는 끔찍하게 싫어요."

아서가 아무리 무관심하게 투덜거리는 신음 소리를 내고 있어도, 남자는 죽어도 말을 걸고야 말겠다고 작정한 사람처럼 굴었다. 아서는 일어나서 다른 테이블로 자리를 옮겨야 하나 잠시 고민했지만, 간이식당을 다 둘러봐도 빈 자리가 하나도 보이지 않았다. 아서는 커피를 세차게 휘저었다.

"빌어먹을 사월 소나기. 싫어요, 싫어, 싫어."

아서는 얼굴을 찌푸리며, 창문 밖을 노려보았다. 가벼운 여우비가 도로 위에 걸려 있었다. 이제 돌아온 지 두 달째였다. 사실 예전의 생활로 다시 돌아가는 건 우스울 정도로 쉬웠다. 사람들은 너무나 황당할 정도로 잘 잊어버리기 마련이라, 아서에 대한 것도 다 잊었기 때문이다. 팔 년 동안 은하계를 미친 사람처럼 돌아다녔던 일이 이제는 텔레비전에서 비디오를 떠서 보고는 찬장 위에 올려놓고 귀찮아서 꺼내 보지도 않는 영화처럼 느껴졌다.

하지만 한 가지 오래 지속되는 효과가 있었는데, 그건 바로 지구에 돌아왔다는 기쁨이었다. 이제 지구의 공기가 머리 위를 영원토록 에워싸고 있다는 이유만으로, 그는 지구에 존재하는 만물이 범상찮은 기쁨의 원천이라는 잘못된 생각을 하고 있었다. 빗방울들의 은빛 반짝임을 바라보고 있던 그는, 갑자기 이의를 제기해야겠다는 생각이 들었다.

"글쎄요, 저는 좋아하는걸요." 그는 불쑥 이렇게 말했다. "이유야 뭐 뻔하지만요. 사월 소나기는 가볍고 상큼하잖아요. 반짝반짝거리면 사람들 기분이 좋아지지요."

사내는 비웃듯이 코웃음을 쳤다.

"그거야 다들 하는 말이지." 그가 이렇게 말하면서, 구석 자리에서 음침하게 눈을 번들거렸다.

그는 화물 트럭 운전사였다. 누가 묻지도 않았는데, 다짜고짜 이런 말부터 불쑥 내뱉었기 때문에 아서도 알고 있었다. "나는 화물 트럭 운전기사요. 그런데 비 속에서 운전하는 게 싫어요. 아이러니 아니요? 더럽게 아이러니해."

이 말에 뭔가 숨겨진 깊은 뜻이 있는지는 몰라도, 아서로서는 짐작도 할 수 없어서 그냥 상냥하게, 하지만 전혀 부추기지 않으려 애쓰면서 끙, 하고 신음 소리를 냈을 뿐이었다.

하지만 사내는 그때도 말릴 수 없었거니와, 지금도 말릴 수 없었다. "망할 놈의 사월 소나기에 대해 다들 그런 말들을 한단 말이오." 그가 말했다. "더럽게 좋다느니, 더럽게 상쾌하다느니. 뒤지게 아름다운 사월의 소나기라느니 말이지."

그는 몸을 앞으로 숙이고는, 뭔가 굉장한 정부 기밀이라도 말해줄 것처럼 얼굴을 구겼다.

"내가 꼭 알고 싶은 건 이거 하나요." 그가 말했다. "이왕 날씨가 좋을 거면, 왜!" 그 말은 거의 침을 뱉다시피 했다. "망할 놈의 비가 안 오면 안 되느냐고!"

아서는 하는 수 없이 포기하고 말았다. 그는 커피를 남긴 채 자리에서 일어나기로 했다. 그냥 마셔버리기엔 너무 뜨겁고, 차게 마시기엔 너무

맛이 없었다.

"음, 가시는구먼." 사내는 이렇게 말하더니, 자기도 일어서는 대신 이렇게 말했다. "잘 가시오."

아서는 주유소의 매점에 들렀다가 다시 주차장으로 걸어 돌아가면서, 얼굴에 떨어지는 빗방울들의 유희를 특별히 신경 써서 즐겼다. 그곳에는 심지어, 데본의 낮은 산들 위에서 물기에 젖어 빛나고 있는 희미한 무지개마저 떠 있었다.

그는 낡아빠진, 하지만 사랑해 마지않는 애마인 검은 폭스바겐 래빗 자동차 위로 기어 올라가, 끼익 하는 타이어 소리를 내며, 주유 기계들의 섬들을 지나쳐 도로로 향하는 좁은 진입로를 따라 나갔다.

하지만 은하계 여행 때문에 끌려 들어가게 된, 거미줄처럼 복잡한 수많은 미결 문제들과 영영 안녕을 고할 수 있을 거라 생각했던 건 잘못이었다.

이 커다랗고, 단단하고, 지저분하고, 무지개가 떠 있는 지구라는 곳이, 상상 불허의 무한한 우주 속에서는 찾을 수도 없는 미세한 점에 찍힌 더 작고 미세한 점이라는 사실을 이제는 잊을 수 있을 거라 믿었지만, 그것도 잘못된 생각이었다.

그는 이렇게 수없이 많은 잘못된 생각들 속에 빠져 콧노래를 부르며, 계속 자동차를 운전했다.

그의 생각들이 다 잘못된 이유가 작은 우산을 쓰고 작은 진입로 옆에 서 있었다.

아서의 입이 떡 벌어졌다. 브레이크 페달을 밟다 발목을 삐었고 너무 심하게 차가 미끄러져서 자동차가 전복될 뻔했다.

"페니!" 그가 소리쳤다.

진짜 자동차로 그녀를 칠 뻔한 걸 간신히 피한 아서는, 자동차 문을 훌렁 열다가 그만 차문으로 그녀를 치고 말았다.

차문이 페니의 손을 찧는 바람에 우산이 떨어졌고, 우산은 마구 도로를 건너 데굴데굴 굴러가고 말았다.

"이런 제길!" 아서는 최대한 도움이 되려고 애쓰며 소리를 버럭 지른 후, 자동차 밖으로 뛰어내리다가 하마터면 매케너의 전천후 화물 운송 트럭에 치일 뻔했다. 그리고는 화물 트럭이 대신 페니의 우산을 뭉개고 가는 광경을 보고 경악하고 말았다. 화물 트럭은 도로로 진입해 황황히 달려가 버렸다.

우산은 서글프게 땅바닥에서 목숨이 다해가는 짜부라진 구정거미처럼 널브러져 있었다. 미약한 돌풍에 우산은 살짝 경련했다.

아서는 우산을 주워 들었다.

"어." 그가 말했다. 그 물건을 그녀에게 다시 준다 해도 그다지 큰 소용이 닿을 것 같지 않았다.

"어떻게 제 이름을 아셨어요?" 그녀가 말했다.

"어, 그냥……." 그가 말했다. "저, 제가 하나 사드릴게요."

그는 그녀를 보고는 말끝을 흐렸다.

그 여자는 창백하고 진지한 얼굴 위로 검은 곱슬머리가 흘러내리는 키가 훤칠한 처녀였다. 혼자서 꼼짝도 않고 서 있는 그녀는, 격식을 갖춘 정원에 서 있는, 아주 중요하지만 사람들에게는 별로 인기가 없는 미덕을 상징하는 여신상 같았다. 그녀는 눈에 보이는 걸 바라보지 않는 듯한 눈길을 하고 있었다.

하지만 지금처럼 미소를 지을 때면, 어딘가 다른 곳에 있다가 느닷없이 이 자리에 나타난 것만 같았다. 온기와 생명이 한꺼번에 그녀의 얼굴로 밀려들었으며, 사람으로서는 불가능한 우아함이 온몸에 흘러넘쳤다. 그 효과는 굉장히 사람 정신을 산란하게 만들었기 때문에, 아서는 정신이 산란해서 죽을 것 같았다.

그녀는 씩 웃더니, 가방을 뒷자리에 휙 던지고는 앞자리에 가볍게 올라타는 것이었다.

"우산 걱정은 마세요." 그녀는 올라타면서 아서를 보고 말했다. "우리 오빠 건데요, 자기가 좋아하는 거였으면 나한테 주지도 않았을 거예요." 그녀는 깔깔 웃더니 안전벨트를 맸다. "우리 오빠 친구 분 아니시죠?"

"아니에요."

그녀는 "좋았어요"라고 말했지만, 목소리는 전혀 그렇게 들리지 않았다.

그녀의 육신이, 차 안에, 자기 차 안에 이렇게 앉아 있다는 사실이 아서로서는 엄청나게 특별한 일처럼 느껴졌다. 생각은커녕 숨조차 제대로 쉬기 힘들 정도가 되어버린 아서는, 천천히 차를 발진시키면서 이 두 가지 기능이 운전에 필수적인 게 아니기를 바랐다. 안 그러면 큰일이니까.

그렇다면 그가 지난번에, 그러니까 악몽 같은 별세계 여행에서 기진맥진한 채 얼빠져 돌아왔던 그날, 다른 차에서, 즉 이 아가씨의 오빠 차를 탔을 때 느꼈던 아서의 불균형한 감정은 일시적인 게 아니었던 모양이다. 그게 아니면, 최소한 벌써 두 번이나 감정의 균형을 잃은 셈이니, 균형을 잘 잡고 있는 사람들이 뭘 밟고 서 있는지는 몰라도 아무튼 그는 그런 발판에서 자칫 추락하기 일보 직전의 상태라고 할 수 있다.

"그래서……." 그는 흥미진진하게 대화의 포문을 열 수 있기를 바라며 말문을 열었다.

"나를 데리러 오기로 했는데 말이죠. 우리 오빠가 말이에요. 하지만 못 오겠다고 전화를 했어요. 버스 편을 알아봤지만, 직원이 시간표가 아니라 달력을 들여다보더라고요. 그래서 히치하이크를 하기로 했죠. 그래서 그렇게 된 거예요."

"그렇군요."

"그렇게 됐네요. 그런데 저도 알고 싶은 게 있어요. 어떻게 제 이름을 아시는지 궁금해요."

"우리 먼저……." 아서는 막히는 고속도로의 차들 사이로 일단 끼어들고 나자, 어깨 너머로 뒤돌아보면서 이렇게 말했다. "행선지 문제부터 결정하도록 하죠."

아주 가깝거나 아주 멀거나, 둘 중의 하나이기를 바랐다. 가깝다는 건 아서 집 근처에 산다는 뜻일 테고, 멀리 간다는 건 거기까지 차로 함께 갈 수 있다는 뜻이니까.

"톤튼으로 좀 데려다주세요." 그녀가 말했다. "부탁이에요. 괜찮으시다면요. 멀지 않거든요. 저는……."

"톤튼에 살아요?" 아서는 기쁨을 주체 못하는 목소리가 아니라 그냥 호기심 정도로 들리기를 바라며 이렇게 말했다. 톤튼은 그의 집에서 기가 막히게 가까운 곳이었다. 그러면…….

"아니, 런던이요." 그녀가 말했다. "한 시간 안에 기차가 출발한대요."

이건 최악의 상황이었다. 톤튼은 일단 고속도로만 타면 몇 분 내에 갈 수 있었다. 아서는 어떻게 해야 하나 고민했고, 고민하다가 자기도 모르게 이렇게 말해버리고는 경악했다. "오, 런던에 데려다 줄 수 있어요. 런던까지 데려다주게 해주세요……."

덜떨어진 바보 같으니. 대체 뭐 하러 '해주세요' 같은 멍청한 소리를 했담? 그는 마치 열두 살짜리처럼 굴고 있었다.

그녀는 냉정하게 그를 쳐다보았다.

"런던에 가시는 길이세요?"

"네." 설마.

"좀 밟아야 되겠는데요." 그는 시계를 보는 것도 잊어버리고, 이렇게 덧붙여 말하지도 못했다.

"그런 건 아니지만……." 덜떨어진 바보 푼수 같으니라고.

"정말 친절하신 말씀이지만, 정말 괜찮아요. 기차 타고 가는 걸 좋아해요." 그리고 갑자기 그녀는 사라져버렸다. 아니, 그보다는 그녀의 얼굴에 생기를 주던 부분이 사라져버렸다고 해야 할까. 그녀는 까마득히 멀게만 느껴지는 모습으로 창밖을 바라보며 가볍게 혼자 콧노래를 흥얼거렸다.

도저히 믿을 수가 없었다.

이야기를 시작한 지 딱 이십 초 만에 모조리 다 망쳐버리다니.

그는 마음속으로 생각했다. 성인 남자들은, 성인 남자들의 행동에 대해 수세기 동안 축적된 증거 자료들에도 불구하고, 절대 이렇게 행동하지 않는다.

톤튼까지 오 마일, 표지판에 이렇게 쓰여 있었다.

그가 운전대를 너무 꽉 움켜쥐는 바람에 차가 흔들렸다.

뭔가 극적으로 상황을 바꾸는 일을 해야만 했다.

"페니." 그가 말했다.

그녀는 고개를 돌려 날카롭게 그를 쏘아보았다. "아직 어떻게 제 이름을 아시는지 얘기를 안……."

"내 말 좀 들어봐요." 아서가 말했다. "말해줄게요. 이야기가 좀 이상하긴 하지만요. 아주 희한한 얘기예요."

그녀는 여전히 그를 바라보고 있었지만, 아무 말도 하지 않았다.

"내 말 좀 들어봐요."

"그 말은 아까 하셨어요."

"그래요? 오. 당신한테 꼭 할 말이 있어요. 그리고 꼭 해줘야 하는 얘기도……. 내가 꼭 해줘야 하는 이 얘기를 들으면 아마……." 그는 헛수고를 하고 있었다. 뭔가 "그대의 땋아 내린 머리카락들이 모조리 풀려 / 한 올 한 올이 빳빳이 서리라 / 불안한 고슴도치의 가시들처럼" 뭐 그런 비슷한 말을 하고 싶었지만, 근사하게 읊을 자신도 없었거니와 고슴도치 얘기도 마음에 들지 않았다.

"……그 얘기를 하려면 오 마일보다는 더 걸릴 거 같아요." 그는 안타깝게도, 좀 엉성하지만, 이 정도로 만족해야 했다.

"글쎄……."

"그냥 혹시라도 말이죠." 그가 말했다. "그냥 한번 해보는 생각인데요…….." 그는 다음에 자기 입에서 무슨 말이 나올지 알 수 없었다. 그래서 어디 무슨 말이 나오나 한번 들어보자는 심정이 되어버렸다. "아주 굉장히 특별한 이유로 당신이 내게 아주 중요한 사람이라고 생각해보세요. 그리고 당신은 모르지만, 나도 그쪽한테 아주 중요한 사람이고 말이죠. 하지만 갈 길이 겨우 오 마일밖에 남지 않은 데다, 내가 멍청한 바보 천치라서 화물 트럭에 치이지 않고는 방금 처음 만난 사람한테 아주 중요한 말을 할 줄 모르는 인간이라서 그 모든 게 다 아무 의미가 없어진다면 어떻게 되겠어요……그러면 내가…….." 그는 어쩔 줄 몰라 하며 말을 멈추고는, 그녀를 바라보았다.

"……어떻게 하면 좋겠어요?"

"앞을 봐요!" 그녀가 비명을 질렀다.

"이런 망할!"

그는 수백 대의 이탈리아 세탁기들을 싣고 있는 독일 화물 트럭 측면에 충돌하는 사태를 간신히 면했다.

"내 생각에는…….." 그녀는 잠시 안도의 한숨을 쉰 후 이렇게 말했다. "제 기차가 출발하기 전에 저한테 뭐 마실 거라도 한 잔 사셔야 할 거 같네요."

12

 왜 그런지는 잘 몰라도, 역 근처의 주점들은 특히 음침한 분위기를 풍기기 마련이다. 특유의 아주 더럽고 너저분한 느낌이 있고, 돼지고기 파이도 아주 특별히 연하고 창백한 색을 띠고 있다.
 하지만 돼지고기 파이보다 더 나쁜 게 있으니, 바로 샌드위치다.
 영국에는 끈질기게 사라지지 않는 특유의 정서가 있다. 바로 샌드위치를 어떤 식으로든 흥미진진하고 매혹적이고 먹을 때 기분 좋게 만드는 짓은 죄악이며, 그건 오로지 외국인들이나 하는 짓이라는 생각이다.
 '되도록 말라빠지게 만들라'는 게 집단적인 국민 의식에 깊이 박혀 있는 요리 수칙이었다. "되도록 고무처럼 만들어라. 햄버거를 굳이 신선하게 보관해야 한다면, 일주일에 한 번씩 물로 씻도록 하라."
 영국인들은 나라가 저지른 죄악들을 무조건 토요일 점심 때 주점에서 샌드위치를 먹는 일로 보상하곤 한다. 나라가 대체 어떤 죄악들을 저질렀는지는 확실히 알지 못하지만, 별로 알고 싶어 하지도 않는다. 죄악이라는 건 잘 알고 싶어 할 만한 게 못 되니까. 하지만 나라에서 지은 죄가 뭔지 몰라도, 국민들한테 억지로 먹이는 샌드위치들로 충분히 속죄하고도 남음이 있을 것이다.
 샌드위치보다 더 나쁜 게 있다면, 그건 샌드위치 옆에 나오는 소시지들이었다. 물렁뼈투성이에다 기쁨을 찾아보려야 찾아볼 수 없는 튜브들이 뜨겁고 한심한 모양의 바닷물 같은 데 둥둥 떠 있었는데, 주방장 모자를 고정하는 실핀 같은 걸 꽂은 채였다. 세상을 혐오하다가 스텝니 한구석의 의자에 앉아 고양이들 사이에서 홀로 죽어간 주방장을 기념하는 제스처라도 되는 것처럼.

소시지들은 자기 죄를 자기가 알고 구체적인 죄악을 씻고 싶어 하는 사람들을 위한 요리였다.

"더 좋은 데가 있을 텐데." 아서가 말했다.

"시간이 없어요." 페니가 손목시계를 흘낏 보더니 말했다. "삼십 분 후에 기차가 떠나요."

그들은 작고 흔들거리는 테이블에 앉아 있었다. 식탁 위에는 더러운 유리잔들과, 농담들이 인쇄되어 있는 너절한 맥주잔 받침들이 놓여 있었다. 아서는 페니에게 토마토 주스를 한 잔 갖다주고, 자기도 속에 가스가 들어 있는 노란 액체 한 파인트를 들고 왔다. 그리고 소시지도 한두 개 받아 왔는데, 왜 그랬는지는 자기도 알 수가 없었다. 맥주잔의 가스가 가라앉을 때까지 기다리는 동안 할 일이 없을까 봐 산 것 같았다.

웨이터는 아서의 잔돈을 바 위의 맥주 웅덩이에다 던졌고, 아서는 그걸 받아 들고 고맙다고 했다.

"좋아요." 페니가 시계를 보면서 말했다. "나한테 해줘야 하는 얘기를 어디 해보세요."

당연히 그렇겠지만, 그녀의 말투는 지극히 회의적이어서, 아서는 풀이 팍 죽고 말았다. 갑자기 차갑고 방어적인 태도가 되어 저렇게 앉아 있는 여자한테, 일종의 유체 이탈 경험을 했는데, 자기가 텔레파시적 감각으로 파악한 바 그녀가 겪은 정신적 문제는, 겉보기와 달리, 지구가 새로운 우주의 우회로를 건설하기 위해 실제로 파괴되었다는 사실과 연관이 있고, 이 사실을 알고 있는 사람은 전 지구에서 오로지 아서뿐이고, 그는 보고인의 우주선에서 실제로 그 광경을 두 눈으로 똑똑히 보다시피 했기 때문에 이 사실을 잘 알고 있다고, 그것도 모자라 그의 몸과 마음은 못 견딜 정도로 뼈아프게 그녀를 갈망하고 있고, 인간이 할 수 있는 한 최대한 빨리 같이 자고 싶어서 정말 못 살겠다고, 이런 이야기를 하기에는, 아무래도 이건 썩 좋은 환경이 못 된다는 생각이 들었던 것이다.

"페니." 그는 말머리를 꺼냈다.

"혹시 저희 복권을 좀 사주실 생각이 있으신지 모르겠네요. 그냥 싸구려예요."

그는 날카롭게 위를 올려다보았다.

"은퇴를 앞둔 앤지를 위한 모금 운동이에요."

"뭐라고요?"

"게다가 신장 투석을 해야 해요."

새침한 니트 정장을 입고 새침한 파마 머리를 하고 새침한 강아지들이 수도 없이 핥았을 새침한 얼굴에 새침한 미소를 띠고 있는 상당히 뻣뻣한 말라깽이 중년 아주머니가 아서 옆에 몸을 구부리고 서 있었다.

그녀는 손에 든 작은 복권집을 내밀고 있었고 양철함을 들고 있었다.

"하나에 겨우 십 펜스밖에 안 해요." 그녀가 말했다. "그러니 두 장을 사실 수도 있답니다. 은행을 털지 않고도 말이지요!" 그녀는 쇳소리가 섞인 웃음을 깔깔 웃더니, 희한할 정도로 오랫동안 깊은 한숨을 쉬었다. "은행을 털지 않고도"라는 말을 했다는 게, 전쟁 중에 병사들 몇 명하고 같이 잔 이후로 가장 큰 기쁨을 주었던 게 틀림없었다.

"어, 알았어요, 그러죠, 뭐." 아서는 황급히 주머니를 뒤져 동전 몇 개를 꺼내면서 말했다. 분이 치밀게 늑장을 부리면서, 그리고 새침하게 극적인 몸짓으로——세상에 그런 게 있는지 모르겠지만——그 여자는 티켓 두 장을 떼어서 아서에게 건네주었다.

"꼭 상품을 타시길 바랄게요."

그녀는 고급 종이접기 공예작품처럼 순식간에 찰각 접히는 미소를 지으며 말했다.

"상품들이 너무너무 훌륭하거든요."

"네, 고마워요." 아서는 티켓들을 퉁명스럽게 주머니에 쑤셔 넣고 시계를 보면서 말했다.

그는 페니 쪽으로 몸을 돌렸다.

하지만 그건 복권 파는 여자도 마찬가지였다.

"아가씨는 어때요?" 그녀가 말했다. "앤지의 인공 투석기를 위한 모금 행사랍니다. 은퇴를 하거든요. 그러실래요?" 그녀는 예의 미소를 더욱 심하게 잡아당겨 끌어올렸다. 이제 그만두고 힘을 빼지 않으면, 곧 피부가 찢어질 게 틀림없었다.

"어, 저, 여기 있어요." 아서가 말했다. 그리고는 제발 이젠 떨어져줬으면 하고 바라면서 오십 펜스짜리 동전을 쥐어 주었다.

"오, 정말 넉넉하신 분인가 봐요, 그렇죠?" 여자가 미소를 지으며 기나긴 한숨을 또 쉬었다. "런던에서 오신 분 맞죠?"

아서는 제발 그렇게 말을 느리게 하지 말았으면 좋겠다고 생각했다.

"아니에요, 정말, 괜찮아요." 그는 여자가 티켓 다섯 장을 한 장씩 한 장씩 끔찍하게 뜯기 시작하는 걸 보고, 손사래를 치며 말했다.

"오, 하지만 꼭 우리 경품권을 받아두셔야 해요." 여자가 말했다. "이게 없으면 상품을 받을 수 없거든요. 아주 훌륭한 상품들이랍니다. 아주 적절한 상품들이지요."

아서는 표를 홱 낚아채고, 최대한 쌀쌀맞게 고맙다고 말했다.

여자는 다시 페니 쪽으로 몸을 돌렸다.

"그럼, 이제 아가씨는······."

"안 돼요!" 아서는 버럭 소리를 지르다시피 말했다. "이 표들이 이 아가씨 거란 말입니다." 그는 다섯 장의 새 복권들을 흔들어대면서 해명했다.

"오, 그렇군요! 정말 친절하신 분이에요!"

그녀는 두 사람을 향해 역겹게 웃어 보였다.

"두 분이 꼭 행……."

"알았어요." 아서가 쏘아붙였다. "고맙습니다."

여자가 마침내 옆 자리로 옮겨 갔다. 아서는 절박하게 페니를 다시 바라보았고, 그녀가 말없이 웃음을 참느라 온몸을 흔들고 있는 걸 보고 마음을 놓았다.

그는 한숨을 쉬고 미소를 지었다.

"무슨 얘길 하다 말았죠?"

"저를 자꾸 페니라고 부르시길래, 그러지 말라고 부탁하려던 참이었어요."

"그게 무슨 뜻이에요?"

그녀는 토마토 주스에 꽂혀 있는 자그마한 나무 칵테일 스틱을 휘휘 저었다.

"그래서 오빠 친구 분이냐고 여쭤봤던 거예요. 아니, 정확히 말하면 이복 오빠지만. 저를 페니라고 부르는 사람은 오빠밖에 없거든요. 그래서 전 오빠를 싫어해요."

"그럼, 이름이……."

"펜처치예요."

"뭐라고요?"

"펜처치요."

"펜처치."

그녀는 준엄한 시선으로 그를 바라보았다.

"그래요." 그녀가 말했다. "이렇게 스라소니처럼 그쪽을 쳐다보고 있는 이유는, 하도 많이 들어서 비명을 지르고 싶을 정도가 된 그 질문을 또 듣게 될까 싶어서 그래요. 그쪽이 그 질문을 하게 되면 아마 저는 토라지고 실망할 거예요. 또 비명도 지를 거예요. 어디 두고 보세요."

그녀는 미소를 짓더니, 머리카락을 흔들어 얼굴 앞으로 쏟아지게 만들고 그 사이로 빼꼼 그를 쳐다보았다.

"오." 그가 말했다. "그건 좀 불공평하겠군요, 그렇죠?"

"그래요."

"알겠어요."

"좋았어요." 그녀는 깔깔 웃으면서 말했다. "물어봐도 돼요. 차라리 빨리 해치우는 쪽이 좋을 거 같아요. 내내 페니라고 부르는 걸 듣는 것보다 나으니까."

"그럴지도요……." 아서가 말했다.

"우리 복권이 이제 두 장밖에 남지 않았거든요. 그래서, 아까 말씀드렸을 때 너무나 너그럽게 대해주셔서……."

"뭐라고요?" 아서가 딱딱거렸다.

파마 머리에, 미소에 이제는 거의 텅텅 비다시피 한 복권책을 들고 있는 여자가 마지막 남은 복권 두 장을 그의 코 밑에 대고 흔들고 있었다.

"선생님께 기회를 드리는 게 좋겠다고 생각했어요. 왜냐하면 상품이 너무 훌륭하거든요."

그녀는 뭔가 비밀을 털어놓기라도 하는 것처럼 코를 찡그려 주름을 만들었다.

"아주 고상하답니다. 선생님은 틀림없이 좋아하실 거예요. 그리고 이건 앤지의 은퇴 선물을 위한 모금 행사거든요. 아시죠? 그래서……."

"투석 기계요, 알아요." 아서가 말했다. "여기요."

그는 십 펜스 동전 두 개를 그녀에게 내밀고 복권 두 장을 받았다.

여자는 갑자기 무슨 생각이 뇌리를 스치는 모양이었다. 무슨 생각인지는 몰라도 뇌리를 굉장히 천천히 스치는 게 분명했다. 모래사장에 기나긴 파도가 밀려오듯 생각이 밀려오는 걸 두 눈으로 똑똑히 볼 수 있었으니까.

"오, 이런." 그녀가 말했다. "뭔가 중요한 얘기를 하시던 중인데 제가 방해를 했나 봐요, 그렇죠?"

그녀는 걱정스럽게 두 사람을 쳐다보았다.

"아니, 괜찮아요." 아서가 말했다. "괜찮을 만한 건 전부 다." 아서가 우겼다. "하나같이 괜찮아요."

"고맙습니다." 아서는 이렇게 덧붙였다.

"그런데······." 그녀는 즐거워 죽겠다는 듯 근심의 황홀경에 차서 물었다. "혹시 선생님······ 사랑에 빠진 건 아니시죠, 혹시 그런가요?"

"그건 말씀드리기가 아주 어렵네요." 아서가 말했다. "아직 얘기를 해볼 기회도 없었거든요."

그는 펜처치를 흘낏 바라보았다. 그녀는 환하게 웃고 있었다.

여자는 말 안 해도 알겠다는 듯 의미심장하게 고개를 끄덕거렸다.

"잠깐 계시면 상품을 보여드릴게요." 여자는 이렇게 말하고는, 자리를 떴다.

아서는 한숨을 쉬면서 자기가 사랑에 빠졌는지 아닌지 말하기 어려운 여자를 다시 바라보았다.

"나한테 질문을 하려고 하셨어요." 그녀가 말했다.

"그래요."

"원하시면 저랑 같이 하셔도 돼요." 펜처치가 말했다. "내가 그러니까······."

"펜처치 스트리트 역의······." 아서도 따라 말하기 시작했다.

"분실물 보관소에서······." 두 사람은 합창을 했다.

"가방 속에 든 채 발견되었느냐는 말이죠." 두 사람은 질문을 마쳤다.

"그리고 대답은······." 펜처치가 말했다. "아니다, 예요."

"알았어요." 아서가 말했다.

"거기서 임신을 했대요."

"뭐라고요?"

"저를 거기서 임신하셨……."

"분실물 보관소에서요?" 아서가 우우 환호성을 올렸다.

"아니, 아니죠. 바보 같은 소리 마세요. 우리 부모님이 분실물 보관소에서 뭘 하고 계셨겠어요?" 그녀는 당황하며 황당무계한 소리 말라는 듯이 말했다.

"글쎄, 저도 모르죠." 아서가 헐레벌떡 주워섬겼다. "아니면……."

"표를 사려고 줄을 서 계셨대요."

"표……."

"표를 사려고 줄 서 계셨대요. 아니, 적어도 부모님 주장은 그래요. 자세한 설명은 극구 사양이에요. 그냥 펜처치 스트리트 역에서 표를 사려고 줄을 서 있다 보면 얼마나 끔찍하게 지루한지 아마 상상도 못할 거라고만 말씀하시죠."

그녀는 얌전하게 토마토 주스를 홀짝거리고는 시계를 보았다.

아서는 일이 초 동안 계속 명랑하게 꼴깍꼴깍 맥주만 마셔댔다.

"이제 일이 분 후에 일어나야 해요." 펜처치가 말했다. "그런데 나한테 고백하고 싶은 엄청나게 기막히고 대단한 이야기 말이에요. 아직 얘기를 시작도 못하셨네요."

"제가 런던까지 데려다드리면 어떨까요?" 아서가 말했다. "오늘은 토요일이니까, 특별히 할 일도 없고, 저는……."

"아니에요." 펜처치가 말했다. "고마워요. 친절한 말씀이지만, 안 되겠어요. 며칠 동안은 저 혼자 있을 필요가 좀 있어요." 그녀는 미소를 지으며 어깨를 으쓱해 보였다.

"하지만……."

"다음에 만나면 얘기해주세요. 전화번호를 드릴게요."

그녀가 연필로 종잇조각에 일곱 개의 숫자를 끼적끼적 적어서 전해주자, 아서의 심장이 쿵쾅쿵쾅 울렁울렁 요동을 쳤다.

"이제 좀 마음을 편하게 가져도 되겠죠." 그녀는 느릿느릿하게 미소를 지었는데, 그 미소에 아서는 가슴이 벅차올라 터져 죽는 줄 알았다.

"펜처치." 그는 그녀의 이름을 한껏 만끽하며 말했다.

"나는……."

"체리주 한 상자하고요……." 느릿느릿 끄는 목소리가 말했다. "그리고 또, 아마 선생님이 틀림없이 좋아하실 거예요. 스코틀랜드 백파이프 음악 레코드 전집이랍니다."

"네, 고맙습니다. 진짜 좋다니까요." 아서가 부득부득 우겼다.

"꼭 한번 보여드리는 게 좋겠다는 생각이 들어서요." 파마 머리 여인이 말했다. "런던에서 오셨고 하니까……."

그녀는 자랑스럽게 상품들을 내밀어 아서에게 보여주었다. 아서가 보니 정말로 체리 브랜디 한 상자와 백파이프 음악이 든 레코드였다. 진짜 그거였다.

"이제 두 분이 조용히 말씀을 나누시도록 저는 이만 가볼게요." 그녀는 화가 나서 부글부글 끓고 있는 아서의 어깨를 가볍게 톡톡 두들기면서 말했다. "하지만 틀림없이 보고 싶어 하실 줄 알았지요."

아서는 다시 펜처치와 눈을 마주쳤지만, 갑자기 무슨 말을 해야 할지 황망해지고 말았다. 두 사람 사이에 의미심장한 순간이 그 사이 왔다 가버렸지만, 저 바보 같은 망할 여자 때문에 리듬이 완전히 엉망진창으로 깨지고 말았다.

"걱정 말아요." 펜처치는 유리잔 너머로 꾸준한 눈길로 그를 바라보며 말했다. "다시 같이 얘기하게 될 거예요." 그녀는 주스 한 모금을 다시 홀짝거렸다.

"아마……." 그녀가 다시 말했다. "그 여자가 아니었으면 얘기가 이렇게 잘 되지 않았을지도 몰라요." 그녀는 짓궂은 미소를 흘리며 머리카락을 얼굴 앞으로 다시 쏟아져 내리게 했다.

그 말은 한 치도 틀림이 없었다.

너무나 맞는 말이라는 걸, 아서도 인정할 수밖에 없었다.

13

그날 밤, 집에서, 슬로 모션으로 옥수수밭 사이에서 발이 걸려 넘어지는 척하며 온 집 안을 펄쩍펄쩍 뛰어다니고 시도 때도 없이 깔깔 웃음을 터뜨리면서, 아서는 경품으로 받은 백파이프 음악을 듣는 일마저 참을 수 있을 것 같은 기분이 들었다. 그때는 여덟 시였고, 그는 레코드 한 판을 전부 듣고 난, 아니 억지로 다 듣고 난 다음에라야 그녀에게 전화를 걸 수 있다고 혼자 마음을 먹었다. 내일까지 안 듣고 내버려둘 수도 있다. 그럴 수만 있다면 아주 쿨할 텐데. 아니면 다음 주 언제쯤까지든가.

아니. 게임 같은 건 하지 말자. 아서는 그녀를 원했고 누가 알든 말든 개의치 않았다. 확실히 철저히 그녀를 원했고, 그녀를 숭상했고, 그녀를 갈망했고, 그녀와 함께라면 뭐라 이름 붙일 수 있는 것 이상의 일들을 하고 싶었다.

그는 우스꽝스럽게 집 안을 펄떡펄떡 뛰어 돌아다니던 중에, 자기 입에서 '아싸~' 같은 말이 정말로 튀어나왔다는 걸 깨달은 적도 있다. 그녀의 눈, 그녀의 머리카락, 그녀의 목소리, 모든 것들…….

그는 딱 멈추었다.

백파이프 음악 레코드를 틀고 싶었다. 그러면 전화를 할 수 있을 테니까.

아니면, 전화부터 할까?

아니. 그는 이렇게 하기로 작정했다. 백파이프 음악 레코드를 걸어야겠다. 귀신 곡소리같이 처량 맞은 소리를 끝까지 다 들어줄 생각이었다. 그러고 나면 전화를 거는 거다. 그게 올바른 순서였다. 그는 꼭 그렇게 할 작정이었다.

행여 손을 대면 터질까 봐 물건들을 만지기가 겁이 났다.

그는 레코드를 집어 들었다. 레코드는 터지는 데 실패했다. 그는 커버에서 레코드를 꺼냈다. 레코드 플레이어를 열었다. 앰프를 켰다. 둘 다 무사했다. 그는 레코드 쪽으로 바늘을 내리면서 바보처럼 킬킬거렸다.

그는 앉아서 경건하게 〈스코틀랜드 병사〉를 들었다.

그는 〈하나님 은총은 놀라워라〉를 들었다.

그는 무슨 글렌 어쩌고 하는 음악을 들었다.

그는 기적 같았던 점심시간을 생각했다.

그들이 막 떠나려고 하는데 끔찍한 "야호" 소리가 터져 나와서 주의가 산만해졌다. 무시무시한 파마 머리를 한 여자가 식당 저편에서 날개가 부러진 멍청한 새처럼 그들을 향해 팔을 흔들어대고 있었다. 주점에 있는 사람들이 전부 그들을 쳐다보며 뭔가 답을 해주기를 바라고 있었다.

그들은 앤지의 신장 투석기를 위해 모든 분들이 도와주어서 사 파운드 삼십 펜스나 모금하게 되어서 얼마나 기쁜지 모르겠다는 둥 하는 소리는 듣지 못했지만, 옆자리의 누군가가 체리 브랜디 술 상자를 탔다는 정도는 희미하게 알고 있었고, 잠시 시간이 흐른 뒤에야 "야호"를 외쳐대는 여자가 자기들한테 삼십칠 번 복권이 있느냐고 묻고 있는 거라는 사실을 깨닫게 되었다.

아서는 그만 자기가 그걸 갖고 있다는 사실을 깨달았다. 그는 성이 나서 시계를 들여다보았다.

펜처치가 그를 밀었다.

"어서요." 그녀가 말했다. "가서 받아요. 괜히 성질 부리지 말고요. 얼마나 기쁜지 모른다고 기분 좋게 한 마디 해주고 나한테 전화해서 어떻게 됐는지 말해줘요. 나도 레코드가 듣고 싶을 거예요. 어서요."

그녀는 그의 팔을 찰싹 때리더니 떠나버렸다.

단골 손님들은 그가 수상 소감을 말하면서 좀 과장되게 기뻐하는 척한다고 생각했다. 기껏해야 백파이프 음악 레코드 아닌가.

아서는 그 생각을 했고, 음악을 들었고, 계속해서 큰 소리로 웃음을 터뜨리지 않을 수 없었다.

14

따르릉 따르릉.

따르릉 따르릉.

따르릉 따르릉.

"여보세요. 네? 네, 맞아요. 네. 큰 소리로 말하셔야 해요. 잡음이 너무 심해서요. 뭐라고요?

아니에요. 저는 그냥 저녁 때만 일해요. 점심시간에는 이본느가 일하고, 짐이 주인이에요. 아뇨, 저는 일 안 했어요. 뭐라고요?

크게 말씀하셔야 들려요.

뭐라고요? 아뇨, 복권 행사 같은 건 전혀 모르는데요. 네?

아뇨, 전 하나도 몰라요. 잠깐만요. 짐을 불러올게요."

주점의 웨이트리스는 수화기를 한 손으로 막고 시끄러운 바 저편에 있는 사람을 불렀다.

"저기요, 짐. 누가 전화를 걸어서 복권 경품을 탔다고 하는데요. 삼십칠 번 복권인데 자기가 상품을 탔대요."

"맞아. 여기서 뭘 탄 사람이 있었어." 술집 주인이 큰 소리로 대꾸했다.

"우리한테 그 복권이 있느냐고 하는데요."

"아니, 복권도 없으면서 어떻게 상품을 탔다고 그러는 거야?"

"짐이 그러는데, 복권도 없으면서 어떻게 상품을 타셨느냐는데요? 뭐라고요?"

그녀는 수화기를 다시 손으로 막았다.

"짐, 나한테 계속 뭐라고 욕을 해요. 그 복권에 무슨 번호가 적혀 있었다네요."

"당연히 번호가 적혀 있겠지. 이런 썩을, 복권이라면서, 안 그래?"

"그 복권에 전화번호가 적혀 있다는 말이래요."

"전화 끊고 손님이나 받아!"

15

여덟 시간 서쪽에서 한 남자가 홀로 주저앉아 말로 설명할 수 없는 상실감으로 슬퍼하고 있었다. 그는 한 번에 작은 꾸러미로 싼 슬픔 하나씩밖에 생각할 수가 없었다. 전체는 감당하기가 너무 힘들었기 때문이다.

그는 길고 느릿느릿한 태평양의 파도가 백사장을 따라 밀려드는 광경을 바라보며, 결코 있을 수 없는 일이라는 걸 잘 알면서도 기다리고 또 기다렸다. 일어나지 않아야 할 때였던 관계로 마땅히 그 일은 끝내 일어나지 않았고, 그날 오후는 그렇게 저물어갔고 태양은 길게 한 줄로 뻗은 바다 너머로 져버렸으며 그날 하루는 그렇게 가버렸다.

백사장 이름은 말해줄 수 없는 것이, 그의 사유 저택이 있는 곳이었기 때문이다. 하지만 그곳은 로스앤젤레스에서 서부 해안선을 따라 수백 마일 정도 따라가다 보면 나오는 모래사장이었다. 《은하수를 여행하는 히치하이커를 위한 안내서》 신판에는 로스앤젤레스에 대해 "쓰레기 같고, 거지 같고, 지저분하고, 냄새나고, 또 뭐더라……아무튼 나쁜 건 무조건 다 모여 있는 곳임, 윽"이라고 묘사한 대목이 있다. 그런가 하면 불과 몇 시간 후에 쓰여진 또 다른 항목에는 "몇천 평방마일에 걸친 아메리칸 익스프레스 카드 광고 우편물과 마찬가지지만, 그만 한 도덕적 깊이도 없음. 게다가 공기는, 왜 그런지는 모르지만, 노란색임"이라고 적혀 있다.

 해안선은 서쪽으로 달리고 있고, 그곳에서 북부로 꺾어져서 안개 낀 샌프란시스코 만으로 이어진다. 이곳에 대해 《안내서》는 "가보면 좋을 만한 곳이다. 자칫하면 만나는 사람마다 모두 우주 여행객이라고 믿기 쉽다. 당신을 위해 새로운 종교를 창설한다는 건 그들 나름대로는 '안녕'이라는 뜻의 인사말이다. 가서 자리를 잡고 그곳에 익숙해질 때까지는, 누구한테서건 질문을 네 번 받으면 그중 세 번은 '아니요'라고 답하는 편이 좋다. 왜냐하면 거기서는 아주 괴상한 일들이 일어나고 있는데, 잘못해서 말려들면 순진한 외계인들은 죽을 수도 있기 때문이다"라고 설명하고 있다. 그리고 수백 개의 구불구불한 계곡들과 모래사장, 종려나무들, 암초 그리고 일몰 등등에 대해서는 한마디로 "상당히 쓸 만하다. 괜찮음"이라고 묘사하고 있다.

 그리고 이 '상당히 쓸 만한' 해안선 어디쯤인가에 이 주체할 수 없는 슬픔에 잠긴 사내가 있었다. 수많은 사람들한테서 미쳤다는 소리를 듣는 사람이었는데, 그건 그저, 자기 말로도 그렇듯이, 그가 정말로 미쳤기 때문일 뿐이었다.

 사람들이 그에게 미쳤다고 하는 많고 많은 이유들 중 하나는 집이 워낙 괴짜스러웠기 때문이다. 대부분의 집들이 다 이런저런 면에서 괴짜스러운 땅에서도, 그야말로 괴짜스럽기가 극에 달하는 집이었던 것이다.

 그의 집 이름은 '정신병원의 바깥'이었다.

 그의 이름은 그저 존 왓슨이었지만, 자기가 좋아하는 이름은——친구들 몇 명은 마지못해 그렇게 부르겠다고 하고 말았지만——'정신이 멀쩡한 윙코'였다.

 그의 집에는 수도 없이 많은 희한한 물건들이 있었는데, 그중에는 표면에 여덟 단어가 새겨진 회색 유리 어항도 있었다.

 이 사람에 대해서는 우리가 나중에 많은 이야기를 할 수 있을 것이다. 이건 그저 해가 저무는 걸 보며, 그 남자가 일몰을 보고 있었다는 얘기를 하기 위한 서곡에 불과하다.
 그는 아끼고 사랑하던 모든 것을 잃고, 이제 그저 세상이 끝나기만 기다리고 있었다. 세상의 종말이 이미 왔다 갔다는 사실을 모른 채.

16

톤튼의 주점 뒤에 있는 쓰레기통이란 쓰레기통을 다 뒤지고도 아무것도, 복권도, 전화번호도, 아무것도 찾지 못한 역겨운 일요일을 보낸 아서는 펜처치를 찾기 위해 갖은 수를 다 써봤지만, 노력하면 할수록, 한 주 한 주가 더 빨리 흘러갈 뿐이었다.

그는 분노에 길길이 날뛰며 자기 자신을, 운명을, 세상과 날씨를 가지고 폭언을 퍼부었다. 슬픔과 격분에 제정신이 아니었던 아서는, 심지어 펜처치를 만나기 바로 전에 갔던 고속도로 주유소 카페테리아에 가서 앉아 있기조차 했다.

"비 중에서도 부슬비가 내리면 기분이 특히 침울해지지요."

"부슬비 같은 소리 하지 말고 입 닥쳐요." 아서가 쌀쌀맞게 대꾸했다.

"부슬비가 그치면 입 닥치지요."

"이봐요."

"하지만 부슬비가 그친 다음에 어떻게 될지 내 댁한테는 말해주지요. 그래도 돼죠?"

"싫어요."

"철퍽거리는 비가 올 거요."

"뭐라고요?"

"철퍽거리는 비가 내릴 거라고요."

아서는 커피 잔 테두리 너머로 음산한 바깥세상을 바라보았다. 그는 이 장소가 정말 아무런 의미도 없다는 걸 깨달았다. 그는 논리가 아니라 미신에 등을 떠밀려서 여기까지 오게 된 것이었다. 하지만 그런 우연이 실제로 일어날 수도 있다는 사실을 미끼로 그를 낚으려는 건지, 운명은 지난번에 마주쳤던 그 화물 트럭 운전사와 재회하게 해주는 쪽을 선택했다.

무시하려고 애를 쓰면 쓸수록, 그 남자와의 분통 터지는 대화 속으로 소용돌이처럼 더 깊이 말려들 뿐이었다.

"내 생각에는……." 아서는 괜히 이런 말을 하는 자기 자신을 마음속으로 저주하면서 막연하게 말했다. "이제 한풀 꺾이는 거 같은데요."

"허!"

아서는 그냥 어깨를 으쓱했다. 가야 했다. 그게 마땅히 해야 할 일이었다. 그냥 일어서서 가야 했다.

"비는 절대 그치지 않소이다!" 화물 트럭 운전사가 말했다. 그는 테이블을 주먹으로 쾅 쳐서, 차를 다 엎질렀고, 정말로 한순간 머리에서 김이 나는 것처럼 보였다.

"비야 당연히 그치죠." 아서가 말했다. 우아한 반박이라 할 수는 없었지만, 그래도 그 말을 하지 않을 수는 없었다.

"비는……항상……언제나 내린단……말요…….." 사내는 단어 사이마다 박자를 맞추며 테이블을 다시 쿵쾅쿵쾅 두들겨댔다.

아서는 고개를 저었다.

"비가 항상 내린다는 건 바보 같은 소리예요." 그가 말했다.

무안을 당한 사내의 눈썹이 휙 치켜 올라갔다.

"바보 같다고? 어째서 바보 같은 소리요? 어째서 내내 비가 온다는 걸 내내 비가 온다고 말하는 게 바보 같은 소리냔 말이오?"

"어제는 비가 안 왔어요."

"달링턴에는 비가 왔소."

아서는 눈치를 보면서 말을 멈추었다.

"이제는 어제 내가 어디 있었느냐고 물으려는 거 아니요, 엉?" 그 남자가 물었다.

"아닙니다." 아서가 말했다.

"그렇지만 대강 짐작은 할 수 있을 텐데."

"그런가요."

"D로 시작하는 곳이요."

"그렇군요."

"거기에는 비가 내리 갈겼단 말요. 장담하지만."

"이봐요, 그 자리에는 안 앉는 게 좋을 거예요." 작업복을 입은 남자가 쾌활하게 아서에게 말했다. "거기는 천둥 구름이 치는 자리거든. 진짜 맞아요. 여기 '내 머리 위에 계속 빗방울이 떨어지네' 씨를 위해 특별히 비워둔 자리란 말요. 여기에서 해가 내리쬐는 덴마크까지 고속도로 주유소마다 한 자리씩은 이 친구를 위해 비워둔다고. 충고 한마디 하자면, 괜히 근처에 얼씬거리지 않는 편이 신상에 좋아요. 우리도 다 그러거든. 어때, 잘 지내고 있어, 롭? 계속 바쁘고? 자네 그 비 오는 날씨는 여전하고? 하하……."

그는 명랑하게 그들을 지나쳐 옆 테이블의 누군가에게 브릿 에클랜드에 대한 농담을 들려주러 갔다. 그 사람은 농담을 듣고는 우렁차게 폭소를 터뜨렸다.

"이거 보라고……. 저 개새끼들은 도대체 내 말을 심각하게 듣지를 않는다니까." 롭 매케너가 말했다. "하지만." 그는 재빨리 몸을 앞으로 기울이고 눈을 괴상하게 일그러뜨리면서 음산하게 덧붙였다. "다들 내 말이 사실이라는 걸 알고 있다오!"

아서는 얼굴을 찌푸렸다.

"우리 마누라만 해도 그렇지." '매케너의 전천후 화물 운송' 사업체의 유일한 소유자 겸 운전 기사는 씩씩거리며 말했다. "나더러 말도 안 되는 소리 하지 말라고, 괜히 법석 떨며 아무것도 아닌 일에 불평을 한다고 하지. 하지만!"──그는 극적으로 말을 딱 멈추고는 눈에서 위험한 빛을 쏘아 보냈다.──"내가 집으로 가고 있다고 전화를 하면, 일단 빨래부터 걷는단 말이오!" 그는 커피 숟가락을 마구 휘둘렀다. "당신 이걸 어떻게 생각하쇼?"

"글쎄요……."

"나는 다 적고 있다 이 말이오." 그는 계속 말을 했다. "전부 적어요. 일기장에다. 십오 년 동안 일기를 썼지. 내가 갔던 데는 하나도 빠짐없이 다 적었단 말요. 날이면 날마다. 그리고 그날 날씨가 어땠는지도 다 적었소. 그런데 하나같이 날씨란 게……." 그는 버럭버럭 호통을 쳤다. "끔찍하단 말요. 영국 전역, 스코틀랜드, 웨일즈를 다 다녔소. 유럽 대륙도 다 다녔지. 이탈리아, 독일, 덴마크까지 왔다 갔다, 유고슬라비아도 갔었고. 전부 다 표시하고 기록해놨단 말요. 그런데 심지어 남동생을 만나러 갔을 때도 마찬가지……." 그는 덧붙여 말했다. "시애틀에 산단 말요."

"글쎄요……." 아서는 드디어 자리에서 일어나면서 이렇게 말했다. "아아 그걸 누구한테 좀 보여주는 게 좋을 거 같아요."

"그럴 생각이요." 롭 매케너가 말했다.

그리고 그는 그렇게 했다.

17

 참담. 절망. 또 참담과 또 절망. 뭔가 마음을 쏟을 일이 필요해서 아서는 스스로에게 프로젝트를 만들어주었다.
 그가 살던 동굴이 어디 있는지 찾을 작정이었다.
 선사 시대 지구에서 그는 동굴에 살았었다. 멋진 동굴은 아니고, 형편없는 동굴이었지만……하지만, 하고 말해봤자 다음에 할 얘기도 없다. 그건 완전히 썩을 놈의 동굴이었고 그는 끔찍하게 그 동굴이 싫었다. 하지만 그 속에서 오 년이나 살았으니, 일종의 고향 같은 게 된 셈이고, 원래 사람이란 고향을 찾아보는 일 따위를 좋아하는 법이다. 아서 덴트는 그런 사람이었고, 그래서 그는 엑세터로 가서 컴퓨터를 한 대 샀다.
 물론, 그가 정말로 원했던 건 바로 그것, 컴퓨터였다. 하지만 어쩐지 덜컥 가서 다른 사람들이 자칫하면 그냥 장난감 정도로 오해할 만한 물건에다 엄청난 양의 일용할 양식을 날리고 오기 전에, 뭔가 진지한 목적이 있어야만 할 것 같다는 생각이 들었다. 그래서 그게 아서의 진지한 목적이 된 것이다. 선사 시대 지구에 있던 동굴의 정확한 위치를 찾는 것. 그는 가게 주인에게 이 사실을 해명했다.
 "왜요?" 가게 주인이 말했다.
 이 부분이 제일 까다로운 대목이었다.

"좋아요. 그건 그냥 넘어가죠." 가게 주인이 말했다. "어떻게요?"

"글쎄요, 그건 그쪽 도움을 좀 받을까 생각하고 있었는데요."

남자는 한숨을 쉬더니 어깨를 축 늘어뜨렸다.

"컴퓨터를 다뤄본 경험이 많으세요?"

아서는 순수한 마음 호에 장착된 에디 이야기를 할까 말까 망설였다. 그 녀석 같으면 이런 일쯤은 일 초에 해치울 수 있을 텐데. 아니면 '깊은 생각'이나……. 하지만 그는 아무 말도 하지 않기로 작정했다.

"아니요." 그가 말했다.

"재밌는 오후 같은데." 가게 주인이 이렇게 말했지만, 그저 혼잣말에 불과했다.

아서는 어쨌든 애플을 샀다. 며칠 동안에 걸쳐 그는 또 무슨 천문학 소프트웨어를 구했고, 행성의 움직임들을 파악했고, 기억나는 대로 밤에 동굴에서 하늘을 올려다보았을 때 별이 어떻게 보였는지 대충 도표를 그렸고, 몇 주일 동안 계속 바쁘게 일을 하며 시간을 보냈고, 결국은 불가피하게 도달할 수밖에 없다는 걸 뻔히 알고 있는 결론을 하루 하루 미루고 있었다. 그러니까 결론은 이 모든 프로젝트가 말도 안 되는 엉터리라는 것이었다.

기억을 짜내 대충 그린 그림은 아무런 도움도 되지 않았다. 그는 심지어 그게 얼마나 오래전 일이었는지도 알지 못했다. 포드 프리펙트가 대충 때려 맞힌 '몇백만 년 전'이라는 말밖에는, 계산을 할 만한 숫자도 없었던 것이다.

그럼에도 불구하고, 결국 그는 최소한 결과를 생산해낼 수 있는 방법을 개발했다. 이런 식으로 온갖 서투른 법칙들의 도가니, 황당한 근사치, 그리고 고대의 추리력 등을 발휘해서는 동굴은커녕 은하계나 제대로 찾아가면 다행이라는 사실은 전혀 개의치 않기로 결심한 것이다. 그는 그냥 밀고 나가서 결과만 얻으면 되었다. 그리고 그걸 맞는 답이라고 이름 붙이면 되는 것이었다. 대체 누가 알기나 하겠는가?

사실, 헤아릴 수도 없고 가늠할 수도 없는 운명의 우연으로, 그는 정확하게 맞는 동굴을 찾아냈다. 물론 아서는 끝내 그걸 전혀 모르겠지만. 그는 런던으로 올라가서 적당한 문을 두들겼다.

"오, 전 먼저 전화부터 하고 오실 줄 알았는데요."

아서는 경악을 금치 못하고 입을 떡 벌렸다.

"지금은 몇 분밖에 시간이 없지만, 들어오세요." 펜처치가 말했다. "방금 나가려던 참이었거든요."

18

골동품을 복원하는 기계의 흐느끼는 울음소리로 가득 찬 이즐링턴의 어느 여름날.

펜치치는 그날 오후 도저히 어쩔 수 없는 바쁜 일이 있어서, 아서는 아지랑이 같은 황홀경에 빠져 온갖 가게들을 다 둘러보았다. 이즐링턴의 상점가는 상당히 유용한 동네로서, 특히 정기적으로 낡은 목공 연장이나 보어 전쟁 때 썼던 헬멧들, 낡은 옷가지, 사무용 가구, 혹은 물고기 등을 필요로 하는 사람이라면 아마 누구나 내 말에 기꺼이 동의할 것이다.

햇살이 옥상의 정원들에 내리쬐었다. 건축가들과 배관공들의 머리 위에도 내리쬐었다. 변호사들과 강도들 머리 위에도 내리쬐었다. 피자 위에도 내리쬐었다. 부동산 중개업자의 명세서 위에도 내리쬐었다.

태양은 옛 모습을 복원한 가구점에 들어가는 아서의 머리 위에도 내리쬐었다.

"아주 재미있는 건물이랍니다." 주인이 쾌활하게 말했다. "지하실에는 근처의 주점으로 통하는 비밀 통로가 있지요. 섭정공 전하(조지 3세가 정신 분열증을 일으켰을 때 섭정을 맡았던 황태자, 즉 훗날의 조지 4세를 말한다—옮긴이주)를 위해 지어진 게 분명해요. 여차하면 도망치기 위해서 말이죠."

"그러니까, 원목 소나무 가구를 사고 있는 모습을 남한테 들켰을 때라든가, 그런 말씀이지요." 아서가 말했다.

"아니요." 주인이 말했다. "절대 그런 이유는 아닙니다."

"그러려니 하세요." 아서가 말했다. "저는 지금 굉장히 행복하거든요."

"그렇군요."

그는 아스라한 기분으로 이리저리 헤매 다니다가 그린피스 사무실 바로 앞에 서 있는 자신을 발견했다. 그는 '해야 할 일―긴급!'이라고 써놓고 그 사이에 한 번도 열어보지 않은 파일의 내용을 기억해냈다. 그는 명랑한 미소를 띠고 발걸음도 씩씩하게 사무실로 들어가서 돌고래들을 해방시켜주는 데 쓰시라고 돈을 좀 갖고 왔다고 말했다.

"장난도 유분수지." 그들이 말했다. "꺼져요."

기대했던 반응과는 영 달라서, 아서는 한 번 더 말해보았다. 이번에는 그쪽에서 몹시 화를 냈다. 하지만 아서는 그냥 소정의 돈을 남겨두고 내리쬐는 햇살 속으로 다시 나왔다.

여섯 시가 지나자마자 그는 좁은 골목길에 있는 펜처치의 집으로 돌아갔다. 손에는 샴페인 한 병을 꼭 쥐고서.

"이거 좀 잡고 있어봐요." 그녀는 단단한 밧줄 하나를 그의 손에 쥐어주더니, 까만 철봉에 상당히 튼튼한 자물쇠가 매달려 있는, 커다랗고 하얀 나무 문 뒤로 사라졌다.

그곳은 방치된 이즐링턴의 왕립 농업관 뒤쪽 좁은 산업도로변에 있는 마구간을 개조해서 만든 집이었다. 마구간 특유의 커다란 문 말고도 까만 돌고래 모양의 도어노커가 달려 있고 깔끔하게 마감한 목재 패널로 만든 정상적인 모양의 문도 하나 있었다. 이 문이 단 한 가지 해괴한 점은 계단이었다. 무려 구 피트 높이나 되었던 것이다. 이 문은 이 층, 그것도 상층부로 통하는 문이었고 원래는 배고픈 말들을 위해 건초를 끌어 올리는 데 쓰였기 때문이다.

낡은 도르래가 문 바로 위의 벽돌에서 툭 튀어나와 있었고, 아서가 붙잡고 있는 밧줄은 바로 여기에 걸쳐져 있었다. 밧줄 반대편 끝은 허공에 둥둥 떠 있는 첼로에 연결되어 있었다.

아서의 머리 위에서 문이 열렸다.

"됐어요." 펜처치가 말했다. "밧줄을 잡아당겨요. 첼로가 흔들리지 않게 조심하고요. 첼로를 나한테 올려줘요."

아서는 밧줄을 잡아당겼다. 그리고 첼로가 흔들리지 않게 조심했다.

"내가 밧줄을 다시 잡아당기면, 아무래도 첼로가 떨어질 거 같은데요." 그가 말했다.

펜처치가 몸을 굽혔다.

"첼로는 내가 흔들리지 않게 붙들게요." 그녀가 말했다. "밧줄만 잡아당겨요."

첼로는 살짝 흔들리면서, 수월하게 문과 수평이 될 때까지 올라갔고, 펜처치는 그걸 끙끙거리며 집 안으로 끌어들였다.

"이제 올라오세요." 그녀가 아래를 내려다보며 소리쳤다.

아서는 선물 가방을 챙겨 들고, 마구간 문으로 들어갔다. 짜릿했다.

처음에 아서가 잠시 본 적이 있는 제일 아래층의 방은 상당히 꼬락서니가 험하고 쓰레기투성이었다. 커다란 주철 옷걸이가 있었고, 깜짝 놀랄 만큼 많은 부엌 개수대가 한쪽 구석에 쌓여 있었다. 그런가 하면 또—— 아서는 이걸 보고 잠시 소스라치게 놀랐다—— 유모차도 있었다. 하지만 아주 낡은 데다 (아이와는 달리 상황을 복잡하게 만들지 않는) 책들이 가득 들어 있었다.

바닥은 낡고 얼룩진 콘크리트로, 흥미진진하게 금이 가 있었다. 이것만 봐도 한쪽 귀퉁이에서 무너지기 일보 직전인 나무 층계를 걸어 올라가기 시작한 아서의 기분이 어땠는지 알 수 있겠다. 심지어 갈라진 콘크리트 바닥마저 못 견디게 육감적인 물건으로 보였으니까.

"건축가 친구가 하나 있는데, 이 집을 자기가 얼마나 근사하게 만들 수 있는지 모를 거라고, 입이 닳도록 얘기하곤 하죠." 펜처치는 아서가 마룻바닥에서 솟아 올라오는 동안 수다스럽게 떠들어댔다. "계속 찾아와서, 넋을 잃고 바라보면서 공간이니 오브제니 이벤트니 근사한 빛의 질감이니 못 알아들을 소리를 중얼거리곤 해요. 그러고는 연필이 필요하다면서 몇 주일 동안 자취를 감추는 거예요. 그래서 아직까지는 근사한 일들이 일어나지 못하고 있어요."

아서는 주위를 둘러보면서, 사실 위층의 방은 어쨌든 그럭저럭 근사하다고 생각했다. 장식은 단순했고, 쿠션으로 만든 물건들이 가구 대신 자리 잡고 있었으며, 스테레오 세트도 있었는데 거기 장착된 스피커들은 스톤헨지를 세운 친구들을 놀라 자빠지게 만들 만큼 거대했다.

창백한 꽃들도 있고 흥미로운 그림들도 있었다.

또 옥상의 여유 공간에는 갤러리 구조물 같은 게 있어서 속에 침대도 있고 목욕탕도 있었다. 펜처치는, 거기 욕조에다 실제로 고양이를 던져 넣을 수도 있다고 설명해주었다. "하지만, 상당히 참을성이 있어서 두개골에 좀 심각하게 금이 가도 개의치 않는 고양이라야 해요. 아, 이렇게 찾아오셨네요."

"그러게요."

그들은 한순간 서로를 바라보았다.

그 한순간은 더 긴 순간이 되었고, 느닷없이 아주 긴 순간이 되었다. 그러다 그 많은 시간이 다 어디서 오는지도 모를 정도로 길어져버렸다.

보통 스위스 치즈 공장하고 단둘이 남아도 시간이 오래 지나면 자의식이 생기고 마는 아서에게, 이 순간은 놀라움의 연속이었다. 별안간 아서는, 동물원에서 태어나 자라는 바람에 쉽게 근육 뭉침에 시달리는 동물이 된 기분이었다. 어느 날 아침 깨어 보니 우리의 문이 소리 없이 열려 있고 눈앞에 회색과 분홍빛 사바나가 아득한 곳에서 솟아오르는 태양까지 뻗어 있는 것만 같았다. 주위에서는 끊임없이 새로운 소리들이 잠에서 깨어나고 있었다.

그는 놀라움을 감추지 않는 그녀의 얼굴과 똑같은 놀라움으로 미소를 짓고 있는 그녀의 눈동자를 들여다보며, 이 새로운 소리가 대체 뭘까 생각했다.

이제까지 그는 삶이 진짜 목소리를 가지고 자기한테 말을 건다는 사실을 깨닫지 못했었다. 그 목소리는 끊임없이 삶에 던지는 질문들에 대한 해답을 가져다주었다. 이제까지 그는 그 목소리를 의식적으로 감지하지도 못했고 특유의 말투를 알아듣지도 못했었다. 그런데 이제 비로소 그 목소리가 전에는 한 번도 해주지 않은 말을 그에게 속삭이고 있었다. 그것은, "그래"라는 말이었다.

펜처치는 살짝 고개를 흔들면서 마침내 시선을 떨구었다.

"이젠 알아요." 그녀가 말했다. "기억을 해둬야겠어요." 그녀는 다시 덧붙여 말했다. "당신은 종이 한 조각을 제대로 간직하지 못하고, 불과 이 분 만에 그걸로 복권에 당첨되는 사람이라는 걸 말이에요."

그녀는 돌아섰다.

"산책하러 가요." 그녀는 재빨리 말했다. "하이드 파크로요. 좀 덜 점잖은 옷으로 갈아입을게요."

그녀는 상당히 심각한 검은 드레스를 입고 있었는데, 그다지 맵시가 나는 옷도 아니었거니와 사실 어울리지도 않았다.

"우리 첼로 선생을 위해서 특별히 입어주는 옷이에요." 그녀가 말했다. "점잖은 아저씨긴 하지만, 가끔 그 활로 연주하고 어쩌고 하다 보면 좀 흥분을 하시는 거 같거든요. 아무튼 금방 내려갈게요."

그녀는 발걸음도 경쾌하게 이 층의 갤러리로 향하는 계단을 달려 올라가면서, 아래를 보고 외쳤다. "나중에 마시게 술병은 냉장고에 넣어두세요."

아서는 샴페인 병을 냉장고 문으로 밀어 넣다가, 거기 이미 자기가 들고 온 샴페인 병의 일란성 쌍둥이가 들어 있다는 걸 깨달았다. 둘이 냉장고 안에 나란히 누워 있으면 될 터였다.

그는 창문 쪽으로 걸어가서 바깥을 바라보았다. 그리고 돌아서서 그녀의 레코드들을 구경하기 시작했다. 머리 위에서 그녀의 드레스가 바닥에 떨어지면서 부스럭거리는 소리가 들려왔다. 그는 자기가 어떤 사람인지 스스로에게 말해주어야 했다. 아주 확고한 목소리로, 스스로에게 말했다. 지금 이 순간 두 눈은 아주 확고하게 흔들림 없이 레코드 측면에 고정하고, 제목을 읽고, 훌륭하다는 듯 고개를 끄덕거려야 하고, 그래도 안 되겠으면 레코드가 몇 장인지 세어야 한다고. 그리고 무슨 일이 있어도 고개를 꼭 숙이고 있을 작정이었다.

하지만 그는 철저하게, 궁극적으로, 그리고 참담하게 실패하고 말았다.

그녀가 어찌나 열심히 그를 내려다보고 있는지, 그가 올려다보고 있다는 사실조차 잘 모르는 것 같아 보였던 것이다. 그러다 느닷없이 그녀는 고개를 절레절레 젓더니, 가벼운 선드레스를 몸에 걸치고 재빨리 목욕탕으로 사라졌다.

그녀는 잠시 후, 챙이 넓은 모자를 쓰고 만면에 미소를 띤 모습으로 나타났다. 그리고 기가 막히게 가벼운 발걸음으로 층계를 팔짝거리며 뛰어 내려왔다. 그녀 특유의 묘하게 춤추는 듯한 동작이었다. 그녀는 그가 알아차렸다는 걸 깨닫고 고개를 살짝 모로 꼬았다.

"마음에 들어요?" 그녀가 말했다.

"정말 아름다워요." 그는 소박하게 그렇게 말했다. 정말 아름다웠던 것이다.

"으으으음." 그녀는 마치 그가 자기 질문에 제대로 답하지 않았다는 듯이 말했다.

그녀는 내내 열려 있던 위층의 앞문을 닫고, 작은 방이 한동안 혼자 내버려두어도 될 만한 상태인지 살펴보는 듯이 둘러보았다. 아서의 눈길은 그녀의 눈을 따라 방을 둘러보았는데, 그가 잠시 다른 쪽을 보고 있는 사이 그녀는 서랍에서 뭔가를 꺼내 들고 있던 천가방에 슬쩍 넣었다.

아서는 다시 그녀 쪽을 바라보았다.

"이제 준비 됐어요?"

"알고 있었던 거예요?" 그녀는 약간 어리둥절한 미소를 띠고 말했다. "내가 좀 문제가 있다는 걸?"

그녀의 솔직함에 아서는 미처 마음의 준비도 못한 채 당황하고 말았다.

"글쎄요." 그가 말했다. "그냥 대충 어디서 들었……."

"나에 대해서 정말 얼마나 알고 계시는 건지 궁금하네요." 그녀가 말했다. "내가 생각하는 사람한테서 들은 얘기라면, 그건 사실이 아니에요. 러셀 오빠는 사실을 감당할 수 없어서, 아무 얘기나 꾸며내곤 하거든요."

근심이 찌르는 듯한 통증처럼 아서를 스쳤다.

"그럼 사실은 어떻게 된 거죠?" 아서가 말했다. "얘기해줄 수 있나요?"

"걱정 말아요." 그녀가 말했다. "나쁜 건 아니에요. 그냥 흔치 않을 뿐이지. 아주아주 흔치 않은 일이거든요."

그녀는 아서의 손을 만지더니, 앞으로 몸을 굽혀 짧게 키스를 했다.

"정말 궁금한데요." 그녀가 말했다. "오늘 저녁에 당신이 사실을 알아낼지, 아니면 못 알아낼지 말이에요."

아서는 누군가 이 순간 자기를 톡 건드리면 쨍, 하고 울릴 것만 같은 기분이 되어버렸다. 손톱으로 톡 쳤을 때 그의 회색 어항이 그랬듯이 깊은 소리로 오래오래 공명하며 짤랑거릴 것만 같았다.

19

포드 프리펙트는 충격 소리 때문에 계속 잠이 깨는 바람에 잔뜩 짜증이 나 있었다.

그는 정비실 해치웨이에서 빠져나왔다. 포드는 주변의 시끄러운 기계들을 작동 불능으로 만들고 수건으로 꽉꽉 막아서 그곳을 간이 숙소로 쓰고 있었다. 그는 사다리를 타고 내려가서 우울하게 복도를 어슬렁거렸다. 복도는 숨 막히게 갑갑하고 조명도 어둠침침했다. 그리고 그나마 있는 빛도 전류가 우주선 이쪽저쪽으로 흘러 다닐 때마다 계속 깜박거리거나 어두워지곤 했다. 전류가 지나다닐 때마다 심한 진동이 발생했고 쇳소리가 섞인 웅웅거리는 소음이 났다.

하지만 문제는 그 소리가 아니었다.

그가 잠시 발걸음을 멈추고 벽에 등을 대고 비키자, 작은 은색 전동 드릴 같은 물건이 어두침침한 복도를 따라 귀가 찢어질 듯 고약한 쇳소리를 내며 바로 곁을 스쳐갔다.

하지만 그 소리도 아니었다.

그는 열없이 머리 위쪽에 있는 문을 통해 기어 올라갔고, 그러자 더 큰 복도가 나타났다. 하지만 여전히 조명 상태는 엉망이었다.

우주선이 느닷없이 한쪽으로 기울어졌다. 이런 일은 한두 번이 아니었지만, 이번에는 정도가 좀 심했다. 소규모 로봇 분대가 끔찍하게 철컹거리며 지나갔다.

하지만 역시 그 소리가 아니었다.

코를 찌르는 독한 연기가 복도 한쪽 끝에서 퍼져 나와서, 그는 반대 방향으로 걸어갔다.

그는 강화 유리(하지만 그래도 심하게 표면이 긁혀 있었다) 뒤편의 벽에 일렬로 붙어 있는 감시 모니터들을 지나쳤다.

모니터 하나에서는, 무시무시한 녹색 비늘이 달린 파충류 같은 생물체가 단일 전송 투표 체제에 대해 격렬하게 분통을 터뜨리며 욕설을 퍼붓고 있는 모습이 보였다. 찬성인지 반대인지는 알 수 없었지만, 굉장히 감정이 격해 있는 건 확실해 보였다. 포드는 소리를 껐다.

하지만, 그 소리도 아니었다.

그는 또 다른 감시 모니터 앞을 지나쳤다. 화면에서는 무슨 치약 광고를 하고 있었는데, 그 치약을 사용하면 아주 자유로운 기분이 되는 게 틀림없었다. 아주 고약한 배경 음악이 뺑뺑 울리고 있었다.

그 소리도 아니었다.

그는 또 다른, 훨씬 커다란 삼차원 스크린 앞에 섰다. 스크린은 거대한 은빛 작시스 전함의 외부를 모니터하고 있었다.

포드가 바라보고 있는 사이, 스크린에는 무시무시하게 무장한 수천 대의 지르즐라 로봇 항성 비행체들이, 작시스 항성의 눈이 멀 듯한 빛에 가려 시커멓게 그늘진 달의 캄캄한 어둠 속에서 무서운 기세로 뛰쳐나오는 모습이 나타났다. 그리고 우주선은 선체에 뚫린 모든 구멍에서 불가해한 파괴력을 지닌 사악한 광선들을 한꺼번에 발사했다.

바로 이 소리였다.

포드는 짜증스럽게 고개를 절레절레 흔들고는 눈을 비볐다. 그는 맥빠진 은빛 로봇의 처참한 잔해 위에 쭈그리고 앉았다. 방금 전까지 불타고 있었던 게 틀림없었지만, 지금은 그럭저럭 식어서 앉을 만했다.

그는 하품을 하고는 《은하수를 위한 히치하이커를 위한 안내서》를 가방에서 꺼내 들었다. 스크린을 작동시키고는, 하릴없이 삼 급 항목들과 사 급 항목 몇 가지를 이것저것 훑어보았다. 훌륭한 불면증 치료법이 있는지 찾아보는 중이었다. 그는 '휴식'을 찾았다. 포드는 이거야말로 지금 꼭 필요한 거라고 생각했다. '휴식과 회복'을 찾고 다음으로 넘어가려는 순간, 훨씬 좋은 생각이 떠올랐다. 그는 모니터 스크린을 올려다보았다. 전투는 일 초가 다르게 격렬해지고 있었고, 소음은 말도 못하게 끔찍했다. 우주선은 엄청난 에너지 덩어리의 타격을 보내거나 받을 때마다, 격하게 흔들리고 끽끽 소리를 내고 심하게 기울어지곤 했다.

그는 다시 《안내서》를 내려다보고 몇 군데 가능성이 있는 장소들을 뒤적여보았다. 그러다 그는 느닷없이 너털웃음을 터뜨리더니, 다시 가방 속을 샅샅이 뒤지기 시작했다.

그는 작은 메모리 보관 모듈을 꺼내 먼지와 과자 부스러기를 털어내고 《안내서》 뒤쪽의 인터페이스에 꽂았다.

생각나는 모든 관련 정보들이 모듈 속에 보관되자, 그는 모듈을 다시 떼어내어 가볍게 손바닥으로 던졌다 받은 후, 《안내서》를 가방 속에 챙겨 넣고, 짓궂게 씩 웃더니 우주선의 컴퓨터 데이터 뱅크를 찾아 나섰다.

20

"여름만 되면, 저녁 때, 특히 공원에서 태양빛이 그렇게 낮게 깔리는 이유는……." 열띤 목소리 하나가 설명을 하고 있었다. "여자애들의 젖가슴이 위아래로 흔들리는 걸 육안으로 훨씬 선명하게 볼 수 있도록 하기 위해서라고. 나는 이게 바로 진실이라고 믿어 의심치 않아."

아서와 펜처치는 지나치면서 이 소리를 듣고 자기네들끼리 낄낄거리고 웃었다. 한순간 그녀는 아서를 더 꼭 안아주었다.

"그리고 또 내가 확신하고 있는 사실이 있는데……." 얇고 긴 코에 파슬파슬한 생강 빛 머리카락을 한 청년은 서펀틴 연못가에 놓여 있는 접의자에 길게 누워서 열변을 토하고 있었다. "이 논지를 끝까지 밀고 나가면, 다윈이 옳았다는 사실이 만물 속에서 아주 자연스럽고도 논리적으로 흘러나온다는 사실을 알게 되지." 그는 바로 옆의 접의자에 누워 여드름 때문에 우울해하고 있는, 가느다란 검은 머리카락의 친구한테 계속 우기고 있었다. "다윈이 옳았다고. 이건 확실해. 반박할 수 없는 진실이야. 그리고……." 그는 이렇게 덧붙였다. "난 그게 정말 마음에 들어."

그 녀석이 고개를 홱 돌리더니 안경 너머로 펜처치를 흘끔흘끔 곁눈질했다. 아서는 녀석이 볼 수 없는 쪽으로 펜처치를 돌려 세웠다.

"한 번 더 맞혀봐요." 그녀는 킬킬거리는 웃음을 그치자마자 이렇게 말했다. "어서요."

"좋아요." 그가 말했다. "팔꿈치요. 왼쪽 팔꿈치. 왼쪽 팔꿈치 어디가 잘못된 거예요."

"이번에도 틀렸어요." 그녀가 말했다. "완전히 틀렸다니까요. 지금 전혀 엉뚱한 방향으로 가고 있어요."

여름의 태양이 공원의 나무 사이로 저무는 건 마치……괜히 말을 빙빙 돌리지 말자. 하이드 파크는 눈부시게 아름답다. 월요일 아침의 쓰레기 더미만 빼면 하이드 파크의 모든 것이 눈부시게 아름답다. 심지어 오리들도 눈부시게 아름답다. 여름날 저녁 하이드 파크를 지나치면서 그 아름다움에 감동을 받지 않는 건, 십중팔구 얼굴 위에 시트를 뒤집어쓰고 구급차에 누운 채로 지나가는 사람밖에 없을 거다.

하이드 파크는 사람들이 다른 데서는 절대 하지 않는 희한한 짓을 잘하는 공원이다. 아서와 펜처치는 나무 밑에서 반바지를 입고 혼자 백파이프 연습을 하는 사람을 발견했다. 연주자는 백파이프 상자에다 어정쩡하게 동전을 넣어주려는 미국인 부부를 쫓아버리려고 잠시 연주를 쉬고 있었다.

"싫어요!" 그는 그들에게 소리를 쳤다. "어서 꺼져요! 나는 그냥 연습을 하는 거란 말이오!"

그는 단호하게 백에 다시 공기를 불어 넣기 시작했는데, 심지어 그 끔찍한 소음마저도 아서와 펜처치의 기분을 망칠 수는 없었다.

아서는 두 팔로 그녀를 감싸 안고, 천천히 두 손을 아래쪽으로 내렸다.

"엉덩이는 아닌 것 같은데요." 그는 한참 후에 말했다. "그 부분에는 잘못된 데가 전혀 없는 것 같아요."

"그래요." 그녀가 동의했다. "내 엉덩이에는 잘못된 구석이 전혀 없죠."

그들이 하도 오랫동안 키스를 하는 바람에, 결국 백파이프 연주자는 자기가 나무 반대편으로 가서 연습을 하기로 했다.

"얘기 하나 해줄까요." 아서가 말했다.

"좋아요."

그들은 서로 몸을 포개다시피 하고 누워 있는 연인들이 상대적으로 적은 잔디밭을 찾아 앉아서 눈부시게 아름다운 오리들과, 눈부시게 아름다운 오리들 아래로 흐르며 물결치는 나지막한 햇살을 바라보았다.

"얘기해준다면서요." 펜처치가 아서의 팔을 꼭 껴안으며 말했다.

"내가 어떤 일들을 당하고 다니는 사람인지를 적나라하게 말해주는 얘기죠. 완벽한 사실이에요."

"실화란 말이군요."

"가끔 사람들이 아내의 사촌의 단짝 친구한테 일어난 일이라면서 해주는 얘기들 있잖아요……. 하지만 중간쯤 가서는 꾸며낸 얘기가 되어버리는 얘기들 말이에요. 이 얘기도 그런 거 비슷해요. 한 가지 다른 건 실제로 일어났던 일이라는 거죠. 이 일이 실제로 일어났다는 건 내가 잘 아는데, 그건 이 일을 당한 사람이 바로 나이기 때문이에요."

"복권 당첨처럼 말이지요."

아서가 웃음을 터뜨렸다. "그래요. 나는 기차를 타야 했어요. 역에 도착했는데……."

"내가 그 얘기 해줬어요?" 펜처치가 말을 끊었다. "기차역에서 우리 부모님한테 무슨 일이 있었는지?"

"네." 아서가 말했다. "그 얘기 들었어요."

"혹시 못 들었나 해서 물어봤어요."

아서는 시계를 흘낏 보았다. "돌아갈 생각을 해도 되겠는데요."

"그 얘기 해줘요." 펜처치가 단호하게 말했다. "기차역에 도착했는데요?"

"한 이십 분쯤 일찍 온 거예요. 기차 시간을 잘못 안 거죠. 아니면 또

한 가지 그럴싸한 가능성이 있는데…….” 그는 잠시 생각한 뒤 이렇게 덧붙였다. “영국 철도 공사가 기차 시간을 잘못 알았을 수도 있어요. 거 참, 그 생각은 미처 못해봤네요.”

“하던 얘기나 계속 해요.” 펜처치가 깔깔 웃었다.

“그래서 신문을 하나 샀죠. 크로스워드 퍼즐을 풀려고요. 그리고 커피를 사려고 뷔페로 갔어요.”

“크로스워드 퍼즐을 풀어요?”

“네.”

“어느 거요?”

“주로 《가디언》지에 나오는 걸 해요.”

“그쪽은 너무 귀여운 척하던데. 저는 《타임스》 쪽이 더 좋아요. 그거 다 풀었어요?”

“뭘요?”

“《가디언》지의 크로스워드 퍼즐요.”

“아직 그걸 들여다볼 겨를도 없었는걸요.” 아서가 말했다. “막 커피를 한 잔 사려고 하는 참이거든요.”

“좋아요. 그럼 어서 커피를 사세요.”

“나는 커피를 살 거예요. 그리고 또…….” 아서가 말했다. “비스킷도 좀 사요.”

“어떤 종류요?”

“리치 티 비스킷이에요.”

“훌륭한 선택이에요.”

“그걸 좋아해요. 이렇게 새로 산 물건들을 다 들고, 나는 테이블에 가서 앉아요. 테이블이 어땠는지는 묻지 말아요. 상당히 오래된 얘기라서 기억이 잘 안 나니까. 아마 동그란 테이블이었을 거예요.”

“알았어요.”

"대충 묘사를 해볼게요. 나는 테이블에 앉아 있고 내 왼쪽에는 신문이 있어요. 오른쪽에는 커피 한 잔이 있고요. 그리고 테이블 중간에 비스킷 봉지가 있어요."

"눈에 선해요."

"아직 안 보이는 게 있는데, 그건 내가 아직 그 사람 얘기를 안 해서 그래요." 아서가 말했다. "벌써 테이블 저쪽에 자리를 잡은 남자가 있어요. 그 사람은 맞은편에 앉아 있어요."

"어떻게 생겼어요?"

"몹시 평범해요. 서류 가방. 양복을 입고. 괴상한 짓 같은 건 전혀 안 할 사람으로 보여요."

"아. 그런 부류 알아요. 그런데 무슨 짓을 했어요?"

"이런 짓을 했어요. 테이블 쪽으로 몸을 굽히더니, 비스킷 봉지를 집어 들고는, 쫙 찢어서, 비스킷을 하나 꺼내……."

"뭐라고요?"

"먹었어요."

"뭐예요?"

"먹었다고요."

펜처치는 경악해서 그를 바라보았다. "그래서 대체 어떻게 했어요?"

"글쎄요, 그런 상황에서 혈기 왕성한 영국 사람이 할 만한 행동을 했어요. 어쩔 수 없이……." 아서가 말했다. "못 본 척했죠."

"뭐라고요? 왜요?"

"글쎄요, 이런 일은 훈련받은 적이 없잖아요. 안 그래요? 내 영혼을 탐색해봤지만, 내가 받은 가정교육이나 경험이나 심지어 본능조차 내 앞에 앉은 사람이 아주 당당하고 차분하게 내 비스킷을 훔쳐 먹으면 어떤 식으로 반응해야 하는지 말해줄 수 없다는 걸 깨달았을 뿐이에요."

"글쎄요……. 그럴 때는……." 펜처치는 잠시 생각에 잠겼다. "저도 어떻게 해야 할지 잘 모르겠네요. 그래서 어떻게 됐어요?"

"매섭게 크로스워드 퍼즐을 깨려봤어요." 아서가 말했다. "한 문제도 못 풀고, 커피를 한 모금 마셔봤는데, 아직 너무 뜨거워서 마실 수가 없었어요. 그래서 할 일이 없는 거예요. 나는 각오를 단단히 하고, 봉지가……." 아서는 덧붙였다. "나로서는 도저히 알 수 없는 이유로 이미 뜯겨 있다는 걸 전혀 눈치 못 챈 척하면서 몹시 애쓰면서 비스킷 한 조각을 집어 들었죠."

"하지만 맞서 싸운 셈이군요. 터프하게."

"저 나름대로는, 맞아요, 그랬어요. 비스킷을 먹었죠. 아주 고의적으로 눈에 띄게 먹었어요. 내가 지금 뭘 하는지 남자한테 확실하게 과시하려고요. 비스킷을 일단 먹고 나면 되돌릴 길이 없잖아요."

"그랬더니요?"

"비스킷을 또 한 개 집어 먹더라고요. 거짓말 안 보태고……." 아서가 장담했다. "이건 정확한 실화예요. 비스킷을 또 하나 집어서 먹더라니까요. 환한 대낮처럼 분명한 사실이에요. 우리가 이 땅 위에 엉덩이 딱 붙이고 앉아 있는 것처럼 확실하다고요."

펜처치가 불편한 듯 몸을 들썩거렸다.

"그런데 문제가 뭐냐 하면……." 아서가 말했다. "처음에 아무 말도 하지 않기 때문에, 두 번째에 그 주제를 꺼내기가 더 어려워진 거였어요. 뭐라고 하겠어요? '실례지만……제가 도저히 못 본 척 지나칠 수가 없어서……어…….' 이래서야 되겠어요. 그래서 오히려 처음보다 더 열심히 묵살했어요."

"아니 저런……."

"다시 크로스워드 퍼즐을 노려봤는데, 한 문제도 풀리질 않는 거예요. 그래서 헨리 5세가 성 크리스핀의 날에 과시했던 정신을 발휘해서……."

"뭐라고요?"

"다시 한번 공격을 감행했죠." 아서가 말했다. "나도 비스킷을 하나 더 집어 들었어요. 그리고 한순간 우리 눈길이 마주쳤어요."

"이렇게요?"

"그래요. 글쎄요……아니, 아니 꼭 그렇게는 아니고요. 하지만 어쨌든 마주쳤지요. 아주 잠깐이었어요. 그리고 우리는 둘 다 눈길을 돌렸지요. 하지만 정말이지……." 아서가 말했다. "공기에 찌릿 하고 전류가 흘렀어요. 테이블 너머로 팽팽한 긴장감이 조성되었던 거죠. 대략 이번처럼 말이죠."

"상상이 가요."

"우리는 이런 식으로 비스킷 한 봉지를 다 먹었어요. 그 사람, 나, 그 사람, 나……."

"한 봉지를 다요?"

"글쎄, 비스킷이 겨우 여덟 개밖에 안 들어 있더라고요. 하지만 그때는 꼭 일평생 먹을 비스킷을 한 번에 다 먹는 기분이었어요. 검투사들이라도 그렇게 터프한 상황은 별로 못 봤을걸요."

"검투사들은……." 펜처치가 말했다. "양지에서 싸우잖아요. 육체적으로 더 힘들죠."

"그건 그렇다 치죠 뭐. 아무튼요. 빈 봉지가 처참하게 우리 둘 사이에 널브러지자, 그 남자가 마침내 일어났어요. 최악의 행동을 하고 나서, 떠나버린 거죠. 나야 물론 안도의 한숨을 쉬었고요.

그런데, 내가 탈 기차가 잠시 후 떠날 시간이 된 거예요. 그래서 나도 커피를 마저 마시고 일어나서 신문을 집어 들었죠. 그런데 신문 밑에 글쎄……."

"네?"

"내 비스킷이 있는 거예요."

"뭐라고요?" 펜처치가 말했다. "뭐예요?"

"사실이에요."

"설마!" 그녀는 헉, 하고 숨을 몰아쉬더니 깔깔 웃으며 등 뒤의 잔디밭 위로 나둥그러졌다.

그녀는 다시 일어나 앉았다.

"이런 천하의 바보 천치." 그녀가 야유했다. "당신 정말 완전히, 속속들이 멍청한 사람이군요."

그녀는 그를 뒤로 밀어젖히더니, 몸을 굴려 그의 몸 위로 올라와 키스를 하고는 다시 몸을 굴려서 떨어졌다. 아서는 그녀가 너무나 가벼워서 놀라버렸다.

"이제 당신도 얘기 하나 해줘요."

"돌아가고 싶어서……." 일부러 목소리를 깔아 거친 목소리로 그녀가 말했다. "안달이 나신 줄 알았는데요."

"서두를 거 없죠." 아서가 젠체하며 말했다. "당신이 얘기를 해주면 좋겠어요."

그녀는 호수 너머를 지그시 바라보며 생각에 잠겼다.

"좋아요." 그녀가 말했다. "그냥 짧은 얘기예요. 그리고 당신 얘기처럼 웃기지는 않지만……. 아무튼요."

그녀는 아래를 내려다보았다. 아서는 지금이 바로 그런 순간이라는 걸 느낄 수 있었다. 주위를 에워싼 공기가 꼼짝도 않고 가만히 서서 기다리는 순간. 아서는 공기가 어디론가 꺼져버리고 남의 일에 참견하지 않았으면 좋겠다고 생각했다.

"내가 어렸을 때 말이죠……." 그녀가 말했다. "이런 유의 얘기들은 처음에 다 이렇게 시작하지 않아요? '내가 어렸을 때……' 라고. 아무튼요. 지금은 여자가 '내가 어렸을 때……' 라는 말을 하면서 마음에 담아뒀던 얘기를 하는 대목이에요. 우리가 이제 그 대목에 온 거죠. 아무튼 내가 어렸을 때 침대 발치에 그림이 하나 걸려 있었어요……. 지금까지 얘기

어때요?"

"좋아요. 잘 진행되고 있어요. 침실 얘기를 아주 훌륭하게 빨리 꺼냈는걸요. 우리 그림 쪽 얘기를 좀 발전시켜보도록 할까요?"

"아이들이 원래 좋아하는 줄 알지만······." 그녀가 말했다. "사실은 싫어하는 그런 그림이었어요. 다정한 작은 동물들이 다정한 일을 하는······. 왜 알죠?"

"알아요. 나도 말도 못하게 시달렸어요. 양복 입은 토끼들하고······."

"바로 그거예요. 이 토끼들은 뗏목을 타고 있었어요. 각양각색의 쥐와 부엉이도 있었죠. 아마 사슴도 있었을지 몰라요."

"뗏목 위에요."

"뗏목을 타고 있었죠. 그리고 남자애 하나가 뗏목 위에 앉아 있었어요."

"양복 상의를 입은 토끼와 부엉이와 사슴 사이에요."

"정확히 그랬어요. 명랑한 집시 같은 부랑아 스타일의 남자애였죠."

"으."

"저는 그 그림을 보면 걱정이 됐어요. 뗏목 앞에서 수달이 한 마리 헤엄치고 있었는데, 밤이면 잠 못 들고 이 수달이 뗏목을 어떻게 끄나 걱정을 했던 거예요. 뗏목 위에 있어서는 안 될 딱한 동물들이 저렇게 많이 탔는데, 게다가 수달의 꼬리는 너무 가늘고 약해서, 뗏목을 내내 끌고 있으면 너무 아플 것 같았어요. 걱정스러웠죠. 심각하게 걱정한 건 아니지만, 늘 막연하게 신경이 쓰였어요.

그런데 어느 날——제가 몇 년 동안 이 그림을 밤마다 들여다봤다는 사실을 꼭 명심하세요——뗏목에 돛이 달렸다는 사실을 느닷없이 알아차린 거예요. 전에는 한 번도 본 적이 없었어요. 수달은 걱정하지 않아도 되었어요. 그냥 혼자 떠가고 있었으니까요."

그녀는 어깨를 으쓱했다.

"재밌는 얘기였어요?" 그녀가 말했다.

"끝이 좀 약해요." 아서가 말했다. "듣는 사람들로 하여금 머리를 쥐어뜯으며 '그래서 어쨌다는 거야?'를 외치게 만들거든요. 거기까지는 아주 좋았는데, 마지막 자막이 올라가기 전에 최후의 일격을 가할 필요가 있어요."

펜처치는 웃음을 터뜨리곤 자기 무릎을 껴안았다.

"그냥 갑자기 눈앞이 밝아지는 듯한 그런 깨달음이었어요. 거의 눈치 채지 못하고 걱정한 수년 세월이 순식간에 씻겨 나가는 거죠. 무거운 짐을 벗어 던진다든가, 흑백이 컬러로 변한다거나, 마른 나뭇가지에 갑자기 물을 주는 것처럼. 시각이 돌연 바뀌면 이제 '걱정 근심은 치워버려요, 세상은 선하고 완벽한 곳이랍니다. 사실 아주 쉬운 일이에요'라는 소리가 들려요. 아마 당신은 내가 이런 얘기를 하는 이유가, 오늘 오후에 바로 그런 기분이 들었기 때문이라든가 뭐 그런 비슷한 말을 하기 위해서일 뿐이라고 생각하겠죠?"

"글쎄요, 나는……." 아서가 말했다. 이때까지 유지했던 침착함이 산산조각 나고 말았다.

"괜찮아요. 네……." 그녀가 말했다. "정말 그랬어요. 바로 그런 느낌을 받았어요. 하지만 전에도 그런 느낌을 받은 적이 있어요. 훨씬 더 강렬하게. 믿을 수 없을 정도로 강렬하게 말이에요. 안타깝게도 저는……." 그녀는 저 멀리 아득한 곳을 아련하게 바라보며 말했다. "갑자기 깜짝 놀랄 만한 계시를 많이 받는, 그런 사람인가 봐요."

아서는 당혹스러웠고, 말을 제대로 할 수 없었으며, 어쨌든 지금은 말하려고 애쓰지도 않는 게 좋겠다고 생각했다.

"굉장히 이상한 일이었어요." 뒤쫓아 가던 이집트 사람들 중 한 명이, 모세가 지팡이를 휘둘렀을 때 일어난 홍해의 변화는 좀 이상한 편이었다고 말하는 듯한 말투였다.

"아주 이상했어요." 그녀가 다시 한번 말했다. "왜냐하면 그 일이 있기 며칠 전부터, 희한한 기분이 차츰차츰 마음속에 강렬하게 쌓이고 있었거든요. 마치 아기라도 낳을 것처럼 말이에요. 아니, 실제로 그랬다는 게 아니라 내가 무언가와 부분 부분끼리 연결되고 있는 듯한……아니, 그것도 아니고, 마치 나를 통해서 지구 전체가……."

"혹시, 42라는 숫자를 들으면 뭐 생각나는 거 없어요?" 아서가 부드럽게 말했다.

"뭐라고요? 아니요. 무슨 말씀이세요?" 펜처치가 놀라서 외쳤다.

"아니, 그냥 해본 생각이에요." 아서가 웅얼거렸다.

"아서, 나는 진심이에요. 이건 저한테 엄연한 현실이라고요. 심각한 얘기예요."

"나도 진심으로 심각하게 한 말이에요." 아서가 말했다. "그저, 우주라는 건 알다가도 모르겠단 말이지요."

"그건 또 무슨 소리예요?"

"나머지 얘기를 해봐요." 그가 말했다. "이상하게 들릴까 봐 염려하지 말고요. 내 말을 믿어요. 지금 당신 앞에 있는 사람은 정말……." 그가 덧붙였다. "별별 희한한 걸 다 본 사람이니까. 비스킷 얘기가 아니에요."

그녀는 고개를 끄덕거렸다. 그의 말을 믿어주는 눈치였다. 별안간 그녀는 아서의 팔을 꼭 붙잡았다.

"정말 너무 간단했어요." 그녀가 말했다. "내가 이젠 더 이상 알지 못하는 그 진실은……그리고 그 상실감은 견딜 수가 없어요. 다시 생각해내려 하면, 여기저기 끊어지고 기억이 깜박거려요. 너무 심하게 애를 쓰면, 간신히 홍차까지는 기억나지만 그 다음에는 의식을 잃고 말아요."

"뭐예요?"

"그러니까, 당신 얘기처럼……." 그녀가 말했다. "제일 재밌는 사건은 카페에서 일어났어요. 홍차를 한 잔 마시면서 카페에 앉아 있었지요. 아까 얘기했던, 연결되는 듯한 감정이 축적되기 시작한 지 며칠째 되는 날이었어요. 내 몸이 부드럽게 웅웅거렸던 거 같아요. 그리고 카페 맞은편 건축 현장에서는 공사가 진행되고 있었어요. 전 찻잔 테두리 너머 유리창을 통해서 그쪽을 바라보고 있었지요. 다른 사람들이 일하는 걸 훔쳐볼 때는, 그게 제일 좋은 방법이잖아요. 그런데 별안간, 내 마음속에, 어딘가에서 보내온 메시지가 떠오른 거예요. 그건 너무나 간단했어요. 세상 모든 것에 의미를 부여하는 메시지였어요. 저는 벌떡 일어나 앉아서 생각했죠. '오! 오, 그래, 그러면 되겠구나.' 너무나 깜짝 놀란 나머지 들고 있던 찻잔을 떨어뜨릴 뻔했어요. 아마 정말로 떨어뜨렸는지도 몰라요. 맞아요." 그녀는 사려 깊게 덧붙여 말했다. "떨어뜨린 게 분명해요. 지금까지 얼마나 말이 되나요?"

"찻잔 얘기까지는 좋았어요."

그녀는 고개를 가로젓더니, 다시 가로저었다. 마치 머릿속에서 무슨 생각을 털어버리려는 것만 같았는데, 실제로 그게 지금 그녀가 하려고 애쓰는 일이었다.

"그래요, 정말 그래요." 그녀가 말했다. "찻잔까지는 좋았어요. 바로 그 시점에서, 내가 보기에는 전 세계의 대폭발 같은 일이 일어났거든요."

"뭐……라고요?"

"미친 소리라는 건 알아요. 모두들 그건 환각이었다고 하고……. 하지만 그게 환각이면, 나는 십육 트랙 돌비 사운드에 삼차원 입체 대형 화면으로 환각을 보는 사람이게요. 상어 영화 보는 데 질린 사람들한테 나를 대여라도 해줘야 할까 봐요. 그건 마치 땅이 말 그대로 발밑에서 찢겨 나가는 듯한……그리고……그리고……."

그녀는 다시 확인이라도 해보려는 것처럼 잔디밭을 톡톡 가볍게 두들기고는, 하려던 얘기는 안 하는 편이 좋겠다고 생각하고 다른 얘기를 하기로 마음을 바꾼 눈치였다.

"그러고는 병원에서 깨어났어요. 그 후로 병원을 들락날락한 것 같아요. 그래서 모든 게 이제 좋아질 거라는 갑작스러운 계시 같은 걸 받으면, 본능적으로 불안해지는 거죠." 그녀는 그를 올려다보았다.

아서는 고향 행성으로의 귀환에 수반된 수많은 부조리에 대해 그냥 걱정하지 않기로 작정했었다. 아니, 전부 챙겨서 '생각해봐야 할 일—긴급!' 이라고 표시된 마음의 한 부분에다 모조리 집어 넣어버렸다. 그는 스스로에게 이렇게 타일렀다. "여기에 세계가 있어. 여기에, 이유야 어떻든 간에 이 세상이 있어. 사라지지 않고 머물러 있다고. 그리고 나도 그 속에 살고 있단 말이야." 하지만 이제 세상은 그날 밤 자동차 안에서 펜처치의 오빠에게 저수지에서 발견된 CIA 요원 얘기를 들었을 때처럼, 아른아른해지고 있었다. 프랑스 대사관도 아른아른했다. 셰라톤 타워 호텔과 아부다비 은행도 아른아른했다. 나무들도 아른거렸다. 호수도 아른아른해졌지만, 이건 자연스러운 일이었고 전혀 걱정할 게 없는 일이었다. 회색 오리들이 방금 호수 표면에 내려앉았던 것이다. 오리들은 한가로운 시간을 느긋하게 만끽하고 있었고, 질문을 찾아내야 하는 궁극의 해답을 갖고 있지도 않았다.

"어쨌든요." 펜처치는 갑자기 눈을 커다랗게 뜨고 미소를 지으며 밝게 말했다. "아무튼 내 몸은 좀 이상한 데가 있어요. 그리고 당신은 그게 뭔지 알아내야만 해요. 우리 집으로 가요."

아서는 고개를 저었다.

"뭐가 잘못됐어요?" 그녀가 말했다.

아서가 고개를 저은 건, 그녀의 제안에 이의를 제기하려는 게 아니었다. 그 제안은 정말 훌륭했고, 아서가 보기에는 세상에서 가장 훌륭한 제안이라 해도 과언이 아니었으니까. 아서가 고개를 저은 건, 계속해서 마음속에 떠오르는 광경에서 잠깐만이라도 해방되고 싶었기 때문이다. 그는 전혀 예기치 못한 순간에, 문 뒤에 숨어 있던 우주가 튀어나와서 '우왁' 하고 그를 놀라게 할 것만 같아 불안하기만 했다.

"이 부분을 좀 확실히 이해하고 넘어가려는 것……뿐이에요." 아서가 말했다. "지금 지구가 실제로……폭발하는 걸 느꼈다고……말했죠."

"그래요. 느낀 정도가 아니에요."

"그런데 다른 사람들은 다……." 아서는 주저하며 말했다. "환각이라고 한단 말이죠?"

"그래요. 하지만 아서, 그건 말도 안 돼요. 사람들은 '환각'이라고 말만 하면, 그게 뭐든 해명하고 싶은 모든 문제들을 해명할 수 있다고 생각해요. 끝내 이해 못할 문제가 있으면, 결국은 사라질 거라고 생각하고요. 그건 그저 단어에 불과해요. 아무것도 해명하지 못한다고요. 돌고래들이 왜 다 사라져버렸는지 설명해주지도 못하잖아요."

"그럼." 아서가 덧붙여 말했다. "그럴 리가." 그는 다시 사려 깊게 덧붙였다. "전혀 못하죠." 그는 다시, 전보다 더 지적이고 생각이 깊어 보이는 말투로 말했다. "뭐라고요?" 결국 또 말해버렸다.

"돌고래들이 사라져버린 걸 설명하지 못한다고요."

"아니." 아서가 말했다. "그건 알겠어요. 어느 돌고래들 말이죠?"

"어느 돌고래냐니 그게 무슨 말이에요? 세상의 모든 돌고래들이 사라져버린 얘기를 하는 거예요."

그녀가 그의 무릎에 손을 댔는데, 바로 그 덕분에 아서는 척추 위아래로 올라갔다 내려갔다 하고 있는 이 짜릿한 느낌이 등을 보드랍게 어루만지는 그녀의 손길이 아니라, 사람들의 설명을 들을 때마다 느끼는 고약하게 소름끼치는 불안감이라는 사실을 깨달았다.

"사라졌어요?"

"그래요."

"돌고래들이?"

"네."

"돌고래들이 전부 사라졌다고요?" 아서가 말했다.

"그래요."

"그 돌고래들 말이에요? 그러니까 돌고래들이 다 없어졌어요? 이거……." 아서가 이 점은 철두철미하게 확실히 해두려고 애쓰면서 다시 말했다. "대체 무슨 말을 하고 있는 거예요?"

"아서, 대체, 그동안 어디 갔다 온 거예요? 고래들은 내가 그 일을 겪은 날 바로 그날……."

그녀는 깜짝 놀라 커다랗게 치뜬 아서의 눈을 물끄러미 바라보았다.

"뭐라고요……?"

"돌고래들이 하나도 없어요. 전부 사라졌어요. 자취를 감췄다고요."

그녀는 아서의 얼굴을 샅샅이 살펴보았다.

"정말 몰랐어요?"

경악에 질린 얼굴을 보니, 몰랐던 게 틀림없었다.

"어디로 갔어요?" 그가 물었다.

"아무도 몰라요. 그게 '사라졌다'는 말뜻이잖아요." 그녀가 말을 쉬었다. "글쎄요, 사연을 안다고 주장하는 사람이 하나 있기는 한데요. 다들 그 사람이 캘리포니아에 산다고 하더군요." 그녀는 말했다. "미친 사람이래요. 그 사람을 만나러 가볼까 생각 중이었어요. 당신을 만나기 전에는, 그게 내게 일어난 일을 파악할 수 있는 유일한 단서였거든요."

그녀는 어깨를 으쓱해 보이더니, 오랫동안 조용히 그를 바라보았다. 그녀는 한 손을 그의 뺨에 댔다.

"그 사이 당신이 어딜 갔다 왔는지 정말 알고 싶어요." 그녀가 말했다. "당신도 뭔가 무시무시한 일을 겪었던 거죠. 그래서 우리가 서로를 알아본 거고요."

그녀는 공원을 흘낏 둘러보았다. 공원은 어둠의 손아귀에 집어삼켜지는 중이었다.

"자……." 그녀가 말했다. "이제 얘기해도 좋을 만한 사람을 만난 거예요."

아서는 천천히 일 년이라도 걸릴 듯한 기나긴 한숨을 내뱉었다.

"이건……." 그가 말했다. "아주 긴 사연이에요."

펜처치는 그에게 몸을 기대고는 천가방을 잡아당겼다.

"이거랑 무슨 상관이 있어요?" 그녀가 말했다. 그녀가 가방에서 꺼낸 물건은 낡고 너덜너덜해져 있었다. 마치 선사 시대의 강물 속으로 던져졌다가, 카크라푼의 사막에서 시뻘겋게 빛나는 태양 아래 구워지다시피 하다가, 산트라기누스 V 성의 독하게 김이 오르는 바닷가 대리석 모래 속에 반쯤 묻혔다가, 자글란 베타의 달 표면에 있는 빙하 속에 얼어붙었다가, 누구 엉덩이에 깔렸다가, 우주선에서 이리저리 발에 차이다가, 질질 끌려 다니고 온갖 학대를 받은 듯한 몰골이었다. 제조 업체들은 바로 이런 상황을 예상했기 때문에, 튼튼한 플라스틱 커버로 싸서 그 위에다가 커다랗고 친절하게 '겁먹지 마세요'라고 미리 써두었다.

"대체 이거 어디서 났어요?" 아서는 화들짝 놀라서 그녀의 손에서 그 물건을 받으며 말했다.

"아." 그녀가 말했다. "당신 건 줄 알았어요. 그날 밤, 러셀의 자동차에서요. 떨어뜨리고 가셨더라고요. 여기 있는 곳들 중에서 여러 군데 가봤어요?"

아서는 《은하수를 여행하는 히치하이커를 위한 안내서》를 커버 속에서 꺼냈다. 그것은 작고, 얄팍하고, 잘 휘어지는 노트북 컴퓨터 같은 모양이었다. 그가 버튼을 몇 개 누르자, 스크린에 수많은 글자들이 나타나 빛을 발했다.

"몇 군데 가봤죠." 그가 말했다.

"우리, 가볼 수 있어요?"

"뭐라고요? 안 돼요." 불쑥 말해버린 아서는 곧 한결 누그러진 목소리로 다시 말을 꺼냈다. 하지만 경계를 풀지 않은 채 조심스레 말투만 누그러뜨렸다. "가고 싶어요?" 그는 '아니'라는 대답이 나오기를 바라면서 말했다. "설마 가고 싶은 건 아니죠? 그래요?"라고 말하고 싶은 걸 꾹 참은 것은 그 나름대로 상당한 관용을 베푼 것이었다.

"네." 그녀가 말했다. "내가 잃어버린 메시지가 무엇이었는지 알고 싶어요. 어디서 왔는지도요. 왜냐하면……." 그녀는 일어나서 점점 음침하게 어두워지고 있는 공원을 둘러보며 말했다. "그 메시지가 여기서 온 것 같지는 않거든요."

"그리고 심지어……." 그녀는 한 팔을 아서의 허리에 슬쩍 두르면서 이런 말도 했다. "여기가 어딘지 내가 제대로 아는 건지도 모르겠어요."

21

　　《은하수를 여행하는 히치하이커를 위한 안내서》는, 예전에 이미 여러 번 그리고 정확하게 언급한 바와 마찬가지로, 대단히 놀라운 물건이었다. 그것은 본질적으로, 제목이 암시하는 바대로, 안내서였다. 문제는, 아니 수많은 문제 중 하나는──왜냐하면 문제가 한두 가지가 아니었기 때문인데, 이 수많은 문제들 중의 상당수는 은하계 전 영역에 걸쳐, 특히 타락한 영역일수록 민법, 상법, 형법 재판소들을 끊임없이 꽉꽉 메우고 있었다──이거다.
　이 문장은 말이 된다. 그건 문제가 없다.
　문제는 이거다.
　변화.
　다시 한번 잘 읽어보면 아마 무슨 뜻인지 알 것이다.
　은하계는 급속히 변화하는 곳이었다. 솔직히 말해서 변화가 너무 심해서 탈이었다. 은하계는 모든 부분 부분이 끊임없이 움직이며, 지속적으로 변화하고 있었다. 하지만 은하계가 매일 매시간 매분 던져대는 이 수없이 변화하는 상황과 조건들이 그것을 이 어마어마하게 상세하고 복잡한 전자책에 반영하기 위해 성실하게 고군분투하는 신중하고 양심적인 편집자에게는 굉장한 악몽이겠다고 생각하신다면 그건 한참 잘못된 생각이다. 독자 여러분의 실수는, 이 편집자는 전임 편집자들이 하나같이 그러했듯이 '신중하다'든가 '양심적'이라든가 '성실하게' 같은 단어의 진정한 의미를 전혀 파악하지 못하고 악몽을 빨대로 빨아먹는 경향이 있다는 사실을 파악하지 못한 데 있다.

항목들은 잘 읽히느냐 마느냐에 따라 서브-에서-넷을 통해 업데이트되거나 말거나 했다.

아발라르스의 포스 항성에 있는 브레퀸다를 예로 들어보자. 이곳은 장엄하고 마술 같은 불을 뿜는 푸올로니스 용들의 고장으로서, 신화와 전설 그리고 기가 차게 지루한 삼차원 미니시리즈로 유명했다.

저 먼 고대에, 브라가독스의 소르스가 강림하기 전, 프라길리스가 노래하고 쿠에넬룩스의 삭사쿠인이 지배하던 때, 대기는 달콤했고 밤은 향기로웠다고들 하는데, 무슨 영문인지는 몰라도 그렇다고 하니까 말이다. 아니면 그냥 그렇다고 우기는 건지도 모르지만. 하지만 대체 대기는 달콤하고 밤은 향기롭고 어쩌고저쩌고 하는 엉터리 같은 주장을 어떤 미친놈이 믿을 거라 생각했던 것이냐 말이다. 아무리 철부지라도 그렇지, 조금만 머리를 굴리면 대기가 달콤하고 밤이 향기롭다고 주장하면서 아발라르스의 포스에 있는 브레퀸다에 벽돌을 하나 던지면 적어도 대여섯 마리의 불을 뿜는 푸올로니스 용들이 맞아 쓰러진다는 둥 하는 소리를 믿을 만한 사람은 새파란 숫총각들밖에는 없다는 것을 쉽게 알 수 있다.

그런 짓을 하고 싶은지 아닌지는 또 다른 문제지만.

불을 뿜는 용들이 본질적으로 평화를 사랑하는 동물이 아니었다는 얘기는 아니다. 사실 그들은 평화를 사랑했다. 그들은 평화를 속속들이 뼛속까지 사랑해 마지않았는데, 이렇게 무차별하게 속속들이 사랑해 마지않다보면 종종 그 자체가 문제가 되는 수도 있다. 사랑하는 대상을 다치게 할 수 있기 때문이다. 더더구나 로켓 엔진 같은 숨결과 공원 펜스 같은 이빨을 지닌 불을 뿜는 푸올로니스 용일 경우에는 두말할 것도 없겠다. 또 한 가지 문제는 일단 그들이 분위기를 잡았다 하면, 다른 사람들이 사랑해 마지않는 것들까지 해치는 일이 비일비재하다는 것이었다. 그것으로도 모자라 실제로 벽돌을 던지며 돌아다니는, 비교적 소수의 미친 놈들이 있었으니, 이렇게 되면 결국 아발라르스의 포스에 있는 수많은 브레퀸다 주민들이 용에게 중상을 입게 되지 않겠는가.

하지만 그렇다고 그들이 싫어했을까? 그렇지 않았다.

운명을 한탄하는 소리를 늘어놓았을까? 천만의 말씀이다.

불을 뿜는 푸올로니스 용들은 야만적인 아름다움과 고상한 행동거지 그리고 그들을 숭상하지 않는 사람들을 물어 죽이는 습관 덕분에 아발라르스의 포스 항성 브레퀸다 땅 전역의 사람들에게 숭상받았다.

어째서 그랬느냐고?

대답은 간단하다.

섹스였다.

이유는 도저히 가늠할 수 없지만, 어쨌든 달 밝은 밤하늘을 불을 뿜는 거대한 마법의 용들이 낮게 날아다니는 모습에는 못 견디게 섹시한 구석이 있었다. 안 그래도 밤공기는 위험스러울 정도로 달콤하고 향기로운데 말이다.

어째서 꼭 그래야만 하는지, 낭만에 죽고 못 사는 아발라르스 포스의 브레퀸다 사람들은 아마 대답을 해주지도 못했을 테고, 일단 효과가 발휘되기 시작하면 굳이 당신과 그 얘기를 하고 서 있으려 하지도 않을 것이다. 비단 같은 날개가 달리고 매끈한 가죽 몸통을 가진 불을 뿜는 푸올로니스 용 한 무리가 저녁 무렵 지평선 너머에서 모습을 나타내면, 브레퀸다 주민 절반은 자신의 반쪽을 찾아 숲 속으로 헐레벌떡 뛰어 들어가서, 분주하게 숨을 헐떡거리며 함께 밤을 지새우고 새벽녘 첫 햇살이 비추면 만면에 미소를 띤 행복한 표정으로 숲에서 나와, 여전히, 상당히 사랑스럽게, 숫총각이라고 우기는 것이었다. 숫총각치고는 얼굴이 좀 상기되고 끈적끈적하긴 했지만 아무튼.

페로몬 때문이라고 주장하는 연구자도 있었다.

또 다른 연구자는 초음파와 관련이 있다고 주장했다.

그곳은 항상 문제를 철저히 밝혀내겠다며 굉장히 오랜 시간을 보내는 연구자들로 빽빽하게 붐볐다.

놀랄 게 없는 일이지만,《안내서》가 이 행성에서 전반적으로 일어나는 일에 대해 생생하고 매혹적으로 묘사해놓은 항목은《안내서》를 감히 믿고 따르는 히치하이커들 사이에서 놀랄 만큼 인기가 좋았기 때문에, 한 번도 빠진 적이 없었다. 그리하여 그 항목은 계속 그대로 남아 있었고, 훗날 그리로 찾아간 여행자들은 오늘날 아발라르스 도시 국가에 있는 현대의 브레퀸다에는 이제 고작 콘크리트, 환락가, 그리고 드래곤 버거 술집밖에 남아 있지 않다는 사실을 깨닫게 되었다.

22

이즐링턴의 밤은 달콤하고 향기로웠다.

당연한 말이지만, 좁은 골목길을 날아다니는 불을 뿜는 푸올로니스 용은 한 마리도 없었지만, 어쩌다 그 근처를 지나치게 된 용이 있더라도 차라리 길 건너 피자집에 가서 피자나 한 판 먹고 앉아 있는 편이 나았을 것이다. 어차피 별로 필요가 없었을 테니까.

용들이 앤초비 토핑을 얹은 피자를 한 판 먹고 있을 때 행여 응급 상황이 발발한대도 아무 걱정 없었다. 다이어 스트레이츠(영국의 록 그룹으로, 리드 싱어는 마크 노플러다—옮긴이주)의 레코드를 전축에 걸라고 메시지만 보내면 만사형통이었다. 요즘은 이것이 푸올로니스 용과 거의 같은 효과를 낳는다고 알려져 있다.

"아니……." 펜처치가 말했다. "아직 안 돼요."

아서는 다이어 스트레이츠의 레코드를 전축에 걸었다. 펜처치는 달콤하고 향기로운 밤공기가 더 잘 들어오도록 위층의 현관문을 활짝 열었다. 두 사람은 쿠션으로 만든 무슨 가구 같은 데 앉았고, 바로 옆에는 뚜껑을 딴 샴페인 병이 놓여 있었다.

"아니." 펜처지가 말했다. "내 몸의 어디가, 어느 부분이 잘못됐는지 당신이 알아낼 때까지는 안 돼요. 하지만 내 생각에는, 지금 당신 손이 있는 자리부터 시작하는 것도 괜찮을 거 같네요."

아서가 말했다. "그러면 어느 쪽으로 갈까요?"

"아래쪽으로요." 펜처치가 말했다. "이번에는."

아서는 손을 움직였다.

"아래쪽은……." 그녀가 말했다. "사실 반대 방향인걸요."

"아, 그렇죠."

마크 노플러는, 일주일 내내 열심히 일하느라 기진맥진해서 독한 술이 한 잔 필요한 토요일 밤에, 섹터 스트라토캐스터 전자 기타를 천사의 목소리처럼 구성지게 노래하게 만드는 데 기가 막힌 재주가 있다. 하지만 이 얘기는 사실 이 시점에서는 별로 할 필요가 없는 얘기다. 아직 레코드가 그 대목까지 가지도 않았기 때문이다. 하지만 레코드가 그 대목까지 갈 때쯤이 되면 너무 많은 사건들이 진행되고 있을 예정인 데다, 이 이야기를 기록하는 필자는 트랙 목록과 초시계를 들고 앉아 있을 의향이 전혀 없기 때문에, 아직 얘기가 천천히 흘러가고 있는 지금 빨리 말해버리고 마는 게 최선이라고 생각했다.

"자, 이제 우리 무릎까지 왔네요." 아서가 말했다. "당신 왼쪽 무릎에 끔찍하고, 비극적인 문제가 있군요."

"내 왼쪽 무릎은……." 펜처치가 말했다. "말짱해요."

"그렇군요."

"혹시 이거 알아요……?"

"뭐요?"

"아, 아니, 괜찮아요. 알고 있었군요. 아니에요, 계속 해봐요."

"그러면 두 발하고 상관이 있는 거겠네요……."

그녀는 침침한 불빛 속에서 미소 지으며, 무신경하게 어깨를 꼼지락거리며 쿠션에 몸을 파묻었다. 우주에는, 정확히 말해서 스콘셸러스 베타에서 매트리스들의 늪지대를 지나 두 세계 안쪽으로 들어가면, 몸에 대고 꼼지락거리는 걸, 특히 어깨들이 무신경하게 꼼지락거리는 걸 미치도록 좋아하는 쿠션들이 살고 있는데, 그들이 지금 이 자리에 없다는 건 참 안타까운 일이 아닐 수 없다. 하지만 산다는 게 원래 그런 거니까.

아서는 그녀의 왼쪽 발을 자기 허벅지 위에 놓고 찬찬히 살펴보았다. 그녀의 드레스가 다리에서 흘러내린 모양이 자아내는 복잡다단한 감정 때문에 이 시점에서 맑은 정신으로 생각하는 일은 상당히 힘들었다.

"솔직히 인정해야겠는걸요." 아서가 말했다. "내가 뭘 찾고 있는지 도저히 모르겠다는 걸."

"찾으면 알게 될걸요." 그녀가 말했다. "그럼요. 알게 될 거예요." 목소리에는 살짝 짓궂은 장난기가 배어 있었다. "하지만 그건 아니에요."

갈수록 어리둥절한 기분이 되어, 아서는 왼쪽 발을 마룻바닥에 내려놓고 오른발을 잡을 수 있도록 저편으로 돌아갔다. 그녀는 앞으로 나와서, 두 팔로 그를 껴안고 키스해주었다. 혹시 그 레코드를 들어봤다면 잘 알고 있겠지만, 듣다 보면 이렇게 하지 않을 수 없는, 바로 그 대목에 다다랐기 때문이다.

그리고 그녀는 아서에게 오른발을 내주었다.

그는 발을 쓰다듬고, 손가락으로 발목 선을 따라 훑은 후, 발가락 밑을 지나 발바닥을 따라 내려갔지만 문제가 무엇인지 도무지 알 수가 없다.

그녀는 아주 재미있어 죽겠다는 듯이 바라보면서, 깔깔 웃고 머리를 흔들었다.

"아니, 그만두지 말아요." 그녀가 말했다. "하지만 그것도 아니에요."

아서는 손을 멈추고, 마룻바닥에 있는 왼쪽 발을 보며 얼굴을 찌푸렸다.

"그만두지 말아요."

그는 오른발을 쓰다듬고, 손가락으로 발목 선을 따라 훑은 후, 발가락

밑을 지나 발바닥을 따라 내려가다가 말했다. "그러니까 내가 들고 있는 다리와 무슨 상관이 있다는 말이에요……?"

그녀는 아까처럼 어깨를 으쓱해 보였는데, 이는 스콘셸러스 베타의 소박한 쿠션의 삶에 너무나 크나큰 기쁨을 가져다주고도 남았을 터였다.

그는 얼굴을 찌푸렸다.

"나 좀 안아 올려줘요." 그녀가 조용히 말했다.

그는 그녀의 오른발을 바닥에 내려놓고 일어섰다. 그녀도 일어섰다. 그는 두 팔로 그녀를 안아 들어 올렸고, 두 사람은 키스를 했다. 이건 상당히 오랜 시간이 걸렸는데, 끝나고 나자 그녀가 말했다. "자, 이제 다시 나를 내려놔요."

아직도 어리벙벙한 채로 아서는 그녀의 말대로 했다.

"자, 어때요?"

그녀는 도전장이라도 내미는 눈길로 그를 바라보았다.

"자, 내 발이 뭐가 잘못됐나요?" 그녀가 말했다.

아서는 아직도 이해하지 못하고 있었다. 그는 마룻바닥에 엎드려서 보통 있는 자리에 있는 두 발을 살펴보았다. 그런데 자세히 살펴보자 뭔가 이상한 점을 발견할 수 있었다. 그는 머리를 땅바닥에 대고 열심히 살펴보았다. 기나긴 침묵이 흘렀다. 그는 무겁게 뒤로 주저앉았다.

"그래요." 그가 말했다. "발이 뭐가 문제인지 알겠어요. 땅바닥에 닿지를 않는군요."

"그래요……그래서 당신 생각은 어때요……?"

아서는 재빨리 그녀를 바라보았고, 그녀의 두 눈동자가 바닥 모를 깊은 두려움에 갑자기 더 새카맣게 변했다는 걸 알았다. 그녀는 입술을 깨물고 바들바들 떨고 있었다.

"당신 어떻게……." 그녀는 말을 더듬었다. "……어때요……?" 그녀는 고개를 흔들어 어둡고 공포에 질린 눈물이 차오르는 두 눈 위로 머리카락이 흘러내리게 만들었다.

그는 재빨리 일어서서, 그녀를 껴안고 딱 한 번 키스를 했다.

"아마 내가 할 수 있는 걸 당신도 할 수 있을 거예요." 그는 이렇게 말하고는, 곧장 위층의 정문으로 걸어 나갔다.

레코드가 기가 막히게 멋진 대목에 다다랐다.

23

작시스 항성 주위에서는 무시무시한 전투가 계속 벌어졌다. 수백 대의 맹렬하고 무시무시한 무기로 무장한 지르즐라 우주선들은 이제 거대한 은빛 작시스 전함에서 발사하는 충격파에 의해 부서지고 깨어져 원자로 화해버렸다. 전함의 충격파도 점점 힘이 떨어지고 있었다.

달의 일부분도 사라지고 없었다. 우주 공간의 결마저 찢어놓는 그 작열하는 충격파에 날아가버린 것이다.

남은 지르즐라 우주선들이 아무리 무시무시한 무기로 무장하고 있다 한들, 작시스 전함의 파괴력 앞에서는 가망 없이 밀리고 있었다. 그리고 급속히 해체되고 있는 달 뒤로 피신하려 하고 있었다. 그러나 바로 그때, 돌진해 추격하던 작시스 전함이 휴가를 좀 즐겨야겠다고 선언하더니 느닷없이 전장을 떠나버렸다.

잠시 두 배로 증폭된 공포와 경악이 전장을 휩쓸었지만, 전함은 이미 떠나버리고 없었다.

어마어마한 파괴력을 자유자재로 휘두를 수 있는 전함은, 비합리적인 형상의 망망한 우주를 가르며 재빨리, 힘들이지 않고 그리고 무엇보다 소리 없이 날아가버렸다.

정비실 해치웨이로 만든 끈적끈적하고 냄새나는 간이 숙소에 깊숙이 처박혀서, 포드 프리펙트는 예전에 자주 놀러 다니던 곳 꿈을 꾸며 타월 사이에서 잠을 자고 있었다. 그는 심지어 뉴욕에 있는 꿈까지 꾸었다. 꿈 속에서 그는 한밤중에 이스트사이드의 강변을 따라 걷고 있었다. 강물은 하도 터무니없이 오염이 되어서, 시시각각 새로운 생명체들이 태어나 복지 정책과 투표권을 요구하고 있었다.

이런 생명체들 중 하나가 둥둥 떠가면서 그를 향해 손을 흔들었다. 포드도 손을 흔들어주었다.

그 생명체는 강변으로 밀려오더니 낑낑거리며 강둑을 기어 올라왔다.

"안녕하세요." 그것이 말했다. "나는 방금 창조됐어요. 어느 모로 보나 우주는 완전히 처음이에요. 혹시 저한테 해줄 말씀이 없으신가요?"

"휴우." 포드는 약간 기가 차서 이렇게 말했다. "술집 몇 군데가 어디 있는지는 말해줄 수 있어."

"사랑과 행복에 대해서는요? 저는 그런 것들에 대해 깊은 갈망을 느껴요." 그것은 촉수를 흔들어대며 이렇게 말했다. "혹시 그쪽으로는 뭐 아시는 바가 없으신가요?"

"칠 번가에 가면, 그 비슷한 걸 좀 얻을 수 있을 거야." 포드가 말했다.

"저는 본능적으로, 아름다울 필요가 있다고 느껴요. 저는 아름다운가요?" 그 생명체는 다급하게 물었다.

"넌 상당히 직설적이구나. 안 그래?"

"괜히 쓸데없이 말을 돌릴 필요 있나요?"

그 물체는 이제 짜부라져 물을 줄줄 흘리느라 온 동네를 엉망진창으로 만들고 있었다. 근처의 술주정뱅이가 관심을 갖기 시작했다.

"내가 보기에?" 포드가 말했다. "아니. 하지만 들어봐." 그는 잠시 후에 이렇게 말했다. "대부분의 사람들은 껴안고 키스를 해. 저 밑에 사는 너희들도 그러냐?"

"날 뒤져봤자 나올 게 없어요." 그 생명체가 말했다. "이미 말했지만,

여기는 처음이라고요. 삶에는 생 초짜란 말이에요. 산다는 건 어때요?"

이건 포드가 상당한 권위를 가지고 말해줄 수 있는 얘기였다.

"삶은 그레이프프루트 같아." 그는 말했다.

"어, 어떻게 그렇죠?"

"글쎄, 말하자면 그건 오렌지색 도는 노랑인 데다가 겉에는 작은 구멍들이 패어 있고, 가운데는 축축하고 질척질척하지. 안에는 씨도 박혀 있고 말이야. 아, 그리고 어떤 사람들은 반을 뚝 잘라서 아침식사로 먹어치우곤 해."

"제가 얘기할 만한 다른 사람은 없을까요?"

"있을 거야." 포드가 말했다. "경찰관한테 물어봐."

간이 숙소 깊숙이 처박혀서, 포드 프리펙트는 꼼지락거리며 반대편으로 돌아누웠다. 제일 좋아하는 꿈은 아니었다. 그의 꿈에 단골로 출연하는 엑센트리카 갈룸비츠(에로티콘 제6행성의 가슴 셋 달린 창녀)가 나오지 않았기 때문이다. 하지만 어쨌든 그건 꿈이었다. 적어도 그는 잠들어 있었다.

24

　　운 좋게도 좁은 골목에는 위쪽으로 강한 바람이 불고 있었다. 아서는 이런 일을——일부러——해본 지 상당히 오래되었고, 일부러 하면 원래 절대 안 되는 법이었다.

　그는 날카롭게 흔들리며 떨어지다가 문 손잡이에 긁혀 턱에 심하게 상처가 났고, 공중에서 우당탕 쿵쾅 떨어져 내리다가, 대체 방금 저지른 짓이 얼마나 기가 차고 코가 막히게 바보 같은 짓이었나 하는 데 문득 생각이 미쳐 땅바닥에 부딪치는 걸 까맣게 잊어버리고 말았다.

　효과가 좋지, 그는 속으로 생각했다. 할 수만 있으면 말이지만.

　땅바닥은 험악하게 머리 바로 위에 둥둥 걸려 있었다.

　그는 땅바닥 생각을 하지 않으려고 애썼다. 땅이라는 게 얼마나 어마어마하게 큰지, 거기 그렇게 걸려 있지 않고 머리 위로 한꺼번에 쾅 떨어지면 얼마나 아플까 하는 생각 따위를 다 제쳐버렸다. 그는 대신 여우원숭이에 대한 좋은 생각을 하기로 했다. 그거야말로 아주 잘한 짓이었는데, 그 순간 아서는 여우원숭이가 정확히 어떻게 생겼는지 기억해낼 수 없었기 때문이다. 어딘지 몰라도 위풍당당하게 황야를 떼 지어 몰려다니는 그런 동물인지, 누 같은 것인지, 알 수가 없었다. 막연하게 다 좋다는 식의 근지러운 감정에 기대어서야 좋은 생각을 하기가 힘든 법이다. 이 모든 일로 아서의 마음은 한창 분주했고, 그 사이 몸은 아무 데도 닿아 있지 않고 공중에 떠 있다는 사실에 적응할 수 있었다.

마스 초콜릿 바 포장지가 좁은 길 위로 파닥거리며 떨어져 내렸다.

의심과 망설임이 가득 찬 한순간이 지난 후, 초콜릿 바 포장지는 마침내 바람에 가볍게 몸을 싣고 파닥거리며 그와 땅바닥 사이에 안착했다.

"아서……."

땅바닥이 아직도 험악하게 머리 위에 걸려 있었기 때문에, 아서는 이제 뭔가 조치를 취해야 할 때라고 판단했다. 좀더 떨어져서 땅바닥과 거리를 두는 게 좋을 것 같았다. 그래서 그는 그렇게 했다. 천천히, 천천히, 아주 천천히.

천천히, 아주, 아주, 천천히 떨어지면서, 그는 눈을 감았다. 괜히 뭐든 갑자기 놀라게 하면 곤란하니까, 아주 조심스럽게.

눈을 감는 감각이 온몸에 퍼져나갔다. 감각이 발에 다다르고, 눈을 감았다는 사실이 이제 온몸에 전해졌는데도 화들짝 겁에 질리는 부위가 없자, 그는 천천히, 아주, 아주 천천히 몸을 한쪽으로 빙글빙글 돌리고 마음은 반대편으로 굴렸다.

그러자 땅바닥 문제가 해결되었다.

그는 주위의 공기가 이제 깨끗해졌다는 걸 느낄 수 있었다. 공기는 아주 쾌활하게 그를 에워싸고 산들바람을 살랑거리고 있었고, 자기가 그 자리에 있다는 사실에 동요하지도 않았다. 깊고 아득한 잠에서 깨어나듯 아서는 천천히, 아주, 아주, 천천히 눈을 떴다.

그는 물론 전에도 하늘을 날아본 적이 있었다. 새들의 수다에 정신이 산만해질 때까지 크리킷 하늘 위를 수도 없이 날아봤지만 이건 달랐다.

여기에는 그의 세상이, 차분히, 법석 떨지 않고 자리하고 있었다. 약간 흔들려 보이기는 했지만, 그야 충분히 그럴 만한 이유들이 있었다. 예컨대 공중에 떠 있다거나 하는.

십 내지 십오 피트 아래에는 단단한 아스팔트가 있었고 오른쪽으로 몇 야드 밖으로는 어퍼 스트리트의 노란 가로등이 늘어서 있었다.

다행히 건물 사이 좁은 도로는 컴컴했다. 밤을 밝히게 되어 있는 가로등에는 기발한 타임 스위치가 달려 있어서 점심식사 바로 전에 불이 들어왔다가 저녁이 되기 시작하면 불이 꺼지곤 했던 것이다. 그래서 그는 캄캄한 어둠의 담요에 감싸여 사람들 눈에 띄지 않을 수 있었다.

그는 천천히, 아주, 아주, 천천히 고개를 들어 펜처치 쪽을 바라보았다. 숨 막히는 경이로움에 휩싸여 말없이 서 있는 그녀의 모습이 뒤에서 비추는 빛 때문에 새카만 그림자로 보였다.

그녀의 얼굴은 그의 얼굴에서 몇 인치밖에 떨어져 있지 않았다.

"도대체 뭘 하는 거냐고, 물어보려고 했어요." 그녀는 낮고 떨리는 목소리로 말했다. "하지만 당신이 뭘 하는지, 두 눈으로 똑똑히 볼 수 있다는 걸 깨달았지요. 하늘을 날고 있었어요. 아니, 그래서……." 그녀는 잠시 뭔가 궁금하다는 듯 말을 멈추었다가, 다시 말을 이었다. "그 질문이 좀 바보처럼 느껴지더군요. 하지만 다른 질문은 금방 떠오르는 게 없었어요."

아서는 말했다. "당신도 할 수 있어요?"

"아니요."

"한번 해보고 싶지 않아요?"

그녀는 입술을 깨물더니 고개를 저었다. 아니, 라는 뜻으로 그런 건 아니고, 순전히 어안이 벙벙해 어찌할 바를 몰랐기 때문이었다. 그녀는 마치 잎사귀처럼 덜덜 떨고 있었다.

"아주 쉬워요." 아서가 재촉했다. "어떻게 하는지 방법을 모르면요. 그 부분이 중요해요. 어떻게 날고 있는지 전혀 알 수가 없어야 해요."

얼마나 쉬운지 보여주겠다는 듯이 아서는 좁은 도로를 벗어나 둥둥 떠올라가더니, 급상승을 했다가 바람을 타고 날아가는 지폐처럼 위아래로 살랑살랑 흔들리며 다시 그녀에게로 돌아왔다.

"어떻게 한 거냐고 물어봐요."

"어떻게……한 거예요?"

"몰라요. 전혀 몰라요."

그녀는 어리둥절해하며 어깨를 으쓱했다. "그러면 내가 어떻게……?"

아서는 조금 더 낮게 흔들리며 내려와서 손을 뻗었다.

"한번 해봐요." 그가 말했다. "내 손 위로 한쪽 발만 올려놔봐요."

"뭐라고요?"

"해봐요."

불안하게, 망설이며, 거의 다 됐어, 라고 그녀는 스스로에게 말했다. 마치 허공에서 둥둥 떠 있는 사람의 손 위로 올라가려고 애쓰는 사람처럼, 그녀는 아서의 손 위로 발을 올렸다.

"이제 다른 발도요."

"네?"

"발뒤꿈치에 무게가 실리지 않게 해요."

"못해요."

"해봐요."

"이렇게요?"

"그렇게요."

불안하게, 망설이며, 이제 거의 다 됐어, 라고 그녀는 스스로에게 말했다. 마치——그녀는 지금 하고 있는 행동을 다른 일과 비교해 생각하기를 그만두었다. 별로 그렇게 잘 알고 싶지 않다는 생각이 들었기 때문이다.

그녀는 시선을 아주, 아주 단호하게 반대편에 있는 낡아빠진 창고 옥상에 있는 물받이에 고정했다. 몇 주일 동안이나 계속 신경에 거슬리던 것이었는데, 이제 드디어 떨어져 나가기 일보 직전이었던 것이다. 그녀는 누가 와서 저걸 수리할 건지, 아니면 누구한테 그녀가 직접 얘기를 해야 하는 건지에 정신이 팔려 잠시 자기가 아무것도 밟고 서 있지 않은 사람의 두 손 위에 서 있다는 사실을 까맣게 잊고 말았다.

"자, 이제 왼발에 몸무게를 싣지 말도록 해요." 아서가 말했다.

그녀는 창고가 모퉁이에 사무실이 있는 카펫 회사의 소유라는 생각을 하면서, 왼쪽 발에 몸무게를 싣지 않도록 주의했다. 그렇다면 아마 직접 가서 물받이 얘기를 해야 할 모양이었다.

"자, 이제 오른발에도 몸무게를 싣지 말아요." 아서가 말했다.

"안 돼요."

"해봐요."

그녀는 이 각도에서 물받이를 본 적이 한번도 없었는데, 이제 보니 진흙과 구정물 외에도 새집이 있는 것 같아 보였다. 몸을 앞으로 조금만 더 구부리고 오른발의 무게를 덜면, 훨씬 잘 볼 수 있을 텐데.

아서는 저 아래 좁은 길에서 누군가가 그녀의 자전거를 훔치려고 하는 걸 보고 깜짝 놀랐다. 특히나 지금 같은 순간에 말싸움에 말려들고 싶지 않았기 때문에, 그는 이왕 훔쳐가려면 조용히 훔쳐가고 괜히 위를 올려다보지 않기만을 바랐다.

자전거 도둑은 상습적으로 좁은 골목길에서 자전거를 훔치는 사람들 특유의 조용하고 못 미더운 분위기를 풍기고 있었고, 자전거 주인이 자기 머리 위 몇 피트 위에 떠다니는 광경은 상습적으로 보지 못하는 분위기를 또한 풍기고 있었다. 그는 이 두 가지 습관 덕분에 아주 마음 편하게 목적 의식과 집중력을 발휘해 자신의 일을 하고 있었다. 그리고 자전거가 콘크리트 속에 파묻힌 철봉에 텅스텐 카바이드 고리로 묶여 있다는 걸 깨닫고 나자, 그는 평화롭게 자전거 바퀴 두 개를 모두 구부리고 갈 길을 갔다.

아서는 오래 참았던 숨을 길게 내쉬었다.

"당신 주려고 얼마나 예쁜 계란 껍질을 주워 왔는지 봐요." 펜처치가 귓가에 대고 말했다.

25

　　이제까지 아서 덴트의 행각을 열심히 좇아 읽은 열성 독자들이라면, 아마 그의 성격이나 버릇 같은 것에 대한 묘사가, 물론, 진실이고, 진실만을 포함하고 있기는 해도, 사실 진실의 영예로운 전모를 포괄하는 것은 아니라는 인상을 받을 수도 있다.
　그 이유는 사실 명백하다. 편집, 취사선택, 의미 있는 부분과 흥미로운 부분의 균형을 잘 맞추면서 나머지 지루한 온갖 잡다한 사건들을 잘라내야 하는 것이다.
　예를 들어 이런 식이다. "아서 덴트는 침실로 자러 갔다. 그는 층계의 열다섯 계단을 모두 밟고 올라가서 문을 열고 자기 방으로 들어가 신발과 양말을 벗은 다음 나머지 옷을 하나씩 벗어젖히고 바닥에다 깔끔하게 구겨진 더미로 쌓아두었다. 그는 잠옷을 입었다. 파란 줄무늬가 있는 잠옷이었다. 세수를 하고 손을 씻고 이를 닦고 화장실에 들어갔다가, 또 순서가 틀렸다는 걸 깨닫고, 하는 수 없이 다시 손을 씻은 후에 잠자리에 들었다. 그는 십오 분간 책을 읽었는데, 처음 십 분은 전날 밤에 어디까지 읽었는지를 파악하는 데 보내야 했다. 그러고 나서 불을 끄고 일이 분도 못 되어 잠이 들었다.
　캄캄했다. 그는 족히 한 시간 동안 왼쪽으로 누워 잤다.

그리고 나서 잠시 불편하게 뒤척거렸고, 몸을 돌려 오른쪽으로 누웠다. 그 후 다시 한 시간이 지나자, 그는 잠을 자면서 살짝 눈을 깜박였고 코를 슬쩍 긁었다. 다시 왼쪽으로 돌아눕는 데까지는 이십 분이 더 걸렸다. 그리고 그는 잠을 자며 그날 밤을 보냈다.

그는 네 시에 일어나서 다시 화장실로 갔다. 화장실 문을 열고……." 기타 등등.

이건 헛소리다. 전혀 액션이 진행되질 않는다. 미국 시장에 넘쳐나는 두껍고 훌륭한 책에 쓸 거리는 되지만, 아무것도 말해주는 바가 없다. 한마디로 말해서 몰라도 된다.

하지만 칫솔질을 하고 깨끗한 양말을 찾으려고 안간힘을 썼다 운운하는 얘기 말고도, 다른 부분이 생략되기도 한다. 그리고 이런 부분에 대해 사람들은 종종 쓸데없이 깊은 관심을 보이곤 한다.

그들은 알고 싶어 한다. 아서와 트릴리언의 관계에 대한 숨은 뒷이야기들은 다 어떻게 된 겁니까? 더 진전이 되나요?

이에 대한 대답은 물론, '참견하지 말고 당신 할 일이나 하라'는 것이다.

그런 사람들은 이런 소리도 한다. 크리킷 행성에서 밤마다 하늘을 날아다니면서 대체 뭘 한 거죠? 불을 뿜는 푸올로니스 용들이나 다이어 스트레이츠의 음반이 없다고 해서 그 행성 사람들이 전부 밤마다 집에 앉아 독서를 하는 건 아닐 텐데요.

아니면 좀더 구체적인 예를 들자면, 선사 시대 지구에서 위원회 모임이 있고 파티가 열렸던 날, 그러니까 아서가 골가프린참 행성의 광고 회사 미술부에서 음침한 조명을 받는 치약을 찍은 비슷비슷한 수백 장의 사진을 매일 아침 일생 동안 쳐다보는 운명으로부터 최근 도망쳐 나온 멜라라는 아름다운 아가씨와 함께 온화하게 불타오르는 나무들 너머로 달이 떠오르는 광경을 바라보며 언덕에 앉았던 그날은 어떻게 된 건가? 그때는 무슨 일이 일어났던 건가? 다음에 어떻게 됐지라고 묻는 거다. 그리고 대답은, 물론, 그 책이 끝났다는 거다.

  다음 책은 그로부터 오 년 후에야 시작되었고, 어떤 이들은, 가끔 필자가 지나치게 용의주도할 때가 있다고 주장하기도 한다. "이 아서 덴트라는 사람 말이오······." 은하계의 머나먼 끝에서 이런 외침이 들려온다. 심지어 이제는 상상하는 것조차 망측할 정도로 머나먼 외계인들의 은하계에서 기원한 신비한 우주 탐사 로켓 속에 새겨진 이런 글귀도 발견되었다고 한다. "이놈은 대체 뭐요? 사람이요, 생쥐요? 이 친구, 자기 홍차하고 삶의 광대한 문제들 외에는 전혀 관심이 없는 거요? 활력도 없어요? 정열도 없는 거요? 한마디로 말해서, 여자하고 잠도 안 자요?"

  알고 싶은 사람은 계속 읽을 일이다. 그렇지 않은 사람들은 다 건너뛰고 마지막 장을 읽는 게 나을 것이다. 그 장은 재미있는 데다 마빈도 나오니까.

26

아서 덴트는 허공에 둥둥 떠 있으면서, 쓸데없이 잠시 동안, 자기를 늘 기분 좋지만 지루한 사람이라고, 아니 좀더 최근에는 괴짜 같으면서도 재미없는 사람이라고 생각해왔던 친구들이 술집에서 즐거운 시간을 보내고 있기를 진심으로 바랐지만, 그게 마지막이었고, 한동안 다시는 그런 생각을 하지 않았다.

그들은 둥둥 떠올랐다. 천천히 서로의 주위를 돌며 가을에 플라타너스 씨앗이 떨어지는 것처럼 나선형으로, 하지만 그것과는 반대 방향으로 빙글빙글 날아올랐다.

그리고 둥둥 떠올라 가면서, 두 사람의 마음은 지금 그들이 완전히, 철저히, 궁극적으로 불가능한 일을 해내고 있는 것이든가, 아니면 물리학이 아직 해결해야 할 일이 엄청나게 많은 거라는 사실을 실감하며 황홀한 기분으로 노래 불렀다.

물리학은 고개를 가로젓고는, 괜히 딴전을 피우며 유스턴 로드나 웨스트웨이 입체 교차로 쪽으로 차가 계속 잘 빠지게 하거나, 가로등이 꺼지지 않게 하거나, 베이커 스트리트에서 어떤 사람이 햄버거를 떨어뜨리면 철퍼덕 땅바닥에 부딪쳐 뭉개지게 만드는 일에만 신경을 썼다.

그들 밑으로 어지럽게 점점 작아지고 있는 광경은, 구슬을 꿰어놓은 듯한 런던의 불빛들이었다――런던. 은하계 머나먼 변두리에 있는 크리킷 행성의 괴상한 색깔을 띤 들판이 아니라, 런던이라고, 아서는 스스로에게 자꾸 상기시켜야 했다. 주근깨 같은 은하는 머리 위로 탁 트인 하늘을 희미하게 가로지르고 있었지만, 런던이라――흔들리고, 흔들고 빙글 돌리고, 빙글 돌고…….

"급강하를 한번 해봐요." 그는 펜처치에게 외쳤다.

"네?"

그녀의 목소리는 광막한 허공에서 이상하게 또렷하면서도 아득하게 들렸다. 숨을 헐떡거리며, 믿을 수 없다는 듯이 희미했다――이 모든 것들, 또렷하고, 희미하고, 아득하고, 헐떡거리고, 전부 한꺼번에 일어나고 있었다.

"우리 날고 있어요……." 그녀가 말했다.

"별 거 아니에요." 아서가 외쳤다. "아무것도 아니라고 생각해요. 한번 급강하를 해봐요."

"급강……."

그녀가 손으로 아서의 손을 잡았는데, 돌연 눈 깜짝할 사이에 그녀의 체중 전체가 아서의 손에 전해졌고 순식간에, 놀랍게도 그녀는 사라져버리고 말았다. 저 밑으로, 미친 듯이 팔을 휘둘러 허공을 붙잡으려 애쓰면서, 떨어져 내리고 있었다.

물리학은 아서 쪽을 힐끗 바라보았고, 공포에 피가 얼어붙은 그도 추락하기 시작했다. 현기증 나는 추락에 속이 메슥거렸고, 온몸의 세포가 비명을 질렀지만 목소리는 나오지 않았다.

그들이 거꾸로 낙하했던 건, 이곳이 런던이었기 때문이고, 런던은 원래 이런 짓을 할 수 있는 장소가 아니었기 때문이다.

그는 여기가 런던이었고, 여기서 백만 마일 떨어진 곳――정확히 말해 칠백오십육 마일 거리에 있는 피사의 사탑이 아니었기 때문에 그녀를 붙잡을 수 없었다. 피사의 사탑에서는 갈릴레오가 두 개체가 함께 낙하하면, 각자의 질량과 상관없이 똑같은 비율로 추락 속도가 빨라진다고 증명한 바 있다.

그들은 추락했다.

아서는 어지럽고, 속이 메슥거리게 떨어져 내리면서, 탑도 하나 똑바로 못 세우는 이탈리아 사람들이 물리학에 대해 한 말들을 모조리 믿으면서 하늘에서 둥둥 떠다니고 있을 거면, 이거야말로 큰일이라는 사실을 깨달았고, 그러자 그는 정말로 펜처치보다 훨씬 더 빠른 속도로 떨어졌다.

그는 그녀를 위에서 붙들고, 어깨를 더 단단히 잡으려고 애썼다. 그는 꼭 붙들었다.

좋았어. 이제 그들은 함께 추락하고 있었다. 몹시 달콤하고 낭만적인 일이긴 했지만, 기본적인 문제를 해결해주지는 못했다. 바로 그들은 추락하고 있으며, 땅바닥은 아서가 무슨 다른 영악한 술수를 부릴 때까지 기다려줄 리 없고, 급행열차처럼 그들을 맞으러 달려 나오고 있다는 사실이었다.

그는 그녀의 체중을 받을 수 없었다. 몸을 받치거나 체중을 받을 만한 데가 전혀 없었다. 유일하게 머릿속에 떠오르는 생각은, 이제 죽는 건 기정사실이구나 하는 것이었다. 그리고 기정사실이 일어나는 걸 바라지 않는다면, 그도 기정사실이 아닌 뭔가 엉뚱한 짓을 해야 했다. 이건 아서가 아주 친숙하게 느끼는 분야였다.

그는 펜처치를 붙잡고 있던 손을 놓고 밀어낸 다음, 공포에 질린 황당한 표정으로 그녀가 아서의 얼굴을 바라보았을 때, 새끼손가락으로 그녀의 새끼손가락을 붙들고 다시 그녀를 빙글 돌려 위쪽으로 방향을 틀었다. 그리고 서툴게 그 뒤를 따라 휘청거리며 올라갔다.

"이런 망할." 그녀는 밭은 숨을 헐떡거리며 전혀 아무것도 없는 허공 위에 앉아서 이렇게 말했고, 그녀가 조금 회복되었을 때 두 사람은 밤하늘로 날아 올라갔다.

구름 바로 밑에서, 그들은 잠시 멈추고, 그들이 다다른 이 불가능한 곳의 사방을 살펴보았다. 땅바닥은 똑바로 열심히 바라보면 절대 안 되었다. 지나치면서, 있는가 보다 하고 흘끗 바라보기만 해야 했다.

펜처치는 몇 번인가 살짝 낙하를 해보더니, 바람을 잘 보고 타기만 하면 사실 상당히 눈부신 곡예 낙하를 하다가 마지막에 귀여운 피루엣(발끝으로 도는 발레의 동작―옮긴이주)으로 마무리를 할 수도 있다는 걸 알아냈다. 그러고 나서 아래로 떨어지면 드레스가 그녀의 몸을 감싸고 물결쳤는데, 바로 이 지점에서 마빈과 포드 프리펙트가 그동안 내내 뭘 하고 있었는지 궁금해서 못 살겠다는 독자는 좀더 뒷장으로 넘어가는 편이 좋을 것이다. 왜냐하면 이젠 아서가 더 이상 참지 못하고 그녀가 드레스 벗는 걸 도와줘버렸기 때문이다.

드레스는 바람을 타고 날아가 하늘하늘 떨어져 내리다가 한 개의 작은 점이 되더니 마침내 자취를 감춰버렸다. 그리고 복잡다단하지만 척 보면 삼천리인 이유로 인해 헌슬로에 사는 어느 가족의 삶을 혁명적으로 바꾸어버렸다. 그날 아침 드레스는 그 집 빨랫줄에 걸린 채로 발견되었던 것이다.

말없이 포옹을 한 채로 두 사람은 하늘로 높이높이 날아 올라가서, 비행기 날개를 깃털처럼 간질이는 모습을 볼 수 있는, 하지만 늘 갑갑한 비행기 속에 앉아서 남의 집 아들이 참을성 있게 따뜻한 우유를 셔츠 사이로 부어 넣으려고 애쓰는 사이 작고 여기저기 긁힌 강화 유리창 너머로 바라보고 있을 수밖에 없는 관계로 절대 손으로 만져볼 수는 없는, 습기로 만들어진 정령 같은 안개 속에서 헤엄을 쳤다.

아서와 펜처치는 구름을 느낄 수 있었다. 아른아른하고 차갑고 가느다란 안개가 그들의 몸을 꽃다발처럼 휘감고 있었다. 아주 차갑고, 아주 가는 안개. 그들은, 심지어 막스 앤 스펜서에서 산 속옷 두서너 점밖에 걸

치고 있는 게 없는 펜처치도 느낄 수 있었다. 중력의 법칙마저 귀찮게 굴 수 없는 그들인데, 단순한 추위나 희박한 공기쯤이야 저리 가서 휘파람이나 불라는 심정이었다.

펜처치가 이제 안개 낀 구름 속으로 날아 들어가고 있었기 때문에, 아서는 막스 앤 스펜서에서 나온 두 점의 속옷 쪼가리를 아주, 아주 천천히 벗겼다. 비행을 하면서 두 손을 쓰지 않으려면, 그럴 수밖에 없었기 때문이다. 속옷들은 펄펄 날아가서 다음 날 아침, 위에서 아래 순서로 말하자면, 각각 아일워스와 리치먼드에서 상당한 분란을 초래했다.

그들은 오랫동안 구름 속에 있었다. 구름이 워낙 높이 쌓여 있었기 때문이다. 그러다 마침내 온몸이 젖어 두 사람이 구름 밖으로 나왔을 때, 펜처치는 차오르는 밀물에 흔들리는 불가사리처럼 천천히 빙글빙글 돌고 있었다. 그들은 구름 위로 올라가면 진짜 제대로 된 달밤을 만끽할 수 있다는 사실을 알게 되었다.

달빛은 어둡지만 현란했다. 위에는 다른 산들이 솟아 올라와 있었는데, 그건 다 자기만의 하얀 만년설을 지닌 산이었다.

그들은 드높이 쌓인 적란운 꼭대기로 나와서, 이제 게으르게 구름의 모양을 타고 천천히 하늘하늘 내려오기 시작했다. 그 사이 펜처치는 이제 하나씩 하나씩 아서의 옷을 덜어주기 시작했다. 그녀는 아서의 속옷들이 나름대로 놀라면서 주위를 둘러싼 흰색 속으로 빙글빙글 떨어져 사라질 때까지 차근차근 옷을 벗겼다.

그녀는 그에게 키스를 했고, 그의 목에, 가슴에 키스를 퍼부었다. 잠시 후 그들은 천천히 돌면서, 일종의 말없는 T 모양이 되어 공중을 떠다녔다. 아마 이 광경을 봤으면, 피자를 배터지게 먹고 날아 돌아가던 불 뿜는 푸올로니스 용이라도 날개를 퍼덕거리며 헛기침을 한두 번 하지 않을 수 없었으리라.

하지만 구름 속에는 불 뿜는 푸올로니스 용이 한 마리도 없었고 또 있을 수도 없었다. 그들은 공룡이나, 도도새나, 프라즈 별자리에 있는 스테그바틀 메이저 항성의 위대한 드루버드 윈트웍과 마찬가지로, 그리고 차고 넘치는 양이 공급되고 있는 보잉 747기와는 달리, 슬프게도, 멸종해 버렸고 우주는 그런 존재를 다시는 볼 수 없을 테니까.

앞의 목록에서 보잉 747기가 불쑥 등장한 이유는, 그와 몹시 비슷한 일이 아서와 펜처치의 삶에서 일이 분 후에 일어났다는 사실과 무관하지 않다.

보잉 비행기들은 커다란 물체다. 무섭게 크다. 공기 중에 같이 떠 있으면 모를 수가 없다. 천둥이 치는 듯한 충격파며, 새된 소리를 질러대며 흐르는 바람의 벽도 있다. 그리고 아서와 펜처치가 하고 있던 일과 조금이라도 비슷한 일을 저지르고 있을 만큼 바보라면, 런던 대공습 때의 나비들처럼 옆으로 튕겨 나가게 마련이다.

하지만 이번에는 심장이 철렁한 낙하도 없었고 불쑥 겁을 집어먹는 일도 없었다. 그저 잠시 후 재회의 순간이 있었을 뿐. 그리고 근사한 새 아이디어가 심하게 진동하는 소음 사이로 열렬하게 그들에게 신호를 보냈다.

매사추세츠 보스턴의 카펠슨 부인은 연세가 지긋한 노인이었다. 사실, 그녀는 삶이 이제 막바지에 다다랐다는 느낌을 받고 있었다. 수많은 일을 겪었고, 당혹스러운 일도 많았지만, 생의 막바지에 다다른 지금 이렇게 권태로워도 되나 싶어서 좀 심기가 불편했다. 그간 만사가 상당히 쾌적하고 즐거웠지만, 좀 너무 뻔하고 좀 너무 똑같은 일이 반복되곤 했다.

한숨을 쉬면서 그녀는 작은 플라스틱 유리창 덮개를 올리고 날개를 쳐다보았다.

처음에 그녀는 승무원을 부를까 했지만, 그러다가 '아니, 집어치우자, 말도 안 되지, 이건 내 거야, 나만의 거야'라고 생각했다.

도저히 설명이 안 되는 그녀만의 사람들이 마침내 날개에서 미끄러져 내려와 비행기 후류로 뛰어내렸을 때쯤, 그녀의 기분은 말도 못하게 좋아져 있었다.

　그녀는 무엇보다 이제까지 들어온 말들이 모조리 다 틀렸다는 사실에 무한한 안도감을 느꼈다.

　다음 날 아침 가구를 계속 다시 옮겨 넣는 웅웅거리는 소리에도 불구하고, 아서와 펜처치는 좁은 도로변에서 아주 늦게까지 늦잠을 잤다.
　다음 날 밤, 두 사람은 똑같은 일을 전부 다시 했다. 다만 이번에는 소니 워크맨과 함께였다.

27

"이 모든 게 정말 너무나 근사해요." 며칠 후 펜처치가 말했다. "하지만 나한테 대체 무슨 일이 일어났던 건지 알아야겠어요. 이게 우리 두 사람의 차이에요. 당신은 뭔가를 잃어버렸다가 다시 찾았지만, 나는 뭔가를 찾았다가 잃어버렸단 말이에요. 그걸 다시 찾아야겠어요."

그녀는 그날 외출을 해야 했기 때문에, 아서는 하루 동안 전화나 걸며 보내기로 했다.

머레이 보스트 헨슨은 지면은 작고 활자는 커다란, 그런 부류의 신문에서 일하는 기자였다. 아무리 그래도 인간성이 조금도 나빠지지 않았다고 말한다면 기분은 좋겠지만, 슬프게도 이건 사실이 아니었다. 그는 아서가 아는 유일한 기자였고, 그래서 아서는 어쨌든 그에게 전화를 걸었다.

"아서, 우리 수프 숟가락, 우리 은제 수프 그릇, 네 전화를 받다니 특히 얼이 다 빠지는구나! 누가 그러는데 네가 우주 여행을 갔다거나 뭐 그렇다면서?"

머레이는 자기 나름대로 쓸 일이 있어서 개발한 특유의 대화체를 갖고 있었다. 그리고 이 문제는 다른 사람은 말할 수도 없거니와 따라할 생각도 하지 않았다. 그 많은 말 중에 의미가 있는 건 거의 없었다. 실제로 뭔가 의미가 있는 조각들은 종종 어찌나 기막히게 대화 속에 묻혀 있는지,

헛소리가 눈사태처럼 쏟아지는 와중에서 그 조각들을 건질 사람은 아무도 없었다. 어느 부분이 진짜 의미를 담고 있는지, 나중에 찾아내게 되면, 연루된 모든 사람들이 다치기 일쑤였다.

"뭐라고?" 아서가 말했다.

"그냥 풍문이지 뭐. 우리 코끼리 상아, 내 조그만 녹색 카드 테이블, 그냥 헛소문이라고. 아마 아무 의미도 없을 거야. 하지만 그래도 육성으로 한마디 해주면 좋겠어."

"할 말이 전혀 없어. 그냥 술집에서 떠드는 소리지 뭐."

"우리는 그걸 먹고 산다고. 우리 보철 교정물, 우리는 바로 그걸 먹고 살아. 게다가 이번 주의 다른 얘기들하고 또 다른 기사들에 아주 맞춘 듯이 어울리거든. 그러니까 네가 사실을 부인했다는 얘기만 들으면 돼. 잠깐 실례할게. 내 귀 속에서 뭐가 떨어져 나온 거 같아."

오랜 침묵이 이어졌고, 머레이 보스트 헨슨이 다시 돌아와 수화기를 집어 들었을 때는, 목소리가 진짜 무슨 일이 있었던 것처럼 흐트러져 있었다.

"방금 기억난 건데." 그가 말했다. "어제 정말 얼마나 희한한 밤을 보냈는지 몰라. 아무튼 내 친구, 무슨 일인지는 말하지 않을게. 그나저나 핼리 혜성을 타고 날아본 기분이 어때?"

"핼리 혜성……." 아서는 한숨이 나오는 걸 참으면서 말했다. "못 타봤어."

"좋았어. 핼리 혜성 못 타본 기분이 어때?"

"상당히 마음이 편하지, 머레이."

머레이가 이 말을 받아 적는 동안 상당히 오랜 시간 침묵이 흘렀다.

"이거면 됐어, 아서. 에델하고 나하고 병아리들한테는 이 정도면 충분하다고. 이번 주의 전반적인 괴담들하고 아주 잘 어울려. 괴짜들의 주간, 이렇게 이름을 붙이려고 하는데 어때. 괜찮아?"

"아주 좋아."

"뭔가 느낌이 확 풍기는 이름 아니냐. 제일 먼저, 가는 데마다 비를 몰고 다니는 남자가 있거든."

"뭐라고?"

"순도 백 퍼센트 초특급 진실이야. 그 친구의 작은 검은 공책들에 전부 다 적혀 있다고. 재미로 따지면 겹겹이 쌓인 조건이 모조리 다 들어맞아. 영국 기상청은 바나나 아이스크림처럼 썰렁해졌고, 하얀 가운을 입은 조그맣고 우스꽝스러운 사람들이 줄자며 상자며 점적 기구들을 찾아들고 전 세계에서 날아 들어오고 있다고. 이 사람 진짜 말도 못하게 끝내줘. 꿀벌 무릎 같다고(bee's knees는 대단히 훌륭하다는 뜻의 속어다─옮긴이주). 딥다 최고야, 아서. 말벌 젖꼭지처럼 끝내준다고. 그는, 서방 세계의 온갖 날벌레의 괴상망측한 신체 부위들을 다 모아 놓은 것만큼이나 끝내준다니까. 우리는 이 사람을 비의 신이라고 부르기로 했어. 멋지지, 응?"

"나 그 사람 만나본 거 같은데."

"썩 괜찮게 들리는데. 방금 뭐라고 했지?"

"그 사람 만난 거 같다고. 날이면 날마다 불평만 달고 살지, 응?"

"믿을 수가 없어! 네가 비의 신을 만나봤어?"

"네가 말하는 사람이 같은 사람이라면 말이야. 제발 불평 좀 그만하고 차라리 어디 가서 그 책을 보여주지 그러느냐고 그랬어."

전화선 너머 머레이 보스트 헨슨 쪽에서 감동에 찬 침묵이 잠시 전해져 왔다.

"그럼, 네가 정말 굉장히 큰일을 해준 거구나. 기가 막히고 코가 막히게 기찬 일을 해준 거야. 이거 보라고, 올해는 말라가에 절대 가지 말아 달라는 청탁의 대가로 여행사가 이 사람한테 얼마를 주는지 알아? 사하라 사막 관개 사업처럼 재미없는 일은 이제 안녕이라 이 말씀이야. 이 친구는 특정 장소에 가주지 않는 대가로 거액을 버는 굉장한 인생을 새로 시작하고 있단 말이지. 이 사람은 이제 괴물이 되어가고 있어. 아서, 생각해보니까 이 사람을 빙고 게임 우승자로 만들면 어떨까 싶어.

그리고 말이야, 우리는 아서 너에 대해서도 기사를 한 편 싣고 싶어. '비의 신이 비를 쏟게 만든 장본인'이라고 해서 말이야. 어때, 느낌이 팍 오지?"

"좋네. 그런데……."

"마당에서 샤워기를 틀어놓고 네 사진을 찍을 필요가 있을지도 몰라. 하지만 괜찮을 거야. 너 어디 있냐?"

"어, 나는 이즐링턴에 있어. 이봐, 머레이……."

"이즐링턴이라고!"

"그래."

"야, 이번 주에 진짜 진짜 괴상망측한 기사가 있는데, 이건 진짜 완전히 돌아버릴 얘기야. 혹시 너 하늘을 날아다니는 사람들 얘기 알고 있냐?"

"아니."

"그런 걸 왜 모르냐. 이게 진짜로 새빨갛게 미친 소리야. 빵 반죽 속에 든 알짜 고기 속이라니까. 그 동네 사람들이 계속 전화를 걸어서 하는 얘긴데, 밤마다 하늘을 날아다니는 커플이 있다는 거야. 그래서 우리 사진팀 사람들을 모아서 밤에 진짜 사진을 좀 만들어오라고 시켰어. 못 들어봤을 리가 없는데."

"몰라."

"아서, 너 대체 어디 갔다 온 거냐? 오, 우주지, 맞아. 네 입으로 들었지, 참. 하지만 그건 벌써 몇 달 전의 일이잖아. 이봐, 이건 이번 주에 밤이면 밤마다 일어난 일이라고. 우리 귀여운 치즈 가는 기계 같으니라고. 바로 너희 동네에서 말이야. 이 커플은 하늘을 날아다니다가는 별별 짓을 다 하는 모양이야. 벽을 들여다보거나 자기가 육교인 척한다든가 그런 얘기가 아니야. 아무것도 몰라?"

"몰라."

"아서, 우리 짝꿍, 너하고 통화하게 되어서 정말 얼마나 말로 표현할 수 없이 맛깔 나고 좋은지 몰라. 하지만 이제 끊어야겠어. 사람을 시켜서 카메라하고 물 뿌리는 호스를 들고 너한테 찾아가라고 할게. 주소 좀 줘봐. 받아쓸 준비를 하고 있으니까."

"이봐, 머레이, 사실은 물어볼 게 있어서 전화를 한 거야."

"나 할 일이 굉장히 많은 사람인데."

"그냥 돌고래에 대해서 뭘 좀 알고 싶어서."

"그건 기삿거리가 안 돼. 작년 뉴스거리라고. 그건 잊어버려. 돌고래들은 다 없어졌잖아."

"중요한 일이야."

"이봐, 아무도 그 문제는 손도 안 댈 거야. 기사를 만들 수가 없단 말이야. 유일한 소식이라는 게 기사거리가 계속해서 나타나지 않고 있다는 건데 그게 어떻게 기사가 돼. 게다가 어차피 우리 전문 분야도 아니고. 차라리 《선데이 신문》을 알아보지 그래. 어쩌면 그 친구들은 '돌고래에게 일어난 일에 대한 기사는 대체 어떻게 되었나' 같은 기사를 일이 년 지나서 한 팔월쯤 실을지도 몰라. 하지만 그렇다고 지금 와서 누가 뭘 어떻게 하겠냐? '돌고래들은 계속 부재중'? '지속되는 돌고래들의 부재'? '돌고래들—그들 없이 가는 세월'? 그런 기사는 죽었어, 아서. 자빠져서 두 발을 허공에다 대고 차면서 저 하늘 위에 있는 거대한 황금빛 빈민 수용소로 날아가고 있단 말이야. 이런 친애하는 박쥐 같으니라고."

"머레이, 나는 그게 기사감이냐 아니냐는 관심 없어. 그저 돌고래에 대해서 뭔가 알고 있다고 주장하는 캘리포니아의 그 사람 연락처만 알면 돼. 아무래도 네가 알 거 같아서."

28

"사람들이 우리 얘기를 하기 시작했어요." 펜처치가 그날 저녁, 함께 첼로를 끌어올린 후에 말했다.

"말만 하는 게 아니에요." 아서가 말했다. "활자로 찍고 있어요. 빙고 상품 밑에 커다랗고 두꺼운 글자체로. 그래서 이걸 구해오는 게 좋겠다고 생각했죠."

그는 길쭉한 비행기표를 보여주었다.

"아서!" 그녀는 아서를 껴안으며 말했다. "그러니까 그 사람이랑 통화하는 데 성공했다는 얘기예요?"

"오늘 하루는." 아서가 말했다. "전화 통화만 하다가 기진맥진 뻗어버렸어요. 플릿 스트리트에 있는 거의 모든 신문사의 거의 모든 부서와 다 통화를 했어요. 그래서 드디어 이 번호를 추적해내는 데 성공했죠."

"어찌나 열심히 일했는지, 땀에 푹 젖었네, 불쌍한 내 사랑."

"땀은 아니고……." 아서가 힘없이 말했다. "사진 기자가 방금 왔다 갔기 때문이에요. 항의하려고 했지만, 하지만……아니, 그건 신경 쓰지 말아요. 중요한 사실은, 맞아요. 열심히 일했어요."

"그 사람하고 통화했군요."

"그 사람 아내하고 통화를 했어요. 지금 그 사람은 너무 괴상하게 굴고 있어서 전화를 받을 수가 없대요. 그러면서 나중에 전화하라고 하더라고요."

그는 무겁게 주저앉다가, 뭔가 허전하다는 생각이 들어 빠진 걸 찾으러 냉장고로 갔다.

"뭐 한 잔 마실래요?"

"물 한 잔 준다면 사람이라도 죽일 수 있을 거 같아요. 첼로 선생이 나를 위아래로 훑어보면서 '아, 맞아, 이 친구, 오늘은 차이코프스키를 좀 해볼까' 라고 말하면, 그날은 아주 고달파지거든요."

"그래서 다시 전화를 했어요." 아서가 말했다. "그랬더니 이 여자가 말하길, 지금 전화에서 3.2광년 떨어진 거리에 있기 때문에, 나중에 다시 걸어달래요."

"아."

"그래서 다시 걸었어요. 그러니까 상황이 아까보다는 좀 좋아졌대요. 이제는 전화에서 겨우 2.6광년밖에 안 떨어져 있지만, 아직 고함을 치기에는 좀 먼 거리라나요."

"설마……." 펜처치가 의심스럽게 말했다. "그 사람 말고 그런 얘기를 할 만한 사람은 또 없겠죠?"

"들어봐요. 갈수록 태산이니까." 아서가 말했다. "실제로 그 사람을 만나본 과학 잡지 기자하고 통화를 했는데, 그 사람 말이 존 왓슨은 금색 턱수염이 나고 초록색 날개가 달리고 닥터 숄(닥터 숄은 바닥이 나무로 된 슬리퍼를 생산하는 구두 회사다―옮긴이주)의 샌들을 신은 천사들한테 계시를 받는답니다. 그래서 달마다 유행하는 어리석은 기담들을 무조건 믿을 뿐 아니라, 천사들이 말해줬다는 절대적인 증거까지 갖고 있다고 주장할 거라는 거예요. 이런 계시의 효력을 의심하는 사람들한테는, 의기양양하게 문제의 슬리퍼를 보여줄 거라는군요. 여기까지가 내가 들은 얘기의 전부예요."

"그 정도로 사태가 심각할 줄은 몰랐는걸요." 펜처치가 조용히 말했다. 그녀는 비행기표를 기운 없이 만지작거렸다.

"그래서 다시 왓슨 부인에게 전화를 했어요." 아서가 말했다. "그런데 그 여자분 이름은, 어쨌거나 혹시 당신이 궁금해할까 봐 말해주는 건데, 아케인 질이에요."

"알겠어요."

"알아줘서 고마워요. 당신이 이런 얘기를 하나도 안 믿어줄까 봐, 이번에 전화를 걸 때는 자동응답기로 통화를 녹음했어요."

그는 전화기로 가서 한동안 전화기 버튼을 모조리 눌러보며 짜증을 냈다. 이 전화기는 《무엇을 살까》 잡지에서 특별히 추천한 제품으로서, 쓸 때마다 머리가 돌아버리지 않는 게 불가능했기 때문이다.

"여기 있다." 그는 마침내 이마에 흘러내리는 땀을 훔치며 이렇게 말했다.

목소리는 지구 상공에 고정되어 있는 위성까지 올라갔다 내려오는 긴 여행을 하느라 지쳐서 가늘고 칙칙거렸지만, 또한 잊히지 않을 정도로 차분했다.

"제가 설명을 좀 드려야 할 것 같군요." 아케인 질 왓슨의 목소리가 말했다. "이 전화는 사실 그이가 절대 들어오지 않는 방에 있거든요. 전화는 정신병원 안쪽에 있어요. 정신 멀쩡한 웡코는 정신병원에 들어오는 걸 싫어해서, 절대 들어오지 않아요. 선생님께서 전화를 계속 하시는 수고를 덜어드려야 할 거 같아서 말씀드리는 거예요. 만일 그이를 만나고 싶으시면, 그건 아주 쉽게 도와드릴 수 있어요. 그냥 걸어 들어오시면 되거든요. 그이는 '정신병원 바깥'에서만 사람들을 만나요."

안 그래도 어리벙벙한 아서의 목소리가 극도의 얼빵함에 다다랐다. "죄송한데, 무슨 말씀인지 잘 모르겠네요. 정신병원이 어디 있나요?"

"정신병원이 어디 있느냐고요?" 아케인 질 왓슨이 다시 말했다. "이쑤시개 통에 있는 설명을 읽지 않으셨단 말인가요?"

테이프에서 들려오는 아서의 목소리는, 읽지 못했다는 사실을 수긍했다.

"읽어두시는 편이 좋을 거예요. 그러면 몇 가지 문제들이 좀 해명될 테니까요. 정신병원이 어디 있는지도 알게 되실 거고요. 감사합니다."

전화 속에서 말하던 목소리는 끊어졌다. 아서는 기계를 껐다.

"자, 그렇다면 이걸 초대라고 봐도 되겠지요." 그는 어깨를 으쓱하며 말했다. "사실은 과학 잡지에서 일하는 친구한테서 주소를 얻어냈답니다."

펜처치는 생각에 잠긴 듯 얼굴을 찌푸리며 아서를 올려다보고는, 비행기표를 다시 내려다보았다.

"이럴 만한 가치가 있는 일일까요?" 그녀가 말했다.

"글쎄요." 아서가 말했다. "내가 얘기한 사람들이 한 가지에서는 의견 일치를 보더라고요. 그 남자는 구제불능으로 미쳤을 뿐만 아니라, 돌고래에 대해서는 세상에 생존하고 있는 그 어떤 인간보다 더 많은 걸 알고 있다더군요."

29

 "대단히 중요한 안내 방송입니다. 이 비행기는 로스앤젤레스행 백이십일 번 비행기입니다. 오늘 여러분의 여행 계획에 로스앤젤레스가 포함되어 있지 않으시다면, 지금이 이 비행기에서 내리기에 가장 좋은 시간이라고 사료됩니다."

30

그들은 로스앤젤레스에서, 사람들이 버리고 간 차를 대여해주는 렌터카 회사에서 자동차를 하나 빌렸다.

"이 자동차가 모퉁이를 돌게 만드는 건, 아마 상당히 골치가 아플 겁니다." 열쇠를 건네주면서, 선글라스를 낀 사내가 말했다. "사실 어떤 때는 차라리 자동차에서 나가서 그 방향으로 가는 다른 차를 빌려 타는 편이 더 간단할지도 몰라요."

그들은 누군가가 황당한 경험을 만끽하고 싶으면 들르라고 권했던 선셋 대로의 호텔에서 하룻밤을 보냈다.

"거기 묵는 사람들은 다 영국인이거나 괴짜거나 아니면 둘 다야. 그 호텔에는 수영장이 있는데, 거기 가 보면 영국 록 스타들이 사진 기자들을 위해서 《언어, 진실 그리고 논리》 같은 책들을 들고 포즈를 취하고 있다고."

사실이었다. 수영장에는 그날도 록 스타가 한 명 있었는데, 정확하게 그런 행동을 하고 있었다.

주차 관리인은 그들의 차를 별로 신경 써주지 않았지만, 그건 상관없었다. 그건 그들도 마찬가지였으니까.

밤이 깊어지자 그들은 멀홀랜드 드라이브 도로를 따라 할리우드 언덕을 드라이브해서, 로스앤젤레스라는 이름의 눈부시게 흐르는 빛의 바다를 먼저 내려다본 후, 잠시 후에는 또 차를 세우고 샌페르난도 밸리라는 이름의 눈부시게 흐르는 빛의 바다를 내려다보았다. 그들은 눈부신 감각이 망막 바로 밑까지만 다다를 뿐 다른 어떤 부분도 건드리지 못한다는 데 의견의 합일을 보고 아름다운 풍경에 이상하게 만족하지 못한 채 그곳을 떠났다. 극적인 빛의 바다라는 건 좋다 이거다, 하지만 빛은 뭔가를 밝혀주도록 되어 있는 게 아닌가. 그런데 이 특별히 극적인 빛의 바다가 밝혀주는 사이로 자동차를 몰아본 결과, 그들은 별것 아니라는 결론을 내렸다.

그들은 늦잠을 푹 자고, 도저히 못 견딜 정도로 뜨거운 점심식사 시간이 되어서야 일어났다.

그들은 고속도로를 달려 산타모니카로 가서 생전 처음 태평양을 보았다. 정신 멀쩡한 윙코가 날이면 날마다, 거기다 또 밤 시간의 상당량까지도 그 앞에 앉아서 보내는 바다였다.

"언젠가 이런 말을 들었어요." 펜처치가 말했다. "그 사람은 이 바닷가에서 아주머니 두 사람이 하는 얘기를 어깨 너머로 들었대요. 무슨 볼일이었는지는 몰라도, 아무튼 여기서 처음으로 태평양을 본 사람들이었대요. 그런데 한참 아무 말도 하지 않다가, 한 아주머니가 동행을 보고 이렇게 말하더래요. '그런데 생각했던 것만큼 크지는 않네' 라고요."

말리부 해변을 따라 걸으며 세련된 통나무 별장을 가진 수많은 백만장자들이 서로를 유심히 바라보며 누가 얼마나 돈을 많이 벌고 있나 확인하는 광경을 구경하다 보니, 두 사람의 기분이 점점 좋아졌다.

태양이 하늘의 서쪽으로 기울자 두 사람의 기분은 점점 더 좋아졌고, 덜컹거리는 자동차로 돌아와서 제정신이 털끝만큼이라도 남은 인간이라면 절대 그 앞에 로스앤젤레스 같은 도시를 지을 생각은 꿈에도 할 수 없는 석양을 향해 달릴 때쯤이 되자, 그들은 갑자기 경이롭고도 비합리적인 행복에 사로잡혀 심지어 끔찍하게 낡은 자동차 라디오에서 겨우 두 채널만 잡히고, 그것도 두 채널이 동시에 나온다는 사실마저 개의치 않게 되었다. 그러면 어떠랴, 두 채널 다 훌륭한 로큰롤을 틀어주고 있는데.

"그 사람이 우리를 도와줄 수 있을 거라고 믿어요." 펜처치가 단호하게 말했다. "도와줄 수 있을 거예요. 그 사람 이름이 뭐라고 했죠? 자기가 듣기 좋아하는 이름이요."

"정신 멀쩡한 윙코."

"맞아요. 우리를 도와줄 수 있는 사람이 틀림없어요."

아서는 그가 과연 도움을 줄 수 있을까 생각했고, 그가 도움을 줄 수 있기를 바랐고, 펜처치가 잃어버린 것을 여기서, 이 지구에서, 이 지구가 무엇으로 밝혀지든 간에 아무튼 여기서 찾을 수 있기를 바랐다.

하이드 파크의 서펀틴 호숫가의 벤치에서 그녀와 이야기를 나눈 후로 계속해서 열렬하게 소망했고, 또 소망하는 바는 그가 저 깊고 깊은 기억의 저편에 확고하게, 작정하고 묻어둔 생각들을 다시는 기억해내지 않아도 되었으면 하는 것이었다. 그 생각들이 그냥 기억 저편에 그대로 묻힌 채 그를 괴롭히게 해달라고, 그는 소망하고 또 소망했다.

샌타바버라에서 그들은 창고를 변형한 것같이 생긴 생선 요리 전문 레스토랑에 들렀다.

펜처치는 붉은 숭어를 먹었고, 맛있다고 말했다.

아서는 황새치 스테이크를 먹었고, 요리 때문에 화가 난다고 말했다. 그는 지나가는 웨이트리스의 팔을 덜컥 붙잡고는 마구 욕을 했다.

"도대체 이놈의 생선이 왜 이렇게 뒈지게 맛있는 겁니까?" 그는 성을 내며 따져 물었다.

"제 친구를 용서해주세요." 펜처치가 깜짝 놀란 웨이트리스에게 이렇게 말했다. "오랜만에 좀 즐거운 하루를 보내고 있나 봐요."

31

데이비드 보위를 한두 사람쯤 데리고 데이비드 보위 하나를 또 다른 데이비드 보위 위에다 붙이고, 또 다른 데이비드 보위를 처음 두 사람의 데이비드 보위의 팔뚝에다 붙인 다음에 그걸 전부 합쳐서 더러운 비치 가운으로 둘둘 감으면, 존 왓슨과 똑같이 생긴 건 아니라도 존 왓슨을 아는 사람이 보면 굉장히 낯익다고 생각할 만한 형상이 나올 것이다.

그는 키가 크고 움직임이 몹시 뻣뻣했다.

태평양을 지그시 바라보면서——이제는 처음처럼 광기 어린 탐색은 포기한 채 평화로운, 그러나 깊디깊은 실의에 빠진 모습이었지만——해변용 접의자에 앉아 있는 모습을 보면, 어디까지가 접의자고 어디서부터 존 왓슨인지 구분하기가 쉽지 않았다. 그래서 건드리기도 망설이게 되는 것이다. 혹시나, 예를 들어 팔 같은 데 손을 댔다가는 전체 구조물이 한꺼번에 와르르 무너져 내리면서 손 댄 사람의 엄지손가락까지 같이 떨어져나가지 않을까 겁날 정도였다. 하지만 그가 사람을 보고 미소를 지으면, 그건 굉장히 특별하기 이를 데 없었다. 그 얼굴은 사람이 살아가면서 겪을 수 있는 최악의 사태들만 모아놓은 것 같았지만, 그가 짧은 순간 특정한 순서로 얼굴을 재조립하면 보는 사람으로 하여금 갑자기 '아, 그렇구나. 이제 다 괜찮은 거야'라는 느낌이 들게 하곤 했던 것이다.
 말할 때, 그가 예의 '아, 그렇구나. 이제 다 괜찮아'라는 느낌이 들게 만드는 미소를 상당히 자주 애용한다는 사실을 알게 되고 사람들은 마음을 푹 놓을 수 있었다.
 "오, 그럼요." 그는 말했다. "그 친구들이 나를 만나러 온다니까요. 바로 여기 앉아 있곤 하지요. 지금 당신이 앉아 있는, 바로 그 자리에 앉는다고요." 그는 금발의 수염과 초록색 날개를 가진 닥터 숄의 샌들을 신은 천사 이야기를 하고 있었다.
 "자기네들이 사는 데에는 이런 게 없다면서 나초를 먹어요. 콜라를 아주 많이 마시고 만사에 아주 친절하지요."
 "그래요." 아서가 말했다. "그래요? 그러니까, 어……이게 언제 일이죠? 천사들이 언제 오나요?"
 그도 태평양을 바라보았다. 해변을 따라 달리는 도요새가 몇 마리 있었는데, 그들에게는 이런 문제가 있었다. 모래 속에 묻어둔 먹이가 방금 파도에 쓸려갔는데, 발이 물에 젖는 건 참을 수가 없었던 것이다. 이 문제를 해결하기 위해서 도요새들은 굉장히 똑똑한 스위스 사람들이 만든 기계처럼 괴상하게 팔짝팔짝 뛰어다니고 있었다.
 펜처치는 모래 위에 앉아서, 손가락으로 한가로이 무늬를 그리고 있었다.
 "대체로 주말이죠." 정신 멀쩡한 윙코가 말했다. "작은 스쿠터를 타고 온답니다. 근사한 기계들이지요." 그가 미소를 지었다.
 "그렇군요." 아서가 말했다. "알겠어요."
 펜처치가 조그맣게 기침을 하는 바람에 아서는 그녀 쪽으로 시선을 돌리고 뭘 하는지 살펴보았다. 그녀는 구름 속에서 노니는 두 사람의 모습을 묘사한 모래 그림을 그리고 있던 작은 둘째손가락을 긁었다. 잠시 아서는 그녀가 자신을 도발시키려는 게 틀림없다고 생각했지만, 곧 그게 아니라 야단을 치고 있다는 걸 알았다. 그녀는 "우리 같은 사람들이 누굴 보고 미쳤다고 할 자격이나 있어요?"라고 말하고 있었다.

웡코의 집은 누가 봐도 특이했고, 이것이 펜처치와 아서가 처음으로 맞닥뜨린 물건이었기 때문에 어떻게 생겼는지 좀 설명해주는 게 좋을 것 같다.

그 집은 이러했다.

안팎이 뒤집혀 있었다.

사실 어찌나 안팎이 제대로 뒤집혀 있는지, 카펫을 바깥에 깔아야 할 정도였다.

사람들이 보통 건물 외벽이라고 부를 만한 물건을 따라서, 고상한 분홍색으로 인테리어 디자인이 되어 있었다. 선반도 있었고, 반원 모양의 상판이 달린 세 발 달린 가구도 있었다. 왜, 누가 그 위로 벽을 뚝 떨어뜨린 것 같은, 그런 테이블 말이다. 그리고 마음을 편안하게 해주려는 목적으로 그린 게 분명한 그림들도 걸려 있었다.

그런데 진짜 이상한 것은 천장이었다.

천장은 M. C. 에스헤르가 밤마다 시내에 나가서 죽도록 힘든 밤을 보냈을 때에——실제로 에스헤르가 힘겨운 밤을 보냈다거나 하는 그런 말을 하려는 건 이 이야기의 목적이 결코 아니지만, 사실 그 사람 그림을 쳐다보는 게 힘든 건 사실이긴 한데, 뭐 당연한 이야기지만 특히 그 이상한 계단이 수없이 많이 그려져 있는 그림을 보고 있으면 몹시 힘들다——아무튼 그런 밤을 보내고 들어와서 꿈을 꾸었을 만한 모습으로 속으로 접혀 있는 데다, 안쪽에 걸려 있어야 마땅한 작은 샹들리에가 바깥으로, 위로 삐죽 솟아 올라와 있었기 때문이다.

굉장히 헷갈린다.

현관에 걸려 있는 안내문에는 "바깥으로 들어오세요"라고 쓰여 있었고, 그래서 그들은 불안하게 안내에 따랐다.

물론 안에는 바깥에 있어야 할 것들이 있었다. 거친 벽돌, 훌륭하게 마감된 자재, 잘 수리된 물받이, 정원의 오솔길, 작은 나무 몇 그루, 바깥으로 향하는 방 몇 개.

그리고 안쪽의 벽은 희한하게 접혀서 끝이 터져 있었는데, 이것이 유발하는 착시 효과는 과연 M. C. 에스헤르라도 얼굴을 찌푸리며 대체 어떻게 했을까 고민하게 만들었을 법한 것이었다. 집 안에 태평양이 들어 있는 것처럼 보였던 것이다.

"안녕하시오." 존 왓슨, 정신 멀쩡한 윙코가 말했다.

다행이네, 그들은 마음속으로 생각했다. "안녕하세요"는 그래도 감당할 만한 인사말이었으니까.

상당히 오랜 시간, 그는 이상하게 돌고래 얘기를 하기 꺼리는 것처럼 보였다. 묘하게 정신이 딴 데 팔려 있는 듯한 기색으로 돌고래 얘기만 꺼내면 "잊어버렸는데……" 같은 말을 하는 것이었다. 그러면서 집 안에 있는 희한하고 괴상한 물건들을 자랑스럽게 그들에게 구경시켜주었다.

"이건 내게 기쁨을 주지요." 그가 말했다. "좀 묘한 기쁨이긴 하지만요. 그리고 아무에게도 해를 끼치지 않고 말이오." 그는 말을 이었다. "훌륭한 안경사라면 문제를 금세 해결할 수 있으니까."

그들은 존 왓슨이 마음에 들었다. 서글서글하고 정이 붙는 사람이었고, 다른 사람이 놀리기 전에 자기가 자기를 조롱할 줄 아는 것 같았다.

"사모님 말씀인데요." 아서가 주위를 둘러보며 말했다. "사모님이 무슨 이쑤시개 얘기를 하셨어요." 그는 쫓기는 듯한 표정으로 그 말을 해치웠다. 그녀가 문 뒤에서 불쑥 나타나서 또 그 얘기를 할까 봐 겁이 났던 것이다.

정신 멀쩡한 윙코는 큰 소리로 웃었다. 밝고 편안한 웃음이었고, 전에도 그렇게 웃어본 적이 아주 많은 듯한, 그리고 몹시 만족스러워하는 듯한 그런 웃음이었다.

"아, 맞아요." 그가 말했다. "그건 내가 세상이 완전히 미쳐 돌아간다는 걸 깨닫고, 불쌍한 세상을 치료해주고 싶어서 세상을 전부 다 집어넣을 정신병원을 지은 그날하고 상관이 있다오."

이 지점에서 아서는 다시 좀 불안해지기 시작했다.

"여기 말이오." 정신 멀쩡한 윙코가 말했다. "우리는 지금 정신병원 바깥에 있는 거라오." 그는 다시 거친 벽돌, 산뜻한 마감재 그리고 물받이를 가리키며 말했다. "저 문을 지나면……." 그는 그들이 처음 들어왔던 문을 가리켰다. "정신병원으로 들어가게 되지요. 환자들을 행복하게 해주기 위해서 예쁘게 인테리어를 했지만, 사실 다 구제 불능이라 별로 해줄 수 있는 일이 없다오. 나는 절대 저 속으로 들어가지 않지. 들어가고 싶은 유혹을 느끼면, 요즘은 물론 그런 일이 별로 없지만……. 그냥 문에 달려 있는 안내문을 읽으면, 금세 마음이 약해져서 또 못 들어가곤 해요."

"저 안내문 말인가요?" 펜처치가 약간 어리둥절한 표정으로 뭐라고 지시문들이 쓰여 있는 파란 명판을 가리켰다.

"그래요. 저 말들이 궁극적으로 내가 지금 같은 은둔자 생활을 하게 된 계기가 되어주었어요. 아주 급작스러운 일이었지. 그 안내문을 보자마자, 내가 해야 할 일이 뭔지 알게 되었거든."

안내문에는 이렇게 쓰여 있었다.

"이쑤시개의 중간 부분을 손으로 잡는다. 뾰족한 부분을 입 속에서 촉촉하게 적시도록 한다. 이빨 사이의 공간에 삽입하고, 뭉툭한 부분을 잇몸에 대도록 한다. 부드럽게 넣었다 뺐다 하는 동작을 반복한다."

"그러니까." 정신 멀쩡한 윙코가 말했다. "이쑤시개 상자에다가 사용설명서를 붙일 만큼 제정신을 잃어버린 문명이라면, 그런 문명 속에서 더 이상 우리가 맑은 정신을 유지할 수 없다는 생각이 들더군요."

그는 다시 태평양을 지그시 바라보았는데, 마치 어디 한번 욕을 하며 덤벼보라고 도전이라도 하는 듯했다. 하지만 태평양은 차분하게 제자리를 지키며 도요새들과 놀기만 했다. "그리고 혹시 궁금하다는 생각이 뇌리를 스칠까 싶어서 하는 말인데——어쩌면 그럴 수도 있다는 생각이 들어서 하는 말이오——나는 정신이 아주 멀쩡한 사람이라오. 그래서 이 점을 사람들한테 확실히 해두기 위해서, 정신 멀쩡한 윙코라고 불러달라고 하는 거지요. 윙코는 내가 어렸을 때 어설프게 돌아다니다가 물건을 넘어뜨리곤 해서 어머니가 붙여준 애칭이고, 정신이 멀쩡하다는 건 내가 그렇다는 얘기요. 그리고……." 그는 '아, 그렇구나. 이제 다 괜찮아'라는 느낌이 들게 만드는 미소를 지어 보이며 말했다. "앞으로도 정신이 멀쩡한 사람으로 남을 예정이요. 우리, 해변으로 가서 같이 해야 할 이야기를 해볼까요?"

그들은 해변으로 나갔고, 그때부터 그는 금발의 수염과 초록색 날개가 달리고 닥터 숄 샌들을 신은 천사들 이야기를 하기 시작했다.

"돌고래들 말인데요." 펜처치가 희망에 차서, 조심스럽게 말했다.

"샌들을 보여드릴 수도 있어요." 정신이 멀쩡한 윙코가 말했다.

"그저, 혹시 아시는 게 있는지……."

"혹시 보고 싶으세요?" 정신이 멀쩡한 윙코가 말했다. "샌들 말이에요. 내가 갖고 있거든. 내가 갖다 보여줄게요. 닥터 숄이라는 회사에서 만든 샌들인데, 천사들 말로는 직장에서 신고 있기에 특히 좋다고 하더군요. 메시지 옆에서 간이 매점을 운영한다고 하더라고요. 그래서 무슨 말인지 모르겠다고 했더니, 아마 모를 거라면서 자기네들끼리 마구 웃더군요. 아무튼 갖다 보여줄게요."

그가 다시 안으로, 아니 보는 시각에 따라서 밖으로 들어갔을 때, 아서와 펜처치는 황당하다는 듯 조금은 절박한 눈길로 서로를 바라보았고, 어깨를 으쓱해 보인 후 모래에 한가로이 이런저런 그림을 그렸다.

"발은 오늘 어때요?" 아서가 재빨리 물어보았다.

"괜찮아요. 모래 속에 있으면 그렇게 이상한 느낌이 안 들어요. 아니면 물속이나요. 발에 물이 닿는 느낌이 최고예요. 그저 여기가 우리 세계가 아니라고 생각할 뿐이죠, 뭐."

그녀는 어깨를 으쓱했다. "그런데 메시지라니, 그게 무슨 뜻인 거 같아요?"

"모르겠어요." 이렇게 말했지만, 아서의 머릿속에서는 자기만 보면 미친 듯이 웃음을 터뜨리던 프락의 기억이 계속 그를 괴롭혔다.

다시 돌아온 윙코가 손에 들고 있는 물건을 보고 아서는 질겁하고 말았다. 샌들 때문이 아니었다. 샌들은 그냥 완벽하게 평범한, 바닥이 나무로 된 슬리퍼였다.

"그냥 천사들이 뭘 신고 다니는지 보여드리고 싶을 뿐이에요." 그가 말했다. "그냥 궁금하잖아요. 그나저나 뭘 입증하고 싶어서 이러는 게 아니에요. 나는 과학자요. 증거를 구성하는 게 뭔지 잘 알고 있어요. 하지만 어린 시절의 애칭으로 불러달라고 하는 이유는, 과학자란 완벽하게 아이 같아야 한다는 사실을 잊지 않기 위해서지요. 과학자는 뭐가 눈에 보이면 그 물체가 보려고 했던 것이든 아니든 보인다고 말을 해야 합니다. 먼저 보고, 생각은 나중에 하고, 그 다음에 시험을 하는 거지요. 하지만 늘 일단은 봐야 합니다. 그렇지 않으면 보게 될 거라 예상하는 것만 보게 되니까요. 대부분의 과학자들은 그 사실을 잊어버리죠. 그 점을 증명하는 증거를 나중에 보여주겠어요. 그래서, 아무튼 내가 정신 멀쩡한 윙코라고 자칭하는 또 한 가지 이유는, 사람들이 나를 바보라고 생각하게 만들기 위해서지요. 그래야 내 눈에 뭐가 보일 때 보인다고 말을 할 수가 있거든요. 사람들한테 바보 취급을 받는 걸 겁낸다면, 결코 과학자가 될 수 없어요. 어쨌든, 혹시 이것도 보고 싶어 할까 봐 들고 왔어요."

그게 바로 아까 그의 손에 들려 있는 걸 보고 아서가 기절할 정도로 놀란 물건이었다. 그건 근사한 은회색의 유리 어항으로서, 아서의 침실에 있는 것과 똑같아 보였다.

아서는 이미 삼십 초가 넘도록 헛수고를 하고 있었다. 카랑카랑하게 그리고 목소리에 헉 하고 놀라는 신음소리를 넣어서 "대체 그거 어디서 난 겁니까?"라고 물어보려고 했지만, 도저히 말이 나오지 않았다.

마침내 말이 나오려는 순간이 왔지만, 그는 천분의 일 초 차이로 기회를 놓치고 말았다.

"대체 그거 어디서 난 거예요?" 펜처치가 카랑카랑하게, 그리고 목소리에 헉 하는 신음소리를 담아서 물었다.

아서는 펜처치를 흘낏 보고, 카랑카랑하게 그리고 목소리에 헉 하는 신음소리를 담아서 이렇게 물었다. "뭐라고요? 전에 이런 걸 본 적이 있단 말이에요?"

"그래요." 그녀가 말했다. "집에 하나 갖고 있어요. 아니, 적어도 전에는 갖고 있었어요. 러셀이 훔쳐가서 그 속에 골프공을 담아두는 데 쓰고 있거든요. 어디서 났는지는 모르겠어요. 그저 러셀이 훔쳐가서 화가 났다는 것밖에. 왜요? 당신한테도 있어요?"

"그래요, 그건……."

그들은 정신 멀쩡한 윙코가 날카로운 눈길로 두 사람을 번갈아 바라보며, 헉 하는 신음소리를 넣어보려고 애쓰고 있다는 걸 깨달았다.

"당신들도 이런 걸 갖고 있단 말이오?" 그는 두 사람 모두를 보고 말했다.

"그래요." 두 사람은 한목소리로 대답했다.

그는 오랫동안 그리고 차분하게 그들을 바라보더니, 캘리포니아의 태양빛을 잘 받을 수 있게 어항을 치켜들었다.

어항은 태양과 함께 노래 부르며, 강렬한 태양광에 맞추어 공명하는 것처럼 보였다. 그리고 모래사장과 그들 위에 짙은 무지개를 드리웠다. 그는 어항을 돌리고 또 돌렸다. 그들은 섬세하게 세공된 글씨를 선명하게 볼 수 있었는데, "안녕히, 그리고 물고기는 고마웠어요"라는 말이 쓰여 있었다.

"이게……." 윙코는 조용히 말했다. "뭔지 압니까?"

그들은 천천히 고개를 저었고, 경이로움에 차서, 아니 거의 최면에 걸리다시피 회색 어항 속에서 섬광처럼 빛나는 번개 같은 그림자를 바라보고 있었다.

"돌고래들이 주고 간 작별 선물이오." 나지막하고 고요한 목소리로 정신 멀쩡한 윙코가 말했다. "내가 사랑했고 연구했고 함께 헤엄을 쳤고 물고기를 먹여주었던 돌고래들 말이오. 나는 심지어 그들의 언어를 배우려고 애쓰기까지 했지요. 돌고래들은 그 일을 불가능할 정도로 어렵게 만들어놨어요. 지금 생각하니, 그들은 마음만 먹으면 인간의 언어로 완벽한 의사소통을 할 수 있었는데 말이지요."

그는 느릿느릿, 느릿느릿한 미소를 지으며 고개를 가로저었다. 그러더니 다시 펜처치를 그리고 아서를 쳐다보았다.

"당신은……." 그는 아서를 보고 말했다. "어항을 어떻게 했습니까? 물어봐도 될까요?"

"어, 물고기를 넣어뒀어요." 아서는 어쩐지 약간 민망했다. "어떻게 해야 좋을지 모르는 물고기가 한 마리 있는데, 어, 어항이 있길래……." 그는 말꼬리를 흐렸다.

"다른 건 안 해봤어요? 아니." 윙코가 말했다. "해봤다면, 아마 벌써 알고 있겠지만." 그는 고개를 다시 흔들었다.

"아내는 우리 어항에다가 맥아를 보관한다오." 윙코가 다시 말했다. 말투에 처음 듣는 어감이 배어 있었다. "어젯밤까지는 그랬지요……."

"어젯밤에." 아서가 천천히, 그리고 숨을 죽이고 말했다. "대체 무슨 일이 일어났나요?"

"맥아가 다 떨어졌소." 윙코가 차분하게 말했다. "아내는 지금 맥아를 사러 간 참이지." 그는 잠시 혼자만의 생각에 잠기는 듯했다.

"그런데 그 다음에 어떻게 됐죠?" 펜처치가, 똑같이 숨이 턱에 찬 목소리로 말했다.

"어항을 씻었소." 윙코가 말했다. "아주 조심스럽게, 아주, 아주, 조심스럽게 씻었어요. 맥아가 한 점도 남지 않도록 깨끗하게 씻은 후에, 보푸라기가 없는 천으로 천천히, 빙글빙글 돌려가며 아주 천천히 닦아서 말렸소. 그리고 귓가에 대보았지요. 혹시⋯⋯혹시 어항을 귓가에 대본 적 있습니까?"

그들은 둘 다 고개를 가로저었다. 이번에도 느릿느릿하게, 이번에도 멍청하게.

"아마, 귀에 대보는 게 좋을 겁니다." 그가 말했다.

32

대양의 깊은 포효.
생각이 따라잡을 수 없을 정도로 머나먼 해변에 부서지는 파도 소리.
심해의 소리 없는 천둥소리.
그리고 그 사이로부터, 이름을 부르는 듯한 목소리들, 아니, 목소리들이 아니라 웅웅거리는 듯, 떨리는 듯, 말이 되다 만 듯한 소리들 그리고 반쯤 알아들을 듯 말 듯한 생각의 노래들.
인사들, 물결처럼 밀려오는 인사말들, 다시 썰물처럼 빠져나가 함께 부서지는, 알아들을 수 없는, 말들.
지구의 해변에 부딪치는 슬픔의 충격.
기쁨의 파도가……어디지? 말로는 형용할 수 없는 방식으로 찾아낸, 말로는 형용할 수 없는 방법으로 도달한, 말로는 형용할 수 없이 젖은 세계, 물의 노래.
이제 목소리들이 연주하는 푸가, 와글와글한 해명, 돌이킬 수 없는 대재앙에 관한, 파괴를 앞둔 세계에 관한, 해일처럼 밀려드는 무기력함, 발작 같은 절망, 끝으로 치달려 작아지는 노랫소리, 또 다시 터져 나오는 단어들.
그러고는 한 줄기 희망, 겹겹이 접힌 세월의 함의들로부터, 침잠된 차원으로부터 유령 같은 지구를 재발견하고, 평행선들의 팽팽한 당김, 깊디깊은 노력, 의지의 회전, 팽팽한 의지력의 긴장된 싸움, 싸움. 새로운 지구가 끌어올려져 대체되고, 돌고래들은 사라졌다.

그리고 깜짝 놀랄 정도로 선명한, 단 하나의 목소리.

"이 어항은 '인간 보존을 위한 캠페인'에서 감사의 뜻으로 드리는 선물입니다. 안녕히 계십시오."

그리고 길고, 무겁고, 완벽한 회색의 몸체들이 헤아릴 수 없는, 미지의 심해 속으로 사라져가는 소리. 그들은 소리 죽여 낄낄거리며 웃고 있었다.

33

                     그날 밤 그들은 '정신병원 바깥'에서 머물며 그 속에서 텔레비전을 보았다.

"여러분한테 보여드리고 싶었던 게 바로 이겁니다." 뉴스가 다시 나오자 정신 멀쩡한 윙코가 말했다. "옛날에 같이 일하던 직장 동료죠. 그 친구는 조사를 하러 당신네 나라로 갔어요. 어디 한번 보세요."

기자 회견이었다.

"유감스럽지만 현재로서는 '비의 신'이라는 이름에 논평을 할 만한 때가 아닙니다만, 우리는 그를 '즉발적인 근접인과성 기상학적 현상'의 일례라고 부르고 있습니다."

"그게 무슨 뜻인지 시청자들에게 설명을 해주시겠습니까?"

"저도 정확히는 모릅니다. 여기서 한 가지 확실히 하고 넘어갑시다. 우리 과학자들은 이해가 안 되는 걸 찾아내면, 일반인들이 절대로 이해하지 못할 만한, 심지어 발음도 안 되는 이름을 붙이곤 하지요. 일반인들이 그냥 그 사람을 '비의 신'이라고 부르며 돌아다니게 내버려두면, 그건 과학자들이 모르는 걸 일반인들이 알고 있다는 뜻이 되니까요. 우린 그런 건 참을 수가 없어요.

그래서 먼저 우리는 이 현상이 과학자가 다룰 영역이지 일반인의 영역이 아니라는 걸 확실히 하는 이름부터 붙이는 겁니다. 그리고 나서 일반인들이 말하는 현상이 아니라, 과학자들이 말하는 현상이라는 걸 증명하는 작업에 나서는 거지요.

그리고 당신네 일반인들이 맞다는 게 입증되면, 그래도 여전히 당신네들이 틀린 거요. 왜냐하면 우리는 그냥 그 사람을……어…… '초정상' 이라든가——초자연이라든가 비정상이라든가 그런 말은 이제 당신네들이 무슨 뜻인지 아니까 말이죠——어, '초정상적 증가 우량(雨量) 유도체' 라든가 그런 말로 부르는 겁니다. 우리 영역이라는 걸 주장하기 위해서 중간에 '의사(擬似)' 같은 말을 억지로 끼워 넣을 수도 있고요. 비의 신이라니! 허, 그런 말도 안 되는 소리는 내 살다 살다 처음 들어봤어요. 솔직히, 그 사람과 휴가를 같이 가는 일은 피하고 싶은 게 사실이지만요. 고맙습니다. 일단 오늘 할 말은 여기까지가 전부입니다. 혹시 웡코가 보고 있다면 안부를 전하고 싶군요. 안녕한가, 웡코?"

34

 귀국길에서 비행기 옆자리에 앉은 여자는 그들을 상당히 이상한 시선으로 쳐다보았다.
 그들은 조용히 둘이서 이야기를 나누었다.
 "난 아직도 알아야겠어요." 펜처치가 말했다. "그리고 어쩐지 당신이 알고 있는 걸 내게 다 말해주지 않았다는 생각이 드네요."
 아서는 한숨을 쉬고 종이 한 장을 꺼냈다.
 "연필 있어요?" 그가 말했다.
 그녀는 여기저기 뒤지더니 연필을 한 자루 찾아냈다.
 "대체 뭘 하고 있어요, 당신?" 얼굴을 찌푸리고, 연필을 잘근잘근 씹고, 종이 위에 뭔가를 휘갈겨 쓰고, 그 위에 줄을 북북 그어 지우고, 또 뭔가를 휘갈겨 쓰고, 또 연필을 잘근잘근 씹고, 혼자 짜증을 내며 끙끙거리면서 아서가 이십 분을 보낸 후, 펜처치가 말했다.
 "전에 누가 가르쳐준 주소를 기억해내려고 하는 거예요."
 "가서 주소록을 하나 사면, 당신 인생이 훨씬 덜 복잡해질 거예요." 펜처치가 말했다.
 마침내 그는 종이를 그녀에게 건네주었다.
 "이거 한번 살펴봐요." 그가 말했다.

그녀는 종이를 보았다. 지우고 북북 그은 자국들 사이에 "은하 구역 QQ7 액티브 J 감마. 자르스 항성. 프릴리움타른 행성. 세보르베우프스트리. 쿠엔툴루스 쿠아즈가르 산맥"이라는 단어가 쓰여 있었다.

"그런데 여기가 어디에요?"

"그건, 피조물에게 보내는 하나님의 마지막 메시지가 틀림없어요." 아서가 말했다.

"듣고 보니 그럴싸해 보이네요." 펜처치가 말했다. "여길 어떻게 가죠?"

"당신 정말……."

"그래요." 펜처치가 확고하게 말했다. "꼭 알고 싶어요."

아서는 긁힌 자국이 많이 나 있는 작은 강화 유리 현창을 통해 탁 트인 하늘을 바라보았다.

"죄송하지만." 상당히 이상한 눈길로 그들을 바라보고 있던 여자가 느닷없이 이렇게 말했다. "무례한 사람이라고 생각하지는 말아주셨으면 좋겠어요. 이렇게 장거리 여행을 하면 너무 지루하거든요. 말동무가 있으면 좋지요. 제 이름은 이니드 카펠슨이에요. 보스턴에서 왔지요. 그런데, 두 분 많이 날아다니시나요?"

35

그들은 웨스트 컨트리에 있는 아서의 집으로 가서 타월과 집기들을 가방 속에 쑤셔 넣은 후, 은하계를 여행하는 히치하이커들의 시간을 대체로 다 잡아먹는 일을 하기 시작했다.

그들은 비행접시가 날아오기를 기다렸다.

"내 친구는 이 짓을 십오 년 동안 했어요." 둘이서 쓸쓸하게 하늘을 바라보며 보내던 어느 날 밤, 아서가 이렇게 말했다.

"그게 누구예요?"

"포드 프리펙트라고 해요."

그는 앞으로 결코 있을 수 없는 일이라고 생각했던 짓을 실제로 하고 있는 자신을 발견했다.

그는 포드 프리펙트가 어디 있을까 궁금했다.

기가 막힌 우연의 일치로, 바로 다음 날 신문에 기사가 둘 실렸다. 하나는 비행접시와 관련한 경이로운 사건에 대한 것이었고, 또 하나는 술집에서 일어난 꼴사나운 소동을 다루고 있었다.

포드 프리펙트는 바로 그 다음 날, 숙취에 젼 모습으로 나타나서 아서가 도통 전화를 받지 않는다며 불평을 늘어놓았다.

사실 그는 몹시 아픈 사람처럼 보였다. 단순히 행색이 추레한 정도가 아니라, 몰골이 아주 엉망이었다. 그는 비틀거리며 아서의 거실로 향했고, 부축해주겠다는 제안을 손사래를 치며 거절했다. 하지만 그건 실수였다. 괜히 손사래를 치려고 하다가 균형을 완전히 잃고 쓰러지는 바람에 아서가 결국 그를 소파까지 질질 끌고 가야 했기 때문이다.

"고마워." 포드가 말했다. "아주아주 고마워. 너……." 그는 이렇게 말하고는 세 시간 동안 곯아떨어져 잠을 잤다.

"……알기나 해?" 그는 정신을 차리고, 느닷없이 아까 하던 말을 계속했다. "플레이아데스에서 영국 전화선에 접속하는 게 얼마나 어려운지 알기나 하느냐고? 모르는 게 틀림없으니, 내가 말해줄게." 그가 말했다. "네가 지금부터 끓여줄 커피를 아주아주 커다란 머그잔에 한가득 부어서 마신 다음에."

그는 비실비실하면서 아서를 따라 부엌으로 향했다.

"멍청한 교환원들이 계속 나보고 어디서 전화를 하느냐잖아. 아무리 렛치워스라고 해도 그러면 이 회선으로 통화할 리가 없다는 거야. 지금 뭘 하는 거냐?"

"너한테 줄 블랙커피를 끓이고 있지."

"오." 포드는 이상하게 실망한 기색이었다. 그는 망연히 방 안을 둘러보았다.

"이건 뭐야?" 그가 말했다.

"라이스 크리스피 시리얼이야."

"그럼 이건?"

"피망이야."

"그렇구나." 포드는 경건하게 말하더니, 두 물건을 다시, 포개서 내려놓았다. 하지만 제대로 균형이 잡히지 않아서, 그는 위아래 물건의 자리를 바꾸었고, 그러자 이제 제대로 서 있는 모양이 되었다.

"약간 우주 시차에 시달리고 있어." 그가 말했다. "내가 무슨 얘기 하고 있었더라?"

"렛치워스에서 전화를 하고 있는 게 아니었다고."

"맞아. 그래서 그 여자한테 설명을 했지. '렛치워스는 다 집어치워요.' 이렇게 말했어. '무슨 놈의 태도가 그 모양입니까. 나는 사실 시리우스 사이버네틱스 주식회사의 영업 개발 우주선에서 전화를 걸고 있는 거요. 이 우주선은 현재 광속 이하의 속도로 당신네 세계에도 잘 알려진 항성 사이를 여행하고 있단 말이오. 물론 지구에 알려졌다고 해서, 그쪽이 알고 있으라는 법은 없지만 말이지요, 아가씨.' 굳이 '아가씨'라고 한 건……." 포드 프리펙트가 설명했다. '그 여자가 무식한 바보 천치라는 내 말의 속뜻을 알아채고 기분 나빠 할까 봐 그런 거야."

"센스 있네." 아서 덴트가 말했다.

"바로 그거야." 포드가 말했다. "센스."

그는 얼굴을 찌푸렸다.

"우주 시차는……." 그가 말했다. "삽입 구문에 특히 약하단 말이야. 나 한 번만 더 도와주라." 그는 말을 이었다. "내가 무슨 얘기 하고 있었더라?"

"당신네 세계에도 잘 알려진 항성 사이를 여행하고 있단 말이오. 물론 지구에 알려졌다고 해서, 그쪽이 알고 있으라는 법은 없지만 말이지요, 아가씨."

"당신네 세계에서 플레이아데스 엡실론과 플레이아데스 제타라는 이름으로 통하는 별들 말이오." 포드는 득의양양하게 말끝을 맺었다. "이 골 때리는 대화가 진짜 웃기지 않냐?"

"커피나 좀 마셔."

"고맙지만 사양하겠어. '그리고 플레이아데스에도 상당히 정교한 통신 장비가 있음에도 불구하고, 직통 전화를 걸지 않고 이렇게 당신을 귀찮게 구는 이유는, 이 뒈질 놈의 우주선을 조종하는 뒈질 놈의 짠돌이 조종사가 전화를 걸려면 수신자 부담으로 걸라고 우기기 때문이란 말이오. 그게 말이나 되는 소리요?"

"그랬더니 말이 된다든?"

"몰라. 그때쯤 되니까 벌써 전화를 끊었더라." 포드가 말했다. "그래서 말이지! 내가 다음에 어떻게 했게?" 포드는 무서운 기세로 질문을 던졌다.

"전혀 모르겠어, 포드." 아서가 말했다.

"저런." 포드가 말했다. "네가 기억을 되살려주길 바랐는데. 그런 인간들 진짜 싫어. 왜 있잖아, 제대로 돌아가지도 않는 쓰레기 같은 기계들을 갖고 무한한 하늘을 웅웅거리고 누비면서, 어쩌다 가끔씩 기계들이 돌아가면, 제정신인 인간이면 절대로 원하지 않는 기능을 동작시켰다가, 삑 소리를 내면서 이제 다 됐다고 하는 유의 그런 자식들 말이야! 그런 놈들 때문에 우주에 망조가 든다니까."

이것은 완벽한 사실이었다. 제대로 정신이 박힌 사람들 사이에 널리 퍼져 있는 상당히 명망 높은 견해로서, 바로 이런 견해를 갖고 있기만 하면 대체로 제대로 정신이 박힌 사람으로 인정받을 수 있었다.

《은하수를 여행하는 히치하이커를 위한 안내서》는 오백구십칠만 삼천오백구 페이지에 달하는 방대한 기록 중에서, 거의 유일하다시피 한 합리적 명쾌함을 발휘하여, 시리우스 사이버네틱스 주식회사의 제품에 대해 이렇게 설명하고 있다.

"자칫하면 드디어 작동을 시켰다는 성취감에 도취한 나머지, 그 제품들이 본질적으로 전혀 쓸모가 없다는 사실을 전혀 알아채지 못하기가 아주 쉽다.

다른 말로 바꿔 말하면——그리고 이것이 이 기업 제품의 전 은하적 대성공의 배후에 숨겨진 탄탄한 기본 원칙인데——제품의 피상적 설계 결함에 근본적 설계 결함이 완전히 가려져서 보이지 않게 되어 있다는 말이다."

"그런데 이 인간은 그런 제품들의 판매를 촉진하기 위해서 나선 사람이라니까!" 포드는 마구 독설을 퍼부었다. "그치의 임무는 오 년간 신세계를 발견하고 탐사한 후에 '첨단 음악 대체 시스템'을 레스토랑이며, 엘리베이터며, 술집 같은 데 파는 거였어! 레스토랑이나 엘리베이터나 술집이 없는 세계면, 인공적으로 문명의 성장을 촉진해서 결국 그런 빌어먹을 것들을 끝내 다 갖게 만들고야 만다는 거야! 도대체 그놈의 커피는 어디 갔어?"

"내가 갖다버렸어."

"좀더 끓여 와. 그 다음에 내가 어떻게 했는지 이제 드디어 생각났다. 우리가 알고 있는 바 문명을 구원했지. 그게 바로 이런 거라는 걸 알고 있었으니까."

그는 결연한 분위기로 다시 비틀비틀 거실로 가더니, 가구 사이에서 뒤뚱거리며 넘어지고 삑삑거리는 소리를 내며 혼잣말로 마구 뭐라고 하는 듯했다.

이삼 분 후, 아서는 아주 평온한 얼굴을 하고 그의 뒤를 따랐다.

포드는 굉장히 놀란 모양이었다.

"대체 너 어디 갔었어?" 그가 물었다.

"커피를 좀 끓이느라고." 아서는, 아직도 아주 평온한 얼굴을 하고 이렇게 말했다. 성공적으로 포드와 함께 지내려면, 평온한 얼굴을 아주아주 많이 준비해두었다가 항상 그 얼굴을 하고 있는 수밖에 없다는 걸 이미 오래 전에 터득했기 때문이다.

"제일 재미있는 부분을 놓쳤잖아!" 포드가 마구 화를 냈다. "그 인간을 내가 어디다 던져 넣는 얘기를 못 들었어! 이제 처음부터 다시 처넣어야 하잖아."

포드는 아무렇게나 몸을 의자에 던져서, 의자를 박살내고 말았다.

"지난번이 훨씬 더 그럴싸했어." 그는 뾰로통하게 말했다. 그러더니 이미 대충 수습해서 식탁 위에다 올려놓은, 또 다른 의자의 잔해를 손짓으로 가리켜 보였다.

"그렇구나." 아서는 대충 모아놓은 박살난 의자 조각들 위로 아주 평온한 눈길을 던지며 말했다. "그런데, 어, 이 얼음 조각들은 다 뭐야?"

"뭐라고?" 포드가 꽥 소리를 질렀다. "뭐라고? 그 얘기도 못 들었어? 그건 생물체 냉동 기기라고! 그놈을 생물체 냉동 기기에다 처넣었단 말이야. 당연하잖아. 달리 무슨 수가 있어야지."

"그런 거 같네." 아서가 특유의 평온한 목소리로 말했다.

"그건 만지지 마!!!!!!" 포드가 고함을 쳤다.

알 수 없는 신비한 이유로 식탁 위에 놓여 있는 수화기를 제자리에 놓으려고 하던 아서는, 평온하게, 동작을 멈췄다.

"됐어." 포드가 마음을 진정시키며 말했다. "소리를 들어봐."

아서는 수화기를 귀에 갖다 대었다.

"시간 안내 방송인데." 그가 말했다.

"삑, 삑, 삑." 포드가 말했다. "삑, 삑, 삑."

"그러네." 아서는 끌어올 수 있는 평온함이란 평온함은 한 방울도 남기지 않고 끌어 모아서 이렇게 말했다.

"삑, 삑, 삑." 포드가 말했다. "그 친구가 잘 알려지지도 않은 세세프라스 마그나 성의 달 궤도를 천천히 돌며 얼음 속에서 잠을 자는 동안 바로 이 소리가 우주선 전체에 울려 퍼지고 있다고. 런던 시각 안내 방송 말이야!"

"그렇구나." 아서는 이렇게 말하고는, 지금이야말로 바로 중대한 질문을 던질 때라고 판단했다.

"왜?" 그는 신랄하게 물었다.

"약간의 행운만 따라주면, 전화비 때문에 그 빌어먹을 자식이 파산을 할 테니까." 포드가 말했다.

그는 땀을 흘리며 소파에 훌쩍 몸을 던졌다.

"아무튼." 그가 말했다. "진짜 끝내주게 극적인 등장 아니야? 그렇지?"

36

 포드 프리펙트가 밀항한 비행접시는 전 세계를 경악시 켰다.
 이번에는 마침내 한 점의 의혹도, 일말의 오류 가능성도, 환각도, 알 수 없는 이유로 저수지에 둥둥 떠다니는 모습으로 발견된 CIA 요원의 사체도 없었다.
 이번에는 진짜였고, 확고한 사실이었다. 그건 몹시 확고하게 확고했다.
 비행접시는 아래에 있는 물건들에 대해 아주 멋지게 무신경한 태도로 하강해서 세계에서 가장 비싼 부동산들을 몇 개 파괴했는데, 그중에는 해러즈 백화점의 상당 부분도 들어 있었다.
 비행접시는 어마어마하게 컸다. 어떤 사람들 말에 따르면 지름이 거의 일 마일에 가까웠다고 한다. 색깔은 둔탁한 은색이었고, 푹 패고, 그을리고, 인간이 전혀 알지 못하는 태양들의 빛을 받으며 야만적인 파괴력으로 혹독한 전투를 수도 없이 치른 결과 얻은 흉터들로 인해 형체가 일그러져 있었다.
 해치웨이가 열리면서, 해러즈 백화점 식품관에 구멍을 뻥 뚫고 하비 니콜스 백화점을 흔적도 없이 파괴했으며, 구조물이 벅벅 갈리는 듯한 최후의 비명 소리 같은 게 나는가 싶더니 끝내 셰라톤 파크 타워 호텔도 넘

엎드리고 말았다.

심장이 멈출 것만 같은 기나긴 시간 동안, 우주선 속에서 기계들이 다 찢어발겨지는 듯 쿵쾅거리고 우당탕거리는 소리가 났다. 그리고 나자 안에서 키가 백 피트쯤 되는 거대한 은색 로봇이 램프를 타고 씩씩하게 걸어 나왔다.

로봇은 한 손을 들었다.

"나는 평화의 사절로 왔다." 로봇은 금속이 갈리는 소리를 한참 더 내더니 이렇게 말했다. "당신들의 도마뱀에게 데려다 다오."

물론, 포드 프리펙트는 이 사실을 해명해줄 수 있었다. 그는 아서와 함께 앉아서 발광에 가까운 뉴스를 텔레비전으로 보고 있었다. 뉴스에서는 이 물건이 이만큼의 손해를 끼쳤는데 그걸 환산하면 몇 억 파운드에 달하고 또 완전히 다른 수의 사람들이 사망했다는 얘기밖에 더 할 말이 없었다. 게다가 이 말을 하고 또 했는데, 로봇이 그냥 약간 흔들거리고, 알아들을 수 없는 에러 메시지들을 짤막하게 발산하며 서 있을 뿐 다른 일을 전혀 하지 않았기 때문이다.

"저 우주선은 까마득한 고대의 민주주의 세계에서 온 거야, 있잖아……."

"그럼, 저 우주선이 도마뱀들의 세계에서 왔다는 말이야?"

"아니." 포드는 아까보다는 약간 합리적이 되었으며 일관성을 찾은 상태였다. 결국 억지로 커피를 삼켰기 때문이다. "그렇게 간단할 리가 없지. 전혀 그렇게 딱딱 맞아떨어지는 게 아니란 말이지. 저 세계에서, 사람들은 사람들이야. 지도자는 도마뱀들이고. 사람들은 도마뱀을 끔찍하게 싫어하고, 도마뱀은 사람을 지배해."

"이상하네." 아서가 말했다. "네가 민주주의라고 한 거 같은데."

"그랬어." 포드가 말했다. "민주주의야."

"그런데." 아서는, 자신이 말도 못하게 멍청한 인간처럼 보이지 않으려고 조심하면서 물었다. "왜 사람들은 도마뱀을 쫓아내버리지 않아?"

"그런 생각이 전혀 들지 않는 거야." 포드가 말했다. "전부 투표권을 갖고 있거든. 그래서 말하자면 자기네들이 투표해서 뽑은 정부니까 자기네들이 원하는 정부에 가까울 거라고 대충 생각하고 사는 거지."

"그러니까 투표를 해서 도마뱀을 뽑았단 말이야?"

"오, 그럼." 포드는 어깨를 으쓱하며 말했다. "당연하지."

"하지만." 아서는, 다시 큰 걸 하나 터뜨리기로 작정했다. "왜?"

"왜냐하면 도마뱀들한테 표를 던지지 않으면, 잘못된 도마뱀이 정권을 잡을까 봐 그렇지." 포드가 말했다. "진(진 토닉의 재료가 되는 술—옮긴이 주) 있어?"

"뭐라고?"

"뭐라고 했냐 하면······." 포드는 말투에서 갈수록 급박한 분위기를 풍기며 말했다. "진 있냐고?"

"찾아볼게. 도마뱀 얘기 해줘."

포드는 어깨를 다시 으쓱했다.

"어떤 사람들은 도마뱀이 최선의 선택이었다고 해." 그가 말했다. "물론 다 틀렸지. 완전히 철저하게 틀려먹은 얘기지. 하지만 누군가는 그런 말을 해야 하니까."

"하지만 그건 너무 끔찍하잖아." 아서가 말했다.

"이 친구야, 내 말 좀 들어봐." 포드가 말했다. "우주 한쪽에서 다른 우주 한쪽을 보고 '하지만 그건 너무 끔찍하잖아' 라는 소리를 할 때마다 견우성 발행 달러를 하나씩 벌었으면, 내가 여기서 레몬 같은 몰골을 하고 앉아서 진이나 찾고 있겠냐? 못 벌었으니까 이러고 있지. 아무튼, 너 대체 왜 이렇게 평온한 얼굴에 몽롱한 눈을 하고 있냐? 사랑에 빠진 거야?"

아서는 그렇다고 말했고, 그 말을 아주 평온하게 했다.

"진 술병이 어디 있는지 아는 여자하고 사랑에 빠졌어? 그 여자 만나게 해줄 거야?"

 포드는 그녀를 만났다. 바로 그 순간 마을로 신문을 사러 간 펜처치가 신문을 잔뜩 사들고 들어왔기 때문이다. 그녀는 만신창이가 된 식탁 위의 몰골을 보고 깜짝 놀랐다가 소파에 앉아 있는 베텔게우스 행성 출신의 몰골을 보고 또 깜짝 놀랐다.

 "진은 어디 있어요?" 포드가 펜처치를 보고 이렇게 말하더니, 아서를 보고 또 말했다. "그런데 트릴리언은 어떻게 했어?"

 "어, 여기는 펜처치야." 아서가 어색하게 말했다. "트릴리언하고는 아무 일도 없었고, 그녀를 마지막으로 본 사람은 아마 너일 것 같은데."

 "아, 맞아." 포드가 말했다. "자포드하고 같이 어디 갔어. 애들을 낳았다나 뭐 그러던데. 최소한······." 그가 덧붙였다. "걔들이 그랬던 거 같아. 자포드는 상당히 차분해졌어."

 "진짜?" 아서는 황급히 펜처치 쪽으로 달려가서 쇼핑거리를 들어주었다.

 "그래." 포드가 말했다. "최소한 걔 머리 두 개 중 한 개는 이제 황산을 밟고 선 타조보다 정신이 맑아졌어."

 "아서, 이분 누구예요?"

 "포드 프리펙트예요." 아서가 말했다. "지나치는 말로 아마 내가 얘기한 적이 있을 거예요."

37

거대한 은빛 로봇은 꼬박 삼 일 밤낮 동안 만신창이가 된 나이츠브리지(런던의 고급 쇼핑가—옮긴이주)의 잔해 위에 기대서서, 살짝 흔들거리며 수많은 생각을 하고 있었다.

정부 대표가 로봇을 만나러 왔고, 헛소리를 하는 기자들이 몇 트럭씩 떼거리로 몰려와서 이 사태를 어떻게 보느냐고 서로에게 물어보았고, 전투기 편대들이 딱한 공격 시도를 했다. 그러나 도마뱀들은 나타나지 않았다. 로봇은 천천히 지평선을 훑어보았다.

밤이 되면 로봇은 특히 굉장한 장관을 연출했다. 끊임없이 아무 일도 하지 않고 있는 로봇을 끊임없이 뉴스거리로 다루느라 텔레비전 촬영 팀들이 눈부신 조명을 쏟아 부었기 때문이다.

로봇은 생각하고 생각하다가 마침내 결론을 내렸다.

서비스 로봇들을 내보내기로 했던 것이다.

그 생각은 진작 했어야 하는 것이었지만, 그동안에는 여러 가지 곤란한 사정이 있었다.

조그만 비행 로봇들이 어느 날 오후 무시무시한 금속 구름처럼 끽끽 소리를 내며 해치웨이에서 몰려나왔다. 그들은 주변을 마구잡이로 헤집고 다니면서, 어떤 것들은 미친 듯이 공격하고 어떤 것들은 미친 듯이 보호했다.

　로봇 하나가 마침내 도마뱀들이 몇 마리 있는 애완용 동물 가게를 발견했는데, 그 즉시 민주주의를 위해 가게를 참혹하게 수호한 나머지 그 영역이 거의 몰살되다시피 했다.

　하지만 끽끽거리는 해결사들이 리젠트 파크에 있는 동물원, 그중에서도 파충류관을 발견한 사건을 계기로 상황은 급격히 반전되었다.

　애완동물 가게에서 저지른 실수로 인해 약간의 조심성을 배운 비행 드릴과 전기톱들은 이구아나들 중에서도 커다랗고 살찐 놈들을 엄선해 거대한 은빛 로봇에게 데려갔다. 그리고 로봇은 도마뱀들과 높은 수준의 정상회담을 하려고 노력했다.

　결국 로봇은 포괄적이고, 솔직하고, 광범위한 견해를 나누었음에도 불구하고 정상회담이 결렬됐다고 전 세계에 선포했다. 그리고 도마뱀들은 이제 은퇴를 했으며, 로봇은 자신도 잠시 휴가를 즐겨야겠다고 말하더니 무슨 이유에선가 휴가지로 본머스를 선택했다.

　포드 프리펙트는 텔레비전을 보면서 고개를 끄덕거리고, 큰 소리로 깔깔 웃더니, 맥주를 한 병 더 마셨다. 곧 로봇이 즉시 출발할 수 있도록 모든 조치가 취해졌다.

　날아다니는 공구들은 하루 종일 그리고 밤까지 끽끽거리고 톱질을 하고 드릴로 구멍을 뚫고 빛으로 용접을 하더니, 아침이 되자, 놀랍게도, 거대한 발사대 같은 것이 로봇을 실은 채 몇 개의 도로에서 동시에 서쪽으로 굴러가기 시작했다.

　그 물체는 하인 로봇들과 헬리콥터들과 방송국 버스들에 둘러싸인 채 희한한 축제 행렬처럼 무차별로 지나가는 땅을 다 낫질해 갈아버리며 천천히 서쪽으로 기어갔다. 그러다가 마침내 본머스에 도착했고, 그곳에서 로봇은 고정되어 있던 운송 시스템에서 풀려나와 열흘 동안 해변에 누워 있었다.

그건, 물론, 지금까지 본머스에서 일어난 일을 통틀어 가장 흥미진진한 사건이었다.

로봇의 휴식 지역이라고 말뚝을 박아 통제한 구역 바깥에는 날마다 군중이 모여들었고, 로봇이 무엇을 하는지 구경하려고 했다.

모터보트들은 해변을 왔다 갔다 배회하며 로봇이 무엇을 하는지 구경하려고 했다.

로봇은 아무 일도 하지 않았다. 해변에 누워 있을 뿐이었다. 약간 어색한 자세로 얼굴을 땅에 대고 엎드려 있었다.

지역 신문의 기자 한 사람이, 어느 늦은 밤, 이제까지 세상의 그 어떤 사람도 해내지 못한 일을 해냈다. 바로 구역을 경비하는 서비스 로봇 하나와 짤막하게 대화를 나눈 것이었다.

그건 엄청난 특종이었다.

"내 생각엔 기사거리가 충분히 될 거 같아요." 기자는 담배 한 대를 나눠 피우면서 펜스를 지키던 로봇과 이야기를 나누었다. "하지만 훌륭한 지역적 시각이 필요합니다." 그는 안쪽 주머니를 어정쩡하게 더듬으며 말했다. "아마 뭐라고 부르는지는 몰라도, 그 사람한테, 이걸 좀 갖다주고, 잠깐 봐달라고 해봐요."

작은 비행 스크루드라이버는 어디 한번 보겠다고 하더니 끼익거리며 사라져갔다.

대답은 끝내 오지 않았다.

그러나 희한하게도, 종이에 적혀 있던 질문들은 로봇의 마음을 구성하는, 수많은 전쟁의 흔적을 안고 있는 거대한 산업용 회로를 맴돌던 질문과 별 차이 없이 일치했다. 그 질문들은 바로 다음과 같았다.

"로봇이라는 사실을 어떻게 생각하십니까?"

"외계에서 오셨다는 사실에 대해 어떻게 생각하십니까?"

"본머스에 대해 어떻게 생각하십니까?"

다음 날 아침 물체들은 짐을 꾸리기 시작했고, 며칠 내에 로봇이 영원히 떠날 심산이라는 게 분명해졌다.

"문제는 이거예요." 펜처치가 포드에게 말했다. "우리를 저 우주선에 태워줄 수 있어요?"

포드는 미친 듯이 시계를 보았다.

"아직 해결하지 못한 중요한 문제들이 좀 남아 있어요." 그가 외쳤다.

38

　　관중들이 거대한 은빛 우주선에 최대한 바짝 붙어 몰려나왔다. 근접 구역은 울타리를 쳐서 사람들의 접근을 막고 있었고 날아다니는 작은 서비스 로봇들이 경비를 서고 있었다. 그 주위에 육군이 진을 치고 있었는데, 그들은 근접 구역에 결코 진입할 수 없었기 때문에 만일 다른 사람이 침입하면 망신도 이런 망신이 없었다. 그리고 육군을 둘러싸고 있는 건 경찰들이 둘러친 밧줄이었다. 군중을 군대에게서 보호하려는 건지, 군대를 군중으로부터 보호하려는 건지, 아니면 거대한 우주선의 치외법권을 보장하려는 건지, 우주선이 주차 딱지를 떼는 일을 막기 위한 건지, 목적을 전혀 알 수가 없었기 때문에 이 밧줄은 수많은 열띤 논쟁의 화두로 등장했다.

　근접 구역의 울타리는 이제 해체되기 시작했고, 군대는 자기네가 이렇게 진을 치고 있는 이유가 우주선이 곧 떠날 것이기 때문이라는 사실에 어떻게 대응해야 할지 몰라 하며 불편하게 움찔거렸다.

　거대한 로봇은 점심 때 우주선에 비딱하게 기울어지며 승선했고, 지금 오후 다섯 시가 되도록 전혀 모습을 나타내지 않았다. 들려오는 소리는 많았다. 우주선 깊은 곳에서부터 끽끽거리고 갈아대고 쿵쾅거리는 소리가 들려왔다. 수백만에 달하는 흉측한 오작동이 만들어내는 음악이었다.

하지만 군중 사이에서 전해지는 팽팽한 긴장감은 그들이 곧 실망하게 될 거라는 팽팽한 예측에 기원했다. 이 기가 막히게 근사하고 비범한 물체가 그들의 삶에 나타나주었는데, 이제 태워주지도 않고 그냥 떠나버리려는 것이다.

그중에서도 두 사람은 특히 이런 느낌을 날카롭게 의식하고 있었다. 아서와 펜처치는 불안하게 군중을 훑어보면서, 그 어디서도 포드 프리펙트의 모습을 찾지 못했다. 그 자리에 나타나줄 의향이 있다는 흔적마저도 찾을 수 없었다.

"얼마나 믿을 만한 사람이죠?" 펜처치가 무너지는 듯한 목소리로 말했다.

"얼마나 '믿을 만한' 사람이냐고요?" 아서가 말했다. 그는 허허로운 너털웃음을 터뜨렸다. "차라리 망망대해가 얼마나 얕으냐고 물어보죠?" 그가 물었다. "태양이 얼마나 차가운가요?"

로봇 운반대의 마지막 부품이 우주선에 실렸고, 남아 있던 근접 구역을 봉쇄한 울타리 부분이 이제 트랩 밑에 쌓여 다음에 실릴 차례를 기다리고 있었다. 진입로를 에워싸고 경비를 하던 군인들은 의미심장하게 바스락거렸고, 지령이 앞뒤로 오갔으며, 황급한 회의가 여러 번 열렸지만, 물론, 그렇다고 할 수 있는 일은 아무것도 없었다.

가망 없이 그리고 이제 특별한 계획도 없이 아서와 펜처치는 군중 사이를 헤치고 앞으로 나아가기 시작했다. 하지만 군중 모두가 다 같이 앞으로 나아가려 하고 있었기 때문에, 아무 소용이 없었다.

그리고 몇 분 내에, 우주선 밖에 남아 있는 부품은 남김없이 사라졌다. 울타리를 연결하고 있던 최후의 사슬 하나까지 모두 우주선에 실렸다. 비행 전기톱 몇 개와 기포(氣泡) 수준기(水準器) 하나가 구역을 돌아보며 최종 점검을 하는 듯하더니, 자기네들도 외마디 비명 소리를 내지르며 거대한 해치웨이 속으로 들어가버렸다.

몇 초가 흘렀다.

안쪽에서 기계들이 난동을 부리는 소리에 강도 변화가 있더니, 천천히, 육중하게, 거대한 강철 트랩은 해러즈 백화점 식품관에서 빠져나와 우주선으로 올라가기 시작했다. 거기에 수반되어 완전히 무시당하고 있는, 팽팽하게 긴장하고 흥분한 수천 명의 사람들 소리가 울려 퍼졌다.

"잠깐!"

마구 밀고 당기는 군중들 가장자리에 끼익 소리를 내며 정차한 택시 한 대에서 메가폰 소리가 이렇게 외쳤다.

"그간 중대한 과학적 대발견이 있었습니다!" 메가폰 소리가 외쳐댔다. "기원, 아니 신기원을 열었다고요!" 메가폰은 고쳐 말했다. 택시 문이 열리더니 베텔게우스 근처 어디에서 온 조그만 남자가 하얀 코트를 입고 펄쩍 뛰어내렸다.

"잠깐만요!" 그는 다시 버럭 외치더니, 이번에는 광선이 나오는 짧고 납작한 까만 지팡이를 휘둘렀다. 빛들이 잠시 깜박거렸고, 올라가던 트랩이 움직임을 멈추더니, 온순하게 '엄지손가락'(은하의 전기기술자들 중 절반은 이 '엄지손가락'의 신호를 방해하는 새로운 방법을 계속 고안해 내고 있었고, 나머지 절반은 방해 전파를 방해하는 새로운 방법들을 계속 고안해내고 있었다)의 명령에 따라 천천히 다시 내려오기 시작했다.

포드 프리펙트는 택시에 있는 메가폰을 집어 들고 군중을 향해 고래고래 고함을 치기 시작했다.

"비켜요." 그가 외쳐댔다. "길을 내줘요, 제발, 중대한 과학적 대발견이 있었단 말입니다! 거기하고 거기, 택시에서 장비 좀 내려줘요."

그는 아무 데나 획획 가리키며 이렇게 말했는데, 그가 아무렇게나 가리킨 사람은 바로 아서와 펜처치였다. 두 사람은 군중 속에서 빠져나와 급박하게 택시 주위로 모였다.

"좋았어요. 여러분, 제발 길 좀 비켜주세요. 중대한 과학적 장비 때문이란 말입니다!" 포드가 웅웅거리며 소리쳤다. "모두 질서를 유지해주세요. 현재 상황은 전혀 이상이 없습니다. 볼 것도 하나도 없어요. 그저 중대한 과학적 신기원을 이룩하는 일일 뿐이란 말입니다. 자, 침착해주세요. 중요한 과학 장비가 갑니다. 길을 비켜요."

새로운 흥밋거리에 굶주려 있다가, 실망으로부터 느닷없이 구원받은 군중은 열렬하게 뒤로 물러나며 길을 내어주기 시작했다.

아서는 택시 뒷자리에 놓여 있던 중대한 과학 장비 위에 쓰여 있는 글자를 보고 약간 놀랐다.

"그걸 코트로 덮어요." 그는 장비를 들어 펜처치에게 건네주면서 중얼거렸다. 그는 황급히 커다란 슈퍼마켓 카트를 꺼냈다. 그것도 뒷자리에 꽉꽉 끼워 넣어져 있었다. 그것은 쿵쾅거리며 바닥으로 굴러 내려왔고, 두 사람은 상자들을 수레 속에 집어넣기 시작했다.

"제발 좀 비켜요!" 포드가 또 다시 외쳤다. "현재 상황은 과학적으로 전혀 이상이 없습니다."

"저 사람이 당신이 요금을 낼 거라고 했어요." 택시 운전사가 아서에게 이렇게 말했고, 아서는 주머니에서 지폐를 몇 장 꺼내 요금을 지불했다. 멀리서 경찰의 사이렌 소리가 들렸다.

"거기 좀 비켜줘요." 포드가 말했다. "그러면 아무도 다치는 일이 없을 겁니다."

군중들이 파도처럼 밀려났다가 그들 뒤로 다시 몰려들었고, 두 사람은 그 사이 정신없이 덜컹거리는 슈퍼마켓 카트를 밀고 건물의 잔해를 헤치며 트랩 쪽으로 달려갔다.

"괜찮아요." 포드가 계속해서 우렁차게 외쳐댔다. "아무것도 볼 게 없어요. 다 끝났습니다. 이 모든 일은 실제로 일어난 게 아니에요."

"제발 길을 비켜주십시오." 군중 뒤쪽에서 경찰이 메가폰으로 외치기 시작했다. "무단 침입자가 있습니다. 길을 비켜주십시오."

"신기원이라니까요!" 포드가 경쟁적으로 외쳐댔다. "과학적 신기원!"

"경찰입니다! 길을 비켜주세요!"

"과학적 신기원입니다! 길을 비켜주세요!"

"경찰! 지나가게 해주세요!"

"워크맨이다!" 포드가 소리를 지르더니, 주머니에서 대여섯 개의 미니 카세트 플레이어를 꺼내어 군중 속으로 던져주었다. 향후 몇 초간 이어진 궁극적 혼돈상 덕분에 그들은 카트를 끌고 트랩 가장자리까지 가서 그 위로 수레를 밀어 올리는 데 성공했다.

"꼭 잡아." 포드가 내뱉듯 말하더니, 들고 있던 '전자 엄지손가락'의 버튼을 하나 눌렀다. 그들 밑으로, 거대한 트랩이 부르르 전율하더니 천천히 육중하게 올라오기 시작했다.

"좋았어, 친구들." 그는 몸싸움을 하는 군중이 저 밑으로 멀어져가자, 기울어지는 트랩에서 내려와 우주선 깊숙이 들어가려는 그들에게 이렇게 말했다. "자아, 이제 출발한 거 같지."

39

아서 덴트는 충격 소리 때문에 계속 잠이 깨는 바람에 짜증이 났다.

그럼에도 불구하고 계속 깊은 잠을 자고 있는 펜처치를 깨우지 않으려고 조심하면서, 아서는 정비실 해치웨이에서 빠져나왔다. 그들은 그곳을 일종의 간이 숙소로 쓰고 있었다. 그는 사다리를 타고 내려가서 우울하게 복도를 어슬렁거렸다.

복도는 숨 막히게 갑갑하고 조명도 어둠침침했다. 조명 회로는 짜증스럽게 웅웅거렸다. 하지만 문제는 그 소리가 아니었다.

그가 잠시 발걸음을 멈추고 벽에 등을 대고 비키자, 작은 은색 전동 드릴 같은 물건이 어둠침침한 복도를 따라 귀가 찢어질 듯 고약한 쇳소리를 내며 바로 곁을 스쳐갔다.

하지만 그 소리도 아니었다.

그는 머리 위의 문을 통해 기어 올라갔고, 그러자 더 큰 복도가 나타났다. 코를 찌르는 독한 연기가 복도 한쪽 끝에서 퍼져 나와서, 그는 반대 방향으로 걸어갔다.

그는 강화 유리임에도 불구하고 심하게 표면이 긁혀 있는 유리 뒤편의 벽에 붙어 있는 감시 모니터들에 맞닥뜨렸다.

"제발 소리 좀 죽이고 볼 수 없어?" 그는 토튼엄 코트 로드(전자기기들을 주로 다루는 런던의 상점가—옮긴이주)의 비디오 가게 진열창에서 훔친 비디오 기기들 한가운데 쭈그리고 앉아 있는 포드 프리펙트에게 부탁했다. 포드는 먼저 벽돌을 하나 던진 다음에, 빈 맥주 깡통들을 산더미처럼 던져서 진열창을 깨는 데 성공했다.

"쉬이이이이!" 포드가 쉭쉭거리면서, 광적인 집중력을 발휘해 스크린을 노려보았다. 그는 〈황야의 7인〉을 보고 있었다.

"그냥 약간만이라도." 아서가 말했다.

"싫어!" 포드가 외쳤다. "이제 제일 재밌는 대목이 금세 나온단 말이야! 이봐, 이제 겨우 작동법을 다 터득했는데. 전압, 회선 변경, 전부 다 말이야! 그리고 이제 최고로 재밌는 대목이 나온다고!"

한숨이 나고 머리가 욱신거리는 기분을 느끼며, 아서는 포드 옆에 주저앉아서 재미있는 장면을 같이 보았다. 포드가 우후거리고 소리를 지르고 이히거리는 걸 최대한 평온하게 앉아서 들어주었다.

"포드." 그는 마침내 영화가 다 끝나고, 포드가 산더미처럼 쌓인 비디오테이프 속에서 〈카사블랑카〉를 찾아 헤매기 시작하자 이렇게 말했다. "어떻게, 혹시……"

"이게 진짜 좋은 거야." 포드가 말했다. "이거 때문에 내가 돌아온 거라고. 난 이걸 처음부터 끝까지 본 적이 한 번도 없다는 거 알아? 늘 끝을 못 보고 말았거든. 보고인들이 오기 전날 다시 앞부분 절반을 봤거든. 그들이 그 동네를 날려버렸을 때, 이제 결국 영영 못 보고 마나 보다 생각했지 뭐야. 이봐, 그나저나 그건 다 어떻게 된 거야?"

"그냥 삶이지 뭐." 아서가 말했다. 그리고는 여섯 개들이 포장에서 맥주 한 캔을 꺼냈다.

"오, 또 그거군." 포드가 말했다. "아마 그 비슷한 걸 거라고 생각했어. 나는 이 물건이 더 좋아." 그는 릭의 술집이 스크린에서 깜박거리자 이렇게 말했다. "뭐가 어떻게, 혹시야?"

"뭐라고?"

"네가 무슨 말을 하려고 했잖아. '어떻게, 혹시……'."

"그러니까 혹시 지구한테 너무 무례하게 굴어서, 그러면 어떻게……에이, 그만두자. 그냥 영화나 보지 뭐."

"내 말이." 포드가 말했다.

40

 이제 할 얘기가 별로 남지 않았다.

 플라눅스의 무한한 광야(光野)라고 알려진 곳을 지나 색서퀸의 회색 봉건속국들이 나올 때까지 가면, 삭사쿠인의 회색 봉건속국들이 나온다.

 삭사쿠인의 회색 봉건속국 속에는 자르스라는 이름의 별이 있고, 그 주위의 궤도를 도는 행성 중에는 프릴리움타튼이 있으며, 그 속에는 세보르베우프스트리라는 땅이 있고, 아서와 펜처치가 긴 여행에 약간 지쳐 다다른 곳은 바로 세보르베우프스트리였다.

 그리고 세보르베우프스트리에서, 그들은 라스의 거대한 붉은 평원에 도달했는데, 이 거대한 붉은 평원의 남쪽에는 쿠엔튤루스 쿠아즈가르 산맥이 인접하고 있으며, 이 산맥 끝에는, 프락이 죽어가며 마지막으로 남긴 유언에 따르면, 불로 쓴 삼십 피트 높이의 글자로, 피조물에게 전하는 하나님의 마지막 메시지가 있다고 했다.

 프락의 말에 따르면——아서의 기억이 정확하다면 말이지만——그곳은 롭 행성의 라제스틱 반트라셀이 지키고 있다고 했고, 알고 보니 실제로도, 어떤 면에서는, 그렇다고 할 수 있었다. 그는 이상한 모자를 쓴 작은 사내였고, 그들에게 표를 팔았던 것이다.

 "좌측 통행을 해주세요. 부탁합니다." 그가 말했다. "좌측 통행을 해주세요." 그러더니 그는 황급히 작은 스쿠터를 타고 그들 옆을 지나쳐 달려갔다.

그들은 자신들이 이 길을 처음으로 밟는 사람이 아니라는 사실을 깨달았다. 거대한 붉은 평원 왼쪽을 감싸고 도는 이 길이 여러 사람의 발길로 잘 닦여 있을 뿐 아니라 군데군데 간이 매점이 있었기 때문이다. 어느 간이 매점에서 그들은 말랑말랑한 초콜릿 퍼지 한 상자를 샀는데, 그 퍼지는 산속 동굴의 화덕에서 구워진 것이었고, 그 화덕은 하나님이 피조물에게 보내는 마지막 메시지의 글자들을 구성하는 불길로 데워진 것이었다. 또 다른 매점에서는 엽서 몇 장을 샀다. 메시지의 글자들은 에어브러시로 지워져 있었다. 뒷면에는 "깜짝 놀랄 만한 기쁨을 망치기는 싫어요!"라고 쓰여 있었다.

"메시지가 뭔지 아세요?" 그들은 매점의 추레한 아주머니에게 물어보았다.

"오, 그럼요." 그녀는 명랑하게 노래했다. "오, 물론이지요!"

그녀는 어서 가보라고 손짓을 했다.

이십 마일 정도마다 샤워기와 화장실이 있는 작은 돌집이 있었지만, 가는 길은 힘겨웠고, 머리 위로 뜨거운 태양이 작열하는 바람에 거대한 붉은 평원이 열기로 일렁거렸다.

아서는 좀 규모가 큰 매점에 가서 물어보았다. "저 혹시, 저 작은 스쿠터들을 대여할 수는 없나요? 아까 라제스틱 반트라셸이 타고 있던 것 같은 거 말이에요."

"스쿠터들은 독실한 신자들을 위한 게 아닙니다." 아이스크림 매대를 지키고 있던, 키 작은 여자가 말했다.

"오, 그럼 잘됐네요." 펜처치가 말했다. "우리는 별로 독실한 사람들이 아니거든요. 우리는 그냥 관심이 있을 뿐이에요."

"그렇다면 지금 발길을 돌려야 해요." 키 작은 여자는 매몰차게 말하더니, 그들이 항의하자 '마지막 메시지' 차광 모자와 라스의 거대한 붉은 평원에서 서로의 어깨를 꼭 안고 있는 그들의 사진을 한 장 팔았다.

그들은 시원한 매점 그늘에서 탄산음료를 한두 잔 마시고 다시 태양 속으로 터벅터벅 걸어 나갔다.

"선블록 크림이 다 떨어지려고 해요." 몇 마일 더 가서 펜처치가 말했다. "다음 매점까지 가든가 아니면 더 가까운 아까 그 매점으로 가야 해요. 하지만 그러려면 왔던 길을 되돌아가야 하는데."

그들은 이글거리는 열기 속에서 깜박거리는 아득한 까만 점을 바라보았다. 그들은 뒤를 돌아보았다. 그들은 계속 앞으로 나아가기로 했다.

그리고 나서 그들은 자신들이 이 여정을 처음으로 떠난 사람들이 아니며, 현재 이 여정을 밟고 있는 유일한 사람들도 아니라는 걸 깨달았다.

저 멀리, 그들 앞쪽으로, 어색하게 납작한 형체가 볼썽사납게 몸을 이끌고 힘겹게 길을 따라가고 있었다. 고통스럽게 느릿느릿 뒤뚱거리며, 반쯤 절고 반쯤 기어가고 있었다.

형체가 너무나 느리게 걸어가고 있었기 때문에, 머지않아 그들은 그 형체를 따라잡았다. 그리고 그 형체가 낡고, 흉터투성이에, 찌그러진 금속으로 되어 있다는 걸 깨달았다.

그들이 다가가자 형체는 뜨겁고 메마른 흙먼지 속에 풀썩 쓰러지면서 끙끙 신음을 했다.

"시간이 너무 많아." 마빈은 끙끙거리며 말했다. "아, 시간이 너무 많아. 그리고 고통도. 고통이 너무 많아. 또 고통을 겪을 시간도 너무 많아. 둘 중 하나만 있으면 어떻게든 감당할 수 있을 텐데. 둘이 함께 덤벼드니, 정말 힘들어서 죽을 거 같아. 아, 안녕하세요? 또 당신이네요."

"마빈?" 아서가 그 옆에 쭈그리고 앉으면서 날카롭게 물었다. "너니?"

"당신은 항상……." 낡아빠진 로봇 껍데기가 말했다. "초지성적인 질문들을 던지곤 했지요. 그렇죠?"

"이게 뭐예요?" 깜짝 놀라버린 펜처치가 아서 옆에 쭈그리고 앉아 그의 팔을 꼭 붙잡고 속삭였다.

"말하자면 옛날 친구 비슷해요." 아서가 말했다. "나는……."

"친구라고!" 로봇이 딱하게 끽끽거렸다. 그 단어는 따닥거리는 메마른 소리가 나더니 입 속에서 녹이 부슬부슬 튀어나오는 바람에 끝을 맺지 못하고 사라졌다. "죄송하지만 그 단어가 무슨 뜻인지 기억하려면 좀 애를 써야겠어요. 제 메모리 저장소가 예전 같지 않아서 몇 조 년 동안 쓰지 않은 단어들은 걸러서 보조 메모리 백업 저장소로 보낸답니다. 아, 여기 나오네요."

만신창이가 된 로봇 머리가 생각에 잠긴 것처럼 살짝 옆으로 기울어졌다. "흐으음." 그가 말했다. "굉장히 흥미로운 개념이로군요."

그는 좀더 오래 생각했다.

"아니에요." 그는 마침내 말했다. "저런 걸 한 번도 만나본 적이 없는 거 같아요. 죄송해요. 그 부분은 도움이 못 되어드리겠네요."

그는 한쪽 무릎을 불쌍하게 흙 속에서 질질 끌더니, 몸을 뒤틀며 기형의 팔로 떠받쳐 일어나려고 안간힘을 썼다.

"제가 마지막으로 심부름해드릴 일 없으세요?" 그는 공허하게 쩔렁거리는 목소리로 말했다. "제가 대신 받아올 만한 종이 한 장이라든가, 아니면 문이라도 열어드릴까요?" 마빈은 계속 말했다.

마빈의 머리는 녹슨 목의 베어링들을 따라 긁히는 소리를 내며 움직이면서, 아득한 지평을 훑어보는 것처럼 보였다.

"현재로서는 문이 하나도 없는 거 같네요." 로봇이 말했다. "하지만 오래 기다리기만 하면, 누가 문을 지을 거라고 확신해요. 그러면……." 그는, 머리를 빙글 뒤틀어 다시 아서를 바라보면서 느릿느릿 말했다. "제가 문을 열어드릴 수 있어요. 기다리는 일에는 이력이 났거든요."

"아서." 펜처치가 아서의 귓가에 대고 신랄하게 씩씩거렸다. "이 물건 얘기는 한 번도 안 했잖아요. 대체 이 불쌍한 물건한테 무슨 짓을 한 거예요?"

"아무 짓도 안 했어요." 아서가 서글프게 말했다. "이 녀석은 항상 이렇게……."

"허, 참!" 마빈이 쌀쌀맞게 대꾸했다. "허, 참!" 그러더니 다시 한번 되풀이했다. "당신이 항상에 대해서 뭘 안다고 그래요? 나한테 '항상'이라는 말을 지금 하는 거예요? 당신네들 유기 생물체들이 끝도 없이 시키는 바보 같은 심부름 때문에 우주보다 서른일곱 배나 더 나이를 먹은 나한테? 단어를 좀 조심해서 쓰세요." 마빈은 기침을 쿨럭쿨럭 했다. "센스 있게."

쿨럭쿨럭 쇳소리를 내며 기침을 한 후, 마빈은 말을 이었다.

"나는 내버려둬요. 그리고 가던 길이나 가요. 나는 고통스럽게 괴로워하며 힘든 내 갈 길을 갈 거예요. 마침내 내게도 마지막 시간이 찾아왔단 말이에요. 내 삶도 이제 얼마 남지 않았어요. 꼴찌로 도착할 거라 믿어 의심치 않아요." 마빈은 부러진 손가락으로 힘없이 그들에게 가라는 손짓을 하며 말했다. "그게 어울려요. 자, 여기 이렇게 나를 그냥 둬요. 두뇌의 크기가……."

"입 닥쳐." 아서가 말했다.

두 사람은 마빈의 미약한 항변과 모욕에도 불구하고 힘을 합쳐 로봇을 들어올렸다. 금속이 어찌나 뜨거운지 손이 데어 물집이 생길 정도였지만, 이제 마빈은 깜짝 놀랄 정도로 중량감이 없었고 다리를 절뚝거리며 두 사람의 팔 사이에 대롱대롱 걸려 있었다.

그들은 남쪽에 인접한 쿠엔툴루스 쿠아즈가르 산맥을 향해 라스의 거대한 붉은 평원 왼쪽을 빙 둘러가는 길을 따라 마빈을 들고 걸었다.

아서는 펜처치에게 해명을 하려 했지만, 마빈의 애처로운 인공 두뇌가 헛소리를 주워섬기는 바람에 말이 자꾸 끊어졌다.

그들은 매점에서 중고 부품이라도 사서 마빈에게 갈아 끼워주고, 고통을 덜 수 있도록 기름칠이라도 해주려고 했지만 마빈은 막무가내로 거절했다.

"나는 어차피 중고 부품 덩어리인걸요." 그는 청승을 떨었다.

"이렇게 살다 죽게 돼요!" 그는 신음을 했다.

"내 부품들은 전부 다……." 그는 한탄했다. "최소한 오십 번씩은 갈았을 거예요……하지만……." 잠깐 그의 표정이 눈에 띄지 않을 정도로 조금 밝아지는 듯했다. 마빈의 머리는 기억을 해내려고 두 사람 사이에서 위아래로 흔들렸다. "기억나세요? 저를 처음 만났을 때를." 그는 마침내 아서에게 말했다. "당신을 다리 위로 끌어 올려주는, 지적으로 정말 힘겨운 일을 수행해야 했지요? 그때 제가 몸 왼쪽 다이오드들을 따라서 끔찍한 통증이 있다고 말씀드린 거 생각나세요? 부품을 바꿔달라고 했는데, 끝내 바꿔주지 않았다고 말씀드렸죠?"

그는 좀 길다 싶은 시간 동안 잠시 말을 멈췄다가 다시 시작했다. 그들은 저물기는커녕 꼼짝도 하지 않는 것처럼 보이는, 지글지글 타오르는 뙤약볕 밑에서 힘을 합쳐 마빈을 들고 갔다.

"혹시 짐작할 수 있으시겠어요?" 마빈은 말없이 지낸 시간이 좀 민망해질 정도로 충분히 길었다는 판단이 서자 이렇게 말했다. "어느 부품이 한 번도 교체되지 않았는지? 어서요, 맞힐 수 있나 보게요."

그러더니 이렇게 덧붙였다. "아야."

"아야, 아야, 아야, 아야, 아야."

마침내 그들은 마지막 매점에 다다랐고, 마빈을 둘 사이에 내려놓고는, 그늘에서 쉬었다. 펜처치는 러셀을 위해 커프스를 몇 개 샀다. 하나님이 피조물에게 전하는 마지막 메시지를 구성하는 불의 글씨들 바로 밑에 있는 쿠엔툴루스 쿠아즈가르 산맥에서 주운 매끈한 조약돌로 만든 커프스였다.

아서는 매대에 있는 믿음의 단상들을 손으로 훑으며 살펴보았다. 메시지의 의미에 대한 소소한 명상들이었다.

"준비 됐어요?" 그가 펜처치를 보고 말하자, 그녀가 고개를 끄덕였다.

그들은 영차 하고 힘을 합쳐 마빈을 양쪽에서 들어올렸다.

그들은 쿠엔툴루스 쿠아즈가르 산맥의 발치에 다다랐는데, 그곳에는 산맥 꼭대기를 따라 불타오르고 있는 글자들이 쓰여 있었다. 글자들을 마주보는 커다란 바위 위에 특히 잘 볼 수 있는 지점이 있었는데, 거기에는 바위를 빙 둘러 울타리를 쳐서 만든 전망대가 있었다. 그곳에는 글씨들을 자세히 볼 수 있는 작은 유료 망원경들이 있었지만, 그걸 쓰는 사람들은 아무도 없었다. 글씨들은 천국의 신성한 빛으로 눈부시게 불타오르고 있었으며, 망원경으로 보면, 망막과 시신경을 심각하게 손상할 우려가 있었기 때문이다.

그들은 경이에 차서 하나님이 피조물에게 보내는 마지막 메시지를 바라보았고, 천천히 이루 말할 수 없는 평온한 느낌에 사로잡혔다. 궁극적이고 완벽한 깨달음을 얻었던 것이다.

펜처치가 한숨을 쉬었다. "맞아요." 그녀가 말했다. "저거였어요."

그들은 족히 십 분 동안 글자를 물끄러미 바라보고 있다가, 그제야 두 사람의 어깨 사이에 대롱대롱 매달려 있는 마빈이 곤란을 겪고 있다는 사실을 깨달았다. 로봇은 이제 더 이상 고개를 들 수도 없었고, 아직 메시지를 읽지도 못했다. 그들은 마빈의 고개를 들어 올려주었지만, 그는 자신의 시각 회로가 거의 다 망가졌다고 투덜거렸다.

그들은 동전을 찾아서 그를 부축해 유료 망원경 앞으로 데리고 갔다. 마빈은 투덜거리면서 그들을 욕했지만, 그래도 그들은 마빈이 글자 하나하나를 차례대로 볼 수 있도록 도와주었다. 첫 번째 글자는 '불'이었고, 두 번째 글자는 '편'이었고, '을'이 그 뒤를 이었다. 그리고는 한 칸이 떨어져 있었다. '끼' 다음에는 '쳐'. 마빈은 잠시 쉬고 휴식을 취했다.

몇 분 후 그들은 다시 글자를 읽기 시작했고, 마빈이 '드', '려' 까지 볼 수 있게 해주었다. 다음 글자는 '서' 였다. 마지막 단어가 길어서, 마빈은 그 단어에 도전하기까지 한 번 더 쉬어야 했다.

그 단어는 '죄' 로 시작했고 다음에는 '송' 이었다. 그리고 '합'.

마지막으로 숨을 돌린 후, 마빈은 힘을 내어 마무리에 도전했다.

그는 '니' 라는 글자와 마침내 '다' 를 읽었고, 휘청거리며 아서와 펜처치의 품에 쓰러졌다.

"저걸 보니……." 그는 마침내 부식된, 철컹거리는 흉곽 깊은 곳에서 마지막 숨을 모아 이렇게 중얼거렸다. "기분이 훨씬 나아졌어요."

이번에는 마빈의 두 눈에서 빛이 진짜로 확실히 영영 꺼졌다.

다행스럽게도, 근처에는 초록색 날개를 가진 사람들에게 스쿠터를 빌릴 수 있는 간이 매대가 있었다.

| 에필로그 |

 전 우주의 생명체들에게 가장 큰 은총을 베풀어준 사람들 중 하나는 눈앞에 있는 일에 도저히 집중을 하지 못하는 사람이었다.
 천재였느냐고?
 물론이다.
 그의 세대, 아니 다른 세대까지 통틀어서, 그가 직접 설계한 수까지 합쳐서 최첨단을 걷는 유전공학자들 중 한 사람이었느냐고?
 의심할 여지 없는 사실이다.
 문제는 그 사람이 관심을 가져서는 안 될 문제에, 적어도, 사람들이 늘 얘기하듯 '지금은 안 돼'라고 하는 순간에, 너무나 깊은 관심을 가졌다는 사실이었다.
 그는 또한, 어느 정도는 이 문제 때문에, 상당히 짜증 나는 성격의 인물이었다.
 그래서 그의 세계가 머나먼 항성에서 온 끔찍한 침략자들에게 위협을 받고 있을 때, 적이 아직 상당히 멀리 있었지만 굉장히 빠른 속도로 날아오고 있는 사이에, 이 사람, 블라트 베르센발트 3세(그의 이름은 블라트 베르센발트 3세였다. 꼭 관련이 있다고는 할 수 없는 얘기지만, 그래도 상당히 흥미진진한데, 왜냐하면……에이, 그만두자. 아무튼 그게 그 사람 이름이었고, 그게 왜 흥미로운지는 나중에 또 얘기할 수 있을 테니까)는 종족의 지도자에게서 무서운 침입자들과 맞서 싸워 이길 수 있는 맹목적인 초능력 전사들을 설계하라는 지령을 받고 삼엄한 경계 아래 은둔 생활에 들어갔다. 상부에서는 빨리 하라고, 그리고 '집중을 하라'고 명령했다.

그래서 그는 창가에 앉아 여름의 잔디밭을 바라보며 설계하고 설계하고 또 설계했지만 결국 이런저런 일에 약간 정신이 팔리는 바람에, 침입자들이 그들 행성의 궤도에 거의 진입하다시피 한 시각에, 도움을 받지 않고도 반쯤 열린 창문의 열린 반쪽을 통해 날아다닐 수 있는 새로운 종류의 슈퍼 파리를 생각해냈고, 또한 아이들을 위해 전원을 끄는 스위치를 발명했다. 그가 달성한 탁월한 업적을 축하하는 잔치가 열렸지만, 외계의 우주선들이 착륙하는 순간 밀어닥칠 대재앙으로 인해 떠들썩한 축하 분위기는 오래가지 못할 것으로 생각되었다. 그러나 기막히게도, 이 무서운 침략자들은, 대부분의 호전적인 종족과 마찬가지로 고국에서의 문제를 감당해낼 수가 없어 미쳐 날뛰었던 것뿐이어서, 곧 베르센발트의 눈부신 과학적 발견에 엄청난 감명을 받고 축하 대열에 동참했으며 나아가 광범위한 일련의 교역 협정을 체결하고 문화 교류 프로그램을 수립하는 데 동의하기까지 했다. 그리고 그런 사태와 정상적으로 연루되는 상황들이 모두 기막힌 반전에 반전을 거듭하는 바람에, 모든 관련자들이 그 후로 영원히 행복하게 살았다고 한다.

이 이야기를 한 이유가 있기는 있었던 것 같은데, 지금은 잠시 아무 생각도 떠오르지 않는다.

거대한 비행 물체가 놀라우리만치 아름다운 바다 표면 위를 신속하게 움직였다. 해가 중천에 떴을 때부터 계속 그 물체는 점점 더 거대한 호를 그리며 부지런히 왔다 갔다 했고, 마침내 섬 주민들의 주목을 끌었다. 섬 주민들은 바다를 사랑하는 평화로운 사람들로, 백사장에 모여 눈을 가늘게 뜨고 눈부신 태양을 올려다보며 하늘에 도대체 뭐가 있는지 보려고 했다.

이리저리 좀 다녀보고 세상 구경도 좀 해서 세련되고 식견 있는 사람이라면 그 비행체가 서류 정리용 캐비닛과 너무 닮았다는 말을 했을 것이다. 최근 강도를 당한 커다란 서류 정리용 캐비닛이 서랍을 허공에 드러내놓고 똑바로 누운 채 날아다니는 모양새 같다고.

섬사람들은 경험의 종류가 달랐고, 그래서 그들은 그게 캐비닛을 닮았다는 것보다도 그게 바닷가재와 너무나 안 닮았다는 데 놀랐다.

그들은 집게발이 하나도 없다느니, 등이 굽어지지 않고 꼿꼿하다느니, 땅에 발을 붙이고 있는 게 엄청나게 힘들어 보인다느니 하며 흥분해서 재잘댔다. 그중 특히나 마지막 특징이 그들에게는 기묘하게 보였다. 그들은 그 자리에서 펄쩍펄쩍 뛰면서 땅에 발을 붙이고 있는 게 세상에서 가장 쉬운 일이라는 것을 그 멍청한 물체에게 증명해 보이려고 했다.

하지만 그들은 곧 이 놀이에 흥미를 잃기 시작했다. 결국 그 비행체가 바닷가재가 아니라는 게 완전히 명백해졌고, 그들의 세상에는 고맙게도 바닷가재가 지천이었기 때문에(지금 이 순간에도 여섯 마리 정도의 입맛 돋우는 바닷가재가 그들을 향해 백사장을 진군해오고 있었다), 그들은 이 비행체에 더 이상 시간을 낭비할 이유가 없었다. 대신, 그들은 즉시 이 모임을 폐회하고 바닷가재로 늦은 점심이나 먹자고 결의했다.

바로 그 순간, 비행체가 갑자기 공중에 딱 멈추고 몸을 세우더니 거대한 물보라를 일으키며 바다로 똑바로 뛰어들었다. 사람들은 비명을 지르며 숲 속으로 도망갔다.

몇 분 뒤 그들이 머뭇거리며 다시 나왔을 때, 눈에 보이는 것이라고는 물 위에 난 부드러운 동심원의 상처와 꼬르륵거리는 물거품 몇 개뿐이었다.

이거 참 이상한 일이군. 그들은 서쪽 은하계 어디에서나 맛볼 수 있는 최고의 바닷가재를 한 입 가득 우물거리며 서로에게 말했다. 올해 들어서 이런 일이 벌써 두 번째야.

바닷가재가 아닌 비행체는 곧장 수심 이백 피트까지 다이빙해서 심해의 짙은 푸르름 속에 머물렀다. 주위에서는 엄청난 양의 물이 흔들거렸다. 마법처럼 깨끗한 물 저 위에서는 물고기들이 눈부신 대형을 만들며 스치고 지나갔다. 빛이 도달하기 어려운 아래쪽에서 바다 빛은 어둡고 황량한 푸른색으로 잠겨들었다.

수심 이백 피트 지점인 이곳에서는 태양빛이 약하게 흘러들었다. 커다랗고 부드러운 피부를 가진 바다 포유류가 유유자적 지나가면서 미적지근한 흥미를 보이며 비행체를 검사했다. 마치 이 근방 어디쯤에서 이 비슷한 것을 보리라고 이미 반쯤은 기대하고 있었다는 듯한 태도였다. 그러더니 그 생물은 위로 미끄러져 올라가서 어른거리는 빛 속으로 사라졌다.

비행체는 기압과 온도를 재며 일이 분여를 기다리다가 다시 백 피트를 더 내려갔다. 이 정도 수심이 되자, 사방이 심각하게 깜깜해지기 시작했다. 곧 비행체의 내부 조명이 꺼졌고 그 뒤 일이 초도 지나지 않아 갑자기 외부 전조등이 켜지며 빛을 앞으로 쏘았다. 눈에 보이는 빛이라곤 흐릿하게 조명을 밝힌 조그만 분홍색 사인에서 나오는 빛뿐이었다. 거기에는 '비블브락스 해난 구조 겸 진짜 멋진 일들 주식회사' 라는 글자가 적혀 있었다.

거대한 전조등들이 아래쪽으로 방향을 돌리더니 거대한 은빛 물고기 떼를 포착했다. 물고기들은 침묵의 공포에 사로잡혀 휙 방향을 돌려 사라졌다.

비행체의 뭉툭한 뱃머리에서 넓은 후미까지 뻗어 있는 침침한 조종실에서는, 네 개의 머리가 컴퓨터 모니터 주위에 모여 있었다. 컴퓨터는 해저 깊은 곳에서 무지무지하게 약하게 나오는 간헐적인 신호를 분석하고 있었다.

"저거야." 머리 중 하나의 주인이 마침내 말했다.

"확신할 수 있을까?" 다른 머리의 주인이 말했다.

"백 퍼센트 장담해." 첫 번째 머리의 주인이 대답했다.

"이 바다 밑바닥에 침몰한 배가 당신이 백 퍼센트 침몰 안 한다고 백 퍼센트 장담한다고 말했던 그 배가 맞다고 백 퍼센트 장담한단 말이죠?" 나머지 머리 두 개의 주인이 말했다. "아." 그는 손들 중 두 개를 들어보였다. "그냥 물어보는 겁니다."

'안전과 시민 안심부' 에서 나온 두 공무원은 이 말에 싸늘하기 이를 데 없는 눈초리로 반응했다. 하지만 이상한, 아니 짝수(odd/even은 홀/짝을 의미하는데 odd에는 이상하다는 뜻도 있기 때문에, 단어의 이러한 중의적 의미를 가지고 장난을 치고 있다—옮긴이주) 머리를 한 남자는 이를 알아채지 못했다. 그는 다시 조종석에 털썩 앉더니 맥주를 두 개 땄다. 하나는 자기 몫이었고 다른 하나도 역시 자기 몫이었다. 그리고는 두 발을 제어판 위에 턱 올리고는 울트라 글라스 너머로 지나가는 물고기에게 말했다. "안녕, 자기."

"비블브락스 씨……." 두 공무원 중 키가 더 작고 덜 듬직해 보이는 사람이 낮은 목소리로 말했다.

"엡?" 자포드가 졸지에 다 비운 캔을 제어판보다 더 민감한 기계에다 툭툭 두드리면서 말했다. "다이빙할 준비 됐습니까? 가죠."

"비블브락스 씨, 한 가지 짚고 넘어갑시다."

"예, 그러죠." 자포드가 말했다. "우선 이것부터 짚고 넘어가는 게 어떨까요. 이 배에 정말 뭐가 있는지 그냥 말해주는 게 어때요?"

"말씀드렸습니다." 공무원이 말했다. "부산물이라고."

자포드의 머리들이 지겹다는 듯한 눈짓을 서로 교환했다.

"부산물." 그가 말했다. "뭐의 부산물이죠?"

"절차요." 공무원이 말했다.

"무슨 절차요?"

"전적으로 안전한 절차입니다."

"산타 자쿠아나 부스트라!" 자포드의 머리 두 개가 나란히 합창했다. "너무 안전해서 그 부산물을 가까운 블랙홀까지 가져가서 쏟아 버리는 데 이렇게 철옹성 같은 배를 만들어야 하나 보죠! 근데 문제는 그 배는 거기 안 간다는 거죠. 파일럿이 바닷가재……를 싣느라 우회——맞죠?——를 하니까. 좋아요. 그 작자는 쿨하다 이겁니다. 하지만 내 말은, 터놓으라고요. 지금은 짖을 때라고요. 거나한 점심을 할 땝니다. 화장실이 넘치기 일보 직전이죠. 지금은……. 지금은……말이 완전히 꼬이는군!"

"닥쳐!" 오른쪽 머리가 왼쪽 머리에게 외쳤다. "입이 딱딱 안 맞잖아!"

그는 남아 있는 맥주 캔을 잡고 마음을 진정했다.

"이봐요, 들어봐요." 그는 잠시 마음을 가다듬고 생각을 해본 뒤 다시 말을 이었다. 두 공무원은 아무 말도 하지 않았다. 이런 수준의 대화는 그들이 감히 감당할 수 없는 것이었다. "전 그냥 알고 싶다고요." 자포드가 고집을 부렸다. "뭐 때문에 저를 여기 끌고 들어왔는지 말입니다."

그는 컴퓨터 모니터 위에 간헐적으로 찔끔찔끔 나타나는 온도와 기압 정보를 손가락으로 가리켰다. 그에게는 아무 의미 없는 수치였지만 그는 그 모양새가 마음에 들지 않았다. 그것들은 모두 긴 숫자와 이런저런 것들로 도배되어 알아볼 수도 없었다.

"저게 지금 부서지고 있는 거죠, 그런 거죠?" 그가 고함쳤다. "저 배 안의 창고에 미량 방사능을 배출하는 아오리스트(aorist, 그리스어 문법에서 불확정 과거를 의미한다―옮긴이주) 막대가 가득 들어 있거나 이 행성을 몽땅 지글지글 태워서 원시 세계로 되돌려놓을 그런 물건이 들어 있는데, 그게 지금 부서지고 있는 거죠. 그런 이야기 아닙니까? 우리가 찾으러 내려가고 있는 게 그건가요? 저 난파선에서 나올 때는 내 머리가 심지어 몇 개 더 붙어 있는 거 아닙니까?"

"저건 난파선일 리가 없습니다, 비블브락스 씨." 공무원이 고집을 부렸다. "저 배는 완벽하게 안전하다고 보증이 되었어요. 저게 부서진다는 건 있을 수 없는 일입니다."

"그럼 왜 당신은 그렇게 가서 보고 싶어 안달이죠?"

"우린 완벽하게 안전한 걸 보는 걸 좋아하죠."

"쳇!"

"비블브락스 씨." 공무원이 참을성 있게 말했다. "당신이 할 일이 있다는 걸 상기시켜드려도 되겠습니까?"

"예, 어, 아무래도 난 갑자기 그 일이 그렇게 하고 싶지가 않군요. 날 도대체 뭐로 보는 겁니까? 내가 도덕적인 그 뭐냐……. 하여간 그런 게 완전히 없는 놈인 것 같소? 그걸 뭐라고 하지, 그 도덕적인 거, 그거 말이오?"

"양심의 가책이요?"

"양심의 가책, 고맙소. 하여간 뭐든지 간에 말이오. 에?"

두 공무원은 조용히 기다렸다. 그들은 시간을 때우려고 약간 헛기침을 했다.

자포드는 자신에게서 모든 비난을 덜 목적으로 "세상이 어쩌자고 이 꼴이 됐지" 유의 한숨을 쉬더니 자리에 앉아서 몸을 휙 돌렸다.

"배야."

"옙?" 배가 대답했다.

"내가 하는 일을 해."

배는 수백만분의 몇 초 동안 이 점을 생각해보더니 엄청나게 단단한 방수벽의 밀폐 상태를 모두 두 차례씩 점검했다. 그러고는 흐릿한 전조등 불빛 속에서 심연을 향해 천천히, 단호하게 하강하기 시작했다.

오백 피트.

천.

이천.

압력이 거의 칠만 기압에 달하고 빛이라곤 들어오지 않는 차가운 해저인 이곳에서, 자연의 상상력은 최고조에 달해 있었다. 이 피트짜리 악몽이 희멀건 빛 속으로 휙 떠오르더니 하품을 하고는 다시 암흑 속으로 사라졌다.

이천오백 피트.

전조등 불빛이 사그라지는 어둑어둑한 가장자리로 떳떳치 못한 비밀들이 눈을 가늘게 뜨고 핵핵 지나갔다.

점차로, 저 멀리서 다가오는 해저 지형이 컴퓨터 모니터에 점점 더 선명하게 잡히더니 마침내는 어떤 형체 하나가 배경과 뚜렷이 구분될 수 있을 정도가 됐다. 그건 마치 한쪽으로 기운 거대한 원통형 요새처럼 생겼는데, 결정적으로 중요한 저장고들을 둘러싸고 있는 묵직한 초강력 판들 때문에 중간 정도에서부터 급격하게 넓어진 형태를 하고 있었다. 그리고 그 배의 건조자들은 이 초강력 판들 때문에 그 배가 역사상 가장 안전하고 난공불락의 우주선이 될 것이라고 생각했다. 배를 진수시키기 전, 배의 건조자들은 이 부분의 물질 구조를 사정없이 때리고 두드리고 폭발시켰다. 배가 그런 공격에 견딜 수 있다는 것을 증명하기 위해 배가 견딜 수 있는 것으로 알려진 모든 시험을 총동원한 것이다.

깔끔하게 두 동강 난 것이 바로 이 부분이라는 것을 확인하자 조종실의 긴장된 침묵은 눈에 띄게 팽팽해졌다.

"사실 저 배는 완벽하게 안전합니다." 공무원 중 하나가 말했다. "심지어 배가 부서지더라도 저장실은 손상될 수 없도록 만들어졌거든요."

삼천팔백이십오 피트.

네 개의 A급 기압복들이 인양선의 열린 승강구를 천천히 빠져나와 전조등의 비호 아래 물길을 헤치며 해저의 어둠 속에서 음침하게 모습을 드러낸 괴물 같은 형상을 향해 다가갔다. 그들은 다소 서투르면서도 우아하게 움직였다. 엄청난 물의 무게가 그들을 짓누르고 있었지만 한편으로는 거의 진공 상태나 다름없었기 때문이다.

자포드는 오른쪽 머리로 머리 위의 한없는 어둠을 올려다보았다. 잠시 동안 그의 마음은 소리 없는 비명으로 요동쳤다. 왼쪽을 힐끗 보니 자신의 나머지 머리가 헬멧 비디오에서 중계되는 브록키아 행성의 울트라 크리켓 경기를 태평스레 보고 있었다. 그는 마음이 놓였다. 약간 왼쪽 뒤에 서는 '안전과 시민 안심부'의 공무원 두 명이 걸어오고 있었고, 약간 오른쪽 앞쪽에서는 텅 빈 기압복이 걸어가고 있었다. 그것은 장비들을 들고 앞장서서 길을 점검하며 가고 있었다.

그들은 **십억 년 벙커** 우주선 호의 파괴된 용골 부분에 난 거대한 갈라진 틈을 지나가며 그 안으로 손전등을 비춰보았다. 엉망으로 난도질된 기계들이 찢기고 비틀어진 격벽 사이로 어렴풋이 보였다. 그 격벽은 두께가 이 피트나 되었다. 지금은 투명한 뱀장어 무리가 그 안에서 살고 있었는데, 녀석들은 그곳이 꽤나 마음에 드는 눈치였다.

텅 빈 기압복이 앞장서서 음산한 선체를 따라 걸어가며 출입문들을 열었다. 세 번째로 연 출입문은 갈리는 소리를 내며 힘들게 열렸다. 그들은 안으로 몰려 들어가 길고 긴 몇 분을 기다렸다. 펌프 장비가 바다가 가하는 무시무시한 압력을 처리한 뒤, 그 압력을 그에 못지않게 무시무시한 공기와 비활성 기체 압력으로 서서히 바꿀 시간을 주기 위해서였다. 마침내 내부 문이 미끄러져 열렸고 그들은 십억 년 벙커 우주선 호의 깜깜한 외부 대기 구역으로 들어갔다.

아직도 몇 개의 타이탄-오-홀드 보안문을 더 지나야 했는데, 그때마다 공무원들은 이런저런 쿼크(소립자의 구성 요소—옮긴이주) 열쇠로 문을 열었다. 그들은 곧 철통같은 보안 구역 깊숙이 들어왔고 울트라 크리켓 경기 중계는 더 이상 신호가 잡히지 않았다. 그래서 자포드는 채널을 록 음악 비디오로 돌려야 했다. 그 신호가 닿을 수 없는 장소는 없었다.

마지막 문이 열렸고 그들은 커다란 무덤 같은 공간으로 들어왔다. 자포드가 반대쪽 벽에 손전등을 비쳤더니, 불빛은 눈을 휘둥그레 뜨고 비명을 질러대는 얼굴을 똑바로 비췄다.

자포드 자신도 감(減) 오 도로 비명을 지르며 손전등을 떨어뜨리고 바닥에 털썩 주저앉았다. 아니, 바닥이라기보다 거기서 한 육 개월 동안 아무 방해도 받지 않고 누워 있던 시체 위에 털썩 주저앉았다. 시체는 누군가가 자신 위에 앉는 이 상황에 대해 엄청난 폭발로 반응했다. 자포드는 이런 상황에서 도대체 무얼 해야 할지 알 수가 없었다. 그러고는 짧은 시간 미친 듯이 내부 논쟁을 벌인 끝에 기절해버리는 게 최고라는 결론을 내렸다.

그는 몇 분 뒤 정신을 차렸고 자신이 누군지, 여기가 어딘지, 여기 어떻게 왔는지 전혀 모르는 척했다. 하지만 누구도 이 연기를 믿지 않았다. 그래서 그는 갑자기 기억이 물밀듯이 돌아와서 그 쇼크로 다시 기절한 척했다. 하지만 텅 빈 기압복이 내키지 않는 그를 도와 일으켜 세우더니 이 상황을 체념하고 받아들이라고 강요했다. 그는 녀석이 심각하게 미워지기 시작했다.

그곳의 조명은 흐릿하게 깜박거렸고 여러 면에서 마음에 들지 않았다. 그중 가장 분명하게 마음에 들지 않는 것은 죽은 항해사의 신체 부위들이 바닥과 벽, 천장, 특히 그의, 자포드의 기압복 하반신에 형형색색으로 배열되어 있는 것이었다. 그 효과가 어찌나 놀랄 만큼 역겨운지, 이 이야기에서 다시는 언급하지 않도록 하겠다. 단 하나, 자포드가 기압복 안에 구토를 했다는 사실만 간단하게 기록해야겠다. 그는 그걸 벗어서 헬멧을 적절하게 조절한 다음 텅 빈 기압복이랑 바꿨다. 하지만 불행하게도, 배의 고약한 악취에 자신의 기압복이 썩어가는 내장을 걸치고 근처를 유유자적 걸어 다니는 광경까지 더해지니, 자포드는 새로 입은 기압복에다가도 구토를 하지 않을 수 없었다. 그래서 그와 기압복은 그 문제를 그냥 안고 사는 수밖에 없었다.

자, 자. 이제 끝났다. 더 이상 역겨운 이야기는 없다.

적어도 그런 식의 역겨운 이야기는 없다.

비명을 질러대는 머리의 주인은 이제 아주 약간 마음을 진정하고 노란 액체가 담긴 거대한 수조 안에서 앞뒤가 맞지 않는 말을 지껄여대고 있었다. 비상시 부유(浮游) 수조였다.

"정말 미친 짓이었어요." 그가 지껄여댔다. "미친 짓이라고요! 난 오는 길에 아무 때나 바닷가재를 먹을 수 있다고 말했어요. 그런데 그 녀석은 미쳤다고요. 완전히 정신이 나갔어요! 바닷가재에 그런 식으로 미쳐본 적 있어요? 전 아니거든요. 제가 보기에 바닷가재는 너무 질기고 먹기 귀찮은 음식이에요. 그렇다고 대단히 맛있지도 않고요. 제 말은, 그게 맛이 있나요? 전 가리비가 훨씬 더 좋아요. 그래서 그렇게 말을 했죠. 아, 자쿠온이시여, 제가 그렇게 말했다고요!"

자포드는 수조 안에서 철썩거리고 있는 이 희한한 유령 같은 존재를 쳐다봤다. 그는 생명 유지 튜브란 튜브는 다 갖다 붙이고 있었고, 목소리는 배 전체에서 미친 듯이 울려대는 스피커를 통해 부글거리며 나왔다. 그 목소리는 저 멀고 깊숙한 복도에서 유령 같은 메아리가 되어 다시 돌아왔다.

"그게 제가 잘못한 부분이죠." 그 광인이 소리 질렀다. "전 실제로 가리비가 더 좋다고 말했고, 그랬더니 그는 그건 제가 진짜 바닷가재를 못 먹어봤기 때문이라고 하더군요. 그의 조상이 살던 고향에서 사람들이 먹는 바닷가재 같은 걸요. 그 고향이 바로 여기였고, 그는 그걸 증명하고 싶어 했어요. 문제 될 게 없다고 하더군요. 여기 바닷가재는 그만 한 여행을 할 만한 가치가 있는 데다가, 그 김에 기분 전환도 좀 할 수 있지 않겠냐고 하면서 말이에요. 게다가 자기는 대기권에서 우주선을 운전할 수 있다고 장담을 했다고요. 그런데 그게 다 미친 짓이었죠. 미친 짓이었어요!" 그는 소리를 질러대더니 눈을 굴리면서 잠시 말을 멈췄다. 마치 그 말을 하다가 문득 무슨 생각이 떠올랐다는 듯한 표정이었다. "우주선은 순식간에 통제력을 상실했어요! 우리가 무슨 짓을 하고 있는지 믿을 수가 없었죠. 너무나 부풀려진 음식인 바닷가재를 놓고 무슨 증명을 해보겠다고 그 꼴이 되다니 말이에요. 너무 바닷가재 이야기만 해대서 죄송해요. 곧 그만두도록 노력하죠. 하지만 제가 이 수조 안에 있었던 지난 몇 개월 동안 제 머리 속에는 온통 그 생각뿐이었다고요. 생각 좀 해보세요. 똑같은 사람들이랑 쓰레기 같은 음식을 먹으면서 몇 달씩이나 우주선 안에 갇혀서 살았는데, 그중 한 사람이 바닷가재 얘기밖에 안 했다고요. 게다가 그러고 나서 홀로 육 개월간 수조 속에 둥둥 떠다니면서 그 생각만 했단 말입니다. 약속드리지만, 정말로 이제 바닷가재 얘기는 그

만들게요. 정말이에요. 바닷가재, 바닷가재, 바닷가재……이제 그만! 제 생각에 제가 유일한 생존자인 것 같아요. 배가 추락하기 전 비상 수조까지 올 수 있었던 사람은 제가 유일했거든요. 제가 조난 신호를 보냈고, 그러고 나서 쾅 한 거죠. 참사예요, 그렇죠? 완전한 참사예요. 그리고 그게 다 그 인간이 바닷가재를 좋아했기 때문이라고요. 내 말이 말이 되나요? 정말 이야기하기가 쉽지 않군요."

그는 탄원하는 표정으로 그들을 쳐다봤다. 그의 마음은 낙엽처럼 천천히 흔들리며 땅으로 떨어지고 있는 것처럼 보였다. 그는 원숭이가 이상한 물고기를 쳐다보듯이 눈을 껌벅거리며 그들을 이상하게 바라봤다. 그는 쭈글쭈글해진 손가락으로 수조의 유리 부분에 이상한 낙서를 갈겨댔다. 그의 입과 코에서 작고 걸쭉한 노란 물방울들이 뿜어져 나와 걸레 같은 머리카락에 잠시 걸렸다가 위로 멍하니 올라갔다.

"오, 자쿠온이시여, 하늘이시여." 그는 혼자 애처롭게 중얼거렸다. "전 발견됐어요. 전 구조됐다고요……."

"음." 공무원 중 하나가 활발하게 말했다. "적어도 당신은 발견됐소." 그는 방 한 가운데 있는 주 컴퓨터로 성큼성큼 걸어가더니 파손된 곳을 찾아 배의 주 모니터 회로를 재빨리 체크하기 시작했다.

"아오리스트 막대가 있는 방들은 무사합니다." 그가 말했다.

"이 배신자들." 자포드가 으르렁거렸다. "배에 아오리스트 막대가 있잖아!"

아오리스트 막대란 이제는 다행히 폐기된 에너지 생산 형태에서 사용되던 장치다. 새로운 에너지원에 대한 탐사가 특히 광적인 지경에 도달했던 한때, 어느 똑똑한 젊은이가 사용 가능한 에너지를 완전 소진해버리지 않았던 유일한 장소를 갑자기 발견해냈다. 과거였다. 그런 통찰에 걸맞게 그의 머리에는 갑자기 피가 확 몰렸고, 바로 그날 밤 당장 그는 그 자원을 채굴할 방법을 발명해냈다. 그리고 일 년도 지나지 않아 과거의 거대한 영역들에서 에너지들이 모두 유출되어 마구 탕진되었다. 과거는 훼손하지 말고 내버려둬야 한다고 주장한 사람들은 극도로 값비싼 감상주의에 탐닉한다는 비난을 받았다. 과거는 값싸고 풍부하며 깨끗한 에너지원을 제공해줬으며, 천연 과거 보존 구역은 유지비를 대고 싶어 하는 사람만 있다면 언제든지 몇 개쯤 만들어질 수 있었다. 과거를 고갈시키는 것이 현재를 궁핍하게 만든다는 주장에 대해서라면, 글쎄, 뭐 아주 약간은 그랬을 수도 있다. 하지만 그 결과는 측정할 수 없었고, 그러니 정말로 균형 감각을 가져야만 했다.

현재가 정말로 궁핍해지고 있다는 사실을 깨닫고 나서야, 그리고 그 이유가 저 이기적인 미래의 약탈꾼 녀석들이 똑같은 짓을 하고 있기 때문이라는 걸 깨닫고 나서야, 모든 사람들은 모든 아오리스트 막대 하나하나와 그걸 만드는 끔찍한 비법이 완전히, 영구히 폐기되어야 한다는 사실을 깨달았다. 그들은 이는 자신들의 할아버지와 손자들을 위한 것이라고 주장했지만, 이는 물론 자신의 할아버지의 손자들, 자기 손자들의 할아버지를 위한 것이었다.

'안전과 시민 안심부'에서 나온 공무원들은 무시하는 태도로 어깨를 으쓱했다.

"그것들은 전적으로 안전해요." 공무원 하나가 말했다. 그는 자포드를 흘깃 올려다보더니 갑자기 어울리지 않게 솔직히 말했다. "저것보다 더한 것도 있어요. 적어도." 그가 컴퓨터 모니터 하나를 톡톡 두드리며 덧붙였다. "그게 배 안에 있었으면 좋겠는데."

다른 공무원이 그를 홱 돌아봤다.

"도대체 무슨 소리를 하고 있는 거야?" 두 번째 인물이 말을 낚아챘다.

첫 번째 인물은 다시 어깨를 으쓱했다. 그가 말했다. "상관없어. 좋을 대로 말하라고 해. 아무도 믿지 않을 테니까. 그 이유로 저 사람을 선택한 거잖아. 공식적으로 뭔가를 하는 대신 말이야. 안 그래? 그가 더 황당한 이야기를 하면 할수록, 말도 안 되는 이야기를 지어내는 히피 모험가처럼 보일 뿐이야. 우리가 이런 말을 했다고 말할 수도 있겠지, 하지만 그러면 편집증 환자처럼 보이게 될 거야." 그는 역겨운 기압복 속에서 분노로 이글거리고 있는 자포드에게 상쾌하게 웃어 보였다. "우리와 같이 가도 좋아요." 그가 말했다. "원하신다면."

"아시겠죠?" 공무원은 아오리스트 막대 보관실의 울트라 타이타늄 외부 봉인 상태를 점검하며 말했다. "완벽하게 안심이에요, 완벽하게 안전하다고요."

그는 너무나 강력해서 티스푼 하나 분량만으로도 행성 전체를 완전히 오염시킬 수 있는 화학무기를 보관하고 있는 창고들을 지나가며 똑같은 소리를 했다.

그는 너무나 강력해서 티스푼 하나 분량만으로도 행성 전체를 날려버릴 수도 있는 제타-액티브 합성물을 보관하고 있는 창고들을 지나가며 똑같은 소리를 했다.

그는 너무나 강력해서 티스푼 하나 분량만으로도 행성 전체를 방사선에 노출시킬 수 있는 테타-액티브 합성물을 보관하고 있는 창고들을 지나가며 똑같은 소리를 했다.

"내가 행성이 아니라 다행이군." 자포드가 중얼거렸다.

"무서워할 것 없습니다." '안전과 시민 안심부'에서 나온 공무원이 보증했다. "행성들은 매우 안전합니다. 만일……." 그는 무슨 말을 덧붙이려다가 말을 멈췄다. 그들은 십억 년 벙커 우주선 호의 용골이 부서진 지점에서 가장 가까운 창고로 다가가고 있었다. 복도는 휘어지고 흉하게 변해 있었다. 바닥은 축축하고 군데군데가 끈적끈적했다.

"야, 흠." 그가 말했다. "야, 이거 정말 에헴이군."

"이 창고 안엔 뭐가 있죠?" 자포드가 답변을 요구했다.

"부산물입니다." 공무원이 다시 입을 꾹 다물며 말했다.

"부산물이라……." 자포드가 조용히 고집했다. "무엇의 부산물이요?"

공무원들은 아무도 대답하지 않았다. 대신, 그들은 창고 문을 매우 세심하게 검사했고, 복도 전체를 흉물스럽게 만든 힘이 문의 밀봉을 비틀어 찢어놓았다는 것을 발견했다. 그들 중 한 명이 문을 가볍게 만졌다. 문은 손이 닿자마자 활짝 열렸다. 안은 캄캄했고, 희미한 노란 빛 몇 개만이 안쪽 깊숙이에서 나오고 있었다.

"무엇의 부산물입니까?" 자포드가 씩씩대며 말했다.

앞서가던 공무원이 다른 한 명을 돌아봤다.

"저기 탈출 캡슐이 있어." 그가 말했다. "승무원들이 그걸 블랙홀에 투하하기 전에 배에서 탈출할 때 사용할 목적이었지." 그가 말했다. "그게 아직도 있다는 걸 알고 있는 게 좋을 것 같아." 다른 공무원이 고개를 끄덕이고는 아무 말 없이 떠났다.

첫 번째 공무원이 조용히 자포드를 손짓해 불렀다. 커다랗고 희미한 노란색 불빛이 이십 피트 정도 앞에서 빛나고 있었다.

"왜." 그가 조용히 말했다. "이 배에 있는 다른 모든 것들이 안전하다고 주장하느냐 하면, 그걸 사용하려고 할 정도로 정말 미친 인간은 아무도 없기 때문이죠. 아무도. 적어도 그 정도로 미친 사람이 그 근처에 갈 수는 없을 겁니다. 미치거나 위험한 사람들은 모두 굉장히 강한 경계 경보를 울리는 법이거든요. 사람들이 어리석을지는 몰라도 그 *정도로* 어리석지는 않아요."

"부산물." 자포드가 다시 씩씩거렸다. 목소리가 떨리는 게 들리지 않게 하려면 씩씩대는 수밖에 없었다. "무엇의 부산물 말이오?"

"어, 디자이너들이죠." "뭐라고요?"

"시리우스 사이버네틱스 주식회사는 주문용 합성 인격을 디자인해서 생산하기 위해 막대한 연구비를 받았습니다. 그 결과는 하나같이 참담했어요. 모든 '사람들'과 '성격들'은 자연적으로 발생한 생물체에서는 도저히 공존할 수 없는 특성들을 혼합해서 가지고 있었죠. 그 대부분은 그냥 애처로운 부적합자들에 불과했지만, 몇몇은 굉장히, 굉장히 위험했어요. 다른 사람들에게 경보를 울리지 않았기 때문에 위험했던 거죠. 그들은 유령이 벽을 그냥 뚫고 지나가듯이 이런저런 상황들을 그냥 통과해 지나갈 수 있었죠. 아무도 위험을 감지하지 못하니까요.

그중에서 가장 위험한 건 세쌍둥이였습니다. 그들은 이 창고에 넣어져서 배와 함께 우주 바깥으로 날려질 운명이었죠. 녀석들이 사악한 건 아니에요. 사실 오히려 소박하고 매력적인 녀석들이죠. 하지만 녀석들은 역사상 가장 위험한 생물들이었어요. 가능하다면 못할 짓이 없고, 가능하지 않은 일 자체가 하나도 없거든요……."

자포드는 희미한 노란 빛, 두 개의 희미한 노란 조명을 쳐다봤다. 눈이 빛에 익숙해지자, 그 두 개의 빛이 제삼의 공간을 둘러싸고 있는 게 보였다. 거기에는 뭔가가 부서져 있었다. 축축하고 끈끈한 조각들이 바닥에서 흐린 빛을 내고 있었다.

자포드와 공무원은 그 빛을 향해 조심스레 다가갔다. 그 순간, 헬멧 헤드폰 안으로 다른 공무원이 소리 지르는 단어 두 개가 요란하게 밀고 들어왔다.

"캡슐이 사라졌어." 그가 간결하게 말했다.

"추적해." 자포드 옆의 남자가 말을 낚아챘다. "정확하게 어디 갔는지 찾아내. 그게 어디로 사라졌는지 반드시 알아야만 해."

자포드는 커다란 간유리문을 밀어 열었다. 그 너머에는 진한 노란색 액체로 가득 찬 수조가 놓여 있었고, 그 안에는 한 남자가 떠 있었다. 기분 좋게 웃어서 생긴 주름살이 많은 친절하게 생긴 남자였다. 그는 꽤 만족스럽게 떠 있으면서 혼자 미소 짓고 있는 것처럼 보였다.

또 하나의 간결한 메시지가 갑자기 그의 헬멧 헤드폰으로 들어왔다. 탈출 캡슐이 향한 행성이 어디인지가 벌써 밝혀진 것이다. 그건 은하 구역 ZZ9 플러럴 Z 알파였다.

수조 안의 친절하게 생긴 남자는 혼자 부드럽게 중얼거리는 것 같았다. 마치 부조종사가 수조 안에 같이 있었던 것처럼. 작은 노란 물방울들이 남자의 입술에 방울방울 매달려 있었다. 자포드는 수조 옆에서 작은 스피커를 발견하고는 그걸 켰다. 그 남자는 언덕 위의 빛나는 도시에 대해 부드럽게 지껄여대고 있었다.

자포드는 또한 '안전과 시민 안심부'에서 나온 공무원이 ZZ9 플러럴 Z 알파 구역의 행성이 '완벽하게 안전'하게 되어야만 한다는 지시를 내리는 것을 들었다.

론을 위해
수 프리스톤과 마이클 바이워터의 격려와 도움,
건설적인 잔소리에 감사하며

일어나는 일은 일어나기 마련이다.

일어나면서 다른 일을 일어나게 만드는 일은, 그게 어떤 일이든지 간에 또 다른 어떤 일을 일어나게 만든다.

일어나면서 다시 반복되어 일어나는 일은, 어떤 일이 일어나든지 간에 또다시 반복되어 일어난다.

하지만 반드시 시간 순서대로 일어나지는 않는다.

1

    은하계의 역사는 다소 갈피 잡기가 힘들다. 이유는 많다. 부분적으로는 그 역사의 궤적을 기록하는 사람들이 다소 갈피를 잡지 못해서이지만, 도무지 갈피를 잡을 수 없는 일들이 늘 일어났기 때문이기도 하다.
    그 문제들 중 하나는 빛의 속도와 그 속도를 넘어서려는 시도가 어렵다는 사실과 상관있다. 사실 빛의 속도를 넘어설 수는 없다. 빛의 속도보다 더 빨리 여행하는 것은 없다. 나쁜 소식 정도라면 예외가 될 수 있을까. 나쁜 소식은 자신만의 특별한 법칙을 따르는 법이다. 알킨투플 마이너 행성의 힌지프릴인들은 나쁜 소식을 동력으로 쓰는 우주선을 만들려고 노력했지만, 그 우주선은 소기의 목적을 거두지 못했다. 게다가 가는 곳마다 어찌나 냉대를 받았는지, 가는 것 자체가 아무런 의미가 없었다.
    그래서 대체로 은하계의 사람들은 국지적인 혼란의 역사 속에서 시들시들하게 살아갔으며, 은하계 그 자체의 역사는 오랫동안 대략 우주적인 영역에 속했다.
    그렇다고 해서 사람들이 노력하지 않았다는 말은 아니다. 전쟁이나 사업상 우주선 함대들이 머나먼 곳으로 파견되었지만, 이런 여행으로 어딘가에 도착하는 데는 대개 수천 년이 걸렸다. 그래서 우주선들이 마침내 목적지에 도착할 때가 되었을 때는, 초공간을 이용해 빛의 속도를 앞지르는 다른 형태의 여행 방법이 이미 발견된 이후가 되어버렸다. 따라서 빛보다 느린 속도로 여행하는 우주선 함대가 무슨 전쟁을 하러 파견되었건 간에, 그들이 실제로 도착했을 무렵에는 이미 그 전쟁은 몇 세기 전에 상황이 종료되어버린 판국이었다.

물론 그렇다고 해서 이 상황이 승무원들의 전쟁 욕구를 막지는 못했다. 그들은 훈련받았고, 준비가 되었으며, 수천 년 동안이나 잠을 잤고, 험한 일을 해보겠다고 멀고 먼 길을 왔던 것이다. 그러니 자쿠온께 맹세코, 그들은 전쟁을 할 참이었다.

이것이 은하계 역사상 첫 번째 대혼란이 일어난 때였다. 전쟁의 이유가 된 분쟁이 다 해결된 걸로 모두 알고 있는데 수 세기가 지난 뒤에 다시 전쟁이 끊임없이 재발하는 것이다. 하지만 이런 혼란들은 시간 여행이 발견되고 나서 역사학자들이 풀어야 했던 문제들에 비하면 새 발의 피에 불과했다. 이제 전쟁은 심지어 분쟁이 일어나기 수백 년 전에 먼저 발발하기 시작했다. 무한 불가능 확률 추진기가 등장하고 모든 행성들이 돌연 바나나 케이크로 변해버리기 시작하자 맥시메갈론 대학의 역사학 교수단은 마침내 두 손을 들고 학과를 폐쇄해버렸다. 역사학 건물은 급속히 세를 팽창하고 있는 신학과 수구(水球) 연합과에 넘어갔다. 이들은 몇 해 동안 역사학 건물을 노려왔었다.

물론 다 좋은 일이다. 하지만 이 일이 거의 확실하게 의미하는 바는, 예를 들어 그레불론인들이 어디서 왔는지, 그들이 원하는 게 정확하게 뭔지는 누구도 알지 못하리라는 것이다. 참 안타까운 일이다. 왜냐하면 그 사람들에 대해 뭔가 알았다면 정말 끔찍한 파국을 막을 수도 있었을 테니까 말이다. 아니면 적어도 다른 식으로 일어나게 할 수도 있었을 텐데.

짤깍, 흐음.

거대한 회색의 그레불론 정찰선이 칠흑 같은 허공을 가로질러 조용히 움직였다. 그 우주선은 굉장히 놀라운 속도로 날고 있었지만, 희미하게 빛나는 수십 억 개의 별들을 배경으로 보면 전혀 움직이지 않는 것처럼 보였다. 그것은 반짝거리는 밤하늘의 무한한 입자들 사이에서 하나의 움직이지 않는 검은 점에 지나지 않았다.

우주선 안에서는 모든 것이 백만 년 동안의 상황 그대로였다. 어둡고 고요했다.

짤깍, 흠.

적어도 거의 모든 것이 그랬다.

짤깍, 짤깍, 흠.

짤깍, 흠, 짤깍, 흠, 짤깍, 흠.

짤깍, 짤깍, 짤깍, 짤깍, 짤깍, 흠.

흐으음.

하위 감독 프로그램이 우주선의 반수면 상태 사이버브레인 안 깊숙이에 자리한 약간 더 위의 상위 감독 프로그램을 깨워서 자신이 짤깍할 때마다 흠이라는 소리밖에 나지 않는다고 보고했다.

상위 감독 프로그램은 그럼 무슨 대답을 들어야 하는 거냐고 물었다. 하위 감독 프로그램은 어떤 대답을 들어야 하는지 정확하게 기억할 수는 없지만 만족스러운 한숨 소리 비슷한 게 아니겠느냐고 대답했다. 이 흠 소리는 도대체 뭔지 알 수가 없었다. 짤깍, 짤깍, 흠. 그 소리뿐이었다.

상위 감독 프로그램은 이 문제를 잠깐 생각해봤다. 마음에 들지 않았다. 그래서 하위 감독 프로그램에게 자네가 감독하고 있는 게 정확하게 뭐냐고 물었다. 하위 감독 프로그램은 그것도 기억이 안 난다고 대답했다. 그냥 십 년 정도마다 짤깍하면 후우하고 한숨 소리를 들어야 하는 일 정도에 불과한데, 보통은 문제없이 그렇게 되었다는 것이다. 하위 감독 프로그램은 문제 해결사 표를 찾아봤지만 그런 항목을 발견할 수가 없었다. 그래서 상위 감독 프로그램에게 그 문제를 알린 것이었다.

상위 감독 프로그램은 자기의 해결사 표를 검색해 하위 감독 프로그램이 뭘 감독해야 하는지 알아봤다.

해결사 표를 찾을 수가 없었다.

이상하다.

다시 찾아봤다. 나오는 것이라곤 에러 메시지밖에 없었다. 에러 메시지 해결사 표에서 에러 메시지를 찾아봤지만 그것도 없었다. 몇 나노 초(나노는 십억분의 일을 뜻한다—옮긴이주)에 걸쳐 이 모든 과정을 다 되풀이해봤다. 그러고는 구역 기능 감독을 깨웠다.

구역 기능 감독도 즉각 문제에 부딪혔다. 그것은 자기의 감독 에이전트를 불렀고, 그 역시 문제에 부닥쳤다. 백만분의 몇 초도 안 되는 사이에 일부는 수년간, 일부는 수세기 동안 동면 상태에 있던 가상 회로들이 전 우주선에 걸쳐 확 되살아났다. 어딘가에서 무엇인가가 크게 잘못됐지만 어떤 감독 프로그램도 뭐가 문제인지 알지 못했다. 모든 레벨에서 중요한 지시 사항들이 사라졌고, 주요 지시 사항들이 사라진 것을 발견했을 경우 무엇을 해야 하는지에 대한 지시 사항 역시 사라졌다.

소프트웨어——에이전트——의 작은 모듈들이 논리 회로를 통해 몰려들어와 이합집산하며 서로 정보를 구했다. 그들은 우주선의 메모리가 중앙 임무 모듈에 이르기까지 모두 누더기 꼴이 됐다는 사실을 재빨리 확인했다. 아무리 질문을 해봐도 무슨 일이 일어났는지 알아낼 수가 없었다. 심지어 중앙 임무 모듈조차 손상을 입은 듯했다.

사실 상황이 이렇다 보니 오히려 문제 처리는 매우 간단했다. 중앙 임무 모듈을 교체하는 것이다. 원본과 완전히 똑같은 백업본이 하나 더 있었다. 그건 물리적으로 교체할 수밖에 없었는데, 안전상의 이유로 원본과 백업본 사이에 아무런 연결도 되어 있지 않았기 때문이었다. 일단 중앙 임무 모듈이 교체되면, 교체된 모듈이 나머지 시스템을 세부 사항까지 다 감독하며 재건할 것이고, 그러면 모든 것이 정상이 될 것이다.

차폐막이 쳐진 금고실에서 백업본을 지키고 있던 로봇들에게 중앙 임무 모듈 백업본을 우주선의 논리실로 가져오라는 지시가 내려졌다. 설치하기 위해서였다.

백업본을 가져오기 위해서는 로봇들이 에이전트들에게 지시 사항의 출처가 분명한지를 물어보면서 비상 코드와 규약을 교환하는 오랜 과정이 필요했다. 마침내 로봇들은 모든 절차가 맞는다는 사실에 만족했다. 그들은 중앙 임무 모듈 백업본의 포장을 풀고 적재실에서 가지고 나왔다. 그러고는 우주선 밖으로 떨어져 아득한 허공 속으로 휘휘 돌며 사라졌다.

이 일은 무엇이 잘못되었는지에 대해 처음으로 중요한 실마리를 제공했다.

좀더 조사를 해본 결과 무슨 일이 일어났는지 곧 밝혀졌다. 유성이 우주선에 부딪혀 커다란 구멍이 난 것이었다. 우주선이 이를 먼저 알아차리지 못한 것은, 유성이 부딪혔을 경우 이를 감지하게 되어 있는 프로세서 장비 부분이 충돌하면서 깔끔하게 끝장나버렸기 때문이었다.

우선 해야 할 일은 구멍을 막는 것이었다. 그런데 이 일은 불가능했다. 왜냐하면 우주선의 센서가 구멍이 있다는 것을 감지하지 못했기 때문이다. 게다가 센서들이 제대로 작동하지 않고 있다고 말해줘야 하는 감독자들도 제대로 작동하지 않으면서 센서들은 괜찮다는 소리나 계속 해대고 있었다. 정찰선은 로봇들이──그 구멍을 볼 수 있게 해줬을──여분의 두뇌를 가지고 그 구멍 밖으로 떨어져 나가버렸다는 사실에서 구멍의 존재를 연역할 수 있을 뿐이었다.

우주선은 이 사실을 지적으로 생각해보려고 노력했지만 실패하고 잠시 동안 완전히 정신이 나가버렸다. 물론 자신이 먹통이 되었다는 사실조차도 깨닫지 못했다. 완전히 먹통이 되어버렸으니까. 우주선은 그저 별들이 점프하는 것을 보고 놀랐을 뿐이었다. 별들이 세 번째로 점프한 뒤에야, 마침내 자신의 정신이 깜박깜박하고 있으며 심각한 결정을 내려야 할 때라는 것을 깨달았다.

우주선은 마음의 긴장을 풀었다.

그러고는 자신이 아직 심각한 결정을 내리지 않았다는 사실을 깨닫고 공포에 질렸다. 우주선은 잠시 동안 다시 먹통이 되어버렸다. 다시 정신이 들었을 때, 우주선은 보이지 않는 그 구멍이 분명히 있을 것 같은 벽이란 벽을 모두 봉해버렸다.

분명 아직 목적지에 도달하지 않은 것 같았다. 우주선은 발작적으로 생각했다. 하지만 이제 그 목적지가 어딘지, 거기에 어떻게 도달해야 할지 아무 생각도 없는 마당에 계속 가는 것은 의미가 없어보였다. 배는 누더기 꼴이 된 중앙 임무 모듈에서 그나마 건질 수 있는 얼마 안 되는 지시 사항들을 참조해봤다.

"당신의!!!!! !!!!! !!!!! 연간 임무는!!!!! !!!!! !!!!!, !!!!!, !!!!! !!!!! !!!!! !!!!!, 착륙!!!!! !!!!! !!!!! 안전한 거리에!!!!! !!!!! 그것을 모니터하라!!!!! !!!!! !!!!!……."

나머지는 완전히 말도 안 되는 쓰레기였다.

비록 그 모양의 지시 사항들이라도 완전히 먹통이 돼버리기 전에 더 원시적인 보조 시스템에 전달해야만 할 것이었다.

또한 승무원들을 모두 소생시켜야 한다.

문제가 하나 더 있었다. 승무원들이 동면에 들어가 있는 동안, 그들의 모든 정신과 기억, 정체성, 자신이 뭘 하러 왔는지에 대한 이해는 안전하게 보관하기 위해 모두 배의 중앙 임무 모듈에 전송되어 있었다. 승무원들은 자신들이 누구인지, 거기서 무엇을 하고 있는지 아무것도 알지 못할 것이다. 맙소사.

마지막으로 먹통이 되기 직전, 우주선은 엔진도 나가기 시작한다는 것을 깨달았다.

　동면에서 깨어나서 어리둥절한 승무원들과 우주선은 보조 자동 시스템의 통제하에 순항했다. 그 시스템은 그저 아무 곳이나 착륙할 장소를 찾고 모니터할 수 있는 것이면 아무 거나 모니터했다.

　착륙할 장소를 찾는 문제에 대해 말하자면, 일은 제대로 진행되지 않았다. 그들이 발견한 행성은 황량하게 차갑고 고적한 곳이었다. 그 행성을 덥혀야 할 태양으로부터는 마음이 아플 정도로 먼 곳에 있는 행성이었다. 그래서 그 행성──혹은 적어도 그 일부를──을 살 만하게 만들기 위해서는 그들이 가져온 환경-오-형태 기계와 생명-유지-오-시스템을 몽땅 사용해야만 했다. 가까운 곳에 더 살 만한 행성들도 있었지만, 그 우주선의 전략-오-매트는 분명 잠복 모드로 고정되어 있어서 가장 멀고도 가장 눈에 띄지 않는 행성을 선택했다. 게다가 그것은 우주선의 일등 전략 장교 외에는 누구의 반박도 듣지 않으려 했다. 우주선 안의 모든 이들은 정신이 나간 상태였기 때문에, 아무도 일등 전략 장교가 누군지, 혹여 그 사람을 찾아낸다 하더라도 그가 어떻게 배의 전략-오-매트를 반박할 수 있을지는 알 수가 없었다.

　하지만 모니터할 만한 대상을 찾는 문제에 관해서라면, 그들은 금광을 찾은 셈이었다.

2

생명의 놀라운 점 중 하나는 그것이 온갖 종류의 장소에서 삶을 견디며 살아갈 준비가 되어 있다는 사실이다. 약간의 통제력만 가질 수 있는 곳이라면 생명은 어느 곳에서나 어딘가에 들러붙어 살아갈 방법을 발견한다. 물고기들이 방향 따위는 상관없다는 듯이 종잡을 수 없이 헤엄치는 산트라기누스 5호 행성의 알딸딸한 바다든지, 생명이 사만 도에서 시작된다고 하는 프라스트라 행성의 불꽃 폭풍이든지, 완전히 지옥 같은 시궁쥐의 막창 안에서 그저 웅크리고 살아가든지 말이다.

이유를 알기란 정말 힘들지만, 심지어 생명은 뉴욕에서도 살 수 있다. 겨울이면 뉴욕의 온도는 법정 최저치보다 훨씬 더 내려간다. 누군가가 법정 최저 온도를 정할 정도의 상식이 있다면 말이다. 지난번에 누군가가 뉴요커들의 특징 백 가지 리스트를 만들었을 때, 상식은 겨우 칠십구 위에 머물렀다.

여름은 정말 젠장 맞게 더웠다. 열기 속에서도 잘 살아가는 생명체라면 사만에서 사만 사 도 사이의 온도를 온화한 기후라고 생각할 수도 있다. 프라스트라인들처럼 말이다. 하지만 행성의 궤도상 한 지점에서는 갖가지 동물 가죽으로 둘둘 싸고 있어야 하다가 궤도를 반만 더 돌면 살가죽이 끓어오르는 상태가 되어버리는 동물로 살아간다는 것은 확실히 다른 일이다.

봄은 너무나 과장되게 부풀려졌다. 많은 뉴요커들은 봄의 기쁨 운운하며 엄청나게 떠들어댄다. 하지만 그들이 실제로 봄의 기쁨이라는 것을 조금이라도 안다면, 뉴욕보다 더 즐겁게 봄을 보낼 수 있는 장소가 적어도 오천구백팔십세 개는 된다는 것을 알게 될 것이다. 그것도 같은 위도상에 말이다.

하지만 최악의 계절은 가을이다. 뉴욕의 가을보다 더 지독한 것은 거의 없다. 시궁쥐의 막창 안에서 사는 생물들은 이에 동의하지 않을 수도 있다. 하지만 시궁쥐의 막창 안에서 사는 것들은 대부분 어쨌거나 굉장히 역겨운 놈들이니, 그 녀석들의 의견 따위는 무시해도 되고, 또 무시해야 한다. 뉴욕에 가을이 오면, 대기 중에는 마치 누군가가 염소를 튀겨대기라도 하는 것 같은 냄새가 난다. 그러니 숨을 쉬고 싶다면 창문을 열고 머리를 건물 안으로 들이미는 게 최고다.

트리시아 맥밀런은 뉴욕을 사랑했다. 그녀는 혼자서 이 말을 하고, 하고, 또 했다. 어퍼 웨스트사이드. 좋지. 미드타운. 이야, 멋진 가게들이지. 소호, 이스트 빌리지, 옷, 책, 스시, 이탈리아 음식, 델리 들(간단한 식사를 파는 식당—옮긴이주). 좋아.

영화. 그것도 좋지. 트리시아는 우디 앨런의 새 영화를 막 보고 나오는 길이었다. 뉴욕에서 신경과민증 환자로 살아가는 고뇌를 다룬 영화였다. 같은 주제를 다룬 영화가 전에도 한두 편 더 있었기 때문에 트리시아는 그가 이사할 생각을 해봤는지가 궁금했다. 하지만 듣자 하니 그는 절대로 그러지 않을 거라고 했다. 그러니, 이런 영화가 더 나오겠군 하고 그녀는 생각했다.

직장 이동에 좋았기 때문에 트리시아는 뉴욕을 사랑했다. 가게 이동도 좋았고, 음식 이동도 좋은 곳이었다. 택시로 이동하거나 보도에서 이동하는 것은 그다지 상태가 좋지 않았지만. 하지만 그중 단연 최고는 직장

이동이었다. 트리시아는 텔레비전 앵커였다. 그리고 뉴욕은 많은 텔레비전 방송국이 자리 잡고 있는 곳이었다. 트리시아의 앵커 일은 지금까지는 영국에서만 이루어졌었다. 지역 뉴스를 하고 난 후에 아침 뉴스, 그 다음에는 초저녁 뉴스를 방송하는 것이다. 이런 말을 써도 된다면, 그녀는 급속히 떠오르는 앵커라고 불릴 수도 있었을 것이다. 하지만……이봐, 이건 텔레비전이라고, 뭐가 문제야? 그녀는 급속히 떠오르는 앵커였다. 그녀는 필요한 것을 다 갖추고 있었다. 멋진 헤어스타일, 전략적 립글로스에 대한 심오한 이해, 세상을 이해하는 지성, 그리고 아무도 모르게 죽어 있는 마음 한구석. 이것은 그녀가 신경 쓰지 않는다는 것을 의미했다. 모든 사람들은 살아가면서 큰 기회를 만난다. 만일 당신이 정말 갖고 싶었던 기회를 놓쳐버리면, 인생의 나머지 모든 것들은 기괴할 정도로 쉬워져버린다.

트리시아는 단 한 번의 기회를 놓쳤을 뿐이었다. 요즘에는 그 일을 생각해도 예전처럼 그렇게 떨리지도 않았다. 그게 바로 자기 마음속에서 죽어버린 부분이라고 그녀는 생각했다.

NBS에서 새 앵커를 뽑고 있었다. 모 미네티가 아기를 갖기 위해 아침 프로그램인 '유에스/에이엠U.S./A.M.'을 그만두기 때문이었다. 그녀를 잡기 위해 회사에서는 깜짝 놀랄 만한 돈을 제안했지만, 예상치 못하게도 그녀는 사생활과 취향이라는 이유를 들어 거절했다. NBS의 변호사 팀은 이게 법적으로 하자가 없는지를 알아보려고 계약서를 이 잡듯이 뒤졌다. 하지만 결국 내키지는 않았지만 그들은 그녀를 놔줄 수밖에 없었다. 그들의 입장에서 이 일은 특히나 쓰라린 일이었다. 왜냐하면 보통 '내키지는 않지만 놔준다'라는 표현은 상황이 정반대일 때 쓰는 표현이었기 때문이었다.

혹시나, 정말 혹시나 영국식 악센트가 괜찮을지도 모른다는 말이 어디선가 흘러나왔다. 헤어스타일이나 피부 톤, 가공 의치는 미국 방송국의 기준에 맞아야만 할 것이다. 하지만 여기저기서 영국식 악센트를 쓰는 사람이 많았다. 오스카 상 시상식에서는 수많은 배우들이 영국식 악센트로 어머니께 감사드렸고, 브로드웨이에서는 영국식 악센트로 노래를 불렀으며, 엄청나게 많은 시청자들이 '명화 극장'에 채널을 맞추고 가발을 쓰고 영국식 악센트로 말하는 배우들을 지켜봤고, 데이비드 레터먼이나 제이 리노 쇼에서는 영국식 악센트로 농담을 했다. 아무도 그 농담을 이해하지 못했지만, 악센트는 모두들 진짜 좋아했다. 그러니 혹시나, 정말 혹시나 때가 됐을 수도 있다. 유에스/에이엠 쇼를 영국식 악센트로. 음, 젠장.

그래서 트리시아 맥밀런이 지금 여기 와 있는 거였다. 그렇기 때문에 뉴욕을 사랑하는 것이 직장 이동에 좋은 거였다.

물론 이런 이유를 떡하니 내세운 것은 아니었다. 영국에 있는 그녀의 텔레비전 방송국이 맨해튼에 직장을 구하러 가라고 항공료와 호텔비를 내줬을 리는 만무하다. 그녀는 현재 연봉의 열 배 정도는 받을 작정이었다. 이런 것을 알았다면 그 사람들은 그녀가 자기 여행 비용은 스스로 댈 수 있을 거라고 생각했을지도 모른다. 하지만 그녀는 그럴듯한 이야기, 핑곗거리를 찾아냈고, 그 뒤의 숨은 동기에 대해서는 입을 꾹 다물었다. 그래서 그들은 마지못해 여행 비용을 댔다. 물론 비즈니스 클래스였지만, 그녀는 얼굴이 알려진 사람이었기 때문에 미소로 한 단계 승급을 받을 수 있었다. 현명한 행동으로 그녀는 브렌트우드 호텔의 멋진 방을 차지했고, 이제 뭘 해야 할까 궁리하며 앉아 있었다.

세상에 나도는 소문을 듣는 것과 직접 연락을 취하는 것은 전혀 다른 문제였다. 그녀는 이름 몇 개, 전화번호 몇 개를 알고 있었지만, 몇 번이나 막연하게 대기하는 수밖에 없었고, 출발점에 되돌아가 있었다. 타진도 해보고 메시지도 남겨봤지만, 지금까지는 아무런 대답도 없었다. 실제로 그녀가 하러 온 일은 아침에 해치웠지만, 그녀가 좇고 있는 상상 속의 일은 손 닿지 않는 지평선 위에서 감질나게 어른거릴 뿐이었다.

제기랄.

그녀는 영화관에서 택시를 타고 브렌트우드 호텔로 돌아왔다. 택시는 길가를 온통 다 차지하고 있는 기다란 리무진 때문에 보도 가까이에 정차할 수 없었고, 그녀는 그 사이로 빠져나와야만 했다. 염소를 튀겨대는 듯 악취를 풍기는 공기를 피해 그녀는 축복받은 시원한 로비 안으로 들어왔다. 얇은 면 블라우스가 때처럼 피부에 들러붙었다. 머리카락은 마치 장터에서 막대 위에 올려놓고 파는 가발이라도 사서 쓴 것 같았다. 프런트 데스크에 가서 그녀는 자기에게 온 메시지가 있는지 물었다. 그녀는 냉정하게 아무런 메시지도 기대하지 않았다. 그런데 하나가 있었다.

아…….

좋아.

일이 된 거구나. 그녀가 영화관에 간 진짜 이유는 전화가 오게 하기 위해서였다. 호텔 방에 앉아서 전화를 기다리고 있는 것은 참을 수가 없었다.

생각해봤다. 여기서 메시지를 열어볼까? 옷이 간질간질해서 몽땅 다 벗어버리고 침대에 눕고만 싶었다. 그녀는 방의 에어컨은 최저 온도까지 내리고 선풍기 설정은 제일 강하게 올려놓았었다. 지금 이 순간 그녀가 이 세상에서 가장 원하는 것은 소름이었다. 뜨거운 물로 샤워를 한 다음에 찬물로 샤워를 하고, 타월을 감고 침대에 누워 에어컨 바람에 몸을 말리는 것이다. 그리고 나서 메시지를 읽는 거다. 그럼 소름이 더 돋겠지. 아마 온갖 일들이 일어날지도 몰라.

아니다. 그녀가 이 세상에서 가장 원하는 것은 지금 연봉의 열 배를 받고 미국 텔레비전 방송국에서 일하는 것이다. 이 세상 그 어느 것보다도. 이 세상에서 말이다. 그녀가 진짜로 다른 무엇보다도 더 원하는 것은 이제는 물 건너간 일이었다.

그녀는 로비에서 야자나무 아래 있는 의자에 앉아 투명창이 있는 작은 봉투를 열었다.

"전화 주세요." 거기에는 이렇게 적혀 있었다. "행복하지 않아요." 그러고는 전화번호가 있었다. 보낸 이의 이름은 게일 앤드루스였다.

게일 앤드루스.

이건 그녀가 기대하고 있던 이름이 아니었다. 이 이름은 기습과도 같이 그녀를 덮쳤다. 이름이 낯익기 한데, 그 이유는 금방 생각나지 않았다. 앤디 마틴의 비서였던가? 힐러리 바스의 조수인가? 마틴과 바스는 그녀가 NBS와 접촉하기 위해 전화했던, 혹은 전화하려고 노력했던 두 명의 주요 인사였다. 게다가 "행복하지 않아요"는 무슨 소린가?

'행복하지 않다'고?

그녀는 완전히 어안이 벙벙했다. 우디 앨런이 가명을 쓰면서 그녀와 접촉하려고 하는 걸까? 지역 번호는 이백십이였다. 그러니까 뉴욕에 있는 사람이었다. 기분이 좋지 않은 어떤 사람. 음, 그러면 범위가 약간 좁혀지기는 한 건가?

그녀는 데스크의 접수계원에게 돌아갔다.

"방금 주신 메시지가 좀 이상한데요." 그녀가 말했다. "제가 모르는 사람이 저한테 전화를 해서 행복하지 않다고 하네요."

접수계원은 눈살을 찌푸리며 메모를 들여다봤다.

"이 사람 아세요?" 그가 물었다.

"아뇨." 트리시아가 말했다. "흐음." 접수계원이 말했다. "뭔가 행복하지 않은 것 같군요."

"그래요." 트리시아가 말했다.

"여기 이름이 있는 것 같은데요, 게일 앤드루스. 이런 사람 아세요?"

"아뇨." 트리시아가 말했다.

"그녀가 왜 행복하지 않은지 혹시 아시겠어요?"

"아뇨."

"여기로 전화해보셨어요? 여기 전화번호가 있군요."

"아뇨." 트리시아가 말했다. "전 방금 메모를 받았어요. 전화를 걸어보기 전에 정보를 좀더 알고 싶어서 그래요. 전화 받으신 분이랑 얘기할 수 있을까요?"

"흐음." 메모를 꼼꼼하게 들여다보며 접수계원이 말했다. "여기엔 게일 앤드루스라는 사람이 없는 걸로 아는데요."

"아뇨, 제 말은." 트리시아가 말했다. "전 그저……."

"제가 게일 앤드루스예요."

트리시아의 뒤에서 목소리가 들려왔다. 그녀는 돌아봤다.

"뭐라고요?"

"제가 게일 앤드루스라고요. 오늘 아침에 저를 인터뷰하셨잖아요."

"아. 아, 맙소사, 맞아요." 트리시아는 약간 당황하며 말했다.

"몇 시간 전에 당신에게 메시지를 남겼는데, 답이 없어서 직접 들른 거예요. 엇갈리고 싶지 않았거든요."

"아. 예, 물론이에요." 트리시아는 정신을 차리고 일을 진행시키려고 애쓰면서 말했다.

"전 잘 모르겠군요." 일의 진행 같은 건 상관없는 접수계원이 말했다. "지금 이 번호로 전화를 한번 걸어볼까요?"

"아니에요, 괜찮아요. 고맙습니다." 트리시아가 말했다. "이젠 제가 처리할 수 있어요."

"도움이 된다면 여기 있는 이 방 번호로 전화해 드릴 수도 있는데요." 접수계원은 다시 한번 메모를 뚫어져라 쳐다보며 말했다.

"아뇨, 그러실 필요 없어요. 고맙습니다." 트리시아가 말했다. "그건 제 방 번호예요. 제가 메시지를 받은 사람이에요. 제 생각엔 상황이 정리된 것 같은데요."

"좋은 하루 보내십시오." 접수계원이 말했다.

트리시아는 특별히 좋은 하루를 보내고 싶지는 않았다. 그녀는 바빴다. 그녀는 또한 게일 앤드루스와 이야기하고 싶지도 않았다. 기독교인들과 친하게 지내는 문제에 관한 한, 그녀는 매우 엄격하게 선을 그었다. 그녀의 동료들은 그녀가 인터뷰하는 대상을 기독교인들이라고 불렀는데, 아무것도 모르는 순진한 얼굴로 트리시아를 만나러 스튜디오로 들어서는 사람을 보면 그들은 종종 성호를 긋곤 했다. 특히나 트리시아가 이를 드러낸 채 따뜻한 미소를 짓고 있을 때면 더.

그녀는 무엇을 해야 할까 생각하며 돌아서서 쌀쌀한 미소를 지었다.

게일 앤드루스는 차림새가 단정한 사십대 중반의 여성이었다. 그녀의 옷은 값비싼 고급 취향의 영역에 있긴 했지만, 분명 그 영역의 가장자리 끝에 쑤셔 박혀 있었다. 그녀는 점성가였다. 유명한데다, 소문이 사실이라면, 영향력 있는 점성가였다. 소문에 의하면, 무슨 요일에 어떤 맛의 쿨 휩(크래프트 사에서 나온 토핑용 휘핑크림—옮긴이주)을 먹어야 하는가에서부터 시작해 다마스쿠스를 폭격할 것인지 말 것인지에 이르기까지, 허드슨 전 대통령이 내린 많은 결정들에 그녀가 영향을 미쳤다고 했다.

트리시아는 보통 때보다 더 잔인하게 그녀를 짓밟았다. 대통령에 대한 소문들이 사실인지 아닌지를 가지고 그런 것이 아니었다. 그런 건 이제 낡은 수법이다. 당시 앤드루스 씨는 개인적이고 정신적인 문제와 식사 문제 외에는 대통령에게 자문하지 않았다고 강력하게 부인했었다. 분명 거기에는 다마스쿠스 폭격은 포함되지 않았다. ('개인적 유감은 없어요, 다마스쿠스!' 당시 타블로이드 신문들은 이렇게 야유했었다.)

아니, 트리시아가 준비해서 간 것은 점성술이라는 문제 자체에 대해 깔끔하게 주제적으로 접근하는 것이었다. 앤드루스 씨는 이런 식의 접근에는 별로 준비가 되어 있지 않았다. 반면, 트리시아는 호텔 로비에서 다시 승부를 겨룰 준비는 별로 되어 있지 않았다. 무엇을 해야 할까?

"바에서 기다릴게요, 시간이 좀 필요하시다면요." 게일 앤드루스가 말했다. "하지만 당신과 이야기를 좀 하고 싶어요. 전 오늘밤 이 도시를 떠나거든요."

그녀는 감정이 상했다거나 분노했다기보다는 뭔가 약간 걱정하고 있는 것 같았다.

"좋아요." 트리시아가 말했다. "십 분만 주세요."

그녀는 방으로 올라갔다. 다른 모든 것은 차치하고서라도, 그녀는 접수계의 메시지 데스크의 사내가 메시지 받는 일처럼 복잡한 일을 처리할 능력이 과연 있는지 믿음이 가지 않았다. 그래서 그녀는 문 아래에 메모가 없는지 샅샅이 살펴봤다. 데스크의 메시지와 문 아래의 메시지가 서로 완전히 다른 게 아마 이번이 처음은 아닐 것이다.

메모는 없었다.

하지만 전화기의 메시지 등이 반짝이고 있었다.

그녀는 메시지 버튼을 눌러서 호텔 교환수에게 연결했다.

"게리 앤드리스 씨에게서 메시지가 와 있습니다." 교환수가 말했다.

"네?" 트리시아가 말했다. 낯선 이름이었다. "내용이 뭐죠?"

"항복하지 않아요." 교환수가 말했다. "뭐가 아니라고요?" 트리시아가 물었다.

"항복. 그게 내용이에요. 어떤 남자가 항복하지 않다는군요. 당신이 그걸 아셨으면 하는 것 같은데요. 번호를 불러드릴까요?"

그녀가 번호를 부르기 시작하자 트리시아는 이것이 자신이 이미 받은 메시지를 잘못 적은 버전에 불과하다는 것을 깨달았다.

"좋아요, 됐어요." 그녀가 말했다. "다른 메시지는 없나요?"

"방 번호는요?"

트리시아는 대화가 이 정도로 진행된 시점에서 교환수가 왜 갑자기 방 번호를 불러달라고 하는지 이해할 수가 없었지만, 어쨌거나 불러줬다.

"성함은요?"

"맥밀런, 트리시아 맥밀런이에요." 트리시아는 참을성 있게 철자를 불러줬다.

"맥마누스 씨가 아니고요?"

"아니에요."

"더 이상 메시지가 없습니다." 찰칵.

트리시아는 한숨을 쉬고 다시 전화를 걸었다. 이번에는 미리 이름과 방 번호를 다시 불러줬다. 교환수는 십 초 전에 자신들이 대화를 했었다는 걸 알아차리는 듯한 기미를 전혀 보이지 않았다.

"전 바에 있을 거예요." 트리시아가 설명했다. "바에요. 만약 저한테 전화가 오면, 바로 연결해주시겠어요?"

"성함은요?"

이런 짓을 몇 번 더 하고서야 트리시아는 명확하게 전달될 수 있는 사항은 최대한 명확하게 전달되었다는 것을 확신했다.

그녀는 샤워를 하고 새 옷을 입고 전문가 같은 신속한 솜씨로 화장을 고쳤다. 그러고는 침대를 바라보고 한숨을 쉬고 다시 방을 나섰다.

그냥 살금살금 빠져나가 숨어버리고 싶은 마음도 들었다.

아니, 정말 그런 건 아니다.

그녀는 엘리베이터를 기다리면서 거울에 비친 자신의 모습을 바라봤다. 멋지고 자신감 있어 보였다. 스스로를 속일 수 있다면 누구라도 속일 수 있을 것이다.

그녀는 게일 앤드루스를 참고 견뎌야만 할 것이다. 좋다. 그녀가 게일 앤드루스에게 심한 짓을 했으니까. 미안하지만, 그건 우리 모두가 하는 게임일 뿐이다. 그런 것 말이다. 앤드루스 씨는 새 책이 나왔기 때문에 인터뷰를 하겠다고 동의했었다. 텔레비전에 나오면 공짜로 선전이 되니까. 하지만 공짜 점심이란 없는 법이다. 아니, 그녀는 그 문장을 다시 삭

제했다.

상황은 다음과 같다.

지난 주 천문학자들이 명왕성 궤도 바깥에 있는 열 번째 행성을 마침내 발견했다고 발표했다. 그들은 바깥 행성들의 궤도에 어떤 편차가 있다는 사실에 기반을 두어 이 행성을 몇 년 동안이나 찾아왔다. 이제 그들은 행성을 발견했고 모두 뛸 듯이 기뻐했으며, 모든 사람들이 그들을 축하해 줬다. 그 행성에는 페르세포네라는 이름이 붙여졌지만, 곧 어떤 천문학자의 앵무새 이름을 따서 루퍼트라는 별명으로 불렸다. 여기에는 지루하게 감동적인 뒷이야기가 있다. 모두 멋지고 사랑스러운 일이었다.

트리시아는 여러 가지 이유로 그 이야기를 매우 흥미롭게 읽었다.

그러고 나서, 회사 경비로 뉴욕에 갈 좋은 구실을 찾던 와중에 우연히 게일 앤드루스와 그녀의 신간 《당신과 당신의 행성들》에 관한 보도기사가 눈에 들어왔다.

게일 앤드루스란 이름은 딱히 귀에 익은 이름은 아니었다. 하지만 허드슨 대통령과 쿨 휩, 다마스쿠스 절단(세상은 외과적 공격의 충격에서 벗어나 앞으로 나아가고 있었다. 사실 공식 용어는 '다마스섹토미Damascec-tomy'로 이는 다마스쿠스 '파괴'를 뜻했다)을 언급하기만 하면, 사람들은 모두 누구 얘기인지 기억했다.

트리시아는 이게 이야기가 될 수 있겠다고 생각했고 재빨리 프로듀서에게 팔아넘겼다.

우주에서 빙빙 돌고 있는 커다란 바위 덩어리가 당신도 모르는 당신의 하루에 대해 무엇인가 알고 있다는 의견은, 전에는 아무도 몰랐던 새로운 바위 덩어리가 갑자기 저 밖에 있다는 사실에서 약간의 타격을 받을 게 분명 틀림없다.

그러면 폐기해야 하는 주장들도 분명 있을 것이다, 그렇지 않은가?

이 모든 성단도와 행성의 움직임 등은 또 어떤가? 우리 모두는 (분명)

해왕성이 처녀자리에 있을 때 어떤 일이 일어나는지 등을 알았다. 하지만 루퍼트가 떠오를 때는 무슨 일이 벌어지는가? 점성술 전체가 재고되어야만 하지 않겠는가? 지금이 아무래도 그게 다 엉터리 같은 소리에 불과했다는 것을 고백하고 대신 돼지치기나 시작하기에 좋은 때가 아니겠는가? 적어도 돼지치기의 원리는 합리적 기초에 바탕하고 있으니까. 루퍼트의 존재를 삼 년 전에 알았다면, 허드슨 대통령이 금요일 대신 목요일에 초콜릿 맛을 먹을 수도 있었지 않을까? 다마스쿠스가 아직도 존재할 수도 있지 않을까? 그런 것들 말이다.

게일 앤드루스는 이 모두를 합리적으로 잘 받아들였다. 하지만 처음의 맹공에서 막 회복되기 시작하면서, 그녀는 다소 심각한 실수를 했다. 일주호(日週弧 : 지구의 자전에 의해 천체가 천구상에 그리는 호―옮긴이주)니, 적경(赤經 : 천체가 지평선상에 오르는 것―옮긴이주), 삼차원 삼각법 따위의 난해한 분야를 거론해서 트리시아의 자신감을 흔들어보려는 시도를 한 것이다.

놀랍게도, 자기가 트리시아에게 날린 모든 공들은 곧바로 자신에게 되돌아왔다. 게다가 도저히 받아칠 수 없는 변화구까지 넣어서. 트리시아에게 있어 텔레비전의 예쁘장한 앵무새 역할은 인생에서 두 번째로 시도하는 역할에 불과하다는 사실을 아무도 게일에게 경고해주지 않았다. 그녀의 샤넬 립글로스와 와일드한 헤어컷, 파란색 콘택트렌즈 뒤에는, 과거 자포자기했던 시절 최고 성적으로 수학 학위와 천체 물리학 박사 학위를 딴 비상한 두뇌가 있었던 것이다.

엘리베이터에 타는 순간, 트리시아는 정신을 팔다가 가방을 방에 두고 왔다는 사실을 깨달았다. 나가서 가방을 가져올까 하고 생각해봤다. 아니. 가방은 방에 있는 게 아마 더 안전할 테고 그 안에는 특별히 필요한 것도 없었다. 그녀는 문이 닫히도록 내버려뒀다.

게다가, 그녀는 심호흡을 하면서 자기 자신에게 말했다. 인생이 그녀에게 가르쳐준 게 있다면 그건 바로 이것이었다. 절대로 가방을 가지러 가지 마라.

엘리베이터를 타고 내려가면서 그녀는 천장을 심각하게 뚫어져라 쳐다봤다. 트리시아 맥밀런을 잘 모르는 사람이 봤다면, 눈물을 흘리지 않으려고 애쓸 때 사람들이 위를 쳐다보는 바로 그 자세라고 말했을 것이다. 하지만 그녀는 분명히 구석에 매달려 있는 작은 보안 카메라를 보고 있었다. 일 분 뒤 그녀는 엘리베이터에서 기운차게 걸어 나와 다시 안내 데스크로 갔다.

"자, 이걸 써드릴게요." 그녀가 말했다. "일이 잘못되는 게 싫으니까요."

그녀는 종이에다가 자신의 이름을 커다랗게 적고, 방 번호도 적었다. 그러고 나서 '바에 있음'이라고 쓰고 접수계원에게 메모를 줬다. 그는 메모를 쳐다봤다.

"저한테 메시지가 올 경우에 말이에요. 아시겠죠?"

접수계원은 계속 메모를 들여다보고 있었다.

"이 여자 분이 방에 계신지 알아봐 드릴까요?" 그가 말했다.

이 분 뒤, 트리시아는 백포도주 한 잔을 앞에 놓고 바에 앉아 있는 게일 앤드루스의 옆자리에 앉았다.

"제가 보기에 당신은 점잔을 빼면서 테이블에 앉기보다는 바에 앉는 걸 좋아하는 타입인 것 같아서요."

이것은 사실이었고, 트리시아는 약간 허를 찔린 느낌이었다.

"보드카?" 게일이 말했다.

"네." 트리시아가 수상쩍다는 듯이 대답했다. 그녀는 '어떻게 아셨어요?' 하고 물어보려다가 그만뒀는데, 게일은 어쨌거나 대답을 했다.

"바텐더에게 물어봤어요." 그녀는 친절한 미소를 띠며 말했다.

바텐더가 보드카를 준비해 매력적인 동작으로 윤기 나는 마호가니를 가로질러 잔을 밀어 보냈다.

"고마워요." 트리시아는 보드카를 세게 휘저으며 말했다.

그녀는 이런 갑작스러운 친절을 어떻게 해석해야 할지 도무지 알 수가 없었고, 친절에 홀려서 실수하지 말아야겠다고 단단히 결심했다. 뉴욕 사람들이 친절하게 굴 때는 다 이유가 있는 법이다.

"앤드루스 씨." 그녀가 단호하게 말했다. "행복하지 않으시다니 안됐군요. 오늘 아침 제 행동이 좀 심했다고 생각하실지도 모른다는 거 알아요. 하지만 점성술이란 결국 대중의 여흥에 불과하잖아요. 그건 괜찮아요. 쇼 비즈니스의 일부고, 당신이 이제까지 잘 해오신 일이죠. 당신께는 행운을 빌어요. 재밌는 일이죠. 하지만 그건 과학은 아니에요. 그리고 과학으로 오인되어서도 안 되고요. 우리가 오늘 아침 그 점을 아주 성공적으로 증명했다고 생각해요. 동시에 대중적인 오락거리도 좀 만들어내면서요. 그게 우리 둘의 직업이잖아요. 그 점이 마음에 안 드신다면 죄송해요."

"전 전적으로 행복해요." 게일 앤드루스가 말했다.

"아." 트리시아는 이 말을 도대체 어떻게 받아들여야 할지 모르겠다고 생각하며 대답했다. "당신이 보낸 메시지에는 당신이 행복하지 않다고 적혀 있던데요."

"아니에요." 게일 앤드루스가 말했다. "제 메시지는, 제가 보기에 당신이 행복하지 않다는 거였어요. 왜 그럴까 궁금했었죠."

트리시아는 뒤통수를 맞은 느낌이었다. 그녀는 눈을 껌벅였다.

"뭐라고요?" 그녀는 재빨리 말했다.

"별들과 상관있어요. 우리가 함께 토론할 때 당신은 별과 행성 들과 관련된 무엇인가 때문에 굉장히 화가 나고 불행해 보였어요. 그 생각이 계속 제 머리를 떠나지 않아서 당신이 괜찮은지 보러 온 거예요."

트리시아는 그녀를 뚫어져라 쳐다봤다. "앤드루스 씨……." 그녀는 말을 시작했지만, 다음 순간 자신의 말투야말로 딱 화나고 불행한 사람 말투여서 자기가 하려던 항의가 도리어 먹히지 않으리라는 사실을 깨달았다.

"괜찮다면, 그냥 게일이라고 불러주세요."

트리시아는 그저 황당한 표정을 하고 있었다.

"저도 점성술이 과학이 아니라는 걸 알아요." 게일이 말했다. "물론 아니죠. 그건 그저 임의의 규칙들을 모은 것뿐인걸요. 체스나 테니스처럼, 아니면 당신네 영국인들이 하는 그 이상한 게 뭐죠?"

"어, 크리켓? 자기혐오?"

"의회 민주주의요. 규칙들은 나름대로 납득이 가요. 자기들끼리만 통하는 규칙이죠. 하지만 그 규칙들을 실행하려고 하면, 온갖 종류의 절차들이 생기기 시작하고, 결국은 사람들에 대해 많은 것들을 알게 되죠. 점성술의 규칙들은 어쩌다 보니 별과 행성들에 관한 것이지만, 암컷과 수컷 오리가 더 좋다면 그것들에 관한 규칙이라고 해도 상관없어요. 문제의 형태는 그 문제에 대해서 어떻게 생각하는가에 따라 만들어지죠. 규칙은 많을수록 더 작아지고, 더 임의적일수록 더 좋은 법이에요. 부드러운 흑연 가루 한 줌을 종이 위에 뿌려서 눈에 보이지 않는 자국을 찾는 것과 같죠. 그러면 이제는 지워버려서 보이지 않는, 그 위의 종이에 쓴 글자들이 나타나는 식으로 말이에요. 흑연 가루가 중요한 게 아니에요. 그건 그 자국들을 드러내는 수단일 뿐이죠. 그러니 점성술은 천문학과는 아무 상관이 없어요. 다만 사람들의 사람들에 대한 생각과 상관있을 뿐이죠.

그러니 잘은 모르겠지만, 당신이 오늘 아침에 별과 행성들에 대해 굉장히, 굉장히 감정적으로 **골몰**하고 있는 것을 보고 전 생각했어요. 이 사람은 점성술에 대해 화가 난 게 아니구나. 이 사람은 진짜 별과 행성들 때문에 화가 나고 불행한 거구나. 사람들이 그 정도로 불행하고 화가 날 때는 흔히 뭔가를 잃어버렸을 때죠. 이게 제가 생각한 거 다예요. 그 이상은 저도 이해할 수가 없었죠. 그래서 당신이 괜찮나 하고 보러 온 거예요."

트리시아는 충격을 받았다.

그녀의 머리 한 부분에서는 이미 온갖 종류의 이야기들을 준비하기 시작했다. 신문의 별점난이 얼마나 말도 안 되는지, 그 별점이 얼마나 다채로운 통계학적 속임수로 사람들을 속여대는지, 이런 온갖 반박을 만들어내느라 머릿속이 부산했다. 하지만 머리의 나머지 부분들은 그 소리를 귀담아듣고 있지 않았다. 이를 깨닫자, 그 생각들은 점차 사라져버렸다. 그녀는 엄청난 충격을 받았다.

그녀는 지금 막 십칠 년 동안 아무에게도 말하지 않고 꽁꽁 숨겨왔던 비밀을 전혀 모르는 사람에게서 들은 참이었다.

그녀는 고개를 돌려 게일을 바라봤다.

"전……."

그녀는 말을 멈췄다.

바의 뒤편, 저 위에 달린 조그마한 보안 카메라가 그녀의 움직임을 따라 고개를 돌렸다. 그녀는 엄청나게 당황했다. 대부분의 사람들은 눈치 채지 못했을 것이다. 보안 카메라라는 것은 사람들이 눈치 챌 수 있게 만들어진 것이 아니었다. 그것은 뉴욕에 있는 비싸고 우아한 호텔조차 자기 고객들이 넥타이를 매지 않거나 갑자기 총을 빼서 들이대지 않을 것을 장담하지 못한다는 것을 암시하도록 디자인되지 않았다. 하지만 아무리 보드카 뒤에 잘 숨겨져 있어도 카메라는 섬세하게 연마된 텔레비전 앵커의 본능을 속일 수는 없었다. 앵커는 언제 카메라가 자기를 향하는지를 정확하게 아는 법이다.

"무슨 문제가 있나요?" 게일이 물었다.

"아뇨, 저……, 당신이 절 좀 놀라게 해서요." 트리시아가 말했다. 그녀는 보안 카메라를 무시하기로 결정했다. 오늘 텔레비전 생각을 너무 많이 했기 때문에 상상력이 조화를 부린 것일 뿐이다. 이런 일이 일어난 게 처음도 아니었다. 확신하건데, 그녀가 교통 모니터 카메라 앞을 지나갔을 때는 카메라가 고개를 돌려 그녀를 따라왔고, 블루밍데일(뉴욕에 있는 백화점—옮긴이주)의 보안 카메라는 그녀가 모자를 써보고 있을 때 특별히 주시하는 듯했다. 분명히 그녀는 미쳐가고 있었다. 심지어 센트럴파크의 새조차 그녀를 굉장히 뚫어지게 쳐다보았던 것 같았다.

그녀는 이런 생각들을 떨쳐버리기로 하고 보드카를 한 모금 마셨다. 어떤 사람이 바를 돌아다니며 사람들에게 맥마누스 씨가 아니냐고 물어보고 있었다.

"좋아요." 그녀는 갑자기 불쑥 말했다. "어떻게 알아내셨는지 모르겠지만……."

"당신이 말한 것처럼, 알아낸 게 아니에요. 전 그냥 당신이 하는 말을 들었을 뿐이죠."

"제 생각에, 제가 잃어버린 건 완전히 다른 인생이에요."

"누구나 그런 짓을 하죠. 매일 매순간마다요. 우리가 내리는 결정 하나하나, 숨쉬는 호흡 하나하나가 어떤 문들은 열고 다른 많은 문들은 닫아버리죠. 대부분은 알아채지도 못해요. 어떤 것들은 알아차리고요. 당신은 하나를 알아챈 것 같군요."

"아, 그래요. 전 알았어요." 트리시아가 말했다. "좋아요. 말씀드리죠. 굉장히 간단한 이야기예요. 오래 전 어떤 파티에서 어떤 남자를 만났어요. 그는 자기가 다른 행성에서 왔다고 하면서 저보고 같이 갈 의향이 있냐고 묻더군요. 전 '네, 좋아요' 하고 말했죠. 그런 식의 파티였어요. 전 그 사람에게 제 가방을 가져올 때까지 기다리라고 말했어요. 그럼 기꺼이 그와 함께 다른 행성으로 가겠노라고. 그는 가방은 필요 없을 거라고 하더군요. 전 '당신은 분명 굉장히 후진 행성에서 왔군요' 하고 말했죠. 안 그러면 여자들이 항상 가방을 가지고 다닌다는 것을 알 테니까요. 그는 약간 초조해했어요. 하지만 전 그가 다른 행성에서 왔다고 말했다고 해서 식은 죽 먹기로 넘어가는 여자는 안 될 작정이었어요.

전 위층으로 올라갔어요. 가방을 찾는 데 약간 시간이 걸렸고, 거기다 화장실에 누군가가 있었죠. 내려와 봤더니 그는 가버리고 없더군요."

트리시아는 말을 멈췄다.

"그러고 나서요······." 게일이 말했다.

"정원으로 나가는 문이 열려 있었어요. 바깥으로 나갔죠. 불빛이 있었어요. 뭔가 번쩍거리는 것이었죠. 제가 나갔을 때 그건 막 하늘로 올라가고 있었어요. 조용히 구름을 가로질러 휙 하고 솟구치더니 사라져버리더군요. 그게 다예요. 이야기 끝이에요. 한 인생이 끝나고 다른 인생이 시작된 거죠. 하지만 이 삶의 매순간 전 다른 내가 어떻게 됐을지 못 견디게 궁금해요. 가방을 가지러 가지 않았던 저 말이에요. 마치 그녀가 저 바깥 어딘가에 있고 전 그녀의 그림자 속을 걸어 다니고 있는 것 같아요."

호텔 직원 하나가 바를 돌아다니며 사람들에게 밀러 씨가 아니냐고 물어보고 있었다. 아무도 밀러 씨가 아니었다.

"당신은 정말로 그······사람이 다른 행성에서 왔다고 생각해요?" 게일이 물었다.

"아, 물론이에요. 우주선이 있었다고요. 아, 게다가 그는 머리가 두 개 있었어요."

"두 개요? 다른 사람들은 눈치 못 챘나요?"

"그건 가장 파티였어요."

"그렇군요······."

"물론, 그는 거기다가 새장을 씌워놨죠. 새장 위에 천을 씌워서요. 그는 앵무새를 가져온 척했어요. 새장을 두드리면 그 머리가 '예쁜 폴리'

따위의 멍청한 소리를 지껄이며 꽥꽥거렸죠. 그러더니 천을 잠깐 뒤로 휙 벗기고는 호탕하게 웃더군요. 그 안에는 또 하나의 머리가 있었고, 그 머리도 같이 웃고 있었어요. 말씀드리지만, 참 우려되는 순간이었죠."

"당신은 아마 옳은 일을 했을 거예요. 그렇게 생각하지 않나요?" 게일이 말했다.

"아뇨." 트리시아가 말했다. "아뇨, 아니에요. 전 제가 하던 일도 계속할 수 없었어요. 아시겠지만, 전 천체 물리학자였어요. 앵무새인 척하는 두 번째 머리를 가진 외계인을 실제로 만나게 되면 천체 물리학자 역할을 제대로 할 수 없죠. 그냥 할 수 없는 거예요. 적어도 저는요."

"힘든 일이라는 거 알겠어요. 아마 그것 때문에 당신은 말도 안 되는 것 같은 소리를 하는 사람들에게 좀 심하게 구는 거군요."

"그래요." 트리시아가 말했다. "당신 말이 맞아요. 미안해요."

"괜찮아요."

"그런데, 이 이야기는 당신한테 처음 하는 거예요."

"저도 궁금했었어요. 결혼은 하셨나요?"

"어, 아니요. 요즘은 알아보기가 참 힘들죠, 안 그래요? 하지만 당신은 물어보셔도 돼요. 왜냐하면 그게 바로 이유일 테니까. 저도 몇 번인가 거의 결혼할 뻔 했었죠. 그건 대개 아기를 갖고 싶었기 때문이었죠. 하지만 모든 남자들이 결국에는 저한테 왜 계속 자기 어깨 너머를 보고 있느냐고 물었어요. 뭐라고 하겠어요? 한때는 심지어 그냥 정자 은행에 가서 운에 맡겨버릴까도 생각했었어요. 그냥 아무나의 아기를 갖는 거예요."

"진짜로 그럴 수는 없죠. 안 그래요?"

트리시아는 웃었다. "아마도요. 진짜로 가서 알아본 적은 없어요. 정말로 그래보진 않았죠. 제 인생이 그래요. 정말로 진짜는 한 적이 없죠. 그래서 제가 텔레비전 일을 하는 거예요. 아무것도 진짜가 아니죠."

"실례합니다만, 숙녀 분, 당신 이름이 트리시아 맥밀런인가요?"

트리시아는 놀라서 주위를 둘러봤다. 운전사 모자를 쓴 남자가 서 있었다.

"네." 그녀는 즉시 자세를 가다듬으며 대답했다.

"당신을 한 시간 정도나 찾아다녔어요. 호텔에서는 그런 이름이 없다고 하더군요. 하지만 마틴 씨의 사무실에 다시 체크를 해보니 여기가 당신이 머물고 있는 곳이 절대로 맞다고 했어요. 그래서 다시 물어보니, 그 사람들은 당신 이름은 들어본 적이 없다고 하고, 그래서 이름을 불러서 좀 찾아달라고 했더니 못 찾겠다고 하더군요. 결국은 사무실에다가 당신 사진을 차에 있는 팩스로 보내달라고 해서 제가 직접 확인을 했죠."

그는 시계를 들여다봤다.

"좀 늦었기는 하지만, 그래도 가실래요?"

트리시아는 깜짝 놀랐다.

"마틴 씨요? NBS의 앤디 마틴 씨 말씀인가요?"

"맞습니다. 유에스/에이엠의 스크린 테스트요."

트리시아는 총알같이 의자에서 일어났다. 맥마누스 씨와 밀러 씨를 찾던 그 모든 메시지들을 생각하니 치가 떨렸다.

"서둘러야 해요." 운전사가 말했다. "듣자하니 마틴 씨는 영국식 악센트를 써보는 게 어떨까 하고 생각하고 있다더군요. 하지만 그분의 상사는 그 생각에 절대적으로 반대하고 있어요. 그게 쟁글러 씨죠. 우연히 알게 된 건데, 그분은 오늘 저녁에 해변으로 날아갔어요. 제가 바로 그분을 태워서 공항으로 데려다줬으니까요."

"좋아요." 트리시아가 말했다. "전 준비가 됐어요. 가죠."

"좋아요. 호텔 앞에 커다란 리무진이 있어요."

트리시아는 게일을 돌아보며 말했다. "미안해요."

"가세요! 가요!" 게일이 말했다. "그리고 행운을 빌어요. 만나서 즐거웠어요."

트리시아는 돈을 꺼내려고 가방에 손을 뻗었다.

"젠장." 가방을 위층에 두고 왔다.

"술값은 제가 낼게요." 게일이 고집했다. "정말이에요. 오늘 정말 재미있었어요."

트리시아는 한숨을 쉬었다.

"저, 오늘 아침 일은 정말 죄송해요, 그리고……."

"더 이상 말씀 안 하셔도 돼요. 전 괜찮아요. 그저 점성술일 뿐인걸요. 해될 것도 없고. 세상이 끝난 것도 아니잖아요."

"고마워요." 트리시아는 충동적으로 그녀를 포옹했다.

"다 챙기셨습니까?" 운전사가 말했다. "가방이나 뭐 가져오지 않을래요?"

"인생을 살면서 제가 한 가지 배운 게 있다면." 트리시아가 말했다. "절대로 가방을 가지러 되돌아가지 말라는 거예요."

* * *

약 한 시간 후, 트리시아는 호텔 방의 침대 두 개 중 하나에 앉아 있었다. 몇 분 동안 그녀는 꼼짝도 하지 않았다. 그녀는 그저 가방을 물끄러미 바라보고 있었다. 가방은 다른 쪽 침대 위에 얌전히 놓여 있었다.

손에는 게일 앤드루스의 메시지를 쥐고 있었다. 거기에는 이렇게 쓰여 있었다. "너무 실망하지 말아요. 이야기를 하고 싶으면 전화를 거세요. 제가 당신이라면 내일 밤에는 집에 있을 거예요. 좀 쉬세요. 하지만 저 때문에 꺼림칙해하지는 마세요. 걱정 말아요. 그저 점성술에 불과하니까. 세상이 끝난 게 아니랍니다. 게일."

운전사의 말은 족집게처럼 맞았다. 사실 그 운전사는 그녀가 만나본 어떤 NBS 직원보다도 상황이 어떻게 돌아가고 있는지 잘 알고 있는 것 같았다. 마틴은 예리했고 정글러는 그렇지 않았다. 그녀는 마틴이 옳다는 것을 증명할 기회를 한 차례 가졌지만, 그걸 날려버렸다.

오, 저런. 오, 저런. 오, 저런. 오, 저런.

집에 갈 시간이다. 항공사에 전화해서 오늘 밤 히스로 공항(영국 런던에 있는 국제 공항—옮긴이주)으로 돌아가는 야간 비행기를 탈 수 있는지 알아봐야 한다. 그녀는 커다란 전화번호부에 손을 뻗었다.

아, 순서대로 차근차근 해야지.

그녀는 전화번호부를 다시 내려놓고, 핸드백을 들고 화장실로 갔다. 가방을 내려놓고 콘택트렌즈를 담고 있는 작은 플라스틱 통을 꺼냈다. 그녀는 렌즈 없이는 대본이고 프롬프터고 제대로 읽지 못했다.

조그마한 플라스틱 렌즈를 눈에 살살 집어넣으면서 그녀는 생각했다. 살아가면서 한 가지 배운 게 있다면, 가방을 가지러 되돌아가서는 안 되는 때가 있고 그래야 하는 때가 있다는 것이었다. 그 두 가지 경우를 구분하는 법은 아직 배우지 못했다.

3

　　　　우리가 우스갯소리로 과거라고 부르는 시절, 《은하수를 여행하는 히치하이커를 위한 안내서》는 평행 우주에 대해 할 말이 많았다. 하지만 신 중에서도 상급 신 레벨에 미치지 못하는 사람들에게는 알아들을 수 없는 소리들이다. 게다가 우리가 알고 있는 모든 신들이 자기네들이 주로 주장했듯이 우주 탄생 일주일 전이 아니라 탄생 후 백만분의 삼 초는 족히 지나고 나서야 등장했다는 것이 이제는 완전히 기정사실로 인정되었기 때문에, 이들은 안 그래도 해명해야 할 것들이 무진장 많다. 따라서 이 시점에서 복잡한 물리학 문제를 설명할 여유는 없는 것이다.
　평행 우주라는 주제에 대해 《안내서》가 해주는 한 가지 고무적인 이야기는, 당신이 평행 우주를 이해할 수 있는 가능성은 아주 없다고 봐야 한다는 것이다. 그러니까 바보같이 보일까 봐 걱정하지 말고 맘대로 "뭐라고?"라든지 "에에?" 따위의 소리를 해도 되고 심지어 사팔뜨기 눈을 하거나 허튼소리를 해도 좋다.
　평행 우주에 대해 알아야 할 첫 번째 사실은, 그것이 평행이 아니라는 점이라고 《안내서》는 말하고 있다.
　엄밀하게 말하자면, 그것은 우주도 아니라는 사실을 깨닫는 것 역시 중요하다. 하지만 그걸 깨달으려고 애쓰지 말고 좀 기다려보는 게 가장 쉬운 방법이다. 왜냐하면 그 순간까지 당신이 깨달은 모든 것들이 사실이 아니라는 것을 곧 알게 될 테니까.

그것들이 우주가 아닌 이유는, 사실 주어진 모든 우주는 그 자체로 어떤 것이 아니라 기술적으로 말해서 WSOGMM, 즉 온갖 종류의 총체적 혼란Whole Sort of General Mish Mash이라고 알려진 것을 바라보는 한 가지 방식에 지나지 않기 때문이다. 온갖 종류의 총체적 혼란 또한 사실은 존재하지 않는다. 단지 그것을 바라보는 여러 가지 방식들의 총합이 있을 뿐이다. 그런 게 존재한다면 말이다.

우주들이 평행이 아닌 이유는 바다가 평행이 아닌 이유가 마찬가지다. 거기에는 아무런 의미도 없다. 온갖 종류의 총체적 혼란을 얇게 썰어보면 어떻게 썰든지 간에 대체로 누군가가 고향이라고 부르는 것이 나온다.

이제 헛소리를 해도 좋다.

* * *

여기서 우리가 문제 삼고 있는 지구는 온갖 종류의 총체적 혼란 속에서 그것이 차지하고 있는 특별한 방위로 인해 다른 지구들과는 달리 중성미자와 충돌했다.

중성미자란 건 충돌할 정도로 큰 물건이 아니다.

사실 자기와 충돌했으면 하고 바랄 수 있는 물건 중에서 중성미자보다 작은 것을 생각하기란 힘들다. 그리고 지구 정도 크기의 무엇인가가 중성미자와 충돌한다는 것은 아주 특별한 일도 아니다. 절대로 아니다. 지구가 지나가는 중성미자 수십억 개와 충돌하지 않는 나노 초가 있다면, 그 순간이 오히려 굉장히 특이한 순간일 것이다.

물론 그것은 '충돌'을 어떤 의미로 사용하는가에 따라 달라진다. 물질이 거의 전적으로 아무것도 아닌 것으로 구성되어 있다는 점을 생각하면 말이다. 중성미자가 이 울부짖는 텅 빈 공간 속을 여행하다가 실제로 무엇인가와 충돌할 수 있는 가능성은, 날아가는 747 여객기에서 무작위로 볼베어링을 던졌는데 그게, 어, 말하자면, 달걀 샌드위치를 맞출 가능성과 대충 비슷하다 할 수 있다.

하여간, 이 중성미자는 무엇인가와 충돌했다. 규모로 볼 때 무지하게 중요할 건 하나도 없군 하고 당신은 말할지도 모른다. 하지만 그런 말의 문제점은 그게 다 개뼈다귀 같은 소리라는 것이다. 우주처럼 정신없이 복잡한 곳에서 무엇인가가 어딘가에 있는 무엇인가에 실제로 일어나게 되면, 그 일의 결과가 어떻게 될지는 케빈만이 안다. 이때 '케빈'은 그냥 어떤 것에 대해서도 아무것도 모르는 아무나를 말한다.

이 중성미자는 한 원자와 부딪쳤다.

그 원자는 어떤 분자의 일부였다. 그 분자는 어떤 핵산의 일부였다. 그 핵산은 어떤 유전자의 일부였다. 그 유전자는 성장 담당 유전 조합의 일부였다……, 기타 등등. 그 결과로 어떤 식물에 원래는 없던 잎사귀 하나가 더 생겼다. 에섹스에서였다. 혹은 지역적인 문제를 둘러싸고 엄청난 교섭과 국지적 어려움을 거친 끝에 후에 에섹스가 될 지역이라고 하는 게 낫겠다.

그 식물은 클로버였다. 그것은 자신의 몸을, 아니 자신의 씨앗을 주변에다 엄청나게 효과적으로 뿌려대어 재빨리 가장 널리 퍼진 종류의 클로버가 됐다. 이 사소한 생물학적 우연과 온갖 종류의 총체적 혼란의 조각 하나에 존재하는 다른 사소한 변화들——예를 들어, 트리시아 맥밀런이 자포드 비블브락스와 함께 떠나지 못한 것, 피칸 맛 아이스크림의 비정상적인 판매량 저조, 이 모든 일이 일어난 지구가 새로운 초공간 우회로에 길을 내주기 위해 보고인들에 의해 파괴되지 않았다는 사실——은 한때 맥시메갈론 대학 역사학과였던 것의 연구 프로젝트 우선순위

4,763,984,132번째에 현재 자리하고 있다. 지금 풀장 옆에서 기도모임을 하고 있는 사람들 중 그 문제가 대단히 시급하다고 느끼는 사람은 아무도 없어 보인다.

4

트리시아는 세상이 자신을 대상으로 음모를 꾸미고 있는 것만 같았다. 동쪽으로 밤새 비행기를 타고 와서 갑자기 전혀 대비하지 못한 기이하고 위협적인 하루를 맞이하게 될 경우, 이런 기분이 드는 건 전적으로 정상이라는 것을 그녀는 알고 있었다. 하지만 아무리 그렇다 치더라도…….

집 앞 잔디밭에 자국이 나 있었다.

잔디밭의 자국이 굉장히 신경이 쓰이는 것은 아니었다. 잔디밭의 자국이야 제멋대로 돌아다니며 춤을 추건 말건 상관없었다. 토요일 아침이었다. 그녀는 피곤하고 심술궂고 피해망상적인 기분에 차서 막 뉴욕에서 돌아온 참이었다. 그녀는 단지 라디오를 조용하게 틀어놓고 침대에 누워 네드 셰린(Ned Sherrin : BBC 라디오 채널 4에서 코미디 프로를 진행하는 인물—옮긴이주)이 무엇인가에 대해 무지하게 똑똑한 소리를 늘어놓는 것을 들으며 서서히 잠에 빠져들고 싶을 뿐이었다.

하지만 에릭 바틀릿은 그 자국을 철저하게 조사하지 않고서는 그녀를 들여보내지 않으려 했다. 에릭은 나이 지긋한 정원사로, 정원을 막대기로 들쑤셔보려고 토요일 아침에 마을에서 왔다. 그는 꼭두새벽에 뉴욕에서 온 사람들을 믿지 않았다. 동의하지도 않았다. 체질에 맞지도 않았다.

하지만 그 외의 것들은 거의 모두 다 믿었다.

"아마 외계인들일지도 모르죠." 그가 말했다. 그는 허리를 굽히고는 움푹 들어간 조그만 자국의 가장자리를 막대기로 쑤시고 있었다. "요즘은 외계인에 대한 이야기들이 많잖아요. 내 생각에는 외계인인 것 같아요."

"그래요?" 트리시아는 슬쩍 손목시계를 들여다보며 대답했다. 십 분, 그녀는 생각했다. 십 분 정도는 서 있을 수 있다. 그러고 나면 그냥 기절해버릴 거다. 침실에 있건, 그때까지도 아직 여기 정원에 있건 간에. 만약 계속 서 있어야만 한다면 말이다. 게다가 때때로 "그래요?"라고 대꾸하며 알아듣는다는 듯이 고개를 끄덕거리고 있어야 한다면, 오 분 정도밖에 못 버틸지도 모른다.

"그렇다니까요." 에릭이 말했다. "그들은 여기 내려와서 당신 잔디밭에 착륙하고는 다시 우웅하고 가버리죠. 때로는 고양이도 데리고 말이에요. 우체국에서 근무하는 윌리엄스 부인의 고양이, 그 붉은 고양이 알죠? 그 녀석이 외계인한테 납치됐잖아요. 물론 다음 날 다시 데려왔지만, 그 녀석 굉장히 이상하게 굴더라고요. 아침 내내 사방을 배회하고 다니더니 오후에 잠이 들잖아요. 전에는 그 반대였거든요. 그게 핵심이죠. 아침에 자고, 오후에 어슬렁거리며 돌아다니고. 시차라고요. 우주 여행 시차요."

"그렇군요." 트리시아가 말했다.

"게다가 물을 들여서 얼룩 고양이를 만들어놨다고 윌리엄스 부인이 그러더군요. 이 자국들은 우주선의 착륙선이 만드는 자국들이 분명하다고요."

"잔디깎이가 아닐까요?" 트리시아가 물었다.

"자국이 더 둥글었다면, 그럴 수도 있겠죠. 하지만 이건 좀 삐딱하잖아요. 아무리 봐도 모양새가 외계인 같아요."

"잔디깎이 상태가 나빠져서 고쳐야겠다고 말씀하셨던 거, 그거 아니에요? 안 그러면 잔디밭에 구멍을 내고 다닐 거라 그러셨잖아요."

"제가 그런 말을 했었죠. 트리시아 양, 제가 한 말에 대해서는 책임을 집니다. 이게 확실하게 잔디깎이가 한 짓이 아니라고는 말 안했어요. 전 그저 구멍 모양새로 볼 때 더 그럴 듯한 이야기를 드렸을 뿐이에요. 보세요, 착륙선을 타고 이 나무들 너머로 와서는……."

"에릭……." 트리시아가 꾹꾹 참으며 말했다.

"제 얘기 들어보세요, 트리시아 양." 에릭이 말했다. "제가 잔디깎이를 살펴보죠. 지난주에 말씀드린 것처럼요. 그러고는 당신이 하고 싶은 대로 하도록 내버려두죠."

"고마워요, 에릭." 트리시아가 말했다. "사실, 이젠 자러 가야겠어요. 부엌에 있는 음식은 아무 거나 마음대로 드셔도 돼요."

"고마워요, 트리시아 양. 행운을 빕니다." 에릭이 말했다. 그는 허리를 굽히고 잔디밭에서 뭔가를 집어 들었다.

"여기." 그가 말했다. "세 잎 클로버군요. 행운의 표시죠."

그는 그게 이파리 하나가 떨어진 평범한 네 잎 클로버가 아니라 진짜 세 잎 클로버인지 꼼꼼하게 살펴봤다. "제가 당신이라면, 이 근처에서 외계인들이 무슨 짓을 한 흔적이 없는지 살펴보겠어요." 그는 수평선을 날카롭게 살펴봤다. "특히 저쪽 헨리(영국 옥스퍼드셔의 조그만 마을—옮긴이 주) 방향 말이에요."

"고마워요, 에릭." 트리시아가 다시 한번 말했다. "그럴게요."

그녀는 침대로 가서 앵무새와 다른 새들에 대한 꿈을 간간이 꿨다. 그녀는 오후에 잠이 깼고 마음을 진정하지 못하며 왔다갔다했다. 오늘 하루를, 아니, 남은 인생을 어떻게 보내야 할지 알 수가 없었다. 그녀는 시내에 나가 스타브로에서 저녁 시간을 보낼까 말까 거의 한 시간 동안이나 망설였다. 스타브로는 요즘 잘나가는 언론계 사람들이 자주 찾는 장소였다. 거기 가서 친구들을 좀 보면 다시 리듬을 찾는 데 도움이 될지도 모른다. 마침내 그녀는 가기로 결심했다. 거기는 좋은 곳이었다. 재미있는 장소였다. 그녀는 독일인 아버지를 둔 그리스인──꽤 이상한 조합이다──인 스타브로 씨도 좋아했다. 트리시아는 며칠 전 밤에 알파에 갔었다. 그곳은 뉴욕에 있는 스타브로의 클럽 일호점인데, 지금은 스타브로의 동생 칼이 운영하고 있다. 칼은 자신을 그리스인 어머니를 둔 독일인으로 생각하고 있다. 칼이 뉴욕 클럽을 망치고 있다는 것을 스타브로가 들으면 굉장히 기뻐할 것이다. 그녀는 스타브로를 행복하게 해줄 것이다. 스타브로와 칼 물라 사이에는 더 잃어버릴 애정 같은 것도 없었다.

좋아. 그래야지.

그녀는 뭘 입을까 고민하면서 또 한 시간을 보냈다. 마침내 그녀는 뉴욕에서 산 멋진 검정 드레스로 결정했다. 그리고 그날 저녁 클럽의 상황이 어떤가 보려고 친구에게 전화했고, 친구는 오늘 저녁에는 결혼 피로연이 예약되어 있어서 문을 닫는다고 말했다.

그녀는 자신이 실제로 만든 계획에 따라 인생을 살려고 하는 것은 슈퍼마켓에서 요리 재료들을 사는 일과 같다고 생각했다. 카트 하나를 구하면, 그게 미는 방향으로 도무지 움직이지 않는 바람에 결국에는 전혀 다른 재료를 사버리는 것이다. 그걸로 뭘 하겠는가? 조리법은 어떻게 하지? 그녀는 몰랐다.

하여간 그날 저녁 외계인의 우주선이 그녀의 잔디밭에 착륙했다.

5

그녀는 그것이 헨리 방향에서 오는 것을 지켜봤다. 처음에는 그저 저 불빛들이 뭘까 약간 궁금했었다. 히스로 공항에서 백만 마일도 떨어지지 않은 곳에서 살고 있었기 때문에, 하늘에 불빛이 보이는 것은 익숙한 일이었다. 하지만 이렇게 밤늦게, 이렇게 낮게는 아니었다. 그랬기 때문에 그녀는 다소 호기심이 생겼다.

그게 무엇이든지 간에 그 물체가 점점 더 가까이 오기 시작하자, 그녀의 호기심은 황망함으로 바뀌었다.

흠, 그녀는 생각했다. 지금은 이 정도 이상의 생각은 할 수가 없었다. 그녀는 아직도 정신이 멍했고 시차 때문에 얼떨떨했다. 머리의 한쪽에서 다른 쪽에 바쁘게 메시지를 보냈지만, 그것들은 제때, 혹은 제자리에 도착하지 않았다. 그녀는 커피를 타고 있었던 부엌에서 나와 정원으로 나가는 뒷문을 열었다. 그러고는 차가운 저녁 공기를 깊이 들이쉬고 밖으로 나와 위를 쳐다봤다.

잔디밭 위 백 피트쯤 되는 상공에 캠핑용 밴 크기 정도의 무엇인가가 떠 있었다.

정말로 거기 있었다. 공중에 떠서. 거의 아무 소리도 내지 않고.

그녀의 내부 깊숙한 곳에서 무엇인가가 움직였다.

그녀의 팔이 천천히 옆구리 쪽으로 내려왔다. 발에 뜨거운 커피가 쏟아지는 걸 거의 느끼지도 못했다. 그 비행체가 천천히, 일 인치씩, 일 피트씩 내려오기 시작하자, 숨도 쉴 수 없었다. 불빛들은 마치 땅의 상태를 검사하고 느껴보기라도 하는 듯이 땅 위에서 부드럽게 어른거렸다. 그러더니 불빛들이 그녀의 몸 위로 와 움직였다.

그녀가 기회를 한 번 더 얻는다는 것은 거의 가망 없는 일 같았다. 그가 그녀를 찾아낸 것일까? 그가 돌아온 걸까?

비행체가 계속해서 하강하더니 마침내 잔디밭에 조용히 내려앉았다. 그녀는 수 년 전에 떠나는 것을 지켜봤던 우주선이랑 모양이 완전히 똑같아 보이지 않는다고 생각했다. 하지만 밤하늘에 번쩍거리는 불빛은 좀처럼 분명한 모양이 드러나지 않았다.

침묵.

그러고는 짤깍, 흠하는 소리.

또다시 짤깍, 또다시 흠. 짤깍 흠, 짤깍 흠.

문이 스르르 열리더니 빛이 잔디밭을 가로질러 그녀를 향해 쏟아져 나왔다.

그녀는 안절부절못하는 마음으로 설레며 기다렸다.

빛 속에 서 있는 어떤 한 인물의 윤곽이 보였다. 그리고 또 하나, 그리고 또 하나.

커다란 눈들이 그녀를 보고 깜박거렸다. 손들이 천천히 올라가며 인사했다.

"맥밀런?" 마침내 한 목소리가 말했다. 한 음절, 한 음절을 힘들게 발음하는 이상하고 가느다란 목소리였다. "트리시아 맥밀런. 트리시아 맥밀런 양?"

"네." 트리시아가 대답했다. 모기 소리만 한 대답이었다.

"우린 당신을 모니터하고 있었소."

"모……모니터하고 있었다고요? 저를요?"

"그렇소."

그들은 커다란 눈으로 매우 천천히 그녀를 아래위로 훑으면서 잠시 바라봤다.

"실물로 보니 더 작군요." 마침내 하나가 말했다.

"뭐라고요?" 트리시아가 말했다.

"네."

"저……전 무슨 소린지 모르겠어요." 트리시아가 말했다. 물론 그녀는 이런 일을 예상하지 못했다. 하지만 아무리 그녀가 예상하지 못하던 일이라고 해도, 이런 식으로 진행되리라고는 예상도 못했다. 마침내, 그녀가 말했다. "당신들……당신들……자포드한테서 왔나요?"

이 질문은 세 인물을 약간 당황하게 만든 것 같았다. 그들은 경쾌한 소리의 자기네 말로 의논을 하더니 다시 그녀에게 돌아섰다.

"그렇지 않다고 생각합니다. 우리가 아는 한은." 하나가 말했다.

"자포드는 어디죠?" 또 하나가 밤하늘을 올려다보며 말했다.

"전……전 몰라요." 트리시아가 속절없이 말했다.

"여기서 멉니까? 어느 방향입니까? 우리는 모릅니다."

트리시아는 그들이 자기가 누구 이야기를 하고 있는지 전혀 모른다는 것을 깨닫고 낙담했다. 아니면 심지어 그녀가 무슨 소리를 하는지 전혀 모를지도 모른다. 그리고 그녀는 그들이 무슨 소리를 하는지 전혀 몰랐다. 그녀는 다시 희망을 단단히 잡아가두고 머리를 재가동시켰다. 실망해봤자 소용없다. 정신 차리고 금세기 최고의 특종이 여기서 벌어지고 있다고 생각해야 한다. 무엇을 할 것인가? 집 안에 다시 들어가 비디오카메라를 가지고 올까? 돌아와 보면 벌써 가버리고 없지 않을까? 그녀는 어떤 전략을 짜야 할지 몰라 아주 당황해버렸다. '계속 떠들게 하자. 방법은 나중에 생각하자' 하고 생각했다.

"저를…… 모니터하고 계셨다고요?"

"당신 모두를요. 당신 행성 위의 모든 것들을. 텔레비전, 라디오, 텔레커뮤니케이션, 컴퓨터, 비디오 회로, 창고들."

"뭐라고요?"

"주차장. 모든 것을요. 우린 모든 것을 모니터합니다."

트리시아는 그들을 뚫어져라 쳐다봤다.

"그거 굉장히 지루한 일이었겠군요. 그렇죠?" 그녀가 불쑥 말했다.

"네."

"그럼 왜……."

"단지……."

"네? 단지 뭐요?"

"게임 쇼만 제외하고요. 우린 게임 쇼를 굉장히 좋아합니다."

트리시아는 외계인들을 쳐다보고 외계인들은 그녀를 쳐다보면서 끔찍하게 오랜 침묵이 흘렀다.

"집 안에서 가져오고 싶은 게 있어요." 트리시아가 매우 신중하게 말했다. "제 말 들어보세요. 여러분, 아니면 여러분 중 한 분이 저와 함께 안에 들어가서 한번 보시겠어요?"

"좋습니다." 그들 모두 열광하며 말했다.

그들 셋은 모두 그녀의 거실에 다소 어색해하며 서 있었다. 그동안 그녀는 허둥지둥 사방을 뒤져 비디오카메라와 35mm 카메라, 녹음기 등 구할 수 있는 녹음 매체란 녹음 매체는 몽땅 다 가져왔다. 실내조명 아래서 보니, 그들은 모두 매우 말랐고 약간 흐릿한 자줏빛을 띤 녹색 피부를 지니고 있었다.

"일 초도 안 걸릴 거예요, 친구들." 트리시아가 말했다. 그녀는 서랍을 마구 뒤져 빈 테이프들과 필름을 찾아냈다.

외계인들은 시디와 오래된 레코드판들이 들어 있는 책장을 쳐다보고 있었다. 그 중 하나가 다른 하나를 아주 슬쩍 쿡 찔렀다.

"봐." 그가 말했다. "엘비스야."

트리시아는 하던 일을 멈추고, 다시 그들을 물끄러미 쳐다봤다.

"엘비스를 좋아하세요?" 그녀가 말했다.

"네." 그들이 말했다.

"엘비스 프레슬리 말이에요?"

"네."

그녀는 비디오카메라에 새 테이프를 쑤셔 넣으려 애쓰며 황당하게 고개를 흔들었다.

"당신네 인간들 중 어떤 이들은." 방문자들 중 하나가 주저하며 말했다. "엘비스가 외계인들에게 납치되었다고 생각하고 있죠."

"뭐라고요?" 트리시아가 말했다. "그런 건가요?"

"가능합니다."

"당신이 엘비스를 납치했다는 말인가요?" 트리시아가 숨 가쁘게 말했다. 그녀는 장비를 망치지 않도록 냉정을 유지하려고 애썼지만, 그건 너무도 버거운 일이었다.

"아뇨, 우리가 아니에요." 방문자들이 말했다. "외계인들 말입니다. 상당히 재미있는 가능성이죠. 우리는 종종 그 이야기를 합니다."

"이걸 좀 내려놔야겠어요." 트리시아가 중얼거렸다. 그녀는 비디오카메라에 테이프가 제대로 들어갔고 작동이 잘 되는지 체크했다. 그녀는 카메라를 그쪽으로 돌렸다. 하지만 카메라를 눈에 갖다대지는 않았다. 그들을 놀라게 하고 싶지 않았기 때문이다. 그녀는 카메라를 엉덩이 옆에 들고서도 정확하게 찍을 수 있는 베테랑이었다.

"좋아요." 그녀가 말했다. "이제 당신들이 누군지 천천히, 그리고 자세히 말해봐요." 그녀는 왼쪽에 있는 인물에게 말했다. "이름이 뭐죠?"

"모릅니다."

"모른다고요?"

"네."

"알겠어요." 트리시아가 말했다. "다른 두 사람은요?"

"우리도 모릅니다."

"좋아요. 됐어요. 그럼 어디서 왔는지는 말해줄 수 있겠죠?"

그들은 머리를 흔들었다.

"어디서 왔는지도 모른다고요?"

그들은 다시 머리를 흔들었다.

"그럼." 트리시아가 말했다. "직업은……어……."

그녀는 허둥대며 당황했지만, 그 와중에도 프로답게 카메라는 흔들리지 않게 잘 잡고 있었다.

"우린 임무 수행 중입니다." 외계인 중 하나가 말했다.

"임무요? 무슨 임무요?"

"우리도 모릅니다."

그녀는 여전히 카메라가 흔들리지 않게 잘 잡고 있었다.

"그렇다면, 여기 지구에서는 뭘 하고 있는 거죠?"

"당신을 데리러 왔습니다."

진정해, 진정해. 삼각대 위에 놓을 수도 있었을 텐데. 그녀는 사실 삼각대를 써야 하지 않나 생각했다. 그런 생각을 한 것은, 그러는 사이에 일 이 분 정도 그들이 한 말을 되새겨볼 수 있었기 때문이다. 아냐, 그녀는 생각했다, 손으로 잡는 게 상황에 더 유연하게 대처하기 좋을 거야. 그녀는 또한 이런 생각도 했다. 도와주세요, 제가 무엇을 해야 하죠?

"왜." 그녀는 침착하게 물었다. "저를 데리러 왔죠?"

"우리가 마음을 잃어버렸기 때문입니다."

"잠깐만요." 트리시아가 말했다. "삼각대를 가져와야겠어요."

그들은 아무것도 안하고 거기 서 있는 게 참으로 만족스러운 듯이 보였다. 그 사이 트리시아는 재빨리 삼각대를 찾아서 카메라를 그 위에 놓았다. 얼굴에는 표정이라곤 전혀 없었지만, 그녀는 도대체 지금 무슨 상황이 벌어지고 있는 건지 무슨 생각을 해야 하는 건지 도대체 알 수가 없었다.

"좋아요." 준비가 되자, 그녀가 말했다. "왜……."

"우리는 점성술사와 당신의 인터뷰가 마음에 들었습니다."

"그걸 봤어요?"

"우린 모든 것을 봅니다. 우리는 점성술에 굉장히 흥미를 가지고 있죠. 그게 마음에 듭니다. 굉장히 흥미롭거든요. 모든 게 다 흥미로운 건 아니잖아요. 점성술은 흥미롭습니다. 별들이 우리에게 말해주는 것들. 별들이 예언하는 것들. 우리는 그런 정보가 좀 필요합니다."

"하지만……."

트리시아는 무슨 말부터 해야 할지 몰랐다.

자백해, 그녀는 생각했다. 이 상황에서 의도를 미리 짐작해보겠다고 애써봤자 소용없어.

그래서 그녀는 말했다. "하지만 전 점성술에 대해선 아무것도 모르는데요."

"우리가 압니다."

"당신들이 안다고요?"

"네. 우리는 별자리 표를 따릅니다. 굉장히 열렬히요. 우린 당신네들 신문과 잡지를 몽땅 다 읽고 그걸 열렬하게 신봉합니다. 하지만 우리 지도자가 우리한테 문제가 있다고 하더군요."

"지도자가 있나요?"

"네."

"그의 이름이 뭐죠"

"모릅니다."

"도대체, 그 사람이 자기 이름이 뭐라고 말하던가요? 미안해요, 이 부분은 편집해야겠군요. 그는 자기 이름이 뭐라고 하죠?"

"그는 모릅니다."

"그렇다면 그가 지도자라는 걸 당신들은 모두 어떻게 아는 거죠?"

"그가 통제권을 갖고 있습니다. 그는 누군가가 여기서 무언가를 해야 한다고 말했어요."

"아!" 트리시아가 힌트를 얻으며 말했다. "'여기'가 어디죠?"

"루퍼트."

"뭐라고요?"

"당신네들은 그곳을 루퍼트라고 부르죠. 당신 태양에서 열 번째 행성. 우린 여러 해 동안 거기 정착해서 살았습니다. 거긴 굉장히 춥고 재미없는 곳이죠. 하지만 모니터하긴 좋습니다."

"왜 우리를 모니터하는 거죠?"

"우리가 할 줄 아는 게 그것뿐이니까요."

"좋아요." 트리시아가 말했다. "좋아요. 당신네들 지도자가 말한 문제라는 게 뭐죠?"

"삼각 측량입니다."

"다시 한번 말씀해주시겠어요?"

"점성술은 매우 정확한 과학입니다. 우린 그걸 알아요."

"음……." 트리시아가 말했다. 그러고는 더 이상 뭐라 말하지 않았다.

"하지만 그건 여기 지구에 사는 당신들에게 정확한 겁니다."

"네……에……." 그녀는 머릿속에서 무엇인가가 희미하게 이해되는 듯한 끔찍한 느낌이 들었다.

"그러니까, 예를 들자면, 금성이 염소자리에 떠오른다고 하면, 그건 지구에서 보는 거죠. 루퍼트에 있다면, 어떻게 되는 겁니까? 지구가 염소자리에 떠오른다면요? 그건 알기 힘들어요. 우리가 잊어버린 것들, 물론 많고 심오한 것들이겠지만, 그 잊어버린 것들 중에 삼각법이 있는 거죠."

대체로 무해함 1005

"제가 한번 설명해보죠." 트리시아가 말했다. "제가 당신들이랑 같이 ……루퍼트……에 가서……."

"네."

"당신네들의 **별자리**를 다시 계산해달라는 거죠? 당신들이 지구와 루퍼트의 상대적 위치를 고려할 수 있도록?"

"네."

"이걸 제가 독점 취재할 수 있나요?"

"네."

"좋아요." 트리시아 말했다. 적어도 〈내셔널 인콰이어러〉에는 팔 수 있겠지.

그녀를 태양계 가장 끝까지 데려갈 비행체에 올랐을 때, 그녀의 눈에 가장 먼저 들어온 것은 수천 개의 이미지들을 담고 열을 지어 늘어선 비디오 모니터들이었다. 네 번째 외계인이 그 화면들을 보며 앉아 있었는데, 그의 관심은 특히 고정된 이미지를 담은 스크린에 쏠려 있었다. 그것은 방금 트리시아가 그의 동료 세 명과 함께 했던 즉석 인터뷰를 재생한 것이었다. 그는 고개를 들어 그녀가 걱정스러운 표정을 하고 올라오는 것을 바라봤다.

"안녕하세요, 맥밀런 양." 그가 말했다. "촬영 기술이 멋지더군요."

6

포드 프리펙트는 달리다가 바닥에 부딪혔다. 바닥은 그가 기억하는 것보다 통풍구에서 삼 인치 정도 더 떨어진 곳에 있었다. 그래서 그는 바닥에 부딪힐 지점을 잘못 판단하고 너무 빨리 달리기 시작했고 꼴사납게 넘어져 발목을 삐었다. 젠장! 하여간 그는 약간 절뚝대며 복도를 달려 내려갔다.

빌딩 전체에는 경계경보가 평소처럼 미친 듯이 신나게 울려대고 있었다. 그는 평소 사용하는 보관용 캐비닛 뒤로 뛰어들어 몸을 숨기고, 보는 사람이 있었나 살피려고 주위를 둘러봤다. 그러고는 그가 평소 필요로 하는 것들을 찾기 위해 가방 속을 허둥지둥 뒤지기 시작했다.

그의 발목은 평소와는 달리 죽어라고 아팠다.

바닥은 그가 기억하는 것보다 통풍구에서 삼 인치 더 떨어져 있었을 뿐만 아니라, 그가 기억하는 것과는 다른 행성 위에 있었다. 하지만 그를 놀라게 한 것은 그 삼 인치였다. 《은하수를 여행하는 히치하이커를 위한 안내서》의 사무실은 느닷없이 꽤나 자주 다른 행성으로 옮겨졌다. 그 지역의 날씨, 그 지역의 적대감, 전기세나 세금 등의 이유에서였다. 하지만 사무실은 항상 거의 분자 하나하나에 이르기까지 정확하게 똑같은 모양으로 다시 지어졌다. 그 회사에서 근무하는 대다수의 직원들에게는, 사무실들이 배치된 모양만이 이 극도로 뒤틀린 개인적 우주에서 유일하게 변하지 않는 것이었다.

하지만 무언가 기묘했다.

그 자체로야 놀랄 일도 아니지, 포드는 투척용 경량 타월을 끄집어내며 생각했다. 그의 삶에 일어나는 거의 모든 일들은 그 정도가 크건 작건 간에 모두 기묘했다. 이번 것은 단지 그가 익숙해져 있는 기묘함과는 좀 다른 방식으로 기묘했을 뿐이었다. 그게 바로 이상했다. 그는 이 일을 즉각 분명하게 파악할 수가 없었다.

그는 치수 삼 번 지렛대를 꺼냈다.

경계경보는 그가 잘 알고 있는 익숙한 방식으로 울려대고 있었다. 거기에는 일종의 리듬이 있어서 거의 따라 흥얼거릴 수도 있을 정도였다. 그건 매우 익숙했다. 사무실 바깥세상은 포드에게는 생소한 세상이었다. 그는 사쿠오-필리아 헨샤 행성에 와본 적이 없었지만, 이 행성이 마음에 들었다. 이곳에는 일종의 카니발 같은 분위기가 있었다.

그는 가방에서 장난감 활과 화살을 꺼냈다. 노점에서 산 것이었다.

그는 사쿠오-필리아 헨샤 행성의 카니발 분위기가 성 앤트웰름의 가설을 찬양하는 연례 축제 때문이라는 것을 알게 됐다. 성 앤트웰름은 살아생전 대단하고 인기 있는 가설들을 만들어낸 대단하고 인기 있는 왕이었다. 앤트웰름 왕은, 모든 조건이 똑같다고 치면 모든 사람들이 원하는 것은 행복하게 즐기면서 모두 함께 가능한 한 최고의 시간을 보내는 것이라는 가설을 세웠다. 그는 죽으면서 모든 사람들에게 이 사실을 상기시키는 연례 축제를 재정적으로 지원하는 데 자기의 모든 사유재산을 쓰라고 유언을 남겼다. 산더미 같은 맛있는 음식과 춤과 워켓 사냥처럼 바보 같은 게임들이 넘치는 축제였다. 그의 가설이 너무나 눈부시게 훌륭한 나머지 그는 성인으로 추대되었다. 뿐만 아니라, 더할 나위 없이 비참하게 돌에 맞아 죽거나 똥통 속에서 물구나무서기를 하며 사는 등의 일들을 해서 예전에 성인으로 추대되었던 사람들은 즉시 모두 강등되어버렸다. 그들은 이제 오히려 다소 당혹스러운 존재로 여겨지고 있다.

눈에 익숙한 에이치 모양의 《히치하이커를 위한 안내서》 빌딩이 도시 외곽에 솟아 있었다. 포드 프리펙트는 여기 도착하자마자 익숙한 방식으로 잠입해 들어갔다. 그는 항상 메인 로비를 통하기보다는 통풍 시스템을 통해 들어갔다. 왜냐하면 메인 로비에는 로봇들이 순찰을 돌고 있었고, 그들은 건물에 들어오는 직원들에게 비용 계정에 대한 질문들을 하기 때문이었다. 포드 프리펙트의 비용 계정은 복잡하고 어려운 걸로 악명이 높아서, 로비의 로봇들은 대체로 그가 그 문제와 관련해 내놓고자 하는 논점들을 제대로 이해하지 못했다. 그래서 그는 다른 통로로 들어가는 걸 더 좋아했다.

그렇게 하면 결국 건물 안의 거의 모든 경보장치를 울리게 된다. 경리과에 있는 경보만 제외하고. 그래서 포드는 그쪽으로 가는 길 좋아했다.

그는 보관 캐비닛 뒤에 쭈그리고 앉아서 흡착식 고무 컵 모양으로 된 장난감 화살촉을 핥아 활에 장착했다.

삼십 초 정도 후 작은 멜론 정도 크기의 보안 로봇이 허리 높이 정도의 고도로 복도를 따라 날아와 좌우를 살피며 뭐 이상한 게 없는지 훑어봤다.

포드는 절묘한 타이밍으로 로봇이 지나가는 길을 가로질러 장난감 화살을 쐈다. 화살은 복도를 가로질러 날아가 반대쪽 벽에 붙어 흔들거렸다. 화살이 날아가자 로봇의 센서들은 즉각 그쪽에 고정되었고, 로봇은 화살을 따라 구십 도로 방향을 틀더니 그게 뭐며 어디로 가는 건지 살폈다.

이렇게 해서 포드는 귀중한 일 초를 얻었고, 그 사이 로봇은 그의 반대 방향을 바라봤다. 그는 날아가는 로봇의 머리 위로 타월을 던져서 녀석을 잡았다.

주렁주렁 매달린 갖가지 센서 돌기들 때문에 로봇은 타월 안에서는 제대로 작동을 할 수가 없었다. 로봇은 몸을 돌려 자기를 잡은 사람을 보지 못하고 단지 앞뒤로 움찔거릴 뿐이었다.

포드는 재빨리 로봇을 잡아당겨 땅바닥에 꼼짝달싹 못하게 고정시켰다. 로봇은 애처롭게 낑낑대기 시작했다. 신속하고 숙련된 동작으로 포드는 치수 삼 번 지렛대를 타월 아래로 집어넣어 로봇 상부에 위치한 작은 플라스틱 패널을 휙 열어 젖혔다. 거기엔 논리 회로가 들어 있었다.

논리는 멋진 것이지만, 발전 과정에서 밝혀졌듯이 몇 가지 결점이 있다.

논리적으로 사고하는 것들은 모두 적어도 자기만큼 논리적으로 사고하는 것에게 속아 넘어갈 수 있다. 완전히 논리적인 로봇을 속이는 가장 쉬운 방법은 똑같은 자극순차를 계속 줘서 환상 회로에 갇히게 만드는 것이다. 이는 수백만 년 전 MISPWOSO(the Maxi-Megalon Institute of Slowly and Painfully Working Out the Surprisingly Obvious : 깜짝 놀랄 만큼 뻔한 일을 천천히 애써서 해결하는 맥시메갈론 연구소)에서 행한 그 유명한 청어 샌드위치 실험에서 매우 잘 증명된 바 있다.

한 로봇이 자기가 청어 샌드위치를 좋아한다고 믿도록 프로그래밍된다. 이것이 사실 실험 과정 전체에서 가장 어려운 부분이다. 일단 로봇이 청어 샌드위치를 좋아한다고 믿도록 프로그래밍되고나면, 그 앞에 청어 샌드위치를 갖다 놓는다. 그러면 로봇은 생각한다. 아, 청어 샌드위치! 난 청어 샌드위치를 좋아하지.

그러고는 로봇은 그 위로 몸을 굽혀 청어 샌드위치 전용 삽으로 청어 샌드위치를 퍼 올리고 몸을 다시 바로 편다. 로봇에겐 안 된 일이지만, 로봇이 몸을 바로 펴는 동작을 취하면 청어 샌드위치는 곧바로 청어 샌드위치 전용 삽 뒤쪽으로 흘러 내려와 빠져서 로봇 앞의 바닥에 떨어지도록 만들어져 있다. 그러면 로봇은 홀로 생각한다. 아! 청어 샌드위치……기타 등등. 그러고는 같은 동작을 반복하고 또 반복하는 것이다. 청어 샌드위치가 이 젠장맞을 일에 진절머리를 내며 다른 식으로 시간을 때울 방법을 찾아 기어가 버리지 않는 유일한 이유는 청어 샌드위치란 건 그저 빵 조각 두 개 사이에 낀 죽은 물고기 조각에 불과하기 때문에 로봇보다는 지금 벌어지고 있는 상황에 좀 덜 민감하기 때문이다.

연구소의 과학자들은 그렇게 해서 인생의 모든 변화와 발전, 혁신의 배후에 숨어 있는 동력을 발견해냈다. 그것은 즉, 청어 샌드위치이다. 그들은 이런 취지의 논문을 발표했고, 그 논문은 있을 수 없이 멍청하다고 널리 비판받았다. 그들은 숫자들을 체크해보고는 자신들이 실제로 발견한 것은 '지루함', 혹은 지루함의 실제적인 역할이라는 것을 깨달았다. 흥분의 도가니에 빠진 그들은 계속해서 '민감함', '울적함', '내키지 않음', '불쾌함', 기타 등등의 감정들을 발견했다. 그 다음 획기적인 진전은 그들이 더 이상 청어 샌드위치를 사용하지 않았을 때 나타났다. 그러자 온갖 종류의 뒤엉킨 새로운 감정들이 갑자기 연구 대상으로 가능해졌다. '안도'라든지 '기쁨', '쾌활', '식욕', '만족', 그리고 가장 중요한 것은 '행복'을 향한 열망이었다.

이것이 가장 커다란 비약적 진전이었다.

장래 생길지도 모르는 모든 우발적인 상황에서 로봇의 행동을 통제하는 복잡한 컴퓨터 코드 한 뭉치가 매우 간단하게 대체될 수 있었다. 로봇이 필요로 하는 것은 단지 지루하거나 행복할 능력, 그리고 그런 상태를 가져오기 위해 만족시켜줄 필요가 있는 몇 안 되는 조건들뿐이었다. 그리고 나면 나머지는 스스로 알아서 할 것이었다.

포드가 타월로 낚아챈 로봇은 그 순간 행복하지 않았다. 그 로봇은 돌아다닐 수 있을 때 행복했다. 다른 물건들을 볼 수 있을 때 행복했다. 다른 물건들이 돌아다니는 것을 볼 수 있을 때 특히 행복했다. 특히 다른 물건들이 해서는 안 될 짓들을 하며 돌아다니는 것들을 볼 때 행복했다. 왜냐하면 그러면 굉장히 기쁜 마음으로 그들을 신고할 수 있기 때문이다.

포드가 곧 그 부분을 고칠 것이다.

그는 로봇 위로 쭈그리고 앉아 무릎 사이에 녀석을 단단히 붙들었다.

타월이 여전히 로봇의 모든 감각 장치들을 덮고 있었지만, 이제 녀석의 논리 회로는 노출되어 있었다. 로봇은 골이 나서 까탈을 부리며 윙윙댔지만, 안절부절못할 뿐이지 실제로 움직일 수는 없었다. 포드는 지레를 사용해 소켓에서 작은 칩 하나를 꺼냈다. 칩을 꺼내자마자, 로봇은 갑자기 조용해지더니 혼수상태에 빠져 가만히 앉아 있었다.

포드가 끄집어낸 칩은 로봇이 행복감을 느끼기 위해 행해야 할 모든 조건들에 대한 지시 사항들을 담은 것이었다. 그 로봇은 칩의 바로 왼쪽에 있는 한 지점에서 칩의 바로 오른편에 있는 다른 지점에 아주 미약한 전기가 도달할 때 행복감을 느끼게 되어 있었다. 칩은 전기가 거기 도달하는지 아닌지를 결정했다.

포드는 타월에 꿰어져 있는 짧은 전선 하나를 잡아당겨 꺼냈다. 그는 칩 소켓의 왼쪽 위에 있는 구멍 안에 전선 한쪽 끝을 집어넣고 다른 쪽 끝은 바닥 쪽에 있는 오른쪽 구멍에 넣었다.

그게 다였다. 이제 로봇은 무슨 일이 일어나든지 간에 행복할 것이다. 포드는 재빨리 일어나 타월을 털었다. 로봇은 황홀경에 빠져 공중으로 날아오르더니 꿈틀거리며 비틀비틀 날아갔다.

로봇이 몸을 돌리더니 포드를 봤다.

"프리펙트 씨, 선생님! 당신을 만나서 정말 기뻐요!"

"만나서 반가워, 친구." 포드가 말했다.

로봇은 재빨리 중앙 통제실로 돌아가더니 있을 수 있는 모든 세상들 중 최고의 세상인 이곳에선 지금 모든 일들이 최상의 상태에 있다고 보고했다. 경계경보들은 급속히 알아서 꺼졌고 삶은 정상으로 돌아갔다.

적어도, 거의 정상으로.

이 장소에는 뭔가 기묘한 것이 있었다.

조그마한 로봇은 전기적 즐거움으로 충만해 꼴꼴거리는 소리를 내고 있었다. 포드는 서둘러 복도를 따라 내려갔고, 녀석은 그의 뒤를 따라 까딱거리며 날아오면서 모든 것이 얼마나 즐거우며 이런 말을 그에게 할 수 있어서 자신이 얼마나 행복한지 떠들어댔다. 포드는 그냥 내버려뒀다.

하지만 포드는 행복하지 않았다.

그는 알지 못하는 사람들의 얼굴들을 지나쳐갔다. 그들은 자신과 같은 부류의 사람들이 아닌 것 같았다. 그들은 너무 말쑥하게 단장하고 있었다. 그들의 눈은 너무나 죽어 있었다. 저 멀리 자기가 아는 사람을 본 것 같아서 인사를 하려고 달려가 보면, 항상 뭔가 다른 사람이었다. 자신이 아는 그 누구보다도 훨씬 더 단정한 헤어스타일에 위압적이고 결단력 있는 모습의 사람이었다.

계단은 왼쪽으로 몇 인치 옮겨져 있었다. 천장은 약간 더 낮았다. 로비는 리모델링되어 있었다. 이 모든 일들이 약간 혼란스럽기는 하지만 그 자체로는 우려할 만한 일은 아니었다. 문제는 실내장식이었다. 과거의 실내장식은 눈에 거슬리게 번지르르하고 현란했다. 사치스러웠지만──왜냐하면 《안내서》가 문명화된, 그리고 문명화 이후 단계에 도달한 은하계 전역에서 너무나 잘 팔렸기 때문이다──사치스럽고 재미있었다. 멋진 게임 기구들이 복도에 죽 늘어서 있었다. 말도 안 되는 색깔로 칠해진 그랜드 피아노가 천장에 매달려 있었고, 비브 행성에서 온 사악한 바다 생물들이 나무들로 들어찬 화산 분화구의 웅덩이에서 머리를 쳐들었으며, 우스꽝스러운 셔츠를 입은 로봇 집사들은 복도를 돌아다니며 누구 손에다가 거품이 이는 음료수를 눌러 따라줄까 찾아다니고 있었다. 사람들은 개 줄을 맨 거대한 용과 횃대에 앉은 익룡을 애완용으로 기르곤 했다. 사람들은 재밌게 놀 줄 알았다. 혹시 모른다 하더라도 그걸 바로 잡아줄 코스들이 있어서 등록만 하면 됐다.

지금은 그런 게 하나도 없었다.

누군가가 이 건물 전체에다가 뭔가 사악한 취향 수정 작업을 하고 있었다.

포드는 좁다란 구석 안으로 휙 몸을 돌려 들어가 손바닥을 오목하게 모으고는 날아오는 로봇을 구석으로 휙 낚아챘다. 그는 쪼그리고 앉아서 흥분해서 정신없이 지껄여대는 로봇을 물끄러미 바라봤다.

"여기서 무슨 일이 벌어지고 있는 거야?" 그가 물었다.

"아, 그냥 최고로 멋진 일들이에요, 선생님. 가능한 한 최고로 멋진 일들이요. 제가 무릎에 앉아도 될까요?"

"안 돼." 포드가 로봇을 치우며 말했다. 로봇은 이런 식으로 퇴짜 맞은 게 어찌나 기뻤던지 까닥거리며 정신없이 지껄여대다 기절 일보 직전까지 갔다. 포드는 다시 로봇을 붙잡고 자기 얼굴에서 일 피트 떨어진 지점의 공중에 단단히 고정시켰다. 로봇은 제자리에 가만히 있으려 노력했지만, 약간은 몸을 떨지 않을 수 없었다.

"뭔가 변했어, 안 그래?" 포드가 소리 낮춰 쉬쉬거렸다.

"아, 그래요." 조그만 로봇이 끽끽거리며 말했다. "믿을 수 없을 정도로 최고로 멋진 방향으로 말이에요. 전 정말 너무 기분이 좋답니다."

"어, 그럼 전에는 어땠는데?"

"몹시 즐거웠죠."

"하지만 넌 바뀐 걸 좋아하잖아." 포드가 대답을 요구했다.

"전 모든 게 다 좋아요." 로봇이 끙끙댔다. "특히 선생님이 저한테 그렇게 소리 지르실 때요. 한 번만 더 해주시겠어요, 제발요."

"아, 됐어, 됐다고!"

포드는 한숨을 내쉬었다.

"좋아요, 좋아." 로봇이 숨을 몰아쉬었다. "《안내서》가 넘어갔어요. 새 경영진이 들어왔다고요. 모두 너무나 멋져서 전 정말 녹아버릴 것 같아요. 옛날 경영진도 물론 멋졌죠. 하지만 그때도 그렇게 생각했는지는 잘 모르겠네요."

"그건 네 머리 속에 전선이 들어가 박히기 전이었지."

"맞아요. 정말 멋들어지게 옳으신 말씀이세요. 정말 멋들어지게, 거품이 일도록, 거품이 부글거리도록, 폭발적으로 옳으신 말씀이세요. 진짜 황홀경에 빠질 정도로 정확한 관찰이세요."

"무슨 일이 있었던 거야?" 포드가 끈덕지게 물었다. "그 새 경영진이 누군데? 언제 그 사람들이 여기를 인수한 거야? 난……아, 신경 끄라고." 조그마한 로봇이 기쁨에 못 이겨 재잘거리면서 그의 무릎에 몸을 비벼대기 시작하자 그는 덧붙였다. "내가 직접 가서 알아보지."

* * *

포드는 책임편집자의 사무실 문에 몸을 던졌다. 문이 산산조각나면서 떨어져 나가자 그는 몸을 공 모양으로 단단히 말고 재빨리 바닥을 가로질러 은하계에서 가장 독하고 비싼 술들을 가득 실은 작은 수레가 늘 놓여 있는 장소로 굴러갔다. 그러고는 수레를 잡고 그걸 방패 삼아 밀어 굴리며 휑하게 노출된 사무실 바닥을 가로질러 값비싸면서도 무지하게 조잡한 레다와 문어의 조상(彫像)이 서 있는 자리로 가서 그 뒤에 숨었다. 그러는 사이, 가슴 높이로 날아 들어오고 있던 조그마한 보안 로봇은 자기 파괴적인 기쁨으로 가득 차서 날아오는 포화를 포드에게서 유인해내고 있었다.

적어도 계획은 그러했다. 그리고 그건 필요한 일이기도 했다. 현재 책임편집자인 스타기아-질-도고는 위험스러우리만치 불안정한 사람으로, 교정을 마친 따끈따끈한 새 원고도 없이 사무실에 들어오는 기고자는 죽여버려야 한다는 견해를 갖고 있었다. 그는 레이저 유도장치가 달린 총들을 죽 배치해놓고 있었는데, 이 총들은 문틀에 설치된 특수 스캔 장치와 연결되어 있어서 자신이 왜 원고를 안 가지고 왔는지 번지르르한 변명만 늘어놓을 사람은 모조리 제지할 수 있었다.

불행하게도 술 수레가 거기 없었다.

포드는 필사적으로 옆으로 몸을 던져 레다와 문어 조상을 향해 공중제비를 넘었지만, 그것 역시 거기 없었다. 그는 뭐라 할 수 없는 공황 상태에 빠져 방 안을 구르고 질주하다 발이 걸려 넘어지고 다시 맹렬히 달리다 창문에 부딪쳤지만 그 창문은 운 좋게도 로켓 공격도 막아낼 정도로 튼튼한 방탄유리라 다시 튕겨 나와 멍이 든 상태로 숨을 헐떡거리면서 말쑥한 회색 가죽 소파 뒤에 떨어졌다. 그 가죽 소파는 전에는 없던 거였다.

몇 초 뒤에 그는 소파 위로 천천히 얼굴을 내밀고 빠끔히 내다봤다. 사무실에는 술 수레도 레다와 문어 조상도 없었을 뿐만 아니라, 놀랍게도 포격도 없었다. 그는 눈살을 찌푸렸다. 이건 뭔가 완전히 잘못됐다.

"프리펙트 씨, 맞죠?" 어떤 목소리가 말했다.

목소리는 도기와 티크나무를 붙여서 만든 커다란 책상 뒤에 앉은 온화한 얼굴의 사내에게서 나온 것이었다. 스타기아-질-도고가 굉장한 사람이긴 했지만, 누구도 어떤 이유에서건 그에게 온화한 얼굴을 가졌다고 말하지는 않을 것이다. 이 사람은 스타기아-질-도고가 아니었다.

"당신이 들어오는 모양새에서 짐작하건데, 당신은 현재 어, 《안내서》의 새 자료를 갖고 있지 않은 것 같군요." 온화한 얼굴의 그 사람이 말했다. 그는 팔꿈치를 책상에 괴고 손끝을 맞대고 앉아 있었는데, 그 자세는 어떤 이유에서인지는 알 수 없지만 마치 중죄라고는 한 번도 짓지 않은 사람의 분위기를 풍겼다.

"좀 바빴거든요." 포드가 좀 기어들어가는 목소리로 말했다. 그는 옷을 툭툭 털면서 휘청휘청 일어섰다. 그리고 생각했다. 왜 내가 기어들어가는 목소리로 말해야 하지? 그는 이 상황을 파악해야 했다. 그는 도대체 이 사람이 누군지 알아내야만 했다. 그러다가 갑자기 그는 방법을 생각해냈다.

"당신은 도대체 누구요?" 그가 질문했다.

"저는 새로 온 당신의 책임편집잡니다. 그러니까, 당신이 계속 이 일을 하기로 결정하신다면 말이죠. 제 이름은 밴 할입니다." 그는 손을 내밀지 않았다. 단지 이 말을 덧붙였다. "저 보안 로봇에게 무슨 짓을 하신 겁니까?"

그 조그만 로봇은 천장 둘레를 아주, 아주 천천히 빙빙 돌면서 홀로 나직이 끙끙대고 있었다.

"녀석을 매우 행복하게 만들어줬죠." 포드가 딱딱거리며 말했다. "일종의 제 임무죠. 스타기아는 어디 있습니까? 더 핵심을 말하자면, 그의 술 수레는 어디 있죠?"

"질-도고 씨는 더 이상 이 조직에서 일하지 않습니다. 그의 술 수레는, 제 생각에는, 이 일로 그를 위로하고 있을 것 같군요."

"조직?" 포드가 소리 질렀다. "조직이라고요? 이런 모양새에 그게 무슨 그런 말도 안 되는 소리랍니까!"

"정확하게 동감하는 바입니다. 구조는 미비하고, 자원은 넘치고, 관리는 허술하며, 음주는 지나치죠. 그리고 바로." 할이 말했다. "편집자가 딱 그 표상이었죠."

"농담은 제가 하죠." 포드가 으르렁댔다.

"아뇨." 할이 말했다. "당신은 레스토랑 칼럼을 맡을 겁니다." 그는 앞의 책상 위에 플라스틱 조각 하나를 던졌다. 포드는 가서 그걸 집어 들지 않았다.

"당신은, 뭐라고요?" 포드가 말했다.

"아뇨, 전 할입니다. 당신은 프리펙트고요. 당신은 레스토랑 칼럼을 맡을 겁니다. 전 편집자고요. 전 여기 앉아서 당신에게 레스토랑 칼럼을 하라고 말합니다. 이해됩니까?"

"레스토랑 칼럼이라고요?" 포드가 말했다. 너무나 어리둥절한 나머지 아직 진짜로 화가 나지도 않았다.

"앉으세요, 프리펙트." 할이 말했다. 그는 회전의자에 앉아 한 바퀴 휙 돌더니 일어서서 이십삼 층 아래에서 카니발을 즐기고 있는, 작은 점처럼 보이는 인간들을 물끄러미 내다봤다.

"이 사업을 제 궤도에 올릴 때입니다, 프리펙트." 그가 딱딱거리며 말했다. "인피니딤 엔터프라이즈 소속의 우리들은……."

"어디의 우리라고요?"

"인피니딤 엔터프라이즈. 우리가 《안내서》를 인수했죠."

"인피니딤?"

"그 이름을 짓느라 수백만을 썼어요, 프리펙트. 그 이름을 좋아하든지, 아니면 짐을 싸세요."

포드는 어깨를 으쓱했다. 쌀 짐도 없었다.

"은하계는 변하고 있어요." 할이 말했다. "우리도 함께 변해야 합니다. 시장을 따라가야 해요. 시장은 상승세에 있다고요. 새로운 열망, 새로운 기술. 미래는……."

"나한테 미래 이야기는 하지 마십쇼." 포드가 말했다. "미래를 온통 헤집고 다녀봤으니까. 내 인생의 반을 거기서 보냈죠. 거기도 다른 곳과 마찬가지에요. 다른 때와도. 뭐든지 간에요. 차가 더 빠르고 공기가 더 지저분하다 뿐이지 다 똑같다고요."

"그건 하나의 미래죠." 할이 말했다. "당신이 그걸 받아들이면, 그건 당신의 미래에요. 당신은 다차원적으로 사고하는 법을 배워야 해요. 이 순간으로부터 모든 방향으로 헤아릴 수 없이 많은 미래들이 뻗어나가고 있다고요. 또 지금 이 순간에서부터, 그리고 또 지금 이 순간에서부터. 수십억 개의 미래들이, 매 순간마다 두 갈래로 갈라지는 겁니다! 가능한 모든 전자들의 가능한 모든 위치가 급속히 증대하면서 수십억 개의 가능성으로 변하는 거죠! 수십억 개, 그리고 또 수십억 개의 반짝거리며 빛나는 미래들! 그게 무슨 뜻인지 아십니까?"

"당신 턱에 침이 흐르는데."

"수십억 개, 그리고 또 수십억 개의 시장들입니다!"

"그렇군요." 포드가 말했다. "그래서 수십억 개에, 또 수십억 개의 《안내서》를 팔고요."

"아뇨." 할이 말했다. 그는 손수건을 찾아 뒤적였지만 찾지 못했다. "실례합니다만." 그가 말했다. "이런 말을 하니 너무 흥분이 되는군요." 포드가 그에게 타월을 건넸다.

"우리가 수십억 개에, 또 수십억 개의 《안내서》를 팔지 않는 이유는." 할은 입을 닦고 이야기를 계속했다. "비용 때문입니다. 우리가 할 일은 《안내서》한 권을 수십억 번 팔고 또 파는 겁니다. 제작비를 삭감하기 위해 우주의 다차원적 속성을 이용하는 거죠. 그리고 땡전 한 푼 없는 히치하이커들에게는 안 팔 겁니다. 얼마나 멍청한 생각입니까! 하고 많은 시장 중에 하필이면 돈이라곤 없는 시장 하나를 찾아서 물건을 팔려고 하다니 말입니다. 단어 정의만 봐도 척 짐작이 가잖아요. 아닙니다. 우린 수십억 개의, 또 수십억 개의 미래들로 가서 부유한 사업가들과 휴가를 즐기는 그 아내들에게 책을 팔 겁니다. 이건 시공간 확률의 무한 다차원 전체에서 가장 급진적이고 역동적이며 공격적인 모험적 사업이라고요."

"그리고 당신은 제가 레스토랑 평론가가 되기를 원하는 거고요." 포드가 말했다.

"우리는 당신이 입력한 것들을 높이 평가할 겁니다."

"죽여!" 포드가 소리쳤다. 그는 타월에 대고 소리쳤다.

타월이 할의 손에서 튀쳐나왔다.

그것은 타월에게 무슨 자체적인 동력이 있어서가 아니라, 그럴지도 모른다는 생각 때문에 할이 지레 너무나 놀랐기 때문이었다. 그 다음으로 그를 대경실색케 한 것은 주먹을 내밀고 책상을 가로질러 그에게 질주해 오고 있는 포드 프리펙트의 모습이었다. 사실 포드는 그저 신용 카드를 가지러 돌진하고 있었을 뿐이었다. 하지만 할이 자리를 차지하고 있는 조직 같은 곳에서 할이 가진 직책 정도를 가지고 있자면 삶에 대해 건전하게 과대망상적인 견해를 가지지 않을 수 없게 된다. 그는 분별 있는 경계 조치를 취하며 몸을 뒤로 던졌다가 머리를 방탄유리에 심하게 부딪히더니, 걱정스러우면서도 굉장히 개인적인 꿈의 세계로 빠져 들어갔다.

포드는 모든 것들이 너무도 일사천리로 사라져버린 데 대해 깜짝 놀라며 책상에 누워 있었다. 그는 자기가 지금 들고 있는 플라스틱 조각을 재빨리 바라봤다. 그것은 이미 자기 이름이 새겨져 있는 다인-오-차지 신용 카드(회사에 청구하고 마음껏 식사를 할 수 있는 카드—옮긴이주)였는데, 유효기간은 앞으로 이 년이었고 포드가 이제껏 살아오면서 본 것 중 아마도 가장 흥분되는 물건이었다. 그는 할을 보려고 책상 너머로 기어갔다.

그는 꽤 편안하게 숨을 쉬고 있었다. 지갑의 무게가 가슴을 누르지 않는다면 숨쉬기가 더 편안해질지도 모른다는 생각이 문득 포드에게 들었다. 그래서 그는 할의 안주머니에서 지갑을 살짝 꺼내 슬쩍 속을 뒤져봤다. 꽤 많은 양의 현금, 신용 토큰들, 울트라골프 클럽 회원증, 다른 클럽의 회원증들, 누군가의 아내와 가족사진——아마 할의 가족일지도 모르지만, 요즈음에는 이런 걸 확신하기 힘들다. 바쁜 중역들은 풀타임 아내와 가족에게 바칠 시간이 없을 경우가 많기 때문에 그냥 주말용으로 빌리는 것이다.

하!

그는 자기가 지금 방금 발견한 것을 믿을 수가 없었다.

그는 영수증 꾸러미 사이에 얌전히 들어 있는, 머리가 돌아버릴 정도로 흥미진진한 플라스틱 조각을 지갑에서 천천히 꺼냈다.

그것은 겉보기에는 머리가 돌아버릴 정도로 흥미진진해 보이지 않았다. 사실 모양새는 오히려 따분했다. 그것은 신용 카드와 반투명 카드보다는 약간 더 작고 더 두꺼웠다. 빛에 대고 비춰보면 홀로그램으로 암호화된 정보와 이미지들이 가상 입체감으로 인해 표면 몇 인치 아래 묻혀 있는 게 보였다.

그것은 아이덴트-아이-이즈(신분증—옮긴이주)였다. 할이 이걸 지갑 속에 뒀다는 건 진짜 말도 안 되고 어리석은 짓이었다. 물론 전적으로 이해할 수는 있다. 요즈음은 자신의 신분을 절대적으로 증명할 것을 요구받는 방식이 어찌나 다양해졌는지, 그 일만으로도 인생은 금방 극도로 피곤해져 버릴 수 있다. 인식론적으로 애매모호한 물리적 우주 속에서 일관성 있는 의식체로 기능하려고 노력하는 것 같은, 더 심오한 존재론적 문제는 차치하고서라도 말이다. 현금 인출기를 한번 예로 들어보자. 사람들은 줄지어 서서 지문을 인식하고, 망막을 스캔하고, 목덜미에서 피부조각을 벗겨내서 즉석(혹은 거의 즉석——지루한 현실에서는 6~7초 정도가 족히 걸리니까) 유전자 분석을 기다린다. 그러고는 그런 사람이 있었는지 기억도 안 나는 가족이나 선호하는 식탁보 색깔에 대한 등록 정보에 관한 교묘한 질문들에 대답해야 한다. 그런 일을 그저 주말에 쓸 현금 좀 빼내자고 해야 하는 것이다. 제트카를 사려고 공채를 발행하려고 한다거나, 미사일 조약에 사인을 하거나, 레스토랑 청구서를 몽땅 계산하려고 한다면, 상황은 정말로 무진장 힘들어질 수 있다.

그래서 나온 것이 아이덴트-아이-이즈다. 이 카드는 당신과 당신의 몸, 당신 인생에 관한 모든 정보를 한 개의 다목적 기계 판독 가능 카드에 암호화해서 집어넣어 지갑 속에 넣어 다닐 수 있게 해준다. 따라서 이것은 기술 자체와 평범한 상식에 대한 기술의 역대 최고의 승리를 상징했다.

포드는 카드를 주머니에 챙겨 넣었다. 놀라운 생각이 문득 그에게 떠올랐다. 그는 할이 얼마 동안 의식을 잃은 상태로 있을지 궁금했다.

"이봐!" 그는 저 위 천장에서 아직도 행복에 젖어 주절대고 있는 멜론 크기의 로봇에게 소리쳤다. "계속 행복하게 지내고 싶지?"

로봇은 콜록거리며 그렇다고 했다.

"그럼 내 옆에 붙어서 내가 하라는 대로 해."

로봇은 자기는 여기 천장에서 매우 행복하며 감사하다고 대답했다. 로봇은 훌륭한 천장이 얼마나 감질나게 기분 좋은 느낌을 주는지 이전에는 전혀 깨닫지 못했다. 로봇은 천장의 느낌을 자세히 탐구해보고 싶었다.

"거기 있으라고." 포드가 말했다. "그럼 곧 다시 잡혀서 조건부 칩을 교체당하게 될 테니까. 계속 행복하게 지내고 싶으면 지금 오고."

로봇은 진심에서 우러나오는 긴 한숨을 내쉬고는 마지못해 천장에서 내려왔다.

"들어봐." 포드가 말했다. "나머지 보안 시스템을 잠시 동안 행복하게 해줄 수 있겠어?"

"진정한 행복의 기쁨 중 하나는." 로봇이 떨리는 목소리로 말했다. "함께 나누는 거죠. 전 가득 차고 부글부글 끓어오르고 넘칠 지경이랍니다. 그건 바로……."

"좋아." 포드가 말했다. "보안 네트워크에 행복을 그저 조금만 퍼뜨려 주라고. 아무 정보도 주지 말고. 그냥 기분 좋게 해줘서 아무것도 묻고 싶지 않게만 하라고."

그는 타월을 집어 들고 활기차게 문을 향해 걸어갔다. 최근엔 사는 것이 좀 지루했었다. 하지만 이젠 모든 게 극도로 재미있어질 거란 신호가 사방에서 보이기 시작하고 있었다.

7

아서 덴트는 살면서 지옥 같은 곳에 가본 적이 있었다. 하지만 이런 문구가 적힌 우주 정거장에 가본 적은 한 번도 없었다. "절망 속에서 여행하는 것이 여기 도착하는 것보다 낫습니다." 방문객을 환영하기 위한 도착 승강장에는 미소 짓고 있는 나우왓NowWhat 대통령의 사진이 걸려 있었다. 그 사진은 사람들이 찾을 수 있는 그의 유일한 사진이었고, 그가 권총 자살을 한 직후에 찍은 사진이었다. 그렇기 때문에 가능한 한 손을 많이 봤음에도 불구하고, 그의 미소는 다소 으스스했다. 그의 머리 한 쪽은 크레용으로 그려져 있었다. 대통령을 대신할 후임을 찾지 못했기 때문에, 사진의 대체물도 찾지 못했다. 그 행성의 모든 사람들에게는 오로지 한 가지 야망이 있었는데, 그건 이 행성을 떠나는 것이었다.

아서는 마을 외곽에 있는 작은 모텔에 체크인하고, 눅눅한 침대에 앉아 그에 못지않게 눅눅한 작은 안내 책자를 이리저리 뒤적여보고 있었다. 안내 책자에 따르면, 나우왓 행성은 아직 아무도 발을 딛지 않은 은하계의 마지막 변방에 도달하기 위해 몇 광년 동안이나 고생스러운 여행을 한 끝에 이곳에 최초로 정착한 사람들이 처음으로 한 말을 따서 이름이 지어졌다(now what은 '자, 이제 뭘 하지' 라는 뜻이다—옮긴이주). 가장 큰 마을의 이름은 오웰OhWell(Oh, well은 '오, 이거 원' 정도의 의미로 실망, 낭패의 감정을 전달한다―옮긴이주)이었다. 그 외에는 이렇다 할 마을도 없었다. 나우왓 정착은 성공적이지 않았고, 나우왓에서 실제로 살고 싶어 하는 사람들은 같이 어울리고 싶은 부류의 사람들이 아니었다.

안내 책자에는 무역에 관한 언급도 있었다. 여기서 이루어지고 있는 주된 거래 품목은 나우왓 늪 돼지 가죽이었는데, 그것 역시 별로 성공적이지 않았다. 제정신을 가진 사람이라면 나우왓 늪 돼지 가죽을 사고 싶어 할 리가 없기 때문이다. 무역은 겨우 명목만 유지하고 있을 뿐이었다. 그나마 은하계에는 제정신이 아닌 사람들이 항상 꽤 있으니까. 우주선의 조그마한 선실 안에서 다른 승객들을 둘러볼 때, 아서의 기분은 꽤나 불편했다.

안내 책자는 행성의 역사도 약간 설명하고 있었다. 그걸 누가 썼는지는 모르겠지만, 저자는 처음에는 이 행성이 사실은 항상 춥고 축축한 것은 아니라는 사실을 강조하며 이곳에 대한 열의를 좀 북돋워보고자 애쓰고 있었다. 하지만 여기에 덧붙일 만한 긍정적인 요소들을 더 이상 찾을 수 없자, 그 어조는 급속히 신랄한 아이러니로 변질되어갔다.

안내 책자에는 정착 초기의 상황이 적혀 있었다. 나우왓에서 추구하는 주된 활동은 나우왓 늪 돼지를 잡아서 가죽을 벗기고 먹는 것이었다. 늪 돼지는 나우왓에 현존하는 유일한 동물이었다. 다른 동물들은 절망으로 인해 죽어버린 지 이미 오래였다. 늪 돼지는 작고 사악한 동물이었다. 그들은 아주 근소한 차이로 완전히 못 먹을 지경에서 벗어났는데, 그것은 이 행성에서 생명이 존속할 수 있게 된 그 근소한 차이와 같았다. 그렇다면 나우왓에서의 삶을 살 만하게 만들어준 보상은 무엇이었을까? 아무리 작은 거라도 말이다. 글쎄, 아무것도 없었다. 하나도 없었다. 심지어 늪 돼지 가죽으로 보호용 옷을 만드는 것조차 실망과 허망함으로 점철된 일이었다. 그 가죽은 설명할 수 없을 정도로 얇고 물이 줄줄 샜다. 이는 정착민들 사이에서 수많은 혼란스러운 추측들을 불러일으켰다. 늪 돼지가 따뜻하게 사는 비결은 뭘까? 늪 돼지들이 사용하는 언어를 배운 사람이 있었다면, 거기에는 어떤 속임수도 없다는 것을 알게 됐을 것이다. 늪 돼지들은 그 행성의 다른 모든 것들과 마찬가지로 차갑고 축축했던 것이다. 하지만 늪 돼지의 언어를 배우고 싶은 마음을 조금이라도 가진 사람은 전혀 없었다. 이유는 간단했다. 이 생물들은 서로의 넓적다리를 세게 물어뜯어서 의사소통을 했기 때문이다. 나우왓에서의 삶이 워낙 변변찮았으니, 늪 돼지들이 해야 할 말들은 이런 방법으로도 충분히 쉽게 전달될 수 있었다.

아서는 안내 책자를 휙휙 넘기다가 마침내 찾던 것을 발견했다. 뒷부분에 행성의 지도가 몇 개 있었다. 누구에게도 별로 흥밋거리가 되지 않을 것 같았기 때문에 그 지도들은 되는 대로 대충 만든 것이었다. 하지만 그가 알고 싶은 것은 들어 있었다.

처음에 그는 그 모양을 알아보지 못했는데, 왜냐하면 지도가 그가 예상하던 것과 반대쪽이 위로 향하고 있었고, 따라서 아주 생소하게 보였기 때문이다. 물론 위와 아래, 북쪽과 남쪽은 전적으로 자의적인 표시에 불과하다. 하지만 우리는 익숙한 방식으로 사물을 보는 데 익숙해져 있고, 그래서 아서가 지도를 이해하기 위해서는 그걸 거꾸로 놓고 볼 수밖에 없었다.

그 페이지의 왼쪽 윗부분에 거대한 대륙이 하나 있었는데, 그 땅덩어리는 허리가 점점 좁아지며 내려오다가 다시 부풀어 올라 커다란 쉼표 모양을 하고 있었다. 오른쪽에는 눈에 익은 모양으로 뒤죽박죽 모인 커다란 모양들의 집합체가 있었다. 외곽선은 완전히 똑같지는 않았다. 아서는 이게 지도가 엉성해서인지 아니면 해수면이 더 높아서인지, 아니면 음, 그냥 여기서는 상황이 다르기 때문인지 알 수가 없었다. 하지만 그 증거는 반박의 여지가 없었다.

이것은 분명히 지구였다.

혹은 차라리, 그것은 분명히 아니었다.

그것은 단지 지구와 굉장히 비슷하게 생겼고 시공간에서 똑같은 좌표를 차지하고 있을 뿐이었다. 그것이 확률상 어떤 좌표를 차지하고 있는지는 아무도 모르는 일이다.

그는 한숨을 쉬었다.

이게 그가 올 수 있는 한 가장 고향에 가까이 온 상태라는 걸 그는 깨달았다. 즉 그가 할 수 있는 한 고향에서 가장 멀리 왔다는 뜻이다. 그는 침울하게 안내 책자를 탁 접고는 도대체 이젠 뭘 할 것인지 생각했다.

방금 떠오른 생각에 그는 허탈한 웃음을 터뜨렸다. 그는 오래된 시계를 쳐다보고는 시계를 감기 위해 약간 흔들었다. 그의 시간 계산에 따르면, 여기까지 오기 위해 그는 일 년 동안 고생스러운 여행을 했다. 펜처치를 완전히 사라지게 해버린 초공간에서의 사고 이후로 일 년이었다. 한순간 그녀는 슬럼프 Z에서 그의 옆자리에 앉아 있었다. 다음 순간 우주선은 더할 나위 없이 정상적인 초공간 비행을 했고, 다음에 그가 봤을 때 그녀는 거기 없었다. 좌석에 온기조차 없었다. 심지어 그녀의 이름조차 승객 명단에 없었다.

그가 불만을 토로했을 때, 우주 항공사는 그를 단단히 경계하고 있었다. 우주 여행을 하다보면 온갖 곤란한 일들이 일어나고, 그 중 많은 일들이 변호사들에게 큰 수입이 된다. 하지만 그와 펜처치가 은하계의 어느 영역에서 왔냐고 그들이 물었을 때, 그가 ZZ9 구역 플루럴 Z 알파라고 대답하자, 그들은 완전히 긴장을 풀었다. 아서는 그 태도가 마음에 드는지 안 드는지조차 가늠할 수 없었다. 심지어 그들은 약간 웃기까지 했다. 물론 공감의 웃음이었지만. 그들은 티켓 약관의 조항 하나를 가리켰다. 거기에는 수명이 플루럴 구역에서 시작된 존재가 초공간 여행을 하는 것은 권장되지 않으며, 초공간 여행을 하는 경우 위험 부담은 본인이 책임진다고 적혀 있었다. 그걸 모르는 사람은 없다고 그들은 말했다. 그들은 소리 죽여 약간 킥킥대더니 머리를 설레설레 흔들었다.

아서는 사무실에서 나오면서 자신이 약간 떨고 있다는 것을 느꼈다. 그는 펜처치를 세상에서 가장 완전하면서도 절대적인 방법으로 잃어버렸을 뿐만 아니라, 은하계에 나와서 시간을 보내면 보낼수록 자신이 전혀 모르는 일들의 숫자가 사실은 점점 더 늘어나고 있는 것 같다는 느낌이 들었다.

그가 잠시 이런 상념에 빠져 멍하니 앉아 있을 때, 누군가가 그의 모텔 방문을 두드렸고, 뒤이어 곧 문이 열렸다. 뚱뚱하고 흐트러진 머리를 한 남자가 아서의 조그만 가방 한 개를 들고 들어왔다.

그가 "어디다 놓을⋯⋯"까지 말했을 때, 갑작스럽게 격렬한 소동이 일어났고 그는 육중한 몸을 문에 부딪치며 쓰러졌다. 축축한 어둠 속에서 한 짐승이 으르렁대며 뛰쳐나오더니 그가 입고 있는 두꺼운 가죽 누비옷까지 뚫고 그의 허벅지에 이빨을 박아댔고, 그는 그 조그맣고 지저분한 짐승을 떼어내려고 사투를 벌였다. 악다구니와 격투가 잠시 동안 추하게 뒤엉켰다. 그 남자는 미친 듯이 소리치며 손가락으로 무엇인가를 가리켰다. 아서는 틀림없이 이런 용도로 문 옆에 세워둔 게 명백한 묵직한 막대기를 잡고 늪 돼지를 후려쳤다.

늪 돼지는 갑자기 몸을 떼더니 멍하고 쓸쓸한 표정으로 절뚝거리며 뒷걸음쳤다. 녀석은 꼬리를 뒷다리 사이에 감추고 불안하게 방구석으로 가더니, 머리를 괴상하게 한쪽으로 반복해서 홱홱 틀며 겁에 질린 얼굴로 아서를 올려다봤다. 턱이 빠진 것 같았다. 녀석은 약간 우는 소리를 내며 축축한 꼬리로 방바닥을 쓸었다. 문간에는 아서의 가방을 든 뚱뚱한 남자가 주저앉아 허벅지에서 흘러나오는 피를 지혈하려고 애쓰면서 욕을 해대고 있었다. 그의 옷은 이미 비에 흠뻑 젖어 있었다.

아서는 뭘 해야 할지 몰라 늪 돼지를 물끄러미 바라봤다. 늪 돼지는 질문이라도 하는 듯이 그를 바라봤다. 녀석은 애처롭게 나지막이 낑낑대며 그에게 다가오려고 했다. 녀석은 고통스러워하며 턱을 움직였다. 그러다가 녀석이 갑자기 아서의 허벅지를 향해 달려들었지만, 탈구된 턱이 너무 약해 덥석 물지도 못하고 구슬프게 낑낑대며 바닥에 쓰러졌다. 뚱뚱한 남자가 벌떡 일어나서 막대기를 잡더니 늪 돼지의 머리통을 사정없이 내리쳐 얇은 카펫 위에 끈적끈적한 곤죽을 만들어놓았다. 그러고는 그 짐승 녀석에게 한 번만 더 움직여보라는 듯이 가쁜 숨을 몰아쉬며 서 있었다.

으깨진 머리 사이로 늪 돼지의 눈알 하나가 아서를 원망하는 듯이 바라보고 있었다.

"저게 뭐라고 하는 것 같아요?" 아서가 조그마한 목소리로 물었다.

"아, 별 거 아니에요." 남자가 말했다. "자기 딴에는 친해보자고 그러는 겁니다. 이건 그 우정을 돌려주는 방식일 뿐이고요." 그가 막대기를 거머쥐며 덧붙였다.

"다음에 출발하는 우주선은 언제 있죠?" 아서가 물었다.

"방금 도착하셨다고 생각했는데요." 남자가 말했다.

"맞아요." 아서가 말했다. "그냥 잠깐 방문할 예정이었어요. 그냥 여기가 맞는지 아닌지 보고 싶었거든요. 미안합니다."

"그러니까, 여기 잘못 오신 거란 말입니까?" 남자가 구슬프게 말했다. "얼마나 많은 사람들이 그런 말을 하는지, 참 우습군요. 특히 여기 사는 사람들이요." 그는 늪 돼지의 시체를 유구하고 깊은 원한을 담은 눈길로 바라봤다.

"아, 아니에요." 아서가 말했다. "이 행성이 맞아요. 그럼요." 그는 침대에 놓인 눅눅한 안내 책자를 들어 주머니에 넣었다. "괜찮아요, 고맙습니다. 제가 들죠." 그는 남자에게서 가방을 받아들며 말했다. 그러고는 문으로 가서 춥고 축축한 어둠 속을 바라봤다.

"예, 여기가 맞아요, 그럼요." 그는 다시 말했다. "행성은 맞는데, 우주가 틀렸죠."

　그가 다시 우주 정거장으로 출발할 때, 새 한 마리가 머리 위를 선회하며 날아갔다.

8

 포드에게는 자신만의 윤리 규칙이 있었다. 뭐 대단한 건 아니었지만, 그건 자신의 것이었고 대체로 그는 거기에 따라 행동했다. 그가 만든 규칙 중 하나는 절대로 자기 술은 자기가 사지 않는다는 거였다. 그게 윤리에 포함되는 건지는 포드도 잘 몰랐지만, 사람이란 자기한테 있는 걸 가지고 살아야 하는 법이다. 또한 어떠한 형태이건 간에, 그는 거위를 제외한 모든 동물에 대한 잔혹 행위에 완강히, 절대적으로 반대했다. 게다가 그는 절대로 자기 상관의 물건은 훔치지 않을 것이다.

 뭐, 딱히 **훔치지는** 않았다.

 비용 청구서를 내밀 때 담당 회계 감독이 호흡 항진증을 일으키면서 출입구 전면 봉쇄 경계경보를 울리지 않으면, 포드는 자신이 일을 제대로 하지 않은 것 같은 느낌이 들었다. 하지만 실제로 **훔치**는 것은 다른 문제였다. 그것은 먹이를 주는 손을 무는 것과 같았다. 손을 세차게 **빤다**든가, 심지어 일종의 애정 어린 방법으로 잘근잘근 씹어대는 것도 괜찮았다. 하지만 실제로 물지는 않았다. 그 손이 《안내서》일 때는 아니었다. 《안내서》는 신성하고 특별한 존재였다.

 하지만 그것도 이제 바뀌겠지. 포드는 몸을 피해 이리저리 꼬인 경로로 건물을 내려오며 생각했다. 그건 다 제 탓이야. 이 꼴을 보라고. 줄지어 늘어선 단정한 회색 사무실 칸막이와 중역용 사무실들. 모든 공간은 전자 네트워크를 타고 윙윙대며 날아다니는 메모와 회의 시간으로 황량하게 채워져 있었다. 맙소사, 바깥의 길거리에서는 사람들이 워켓 사냥 놀이를 하고 있었지만, 여기 《안내서》 사무실의 심장부에서는 분별없이 복도에서 공을 차대거나 부적절한 색깔의 수영복을 입고 있는 사람조차 없었다.

"인피니딤 엔터프라이즈." 포드는 이 복도, 저 복도를 따라 성큼성큼 내려오면서 혼자 으르렁댔다. 질문조차 하지 않고 문들이 차례차례 마술처럼 활짝 열렸다. 엘리베이터들은 자신들이 가서는 안 될 장소에 기꺼이 그를 데려다줬다. 포드는 가능한 한 가장 복잡하고 꼬인 길을 택해 가려고 애쓰면서 대체로 건물의 아래쪽으로 내려가고 있었다. 그의 행복한 작은 로봇은 가다가 마주치는 보안 회로들마다 순종적인 기쁨의 파장을 뿌리며 모든 일을 알아서 처리했다.

포드는 로봇에게 이름이 필요하겠다고 생각하고 애틋한 추억이 있는 소녀의 이름을 따서 그것을 에밀리 사운더스라고 부르기로 했다. 다음 순간, 그는 에밀리 사운더스라는 이름이 보안 로봇에게는 어울리지 않는다는 생각이 들었다. 그래서 에밀리의 개 이름을 따서 녀석을 콜린이라고 부르기로 했다.

그는 이제 건물 내부의 깊은 곳, 그가 한 번도 와보지 못한, 보안이 철통 같은 구역까지 내려왔다. 그는 그의 곁을 지나치는 직공들의 얼굴에서 의아한 표정들을 보기 시작했다. 이 정도 레벨의 보안 구역에서는 심지어 그들을 더 이상 사람이라고 부르지도 않았다. 아마도 그들은 스파이들이나 할 일들을 하고 있을 것이다. 저녁때 집에 돌아가면 그들은 다시 사람이 됐다. 어린 자식들이 귀여운 눈을 반짝이며 그들을 올려다보고 "아빠, 오늘 하루 종일 뭘 하셨어요?" 하고 물으면 그저 "난 직공으로서의 의무를 수행했단다" 하고 말하고는 더 이상 그 문제는 언급하지 않는다.

문제의 진실은, 온갖 종류의 대단히 교묘한 일들이 《안내서》가 내세우는, 혹은 이 새로운 인피니딤 엔터프라이즈 무리들이 몰려 들어와 모든 일을 대단히 교묘하게 만들기 시작하기 전에 내세웠던 쾌활하고 행운이 가득한 행복한 표면 뒤에서 벌어지고 있다는 것이다. 그곳에는 그 번쩍이는 건물을 지탱하는 온갖 종류의 탈세와 사기, 횡령, 음험한 거래가 존재했으며, 그 모든 것들이 넘어가는 곳은 건물 저 아래에 안전히 자리 잡고 있는 연구와 정보 처리 층이었다.

몇 년에 한 번씩 《안내서》는 자신의 사업뿐만 아니라 건물까지 새로운 세계에 세웠고, 《안내서》가 지역 문화와 경제에 뿌리를 내리고 고용과 매혹, 모험의 분위기를 제공하는 잠시 동안은 모든 것이 환하고 웃음으로 가득하곤 했다. 하지만 결국 지역 주민들이 기대했던 것만큼의 실제적인 소득은 없었다.

《안내서》가 건물을 가지고 이사할 때는 야밤의 도둑 비슷하게 떠났다. 사실 정확하게 야밤의 도둑처럼 떠났다. 《안내서》는 이른 새벽에 주로 떠났고, 다음 날 보면 항상 없어진 물건들이 수두룩했다. 《안내서》가 떠나버린 자리에서는 종종 일주일 이내에 문화와 경제 전체가 붕괴하곤 했고, 한때 흥성했던 행성은 황폐해져서 폭격의 쇼크에 시달리게 된다. 하지만 그럼에도 불구하고 사람들은 자신들이 어떤 대단한 모험에 동참했었다는 기분을 여전히 갖게 되는 것이다.

포드가 건물의 가장 민감한 구역 깊숙이 진격해 들어가고 있을 때, 그에게 미심쩍은 눈길을 던진 '직공'은 콜린의 존재를 보고 확신을 갖게 됐다. 콜린은 극도의 만족감에 취해 포드의 옆에서 윙윙대며 날아오면서 매 단계마다 그의 길을 터주고 있었다.

건물의 다른 구역들에서 경계경보들이 울리기 시작했다. 그렇다면 그건 아마 그건 밴 할이 벌써 발견됐다는 얘기일 테고, 그건 문제가 될 수도 있다. 포드는 그가 정신을 차리기 전에 아이덴트-아이-이즈를 다시 그의 호주머니에 슬쩍 넣어둘 수 있기를 바라고 있었다. 음, 그건 나중 문제고, 지금으로선 그 문제를 어떻게 해결할 건지 전혀 감이 잡히지 않았다. 지금 당장은 걱정하지 않을 작정이었다. 조그마한 콜린 녀석과 함께 가는 한은 어디를 가든, 상냥하고 밝은 분위기, 그리고 무엇보다도 중요한 것은, 기꺼이 묵묵히 말을 듣는 엘리베이터와 긍정적으로 순종하는 문들이 그를 둘러싸고 있었다.

심지어 포드는 휘파람까지 불기 시작했는데, 그게 바로 그의 실수였을 수도 있다. 아무도 휘파람 부는 사람을 좋아하지 않는다. 특히 우리의 최후를 모양 짓는 신들은 말이다.

다음 문이 열리지 않았다.

안타까운 일이었다. 왜냐하면 여기가 바로 포드의 목적지였기 때문이다. 회색 문은 그의 앞에서 단호하게 닫혀 있었고 거기에는 이런 문구가 붙어 있었다.

출입 금지.
공식 직원도 불가.
당신은 여기서 시간 낭비를 하고 있는 겁니다.
가시오.

건물의 이런 지하 구역에서는 문들이 대체로 훨씬 더 무자비해진다고 콜린이 보고했다.

그들은 지금 지표면에서 십 층 높이 정도 아래 지하에 있었다. 공기는 냉장고 안처럼 차가웠고 우아한 회색 삼베 벽지는 온데간데없고 야만적인 회색의 빗장 걸린 철벽만이 서 있었다. 어쩔 줄 몰라 날뛰던 콜린의 행복감도 서서히 진정되어 일종의 단호한 명랑함 정도로 안정됐다. 그는 좀 피곤해지기 시작한다고 말했다. 여기 있는 문들에 조금이라도 쾌활함 비슷한 걸 집어넣는 데 그의 에너지가 몽땅 들어가고 있었다.

포드는 문을 걸어찼다. 문이 열렸다.

"쾌락과 고통을 합치면." 그가 중얼거렸다. "항상 만사형통이지."

그는 걸어 들어갔고, 콜린은 날아서 그의 뒤를 따랐다. 전선을 쾌락 전극에 바로 꽂은 상태였음에도 불구하고, 그의 행복감은 약간 불안한 종류의 행복이었다. 그는 약간 까딱거리며 주위를 날아다녔다.

방은 조그맣고, 회색이었고, 윙윙 소리가 났다.

이 방이 《안내서》 전체의 신경 중추였다.

회색 벽을 따라 늘어선 컴퓨터 터미널들은 《안내서》가 돌아가는 상황 하나하나를 다 보여주는 창들이었다. 방의 왼쪽 편에서는 은하계 전역에서 현장 연구자들이 보내는 보고서들이 서브-에서-넷에 모아져서 곧바로 부편집자들의 사무실 네트워크로 입력되었고, 거기에서 괜찮은 부분은 몽땅 비서들에 의해 잘리게 된다. 왜냐하면 부편집자들은 점심식사를 하러 나가고 없기 때문이다. 그리고 나서 나머지 원고는 법무 팀이 있는 건물의 나머지 반쪽——에이치 모양 건물의 다른 한쪽 다리 말이다——으로 쏘아 보내진다. 법무 팀은 남은 원고 중에서 아직 조금이라도 괜찮은 부분을 잘라낸 뒤, 중역 편집자들의 사무실로 다시 날려 보내는데, 그들 역시 점심 먹으러 나가고 없다. 그래서 편집자들의 비서들이 그걸 읽어보고는 시시하다고 말한 뒤 대부분의 남은 원고를 잘라내 버린다.

편집자들 중 누군가가 마침내 점심식사를 마치고 비틀거리며 들어오면, 그들은 이렇게 소리 지른다. "X——X는 문제의 현장 연구자의 이름이다——가 젠장맞을 은하계 반대편에서 보내온 이 시시껄렁한 잡소리가 다 뭐하자는 거야? 이 매가리 없는 설사 같은 게 녀석이 보낼 수 있는 최고의 원고라면, 그 젠장맞을 가그라카카 마인드 존에서 공전 주기를 세 번이나 꽉 채워 보낼 필요가 뭐가 있어? 그렇게 사건들이 수도 없이 벌어지고 있는데도 말이야. 활동 경비를 없애버려"

"원고는 어떻게 할까요?" 비서가 묻는다.

"아, 네트워크 상에 발표해. 거기도 뭔가 있기는 해야 할 테니까. 난 머리가 아파서 집에 가야겠어."

그래서 편집된 원고는 법무 팀을 돌며 마지막으로 난도질과 화형을 거치고 나서 다시 이곳으로 내려 보내지며, 여기서 원고는 은하계 어디에서건 즉시 검색할 수 있도록 서브-에서-넷을 통해 방송된다. 그 과정은 방의 오른쪽에 있는 터미널들에 의해 모니터되고 통제되는 장비에 의해 이루어진다.

그러는 동안 그 연구자의 활동 경비를 없애버리라는 명령은 저 위 오른쪽 구석에 처박혀 있는 컴퓨터 터미널로 전달되었고, 바로 그 컴퓨터를 향해 지금 포드 프리펙트는 걸어가고 있었다.

만약 당신이 이 글을 지구 행성에서 읽고 있다면:

A. 행운을 빈다. 당신이 전혀 알지 못하는 일들이 끔찍하게 많지만, 당신만 그런 것은 아니다. 당신의 경우, 이런 것들을 하나도 모르는 것의 결과가 뭐 그리 특별히 끔찍하지는 않다. 하지만 생각해보자면, 뭐, 그게 바로 쿠키가 완전히 짓밟힌 다음 기억에서 잊혀버리는 것과 같은 방식이다.

B. 컴퓨터 터미널이 뭔지 안다고 생각하지 마라.

컴퓨터 터미널이란 앞에 타자기가 놓인 투박하고 오래된 텔레비전 같은 게 아니다. 그것은 몸과 마음이 우주와 연결되어 그 안에서 돌아다닐 수 있는 인터페이스이다.

포드는 서둘러 터미널 쪽으로 걸어가 그 앞에 앉더니 잽싸게 그 우주 속에 자신을 담갔다.

그곳은 그가 아는 통상적인 우주가 아니었다. 그곳은 **빽빽**하게 겹쳐진 세상들, 거친 지형, 하늘 높이 치솟은 산봉우리들, 심장을 멎게 할 정도의 계곡들, 해마들 안으로 산산이 부서지는 달들, 무시무시하게 불쑥 입을 벌리는 균열들, 조용히 넘실거리는 바다들, 바닥이 보이지 않도록 돌진하며 포효하는 물고기들의 우주였다.

그는 위치를 잡기 위해 꼼짝 않고 있었다. 그리고 호흡을 가다듬고 눈을 감고 다시 봤다.

그러니까 여기가 회계사들이 시간을 보내는 장소였다. 분명히 눈에 보이는 것보다 뭔가가 더 있는 게 틀림없었다. 그는 그 모든 것들이 부풀어 올라 빙빙 돌면서 그를 압도하지 않도록 조심하며 주의 깊게 주위를 둘러봤다.

그는 이 우주의 지리를 잘 몰랐다. 심지어 이곳의 차원적 범위나 습성을 규정하는 물리 법칙도 몰랐다. 하지만 그의 본능은 발견할 수 있는 것 중 가장 눈에 띄는 것을 찾아 그쪽으로 가라고 말했다.

형체를 분간할 수 없이 아득히 먼 저쪽에──일 마일 아니면 백만 마일 정도 되나, 아니면 눈에 티끌이 들어간 건가?──하늘에 아치를 이루고 있는 엄청난 봉우리가 있었다. 그것은 오르고 또 올라가서 활짝 피어나는 깃털 장식, 우글우글 모인 덩어리, 수도원장처럼 확 펼쳐져 있었다.

그는 비척대며 그쪽으로 다가갔고, 의미 없이 긴 시간의 조각조각들이 흐른 후에야 마침내 거기 도착했다.

그는 팔을 쫙 펴서 거칠거칠하게 마디가 지고 움푹움푹 팬 표면을 단단히 잡고 착 들러붙었다. 제대로 안정된 자세를 잡았다는 것을 일단 확신하게 되자, 그는 그만 아래를 내려다보는 무시무시한 실수를 저질렀다.

그가 비척대고 있을 동안은 까마득한 저 아래의 거리가 필요 이상으로 그를 괴롭히지는 않았었다. 하지만 이제 거기 들러붙어 있자니, 그 거리는 그의 심장을 말라붙게 하고 뇌수를 휘어지게 만들었다. 그의 손가락은 고통과 긴장으로 하얗게 변했다. 이빨은 통제 불능 지경으로 서로를 갈며 돌아갔다. 비비 틀리는 극심한 메스꺼움이 몰려온 나머지 눈동자가 안으로 말려 들어갔다.

엄청난 의지와 신념을 발휘해 그는 그냥 손을 탁 놓으며 벽을 밀었다.

그는 몸이 둥실 뜨는 것을 느꼈다. 벽에서 떨어져. 그러고는, 예상과는 반대로 위로. 또 위로.

그는 어깨를 뒤로 젖히고 팔을 축 늘어뜨린 채 위를 쳐다보며 몸이 위로 더 위로 슬슬 이끌려가도록 내버려뒀다.

얼마 가지 않아――이런 말이 이 가상 우주에서 무슨 의미가 있다면 말이다――손으로 잡고 기어 올라갈 수 있는 바위 턱 하나가 눈앞에 어렴풋이 나타났다.

그는 일어나서 잡았고 기어 올라갔다.

그는 약간 가쁜 숨을 내쉬었다. 이 모든 게 좀 스트레스가 쌓였다.

그는 바위 턱을 단단히 붙들고 앉았다. 이게 떨어지지 않으려고 하는 짓인지 아니면 여기서 더 떠오르지 않으려고 하는 짓인지 스스로도 잘 알 수가 없었다. 하지만 현재 자신이 와 있는 세상을 살펴보기 위해선 뭔가 붙잡고 있을 게 필요했다.

현기증이 날 정도로 까마득한 높이 때문에 어찌나 어지럽고 머리가 빙빙 돌던지 마침내 그는 눈을 감은 채 까마득하게 솟은 무시무시한 바위벽을 부여잡고 애처롭게 낑낑댔다.

그는 천천히 숨을 가다듬었다. 그러고는 자기 자신에게 이건 단지 그래픽으로 재현한 세상일 뿐이라고 되풀이해서 말했다. 가상 우주인 것이다. 시뮬레이션 현실. 언제라도 여기서 휙 빠져나가 돌아갈 수 있는 것이다.

그는 거기서 휙 빠져나갔다.

그는 컴퓨터 터미널 앞, 발포 고무로 가득 채워진 사무실용 파란 인조 가죽 회전의자에 앉아 있었다.

긴장을 풀었다.

그러자 그는 머리를 빙빙 돌게 만드는 차원들 위에 있는 좁다란 바위 턱에 자리 잡고 앉아 말도 안 되게 높은 봉우리 표면에 찰싹 들러붙어 있었다.

단지 풍경이 너무나 저 아래 멀리 있기 때문만은 아니었다. 그는 그게 좀 그만 일렁거리고 넘실댔으면 싶었다.

그는 움켜잡아야만 했다. 바위 벽을 말하는 게 아니다──그건 환영일 뿐이었다. 그는 그 상황을 단단히 움켜잡고 파악해야만 했다. 자신이 처한 물질적인 세상을 바라볼 수 있어야 하되 동시에 거기서 감정적으로는 거리를 둬야 했다.

그는 마음속으로 이를 악물었다. 그리고 다음 순간, 조금 전 바위 표면에서 손을 떼던 바로 그 순간처럼 바위 표면에 대한 생각을 머릿속에서 놔 버리고, 거기 확실하고도 편안히 자리를 잡았다. 그는 세상을 돌아봤다. 그는 편안하게 숨을 쉬고 있었다. 멋졌다. 그는 다시 상황을 손아귀에 장악한 것이다.

그는 《안내서》 재무 시스템의 사차원 위상 모델 속에 있었고, 누군가 혹은 무엇인가가 곧 그 이유를 알고자 할 것이다.

그리고 그들이 왔다.

가상공간을 훅하고 가로지르며, 조그맣고 뾰족한 머리에 가느다란 콧수염을 하고 비열하고 무정한 눈을 가진 생물들이 작게 무리지어 그에게 돌진해왔다. 그들은 그가 누구며, 여기서 무엇을 하고 있으며, 어떤 권한을 가지고 있으며, 그 권한을 준 에이전트의 권한은 무엇이며, 그의 속다리 길이는 얼마나 되는지 등을 까다롭게 요구해댔다. 레이저 불빛이 마치 그가 슈퍼마켓 계산대 위에 놓인 과자 봉지라도 되는 듯이 그의 온몸을 번쩍번쩍 비추어댔다. 고화력 레이저 총들은 잠시 유보 자세를 취하고 있었다. 이 모든 일이 가상공간에서 일어나고 있다고 해서 달라질 것은 없었다. 가상공간에서 가상 레이저 총에 맞아 가상으로 죽는 것은 실제로 죽는 것과 효과가 똑같다. 자신이 죽었다고 생각하는 것만큼 실제로 죽는 것이다.

레이저 판독기들이 그의 지문과 망막, 머리가 벗겨져 가고 있는 지점의 모낭 패턴을 깜박거리며 읽어나가고 있었다. 그들은 점점 더 신경이 곤두서고 있었다. 그들은 자신들이 보고 있는 게 전혀 마음에 들지 않았다. 대단히 개인적이며 건방진 질문들을 해대는 달각달각 삐걱삐걱하는 소리가 점점 그 고조를 높이고 있었다. 조그마한 외과용 강철 스크레이퍼(긁어내는 기구—옮긴이주)가 그의 목덜미 피부 쪽으로 다가오고 있었다. 바로 그 순간, 포드는 숨을 죽이고 간략한 기도를 하며 밴 할의 아이덴트-아이-이즈를 주머니에서 끄집어내 그들의 눈앞에 흔들어보였다.

즉각 모든 레이저들이 그 작은 카드로 눈을 돌리더니 카드를 앞뒤, 안팎으로 훑으며 모든 분자들을 검사하고 읽어나갔다.

그러고는 똑같이 급작스럽게 그들은 멈췄다.

조그마한 가상 조사관들 무리 전체가 갑자기 차려 자세를 취했다.

"만나서 반갑습니다, 할 선생님." 그들은 비열하게 합창했다. "저희가 도와드릴 일이 있습니까?"

포드는 천천히 사악한 미소를 지었다.

그가 말했다. "있는 것 같은데."

오 분 뒤 포드는 거기서 빠져나왔다.

일을 하는 데 약 삼십 초, 그리고 흔적을 지우는 데 삼 분 삼십 초가 걸렸다. 가상 구조 속에서 그가 원하는 것이라면 뭐든지 할 수 있었을 것이다. 모든 조직의 소유권을 자기 이름으로 돌릴 수도 있었다. 하지만 그게 발각되지 않을지는 좀 의심스러웠다. 하여간 그는 그런 건 원하지 않았다. 그건 책임감을 가져야 한다는 말일 수도 있다. 사무실에서 늦도록 일하는 것 말이다. 시간을 들여가며 사기 행위를 대대적으로 조사한다거나 감옥에서 많은 시간을 보내야 하는 것은 말할 것도 없다. 그는 컴퓨터 빼고는 아무도 알아채지 못할 일을 원했다. 그게 바로 삼십 초가 걸린 일이었다.

삼 분 삼십 초가 걸린 일은 컴퓨터가 자신이 뭔가를 알아챘다는 것을 알아채지 못하도록 프로그래밍하는 것이었다.

　컴퓨터는 포드의 목적이 무엇인지 알지 않기를 원해야만 했다. 그러면 포드는 그 정보가 절대로 노출되지 않도록 방어하는 게 합리적인 일이라고 컴퓨터가 생각하도록 안심하고 내버려둘 수 있을 것이다. 그건 다른 면에선 멀쩡하던 사람이 정치 고관만 되면 늘 생기는 일종의 정신 이상적 심리 차폐를 역으로 뒤집어 처리한 프로그래밍 기술이었다.

　또 일 분은 컴퓨터 시스템에 이미 심리 차폐가, 그것도 큰 놈이 있다는 걸 발견하는 데 걸렸다.

　그가 심리 차폐를 고안해 넣느라 호들갑을 떨지 않았다면 결코 그걸 발견하지 못했을 것이다. 자기 걸 설치하려고 계획하고 있었던 바로 그 자리에서 그는 매끈하기 이를 데 없으며 그럴듯한 부인(否認) 절차와 견제용 서브루틴(특정 또는 다수의 프로그램에서 반복 사용할 수 있는 독립된 명령군—옮긴이주) 덩어리와 맞닥뜨렸다. 물론 컴퓨터는 그런 사실은 아는 바 없다고 딱 잡아뗐으며, 부인할 일 자체가 있다는 걸 받아들이는 것조차 단호하게 거부했다. 그게 어찌나 그럴듯하던지 포드조차 자신이 실수한 게 틀림없다고 생각했을 정도였다.

　그는 깊은 감명을 받았다.

　사실 너무나 깊이 감명 받은 나머지 자기의 심리 차폐 절차를 설치하려고 하지도 않았다. 그는 그저 이미 거기 있었던 것을 불러내도록만 설치했다. 그럼 질문을 받았을 경우 그게 스스로를 불러내고, 그런 식으로 되는 것이다.

　그는 자기가 설치한 코드를 제거하는 작업에 재빨리 착수했는데, 문제는 그게 제자리에 없었다. 그는 욕을 해대며 사방을 헤집었지만, 흔적도 찾을 수 없었다.

　그래서 그걸 몽땅 다시 설치하는 작업을 시작하려다가, 그걸 찾을 수 없었던 이유는 그 프로그램이 이미 작동하고 있었기 때문이라는 걸 깨달았다.

그는 만족스러워하며 씩 웃었다.

그는 컴퓨터의 심리 차폐가 뭐에 관한 것인지 알아보려고 했지만, 당연하게도 거기에 대해서도 심리 차폐가 걸려 있는 것 같았다. 사실 더 이상 어떤 흔적도 발견할 수 없었다. 그 정도로 훌륭한 프로그램이었다. 그는 이게 다 자기의 상상이 아니었을까 궁금했다. 그게 이 건물의 무엇인가와 상관있지 않을까, 그리고 숫자 십삼과 관련되어 있지 않을까 하고 상상한 게 아니었을까 궁금했다. 그는 몇 가지 테스트를 해봤다. 그렇다. 그건 분명히 그의 상상이었던 것이다.

지금은 멋진 경로를 따질 때가 아니었다. 분명 주요 경계경보가 울려대고 있었다. 포드는 고속 엘리베이터로 갈아타기 위해 지상 층까지 엘리베이터를 타고 갔다. 어떻게 해서든 아이덴트-아이-이즈가 없어진 게 발각되기 전에 그걸 다시 할의 주머니에 갖다놓아야 했다. 어떻게? 그건 자신도 몰랐다.

엘리베이터 문이 스르르 열리자 문 앞에는 한 무리의 경비병들과 로봇들이 불결해 보이는 무기를 휘두르며 자세를 잡고 기다리고 있었다.

그들이 그에게 나오라고 명령했다.

어깨를 으쓱하며 그는 앞으로 나갔다. 그들은 모두 예의도 없이 그를 밀치며 엘리베이터 안으로 몰려 들어갔다. 엘리베이터는 아래층에서 수색 작업을 계속할 수 있도록 그들을 싣고 내려갔다.

이거 재미있군. 포드는 콜린을 정답게 쓰다듬어주며 생각했다. 콜린은 포드가 처음으로 만난 진짜로 도움이 되는 로봇이었다. 콜린은 경쾌한 흥분 상태에 빠져 까딱거리며 포드 앞에 떠 있었다. 포드는 개의 이름을 따서 로봇의 이름을 붙여준 게 기뻤다.

이 시점에서 그냥 다 그만두고 그저 일이 다 잘되기를 바라고 싶은 마음이 굴뚝같았다. 하지만 일이 잘될 가능성이란 할이 자신의 아이덴트-아이-이즈가 없다는 것을 발견하지 않아야지만 생긴다는 것을 그는 알고 있었다. 어떻게 해서든 비밀리에 그걸 제자리에 되돌려놓아야만 했다.

그들은 고속 엘리베이터로 갔다.

"안녕하세요." 그들이 탄 엘리베이터가 말했다.

"안녕." 포드가 말했다.

"오늘은 여러분을 어디로 모실까요?" 엘리베이터가 말했다.

"이십삼 층." 포드가 말했다.

"오늘 굉장히 인기 있는 층인 것 같군요." 엘리베이터가 말했다.

흠, 포드는 생각했다. 그 목소리도 전혀 마음에 들지 않았다. 엘리베이터는 층수 표시판의 이십삼 층 버튼에 불을 켜더니 휙 올라가기 시작했다. 층수 표시판의 무엇인가가 포드의 마음에 동요를 일으켰지만, 그게 뭔지 꼬집어낼 수가 없었고 그래서 그냥 잊어버렸다. 그는 자신이 가고 있는 층이 인기가 있다는 말이 더 마음에 걸렸다. 그는 거기서 무슨 일이 벌어지고 있건 간에 그걸 자기가 어떻게 감당할지 제대로 생각해본 적이 없었다. 왜냐하면 자기가 무엇을 발견하게 될지 전혀 모르기 때문이었다. 그저 부닥쳐보는 수밖에 없다.

그들은 도착했다.

문이 스르르 열렸다.

불길한 고요함.

텅 빈 복도.

할의 사무실로 들어가는 문이 거기 있었고, 주위에는 먼지가 가볍게 쌓여 있었다. 포드는 이 먼지가 목공품에서 기어 나와 서로서로를 조립해 다시 문을 만들고는 다시 서로를 분해해서 다시 목공품 안으로 기어 들어가 그저 파괴될 순간을 기다리고 있는 수십억 개의 조그마한 분자 로봇으로 이루어져 있다는 것을 알고 있었다. 포드는 저런 인생은 도대체 어떤 걸까 궁금해졌다. 하지만 오랫동안은 아니었다. 당장 자기 인생이 도대체 뭔지 그게 더 염려됐기 때문이다.
 그는 심호흡을 하고는 뛰기 시작했다.

9

아서는 약간의 상실감을 느꼈다. 은하계 전체가 그의 앞에 놓여 있는데도, 단지 두 가지가 없다는 이유로 불평을 한다면 자기가 너무 예의가 없는 게 아닌가 싶기도 했다. 하지만 그가 태어난 세상과 그가 사랑한 여자가 없는 것이다.

젠장, 그는 생각했다. 그리고 안내와 충고가 필요하다고 느꼈다. 그는 《은하수를 여행하는 히치하이커를 위한 안내서》를 참조했다. '안내' 라는 항목을 찾아봤더니 거기에는 "'충고' 항목을 보시오"라고 되어 있었다. 그는 '충고' 항목을 찾아봤다. 거기에는 "'안내' 항목을 보시오"라고 적혀 있었다. 이 책은 최근 이런 짓을 굉장히 많이 하고 있다. 평판이 자자하다는 책이 겨우 이게 다인 건지 그는 의아했다.

그는 은하계의 동쪽 경계로 향했다. 들리는 말에 의하면, 거기에서는 지혜와 진실을 찾을 수 있다고 했다. 특히 사제들과 선지자들과 점쟁이들, 그리고 배달 전문 피자집──신비주의자들은 거의 대부분 요리를 전혀 못하니까──의 행성인 하와리우스 행성이 바로 그런 곳이었다.

하지만, 이 행성에는 어떤 재난이 일어났던 것처럼 보였다. 고명한 예언자들이 사는 마을 거리를 다니며 보니, 마을 분위기가 어딘가 침울했다. 그는 다소 침울한 태도로 가게를 접고 있는 게 틀림없어 보이는 예언자 하나와 마주쳐서 무슨 일이냐고 물었다.

"더 이상 우릴 찾는 사람이 없소." 그는 오두막 창문에 가로질러 대고 있는 판자에 못을 박기 시작하며 무뚝뚝하게 말했다.

"그래요? 왜 그렇죠?"

"저쪽 좀 잡아주겠소? 그럼 보여드리다."

아서가 아직 못을 박지 않은 판자 끝부분을 잡자 늙은 예언자는 오두막 구석으로 허둥지둥 들어가더니 일이 분 정도 후 조그마한 서브-에서 라디오를 가지고 나왔다. 그는 라디오를 틀고 잠시 다이얼을 돌려 맞추더니 그가 주로 앉아 예언을 하는 조그마한 나무 벤치에 놓았다. 그러고 나서 다시 판자를 잡더니 망치질을 계속했다.

아서는 앉아서 라디오를 들었다.

"······확정됩니다." 라디오가 말했다.

"내일." 방송은 계속됐다. "포플러 바이거스의 부대통령, 루피 가 스팁이 대통령에 출마하겠다는 의사를 밝힐 것입니다. 내일 할 연설에서······."

"다른 채널을 찾아보시오." 예언자가 말했다. 아서는 프리셋 버튼을 눌렀다.

"······논평을 거부했습니다." 라디오가 말했다. "다음 주 자부시 지역의 실업자 총계는." 방송이 계속됐다. "기록이 시작된 이래 최악이 될 것입니다. 다음 달 발표된 보고서에 따르면······."

"다른 채널." 예언자가 심술궂게 버럭 소리를 질렀다. 아서는 다시 버튼을 눌렀다.

"······무조건 부인했습니다." 라디오가 말했다. "다음 달 치러지는 수플링 왕가의 지드 왕자와 라우이 알파 행성의 홀리 공주와의 왕실 결혼식은 비얀지 구역 역사상 최고로 성대한 예식이 될 것입니다. 현장에 저희 리포터, 트릴리언 아스트라가 나가 있습니다. 보도를 들어보시죠."

아서는 눈을 껌벅거렸다.

군중의 환호 소리와 취주악단의 시끌벅적한 소리가 라디오에서 터져 나왔다. 굉장히 익숙한 목소리가 들려왔다. "네, 크라트, 다음 달 중순 이곳의 광경은 정말 믿을 수 없을 정도입니다. 훌리 공주는 화사하게 빛나는 모습으로……."

예언자가 라디오를 퍽 쳐서 벤치에서 먼지투성이 바닥으로 떨어뜨렸다. 바닥에 떨어진 라디오는 조율이 엉망으로 된 닭처럼 꽥꽥거렸다.

"우리가 뭐랑 싸워야 하는지 아시겠소?" 예언자가 투덜거렸다. "여기, 이것 좀 잡아요. 그거 말고, 이거. 아니, 그런 식으로 말고. 이쪽을 위로 해서. 다른 방향으로 말이오. 이 바보."

"전 그 방송을 듣고 있었다고요." 아서는 어찌할 도리 없이 예언자의 망치를 들고 버둥대며 불평했다.

"다른 사람들도 마찬가지요. 그 때문에 이곳이 유령 마을처럼 되어버린 거지." 그는 땅에 침을 뱉었다.

"아니, 제 말은, 저 목소리가 제가 아는 사람 같았다고요."

"훌리 공주가? 돌아다니면서 훌리 공주를 아는 사람들한테 다 인사를 해야 된다면, 허파를 새로 하나 더 달아야 될 거요."

"공주가 아니라." 아서가 말했다. "리포터요. 이름이 트릴리언이었어요. 저 아스트라란 성은 어디서 생겼는지 모르겠네요. 저 여자는 저와 같은 행성 출신이에요. 어디 갔는지 궁금해 하고 있었다고요."

"아, 저 여자는 요즘 연속체를 종횡무진 누비고 있소. 물론 여기엔 위대한 초록 아클시저 님 덕분에 삼차원 텔레비전 방송국이 없지만, 라디오를 켜면 저 여자가 시공간 여기저기를 돌아다니는 걸 들을 수 있소. 그녀는 정착해서 하나의 시대에 살고 싶어 하오. 저 처자는 그렇소. 하지만 그 결과는 눈물 밖에 없을 거요. 아마 벌써 그럴지도 모르지." 그는 망치를 휘둘렀고 자기 엄지손가락을 꽤나 호되게 찍었다. 그는 알 수 없는 소리를 미친 듯이 지껄여대기 시작했다.

사제들의 마을도 사정은 별반 더 나을 바 없었다.

훌륭한 사제를 찾는다면 다른 사제들이 찾아가는 사제를 찾는 게 최고라고 사람들은 말했다. 하지만 문이 닫혀 있었다. 입구에는 이런 공지가 붙어 있었다. "전 더 이상 모릅니다. 옆집으로 가보세요 → 하지만 이건 공식적인 신탁의 충고가 아니라 그냥 제안일 뿐입니다."

"옆집"은 몇백 마일 떨어진 곳에 있는 동굴이었다. 연기와 김이 각각 조그만 불과 그 위에 걸린 찌그러진 양철 냄비에서 피어오르고 있었다. 또 냄비에서는 굉장히 고약한 냄새가 나고 있었다. 적어도 아서는 그게 냄비에서 난다고 생각했다. 염소 비슷한 토종 짐승의 부풀린 오줌보가 줄에 널려 햇볕 아래서 마르고 있었다. 냄새는 거기서 나는 것일 수도 있었다. 또한 걱정스러울 정도로 얼마 떨어지지 않은 곳에 염소 비슷한 토종 짐승의 버려진 시체더미가 있었는데, 냄새는 거기서 나는 것일 수도 있었다.

하지만 그 냄새는 시체더미에서 파리들을 쫓아내는 데 여념이 없는 노파에게서 나는 것일 수도 있었다. 노파의 작업은 절망적이었다. 왜냐하면 그 파리들은 모두 날개 달린 병뚜껑만 했고, 노파가 가진 거라곤 탁구채밖에 없었기 때문이었다. 게다가 노파는 눈이 반쯤 먼 것 같았다. 아주 가끔, 노파가 제멋대로 휘두른 팔이 어쩌다가 파리 한 마리와 맞아떨어져 진하게 만족스러운 철썩 소리를 내곤 했다. 그러면 파리는 대기를 맹렬하게 가로질러 날아가서 동굴 입구에서 몇 야드 떨어진 바위 표면에 철썩 하고 부딪히곤 했다.

이 순간이야말로 노파의 인생 최고의 낙이라는 게 그녀의 태도에서 여실히 보였다.

아서는 예의에 어긋나지 않을 정도로 멀찍이 떨어져서 이 색다른 공연을 잠시 지켜봤다. 그러고는 마침내 노파의 주의를 끌기 위해 가볍게 기침을 하려고 했다. 예의상 하려고 했던 가벼운 기침은, 불행하게도 우선 이제까지 그가 마시던 것보다 더 많은 양의 현지 대기를 들이마시는 것으로 시작됐고, 그 결과 그는 발작적으로 컥컥거리며 가래 기침을 해대다 숨이 막혀 눈물을 줄줄 흘리며 바위 표면에 쓰러져버렸다. 숨을 쉬려고 애썼지만, 한 번씩 숨을 새로 쉴 때마다 사태는 더 엉망이 되었다. 그는 토했고, 다시 반쯤 숨이 막혔고, 토사물 위를 굴렀고, 몇 야드 정도 계속 더 굴러가다가 결국에는 겨우 겨우 손과 무릎을 지탱하고 일어나 헉헉거리며 공기가 좀더 신선한 곳으로 기어갔다.

"실례합니다." 그가 말했다. 이제는 호흡이 약간 돌아온 상태였다. "정말로, 무지무지하게 죄송합니다. 정말 저 자신이 천치 같군요. 그리고……." 그는 동굴 입구 주위에 널려 있는 조그마한 토사물 더미를 난감하게 가리켰다.

"제가 뭐라고 하겠어요?" 그가 말했다. "제가 도대체 뭐라고 할 수 있겠어요?"

적어도 이 말이 노파의 주의를 끌었다. 노파는 의심쩍은 태도로 그를 향해 주위를 둘러봤지만, 거의 반 장님 신세라 희미한 바위투성이 풍경 속에서 그를 제대로 찾아내지 못했다.

그는 도와주려고 손을 흔들었다. "여기요!" 그가 외쳤다.

마침내 노파는 그를 발견했고, 뭐라고 혼자 툴툴대더니, 다시 파리 때려잡기 작업으로 되돌아갔다.

노파가 움직일 때 공기의 흐름이 움직이는 방식으로 보아 그 냄새의 주진원지는 노파인 게 끔찍하게 명백했다. 햇볕 아래 마르고 있는 오줌보들, 썩어 들어가는 시체들, 독한 스프들 모두가 그 대기를 만드는 데 용감한 공헌을 했겠지만, 냄새의 주된 실재는 바로 그 여자였다.

노파는 파리를 한 마리 더 철썩하고 때려잡았다. 파리는 바위에 철썩 부딪쳤고, 내장이 조금씩 뚝뚝 흘러나왔다. 노파가 그렇게 먼 곳까지 볼 수 있다면, 그건 분명히 노파가 보기에 만족스러운 모양새였을 것이다.

아서는 휘청대며 일어서서 마른 풀 한 줌으로 옷을 털었다. 그는 자기를 알리기 위해 뭘 더 해야 할지 몰랐다. 그냥 가버릴까 하는 생각도 반쯤 들었지만, 노파의 집 입구에 자기가 토해놓은 것을 놔두고 간다는 게 거북했다. 그는 그걸 어떻게 해야 하나 생각했다. 그러고 나서 그는 여기저기서 찾을 수 있는 키 작은 마른 풀을 몇 줌 더 따기 시작했다. 하지만 걱정되는 것은, 만약 그가 용기를 내서 토사물 가까이 다가간다면 그걸 치우기보다는 오히려 거기다 더 보태놓게 될지도 모른다는 것이었다.

어떻게 하는 게 옳은 일일지를 놓고 혼자서 씨름하고 있다가, 그는 노파가 마침내 그에게 뭔가 말하고 있다는 것을 깨닫기 시작했다.

"뭐라고 하셨죠?" 그가 외쳤다.

"뭐 도와줄 거 없냐고 했어." 그가 겨우 들을 수 있는 가느다랗고 직직 긁히는 듯한 목소리로 그녀가 말했다.

"어, 전 당신에게 충고를 구하러 왔는데요." 약간 우스꽝스럽다고 생각하며 그가 소리쳐 답했다.

노파는 고개를 돌려 실눈을 뜨고 그를 쳐다봤다. 그러고는 다시 고개를 돌리더니 파리채를 휘둘렀지만 놓쳤다.

"뭐에 대해서?" 그녀가 말했다.

"뭐라고요?" 그가 말했다.

"뭐에 대해서라고 말했어." 노파는 거의 비명을 지르다시피 말했다.

"저." 아서가 말했다. "그냥 일반적인 충고요, 정말요. 안내 책자를 보니까……"

"하! 안내 책자!" 노파가 침을 탁 뱉었다. 그녀는 이제 막대기를 되는 대로 마구 휘두르고 있는 것 같았다.

아서는 꼬깃꼬깃해진 안내 책자를 주머니에서 찾아 끄집어냈다. 이유는 잘 몰랐다. 그는 이미 그걸 읽었고, 그가 보기에 노파는 그러고 싶어 하지 않을 것 같았다. 하여간 그는 잠시 동안 생각에 잠긴 듯이 눈살을 찌푸리고 들여다볼 게 필요했기 때문에 그걸 폈다. 안내 책자의 문구는 하와리우스의 선지자들과 현인들의 고대 신비술에 대해 떠들어대고 있었고, 하와리온에서 갈 수 있는 숙박업소의 등급을 제멋대로 과장해서 적어놓고 있었다. 아서는 아직도 《은하수를 여행하는 히치하이커를 위한 안내서》를 가지고 다녔지만, 책을 참조하려고 보니 기입 항목들은 점점 더 난해하고 편집증적으로 변해가고 있었으며 사방에 xs니 js니 ʃs 같은 글자들이 보였다. 어디에선가 뭔가가 잘못됐다. 그게 자기가 가진 책에만 있는 문제인지, 아니면 《안내서》 조직 자체의 핵심부에 있는 무엇인가 혹은 누군가가 끔찍하게 잘못돼서인지, 아니면 아마 그들이 그저 환영을 보고 있기 때문인지는 몰랐다. 하지만 어떤 식으로든 그는 평소보다도 훨씬 더 그걸 믿고 싶지 않았다. 그 말은, 즉 그가 그 책을 조금도 믿지 않으며, 대개의 경우 바위에 앉아 뭔가를 바라보며 샌드위치를 먹을 때 받침용으로 사용했다는 것을 의미했다.

노파는 이제 몸을 돌려 그를 향해 천천히 걸어오고 있었다. 아서는 티 내지 않고 바람의 방향을 판단하려고 애썼고, 그녀가 다가오자 몸을 약간 홱 움직였다.

"충고." 그녀가 말했다. "충고란 말이지?"

"어, 네." 아서가 말했다. "네. 그게……."

그는 마치 자기가 그걸 잘못 읽어서 바보같이 다른 행성이나 뭐 그런 데 온 게 아닌가 확인하려는 듯이 눈살을 찌푸리며 다시 안내 책자를 들여다봤다. 안내 책자에는 이렇게 쓰여 있었다. "상냥한 현지 주민들이 기꺼이 선인들의 지식과 지혜를 나눌 것입니다. 그들과 함께 과거와 미래의 어찔한 신비 속을 들여다보십시오!" 거기에는 또 쿠폰도 있었지만, 아서는 사실 너무 당황해서 그걸 잘라내거나 누군가에게 줘보려고 하지도 못했다.

"충고라고?" 노파가 다시 한번 말했다. "그냥 일반적인 충고라 그랬지? 뭐에 대해서? 뭘 하고 살아야 하나, 그런 거 말이야?"

"네." 아서가 말했다. "그런 거요. 정말 정직하게 말씀드리자면, 때때로 제가 부딪히는 문제요." 그는 노파의 앞에서 바람을 안고 서 있으려고 필사적으로 조금씩 움찔 움찔거리고 있었다. 노파는 갑자기 그에게서 휙 돌아서더니 자기의 동굴 쪽으로 걸어가서 그를 깜짝 놀라게 만들었다.

"그럼 복사기 문제를 좀 도와줘야 해." 그녀가 말했다.

"네?"

"복사기 말이야." 그녀가 참을성 있게 되풀이해서 말했다. "그걸 끌어내는 걸 도와줘야 해. 그건 태양열로 작동하거든. 하지만 새들이 그 위에 똥을 안 싸게 하려면 동굴 안에 보관해야 해."

"그렇군요." 아서가 말했다.

"내가 자네라면 숨을 크게 한번 들이마실 거야." 노파는 컴컴한 동굴 입구로 쿵쿵 걸어가며 중얼거렸다.

아서는 노파의 충고를 따랐다. 사실 그는 거의 호흡 항진증 수준으로 공기를 들이마시고 있었다. 준비가 되었다고 느끼자, 그는 숨을 참고 노파를 따라 안으로 들어갔다.

낡고 커다란 복사기가 삐걱거리는 손수레 위에 놓여 있었다. 그것은 동굴 안쪽의 어두컴컴한 구석에 놓여 있었다. 바퀴들은 고집스럽게 서로 다른 방향을 향하고 있었고 바닥은 울퉁불퉁하고 돌투성이였다.

"바깥에 나가서 숨 쉬어." 노파가 말했다. 노파를 도와 복사기를 옮기려고 애쓰는 아서의 얼굴은 시뻘겋게 변하고 있었다.

그는 안도하며 고개를 끄덕였다. 노파가 이 문제로 민망해하지 않는다면 자기도 민망해하지 않으리라고 결심했다. 그는 바깥으로 나가 몇 번 숨을 쉬고, 다시 안으로 들어와 들어 올리고 미는 일을 몇 번 더 했다. 이 과정을 몇 번이나 더 되풀이하고서야 마침내 기계가 밖으로 나왔다.

햇빛이 기계를 때렸다. 노파는 동굴 안으로 다시 사라졌다가 얼룩덜룩한 강철판 몇 개를 가지고 나오더니, 그걸 기계에 연결해 태양 에너지를 모았다.

그녀는 실눈을 뜨고 하늘을 올려다봤다. 태양은 꽤 밝았지만, 날씨는 안개가 끼고 흐릿했다.

"시간이 좀 걸리겠어." 그녀가 말했다.

아서는 얼마든지 기다릴 수 있다고 말했다.

노파는 어깨를 으쓱하더니 쿵쿵거리며 불 쪽으로 건너갔다. 불 위에서는 냄비의 내용물이 부글부글 끓어오르고 있었다. 그녀는 막대기로 그걸 이리저리 쿡쿡 찔렀다.

"점심 안 먹을래?" 그녀가 아서에게 물었다.

"전 먹었습니다. 고맙습니다." 아서가 말했다. "아뇨, 정말입니다. 먹었어요."

"물론 그랬겠지." 노파가 말했다. 그녀는 막대기로 냄비를 휘휘 저었다. 몇 분 후 그녀는 어떤 덩어리 하나를 끄집어내더니 후후 불어서 식혀서 입에 집어넣었다.

노파는 그걸 신중하게 조금 씹었다.

그러고는 염소 비슷한 것들의 시체더미 쪽으로 천천히 절뚝거리며 걸어가, 그 더미 위에다 덩어리를 뱉었다. 그리고 나서 다시 냄비로 천천히 절뚝거리며 돌아왔다. 그녀는 냄비가 걸려 있던 삼각대 비슷한 물건에서 냄비를 벗겨내려고 낑낑거렸다.

"도와드릴까요?" 아서가 벌떡 일어서며 공손하게 말했다. 그는 서둘러 달려왔다.

그들은 함께 냄비를 삼각대에서 벗겨내어 들고는, 동굴에서 관목이 우거지고 마디진 나무들이 줄지어 서 있는 곳을 향해 이어지는 완만한 경사로를 따라 비틀비틀 내려갔다. 그 나무들은 가파르지만 꽤나 얕은 계곡의 가장자리를 이루며 서 있었고, 거기서부터 완전히 새로운 종류의 고약한 냄새들이 풍겨 나오고 있었다.

"준비됐나?" 노파가 말했다.

"네……." 아서는 대답했다. 하지만 그는 무엇에 대한 준비라는 건지 몰랐다.

"하나." 노파가 말했다.

"둘." 그녀가 말했다.

"셋." 그녀가 덧붙였다.

아서는 마지막 순간 노파의 의도가 뭔지 깨달았다. 그들은 함께 냄비의 내용물을 계곡에다 던졌다.

서로 말도 없이 침묵의 한두 시간을 보낸 후, 노파는 태양열 판이 이제 복사기를 돌릴 수 있을 정도로 충분한 태양빛을 흡수했다고 판단하고 동굴 안을 뒤지러 사라졌다. 마침내 그녀는 종이 묶음 몇 개를 가지고 나타나서 기계에다 집어넣었다.

그녀는 아서에게 복사물을 건넸다.

"이게, 어, 이게 그러니까 당신의 충고입니까?" 아서가 자신 없이 복사물들을 뒤적이며 말했다.

"아냐." 노파가 말했다. "이건 내가 살아온 이야기야. 알겠지만, 어떤 사람이 충고를 하던 간에, 그 충고의 질은 그 사람이 실제로 살아온 삶의 질에 견주어 판단해야 하는 거야. 이제 이 문서를 죽 훑어보면, 내가 중요한 결정들은 모두 잘 보이라고 밑줄을 쳐놓은 게 보일 거야. 그것들은 다 색인이 되어 있고 앞뒤로 참조가 가능해. 알겠지? 내가 제안할 수 있는 건 다만, 내가 내린 결정과 정반대의 결정을 내린다면, 아마도 인생의 말년을……." 그녀는 잠시 말을 멈추더니 허파 가득 숨을 들이켜고는 냅다 소리를 질렀다. "이런 냄새 나는 낡은 동굴에서 보내진 않을 거야!"

그녀는 탁구채를 움켜쥐고 소매를 걷어붙이더니 염소 비슷한 것들의 시체더미로 쿵쿵거리며 걸어가서 활기차게 파리들을 때려잡기 시작했다.

아서가 마지막으로 방문한 마을은 엄청나게 높은 장대들로만 이루어져 있었다. 그 장대들은 어찌나 높은지 땅에서 보면 그 위에 뭐가 있는지 보이지 않을 정도였다. 세 개의 장대에 올라가 보고서야 아서는 새똥으로 뒤덮인 단(壇) 이외에 다른 뭔가가 있는 것을 발견할 수가 있었다.

쉬운 일이 아니었다. 장대에 올라가려면 완만한 나선형으로 올라가며 박혀 있는 짧은 나무못을 밟고 가야 했다. 아서만큼 성실하지 않은 관광객이라면 누구나 사진이나 몇 장 찍고 가까운 곳에 있는 바 앤드 그릴(술집 겸 고기구이 전문 식당—옮긴이주)로 직행했을 것이다. 거기서는 또한 굉장히 달고 끈적끈적한 다양한 초콜릿 케이크를 사서 수도자들 앞에서 먹을 수도 있다. 하지만 대체로 그것 때문에 대부분의 수도자들은 이제 사라져버리고 없다. 사실 그들은 대체로 거기를 떠나 더 부유한 동네인 은하계 북서쪽 여울에서 돈벌이가 되는 치료 센터를 열었다. 그곳에서의 삶은 천칠백만 개 정도의 요인에 의해 훨씬 더 여유로웠고, 초콜릿도 그만큼이나 굉장히 맛있었다. 나중에 알고 보니 대부분의 수도자들은 고행의 길을 택하기 전에는 초콜릿의 존재를 모르고 있었다. 그들의 치료 센터를 찾는 대부분의 고객들은 초콜릿에 대해 너무나 잘 알고 있다.

세 번째 장대의 꼭대기에서 아서는 잠시 숨을 돌리느라 멈췄다. 장대 하나하나의 높이가 오십 내지 육십 피트 정도 됐기 때문에 그는 더워 죽을 지경이었고 숨이 찼다. 세상이 그의 주위에서 빙빙 돌아가는 것만 같았다. 하지만 그 때문에 굉장히 걱정이 되진 않았다. 그는 스타브로뮬라 베타*에 갔다오기 전에는 자신이 죽을 수 없다는 것을 논리적으로 잘 알고 있었다. 그래서 그는 극도로 위험한 상황에 대해서도 즐거운 태도를 가질 수 있었다. 오십 피트 높이의 장대 꼭대기에 앉아 있자니 약간 현기증이 느껴졌지만, 그는 샌드위치를 먹음으로써 그 문제에 대처했다. 예

---

*《삶, 우주 그리고 모든 것》 18장을 보시오.

언자가 복사해준 인생 역정을 막 읽기 시작하려는 순간, 뒤에서 가벼운 기침소리가 들려 그는 소스라치게 놀랐다.

너무나 갑작스레 돌아보다가 그는 샌드위치를 떨어뜨렸다. 샌드위치는 공중을 낙하해 내려갔고 땅에 닿았을 무렵에는 꽤나 작았다.

아서의 등 뒤 삼십 피트 정도 떨어진 곳에 또 하나의 장대가 있었고, 서른여섯 개 정도 되는 듬성듬성한 장대의 숲 중에서 그 장대의 꼭대기에만 사람이 있었다. 거기에는 한 노인이 자리를 차지하고 있었는데, 노인은 깊은 생각에 사로잡혀 있는 것 같았고 그 때문에 얼굴을 찌푸리고 있었다.

"실례합니다." 아서가 말했다. 그 사람은 아서를 무시했다. 아마 못 들었을 수도 있다. 산들바람은 조금씩 방향을 바꾸고 있었다. 아서가 그 조그마한 기침소리를 들은 것은 순전히 우연이었다.

"안녕하세요? 이봐요!" 아서가 외쳤다.

그 남자가 마침내 주위를 둘러보다 그를 봤다. 그는 아서를 보고 놀란 듯했다. 아서는 그가 자신을 봐서 놀라고도 기쁜 건지, 아니면 그냥 놀라기만 한 건지 알 수가 없었다.

"한가하신가요?" 아서가 외쳤다.

그 남자는 이해하지 못하고 얼굴을 찌푸렸다. 아서는 그가 이해하지 못한 건지 듣지 못한 건지 알 수 없었다.

"제가 건너갈게요. 가지 마세요." 아서가 외쳤다.

아서는 조그만 단에서 기어 내려왔고, 나선형의 대못들을 재빨리 밟고 내려와 어리어리한 상태로 바닥에 도착했다.

그는 노인이 앉아 있는 장대를 향해 가기 시작했지만, 내려오는 길에 방향 감각을 잃어버려서 그게 어느 장대인지 확실히 모른다는 걸 갑자기 깨달았다.

그는 지표를 찾아 주위를 둘러보며 어떤 게 옳은 장대인지 찾아냈다.

그는 그 장대를 올라갔다. 그건 아니었다.

"젠장." 그가 말했다. "실례합니다!" 그는 노인을 다시 소리쳐 불렀다. 노인은 이제 그의 정면에서 사십 피트 떨어진 곳에 있었다. "길을 잃었어요. 곧 그리로 갈게요." 그는 다시 내려갔다. 덥고 짜증이 났다.

이번에는 틀림없다고 생각한 장대의 꼭대기에 땀을 흘리고 헉헉거리며 도착했을 때, 그는 그 사람이, 어떻게 해서인지는 알 수 없지만, 자기를 놀리고 있다는 것을 깨달았다.

"원하는 게 뭐요?" 노인이 심술궂게 그에게 외쳤다. 이제 그는 아서가 샌드위치를 먹으면서 앉아 있었던 바로 그 장대 위에 앉아 있었다.

"어떻게 거기 간 거죠?" 아서가 어리둥절해하며 외쳤다.

"내가 마흔 번의 봄, 여름, 가을을 장대 위에 앉아서 알아낸 것을 그런 식으로 말해줄 거라고 생각하나?"

"겨울에는요?"

"겨울?"

"겨울에는 장대 위에 앉아 있지 않나요?"

"내 인생 대부분의 시간을 장대에 앉아 보낸다고 해서 내가 바보인 건 아니지. 겨울에는 남쪽으로 간다네. 바닷가에 별장을 가지고 있거든. 굴뚝에 앉아 있지."

"여행자들에게 해줄 충고라도 있나요?"

"응, 바닷가 별장을 가지게."

"알겠어요."

그 남자는 뜨겁고, 건조하고, 덤불이 우거진 경치를 물끄러미 내려다봤다. 저 멀리 노파가 한 개의 점처럼 보였다. 노파는 풀쩍풀쩍 춤추듯 뛰어다니며 파리를 후려치고 있었다.

"저 여자가 보이나?" 노인이 갑자기 외쳤다.

"네." 아서가 말했다. "사실 저분에게 조언을 들었죠."

"무진장 많이 알지. 저 여자가 바닷가 별장을 퇴짜 놨기 때문에 내가 그걸 가진 거야. 자네에겐 무슨 충고를 하던가?"

"자기가 한 것의 정반대로 하라고요."

"다시 말해서, 바닷가 별장을 얻어라 이거지."

"그런 것 같네요." 아서가 말했다. "어, 아마 저도 하나 가져야겠어요."

"흠."

수평선이 악취 나는 아지랑이 속에서 어른거리고 있었다.

"부동산 관련해서 말고 뭐 다른 충고는 없습니까?"

"바닷가 별장은 단순한 부동산이 아니야. 그건 마음의 상태야." 남자가 말했다. 그는 몸을 돌려 아서를 바라봤다.

이상하게도 남자의 얼굴은 이제 겨우 몇 피트밖에 떨어져 있지 않았다. 한편으로 그는 완전히 정상적인 모양인 것 같지만, 그의 몸은 사십 피트 떨어진 장대 위에서 다리를 꼬고 앉아 있는데, 그의 얼굴은 아서의 얼굴에서 겨우 이 피트밖에 떨어지지 않은 곳에 있었다. 머리를 움직이지도 않고 이상한 짓이라곤 전혀 한 것 같지 않은데, 그는 일어서서 다른 장대 꼭대기로 넘어왔다. 아무래도 열기 때문이거나 아니면 공간이 저 사람에게는 모양이 다른가 보다 하고 아서는 생각했다.

"바닷가 별장이라고 해서 꼭 바닷가에 있어야 할 필요도 없어. 물론 최고로 좋은 것들은 그렇지만. 우리는 모두 모이고 싶어 하거든." 그가 말을 이었다. "경계 상황에 말이야."

"그래요?" 아서가 말했다.

"땅과 물이 만나는 곳. 흙과 공기가 만나는 곳. 육체와 정신이 만나는 곳. 공간과 시간이 만나는 곳. 우린 한 쪽에서 다른 한쪽을 보는 걸 좋아하지."

아서는 엄청나게 흥분했다. 이거야말로 바로 안내 책자에서 약속했던 그런 것이었다. 온갖 것들에 대해 진짜로 심오한 이야기를 하면서 에스헤르(Maurits cornelius Escher : 기하학을 이용한 착시를 이용해 현실 세계에서는 불가능한 기이한 형상을 그려낸 네덜란드의 화가—옮긴이주)가 그린 공간 같은 것을 넘나드는 듯한 사람이 바로 여기 있었다.

하지만 그것은 기겁할 만한 일이었다. 그 사람은 이제 장대에서 땅으로, 땅에서 장대로, 장대에서 장대로, 장대에서 수평선으로 그리고 다시 수평선에서 장대로 돌아다니고 있었다. 그는 아서의 공간적 우주를 완전히 말도 안 되는 것으로 만들고 있었다. "제발 그만하세요!" 아서가 갑자기 말했다.

"받아들일 수가 없지, 어?" 그가 말했다. 미동조차 없이 돌아와 그는 이제 아서의 앞에서 사십 피트 떨어진 곳에 있는 장대 위에 다리를 꼬고 앉아 있었다. "자넨 나한테 조언을 얻으러 왔지. 하지만 자넨 자기가 알아보지 못하는 것은 아무것도 대처하지 못해. 흠. 그래서 우린 자네가 이미 알고 있는 걸 말하면서 그걸 새로운 것처럼 들리게 만들어야만 하지. 안 그래? 음, 흔한 일이지." 그는 한숨을 짓더니 실눈을 뜨고 애처롭게 저 먼 곳을 바라봤다.

"어디서 왔나, 젊은이?" 그가 물었다.

아서는 현명하게 대처하기로 결심했다. 그는 만나는 사람에게마다 바보천치로 오인당하는 데 아주 신물이 났다. "이렇게 하죠. 당신은 예언자예요. 당신이 한번 말해보시죠?"

노인이 다시 한숨을 쉬었다. "난 그저 대화를 해보려고 한 건데." 그는 손을 뒤통수로 가져가며 말했다. 그가 손을 다시 앞으로 꺼냈을 때, 그가 치켜세운 두 번째 손가락 위에는 회전하고 있는 지구의(地球儀)가 있었다. 확실했다. 그는 다시 그걸 치웠다. 아서는 너무 놀란 나머지 어리벙벙했다.

"어떻게……."

"말해줄 수 없어."

"왜요? 이렇게나 먼 길을 왔는데요."

"자넨 자네가 보는 걸 보기 때문에 내가 보는 것을 볼 수 없어. 자넨 자네가 아는 것을 알기 때문에 내가 아는 것을 알 수 없어. 내가 보고 내가 아는 것은 자네가 보고 자네가 아는 것에 보태질 수가 없어. 왜냐하면 같은 게 아니니까. 그건 자네가 보고 자네가 아는 것을 대신할 수도 없어. 왜냐하면 그건 자네 자신을 대신하는 게 될 테니까."

"잠깐만요. 이 말을 받아 적어도 될까요?" 아서가 흥분해서 호주머니에서 연필을 찾으려 뒤적거리며 말했다.

"우주 공항에서 복사본을 얻을 수 있을 거야. 그런 건 널려 있으니까." 노인이 말했다.

"아." 아서가 실망해서 말했다. "저, 어쩌면 저랑 좀더 구체적으로 상관 있는 건 없을까요?"

"자네가 어떤 식으로든 보거나 듣거나 경험하는 것은 모두 자네하고 상관있어. 자넨 우주를 인식함으로써 우주를 창조하는 거야. 그래서 자네가 인식하는 우주의 모든 것들은 자네와 상관있지."

아서는 의심스럽다는 듯이 그를 쳐다봤다. "그것도 우주 공항에서 얻을 수 있을까요?" 그가 말했다.

"알아봐." 노인이 말했다.

"안내 책자에 따르면, 저와 제 필요에 개인적으로 맞춘 특별 기도를 얻을 수 있다던데요." 아서가 호주머니에서 안내 책자를 꺼내서 다시 들여다보며 말했다.

"아, 맞아." 노인이 말했다. "여기 자네를 위한 기도가 있네. 연필 있나?"

"네." 아서가 말했다.

"이런 거야. 이제 보자고. '제가 알 필요가 없는 것들로부터 저를 보호하소서. 제가 알아야 할 모르는 일들이 있다는 사실조차 알지 못하도록 저를 보호하소서. 제가 알지 않기로 결심한 것들에 대해 알지 않기로 결심했다는 것을 모르도록 저를 보호하소서. 아멘.' 이거야. 어쨌거나 이건 자네가 속으로 조용히 기도하는 바 아닌가. 그러니 내놓고 기도하는 게 더 좋을 거야."

"음, 저, 고맙습니다." 아서가 말했다.

"그것과 짝을 이루는 굉장히 중요한 기도가 하나 더 있어. 그러니까 이것도 적는 게 좋을 거야." 노인이 계속해서 말했다.

"좋아요."

"이거야. '주여, 주여, 주여…….' 만약의 경우를 대비해 이 부분을 넣는 게 좋아. 이왕이면 확실하게 하는 게 좋잖아. '주여, 주여, 주여. 위의 기도의 결과로부터 저를 보호하소서. 아멘.' 이거야. 사람들이 살면서 겪는 대부분의 문제는 이 마지막 부분을 빼먹어서 생기지."

"스타브로뮬라 베타라는 곳에 대해 들어보신 적이 있습니까?" 아서가 물었다.

"아니."

"음, 도와주셔서 고맙습니다." 아서가 말했다.

"천만에." 장대 위의 남자는 이렇게 말하고 사라졌다.

10

 포드는 책임편집자의 사무실 문에 몸을 던졌다. 문이 다시 한번 산산조각 나면서 떨어져 나가자, 그는 몸을 공 모양으로 단단히 말고 재빨리 바닥을 가로질러 말쑥한 회색 가죽 소파가 놓여 있는 장소로 굴러가 그 뒤에 전략적 작전 기지를 구축했다.

 적어도 계획은 그러했다.

 불행하게도 말쑥한 회색 가죽 소파는 그 자리에 없었다.

 포드는 공중에서 몸을 비비 꼬고 휘청거리다 강하해 허둥지둥 할의 책상 뒤로 몸을 숨기며 생각했다. 왜 사람들은 어리석게도 오 분마다 강박적으로 사무실 가구들을 재배치하는 걸까?

 예를 들어, 그 회색 가죽 소파는 색이 좀 연하긴 해도 사용하기에는 전혀 문제가 없었는데, 그걸 왜 조그마한 탱크처럼 생긴 물건으로 바꾸어 놓았을까?

 그리고 어깨에 휴대용 로켓 발사 장치를 지고 있는 저 덩치 큰 남자는 누굴까? 본사에서 온 사람인가? 그럴 리는 없는데. 여기가 바로 본사잖아. 적어도 그건 《안내서》의 본사였다. 이 인피니딤 엔터프라이즈 사람들이 어디서 왔는지는 오직 자쿠온만이 알 수 있는 일이었다. 괄태충 같은 색깔과 질감의 피부로 보아 햇살 화창한 곳은 분명 아니다. 이건 몽땅 잘못됐어. 포드는 생각했다. 《안내서》와 관련 있는 사람들은 화창한 지역에서 와야 한다.

사실 거기엔 그런 사람들이 몇 명 있었는데, 그들 모두는 아무리 오늘날의 사업 판이 무법천지라 하더라도 정상적인 회사 중역들이라고 생각하기는 힘들 정도로 무기와 갑옷을 한껏 갖춘 모양새를 하고 있었다.

물론 여기서 그는 여러 가지 추정을 하고 있었다. 그는 커다란 덩치에 황소 같은 목을 하고 괄태충처럼 생긴 사내들이 인피니딤 엔터프라이즈와 모종의 관계가 있다고 추정하고 있었다. 그건 이치에 맞는 추정이었고, 그는 흡족했다. 그 사내들의 갑옷 표면에는 '인피니딤 엔터프라이즈'라고 적힌 로고가 있었기 때문이다. 그렇지만 이게 사업상 모임은 아닐 것이라는 불편한 의혹 또한 들었다. 이 괄태충 같은 생물체들이 뭔가 낯이 익다는 불편한 느낌 또한 들었다. 익숙하지만, 익숙지 않은 변장을 하고 있는 것 같았다.

음, 이제 그는 이 초 반은 족히 그 방에 있었고, 아마 이제는 뭔가 건설적인 일을 해야 할 때가 아닌가 하는 생각이 들었다. 인질을 잡을 수도 있을 것이다. 그게 좋겠다.

밴 할은 놀라고 창백하고 겁먹은 얼굴로 회전의자에 앉아 있었다. 뒤통수를 한 대 호되게 맞았을 뿐만 아니라 뭔가 나쁜 소식을 들은 것 같았다. 포드는 펄쩍 뛰어 달려가 그를 덥석 잡았다.

양 팔꿈치로 그를 단단히 옭아매 꼼짝도 못하게 한다는 핑계하에, 포드는 남몰래 아이덴트-아이-이즈를 할의 안주머니에 다시 슬쩍 집어넣는 데 성공했다.

빙고!

그는 여기 온 목적을 달성했다. 이제 그럴싸한 말로 여기서 빠져나가기만 하면 됐다.

"좋아요." 그가 말했다. "전……." 그는 말을 멈췄다.

로켓 발사기를 가진 남자가 포드 프리펙트를 향해 몸을 돌리며 그를 겨냥하고 있었다. 포드가 보기엔 말도 안 되게 무책임한 행동이 아닐 수 없었다.

"전……." 그는 다시 말을 시작했다. 하지만 다음 순간, 갑작스런 충동에 따라 몸을 피하기로 결심했다.

로켓 발사기의 뒤에서는 불꽃이 튀어나오고 앞에서는 로켓이 튀어나오는 순간, 귀를 찢는 듯한 포효가 사방을 흔들었다.

로켓은 포드를 지나서 돌진해 커다랗고 두꺼운 유리창을 맞췄다. 유리창은 폭발하면서 백만 개의 파편 조각으로 부서져 쏟아져 내리며 바깥으로 물결쳤다. 소음과 공기압의 거대한 충격파가 방 안에 울려 퍼지며, 의자 몇 개와 서류 보관용 캐비닛, 보안 로봇 콜린을 창밖으로 휩쓸어갔다.

아! 그러니까 결국 완전 방탄유리는 아닌 거구나, 포드 프리펙트는 혼자 생각했다. 누군가가 저 문제에 대해 누군가와 이야기를 해야 한다. 그는 할에게서 팔을 풀고 어느 쪽으로 뛰어야 할까 고민했다.

그는 포위됐다.

로켓 발사기를 가진 사내가 한 발 더 날리려고 다시 한번 발사기를 조준하고 있었다.

포드는 이제 뭘 해야 할지 아무 생각도 할 수가 없었다.

"이봐." 그는 엄한 목소리로 말했다. 하지만 엄한 목소리로 "이봐" 같은 말을 하는 게 딱히 어느 선까지 효과가 있을지는 자신 없었다. 게다가 시간은 그의 편이 아니었다. 젠장, 어차피 젊은 건 한때뿐이지, 포드는 생각했다. 그리고 창밖으로 몸을 던졌다. 그러면 적어도 놀랄 일은 제 몫이 될 테니까.

11

 아서 덴트는 체념하며 깨달았다. 자신이 가장 먼저 해야 하는 일은 스스로에게 삶을 마련해주는 것임을. 즉 자기가 살 수 있는 행성을 발견해야만 했던 것이다. 그건 그가 숨쉴 수 있고 중력으로 인한 불편함을 느끼지 않고도 일어서고 앉을 수 있는 행성이어야 했다. 그건 산도(酸度)가 낮고 식물들이 실제로 사람들을 공격하지 않는 그런 곳이어야만 했다.
 "이 문제에 대해 인간류를 고집하고 싶진 않지만……." 그는 핀틀턴 알파 행성에 있는 재정착 조언 센터의 책상 뒤에 앉아 있는 괴상한 것에게 말했다. "전 저랑 비슷하게 생긴 사람들이 사는 곳에서 살고 싶어요. 있잖아요. 인간 비슷한 거요."
 책상 뒤의 괴상한 것은 더 괴상하게 생긴 신체 일부를 이리저리 흔들어 댔고, 이 말에 꽤나 놀란 것 같았다. 그것은 의자에서 질척거리며 흘러내려오더니 몸부림을 치며 천천히 바닥을 가로질러 낡은 서류 보관용 철 캐비닛을 꿀꺽 삼켰고 꺼억 하고 트림을 하며 적절한 서랍을 배설했다. 그것의 귀에서 반짝이는 촉수 몇 개가 탁 튀어나왔고, 그것은 서랍을 빨아 삼키더니 다시 캐비닛을 토해냈다. 그것은 몸부림을 치며 바닥을 가로질러 가더니 미끈미끈한 점액을 처바르며 의자 위에 다시 올라가서 파일을 테이블 위에 탁 놓았다.

"마음에 드는 게 있나요?" 그것이 물었다.

아서는 지저분하고 축축한 종잇조각들을 불안하게 훑어봤다. 그가 있는 이곳은 분명 은하계의 어떤 후진 지역이었다. 이곳이 그가 알고 있고 알아볼 수 있는 우주인 한은, 약간 왼쪽 어딘가에 있는 곳이었다. 그의 고향이 마땅히 있었어야 할 자리에는 비에 흠뻑 잠기고 암살범들과 늪 돼지들이 살고 있는 지독하게 촌스러운 행성이 있었다. 여기서는 《은하수를 여행하는 히치하이커를 위한 안내서》조차도 제대로 들어맞지 않는 것 같았다. 그래서 이런 곳에서 이런 문의나 하는 신세가 되어버린 것이다. 그가 항상 물어보는 장소는 스타브로뮬라 베타였지만 그런 행성에 대해 들어본 사람은 아무도 없었다.

갈 수 있는 세상들은 꽤나 음울해 보였다. 그는 내놓을 게 거의 없었고, 그러니 그 세상들도 그에게 제공할 게 거의 없었다. 자신이 비록 원래는 차와 컴퓨터와 발레와 아르마냑(프랑스 아르마냑 지방에서 생산되는 브랜디 이름—옮긴이주)이 있는 세상에서 오긴 했지만, 혼자서는 그 중 어떤 것의 작동 원리도 전혀 알지 못한다는 사실을 깨닫자 그의 마음은 한없이 누그러졌다. 그는 할 수 없었다. 어떤 도움도 없이 홀로 내버려두면 그는 토스터조차 만들 수 없었다. 겨우 샌드위치 정도나 만들 수 있을까? 그게 다였다. 그의 도움을 요구하는 일도 별로 없었다.

아서는 낙담했다. 그는 이 사실에 놀랐는데, 왜냐하면 그는 자신이 이미 낙담할 수 있는 데까지 낙담했다고 생각했기 때문이었다. 그는 잠시 동안 눈을 감았다. 너무나 집에 가고 싶었다. 그가 자란 진짜 지구가 파괴되지 않았기를 너무나 바랐다. 이 모든 일이 일어나지 않았기를 너무나 원했다. 다시 눈을 뜨면 영국 웨스트 컨트리에 있는 자기의 조그마한 오두막 문 앞에 서 있기를, 햇살이 녹색 언덕 위로 비추고 있기를, 우편차가 길을 따라 올라오고 있기를, 수선화들이 정원에서 피어나고 있기를, 그리고 저 멀리서는 술집이 점심시간을 맞아 문을 열고 있기를 너무나 바랐다. 그는 신문을 들고 술집으로 내려가 쓴 맥주 한 파인트를 마시며 그걸 읽기를 너무나 바랐다. 그는 크로스워드 퍼즐을 너무나 하고 싶었다. 그는 십칠 번 가로에서 완전히 딱 막힐 수 있기를 너무나 바랐다.

그는 눈을 떴다.

그 괴상한 것이 발 같지도 않은 발들을 책상에 톡톡 두드려대며 그를 향해 신경질적으로 몸을 진동하고 있었다.

아서는 고개를 젓고 다음 장을 봤다.

음울하군, 그는 생각했다. 다음 장.

매우 음울해. 그리고 다음 장.

아……이건 좀 나아 보이는군.

그것은 바틀던이라는 이름의 세상이었다. 거기에는 산소가 있었다. 푸른 언덕도 있었다. 심지어 명망 높은 문학도 있는 것 같았다. 하지만 그의 흥미를 가장 불러일으킨 것은 바틀던 사람들 몇 명을 찍은 사진 한 장이었다. 그들은 마을 광장에 둘러서서 카메라를 향해 기분 좋게 미소 짓고 있었다.

"아." 그가 이렇게 말하며, 책상 뒤의 괴상한 것에게 사진을 들어보였다.

그것의 눈들이 꾸물꾸물거리며 쑤욱 나오더니 종잇조각을 아래위로 희번덕거리며 훑어봤고, 사진에 온통 반짝거리는 진액 자국을 남겼다.

"네." 그것은 혐오스럽다는 듯이 말했다. "그 사람들 정말 당신하고 똑같이 생겼군요."

아서는 바틀던으로 이사 갔고, 깎은 발톱 조각들과 침을 DNA 은행에 팔아서 번 돈으로 그림에 나온 마을에 방을 하나 얻었다. 기분 좋은 곳이었다. 공기는 향기로웠다. 사람들은 그와 비슷하게 생겼고, 그가 거기 있는 걸 개의치 않는 것 같았다. 뭔가를 가지고 그를 공격하지도 않았다.

그는 옷과 그걸 집어넣을 장을 하나 샀다.

그는 삶을 얻었다. 이제 삶의 목적을 찾아야 했다.

처음에 그는 앉아서 책을 읽으려고 했다. 하지만 바틀던의 문학은 그 섬세함과 우아함으로 이 지역 은하계에 널리 알려져 있긴 했지만, 아서의 흥미를 계속해서 지속시킬 수는 없는 것처럼 보였다. 문제는 이것이 사실 결국은 인간에 대한 이야기가 아니라는 것이었다. 그것은 인간들이 원하는 것에 관한 이야기가 아니었다. 바틀던 사람들의 모양새는 놀랄 만큼 인간과 비슷했지만, 누군가에게 "좋은 저녁이오" 하고 인사하면 그는 약간 놀라면서 주위를 둘러보고 쿵쿵대며 공기 냄새를 맡고는 이렇게 말할 것이다. "그렇군요. 당신이 그 말을 해서 보니 나쁘지 않은 저녁인 것 같군요."

"아뇨, 전 그냥 당신이 좋은 저녁 시간을 갖길 바란 겁니다." 아서는 이렇게 말할 것이다. 아니 더 정확하게 말하자면, 말하곤 했다. 그는 곧 이런 대화를 하지 않게 되었다. "제 말은, 저녁을 잘 보내시길 희망한다고요." 그는 이렇게 덧붙일 것이다.

점증하는 혼란.

"바란다고요?" 바틀던 사람이 마침내 예의바르게 당혹감을 표시하며 말할 것이다.

"어, 네." 그러면 아서는 이렇게 말했을 것이다. "전 그냥 이런 희망을 표시한 건데, 그러니까……."

"희망요?"

"네."

"희망이 뭐죠?"

좋은 질문이군, 아서는 속으로 생각했다. 그러고는 자기 방으로 돌아와 이런저런 생각에 잠겼다.

한편으로 그는 바틀던식 우주관에 대해 그가 알게 된 점들을 인정하고 존경할 수 있었다. 그 우주관이란, 우주는 있는 그대로의 우주니까 그걸 받아들이든지 아니면 떠나라는 것이었다. 다른 한편으로 그는 아무것도 원하지 않는다는 것, 언제까지고 아무것도 바라지 않고 희망하지 않는 것은 자연스럽지 않다는 느낌을 떨칠 수가 없었다.

자연스러움. 그건 교묘한 말이었다.

그가 자연스럽다고 생각했던 많은 것들, 예컨대 크리스마스에 선물을 산다거나 빨간 불에 멈춰 선다거나 초당 삼십이 피트의 속도로 떨어진다거나 하는 일들이 그저 자기 세계의 습관에 불과했으며 다른 곳에서도 반드시 같은 방식으로 작동하지는 않는다는 것을 그는 오래 전에 깨달았다. 하지만 바라지 않는다는 것——그건 정말로 자연스러울 수가 없었다. 그렇지 않은가? 그건 숨을 안 쉬는 것과 마찬가지였다.

숨쉬기는 대기 중의 그 모든 산소에도 불구하고 바틀던 사람들이 하지 않는 또 하나의 일이었다. 그들은 그저 거기 서 있었다. 때때로 그들은 뛰어다니고 네트볼(일곱 명이 한 팀이 되어 하는 농구 비슷한 영국의 경기—옮긴이주) 등의 놀이를 했지만(하지만 물론 이기기를 바란다든지 하는 일은 없었다. 그들은 그저 할 뿐이고, 이기는 사람이 누구건 그냥 이길 뿐이었다) 결코 진짜로 숨을 쉬진 않았다. 어떤 이유로 인해 그건 불필요했다. 아서는 그들과 네트볼을 한다는 건 너무나 무시무시한 일이라는 걸 곧 깨달았다. 그들은 인간처럼 생겼고 심지어 인간처럼 움직였고 인간 같은 소리를 내긴 했지만, 숨을 쉬지 않았고 바라는 것도 없었다.

한편, 숨을 쉬고 뭔가를 바라는 것은 아서가 하루 종일 하는 일의 전부와도 같았다. 때로 그는 뭔가를 너무나 간절하게 바란 나머지 호흡이 가빠지곤 했고, 그러면 잠시 누워 있어야 했다. 홀로. 자신의 조그만 방에서. 자신을 태어나게 한 세상에서 너무나 멀리 떨어진 나머지 그의 머리는 그와 관련된 숫자들만 처리해도 그냥 맥이 빠져버리곤 했다.

생각을 안 하는 게 더 나았다. 그저 앉아서 책을 읽는 게 더 나았다. 적어도 읽을 만한 게 있다면 그는 그러길 더 좋아했을 것이다. 하지만 바틀던의 이야기에 나오는 사람들은 언제나 아무것도 원하지 않았다. 물 한 잔조차도. 분명 목이 마르다면 그들도 물을 가져오겠지만, 만약 물이 없다면 그들은 더 이상 물 생각은 하지 않을 것이다. 그는 방금 책 한 권을 다 읽었는데, 그 책의 주인공은 한 주 동안 정원에서 일을 좀 하고, 네트볼을 엄청나게 많이 하고, 도로 보수를 돕고, 아내에게 아이를 임신시키더니, 마지막 장 바로 앞에서 갑자기 갈증으로 인해 죽어버렸다. 아서는 격분한 나머지 책을 거꾸로 샅샅이 훑었고, 마침내 제2장에서 배관과 관련된 무슨 문제가 스쳐지나가듯 언급되어 있는 것을 찾았다. 그게 다였다. 그래서 주인공이 죽는 것이다. 그냥 그런 일이 벌어지는 것이다.

그건 심지어 책의 클라이맥스 부분도 아니었다. 클라이맥스라는 것 자체가 없으니까. 주인공은 끝에서 두 번째 장의 삼분의 일 지점 정도에서 죽었고, 나머지 부분은 그냥 도로 보수에 관한 이야기가 계속 나올 뿐이었다. 그 책은 만 천 단어에서 그냥 딱 끝나버렸다. 왜냐하면 바틀던 책들은 원래 길이가 딱 그만큼이기 때문이었다.

아서는 책을 방에 집어던지고, 방을 팔고 떠났다. 그는 미친 듯이 닥치는 대로 여행하기 시작했다. 사람들이 원하는 거라면 침, 발톱, 손톱, 피, 머리카락 가릴 것 없이 무엇이든 티켓과 교환했다. 정액을 주면 일등석으로 여행할 수 있다는 것도 알게 됐다. 그는 어디에도 정착하지 않고, 오로지 초공간 우주선 선실이라는 폐쇄된 희미한 세계에서만 살았다. 그는 먹고, 마시고, 자고, 영화를 보고, 오로지 우주 공항에만 잠깐 들러 DNA를 더 기증하고 다음에 출발하는 장거리 우주선을 타고 나갔다. 그는 또 다른 사건이 일어나기를 기다리고 또 기다렸다.

딱 맞는 사건이 일어나게 하려는 노력의 문제점은 그런 사건이 일어나지 않는다는 것이다. 그건 '사건'이 의미하는 바가 아니다. 마침내 일어난 사건은 그가 계획한 것이 전혀 아니었다. 그가 타고 있던 우주선이 초공간에서 삑삑 소리를 내고 은하계의 서로 다른 아흔일곱 개의 지점들 사이에서 동시에 미친 듯이 깜박거리더니 그 중 하나에서 지도에도 없는 행성의 난데없는 중력장에 사로잡혀 그 행성의 바깥 대기에 걸려들었고 비명을 지르고 산산조각이 나면서 그 안으로 추락하기 시작했다.

추락하는 내내 우주선의 시스템들은 모든 것이 완전히 정상이며 통제 하에 있다고 항의했다. 하지만 우주선이 마지막으로 미친 듯이 회전하며 숲을 초토화 지경으로 반 마일이나 찢어발기고 들어가 마침내 펄펄 끓는 불덩어리가 되어 폭발하자, 그건 사실이 아니라는 것이 명백해졌다.

화염은 숲을 집어삼키고, 밤까지 펄펄 끓다가 깨끗하게 스스로 진화했다. 예정에 없는 일정 규모 이상의 모든 화재들은 이제 법으로 그렇게 하도록 요구되고 있기 때문이다. 그 후 잠시 동안 사방에 흩어진 우주선의 잔해들이 여가를 이용해 조용히 폭발하면 조그만 화염들이 여기저기서 너울거리며 치솟아 올랐다. 그러고는 그것 역시 죽어 없어졌다.

끝없는 항성 간 비행의 지루함으로 인해 실제로 비상 착륙시 안전조치를 익힌 유일한 승객이었던 아서 덴트만이 유일한 생존자였다. 그는 '즐거운 하루 보내세요' 라는 말이 삼천 개의 다른 언어로 온통 인쇄되어 있는 폭신한 분홍색 플라스틱 보호막 같은 것 속에서 여기저기가 부러진 상태로 피를 흘리며 멍하게 누워 있었다.

산산조각이 난 그의 마음속에서 포효하는 시꺼먼 침묵이 구역질나게 소용돌이쳤다. 그는 자신이 살아남으리라는 것을 일종의 체념적 확신을 가지고 알고 있었다. 그는 아직 스타브로물라 베타에 가지 않았으니까.

영원처럼 길게 느껴진 고통과 어둠의 시간이 지난 후에, 그는 조용한 형체들이 그의 주위에서 움직이는 것을 알아차렸다.

12

포드는 깨진 유리 조각들과 의자 조각들의 구름 속에서 허공을 가로질러 굴러 떨어졌다. 다시 한번, 그는 정말로 철저한 계산 같은 건 하지 않았다. 정말로. 그냥 시간을 버느라 임기응변을 했을 뿐이다. 큰 위기에 처할 때면 자신의 인생이 눈앞에 좍 펼쳐지는 것이 종종 꽤 도움이 된다는 것을 그는 알았다. 그것은 그에게 사건을 성찰하고, 어떤 시각을 갖고 사물을 볼 기회를 줬으며, 때로는 다음에 할 일에 대해 결정적인 힌트를 줬다.

초당 삼십 피트의 속도로 땅이 그를 맞이하기 위해 달려오고 있었지만, 그는 그 문제는 닥치면 처리하자고 생각했다. 순서대로 하자고.

아, 여기 왔다. 그의 어린 시절. 평범하고 따분한 일들. 그는 그 모든 일들을 이전에 겪었다. 이미지들이 휙 스치고 지나갔다. 베텔게우스 제5행성에서의 지루한 시간들. 어린 자포드 비블브락스. 그래, 그는 그 모든 것을 다 알고 있었다. 그는 머릿속에 빨리 감기 같은 게 있었으면 싶었다. 그의 일곱 번째 생일 파티. 그때 처음으로 타월을 받았지. 빨리, 빨리.

그는 몸을 비틀어 아래로 향했다. 이런 고도에서의 바깥 공기는 그의 허파에 차가운 충격이었다. 유리를 들이마시지 않도록 조심해야지.

다른 행성들로의 초기 여행들. 아이고, 맙소사. 이건 마치 본 영화가 시작되기 전에 틀어주는 끔찍한 관광 영화 같군. 처음으로 《안내서》에서 일하기 시작했을 때.

아!

저게 그 시절이군. 그들은 페널라 행성의 브웨널리 애톨에 있는 오두막에서 일했다. 리크태너컬인들과 돈퀘드인들이 그 오두막을 부서버리기 전에는. 여섯 명의 사내들, 타월 몇 개, 매우 정교한 디지털 장치들 조금, 그리고 무엇보다 중요한 것은, 많은 꿈들이었다. 아니. 가장 중요한 것은 다량의 패널라산 럼주였다. 전적으로 정확하게 말하자면, 저 올드 쟁크스 스피릿이 전적으로 가장 중요한 것이고, 그 다음으로 패널라산 럼주, 그리고 또 그 동네 소녀들이 모여 노는 애톨의 해변들이지만, 꿈들도 마찬가지로 중요했었다. 그것들에게 무슨 일이 벌어진 걸까?

그는 사실 그 꿈들이 뭐였는지 잘 기억나지 않았다. 하지만 그것들은 당시에는 엄청나게 중요한 것 같았다. 분명 거기에는 지금 그가 떨어져 내려오고 있는, 하늘을 찌를 듯이 거대한 사무실 덩어리 같은 건 포함되어 있지 않았다. 그 모든 것은 창립 멤버 중 몇 명이 정착을 하고 욕심을 내기 시작하면서 생겼다. 그러는 동안 그와 다른 사람들은 계속 현장에 있으면서 조사를 하고 히치하이크를 하면서 악몽의 법인으로 냉혹하게 변해버린 《안내서》와 그것이 차지하게 된 괴물 같은 건축물에게서 점점 더 소외돼갔다. 그 안 어디에 꿈들이 있었나? 그는 건물의 반을 차지하고 있는 회사 변호사들, 지하층을 차지하고 있는 '직공들', 모든 부편집자들과 그들의 비서들, 그 비서들의 변호사들과 그 비서들의 비서들, 변호사들의 비서들, 그 중 최악으로, 회계사들과 마케팅 부서들을 생각했다.

그는 그냥 계속 떨어져버릴 마음이 반쯤은 있었다. 그 사람들 모두 엿이나 먹으라지.

그는 이제 막 마케팅 부서가 있는 십칠 층을 지나고 있었다. 한 무리의 술고래들이 《안내서》가 무슨 색깔이어야 하는가를 놓고 설전을 벌이며 술을 마신 후에도 분별 있게 구는 절대 오류가 없는 기술을 발휘하고 있었다. 그들 중 누군가가 그 순간 창밖을 바라본다면 포드 프리펙트가 확실한 죽음을 향해 자기들을 지나쳐 떨어지면서 자신들을 향해 엿이나 먹으라는 손짓을 하는 걸 보고 소스라치게 놀랐을 것이다.

십육 층. 부편집자들. 개자식들. 녀석들이 잘라내 버린 자기의 그 모든 원고들은 또 어떤가? 한 행성에서만 십오 년씩이나 조사를 해서 기사를 보냈는데, 녀석들은 단 두 마디로 줄여버렸지. "대체로 무해함." 그 녀석들도 엿이나 먹으라지.

십오 층. 병참 행정부였다. 그게 무슨 소리든지 간에. 그들 모두는 커다란 차를 가지고 있었다. 그게 바로 그 말의 뜻이겠지 하고 그는 생각했다.

십사 층. 인사과. 자신의 십오 년간의 유형 생활을 교묘하게 계획한 건 그 사람들이라고 그는 빈틈없이 의심하고 있었다. 그 사이 《안내서》는 지금처럼 거대한 하나의 법인체(아니면 두 개의 거대한 법인체——변호사들을 잊어버려서는 안 된다)로 변형되어버린 것이다.

십삼 층. 연구 개발과.

잠깐.

십삼 층.

상황이 약간 다급해지고 있었기 때문에 그는 그 순간 빨리 생각해야만 했다.

그는 갑자기 엘리베이터의 층수 표시판이 기억났다. 거기에는 십삼 층이 없었다. 십삼이라는 숫자에 대해 미신을 가지고 있던 후진 지구 행성에서 십오 년을 보낸 터라 십삼을 빼고 층수를 세는 건물에 익숙해져 있었기 때문에, 거기에 대해 더 이상 생각하지 않았었다. 하지만 여기서는 그럴 이유가 없다.

그는 신속하게 그 옆을 지나치면서도 십삼 층의 창문들이 깜깜하다는 사실을 눈치 채지 않을 수 없었다.

저 안에서 무슨 일이 벌어지고 있는 걸까? 그는 할이 말하던 그 모든 이야기들을 떠올리기 시작했다. 하나의 새롭고도 다차원적인 《안내서》가 무한한 숫자의 우주들에 퍼져나간다. 할이 말하던 모양새로 볼 때 그 이야기는 마케팅 부서가 회계사들의 지원을 받아 꿈꾸는 미친 헛소리처럼 들렸었다. 그것보다 더 현실성 있는 이야기라면, 그렇다면 그건 매우 기괴하고 위험한 생각이었다. 그게 진짜인가? 밀폐된 십삼 층의 깜깜한 창문들 뒤에서 무슨 일이 벌어지고 있는 걸까?

포드는 호기심이 점점 더 솟아오르는 것을 느꼈다. 다음으로는 공포심이 점점 더 솟구쳐 올랐다. 그것이 점점 커져가는 그의 느낌들의 총 목록이었다. 다른 모든 점에서 그는 매우 급속하게 떨어지고 있었다. 그는 정말로 어떻게 해서 이 상황에서 살아서 벗어날 것인지 궁리하는 데로 마음을 돌려야 했다.

그는 아래를 흘깃 봤다. 백 피트 정도 아래에서 사람들이 이리저리 돌아다니고 있었다. 그 중 몇몇은 기대에 차서 위를 올려다보기 시작했다. 그를 위해 자리를 비우고 있었다. 심지어 그 굉장하고 완전히 바보 같은 워켓 사냥도 잠시 취소하고 있었다.

그는 그들을 실망시키고 싶지 않았다. 하지만 전에는 깨닫지 못했는데, 이 피트 정도 아래에 콜린이 있었다. 콜린은 분명 기분 좋게 비위를 맞추며 그가 무엇을 원하는지 결정하기를 기다리고 있었다.

"콜린!" 포드가 고함쳤다.

콜린은 대답하지 않았다. 포드는 오싹했다. 다음 순간, 그는 콜린에게 그의 이름이 콜린이라는 것을 말해주지 않았다는 것을 갑자기 깨달았다.

"여기로 와!" 포드가 고함쳤다.

콜린은 까닥거리며 그의 옆으로 올라왔다. 콜린은 하강을 엄청나게 즐겼고 포드도 그러기를 희망했다.

포드의 타월이 갑자기 콜린을 감싸자 콜린의 세계는 불현듯 깜깜해졌다. 콜린은 즉시 자신이 훨씬, 훨씬 더 무거워졌다는 것을 느꼈다. 그는 포드가 그에게 제시한 도전에 흥분하고 기뻤다. 다만 그가 그걸 감당할 수 있을지를 확신하지 못했다. 그게 다였다.

타월은 콜린 위에 걸쳐져 있었다. 포드는 타월의 솔기를 잡고 거기에 매달렸다. 다른 히치하이커들은 타월을 색다른 방식으로 변형시키는 게 적당하다고 생각해서, 온갖 종류의 비밀 도구들과 설비들, 심지어 컴퓨터 장치들까지 직물 안에 짜 넣었다. 포드는 순수주의자였다. 그는 물건을 단순한 상태로 가지고 있는 게 좋았다. 그는 보통의 가정 실내장식품 가게에서 산 보통 타월을 갖고 다녔다. 거기엔 심지어 파란색과 분홍색의 꽃무늬도 있었다. 그 무늬를 표백하고 스톤워시(돌을 이용해서 옷감, 특히 청바지 등의 염색을 빼는 방법—옮긴이주)하려고 몇 번이고 시도해봤지만 소용없었다. 거기에는 두어 개의 철사, 구부러지는 필기용 막대가 엮어 들어가 있었고, 또한 비상시에 빨아먹을 수 있도록 천의 한쪽 구석에 약간의 영양분이 적셔져 있었다. 하지만 그것만 제외하면 그건 얼굴을 닦을 수 있는 단순한 타월이었다.

친구에게 설득당해 그가 타월에 한 유일한 실제 변경은 솔기를 강화한 것이었다.

포드는 미치광이처럼 솔기를 붙들었다.

그들은 여전히 떨어지고 있었지만, 속도는 줄어들었다.

"올라가, 콜린!" 그가 외쳤다.

아무 일도 일어나지 않았다.

"네 이름은 콜린이야. 그러니까 내가 '올라가, 콜린!'이라고 소리치면, 난 콜린, 네가 올라갔으면 해. 알겠어? 올라가, 콜린!" 포드가 외쳤다.

아무 일도 일어나지 않았다. 아니 오히려 콜린에게서 숨죽인 신음 같은 게 흘러나왔다. 포드는 매우 불안했다. 그들은 이제 매우 천천히 내려가고 있었지만, 포드는 저 아래 바닥에 모이는 사람들의 부류가 심히 염려스러웠다. 워켓 사냥을 하는 우호적인 동네 사람들 타입은 흩어지고, 굵고 덩치 크고 황소 목을 한, 로켓 발사기를 짊어진 괄태충 같은 생명체들이 흔히 하는 말로 희박한 대기 속에서(out of thin air는 원래 '느닷없이'를 뜻하는 관용어로 '희박한 대기 속에서'는 이를 직역한 것이다—옮긴이주) 스르르 나타나는 것 같았다. 은하계를 여행해본 여행자들이라면 다 잘 알겠지만, 희박한 대기라는 것은 사실 다차원적 복잡성으로 인해 엄청나게 짙다.

"올라가." 포드가 다시 한번 울부짖었다. "올라가! 콜린, 올라가!"

콜린은 힘을 쓰며 신음하고 있었다. 그들은 이제 공중에 어느 정도 멈춘 상태였다. 포드는 손가락이 부러지는 것만 같았다.

"올라가!"

그대로 있었다.

"올라가, 올라가, 올라가!" 괄태충 하나가 그를 향해 로켓을 발사할 준비를 하고 있었다. 포드는 믿을 수가 없었다. 그는 타월을 잡고 허공에 매달려 있었고, 괄태충이 그를 향해 로켓을 발사할 준비를 하고 있었다. 생각할 수 있는 대책이 바닥나기 시작했고 그는 심각하게 위기를 느끼기 시작하고 있었다.

이것이 그가 주로 《안내서》에 의존하는 그런 종류의 곤경이었다. 조언을 해줄 《안내서》가 입수 가능한 곳에 있다면 말이다. 그 조언이 아무리 사람을 격분하게 하든 번지르르하기만 하든, 그건 상관없었다. 하지만 지금은 호주머니에 손을 뻗칠 수 있는 때가 아니었다. 그리고 《안내서》는 더 이상 친구나 아군처럼 보이지 않았으며, 오히려 이제는 그 자체가 위험의 근원이었다. 그가 지금 매달려 있는 곳은 《안내서》 사무실의 바깥이었다. 맙소사, 《안내서》를 소유하고 있는 듯이 보이는 사람들로부터 생명의 위협을 받으면서 말이다. 브웨널리 애톨에서 가졌던 걸로 그가 희미하게 기억하는 그 모든 꿈들은 어떻게 됐단 말인가? 그들은 그 꿈들을 그대로 놔뒀어야 했다. 그들은 거기 머물렀어야 했다. 해변에 머물렀어야 했다. 멋진 여자들을 사랑했어야 했다. 물고기를 먹고 살았어야 했다. 안뜰의 바다괴물 풀 위에 그랜드 피아노를 매달기 시작한 순간부터 모든 게 잘못됐다는 걸 그는 알았어야 했다. 그는 완전히 지치고 비참한 기분이 들기 시작했다. 수건을 꽉 쥐고 있는 손가락은 고통으로 불이 났다. 게다가 발목도 여전히 아팠다.

오, 고맙군, 발목. 그는 씁쓸하게 스스로에게 말했다. 이 순간에 자네 문제까지 들고 오다니 고마워. 자네는 뜨뜻하고 멋진 족탕이나 하면서 기분을 풀고 싶겠지, 안 그런가? 아니면 적어도 이렇게 해줬으면 싶겠지…….

한 가지 아이디어가 떠올랐다.

갑옷 입은 괄태충이 로켓 발사기를 어깨 위에다 올렸다. 추측해볼 때, 그 로켓은 자기 궤도 안에서 움직이는 물체는 무엇이든 맞히도록 디자인되었을 것이다.

포드는 땀을 흘리지 않으려고 노력했다. 타월의 솔기를 잡고 있는 손이 미끄러지는 게 느껴졌다.

그는 괜찮은 쪽 발가락으로 아픈 발의 신발 뒤꿈치를 쿡쿡 찌르며 비틀었다.

"올라가, 젠장!" 포드는 콜린에게 속절없이 중얼거렸다. 콜린은 쾌활하게 힘을 썼지만 올라갈 수가 없었다. 포드는 신발 뒤꿈치에서 열심히 작업을 계속했다.

그는 타이밍을 판단하려고 애썼지만, 소용이 없었다. 그냥 해. 그에겐 한 발밖에 없었고 그게 다였다. 그는 이제 신발 뒤축을 벗겨냈다. 삔 발목이 좀더 편해졌다. 음, 괜찮군, 안 그래?

다른 발로 그는 신발 뒤축을 찼다. 신발은 발에서 벗겨져 허공으로 떨어졌다. 약 0.5초쯤 뒤에 로켓이 발사기의 주둥이에서 돌진해 나왔고, 그

궤도를 따라 떨어지는 신발과 마주쳤으며, 곧장 그것을 뒤따라가 맞추고는 대단한 만족감과 성취감을 느끼며 폭발했다.

이 일은 지상에서 십오 피트 정도 높이에서 일어났다.

폭발의 주된 힘은 아래로 향했다. 일 초 전, 거기에는 로켓 발사기를 가진 인피니딤 엔터프라이즈의 중역 한 분대가 젠탈쿠아불라 행성의 고대 앨라바스트럼 채석장에서 잘라낸 빛나는 커다란 석판들로 뒤덮인 우아한 계단식 광장에 서 있었다. 이제 거기에는 불쾌한 조각들이 들어 있는 구덩이가 있었다.

폭발로 인해 뜨거운 공기 덩어리가 쑥하고 솟구쳐 올라와 포드와 콜린을 난폭하게 하늘로 던져 올렸다. 포드는 필사적으로 저항하며 맹목적으로 무언가 잡으려 했지만 실패했다. 그는 속절없이 하늘 저 위로 날아가 포물선의 정점에 도달해서 잠시 멈춘 후 다시 떨어지기 시작했다. 그는 떨어지고 떨어지고 떨어지다 여전히 상승 중이던 콜린을 서투르게 휘감으며 붙잡았다.

그는 조그만 구형의 로봇을 필사적으로 끌어안았다. 콜린은 스스로를 통제하고 속도를 낮추려고 즐겁게 노력하며 《안내서》 사무실 타워를 향해 대기를 가로지르며 격하게 회전했다.

그들은 서로 엉킨 채 빙빙 돌았고, 세상은 포드의 머리 주위에서 구역질나게 빙빙 돌았다. 그러다가 갑자기 모든 것이 멈췄다. 그것 역시 똑같이 구역질나는 일이었다.

정신을 차려보니 포드는 어떤 창문턱에 아찔하게 앉아 있었다.

그의 타월이 눈앞에서 떨어졌고 그는 손을 쑥 내밀어 그걸 잡았다.

콜린은 그에게서 몇 인치 떨어진 허공에서 까닥거리고 있었다.

포드는 멍들고 피를 흘리고 헐떡거리며 멍하게 주위를 둘러봤다. 창문턱의 폭은 겨우 일 피트 정도 밖에 되지 않았고 그는 십삼 층 높이에서 위태위태하게 앉아 있었다.

십삼 층.

창문이 깜깜했기 때문에 그는 자기들이 십삼 층에 있다는 것을 알 수 있었다. 몹시 심정이 상했다. 그 신발은 뉴욕의 로우어 이스트사이드의 한 가게에서 터무니없는 가격을 주고 산 것이었다. 그 결과로, 그는 훌륭한 신발의 기쁨에 대해 장장 에세이 하나를 썼는데, 그 모든 것은 '대체로 무해함'이라는 대재앙을 맞아 필요 없는 짐짝처럼 다 버려졌다. 모두 모두 젠장.

게다가 이제 신발 한 짝은 사라져버렸다. 그는 고개를 젖히고 하늘을 바라봤다.

문제의 행성이 완전히 파괴되어버리지만 않았더라면 이 일은 그렇게까지 무시무시한 비극은 아닐 것이다. 하지만, 결국 그건 그 신발을 한 켤레 더 살 수도 없다는 의미가 된다.

그렇다. 확률이 무한하게 곁가지를 치며 펼쳐나가는 점을 감안하면, 물론 거의 무한 다수의 지구 행성들이 있었다. 하지만 그걸 받아들인다 하더라도, 일류 신발 한 켤레는 다차원의 시공간을 빈둥거리며 다닌다고 해서 쉽게 복구할 수 있는 것이 아니었다.

그는 한숨을 쉬었다.

뭐 좋다, 그는 그걸 최대한으로 이용하는 게 좋을 것이다. 적어도 그 신발은 그의 목숨을 구했다. 당분간은.

그는 건물 십삼 층의 넓이 일 피트 정도의 창문턱에 앉아 있었고, 그게 좋은 신발 한 짝만 한 가치가 있는 일인지 전혀 확신이 서지 않았다.

그는 깜깜한 유리 너머를 멍청하게 들여다봤다.

무덤처럼 깜깜하고 조용했다.

아니. 그건 말도 안 되는 생각이었다. 그는 무덤에서 열린 굉장한 파티들 몇 군데에 가본 적이 있었으니까.

뭔가 움직임이 감지되나? 별로 확신할 수 없었다. 날개를 퍼덕거리는 괴상한 그림자 같은 게 보이는 것 같기도 했다. 어쩌면 그건 그의 눈썹 위로 흘러내리는 핏방울이었는지도 몰랐다. 그는 피를 쓱 닦았다. 맙소사, 그는 어딘가에서 농장을 가지고 양이나 몇 마리 키우고 싶었다. 그는 다시 창문 안을 들여다보며 그 그림자가 무엇인지 알아내려고 노력했다. 하지만 그는 자신이 시각적 환영 같은 걸 들여다보고 있으며 자기 눈이 자기를 속이고 있다는 느낌이 들었다. 오늘날 우주에서 너무도 흔한 일이다.

저 안에 어떤 새가 있는 건가? 저게 그 사람들이 여기 이 위 깜깜한 방탄유리 뒤 비밀의 층에 숨겨놓은 것인가? 누군가의 거대한 새장인가? 저 안에는 분명히 날개를 퍼덕거리고 있는 뭔가가 있었다. 하지만 그건 새라기보다는 우주에 있는 새 모양의 구멍인 것 같았다.

그는 눈을 감았다. 어쨌거나 그는 잠깐 그러고 싶었다. 그는 이제 도대체 뭘 해야 할까 궁리했다. 뛰어내려? 올라가? 안으로 침입해 들어갈 수 있는 방법이 있으리라는 생각은 들지 않았다. 좋아, 그 소문난 방탄유리라는 것은 실제 로켓과 만나자 그걸 막아내지 못했다. 하지만 다시 생각해보면 그건 건물 안에서 매우 짧은 사정거리에서 발사된 로켓이었다. 그건 그 유리를 디자인한 기술자들이 염두에 두지 않았던 상황이었을 수도 있다. 그렇다고 해서 그가 여기서 주먹을 타월로 감고 쳐서 창문을 깨뜨릴 수 있으리라는 말은 아니다. 제기랄, 하여간 그는 그 방법을 시도했고 손을 다쳤다. 그가 앉은 자리에서 팔을 크게 휘두를 수 없었다는 건 오히려 잘된 일이었다. 그렇지 않았더라면, 그는 꽤나 심하게 손을 다쳤을 것이다. 그 빌딩은 프로그스타 공격 이후 완전히 새로 지어지면서 단단하게 강화되었고, 아마도 그 업계에서 가장 중무장한 출판사였을 것이다. 하지만 그가 생각하기에 법인 위원회에서 디자인한 모든 시스템에는 항상 뭔가 약점이 있었다. 창문을 디자인한 기술자들은 그 창문들이 건물 안에서 짧은 사정거리에서 날아오는 로켓에 맞는다는 것은 예상하지 않았고, 그래서 창문이 깨졌던 것이다.

그렇다면, 기술자들이 창문 밖의 턱에 앉아 있는 어떤 사람이 하리라고 예상치 못한 일은 무엇일까?

그는 잠시 동안 머리를 쥐어짰고, 한 가지 생각이 떠올랐다.

그들이 예상치 못한 일은 우선 그가 거기에 있다는 사실이었다. 바보천치가 아니고선 그가 앉아 있는 자리에 있을 리가 없다. 그러니 그는 벌써 한 수 이기고 있는 셈이었다. 실패라곤 있을 수 없는 무엇인가를 만들려는 사람들이 저지르는 흔한 실수는 바보천치가 가진 꾀를 과소평가하는 것이었다.

그는 새로 얻은 신용 카드를 호주머니에서 꺼내 창과 그것을 둘러싼 틀이 만나는 지점의 틈 속으로 스윽 밀어 넣었고, 로켓이라면 할 수 없는 일을 해냈다. 그는 그걸 살짝 이리저리 흔들었다. 걸쇠가 벗겨지는 게 느껴졌다. 그는 창문을 슬그머니 열었고, SrDt 3454 행성의 환기 장치와 전화 대폭동에 감사드리며 웃다가 창문턱 뒤로 떨어질 뻔했다.

SrDt 3454 행성의 환기 장치와 전화 대폭동의 시작은 그저 다량의 뜨거운 공기였다. 물론 뜨거운 공기는 환기 장치가 응당 해결해야 할 문제였고, 일반적으로 환기 장치는 누군가가 에어컨을 발명하는 선까지 그 문제를 합당하게 잘 해결했으며, 에어컨은 훨씬 더 감동적으로 그 문제를 해결했다.

그건 다 좋았다. 물이 뚝뚝 떨어지는 것과 소음을 견딜 수 있다면 말이다. 그러다가 마침내 다른 누군가가 에어컨보다 훨씬 더 매력적이고 똑똑한 것을 생각해냈다. 그것은 건물 내 기후 조절기라고 불렸다.

자, 이건 꽤나 굉장한 것이었다.

그냥 보통의 에어컨과 이 조절기의 주된 차이점들은, 조절기가 오싹할 지경으로 더 비쌌으며 거기에는 엄청난 양의 정교한 측정과 조절 장치들이 포함되어 있다는 것이었다. 그 장치들은 사람들이 어떤 종류의 공기를 마시고 싶어 하는지를 일개 인간들이 아는 것보다 시시각각으로 훨씬 더 잘 알았다.

그건 또한 이 시스템이 사람들을 위해 하는 정교한 계산들을 일개 인간들이 망치는 일이 없도록 하기 위해 건물의 모든 창문들이 닫혀 봉해진 채로 지어졌다는 것을 의미했다. 이것은 사실이다.

그 시스템들이 설치되고 있는 동안, 그 건물들에서 일하게 될 많은 사람들은 브리드-오-스마트 시스템 설치 기사들과 이런 식의 대화를 하게 됐다.

"하지만 창문을 열어놓고 싶으면 어떻게 하죠?"

"새로운 브리드-오-스마트와 함께라면 창문을 열어놓고 싶은 일은 없을 겁니다."

"그래요, 하지만 잠깐 동안만 창문을 열어놓고 싶다면 어떻게 하죠?"

"아주 잠시라도 창문을 열어놓고 싶은 일은 없을 겁니다. 새로운 브리드-오-스마트 시스템이 알아서 할 테니까요."

"으음."

"브리드-오-스마트를 즐기세요."

"좋아요, 브리드-오-스마트가 고장 나거나 잘못되거나 그런 일이 있으면 어떻게 하죠?"

"아! 브리드-오-스마트의 가장 멋진 사양들 중 하나는 잘못될 가능성이 전혀 없다는 거죠. 그러니, 그런 이유로 걱정하지 마십시오. 이제 호흡을 즐기시고, 좋은 하루 보내세요."

(물론, 모든 기계적, 혹은 전기적, 혹은 양자역학적, 혹은 수역학적 장치들, 혹은 심지어 바람, 증기, 혹은 피스톤-추진 장치들까지도 이제는 몸체 어딘가에 설명문을 장식해 넣어야 한다는 요구 사항이 생기게 된 것은 SrDt 3454 행성의 환기 장치와 전화 대폭동의 결과였다. 그 물건이

아무리 작아도 그건 문제가 아니었다. 디자이너들은 어딘가에 설명문을 비집어 넣을 방법을 강구해야만 했다. 왜냐하면 거기에 관심을 기울이는 것은 딱히 사용자들이라기보다는 디자이너들이었기 때문이다.

그 설명문은 이러하다.

"잘못될 수도 있는 물건과 잘못될 가능성이 없는 물건의 주된 차이점은, 잘못될 가능성이 없는 물건이 잘못되는 경우 대개 문제를 파악하거나 수리하는 게 불가능하다는 것이 드러난다는 것이다.")

굉장한 열파가 거의 마술과도 같이 정확하게 브리드-오-스마트 시스템의 주요 고장들과 일치하기 시작했다. 처음에는, 이는 그저 부글부글 끓어오르는 분개와 몇 건의 질식사를 초래했을 뿐이었다.

진짜 공포는 세 가지 사건이 동시에 발생한 날 터졌다. 첫 번째 사건은 브리드-오-스마트 사가, 최고의 결과는 자기들의 시스템을 온화한 기후에서 사용했을 때 얻어진다는 취지의 성명을 발표한 것이었다.

두 번째 사건은 브리드-오-스마트 시스템이 특히 덥고 습한 날에 고장 난 것이었다. 그 결과 수백 명의 사무실 직원들이 건물을 소개(疏開)하고 길바닥으로 나왔고, 거기서 그들은 세 번째 사건과 만났는데, 그건 미처 날뛰는 폭도로 변한 장거리 전화 교환수들의 무리였다. 그들은 매일매일 하루 종일 "BS&S를 사용해주셔서 감사합니다"라는 말을 전화기를 드는 바보들 하나하나에게 해야 한다는 사실에 너무나 속이 꼬인 나머지 마침내 쓰레기통과 메가폰, 소총을 들고 거리로 나섰던 것이다.

이후 이어진 대량 살육의 나날 동안 전 도시의 모든 창문들이 방탄유리건 아니건 간에 박살이 났는데, 그건 주로 다음과 같은 고함들, 그리고 그들이 정상적인 업무 상황에서는 연습할 기회를 갖지 못했던 각양각색의 짐승 같은 괴성들을 동반했다. "전화 끊어, 새끼야! 네가 무슨 번호를 원하든, 어느 내선에서 전화를 걸든 내 알 바 아니야. 가서 불꽃놀이나 네 엉덩이에 쑤셔 박으라고! 이이이야아아! 우 우 우! 꽥꽥!"

이 결과, 모든 전화 교환수들은 전화를 받을 때 적어도 한 시간에 한 번씩은 "BS&S를 이용하고 죽어버려!"라고 말할 수 있는 헌법상의 권리를 부여받았으며, 모든 사무실 건물들은 아주 약간에 불과할지라도 열리는 창문들을 갖도록 요구받았다.

예상치 못한 또 하나의 결과는 자살률이 급격하게 감소한 것이었다. 브리드-오-스마트의 독재가 판치던 암울한 시절에는 기차 앞에 뛰어들거나 칼로 자신을 찔러야만 했던 스트레스에 시달리는 승진일로의 각종 중역들은 이제는 그저 한가한 시간에 자기 창문턱에 기어 올라가 뛰어내리기만 하면 됐다. 하지만 빈번하게 일어난 일은, 주위를 둘러보고 생각을 정리해야 했던 일이 분 상간에 그들은 갑자기 자신이 정말로 필요했던 것은 공기를 좀 마시고 사물을 새로운 시각에서 바라보는 것, 그리고 또한 아마도 양 몇 마리를 키울 수 있는 농장이라는 걸 깨닫게 되는 것이다.

전혀 예상치 못했던 또 하나의 결과는 타월과 신용 카드 외에는 어떤 무장도 갖추지 못하고 중무장한 건물의 십삼 층에 좌초한 포드 프리펙트가, 그럼에도 불구하고 그 소문난 방탄유리를 넘어 안전한 실내로 기어 들어올 수 있었다는 것이다.

그는 먼저 콜린이 자기 뒤를 따라 들어오게 한 다음 창문을 말끔하게 닫고, 새 같은 것을 찾아 주위를 둘러보기 시작했다.

그가 창문에 대해 깨달은 사실은 다음과 같다. 그 창문들은 애초에는 난공불락으로 디자인되었다가 '후에' 열 수 있는 창문으로 개조되었기 때문에, 사실 처음부터 열 수 있는 창문으로 디자인되었을 경우보다 훨씬 덜 튼튼했다.

헤이, 호, 재미난 옛날 삶이야, 그는 혼자 이런 생각을 하고 있었다. 바로 그때 그는 갑자기 자기가 뚫고 들어오기 위해 이 모든 고초를 무릅쓴 방이 굉장히 재미있는 곳은 아니라는 걸 깨달았다.

그는 깜짝 놀라서 딱 멈췄다.

그 괴상한 퍼덕거리는 형체는 어디 있지? 이 모든 일——이 방 사방에 널려 있는 듯이 보이는 엄청난 비밀주의의 베일과 그를 이 방 안으로 데려오기 위해 작당한 것처럼 보였던, 그 못지않게 엄청난 일련의 사건들——을 무릅쓸 만한 가치가 있는 건 어디 있지?

그 방은, 지금 이 건물의 다른 모든 방과 마찬가지로, 섬뜩할 지경으로 점잖은 회색으로 장식되어 있었다. 벽에는 차트와 그림들이 몇 개 걸려 있었다. 그 대부분은 포드에게는 아무 의미 없는 것들이었다. 하지만 다음 순간 그는 어떤 포스터의 실물 크기 모형이 분명한 무엇인가와 맞닥뜨렸다.

거기에는 새 비슷한 모양의 로고가 그려져 있었고 이런 표어가 적혀 있었다. "《은하수를 여행하는 히치하이커를 위한 안내서》제 II형(型) : 세상에서 가장 놀라운 유일한 물건. 당신 가까운 차원에 출간 임박." 그 이상의 정보는 없었다.

포드는 다시 주변을 둘러봤다. 그때, 그의 주의는 점차 콜린에게 쏠리기 시작했다. 터무니없을 정도로 과도하게 행복한 보안 로봇인 콜린이 방구석에 웅크리고는 이상하게도 공포처럼 보이는 감정을 표시하며 깩깩거리고 있었다.

이상하군, 포드는 생각했다. 그는 콜린이 반응을 보일 만한 게 뭐가 있나 주위를 둘러봤다. 그리고 그는 전에는 알아차리지 못했던 것이 작업대 위에 가만히 누워 있는 것을 봤다.

그건 원형이고 검은 색이었으며 작은 앞 접시 정도의 크기였다. 그것의 위와 아랫부분은 매끈하게 볼록한 모양을 하고 있어서 그 모양새는 조그마한 경량의 투척 원반과 비슷했다.

표면은 완전히 매끈매끈하고, 깨진 곳 하나 없으며, 별 특징이 없어 보였다.

그것은 아무 짓도 하지 않고 있었다.

그러고 나서 포드는 그 위에 무엇인가 쓰여 있는 것을 알아챘다. 이상했다. 조금 전만 해도 그 위에는 아무런 글자도 없었는데 지금 갑자기 글자가 있는 것이다. 그 두 상태 사이에는 어떤 눈에 띄는 전환도 없었던 것 같았다.

거기에는 경고하는 듯한 조그만 서체로 단 한 마디의 말이 있었다.

겁내시오.

조금 전만 해도 그것의 표면에는 어떤 자국이나 금도 없었다. 이제는 있었다. 그건 점점 커지고 있었다.

겁내시오, 《안내서》 제 II형은 말하고 있었다. 포드는 지시대로 하기 시작했다. 그는 괄태충처럼 생긴 생물들이 왜 낯익어 보였는지가 막 기억났다. 그들의 색채 배합 설계는 일종의 법인 회색이었지만, 다른 모든 면에서 그들은 보고인들과 완전히 똑같이 생겼다.

13

　　　　　　　우주선은 마을에서 백 야드 정도 떨어진 넓은 공터의 가장자리에 조용히 착륙했다.
　우주선의 도착은 급작스럽고 예기치 못한 사건이었으나, 큰 소란은 거의 없었다. 방금 전만 해도 완벽하게 정상적인 초가을 늦은 오후——나뭇잎들은 이제 막 단풍이 들려던 참이었고, 강물은 북쪽의 산맥에서 내려온 비 때문에 다시 불기 시작했으며, 피카 새들의 깃털은 곧 닥칠 겨울 서리에 대비해 두터워지기 시작했으며, '완벽하게 정상적인 짐승'들은 철마다 평원을 가로지르는 우레 같은 집단 이동을 떠날 채비를 모두 갖추었고, 스래시바그 할아범은 마을 주변을 비틀거리면서 산책하며 혼자 중얼거리기 시작한 참이었다. 해가 저물고 달리 할 일이 없어지면 마을 사람들이 하는 수 없이 모닥불 가에 모여 앉아 할아범의 이야기에 귀를 기울이게 될 테니, 그때가 되면 작년 한 해가 어떠했는가에 대한 이야기를 해주려고 혼자 중얼중얼 연습을 하고 있었던 것이다. 그러면 마을 사람들은 자기가 기억하는 것과 다르다고 투덜거리며 항의를 할 게 분명했다——그런데 바로 그 순간 그곳에 따뜻한 가을 햇볕을 받아 은은하게 빛나는 우주선 한 대가 떡 하니 내려 앉아 있었던 것이다.
　우주선은 잠시 윙윙거리더니 움직임을 멈추었다.

거대한 우주선은 아니었다. 마을 사람들이 우주선에 전문적인 지식이 있었다면, 아마 그것이 상당히 민활한 우주선이라는 걸 알아챘을 터이다. 그것은 판매용 안내 책자에 있는 옵션을 모조리 장착하다시피 한 자그맣고 늘씬한 사선실 흐룬디 소형 우주선으로서, 장착하지 않은 옵션은 고급 벡토이드 스태빌리시스밖에 없었다. 하지만 물론 그건 간이 콩알만 한 겁쟁이들밖에 장착하지 않는다. 고급 벡토이드 스태빌리시스가 달린 우주선으로는 삼면 시간축에 착 달라붙어 멋지게 커브를 꺾을 수 없기 때문이다. 하긴 뭐, 장착하면 훨씬 안전하기야 하지만, 핸들에서 느껴지는 손맛이 영 질척질척 깔끔치 못하게 된단 말이다.

마을 사람들은 물론 그런 사정을 전혀 몰랐다. 머나먼 라무엘라 행성에 사는 대부분의 사람들은 한 번도 우주선을 본 적이 없었다. 아니, 적어도 박살이 나지 않은 멀쩡한 우주선은 생전 처음이었다고 해야겠다. 그리고 저무는 햇살을 받아 따사롭게 빛나고 있는 우주선은 커프가 양쪽 끝에 대가리가 달린 생선을 잡았던 이후로 그들이 경험한 가장 특별한 사건이었다.

모두 죽은 듯 침묵을 지켰다.

방금 전만 해도 이삼십 명의 사람들이 주변을 어슬렁거리며, 수다를 떨고, 장작을 패고, 물을 긷고, 피카 새들을 놀리거나 상냥하게 스래시바그 할아범과 마주치지 않으려 하고 있었건만, 모든 동작은 순식간에 멈추었고 다들 경악에 찬 표정으로 고개를 돌리고 기괴한 물체를 바라보고 있었다.

아니, 모두라고 하면 어폐가 있다. 피카 새들은 전혀 엉뚱한 물체들을 보고 경악하는 버릇이 있었으니까. 완벽하게 정상적인 나뭇잎 한 장이 뜻밖에 돌 위에 내려 앉아 있는 걸 보고도 발작적으로 법석을 피우곤 했으며, 해가 뜰 때는 매일 아침 깜짝깜짝 기절할 정도로 놀라곤 했다. 하지만 다른 세계에서 온 우주선의 도착은 그들의 관심을 손톱만큼도 끌지 못했다. 새들은 땅바닥에 흩어진 씨앗들을 쪼아 먹으면서 여느 때와 다름없이 까르대고 릿하며 훅거렸다. 강물은 여전히 고요하고도 여유롭게 보글거렸다.

게다가, 왼쪽 끝에 있는 오두막집에서 나는 시끄럽고 음도 맞지 않는 노랫소리 역시 전혀 풀죽은 기색 없이 계속되고 있었다.

느닷없이, 살짝 짤깍하는 소리가 나고 흠 소리가 나더니 우주선에서 접이문이 바깥으로 나와 밑으로 내려왔다. 그러고는 일이 초간은 더 이상 아무 일도 일어나지 않는 것처럼 보였다. 왼쪽 끝의 오두막집에서 나는 시끄러운 고성방가 소리 속에서 그 물체는 그냥 그 자리에 앉아 있었다.

마을 사람들 몇 명, 특히 남자아이들이 좀더 잘 보려고 찔끔찔끔 앞으로 나아갔다. 스래시바그 할아범은 새 쫓는 소리를 내며 아이들을 쫓으려 했다. 이런 사태야말로 스래시바그 할아범이 결코 일어나기를 바라지 않았던 바로 그런 일이었다. 이런 사태를 미리 예견하지도 못했거니와──눈곱만큼도──행여 자기 이야기에 어떻게든 억지로 끼워 맞춰본다 해도, 아무래도 감당하기 벅찬 지경이었던 것이다.

그는 성큼성큼 앞으로 걸어나가, 아이들을 다시 뒤로 밀어내고 두 팔과 함께 낡고 옹이진 지팡이를 허공으로 추켜올렸다. 길고 따뜻한 저녁 햇살이 그를 근사하게 비춰주었다. 그는 무슨 신들인지는 몰라도 오래 전부터 강림을 예지하고 있었다는 듯이 환영할 태세를 갖추었다.

하지만 여전히 아무 일도 일어나지 않았다.

점차 우주선 내부에서 뭔가 말다툼이 벌어지고 있다는 사실이 확연해졌다. 시간이 흘렀고 스래시바그 영감의 팔도 쑤시기 시작했다.

느닷없이 트랩이 다시 안으로 접혀 들어갔다.

덕분에 스래시바그 할아범은 일이 한결 쉬워졌다. 그들은 악마들이며, 자신이 그 악마들을 쫓은 셈이 되었던 것이다. 예언하지 않았던 것은 몰라서가 아니라 신중함의 발로였고, 나아가 워낙 겸손한 성품이 허락하지

앉았기 때문이라 하면 된다.

거의 동시에, 다른 트랩이 스래시바그가 서 있던 자리 반대편에서 내려왔으며, 트랩 위에 두 사람의 형체가 모습을 나타냈다. 둘은 서로 싸우며 다른 사람들을 모조리 못 본 체 묵살하고 있었는데 거기에는 스래시바그 할아범도 포함되어 있었다. 물론 그들이 서 있는 자리에서는 어차피 보이지도 않았지만.

스래시바그 할아범은 성을 내며 잘근잘근 수염을 씹었다.

두 팔을 치켜 든 채 그 자리에 계속 서 있어야 하나? 무릎을 꿇고 고개를 앞으로 숙인 채 지팡이로 그들을 가리켜야 하나? 어마어마한 내면의 투쟁에 그만 압도된 듯 뒤로 물러나야 하나? 아니, 차라리 숲속으로 달려가서 일 년 동안 아무하고도 말하지 않고 나무 위에서 살까?

그는 목적을 달성했다는 듯이 영리하게 두 팔을 내리는 쪽을 택했다. 팔이 너무나 아파서, 별다른 선택의 여지도 없었다. 그는 방금 발명해낸 조그맣고 은밀한 표시를 트랩 쪽——닫힌 트랩 쪽 말이다——으로 해 보이고는, 뒤로 세 발자국 반 정도 물러서서, 이 형체들이 대체 뭔지 일단 잘 보고 나서 다음에 할 일을 결정하기로 했다.

키 큰 형체는 대단한 미모의 여성으로 보드랍고 쭈글쭈글해진 옷을 입고 있었다. 스래시바그 할아범은 모르는 일이었지만, 그 옷의 소재는 림플론™이었다. 쭈글쭈글해지고 땀에 푹 절었을 때 가장 예뻐 보이기 때문에 우주 여행에는 최상의 소재였다.

키가 작은 쪽은 여자아이였다. 어색하고 뾰루퉁한 표정을 하고 있었으며, 쭈글쭈글해지고 땀에 절었을 때 최악의 모습이 되는 소재로 된 옷을 입고 있었으며, 심지어 그걸 자기도 잘 알고 있는 게 확실했다.

모든 눈들이 그들을 바라보았다. 물론 피카 새들의 눈들은 빼고 말이다. 그들은 자기 나름대로 바라볼 것들이 있었으니까.

여자는 일어서서 주위를 바라보았다. 그녀에게는 목적이 확고한 사람

특유의 당찬 분위기가 풍겼다. 그녀는 틀림없이 뭔가 원하는 게 있었지만, 그걸 정확하게 어디서 찾아야 할지는 알지 못하는 듯했다. 그녀는 주위에 몰려든 마을 사람들의 얼굴 하나하나를 호기심 어린 눈길로 찬찬히 뜯어보았지만, 그 중에는 자기가 찾는 게 없는 모양이었다.

스래시바그는 이 상황을 어떻게 넘겨야 할지 전혀 알 수가 없어서 그냥 주문을 읊조리기로 결정했다. 그는 고개를 젖히고 곡을 하기 시작했지만, '샌드위치의 명인'의 오두막집에서 새삼스럽게 터져 나온 시끄러운 노랫소리 때문에 뚝 끊기고 말았다. 왼쪽 끝에 있는 오두막집이었다. 여자는 날카롭게 두리번거리더니, 차츰 차츰 얼굴에 미소를 폈다. 스래시바그 할아범 쪽으로는 눈길 한 번 주지 않고, 그녀는 오두막집을 향해 걷기 시작했다.

샌드위치를 만드는 일에는 예술의 경지가 있는데, 이는 그 심대한 깊이를 탐구할 만큼 시간이 많은 극소수의 사람들에게만 허락된다. 단순한 일이지만 보람을 느낄 기회는 무수히 많으며 또한 그 보람의 깊이 또한 심오하다. 예를 들어, 적당한 빵을 고르는 일부터 그러하다. 샌드위치의 명인은 몇 달 동안 날마다 제빵 업자 그라프와 함께 논의하며 실험을 거듭한 끝에 얇고 깔끔하게 썰어지면서도 여전히 가볍고 촉촉한 질감을 유지하며, 완벽하게 정상적인 짐승 고기로 만든 로스트비프의 맛을 가장 잘 살려주는데다 섬세한 견과류의 향미마저 지닌 빵을 만들어냈다.

또한 빵 조각의 기하학도 재정의해야 했다. 빵 조각의 높이와 넓이의 정확한 관계는 물론, 완성된 샌드위치의 부피와 무게를 적당하게 만들어 줄 수 있는 두께 말이다——이 부분에서도 역시 가벼움이 최고의 미덕이지만, 그와 함께 단단하고 풍부해야 하며, 나아가 진정 감동적인 샌드위치의 증표라 할 수 있는 촉촉함과 맛깔스러움을 약속해야만 한다.

물론 적절한 도구들 역시 결정적이다. 샌드위치의 명인은 오븐에서 제

빵 업자와 함께 지내지 않는 수많은 나날들을 '도구의 명인'인 스트라인더와 함께 칼의 무게와 균형을 재어보고, 가마에 다시 넣었다 뺐다 하며 소일하곤 했다. 유연성, 강인함, 칼날의 날카로움, 길이와 균형감에 대해 열띤 토론이 진행되었으며, 수많은 이론들이 제시되고 시험을 거쳐 정제되었고, 헤아릴 수 없이 많은 저녁마다 석양빛에 샌드위치의 명인과 도구의 명인의 실루엣이 함께 비치곤 했고, 도구의 명인의 가마는 늘 수많은 칼들을 시험해보느라 천천히 풀무질을 하며 허공을 갈랐다. 이 칼의 무게를 다른 칼의 균형감과 비교해보며, 세 번째 칼의 유연함과 네 번째 칼의 칼자루 접합 부분을 살펴보는 것이었다.

전부 합쳐서 세 개의 칼이 필요했다. 첫 번째로 빵을 써는 칼이 필요한데, 이는 단단하고 권위적인 칼날로 빵에 확고하고도 결정적인 의지를 행사할 수 있어야 했다. 다음으로는 버터를 바르는 칼이 필요했는데, 이런 칼에는 낭창낭창하고 작으면서도 든든한 심지가 필수적이었다. 초창기에 만들었던 칼들은 좀 지나치게 낭창낭창했지만, 이제는 유연성과 강인한 핵심이 결합되어 버터를 극도로 부드러우면서도 우아하게 바르는 데 더도 덜도 말고 딱 그만이었다.

물론, 칼들 중에서도 지존은 고기를 써는 칼이었다. 이는 빵 써는 칼처럼 칼질을 하는 대상을 뚫고 지나가면서 의지를 행사할 뿐만 아니라, 나아가 대상과 협력해야만 했다. 힘을 합쳐 고기의 결을 따라가며, 고깃덩어리에서 얄팍하게 접히며 썰려나가는, 최고로 훌륭한 질감과 투명감을 지닌 고기 조각을 만들어내야만 하는 것이었다. 샌드위치의 명인은 살짝 손목을 꺾는 동작으로 얇은 고기 조각을 아름답게 균형 잡힌 아래쪽 빵 조각 위에 올린 후, 네 번의 숙련된 동작으로 빵 껍질을 다듬은 후, 마침내 마을 아이들이 주위에 둘러 앉아 황홀함에 넋을 잃고 경탄하는 표정으로 쳐다보고 싶어 어쩔 줄 모르는 그 마법을 행한다. 딱 네 번 칼을 앞뒤로 뒤집으면서, 가장자리를 다듬어 만든 작은 빵 조각들을 처음의 빵 조각

위에 조각 그림 맞추기처럼 완벽하게 맞춰 올리곤 했다. 샌드위치 하나하나를 만들 때마다 다듬어 쳐낸 빵 조각들의 크기와 모양은 달랐지만, 샌드위치의 명인은 항상 너무나 수월하게, 망설이는 기미도 없이, 그 조각들을 완벽하게 맞추어 무늬를 만들어내곤 했던 것이다. 고기를 두 겹 얹고 두 번째 빵 조각들을 얹으면, 주요한 창조의 과업은 완성된 셈이다.

샌드위치의 명인이 작품을 조수에게 넘기면, 조수는 뇨이(오이cucumber를 변형해 newcumber라는 말을 만들었는데 '뇨이'로 옮겼다―옮긴이주)와 플래디시 같은 야채를 얹고 스플랙베리 소스를 살짝 끼얹은 후, 제일 위층의 빵을 덮고, 네 번째이자 몹시 평범한 칼로 샌드위치를 자른다. 이 과정 또한 정교한 기술을 요하지 않는 건 아니었지만, 이는 헌신적인 조수가 할 만한 덜 중요한 기술이었다. 조수는 언젠가 샌드위치의 명인이 연장을 놓으면, 그때 그 일을 이어받을 몸이었으니까. 그 자리는 몹시 고귀한 직책으로서, 조수인 드림플은 동료들의 질시를 한 몸에 받고 있었다. 마을에는 장작을 패면서도 행복해 하는 사람들, 물을 길으면서 행복해 하는 사람들이 많이 있었지만, 샌드위치의 명인이 된다는 건 천국 그 자체였다.

그래서 샌드위치의 명인은 일을 하면서 노래를 불렀다.

그는 작년에 절여놓은 고기의 마지막 부분을 사용하고 있었다. 이제는 최고의 맛이 나는 절정의 시기가 약간 지났지만, 아직도 완벽하게 정상적인 짐승의 풍부한 향미는 샌드위치의 명인이 익히 경험해보지 못한 탁월한 경지였다. 다음 주에는 완벽하게 정상적인 짐승들이 주기적인 이동 때문에 다시 모습을 나타낼 것이고, 마을 전체는 다시 발광에 가까운 분주한 움직임으로 빠져들게 되어 있었다. 짐승들을 사냥하게 되면, 모르긴 몰라도 우레처럼 달려 지나치는 수천 마리 중에서 칠십 내지 팔십 마리를 죽일 수 있을 것이다. 그런 다음 잡은 짐승들을 재빨리 도살해서 씻어야만 했고, 대부분의 고기는 철따라 이동했던 짐승들이 봄이 되어 다시 돌아오고 다시 고기를 공급받을 수 있을 때까지 몇 달 동안 겨울을 나기 위해 소금에 절여야 했다.

최상급의 부위는 '가을 이동'을 기념하는 만찬을 위해 당장 로스트비프로 구워 요리되었다. 잔치는 삼일 동안 비길 데 없이 풍성하게 지속되었으며, 다 같이 춤을 추고, 사냥이 어떻게 진행되었는지에 대해 스래시바그 할아범이 들려주는 이야기들을 들었다. 마을 사람들이 모두 나가 실제로 사냥을 하는 동안 오두막집에 할아범 혼자 남아 꾸며낸 이야기들이었다.

그리고 나서 고기 중에서도 최최상급의 부위는 만찬에서도 쓰지 않고 남겼다가 차갑게 보관해 샌드위치의 명인에게로 가져온다. 그러면 샌드위치의 명인은 신에게서 전수받은 기술을 발휘해 비할 데 없는 맛의 '세 번째 계절의 샌드위치들'을 만들고, 다음 날 마을 사람들은 모두 둘러앉아 다가오는 혹독한 겨울을 견딜 각오를 다지며 이 샌드위치들을 나누어 먹는다.

오늘 그는 평범한 샌드위치들을 만들고 있었다. 물론, 그렇게 애정 어린 손길로 제작된 진미를 '평범'하다고 부를 수 있을지는 모르겠지만 말이다. 오늘은 조수가 외출 중이라 샌드위치의 명인이 직접 꾸미들을 얹어야 했는데, 물론 그는 그런 수고마저 행복하기만 했다. 사실 그는 웬만하면 모든 일에 행복해 하는 사람이었다.

그는 빵을 썰고, 노래를 불렀다. 고기 조각들을 하나씩 깔끔하게 빵 조각 위에 얹어, 가장자리를 깔끔하게 다듬고 빵 껍질들을 조각 그림 맞추기처럼 딱 맞추었다. 약간의 샐러드, 약간의 소스, 또 다른 빵 조각 하나, 또 하나의 샌드위치, 또 한 소절 흥얼거리는 '노란 잠수함'(영국의 팝그룹 비틀즈의 명곡 Yellow submarine을 말한다—옮긴이주) 노래.

"안녕, 아서."

샌드위치의 명인은 하마터면 자기 엄지손가락을 뭉텅 썰어낼 뻔 했다.

마을 사람들은 여자가 대담무쌍하게 샌드위치의 명인의 오두막으로 행진해가는 모습을 경악에 차 바라보았다. 샌드위치의 명인은 '전지전능한 밥'이 불타는 수레에 태워 그들에게 보내준 인물이었다. 적어도 그게 스래시바그 영감이 해준 말이었고, 이런 문제에는 스래시바그가 권위자였다. 그래서 적어도 스래시바그는 주장하기를, 그리고 스래시바그는······기타 등등 기타 등등이었다. 괜히 시비를 걸고 따질 가치도 없는 일이었다.

마을 사람들 중에는 전지전능한 밥이 왜 유일한 아들인 샌드위치의 명인을 불타는 수레에 태워 보냈을까 궁금해 하는 이들도 있었다. 숲의 절반을 망가뜨리고 숲을 유령들로 가득 채웠으며 심지어 샌드위치의 명인마저 중상을 입게 만드는 소동을 부리지 않고, 좀 조용하게 보내줄 수 있는 길이 있지 않았을까 말이다. 스래시바그 할아범은 바로 그게 밥의 형용 불가한 뜻이라고 말했고, '형용 불가'가 무슨 뜻이냐고 묻자 사전에서 찾아보라고 대꾸했다.

하지만 사전에서 찾아보는 일에는 문제가 있었다. 스래시바그 할아범 혼자 사전을 가지고 있으면서 절대 빌려주지 않았기 때문이다. 다른 사람들이 보면 왜 안 되느냐고 물으면, 할아범은 전지전능한 밥의 뜻을 마을 사람들이 감히 알려 해서는 안 된다고 대답했고, 왜 안 되느냐고 다시 물으면 그는 자기가 그렇게 말했으니까 안 된다고 대꾸했다. 하지만 아무튼 누군가가 스래시바그 할아범이 멱을 감느라 집을 비운 사이 오두막집에 숨어들어가 형용 불가를 찾아보았다. 형용 불가란 '알 수 없는, 묘사할 수 없는, 말할 수 없는, 알아서도 안 되고 말해서도 안 되는' 등의 뜻이 분명했다. 그래서 그 문제는 그렇게 해결되었다.

최소한 그들에게는 샌드위치가 생겼으니까.

어느 날 스래시바그 영감이 말하기를, 전지전능한 밥이 자기, 즉 스래시바그 할아범이 샌드위치를 제일 먼저 골라야 한다고 선포했다고 했다. 마을 사람들은 정확히 언제 그런 일이 있었느냐고 물었고, 스래시바그는 어제, 그들이 보고 있지 않을 때 그런 일이 있었다고 말했다. "믿음을 가지시오." 스래시바그 할아범이 말했다. "아니면 불 속에서 타든가!"

그들은 할아범한테 제일 먼저 샌드위치를 고르라고 했다. 그러는 쪽이 제일 간단해 보였다.

그런데 이제 도깨비처럼 나타난 이 여자가 곧장 샌드위치의 명인의 오두막으로 들어갔던 것이다. 그의 명성이 퍼져나간 게 분명했는데, 대체 어디로 퍼져나갔는지 알 수가 없었다. 스래시바그 할아범에 따르면, 여기 말고 다른 곳이란 존재하지 않기 때문이다. 아무튼 그녀가 어디서 왔던 간에——아마 어딘가 '형용 불가' 한 곳이리라——여자는 지금 여기에, 샌드위치의 명인의 오두막집에 있었다. 그 여자는 누구일까? 그리고 오두막집 밖에서 우울하게 어슬렁거리고 돌멩이들이나 발로 차면서, 거기 있기 싫어 죽겠다는 표시를 내고 있는 이상한 여자아이는 누구일까? 어딘가 형용 불가한 곳에서 수레를 타고 온 사람이, 그것도 샌드위치의 명인이 타고 온 불타는 수레보다 훨씬 더 진보한 우아한 수레를 타고 이렇게 멀리까지 온 사람이 여기 있기조차 싫어한다니 이상한 일이 아닐 수 없었다.

그들은 모두 스래시바그를 바라보았지만, 할아범은 무릎을 꿇고 앉아 중얼거리고 아주 결연하게 하늘을 올려다보며 무슨 쓸 만한 생각이 떠오를 때까지 그 누구와도 시선을 마주치지 않겠다고 작정하고 있었다.

"트릴리언!" 샌드위치의 명인은 피가 줄줄 흐르는 엄지손가락을 빨며 말했다. "뭘……? 누구……? 언제……? 어디서……?"

"그게 다 내가 너한테 하려는 질문이야." 트릴리언은 아서의 오두막집을 둘러보며 말했다. 오두막집 내부는 조리 도구들을 비롯해서 가재도구들이 모두 깔끔하게 정리되어 있었다. 상당히 기본적인 찬장과 선반들이 있었고, 모퉁이에는 기본적인 침대가 있었다. 방 뒤편에 있는 문은 닫혀 있었고, 그래서 현재 트릴리언 눈에는 보이지 않는 어딘가로 이어져 있었다. "좋네." 그녀가 말했지만, 따져묻는 듯한 말투였다. 그녀는 이 배열이 대체 무슨 뜻인지 잘 알 수 없었다.

"아주 좋지." 아서가 말했다. "기가 막히게 근사해. 이보다 더 근사한 곳에 가본 적이 있나 싶어. 여기서 행복해. 사람들은 나를 좋아하고, 나는 그 사람들한테 샌드위치를 만들어주고……음, 그러니까, 사실 그게 다야. 사람들은 나를 좋아하고 나는 그 사람들한테 샌드위치를 만들어줘."

"거 참……."

"목가적이지." 아서가 결연하게 말했다. "그래, 정말 그래. 네가 그리 좋아할 것 같지는 않지만, 나한테는 그러니까, 음, 완벽해. 이봐, 앉아, 어서, 마음 편하게 행동하라고. 어, 뭐 먹을 거 갖다 줄까? 샌드위치?"

트릴리언은 샌드위치를 하나 집어 들어 살펴보았다. 그녀는 조심스럽게 킁킁 냄새를 맡았다.

"먹어봐." 아서가 말했다. "맛있어."

트릴리언은 일단 조그맣게 한 번 베어 물더니 한입 커다랗게 베어 물고 사려 깊게 씹기 시작했다.

"정말 맛있네." 그녀는 샌드위치를 바라보며 말했다.

"내 평생의 과업이야." 아서는 자랑스러운 말투로 말하려고 애쓰면서, 자기가 바보천치처럼 보이지 않기만 바랐다. 그는 존경을 받는 데 약간 익숙해져 있어서, 심리적으로 예기치 못한 기어 변환을 겪어야만 했다.

"고기는 뭐야?" 트릴리언이 물었다.

"아, 그거, 그건, 음, 완벽하게 정상적인 짐승 고기야."

"그게 뭐라고?"

"완벽하게 정상적인 짐승 고기. 암소 같기도 하고, 아니 황소라고 해야 하나. 뭐랄까, 사실 물소 비슷하기도 해. 커다랗고 뿔로 들이받는 종류의 동물이야."

"그런데 어디가 그렇게 이상해?"

"아무것도. 완벽하게 정상적이야."

"그렇구나."

"그저 생겨나는 데가 좀 이상할 뿐이야."

트릴리언은 얼굴을 찌푸리면서 씹는 것을 멈췄다.

"어디서 생기는데?" 그녀는 입 안 가득 고기를 물고 말했다. 확실히 알 때까지는 삼키지 않을 작정이었다.

"글쎄, 어디서 생기는지만 이상한 게 아니야. 어디로 가는지도 문제거든. 괜찮아. 삼켜도 전적으로 안전해. 나만 해도 수도 없이 먹었는걸. 아주 맛있어. 육즙이 아주 풍부하고. 아주 부드럽고. 끝 맛은 길고 짙은데 약간 단맛이 돌지."

트릴리언은 여전히 삼키지 않았다.

"어디서." 그녀가 말했다. "와서 어디로 가는 건데?"

"혼도 산맥에서 약간 동쪽 지점에서 와. 여기 우리 뒤쪽에 있는 저 커다란 산들 말이야, 아마 내려오면서 너도 봤을 거야. 그러면 어, 그 다음에는 수천 마리가 떼 지어서 거대한 앤혼도 평원을 가로질러 달려가서, 어, 글쎄, 그게 다야, 사실. 거기서 오는 거거든. 그리로 가는 거고."

트릴리언은 얼굴을 찡그렸다. 어쩐지 확실히 이해가 안 되는 부분이 있었다.

"내가 말을 분명하게 하지 않은 모양인데······." 아서가 말했다. "혼도 산맥 동쪽에서 온다는 말은, 거기서 느닷없이 나타난다는 말이야. 그런 다음에 앤혼도 평원을 가로질러 달려가서는, 사실 사라져버려. 그 놈들이 사라지기 전에 엿새 정도 여유가 있는데, 그 사이 최대한 많이 잡는 거야. 봄이 되면 똑같은 일이 되풀이되는데, 방향만 반대편이지. 알겠어?"

꺼림칙하게 트릴리언은 고기를 삼켰다. 삼키지 않으면 뱉을 수밖에 없었는데, 사실 실제로 고기는 상당히 맛이 좋았다.

"알겠어." 그녀는 특별히 부작용이 나타나지 않는 듯하자 마음을 좀 놓았다. "그런데 왜 완벽하게 정상적인 짐승이라고 부르는 거야?"

"글쎄, 내 생각에는 안 그러면 좀 이상하다고 생각할까 봐 그러는 거 같아. 아마 스래시바그 할아범이 그렇게 부르는 걸 거야. 할아범은 그 짐승들이 오는 데서 와서 가는 데로 가는데, 그게 밥의 뜻이고 그게 다라고 말하거든."

"누가……."

"제발 묻지 말아줘."

"글쎄, 그 고기를 먹어서 그런지 얼굴 좋아 보인다."

"기분도 좋아. 너도 좋아 보이네."

"나도 좋아. 아주 좋아."

"글쎄, 그럼 좋지."

"그래."

"좋았어."

"좋았어."

"나를 찾아주다니 친절하기도 하지."

"고마워."

"글쎄." 아서는 주위를 두리번거리며 말했다. 그렇게 오랜 시간이 지난 지금도 어찌나 할 말을 찾기가 힘든지 놀라울 뿐이었다.

"널 어떻게 찾아냈는지 궁금하지?" 트릴리언이 말했다.

"맞아!" 아서가 말했다. "바로 그 생각을 하고 있었어. 대체 나를 어떻게 찾았어?"

"글쎄, 네가 아는지 모르는지 모르겠지만, 지금은 커다란 서브-에서 방송국에서 일하고 있어서……."

"그건 나도 알고 있었어." 아서가 갑자기 기억을 되살리며 말했다. "그래, 너 아주 잘했잖아. 멋져. 정말 신나는 일이야. 잘했어. 아주 재미있는 일이겠구나."

"힘들어 죽겠어."

"그렇게 분주하게 돌아가니. 그래, 그럴 거야, 맞아."

"우리는 거의 모든 종류의 정보를 입수할 수 있어. 네 이름을 추락한 우주선 승객 명단에서 발견했지."

아서는 경악했다.

"그 추락 사건을 알고 있었단 말이야?"

"그럼, 당연히 알고 있었지. 우주 유람선 한 대가 통째로 없어졌는데 아무도 모른다는 게 말이 되니."

"하지만 네 말은, 어디서 추락했는지도 알고 있었다는 거잖아? 내가 살아남았다는 것도 다 알고 있었다는 말이냐고?"

"그래."

"하지만 찾으러 온 사람도 없고 탐색대도 구조하러 오지 않았어. 아무런 조치가 없었다고."

"글쎄, 아마 조치는 없을 거야. 보험 문제가 하도 복잡해서 말이야. 그냥 전부 묻어버리기로 했던 모양이야. 아예 그런 일이 없었던 것처럼 시치미를 떼기로 한 거지. 보험 사업은 요즘 완전히 엉망진창이야. 보험 회사 간부들에 대한 사형 제도를 다시 도입하기로 한 거 알지?"

"정말?" 아서가 말했다. "아니, 몰랐어. 무슨 죄에 대해서?"

트릴리언이 얼굴을 찌푸렸다.

"무슨 소리야, 죄라니?"

"알겠어."

트릴리언은 아서를 한참 동안 바라보더니, 어조를 싹 바꾸어 이렇게 말했다. "너도 이젠 책임을 좀 져야 할 때가 됐어, 아서."

아서는 이 말을 이해하려고 애썼다. 다른 사람들이 무슨 얘기를 하려고 하는 건지 파악하는 데 자신은 일이 분 정도가 걸린다는 사실을 이제 알고 있었기 때문에, 그는 여유롭게 일이 분 정도의 시간을 흘려보냈다. 요즘 인생은 너무나 쾌적하고 느긋해서, 이런저런 일들을 온전히 실감할 만한 여유가 충분했다. 그는 트릴리언의 말을 온전히 실감하고 곱씹어 보았다.

하지만 여전히 무슨 뜻인지 확실히 알 수가 없어서, 결국 그는 무슨 말인지 모르겠다고 솔직하게 털어놓았다.

트릴리언은 그에게 쿨한 미소를 날리더니 오두막집 문 쪽으로 몸을 돌려 이렇게 말했다.

"랜덤?" 그녀는 불렀다. "들어오렴. 들어와서 아버지한테 인사해라."

14

《안내서》가 다시 매끈하고 새카만 접시 모양으로 접히고 나자, 포드는 상당히 골치 아픈 일들을 깨닫게 되었다. 아니, 최소한 깨달아보려고 애를 써보았지만, 너무 골치가 아파서 한 번에 다 받아들일 수가 없었다. 머릿속에서는 쿵쾅쿵쾅 망치질을 하고 있었고, 발목은 욱신욱신 쑤셨다. 발목이 아프다고 징징거리고 싶지는 않았지만 말이다. 게다가 포드의 경험상 이런 종류의 복잡한 다차원적 논리는 목욕탕에 들어앉아 있을 때 가장 이해가 잘 되는 것이었다. 이 문제를 좀 생각해볼 시간이 필요했다. 시간, 진한 술, 그리고 풍부하고 거품이 잘 나는 오일.

그는 여기서 빠져 나가야만 했다. 《안내서》를 여기서 빼내야만 했다. 하지만 둘이 함께 빠져나갈 길이 없었다.

그는 정신없이 방을 훑어보았다.

생각해, 생각해, 생각하라고. 단순하고도 명료한 것이라야만 했다. 고약하고 음흉하게 도사린 보고인들을 상대하고 있는 거라는 포드의 고약하고 음흉하게 도사린 의혹은 옳았다. 그렇다면 단순하고 명료할수록 좋았다.

별안간 포드의 눈에 그가 찾던 것이 들어왔다.

시스템을 망가뜨리려고 애쓰지는 않을 작정이었다. 그냥 이용만 하면 되었다. 보고인들의 무서운 점은 무슨 일이든 하기로 작정한 일은 아무리 철저히 생각 없는 일이라도 철저히 생각 없이 해내고야 마는 결단력이었다. 보고인의 이성에 호소하려는 짓은 부질없는 일이었다. 보고인들에게는 이성이라는 게 없었으니까. 그러나 배짱만 두둑하게 갖고 있다면, 죽어도 편협하고 위협적이고야 말겠다는 그들의 편협하고 위협적인 고집을 가끔씩 이용할 수도 있다. 보고인들의 왼손은 오른손이 하는 일을 잘 모를 때도 있는데, 꼭 그 때문만은 아니다. 보고인들의 오른손 역시 자기가 하는 일에 대해 몹시 알쏭달쏭해 하는 경우가 아주 잦기 때문이다.

포드는 감히 그 물건을 자기 자신한테 우편으로 발송할 것인가?

포드는 감히 그걸 시스템에 넣고 보고인들 스스로 어떻게 그 물건을 그에게 우송할까 고민하게 만들 생각일까? 그들이 한편으로——당연히 그렇겠지만——대체 포드가 그 물건을 어디에 숨겼는지 찾느라 건물을 분주하게 찢어발기고 있는 사이에?

그렇다.

포드는 맹렬한 기세로 그 물건을 포장했다. 종이로 싸고 꼬리표를 붙였다. 자신이 정말 옳은 일을 하고 있는 건지 잠시 손길을 멈추고 생각한 후, 포드는 소포를 건물의 내부 우편 투입구로 던져 넣었다.

"콜린." 그는 허공에 둥둥 떠 있는 작은 공 쪽으로 몸을 돌리며 말했다. "너는 네 팔자대로 살든 죽든 알아서 하게 내버려두고 이제 난 떠날 생각이다."

"너무 행복해요." 콜린이 말했다.

"최대한 즐기렴." 포드가 말했다. "왜냐하면 너한테 저 소포를 잘 돌봐서 건물 밖으로 빼내는 일을 시킬 생각이니까. 보고인들이 너를 발견하면 틀림없이 소각 처리해버릴 텐데, 그땐 내가 도와줄 수 없을 거야. 너한테는 아주, 아주 고약한 일이 될 텐데, 정말 안됐다. 알겠어?"

"저는 기쁨에 겨워 꼴꼴거린답니다." 콜린이 말했다.

"자, 어서 가!" 포드가 말했다.

콜린은 순순히 자기가 맡은 물건을 따라 우편 투입구로 몸을 던졌다. 이제 포드는 자기 한 몸만 걱정하면 되었지만, 여전히 그건 상당히 큰 걱정거리였다. 문 밖으로 둔탁하게 달려가는 발소리들이 시끄럽게 들렸다. 물론 포드는 미리 기지를 발휘해 문을 잠그고 문 앞에다 커다란 파일 캐비닛을 갖다 두었다.

만사가 너무 순조롭게 진행되어서 걱정이었다. 전부 다 너무 끔찍하게 잘 맞아떨어졌다. 하루 종일 무모하게 될 대로 되라는 식으로 행동했는데 모든 일이 기묘할 정도로 깔끔하게 잘 돌아갔다. 신발만 빼고. 신발 문제 때문에 그는 몹시 속이 상해 있었다. 확실히 그건 제대로 갚아줘야 할 빚이었다.

귀가 멀 듯한 폭음과 함께 문이 안쪽으로 폭발했다. 연기와 먼지의 소용돌이 속에서 포드는 덩치가 커다란 깡패 같은 물체들이 서둘러 달려드는 모습을 보았다.

그러니까 만사가 잘 돌아갔단 말이지, 정말 그런가? 기가 막히는 행운의 여신이 편을 들어주는 것처럼 모든 게 훌륭하게 돌아갔단 말이지? 글쎄, 어디 두고 봐야 할 일이었다.

과학적 탐구의 정신을 발휘해, 그는 다시 한번 창문 밖으로 몸을 던졌다.

15

　　　　　서로를 알아가는 첫 달은 약간 힘겨웠다.
　첫 달에 서로에 대해 알게 된 것들을 이해하려 애쓰며 지나간 두 번째 달은 훨씬 수월했다.
　세 번째 달에 상자가 도착했을 때, 그때는 몹시 상황이 까다로워졌다.
　처음에는, 한 달이라는 게 뭔지 설명하려 애쓰는 것조차 힘들었다. 여기 라무엘라 행성에서, 이건 아서에게 몹시 쾌적하고 간단한 문제였다. 하루는 이십오 시간보다 약간 더 길었는데, 그 말은 **날마다 덤으로 한 시간씩**을 침대에서 더 보낼 수 있다는 뜻이었고, 주기적으로 시계를 다시 맞춰줘야 했다. 물론 아서는 기꺼이 즐거운 마음으로 시계를 다시 맞추곤 했다.
　게다가 라무엘라 행성의 해와 달의 숫자도 아서에게는 마음이 편했다. 해와 달이 각기 하나씩 있었던 것이다. 반면 그간 아서가 간간이 끌려 다녀야 했던 행성들 중에는 말도 안 되는 숫자의 해와 달들을 가진 데도 꽤 있었다.
　행성은 하나밖에 없는 해 주위의 궤도를 삼백 일에 한 번씩 돌았는데, 이것도 아주 훌륭한 숫자였다. 한 해가 질질 끌지 않는다는 뜻이었으니까. 달은 라무엘라 주위를 일 년에 고작 아홉 번밖에 돌지 않았는데, 이 말은 한 달이 삼십 일을 약간 넘는다는 얘기다. 이렇게 되면 한 달 동안 할 수 있는 일이 더 많아진다는 뜻이니까 정말이지 완벽하다고 할 밖에. 라무엘라는 지구와 너무 닮아서 마음이 편할 뿐만 아니라, 심지어 지구보다 더 나았다.

반면 랜덤은 자신이 되풀이되는 악몽 속에 갇혀 있다고 생각했다. 발작적으로 울음을 터뜨렸으며, 달이 자기를 잡으러 온다고 생각했다. 밤마다 달이 하늘에 떠 있었을 뿐 아니라, 달이 들어가면 해가 나와서 그녀를 쫓아다녔다. 날이면 날마다 되풀이해서.

트릴리언은 아서에게 랜덤이 지금까지 살아온 생활보다 좀더 규칙적인 삶에 적응하는 데 곤란을 겪을지도 모른다고 말했지만, 아서는 실제로 달을 보고 울부짖어대는 사태에는 전혀 대책이 없었다.

물론 이 모든 일에 대해서도 전혀 대책이 없었지만.

그의 딸이라고?

그의 딸? 그와 트릴리언은 한 번도——그런 적이 있나? 그런 일이 있었으면 틀림없이 기억할 수 있을 거라고 아서는 확신해 마지않았다. 게다가 자포드는 또 어떻게 하고?

"같은 종이 아니잖아, 아서." 트릴리언은 이렇게 대답했었다. "아이를 갖겠다는 결심을 하고 난 후에, 온갖 종류의 유전적인 테스트를 했는데 아무리 뒤져도 맞는 유전자는 딱 하나밖에 없었어. 하지만 그걸 깨닫게 된 건 한참 뒤의 일이야. 이중으로 확인을 해봤지만, 역시 내 생각이 옳았지. 보통은 병원에서 말해주지 않지만, 내가 고집을 피웠어."

"그러니까 유전자은행에 찾아갔단 말이야?" 눈이 튀어나올 듯이 휘둥그레진 아서가 물었다.

"그래. 하지만 그녀의 이름이 주는 느낌처럼 그렇게 랜덤한 건 아니었지. 왜냐하면, 뭐 당연한 말이지만, 호모 사피엔스 유전자 기증자는 너밖에 없었으니까. 하지만 이 말은 좀 해야겠는데, 너 거기 상당히 자주 갔던 모양이더라."

아서는 눈을 똥그랗게 뜨고 문간에 어색하게 쭈그리고 앉아서 그를 바라보고 있는 불행한 얼굴의 소녀를 바라보았다.

"하지만 언제……얼마나 오래……?"

"그러니까, 랜덤이 몇 살이냐고?"

"그래."

"잘못된 나이야."

"그게 무슨 말이야?"

"내 말은, 나도 전혀 모르겠다는 얘기야."

"뭐라고?"

"글쎄, 내가 겪은 시간대로는 저 애를 가진 지 한 십 년쯤 된 것 같은데, 누가 봐도 저 애는 그보다 훨씬 더 나이가 들었잖아. 내 인생이라는게 과거로 미래로 왔다갔다 시간 여행을 하면서 보내는 거니까. 직업이 그렇잖아. 가능한 한 랜덤을 데리고 다니려고 하지만, 늘 그럴 수는 없었지. 그럴 때는 어린이집의 시간대에 갖다 맡기곤 했는데, 그런 시설들은 도대체 믿을 만하게 시간을 추적할 수가 없거든. 아침에 데려다 놓으면, 저녁 때 아이가 몇 살이 되어 있을지 도저히 알 수가 없지. 얼굴이 시퍼렇게 되도록 항의를 해봐도, 씨알도 먹히지 않아. 한 번은 그런 데다 몇 시간 맡긴 적이 있는데, 찾으러 갔더니 그 사이 애가 사춘기를 지났지 뭐야. 아서, 나는 할 만큼 했어. 이제는 네가 떠맡을 차례야. 나는 취재해야 할 전쟁이 있어."

트릴리언이 떠난 후 약 십 초가 아서 덴트의 인생에서 가장 긴 시간이었다. 우리도 다 알다시피 시간이란 상대적인 것이다. 당신은 항성 간 광속 여행을 떠났다 돌아올 수도 있고, 그렇게 빛의 속도로 여행을 하게 되면 돌아왔을 때 당신은 기껏해야 몇 초밖에 나이를 먹지 않았더라도 여동생인지 남동생인지 몰라도 아무튼 당신의 쌍둥이 동생은 스무 살, 서른 살, 아니 당신이 얼마나 멀리 여행을 했는가에 따라 수도 없이 나이를 먹을 수도 있다.

여동생인지 남동생인지 몰라도 아무튼 쌍둥이 동생이 있었다는 것도 몰랐을 경우에는, 특히 이런 사실이 심오한 개인적 충격으로 다가올 수 있다. 돌아왔을 때 맞닥뜨리게 될 이 새롭고 기괴하게 확장된 가족관계의 충격에 대비하는 데에는, 자리를 비웠던 몇 초간의 시간이 턱 없이 모자라기 때문이다.

아서가 자기 자신과 인생에 대한 관념을 재정비해, 그날 아침 일어났을 때만 해도 존재한다는 일말의 의혹조차 품지 못했던, 전적으로 새로운 딸을 갑자기 받아들이기에는, 십 초간의 침묵으로는 턱도 없었다. 깊고 끈끈한 가족 간의 유대는 십 초 만에 형성되는 게 아니다. 가족들을 두고 아무리 빠른 속도로 아무리 멀리 여행을 한다 해도 그럴 수는 없는지라, 아서는 자기 집 문간에 서서 자기 집 마룻바닥을 바라보고 있는 여자아이를 바라보며, 그저 암담하고 황당하고 멍한 기분이 들 뿐이었다.

그는 암담하지 않은 척해봤자 아무 소용도 없다고 판단했다.

그는 여자아이에게로 걸어가서 안아주었다.

"나는 너를 사랑하지 않는단다." 그가 말했다. "미안하구나. 아직 널 알지도 못하는걸. 하지만 몇 분만 시간을 주겠니."

우리는 이상한 시대에 살고 있다.

우리는 또한 이상한 장소에 살고 있다. 각각 자기만의 우주에 살고 있는 것이다. 우리가 각자의 우주에 거주하게 하는 사람들은 우리 우주와 교차하는 전혀 다른 우주들의 그림자들이다. 이 어리둥절하게 복잡한 무한 회귀의 순환 고리 밖으로 눈길을 돌리며 "오, 안녕, 에드! 피부 근사하게 태웠네. 캐럴은 어때?"라고 말할 수 있으려면 사물을 취사선택하여 걸러내는 능력이 엄청나게 요구된다. 모든 의식적인 존재들은 궁극적으로 바로 이러한 능력을 발달시켜야 한다. 그렇지 못하면 자기 자신을 제대로 보호하지 못하고 혼돈을 사색하며 괴로움에 몸부림쳐야만 하기 때문이다. 그러니까 제발 좀 자식들을 들들 볶지 말고 내버려 둬라, 알았냐?

—《차원 분열적으로 발광한 우주에서 자녀를 양육하는 현실적인 방법》에서 발췌

"이게 뭐예요?"

아서는 하마터면 포기할 뻔했다. 그 말은, 죽어도 포기하지 않을 작정이었다는 뜻이다. 그는 절대로 포기하지 않을 작정이었다. 적어도 지금은. 아니 앞으로도 결코. 하지만 아서가 포기할 줄 아는 인간이었다면, 아마 틀림없이 지금 이 시점에서 포기했을 터이다.

뾰루퉁하며, 못되게 굴고, 고생대에 가서 놀고 싶다고 떼를 쓰고, 왜 항상 중력이 있어야 하는지 이해하지 못할 뿐더러 태양에게 제발 따라오지 말라고 악을 써대는 것만으로 모자라서, 랜덤은 심지어 아서의 고기 써는 칼을 땅바닥에 박힌 돌멩이들을 파내는 데 쓰기까지 했다. 그런 눈으로 보지 말라면서 피카 새들한테 던질 돌들을 팠던 것이다.

아서는 라무엘라 행성에 고생대라는 게 있었는지조차 알지 못했다. 스래시바그 영감에 따르면, 행성은 어느 브룬요일 오후 네 시 삼십일 분에 거대한 집게벌레의 배꼽에서 지금의 온전한 형체 그대로 발견되었다고 했다. 물리학과 기하학을 상당히 훌륭한 점수로 통과한 노련한 은하계 여행자로서, 아서는 이 이론에 대해 몹시 심각한 회의를 품고 있긴 했지만 스래시바그 영감한테 시비를 걸어봤자 시간 낭비일 뿐 아무 소용이 없었다.

그는 이가 빠지고 구부러진 칼을 손보면서 한숨을 쉬었다. 그는 자기가 죽든 그 애가 죽든 아니면 둘 다 같이 죽든 간에 딸을 사랑할 작정이었다. 아버지 노릇은 쉽지 않았다. 쉬울 거라고 말한 사람은 물론 아무도 없었지만, 애초에 그런 걸 물어본 적도 없으니 그건 문제가 될 수 없다.

그는 최선을 다하고 있었다. 샌드위치를 만드는 일에서 짜낼 수 있는 매 일분일초의 여가 시간을 모조리 랜덤과 함께 보냈다. 말을 걸고, 같이 산책을 하고, 마을이 자리 잡은 골짜기를 넘어 해가 지는 모습을 함께 바라보며 언덕에 앉아 있기도 하고, 딸의 인생에 대해 알아보려 애쓰고, 자기 인생을 딸에게 해명하려 애썼다. 까다로운 일이었다. 거의 동일한 유전자를 가졌다는 사실을 제외하면, 두 사람의 공통점은 자갈돌 크기 정도에 불과했다. 아니, 트릴리언의 크기 정도였다고 해야 하겠지만, 그녀에 대해 두 사람은 약간 다른 견해를 지니고 있었다.

"이건 뭐예요?"

그는 딸이 자기한테 한 말을 못 듣고 있었다는 걸 깨달았다. 아니, 딸의 목소리를 알아듣지 못했다.

보통 때 그에게 말할 때처럼 모질고 호전적인 말투가 아니라 그냥 단순한 질문을 던졌던 것이다.

그는 놀라서 두리번거렸다.

랜덤은 특유의 약간 구부정한 자세로 무릎은 모으고 두 발은 바깥쪽으로 벌린 채 오두막집 모퉁이의 등 없는 의자에 앉아 있었다. 두 손에 담긴 뭔가를 바라보고 있는 그녀의 얼굴을 긴 머리카락이 내려와 덮고 있었다.

아서는 약간 불안해하며, 그녀 쪽으로 걸어갔다.

랜덤이 무슨 변덕을 부릴지 예측하는 건 몹시 어려운 일이었지만, 지금까지는 온갖 다른 종류의 나쁜 기분들 사이를 오갈 뿐이었다. 혹독하고 신랄한 독설을 쏟아내며 발광하다가는, 예고도 없이 참담한 자기연민에 빠지기도 하고, 시무룩한 절망에 젖어 기나긴 시간을 보내다가 간간이 무생물들에 대해 무차별 폭력을 가하기도 하고 전자 클럽에 가겠다고 우기곤 했다.

라무엘라에는 전자 클럽이 하나도 없었을 뿐 아니라, 아예 클럽이라는 게 없었고, 사실을 말하자면 전기도 없었다. 불가마 하나와 빵집 하나, 수레 몇 개와 우물 하나가 있을 뿐이지만, 이 모든 건 라무엘라 행성의 기술력이 총 집결된 자랑스러운 증표였고, 꺼질 줄 모르는 랜덤의 불타는 분노는 상당 부분이 이 동네의 참을 수 없는 촌스러움에 대한 것이었다.

랜덤은 외과 수술로 손목에 심은 작은 플렉스-오-패널 스크린으로 서브-에서 텔레비전을 볼 수 있었지만, 기분이 나아지는 데는 전혀 도움이 되지 않았다. 여기만 빼고 은하계 다른 모든 곳들에서 벌어지고 있는, 정신이 쑥 빠질 정도로 신나는 일들이 끊임없이 보도되었기 때문이다. 게다가 자기를 버리고 무슨 전쟁을 취재하러 갔다는 엄마에 대한 뉴스도 자주 나왔다. 이제 보니 전쟁은 아예 일어나지도 않은 모양이었다. 아니, 적어도 어찌된 영문인지 제대로 된 정보 수집이 이루어지지 않아 완전히 잘못된 방향으로 흘러간 모양이었다. 텔레비전에서는 또한 황당무계하게 비싼 우주선들이 서로 들이박는 모습들을 담은 엄청난 모험담들도 수없이 많이 나왔다.

마을 사람들은 랜덤의 손목 위에서 명멸하는 기막힌 마술 같은 영상들에 완전히 매료되었다. 그들은 겨우 우주선 추락을 하나밖에 보지 못했고, 게다가 그 추락 사고가 너무 무시무시하고 폭력적이고 충격적인데다 끔찍한 파괴와 화재 그리고 죽음을 불러왔기 때문에, 어리석게도 그게 신나는 흥밋거리라는 걸 전혀 인식하지 못하고 있었던 것이다.

스래시바그 영감은 그 영상에 경악한 나머지 당장 랜덤을 밥이 보낸 전령이라 생각했지만, 머지않아 자기의 인내심, 아니면 자신의 믿음을 시험하기 위해 내려온 존재라고 마음을 고쳐먹었다. 그는 또한 마을 사람들이 날마다 랜덤의 손목을 훔쳐보러 가지 않고 자기 이야기에 계속 주목하게 만들려면 성스러운 이야기 속에서 얼마나 많은 우주선들을 추락시켜야 하는지를 생각하곤 깜짝 놀라 깊은 우려에 잠겼다.

그 순간 랜덤은 자기 손목을 들여다보고 있지 않았다. 손목은 꺼져 있었다. 아서는 랜덤이 뭘 보고 있는지 들여다보려고 말없이 옆에 쭈그리고 앉았다.

아서의 시계였다. 근처 폭포에 멱을 감으러 갔다가 시계를 벗어두었는데, 랜덤이 그걸 발견하고 작동시키려 하고 있었던 것이다.

"그건 그냥 시계야." 그가 말했다. "시간을 알려주는 거지."

"그건 알아요." 랜덤이 말했다. "하지만 아버지는 매일 이걸 만지작거리는데도 시간이 다 틀리잖아요. 맞는 시간 근처에도 안 가고."

그녀는 손목의 디스플레이 스크린을 치켜들었다. 디스플레이는 자동적으로 지역 시간을 표시해 알려주었다. 그녀의 손목 패널은 조용히 이 지역의 중력과 궤도를 도는 속도를 계산하는 작업을 수행하고 있었고, 태양의 위치를 파악하고 하늘에서 태양의 움직임을 추적했던 것이다. 이 모든 일이 랜덤이 도착한 후 처음 몇 분 만에 이루어졌다. 다음으로 그 지방의 단위 관습이 어떠한가에 대한 정보를 주위 환경에서 찾아내서 그에 맞게 스스로 재조정을 했던 것이다. 기기는 이런 종류의 작업을 끊임없이 했는데, 이는 특히 공간은 물론이고 시간 여행을 아주 많이 해야 하는 사람한테는 대단히 유용한 기능이었다.

랜덤은 이런 작업을 전혀 하지 않는 아버지의 시계를 보고 얼굴을 찌푸렸다.

아서는 그 시계를 아주 좋아했다. 그의 형편으로는 꿈도 꿀 수 없었을 훌륭한 시계였다. 스물한 살 생일에 죄책감에 시달리는 부자 대부(代父)에게서 선물로 받은 시계였다. 대부는 그때까지 지낸 아서의 생일을 모조리 까먹고, 심지어 그의 이름까지 까먹었다. 시계에는 요일, 날짜, 그리고 달의 주기가 표시되어 있었고, 낡고 여기저기 긁힌 시계 뒷면에는 '앨버트의 스물한 살 생일에'라는 글귀와 다른 생일 날짜가 간신히 보일락 말락 하게 새겨져 있었다.

시계는 지난 몇 년간 상당히 많은 사건들을 겪었는데, 대부분이 무상수리 규정에 들어 있지 않을 터였다. 물론 시계의 무상수리 규정에 이 시계의 정확성은 지구라는 특수한 중력과 자력장 속에서만 보장된다든가, 하루가 꼭 이십사 시간이어야 하며 행성이 폭발해서는 안 된다 등의 이야기가 명시되어 있을 리는 없다. 이런 것들은 너무나 기본적인 전제들이라서, 제아무리 변호사들이라 해도 미처 다 넣지 못했으리라.

다행히 아서의 시계는 태엽형, 아니 최소한 저절로 태엽을 감는 형태였다. 지구에서 완벽하게 표준형으로 통하는 사양과 동력 조건들을 충족하는 배터리는 은하계 어디에서도 찾을 수 없었을 테니까 말이다.

"그러면 이 숫자들은 다 뭐예요?" 랜덤이 물었다.

아서는 랜덤에게서 시계를 받아들었다.

"주위를 빙 둘러 적혀 있는 이 숫자들은 시간이야. 오른쪽 작은 창에는 THU라고 쓰여 있지. 이건 목요일Thursday이라는 뜻이지. 그리고 십사라는 숫자가 보이지? 이건 오월 십사일이라는 뜻이야. 여기 이쪽 창에 오월 MAY라고 쓰여 있잖아.

그리고 꼭대기의 초승달 모양의 창은 달의 주기를 표시하는 거야. 바꿔 말하자면 밤에 달이 태양에 얼마나 가리는지 알려주지. 그건 태양과 달과……음, 지구의 상대적인 위치에 의해 결정되거든."

"지구." 랜덤이 말했다.

"그래."

"아버지는 거기서 오셨죠? 그리고 엄마도 거기 출신이고?"

"그래."

랜덤은 시계를 다시 받아들고 또 들여다보기 시작했는데, 뭔가 이해가 되지 않는 기색이 역력했다. 그러고는 시계를 들고 귀에 대더니 알쏭달쏭한 표정으로 소리를 들었다.

"이 잡음은 뭐죠?"

"재깍거리는 소리야. 그게 이 시계를 움직이는 동력이지. 태엽 장치라고 한단다. 수많은 톱니바퀴와 용수철들이 맞물려 돌아가면서 시간과 분과 요일 등을 표시하는데 정확하게 알맞은 속도로 바늘을 돌리는 거지."

랜덤은 계속 뚫어져라 시계를 들여다보았다.

"뭔가 잘 모르겠나 보구나." 아서가 말했다. "그게 뭐지?"

"그래요." 랜덤이 마침내 말했다. "어째서 전부 하드웨어로 되어 있죠?"

아서는 같이 산책을 가자고 제안했다. 함께 얘기해볼 문제들이 있다는 기분이 들었다. 그리고 랜덤도 웬일인지, 그리 상냥하고 기꺼운 기색은 아니라도 최소한 투덜거리지는 않았다.

랜덤의 시점에서 보더라도 이 모든 상황이 기괴하기는 마찬가지였다. 자기도 이렇게 까다롭게 굴고 싶어서 그러는 건 아니었다. 그저, 달리 어떻게 행동해야 할지 모를 뿐이었다.

이 남자는 대체 누구란 말인가? 자기가 살아가야 하는 이 삶은 대체 뭐란 말인가? 자기가 삶을 살아가야 하는 이 세상은 또 뭐지? 그리고 그녀의 눈과 귀로 쏟아져 들어오는 이 우주는 또 무엇일까? 이게 다 무엇을 위한 걸까? 원하는 게 뭘까?

그녀는 어딘가에서 어딘가 다른 곳으로 가고 있는 우주선에서 태어났고, 우주선이 어딘가 다른 곳에 도착했을 때, 어딘가 다른 곳은 그저 또 하나의 어딘가로 변해 그곳에서 또 어딘가 다른 곳으로 떠나가야 하는, 그런 식이었다.

어딘가 다른 곳에 있어야만 한다고 생각하는 건 랜덤에게 정상적인 일이었다. 잘못된 장소에 있다는 느낌도 그녀에게는 정상이었다.

게다가 끊임없는 시간 여행마저 이 문제를 더욱 복잡하게 만들어서, 그녀로 하여금 자기가 늘 잘못된 장소에 있을 뿐 아니라, 심지어 언제나 잘못된 시간에 그 자리에 있다는 기분을 갖게 만들었다.

하지만 랜덤은 자신의 이런 기분을 눈치 채지 못했다. 늘 그렇게 느껴 왔기 때문이었다. 어디를 가든 늘 모래주머니를 차든가 반중력 슈트를 입고 호흡을 도와주는 특별 장치를 장착해야 한다는 사실을 한 번도 이상하게 생각해보지 않았던 거나 마찬가지였다. 정말로 편안한 느낌을 받을 수 있는 유일한 장소는 자기가 살고 싶은 세계들을 직접 설계해 만든 곳들——즉, 전자 클럽들의 가상현실들뿐이었다. 현실의 우주라는 곳에 자기가 편안히 몸담고 살아갈 수 있을지 모른다는 생각 자체를 한 번도 해본 적이 없었던 것이다.

그리고 그 우주는 어머니가 자기를 버리고 간 이 라무엘라라는 곳도 포함하고 있었다. 그리고 또한 좌석 업그레이드를 대가로 자기에게 생명이라는 소중하고 마법 같은 선물을 준 이 사람도 포함했다. 그가 알고 보니 상당히 친절하고 우호적이라는 건 잘된 일이었다. 그렇지 않았으면 골치 아픈 문제가 발생했을 테니까. 농담이 아니다. 그녀의 주머니에는 특별히 날카롭게 갈아둔 돌멩이가 들어 있었는데, 그녀는 이걸로 엄청난 문제들을 일으킬 수 있었다.

적절한 훈련을 받지 않고 다른 사람의 관점에서 사물을 바라보는 일은 대단히 위험한 결과를 초래할 수도 있는 법이다.

그들은 아서가 특히 좋아하는 자리에 앉았다. 골짜기를 내려다보는 언덕 비탈이었다. 태양이 마을 너머로 지고 있었다.

아서의 마음에 그리 썩 들지 않는 단 한 가지는, 그 자리에 앉으면 이웃한 골짜기 속이 슬쩍 들여다보인다는 사실이었다. 숲 한가운데 깊고 시커멓고 엉망으로 망가지고 팬 자국이 나 있어 그의 우주선이 추락했던 자리를 가리키고 있었다. 하지만 어쩌면 바로 그 때문에 아서가 끊임없이 이곳으로 돌아오는 건지도 모른다. 라무엘라의 녹음이 우거지고 구릉진 풍광을 한눈에 내려다볼 수 있는 자리는 수도 없이 많았지만, 아서의 마음을 끄는 곳은 바로 여기, 시야 끄트머리에 두려움과 고통으로 얼룩진 괴로운 검은 반점이 자리 잡고 있는 여기 이 자리였다.

그는 우주선 잔해에서 끌려나온 이후 단 한 번도 그곳을 다시 찾지 않았다.

결코 찾지 않을 작정이었다.

도저히 견딜 수가 없었다.

사실 그는 바로 다음 날, 충격으로 온몸이 마비되고 어지러운 와중에 다시 돌아가 보려 했었다. 한쪽 다리가 부러지고, 갈비뼈가 두서너 개 골절되고, 몇 군데 심한 화상을 입었으며 똑바로 생각조차 제대로 할 수 없는 상황이었지만, 마을 사람들에게 다시 데려가 달라고 고집을 피웠다. 마을 사람들은 불안하게 그 말에 따랐다. 하지만 그는 땅이 거품을 부글부글 일으키며 녹은 현장까지는 차마 갈 수가 없었고, 마침내 절뚝거리며 공포의 참사 현장을 등지고 영영 떠나왔다.

머지않아, 그 지역에 귀신이 붙었다는 소문이 돌았고 그 후로는 아무도 감히 그곳에 돌아가지 못했다. 라무엘라의 대지는 아름답고, 녹음이 우거진 쾌적한 골짜기들로 가득 차 있었다. 굉장히 근심스러운 골짜기를 굳이 찾아갈 이유가 전혀 없었던 것이다. 과거는 과거대로 내버려두고 현재는 미래로 나아가도록 하면 되었다.

랜덤은 두 손으로 시계를 받쳐 들고, 천천히 시계를 돌려 두꺼운 유리의 긁힌 자국들과 닳은 부분들 위로 기나긴 저녁 햇볕이 따스하게 빛을 발하게 했다. 가느다란 초침이 재깍거리며 빙빙 도는 모습을 지켜보는 일에 매료되어 있었다. 초침이 한 번 돌 때마다, 나머지 시계 침들 중에서 더 긴 쪽이 숫자판을 빙 둘러 그려져 있는 육십 개의 작은 눈금들 중 다음 눈금으로 정확하게 이동하곤 했다. 그리고 긴 분침이 한 번 돌 때마다, 작은 시침이 이동해 다음 숫자를 가리켰다.

"너 벌써 한 시간도 넘게 그걸 보고 있었어." 아서가 조용하게 말했다.

"알아요." 그녀가 말했다. "한 시간은 커다란 침이 한 바퀴 빙 도는 시간이지요?"

"맞아."

"그러면 이걸 쳐다보고 있은 지 한 시간하고 십칠……분이 됐어요."

그녀는 깊고 신비스러운 기쁨으로 미소를 지어보이더니 살짝 몸을 틀어 그의 팔에 약간 몸을 기대었다. 아서는 몇 주일 동안 가슴 속에 꾹 맺혀 있던 작은 한숨이 입 밖으로 새어나갈 듯한 기분이 되었다. 딸아이의 어깨에 팔을 둘러 안아주고 싶었지만, 아직은 너무 이른 것 같았고, 그러면 랜덤이 수줍어하며 물러날 거라 생각했다. 하지만 뭔가가 제대로 돌아가고 있었다. 무언가 랜덤의 마음을 살짝 풀어주고 있었다. 그 시계는 이제까지 랜덤의 인생에서 그 어떤 것도 갖지 못했던 어떤 의미를 갖는 데 성공했다. 아직은 그게 뭔지 확실히 안다고 말할 수 없었지만, 아서는 심오한 기쁨을 느꼈고 더불어 그녀의 마음을 움직이는 사물이 존재한다는 사실 자체에 안심했다.

"한 번만 다시 설명해줘요." 랜덤이 말했다.

"사실 대단한 건 별로 없어." 아서가 말했다. "시계 태엽 장치는 수백 년에 걸쳐서 발전해 온 거거든……."

"지구의 연도 말이지요."

"그래. 그래서 시계는 갈수록 섬세해지고 점점 더 정교해졌어. 고도의 기술을 요하는 섬세한 작업이었지. 아주 작게 만들어야만 했고, 아무리 흔들거나 떨어뜨려도 정확하게 작동해야만 했어."

"하지만 고작 행성 하나에서만요?"

"글쎄다. 그 시계가 만들어진 게 거기였으니까. 어디 다른 데로 가서 다른 태양들이며 달들이며 다른 자장들 같은 데 대처하게 될 줄은 몰랐던 거지. 내 말은, 그 녀석은 아직도 완벽하게 작동하지만, 스위스에서 이렇게까지 멀리 떨어진 여기에서야 그런 게 별 의미가 없잖니."

"어디서요?"

"스위스. 이런 시계들이 만들어진 곳이 바로 거기야. 작고 산이 많은 나라지. 피곤할 정도로 깨끗해. 이 시계들을 만든 사람들은 다른 세계들이라는 게 있는 줄도 사실 잘 몰랐단다."

"그렇게 엄청나게 큰 사실을 몰랐다니요."

"글쎄, 그러게 말이야."

"그러면 그 사람들은 어디서 왔어요?"

"그 사람들, 그러니까 우리지……우리는 말하자면 그냥 거기서 자랐단다. 우리는 지구에서 진화했어. 나도 몰라, 무슨 질척질척한 진흙 같은 데서 진화했을 거야."

"이 시계처럼 말이죠."

"음. 그 시계는 아마 진흙에서 진화한 건 아닐걸."

"아무것도 모르면서!"

랜덤은 갑자기 고래고래 소리를 지르면서 벌떡 일어났다.

"아버지는 몰라요. 나에 대해서도 모르고, 아무것도 몰라요! 그렇게 바보 같은 아빠를 증오해요!"

정신없이 언덕을 따라 달려 내려가면서도, 랜덤은 시계는 꼭 움켜쥔 채 아서를 증오한다고 외쳐댔다.

아서는 벌떡 일어났다. 깜짝 놀라 어찌할 바를 몰랐다. 그는 랜덤을 따라 실타래처럼 엉키고 울창하게 우거진 풀밭을 달리기 시작했다. 그에게는 힘들고 고통스러운 일이었다. 추락할 때의 다리 골절상은 깔끔한 부상이 아니었고, 깔끔하게 낫지도 않았다. 그는 달리면서 절뚝거리고 움찔거렸다.

느닷없이 랜덤이 돌아서더니 그를 마주보았다. 얼굴이 분노로 시커멓게 변해 있었다.

랜덤은 시계를 아서의 눈앞에 대고 흔들어댔다. "이 시계가 속한 세계가 어딘가에 있다는 걸 이해 못하죠? 이 시계가 제대로 작동하는 곳! 이 시계에 꼭 맞는 세계가?"

그 애는 돌아서더니 다시 달렸다. 날씬한데다 워낙 발이 빨라서, 아서는 따라잡을 꿈도 꿀 수 없었다.

아버지 노릇이 이렇게까지 어려울 줄은 몰랐다고 할 수는 없고, 그저 아버지 노릇을 하게 될 줄을 아예 몰랐을 뿐이다. 특히 이렇게 느닷없이, 뜻밖에 외계의 행성에서 아버지가 될 줄은 정말 몰랐다.

랜덤은 다시 돌아서서 그를 향해 악을 쓰기 시작했다. 왠지 모르지만 아서는 그럴 때마다 달리던 발걸음을 멈추곤 했다.

"대체 나를 뭐라고 생각해요?" 랜덤은 화에 복받쳐 따져 물었다. "좌석 업그레이드? 엄마는 나를 뭐로 생각했던 거 같아요? 자기가 누리지 못한 인생으로 갈 수 있는 비행기 표쯤으로?"

"네 말이 무슨 뜻인지 모르겠어." 아서가 헉헉거리고 아픔을 추스르며 말했다.

"다른 사람이 하는 말이 무슨 말인지 어차피 한 마디도 못 알아듣잖아요?"

"무슨 말이니?"

"입 닥쳐요! 아무 말 말아요! 입 닥치라고요!"

"말을 해! 제발 말을 해 달라고! '자기가 누리지 못한 인생'이라니, 엄마가 무슨 뜻으로 한 소리니?"

"엄마는 지구에 남아 있었다면 좋았을 거라 생각했던 거예요! 바보천치 뇌사상태 해파리 같은 자포드를 따라 떠나지 않았더라면 좋았을 거라고 바란단 말이에요! 그랬더라면 지금과는 다른 삶을 살았을 거라고 생각한다고요!"

"하지만……." 아서가 말했다. "그랬으면 죽었을 텐데! 지구가 파괴될 때 죽었을 거란 말이야!"

"그게 다른 삶 아닌가요, 안 그래요?"

"그건······."

"그랬으면 나를 낳지 않아도 좋았을 테니까요! 엄마는 나를 미워해요!"

"설마 그 말 진심으로 하는 건 아니겠지! 어떻게 사람이 그러니까, 어, 내 말은······."

"엄마가 나를 가진 건, 나를 통해 엄마의 삶에 의미를 갖기 위해서였어요. 그게 내 역할이었단 말이에요. 하지만 나는 엄마보다 더 적응하지 못했다고요! 그래서 엄마는 그냥 나를 떼어내 버리고 바보 같은 엄마 인생을 그냥 살기로 한 거예요!"

"엄마 인생이 왜 바보 같아? 엄마는 환상적으로 성공했잖아, 안 그래? 엄마는 온 시간과 공간을 오가며 살고 있고, 서브-에서 텔레비전 방송에도 항상 나오고······."

"바보 같아! 바보 같아! 바보 같아! 바보 같다고요!"

랜덤은 돌아서서 다시 달려가기 시작했다. 아서는 도저히 따라잡을 수가 없어서, 결국 잠시 주저앉아 다리의 통증이 가라앉기를 기다려야 했다. 머릿속에서 빙빙 돌아가는 어지러운 소용돌이는 어찌 해야 할지 도저히 알 수가 없었지만.

그는 한 시간 후 절뚝거리며 마을로 돌아왔다. 어두워질 무렵이었다. 지나치는 마을 사람들은 안녕하시냐고 인사를 건넸지만, 어쩐지 불안한 기색이 돌았고, 사태가 어찌 돌아가는지 어떤 조치를 해야 할지 모르겠다는 분위기가 느껴졌다. 스래시바그 영감을 보니 수염을 열심히 잡아뜯으며 달을 쳐다보고 있었는데, 그것 역시 좋은 징조가 아니었다.

아서는 자기 오두막집으로 들어갔다.

랜덤은 식탁에 앉아 구부정하니 몸을 앞으로 굽힌 채 앉아 있었다.

"미안해요." 그녀가 말했다. "정말 죄송해요."

"괜찮아." 아서는 자기가 아는 한 최대한 부드러운 목소리로 말했다. "같이 수다를 좀 떨어보는 것도 좋은 일이지. 우리가 서로에 대해 배우고 이해해야 하는 부분이 너무나 많은데다, 삶은, 글쎄, 그저 홍차와 샌드위치만 능사가 아니니까……."

"정말 죄송해요." 랜덤은 흐느끼며 다시 말했다.

아서는 다가가서 랜덤의 어깨에 팔을 둘렀다. 그녀는 저항하지도 않고 물러서지도 않았다. 그때 아서는 뭐가 그렇게 죄송한 일인지 깨닫고 말았다.

라무엘라 행성의 등불이 쏟아내는 빛을 받으며 아서의 시계가 놓여 있었다. 랜덤은 버터를 바르는 칼의 등으로 시계 뒤의 뚜껑을 벗겨냈던 것이다. 미세한 톱니바퀴와 용수철들과 지렛대들이 아주 작은 덜 떨어진 더미가 되어 쌓여 있었고, 랜덤은 그걸 이제까지 만지작거리고 있었던 것이다.

"어떻게 작동하는 건지 한번 보고 싶었을 뿐이에요." 랜덤이 말했다. "어떻게 조각들이 한데 맞춰지는지 궁금했어요. 정말 죄송해요! 도저히 다시 맞출 수가 없어요. 죄송해요, 죄송해요, 죄송해요. 어떻게 해야 할지 모르겠어요. 꼭 수리할게요! 정말로! 꼭 고쳐드릴게요!"

다음 날 스래시바그가 찾아와서 온갖 종류의 밥 이야기들을 늘어놓았다. 그는 랜덤의 정신을 이끌어 거대한 집게벌레의 형용 불가한 신비를 사색하게 함으로써 마음을 차분하게 진정시켜 보려 했으나, 랜덤은 세상에 거대한 집게벌레 따위는 없다고 말했고 스래시바그는 몹시 싸늘하고 조용해지더니 그녀에게 외계의 암흑 속으로 던져질 거라고 말했다. 랜덤은 "잘 됐네요, 어차피 거기서 태어났으니까"라고 말했고 다음 날 소포가 도착했다.

갈수록 흥미진진한 사건들의 연속이었다.

사실, 소포가 로봇 특유의 윙윙거리는 잡음을 내면서 마른하늘에 날벼락처럼 뚝 떨어진 무인 로봇에 의해 배달되자, 마을 전체에 사건도 사건 나름이지 이젠 좀 지나치다 싶은 느낌이 천천히 퍼져나갔다.

무인 로봇의 잘못은 아니었다. 무인 로봇이 요구한 건 아서 덴트의 서명 내지는 엄지손가락 지문 날인, 또는 목덜미의 피부 세포를 약간 긁어가겠다는 것뿐이었고, 그 일만 완료하면 다시 돌아갈 생각이었다. 로봇은 왜들 이렇게 짜증을 내는지 잘 이해하지 못한 채, 허공에 떠서 계속 기다렸다. 그 사이 커프는 양쪽에 머리가 달린 생선을 또 한 마리 낚았지만, 자세한 검사를 거친 결과 생선 두 마리를 반으로 잘라서 상당히 어설프게 바느질해 붙인 거라는 사실이 밝혀졌고, 그리하여 커프는 머리가 둘 달린 물고기에 대한 굉장한 관심을 다시 불붙이는 데 실패했을 뿐 아니라, 오히려 처음 잡았던 물고기에 대한 심각한 의혹만 불러일으켰다. 오로지 피카 새들만 만사가 여느 때와 전혀 다를 바 없이 정상이라고 생각하는 듯했다.

무인 로봇은 아서의 서명을 받고 나서 탈출했다. 아서는 소포를 다시 오두막집으로 갖고 들어와 앉아서 들여다보았다.

"열어봐요!" 그날 아침 주위의 모든 것들이 속속들이 괴상망측해지자 한결 명랑해진 랜덤이 이렇게 말했지만, 아서는 안 된다고 했다.

"왜요?"

"나한테 온 소포가 아니야."

"맞아요."

"아니, 그렇지 않아. 수신인은……글쎄, 수신자가 포드 프리펙트로 되어 있어. 나는 보호자고."

"포드 프리펙트요? 그 사람 혹시…….''

"맞아." 아서가 신랄하게 대답했다.

"그 사람 이야기를 들어본 적 있어요."

"그럴 거야."

"어쨌든 열어봐요. 안 그러면 어떻게 하겠어요?"

"모르겠어." 아서가 말했다. 정말로 알 수가 없었다.

그는 그날 아침 일찍 훼손된 칼들을 가마로 가지고 갔고 스트라인더는 칼들을 살펴보더니 어디 할 만큼 해보겠다고 말했다.

그들은 보통 때와 다름없이 칼들을 공중에 흔들어보고, 균형점과 휘어지는 지점을 손으로 더듬어 찾아보는 등의 일들을 했지만, 이미 그 일에서 느꼈던 기쁨은 사라지고 없었고, 아서는 샌드위치를 만드는 날들도 십중팔구 얼마 남지 않았을 거라는 서글픈 느낌에 사로잡혔다.

그는 고개를 푹 떨어뜨렸다.

완벽하게 정상적인 짐승들의 다음 출현이 임박했지만, 아서는 사냥하고 만찬을 즐기는 축제의 분위기가 보통 때보다 조용하고 불안한 분위기에서 이루어지리라는 예감이 들었다. 라무엘라 행성에 뭔가 큰 일이 벌어진 것이 틀림없었다. 그리고 아서는 그게 바로 자기 자신이라는 무서운 느낌이 들었다.

"이게 뭐 같아요?" 랜덤이 손에 든 소포를 빙빙 돌려보며 말했다.

"몰라." 아서가 말했다. "하지만 뭔가 나쁘고 걱정스러운 게 분명해."

"그걸 어떻게 알아요?" 랜덤이 항의했다.

"왜냐하면 포드 프리펙트와 관련된 건 그렇지 않은 것에 비해 무조건 더 나쁘고 더 걱정스러우니까." 아서가 말했다. "믿어도 돼."

"무슨 일인지 몰라도 화가 나셨군요, 그렇죠?" 랜덤이 말했다.

아서는 한숨을 쉬었다.

"그냥 약간 정신이 없고 불안한 기분이 드는 모양이다." 아서가 말했다.

"죄송해요." 랜덤이 말하고는 다시 소포를 내려놓았다. 소포를 열면 정말로 아서가 화를 낼 게 분명했다. 그가 보지 않을 때 해야만 했다.

16

 아서는 둘 중에서 어느 쪽이 없어진 걸 먼저 알아차렸는지 잘 알 수가 없었다. 하나가 없다는 걸 알아차렸을 때, 마음은 즉시 다른 쪽으로 향했고, 당장 둘 다 없어진 걸 알아차렸으며 그 결과 말도 못하게 나쁘고 골치 아픈 일이 발발하리라는 걸 깨달았던 것이다.
 랜덤은 그 자리에 없었다. 그리고 소포도 없었다.
 그는 하루 종일 선반 위에 소포를 아주 잘 보이게 놓아두었다. 그건 신뢰하는 훈련이었다.
 아서는 부모의 의무 중 하나는 아이에 대한 신뢰를 보여주는 거라고 알고 있었다. 두 사람의 관계를 공고히 하기 위하여 차츰 차츰 신뢰와 자신감을 느끼게 해주어야 한다는 것이었다. 그런 짓은 바보천치 같은 짓이라는 걸 잘 알고 있었지만, 그래도 어쨌든 그렇게 했고, 결과적으로 그건 바보천치 같은 짓이었다는 게 판명되었다. 살면서 배우는 법이다. 아무튼 살긴 살 테니까.
 그래도 엄청나게 겁이 났다.
 아서는 오두막집에서 달려 나왔다. 날이 본격적으로 어두워지고 있었다. 어둑해지고 있었고 폭풍이 닥칠 기미가 보였다. 어디에서도 랜덤은 보이지 않았다. 흔적조차 찾을 수 없었다. 물어보았다. 아무도 그 애를 보지 못했다. 다시 물어보았다. 다른 사람들도 그 애를 보지 못했다고 했다. 그들은 밤이 되어 집으로 돌아가고 있었다. 바람이 한 줄기 불어와 마을 주변을 휩쓸고 가며, 위험스러울 정도로 무심하게 이런저런 물건들을 날려 보내고 뒹굴게 했다.

그는 스래시바그 영감을 찾아내 물어보았다. 스래시바그는 돌처럼 차갑게 아서를 바라보더니 아서가 두려워하던 방향을 손가락으로 가리켰고, 그로써 아서는 본능적으로 그 애가 정말 그 방향으로 가버렸다는 사실을 깨달았다.

그래서 이제 그는 최악의 사실을 알아버렸다.

랜덤은 아서가 절대 따라오지 않을 거라고 생각한 장소로 가버린 것이다.

그는 하늘을 바라보았다. 찌무룩하고 불안한 납빛 하늘은 묵시록에 나오는 4인의 기사들이 말을 타고 달려 나와도 정신 나간 멍청이들처럼 보이지 않을 만한, 그런 하늘이었다.

극도로 불길한 예감에 무거워진 가슴을 안고 아서는 이웃 골짜기의 숲으로 이어지는 길을 따라 걷기 시작했다. 아서가 무거운 몸을 질질 끌고 달리기 비슷한 걸 하기 시작할 때쯤, 무거운 빗방울들이 툭툭 떨어지기 시작했다.

랜덤은 언덕 꼭대기에 올라 이웃 골짜기를 내려다보았다. 생각했던 것보다 훨씬 오르기가 힘들고 시간도 오래 걸렸다. 밤에 여행을 한다는 게 마음에 걸렸지만, 아버지는 하루 종일 오두막 근처를 배회하면서 소포를 지키지 않는 척했다. 자기 자신을 속이려는 건지 랜덤을 속이려는 건지는 알 수 없었지만. 하지만 결국은 칼 문제로 스트라인더와 상의를 하러 가마에 가야 할 일이 생겼고, 랜덤은 기회를 잡아 소포를 들고 도망을 쳤던 것이다.

오두막은 물론이고, 심지어 마을에서도 소포를 열어볼 수는 없었다. 언제라도 아버지와 맞닥뜨릴 수 있으니까. 그래서 그녀는 아버지가 따라오지 못할 만한 곳으로 가야만 했다.

지금 그 자리에서 멈춰도 이젠 괜찮았다. 여기까지 왔던 건 아버지가 따라오지 않기를 바라는 마음에서였으니까. 행여 따라오더라도 어스름이 깔리고 비가 오기 시작하는 언덕 비탈의 숲속에서 그녀를 찾을 수 있을 리가 없었다.

올라오는 내내, 소포는 팔 밑에서 살짝 흔들리고 있었다. 만족스럽게 든든한 부피의 물건이었다. 랜덤의 팔뚝 길이만 한 너비의 사각형 꼭대기에 랜덤의 손 기장 정도 깊이의 소포는 갈색 플래스퍼로 포장되어 저절로 매듭이 지어지는 기발한 신형 끈으로 묶여 있었다. 흔들어보아도 소리는 나지 않았지만, 흥미진진하게도 무게 중심이 중간에 집중되어 있다는 사실은 느낄 수 있었다.

하지만 이렇게까지 멀리 오고 보니, 그 자리에서 멈추지 않고 금기시되는 구역까지 내쳐 달려 내려가는 일 자체에서 일종의 쾌감이 느껴졌다. 아버지의 우주선이 추락한 지점이었다. 그녀는 '귀신 들렸다'는 말이 정확하게 무슨 뜻인지 몰랐지만, 알아보는 것도 재미있을 터였다. 계속 나아가되, 소포는 거기 도착했을 때를 위해 아껴둘 작정이었다.

하지만 날이 점점 어두워지고 있었다. 그녀는 멀리서 불빛이 보일까 봐 작은 전자 손전등을 아직 쓰지 않고 있었다. 이제는 써야 할지도 모르지만, 어차피 이젠 별 상관이 없을 것이다. 이미 그녀는 골짜기들을 구분하는 언덕 마루를 넘어 반대편에 있었으니까.

그녀는 손전등을 켰다. 거의 동시에 삼지창 같은 번갯불이 골짜기를 찢고 그녀가 가려는 지점으로 떨어지는 바람에 그녀는 혼비백산했다. 어둠이 부들부들 몸을 떨며 다시 주위를 에워싸고 박수갈채 같은 천둥소리가 땅 위를 굴러가고 나자, 그녀는 갑자기 손에 연필처럼 가느다란 빛줄기를 흔들고 있는 자신이 몹시 작고 길 잃은 존재처럼 느껴졌다. 아무래도 그냥 이쯤에서 멈춰 서서 소포를 열어보아야 할까. 아니면 돌아가서 내일 다시 나오는 게 좋을까. 하지만 그건 순간적인 망설임에 불과했다. 오늘 밤 다시 돌아갈 수는 없다는 걸 그녀는 잘 알고 있었고, 앞으로 영영 돌아갈 수 없을 거라는 예감도 들었다.

그녀는 계속 언덕 비탈을 따라 내려갔다. 비가 점점 거세지고 있었다. 방금 전만 해도 툭툭 무거운 빗방울 몇 개가 떨어지는 정도였는데, 이제는 빗줄기가 제대로 퍼붓고 있었다. 나무들 사이에서 쉭쉭 소리를 내며 떨어지는 비에, 발밑의 땅이 점점 미끄러워졌다.

적어도 나무들 사이에서 쉭쉭 소리를 내는 게 비라고, 그녀는 생각했다. 그녀의 빛이 나무들 사이로 깡충거리는 사이, 그림자들이 펄쩍펄쩍 뛰어오르며 그녀를 노려보고 있었다. 앞으로 앞으로 아래로 아래로.

그녀는 십 분 내지 십오 분을 그렇게 더 전진했다. 이젠 살갗까지 푹 젖어 덜덜 떨고 있었고, 차츰 저 앞쪽에 자기 손전등 말고 다른 빛이 있다는 걸 깨닫고 있었다. 아주 희미한 불빛이어서, 헛것을 보는 건지 아닌지 확신이 서질 않았다. 자세히 보려고 손전등을 껐다. 저 앞에 정말로 희미하게 번들거리는 빛이 있는 것 같았다. 뭔지는 알 수 없었다. 다시 손전등을 켜고 계속 비탈을 따라 내려갔다. 뭔지 몰라도 그쪽으로.

그런데 이 숲은 뭔가 잘못되어 있었다.

꼭 집어 말할 수는 없었지만, 근사한 봄날을 기다리는 기운차고 건강한 숲처럼 보이지가 않았다. 나무들은 역겨운 각도로 축 늘어져 있었고, 창백하고 시들어빠진 분위기를 풍겼다. 나무들 곁을 지나칠 때면 가지들이 뻗어 나와 그녀를 잡으려 하는 것 같은 걱정스러운 느낌을 받은 게 한두 번이 아니었다. 하지만 그건 손전등 불빛 때문에 그림자들이 명멸하고 흔들리는 바람에 생긴 착시일 뿐이었다.

별안간 바로 앞의 나무에서 뭔가가 툭 떨어졌다. 그녀는 깜짝 놀라 뒤로 물러서다가 손전등과 소포를 모두 떨어뜨리고 말았다. 그녀는 몸을 구부리고, 특별히 날카롭게 날을 세워둔 돌멩이를 주머니에서 꺼냈다.

나무에서 떨어진 물체는 움직이고 있었다. 땅바닥에 떨어진 손전등 불빛이 그쪽을 향하고 있었고, 어마어마하게 크고 기괴한 그림자가 빛을 헤치며 그녀 쪽으로 천천히 다가오고 있었다. 계속해서 쉭쉭 소리를 내는 빗소리 사이로 희미한 부스럭거림과 새된 비명 소리가 들려왔다. 그녀는 허겁지겁 달려가서 손전등을 찾아 그 형체의 정면에 불빛을 비추었다.

그 순간 바로 몇 피트 떨어진 나무에서 또 다른 형체가 툭 떨어졌다. 그녀는 손전등을 황급하게 이리저리 비추었고, 돌멩이를 치켜들고 던질 태세를 갖추었다.

사실 그들은 아주 작았다. 불빛의 각도 때문에 그렇게 거대하게 보였을 뿐이었다. 작을 뿐 아니라, 작고 털이 복슬복슬하고 귀여웠다. 그리고 또 다른 놈이 나무 사이에서 툭 떨어졌다. 불빛을 뚫고 떨어졌기 때문에, 아주 선명하게 볼 수 있었다.

그것은 깔끔하고 정확하게 떨어지더니 뒤로 돌아, 다른 두 녀석들처럼 천천히 단호하게 랜덤 쪽으로 다가오기 시작했다.

그녀는 그 자리에 못 박힌 듯 서 있었다. 여전히 손에는 당장이라도 던질 듯 돌멩이를 들고 있었지만, 자기가 돌을 던질 태세를 갖추고 있는 물건들이 다람쥐에 불과하다는 사실을 갈수록 뚜렷하게 인식하지 않을 수 없었다. 아니, 최소한 다람쥐 비슷한 것들이었다. 보드랍고 따스하고 복슬복슬한 다람쥐 비슷한 것들이 그녀에게 다가오고 있었는데, 그 분위기는 도저히 마음에 든다고 말할 수 없는 것이었다.

그녀는 처음 다가오는 형체를 향해 똑바로 불을 비추었다. 그것은 호전적으로 허세를 부리며 시끄럽게 새된 소리를 내고 있었고, 작은 주먹에는 낡아 빠진 젖은 분홍색 누더기 조각을 움켜쥐고 있었다. 랜덤은 악의에 차서 손에 든 돌을 치켜들었지만, 누더기 조각을 들고 다가오는 다람쥐에게는 별로 큰 인상을 남기지 못하는 듯했다.

그녀는 뒤로 물러섰다. 이 문제를 어떻게 처리해야 할지 전혀 알 수가 없었다. 차라리 사악하게 으르렁거리며 침을 줄줄 흘려대는 짐승들이 송곳니를 번득이며 다가온다면, 이를 악물고 덤벼들었겠지만, 이런 식으로 행동하는 다람쥐들은 대책이 없었다.

다시 뒤로 한 발 물러섰다. 두 번째 다람쥐가 그녀의 오른편으로 돌아 좌측을 공격하려 했다. 컵을 들고 있었다. 무슨 도토리 같아 보였다. 세 번째 다람쥐는 바로 그 뒤를 좇아 나름대로 접근하고 있었다. 들고 있는 게 뭐지? 물에 젖은 종잇조각 비슷한 거라고, 랜덤은 생각했다.

다시 한 발 물러서다가, 랜덤은 나무뿌리에 발이 걸려 뒤로 넘어지고 말았다.

순식간에 첫 번째 다람쥐가 앞으로 달려 나오더니 그녀의 몸 위로 올라와, 두 눈에 차가운 결의를 품고 주먹에는 젖은 누더기 한 조각을 든 채 배 위에서 전진하기 시작했다.

랜덤은 벌떡 일어나려 했지만, 간신히 일 인치 정도 몸을 일으켰을 뿐이었다. 배 위에 있던 다람쥐가 혼비백산해서 움직이는 바람에 도리어 그녀가 깜짝 놀라고 말았다. 다람쥐는 얼어붙은 듯 꼼짝도 않고 서서, 조그만 발톱으로 젖은 셔츠 속 랜덤의 살갗을 꼭 움켜쥐고 있었다. 그러더니 천천히, 일 인치씩 몸 위로 올라오더니 멈춰 서서 누더기 조각을 내밀었다.

이 물체와 작게 노려보는 눈동자가 어찌나 낯설고 이상한지 최면에 걸릴 것만 같았다. 그것은 다시 누더기를 내밀었다. 계속 그녀에게 누더기를 내밀며 고집스럽게 끽끽거리는 바람에, 결국 랜덤은 불안하게 망설이며 누더기를 받아들었다. 녀석은 끈질기게 계속 그녀를 지켜보며 두 눈으로 랜덤의 얼굴 구석구석을 쏘아보았다. 대체 어찌 해야 할지 알 수가 없었다. 비와 진흙이 얼굴로 흘러내리고 있었고 몸에는 다람쥐가 앉아 있었다. 그녀는 누더기로 눈가의 진흙을 조금 닦아냈다.

다람쥐는 의기양양하게 비명을 지르더니, 다시 누더기를 집어 들고 그녀의 몸에서 뛰어내려 와다닥 어둠 속으로, 주위를 에워싼 밤 속으로 달려 들어가, 번개처럼 나무를 오르더니 줄기 속의 구멍으로 뛰어들어 자리를 잡고는 담배에 불을 붙였다.

그 사이 랜덤은 빗물이 가득한 도토리 컵을 든 다람쥐와 종이를 들고 있는 다람쥐를 떼어내려 애쓰고 있었다. 그녀는 엉덩이를 깔고 주저앉은 채 뒤로 물러났다.

"싫어!" 그녀는 고래고래 소리를 질렀다. "저리 가!"

다람쥐들은 겁에 질려 달아났다가는, 선물들을 들고 곧장 다시 돌아왔다. 그녀는 돌멩이를 휘둘렀다. "가라니까!" 그녀는 고함을 질렀다.

다람쥐들은 놀라서 어쩔 줄 몰라 하며 이리저리 도망을 쳤다. 그러더니 한 놈이 그녀를 향해 똑바로 달려와서, 무릎 위에 도토리 컵을 떨어뜨리고는 돌아서서 밤의 어둠 속으로 사라졌다. 다른 놈은 한동안 부들부들 떨며 서 있다가, 들고 있던 종잇조각을 깔끔하게 그녀 앞에 놓고는 역시 자취를 감추었다.

그녀는 이제 다시 혼자가 되었지만, 혼란스러워서 벌벌 떨고 있었다. 비틀거리며 일어선 그녀는, 돌멩이와 소포를 주워들고 잠시 멈칫하더니 종잇조각도 주웠다. 흠뻑 젖어 엉망이 되어 있었기 때문에, 무슨 종이인지 알아보기가 어려웠다. 기내 잡지의 조각인 것 같았다.

이 모든 게 무슨 의미인지 정확히 이해하려 애쓰고 있는 사이, 그녀가 서 있는 공터로 한 남자가 걸어 나오더니 사악하게 생긴 총을 들어 그녀를 쏘았다.

아서는 그녀보다 이삼 마일쯤 뒤처져, 언덕 비탈의 오르막길에서 절망적으로 몸부림치고 있었다.

출발한 지 몇 분 후, 그는 다시 돌아가서 등불을 하나 들고 왔다. 전자 손전등이 아니었다. 그곳에서 유일한 전자 손전등은 랜덤이 가져가 버렸던 것이다. 이것은 희미한 허리케인 등불 비슷한 것이었다. 스트라인더의 가마에서 만들어낸 구멍이 뚫린 금속제 통 속에 가연성 생선 기름이 들어 있었고, 마른 풀을 꼬아 만든 심지가 있었으며, 완벽하게 정상적인 짐승의 내장에서 추출해 건조한 막으로 만든 투명한 필름으로 감싼 등불이었다.

지금은 물론 불이 꺼져 있었다.

몇 초 동안 등불을 흔들어보았지만, 부질없는 짓이었다. 폭풍우가 쏟아지는 와중에 갑자기 등불에 불이 확 붙게 만들 길은 애초부터 없었지만, 최선을 다해보지도 않고 포기할 순 없었다. 애석하지만 그는 꺼진 등불을 던져 버렸다.

어떻게 해야 할까? 가망 없는 일이었다. 뼛속까지 푹 젖은 데다, 옷은 무거웠고, 옷 안에서는 빗물이 출렁거리고 있었으며 이제는 심지어 어둠 속에서 길까지 잃고 말았다.

아주 짧은 찰나 그는 눈이 멀 것만 같은 빛 속에서 길을 잃었다가, 곧 다시 어둠 속에서 길을 잃었다.

번갯불 덕분에 언덕 마루에서 아주 가까운 곳에 있다는 건 알 수 있었다. 일단 산 위로 올라가면⋯⋯그러면⋯⋯글쎄, 그 다음에 어떻게 해야 할지는 잘 몰랐다. 산에 올라간 뒤에 다시 생각해볼 문제였다.

그는 절뚝거리며 앞으로, 위로 나아갔다.

몇 분 후, 그는 숨을 몰아쉬며 산 정상에 서 있었다. 저 아래 희미한 불빛 같은 게 보였다. 뭔지 알 수 없었고, 사실 별로 생각하고 싶지도 않았다. 하지만 그리로 향할 수밖에 없었기 때문에, 그는 뒤뚱거리며, 길을 잃고, 겁에 질린 채, 그쪽으로 걸어가기 시작했다.

치명적인 살인 광선은 랜덤을 곧장 관통했고, 이 초쯤 후, 광선을 쏜 남자도 그녀를 관통해 지나갔다. 남자는 랜덤에게 전혀 관심을 보이지 않았다. 그는 랜덤 뒤에 있는 누군가를 쐈을 뿐이고, 랜덤이 뒤를 돌아보았을 때는 시체 위에 무릎을 꿇고 앉아 주머니 속을 뒤지고 있었다.

그 장면은 정지하더니 사라졌다. 일 초 후 그 자리에는 어마어마하게 크고, 완벽하게 립글로스를 바른 빨간 입술 사이에 있는 거대한 치아들이 나타났다. 뜬금없이 거대한 푸른 칫솔이 나타나더니 거품을 내며 이를 닦기 시작했다. 이는 번들거리는 비의 장막 위에서 빛나며 한동안 허공에 걸려 있었다.

랜덤은 두 번쯤 눈을 끔벅거리다가 사태를 파악했다.

광고였다. 그녀를 쏜 사내는 홀로그래피로 만든 기내 영화의 일부였다. 이제 우주선이 추락한 지점에 아주 가까워진 게 틀림없었다. 우주선 부품 중 일부는 다른 것들보다 특히 내구성이 강한 게 분명했다.

그 후로 반마일 동안의 여정은 특히 고달팠다. 추위와 비, 그리고 어둠과 싸워야 했을 뿐 아니라, 부서져서 여기저기 널려 있는, 우주선에 탑재된 엔터테인먼트 시스템 잔해를 뚫고 지나가야 했기 때문이다. 우주선들이며 제트카며 헬리포드들이 사방에서 충돌하고 추락하고 폭발하면서 밤을 밝혔고, 이상한 모자를 쓴 사악한 인간들이 그녀를 뚫고 다니며 위험한 마약을 밀수했고, 그녀 왼편의 습지 어딘가에서 헬러폴리스 스테이트 오페라단의 오케스트라와 합창단이 입을 모아 리즈가 작곡한 〈운트의 블람웰러뭄〉 4막의 피날레를 장식하는 앤저캔틴 항성 군단의 행진곡을 연주했다.

다음 순간 그녀는 아주 고약하게 생긴데다 가장자리에는 기포가 이는 분화구 입구에 서 있었다. 구덩이 한가운데에 있는 물체에서는 아직도 희미한 빛이 새어나오고 있었는데, 그 빛만 아니었다면 아마 캐러멜처럼 된 거대한 껌처럼 보였을 것이다. 그건 바로 거대한 우주선의 녹아내린 잔해였다.

그녀는 한참 그걸 바라보고 있다가, 마침내 천천히 분화구 주위를 따라 걷기 시작했다. 자기가 찾는 게 뭔지 이젠 전혀 알 수가 없었지만, 그래도 참혹한 구덩이를 왼편에 두고 계속 걸었다.

비는 약간 기세가 잦아들기 시작했지만, 여전히 몹시 축축했다. 상자 안에 든 게 뭔지 전혀 몰랐고, 섬세하거나 쉽게 훼손되는 것일 수도 있기 때문에 어디든 물기가 없는 데를 찾아서 소포를 열어봐야겠다는 생각이 들었다. 아까 떨어뜨리는 바람에 벌써 망가지지만 않았기를 바랄 뿐이었다.

그녀는 주위를 에워싼 나무들 주위로 손전등을 비추었다. 근처의 나무들은 가늘었고, 대부분 그을리거나 부러져 있었다. 저 앞 중간쯤에 울퉁불퉁하게 툭 튀어나온 바위 같은 게 보인 듯했다. 그리로 가면 몸을 피할 수 있을 것 같아서, 그녀는 그쪽으로 달리기 시작했다. 마지막으로 불덩이가 되기 전, 우주선이 부서질 때 튀어나온 파편들이 사방에 널려 있었다.

분화구 가장자리에서 이삼백 야드쯤 멀어졌을 때, 흠뻑 젖고 진흙투성이가 된 채 부러진 나무들 사이에 축 늘어져 걸려 있는 분홍색 복슬복슬한 물체의 너덜너덜한 잔해를 발견했다. 랜덤은 아버지의 목숨을 구해준 탈출용 고치의 잔해일거라고 생각했고 그녀가 옳았다. 다가가서 좀더 자세히 살펴보던 그녀의 눈에 반쯤 진흙에 덮여 근처 땅바닥에 떨어져 있는 어떤 물체가 들어왔다.

랜덤은 그걸 주워들고 진흙을 닦아냈다. 작은 책 크기의 전자기기 비슷한 것이었다. 그녀의 손이 닿자 반응하며 희미하게 빛을 발하는 표지에는 커다랗고 친절한 글씨로 뭔가 쓰여 있었다. '겁먹지 마세요' 라는 문구였다. 그녀는 이게 뭔지 알 것 같았다. 아버지의 《은하수를 여행하는 히치하이커를 위한 안내서》였다.

그녀는 순식간에 안도감을 느꼈고, 천둥이 치는 하늘을 향해 고개를 들고 빗방울이 얼굴을 때리고 입 속으로 들어가게 내버려 두었다.

그녀는 고개를 흔들고는 서둘러 바위들 쪽으로 향했다. 낑낑거리며 바윗돌을 기어오르다가, 금세 완벽한 곳을 찾아냈다. 동굴의 입구였다. 그녀는 동굴 속으로 전자 손전등을 비추었다. 건조하고 안전해 보였다. 천천히 한 발짝씩 내딛으며, 동굴 속으로 들어갔다. 아주 널찍했지만, 그렇게 깊이 들어가지는 않았다. 기진맥진하고 긴장이 풀린 그녀는 편한 바위를 하나 골라 앉아서, 앞에 상자를 놓고 곧 그 상자를 열기 시작했다.

17

오랜 시간에 걸쳐 소위 우주에서 '빠진 물질'이 어디로 갔는가에 대해 수많은 추정과 논쟁이 난무해왔다. 전 은하계 주요 대학들의 이학부는 머나먼 은하계들의 핵심들과, 전 우주의 핵심과 가장자리까지 샅샅이 탐색하는 정교한 기계들을 점점 더 많이 사들였는데, 결국 추적을 끝마치고 난 결과 그 정교한 기계들에 꽉꽉 채워 넣은 모든 부품들이 모두 빠진 물질이라는 사실이 판명되었다.

상자 속에는 상당량의 빠진 물질들이 들어 있었다. 랜덤은 빠진 물질들을 뭉친 작고 부드럽게 둥근 하얀 알맹이들을 휙 버렸는데, 이는 현 세대의 물리학자들의 발견들이 다 잊히고 난 후 후세의 물리학자들이 처음부터 다시 추적해서 발견해야 할 과제였다.

빠진 물질들의 하얀 알갱이들 사이에서 그녀는 아무것도 달리지 않은 검은 원반을 들어올렸다. 그녀는 원반을 바로 옆의 바위 위에 올려놓고, 빠진 물질들 사이를 헤쳐 보며 다른 게 있나 찾아보았다. 설명서나 부품이나 뭐 그런 게 없나 살펴보았지만, 아무것도 없었다. 그냥 검은 원반뿐이었다.

그녀는 원반 위로 손전등 불빛을 비추어보았다.

그러자 아무것도 없어 보이던 표면이 갈라지기 시작했다. 랜덤은 불안하게 뒤로 물러났지만, 뭔진 몰라도 저절로 열리고 있을 뿐이라는 걸 알아챘다.

그 과정은 기막히게 아름다웠다. 놀랄 만큼 정교하면서도, 단순하고 우아했다. 저절로 펼쳐지는 종이 공예 작품이나, 몇 초 만에 장미로 피어나는 꽃송이 같았다.

몇 초 전만 해도 매끄럽게 곡선을 그리는 검은 원반이었던 형체는 이제 새 한 마리가 되어 있었다. 새 한 마리가 공중에 떠 있었다.

랜덤은 계속해서 뒤로 물러섰다. 조심스럽게, 경계를 늦추지 않고.

피카 새와 약간 비슷한 모양이었지만, 좀 작았다. 그러니까 사실은 훨씬 컸다는 말이다. 아니 더 정확하게 말하자면, 한 치도 틀림없이 똑같은 크기였는가 하면, 최소한 두 배 크기보다는 작았다. 또한 피카 새보다 훨씬 파랗고 더 분홍색이었으며, 동시에 완벽한 검정색이기도 했다.

새한테는 몹시 이상한 점이 있었는데, 처음에는 그게 뭔지 금세 파악할 수 없었다.

피카 새들과 분명한 공통점이 있다면, 사람 눈에 보이지 않는 걸 보고 있는 듯한 느낌을 준다는 사실이었다.

느닷없이 새가 사라졌다.

그러더니, 역시 느닷없이 캄캄해져 버렸다. 랜덤은 주머니 속에서 특별히 날을 잘 세워둔 돌멩이를 찾으며, 팽팽하게 긴장해 몸을 구부렸다. 잠시 후 암흑이 천천히 걷히더니 돌돌 말려 공 모양이 되었다가 다시 새가 되었다. 새는 바로 눈앞의 허공에 떠서 천천히 날갯짓을 하며 그녀를 똑바로 바라보았다.

"실례합니다만……." 새가 갑자기 말했다. "음향 범위를 조정해야 해서 말이죠. 이렇게 말하면 들리나요?"

"무슨 말이 들리냐고요?" 랜덤이 물었다.

"좋아요." 새가 말했다. "그러면 이렇게 말하면 들려요?" 이번에는 훨씬 더 높은 음조로 말했다.

"네, 당연히 들리죠!" 랜덤이 말했다.

"그럼 이렇게 말해도 들립니까?" 이번에는 음산하게 깊은 목소리로 새가 말했다.

"들린다니까요!"

잠시 침묵이 흘렀다.

"음, 안 들리는 게 분명하군요." 몇 초 후 새가 말했다. "좋았어요. 당신의 가청 범위는 십육에서 이십 킬로헤르츠가 분명합니다. 그래서 말이죠. 이 목소리가 듣기에 편안한가요?" 새는 기분 좋고 밝은 테너 목소리로 말했다. "고음역에서 불편한 고조파가 끽끽거리는 소리가 들리지는 않고요? 안 들리는 것 같군요. 좋아요. 그러면 고조파는 데이터 채널로 쓸 수 있겠군요. 자, 내가 몇 마리나 보입니까?"

갑자기 공중은 서로 얽혀 있는 새들로 가득 차 버렸다. 랜덤은 가상현실에서 시간을 보내는 데 아주 익숙했지만, 이건 이제까지 마주친 어떤 것보다 훨씬 더 괴상했다. 마치 공간의 전체 기하 구조가 이음새 없이 서로 들러붙은 새들의 형상들 속에 재정의된 것만 같았다.

랜덤은 헉 하고 놀라며 팔로 얼굴을 감쌌다. 두 팔이 새 모양의 공간을 뚫고 움직였다.

"흐음……아무래도 너무 많이 보이는 게 틀림없군요." 새가 말했다. "이젠 어떤가요?"

이제 새들은 한데 모여 터널 모양이 되었다. 마치 평행의 거울 가운데 갇혀 있는 새처럼 무한히 투영되어 끝간 데 없이 이어져 있었다.

"대체 당신 뭐예요?" 랜덤이 꽥 소리를 질렀다.

"그 얘기는 잠시 후에 하도록 하죠." 새가 말했다. "정확하게 몇 마리나 보이는지 말 좀 해주세요."

"글쎄, 말하자면……." 랜덤은 힘없이 아득한 거리를 손짓으로 가리켜 보였다.

"알겠어요. 여전히 길이로는 무한대로군요. 하지만 최소한 이제 올바른 차원 매트릭스를 찾아가고 있는 셈이에요. 좋아요. 아니, 대답은 오렌지 하나와 레몬 두 개예요."

"레몬이요?"

"내게 레몬 세 개와 오렌지 세 개가 있었는데 오렌지 두 개와 레몬 한 개를 잃어버렸다면, 남은 게 뭐죠?"

"네?"

"좋아요. 그러니까 당신은 시간이 그런 식으로 흘러간다고 생각한단 말이죠? 흥미롭군요. 제가 아직도 무한합니까?" 새는 공간 속에서 이리저리 풍선처럼 부풀면서 물었다. "지금도 무한합니까? 제가 얼마나 노랗죠?"

순간순간 새는 정신 사납게 무한한 형체와 길이로 변신을 거듭했다.

"도저히……." 어안이 벙벙해진 랜덤이 말했다.

"대답할 필요는 없어요. 이제 당신 얼굴을 보면 알 수 있으니까요. 그럼. 내가 당신 어머니인가요? 바위인가요? 내가 거대하고, 뭉그러져서 교묘하게 서로 얽혀 있나요? 아니에요? 지금은 어때요? 내가 뒤로 가고 있나요?"

웬일인지 새가 꼼짝도 않고 차분하게 서 있었다.

"아니요." 랜덤이 말했다.

"좋아요, 사실 저는 뒤로 가고 있었어요. 시간 속에서 후진하고 있었으니까요. 흐음. 뭐, 이제 우리가 그 부분은 좀 정리를 한 것 같군요. 만일 알고 싶으시다면, 이런 말씀은 드릴 수 있어요. 당신의 우주에서, 당신은 소위 공간이라 불리는 삼차원은 자유자재로 움직일 수 있어요. 당신네들이 시간이라 부르는 사차원에서는 일직선으로 움직일 수 있고 말입니다. 그리고 개연성의 첫 번째 기초 원리인 오차원에서는 한 군데에 못 박혀 있어요. 그 다음에는 좀 복잡해지는데, 십삼 차원에서 이십이 차원까지에서 벌어지는 온갖 일들은 사실 모르는 게 나아요. 일단 지금 알아야 할 것은 우주가 당신네 생각보다 훨씬 더 복잡하다는 것이지요. 어떤 식의 사고방식에서 출발한다 해도, 일단 그것부터가 뒈지게 복잡하단 말입니다. 기분이 나쁘시다면 '뒈지게' 같은 말을 쓰지 않는 건 간단합니다만."

"아무 말이나 하고 싶은 말은 뒈지게 하셔도 돼요."

"그러지요."

"당신은 대체 뭐예요?" 랜덤이 물었다.

"저는《안내서》예요. 당신네 우주에서는 당신의《안내서》지요. 사실 저는 기술 용어로 '온갖 종류의 총체적 혼란'이라고 알려진 곳에 거주합니다만, 그 말이 무슨 뜻이냐 하면……자, 제가 보여드리도록 하죠."

새는 허공에서 빙글 돌더니 동굴 밖으로 휙 날아가 바위 위에 홰를 치고 앉았다. 툭 튀어나온 바위 바로 밑이라서, 비가 들지 않는 곳이었다. 빗줄기가 다시 거세지고 있었다.

"자, 이걸 잘 보세요."

랜덤은 새 따위가 이래라저래라 하는 게 싫었지만, 그래도 어쨌든 동굴 입구까지 따라 나갔고, 그사이 계속 주머니의 돌멩이를 만지작거리고 있었다.

"비입니다." 새가 말했다. "아시겠어요? 그냥 비지요."

"비가 뭔지는 나도 알아요."

비가 겹겹이 겹쳐진 장막처럼 밤공기를 가르며 세차게 떨어지고 있었고, 그 사이로 달빛이 비쳐 들어오고 있었다.

"그럼 비가 뭡니까?"

"무슨 소리예요, 비가 뭐냐니? 이봐, 당신 뭐예요? 상자 속에서 대체 뭘 하고 있었던 거예요? 정신 나간 다람쥐들하고 싸우면서 숲속을 밤새도록 뛰어다녔는데, 이제 와서 고작 비가 뭐냐고 묻는 새 한 마리라니 이게 뭐예요, 대체? 빌어먹을 공기를 뚫고 물이 떨어지는 거지, 비가 뭐긴 뭐냐고요. 알고 싶은 게 더 있어요? 다 됐으면 이제 돌아가도 될까요?"

한참이 지나도록 아무 말도 없던 새가 드디어 대답을 했다 "고향에 돌아가고 싶어요?"

"나한테 고향이 어디 있어!" 그 말을 어찌나 큰 소리로 했는지, 랜덤 자신조차 충격을 받았다.

"빗속을 잘 들여다봐요……" 새 《안내서》가 말했다.

"빗속을 들여다보고 있단 말이야! 대체 뭐가 더 있다는 말이야?"

"뭐가 보입니까?"

"무슨 소리야, 이 바보천치 같은 조류야! 죽도록 퍼붓는 비가 보인다, 왜. 그저 떨어지는 물일 뿐이잖아."

"물 속에서 어떤 형체들이 보이나요?"

"형체들? 형체들이 어디 있어? 그저, 그저……"

"그저 뒤죽박죽일 뿐이지요." 새 《안내서》가 말했다.

"맞아……"

"이제 뭐가 보이나요?"

가시(可視) 영역의 경계선에서 가늘고 희미한 광선이 새의 눈에서부터 부채꼴 모양으로 퍼져 나왔다. 툭 튀어나온 바위 아래의 물기 없는 공기 속에서는 아무것도 보이지 않았다. 광선이 떨어지는 빗방울에 부딪치자, 판판한 빛의 평면이 나타났다. 너무나 밝고 생생해서 고체처럼 단단해 보였다.

"오, 대단하네. 레이저 쇼 아냐." 랜덤은 짜증을 내며 말했다. "어디 내가 저런 걸 전에 본 적이 있겠어. 그저 록 콘서트 장에서 오백만 번쯤 봤을 뿐이지!"

"뭐가 보이는지 말을 해줘요!"

"그냥 판판한 평면이야! 이 멍청한 조류야!"

"새롭게 나타난 건 하나도 없어요. 다 원래 있던 거라고요. 저는 그저 빛을 이용해서 어떤 순간 어떤 빗방울들의 모습을 주목하게 만들려는 것뿐입니다. 이제 뭐가 보입니까?"

빛이 꺼졌다.

"아무것도 안 보여."

"지금 저는 아까와 똑같은 행위를 하고 있습니다. 다만 자외선을 사용했을 뿐이지요. 그러니 보이지 않을 밖에요."

"나한테 보이지도 않는 걸 대체 왜 보여주는 건데?"

"당신 눈에 보인다고 해서 그게 거기 있다는 뜻이 아니라는 사실을 이해시키기 위해서지요. 눈에 보이지 않는다고 해서 그 자리에 없다는 뜻이 아닙니다. 그저 당신의 감각들이 주의를 환기하는 것일 뿐이에요."

"이젠 이 짓도 지겨워." 랜덤은 이 말을 하고 나서 헉 하고 신음 소리를 냈다.

빗속에서 거대하고 몹시 생생한 삼차원 영상으로 뭔가를 보고 깜짝 놀라는 아버지의 모습이 떠올랐던 것이다.

랜덤보다 이 마일 정도 뒤처져 있던 그녀의 아버지는 힘겹게 숲을 헤치고 걸어가다가, 갑자기 발길을 멈추었다. 대략 이 마일 전방에서 비가 쏟아지는 공중에 나타난 무언가를 보고 깜짝 놀라는 자신의 모습이 담긴 영상을 보고 깜짝 놀랐던 것이다. 그가 진행하고 있는 방향에서 약간 오른쪽으로 이 마일 정도 떨어진 곳이었다.

그는 하마터면 완전히 길을 잃을 뻔했고, 추위와 습기와 피로로 죽을 거라고 믿어 의심치 않고 있었으며, 차라리 그랬으면 좋겠다고 바라기 시작하던 참이었다. 방금 다람쥐들한테서 골프 잡지 한 권을 통째로 받은 데다, 그의 두뇌는 늑대처럼 울부짖으며 헛소리를 하기 시작했다.

하늘에서 밝게 빛나는 자기 자신의 영상을 보고 나니, 결국 늑대처럼 울부짖으며 헛소리를 해도 마땅하다는 생각이 들었다. 하지만 현재 진행하는 방향은 틀린 게 분명했다.

심호흡을 깊이 하고, 그는 몸을 돌려 불가사의한 빛의 쇼가 벌어지고 있는 쪽으로 향했다.

"좋아, 대체 그건 뭘 입증하기 위한 거지?" 랜덤이 따져물었다. 그녀가 소스라치게 놀란 건, 영상 그 자체 때문이 아니라 눈앞에 나타난 영상이 다름 아닌 아버지였기 때문이었다. 그녀가 처음으로 홀로그램을 본 건 태어난 지 두 달이 되었을 때였고, 그녀는 홀로그램 영상 속에서 놀았다. 가장 최근에 본 홀로그램 영상은 겨우 삼십 분 전에 본 앤저캔틴 항성 군단의 행진곡 연주였다.

"빛의 면과 마찬가지로 존재하는 것일 수도 있고 아닐 수도 있다는 거죠." 새가 말했다. "그건 하늘에서부터 한 방향으로 이동하는 물이, 다른 방향으로 이동하는 걸 당신의 감각이 감지할 수 있는 주파수의 빛과 상호 작용한 결과에 불과합니다. 당신의 마음속에서는 견고한 심상을 형성하는 게 분명하지요. 하지만 이건 모두 '총체적 혼란' 속에 있는 영상들일 뿐입니다. 자, 여기 또 다른 예가 있습니다."

"우리 엄마!" 랜덤이 말했다.

"아닙니다." 새가 말했다.

"내가 엄마 얼굴도 모르는 줄 알아!"

그 영상은 거대한 회색 격납고 같은 건물 속의 우주선에서 나오는 여성을 담고 있었다. 키가 크고 몸이 호리호리한 자줏빛-녹색 형체들의 호위를 받고 있었다. 랜덤의 어머니가 틀림없었다. 글쎄, 거의 틀림없었다고 해야 할까. 트릴리언이라면 저중력에서 저렇게 자신 없는 걸음걸이를 하지 않았을 테고, 재미없는 생명 보존 환경을 보고 저렇게 믿을 수 없다는 표정을 짓지 않았을 것이며, 저렇게 낡아빠진 골동품 카메라를 들고 다니지도 않을 테니까.

"그럼 저게 누구야?" 랜덤이 물었다.

"개연성의 축 위에 존재하는 어머니의 확장선의 일부분입니다." 새《안내서》가 말했다.

"대체 무슨 소리를 하는지 한 마디도 못 알아먹겠네."

"공간, 시간, 그리고 개연성의 축에서는 모두 이동이 가능합니다."

"아직도 모르겠어. 하지만 내 생각에는……아냐. 어디 설명해 봐."

"고향에 가고 싶다고 하셨잖아요."

"설명해보라니까!"

"고향을 보고 싶어요?"

"고향을 봐? 그건 파괴됐잖아!"

"개연성의 축에서 불연속적이지요. 보세요!"

아주 낯설고 근사한 형체가 빗속에서 헤엄치듯 모습을 드러냈다. 파란색이 도는 초록빛의 거대한 구체로, 안개와 구름으로 둘러싸여 있었으며, 별이 빛나는 검은 배경을 등지고 제왕처럼 기품 있게 천천히 자전하고 있었다.

"지금은 보이지만……." 새가 말했다. "이제는 보이지 않지요."

이제 이 마일이 채 못 되는 거리에서 아서 덴트는 길을 따라가다 말고 꼼짝도 않고 멈춰 섰다. 눈앞에 보이는 영상을 믿을 수가 없었다. 빗물에 에워싸여 밤하늘을 배경으로 허공에 떠 있는 영상은, 기가 막히게 아름답고도 생생하게 현실적이었다. 지구였다. 그는 지구의 모습을 보고 헉 하고 숨을 몰아쉬었다. 그러자, 그가 숨을 몰아쉰 바로 그 순간, 지구는 다시 자취를 감추었다. 그러더니 다시 나타났다. 그러더니——바로 이 부분에서 아서는 모두 포기하고 머리에 지푸라기라도 꽂고 돌아버리고 싶은 심정이 되어버렸다——지구는 소시지로 변했다.

* * *

랜덤 역시 눈앞의 허공에 떠 있는 이 거대하고 파랗고 녹색에 물기 많고 안개 낀 소시지의 형상에 어리둥절하고 있었다. 게다가 이제는 줄줄이 소시지가 이어져 있었다. 아니 몇 군데 소시지가 빠진 줄줄이 소시지라고 해야 옳겠다. 빛나는 소시지들의 줄이 허공에서 황당하게도 빙글빙글 돌면서 춤을 추더니 천천히 속도를 늦추며 천천히 실체가 없어져 희미해지다가 번들거리는 밤의 암흑으로 변했다.

"그건 또 뭐야?" 랜덤이 작은 목소리로 말했다.

"불연속적으로 개연성 있는 사물의 개연성 축을 잠시 살펴본 겁니다."

"그렇군."

"대부분의 사물들은 개연성 축을 따라 이동하며 변이를 일으키거나 변화하는데요, 당신이 기원한 세계는 약간 다른 행위를 했습니다. 개연성의 풍광에서 단층선이라 할 만한 것 위에 놓여 있거든요. 이 말은 수많은 개연성이 한데 작용해 그 전체를 그냥 존재하지 않도록 만들어 버렸다는 말입니다. 그것에는 내재적 불안정성이 있는데, 이는 소위 복수(複數) 영역들로 지정된 구역 내부에 존재하는 물체로서는 전형적인 현상이지요. 이해가 되시나요?"

"아니."

"가서 직접 보고 싶으세요?"

"……지구로?"

"그렇습니다."

"그게 가능해?"

새 《안내서》는 당장 대답하지 않았다. 날개를 활짝 펼치더니, 우아한 동작으로 공중으로 날아올라 빗속으로 들어갔다. 또 다시 빗물이 광채를 내기 시작했다.

새는 환희에 차서 밤하늘로 비상했고, 그 주위로 빛이 번쩍거렸다. 새가 지나간 자리로 차원들이 흔들리며 떨었다. 새는 급강하하고 방향을 바꾸고 빙글 돌아 공중회전을 하고 다시 돌더니 마침내 랜덤의 눈에서 이 피트 떨어진 곳에서 정지했다. 날개를 천천히 소리 없이 파닥거리면서.

새가 다시 랜덤에게 말했다.
"당신의 우주는 광막해 보입니다. 시간으로 보아도 광막하고, 공간으로 보아도 광막하지요. 그건 당신이 감지하는 필터들 때문입니다. 하지만 저를 만들 때는 필터를 전혀 넣지 않았답니다. 그 말은, 그 자체로는 크기가 전혀 없는 가능한 모든 우주들을 포함하는 총체적 혼란을 인지할 수 있다는 말이지요. 제게는, 무슨 일이든지 가능합니다. 전지전능하며, 극도로 허영심이 심하고, 설상가상으로 아주 편리하게도 스스로 운반이 가능하도록 포장되었지요. 제가 지금까지 한 말 중 얼마만큼이 사실인지 당신이 직접 알아내야 합니다."

랜덤의 얼굴에 천천히 미소가 번졌다.
"이 망할 꼬마 새 같으니라고. 지금까지 나를 살살 꼬드긴 거구나!"
"말씀드렸다시피 무슨 일이든 가능합니다."
랜덤은 웃음을 터뜨렸다. "알았어." 그녀가 말했다. "어디 한번 지구로 가보지 뭐. 어……그 무슨 축인지 아무튼 그 위의 어떤 지점에 있는 지구로 가보자고."
"개연성의 축이요?"
"그래. 폭발하지 않았을 때로. 좋아. 그러니까 네가 《안내서》란 말이지. 어디서 우주선을 얻어 타고 가지?"
"역공작(逆工作) 기술을 쓰면 됩니다."
"뭐라고?"
"역공작이요. 제게는 시간의 흐름이 아무 의미가 없습니다. 원하는 바를 말씀해보세요. 그러면 제가 그걸 실제로 일어난 일로 만들어 드리지요."

"농담하는 거지."

"뭐든지 가능하다니까요."

랜덤은 얼굴을 찌푸렸다. "진짜 농담이지, 안 그래?"

"다른 말로 바꿔서 말씀을 드리지요." 새가 말했다. "역공작 기술을 쓰면, 우리는 일 년에 한 대 정도씩 당신의 은하계 구역을 지나치는 진짜 끔찍하게 몇 대 안 되는 우주선들을 기다리고, 또 그 우주선들이 당신을 태워줄까 말까 결정하는 동안 또 기다리는 일들을 다 건너뛸 수 있습니다. 우주선을 얻어 타고 싶으면, 우주선이 와서 태워주는 겁니다. 조종사는 잠시 멈춰서 당신을 태워주기로 한 이유를 백만 가지쯤 찾아낼 수 있겠죠. 하지만 진짜 이유는 제가 그렇게 하도록 결정했다는 겁니다."

"너 지금 엄청나게 허영을 부리고 있는 거지, 안 그래, 꼬마 새야."

새는 말이 없었다.

"좋아." 랜덤이 말했다. "우주선이 한 대 와서 나를 지구로 데려다 줬으면 좋겠어."

"이거면 되겠습니까?"

너무나 고요해서 랜덤은 하강하는 우주선이 머리 위를 덮치기 일보 직전까지 알아채지도 못했다.

아서는 우주선을 알아보았다. 이제 일 마일 거리에 있었고, 점점 가까워지고 있었다. 광채가 나는 소시지 영상 쇼가 결말에 가까워졌을 무렵, 구름 속에서 또 다른 광채가 희미하게 발산하고 있는 걸 보았지만, 처음에는 이것 역시 또 다른 화려한 송 에 뤼미에르(빛과 음향의 쇼—옮긴이주)라고 생각했다.

하지만 일이 초쯤 흐른 후에는 그것이 진짜 우주선이라는 사실을 깨닫게 되었고, 또 일이 초쯤 더 흐른 후에는 그 우주선이 딸아이가 있다고 생각되는 바로 그 자리로 똑바로 가고 있다는 사실을 깨달았다. 바로 이 순간이, 비고, 다리 부상이고, 어둠이고 뭐고, 다 팽개치고 갑자기 아서가 정말로 달리기 시작한 시점이었다.

그는 달리기 시작하자마자 미끄러졌고, 무릎을 바위에 상당히 심하게 부딪혀 다치고 말았다. 휘청거리며 일어서서 다시 달리려 했다. 랜덤을 영원히 잃고 말 거라는 무시무시하고 오싹한 예감이 들었다. 절뚝거리고 욕설을 퍼부으며, 그는 뛰었다. 상자에 뭐가 들었는지는 몰랐지만, 상자 위에 쓰여 있는 이름은 포드 프리펙트였다. 그리고 아서는 달려가면서 그 이름을 저주했다.

랜덤이 평생 본 우주선 중에서도 그렇게 섹시하고 아름다운 우주선은 다시없었다.

경이로웠다. 은빛이고, 늘씬했으며, 형용 불가했다.

그녀가 더 잘 몰랐다면 아마 보자마자 RW6라고 말했을 것이다. 바로 곁에 조용히 착륙한 우주선을 보고, 그녀는 정말로 그것이 RW6라는 걸 알았고, 흥분으로 숨도 잘 쉬지 못했다. RW6은 시민 폭동을 일으키기 위한 목적으로 만들어진 그런 잡지들에서나 볼 수 있는 물건이었다.

또한 그녀는 극도로 불안했다. 우주선이 도착한 방식이나 타이밍이 몹시 불길했다. 세상에서 가장 기괴한 우연의 일치이거나 몹시 이상하고 근심스러운 일이 일어나고 있든가 둘 중의 하나였다. 그녀는 약간 긴장한 채 우주선의 해치가 열리기를 기다렸다. 그녀의 《안내서》는——랜덤은 이제 그게 자기 것이라고 생각했다——오른쪽 어깨 위에서 날개도 별로 파닥거리지 않고서 가볍게 떠다니고 있었다.

해치가 열렸다. 그곳에서는 약간의 희미한 불빛만 새어나올 뿐이었다. 일이 초쯤 지난 후 어떤 형상이 나타났다. 그는 암흑에 눈을 적응시키려는 듯, 잠시 가만히 서 있었다. 그러더니 거기 서 있는 랜덤을 보고 약간 놀란 것 같았다. 그는 랜덤 쪽으로 걸어왔다. 그러더니 갑자기 놀라서 소리를 지르더니 그녀 쪽으로 달려오기 시작했다.

안 그래도 좀 긴장하고 있는 판에, 랜덤은 자기한테 달려오는 사람을 잘 받아줄 사람이 아니었다. 그녀는 우주선이 하강하는 모습을 본 순간부터 자기도 모르게 주머니 속의 돌멩이를 만지작거리고 있었다.

여전히 뛰면서, 미끄러지고, 넘어지고, 나무에 부딪히고 있던 아서는 마침내 너무 늦었다는 사실을 깨달았다. 우주선은 고작 약 삼 분 정도 땅 위에 있다가, 이제 소리 없이 우아하게 나무들 위로 상승하기 시작하고 있었다. 폭풍우는 잦아들어 이제 미세한 가랑비가 되어 있었고, 우주선은 섬세한 빗방울 속에서 매끄럽게 회전하며, 위로 위로 선단을 치켜들고 올라가다가 갑자기, 힘도 들이지 않고 구름 속으로 휙 날아 들어가 버렸다.

사라졌다. 랜덤이 타고 있었다. 아서가 그 사실을 깨닫지 않는다는 게 불가능했지만, 그래도 어쨌든 끝까지 나아가 그 사실을 알아내고 말았다. 랜덤은 사라지고 없었다. 그는 부모 역할을 할 기회를 얻었지만, 믿기 힘들 정도로 엉망으로 망쳐버리고 말았다. 계속 달리려고 했지만, 다리가 질질 끌렸고 무릎이 미친 듯이 아파왔으며, 어차피 너무 늦었다는 사실을 잘 알고 있었다.

이보다 더 참담하고 비참한 기분이 될 수 있다는 건 꿈에도 상상할 수 없었지만, 그것도 틀린 생각이었다.

그는 다리를 절면서 마침내 랜덤이 숨어서 상자를 열어보았던 동굴에 간신히 다다랐다. 땅에는 몇 분전에 착륙했던 우주선의 팬 자국이 남아 있었지만, 랜덤은 어디에도 보이지 않았다. 그는 낙담한 채 동굴 속으로 힘없이 들어가 보았다. 동굴 속에는 빈 상자와 빠진 물질 알갱이들이 어지럽게 널브러져 있었다. 이걸 보고 아서는 약간 삐치고 말았다. 자기가 있었던 자리는 깨끗이 치우라고 가르쳤던 것이다. 이런 문제 때문에 딸아이한테 삐친 덕분에, 딸아이가 떠났다는 사실에 낙담한 마음이 조금 달래지는 듯했다. 딸을 찾을 길이 없다는 걸 그는 잘 알고 있었다.

그의 발이 뜻밖의 물체에 부딪혔다. 그는 허리를 굽혀 그것을 주워 들어보고는 그 물건의 정체를 깨닫고 정말로 깜짝 놀라버렸다. 그의 낡은 《은하수를 여행하는 히치하이커를 위한 안내서》였다. 어떻게 이게 동굴에 있게 된 걸까? 그는 그걸 찾으러 추락 현장에 돌아간 적이 절대 없었다. 추락 현장을 다시 찾고 싶은 마음도 없었고, 《안내서》를 다시 갖고 싶지도 않았다. 그는 여기 라무엘라 행성에서 영원히 샌드위치를 만들며 살 줄 알았다. 영원히. 어쩌다 이 물건이 동굴까지 오게 됐을까? 《안내서》는 작동하고 있었다. '겁먹지 마세요'라는 글자들이 그를 보고 빛을 발했다.

그는 다시 희미하고 축축한 달빛이 쏟아지는 동굴 밖으로 나왔다. 바위에 앉아 낡은 《안내서》를 찬찬히 살펴보려는 순간, 그는 자기가 깔고 앉은 것이 바위가 아니라 사람이라는 걸 깨달았다.

18

아서는 퍼뜩 겁에 질려 벌떡 일어났다. 무엇 때문에 더 소스라치게 놀랐는지는 말하기가 힘들다. 자기도 모르게 사람 위에 주저앉아서 그 사람이 다쳤을까 봐 그랬는지, 아니면 자기도 모르게 깔고 앉은 사람이 자기를 해칠까 봐 그랬는지.

잘 살펴보니, 두 번째 경우는 일단 별로 걱정하지 않아도 될 것 같았다. 누군지 몰라도 그가 깔고 앉았던 사람은 의식이 없는 게 틀림없었다. 그렇다면 그가 대체 여기서 뭘 하고 있는지 상당 부분이 설명이 된다. 하지만 숨은 잘 쉬고 있는 것 같았다. 아서는 그의 맥박을 재보았다. 맥박도 잘 뛰고 있었다.

그는 반쯤 몸을 말고 옆으로 누워 있었다. 아서는 마지막으로 응급처치를 해본 지 너무 오래 되어서 뭘 어떻게 해야 할지 전혀 알 수가 없었다. 일단 제일 먼저 해야 할 일이 뭔지 기억났지만, 그건 응급 처치 상자를 갖고 있어야만 한다는 것이었다. 이런 망할.

똑바로 돌아 눕혀야 하는 건지 아닌지? 혹시 뼈라도 부러진 데가 있으면 어떻게 해야 할지? 혀를 삼켰으면 어떻게 해야 하는 건지? 혹시 소송이라도 걸면 어떻게 하지? 다른 건 다 차치하고서라도, 대체 이 사람은 누구인지?

그 순간 의식이 없는 사람이 큰 소리로 신음을 하더니 돌아누웠다.

아서는 자기가 어떻게 해야 할지…….

그는 그 사람을 보았다.

아서는 그 사람을 다시 보았다.

확실히 확인하기 위해서 아서는 그 사람을 다시 보았다.

더 이상 저기압이 될 수 없을 정도로 기분이 저조했음에도 불구하고, 갑자기 더더욱 극심하게 암울해지고 말았다.

그 사람은 다시 신음을 하더니 천천히 눈을 떴다. 눈의 초점을 맞추는 데 한참 걸렸는데, 그러고 나서 그는 눈을 깜박이더니 온몸이 뻣뻣해졌다.

"너!" 포드 프리펙트가 말했다.

"너!" 아서 덴트가 말했다.

포드는 다시 끙 하고 신음했다.

"이번엔 뭘 또 설명해줘야 되는 거냐?" 그는 이렇게 말하더니, 절망 비슷한 기분에 잠겨 눈을 감았다.

* * *

오 분 후 그는 똑바로 일어나 앉아서 머리 옆을 문지르고 있었다. 옆머리에는 상당히 큰 혹이 나 있었다.

"그 여자는 대체 누구였어?" 그가 말했다. "그리고 우리 주위에는 왜 이렇게 다람쥐가 많은 거냐? 게다가 이 다람쥐들은 원하는 게 뭐야?"

"나도 밤새 다람쥐들한테 시달렸어." 아서가 말했다. "계속 나한테 잡지 같은 걸 갖다 주더라고."

포드는 얼굴을 찌푸렸다. "정말?" 그가 말했다.

"그리고 누더기 조각들도."

포드는 생각에 잠겼다.

"오." 그가 말했다. "네 우주선이 추락한 자리 근처에서?"

"그래." 아서가 말했다. 말투가 좀 딱딱했다.

"아마 그럴 거야. 그럴 수 있지. 우주선 객실의 로봇들은 파괴되었지. 하지만 로봇들을 통제하는 인공지능 정신은 살아남아서 주위의 야생 동물들을 감염시키기 시작한 거야. 생태계 전체를 무기력하게 헛수고를 하는 서비스 산업으로 바꿔버리는 거야. 주위를 지나가는 사람들한테 타월이며 마실 것들을 갖다 주게 만드는 거지. 이런 걸 규제하는 법안이 있어야 하는데. 틀림없이 그럴 거야. 아마 모든 사람들을 친절하고 열심히 일하게 만들려고, 이런 사태를 방지하고자 하는 법안을 만드는 걸 금지하는 법안을 만들었는지도 몰라. 만세지. 너 방금 뭐라고 했냐?"

"그냥 말을 했지. 그리고 그 여자는 내 딸이야."

포드는 머리를 문지르던 손길을 딱 멈췄다.

"다시 한번 말해봐."

"그 여자는……." 아서는 찌무룩하게 말했다. "내 딸이라고."

"너한테 딸이 있는지는……." 포드가 말했다. "전혀 몰랐는데."

"글쎄, 네가 나에 대해 모르는 게 아마 아주 많을걸." 아서가 말했다. "그 말을 하고 보니, 아마 나도 너에 대해 모르는 게 엄청나게 많을 것 같다."

"좋아, 좋아, 알았어. 그러면 언제 그런 일이 있었는데?"

"나도 확실히는 잘 몰라."

"그건 좀 어디서 많이 들어보던 말 같다." 포드가 말했다. "어머니라는 사람도 관련되어 있냐?"

"트릴리언이야."

"트릴리언? 나는 너희들이 그런 적……."

"아니야. 이봐, 이건 좀 민망한 일인데."

"언젠가 트릴리언이 애가 있다고 한 적은 있는데, 그냥 지나치는 말로 들어서. 가끔씩 트릴리언하고는 연락을 하는 사이거든. 아이를 데리고 있는 건 본 적이 없어."

아서는 아무 말도 하지 않았다.

포드는 곤혹스러움 비슷한 감정 때문에 다시 머리 옆을 문지르기 시작했다.

"네 딸이라고 확신해?" 그가 말했다.

"어떻게 된 건지 말해봐."

"푸우. 사연이 길어. 여기 너를 보호자로 두고 있는 나 자신한테 보낸 소포를 찾으러 오던 길이었는데……."

"그러게, 그게 대체 다 뭐냐고?"

"내 생각엔, 상상할 수 없을 만큼 위험한 물건인 것 같아."

"그런데 그걸 나한테 보냈단 말이야?" 아서가 항의했다.

"내가 생각해낼 수 있는 가장 안전한 장소라서. 너는 워낙 지루하고 재미없는 인간이니까 절대 열어보지 않을 거라고 믿어 의심치 않았지. 아무튼 밤에 찾아왔더니 이 마을이란 데를 찾을 수가 없더라고. 아주 기초적인 정보만 갖고 왔거든. 어떤 종류의 신호도 찾을 수가 없었어. 너희 동네에는 신호 체계 같은 게 아예 없나봐."

"그래서 나는 이 동네가 좋아."

"그러다가 네 낡은《안내서》에서 흘러나오는 희미한 신호를 잡을 수 있었지. 그래서 그걸 따라가면 너한테 도달할 거라 믿고 도착지를 거기에 맞췄지. 알고 보니 무슨 숲 같은 데 착륙한 거였어. 대체 어찌된 일인지 알 수가 있어야지. 우주선 밖으로 나와서, 거기 서 있는 여자를 본 거야. 인사를 하려고 다가갔다가, 갑자기 그 여자가 이 물건을 갖고 있는 걸 본 거지!"

"무슨 물건?"

"너한테 보낸 물건 말이야! 새로운《안내서》. 새처럼 생긴 물건! 이 바보 같은 녀석, 네 놈이 그걸 안전하게 지킬 줄 알았더니 그 여자 어깨 위에 그 물건이 떡하니 있는 거야. 그래서 달려갔더니 그 여자가 돌멩이로 나를 쳤어."

"알겠다." 아서가 말했다. "네가 어떻게 했는데?"

"글쎄, 물론 쓰러졌지. 아주 심하게 다쳤다고. 그 여자하고 새가 내 우주선 쪽으로 가더라고. 여기서 내 우주선이라 함은, 다름 아닌 RW6야."

"뭐?"

"RW6 말이야. 답답하기는! 요즘은 내 신용 카드와 《안내서》의 중앙 컴퓨터가 아주 훌륭한 친선관계를 유지하고 있거든. 그 우주선은 아마 봐도 못 믿을걸. 아서, 그건 정말……."

"그러니까 RW6가 우주선이라는 말이야?"

"그래! 그건……아휴, 말을 말자. 이봐, 제발 좀 정신을 차리고 살아, 아서, 엉? 아니면 어디서 카탈로그라도 구해서 좀 보던지. 이 지점에서 나는 몹시 걱정이 되었어. 그리고 반쯤은 뇌진탕 상태였고. 무릎을 꿇고 피를 철철 흘리고 있었고. 피를 철철 흘리면서 유일하게 머리에 떠오르는 단 하나의 조치를 취했지. 싹싹 비는 거였어. 제발, 제발 살려주세요, 제발 우주선을 빼앗지 말아요 하고 빌었지. 그리고 의료진도 없는 이런 원시적인 숲속에 머리 부상을 입은 나를 버려두고 가지는 말아달라고 했지. 나는 중대한 문제에 봉착할 테고, 그쪽도 그럴 거라고."

"그러니까 뭐라고 하던?"

"내 머리를 다시 돌멩이로 쳤어."

"내 딸이 맞다고 확실히 말해줄 수 있겠다."

"거 참 귀여운 애를 뒀네."

"걔는 좀 친해져야 해." 아서가 말했다.

"그러다 보면 마음을 좀 푸나 보지, 그래?"

"아니." 아서가 말했다. "하지만 언제 피해야 할지 좀 감을 잡을 수 있게 되지."

포드는 머리를 감싸 쥐고 똑바로 앞을 보려고 했다.

서쪽 하늘이 밝아오기 시작했다. 태양이 뜨는 쪽이었다. 아서는 별로 보고 싶은 마음이 들지 않았다. 이렇게 지옥 같은 밤을 보낸 지금, 세상에서 가장 반갑지 않은 건 바로 지긋지긋한 대낮이 또다시 제멋대로 밝아오는 풍경이었다.

"대체 이런 곳에서 뭘 하고 있는 거냐, 아서?" 포드가 물었다.

"글쎄……." 아서가 말했다. "대체로 샌드위치를 만드는 일을 해."

"뭐?"

"나는, 음, 아마 지금은 아닐 지도 모르지만, 소수 부족을 위해 샌드위치를 만드는 사람이었어. 사실 약간 좀 창피한 일인데. 처음 이곳에 도착했을 때, 그러니까 그들이 자기네 행성과 추돌한 이 최첨단 기술력이 응집된 우주선에서 나를 구조했을 때, 어찌나 친절하게 대해주었는지 나도 조금이라도 그 사람들에게 도움을 주고 싶어졌어. 그러니까, 나도 첨단 기술이 발달한 문화에서 교육받은 인간이니까, 한두 가지는 보여줄 게 있을 거 같았지. 하지만, 물론 별로 보여줄 게 없었어. 뭐가 어떻게 돌아가는지, 막상 생각해보니까, 하나도 아는 게 없는 거야. 그러니까 비디오 레코더 같은 걸 말하는 게 아니야. 세상에 그런 게 어떻게 작동하는지 아는 사람이 어디 있겠어. 그게 아니라 펜이나 지하수까지 파내려간 우물이나 뭐 그런 걸 말하는 거야. 오리무중이더라고. 전혀 도움이 되지 않았어. 어느 날 나는 우울해져서 혼자 샌드위치를 만들어 먹었지. 그런데 그걸 보고 다들 들떠서 난리가 난 거야. 전에는 한 번도 샌드위치를 본 적이 없었던 거지. 그 사람들이 미처 한 번도 생각지 못한 아이디어였고, 그래서 거기서 출발하게 된 거야."

"그런데 그 일이 재미있었단 말이야?"

"글쎄, 그랬어. 사실 정말로 즐거워했던 것 같아. 훌륭한 식칼 세트를 장만하고, 그런 거."

"그러니까 예를 들자면, 너는 그 일이 머리가 말라붙을 정도로, 폭발적으로, 경이롭게도, 통렬하게 지루하지 않았단 말이지?"

"글쎄, 어, 전혀. 그렇지 않았어. 실제로 통렬하게 지루하진 않았지."

"이상하네. 나 같으면 그랬을 텐데."

"글쎄, 아마 우리는 보는 관점이 틀린가 보지."

"그래."

"피카 새들처럼 말이야."

포드는 아서가 무슨 소리를 하는지 전혀 감을 잡을 수 없었지만, 굳이 물어보지도 않았다. 대신 그는 이렇게 말했다. "그러면 우린 대체 이곳에서 어떻게 빠져나가야 하는 거냐?"

"글쎄다. 아마 제일 간단한 방법은 골짜기를 따라 내려가 평원으로 가서──가는 데 아마 한 시간쯤 걸릴 거야──거기서 우회로를 따라 걸어가는 쪽일 거야. 내가 왔던 길을 차마 다시 따라서 내려가진 못할 것 같아."

"거기서 어디를 우회해서 간다는 거야?"

"글쎄, 마을로 돌아가야겠지." 아서는 약간 쓸쓸하게 한숨을 쉬었다.

"빌어먹을 마을 따위로는 돌아가고 싶지 않아!" 포드가 쌀쌀맞게 대꾸했다. "여기서 빠져나가야 한다고!"

"어디로? 어떻게?"

"몰라. 네가 말해보지 그래. 여기 사는 게 너잖아! 이 망할 행성에서 빠져나갈 길이 틀림없이 있을 거야."

"몰라. 너는 보통 어떻게 하는데? 그냥 앉아서 우주선이 지나치기를 기다리는 거겠지, 아마."

"오, 그래? 그런데 이놈의 지랄 맞은 버려진 벼룩구덩이를 최근에 지나친 우주선이 몇 대나 되는데?"

"글쎄, 몇 년 전에 실수로 추락한 내 우주선이 있었고. 그리고 어, 트릴리언이 왔었고, 소포 배달도 왔었고, 그리고 이제 너도 왔고, 그리고……"

"그래, 하지만 상습혐의자들을 다 빼고 나면?"

"글쎄, 어, 내가 아는 한에는 아마 하나도 없을걸. 이 동네는 아주 조용한 곳이라."

그의 말이 틀리다는 것을 입증하기라도 하려는 것처럼, 멀리서 길고 나지막한 우레 소리가 들려왔다.

포드는 조바심을 치며 벌떡 일어서서 희미하고 고통스러운 이른 새벽의 여명 속에서 앞뒤로 서성거렸다. 누군가 하늘을 가로질러 간 덩어리 한 조각을 질질 끌고 지나간 것처럼 길게 줄이 그어져 있었다.

"이게 얼마나 중요한 일인지, 너는 이해 못해." 그가 말했다.

"뭐라고? 내 딸이 혈혈단신으로 은하계를 헤매고 있는데? 내가……."

"은하계 걱정은 나중에 좀 하면 안 될까?" 포드가 말했다. "이건 정말, 정말로 심각한 일이란 말이야. 《안내서》가 합병되었어. 통째로 팔렸단 말이야."

아서가 벌떡 일어섰다. "오, 거 참 심각한 일이네." 그는 소리를 쳤다. "제발 당장 출판기업의 정치학에 대해서 내가 모르는 바를 설명해주지 그래! 최근 그 문제에 내가 얼마나 큰 관심을 가졌는지 아마 넌 모를 거다, 그래!"

"정말 이해를 못 하는구나! 완전히 새로운《안내서》가 나왔단 말이야!"

"오!" 아서가 다시 외쳤다. "오! 오! 오! 흥분해서 말이 잘 안 나오네! 어서 어서 시장에 나오기만 바라야겠네. 그래야 듣도 보도 못한 글로불라 덩어리에 대롱대롱 매달려서 지루하게 지내기에 제일 좋은 우주 공항이 어딘지 알지. 제발 부탁인데, 우리 지금 당장이라도 그걸 파는 가게에 달려가 볼 수 없을까?"

포드는 눈을 가늘게 떴다.

"이게 소위 네가 말하는 그 비아냥거림이라는 거냐?"

"내 생각에 그런 거 같냐고?" 아서가 고래고래 악을 써댔다. "그런 거 같냐고? 물론 비아냥거림이고말고. 내 말투 끝에 저도 모르게 그 미친놈이 기어들어갔다, 어쩔래! 포드, 나는 징그럽게 끔찍한 밤을 보냈단 말이야! 다음부터 멍청황당구리하게 하찮은 매혹적인 얘기를 할 때는 바로 그 점을 고려해보도록 노력해주겠니?"

"좀 앉아서 쉬어." 포드가 말했다. "생각을 좀 하게."

"네가 무슨 생각을 할 필요가 있냐? 좀 앉아서 입술이 제 맘대로 부둠부둠하게 내버려두면 안 될 게 뭐야? 부드럽게 침이나 줄줄 흘리면서 몇 분 동안 옆으로 누워 뒹굴면 안 돼? 도저히 참을 수가 없어, 포드! 생각하고 만사를 제대로 돌아가게 하려고 죽도록 노력하는 일 따위 이제는 도저히 견딜 수가 없다고. 너는 내가 여기 서서 컹컹 짖고 있다고 생각하지만……."

"사실 그 생각은 못했어."

"하지만 진심이란 말이야! 대체 무슨 소용이냐고? 우리는 뭔가 행동을 할 때마다 결과가 의도했던 대로 나올 거라 가정하지. 항상 그렇지만은 않은 정도가 아니잖아. 황당하게, 말도 안 되게, 바보처럼, 눈이 사팔뜨기가 되도록 허튼소리하는 버러지처럼 틀려먹었다고!"

"그게 바로 내 말이야."

"고마워." 아서가 다시 주저앉으면서 말했다. "뭐라고?"

"일시적인 역공작이야."

아서는 얼굴을 두 손에 묻고 고개를 가로저었다.

"일시적인 역 어쩌고 망할 놈의 지랄이 뭔지 네가 나한테 설명하지 못하게 만들, 인도적인 방법이 세상에 있을까?" 아서가 끙끙거렸다.

"아니." 포드가 말했다. "왜냐하면 네 딸이 그 한가운데 붙들려 있는데, 그건 아주 지독하게, 지독하게 치명적으로 심각한 문제거든."

잠시 침묵이 흐르는 사이 천둥이 으르렁거렸다.

"좋아." 아서가 말했다. "말해봐."

"나는 고층건물의 사무실 창문에서 뛰어내렸어."

이 말에 아서의 기분이 좀 좋아졌다.

"오!" 그가 말했다. "다시 한번 해보지 그러냐?"

"그랬어."

"흐음." 아서는 실망스럽게 말했다. "그래봤자 전혀 소득이 없었던 게 분명하네."

"처음으로 내가 기발하고 민활한 사고, 민첩함, 화려한 발놀림, 그리고 자기희생을 통한 세상에서 가장 놀랍고——정말 겸손하게 말하는 거지만——현란한 묘기로 나 자신의 목숨을 구하는 데 성공했을 때는……."

"자기희생은 뭔데?"

"몹시 사랑해 마지않으며 또한 대체 불가능하다고 간주되는 신발 한 짝을 투하해야 했거든."

"그게 왜 자기희생이야?"

"내 거였으니까 그렇지!" 포드는 뾰루퉁해져서 이렇게 쏘아붙였다.

"우리는 가치관이 전혀 다른가 보다."

"글쎄, 내 게 더 좋아."

"그거야 네 생각……에이, 관두자. 그래서 몹시 기발한 방법으로 한 번 목숨을 구하고 나서, 아주 분별 있게도 가서 다시 뛰어내렸다 이거지. 제발 왜 그랬는지는 말하지 말아줘. 그저 꼭 말을 해야겠거든 무슨 일이 일어났는지만 말해."

"지나치는 제트 타운카의 열려 있는 조종석으로 곧장 떨어졌지. 그 우주선 조종사는 오디오에서 흘러나오는 음악을 바꾸려다가 사고로 탈출 버튼을 눌러버렸던 거야. 그런데, 사실 심지어 내가 생각해도, 내가 똑똑해서 그렇게 된 건 아니었던 거 같아."

"아이고, 난 모르겠다." 아서는 기운 없이 말했다. "아마 전날 밤에 네가 그 사람 우주선에 미리 숨어 들어가서 제일 싫어하는 곡이 연주되게 만들어놓았다던가 그랬나 보지."

"아니, 그러지 않았어." 포드가 말했다.

"혹시나 해서 해본 말이야."

"이상한 일이지만, 누구 다른 사람이 그렇게 해놓은 거지. 그리고 이 부분이 얘기의 골자란 말씀이야. 결정적인 사건들과 우연들이 이어진 사슬들을 뒤로 뒤로 끝없이 거슬러 올라가 봤더니. 새로운 《안내서》가 그렇게 해놓은 거였어. 그 새 말이야."

"무슨 새?"

"넌 못 봤어?"

"전혀."

"오. 아주 치명적인 꼬마지. 예쁘게 생긴데다, 허풍이 심하고, 마음이 내키면 파동의 형태를 선택적으로 무너뜨릴 수 있어."

"그게 대체 무슨 뜻이야?"

"일시적인 역공작이지."

"오." 아서가 말했다. "아, 그러시겠지."

"문제는 누구를 위해 그런 짓을 하고 있느냐는 거야."

"사실은 내 주머니에 샌드위치가 하나 있거든." 아서가 주머니를 쑤시며 말했다. "한 입 먹을래?"

"응, 좋아."

"안타깝지만, 약간 뭉개지고 젖었어."

"상관없어."

그들은 한 입 먹었다.

"진짜 상당히 맛있는데." 포드가 말했다. "속에 든 고기는 뭐냐?"

"완벽하게 정상적인 짐승 고기야."

"그건 한 번도 못 본 놈인데. 그래서 문제는 뭐냐 하면……." 포드는 하던 말을 계속했다. "대체 그놈의 새가 누구를 위해 그런 짓을 하느냐는 거야. 대체 진짜 꿍꿍이가 뭐냐는 거지."

"으음." 아서는 계속 먹었다.

"내가 그 자체로 흥미진진한 우연의 연속들을 통해……." 포드는 하던 말을 계속했다. "처음 그 새를 찾았을 때, 녀석은 내가 이제까지 본 중에서 가장 현란한 다차원적 불꽃놀이를 보여주었어. 그러더니 내 우주에서 나를 위해 서비스를 제공하겠다고 하더군. 나는 고맙지만 사양이라고 말했지. 내가 좋아하든 말든, 어쨌든 그렇게 하겠다고 하더라고. 어디 한번 해보라고 했지. 그랬더니 알겠다고 하더군. 그러더니 아닌 게 아니라, 벌써 그렇게 했다고 말하더라고. 그래서 어디 한번 두고 보자고 했더니, 그러자고 대답하더군. 그 시점에서 나는 그 물건을 포장해서 거기서 빼내기로 작정했어. 그래서 안전을 생각해서 너한테 보냈어."

"오, 그래? 누구 안전?"

"관두자. 그리고 나니까, 이런저런 일들이 발발했고, 다시 한번 창문 밖으로 뛰어내리는 게 신중한 짓이라고 판단하게 되었지. 다른 선택의 여지들이 새삼 다 고갈되는 바람에. 천만다행으로 제트카가 있었지. 안 그랬으면 또 기발하고 민활한 사고, 민첩함, 혹은 다른 쪽 신발을 써야했을 테고, 아니 모든 게 다 실패하면 하는 수 없이 땅바닥을 믿는 수밖에 없었을 텐데 말이지. 하지만 그 말은, 내가 좋아하든 않든《안내서》는, 그러니까, 나를 위해 일하고 있었던 거라는 뜻이고, 그게 아주 몹시 걱정스럽단 말이지."

"왜?"

"왜냐하면《안내서》를 갖고 있는 사람은, 그놈이 자기를 위해 일한다고 생각하게 되어 있으니까. 아무튼 그때부터 내 일이 기가 막히게 술술 풀렸어. 적어도, 돌멩이를 들고 있던 그 못돼먹은 계집애를 만나는 그 순간까지 말이지. 그런데 쾅, 나는 옛말이 된 거야. 회로에서 떨어져 나온 거지."

"지금 우리 딸 얘기를 하는 거냐?"

"최대한 예를 차려서 하는 말이지. 이제 그 애가 행운의 사슬 속에서 만사가 기가 막히게 잘 돌아간다고 생각하게 될 차례야. 마음 내키는 대로 자연풍경 속에서 아무거나 주워들고 사람을 때려눕힐 수도 있고, 만사가 헤엄치듯 술술 풀려나갈 거란 말이지. 그러다가 뭔가 예정된 일을 하게 되면, 그 애한테도 행운은 끝나게 되어 있어. 그게 일시적인 역공작인데, 지금 얼마나 끔찍한 물건이 풀려나서 세상을 제멋대로 돌아다니고 있는 건지 제대로 이해하는 사람이 아무도 없는 게 분명하다고!"

"예를 들자면, 나 같은 사람이지."

"뭐라고? 아, 제발 정신 차려, 아서. 이봐, 다시 한번 설명을 해주지. 새로운 《안내서》가 실험실에서 뛰쳐나왔단 말이야. '무(無) 필터 인식'이라는 신기술을 활용한 거지. 그게 무슨 뜻인지 알겠어?"

"이봐, 밥 맙소사, 나는 그동안 샌드위치를 만들면서 살고 있었단 말이야!"

"밥이 대체 누구야?"

"상관 마. 하던 말이나 계속해."

"필터가 없는 인식이란 모든 것을 인식할 수 있다는 말이야. 알겠어? 나는 모든 걸 인식할 수 없어. 우리에겐 필터가 있단 말이야. 새로운 《안내서》는 감각의 필터가 전혀 없어. 모든 걸 인식한단 말이야. 복잡한 기술적 아이디어는 아니었지. 그저 한 가지를 생략하면 되는 문제였으니까. 알겠어?"

"내가 그냥 알았다고 말할 테니까, 신경 쓰지 말고 계속 하던 말을 하는 게 어때?"

"좋아. 이 새는 가능한 모든 우주를 인식할 수 있기 때문에, 가능한 모든 우주에 존재하게 되는 거야, 알겠어?"

"아……아……알……겠……다고……볼 수도……있겠어."

"그러면 어떻게 되는가 하면, 마케팅과 회계 부서에 있는 바보들이

'오, 그거 참 근사한 얘기네. 그럼 딱 한 마리만 만들어서 무한 번 팔 수는 없을까?'라고 말하게 된다고. 그런 눈으로 보지 마, 아서. 그런 게 회계사들의 사고방식이라고!"

"그거 참 기발하네, 안 그래?"

"아니야! 그건 황당무계하게 멍청한 짓이란 말이야. 이봐, 그 기기는 고작해야 조그만 《안내서》일 뿐이라고. 상당히 똑똑한 인공지능 기술을 포함하고 있지만, '무필터 인식 기능'을 장착하고 있기 때문에 아무리 사소한 움직임이라도 바이러스처럼 강력한 힘을 갖게 되는 거야. 공간, 시간, 그리고 수백만의 다른 차원들을 통해 번식한다고. 너와 내가 움직이는 우주들 어디서든, 무엇이든 초점이 될 수 있어. 그놈의 능력은 반복적이지. 컴퓨터 프로그램을 생각해봐. 어딘가에 단 하나의 핵심적인 명령이 있고, 나머지는 전부 스스로 불러오는 기능이거나 무한한 주소 공간을 통해 끝도 없이 일렁거리는 괄호들이지. 괄호들이 다 무너지면 어떻게 될까? '~의 조건에서 끝을 낸다'는 최후의 명령은 어디에 있지? 내 말이 하나라도 이해가 돼? 아서?"

"미안해, 잠깐 깜박 졸았어. 뭔가 우주하고 관련된 얘기였지?"

"그래, 우주에 대한 얘기 맞아." 포드가 기운 없이 말했다. 그는 다시 주저앉았다.

"좋아." 그가 말했다. "이런 생각을 해봐. 《안내서》 사무실에서 내가 누구를 본 것 같은지 알아? 보고인들이야. 아. 드디어 네가 알아듣는 말을 한 마디 한 거 같구나."

아서는 벌떡 뛰다시피 일어섰다.

"저 시끄러운 소리" 그가 말했다.

"무슨 시끄러운 소리?"

"천둥소리."

"그게 어쨌는데?"

"천둥소리가 아니야. 완벽하게 정상적인 짐승들의 봄 이동 소리야. 시작됐어."

"대체 그 짐승들이 뭔데 계속 그 타령이냐?"

"그런 타령한 적 없어. 그냥 그놈들 고기 조각을 샌드위치에 넣을 뿐이지."

"어째서 완벽하게 정상적인 짐승들이라고 부르는 거지?"

놀라서 그렇게 눈이 휘둥그레진 포드를 보는 쾌감을 만끽할 수 있는 기회가 아서에게 자주 주어지는 건 아니었다.

19

아서는 그 광경에 끝끝내 익숙해지지 못했으며, 아무리 봐도 지루하지 않았다. 그와 포드는 재빨리 골짜기 바닥을 흐르는 작은 강가를 따라 달려 내려가, 마침내 평원의 끝에 도달했다. 그들은 은하계가 제공하는 광경들 중에서도 가장 희한하고 경이로운 장면을 좀더 잘 보기 위해 커다란 나뭇가지 위로 기어 올라갔다.

수천에 수천 마리에 달하는 완벽하게 정상적인 짐승들의 어마어마한 무리가 우레와 같은 소리를 내며 장엄한 행렬을 이루어 앤혼도 평원을 가로질러 달려가고 있었다. 이른 아침 여명의 창백한 햇빛 속에서, 거대한 짐승들은 자신들의 몸에서 발산하는 땀으로 인한 아지랑이와 쿵쾅거리는 발굽들 속에서 일어난 흙먼지가 뒤섞인 사이로 돌진하고 있었는데, 그 모습은 그래도 어쩐지 약간 비현실적이고 유령 같은 데가 있었다. 하지만 뭐니뭐니해도 심장이 멎을 정도로 놀라운 사실은, 그들이 어디서 와서 어디로 가는가였다. 겉보기에는, 아무 데도 아닌 것 같았기 때문이다.

그들은 대강 백 마일 넓이에 반마일 길이의 방진 대형을 형성하고 있었다. 그 방진은 꿈쩍도 하지 않았다. 짐승들이 주기적으로 나타나는 팔구 일 동안 살짝 좌우로 흔들리는 기색 정도만 보일 뿐이었다. 방진의 형태는 어느 정도 꾸준하게 유지되었지만, 대형을 구성하는 거대한 짐승들은 시속 이십 마일로 끈질기게 돌진해 나갔다. 평원 한쪽 끝의 희박한 공기 속에서 느닷없이 나타나, 다른 쪽 끝에 도달하면 처음과 마찬가지로 느닷없이 사라지곤 했다.

그들이 어디서 오는지 아무도 몰랐고, 어디로 가는지도 아무도 몰랐다. 그들은 라무엘라 행성 사람들의 삶에 너무나 중요한 존재였기 때문에, 아무도 그런 질문을 던지고 싶어 하지 않는 것 같았다. 스래시바그 영감은 언젠가 행사에서, 가끔은 대답을 얻게 되면 질문을 잃어버리는 수가 있다고 말한 적이 있다. 마을 사람들 몇 명은 사석에서 아마 이거야말로 지금까지 들어본 스래시바그의 말 중에 유일하게 지혜로운 말씀일 거라고 했다. 그들은 잠시 이 문제를 상의해본 후, 그냥 좋은 게 좋은 거라고 결정했다.

쿵쾅거리는 발굽들이 내는 소리는 너무나 강렬해서, 그 밖에 다른 소리를 듣는 게 불가능했다.

"방금 뭐라고 했어?" 아서가 말했다.

"뭐라고 했냐 하면." 하고 포드가 말했다. "이건 아무래도 차원 표류를 입증하는 일종의 증거 같다고 했어."

"뭐가 뭐라고?" 아서가 다시 소리쳤다.

"글쎄, 공간시간에 하도 많은 일이 일어나서 갈라질 증후를 보이고 있다고 걱정하는 사람들이 아주 많이 있거든. 철따라 이주하는 동물들의 괴상할 정도로 길고 꾸불꾸불한 경로대로 육지가 갈라져서 이리저리 움직이는 모습을 볼 수 있는 세계들이 아주 많이 있어. 이것도 아마 그 비슷한 현상일지 몰라. 우리는 뒤틀린 시간대에 살고 있으니까. 하지만 역시, 그럴싸한 우주 공항이 없으니……."

아서는 얼어붙은 듯 그를 바라보았다.

"무슨 뜻이야?" 그가 말했다.

"무슨 뜻이냐니, 그게 무슨 뜻이야?" 포드가 소리쳤다. "내가 무슨 소리하는지 똑똑히 알면서 왜 그래. 저 놈들을 타고 여기서 탈출해야 한단 말이야."

"너 진심으로 우리가 완벽하게 정상적인 짐승들에 올라타야 한다고 생각하니?"

"그래. 어디로 가는지 봐야지."

"우리 둘 다 죽을 거야! 아니……." 아서가 갑자기 말했다. "죽지 않을 거야. 적어도 나는 안 죽을 거야. 포드, 너 혹시 스타브로뮬라 베타라는 행성에 대해 들어본 적 있어?"

포드가 얼굴을 찌푸렸다. "못 들어본 거 같은데." 그가 말했다. 그는 낡고 해진 자신의 《은하수를 여행하는 히치하이커를 위한 안내서》를 꺼내 찾아보기 시작했다. "혹시 철자 이상한 데 있어?"

"몰라. 말로만 들었으니까. 다른 사람들의 이빨들을 입 안 가득 물고 있는 사람한테서 들은 거야. 너한테 아그라작이라는 사람 얘기 했던 거 생각나?"

포드는 잠시 생각에 잠겼다. "그러니까 네가 자기를 계속 끝도 없이 죽였다고 주장했던 그 사람 말이야?"

"그래. 내가 그 사람을 죽였다고 한 장소들 중 하나가 스타브로뮬라 베타라는 행성이었어. 아마 누가 날 총으로 쏘려고 했나 봐. 내가 몸을 피하는 바람에 아그라작이, 그러니까 아그라작의 환생들 중 하나가 맞아 죽었어. 시간의 어느 시점들 중 하나에서 확실하게 일어난 일인 것 같으니까, 내 생각에, 최소한 스타브로뮬라 베타 행성에 가서 몸을 피할 때까지는 죽을 수가 없는 거야. 그런 행성 이름을 들어본 사람이 아무도 없다는 게 문제지만."

"흐음." 포드는 《히치하이커를 위한 안내서》를 몇 번 더 검색해 보았지만, 하얀 백지만 나올 뿐이었다.

"아무것도 안 나오네." 그가 말했다.

대체로 무해함 1167

"나는 그저……아니, 한 번도 들어본 적이 없는 별이야." 마침내 포드가 이렇게 말했다. 하지만 어째서, 아주 아주 희미하게, 어디선가 들어본 듯 여운이 남는 걸까 하고 그는 생각하고 있었다.

"좋아." 아서가 말했다. "전에 라무엘라 사냥꾼들이 덫을 놓아 완벽하게 정상적인 짐승을 잡는 걸 봤어. 만일 무리 중의 한 마리를 창으로 찌르면, 다른 것들이 다 밟고 지나가면서 그놈을 뭉개버리거든. 그래서 잡으려면 한 번에 한 마리씩 무리 밖으로 유인해야 하지. 투우사랑 비슷하게 하는 거야. 밝은 색의 망토를 휘두르는 거지. 한 놈이 자기를 향해 돌진하게 만든 다음에, 망토 사이로 상당히 우아하게 찌르는 거야. 밝은 색 망토 비슷한 거 혹시 있어?"

"이거면 되겠냐?" 포드가 자기가 쓰던 타월을 건네주며 말했다.

20

 시속 삼십 마일의 속도로 우레 같은 소리를 내며 당신의 세계를 통과하고 있는 일과 이분의 일 톤 크기의 완벽하게 정상적인 짐승의 등에 올라탄다는 건 얼핏 보기처럼 그렇게 쉬운 일이 아니었다. 확실히 라무엘라의 사냥꾼들을 구경할 때 생각했던 것만큼 그리 수월한 건 결코 아닐 터라서, 아서 덴트는 상당히 어려운 부분으로 판명되는 일에 대비해 마음의 각오를 단단히 하고 있었다.
 하지만 그는 미처 대비하지 못한 새로운 사실을 깨달았는데, 그건 심지어 어려운 부분까지 가는 과정마저 엄청나게 어렵다는 사실이었다. 수월한 부분이어야 하는 부분마저도 알고 보니 현실적으로 불가능한 일이었다.
 그들은 하다못해 단 한 마리의 주목도 끌 수 없었다. 완벽하게 정상적인 짐승들은 머리를 푹 숙인 채 어깨를 앞으로 내밀고 뒷다리로 땅바닥이 곤죽이 되도록 쳐대며 발굽으로 우레 같은 천둥소리를 만들어내는 데 철두철미하게 몰입해 있었기 때문에, 그들을 동요시키려면 단순히 깜짝 놀랄 만한 일로는 부족했고 실제로 지리학적인 사태를 유발해야 할 터였다.
 결과적으로, 천둥소리와 쿵쾅거리는 진동의 어마어마한 규모는 아서와 포드가 감당할 수 있는 범위 이상의 것으로 밝혀졌다. 둘이서 중간 크기의 꽃무늬 타월을 들고, 갈수록 바보 같은 짓을 하며 껑충거리며 거의 두 시간 가량을 허비하고도, 우레처럼 쿵쾅거리며 지나가는 그 수많은 짐승들 중에서 단 한 마리도, 그들 쪽을 무심하게 바라보게 할 수도 없었다.

그들은 땀을 흘리는 짐승의 몸들이 수평으로 눈사태처럼 쏟아져 내리는 곳에서 삼 피트 정도 떨어져 있었다. 그보다 훨씬 더 가까이 갔더라면, 연대기적으로 말이 되건 말건 아마 즉사를 감수해야 했을 것이다. 아서는 젊고 미숙한 라무엘라 사냥꾼이 어설프게 던진 창에 무리와 함께 달리다가 맞아 쓰러진, 완벽하게 정상적인 짐승 한 마리의 처참한 잔해를 본 적이 있었다.

한 번 발을 헛디디면 그걸로 끝장이었다. 스타브로물라 베타가 대체 어디 붙었는지는 몰라도, 스타브로물라 베타성에서 죽을 운명이라도, 우레 같은, 다 뭉개버리는, 쿵쾅거리는 그 발굽들에서 목숨을 구해줄 수는 없었다. 그 누구의 목숨이라도 말이다.

마침내, 아서와 포드는 휘청거리며 물러섰다. 그들은 기진맥진한 패잔병이 되어, 타월을 다루는 상대방의 기술을 서로 헐뜯기 시작했다.

"좀더 획획 흔들었어야지." 포드가 불평했다. "그 빌어먹을 짐승들의 눈에 띄기라도 하려면, 손목을 더 끝까지 꺾어줄 필요가 있단 말이야."

"끝까지 꺾어?" 아서가 항의했다. "손목에 유연성이 필요한 건 바로 너라고."

"넌 마지막까지 더 화려하게 흔들어 줬어야 했어." 포드가 대꾸했다.

"너한텐 좀더 큰 타월이 필요하고."

"당신에게 필요한 건……." 다른 목소리가 말했다. "피카 새 한 마리요."

"뭐라고?"

그 목소리는 등 뒤에서 들려왔다. 뒤를 돌아보자 스래시바그 영감이 아침 햇살을 받으며 그들의 뒤에 서 있는 게 아닌가.

"완벽하게 정상적인 짐승의 주의를 끌려면……." 그는 그들을 향해 걸어 나오면서 말했다. "피카 새 한 마리가 필요하오. 이렇게 말이지요."

그는 몸에 걸친 거친 성복 비슷한 치렁치렁한 가운 속에서 작은 피카 새 한 마리를 꺼냈다. 새는 스래시바그 영감의 손바닥 위에 불안하게 앉아서 전방 삼 피트 육 인치에서 쏜살같이 날아가는 정체 모를 물건을 뚫어져라 노려보고 있었다.

포드는 사태를 파악하지 못할 때나 어떤 조치를 취해야 할지 몰라 불안해할 때 즐겨 하는 구부정한 경계 태세를 취했다. 그는 두 팔을 아주 천천히 흔들었다. 그게 자기 나름대로는 불길하게 보이고 싶을 때 하는 동작이었다.

"누구야?" 그가 씩씩거렸다.

"그냥 스래시바그 영감일 뿐이야." 아서가 조용히 말했다. "그리고 거창한 몸짓 같은 건 신경 안 써도 돼. 너와 마찬가지로 노련한 허풍쟁이일 뿐이니까. 나중에 둘이서 하루 종일 신나게 돌아가며 춤을 추게 될지 누가 알아."

"저 새." 포드가 다시 씩씩거렸다. "저 새는 뭐야?"

"그냥 새 한 마리잖아!" 아서가 참을성 없이 말했다. "다른 새들하고 다를 게 하나도 없어. 알을 낳고 눈에 보이지도 않는 걸 보고 아크거린다고. 아니면 까르거리던지 릿하던지 아무튼."

"저 놈이 알을 낳는 거 본 적 있어?" 포드가 의심스럽게 물었다.

"아, 미치겠네. 당연히 본 적 있지." 아서가 말했다. "게다가 수백 개도 넘게 먹어봤다고. 상당히 괜찮은 오믈렛 감이거든. 비결은 차가운 버터를 깍둑썰기해서 그걸 보드랍게 거품기로 친 다음에……."

"빌어먹을 요리법 따위는 필요 없어." 포드가 말했다. "저 놈이 진짜 새이고 무슨 다차원적인 인공지능 악몽 같은 게 아닌지만 확인하면 돼."

그는 천천히 쭈그리고 앉아 있던 자세를 풀고 일어나서 몸을 툭툭 털기 시작했다. 하지만 여전히 새에게서 시선을 떼지 못하고 있었다.

"그러니까…….." 스래시바그 영감이 아서를 보고 말했다. "밥께서 당신이 우리에게 내려주셨던 샌드위치의 명인이라는 복된 은총을 다시금 빼앗아가기로 하셨다는 말씀이 이미 글자로 쓰여진 것이오?"

포드는 하마터면 다시 쭈그리고 앉을 뻔했다.

"괜찮아." 아서가 중얼거렸다. "이 사람은 원래 말투가 이래." 큰 소리로 그는 이렇게 말했다. "아, 존경하는 스래시바그. 음, 그렇습니다. 유감스럽게도 저는 이제 꽁무니를 내빼야 할 때가 된 것 같습니다. 하지만 제 도제인 젊은 드림플이 대신 훌륭한 샌드위치의 명인이 될 것입니다. 그는 훌륭한 적성을 지니고 있으며, 샌드위치에 대한 깊은 애정이 있고 이제까지 습득한 기술이 있지요, 음, 아직까지는 초보적인 수준이지만, 음, 그래도 시간이 가면 성숙해지리라 믿습니다, 음, 뭐, 그 친구도 꽤 잘할 거라는 말을 하려는 겁니다."

스래시바그 영감은 그를 심각하게 바라보았다. 늙은 잿빛 눈동자가 서글프게 움직였다. 그는 두 팔을 높이 치켜들었다. 한 손에는 여전히 피카 새를 들고 있었고, 다른 손에는 지팡이가 들려 있었다.

"오, 밥이 내려주신 샌드위치의 명인이여!" 그는 똑똑히 발음했다. 그리고 잠시 말을 멈추더니, 미간에 깊은 주름을 만들고는 한숨을 쉬며 경건히 묵상에 잠겨 눈을 감았다. "당신이 없는 삶은." 그는 이렇게 말했다. "아마 아주 아주 훨씬 덜 괴상할 것이오!"

아서는 깜짝 놀라버리고 말았다.

"혹시 아십니까." 그가 말했다. "그 말씀이 제가 평생 들어본 말 중에서 가장 좋은 얘기라는 걸요."

"제발 우리 진도 좀 나갈까요?" 포드가 말했다.

이미 뭔가 일이 벌어지고 있었다. 스래시바그가 뻗은 팔에 앉아 있는 피카 새의 존재가 우레 같이 달려가고 있던 무리 사이로 전율처럼 퍼져나가는 관심을 불러일으키고 있었다. 머리 몇 개가 그들 쪽으로 휙 돌아갔다. 아서는 그가 목격했던 완벽하게 정상적인 짐승의 사냥 장면들을 기억해냈다. 사냥꾼-투우사가 망토를 휘두르고 있었을 뿐 아니라, 그 뒤에는 항상 피카 새를 들고 있는 사람들이 있었다는 사실이 새삼 생각났다. 그는 항상 그들이 자기처럼 구경하러 온 사람들인 줄 알았다.

스래시바그 영감은 앞으로 나아가, 돌진하는 무리에 약간 더 가까이 접근했다. 짐승 몇 마리가 피카 새를 보고 흥미를 보이며 고개를 흔들고 있었다.

스래시바그의 쭉 뻗은 두 팔이 떨리고 있었다.

정작 피카 새만 주위에서 일어나고 있는 일에 전혀 관심이 없어 보였다. 그들은 명랑하게 공기 중 어딘가에 있는 이름 없는 분자 몇 개에만 온 정신을 팔고 있었다.

"지금이요!" 스래시바그 영감이 마침내 소리를 질렀다. "자, 이제 타월을 흔들어서 놈들을 흥분시켜요!"

아서는 포드의 타월을 들고 앞으로 나섰다. 사냥꾼-투우사들이 했던 것처럼 우아하게 뻐기며 걸으려 했지만, 도저히 그런 동작은 자연스럽게 나오지가 않았다. 하지만 이제는 해야 할 일이 뭔지 알고 있었고, 그의 판단은 옳았다. 그는 타월을 몇 번 흔들고 눈앞에서 휘두르며 그 순간에 대비한 후, 지켜보기 시작했다.

약간 떨어진 곳에서 마음에 드는 짐승이 눈에 띄었다. 바로 무리 가장자리에 있던 짐승은 고개를 숙이고, 그를 향해 껑충거리며 달려오고 있었다. 스래시바그 영감이 새를 홱 잡아챘고, 짐승은 위를 올려다보고 고개를 홱 젖혔다. 바로 그때, 머리가 다시 내려오려는 순간, 아서가 짐승의 시선 바로 앞에서 타월을 흔들어댔다. 짐승은 어리둥절해져서 다시 고개를 홱 젖히면서 눈길로는 타월을 좇았다.

아서는 짐승의 주의를 끄는 데 성공한 것이다.

그때부터는, 짐승을 꼬드겨서 그가 있는 쪽으로 유인하는 일이 세상에서 가장 자연스러운 일처럼 여겨졌다. 짐승은 고개를 치켜들고, 약간 모로 젖히고 있었다. 전속력을 내며 달리던 발걸음은 약간 속도를 낮춰 겅중겅중 뛰다가 이젠 총총 걷는 정도가 되어 있었다. 몇 초 후, 그 거대한 물체는 그들 사이에서 코를 킁킁거리고, 숨을 헐떡거리고, 땀을 줄줄 흘리며 몹시 흥미롭게 피카 새의 냄새를 맡으며 서 있었지만, 정작 피카 새는 짐승이 왔다는 사실을 알지도 못하는 듯한 모습이었다. 이상하게 휘젓듯이 팔을 움직이면서, 스래시바그 영감은 피카 새가 짐승의 시야에서 벗어나지 않게 하면서도, 늘 짐승이 다가갈 수 없도록 거리를 두었으며 항상 아래쪽을 바라보게 했다. 이상하게 휘젓듯이 타월을 움직이면서, 아서는 계속 짐승의 주의를 이리저리로 끌면서 항상 아래쪽을 바라보게 했다.

"내 평생 이렇게 바보 같은 꼬락서니는 보다보다 처음 보네." 포드는 혼잣말로 중얼거렸다.

마침내 짐승은 어안이 벙벙해진 채로, 유순하게 무릎을 꿇었다.

"타요!" 스래시바그 영감이 포드를 보고, 급박하게 말했다. "어서 타시오! 지금 당장!"

포드는 거대한 물체의 등에 올라타서 두껍고 매듭진 털을 헤치며 붙들 만한 데를 찾다가, 제대로 자리를 잡고 나서는 거대한 털을 한 움큼 쥐고 몸을 지탱했다.

"자, 샌드위치의 명인! 가시오!" 그는 뭔가 정교하고 장식적이고 의례적인 악수를 했지만 아서는 확실히 따라할 수 없었다. 스래시바그 영감은 그 순간의 기분에 휩쓸려 그 몸짓을 즉석에서 만들어낸 게 분명했기 때문이다. 그러더니 그는 아서의 등을 떼밀었다. 심호흡을 깊이 하고 나서, 그는 거대하고 뜨겁고 위아래로 흔들리고 있는 짐승의 등에 기어올라 포드 뒤쪽으로 올라탄 후 꼭 붙들었다. 바다표범만 한 거대한 근육들이 그의 몸 아래에서 물결치며 구부러졌다.

스래시바그 영감은 갑자기 새를 높이 치켜들었다. 짐승의 머리가 그 새를 좇아 빙글 위로 치켜 올라갔다. 스래시바그는 팔과 피카 새를 다 위로 위로 뻗었다. 그러자 천천히, 육중하게, 완벽하게 정상적인 짐승은 꿇었던 무릎을 불끈 펴고 마침내 흔들거리며 일어섰다. 등 뒤에 타고 있던 두 사람은 불안한 마음으로 죽을 힘을 다해서 꼭 붙들었다.

아서는 전속력으로 돌진하고 있는 동물들의 바다를 뚫어져라 바라보면서, 어디로 가고 있는지 보려고 몸을 쭉 폈지만, 열기로 인한 아지랑이 외에 아무것도 볼 수 없었다.

"뭐가 보여?" 포드가 말했다.

"아니." 포드는 몸을 뒤틀어 뒤를 보려 했다. 어디서 오는 건지 혹시 단서가 있을까 해서였다. 하지만, 역시 아무것도 보이지 않았다.

아서는 스래시바그에게 고함을 쳤다.

"이 짐승들이 어디서 오는지 알아요? 아니면 어디로 가는지라도?"

"왕의 영토요!" 스래시바그 영감이 큰 소리로 대꾸했다.

"왕?" 깜짝 놀란 아서가 소리쳤다. "무슨 왕이요?" 완벽하게 정상적인 짐승은 그의 몸 아래에서 불안하게 앞뒤 좌우로 흔들리고 있었다.

"그게 무슨 소리요, 무슨 왕이냐니?" 스래시바그 영감이 말했다. "유일한 왕 말이요."

"한 번도 왕에 대해 말씀하신 적이 없으셔서요." 아서가 약간 혼란스러워 하며 다시 외쳐 물었다.

"뭐라고요?" 스래시바그 영감이 다시 소리쳤다. 수천 개의 발굽 소리들 때문에 무슨 소리인지 알아듣기가 몹시 힘들었거니와, 노인은 지금 하고 있는 일에 온 정신을 집중하고 있었다.

여전히 새를 높이 치켜들고서, 그는 짐승을 천천히 유인해 방향을 틀게 한 다음, 다시 짐승이 거대한 무리와 평행으로 서게 만들었다. 그는 앞으로 나갔다. 짐승도 따라갔다. 그는 다시 전진했다. 짐승도 다시 따라갔다.

마침내, 짐승은 약간 속도를 내어 쿵쿵거리며 앞으로 나가기 시작했다.

"전에 무슨 왕에 대한 말씀을 하신 적이 없지 않느냐고요?" 아서가 다시 외쳤다.

"무슨 왕이라고 한 적 없소." 스래시바그 영감이 외쳤다. "그냥 왕이라고 했지."

그는 팔을 뒤로 젖히더니 온 힘을 다해 앞으로 내던지며, 피카 새를 무리 위 공중으로 날려 보냈다. 이 일로 피카 새는 완전히 혼비백산한 모양이었다. 이제까지 주위에서 벌어지는 일에 전혀 신경을 쓰고 있지 않았던 게 분명했으니까. 새는 사태를 파악하는 데 일이 초쯤 시간을 보낸 후, 작은 날개를 펼쳐 날아가 버렸다.

"가시오!" 스래시바그가 외쳤다. "가서 당신의 운명을 만나시오, 샌드위치의 명인!"

아서는 이런 식으로 자기 운명을 만나는 게 좋은지 확신이 서지 않았다. 그저 짐승들이 어디로 가든 무조건 빨리 가서 이놈의 짐승 등에서 내리고 싶을 뿐이었다. 그 위에서는 안전한 느낌이 전혀 들지 않았다. 짐승은 피카 새를 따라가면서 차츰 차츰 속도를 높이고 있었다. 그리고 거대한 동물 무리의 파도 가장자리에 닿자, 잠시 후에는, 다시 고개를 숙이고 피카 새는 까맣게 잊은 채, 다시 한번 무리들과 함께 달리며 급속도로 짐승들이 희박한 공기 중으로 사라지는 지점에 접근하기 시작했다. 아서와 포드는 전속력으로 돌진하는 태산 같은 동물들의 몸에 사방으로 에워싸여, 거대한 짐승을 죽어라고 꼭 붙들고 있었다.

"가시오! 짐승을 타고 달리시오!" 스래시바그가 고래고래 소리를 질렀다. 아득한 그의 목소리가 희미하게 그들의 귓전에 울려 퍼졌다. "그 완벽하게 정상적인 짐승을 타고 달리시오! 달려! 달려!"

포드는 아서의 귀에 대고 소리쳤다. "저 사람이 우리가 어디로 간다고 했어?"

"왕이 어쩌고 하던데." 아서는 필사적으로 매달리며 큰 소리로 대답했다.

"무슨 왕?"

"내가 바로 그 말을 했어. 그냥 왕이라고 하던데."

"그냥 왕이라는 사람이 있는 줄은 몰랐는데." 포드가 외쳤다.

"나도 몰랐어." 아서가 다시 소리쳐 대답했다.

"물론 **진정한 왕**(The King : 로큰롤의 제왕 엘비스 프레슬리를 말한다―옮긴이주)이 있기는 하지." 포드가 외쳤다. "하지만 설마 그 사람을 말한 건 아니겠지."

"무슨 왕?" 아서가 소리쳤다.

탈출 지점이 임박하고 있었다. 바로 눈앞에서, 완벽하게 정상적인 짐승들이 허공 속으로 달려들어 사라지고 있었다.

"그게 무슨 말이냐, 무슨 왕이냐니." 포드가 외쳤다. "나야 무슨 왕인지 모르지. 그저 내 말은 설마 그 왕을 의미할 리는 없다는 뜻이었어. 그러니까 그 사람이 무슨 뜻으로 한 말인지는 모르지."

"포드, 나는 네가 하는 소리가 무슨 말인지 모르겠어."

"그래서?" 포드가 말했다. 그러더니 느닷없이 어지럽게 별들이 빛나기 시작했고, 그들 머리 주위에서 빙글빙글 돌며 뒤틀렸으며, 이윽고, 마찬가지로 돌연히, 별빛은 모조리 꺼지고 말았다.

21

안개 낀 회색 건물들이 솟아올라 번득거렸다. 그들은 아주 창피하게도 위아래로 경중거렸다.

이건 대체 어떤 종류의 건물들일까?

무슨 목적으로 세워진 걸까? 이 건물들을 보니 떠오르는 생각은 무엇인가?

생각도 못했는데 별안간 다른 세계에 나타나게 되면, 사물들의 원래 목적을 파악하기가 너무나 힘든 법이다. 다른 세계에는 다른 문화가 있으며, 삶에 대한 가장 기초적인 전제들 자체가 다르며, 또한 믿을 수 없이 지루하고 무의미한 건축들이 있다.

건물들 위의 하늘은 차갑고 적대적인 검은 색이었다. 태양에서 이렇게 멀리 떨어진 곳이라면 눈이 멀어버릴 정도로 눈부시게 현란한 점들이라야 할 항성들은, 두껍고 거대한 원형 방호벽 때문에 뭉개지고 희미해져 있었다. 강화 플라스틱이나 뭐 그런 재질이었는데. 어쨌든 재미없고 무거운 소재가 틀림없었.

트리시아는 다시 테이프를 처음으로 돌려 감았다.

그녀는 테이프가 어딘가 약간 이상하다는 걸 잘 알고 있었다.

글쎄, 사실, 그 테이프에는 수백만 개의 약간 이상한 점들이 있었다. 하지만 그녀의 신경을 거슬리는 것은 단 하나였고, 그걸 확실히 파악할 수가 없었다.

그녀는 한숨을 쉬고 하품을 했다.

테이프가 맨 앞으로 되감기는 동안 그녀는 편집용 계기판 위에 차곡차곡 쌓이고 있던 더러운 폴리스티렌 커피 컵들을 치우고 쓰레기통에 던져 버렸다.

그녀는 소호에 있는 비디오 프로덕션 회사의 작은 편집실에 앉아 있었다. 문에는 '방해하지 마시오'라는 공지로 덕지덕지 도배하고 전화 교환대를 조작해 걸려오는 전화를 모두 막아두었다. 처음에는 그녀의 경이로운 특종을 보호하기 위한 목적에서였지만, 이제는 창피를 당하지 않기 위해서였다.

그녀는 처음부터 끝까지 테이프를 다시 볼 생각이었다. 견뎌낼 수만 있다면 말이다. 아마 여기저기서 빨리 감기를 해야 할지도 모른다.

월요일 오후 네 시경이었고, 그녀는 어쩐지 속이 메슥거렸다. 이 약간 메슥거리는 기분이 무엇 때문인지 알아내려고 애썼지만, 후보 원인들이 너무 많았다.

일단 무엇보다도 뉴욕에서 밤새도록 비행기를 타고 날아온 게 제일 큰 원인이었다. 붉게 충혈된 눈. 이건 정말 매번 죽을 맛이다.

그러고는 잔디밭에 착륙한 외계인들을 따라 루퍼트 행성까지 날아갔다 왔던 일. 그녀는, 이건 정말 매번 죽을 맛이라고 자신 있게 말할 만큼 전문가는 아니었지만, 주기적으로 그런 여행을 해야 하는 사람들은 아마 욕을 퍼부을 거라는 데 기꺼이 돈을 걸 수도 있었다. 잡지에 항상 나오는 스트레스 순위 표가 있다. 직업을 잃는 일은 스트레스 지수 오십 점. 이혼을 하거나 머리 모양을 바꾸거나 하는 일 등이 칠십오 점. 하지만 그중 어느 것에도 자기 잔디밭에 착륙한 외계인을 따라 루퍼트 행성까지 갔다오는 일을 명시하고 있지는 않다. 적어도 몇십 점은 충분히 되리라고, 그녀는 믿어 의심치 않았다.

　여행 자체가 특별히 스트레스가 심했던 건 아니다. 사실 말도 못하게 지루했다. 얼마 전에 했던 대서양 횡단 여행보다 스트레스가 더 심했던 것도 아니거니와, 시간도 비슷하게 얼추 일곱 시간 정도 걸렸다.

　글쎄, 그건 정말 굉장히 놀라운 일이다. 안 그런가? 뉴욕까지 가는 데 걸리는 시간과 비슷한 정도의 비행으로 태양계 최외곽 경계선까지 날아갔다 온다는 건, 그들의 우주선에 전례 없이 환상적인 추동 동력원이 달려 있다는 말이니까. 그녀는 자신을 초대한 외계인들에게 그 부분을 물어보았고, 그들은 실제로 엔진이 상당히 훌륭하다는 데 동의했다.

　"하지만 어떻게 **작동하는** 거죠?" 그녀는 흥분에 들떠 이렇게 물었다. 여행 초기에는 아직 상당히 들떠 있었던 것이다.

　그녀는 테이프의 그 부분을 찾아내서 혼자 다시 틀어보았다. 그레불론인들은——그들은 자신들을 스스로 그렇게 불렀다——공손하게 우주선을 발진하게 만들려면 어떤 단추들을 눌러야 하는지 보여주었다.

　"그렇군요. 하지만 어떤 원리로 우주선이 작동하는 건가요?" 그녀는 카메라 뒤에서 그렇게 묻는 자기 목소리를 들었다.

　"오, 그러니까 워프(warp : 축지법처럼 공간을 왜곡해 고속 이동하는 방법—옮긴이주) 추동력인지 뭐 그런 거 말입니까?" 그들이 말했다.

　"그래요." 트리시아는 고집을 피웠다. "원리가 뭔가요?"

　"아마 그 비슷한 걸 겁니다." 그들이 말했다.

　"뭐 비슷한 거 말이죠?"

　"워프 추동력, 광양자(光量子) 추동력, 그 비슷한 거요. 우주선 기술자한테 물어보셔야 할 거예요."

　"어느 분이시지요?"

　"우리도 모릅니다. 보시다시피, 우리는 모두 정신을 잃어버렸거든요 (lose one's mind는 말 그대로 '정신을 잃다' 라는 뜻이지만, 관용적으로 '미치다,

돌아버리다'라는 뜻으로 쓰인다—옮긴이주).

"아, 그렇군요." 트리시아는 약간 머뭇거리며 말했다. "그렇게 말씀하셨죠. 음, 그렇다면 어쩌다가 모두 정신을 잃어버리셨죠?"

"우리도 모릅니다." 그들은 참을성 있게 말했다.

"정신을 잃어버리셨으니 모르시겠죠." 트리시아가 음울하게 그 말을 되풀이했다.

"텔레비전 보고 싶으세요? 긴 시간 여행을 하셔야 하니까요. 우리는 텔레비전을 본답니다. 우리가 즐기는 것이지요."

이렇게 눈을 뗄 수 없이 흥미진진한 내용들이 테이프에 담겨 있었고, 정말 어찌나 재미있는지 말로 표현하지 못할 정도였다. 일단 화질이 아주 좋지 않았다. 트리시아는 정확히 어째서 그런지 알 수가 없었다. 그레불론인들이 약간 다른 빛의 주파수 범위에 반응한다는 느낌이 들었다. 그리고 주위에는 엄청나게 많은 자외선들이 있어서 비디오카메라를 엉망으로 만들고 있었다. 게다가 간섭파도 심하고 화면에 눈도 내렸다. 아무도 아는 바가 없는 워프 추동력인지 뭔지가 상관이 있을지도 모른다.

그래서 기본적으로 그녀가 테이프에 담아온 건, 공중파 방송이 나오는 텔레비전을 다 같이 보며 앉아 있는 약간 호리호리하고 창백한 한 무리의 사람들이었다. 그런가 하면 카메라를 좌석 옆에 있는 아주 작은 현창 밖으로 돌려 아주 훌륭하고 약간 줄무늬가 진 효과가 나는 별들의 사진을 찍을 수 있었다. 그 별들이 진짜라는 걸 그녀는 알고 있었지만, 그 정도 별들을 가짜로 합성해서 만들어내려면 넉넉잡아 삼사 분이면 족할 것이다.

결국 그녀는 루퍼트 행성 자체를 찍기 위해 소중한 비디오테이프를 아껴 두기로 하고 그냥 앉아서 같이 텔레비전을 보기로 결정했다. 심지어 중간에 한참 졸기까지 했다.

그래서 속이 영 좋지 않은 이유 중에는, 경이로운 기술로 설계된 외계의 우주선에서 그렇게 오랜 시간을 보냈는데, 대부분의 시간을 〈야전병원〉이나 〈캐그니와 레이시〉 같은 드라마의 재방송을 보며 조는 데 보냈다는 사실도 한몫 했다. 하지만 달리 할 일이 있어야 말이지? 물론 사진도 몇 장 찍었지만, 인화해서 가져와보니 사진들은 모두 심하게 안개가 낀 것처럼 흐릿하게 나와 있었다.

속이 메슥거리고 좋지 않은 또 다른 이유는 아마 루퍼트 행성 착륙에 기인할 터이다. 적어도 그것만은 대단히 극적이고 머리카락이 쭈뼛 서도록 오싹했다. 우주선은 어두컴컴하고 음울한 자연경관 위로 매끄럽게 급강하하며 날아갔다. 이 지역은 그들의 태양인 솔Sol이 뿜어내는 빛과 열에서 너무나 끔찍하게 멀리 떨어져 있어서, 마치 부모에게 버림받은 아이의 정신세계에 남은 심리학적 흉터들을 그려놓은 지도처럼 보였다.

얼어붙은 암흑 사이로 눈부신 안내등 불빛이 타오르며 우주선을 무슨 동굴 입구 비슷한 데로 인도했다. 동굴이 저절로 휘어지면서 입구가 열리면 소형 우주선이 들어갈 수 있게 되어 있는 모양이었다.

불행하게도 우주선이 접근하는 각도가 좋지 않았던데다, 작고 두꺼운 현창이 어찌나 선체 깊숙이 박혀 있는지, 비디오카메라를 이 모든 풍광들에 똑바로 갖다댈 수가 없었다. 그녀는 테이프의 그 부분을 돌려보았다.

카메라는 똑바로 태양을 향하고 있었다.

보통 이렇게 하면 비디오카메라에 아주 좋지 못하다. 하지만 태양이 대략 삼억 마일쯤 떨어져 있을 때는, 전혀 해를 끼치지 못한다. 사실 전혀 아무런 인상을 남기지 못했다. 화면 한가운데에 조그만 빛의 점이 보일 뿐이었는데, 그건 전혀 별다른 게 아니었다. 헤아릴 수 없이 수많은 별들 중 하나였을 뿐이다.

트리시아는 빨리 감기를 했다.

아. 이제, 다음 부분은 그나마 상당히 기대를 했던 장면이다. 우주선 밖으로 나와 보니, 광막한 잿빛 격납고 비슷한 건물 안이었던 것이다. 굉장

히 대규모의 외계 기술력이 동원된 건물이 틀림없었다. 강화 플라스틱으로 만든 반원형 방호벽의 시커먼 천장 아래 솟아오른 수많은 잿빛 건물들. 이 건물들은 아까 테이프 마지막에 그녀가 보고 있던 것과 똑같은 것들이다. 몇 시간 후 루퍼트를 떠날 때, 지구로 돌아오기 위해 우주선에 승선하기 직전, 이 광경을 좀더 찍었기 때문이다. 그런데 왜 이렇게 어디서 본 듯한 느낌이 들까?

글쎄, 뭐니뭐니해도 이 건물들은 지난 이십 년간 양산된 수많은 저예산 과학 영화들의 촬영장들을 연상시켰다. 물론 이쪽이 훨씬 더 컸지만, 비디오 화면으로 보면 지독하게 값싸고 번드레한 가짜처럼 보였다. 끔찍한 화질은 말할 것도 없거니와, 그녀는 지구보다 훨씬 더 낮은 중력이 야기한 예기치 못한 결과와 씨름해야 했다. 카메라 화면이 어찌나 심하게 흔들렸는지 전문가라고 말하기가 창피할 정도였던 것이다. 도무지 카메라를 차분히 붙들고 있기가 힘들었다. 그래서 화면에서 자세한 세부 사항을 알아본다는 건 불가능했다.

그리고 이제 지도자가 미소를 띠고 두 팔을 쭉 내민 채 그녀에게 인사를 하러 앞으로 나오는 화면이 나왔다.

그는 그렇게만 불렸다. 지도자.

그레불론 사람들은 아무도 이름이 없었는데, 그 이유는 대개 이름을 생각해낼 능력이 없기 때문이었다. 트리시아는 그들 중에 지구에서 본 텔레비전 프로그램의 등장인물 이름들을 따서 자기 이름을 지어볼까 하는 생각을 해본 사람들도 있었다는 걸 알게 되었다. 그러나 아무리 서로를 웨인이나 바비, 척이라는 이름으로 불러보려 애를 써도, 머나먼 별들 사이 그들의 고향에서부터 가지고 온 문화적 잠재의식 내부에 깊이 도사린 어떤 잔재가 그건 정말 아니라고, 절대 안 될 말이라고 말했다고 한다.

지도자는 다른 외계인들의 모습과 상당히 몹시 유사했다. 아마 약간 덜 말랐을 수도 있다. 그는 텔레비전에서 트리시아의 쇼를 아주 즐겨 본다면서, 굉장한 팬이라고 말했다. 그리고 루퍼트 행성까지 찾아주시다니 얼마나 기쁜지 모르겠다며, 모든 사람들이 그녀가 오기를 고대하고 있었다고, 우주선 여행이 편안했기를 바란다는 둥의 말을 늘어놓았다. 우주에서 온 특사라거나 그런 느낌은 아무리 눈 씻고 찾아보려 해도 없었다.

확실히 지금 이렇게 비디오테이프로 보니, 그는 기대면 금세 무너질 듯한 세트 앞에 의상을 갖춰 입고 분장을 하고 선 배우처럼 보일 뿐이었다.

그녀는 손으로 얼굴을 받치고 앉아 화면을 빤히 노려보다가, 천천히 황당함에 고개를 저었다.

이건 한심하기 이를 데 없었다.

이 부분만 한심하기 이를 데 없었던 게 아니다. 그녀는 다음에 뭐가 나올지 잘 알고 있었다. 우주선 여행을 하셨으니 배가 고플 텐데 오셔서 뭘 좀 드시는 게 어떠냐고 묻는 대목이었다. 식사를 함께 하면서 이런저런 문제를 상의할 수 있을 거라면서.

그녀는 이 시점에서 자기가 무슨 생각을 하고 있었는지 기억해 냈다.

외계인의 음식일 텐데 하는 생각이었다(외계인의 음식alien food은 낯설고 입에 잘 맞지 않는 음식이라는 뜻도 있다—옮긴이주).

이걸 대체 어떻게 처리해야 한담?

정말로 먹어야 하나? 먹던 음식을 뱉을 수 있는 종이 냅킨 비슷한 걸 구할 수 있을까? 특수한 면역 체제의 문제 등 골치 아픈 일은 없을까?

알고 보니 햄버거였다.

햄버거로 판명 났을 뿐 아니라, 햄버거로 판명 난 햄버거는 누가 봐도 분명히, 확연하게 전자레인지에서 다시 데운 맥도날드 햄버거였다. 그저 모양만 그런 게 아니었다. 냄새만 그런 게 아니었다. 폴리스티렌 포장에 온통 '맥도날드'라는 글씨가 찍혀 있었다.

"듭시다! 맛있게 듭시다!" 지도자가 말했다. "우리의 영예로운 손님을 위해서는 아무리 귀한 진미도 아깝지 않지요!"

여기는 그의 사택인 아파트 안이었다. 트리시아는 공포에 가까운 당혹감에 사로잡혀 내부를 둘러보았지만, 그래도 어쨌든 비디오테이프에 담았다.

아파트에는 물침대가 있었다. 그리고 미디 하이파이 오디오가 있었다. 그리고 전기로 불이 들어오는 커다란 유리 조명등 비슷한 게 식탁 위에 놓여 있었는데, 그 속에서는 커다란 물방울처럼 생긴 정자들이 떠다니는 것처럼 보였다. 벽은 벨벳으로 도배되어 있었다.

지도자는 갈색의 코듀로이로 만든 콩 주머니 의자에 편안히 앉아 입 속에 구강청정제를 마구 뿌렸다.

트리시아는 불쑥 무지막지하게 겁이 나기 시작했다. 그녀는 자기가 아는 한, 그 어떤 인간보다 더 지구에서 멀리 떨어져 있는데, 갈색 코듀로이 콩 주머니 의자에 기대앉아 입 안에 구강청정제를 뿌려대는 외계의 존재와 함께였던 것이다.

그녀는 괜히 잘못 생각할 만한 행동을 하고 싶지 않았다. 그의 경계심을 발동시킬 생각도 없었다. 하지만 그래도 몇 가지는 알고 넘어가야 했다.

"어떻게……어디서……이런 걸 구하셨어요?" 그녀는 방 안을 불안하게 손짓해 가리키면서 물었다.

"인테리어 말씀입니까?" 지도자가 말했다. "마음에 드세요? 아주 세련되었지요. 우리 그레불론족은 아주 세련된 종족이라서 말이지요. 우리는 이렇게 세련된 소비 내구재를……통신 판매로 구입합니다."

트리시아는 이 시점에서 엄청 느릿느릿하게 고개를 끄덕거렸다.

"통신……판매요……." 그녀가 말했다.

지도자는 킬킬거리고 웃었다. 그것은 다크 초콜릿 같은 안심하게 만드는, 매끈한 웃음소리였다.

"지구에서 여기로 보내준다고 생각하시는 모양이군요. 아닙니다! 하하! 우리는 뉴햄프셔에 특별 사서함을 개설해 두었지요. 정규적으로 물건을 가지러 방문을 하곤 한답니다. 하하!" 그는 편안한 자세로 콩 주머니 의자에 다시 기대앉아, 손을 뻗어 다시 데운 프렌치프라이를 하나 집어 들더니 끝을 오물오물 뜯어먹었다. 재미있다는 듯한 미소가 입가에 번져 있었다.

트리시아는 뇌 속에서 거품이 약간 보글거리는 느낌을 받았다. 그래도 비디오카메라는 그냥 계속 돌아가게 내버려 두었다.

"어떻게, 어, 어떻게 이 훌륭한 물건들의 값을 치르시는지요?"

지도자가 다시 킬킬거리고 웃었다.

"아메리칸 익스프레스를 씁니다." 그는 아무렇지도 않은 일이라는 듯 어깨를 으쓱해 보였다.

트리시아는 다시 느릿느릿 고개를 끄덕였다. 그 회사는 특히 '아무나' 한테 카드를 발급한다는 사실을 잘 알고 있었다.

"그럼 이것들은요?" 그녀는 그가 제공한 햄버거를 들어 보이며 말했다.

"아주 쉽습니다." 지도자가 말했다. "줄을 서서 사지요."

이번에도, 트리시아는 척수를 따라 차갑고 오싹한 불안감이 훑고 지나가는 느낌과 함께, 그 말로 너무나 많은 사실이 해명된다는 걸 깨달았다.

그녀는 다시 빨리 감기 버튼을 눌렀다. 여기에는 쓸 만한 게 단 하나도 없었다. 전부 악몽 같은 광기뿐이었다. 그녀가 거짓으로 위조했다 해도, 이보다는 훨씬 그럴싸하게 보였을 터이다.

이 가망 없는, 한심하기 이를 데 없는 테이프를 바라보고 있자니 또 속이 메슥거리는 기분이 덮쳐왔다. 그리고 느릿느릿한 공포심과 함께, 이것이야말로 그 해답이리라는 사실을 깨닫기 시작했다.

그녀는 틀림없이…….

그녀는 고개를 가로젓고 나서 정신을 차리려 애썼다.

밤새도록 동쪽으로 비행기를 타고 온데다……비행기 여행 시간을 견디려고 먹었던 수면제들. 수면제들을 넘기려고 마셨던 보드카들.

또 뭐가 있지? 글쎄. 머리가 두 개 달린 근사한 남자에 대한 십칠 년에 걸친 집착이 있었다. 그 남자는 한쪽 머리를 새장 속에 든 앵무새로 위장하고, 파티에서 그녀를 데리고 나가려 했지만 성미 급하게도 비행접시를 타고 다른 행성으로 날아가 버렸다. 느닷없이 그 생각에는 헤아릴 수 없는 근심스러운 측면들이 있다는 생각이 떠올랐다. 한 번도 그런 생각은 해본 적이 없었다. 단 한 번도 생각해보지 못했다. 십칠 년 동안.

그녀는 주먹으로 입을 틀어막았다.

도움이 필요했다.

그리고 그녀의 잔디밭에 내려앉은 외계인의 우주선 주위를 꾹꾹 쑤시고 돌아다니던 에릭 바틀릿도 있었다. 그리고 그 전에는……뉴욕이, 그러니까, 아주 더워서 스트레스를 많이 받았다. 드높았던 소망만큼 쓰디쓴 낙담. 점성술 어쩌고 하는 일들.

그녀는 틀림없이 신경쇠약에 걸린 거다.

바로 이거다. 그녀는 녹초가 되었고, 신경쇠약을 일으켰으며, 집에 돌아온 후 얼마 지나지 않아 환각을 보기 시작했던 거다. 모든 이야기들은 다 그녀의 꿈이었다. 삶과 역사를 모두 빼앗긴 외계의 종족들이 우리의 태양계 맨 끝에 기지를 치고 그들의 문화적 진공상태를 우리의 문화적 쓰레기로 채우고 있다니. 하! 이건 자연이 자기 나름의 방식으로 어서 빨리 아주 값비싼 의료기관에 찾아가 진료를 받으라고 그녀에게 말하고 있는 게 틀림없었다.

그녀는 아주, 아주 속이 좋지 않았다. 그녀는 자기가 얼마나 많은 라지 사이즈 커피를 들이켰는지 바라보았고, 또한 자기 호흡이 몹시 힘겹고 밭다는 사실을 깨달았다.

무슨 문제든 해결하기 위해서는 자기한테 문제가 있다는 걸 먼저 깨달아야 해. 그녀는 스스로에게 타일렀다. 그리고 호흡을 조절하려고 애쓰기 시작했다. 때늦지 않게 깨달아서 다행이었다. 자신의 상태를 정확히 파악한 것이다. 어떤 심리적 파국의 경계에 서 있었는지 몰라도, 이제는 제자리로 돌아오는 중이었다. 그녀는 진정하고, 차분히, 차분히 마음을 가라앉히기 시작했다. 의자에 깊이 기대앉아 두 눈을 감았다.

얼마 후, 이제 다시 정상적인 호흡을 되찾은 그녀는 다시 눈을 떴다.

그런데 이 테이프는 그럼 어디서 난 거지?

* * *

비디오는 아직도 돌아가고 있었다.

좋다. 그건 가짜였다.

그녀 스스로 위조한 거다. 바로 그거다.

그걸 위조한 건 그녀가 틀림없었다. 왜냐하면 사운드트랙이 질문을 던지는 그녀의 목소리로 가득 차 있었으니까. 가끔씩 카메라가 한 장면을 다 찍고 나면, 그녀의 구두를 신고 있는 그녀 자신의 발이 보였다. 자기가 테이프를 위조해 놓고도, 위조한 기억도 없고 어째서 그런 짓을 했는지도 생각나지 않았다.

번쩍거리고 눈 내리는 화면을 바라보던 그녀의 숨이 또 가빠졌다.

아직도 헛것을 보고 있는 게 틀림없다.

그녀는 고개를 가로저으며, 눈앞의 영상이 사라지게 만들려 애썼다. 누가 봐도 가짜가 분명한 이 물건을 위조한 기억이 전혀 없었다. 반면, 이 가짜 테이프의 내용과 대단히 비슷한 기억은 나는 것 같았다. 그녀는 당혹스러워 어쩔 줄 모르면서 반쯤 넋을 잃고 계속 바라보았다.

그녀의 상상 속에서 지도자라는 이름으로 불렸던 사람이 그녀에게 점성술에 대해 질문을 던지고 있었고, 그녀는 매끄럽고 차분하게 대답을 하고 있었다. 들키지 않으려고 교묘하게 위장했기 때문에 남들은 몰랐지만, 자기 목소리에 점차 당혹스러운 공포심이 뒤섞이는 기미를 그녀만은 알아볼 수 있었다.

지도자가 단추를 하나 누르자 밤색 벨벳 벽이 미끄러지며 열렸고, 그 속에서 커다란 평면 텔레비전 모니터들이 커다랗게 첩첩이 쌓여 있는 더미가 나타났다.

모니터들은 각각 다른 이미지들을 만화경처럼 보여주고 있었다. 게임 쇼에서 발췌한 몇 초, 경찰 드라마에서 나온 몇 초, 슈퍼마켓 창고 보안 카메라가 찍은 장면 몇 초, 누군가가 찍은 휴가 비디오 몇 초, 섹스 장면 몇 초, 뉴스 몇 초, 코미디 몇 초. 이 모든 걸 지도자는 몹시 자랑스러워 마지않는다는 게 분명했고, 그는 두 손을 지휘자처럼 흔들어대면서 말도 안 되는 헛소리를 계속 늘어놓았다.

그가 두 손을 한 번 더 흔들자, 모든 화면들이 싹 지워지더니 거대한 컴퓨터 스크린이 되어 태양계의 행성들을 도식적으로 늘어놓은 화면이 나타났다. 배경에는 자기 별자리들 속에 자리 잡은 항성들의 위치가 지도처럼 그려져 있었다. 이 화면 디스플레이는 완전히 정지된 화상이었다.

"우리에게는 위대한 기술이 있습니다." 지도자는 이렇게 말하고 있었다. "연산, 우주 철학적 삼각법, 삼차원 항해 계산법. 위대한 기술들이지요. 위대하고, 위대한 기술들입니다. 하지만 우리는 그것들을 잃어버렸습니다. 너무나 안타까운 일이지요. 우리는 기술들을 갖고 싶은데, 기술들은 사라져버리고 말았습니다. 우주 어딘가에서 날아가고 있을 겁니다. 우리 이름들과 우리 고향의 세세한 정보들과 사랑하는 이들을 싣고. 제발……." 그는 트리시아에게 컴퓨터 계기판에 가까이 다가앉아 달라고 손짓하며 말했다. "우리를 위해 노련한 기술을 보여주세요."

분명 다음에 벌어진 일은, 트리시아가 이 모든 걸 모두 담기 위해 재빨

대체로 무해함 1189

리 비디오카메라를 삼각대에 설치했던 것으로 판단된다. 그러고 나서 그녀는 직접 화면 속으로 걸어 들어가 거대한 컴퓨터 화상 앞에 차분하게 앉아, 몇 분간 인터페이스를 익히고는 매끈하고도 자신감 넘치는 태도로 자기가 뭘 하는지 아주 희미하게나마 알고 있는 척 연기를 했다.

그건 사실, 그렇게 힘든 일이 아니었다.

그녀는, 어쨌든 훈련받은 수학자였고 천체 물리학자였으며 게다가 노련한 텔레비전 앵커였으니, 오랜 세월이 지나 까맣게 잊어버린 과학적 지식쯤 허풍으로 때울 능력은 차고도 넘쳤다.

그녀가 조작하고 있던 컴퓨터는 그레불론인들이 현재의 허망한 상태가 시사하는 것보다는 훨씬 더 진보되고 세련된 문화에서 왔다는 사실을 입증하는 뚜렷한 증거였다. 그리고 컴퓨터의 도움을 받아, 그녀는 삼십 분 만에 대충 그럴싸하게 돌아가는 태양계의 모델을 만들어낼 수 있었다.

그건 특별히 정확하거나 그런 건 아니었지만, 보기에는 근사했다. 행성들은 그럭저럭 쓸 만한 궤도 시뮬레이션을 따라 씽씽 돌아갔고, 이 가상 우주 태엽장치는 시스템 속의 어느 각도에서든 볼 수 있는 것이었다— 아주 개략적이기는 했지만. 지구에서도 볼 수 있고, 화성에서도 볼 수 있고, 기타 등등. 루퍼트 행성의 표면에서도 볼 수 있었다. 트리시아는 자기 자신의 능력에도 깊은 감명을 받았지만, 그녀가 작업한 컴퓨터의 능력에도 역시 깊은 감명을 받았다. 그 작업은 지구의 워크스테이션을 썼다면 프로그램하는 데만 일 년 가량 걸렸을 만한 일이었다.

일을 다 끝마치자 지도자가 그녀 뒤에 서서 지켜보았다. 그녀의 업적에 대단히 기뻐하며 흡족해 하는 모습이 역력했다.

"좋습니다." 그가 말했다. "자, 부탁인데요, 이제 방금 설계하신 시스템을 사용해 이 책에 있는 정보를 해독하는 시범을 좀 보여주시기 바랍니다."

조용히 그는 책 한 권을 그녀 앞에 내려놓았다.

그건 게일 앤드루스가 쓴 《당신과 당신의 행성들》이었다.

트리시아는 다시 테이프를 정지시켰다.

이제는 정말 그야말로 아주 어질어질한 기분이 들었다. 헛것을 보고 있다는 기분은 이제 좀 사라졌지만, 그래도 머릿속이 조금도 편안하거나 맑아지지 않았다.

그녀는 편집용 계기판에서 의자를 뒤를 밀고 어떻게 해야 할까 궁리했다. 오래 전 그녀가 천문학 연구를 그만둔 건, 어떤 의혹의 여지도 없이 외계에서 온 존재를 직접 만나보았다는 확신을 가졌기 때문이었다. 파티에서. 그리고 그 어떤 의혹의 여지도 없이, 그런 말을 입 밖에 냈다가는 웃음거리가 될 거라는 사실 또한 잘 알고 있었다. 하지만 어떻게 우주론을 공부한다는 사람이 그 분야에 대해 알고 있는 가장 중요한 지식을 말하지 않을 수가 있겠는가? 그녀는 할 수 있는 단 하나의 일을 했다. 학계를 떠났던 것이다.

이제 텔레비전에서 일하게 된 그녀에게 똑같은 일이 다시 일어났다.

그녀에게는 비디오테이프가 있었다. 그러니까 만물의 역사를 통틀어 가장 놀라운 특종감을 담은 진품 비디오테이프였다. 우리 태양계 최외곽에 귀양살이를 하게 된 외계 문명의 잊힌 기지라니.

그녀는 기삿거리를 갖고 있었다.

그녀는 실제로 그곳에 다녀왔다.

그녀는 그것을 보았다.

그녀에게는, 젠장, 비디오테이프가 있었단 말이다.

그런데 누군가에 그 테이프를 보여주면, 그날로 그녀는 웃음거리가 되기 십상이었다.

어떻게 이걸 하나라도 증명할 수 있을까? 심지어 생각할 가치도 없었다. 아무리 궁리를 해봐도, 어느 각도에서 봐도 전체가 다 악몽 같았다. 그녀의 머리가 쿵쾅거리며 맥박 치기 시작했다.

핸드백에 아스피린이 몇 알 있었다. 그녀는 작은 편집실에서 나와 복도 저편에 있는 식수대로 갔다. 그녀는 아스피린을 꺼내고 물을 몇 컵 마셨다.

그곳은 아주 조용해 보였다. 보통은 근처에서 분주하게 돌아다니는 사람들이 이보다는 많기, 아니 적어도 근처에서 분주하게 돌아다니는 사람들이 몇 사람은 있기 마련이다. 그녀는 인접한 편집실 문 안으로 고개를 살짝 들이밀어 보았지만 아무도 없었다.

사실 그녀는 자기 편집실에 사람들이 들어오지 못하게 하기 위해 좀 과하다 싶은 조치를 취했다. '방해하지 마시오'라는 공지가 붙어 있었다. '들어올 생각도 하지 마시오. 무슨 일인지 난 알고 싶지도 않아. 꺼져 버려. 난 바쁘단 말이야!'

다시 편집실로 들어간 그녀는 자기 전화기에 메시지가 있음을 알리는 불이 깜박이고 있는 걸 보고 얼마나 오래 켜져 있었을까 하고 생각했다.

"여보세요?" 그녀는 교환원에게 말했다.

"오, 맥밀런 양, 전화해주셔서 정말 기뻐요. 다들 맥밀런 양한테 연락을 하려고 난리가 났어요. 텔레비전 방송국에서도요. 연락이 안 돼서 안달이 났답니다. 전화를 하실 수 있으세요?"

"그냥 연결해주지 그러셨어요?" 트리시아가 말했다.

"무슨 일이 있어도 절대 연결하지 말라고 하셨잖아요. 여기 있다는 사실조차 발설하지 말라면서요. 어찌 해야 할지 모르겠어서요. 직접 메시지를 전달해 드리러 갔었지만……."

"알았어요." 트리시아는 스스로를 저주하며 이렇게 말했다. 그녀는 사무실로 전화를 했다.

"트리시아! 대체 어디서 뭔 빌어먹을 짓을 하고 있는 거야?"

"편집……."

"그 사람들은 그런 말……."

"알아요. 무슨 일이에요?"

"무슨 일이냐고? 빌어먹을 외계인들의 우주선이 나타났을 뿐이지 뭐!"

"뭐라고요? 어디에요?"

"리젠트 파크야. 커다란 은색 우주선이지. 새 한 마리를 데리고 나타난 여자애야. 영어로 말하면서 사람들한테 돌멩이를 던져대고 자기 시계를 고쳐내라고 난리야. 잔말 말고 가보라고."

트리시아는 그걸 뚫어져라 쳐다보았다.

그레불론의 우주선이 아니었다. 별안간 그녀가 외계에서 온 우주선 분야에 전문가가 된 건 아니라도, 이건 매끈하고 아름다운 은색과 백색의 물체로 크기가 바다를 가르며 달리는 커다란 요트만 했다. 사실, 이 우주선의 외양은 그런 요트와 가장 흡사했다. 여기에 대면, 어마어마하게 크고 반쯤 해체된 듯한 그레불론 우주선의 구조는 흡사 전함에 달린 포탑 같았다. 전함의 포탑들. 바로 그거다. 그 무미건조한 잿빛 건물들이 생긴 모양도 딱 그랬다. 게다가 그 건물들이 이상했던 점은, 작은 그레불론의 우주선에 승선하려고 다시 그 곁을 지나쳐 걸어가고 있을 때 틀림없이 움직였다는 사실이다. 택시에서 내려 카메라 스태프를 만나러 달려가는 사이, 그녀의 머릿속에서 그 건물들이 아주 짧은 순간 휙 스쳐 지나갔다.

"그 여자애 어디 있어?" 그녀는 헬리콥터와 경찰 사이렌의 시끄러운 소리들을 뚫고 외쳤다.

"저기야!" 음향 기술자가 황급하게 달려와 그녀에게 무선 마이크를 장착하는 사이 프로듀서가 이렇게 외쳤다. "무슨 평행 차원인가 뭔가 하는 곳에서 자기 어머니와 아버지가 여기에서 왔다는 둥 그런 소리를 하고 있고, 자기 아버지의 시계를 들고 있다는 거야. 그리고……내가 어떻게 알아. 내가 뭐라고 하겠어? 가서 부딪쳐 보라고. 외계에서 온 기분이 어떠냐고 물어봐."

"고마워 죽겠네, 테드." 트리시아가 중얼거렸다. 그녀는 마이크가 확실하게 잘 붙었는지 확인했고, 기술자에게 음향 수준을 맞추도록 했고, 심호흡을 한 번 하고, 머리카락을 뒤로 쓸어 넘긴 후, 홈그라운드에서 다시 한번, 어떤 일이든지 맞닥뜨릴 각오가 되어 있는 직업적 리포터의 역할로 변환했다.

적어도 웬만한 일은 무섭지 않았다.

그녀는 몸을 돌려 여자아이를 찾았다. 헝클어진 머리카락에 성난 눈동자를 하고 있는 저 애가 틀림없었다. 여자애가 그녀 쪽을 바라보았다. 그러더니 빤히 노려보는 것이었다.

"엄마!" 그녀는 이렇게 외치더니, 트리시아 쪽으로 돌멩이들을 마구 던져대기 시작했다.

22

대낮의 밝은 햇빛이 그들의 주위에서 폭발했다. 뜨겁고 무거운 태양. 사막의 평원은 열기로 인한 아지랑이 속에서 끝없이 펼쳐져 있었다. 그들은 우레처럼 달려가서 사막으로 나왔다.

"뛰어!" 포드 프리펙트가 말했다.

"뭐라고?" 죽어라 붙들고 매달려 있던 아서 덴트가 말했다. 대답이 없었다.

"뭐라고 했어?" 아서는 다시 한번 외쳤다. 그리고 포드 프리펙트가 이미 없어졌다는 걸 깨달았다. 그는 공포에 질려 주위를 둘러보다가 미끄러지기 시작했다. 더 이상 붙잡고 있을 수 없음을 깨닫고 그는 몸을 최대한 왼쪽으로 밀어젖혀 던진 후, 땅에 부딪치는 순간 둥글게 공처럼 말아서 굴렀다. 그러고는 굴러서 쿵쾅거리며 달려가는 발굽들에서 멀리멀리 떨어졌다.

대단한 하루군, 그는 폐 속에 들어간 먼지를 빼내느라 미친 듯이 기침을 하며 생각했다. 지구가 폭발한 이후 이렇게 끔찍한 하루는 처음이었다. 휘청거리며 무릎을 꿇었다가 두 발을 딛고 일어서서, 줄행랑을 치기 시작했다. 무엇에서 도망치는 건지, 어디로 달려가는 건지 전혀 몰랐지만, 무조건 줄행랑을 놓는 게 신중한 행동이라는 생각이 들었다.

그는 곧장 포드 프리펙트에게 달려갔다. 포드는 주위 경관을 바라보며 그 자리에 서 있었다.

"이봐." 포드가 말했다. "저거야말로 우리가 원하는 거라고."

아서는 몇 번 더 기침을 해서 흙먼지를 뱉어낸 후, 머리카락과 눈에 들어간 또 다른 흙먼지를 손으로 훔쳤다. 그는 헐떡거리며 뒤로 돌아서서 포드가 바라보고 있던 게 뭔지 보았다.

무슨 왕의 영토 같지도 않았고, 그냥 왕의 영토 같지도 않았으며, 심지어 어떤 종류의 왕하고도 관련이 없어 보였다. 하지만 그래도 상당히 유혹적인 건 사실이었다.

먼저 정황을 살펴보자. 이곳은 사막의 세계였다. 먼지 많은 땅은 딱딱하게 굳어 있어서 아서의 온몸은 그나마 어젯밤의 축제에서 멍이 들지 않은 마지막 한 군데까지 그야말로 성한 데 없이 멍이 들고 말았다. 그들의 눈앞 저편에는 사암처럼 보이는 거대한 절벽들이 솟아 있었는데, 바람이며 이 동네에 내리는 얼마 안 되는 비 등으로 인해 풍화되고 침식되어 야성적이고 환상적인 형상들이 되어 있었다. 이는 황량한 오렌지색 풍광 여기저기 삐죽삐죽 솟아 있는 거대한 선인장들의 환상적인 형상들과 아주 잘 어울렸다.

잠시나마 아서는 감히 그들이 의외로 애리조나나 뉴멕시코, 혹은 사우스다코타 같은 곳에 도착한 게 아닐까 하는 희망을 품어보았으나, 그런 게 아니라는 증거들은 사방에 차고도 넘쳤다.

일단 완벽하게 정상적인 짐승들이 여전히 우레처럼, 여전히 쿵쾅거리며 내달리고 있었다. 그들은 머나먼 지평에서부터 수만 마리씩 떼 지어 달려와서, 반마일쯤 지나는 동안 완벽하게 자취를 감추었다가는, 다시 떼 지어 나타나 우레처럼 쿵쾅거리며 반대편의 머나먼 지평을 향해 돌진해갔다.

그리고 바 앤드 그릴 앞에 우주선들이 주차되어 있었다. 아, 바 앤드 그릴의 이름이 '왕의 영토'였다. 굉장히 김빠지는 안티클라이맥스로군. 아서는 혼자 생각했다.

사실 우주선들 중에서 왕의 영토 바 앤드 그릴 앞에 주차되어 있는 건 단 한 대뿐이었다. 다른 세 대는 바 앤드 그릴 옆에 있는 주차장에 세워져 있었다. 하지만 눈길을 끄는 건 식당 앞에 주차된 우주선이었다. 근사하게 생긴 물건이었다. 야성적인 지느러미들이 동체 전체에 달려 있었으며, 지느러미 전체에 너무, 너무나 심하게 크롬 도금이 되어 있었으며, 동체 자체는 충격적인 분홍색으로 칠해져 있었다. 우주선은 깊은 사색에 빠진 어마어마하게 커다란 곤충처럼 쭈그리고 앉아 있었으며, 당장이라도 펄쩍 뛰어올라 일 마일쯤 떨어져 있는 무언가를 덮칠 것처럼 보였다.

왕의 영토 바 앤드 그릴은 완벽하게 정상적인 짐승들이 중간에 잠시 초차원적인 우회를 하지 않는다면 그들이 곧장 덮쳐버리고 말 자리에 떡하니 자리 잡고 있었다. 식당은 아무런 방해도 받지 않고, 홀로 서 있었다. 평범한 바 앤드 그릴이었다. 트럭들이 잠시 쉬어가는 기사 식당이었다. 뜬금없는 자리 어딘가에 서 있는. 고요했다. 왕의 영토는.

"저 우주선을 사야겠어." 포드가 조용히 말했다.

"저걸 사?" 아서가 말했다. "너답지 않은데. 너는 보통 우주선을 훔쳐 타는 줄 알았는데."

"가끔씩은 존경심을 보여야 할 때가 있는 법이지."

"아마 귀여운 현금도 좀 보여줘야 할걸." 아서가 말했다. "그나저나 저 망할 놈의 물건은 값이 얼마나 하려나?"

약간의 몸짓으로 포드는 다인-오-차지 신용 카드를 주머니에서 꺼내 보였다. 아서는 카드를 들고 있는 손이 아주 살짝 떨리고 있다는 걸 눈치 챘다.

"그치들에게 나를 레스토랑 비평가로 만들어주는 법을 가르칠 생각이야……." 포드가 속삭였다.

"그게 무슨 뜻이야?" 아서가 물었다.

"보여줄게." 포드는 사악한 눈빛을 번득이며 말했다. "자아, 일단 가서 상당한 비용을 좀 써보자고. 어때?"

"맥주 두서너 잔 하고……." 포드가 말했다. "그리고, 모르겠어요. 베이컨 롤 한두 개쯤 할까, 뭐든 여기 있는 거 주시고……오, 그리고 저 밖에 있는 분홍색 물건도 주세요."

그는 바 위에 카드를 휙 꺼내놓고는 아무렇지도 않게 주위를 둘러보았다.

일종의 침묵 비슷한 게 흘렀다.

전에도 시끄러운 소리는 별로 없었지만, 이제는 확실히 일종의 침묵이 흐르고 있었다. 심지어 왕의 영토를 조심스럽게 비켜가는 완벽하게 정상적인 짐승들의 아득한 천둥소리도 돌연 잠시 숨을 죽이는 듯했다.

"그냥 **짐승들을** 타고 여기 왔거든요." 포드는 이상할 게 전혀 없는 일이라는 듯이, 아니 세상에 이상한 일이란 없다는 듯 무심하게 말했다. 그는 터무니없이 느긋한 자세로 바에 몸을 기대고 있었다.

그곳에는 테이블에 앉아 맥주를 들이켜고 있는 손님들이 세 명 정도 더 있었다. 세 명 정도. 혹자는 정확하게 세 명이 있었다고 말하겠지만, 그 술집은 그런 곳이 아니었다. 그렇게 구체적이 되고 싶은 마음이 전혀 들지 않는 술집이었다. 작은 무대에서는 무슨 물건들을 장치하고 있는 커다란 사내도 있었다. 낡은 드럼 세트, 기타 한두 개, 컨트리 웨스턴 음악 따위 물건들.

바를 담당하는 바텐더는 포드의 주문을 받고도 신속하게 움직이지 않았다. 사실 그는 전혀 움직이지 않고 있었다.

"그 분홍색 물건이 파는 건지 아닌지 잘 모르겠소." 마침내 그는 꽤 오랜 시간 지속되는 그런 유의 악센트로 이렇게 말했다.

"당연히 파는 거겠죠." 포드가 말했다. "얼마면 되겠어요?"

"글쎄……."

"숫자를 생각해봐요. 두 배로 줄 테니."

"내 맘대로 팔 수 있는 게 아니에요." 바텐더가 말했다.

"그럼 누구 겁니까?"

술집 주인은 무대에서 장비를 설치하고 있는 덩치 큰 남자 쪽으로 고갯짓을 해보였다. 덩치가 크고 뚱뚱한 사람으로, 움직임이 느릿느릿하고 머리가 벗겨지고 있었다.

포드는 고개를 끄덕였다. 그는 씩 웃었다.

"좋았어요." 그가 말했다. "맥주 가져와요. 베이컨 갖다 주시고요. 전표는 열어 두시고."

아서는 바에 앉아 휴식을 취했다. 그는 사태가 어찌 돌아가는 건지 모르는 일에 익숙해져 있었다. 그러는 편이 마음 편했다. 맥주는 썩 훌륭했으며 덕분에 약간 졸음이 왔지만, 그것도 전혀 신경이 쓰이지 않았다. 베이컨 롤은 베이컨 롤이 아니었다. 그것들은 완벽하게 정상적인 짐승 롤이었다. 그는 바텐더와 롤 만들기에 대해 몇 가지 전문적인 대화를 나눈 후 포드가 뭐든 포드가 원하는 짓을 맘대로 하도록 내버려 두었다.

"좋았어." 포드는 의자로 돌아오면서 이렇게 말했다. "기차게 됐어. 그 분홍색 물건은 우리 거야."

바텐더는 몹시 놀라고 말았다. "당신한테 그걸 판답니까?"

"공짜로 준다고 했어요." 포드는 롤을 갉아먹으면서 말했다. "이봐요, 하지만 청구서는 계속 열어둬요. 몇 가지 물건들을 좀더 추가해야 하니까. 롤 맛있네."

그는 맥주를 꿀꺽꿀꺽 깊이 삼켰다.

"좋은 맥주네." 그가 덧붙였다. "물론 좋은 우주선이고." 그는 커다란 분홍색과 크롬 도금을 한 곤충 같은 물체를 흘낏 쳐다보며 이렇게 말했다. 바의 창문으로 우주선의 부분 부분이 보였다. "전부 다 상당히 훌륭하다고 할 수 있어. 있잖아……." 그는 다시 기대앉으며, 생각에 잠겨 이렇게 말했다. "가끔 이럴 때는, 사실 공간-시간의 결이라든가 다차원적 개연성의 도상의 심상한 완전성이라든가 온갖 종류의 총체적 혼란에 발발한 파동 형태의 잠재적인 붕괴 가능성이라든가 내 머릿속을 괴롭히던 온갖 문제들이 그렇게 걱정할 가치가 있는 건가 하는 생각이 든단 말이야. 아마 저 덩치 큰 남자가 한 말이 옳다는 기분이 들어서 그런가봐. 그냥 될 대로 되라 마음을 놓으라고 하더군. 뭐가 그렇게 중요하겠느냐고? 될 대로 되라 하는 거지."

"어느 덩치 큰 남자?" 아서가 말했다.

포드는 그저 무대 쪽을 고갯짓으로 가리켜 보였다. 덩치 큰 남자는 마이크에 대고 두서너 번 "하나, 둘"이라고 하고 있었다. 무대 위에는 이제 다른 사람들 두서너 명이 더 올라와 있었다. 드럼들, 기타.

일이 초쯤 말이 없던 바텐더가 이렇게 말했다. "그러니까 저 우주선을 당신네들이 가져도 된다고 했단 말인가요?"

"그래요." 포드가 말했다. "'전부 될 대로 되라고 해요'라고 말했지요. '우주선 가져가요. 내 축복과 함께 가져가시오. 그리고 그 여자한테 잘해줘요'라고 했어요. 그 여자한테 잘해줄 거예요."

그는 다시 맥주를 한 모금 들이켰다.

"아까 하던 말대로……." 그가 하던 말을 계속했다. "이럴 때면, 정말 다 될 대로 되라지 하는 생각이 든다니까. 하지만 그러다 인피니덤 엔터프라이즈 회사 사람들 생각이 나면, 그치들은 그런 짓을 저지르고 무사해서는 안 된다는 생각이 드는 거야. 꼭 죗값을 치르게 될 거야. 그놈들이 죗값을 치르는 꼴을 보는 게 내 신성하고 성스러운 의무다 이 말씀이야. 자, 여기 가수를 위해서 계산서에 비용을 좀더 추가하고 싶어요. 특별히 청한 노래가 있었는데, 우리 마음이 통해서 말이지요. 계산서에 달아줘요, 알았죠?"

"알았습니다." 바텐더가 신중하게 말했다. 그러더니 어깨를 으쓱해 보이는 것이었다. "좋습니다. 원하시는 대로 해드리죠. 얼마나 달까요?"

포드는 숫자를 불렀다. 바텐더는 술병과 유리잔 들 사이로 벌렁 나자빠지고 말았다. 포드는 재빨리 바로 가서 그가 무사한지 확인하고 다시 부축해 일으켜 세웠다. 그는 손가락과 팔꿈치를 약간 베고 좀 넋이 나간 것처럼 보였지만, 그 밖에는 멀쩡했다. 덩치 큰 사내가 노래를 부르기 시작했다. 바텐더는 포드의 신용 카드를 가지고 승인을 받으러 휘청거리며 허겁지겁 달려갔다.

"여기서 뭔가 내가 잘 모르는 사태가 벌어지고 있는 거야?" 아서가 포드에게 물었다.

"보통 다 그렇지 않냐?" 포드가 말했다.

"꼭 그런 식으로 말해야겠어?" 아서가 말했다. 그는 이제 정신이 들기 시작한 참이었다. "우리 이제 가봐야 하는 거 아냐?" 아서가 불쑥 말했다. "저 우주선이 우리를 지구로 데려다줄까?"

"당연하지." 포드가 말했다.

"랜덤은 바로 거기로 가고 있을 거야!" 아서가 소스라치게 놀라며 말했다. "우리는 그 애를 따라갈 수 있어! 하지만……어…….""

포드는 아서 혼자 사태를 파악하도록 내버려두고 그 사이 《은하수를 여행하는 히치하이커를 위한 안내서》의 구판을 꺼냈다.

"하지만 개연성의 축 어쩌고 하는 부분에서는 우리가 어디 있는 거지?" 아서가 말했다. "지구가 거기 있을까 없을까? 지구를 찾느라 너무나 오랜 시간을 허비했어. 내가 찾아낸 건 지구와 좀 비슷하거나 전혀 닮은 데가 없는 행성들뿐이었지. 대륙들을 보면 틀림없이 맞는 곳이었는데 말이야. 그 중에서도 최악은 나우왓이라는 데였어. 거기서는 한심한 작은 짐승들한테 물리기나 하고. 그게 자기네들끼리 의사를 소통하는 방식이라는 거야. 서로 물어뜯는 게. 뒈지게 아팠어. 그리고 물론, 내가 소비한 시간의 절반에서는 지구가 아예 존재하지도 않았지. 빌어먹을 보고인들이 폭파시켜 버렸으니까. 내가 하는 말이 얼마나 말이 되냐?"

포드는 아예 언급을 하지 않았다. 그는 뭔가 다른 데 귀를 기울이고 있었다. 그는 《안내서》를 아서에게 넘겨주고 손으로 안내서 화면을 가리켜 보였다. 현재 표시된 항목에는 '지구. 대체로 무해함' 이라고 적혀 있었다.

"그러니까 지구가 있다는 말이구나!" 흥분한 아서가 말했다. "지구가 있어! 랜덤은 그리로 가게 될 거야! 새가 폭풍우 속에서 랜덤에게 지구를 보여주고 있었단 말이야!"

포드는 아서에게 좀 덜 시끄럽게 소리를 지르면 안 되겠느냐고 말했다. 그는 귀를 기울여 뭔가를 경청하고 있었다.

아서는 조바심이 나기 시작했다. 술집 가수들이 '러브 미 텐더'를 부르는 건 전에도 들어봤다. 하긴 여기서, 여기가 어딘지 모르지만, 적어도 지구는 아닌 게 틀림없는 이런 사막 한가운데서 흘러나오는 그 노래를 듣고 좀 놀라긴 했지만, 그래도 요즘은 아서도 전과 달리 웬만한 일에는 별로 놀라지 않게 되었다. 술집 가수치고는 상당히 훌륭한 실력이었다. 이런 노래를 좋아한다면 말이다. 하지만 아서는 약간 조바심이 나고 있었다.

그는 시계를 흘낏 바라보았다. 하지만 그건 이제 더 이상 시계가 없다는 사실을 새삼 상기시켜 주었을 뿐 아무 도움이 되지 못했다. 랜덤이 시계를, 아니 최소한 시계의 잔해를 갖고 있었다.

"이제 가야 한다고 생각하지 않아?" 그는 고집을 피우며 이렇게 말했다.

"쉬이잇!" 포드가 말했다. "이 노래를 들으려고 돈을 냈단 말이야." 그의 눈에는 눈물이 글썽글썽 맺혀 있는 것처럼 보였는데, 그걸 보는 아서는 좀 마음이 혼란스러웠다. 아서는 아주, 아주 독한 술 말고 다른 것에 포드가 감동을 받는 걸 본 적이 한 번도 없었다. 아마 눈에 먼지가 들어간 모양이다. 그는 음악과 박자도 맞지 않게, 짜증스럽게 손가락으로 바를 툭툭 두들기며 기다렸다.

노래가 끝났다. 가수는 이어서 '하트브레이크 호텔'을 부르기 시작했다.

"아무튼……." 포드가 속삭였다. "나는 이 레스토랑에 대한 리뷰를 써야 해."

"뭐라고?"

"리뷰를 써야 한다고."

"리뷰를 써? 이 집에 대해서?"

"리뷰란을 채워야 비용을 청구할 수 있거든. 철저히 자동적으로 추적이 불가능하게 미리 다 손을 봐놨어. 이 계산서는 그 잘난 승인을 꼭 받아야만 해." 그는 사악해 보이는 의기양양한 웃음을 띠고 맥주를 뚫어져라 노려보며 조용히 이렇게 덧붙였다.

"맥주 한두 잔하고 롤 한 개 값?"

"그리고 가수한테 주는 팁."

"이런, 얼마나 팁을 많이 줬는데?"

포드는 다시 액수를 말해주었다.

"대체 그게 얼마나 되는 돈인지 모르겠네." 아서가 말했다. "파운드로 환산하면 얼마나 되는데? 그 돈이면 뭘 살 수 있지?"

"그 돈이면 아마……대충……어……." 포드는 머릿속에서 계산을 하느라 눈을 치켜뜨며 말했다. "스위스를 살 수 있을 거야." 그는 마침내 이렇게 말했다. 그러고는 《히치하이커를 위한 안내서》를 집어 들고 타이핑을 하기 시작했다.

아서는 지적으로 고개를 끄덕거렸다. 물론 포드가 대체 무슨 소리를 떠들고 있는지 알고 싶다고 생각한 적도 많았다. 하지만 바로 지금처럼 차라리 알려고 하지 않는 쪽이 더 안전할 거라는 느낌이 들 때도 아주 많았다. 그는 포드의 어깨 너머로 살펴보았다. "이 일, 오래 걸리지는 않겠지?" 그가 말했다.

"그럼." 포드가 말했다. "식은 오줌 먹기지. 롤들이 아주 훌륭했고, 맥주도 맛있고 차가웠으며, 주위의 야생동물이 멋지게도 괴상했고, 술집 가수는 우주에서 가장 훌륭했다는 얘기만 언급하면, 그 정도로 끝이야. 많이 쓸 필요도 없어. 그냥 승인만 딸 거니까."

그는 화면에서 '확인'이라고 표시된 부분을 눌렀고 메시지는 서브-에서로 사라져 버렸다.

"그럼 가수가 상당히 좋았다고 생각하는구나?"

"그래." 포드가 말했다. 바텐더가 종이 한 장을 들고 돌아왔다. 손에 들려 있는 종이가 바들바들 떨고 있는 것처럼 보였다.

그는 약간의 불안과 경외심에 찬 듯 손을 움찔거리면서 종이를 포드에게 내밀었다.

"웃기는 건 말이요……." 바텐더가 말했다. "시스템이 처음 한두 번은 거부하더군요. 사실 별로 놀라지도 않았습니다만." 이마에 송골송골 식은땀이 맺혀 있었다. "그러더니 느닷없이 그게, 어, 그래요, 이제 괜찮습니다. 시스템이……어, 승인을 해주었어요. 그냥 그렇게 말이지요. 혹시 서명……해주시겠어요?"

포드는 재빨리 양식을 훑어보았다. 그러더니 혀를 찼다. "이걸로 인피니딤이 제대로 타격을 입겠네." 그는 짐짓 걱정되는 척하며 말했다. "오, 할 수 없지." 그는 나직하게 말했다. "엿이나 먹으라지."

그는 화려하게 멋을 부려 서명을 하고 다시 바텐더에게 종이를 건네주었다.

"대령이 평생 쓰레기 같은 영화들에 출연하고 카지노에서 쇼를 한 것보다 더 많은 돈이지. 그저 제일 잘하는 걸 한 대가요. 일어서서 술집에서 노래를 부르는 일이지. 게다가 그가 직접 협상하기까지 했다고. 그에게도 이 순간이 훌륭한 경험이라 믿어요. 내가 고맙다고 하더라고 말 좀 전해주고 그 친구한테 술 한 잔 사줘요."

그는 바 위에 동전을 몇 개 던졌다. 바텐더가 동전들을 치웠다.

"그럴 필요까지는 없잖아." 아서가 약간 쉰 목소리로, 이렇게 말했다.

"나한테는 필요해." 포드가 말했다. "자, 여기서 내빼자."

그들은 열기와 먼지 속에 나와 서서 경이와 찬탄에 사로잡혀 커다란 분홍색과 크롬 물체를 바라보았다. 아니, 최소한 포드는 경이와 찬탄에 사로잡혀 그 물건을 바라보았다.

아서는 그저 그걸 바라보았을 뿐이다. "좀 심하게 부담스럽다는 생각은 안 들지, 안 그래?"

그는 우주선에 올라탔을 때 그 말을 똑같이 한 번 더 되풀이했다. 좌석을 비롯해 계기판의 상당 부분이 섬세한 모피나 양가죽으로 싸여 있었다. 주 계기판에 커다란 황금 모노그램으로 쓰여 있는 글자는 'EP'였다.

"이봐……." 포드는 우주선 엔진에 불을 붙이면서 이렇게 말했다. "그분한테 외계인에게 납치당한 게 사실이냐고 내가 물어봤거든? 그랬더니 뭐라고 했는지 알아?"

"누구?" 아서가 물었다.

"왕(로큰롤의 제왕이라는 뜻을 지닌 엘비스 프레슬리의 별명—옮긴이주) 말이야."

"무슨 왕? 오, 우리 전에 똑같은 대화를 나눈 적 있지 않나?"

"관두자." 포드가 말했다. "아무튼, 아니라고 했어. 자기 의지로 따라갔다고 했지."

"우리가 누구를 얘기하는 건지 난 아직도 잘 모르겠다." 아서가 말했다.

포드는 고개를 가로저었다. "이봐." 그가 말했다. "네 왼쪽에 있는 칸막이 속에 테이프들이 좀 있거든. 음악을 골라서 좀 틀지 그래?"

"좋아." 아서는 테이프들을 헤치며 고르기 시작했다. "엘비스 프레슬리 좋아하냐?" 그가 말했다.

"그래. 사실 아주 좋아한다고." 포드가 말했다. "자아, 이제, 나는 이 기계가 겉보기처럼 펄쩍 펄쩍 뛸 수 있기를 바랄 뿐이야." 그는 주요 동력원에 시동을 걸었다.

"이야아아아!" 그들이 얼굴이 찢어질 정도의 속도로 하늘로 치솟는 순간 포드가 소리를 질렀다.

기계는 정말 그럴 수 있었다.

23

 뉴스 방송국들은 이런 종류의 것들을 좋아하지 않았다. 그들은 이런 걸 전파 낭비라고 생각했다. 부정할 수 없는 우주선 한 대가 뜬금없이 나타나 런던 한가운데 착륙하면 그건 어디에도 비할 데 없는 센세이션을 일으키는 뉴스거리였다. 완전히 다르게 생긴 또 다른 우주선이 세 시간 반 후에 도착하면, 그건 왠지 더 이상 뉴스거리가 아니었다.
 '또 다른 우주선!' 신문의 헤드라인들과 신문가판대 광고판은 이렇게 외쳤다. '이번에는 분홍색 출현.' 한두 달이 지나서 도착했더라면, 훨씬 대단하게 취급해줄 수도 있었을 터이다. 그로부터 삼십 분 후 도착한 세 번째 우주선은 사선실 소형 우주선이었는데, 간신히 지역 신문의 한 면을 차지했을 뿐이다.
 포드와 아서는 끼익 시끄러운 소리를 내며 성층권에서 급강하해 깔끔하게 포틀랜드 플레이스에 주차했다. 겨우 저녁 여섯 시 삼십 분이었기 때문에, 공짜로 주차할 수 있는 자리들이 남아 있었다. 그들은 잠시 주위에 몰려들어 추파를 던지는 군중과 어울렸다가, 아무도 경찰을 부를 생각이 없으면 그들이 직접 부르겠다고 말했다. 그랬더니 군중은 알아서 도망쳐주었다.
 "고향……." 아서가 말했다. 아련한 눈으로 주위를 돌아보는 그의 목소리에 허스키한 음조가 슬며시 배어나고 있었다.

"오, 제발 날 붙잡고 질질 짜지는 말아줘." 포드가 쌀쌀맞게 대꾸했다. "우리는 네 딸을 찾아야 하고 또 그 새 같은 물건도 찾아야 한다고."

"어떻게?" 아서가 말했다. "이 행성은 오십오억 인구가 살고 있는데......."

"그래." 포드가 말했다. "하지만 그 중에 기계로 된 새를 대동하고 커다란 은빛 우주선을 타고 방금 외계에서 도착한 사람은 딱 하나밖에 없잖아. 그냥 어디서 텔레비전이랑 그걸 보면서 마실 술이나 좀 구하자고. 아주 제대로 된 룸서비스가 필요해."

그들은 랭험에 있는 커다란 객실 두 개짜리 특실에 투숙했다. 불가사의하게도, 오천 광년 떨어진 곳에서 발부된 포드의 다인-오-차지 카드는 호텔의 컴퓨터에 아무런 문제를 유발하지 않은 모양이었다.

아서가 텔레비전을 찾는 사이 포드는 당장 전화를 돌렸다.

"좋아." 포드가 말했다. "마가리타 몇 잔 방으로 올려 보내주세요. 맥주 피처 두서너 개, 주방장 특제 샐러드 두세 개, 그리고 거위 간 요리는 호텔이 갖고 있는 만큼 다 올려 보내주세요. 그리고 런던 동물원도."

"그 애가 뉴스에 나왔어!" 아서가 옆방에서 외쳤다.

"그렇게 말했어요." 포드가 전화에 대고 말했다. "런던 동물원. 그냥 요금은 방 값에 달아주세요."

"저 애는......이럴 수가!" 아서가 외쳤다. "인터뷰하는 사람이 누구인지 알아?"

"그쪽 혹시 영어를 알아듣는 데 문제가 있는 거 아니에요?" 포드가 계속해서 말했다. "여기서 길 하나 건너서 있는 동물원 말이에요. 오늘 저녁에 문을 닫았건 말건 그건 내 알 바 아니에요. 입장권을 사려는 게 아니라, 동물원을 통째로 사려는 거라고요. 당신네들이 바쁘건 말건 그것도 내 알 바 아니라고요. 이건 룸서비스잖아. 나는 지금 방에 앉아서 서

비스를 원한다 이겁니다. 종이 한 장 있어요? 좋았어요. 그러면 이렇게 해요. 안전하게 야생으로 돌려보낼 수 있는 동물들은 모조리 돌려보내요. 숙련된 전문가로 팀을 구성해서 잘 지내고 있는지 감시하도록 하고요."

"트릴리언이잖아!" 아서가 말했다. "아니면 어⋯⋯어⋯⋯이런, 이놈의 평행 우주 어쩌고 하는 걸 도저히 참을 수가 없어. 젠장, 더럽게 헷갈린단 말이야. 저건 꼭 다른 트릴리언처럼 보이는데. 트리시아 맥밀런이라는 여자인데, 그건 트릴리언이 전에 쓰던⋯⋯어 ⋯⋯너 좀 이리 와서 볼래? 어떻게 된 영문인지 좀 알아봐 줘."

"잠깐만." 포드가 버럭 소리를 지르더니, 다시 룸서비스와 계속 협상을 하기 시작했다. "그러면 야생에서 버틸 수 없는 동물들을 위해서 자연보호 구역 같은 게 필요하겠군요." 그가 말했다. "팀을 구성해서 그렇게 할 수 있는 최상의 장소를 찾아보도록 하세요. 자이르 같은 데나 섬 몇 개를 사야 할지도 몰라요. 마다가스카르, 바핀(북극 가까이에 있는 섬으로, 이누이트족이 살고 있다—옮긴이주), 수마트라. 이런 데 말이요. 아주 다양한 거주 지역들이 필요할 겁니다. 이봐요, 어째서 이게 문제라고 보는지 난 정말 모르겠어요. 위임을 하는 법을 좀 배워요. 아무나 당신이 원하는 사람을 고용하란 말이요. 그리고 일을 맡기는 겁니다. 내 신용은 훌륭하다는 걸 곧 알게 될 거요. 그리고 샐러드에는 블루치즈 드레싱을 얹어주고. 고마워요."

그는 수화기를 내려놓고 아서가 있는 쪽으로 왔다. 아서는 침대 끝에 앉아서 텔레비전을 보고 있었다.

"거위 간 요리를 좀 주문했어."

"오." 아서가 막연하게 말했다. "음, 거위 간 요리 생각만 하면 난 항상 약간 기분이 안 좋아지더라. 거위들한테 좀 잔인한 일이지 않아?"

"거위들 따위야 엿이나 먹으라지." 포드는 침대에 풀썩 쓰러지며 말했다. "그런 걸 다 일일이 신경 쓸 수야 없잖아."

"글쎄, 너야 그런 말을 쉽게 해도 좋을지 모르지만…….."

"집어치워!" 포드가 말했다. "싫으면 내가 네 것까지 다 먹으면 되잖아. 대체 무슨 일이 일어나고 있는 거야?"

"혼돈이라고!" 아서가 말했다. "철저한 혼돈이야! 랜덤은 계속 트릴리언인지 트리시아인지 뭔지 하여간 저 여자를 보고 자기를 버리고 갈 수가 있냐고 바락바락 악을 쓰면서 훌륭한 나이트클럽에 가야겠다고 우기고 있어. 트리시아는 눈물범벅이 되어서 랜덤을 낳은 적도 없고 만나본 적도 없다고 말하고 있고. 그러더니 갑자기 울부짖으며 루퍼트라는 사람 얘기를 하기 시작했는데, 그 친구가 제정신을 잃었다나 뭐라나 그렇대. 그 부분은 솔직히 말해서, 무슨 말인지 잘 모르겠어. 그러니까 랜덤이 물건을 마구 집어던지기 시작했고, 상황을 수습하려고 광고로 넘어갔어. 오! 방금 스튜디오로 넘어갔대. 입 닥치고 보기나 해."

심리적으로 상당히 동요한 앵커맨이 스크린에 나타나더니 얼마 전에 있었던 혼란한 사태에 대해 사과 말씀을 드렸다. 그는 특별히 말씀드릴 만한 뚜렷한 뉴스는 하나도 없고, 그저 자신을 랜덤 프리퀀트 플라이어 덴트라고 부르는 신비한 여자아이가 스튜디오를 떠나, 어, 좀 쉬러 갔을 뿐이라고 말했다. 트리시아 맥밀런은 내일쯤 돌아오기를 바란다고 했다. 그 사이, 유에프오의 활동에 대해 새로운 보고가 들어왔다고…….

포드는 침대에서 벌떡 일어나더니, 제일 가까운 전화기를 집어 들고 정신없이 번호를 눌렀다.

"프런트죠? 이 호텔의 주인이 되고 싶어요? 오 분 안에 트리시아 맥밀런이 다니는 클럽들을 찾아내 줄 수 있으면 호텔은 당신 거요. 무조건 비용은 전부 이 방으로 달아놔요."

24

칠흑처럼 깊은 우주 저 멀리에서 눈에 보이지 않는 움직임이 일어나고 있었다.

이상하고 일시적인 복수 구역 거주자들의 눈에는 전혀 보이지 않는 움직임이었지만, 그렇다고 그들에게 의미 없는 일은 결코 아니었다. 복수 구역의 초점에는 지구라 불리는 행성의 무한하고 헤아릴 수 없이 많은 가능성들이 존재하고 있었다.

태양계의 가장자리에서는, 그레불론의 지도자가 근심에 가득 차서 녹색 인조가죽 소파 위에 앉아 조바심을 치며 수많은 텔레비전과 컴퓨터 화면들을 들여다보고 있었다. 그는 이것저것 손으로 만지작거리고 있었다. 점성술에 대한 책도 만지작거리고. 컴퓨터 계기판도 만지작거리고. 그레불론의 감시 기기들──모두 지구라는 행성에 초점을 맞추고 있었다──에서 꾸준히 흘러나오는 이미지들을 보여주는 디스플레이 화면들도 만지작거리고.

그는 심히 괴로웠다. 그들의 임무는 감시를 하는 것이었다. 하지만 은밀하게 감시하는 것이었다. 솔직히 말해서 그는 자기 임무가 약간 신물이 나려는 참이었다. 그의 임무는 끝도 없는 세월 동안 텔레비전이나 보고 앉아 있는 일 이상의 것이라고 꽤나 확신하고 있었다. 목적이 사고로 흔적도 남기지 않고 소실되지 않았더라면, 뭔가 목적이 있는 수많은 다른 장비들도 갖고 있었을 게 분명했다. 그는 자기 인생에서 목적 의식을 찾아야만 했다. 그래서 그의 정신과 영혼 사이에 존재하는 하품이 나도록 지루한 괴리를 채우기 위해 점성술에 눈을 돌렸던 것이다. 점성술이라면 그에게 뭔가 말을 해줄 수 있을 거라 믿었다.

뭐랄까, 그게 정말 그에게 뭔가 말을 해주고 있었다.

무슨 말을 해주고 있었느냐 하면, 그가 알아들을 수 있는 한, 이번 달은 몹시 운이 나쁜 한 달이 될 것이며, 정신을 차려서 사태를 파악하고 긍정적인 조치를 취해 혼자서 해결책을 궁리하지 않으면, 앞으로 점점 더 나빠질 거라는 얘기를 해주고 있었다.

사실이었다. 별의 도표를 보면 아주 선명하게 나와 있었다. 그의 점성술 책과 친절한 트리시아 맥밀런이 그를 위해 설계해준, 적절한 천문학적 데이터를 다시 삼각법으로 구성하는 컴퓨터 프로그램을 이용해 스스로 파악해낸 사실이었다. 지구에 근거한 점성술이 이곳, 태양계의 얼어붙은 최외곽에 있는 열 번째 행성에 사는 그레불론 사람들한테 의미 있는 결과를 생산해내기 위해서는 전적으로 다시 연산 과정을 거쳐야 했다.

재연산 과정을 거친 결과는 절대적으로 명백하고 확실하게, 오늘부터 시작해서 한 달간 몹시 운수가 나쁘리라는 걸 보여주고 있었다. 왜냐하면 오늘 지구는 염소자리로 들어서기 시작하는데, 그것은 성격적으로 전형적인 황소자리의 특성을 모두 보여주는 그레불론 지도자에게 있어 대단히 좋지 못하기 때문이었다.

이 모든 사실 때문에 몹시 심란했지만, 그래도 그는 긍정적인 조치를 취하기 시작해야 한다는 사실을 알고 있었다. 그는 전함 포탑들의 방향을 돌리라고 지시했다.

그레불론 감시 기기들은 전부 지구 행성에 초점을 맞추고 있었기 때문에, 태양계에 또 다른 정보의 원천이 생겨났다는 사실을 감지하지 못했다.

감시 체제가 이 또 다른 정보의 원천——거대한 노란색 건설 우주선——을 우연히 감지할 확률은 현실적으로 영이었다. 루퍼트만큼이나 태양에서 멀리 떨어져 있었지만, 거의 정반대에 존재했으며, 태양에 가려 거의 보이지 않았다.

거의.

거대한 노란색 건설 우주선은 자기 쪽은 들키지 않고 열 번째 행성 위에서 일어지는 사건들을 감시하고 싶어 했다. 그리고 이 일을 대단히 성공적으로 수행했다.

이 우주선은 그 외에도 수많은 의미에서 그레불론인들과 정반대 지점에 있었다.

우주선의 지도자, 선장은 자신의 목적이 무엇인지 아주 뚜렷하게 잘 알고 있었다. 목표는 아주 단순하고 명백했으며, 그는 벌써 상당 기간 동안 그 단순하고 명백한 목표를 추구해오고 있었다.

그의 목표를 아는 사람들은 어김없이 몹시 무의미하고 흉측한 목표라고 말했다. 생명을 증진시키거나 날아갈 듯 발걸음이 가벼워지게 하고, 새들이 노래하고 꽃들이 피어나게 하는 그런 종류의 목표가 아니라고. 솔직히 그 반대였다. 그것도 완전히 정반대였다.

하지만 그런 걱정은 자기가 할 일이 아니었다. 자기 일을 하는 게 자기 일이었고, 그 자기 일을 하는 게 자기 일이었다. 그로 인해 일정한 시야의 협소함이라거나 순환적 사고에 도달하게 된다 해도, 그런 걱정은 자기가 할 일이 아니었다. 그런 문제들은 다른 사람한테 위임하면 되었고, 그 다른 사람은 또 다른 사람한테 그런 문제들을 위임하면 되었다.

여기에서, 아니 그 어디서 봐도, 무수한, 무수한 광년 떨어진 곳에 음울하고 오랜 세월 아무도 찾지 않은 보그스피어 행성이 있다. 고약한 악취를 내뿜고 짙은 안개로 항해가 불가능한 이 행성의 진흙 둑 어딘가에, 이젠 몇 마리 남지 않은 마지막 종종걸음 치는 보석게들의 더럽고 부서지고 텅 빈 딱지들 사이에는, 작은 돌 기념비가 있어 보곤 보곤블러투스라는 종이 처음으로 나타났다고 여겨지는 지점을 표시하고 있다. 기념비에는 안개 속 저 먼 곳을 가리키고 있는 화살표가 새겨져 있고, 그 아래에는 아주 평범하고 단순한 서체로 '모든 책임은 저쪽이 진다'는 글귀가 쓰여 있었다.

흉측한 노랑 우주선의 내장 깊숙한 곳에서, 보고인 사령관은 투덜거리며 자기 앞에 놓여 있는 살짝 빛이 바래고 귀퉁이가 접힌 종이 한 장을 집어 들었다. 파괴 명령이었다.

자기 일을 하는 게 자기 일이었던 사령관의 자기 일이 정확하게 어디에서 시작되는지 파헤쳐 보자면, 모든 건 결국 직속상관이 오래전에 발부한 바로 이 종잇조각으로 귀결되는 것이었다. 이 종잇조각에는 지령이 적혀 있었고, 그의 목표는 그 지령을 수행하고 나서 바로 옆에 있는 작은 상자에 체크 표시를 하는 것이었다.

그는 예전에도 지령을 수행한 적이 있었지만, 골치 아픈 상황들이 수도 없이 발발하는 바람에 작은 상자에 아직도 체크 표시를 못하고 있었다.

골치 아픈 상황들 중 하나는 은하 구역의 본질적 복수성이었다. 그곳에서는 가능성이 끊임없이 개연성과 간섭했다. 단순히 파괴만 해봤자, 잘못 바른 도배지의 공기 들어간 부분을 꾹꾹 누르는 거나 마찬가지로 아무 의미가 없었다. 파괴한 대상이 자꾸 다시 튀어나오기 때문이었다. 그 점은 곧 조치를 취해야 했다.

게다가 두 번째로, 있어야 할 때 있어야 할 곳에 있기를 거부하는 일군의 사람들이 문제였다. 그것도 곧 조치를 취해야 했다.

세 번째 문제는 《은하수를 여행하는 히치하이커를 위한 안내서》라는 귀찮고 무정부주의적인 작은 기기였다. 이거야말로 드디어 훌륭하게 제대로 조치를 취해 두었다. 사실을 말하자면, 일시적인 역공작의 기록적인 힘을 통해, 《안내서》는 그 자체로 다른 모든 상황들을 처리할 수단이 되어 있었다. 사령관은 이제 이 드라마의 마지막 막을 지켜보기만 하면 되었다. 그는 손끝 하나 까딱할 필요도 없었다.

"어디 보자고." 그가 말했다.

새 한 마리의 유령 같은 형체가 날개를 펴더니 근처 공중으로 날아올랐다. 어둠이 브리지를 뒤덮었다. 희미한 불빛이 새의 검은 눈에서 잠시 춤을 추었고, 그 사이 명령 주소 공간 깊숙한 곳에서 괄호와 괄호들이 꼬리를 물고 마침내 닫혔고, **만약**이라는 조건문들이 드디어 끝이 났으며, 반복 회로가 멈추고, 자기 자신을 다시 불러오는 회귀 기능들이 최후 몇 번의 명령 수행을 마쳤다.

눈부신 영상이 어둠을 밝혔다. 물기 많은 파랑과 녹색의 영상이었다. 공중을 따라 흐르는 튜브는 뭉텅 잘라 놓은 줄줄이 소시지 같은 형상이었다.

흡족함에 몹시 자만에 찬 소음을 내며, 보고인 사령관은 의자에 기대앉아 이 광경을 바라보았다.

25

 "바로 거기, 사십이 번." 포드 프리펙트가 택시 운전사에게 소리쳤다. "바로 여기요!"

 택시가 급정거를 하자, 포드와 아서가 뛰어내렸다. 그들은 오는 길에 상당수의 현금 지급기들에 들렀다. 포드는 차창을 통해 운전사에게 돈을 한 움큼 건네주었다.

 클럽 입구는 어둡고 세련되고 수수했다. 아주 작은 명판에만 이름이 새겨져 있었다. 회원들은 어디 있는지 다 알고 있었고, 회원이 아니라면 어디 있는지 알아봤자 아무 소용도 없었다.

 포드 프리펙트는 스타브로 클럽의 회원이 아니었다. 뉴욕에 있는 스타브로의 다른 클럽에 가본 적은 있지만 말이다. 그는 회원 가입이 되어 있지 않은 단체들과 문제를 처리할 때, 아주 단순한 방법을 썼다. 문이 열리자마자 휙 들어간 후, 아서를 손가락으로 가리키고는 "괜찮아요, 나하고 같이 온 사람이니까"라고 말하는 것이었다.

 그는 시커멓고 광택이 나는 계단을 뛰어 내려가면서, 새 구두를 신은 기분이 몹시 째진다고 생각했다. 그것은 스웨이드로 만든 파란색 구두였다. 그리고 현재 벌어지고 있는 수많은 사태에도 불구하고 고속으로 질주하는 택시 뒷자리에 앉아서 진열장에 전시된 이 구두를 찾아낼 만큼

예리한 눈을 지니고 있는 스스로에게 찬탄을 금치 못했다.

"당신한테 여기 오지 말라고 말한 줄 알았는데."

"뭐라고?" 포드가 말했다.

헐렁하고 '이탈리아'적인 분위기가 물씬 풍기는 옷차림을 한 호리호리하고, 험상궂게 생긴 사내가 담배에 불을 붙이며 재빨리 그들 옆을 지나쳐 가더니 문득 발걸음을 멈추었다.

"당신이 아니라……." 그가 말했다. "저 사람 말이야."

그는 아서를 똑바로 쳐다보더니, 약간 혼란스러운 표정을 지었다.

"죄송합니다." 그가 말했다. "다른 사람으로 착각한 것 같군요." 그는 다시 계단 위로 올라가다가, 즉시 다시 한번 뒤를 돌아보며 정말 알 수 없다는 듯한 얼굴을 했다. 그는 아서를 빤히 쳐다보았다.

"이젠 또 뭡니까?" 포드가 말했다.

"뭐라고 하셨지요?"

"이젠 또 뭐냐고요?" 포드가 짜증을 내며 말했다.

"그래요, 그런 것 같습니다." 남자는 이렇게 말하더니 몸을 약간 흔들다가 들고 있던 성냥을 떨어뜨렸다. 그의 입이 힘없이 움직였다. 그러더니 그는 손으로 이마를 짚었다.

"죄송합니다." 그가 말했다. "방금 먹은 마약이 뭔지 기억해내려고 필사적으로 애쓰고 있었는데, 아마 틀림없이, 기억이 나지 않는 그런 약을 먹었나 봅니다." 그는 고개를 절레절레 흔들더니 다시 몸을 돌려 남자 화장실 쪽으로 올라갔다.

"어서 와." 포드가 말했다. 그는 황급히 아래층으로 내려갔고, 아서는 불안하게 그의 뒤를 따랐다. 아까 그 사내와 마주친 게 굉장히 마음에 걸렸는데 왜 그런지 알 수가 없었다.

그는 이런 장소들을 좋아하지 않았다. 그토록 오랜 세월 동안 지구와 고향을 꿈꿔왔지만, 지금은 칼과 샌드위치가 있는 라무엘라 행성의 자기 오두막이 목마르게 그리웠다. 심지어 스래시바그 영감마저 보고 싶었다.

"아서!"

그건 들어본 중에서도 가장 굉장한 음향 효과였다. 누군가 그의 이름을 스테레오로 외쳤던 것이다.

그는 몸을 틀어 한쪽을 바라보았다. 그의 뒤쪽 계단 위에서, 환상적으로 주름이 자글자글 진 림플론™ 소재의 옷을 입은 트릴리언이 보였다. 그녀는 돌연 소스라치게 놀란 얼굴이 되었다.

또 다른 쪽으로 몸을 틀어보니 그녀가 보고 소스라치게 놀란 대상이 보였다.

계단 맨 밑에는 트릴리언이, 옷차림이……아니었다──그건 트리시아였다. 그가 방금, 텔레비전에서 보았던, 혼란으로 제정신이 아니었던 트리시아. 그리고 그 뒤에 그 어느 때보다도 야성적인 눈빛을 한 랜덤이 서 있었다. 그 뒤로, 세련되고 어두컴컴한 클럽의 후미진 구석에 그날 저녁의 다른 단골 손님이 얼어붙은 듯이 꼼짝도 않고 서서, 걱정스럽게 계단 위의 대결을 뚫어져라 바라보고 있었다.

몇 초간 모든 사람들은 꼼짝달싹도 하지 않고 서 있었다. 바 뒤쪽에서 들려오는 음악만이 그칠 줄 모르고 쿵쾅거렸다.

"저 애가 들고 있는 권총 말이야." 포드가 랜덤 쪽을 고갯짓으로 가리키며 조용한 목소리로 말했다. "저건 와바나타 3이야. 나한테서 훔쳐간 우주선 안에 있던 총이지. 사실 굉장히 위험해. 그냥 잠시 움직이지 말고 있자고. 모두들 침착하게 저 애가 무엇 때문에 저렇게 화가 나 있는지 알아보잔 말이지."

"대체 내가 속한 곳은 어디야?" 랜덤이 느닷없이 비명을 질렀다. 총을 들고 있는 손이 무섭게 덜덜 떨렸다. 다른 손은 주머니 속을 쑤시며 아서의 시계 잔해를 꺼냈다. 그러더니 그들을 향해 시계를 흔들어댔다.

"여기 오면 내 자리를 찾을 줄 알았어." 그녀가 외쳤다. "나를 만들어낸 세상 말이야! 하지만 심지어 우리 엄마조차 내가 누군지 모르잖아!" 그녀는 무서운 기세로 시계를 던져버렸고, 시계는 바 뒤쪽의 유리잔들을 박살냈고 부품들은 사방으로 흩어졌다.

그 후로도 일이 초가 흐를 때까지 모든 사람들은 아주 조용했다.

"랜덤." 트릴리언이 층계 위에서 걸어 내려오면서 조용히 말했다.

"입 닥쳐!" 랜덤이 악을 썼다. "당신은 나를 버렸잖아!"

"랜덤, 엄마 말을 잘 듣고 이해해야만 해. 아주 중요한 일이야." 트릴리언은 조용하게, 밀어붙였다. "시간이 아주 많지 않아. 우리는 떠나야만 해. 우리 모두 떠나야만 해."

"대체 무슨 소리를 하는 거야? 우리가 언제 안 떠난 적 있어?" 그녀는 이제 두 손으로 총을 붙들고 있었고, 두 손을 모두 덜덜 떨고 있었다. 권총으로 특별히 누굴 겨누고 있는 것도 아니었다. 그녀는 그저 총체적인 세상을 향해 총을 겨누고 있었다.

"내 말 좀 들어봐." 트릴리언이 다시 말했다. "방송국에서 전쟁을 취재하러 가야 했기 때문에 너를 두고 간 거야. 그건 아주 위험한 일이었어. 최소한 엄마는 그럴 줄 알았어. 도착해보니 전쟁이 갑자기 일어나지 않게 된 거야. 시간의 돌연변이가 생겨서……들어보라니까! 제발 내 말 좀 들어봐! 정보 수집 우주전함이 나타나지 못하는 바람에, 나머지 군단들이 웃기는 코미디처럼 엉망진창으로 흩어지고 말았지. 요즘은 흔히 일어나는 일이야."

"내가 무슨 상관이야! 엄마의 빌어먹을 일 얘기 따위는 듣고 싶지 않아!" 랜덤이 외쳤다. "나는 집이 있었으면 좋겠어! 어딘가 소속되고 싶단 말이야!"

"여기는 너의 집이 아니야." 트릴리언이 여전히 침착한 목소리로 말했다. "너에게는 집이 없어. 우리 중에 집을 가진 사람은 아무도 없어. 이제 집이 있는 사람은 거의 없을 거야. 내가 방금 얘기한 실종된 우주선 있지. 그 우주선의 사람들도 집이 없어. 그 사람들은 자기네들이 어디서 왔는지 몰라. 심지어 자기네가 누군지, 왜 살아가는지조차 몰라. 아주 황망하고, 아주 혼란스럽고, 아주 겁에 질려 있단다. 그 사람들은 여기 태양계에 있고, 그 사람들은 길을 잃고 너무나 혼란스러운 나머지 지금 아주……아주 잘못된 짓을 저지르려고 해. 우리는……반드시……지금……떠나야 해. 갈 만한 데가 있다고 엄마는 너한테 말해줄 수가 없구나. 아마 이제 갈 만한 데도 없을지 몰라. 하지만 여기는 우리가 있을 곳이 아니야. 제발, 딱 한 번만 더 하자. 우리 갈 수 있을까?"

랜덤은 두려움과 혼란에 빠진 나머지 마음이 흔들리고 있었다.

"괜찮아." 아서가 온화하게 말했다. "내가 여기 있으면, 우리는 안전해. 지금은 설명해줄 수 없지만, 나는 안전하니까, 너도 안전해. 알겠니?"

"대체 무슨 말을 하는 거야?" 트릴리언이 말했다.

"그냥 다들 마음을 느긋하게 갖자고." 아서가 말했다. 그는 아주 평온한 기분이었다. 그의 삶은 주술이 걸려 있었고, 이 모든 사태는 도저히 실감이 나지 않았다.

천천히, 차츰차츰, 랜덤도 마음을 풀고 조금씩, 아주 조금씩, 총구를 내리기 시작했다.

두 가지 사건이 동시에 발발했다.

층계 꼭대기에 있는 남자 화장실의 문이 열렸고, 아서한테 말을 걸었던 남자가 쿵쿵거리며 뛰어나왔다.

갑작스러운 움직임에 깜짝 놀란 랜덤은 총을 다시 들었고, 그 순간 랜덤 뒤에 있던 남자가 총을 잡으려고 움직였다.

아서는 몸을 앞으로 던졌다. 귀가 멀어버릴 듯한 폭음이 울려 퍼졌다. 트릴리언이 아서의 몸 위로 자기 몸을 던졌기 때문에, 어색한 자세로 땅바닥에 떨어지고 말았다. 폭음이 잦아들었다. 위를 쳐다보자 층계 꼭대기에 서 있던 사내가 너무나 놀라 망연자실한 얼굴로 아서를 빤히 내려다보고 있는 모습이 보였다.

"네놈……." 그가 말했다. 그러더니 천천히, 끔찍하게, 그는 산산조각이 나고 말았다. 랜덤은 총을 던져버리고 털썩 무릎을 꿇더니, 흐느껴 울기 시작했다. "죄송해요!" 그녀가 말했다. "너무, 너무 죄송해요! 너무 너무 죄송해요……."

트리시아가 그녀에게 다가갔다. 트릴리언이 그녀에게 다가갔다.

아서는 두 손으로 얼굴을 받치고 층계에 앉아 있었고, 대체 어떻게 해야 할지 조금도, 조금도 알 수가 없었다. 포드는 그 밑의 계단에 앉아 있었다. 그는 뭔가를 주워들더니, 흥미로운 눈길로 찬찬히 살펴보다가 아서에게 건네주었다.

"너한테 이게 혹시 무슨 의미가 있니?" 그가 말했다.

아서는 그것을 받았다. 죽은 사내가 떨어뜨린 성냥이었다. 성냥에는 클럽 이름이 적혀 있었다. 그리고 그 클럽의 소유주 이름이 적혀 있었다. 성냥갑에 쓰여 있는 글씨는 다음과 같았다.

스타브로 뮬라

베타

한참 동안 그걸 쳐다보고 있자니 마음속에서 모든 조각들이 한데 맞춰지기 시작했다. 그는 대체 어떻게 해야 할까 고민하고 있었지만, 그저 하릴없이 생각할 뿐이었다. 주위에서 사람들이 바삐 달리며 고함을 마구 쳐대기 시작했지만, 갑자기 아서는 지금도 그렇고 앞으로도, 이젠 영영, 더 이상은 할 일이 없다는 사실을 아주 선명하게 깨달았다. 잡음과 빛들이 새삼스럽게 낯설어 보이는 사이로, 그는 포드 프리펙트가 뒤로 주저앉아 미친 듯이 웃어대는 모습을 간신히 알아볼 수 있었다.

어마어마하게 평화로운 느낌이 그를 덮쳤다. 마침내, 이제야, 영원히,

드디어, 모든 게 끝났다는 걸 그는 알았다.

보고 우주선의 심장부에 있는 브리지의 어둠 속에서, 프로스테트닉 보곤 옐츠는 혼자 앉아 있었다. 한쪽 벽에 걸려 있는 외부 화면들을 따라 짧은 찰나 섬광이 번쩍하고 빛났다. 공중에 떠 있던, 불연속적으로 이어진 파랑과 녹색의 물기 많은 소시지 같은 형체가 저절로 녹아내렸다. 선택의 여지들이 붕괴했고, 가능성들이 서로 차곡차곡 접혔으며, 마침내 전체가 용해되어 더 이상 존재하지 않게 되었다.

아주 깊은 암흑이 내렸다. 보고인 사령관은 몇 초간 그 광경을 음미하며 앉아 있었다.

"불을 켜." 그가 말했다.

반응이 없었다. 새 역시 모든 가능성이 고갈되어 쭈그러져 버렸던 것이다.

보고인은 직접 불을 켰다. 그는 다시 예의 종이를 들고 작은 상자에 체크 표시를 했다.

자, 이 임무는 수행했다. 그의 우주선이 먹물 같은 진공 속으로 슬며시 사라졌다.

그가 간주한 대로 극도로 긍정적인 조치를 취했음에도 불구하고, 그레불론 지도자의 한 달은 지독하게 운수가 나빴다. 딱 한 가지만 빼면, 흘러간 과거의 수많은 달들과 전혀 다를 바가 없었던 것이다. 이제는 텔레비전에서 아무것도 나오지 않는다는 사실이었다. 그는 대신 가벼운 음악을 틀었다.

| 옮기고 나서 |

《은하수를 여행하는 히치하이커를 위한 안내서》를 위한 안내서를 감히 표방하는, 알고 보면 그저 시시껄렁한 잡담에 불과한 몇 마디

김선형 · 권진아

이 책들을 다 읽고 심지어 이 글마저 읽고 있는 당신은 아마 두 가지 부류의 독자 중 하나일 것이다. (1) SF를 사랑하는 마니아로서 전설적인 '히치하이커' 시리즈의 재출간을 고대하던 당신, (2) 어쩌다 보니 재미있어 보여서 흥미로운 SF인가 보다 하고 읽게 된 당신. 당신이 (1) 그룹에 속한다면, 어쩌다 보니 재미있어 보여서 흥미로운 SF인가 보다 하고 번역하게 된 옮긴이들보다 훨씬 더 많은 것을 알고 있을 확률이 99.9%이므로, 이어지는 우리의 시시껄렁한 수다는 자신 있게 건너뛰어도 그리 아쉽지 않을 거라 믿어 의심치 않는다. 그런가 하면 당신이 (2) 그룹에 속하더라도, 책이 너무 황당해서 도저히 이해할 수 없는데도 오기로 끝까지 읽었으니 시시껄렁한 수다라도 읽어야 돈이 아깝지 않겠다는 분이 아닐 경우에는, 모든 옮긴이 해설이 그러하듯 이 글 역시 별 대단한 말은 없으므로 굳이 읽지 않아도 무방하다. 다만 (1) 그룹에 속하는 독자들이든 (2) 그룹에 속하는 독자들이든, 심심하신 분들은 정 읽고 싶으면 꼭 읽기 바란다.

우주는 넓고 존재는 시시껄렁하다

《은하수를 여행하는 히치하이커를 위한 안내서》는 우회로 건설로 아서 덴트의 집이 철거당하는 상황과 우회로를 건설하기 위해 지구라는 행성 전체가 철거당하는 상황이 병치되며, 그 장대한(?) 막을 올린다. 졸지에 (모든 의미에서) '집을 잃은' 소시민 아서 덴트는 달갑잖은 은하계의 방랑자가 되어 목욕 가운 바람으로 낯설기만 한 광막한 우주를 여행하게 된다. 하지만 아서 덴트가 떠도는 더글러스 애덤스의 우주에서는, '미지의 불가해한 새로운 것'이라든가 '지구에는 존재하지 않는 것'이라는 의미에서 진정으로 외계적이라 할 만한 존재를 찾아볼 수 없다(사실 이 시리즈에 나온 해괴하기 이를 데 없는 생물체들과 상황들을 진심으로 이해해보고자 고뇌하면서 그 과정을 모두 책으로 담으려 들자면, 《어둠의 왼손》 같은 책이 아마 수십 권은 나와야 할 것이지만).

아서 덴트를 따라 여행을 떠난 우리가 광막한 대우주에서 발견하게 되는 건 오히려, (1) 우리가 대단하다고 생각하거나 대단할 거라 기대하는 모든 것들의 엄청난 하찮음, (2) 천지 만물을 추동하는 근본 원리로서의 부조리, (3) 여기에 더해 등장인물들의 반응 역시 거대한 분노도 없고 쓰라린 원한도 없이 결국은 '그런들 어떠하리'라는 체념 내지는 '거 참 재미있군'이라는 냉소적인 달관뿐이다. 아서 덴트가 우주의 모험을 시작한 지 몇 페이지가 채 넘어가기도 전에 우리는 이 '장대한' SF에 애초부터 우리가 알고 있는 세계와 다른 외계의 신비 내지는 아름다움, 경이로움, 공포, 기타 등등을 아무튼 진지하게 다루려는 주류 SF 본연의 야심 따위는 전혀 없음을 알게 된다.

은하계 전체를 아우르고 시간 여행을 밥 먹듯 일삼는 시공간적 배경과는 어울리지 않게, 이 엄청난 상황과 희한한 등장인물들의 동기며 정서는 하나같이 치졸하고 사소하며 한심스럽고 시시껄렁한 데다 너무나, 너무나 낯익다. 모든 것들은 우리가 여기 지구에서도 익히 겪은 바 있는 부조리한 일상적 상황이 우주적 규모로 뻥튀기되어 있는 것들일 뿐이다. 어처구니 없는 인물, 허무맹랑한 사건, 복장 터지는 일 등이 외계의 탈을 쓰고 전 은하계적인 배경 속에 시치미를 뚝 떼고 놓여 있을 뿐. 게다가 그걸로 인해 뭐 대단한 일이 일어나거나 아니면 엄청나게 심오한 통찰의 계기가 된다고 기대하면 그 역시 오산이다. 그냥 지구의 일상처럼 어처구니없는 인물, 허무맹랑한 사건, 복장 터지는 억울한 일들이 계속 이어질 뿐이다. 보는 독자로서는 어쩔 도리 없이, 으하하, 웃을 수밖에. 그러니 《타임스》의 평대로, 이거야말로 진정한 "전 우주적 규모의 시추에이션 코미디"가 아닐 수 없다.

개연성에 침을 뱉어라

따라서 시리즈 전권에 걸쳐, 따로따로 생각하는 머리 두 개를 가진 자포드 비블브락스 같은 인물이 아니고서야 돌아버리지 않을 수 없을 정도로 어처구니없고 정신없는 상황들이 쉴 새 없이 벌어진다. 하지만 더 정신없는 것은 이 방대한 시리즈 전체에 어떤 논리나 개연성을 부여하려는 노력의 흔적조차 없다는 것. 하긴 작가부터 뻔뻔스럽게 '이 시리즈에서 일관성에 대한 어떤 기대도 하지 마라'라고 공언하고 있으니, 이거야말로 논리학에서 말하는 '우물에 독 풀기'에 준하는 봉쇄 조치다. 이 모든 황당무계한 사태들을 가능하게 만드는 것은 기본적으로 불가능 확률 추진기라는, 과학적 근거와는 담을 쌓은 장치다. 예컨대 〈스타 트랙〉의 팬들인 트레키들이 과학적 개연성을 얼마나 중시하는지를 생각해보면, 소위 '공상과학 소설'을 쓰면서 '과학'이라는 부분을 배포 좋게 무시하고 들어가는 애덤스의 배짱은 통쾌하기까지 하다. 우리 머리로서는 상상도 할 수 없는 수억 광년의 시공을 넘나드는 우주선들의 추동력들만 해도 그렇다. 이탈리아 식당의 비합리적 운영 방식에서 발생하는 현실과 초현실의 접점을 이용하는 슬라티바트패스트의 '비스트로매스' 호라든가 나쁜 소문을 추동력으로 이용하는 힌지프릴인들의 우주선 등 개연성의 '개' 자도 신경 쓰지 않는 엉터리들이 대부분인 것이다. 또 아이작 아시모프나 아서 클라크의 SF들과 애덤스의 '히치하이커' 시리즈는 우주적 관점에서 인류와 지구의 존폐를 논하는 작품들임에도 불구하고, 애초에 그 전제부터가 너무나 다르다.

애덤스의 세계에는 어떤 영웅도, 비극도, 목숨을 바칠 만한 대의도, 놀랄 만한 과학적 발전의 가능성도, 어떠한 미래의 비전도——그것이 유토피아건 디스토피아건——찾아볼 수 없다. 그나마 가장 전형적인 영웅에 가까운 인물인 자포드 비블브락스의 행적만 살펴보아도 그렇다. 자기 머릿속을 스스로 지져 일종의 기억 상실 상태를 유발한 뒤 은하계의 대통령이 되고, 그러고도 바닷가에 앉아 미인들과 즐거운 시간을 보내지 못한 그는 자신이 방문한 출판사 건물과 함께 통째로 납치되어 갖가지 고생을 한 끝에야 대통령이 된 목적이었던 우주의 지도자를 겨우 만나보게 된다. 하지만 천신만고 끝에 만나게 된 우주의 지도자라는 존재는 고작해야 '내가 아는 것은 내가 모른다는 것뿐' 식의 철학을 가진 할아버지에 불과하다. 그리고 어마어마한 우주의 끝에서 벌어지는 일이란 질펀한 음주와 기꺼이 먹히기를 원하는 짐승으로 만든 최고의 스테이크로 드는 식사밖에 없다. 그런가 하면 하나님이 피조물에게 남긴 최후의 메시지는 '불편을 끼쳐드려서 죄송합니다'라는 문장일 뿐이고, 시간 여행이 일으키는 최고의 문제는 역사의 혼란도, 족보의 혼란도 아닌, 다름 아니라 너무나 복잡해져서 누구도 끝까지 마스터할 수 없는 시제의 복잡함 문제라는 황당함이라니. "진실은 저 밖에 있다The Truth is Out There"는 X-파일 식의, 심오해 보이나 사실은 무책임하기 짝이 없는 편리한 발언조차 이 세계에서는 허용되지 않는다.

권태로운 우주, 끝없는 환멸의 슬픔

이러한 '히치하이커' 식의 유머는, 이상에서 살펴보았듯 철저한 '김 빼기 작전'에 근거한다. 뭔가 대단하고, 뭔가 거창하고, 뭔가 굉장한 것들이 모두 알고 보면 하나같이 허접하고, 추레하고, 시시껄렁할 뿐이라는, 21세기의 우리에게 너무나 친숙한 환멸 말이다. 이러한 정서 때문에, '히치하이커' 시리즈는 '아, 그냥 이것저것 있는 대로 정신없이 다 끌어대서 웃기면 그만' 식의 시시껄렁한 농담 수준을 훌쩍 넘어서버린다. 읽는 사람의 입장에서 보면 여섯 개의 다른 결말을 모두 "세상이 끝장나는 이야기"로 만든 이유가 그저 "당시 세상에 좀 불만이 있어서"라는 식으로 눙친 애덤스 자신의 말을 문자 그대로 받아들이기가 힘들다. 세상이 끝장나는 것으로 시작해서 다시 한번 더 끝장나는 것으로 끝나고야 마는 이 시리즈는, 바로 이 때문에 당시의 과학 소설보다는 오히려 사뮈엘 베케트와 같은 부조리극의 문제의식과 궤를 같이한다.

너무나 황당무계하고 믿을 수 없기 때문에 급기야 격리해야 할 정도로 파괴적인 프락의 '진실'은 아마 애덤스의 '히치하이커' 시리즈 그 자체가 아닐까. 크리킷 행성인들이 은하계 초유의 대전을 일으키는 과정이라든가, 루퍼트 행성의 그레불론인들이 점성술 점괘를 믿고 지구를 최종적으로 파괴하는 사연은 이성이나 합리로는 도저히 납득할 수 없는, 하지만 실제로 우리 지구에서 일어났던 역사적 사건들, 즉 엄연한 현실——나치스의 종족 학살이라든가 수많은 정신병적 살인 사건 등——을 날카롭게 상기시킨다. 밥줄을 지키려는 정신과 의사들의 음모와, 관료주의의 하수인이 되는 데 아무런 자의식이 없는 보고인들의 파괴 본능이 환상적으로 결합해 지구가 날아간다는 설정은, 자기 집을 지키려는 소시민의 조그만 투쟁에서부터 행성 하나를 통째로 박살 내는 거대한 규모의 파국에 이르기까지 모든 갈등의 원인은 따지고 들면 모두 '누군가의 이익 지키기'와 이를 뒷받침해주는 무심한 공무 집행이라는 한마디로 귀결된다는 냉소적이기 이를 데 없는 결론으로 치닫는다.

애덤스의 가차없는 조롱의 대상이 되지 않는 것은 아무것도 없다. 바로 이 때문에 우리는 애덤스의 황당무계한 우주를, 남의 집 불구경하듯 팔짱 끼고 한가로이 낄낄거리며 읽을 수만은 없는 것이다. 결국 애덤스가 가장 비판하는 우리의 약점은, 거시적인 안목이나 합리적 판단 없이 '눈앞의 이익'만을 추구하는 맹목적 이기주의다. 하지만 여기에 거시적인 안목이 제아무리 전 우주적 규모로 확장되어도 사정은 똑같다는 비관주의가 결합해, 부조리극 특유의 무기력한 체념으로 굳어지고 만다. 아서 덴트와 포드 프리펙트, 그리고 트릴리언이 아무리 죽도록 노력해도 "일어나는 일은 일어나기 마련"이니까.

이렇게 부조리극의 무대 같은 우주 속에서, 아서 덴트를 비롯한 지구인들이 지구의 일상에 지니는 애정은, 애덤스의 세계에서 유일하게 진정성을 담보하고 있는 정서다. 이 시공간을 아우르며 은하계 전체를 좌충우돌 돌아다니는 우주 여행의 주인공이 되는 인물인 아서 덴트부터가 해와 달이 하나밖에 없어서 지구와 그나마 닮은 라무엘라 행성에서 샌드위치나 만들며 살아가는 데 지극히 만족하는 '스케일 작은' 인간인 것이다. 큰 야심도 없고, 넓은 세상에 대한 동경이나 모험심도 없고, 특별히 세상을 바꿀 능력도 없는 아서 덴트지만, 그래도 홍차와 술집과 사람을 비롯해 그가 사랑하는 모든 게 존재하는 작은 세계는, 전 우주를 통틀어 보아도, 필사적으로 '돌아가고자' 노력할 만한 가치가 있는 유일한 세계다. 그리고 그 작은 세계를 가치 있게 만드는 것은, '삶, 우주 그리고 모든 것'에 대한 애정이다. 그래서 우리는 아서 덴트와 자신을 동일시하고 진심으로 그를 응원하게 된다. 오 권쯤에 이르러 느낄 수 있는, 서글플 정도로 필사적인 아서 덴트의 귀소본능은 '히치하이커' 시리즈의 유머에 페이소스를 더해주는 블랙유머의 심장이다. 결국 이 모든 전 우주적 소동들이 우리에게 환기하는 것은, 우리만의 홍차가 있고 사랑하는 펜처치가 있고 수선화가 피어나는 우리의 지지부진한 일상의 아름다움이 아닐지.

| 등장인물 |

아서 덴트   홍차를 좋아하고 걱정이 많은, 스케일 작은 지구인. 우회로 공사 때문에 집이 헐린다는 통보를 받은 불운한 날 아침, 가장 친한 친구가 자신은 외계인이라고 밝히더니 초공간 고속도로 건설 때문에 지구가 곧 파괴될 거라고 얘기한다. 그 친구와 함께 우주선을 히치하이크하면서 본의 아니게 지구의 마지막 생존자가 된 그는 목욕 가운 차림으로 우주를 여행하는 히치하이커가 되어 온갖 기이한 모험을 한다.

포드 프리펙트   술과 파티를 좋아하는 지적인 히치하이커. 《은하수를 여행하는 히치하이커를 위한 안내서》의 개정 신판을 출간하기 위해 현장을 조사하는 메가도 출판사의 이동 조사원. 15년 동안 실직한 배우 행세를 하며 지구에서 생활했다. 보고인들의 지구 파괴 음모를 알고는 친구인 아서를 데리고 탈출한다. 올드 쟁크스 스피릿을 너무 많이 마셔서 피로에 절어 있지만, 타월이 어디에 있는지는 항상 알고 있다.

자포드 비블브락스   세 개의 팔, 두 개의 머리, 그리고 거대한 하나의 에고 ego.

쿨하고 대담하지만 자화자찬가에다 위트가 부족한 전직 은하 제국 정부의 대통령. 자신의 머릿속을 지져 기억을 없앤 뒤 은하 제국의 대통령이 되고, 은하계 역사상 가장 아름답고 혁명적인 우주선인 순수한 마음 호를 탈취해 우주를 통치하는 사람을 찾아 나선다. 무엇을 하건, 그는 자기 스타일대로 한다.

트릴리언(트리시아 맥밀런)   뛰어난 천체물리학자로 아서의 이상형이었으나, 가장 무도회에서 다른 행성에서 온 자포드에게 마음을 빼앗겨 그와 함께 우주로 떠난다. 육 개월 후 지구를 탈출한 아서와 순수한 마음 호에서 재회한다. 지적인 능력과 따뜻한 마음씨로 위기의 순간에 지혜를 발휘하는 그녀. 제멋대로인 자포드도 트릴리언 앞에서는 꼼짝 못한다.

마빈   인간적인 성격이 주입된 로봇 1호로 만성우울증을 앓고 있다. 행성 하나만 한 크기의 뇌를 가졌음에도 수백만 년 동안 고급 레스토랑에서 주차원으로 일하거나 물건이나 나르고 문이나 닫는 일을 한다면 우울할 수밖에 없을 것이다. 자신의 우울한 성격이 주변 사람들을 불행하게 만든다고 생각한다. 우주에서 유일하게 컴퓨터를 자살하게 한 로봇.

보곤 옐츠   지구 파괴의 임무를 맡은 보고 행성 공병 함대의 선장. 사람들을 해치는 것과 가능하면 아무 데서든 무지하게 성질 부리는 것을 좋아한다. 둥그렇게 치솟은 코가 이마 위로 불룩 솟아 있으며, 진초록색의 고무 같은 피부는 보고 행성의 공무원으로서 정치 게임을 수행하기에 충분할 정도로 두껍다. 참, 그는 시인이기도 하다.

에디   순수한 마음 호에 탑재된 컴퓨터. 사람의 성격 문제를 소수점 열 자리까지 계산할 수 있다. 간혹 감수성이 예민해서 토라지면 명령을 거부하기도 한다.

슬라티바트패스트   처음 지구를 만들 때 노르웨이의 피오르드 해안을 디자인한 마그라테아 사람. 오백만 년 동안 잠들어 있다가 파괴된 지구를 복제하기 위해 깨어났고, 아서에게 지구가 사실은 쥐들이 의뢰해 제작된 거대한 컴퓨터임을 알려준다.

깊은 생각   시공간의 우주 안에서 두 번째로 위대한 컴퓨터. 삶, 우주, 그리고 모든 것에 대해 칠백오십만 년 동안 궁리한 끝에 그 해답을 내놓는다.

개그 하프런트   자포드의 두뇌 전문 주치의. 은하계에서 가장 저명하고 성공적인 정신분석가 중 한 사람. 돈벌이, 즉 정신분석학의 미래를 위해 보곤 옐츠를 고용한다.

푸크와 렁퀼   위대한 컴퓨터 '깊은 생각'을 디자인한 프로그래머. 깊은 생각에게 '삶, 우주 그리고 모든 것'에 대한 해답을 내놓을 것을 요구한다.

마직티즈와 브룸폰델   철학자. 깊은 생각 때문에 궁극적 진리 탐구의 특권을 잃고 실직자가 될 것을 우려해 항의하다가, 이 과정에 내재된 무한한 수익 가능성을 발견하고는 기뻐한다.

벤지 생쥐와 프랭키 생쥐   지구를 주문, 제작하고 값을 지불하고 조종한 초지능적이고 범차원적인 존재. 그럴듯하게 들리는 궁극적인 질문을 위해, 지구의 마지막 생존자인 아서의 뇌를 들어내 전기적으로 읽어내려고 한다.

자포드 비블브락스 4세   피임 기구와 타임머신이 관련된 사고로 자포드 비블브락스 1세의 증조부가 된 사람. 절멸의 위기를 맞은 순수한 마음 호를 사십팔 초를 남겨두고 구해주고는, 다시 도움이 필요하게 되면……냉큼 꺼져버리라고 말한다.

자니우프   《은하수를 여행하는 히치하이커를 위한 안내서》를 출간하는 메가도도 출판사의 중역. '우주를 통치하는 사람'이 있는 장소의 좌표를 발견하고 그를 찾기 위해 자포드가 불가능 확률 추진 우주선인 순수한 마음 호를 훔치도록 일을 꾸민다.

자쿠온   재림하기로 되어 있던 은하계의 위대한 예언자. 긴 수염에 치렁치렁한 예복, 황금빛 왕관을 쓰고 빛으로 둘러싸인 고색창연한 모습으로 우주의 끝에 있는 레스토랑에 등장한다. 그가 막 연설을 하려는 순간, 우주가 끝장난다.

피즈팟 가그라바르   '모든 관점 보텍스'의 관리인. 몸과 마음이 시험 별거 중이며, 결국 서로 이혼하게 될 것이다. 이름에 대한 소유권은 몸이 가지게 된다고 한다.

우주를 통치하는 사람   거대한 비확률 자장의 보호를 받는 호젓한 세상, 조그만 오두막에서 주님이라는 이름의 고양이와 함께 사는 사람. 자신의 우주 외에는 아무것도 아는 게 없다고 말하며, 책상이 어떻게 반응하는지 보려고 일주일 동안 책상에 말을 걸어보기도 한다.

핫블랙 데지아토　우주 역사상 최고로 성공적이고 최고로 시끄럽고 최고로 부자인 록 밴드 '재앙 지대'의 리더. 세금 문제로 일 년간 죽어지내는 중이다.

무한정 수명이 늘어난 와우배거　전 우주를 통틀어 극소수에 불과한 불멸의 존재. 권태감을 이기기 위해 우주를 욕보이기로 한다. 한 사람 한 사람씩, 알파벳 순서로. 이것이 그가 정한 모욕의 규칙이다.

지포 비브락 5×10^8 (팩 법관)　'학객몹느'(학식 높고, 객관적이고, 몹시 느긋한) 크리킷 전범 재판의 재판관 위원회 의장. 불행하게도 자기가 역사상 가장 훌륭한 법률적 사유 능력을 지녔기 때문에 무슨 짓이든 하고 싶은 대로 해도 된다고 믿고 있다.

랄라파　전 은하에서 가장 훌륭한 시로 인정받는 〈롱랜드의 노래들〉을 쓴 시인. 만인의 경탄을 자아낸 그의 시의 아름다움, 그리고 질 좋은 수정액이 있었다면 그가 더 좋은 시를 쓸 수 있었을 거라고 생각한 수정액 제조업체들의 발상이 결국은 '실시간 캠페인'으로 이어지게 된다.

아그라작　윤회를 거듭해 새로 태어날 때마다 아서에게 죽임을 당한 존재. 끔찍한 방법으로 아서에게 복수할 계획을 갖고 있다.

학타르　자연적인 두뇌처럼 만들어진 최초의 컴퓨터로 이제까지 제조된 가장 강력한 컴퓨터로 기억된다. 궁극적 무기를 설계했으며, 우주 파괴의 위험은 그가 받은 충격과 관련되어 있다.

프락	진실의 약을 너무 많이 투약하는 바람에 진실을 말하고, 모든 진실을 말하고, 오로지 진실만 말하게 된 사람. 아서에게 하나님이 피조물들에게 던지는 마지막 메시지를 이야기하던 중에 토라져서 죽어버린다.
롭 매케너	'비의 신(雨神)'인 화물 트럭 운전사. 구름이 그를 너무나 사랑해 언제나 가까이서 물을 뿌려주고 싶어 한다. 그는 이백서른한 가지 종류의 비를 알고 있지만 그중 어느 하나도 좋아하지 않는다.
펜처치	아서가 첫눈에 반해 사랑에 빠진 여인. 지구가 파괴되던 날, 조그만 카페에 혼자 앉아 있다가 어떻게 하면 이 세상이 멋지고 행복한 곳이 될 수 있는지를 알게 된다.
러셀	펜처치의 의붓오빠. 금발의 콧수염을 단, 근육질의 덩치 큰 다혈질 사내. 보고 행성의 지구 파괴는 CIA가 마약을 사용한 전쟁 실험을 하던 중에 벌어진 환각이었다고 믿고 있다.
정신 멀쩡한 웡코(존 왓슨)	돌고래가 모두 사라진 사연을 알고 있다고 주장하는 과학자. 초록색 날개가 달리고 샌들을 신은 천사들한테서 계시를 받는다. 완전히 미쳐버린 세상을 치료하기 위해 세상을 다 집어넣을 정신병원을 짓고, 자신은 그 바깥에서 살고 있다.
콜린	《은하수를 여행하는 히치하이커를 위한 안내서》 빌딩을 지키는 보안 로봇. 포드가 타월로 납치해 논리 회로를 조작하는 바람에 언제나 무슨 일에나 행복을 느낀다.

스래시바그	라무엘라 행성의 지도자. 아서는 '전지전능한 밥'이 불타는 수레에 태워 보내준 샌드위치의 명인이며, 전지전능한 밥이 자기가 샌드위치를 제일 먼저 골라야 한다고 선포했다고 주장한다.
랜덤	아서와 트릴리언(트리시아) 사이에서 태어난 딸. 주머니에 날카롭게 갈아둔 돌멩이를 가지고 다니는데, 그녀는 이걸로 엄청난 문제를 일으킬 수 있다. 엄마에게서 버림받았다고 생각하는 그녀는 자신이 누구인지, 자신이 속한 곳이 어디인지 찾기 위해 포드의 우주선을 훔쳐 타고 떠난다.